MARTHA HALL KELLY

Die Sonnenblumenschwestern

Autorin

Martha Hall Kelly ist ausgebildete Journalistin und war lange Zeit als Werbetexterin tätig, bevor sie sich ganz dem Schreiben von Romanen widmete. Ihr Debüt »Und am Ende werden wir frei sein« eroberte die internationalen Bestsellerlisten und wurde allein in den USA über eine Million Mal verkauft. Weitere erfolgreiche Romane folgten. Die Autorin lebt mit ihrer Familie in Connecticut und auf Martha's Vineyard.

Weitere Informationen unter: www.marthahallkelly.com

Von Martha Hall Kelly bereits erschienen

Und am Ende werden wir frei sein

Martha Hall Kelly

Die Sonnenblumenschwestern

Roman

Deutsch von Karin Dufner

blanvalet

Die Originalausgabe erschien 2021 unter dem Titel
»Sunflower Sisters« bei Ballantine Books, an imprint of
Random House, a division of Penguin Random House LLC, New York.

MIX
Papier | Fördert
gute Waldnutzung
FSC® C014496

Penguin Random House Verlagsgruppe FSC® N001967

1. Auflage
Taschenbuchausgabe 2024 by Blanvalet, einem Unternehmen
der Penguin Random House Verlagsgruppe GmbH,
Neumarkter Straße 28, 81673 München

Redaktion: Matthias Teiting
Umschlaggestaltung: www.buerosued.de
Umschlagmotive: Arcangel Images (Rekha Arcangel,
Ivana Desancic); www.buerosued.de
DK · Herstellung: DiMo
Druck und Bindung: GGP Media GmbH, Pößneck
Printed in Germany
ISBN 978-3-7341-1296-6

www.blanvalet.de

Für meinen Sohn Michael,
der mich nach Gettysburg begleitet hat.

Und für all die Mütter,
deren Söhne nie zurückgekehrt sind.

TEIL EINS

Kapitel 1

MARY WOOLSEY

Charleston, South Carolina
1859

Niemand konnte ahnen, was der blonde Junge in seinem grob gezimmerten Pferdekarren gerade durch die Straßen von Charleston steuerte.

Mutter, meine jüngere Schwester Georgy und ich waren auf Einladung von Pastor Cox von der African Free Church zu einem dreiwöchigen Besuch nach South Carolina gekommen. Den gestrigen Morgen hatten wir damit verbracht, durch das bilderbuchhaft elegante und kultivierte Viertel zwischen Stadtvillen und Palmen einherzuschlendern, um den Damen unsere Aufwartung zu machen und Mutters eierschalfarbene Visitenkarte auf diversen silbernen Tabletts zu hinterlassen.

Mrs. Charles Woolsey, 8 Brevoort Place, New York City.

Obwohl sich uns wirklich nichts auf unangenehme Weise aufdrängte, hielt uns doch jedes schwarze Gesicht, das uns an der jeweiligen Haustür freundlich empfing, unmissverständlich vor Augen, dass das System der Sklaverei hier noch fest etabliert war. Allerdings bestärkte uns das nur in unserem Entschluss, den Kampf fortzuführen.

Auf unserem Heimweg vom sonntäglichen Gottesdienst spazierten wir durch die vom Duft der Kräuselmyrte erfüllte Luft, als ein Junge mit einem Pferdekarren neben uns hielt. Er trug ein sauberes weißes Hemd und eine Hose aus Stoff vom heimischen Webstuhl. Mit dem Hinterrad seines Wagens war etwas nicht in Ordnung, denn es rumpelte bei jeder Umdrehung, weshalb er nicht viel schneller vorankam als wir.

»Wir haben uns ein wenig verirrt«, rief Mutter dem Jungen zu. »Kannst du uns zeigen, wo das Charleston Hotel ist?«

»Ich muss in dieselbe Richtung, Ma'am. Ich führe Sie hin.«

Mir gefiel sein Südstaatenakzent. Der Junge, er war etwa zwölf Jahre alt, machte einen gutmütigen Eindruck. Er hatte sehr helle Haut, und sein weißblondes Haar schimmerte in der Sonne. Das erinnerte mich an meine eigenen strohblonden Töchter, die ich bei unserer Freundin Mrs. Wolcott im Hotel gelassen hatte, wo sie bestimmt schon an der Tür standen und auf meine Rückkehr warteten. Obwohl wir nur knapp zwei Stunden fort gewesen waren, vermisste ich sie bereits entsetzlich.

»Wo wohnst du denn?«, erkundigte Mutter sich bei dem Jungen.

»Hier und da.« Er hielt sein Gesicht in die Sonne. »Und Sie? Sie klingen, als wären Sie aus Virginia.«

Mutter lächelte. Es freute sie sehr, wenn jemand den Tonfall ihrer früheren Heimat erkannte. »Richtig geraten. Ich bin zwar schon als Mädchen von dort weg, aber wahrscheinlich hat sich der Akzent ein bisschen gehalten. Inzwischen lebe ich in New York. Wir sind als Gäste von Pastor Cox von der African Church hier. Kennst du ihn?«

»Nein, Ma'am.«

Als wir weitergingen, war in der Stille lediglich das Rumpeln des beschädigten Wagenrads zu hören.

»Es war eine wunderschöne Eucharistiefeier«, sprach Mutter weiter. »Mehr als dreihundert Gläubige.«

Lächelnd drehte er sich zu ihr um. »Ich wette, Sie waren die einzigen Weißen dort.«

»Ja. Doch man hat uns mit offenen Armen empfangen.«

»Früher ist meine Ma jeden Sonntag mit mir in die Kirche gegangen. Aber jetzt ist sie tot.«

Der Junge kramte ein Stück Brot aus einer blechernen Proviantdose, die zu seinen Füßen stand, aß einen Bissen und steckte den Rest unter die Plane auf dem Karren.

»Gehst du zur Schule?«, fragte Mutter.

»Nein, Ma'am. Leute wie mich nimmt keine Schule auf.«

»Das kann ich mir nicht vorstellen«, erwiderte Georgy.

Mein Blick wanderte zur Ladefläche des Karrens, wo sich unter der Plane fast unmerklich etwas bewegte.

»Wo willst du hin?«, erkundigte ich mich.

Er wies auf ein weißes Gebäude ein Stück voraus. »Zum Markt. Wie jeden Sonntag. Samstags mache ich meine Runde, und am nächsten Tag komme ich her, damit meine Ware noch frisch ist.«

»Was denn für eine Runde?«

»Überallhin, Ma'am. Stammkundschaft. Da gehe ich nur selten leer aus.«

Der Junge steuerte auf ein weißes Gebäude mit hohen schwarzen Torflügeln zu. Wir folgten ihm. Es war ein gewaltiges Bauwerk, über dessen Eingang in vergoldeten Buchstaben das Wort MARKT funkelte. Eine scharlachrote Fahne flatterte im Wind.

Der Junge zeigte auf ein Dach in der Ferne. »Ihr Hotel ist ein Stück weiter die Straße hinauf und dann nach rechts.«

»Du warst uns eine große Hilfe«, sagte Mutter.

Als der Junge auf das eiserne Tor zufuhr, öffnete ein

beleibter, rotbärtiger Mann mit einem Bambusstock in der Hand die darin eingelassene Tür.

»Moment mal, mein Junge«, meinte er und klopfte mit dem Stock gegen den Karren. »Herrje, du sollst mit deiner Ladung doch hintenrum kommen und nicht zum Haupteingang.«

»Pa braucht mich zu Hause.«

Der Junge drehte sich auf dem Bock um und schlug die Plane zurück. Im Karren lagen drei farbige Kinder unterschiedlichen Alters. Sie waren nur mit zerschlissenen Windeln bekleidet. Das älteste Kind, ein etwa neun Monate altes Mädchen, hielt sich am Rand des Karrens fest und zog sich daran hoch.

»Mein Gott!«, entfuhr es mir, denn der Anblick traf mich völlig unvorbereitet.

Das Kind streckte – die weltweit immer gleiche Sprache der Babys – die Ärmchen nach mir aus, woraufhin ich es aus dem Karren hob. Ich drückte es an mich und roch seinen wundervollen Babygeruch nach Milch, Seife und Unschuld. Bis vor Kurzem hatte jemand die Kleine liebevoll versorgt.

Die beiden anderen Kinder lagen noch im Karren auf den rauen Brettern. Eines war höchstens ein paar Tage alt.

Der Junge reichte dem Mann an der Tür ein zusammengefaltetes Stück Papier.

»Wo sind ihre Mütter?«, fragte ich, erschüttert bis ins Mark. »Die Kinder haben nicht einmal eine Decke. Wann haben sie zuletzt etwas gegessen?«

Der Wachmann studierte das Papier und trat dann auf den Karren zu. »Nur Mädchen? Es sollte doch ein Junge dabei sein.«

»Darüber müssen Sie mit Pa reden.«

Der Wachmann beugte sich über den Karren und hob ein Baby heraus. »Das hier ist aber ziemlich mickrig.«

Der Junge zuckte die Achseln. »Ich nehme mit, was man mir gibt. Das große hat den ganzen Weg geschrien.«

Ich hielt das Mädchen fester und schmiegte sein Köpflein ganz sacht an meine Schulter.

Der Wachmann übergab dem Jungen ein Bündel Geldscheine, die dieser in die Hüfttasche steckte. Dann ruckte er an den Zügeln und fuhr davon.

Der Wachmann eilte mit fordernd ausgestreckter Hand auf mich zu. »Ich hab keine Zeit, Rücksicht auf Leute wie Sie zu nehmen. Geben Sie schon her.«

Ich wich zurück. »Auf gar keinen Fall, Sir.«

»Die Frauenzimmer aus dem Norden können einem den letzten Nerv töten! Haben Sie hundert Dollar, um die Kleine zu kaufen?«

Ich griff nach dem Täschchen an meinem Handgelenk. »Ich stelle Ihnen sofort einen Schuldschein aus.«

Als ich an dem Täschchen nestelte, nutzte der Mann die Gelegenheit, um mir die Kleine aus den Armen zu reißen. Sie weinte ganz gotterbärmlich, bäumte sich auf und reckte die Händchen nach mir. Doch der Wachmann übergab sie an einen schmuddeligen Komplizen, der sie, weit von sich gehalten, wegtrug.

Als wir ihm folgen wollten, knallte der Wachmann uns das Tor vor der Nase zu. »Bei der Auktion sind keine Damen erlaubt«, verkündete er durch die Gitterstäbe. »Hier herrschen raue Sitten, das ist nichts für zarte Gemüter.« Mit diesen Worten verschwand er in der Menge im Inneren.

Eine Hand um das Gitter geschlossen, beobachtete ich, wie die Kinder außer Sichtweite geschafft wurden. Die andere Hand hatte ich entsetzt vor den Mund geschlagen.

Welcher Mensch konnte dieses Weinen hören, ohne tiefes Mitgefühl zu empfinden? Irgendwo gab es jetzt drei Mütter, die ihre geliebten Töchter vermissten und Höllenqualen ausstanden.

Ich wandte mich an Mutter. »Gestern haben wir den ganzen Tag damit verbracht, der besseren Gesellschaft von Charleston unsere Aufwartung zu machen. Wir müssen jemanden um Hilfe bitten.«

Mutter betrachtete weiter die versammelte Menschenmenge. »Wen denn? Hier geht es um Geld, Mary. Diese Plantagenbesitzer werden die Sklaverei niemals freiwillig aufgeben. Wir können nichts anderes tun, als einen Präsidenten zu wählen, der diesem Treiben den Garaus macht.«

Mit dem Übel der Sklaverei waren wir nur allzu gut vertraut. Schließlich hatten wir Dr. Cheevers Vorträge im Cooper Institute besucht, mehrfach *Onkel Toms Hütte* gelesen und am Morgen im *Charleston Courier* die Annoncen für die Sklavenauktion zur Kenntnis genommen. Allerdings hatte uns nichts auf das Grauen vorbereitet, dieses entsetzliche Spektakel mit eigenen Augen zu sehen.

Mit zunehmendem Unbehagen betrachteten wir den von Menschen wimmelnden Markt, wo nun die Auktion begann. Ein niedriger Raum ging in einen Hof über, in dem sich ein Backsteingebäude erhob. Hinter den vergitterten Fenstern drängten sich schwarze Gesichter. In dem langen Raum nahm ein Auktionator seinen Platz auf einer grob gezimmerten Bühne ein. Er ließ die Lederpeitsche gegen den Schaft seines Stiefels schnalzen. Wie immer, wenn Geld im Spiel ist, lag eine angespannte Stimmung in der Luft. Der Mann wirkte mit seiner karierten Hose und dem schäbigen Strohhut wie ein Strolch. Er zupfte an seinem gelblichen Kinnbart.

»Gentlemen, sind Sie bereit?« Seine Stimme hallte von den Steinwänden wider.

Die Bieter scharten sich in Grüppchen um die Bühne. Es waren gut situiert wirkende Herren, so wie wir sie jeden Tag im Speisesaal des Hotels sahen, mit Zylindern aus Biberpelz auf den Köpfen und mit ordentlich gestutzten Bärten. Die meisten hatten eine Zigarre in der einen und einen Katalog mit der Ware des Tages in der anderen Hand.

Die Ware selbst, Menschen von unterschiedlich dunkler Hautfarbe, stand aufgereiht an der Wand und wurde unsanft untersucht. Nicht weit von uns erblickten wir Gruppen von Müttern mit ihren Kindern. Die Frauen trugen schmucke Baumwollkleider, saubere weiße Schürzen und Kopftücher, die Kinder waren barhäuptig.

Wir reckten die Hälse, um einen Blick in das vom Hauptraum abgehende Vorzimmer zu erhaschen, wo einige Männer die Frauen verhörten, ihnen die Münder aufzwangen und ihre Röcke lüpften, sodass ihre Scham zu sehen war.

»Ich habe als junges Mädchen in Richmond so eine Auktion erlebt. Viele Master verkaufen ihre eigenen farbigen Kinder und die Kinder, die von ihren farbigen Töchtern zur Welt gebracht werden.«

»Und das im neunzehnten Jahrhundert«, stellte Georgy fest.

»Heute Nacht wird kein Dampfer und kein Zug diese grausame Stadt verlassen, der nicht als Fracht derart bedauernswerte Menschen an Bord hat.«

Georgy hakte Mutter unter. »Wir dürfen so etwas nicht untätig hinnehmen, nur deshalb, weil es hier erlaubt ist. Mrs. Wolcott kennt den Bürgermeister. Wir müssen mit ihm sprechen.«

Mutter schaute zum Auktionator hinüber. »Aller Wahrscheinlichkeit nach kauft und verkauft der Bürgermeister seine Sklaven ebenfalls hier. Das Gesetz steht auf seiner Seite. Unsere Bitten werden auf taube Ohren stoßen. Vermutlich wird man uns mit Gewalt verschleppen.«

»Trotzdem müssen wir jetzt etwas unternehmen«, beharrte ich. »Stillschweigen würde bedeuten, dass wir uns einverstanden erklären.«

»Ganz deiner Ansicht, Mary«, antwortete Georgy. »Allerdings wäre eine indirekte Vorgehensweise vermutlich wirkungsvoller.«

Inzwischen stieß der Wachmann zwei kleine Jungen und ein nur wenige Jahre älteres Mädchen in Richtung der Bühne. Das Mädchen stand hoch aufgerichtet und gesittet da und ließ einen argwöhnischen Blick über die Anwesenden schweifen. Sie hatte die Arme um die beiden Jungen gelegt. Ihr Haar war unter dem gleichen weißen Tuch verborgen, wie es auch die älteren Frauen trugen. Die Jungen starrten in die Menschenmenge. Sie waren zu jung, um die Todesangst in ihren Augen zu verbergen.

Der Auktionator streckte den Arm mit ausgebreiteter Hand aus, um sie anzupreisen. »Zwei Jungen: Scipio, zehn Jahre, Clarence, zwölf. Und ein Mädchen, Sukey, vierzehn. Das Mädchen ist gut im Haushalt und sauber. Die Jungen eignen sich großartig für die Feldarbeit.«

Drinnen, gleich neben dem Tor, stand eine Frau mit einem Kleinkind im Arm. Ein zweites klammerte sich an ihren Rock. Die Frau hielt den Kopf gesenkt und schluchzte in ihre Handfläche.

»Kennen Sie diese Kinder?«, erkundigte sich Mutter leise bei ihr.

Die Frau wischte sich die Augen ab, warf einen verstohlenen Blick auf die Bühne und drehte sich dann zu Mutter um.

»Das sind alles meine Kinder«, antwortete sie im Flüsterton. »Das da auf der Bühne, das sind alles meine.«

Mutter zog ihr Umschlagtuch enger um sich. »Gütiger Himmel.«

»Das sind meine beiden Jungs und mein Mädchen, Sukey. Sie ist nicht mein eigen Fleisch und Blut, aber ich habe sie großgezogen. Ein braves Mädchen. Die Jungs haben sie sehr, sehr lieb.«

Die Frau drückte das Kleinkind fester an sich und schaute sich um.

»Keine Angst, Sie können offen mit uns sprechen, Ma'am«, flüsterte Mutter.

»Dass die ein paar von meinen Kindern verkaufen, war zu erwarten. Doch meine beiden Kleinen hier, die will ich behalten. Sie sind noch so hilflos und brauchen ihre Ma.«

»Und Ihr Mann?«, fragte ich.

»Verkauft. Schon vor Monaten.«

»Wohin?«, erkundigte sich meine Mutter.

»Ich weiß nicht, Missis. Es ist schwer, wenn einem die bessere Hälfte weggenommen wird. Aber was soll ich tun? Es bricht mir einfach nur das Herz.«

Inzwischen wurden Sukey und die Jungen auf der Bühne von Kauflustigen umringt.

»Sie soll das Kleid ausziehen«, rief ein Mann.

»Sie hätten sie sich vorhin gründlich ansehen können«, entgegnete der Auktionator. »Sie kennen die Regeln.«

Dann zerrte er dem Mädchen das Kleid an der Schulter herunter und packte es am Kinn. »Lächeln, Kleine.«

Sukey zwang sich zu einem Lächeln.

»Und schauen Sie sich diese Grübchen an. Die wird noch mal ein Prachtstück.«

Als der Auktionator den Saum ihres Kleides lüpfte, um

Knöchel und Beine vorzuzeigen, riss Sukey ihm den Stoff aus der Hand.

»Was ist denn mit ihren Augen los?«, rief einer der Umstehenden.

»Die hat nur geheult, mehr nicht«, antwortete der Auktionator. »Sonst ist mit ihr alles in Ordnung.«

»Verkaufen Sie das Mädchen einzeln«, sagte ein Mann. »Ich biete sechshundert.«

»Verkauft ...«, verkündete der Auktionator.

Sukeys Brüder schlangen die Arme um ihre Taille. Als der Auktionator sie gewaltsam wegzerrte, fingen die Jungen zu weinen an und schlugen mit den Fäusten nach ihm.

Durch die Gitterstäbe steckte Georgy der Frau Mutters Visitenkarte zu, unter der sie eine Goldmünze im Wert von zwanzig Dollar versteckt hatte. Auf der Münze war die Freiheitsstatue zu sehen. »Schnell. Nehmen Sie.«

»Oh, nein, Miss.«

Georgy schob die Karte den Gitterstab hinunter zur Hand der Frau. »Hier, niemand wird etwas bemerken. Es ist nicht viel, aber mehr haben wir im Moment nicht bei uns. Falls Sie es bis nach New York schaffen, kommen Sie zu dieser Adresse. Dort wird man Ihnen helfen.«

Die Frau blickte sich um und verstaute dann Karte und Münze tief in der Tasche ihrer Schürze. »Danke, Missis. Sehr gütig von Ihnen. Ich verstecke es gut.«

Der Wachmann erschien und stieß die Frau, das Kind in den Armen, und ihren kleinen Sohn zum Auktionsblock.

Sie drehte sich noch einmal um. »Ich heiße Alice«, rief sie, während der Mann sie ungeduldig die Stufen hinaufschubste.

»Ich kann mir nicht vorstellen, dass sie je frei und in der Lage sein wird, zum Brevoort Place zu kommen«, sagte Mutter.

Ich wandte mich wieder der Bühne zu. »Es ist besser als nichts.«

Langsam stieg Alice mit ihren beiden Kindern die Stufen hinauf und zog sie an sich. Der Auktionator spulte seine üblichen Sprüche herunter und nannte Einzelpreise für sie und ihre Kinder. Der Zuschlag erfolgte rasch.

»Verkauft!«, rief der Auktionator. »Einhundert Dollar für James und Baby Anthony. Neunhundert für Alice.«

Alice fiel vor dem Auktionator auf die Knie und flehte ihn an, ihre Kinder behalten zu dürfen.

In finsterer Entschlossenheit machte Mutter kehrt und marschierte über die Chalmers Street zurück zu unserem Hotel. Als wir ihr folgten, lastete das Elend dieser verkauften Menschen schwer auf unserer Seele. Alices verzweifelte Schreie gellten uns in den Ohren und zeugten von schier unermesslichem Leid.

Diesen Gesichtsausdruck kannte ich bei Mutter. Es war genau wie damals, als Vater gestorben war und sie mit acht minderjährigen Kindern zurückblieb. Und auch, als wir geweint hatten, weil sie uns in das fremde New York verpflanzte.

Wir werden etwas gegen dieses Grauen tun, sagte dieser Blick. *Und wenn es uns das Leben kostet.*

Kapitel 2

GEORGY

Brevoort Place, New York City
April 1861

Onkel Edward setzte mich am New York Hospital ab, einem gewaltigen Gebäude, das an eine steingewordene Hochzeitstorte erinnerte. Es war ein Hort der Ruhe nach einer Kutschfahrt über den von Passanten und Fahrzeugen wimmelnden Broadway. Die Straße war schwarz von Menschen, allesamt in heller Aufregung wegen des vermutlich bevorstehenden Krieges.

Vor nur wenigen Stunden hatte der Tag begonnen wie jeder andere. Es war Frühstückszeit, und ich stand im Esszimmer unseres Hauses, Brevoort Place acht, einem vierstöckigen Stadthaus mit Backsteinfassade in Manhattans East Side, während meine Schwester Jane den aufgetrennten Saum meines Kleides in Ordnung brachte. Es war nagelneu und schlicht und bestand aus schwarzer, mit weißen Kanten abgesetzter Seide.

Mutter saß am Tisch auf dem Platz, der dem Kaminfeuer am nächsten war. Sie trug ein Hauskleid und gab Margaret, einem unserer beiden Dienstmädchen, ausstaffiert mit weißem Häubchen und Schürze, Anweisungen, wo sie die warmen Speisen abstellen sollte. An diesem Morgen waren nur drei meiner sechs Schwestern, Abby, Jane und Carry, anwesend. Mary und Hatty befanden sich auf Reisen, und Eliza hielt sich in ihrem Landhaus auf.

Abby, die älteste, saß neben Mutter und beugte sich über ihre Korrespondenz.

Jane, die zweite im Bunde, kauerte mir zu Füßen und befasste sich mit meinem aufgetrennten Saum. Neben ihr auf dem Teppich stand, die perlmuttfarbenen Abteile aufgefächert wie Blütenblätter, ihr schwarzes Nähkästchen. Es ähnelte eher einem mit Nadeln und Garnen bestückten Operationsbesteck. Allein weißer Faden war in zehn Schattierungen vorhanden.

Ich strich ihr das rotblonde Haar glatt, das ihr in Wellen über die Schultern fiel und mich stets an die Venus von Botticelli denken ließ. »Beeil dich, Jane.«

Sie zupfte an meinem Rock. »Halt still, Georgy, sonst steche ich dich noch blutig.«

Carry, mit zweiundzwanzig Jahren unser Nesthäkchen, saß auf Mutters anderer Seite und fütterte Pico, den kleinen weißen Mischlingshund, mit Stückchen von ihrem Schmalzgebäck.

»Frank Bacon wird das Kleid gefallen«, stellte sie nun fest.

Ich wischte mir einen eingebildeten Fussel vom Rock. »Frank Bacon kann mir mal den Buckel runterrutschen.«

Abby blickte von ihrem Brief auf. »Du verschmähst einen Verehrer, an dem überhaupt nichts auszusetzen ist, während andere froh wären, wenn sie einen hätten.«

»Dann heirate du ihn doch.«

Als Abby errötete, bereute ich meine Bemerkung sofort. Mit dreiunddreißig Jahren hatte Abigail es schon vor langer Zeit aufgegeben, auf den Heiratsantrag unseres lieben Cousins Theodore Winthrop zu warten. Und Jane hatte mit einunddreißig ebenfalls keine Aussichten mehr: Ihre Verehrer hatten sich alle anderweitig verheiratet oder waren, in Vorbereitung auf den Krieg, zum Militär gegangen oder nach Europa entschwunden. Deshalb gingen alle davon aus, dass Abby und Jane wohl ledig bleiben würden.

»Er wird sich nicht ewig ins Zeug legen«, murmelte Abby.

»Mit seinem kurz geschorenen Bärtchen sieht er aus wie ein italienischer König«, entgegnete ich.

Als im vorderen Teil des Hauses das Schellen der Türglocke ertönte, hastete unsere brave Margaret mit flatternden Haubenbändern los, um aufzumachen. Die Aussicht auf einen morgendlichen Eindringling in unserem heiligen Refugium ließ uns stocksteif wie aufgeschreckte Rehe verharren.

»Um diese Zeit?«, entsetzte sich Mutter.

Kurz darauf kam Onkel Edward, die gefaltete *New York Tribune* in der Hand, hereingestürmt. Der Onkel war uns stets willkommen und ein sehr angenehmer Mensch, den alle, die ihn kannten, über den grünen Klee lobten. Ein Hang zur Eitelkeit und ein loses Mundwerk waren seine einzigen Laster. Mit seiner stattlichen Erscheinung war er Vater wie aus dem Gesicht geschnitten, und in seinen aufrichtig dreinblickenden blauen Auen malten sich Güte und Zuneigung. Er kleidete sich sogar wie Vater. Seine Gehröcke stammten von einem guten Schneider, die Hosenbeine saßen ausgezeichnet und betonten seine wohlgerundeten Waden.

Mutter nickte ihm zu. »Oh, Edward, du bist es. Setz dich.«

»Ich bin unterwegs in den Club und kann nicht lange bleiben. Was für Neuigkeiten! Draußen ist der Teufel los. Wie könnt ihr alle so ruhig sein?«

»Trink ein Tässchen Tee. Jane hat Zucker aufgetrieben,

der in Haiti frei von den Grauen der Sklaverei geerntet wurde.«

»Ihr müsst es doch schon gehört haben«, wunderte er sich und blickte uns nacheinander an.

Carry beugte sich zu ihm hinüber. Ihr Haarband baumelte dicht über den mit Sirup bestrichenen Waffeln auf ihrem Teller. »Was gehört, Onkel?«

»Ich weiß, dass ihr die Ereignisse in South Carolina aufmerksam verfolgt habt ...«

»Ja«, antwortete Abby.

»Nachrichten aus Charleston lassen nur noch wenig Zweifel daran aufkommen ...«

»*Bitte,* Onkel«, unterbrach Abby.

»... dass Fort Sumter unter Beschuss genommen wurde.«

Carry sprang auf, als hätte sie etwas gestochen. »Wir haben Krieg!«

»Die Konföderierten haben um halb fünf, also noch vor Sonnenaufgang, den ersten Schuss auf die Flagge unseres Landes abgegeben. Major Anderson zieht sich von der Insel zurück. Die Bürger von Charleston standen jubelnd auf den Dächern.«

Jane schnitt den Faden ab und warf die kleine Schere mit einem Scheppern ins Nähkästchen. »Also tritt der Süden tatsächlich aus. Es ist ein Trauerspiel.«

»Welche Staaten wollen bei der Union bleiben?«, erkundigte sich Mutter.

»Alle Nordstaaten haben an Präsident Lincoln telegrafiert und ihm Geld und Soldaten in Aussicht gestellt. Maryland und Kentucky müssen sich noch bekennen.«

Mutter stand auf. »Margaret, holen Sie den Mahagonitisch aus meinem Zimmer. Und die Mullpresse. Wir werden bald großen Bedarf an Verbandsmaterial haben.«

Onkel Edward steuerte auf den hinteren Flur zu, wo eine Treppe zu den Schlafzimmern hinaufführte. »Wo ist dein Sohn? Liegt er um diese Zeit etwa noch im Bett?«

Mutter stellte sich ihm in den Weg. »Was willst du von Charley?«

»Nun, vielleicht möchte er sich ja freiwillig melden. Am Broadway wurde bereits eine Rekrutierungsstelle eingerichtet. Die Winthrop-Brüder sind ganz sicher dabei.«

»Seine Cousins sind erwachsene Männer, Edward. Charley ist erst einundzwanzig. Willst du den einzigen Sohn deines armen verstorbenen Bruders in den Tod treiben?«

Als Onkel Edward die Zeitung auf den Tisch warf, griff Carry rasch danach. »Die ganze Woche werben sie schon Krankenschwestern für den Kriegsfall an. Man kann sich heute Vormittag im Krankenhaus vorstellen.«

»An einem Sonntag? So etwas habe ich ja noch nie ...«

»Wir haben *Krieg,* Mutter«, wandte Abby ein.

Ich trat einen Schritt auf Onkel Edward zu. »Ich melde mich.«

Abby ließ ihren Füllhalter fallen. »Gütiger Himmel, Georgy. Du willst Krankenschwester werden? Zu dieser Arbeit werden normalerweise weibliche Strafgefangene verpflichtet. Zehn Tage Gefängnis, und danach geht es ab zum Dienst im Bellevue.«

»Jetzt ist es anders«, entgegnete ich. »Dr. Elizabeth Blackwell ist an der Sache beteiligt. Die ganze Woche schon stehen Annoncen in der Zeitung. Sie will eine Brigade ausgebildeter Krankenschwestern aufstellen.«

»So ein Unsinn«, höhnte Jane.

Ich nahm meine Handschuhe vom Kaminsims und versuchte dabei, den Fächer mit dem Elfenbeingriff nicht anzusehen. Ausgebreitet wie das Rad eines Pfaus ruhte er in dem Glassturz, den Mutter dafür hatte anfertigen lassen. Der Dank an Vater und mich für unsere Geistesgegenwart damals am Strand.

Ich wandte mich an Carry. »Es geht alles mit rechten Dingen zu. Ein Ausschuss aus angesehenen Ärzten führt die Aufsicht. Außerdem: Wer von euch will mich aufhalten? Ihr seid ja alle noch nicht richtig angezogen.«

Onkel Edward berührte mich am Unterarm. »Georgy, das ist kein Zeitvertreib für kultivierte junge Damen. Ungehobelten Soldaten die Bettpfanne zu reichen …«

»Es ist mir schnurzpiepegal, wie kultiviert ich bin, Onkel.«

Abby sah Mutter an. »Sie wird sich irgendetwas Grässliches einfangen.«

»Ich bin achtundzwanzig und kann auf mich selbst aufpassen, vielen Dank auch. Außerdem arbeitet Eliza oben in Fishkill ebenfalls als Krankenschwester.«

Mutter eilte zu mir herüber und strich mir mit der Hand über den Rücken. »Eliza verbindet die Dorfbewohner und verteilt Medizin. Das hier ist ein *Krieg,* Georgy, mein Kind. Wäre es da nicht besser, wenn wir alle zusammenblieben?«

Ich versuchte, Mutters von Sorge gezeichnetes Gesicht nicht anzusehen. Immer wieder gelang es ihr, mich mit Güte und Binsenweisheiten um den Finger zu wickeln. Jane Eliza Woolsey war eine ernst zu nehmende Gegnerin, und Einfühlsamkeit und Anmut waren ihre schärfsten Waffen. »Es gibt viele Mittel und Wege, von zu Hause aus etwas zur Sache beizutragen.«

Ich ließ zwei Finger über ihre gepuderte Wange gleiten. Wie sollte ich ihr klarmachen, dass ich hier, so weit ab vom Geschehen, den Verstand verlieren würde? Eingesperrt in diesem lieben alten Haus, das von Erinnerungen an Vater nur so strotzte, während der Rest der Welt in den Krieg zog?

»Ich weigere mich, die Hände in den Schoß zu legen, Mutter.«

Carry hielt die Zeitung hoch. »Hier ist eine ganze Liste von Voraussetzungen abgedruckt, die eine Krankenschwester mitbringen muss, und du hast keine einzige davon vorzuweisen.«

Ich setzte die Haube mit der Borte aus rosafarbenen Rosenknospen auf und band sie unter dem Kinn zu.

Unterdessen las Carry aus der Zeitung vor: »›Um sich das begehrte *Blue Ticket* zu verdienen, müssen die Kandidatinnen bereit sein, sich strengen Regeln zu unterwerfen …‹«

Abby lachte auf. »Das könnte schwierig werden für jemanden, der bei Vater nur *sein Wildfang* hieß.«

»›… außerdem besteht die Pflicht zum Tragen einer sehr schlichten, vorschriftsgemäßen Schwesterntracht.‹«

»Deine französische Haube musst du unbedingt zum Vorstellungsgespräch vor dem Ausschuss aufsetzen«, spottete Jane. »Sie werden dich bestimmt vom Fleck weg nehmen.«

»Geh nicht, mein Kind«, sagte Mutter. Sie nestelte an dem goldenen Medaillon, das sie an einer Kette um den Hals trug. Es war ihr Trauerschmuck, den sie für Vater angelegt hatte. In den Deckel war eine mit Steinen besetzte Spinne eingelassen. »Denk nur daran, wie sich die, die losgezogen sind, über den Kriegsdienst freuen werden, den wir hier zu Hause leisten.«

»Mir wird nichts passieren, Mutter.«

»Du kannst doch nicht allein und zu Fuß zum Krankenhaus gehen«, wandte Abby ein.

Ich trat zur Tür. »Da ich Onkel Edwards Lieblingsnichte bin, setzt er mich bestimmt auf dem Weg zum Club dort ab, oder, Onkel?«

Onkel Edward starrte zu Boden und nickte kaum merklich mit dem Kopf.

»Vater hätte das nicht gewollt«, verkündete Carry.

Vater. Ich wirbelte zu ihr herum. »Woher willst du wissen, was Vater gewollt hätte, Carry? Als er starb, warst du noch ein Säugling.«

Carry betrachtete ihren Teller, und ich sah eine Träne glitzern. Wieder war ich zu weit gegangen.

Ich ging hastig zur Tür.

Abby schob ihren Stuhl zurück und stand auf. »Jede Florence Nightingale in New York wird dort sein, um sich zu bewerben. Es gibt nur eine kleine Anzahl an Plätzen.«

»Hundert, um genau zu sein. Und weil es noch so früh ist, bin ich bestimmt eine der Ersten in der Schlange.«

Onkel Edward und ich gingen den Flur hinunter und am Salon vorbei zur Haustür.

»Und man muss über dreißig sein!«, rief Carry mir nach. »Außerdem nicht hübsch. Du bist auf gar keinen Fall hässlich genug.«

Als ich in die von marmornen Säulen gestützte Eingangshalle des Krankenhauses kam, hatte sich bereits eine große Anzahl Frühaufsteherinnen eingefunden. Frauen aus allen gesellschaftlichen Schichten drängten sich in dem kalten Raum zusammen. Einige Glückspilze hatten einen Platz auf den Bänken aus Eichenholz ergattert, doch die meisten mussten stehen. Manche der Wartenden hatten ein oder zwei Kinder im Schlepptau. Eine Frau in einem langen grauen Umhang, deren teigiges Mondgesicht dem von Mary Todd Lincoln bemerkenswert ähnelte, verteilte Bewerbungsformulare und Bleistifte.

»Bitte ordentlich anstellen, meine Damen«, übertönte

sie das Stimmengewirr. Beim Sprechen trat ihr eine kleine weiße Dampfwolke über die Lippen.

»Warum zündet hier niemand ein Feuer an?«, erkundigte ich mich.

»Für männliche Bewerber würde man das sicher tun.« Sie reichte mir ein zweiseitiges Formular und einen Bleistiftstummel. »Wenn Sie das rasch ausfüllen, werden Sie vielleicht sofort drangenommen. Eine Bewerberin ist gerade ausgeschieden. Sie hatte schreckliches Lampenfieber, weil sie solche Angst vor der Befragung durch das Ärztegremium hatte. Die Arme. Warten Sie in diesem Flur dort, bis Sie vor den Ausschuss gerufen werden.«

Ich warf einen Blick auf die Formulare. »Hier steht ›mit Tinte ausfüllen‹.«

Sie zuckte die Achseln. »Bis jetzt hat sich der Ausschuss nicht beschwert, und das, obwohl sie heute schon mit fünfzig Bewerberinnen gesprochen haben. Dreiundzwanzig wurden genommen.«

Ich trug meinen Namen und meine Adresse ein. *Brevoort Place, New York City.* Gewiss würde die prestigeträchtige Adresse unweit des berühmten Brevoort Hotels Eindruck auf die Ausschussmitglieder machen. Beim nächsten Punkt hielt ich inne, der Bleistift schwebte über der Zeile. *Alter.* Natürlich war ich viel zu jung, um zwei Jahre sogar. Was, wenn ich es mit der Wahrheit nicht so genau nahm und einfach »30« schrieb? Ich ließ die Frage unbeantwortet.

Die Frau beugte sich näher zu mir. »Verraten Sie niemanden, dass Sie das von mir haben, aber die suchen Oberschwestern, Matronen, die nicht mit modischem Firlefanz und einem reizenden Lächeln die Patienten verrückt machen.« Sie bedachte meine Halskette mit einem vielsagenden Blick. »Die letzte Dame trug Ohrringe. Sie konnte gar nicht so schnell schauen, wie sie wieder draußen war.«

»Das ist ein Familienerbstück. Ich trage es täglich. Das Risiko gehe ich ein.«

»Und was ist mit der Haube? Ich möchte Ihnen ja nicht zu nahe treten, aber diese Blümchen ...«

Während ich in Richtung Sitzungssaal hastete, riss ich mir die zarten französischen Rosenknospen von der Haube und verstecke sie in meinem Ärmel.

Nachdem ich eine schiere Ewigkeit auf dem Flur gewartet hatte, wurde mein Name aufgerufen. Ich trat ein und stand vor dem Ausschuss. Es waren fünf Männer, die meisten mit schlohweißem Haar. Sie trugen schwarze Anzüge und saßen kerzengerade hinter zwei zusammengeschobenen Tischen aus Eichenholz. Jeder hatte ein zusammengeknicktes Stück Papier mit seinem Namen darauf vor sich stehen.

Ich gab Dr. Harris meine Bewerbung.

»Guten Tag, Miss ... Woolsey, richtig? Würden Sie uns Ihren vollen Namen nennen?«

»Georgeanna Muirson Woolsey.«

»Und warum, Miss Woolsey, möchten Sie sich der *Women's Central Association of Relief* anschließen?«

»Ich will den gleichen Beitrag leisten wie ein Soldat, Sir.«

Zwei Ärzte ganz rechts von mir wechselten einen Blick.

»Das könnte sich als unmöglich erweisen, Miss Woolsey«, erwiderte Dr. Harris. »Denn schließlich werden Sie nicht auf dem Schlachtfeld eingesetzt.«

»Ich wüsste nicht, was dagegenspräche, Sir. Mir erscheint es ungerecht, dass diese Männer ihr Leben riskieren, während ich zu Hause sitze.«

»Erzählen Sie uns mehr über sich, Miss Woolsey.«

»Wenn Sie mir sagen, was genau Sie wissen möchten.«

Zwei Ärzte studierten etwas, das aussah wie die Speisekarte eines Restaurants. Ein dritter reinigte seine Pfeife und klopfte sich mit dem Pfeifenkopf auf die Handfläche.

»Nun, würden Sie sich als gewissenhaft bezeichnen?«, fragte Dr. Harrison.

»Ja, Herr Doktor.«

»Woran machen Sie das fest, Miss Woolsey?«

»Zum Beispiel würde ich von Bewerbern nicht verlangen, ein Formular wie dieses mit Tinte auszufüllen, und ihnen dann nur einen Bleistift zur Verfügung stellen.« Die Ärzte rutschten auf ihren Stühlen herum. »Oder die Vorhalle nicht beheizen, obwohl Frauen und Kinder dort warten, manche von ihnen stundenlang.«

Dr. Compton verschränkte die Finger und beugte sich vor. Er schien jünger als die anderen zu sein, hatte eine hohe Stirn und trug einen gequälten Gesichtsausdruck zur Schau. »Eine unbeheizte Vorhalle ist nichts verglichen mit den unerfreulichen Bedingungen, unter denen Sie Ihre Arbeit werden tun müssen, Miss Woolsey.«

»Nur Märtyrer erdulden Leid, obwohl es einfache Lösungen für ein Problem gäbe, Dr. Compton. Und ich sehe es als meine Aufgabe, Probleme zu lösen.«

Er lehnte sich zurück und verschränkte die Arme vor der Brust. »Es ist nur eine Frage der Zeit, bis Sie und die anderen Schwestern alles mit ihren Reifröcken umwerfen, Männer mit Durchfall nach Lust und Laune Orangen essen lassen und die Chirurgen in den Wahnsinn treiben.«

»Ich trage keine Reifröcke, Dr. Compton.«

»Und wie sieht es mit Ihrer Schulbildung aus, Miss Woolsey?«, erkundigte sich Dr. Harris.

»Als Kind habe ich Miss Murdocks Schule in Boston besucht. Anschließend war ich auf dem Rutgers Female

Institute hier in Manhattan. Und meinen Abschluss habe ich am Misses Annable's Young Ladies' Seminary in Philadelphia gemacht. Danach habe ich mit meiner jüngeren Schwester Eliza Indien und Ägypten bereist.«

»Ach, eine Kavaliersreise sozusagen?«, hakte Dr. Harris nach.

»Männer tun das schon seit Jahrhunderten. In meiner Familie erweitern auch Frauen ihren Horizont.«

»Ihre Schulnoten?«, wollte Dr. Compton wissen.

»Recht gut, Dr. Compton. Am Tag meiner Abschlussfeier meinte unser Lehrer Mr. Holan im Scherz zu Mutter, dass das Direktorium wegen der vielen Auszeichnungen bald in finanzielle Nöte geraten würde, wenn sie ihre Töchter nicht bald aus der Schule nähme.«

Einige Ärzte lachten bei diesen Worten leise auf.

»Sprachen?«, fragte Dr. Harris.

»Deutsch, Französisch, Latein und Italienisch. Ich lerne schnell, und die Vorstellung, eine Lehrerin wie Dr. Elizabeth Blackwell zu bekommen, ist außerordentlich beflügelnd, Sir. Die erste Frau in diesem Land, die ein Medizinstudium abgeschlossen hat. Es wäre eine gewaltige Ehre, mich auch nur im selben Raum aufzuhalten wie sie. Ich habe bereits mit dem Gedanken gespielt, selbst eine Schwesternschule zu eröffnen …«

Dr. Compton beugte sich vor. »Eine Schule für Krankenschwestern?«

»Ist das denn eine so abwegige Idee?«

»Und was ist mit unseren tüchtigen Krankenpflegern? Sollen die etwa nach Hause gehen und stricken?«

»Das bleibt ihnen selbst überlassen, Dr. Compton. Vielleicht sollten sie sich ihren kämpfenden Brüdern anschließen.«

»Sind Sie mit Hauspersonal aufgewachsen?«, erkundigte sich Dr. Harris.

»Da wären Kate, die Köchin, Margaret, das Hausmädchen, der treue William in der Speisekammer …«

Dr. Compton rückte seine Manschetten zurecht. »Müssen wir uns jetzt Ihre ganze Personalliste anhören?«

»Ja, Mutter beschäftigt Hausangestellte. Aber es wurde immer von mir erwartet, dass ich im Haushalt helfe.«

Dr. Harris blätterte in seinen Papieren. »Die Krankenpflege ist Schwerstarbeit, insbesondere für jemanden, der Widrigkeiten nicht gewöhnt und, nun ja, *privilegiert* aufgewachsen ist. Sind Sie nah am Wasser gebaut?«

»Ich weine nicht, Herr Doktor. Genau genommen weine ich eigentlich nie.«

Dr. Benson zog die Augenbraue hoch.

»Wir brauchen Frauen, die nichts gegen schlichte Kleidung einzuwenden haben«, fuhr Dr. Compton fort. »Wie Sie sicher wissen, ist es Krankenschwestern nicht gestattet, Schmuck jedweder Art zu tragen.«

Ich warf einen Blick auf das Mieder meines Kleides, wo Vaters Uhrkette aus Messing hing, die ich als Halskette benutzte. »Die hier habe ich ständig um, sie ist schon ein Teil von mir geworden.«

Dr. Harris schichtete meine Bewerbungsunterlagen zu einem Stoß zusammen und klopfte damit auf den Tisch. »Ich fürchte, dann sind wir hier fertig, Miss Woolsey.«

Ich berührte die Uhrkette. »Natürlich werde ich sie ablegen, während ich Patienten versorge, Gentlemen. Die Uhrkette gehörte meinem Vater. Seit seinem Tod trage ich sie jeden Tag. Als es geschah, war ich noch sehr jung. Damals lebten wir in Boston. Er starb auf See, an Bord des Dampfers *Lexington* auf der Überfahrt von New York nach Hause.«

Dr. Harris legte den Füllhalter weg.

»Es war eine bitterkalte Nacht, das Thermometer zeigte Minusgrade an, und der Long Island Sound war voller Treibeis. Als zwischen den Baumwollballen im Frachtraum Feuer ausbrach, wurde Alarm gegeben. Von der Besatzung und den Passagieren haben nur vier überlebt. Mein Vater gehörte nicht dazu.«

Der Arzt am Ende des Tisches beugte sich vor. »Unser tief empfundenes Mitgefühl, Miss Woolsey.«

»Die Messingbuchstaben hier an der Kette stehen für die sieben Töchter, die er hinterließ. Meine Schwestern und mich. Mein Bruder Charles wurde wenig später geboren.«

Dr. Harris nahm die Brille ab. »Ihr Vater starb also, ohne zu wissen, dass er einen Sohn hatte.«

»Dass das Ergebnis kein privilegiertes Dasein ist, kann ich Ihnen versichern, Herr Doktor. Seit seinem Tod mühe ich mich Tag und Nacht ab, um meiner Mutter einen Teil der Haushaltspflichten abzunehmen und ihr das Leben zu erleichtern.«

Dr. Harris schwieg einen Moment. »Was hält Ihre Familie davon, dass Sie diesen Berufsweg einschlagen wollen?«

»Sie sind absolut dagegen. Allerdings hat mich das noch nie von etwas abhalten können. Nein, nichts wird mich daran hindern, mich mit Leib und Seele für mein Land einzusetzen, Sir. Wenn nötig, würde ich sogar mein Leben opfern, damit es von der Geißel der Sklaverei befreit wird. Ich glaube, mein Vater würde das begrüßen.«

Die Ärzte saßen reglos da. Schließlich ergriff Dr. Harris das Wort. »Miss Woolsey, ich muss Sie bitten, uns einen Moment allein zu lassen, damit wir uns beratschlagen können.«

Ich trat auf den Flur hinaus, wo ich mich an die Wand aus altem Stein lehnte und meine Antworten noch einmal Revue passieren ließ. Dr. Compton würde ganz sicher gegen mich stimmen. Als ich die Augen schloss, hatte ich Abbys selbstzufriedenes Grinsen vor Augen, wenn ich ohne mein Blue Ticket nach Hause kam.

Nach langer Zeit rief Dr. Harris mich zurück in den Sitzungssaal.

»Miss Woolsey, hatten Sie die Masern?«

»Ja, Herr Doktor.«

Er gab mir mein Bewerbungsformular zurück. »Dann ist es mir eine Ehre, Miss Georgeanna Muirson Woolsey, Ihnen im Namen von Dr. Elizabeth Blackwell und diesem Ausschuss einen Platz im ersten Lehrgang der *Women's Central Association of Relief* zur Ausbildung von Krankenschwestern für die Armee anbieten zu können. Sie haben uns beinahe einstimmig mit Ihrer Charakterfestigkeit und Ihrer Entschlossenheit überzeugt, und wir sind der Ansicht, dass Sie ein Gewinn für unsere Organisation sein werden. Möge Gott Sie beschützen.«

»Danke, Gentlemen.« Ich nahm das Formular und verabschiedete mich rasch, ehe sie es sich vielleicht noch anders überlegten. Als ich durch die Vorhalle hastete, stieß ich immer wieder mit den zahlreichen kommenden oder gehenden Frauen zusammen. Nachdem ich ein stilles Eckchen gefunden hatte, entfaltete ich das Formular, auf dem Dr. Harris' markante Unterschrift prangte. Ganz oben war das berühmte Blue Ticket angeheftet, das die Aufschrift *Schülerin Nummer 24* trug.

Als ich es wieder zusammenfalten wollte, bemerkte ich, dass die Spalte mit der Altersangabe noch immer leer war. Endlich gestattete ich mir ein Lächeln.

Danach begann der Ernst des Lebens. Jeden Morgen um fünf sprang ich aus dem Bett und trat im New York Hospital an, wo auf zwei Wochen theoretischen Unterricht ein zehntägiges Praktikum bei Dr. Blackwell und ihren Kollegen folgte. In den Schulstunden hing ich an Dr. Blackwells Lippen, während sie uns berichtete, was für ein Kampf es gewesen sei, überhaupt Medizin studieren zu dürfen. Sie schilderte uns außerdem in allen schmerzhaften Details, wie sie bei der Behandlung eines Kleinkindes in einem Pariser Krankenhaus auf einem Auge erblindet war.

»Lernen Sie aus meinem Fehler«, verkündete sie. »Und richten Sie Ihre äußerste Aufmerksamkeit auf die hygienischen Bedürfnisse der Patienten.«

Ich hatte Freude daran, Verbandstechniken, alles über die Arbeit auf der Station und die verschiedenen Medikamente zu lernen. Dr. Blackwell stand vor uns einhundert Schwesternschülerinnen in einem kleinen Unterrichtsraum, der wie ein Amphitheater gebaut war. Das dunkle Haar hatte sie in einem weißen Haarnetz zusammengefasst. Sie war eine leidenschaftliche Rednerin und hatte, so wie ich, ihren Vater schon in jungen Jahren verloren. Außerdem lehnte sie die Sklaverei aufs Entschiedenste ab, weshalb ich mich ihr umso mehr verbunden fühlte.

Nach einer Unterrichtstunde stand ich mit zwei anderen Schwesternschülerinnen draußen vor dem Klassenraum.

»Sie ist wirklich eine mitreißende Lehrerin«, meinte die eine.

»Noch nie habe ich erlebt, dass sich jemand so deutlich für die Rechte der Frau ausspricht«, sagte ich. »Vielleicht hätte sie ja eines Tages Lust, an meiner Schwesternschule zu unterrichten.«

»An deiner Schwesternschule?« Die beiden lachten. »Dass

Dr. Blackwell uns das Verbinden und Bettenmachen beibringt, hat doch nur mit dem Krieg zu tun«, erwiderte die eine in verschwörerischem Ton.

»Auf Dauer eine Schwesternschule für Frauen einzurichten wäre wirklich zu viel des Guten«, ergänzte die andere. »Wenn die Männer aus dem Krieg zurückkommen, werden sie es gar nicht gern sehen, dass du uns Frauen anstachelst, ihnen die Arbeit wegzunehmen.«

Als die beiden zu ihrer nächsten Stunde eilten, kam Dr. Blackwell aus dem Klassenraum und zog die Tür hinter sich zu. Sosehr ich mich auch bemühte, in ihrer Gegenwart brachte ich kaum einen Ton heraus.

»Hören Sie nicht auf die beiden Schwarzseherinnen«, sagte sie zu mir, während sie die Tür abschloss. »Sie sind den anderen haushoch überlegen. Wer Ihnen den Schneid abkaufen will, rechtfertigt damit nur seine eigene Einfallslosigkeit und wird nie etwas Großartiges leisten.«

Ich wollte antworten, doch es hatte mir die Sprache verschlagen. Die Ärztin blickte mich unverwandt an.

»Als ich beschloss, Medizin zu studieren, erklärte man mir, dass ich auf starke Vorurteile stoßen würde. Entweder müsste ich diese Vorurteile hinwegfegen, oder ich würde von ihnen hinweggefegt werden. Ihnen kann ich nur denselben Rat geben, Miss Woolsey. Haben Sie keine Angst. Bilden Sie Ihre eigene Armee von Krankenschwestern aus.«

Sie entfernte sich auf dem Flur, drehte sich aber noch einmal um: »Und ich würde mich freuen, wenn ich eines Tages an Ihrer neuen Schule unterrichten könnte.«

Dr. Blackwells Worte hallten noch in meinen Ohren, als ich einen knappen Monat später zum Krankenhaus eilte. Es war der Tag der letzten Visite, an dem sich entscheiden würde, ob ich meine Abschlussurkunde erhielt. Während ich meinen Schritt beschleunigte, erschienen plötzlich Tausende von Flaggen, große und kleine, in allen Fenstern und Türen. In der Stadt wimmelte es von aufgeregten Menschen, und die Luft war erfüllt von patriotischer Marschmusik und dem Stiefelgepolter der Regimenter.

In meiner neuen Schwesterntracht kam ich mir schrecklich wichtig vor. Allmählich hatte sich meine Familie an den Gedanken gewöhnt, dass ich Krankenschwester werden wollte, und mich bei der Beschaffung einer Ausstattung für den Dienst unterstützt. Nun trug ich einen grauen Rock mit kurzer Jacke, eine weiße Schürze und anstelle eines Reifrocks einen waschbaren Unterrock, der beim Gehen raschelte.

Meine bisherige praktische Ausbildung war eine Feuertaufe gewesen. Man hatte mich und eine andere Schwesternschülerin einfach ins kalte Wasser geworfen, indem man mir die Verantwortung für eine riesige Station übertrug. Inzwischen war es mir in Fleisch und Blut übergegangen, eine Schicht zu leiten. Einige der Schülerinnen hatten den Lehrgang abgebrochen oder waren wegen Zimperlichkeit oder Launenhaftigkeit nach Hause geschickt worden. Wir, die noch übrig waren, fühlten uns kleineren Notfällen oder einfachen Knochenbrüchen gewachsen. Auf dem Weg zum Krankenhaus schickte ich ein Stoßgebet zum Himmel, dass bitte nichts dazwischenkommen und meinen Abschluss vereiteln möge.

Gerade noch rechtzeitig fand ich den jungen Dr. Prentiss, einen unserer Lehrer, der in diesem Moment seine Visite begann. Er stand am Bett eines Patienten, der ein fahles Gesicht hatte und ein Pflaster seitlich am Hals trug.

»Für Ihren letzten Tag habe ich mir einen ganz besonders

interessanten Fall ausgesucht«, empfing er mich. »Ein brandiger Hundebiss am Hals. Die Wunde nässt und sondert beträchtliche Mengen von Eiter ab. Also in etwa vergleichbar mit dem, was Sie eines Tages an der Front zu sehen kriegen werden. Wir wollen anfangen. Schwester, ein Becken«, wies er mich an.

Ich wollte beweisen, dass ich bei der Behandlung einer solchen Wunde assistieren konnte, und eilte zum Schrank.

»Sie dürfen niemals rennen, Schwester!«, rief er mir nach. »Bleiben Sie immer ruhig. Das wird Ihnen eine große Hilfe sein, wenn es auf der Station einmal hoch hergeht.«

Gemessenen Schrittes kehrte ich zurück und reichte dem Arzt das Becken. Er hielt es an den Hals des Mannes und entfernte das Pflaster, worauf ein Verwesungsgeruch aufstieg, von dem es mir beinahe den Magen umdrehte. Ich musste mich am Bettpfosten festhalten.

»Könnte jemand freundlicherweise einen Stuhl für Miss Woolsey holen?«, meinte der Arzt.

»Es ist alles in bester Ordnung, Herr Doktor«, entgegnete ich, obwohl sich der Raum um mich zu drehen schien.

»Wie Sie möchten, Miss Woolsey«, erwiderte Dr. Prentiss.

Er wandte sich wieder dem Patienten zu und begann, tief in dessen Wunde herumzustochern, worauf der Mann vor Schmerzen schrie. Ich streckte die Hand nach dem Bettpfosten aus, allerdings nicht schnell genug, denn meine Knie gaben nach, und es wurde schwarz um mich.

Kapitel 3

JEMMA

Peeler Plantation, Maryland
Mai 1861

An jenem Morgen hastete ich durch den Salon und ließ den Staubwedel über die Bilderrahmen und die Elfenbeintasten des riesigen alten Klaviers huschen, auf dem nie ein Mensch spielte. Dabei hoffte ich, dass sich der Staub lange genug in der Luft halten würde, damit Miss Anne-May bei Laune blieb und die Hochzeit stattfinden konnte. Sie tat ohnehin schon so, als wäre es ein gewaltiges Opfer, in ihrem Haus eine Hochzeit für die sechs neuen Sklaven aus South Carolina auszurichten. Wenn sie nun noch Staub auf ihrem Klavier im prächtigsten Zimmer des Hauses entdeckte, würde sie mir eine Abreibung mit dem Lederriemen verabreichen. Ganz gleich, ob heute der Tag des Herrn war.

Den Sonntag hatte ich am liebsten, denn dann durfte ich das Haus verlassen und meine Familie in der Hütte am Fuß des Hügels besuchen. Dort legte ich den Kopf auf Mas Schoß und ließ mir von ihr das Haar auskämmen. Pa hatte sich nur für mich eine lustige Geschichte aufgespart, und Sally Smith buk mir einen Brotfladen und bestrich ihn mit selbst gemachtem Quittengelee.

Deshalb kniff ich die Augen fest zu und wandte mich hilfesuchend an Jesus: »Bitte mach, dass diese Hochzeit schnell vorbei ist, damit ich Zeit habe, Ma und Pa in der Hütte zu besuchen. Und bitte mach, dass bei den Neuen ein Mädchen in meinem Alter dabei ist.«

Sweet Clementine, das letzte gleichaltrige Mädchen, war verschwunden, noch ehe ich Gelegenheit gehabt hatte, sie besser kennenzulernen. Anne-May hatte sie so übel verprügelt, dass sie in die Sümpfe lief. Als LeBaron und seine Männer von der Sklavenpatrouille, die Pattyroller, sie schließlich fanden, war sie schon seit einigen Tagen tot. Sie wurde als Warnung an uns alle hinter dem Schweinestall abgelegt. Das arme Mädchen war ganz aufgequollen und am ganzen Leibe zerbissen von dem Viehzeug, das im Sumpf herumfliegt oder kriecht. Schließlich zimmerte Pa eine seiner Holzkisten für sie, und diejenigen von uns, denen LeBaron dafür arbeitsfrei gab, trugen sie zu Grabe.

Aber wenigstens war sie jetzt frei.

Ich wartete auf Anne-May. Ich hatte ihr zwar heute Morgen beim Anziehen geholfen, doch sie wollte noch letzte Hand anlegen, was hieß, dass sie sich zur Stärkung ein Gläschen Brandy genehmigte und dabei ihren Diamantring bewunderte. Sie glaubte, dass niemand von dem Brandy wusste. Ich stellte mich auf die Zehenspitzen, um mit dem Staubwedel über den vergoldeten, mit Schiffen bemalten Spiegel und den Kaminsims zu wischen. Die weißen, plattgesichtigen Porzellanhunde darauf sahen nicht aus wie die Hunde, die ich kannte. Und dann waren da noch die himmelblauen, mit Gold und halb nackten Damen verzierten Vasen, so wertvoll, dass Anne-May sie nie für Blumen benutzte.

Ich stand vor dem Porträt von Tante Tandy Rose. Sie hatte eine weiße Haube auf dem Kopf und schaute wie immer mit säuerlicher Miene auf mich herunter. Tandy Rose kannte ich von allen am besten, da ich ihr die Augen und vor allem die Ohren hatte ersetzen müssen, denn gegen Ende war sie ohne das Hörrohr, das Pa für sie gemacht hatte, stocktaub gewesen.

Für die meisten war sie eine anständige, gottesfürchtige Frau, der es genügte, uns Sklaven hin und wieder durch strenge Regeln zu zeigen, wo unser Platz war. Allerdings konnte sie manchmal auch wirklich gemein sein, was sie nach Kräften an Carter ausgelassen hatte, bevor sie ihn verkaufte. Auch ich hatte es gelegentlich abbekommen. Obwohl sie wegen ihres Alters rasch müde wurde, verprügelte sie mich einmal, weil ich ihre Zeitung gelesen hatte. Es tat so höllisch weh wie nichts zuvor in meinem Leben, denn sie konnte mit ihrer kleinen Peitsche ordentlich zuschlagen. Mein Rücken brannte tagelang wie der Teufel, und ich konnte nur auf dem Bauch schlafen. Allerdings hatte sie in mir den Verdacht geweckt, dass diese Zeitung etwas enthielt, das sich zu lesen lohnte.

Wir alle dankten Gott auf Knien dafür, dass sie uns nie von LeBaron auspeitschen ließ. Mit Ausnahme von denen, die versucht hatten wegzulaufen, natürlich. Er hatte hier angefangen, als ich noch klein war, und war im ganzen Umkreis dafür berüchtigt, wie brutal er neue Sklaven »einarbeitete«. Offenbar wollte Tandy Rose Schäden an ihrem »Eigentum« vermeiden.

Tandy Rose hatte Ma ganz besonders ins Herz geschlossen. Sie war der absolute Liebling der alten Dame. Ma war so hübsch, und außerdem konnte niemand Tandy Rose am Sonntag so gut zurechtmachen wie sie. Ma puderte und schminkte sie und frisierte ihr das Haar genau so, wie sie es wollte, woraufhin die anderen Damen in der Kirche sie mit

Komplimenten überschütteten. Doch seit Anne-Mays Einzug hatte sich alles schlagartig geändert, denn unsere neue Herrin war schrecklich eifersüchtig auf jede Frau, die auch nur ein bisschen hübscher war als sie.

Ich fuhr mit dem Staubwedel jede Fensterscheibe hinunter. In der Ferne floss träge der Patuxent River dahin. Sein Wasser war so tiefblau wie die dunkelblaue Farbe, die man aus den hohen Indigopflanzen an seinem Ufer gewann. Wir waren mitten im Frühling. Tante Tandy Roses liebste Jahreszeit, als sie noch gelebt hatte. Damals, als wir noch Tante Tandy Rose gehörten, durfte ich jede Nacht bei Ma und Pa schlafen, und ich war Jesus dankbar dafür. Sogar nach der schlimmen Sache mit meinem kleinen Bruder Toby hatten wir wenigstens noch unsere Familie.

Die alte Sally Smith, die Köchin, wohnte bereits ihr Leben lang auf der Peeler Plantation. Sie hatte schon dort gekocht, als Ma und Pa aus Georgia ankamen, und wurde für Ma eine Art Ersatzmutter. Sie sahen sich mit ihren herzförmigen Gesichtern und den weit auseinanderstehenden, schönen Augen sogar ähnlich. Sally brachte Ma alles über die Heilpflanzen in ihrem Garten hinter dem hohen Zaun bei, den Pa neben der Hütte gebaut hatte.

Tante Tandy Rose nannte Sally ihre Kräuterhexe, und sie liebte Sallys Garten, wo Sträucher und Obstbäume wuchsen. Außerdem gab es ein kleines Feld mit Süßkartoffeln und Zwiebeln nur für uns. Sally wusste ein Mittel gegen alle Leiden, die einen Menschen so plagen konnten. Die Blätter des Pfirsichbaums halfen gegen Würmer, stinkender Teufelsdreck gegen Erkältungen und Beinwurz gegen ihren Husten und um Geister zu vertreiben. Sie pflanzte sogar Belladonna an, damit Tante Tandy Rose sich die Wangen rosig färben konnte, und außerdem Mohnblumen für ihr Opium.

Weil Sally schon viele Jahre an ihrem eisernen Herd stand und den Probierlöffel in Krebsterrine und Schildkrötensuppe tunkte, war sie nicht so mager wie wir anderen. Auf ihrem Schoß vergaß man selbst die schlimmsten Ereignisse und Sorgen des Tages, und es war, als bestünde sie selbst aus Nelken und Zucker.

Ma und Pa waren bei ihrer Hochzeit nicht ganz so alt gewesen wie ich heute. Pa fragte Tante Tandy Rose um Erlaubnis, und diese verheiratete sie an einem Montagnachmittag in der Kirche für Weiße. Nachdem ich und meine Zwillingsschwester Patience alt genug waren, brachte Tante Tandy Rose uns das Lesen bei. Dasselbe tat sie später auch beim kleinen Toby, damit wir ihr aus ihren ledergebundenen Lieblingsbüchern und aus der Bibel würden vorlesen können, wenn ihre Augen später einmal schlechter wurden.

Das Schreiben lernte ich, indem ich Sally Smiths Einkaufsliste führte und die Namen von den Dosen und Schachteln in der Speisekammer abschrieb. Sally hatte nie Lust gehabt, es zu lernen. *Preston and Merrill Hefepulver* war das Erste, was ich richtig schreiben konnte. Als Nächstes kam *Welch's Frauenpastillen,* die Tandy Rose mit Brandy einnahm. *Old Partner Kentucky Tobacco* war das Kraut, das Fergus unserem eigenen Tabak vorzog. Alles in dieser Speisekammer schrie regelrecht, es sei »das Beste von der Welt«.

Tandy Rose schaute weg, wenn sie Patience und mich dabei ertappte, wie wir Bücher aus ihrer Bibliothek lasen. Mit dem Ergebnis, dass sie sich eine Standpauke von LeBaron anhören musste. Er saß auf seinem Pferd, sie auf der Veranda.

»Wenn Sie Ihren Farbigen weiter erlauben, gegen das Gesetz zu verstoßen, muss ich den Sheriff holen, Miss Tandy Rose. Sie möchten doch nicht zum Untergang unserer Kultur beitragen, oder?« Dann murmelte er etwas von wegen *Niggerfreundin.*

Tante Tandy Rose legte das Hörrohr weg, richtete ihre geschätzt vierzig Kilo schwere Gestalt kerzengerade auf und warf ihr Milchglas nach ihm. Es traf ihn am Rücken, worauf die Milch über den Sattel tropfte. »Sie arbeiten für *mich,* Mr. Caruthers. Und ich bestimme hier die Regeln. Der Sheriff wird sich hüten, mich deshalb zu belästigen.«

Tante Tandy Rose brachte mir das bei, was Ma als »weiße Manieren« bezeichnete, damit sie sich mit mir im Haus wohlfühlte, wenn ich sie bedienen musste. Sätze wie »Aber natürlich, Miss Peeler«, »Ich hole es Ihnen sofort, Ma'am« oder »Nur einen klitzekleinen Moment, Miss«. Das alles ausgesprochen mit einem zuckersüßen Lächeln und gesenktem Kopf.

Außerdem erlaubte sie mir und Patience, die Sonntagsschule zu besuchen, wo man uns Sklaven in der Heiligen Schrift unterwies. Allerdings dauerte das nur einige Tage, bevor die Schule wieder geschlossen wurde. Unsere Mitschüler waren ein paar Jungen von der Ambrosia Plantation, wohin meine Schwester momentan ausgeliehen war. Mein Beinaheverehrer Carter, der vor zwei Jahren verkauft wurde, war auch dabei gewesen. Tandy Rose hatte Pa sogar versprochen, dass wir freigelassen würden, wenn sie einmal bei Gott sei, und zeigte ihm den Brief, in dem das stand.

Doch auf unerklärliche Weise ging der Brief verloren, sobald Tante Tandy Rose auf einem Brett aus Mahagoni hier in diesem Zimmer aufgebahrt wurde. Und so gehörten wir plötzlich ihrer Nichte Miss Anne-May Wilson, die kurz vor der Hochzeit stand und das Haus und damit auch uns geerbt hatte. *Der Mensch denkt, Gott lenkt. Wir werden schon einen Weg in die Freiheit finden,* sagte Pa. Aber es stieß mir noch immer sauer auf, dass Tandy Rose einfach nur zu lange herumgetrödelt hatte und wir deshalb weiter das Eigentum eines anderen Menschen waren.

Die erste Veränderung, die für uns unter unserer neuen Herrin Miss Anne-May spürbar wurde, bestand darin, dass sie uns zumeist mit Nichtachtung strafte. Als Nächstes machte sie Schluss mit meinen »weißen Manieren« und befahl mir, nur noch »Jawohl, Missis« zu sagen, wenn sie mir etwas auftrug.

Kurz darauf hielten weitere Vorschriften Einzug. Sie schloss die Bibliothek ab und verkündete, Farbige hätten nicht das Recht, irgendetwas zu lesen. Da ich ihre Regeln anfangs nicht schnell genug befolgte, griff sie zu einer Lederpeitsche, so lang wie ihr Arm, oder zu ihrem anderen Lieblingsinstrument, einer Rute aus frischem Hickoryholz. Bald waren alle meine Kleider hinten zerrissen, und der Baumwollstoff klebte mir an der Haut. Den ganzen Tag bei der Arbeit fühlte ich mich, als wären hundert Bienen über mich hergefallen. In jenem ersten Monat muss ich mir schätzungsweise zehn neue Kleider genäht haben. Die alten behielt ich und bewahrte sie in meinem Stoffrestebeutel auf. Man konnte nie wissen, wozu sie noch gut waren.

Nach einer Weile jedoch lernte Anne-May aus ihren Fehlern, was hieß, dass ich mich ausziehen musste, bevor sie mich in der Speisekammer bearbeitete. Ganz gleich, was die Leute auch behaupten mögen, an das tiefe, glühende Brennen eines Peitschenhiebs gewöhnt man sich nie. Hinzu kam, dass Anne-May eine Art hatte zuzuschlagen, auf die sie ganz besonders stolz war. Dabei verausgabte sie sich so sehr, dass sie sich anschließend hinlegen musste. Natürlich nicht ohne die Striemen vorher mit Essig zu begießen, damit es ganz besonders wehtat. Mir machte es vor allem deshalb zu schaffen, weil ich so etwas vor ihrer Ankunft noch nie erlebt hatte. Und am schlimmsten war es, als ich zum ersten Mal zusehen musste, wie Ma auf den Knien lag und von ihr ausgepeitscht wurde.

Am liebsten hätte ich Anne-May vom Fleck weg umgebracht. Ich merkte Pa an, dass es ihm genauso ging.

Doch wir alle wussten, welche Strafe in Maryland einem Sklaven drohte, der jemanden tötete. In der Verfassung des Bundesstaates stand, dass dem Täter zuerst die rechte Hand abgehackt wurde. Anschließend wurde er auf die übliche Weise gehängt, dann geköpft und gevierteilt und zu guter Letzt an einem öffentlichen Platz in dem Landkreis, wo die Tat stattgefunden hatte, zur Schau gestellt.

Es gab Tage, an denen es mir das Risiko wert zu sein schien, Anne-May trotzdem umzubringen.

Als draußen Wagenräder auf dem Kies knirschten, warf ich den Staubwedel beiseite und hastete nach nebenan ins Arbeitszimmer, wo ich aus dem Fenster spähte. In diesem Moment fuhren zwei Pferdewagen vor, auf deren Ladefläche die sieben neuen Leute saßen. Alle hatten braune Haut und sahen aus wie Menschen, die sich vor dem Unbekannten fürchteten. Auf dem Kutschbock saß Aufseher Caruthers, die Zügel in der Hand. LeBaron Caruthers war wirklich ein Grund, um sich zu fürchten. Er lebte in einer verdreckten kleinen Hütte gleich neben dem Tabakschuppen, war ein bisschen dicklich und außerdem von Kopf bis Fuß schmutzig, vor allem, was seine Gedanken anging. Von seinem Platz auf dem Kutschbock aus bemerkte er mich hinter dem Fenster und richtete seine Schweinsäuglein auf mich. Aber ich schaute weg.

Rasch griff ich zum Notizbuch, denn Miss Anne-May hatte mir befohlen, jeden der Neuankömmlinge für sie zu beschreiben. Und wenn meine Schilderung nicht fehlerfrei war, würde ich es büßen, so viel stand fest. Obwohl sie uns das Lesen verbot, musste ich alles für sie aufschreiben, weil sie selbst nicht gut mit einem Stift umgehen konnte. Meine heutige Aufgabe bestand darin, die bisherigen Namen der Neuen zu notieren. Außerdem die Namen, die Miss Anne-May ihnen geben würde (welche, die ihr besser gefielen), ihr geschätztes Alter, wen sie heiraten würden und zu guter Letzt ein »Merkmal, um sie wiederzuerkennen«. Drei von ihnen würden hier bei uns auf der Peeler Plantation wohnen, die anderen auf der anderen Seite des Landkreises auf Mister Watsons Rübenfarm. Die Arbeitskräfte reichten zwar noch immer bei Weitem nicht, um die Tabakernte einzubringen, aber wir hofften sehr, dass bald noch mehr kommen würden.

Ich hatte bereits Etiketten mit den neuen Namen in die Kragen der Kleider oder Hemden genäht, die ich für die Ankömmlinge angefertigt hatte. Die Größe hatte ich anhand dessen geschätzt, was ich über sie wusste. Obwohl die meisten von ihnen Feldarbeiter waren und nur Sachen aus dem schäbigsten und dünnsten weißen Stoff bekamen, hatte ich jedes Kleid und jedes weite Hemd mit Sorgfalt genäht und in Manschetten und Krägen verstärkten Filz eingearbeitet. Schließlich war es ein hartes Los, hier bei Anne-May leben zu müssen. Sie sollten wenigstens bequeme Anziehsachen haben.

»Warum dürfen sie nicht heiraten, wen sie wollen?«, fragte ich eines Tages Sally, als ich in der Küche stand und nähte. Ich stand deshalb, weil es Farbigen nicht gestattet war, sich zu setzen, wenn die Watsons zu Hause waren. Sally Smith bereitete gerade gebratenes Maisbrot mit Fleisch und Gemüse zu. Der Geruch der in Schmalz brutzelnden Zwiebeln ließ mir das Wasser im Mund zusammenlaufen. Wieder ein Essen, das Anne-May sowieso verschmähen und an die Schweine verfüttern würde.

Während ich meine Frage stellte, kam Anne-May herein. Kurz brauste mir das Blut in den Ohren, als sie mit der Hand nach der Peitsche an ihrem Gürtel tastete. Doch rasch beruhigte ich mich wieder, denn ich wusste, dass sie mich nie in aller Öffentlichkeit verprügeln würde. Nicht vor den Augen der alten Sally Smith. Sallys Vorfahren lebten schon seit über hundert Jahren auf der Plantage, und sie hatte großen Einfluss auf Mister Watson. Man merkte sofort, dass er sie mochte, denn niemand verwöhnte ihn so mit seinen Lieblingsspeisen wie sie.

»Jedes Mal wenn du den Mund aufmachst, kommt eine dumme Frage heraus, Jemma«, sagte Anne-May nur. »Nicht dass ich dir eine Antwort schuldig wäre, aber so hat es meine Mama in New Orleans gehalten. Eine Hochzeit bei der Ankunft, damit wir es hinter uns haben. Herrje, ansonsten gäbe es praktisch jede Woche eine Feier, und die Arbeit würde liegen bleiben. Außerdem kostet so etwas gutes Geld, was Farbige wie du überhaupt nicht zu schätzen wissen.«

Der wahre Grund war natürlich, dass die Paare möglichst schnell viele Kinder auf die Welt bringen sollten, die Anne-May dann entweder schinden oder verkaufen konnte.

Ich durfte nicht vergessen, die Neuen zu warnen, dass sie sich mächtig Ärger einhandeln würden, wenn sie sich Wilson oder Watson nannten. »Du gehörst zwar mir«, hatte Anne-May mir wohl hundertmal gepredigt, »aber wage es nur nicht, meinen Namen anzunehmen. Du sagst den Leuten, dein Name sei Jemma, Eigentum von Miss Anne-May Wilson Watson von der Peeler Plantation, früher New Orleans, Louisiana.«

Den Bleistift gezückt und aufrecht stand ich da, als das erste Mädchen ausstieg. Ihr Name stand in dicken Blockbuchstaben auf einem Zettel an ihrer Brust: *Cynthia.* Anne-Mays neuer Name für sie war Fidelia. Fidelia war nett, das erkannte man an ihrem freundlichen, schüchternen Lächeln. Das Haar hatte sie zu fünf flauschigen Wölkchen auf dem Kopf hochgebunden. Ihre »Merkmale« waren ein kräftiger, arbeitsfähiger Körper, wobei ihr allerdings eine Hand fehlte. Stattdessen hatte sie nur einen glatten, kleinen Stumpf. Ich vergewisserte mich, dass es die linke Hand war, und notierte es. Als sie sich umdrehte, erkannte ich ein weiteres Merkmal, nämlich ein bereits mehrere Monate altes Baby im Bauch.

Also fing ich eine neue Zeile mit der Überschrift *Fidelias Baby* an. Ich lächelte in mich hinein und hoffte, dass ich mich um das Kleine würde kümmern dürfen, so wie damals bei Toby.

Als Nächster folgte, angetrieben durch einen Schubs von Aufseher Caruthers, ihr zukünftiger Mann. Der Name an seinem Hemd lautete *Benjamin.* Ab jetzt würde er *Charlemagne* heißen, weil Anne-May alles liebte, was mit Königshäusern und Reichtum zu tun hatte. Wir würden den Namen sofort mit Charl abkürzen. Er war so mager wie Fidelia und wirkte so traurig, wie sie gütig schien. Außerdem hatte er die Arme um den Leib geschlungen, als wäre ihm die ganze Zeit kalt. Charl hatte zwei Merkmale: ein struppiges Bärtchen und Ohren, so groß wie Austernschalen. Das Alter der beiden hielt ich mit 25 fest. Das war zwar eine gewagte Schätzung, doch besser als nichts.

Ich bekam Herzklopfen, als Nummer drei aus dem Wagen kletterte. Das Mädchen war etwa so groß wie ich, vielleicht ein bisschen größer. Laut dem Zettel an ihrem Kleid hieß sie *Sukey,* aber Miss Anne-May hatte sie in *Celeste* umbenannt, weil der Name nach Louisiana klang. Sie hatte hübsche, mandelförmige Augen, schönes, mit einem rosafarbenen Band zusammengebundenes Haar und dunklere Haut als ich. Wie eine äthiopische Prinzessin, die ich einmal in einem Buch von Tante Tandy Rose gesehen hatte. Ich legte die Liste weg und trat näher ans Fenster, als Ma, Pa und Sally Smith sie, ein breites Lächeln im Gesicht, umringten. Sie lächelte ebenfalls, woraufhin auf jeder Wange ein niedliches Grübchen in Sicht kam. Sofort war meine Sehnsucht nach einer Freundin wie weggeblasen, und ich hasste dieses Mädchen von ganzem Herzen.

Im nächsten Moment schwebte Miss Anne-May die Treppe hinunter. Sie sah aus wie ein Püppchen, und die Korkenzieherlocken, die ich ihr am Morgen mit der Lockenschere aufgedreht hatte, wippten ihr beim Gehen ums Gesicht. Sie trug das Kleid, mit dem ich erst am Vorabend fertig geworden war: bernsteinfarben und braun karierte Seide mit einem Reifrock, so groß wie die Chesapeake Bay.

»Bringen wir es hinter uns«, verkündete sie mit Südstaatenakzent.

Anstelle der großen Lederpeitsche, die sie sonst um die schlanke Taille hatte, war sie heute mit einer kleinen schwarzen Reitpeitsche bewaffnet, Bestandteil ihres Sonntagsstaats. Sie lüpfte den Rock, um ihre Füße zu bewundern, die wieder einmal in einem neuen Paar modischer Stiefeletten steckten. Sie bezog sie vom Kolonialwarenladen Smalls and Sons in der Stadt, einem sündhaft teuren Geschäft, wo sie so viel kaufte, dass man ihr die Sachen mit der Schubkarre liefern musste. Laut Ma kostete schon eine ganz gewöhnliche Haube dort mehr, als Sally Smith je mit ihrem Fruchtgelee verdienen konnte.

Als Anne-May aus dem Arbeitszimmer zum Wagen eilte, der in der mit Kies bestreuten Auffahrt stand, passte sie mit ihrem Reifrock kaum durch die Tür. Sobald sie draußen war, patschte sie in die weichen Händchen. »Alle rein ins Haus, aber dalli. Und wehe, wenn ihr außer euren Kleiderbündeln etwas anfasst. Nach der Trauung seht ihr zu, dass ihr zum Fuße des Hügels kommt.«

»Fuße des Hügels« war auch eine von Anne-May erfundene Benennung, um die Dinge zu beschönigen. Als ob die windschiefen Sklavenhütten unten am Abhang neben den Schweinepferchen durch die Bezeichnung »am Fuße des Hügels« zu etwas Besserem würden.

Während die übrigen Leute eintrudelten, kam Anne-Mays Mann Fergus, der sich nicht mit »Master«, sondern mit »Mister Watson« ansprechen ließ, aus seinem Arbeitszimmer wie eine Schnecke aus ihrem Haus. Er mochte andere Menschen nicht besonders. Mister Watson war kein sehr ansehnlicher Mann und hatte ein Gesicht so lang wie das von Abraham Lincoln und zwei weiße Streifen im Bart, was mich an den Schwanz eines Stinktiers erinnerte. Ich hatte einmal belauscht, wie Anne-May ihrer Schwester erzählte, ihr Mann habe Augen wie die Frösche, die er erforschte. Aber wenigstens ließ er uns in Ruhe. Am liebsten spazierte er mit gesenktem Kopf an der Bucht entlang und hielt Ausschau nach toten Krabben und Seetang, die er in seinem Lederbeutel verstaute. Deshalb roch er wie das Wasser in der Lagune, was eigentlich gar nicht so unangenehm war. Jedenfalls besser als Erbsensuppe, der Dunst, den Aufseher Caruthers verströmte.

Nachdem alle sieben Neuankömmlinge ausgestiegen waren, kamen sie ins Wohnzimmer. Sie machten ziemlich betretene Gesichter. Ich verteilte ihre Kleider, und Pa gab die Lederschuhe mit den festgenagelten Holzsohlen aus, die seine Spezialität waren.

Ich reichte Fidelia ihr Bündel. Obenauf lag ein hübsches blaues Kopftuch aus Baumwolle. Sie beugte sich zu mir vor. »Ist das Essen hier gut?«, flüsterte sie.

»Immer zu wenig, aber Sally steckt uns etwas zu, wenn sie kann.«

»Sommersachen und Wintersachen?«

»Beides. Im Sommer bekommt jedes Mädchen ein Nachthemd. Es ist aus dünnem Stoff, ich hatte es in einer Minute fertig. Ich glaube, deine Kleidergröße habe ich genau richtig hingekriegt. Und außerdem habe ich Filz in die Umschläge eingenäht. Die Unterwäsche und das Hemd habe ich aus den weichsten Mehlsäcken genäht, die wir dahatten. Und außerdem habe ich eine Tasche in dein Kleid eingearbeitet. Jedes Mädchen braucht doch eine Kleidertasche, oder?«

Ich konnte nicht anders, als ihren Handstumpf anzuschauen. Was war wohl mit ihrer Hand passiert? Aller Wahrscheinlichkeit nach war sie damit in die Entkörnungsmaschine geraten.

Sie versteckte den Stumpf in der Tasche und beugte sich vor, als wollte sie mich küssen. »Hast du schon gehört? Der Aufseher sagt, dass Krieg ausgebrochen ist. Mr. Lincoln tut etwas, um uns zu befreien.«

Ein Schauder durchlief mich vom Scheitel bis zu den Fußspitzen, und ich blickte zu Ma hinüber. Sie sah sich um und gab sich wie immer Mühe, sich keine Gefühlsregung anmerken zu lassen, damit Anne-May nicht auf sie losging. Das Kinn hocherhoben und die Arme vor der Brust verschränkt, behielt Ma uns alle im Auge. Ihr blaubeerfarbenes Kopftuch hatte sie zur Feier des Tages besonders kunstvoll gewickelt. Wusste sie schon von dem Krieg? Sie weitete die Augen ein

Stückchen und warf mir einen Blick zu: *Ja, ich weiß es schon, und es sind gute Nachrichten. Aber mach dir keine zu großen Hoffnungen. Wir reden am Fuße des Hügels darüber.* All das konnte Ma einem mit einem einzigen Blick mitteilen.

Als Nächste war Celeste, die andere Neue, an der Reihe. Als ich ihr das Bündel unsanft in die Hand drückte, freute es mich, dass ihr das Kleid wahrscheinlich zu groß sein würde.

»Alter?«

»Sechzehn vielleicht. Bin nicht sicher«, erwiderte sie.

Anne-May steuerte auf den Salon zu. »Beeilung!«, rief sie.

»Ich bin auch sechzehn«, meinte ich. »Aber ich weiß, wann ich Geburtstag habe, nämlich am zwölften Mai.«

Celeste lächelte und trat einen Schritt auf mich zu. »Ich wollte immer im Juni Geburtstag haben, aber ich weiß nicht, wann ...«

In diesem Moment stürzte sich Anne-May auf Celeste wie ein Falke auf ein Eichhörnchen und verpasste ihr mit der Reitpeitsche einen so festen Schlag auf die Schulter, dass sie gegen mich taumelte.

»Beeilung, hab ich gesagt«, zischte Anne-May, während sie Celeste mit der Peitsche in Richtung Salon stieß. »Rein mit dir. Wir haben nicht den ganzen Tag Zeit.«

Als Celeste sich, Tränen in den Augen, die Schulter rieb, hatte ich Mitleid mit ihr, obwohl sie mir meinen Platz in der Familie streitig machen würde. Es war allerdings das Beste, wenn sie sich so schnell wie möglich an Anne-Mays Launen gewöhnte.

Nachdem alle Neuen ihre Sachen hatten, stellte Sally Smith die sechs Heiratskandidaten paarweise auf. Da Anne-May in ihrem Salon keinen Hokuspokus wie etwa den zeremoniellen Sprung über den Besenstiel duldete, schließlich sei George Washington höchstpersönlich dort zu Gast gewesen, standen Fidelia und Charl nur beklommen da, während Pa einige Worte aus der Bibel sprach, die er auswendig konnte. Je länger ich die beiden zusammen sah, desto mehr fand ich, dass sie zueinander passten. Er hatte den Arm um ihre Taille gelegt, als wollte er sie stützen. Vielleicht tat er das ja wirklich.

Pa war noch gar nicht richtig fertig, als Anne-May schon wieder in die Hände klatschte. »So, das reicht jetzt.«

LeBaron Caruthers trat vor in den Raum. Seine Augen waren nach einer durchgesoffenen Nacht blutunterlaufen, und die Eisennägel, mit denen er seine Schuhsohlen beschlug, klackten auf dem Holzboden. Das mausbraune Haar hing ihm fettig und schlaff wie ausgekochte Wäsche bis auf die Schultern. Er setzte zu seiner üblichen Begrüßungsansprache an.

»Ihr geht jetzt alle zum Fuß des Hügels. Wenn ihr morgen Früh bei Morgengrauen das Horn hört, würde ich euch raten, einsatzbereit zu sein. Hier in Maryland arbeiten wir bei jedem Wetter, und zwar von Tagesanbruch bis zur Dunkelheit. Eure Rationen bekommt ihr am ersten Freitag des Monats. Drei Kilo Rückenspeck, fünf Kilo Maismehl und einen Liter Melasse.«

Bei diesen Worten weiteten sich Fidelias Augen, denn Sirup war der größte Luxus, den ein Mensch sich nur wünschen konnte.

LeBaron betete seine Regeln herunter, indem er sie einzeln an den Fingern abzählte. »Vergesst nicht, dass ihr zum Jagen und Fischen meine Erlaubnis braucht. Und nachts ist beides streng verboten. Außerdem will ich kein Gerede über mögliche Freilassungen hören. Ihr bleibt für den Rest eures Lebens Sklaven. Denkt immer daran. Das Feuer der Hölle droht allen Farbigen, die ihren Mastern Schaden zufügen.«

Plötzlich sah er Charl an. »Was hast du gesagt, Bursche?«

Charl starrte zu Boden. »Nichts, Sir.«

»Ich behalte dich im Auge. Es kostet einen halben Cent, einen Nigger zu töten, und noch mal einen halben, ihn zu begraben. So sehe ich die Dinge. Also wehe, wenn du Miss Anne-May nicht gehorchst. Dann gnade dir Gott.«

Vermutlich befürchtete Ma eine Auseinandersetzung, denn sie steuerte auf die Tür zu. Anne-May scheuchte alle hinaus. Als Ma und Pa sich folgsam aus dem Staub machten, hefteten die anderen sich an ihre Fersen und liefen durch die Tür und über den Rasen, den Hügel hinab zur Hütte. Ich nahm all meinen Mut zusammen und wandte mich an Anne-May.

»Ich fahre in die Stadt, Jemma«, verkündete sie.

»Ich kann ja hierbleiben und putzen ...«

Anne-May fuhr zurück wie eine gereizte Schlange. »Hältst du mich für blöd?« Sie packte mich am Arm und umkrallte ihn so fest, dass es wehtat. »Du willst dich nur hier herumdrücken, damit du heimlich Kuchen essen kannst. Wer von uns beiden ist jetzt also blöd?«

Ich betrachtete das Muster auf dem Teppich. Es waren kleine Rauten.

»Wer ist hier blöd, Jemma?«

»Ich, Missis.«

»Wenigstens das hast du kapiert. Wer hat denn schließlich die Scheune angezündet?«

Ich hielt mir den Bauch, als würde er mir gleich vom Körper fallen. »Ich fahre mit in die Stadt, Missis.«

»Das möchte ich dir auch geraten haben. Und wenn ich aus deinem dummen Mund noch einmal Widerworte höre, kannst du dich auf ein Donnerwetter gefasst machen. Verglichen damit war Clemetines Tod nämlich ein Vergnügen, hast du verstanden? Und jetzt hol meine Handschuhe. Du kommst mit in die Stadt. Putzen kannst du noch, wenn wir am Abend zurück sind.«

Den Kopf hocherhoben, damit mir bloß keine Träne aus dem Augenwinkel rann, lief ich los, riss ihre besten Spitzenhandschuhe aus der Schachtel, half ihr, die Finger in die richtigen Öffnungen zu stecken, und wich dann zum Fenster zurück.

Während ich mir den schmerzenden Arm rieb, beobachtete ich, wie die Neuen den Hügel hinuntergingen. Ma hatte den Arm um das neue Mädchen gelegt, Pa marschierte, ein breites Lächeln im Gesicht, voran. Ich flehte Jesus an, mir ein anderes Leben zu schenken.

Kapitel 4

ANNE-MAY

Peeler Plantation, Maryland
Mai 1861

Hochzeiten waren ja so sterbenslangweilig, wenn es sich nicht um die eigene handelte. Insbesondere eine Negerhochzeit, bei der die Trauung ohne einen Geistlichen stattfand. Da die Leute deshalb vor Gott gar nicht verheiratet waren, begingen sie jedes Mal eine Sünde, wenn sie sich zusammen ins Bett legten, weshalb sie im Nullkommanichts in der Hölle landen würden. Kein Wunder, dass sie uns betrogen und stahlen wie die Raben. Schließlich drohte ihnen eh die ewige Verdammnis.

Ich stand oben am Fenster und hatte mich gerade für eine dieser Farcen angekleidet, nämlich für die Hochzeit unserer neuen Diener auf der Peeler Plantation, der besten Tabakplantage von ganz Maryland. Wie schön es war, den Blick über meinen Besitz schweifen zu lassen. Mit nur fünfundzwanzig Jahren war ich Herrin über mehr als vierzig Hektar mit Aussicht auf den breiten Lauf des Patuxent River, der in der Chesapeake Bay mündete.

Im Westen erstreckten sich die Tabakfelder viele Hektar weit. Die in ordentlichen Reihen aufgeschichteten Wälle erinnerten an überdimensionale Ameisenhügel und warteten darauf, dass zarte junge Sprösslinge aus ihnen hervorwuchsen. Kaum zu glauben, dass unser klägliches Trüppchen an Feldarbeitern dreitausend davon am Tag setzen konnte. Ich lehnte das Gesicht an die Scheibe und schaute nach Osten, wo die weiß getünchten Hütten und der Schweinepferch standen. Selbst bei geschlossenem Fenster stieg mir der üble Geruch von beidem in die Nase.

Ein Stück dahinter erhoben sich der neue Tabakschuppen, die Ställe und das kleine, runde, weiß gestrichene Räucherhaus, das mit seinem spitzen schwarzen Dach aussah wie aus einem Märchen.

Ich nippte an meinem Brombeerschnaps und ritzte mit der Kante meines neuen Diamanten etwas in die mittlere Glasscheibe: *Mrs. Fergus Watson 1861.* Ich lächelte, da der Ring den Test bestanden hatte. Strasssteine hinterlassen keine Spuren auf Glas. Vielleicht würde Jubal Smalls ja heute Abend bei der Wohltätigkeitsveranstaltung den Ring bemerken. Der gut aussehende Mr. Smalls hatte nämlich ein Auge für Qualität.

»Was machst du da, Anne-May?«

Ich drehte mich um. Überraschungen von hinter meinem Rücken konnte ich ganz und gar nicht ausstehen. Vor mir stand Fergus, der Mann, mit dem ich seit sechs Monaten verheiratet war. »Ich schreibe nur meinen neuen Namen, so wie jede verliebte Braut.«

Fergus nahm mich in seine schlanken Arme. Offen gesagt erinnerten sie mich, so glatt und unbehaart, an die Arme einer Frau oder eher an die eines jungen Mädchens.

Mit schlaffen, feuchten Lippen küsste er meinen Hals. »Diesen Ring hast du dir wirklich verdient. Immerhin hast du die ganzen Sachen für die Schwarzen genäht.«

»Wie recht du hast.«

»Wie komme ich nur zu dem Glück, das hübscheste Mädchen von ganz Louisiana abzukriegen?«

Ich lachte auf. »Das liegt vermutlich an deinem tadellosen Lebenswandel.«

Er blickte hinaus auf unseren Besitz und auf den bis zum Fluss sanft abfallenden Rasen. »All dieses Land. Von oben sieht es so wunderschön aus. Hoffentlich investiert Reggie unser Geld gut, damit wir noch mehr davon kaufen können. Als dein Stiefvater ist das schließlich seine Pflicht.«

»*Ex*-Stiefvater bitte. Außerdem kann Reggie gar nicht anders, als mit jeder seiner Investitionen Profit zu machen. Also sollten dein Geld und das von deinem Daddy sich schnell vermehren. Sicher sind es irgendwann Millionen.«

»Mir wäre bald lieber als irgendwann«, entgegnete Fergus. »So wie er es versprochen hat.«

Ich entwand mich seiner Umarmung und förderte aus meiner Tasche ein gläsernes Schnupftabakfläschchen zutage. Es war das mit dem Rosendekor und dem Stopfen aus Jade, ein Geschenk meines Bruders Harry, des einzig wahrhaft guten Menschen in meiner Familie.

»Warum geht es bei dir ständig nur ums Geld, Fergus Watson? Als ich einverstanden war, deine Frau zu werden, hast du mir versprochen, dass wir ganz viel Spaß haben würden.«

Fergus ließ sich in einen Sessel sinken. »Ich will nur sichergehen, dass du genug Geld hast, um diesen Betrieb weiterzuführen, falls ich in den Krieg muss.«

Ich tunkte das Bürstchen in die Flasche, rieb mir den Inhalt aufs Zahnfleisch und spürte, wie mir ein angenehmes Gefühl prickelnd die Arme hinunterlief. Darauf folgte eine wundervolle Gelassenheit.

Als hinter dem Haus Stimmen erklangen, eilte ich zum Fenster und schob die raschelnden Schichten aus weißem

Organdy beiseite. Gerade fuhr LeBarons Wagen unten auf der runden und mit Kies bestreuten Auffahrt vor. Fergus trat hinter mich, und gemeinsam beobachteten wir, wie die neuen Dienstboten ausstiegen. Wir hatten diesmal sieben Stück gekauft, um einen Todesfall durch Scharlach und einige flüchtige Faulpelze zu ersetzen. Der April war die ungünstigste Jahreszeit, weil dann auf den Tabakfeldern die meiste Arbeit anfiel.

Als ich mich weiter vorbeugte, stellte ich fest, dass dem ersten Mädchen eine Hand fehlte. Ich musste mich vom Fenster abwenden, da mir beinahe mein Frühstück hochgekommen wäre. Ich würde Sally Smith anweisen müssen, dass diese Neue ihre Essensration überall, aber nur nicht in der Speisekammer zusammen mit den anderen erhalten sollte. Außerdem stand ihr ohnehin nur die Hälfte zu, sie würde ja auch nur die halbe Arbeit schaffen.

Fergus legte mir einen Arm um die Taille. »Ich weiß, dass du dir einen größeren Diamanten gewünscht hast. Einen, wie Harriet Smalls ihn hat.«

Natürlich hatte er recht. Als Wissenschaftler hatte er schließlich einen Blick für die Wahrheit. In meiner Schwäche für Diamanten unterschied ich mich nicht von anderen Mädchen. Das war einer der Gründe, warum ich überhaupt damit einverstanden gewesen war, dass mein Stiefvater Reggie mich mit Captain Watsons drittem Sohn verlobte. All das alte Vermögen der Watsons und dazu die in Watte gepackten und in Kassetten und Tresoren gelagerten Diamanten und Saphire. Als Gegenleistung hatte Reggie den Watsons einen großen Gefallen getan und sie bei der Geldanlage beraten. Außerdem hatte ich, als Tante Tandy Rose mir ihr Haus samt Inhalt vermachte, ohnehin den wichtigsten Posten in die Ehe eingebracht.

»Ach, sei nicht albern, Fergus. Es ist schon in Ordnung so. Auch wenn die meisten Gentlemen den Diamantring bereits beim Heiratsantrag parat haben, nicht erst ein halbes Jahr später. In New Orleans würde keine Dame, die etwas auf sich hält …«

»Du bist jetzt im Norden, Anne-May, und Ehefrau des Hausherrn auf einer Plantage, die …«

Plötzlich hatte ich ein hohes, gleißendes Sirren im Kopf, so als führe man mit einem Messer über Metall. »*Mein Haus*, Fergus. Und auch jeder Diener da draußen gehört mir. Der Himmel weiß, dass die genauso viel wert sind wie das Haus selbst.«

»Hast du denn nie auch nur die Spur eines schlechten Gewissens …«

»Jetzt fang nicht schon wieder damit an, Fergus Watson. Meine alte Tante war ein wenig wunderlich und wollte die Leute doch gar nicht wirklich freilassen. Also sehe ich überhaupt keinen Grund, ein schlechtes Gewissen zu haben.«

»So schlimm war Tante Tandy Rose nun auch wieder nicht.«

»Sie war eine böse alte Hexe, Fergus, außerdem hat sie nach Soleiern gerochen. Und sie hat immer Partei für die Schwarzen ergriffen. Herrje, die waren ihr sogar wichtiger als ihr eigenes Fleisch und Blut. Allein diesen Mädchen das Bücherlesen zu erlauben …«

»Irgendwer muss die Bücher ja lesen, wenn du es nicht tust.«

Meine Schläfen pochten. »Das ist hier nicht das Thema, Fergus. Jeder weiß, dass Bildung die Neger arbeitsscheu macht.«

Er küsste meine Handfläche. »Jetzt reg dich nicht auf. Schließlich sind wir heute Abend auf ein Fest eingeladen.«

»Wenn du möchtest, kannst du tatsächlich mitkommen. Allerdings werden fast nur Damen vom Nähkränzchen da sein. Niemand also, mit dem du über Flusskrebse und Schnecken plaudern kannst.«

»*Muscheln.* Außerdem bin ich durchaus in der Lage, mich über andere Dinge zu unterhalten. Und jetzt bringen wir am besten diese Hochzeit hinter uns.«

Nachdem die Hochzeit erledigt war, musste ich noch warten, weil Fergus in der Küche mit Sally Smith, der Köchin, plauderte, lachte und Witze riss.

Er wuchtete ein Netz Austern auf ihren schwarzen Herd. »Ich bin dabei, die kleineren zu züchten, weil sie leckerer sind. Sag mir, was du davon hältst, Sally.«

Sally griff nach dem Netz, aus dem schmutziges Wasser tropfte. »Ja, das werde ich, Mister Watson. Ich habe meine besten Quitten beiseitegelegt, um Gelee für Sie zu kochen, sobald ich Zeit dafür habe.«

»Womit habe ich dich verdient, Sally?«, erwiderte Fergus.

Zum Glück konnte er sich dann endlich von diesem widerlichen Frauenzimmer und ihren Schmeicheleien trennen, bevor mir vom Zuhören auch noch das Mittagessen hochkam. Eine zehnminütige Kutschfahrt brachte uns in das schauderhafte Städtchen namens Hollywood. Wir waren bereits spät dran für die Tanzveranstaltung bei Smalls and Sons, bei der Geld für unsere tapferen, in den Krieg ziehenden Jungs gesammelt werden sollte.

Hollywood als Kleinstadt zu bezeichnen war stark übertrieben. Die winzige Ortschaft war nach ihrem einzigen herausragenden Merkmal, einer wild wuchernden Stechpalme, benannt und bestand nur aus zwei kläglichen Ladenzeilen und einem schäbigen Kirchlein. Dazwischen verlief eine mit

Schlaglöchern durchsetzte Staubstraße. Doch für die Plantagenbesitzer in der Umgebung war sie besser als nichts. Außerdem hatte sie einen einzigen, nicht von der Hand zu weisenden Vorteil: Smalls and Sons, den Kolonialwarenladen, wo jeder Besuch ein Vergnügen war.

Jubal Smalls, der Inhaber, gebürtig in Baton Rouge, hatte mitten in der Stadt ein freistehendes Gebäude mit zwei gewaltigen Schaufenstern errichtet. Und in diesen Fenstern wurden stets die erlesensten Waren ausgestellt, etwa aufgerollte Ballen Kamelhaarstoff, die neuesten Damenhüte aus Paris und Sonnenschirme in allen erdenklichen Formen und Farben. Auch weitere Annehmlichkeiten, an die man aus Louisiana gewöhnt war, konnte man dort erstehen. An den Wänden hingen Bilder, welche die Royal Street darstellten, auf einem kleinen Regal neben der Kasse waren Fläschchen mit scharfen Würzsaucen aufgereiht. Und eine Vitrine enthielt Schächtelchen mit Schnupftabak, Bürstchen zum Eintunken, Pfeifen und die reizendsten Schnupftabakdosen.

Nachdem Fergus mir aus der Kutsche geholfen hatte, drehte ich mich zu Jemma um. »Führ die Kutsche zum Ende der Straße und warte dort, verstanden?«

Mit gesenktem Kopf nahm sie die Zügel entgegen.

Ich drohte ihr mit dem Finger. »Wenn du weiter so bockig bist, Jemma, kannst du was erleben.«

Fergus und ich traten auf die Veranda von Smalls and Sons, während Jemma die Pferde wegbrachte.

»Du musst sparsamer mit der Peitsche umgehen, Anne-May«, sagte er zu mir. »Sie ist doch nur ein Mädchen.«

»Als ich herkam, habe ich ihnen sogar erlaubt, ihre Namen zu behalten. Mein Gott, und sie haben sich mit keinem Wort dafür bedankt. Außerdem sind ihre Schuhe besser als die der meisten anderen.«

»Und sei ein bisschen netter zur alten Sally. Sie hat mir erzählt, du hättest sie gezwungen, den ganzen Laib Brot zu essen, der ihr angebrannt ist.«

»Papperlapapp. Wie meine Mama immer zu sagen pflegte: ›Wenn du es verbrennst, isst du es auch.‹ Anscheinend haben Traditionen nichts mehr zu bedeuten.«

»Stell dir nur vor, wie du dich fühlen würdest, wenn ...«

»Wenn ich bei der Auktion dabei gewesen wäre, hätte ich mir bessere Exemplare ausgesucht als diese Neuen. Dieser Fidelia fehlt sogar eine Hand, verdammt.«

»Das ist kein Ort für Frauen. Ich fand es einfach schauderhaft.«

»In New Orleans verkauft man Neger auf der Straße zwischen den dort herumspazierenden Pelikanen.«

»Wir sind hier nicht in New Orleans, Anne-May.«

»Das habe ich auch schon bemerkt. Ich vermisse es jeden Tag.«

»Die Sklaverei ist unzivilisiert. Selbst wenn der Süden gewinnen sollte, kann es damit nicht ewig so weitergehen. Barbarisch ist das. Der Mensch wurde nicht dazu geschaffen, Eigentum eines anderen zu sein.«

»Du verstehst das nicht, Fergus. Schließlich bist du in Delaware aufgewachsen. Man muss streng mit diesen Leuten sein.«

»Die Sklaverei wird nicht für immer Bestand haben. Im Westen mit seinen reichen Vorkommen an Bodenschätzen werden beim Abbau bereits keine Sklaven mehr eingesetzt.«

»*Bitte,* Fergus.« Ich wollte dieses wissenschaftliche Gerede nicht hören. »Nicht jetzt. Meine Mutter ...«

Fergus hob seine schlanke Hand. »Bitte fang nicht schon wieder mit deiner Mutter an, Anne-May. Ich will mich heute Abend amüsieren.«

Als wir eintraten, schlug uns eine Wolke Tabakrauch entgegen, in der Rasierwasserduft und der Geruch von Zitronenseife mitschwangen. Es waren etwa fünfundzwanzig Personen anwesend, alle wohnhaft im Umkreis von Hollywood. Charlene Tidwell Weed, meine Freundin aus dem Nähkränzchen, trug ein neues himmelblaues Kleid. Sie steckte den Kopf mit der Gastgeberin, der unscheinbaren Harriet Smalls, zusammen, die mit ihrem Mann Jubal und den drei Kindern die obere Etage bewohnte.

Der Großteil des Raums wurde von einer großen, mit nagelneuen rot-weiß-blauen Girlanden geschmückten Theke eingenommen. Der von drei Hängelampen erleuchtete Laden war in drei Bereiche eingeteilt: Haushaltswaren, Herrenausstatter und – meine Lieblingsabteilung – elegante Damenmode im vordersten Drittel. Diese Abteilung lockte Damen selbst noch aus Baltimore an, die herbeiströmten, um im Tausch gegen andere Waren oder Bargeld die wundervollsten Wollstoffe, Seiden, Borten, belgische Spitze oder ein schickes Strohhütchen zu erwerben.

Fergus schlenderte davon, um uns zwei Becher Rotwein zu holen. Unterdessen gesellte ich mich zu Mr. Jubal Smalls, der gerade von einigen Damen umringt wurde.

»Die Frauen in Charleston sind für ihr gutes Aussehen, ihre Anmut und ihre Damenhaftigkeit berühmt«, verkündete er.

»Was ist mit Richmond?«, hakte die alte Mrs. White nach.

Jubal zwinkerte ihr zu. »Die Damen in Richmond sind für ihre Arbeitsscheu und ihre Genusssucht berüchtigt.«

»Und was ist mit New Orleans?«, erkundigte ich mich zuckersüß.

Jubal drehte sich um und blickte mich unverwandt an. »Wie jeder weiß, Mrs. Watson, sind die Damen in New

Orleans für ihre Liebe zu Whiskey mit Minze sowie Champagner bekannt.«

Jubal war das genaue Gegenteil von Fergus und ein attraktiver Mann, wie es in Baton Rouge viele gab. Er war stets nach der neuesten Mode gekleidet und schwenkte einen Spazierstock mit goldenem Knauf. Unter seiner hohen, wohlgeformten Stirn funkelten dunkelbraune Augen. Außerdem war er eine Handbreit größer als Fergus und hatte lange Beine und eine anmutige Körperhaltung, die seine kräftige Brust betonte. Da er nur selten eine Miene verzog, empfand jede Dame in Hollywood es als gewaltiges Kompliment, wenn es ihr gelang, ihm ein Lächeln zu entlocken.

Inzwischen hatte die kleine Streichkapelle in der Ecke eine lebhafte Version von »Soldier's Joy« angestimmt. Jubal griff nach meiner Hand und setzte zu einem beliebten Tanz an. Als er sich beim Tanzen zu mir vorbeugte, stieg mir ein berauschender holzartiger Duft in die Nase.

»Sie sind der beste Tänzer von Hollywood, Mr. Smalls«, stellte ich fest. Als die Musik endete, holte ich mein Schnupftabakfläschchen heraus.

»Sind Sie mit Ihrer Wahl zufrieden?«, erkundigte sich Jubal. »Ich kann aus Paris nur kleine Mengen beziehen.«

Ich rieb mir ein wenig davon unter die Zunge. »Oh, der Golden-Banded Oco? Der sagt mir sehr zu, Sir.«

»Berühmt für seine anregende Wirkung.«

»Mich beruhigt er wie sonst nichts.«

»Dann lege ich eine weitere Dose für Sie beiseite. Geht aufs Haus.«

»Tu vas pas faire ça quand même, Mr. Smalls.«

»Doch, es ist mein Ernst, Mrs. Watson. Außerdem freue ich mich immer, wenn ich Französisch höre. Bin ich etwa wieder im French Quarter?«

Ich verschloss mein Fläschchen und hielt meine Hand ins Licht.

Als Jubal danach griff, war seine Haut warm und weich. »Was für ein schöner Ring, Mrs. Watson. Ein Diamant mit europäischem Brillantschliff, eingefasst mit acht kleineren Steinen. Das macht zusammen fast ein Karat, richtig?«

»Ich glaube, Fergus dürfte es gar nicht gefallen, dass wir hier den Wert dieses Steins erörtern. Der Ring ist ein Familienerbstück der Watsons.«

»Wie ich gehört habe, ist Ihr Haus eines der elegantesten am Fluss, Mrs. Watson.«

Ich beugte mich vor, um mir Schnupftabak vom Ausschnitt zu wischen, und spürte, wie sein Blick meine Brüste streifte. Nachdem ich exakt eine Sekunde abgezählt hatte, richtete ich mich auf und sah ihm in die Augen.

»Jedenfalls ist es kein einfaches Häuschen wie in Louisiana, sondern ein architektonisches Schmuckstück. Sie können mich jederzeit besuchen, Mr. Smalls.«

»Ich hoffe, dass Mr. Watson nichts dagegen einzuwenden hat.«

»Er verbringt viel Zeit in seiner Hütte unten am Fluss.« Ich hielt mir den kleinen Finger unter die Nase. »Ich glaube, jetzt habe ich zu viel Schnupftabak erwischt.«

Jubal reichte mir sein Taschentuch, das sich in meiner Hand unglaublich weich anfühlte. Es bestand aus schneeweißer chinesischer Seide und Leinen und war mit einer Borte aus männlich-kantiger irischer Spitze gesäumt. Ich strich mit dem Finger über das in eine Ecke eingestickte dicke S. Auch ohne es an die Nase zu heben, roch ich einen Hauch seines Rasierwassers.

»Danke, Mr. Smalls. Natürlich gebe ich es Ihnen zurück.«

Er verbeugte sich aus der Taille heraus. »Ich freue mich schon auf diesen Tag.«

Als Fergus sich zu uns gesellte und mir ein Glas Rotwein gab, stellte ich die beiden einander vor. Fergus erhob sein Glas.

»Auf die freie Wirtschaft, Mr. Smalls. Meine Frau sagt, das hier sei das eleganteste Bekleidungsgeschäft in ganz St. Mary's County.«

»Und ich habe gehört, Sie hätten das schönste Haus in Maryland, Mr. Watson. Wollen wir hoffen, dass uns das alles nicht durch den Krieg verloren geht.«

»Was hat Sie eigentlich in den Norden verschlagen, Mr. Smalls? Dauert das Baumwollfieber im Süden denn nicht an? Ich dachte immer, dass dort das große Geld zu holen sei.«

»Wir sind nach Hollywood gezogen, um dem Vater meiner Frau beizustehen, der in Leonardtown im Sterben lag, und haben beschlossen, eine Weile zu bleiben.«

Fergus zupfte an seinem Kragen. »Die Truppen des Nordens haben bereits Washington erreicht.«

»Zu Hause in Baton Rouge können sie es kaum erwarten, gegen die Yankees zu kämpfen, Mr. Watson.«

»Vermutlich bin ich einer dieser Yankees, Mr. Smalls.«

»Wenn mich nicht alles täuscht, ist Maryland ein Grenzstaat. Ihr Herz könnte also genauso gut für den Süden schlagen.«

»Tja, da die Armee der Union in diesem Jahr unsere gesamte Tabakernte aufkauft, schlägt mein Herz für Mr. Lincoln.«

»Meine Kunden bevorzugen Tabak aus Virginia.«

Fergus prostete ihm zu. »Nun, der gute alte Abe hat unseren Tabak persönlich probiert und beschlossen, dass er der beste für seine Truppen ist.«

Ich legte Fergus die Hand auf den Arm. »Wenigstens hast du genug Sklaven, um den Betrieb am Laufen zu halten, wenn du in den Krieg ziehst, Fergus.«

Fergus leerte sein Glas. »Nur knapp.«

»Meinem Mann ist es peinlich, dass wir auf unserem Besitz Sklaven halten«, teilte ich Jubal mit einem Bühnenflüstern mit.

»Ich selbst habe nur wenige«, meinte Jubal. »Ich habe nämlich keine Lust, mich bestehlen zu lassen.« Er bückte sich und rieb sich das linke Schienbein. »Ich würde mich ja freiwillig melden, aber mir macht eine alte Verletzung zu schaffen.«

Fergus musterte Jubals Wade. »Am Tanzen scheint Sie das nicht zu hindern, Mr. Smalls.«

»Ich könnte niemals mehrere Kilometer im Gleichschritt marschieren, Mr. Watson. Doch ich werde meinen Teil an der Heimatfront beitragen und ein Auge auf die Damen haben.«

Fergus stellte sein leeres Glas auf die Theke. »Anne-May braucht niemanden, der ein Auge auf sie hat.«

»Natürlich nicht. Sie ist ein starkes Mädchen aus Louisiana. Die haben Temperament.«

»Ersparen Sie mir Vorträge über meine Frau, Sir. Wie ich sehe, hat sie Ihr Taschentuch?«

»Jubal war ein Gentleman und ...«

»Sei so gut und gib es ihm zurück, Anne-May.«

Ich spürte, wie ich errötete. »Das werde ich nicht tun, Fergus. Mr. Smalls wollte nur höflich sein.«

Jubal starrte Fergus an.

Fergus erwiderte seinen Blick. »Sie sind kein Gentleman, Sir.«

Jubal wich einen Schritt zurück. »Ich kaufe keinen Tabak von der Highland Plantation, falls Sie das beruhigt.«

Fergus packte mich an der Hand und zerrte mich zur Tür, sodass meine Freundinnen vom Nähkränzchen entsetzt die Köpfe wandten. »Komm, Anne-May.«

Die Fliegengittertür knallte hinter uns zu, und Fergus rief nach Jemma, sie solle uns die Kutsche bringen. Den ganzen Heimweg lang konnte sich Fergus wegen seiner Auseinandersetzung mit Jubal gar nicht beruhigen.

»Ich verabscheue Kerle wie ihn. Er drückt sich vor dem Krieg und verbreitet stattdessen Böswilligkeit und Zwist.«

Ich starrte geradeaus auf die dunklen Felder, hielt mir das Taschentuch an die Nase und schnupperte den Duft nach Nadelwald und Nelken. Dabei malte ich mir in allen Einzelheiten aus, wie ich mich für dieses hübsche Geschenk revanchieren würde.

Kapitel 5

GEORGY

New York City
Juli 1861

Als ich wieder zu Bewusstsein kam, lag ich ziemlich undamenhaft ausgestreckt auf dem Boden. Meine Mitschwester tauchte die Finger in ein Wasserglas und bespritzte mir das Gesicht, bevor sie mich daraus trinken ließ.

Dr. Prentiss ragte über uns auf. »Ich hatte Ihnen einen Stuhl angeboten, Miss Woolsey. Wie ich befürchte, sind Sie wegen Ihrer schwächlichen Konstitution und Ihrer Uneinsichtigkeit nicht geeignet …«

Mühsam setzte ich mich auf. »Bitte, Herr Doktor. So etwas ist mir noch nie passiert.«

Dr. Blackwell erschien, eine Akte in der Armbeuge. Beim bloßen Gedanken, dass sie mich nun so auf dem Boden sah, fing mein Gesicht an zu glühen.

»Miss Woolsey ist während einer einfachen Wundsondierung in Ohnmacht gefallen«, verkündete Dr. Prentiss.

Dr. Blackwell brachte ihn mit einer Handbewegung zum Schweigen und kniete sich neben mich. »Also ist die Schwester zur Patientin geworden«, meinte sie stirnrunzelnd.

»Keine Ahnung, was mit mir los war.«

Sie beugte sich vor. »Mir ist in Paris das Gleiche geschehen. Sie müssen härter werden, Miss Woolsey.« Sie stand auf und griff nach meiner Hand. »Hoch mit Ihnen.«

Ich rappelte mich auf. »Bitte erklären Sie mich nicht für ungeeignet, Dr. Blackwell.«

Sie verschränkte die Arme über der Mappe vor ihrer Brust und musterte mich. »Glauben Sie, dass Sie es verdient haben, zu den ersten Krankenschwestern in diesem Krieg zu gehören?«

Ich klopfte mir den Rock ab. »Das glaube ich in der Tat. Ich habe fleißig gearbeitet, alles auswendig gelernt ...«

»Immer mit der Ruhe, Miss Woolsey. Ich wollte nur Ihr Durchsetzungsvermögen auf die Probe stellen. Denn davon werden Sie in dem Leben, für das Sie sich entschieden haben, eine Menge brauchen.«

Sie nahm ein Zeugnis aus ihrer Mappe. »Sie sollten immer Riechsalz griffbereit haben. Denn bald werden Sie eine viel beschäftigte junge Frau sein.« Als sie mir das Dokument reichte, zeichnete sich ein Lächeln in ihren Blick. »Willkommen bei der United States Sanitation Commission, Miss Woolsey.«

Im Frühjahr fing der Krieg richtig an. In New York wurde mobilisiert, und täglich trafen neue Regimenter auf dem Weg nach Washington ein. Als es Juni wurde, ging es bei uns wegen der Kriegsvorbereitungen Tag und Nacht hoch her. Alle anderen Tätigkeiten kamen praktisch zum Erliegen, denn unser Haus wurde zum Hauptquartier aller, die für das Ende der Sklaverei und den Erhalt der Union kämpften. Die ersten Gefechte zwischen Soldaten des Nordens und des Südens waren gerade im Westen von Virginia zu Ende gegangen. Der Norden hatte gesiegt, und die Unterstützer der Union sahen ihr Ziel schon zum Greifen nah.

Um nicht ständig über die Frage nachzugrübeln, wohin mich mein erster Einsatz als Krankenschwester wohl verschlagen würde, musste ich mich beschäftigen und bat Margaret deshalb, mir dabei zu helfen, die unzähligen Schinkenbrote für die abrückenden Soldaten vorzubereiten und in Zeitungspapier zu wickeln.

Die Luft im Salon war mit Fusseln durchsetzt, und bis auf das gelegentliche Einreißen von Musselin war nichts zu hören. Ich saß mit Mutter und meinen Schwestern Hatty und Carry beisammen, und wir machten uns nützlich, während wir auf die Rückkehr unserer Schwester Eliza aus Tioronda, ihrem Landgut im Staat New York, warteten. Die Aussicht auf den großen Wohltätigkeitsball für die Soldaten, der am Abend im Hotel Brevoort stattfinden sollte, war das Einzige, was uns bei Laune hielt.

Wir hatten uns im Zimmer verteilt. Wegen der beengten Platzverhältnisse trug keine von uns einen Reifrock. In der Mitte des Raums thronte Mutter vor Bandagenroller und Mullpresse, beides mit Schraubzwingen an dem stabilen kleinen Tisch aus Mahagoni befestigt, den ihr Onkel, Admiral Newton, vor fünfzig Jahren eigens für sein Flaggschiff *Pencasola* hatte anfertigen lassen.

»Bevor wir uns für den Ball umkleiden, müssen zuerst ein Karton mit Verbänden und einer mit Socken fertig sein«, verkündete Mutter.

Unser förmlich eingerichteter Salon mit seinen rosshaargepolsterten Sofas war mit Abbys Kartons aus dem House of Industry vollgestapelt, wo Frauen aus ärmlichen Verhältnissen den Beruf der Näherin erlernten. Diese Kartons quollen über von Gaben an unsere Soldaten wie Hemden, Unterhosen, Socken, Taschentücher, Rasierwasser und Bücher. Pico, unser kleiner weißer Mischling, ursprünglich Marys Hund, bis sie ihn nach ihrer Hochzeit mit Robert Howland widerstrebend bei Mutter hatte zurücklassen müssen, saß auf einem Stoß wollener Unterhosen und leckte sich die Pfote. Er war ein begnadeter Sänger, der Eliza gern begleitete, wenn diese Klavier spielte. Inzwischen trug er die schicksalsergebene Miene eines einzelnen Mannes in einem Frauenhaushalt zur Schau.

»Müssen wir denn jedes Bettlaken zu Mull verarbeiten?«, stöhnte ich.

»Wozu brauchen wir Bettlaken, wenn eine Decke es auch tun würde?«, entgegnete Mutter, ohne den Blick von der Mullpresse abzuwenden.

Mutter, die diesen Tisch nur verließ, um zu essen, zu schlafen und Kriegsnachrichten zu lesen, hatte uns angewiesen, Truhen, voll mit textilen Schätzen aus dem Besitz der Familien Newton und Woolsey, vom Speicher herunterzuschleppen. Derbe ockergelbe Reithosen, Baumwollkleider und Unterröcke aus Musselin – alles wurde zu Mull zerkleinert. Wunderbare alte Tischwäsche, Erbstücke der Familie Newton, wurde geopfert und zu Verbänden zerrissen. Jede Serviette und jedes Tischtuch war kunstvoll mit einem N bestickt.

Ich saß da und übte an meiner jüngsten Schwester Carry das Verbinden. Eine aus dem Krankenhaus geliehene Ausgabe von *Wickeltechnik für Verbände und Bandagen in der Heilkunde* hatte ich dabei aufgeschlagen auf den Knien. Beinahe war ich gerade mit einer grandios gelungenen vierfach überlappenden Kompresse fertig und wickelte Carry einen von Mutters weichen Verbänden fehlerfrei und regelmäßig um den Arm.

Meine Schwester Hatty saß am Kamin, mühte sich mit einer beklagenswert aussehenden Socke ab und ließ dabei immer wieder eine Masche fallen. Wie gekräftigt sie nach ihrer Reise nach Italien wirkte, ein Abenteuer, auf das meine Mutter bei uns allen bestand, wenn wir vierundzwanzig waren. Sie hatte Mary, Robert und deren Kinder begleitet. Nun legte sie die Socke weg und strich sich das dunkle Haar zurück.

»Muss ich denn unbedingt stricken? Ich bin so ungeschickt darin. Außerdem muss Carry nichts anderes tun, als sich von Georgy verbinden zu lassen.«

Mutter drehte sich zu ihr um. »Du hast drei Monate lang Empfänge besucht und mit schneidigen Soldaten Eierlikör getrunken, mein Schatz, während Carry hier zu Hause war und Hemden genäht hat.«

Da Hatty als Mutters Liebling galt, erfüllte es mich mit ein wenig Genugtuung, dass Mutter ihr etwas abschlug.

Hatty trennte die Socke wieder auf und fing von vorn an. »Den Großteil der Zeit habe ich Mary mit den Kindern geholfen. Und wo ist eigentlich unser Bruder? Wieso wird Charley von diesem vergnüglichen Zeitvertreib ausgeschlossen?«

»Er holt Frank Bacon vom Zug ab«, erwiderte Mutter.

Zwei schwesterliche Augenpaare richteten sich auf mich.

Ich legte die Verbandsrolle auf meinem Knie ab und wandte mich um. »Frank Bacon kann genauso gut zu Fuß gehen, Mutter.«

»Er bringt uns auf seinem Weg an die Front etwas aus New Haven vorbei, und Charley hat ihm seine Hilfe angeboten.«

»Ob es ein Diamantring ist?«, mutmaßte Carry. Wie schade, dass ich ihr den Mund nicht gleich mit verbunden hatte.

»Es ist sicher etwas ganz Besonderes, wenn er dabei Hilfe braucht«, fügte Hatty hinzu.

Ich klappte mein Lehrbuch zu. »Die einzige Besonderheit, die Dr. Bacon vorzuweisen hat, ist sein Talent, Damen auf den Rocksaum zu treten.«

»Wegen einer solchen Kleinigkeit braucht man einem Mann doch nicht gleich den Laufpass zu geben«, merkte Mutter an. »Er hat wirklich einen Narren an dir gefressen. Und außerdem zieht er in den Krieg. Also sei bitte nett zu ihm, Georgy.«

Hatty warf Socke und Stricknadeln hin. »Ist das mein Stichwort, um nach Herzenslust zu tratschen? Er wiegt sich nämlich in dem Glauben, du seist der Spiegel seiner Seele. Ich habe belauscht, wie er das zu Mary sagte. So ein feinfühliger Mensch.«

»Du hast ihm schon einmal einen Korb gegeben«, ließ sich Carry vernehmen. »Vielleicht schenkt er dir ja heute ein Liebespfand. Charlotte Benson hat ihres an ein Armband gehängt. Wenn man so ein Geschenk annimmt, gilt das als eine Art Vorverlobung.«

»Wovon redest du?«, fragte Mutter.

»Inzwischen tun das alle, Mutter«, erklärte Hatty. »Ein verliebter Mann lässt seine Initialen in ein Zehncentstück mit der Freiheitsstatue drauf eingravieren.«

Mutter lehnte sich zurück. »Was für eine Verschwendung, dafür eine Münze zu missbrauchen, wenn es ein einfaches Liebesgeständnis auch tun würde.«

Ich wickelte weiter an meinem Verband. »So etwas würde ich von Frank Bacon niemals annehmen. Und bitte ermutigt ihn nicht in diese Richtung, denn ich versichere euch, dass er eine Enttäuschung erleben wird.«

Im nächsten Moment öffnete sich die Tür, und ein vornübergebeugter Stanislaw Moritz erschien. Er hatte Elizas

Koffer von Goyard mit einem breiten Lederriemen auf den Rücken geschnallt.

»Ich bin es, Stanislaw Moritz.«

Hatty sprang auf und lief ihm entgegen. »Moritz!«

Wir alle freuten uns, Stanislaw Moritz von Schulman, Elizas und Joes Diener, zu sehen. Sogar der kleine Pico sprang wie ein Zirkushund an ihm hoch, offenbar in Erwartung eines getrockneten Stückchens Rindfleisch oder Leber, die Moritz in den Satin gefütterten Taschen seiner Weste mit sich herumtrug. Moritz war halb Deutscher, halb Franzose, ein unbeschreiblich gütiger Mensch und unser aller treuer Freund. Er war klein und kräftig gebaut und trug Elizas gewaltige Koffer häufig auf dem Rücken wie eine Ameise, die einen Krümel transportierte, der dreimal so schwer war wie sie selbst.

Hinter ihm folgte Eliza in einem Reisekleid aus apfelgrünem Seidenmoiré. Auf dem Kopf hatte sie ein todschickes Hütchen aus lackiertem Stroh mit Bändern, die ihr über den Rücken fielen. Die Stiele des Fliederstraußes in ihren Händen waren in Watte gepackt.

Ich stürmte auf sie zu. »Wie wundervoll! Ich habe dich vermisst. Inzwischen ist eine Menge passiert.«

»Du bist jetzt Krankenschwester! Ich beneide dich ganz entsetzlich, Georgy. Meine Schwesternausbildung hat sich aufs Verbinden und Händchenhalten beschränkt.«

Ich hakte sie unter und schnupperte ihren Duft nach Veilchen und frischem Gras. »Hast du noch immer Lust, dir einen gemeinsamen Einsatzort mit mir zu suchen?«

»Sehr sogar.«

»Gut. Ich habe dir einen Ausbildungsplatz bei Elizabeth Blackwell persönlich besorgt. Ich weiß, dass sie begeistert von dir sein wird. Außerdem werde ich ein Auge auf dich haben.«

Eliza drückte meinen Arm. »Wie aufregend! Joes Regiment wird in der Nähe von Washington stationiert – in Cameron Run, das ist westlich von Alexandria.«

»Vielleicht können wir ja darum bitten, dass man uns nach Washington versetzt.«

»Damit wir Joe folgen können? Das wäre prima, Georgy.«

»Wir wollen alle etwas von Eliza haben«, rief Mutter, die immer noch an der Mullpresse saß.

Mit einer Hand nahm Eliza den Hut ab und reichte ihn Moritz.

»Gönnst du mir denn keine Minute mit meiner besten Freundin?«, beklagte ich mich.

»Deine Schwester kann nicht gleichzeitig deine beste Freundin sein«, widersprach Carry.

»In diesem Fall schon. Seien wir doch mal ehrlich – das ist meine Rolle in dieser Familie: Eliza Woolsey Howlands beste Freundin.«

»Kommt ihr alle mit, um zuzuschauen, wie Joes Sechzehntes Regiment ausrückt?«, fragte Eliza. »Ihr könnt euch die Flagge nicht vorstellen, die ich bei Tiffany für die Männer haben anfertigen lassen. Ein prachtvolles Dunkelblau mit goldener Beschriftung. Joe sagt, seine Leute seien ganz begeistert, damit marschieren zu können.«

»Wo steckt denn der berühmte Joseph eigentlich?«, erkundigte sich Mutter.

Eliza wandte sich zu ihr um. »Ich habe meinen geliebten Mann bei seinem Regiment auf dem Washington Square zurückgelassen, wo er sich noch um die letzten Einzelheiten kümmern wollte. Er hat mich um ein Kochbuch gebeten, ist das zu fassen? Um zu lernen, wie man Haferbrei und Eintopf kocht.«

Sie hielt Mutter den Flieder zum Schnuppern hin. »Das ist der letzte aus Tioronda.«

Nachdem Moritz mit dem Strauß in Richtung Küche entschwunden war, setzte sich Eliza. Ihr eleganter Rock bauschte sich, als sie sich niederließ.

»Der ruhmreiche Krieg«, meinte Carry und rückte den Verband an ihrem Arm zurecht.

»Sie fahren mit Transportschiffen nach Elizabethport und von dort aus mit dem Zug weiter nach Washington.«

»Wenn wir nur mitkönnten«, seufzte ich.

Eliza strich Mutter das Haar aus der Stirn. »Joe hat mir erzählt, die Jungen in Fishkill hätten eine Kompanie gegründet und exerzierten unter dem Namen Howland Guard.«

Mutter blickte von ihrer Mullpresse auf. »Vielleicht sollten sie sich besser *Mrs.* Howlands Guard nennen.«

Plötzlich wurde die Tür aufgerissen, und unser Bruder Charley kam, bewaffnet mit einem langen weißen Karton, hereingestürmt.

»Hallo, alle miteinander. Schaut mal, wen ich mitgebracht habe.«

Charley, gerade zurückgekehrt vom Bahnhof, wo er Dr. Frank Bacon abgeholt hatte, stand hoch aufgerichtet in der Tür. Mit seinen einundzwanzig Jahren war er größer gewachsen als Vater und außerdem schlank und breitschultrig, also mehr nach den Newtons geraten, dem Familienzweig mütterlicherseits. Allerdings hatte er bauschige blonde Koteletten und Vaters strahlende, forschend dreinblickende Augen.

Im nächsten Moment erschien Frank neben ihm. Er war zuverlässig und ein guter Mensch und sah auch in der blauen Uniform der US-Army so seriös aus wie immer. Sein kleines Spitzbärtchen fand ich ein wenig albern. Er hatte eine französische Arzttasche aus schwarzem Leder in der Hand.

Als wir uns erhoben, um die Männer zu begrüßen, zogen beide den Hut.

»Wie geht es der wundervollen Familie Woolsey?«, ergriff Frank das Wort.

Er war der Sohn von Leonard Bacon, dem überlebensgroßen, rauschebärtigen Pastor aus New Haven, der die bedeutendste Gemeinde von ganz Neuengland leitete. Nur dass der sanftmütige Frank wenig von der raumgreifenden Ausstrahlung seines Vaters geerbt hatte.

Charley reichte mir die weiße Schachtel. »Von Frank.«

Als ich den Deckel lüpfte, hatte ich zwei Sträuße langstieliger roter Rosen vor mir.

»Danke, Dr. Bacon. Sehr freundlich von Ihnen.« An Eliza gewandt fügte ich leise hinzu: »Ihn werde ich bestimmt nicht vermissen, nur die Rosen.«

Mutter nahm mir die Schachtel ab und gab sie Margaret. »Gönnen Sie den Blumen einen Schluck Wasser und schneiden Sie vorher die Enden ab, Liebes.«

Carry half Frank, den Mantel auszuziehen. Darunter trug er eine recht ansehnliche, vorschriftsmäßige Uniform, vermutlich genäht von seiner reizenden Mutter. Die Kombination bestand aus einem tiefblauen doppelreihigen Sakko mit Goldknöpfen, einer eleganten Hose und schwarzen Stiefeln.

Francis Bacon machte einen Schritt auf mich zu und drehte seine Mütze in den Händen hin und her. »Georgy, ich habe mir gedacht, wir könnten vor dem Ball heute Abend noch eine Runde um den Block gehen. Denn dort wird gewiss jeder Mann in New York versuchen, Sie mir abspenstig zu machen.«

»Aber …«

»Pico muss ausgeführt werden«, sagte Mutter. »Könntet ihr zwei ihn vielleicht mitnehmen?«

»Kolossale Idee«, stimmte Frank zu.

Ich warf Mutter einen giftigen Blick zu und griff nach Picos Leine. »Wenn er sich mit seinem Geschäft beeilt.«

Frank half mir die Stufen zum Gehweg hinunter. Wir waren noch keine zehn Meter weit gekommen, als er plötzlich stehen blieb.

»Bestimmt machen Sie sich Sorgen, weil ich in den Krieg ziehe, Georgy. Aber ich versichere Ihnen, dass Sanitätsoffiziere nicht beschossen werden.«

»Ich mache mir keine Sorgen, Frank.«

»Ich frage mich oft, wie es um Ihre Gefühle bestellt ist. Als Sie mir letztes Jahr zu Weihnachten Bay-Rum-Seife mit Rumduft geschenkt haben, wagte ich zu hoffen ...«

»Es war nur ein Geschenk in aller Freundschaft, Frank. Der Erlös ging an Carrys Waisenhäuser, und ich mochte einfach den Geruch.«

»Und ich war beruflich so eingespannt, dass ich mich nie dafür revanchiert habe. Ich weiß, dass ich mich als Verehrer nicht sonderlich ins Zeug gelegt habe, doch als wir zum letzten Mal über dieses Thema sprachen, fehlte mir ein greifbarer Beweis für meine Gefühle ...«

»Wir haben das doch bereits erörtert, Frank.«

Er griff in die Hosentasche und holte eine Silbermünze, kaum größer als mein Daumennagel, heraus und hielt sie mir auf der Handfläche hin.

Ich beugte mich vor, um sie zu betrachten. »Ein Liebespfand, Frank?« Es waren die ineinander verschlungenen Buchstaben F und B eingraviert. Wirklich eine hübsche kleine Münze und sehr kunstvoll gearbeitet.

»Muss ich Sie noch einmal damit langweilen, dass ich Ihnen in allen Einzelheiten meine Zuneigung beschreibe? Wir sind füreinander bestimmt, Georgy. Davon bin ich überzeugt. Deshalb dachte ich, Sie möchten diesen Beweis meiner tiefen Hochachtung vielleicht tragen.«

Ich schloss die Hand um sein liebes Geschenk. »Sie ist wunderschön, Frank, aber es wäre nicht aufrichtig von mir, sie anzunehmen. Ich möchte Ihnen keine Gefühle vortäuschen. Außerdem schließen Sie sich nun Ihrem Regiment an, während ich den Kopf voll mit Lehrstoff aus der Schwesternschule habe. Wirklich kein günstiger Zeitpunkt, um eine Vorverlobung in Erwägung zu ziehen.«

Er steckte die Münze ein. »Dann vielleicht später?«

»Lassen Sie uns Pico zu Hause abliefern, Frank. Dann bringe ich Ihnen das Stricken bei. Damit würden Sie uns helfen, dass wir früher zum Ball können.«

Hastig kleideten wir uns für den Ball um. Unser Dienstmädchen Margaret schnürte Mieder, schloss Knöpfe und zwängte uns in unsere besten Sachen, sodass wir es gerade noch rechtzeitig ins Hotel Brevoort schafften. Seit etwa sieben Jahren war es eines der elegantesten Hotels am südlichen Ende der Fifth Avenue und befand sich nur einen Steinwurf von unserem Haus an der nordöstlichen Ecke der Kreuzung Eight Street entfernt.

Wir gingen zu Fuß. Alle sieben Woolsey-Schwestern vorneweg und unser Bruder Charley, Joe Howland und Frank Bacon hinterdrein. Jeder von uns trug eine Pappschachtel mit Spenden für die US-Army.

Begleitet von Abbys Genörgel, weil sie sich für dieses Ereignis neue Handschuhe hatte kaufen müssen, und Janes Kommandos überquerten wir den Gehweg gegenüber vom Hotel. Vor dem Gebäude wimmelte es von Menschen, die gekommen waren, um die zum Ball eintreffenden Gäste zu bestaunen. Kutschen fuhren vor, aus deren

Türen mit glitzernden Diamanten behängte und in Wolken aus Spitze gehüllte Damen stiegen. Die Menge stieß Jubelrufe aus.

Wir trugen unsere besten Seidenkleider und Umschlagtücher aus Kaschmir, wobei unser Schmuck mehr aus Strasssteinen als aus kostbaren Juwelen bestand. So ausstaffiert, schlossen wir uns rasch der Karawane in den Ballsaal an. Mary hatte für uns alle rot-weiß-blaue Kokarden angefertigt, deren Form an Zielscheiben erinnerte. Wir trugen sie stolz an die Brust geheftet. Der Anblick des von einer amerikanischen Flagge gebildeten Baldachins verschlug uns den Atem. Die Wände waren mit Seidenbahnen in patriotischen Farben behängt. Ein gewaltiger Kronleuchter erhellte die Szene. Wir bewunderten die traumhafte Flagge, die Eliza für Joes Regiment in Auftrag gegeben hatte. Auf tiefblauem Grund prangte ein goldener Adler über dem Wappen des Regiments. Zusammen mit den Flaggen der anderen Regimenter zierte sie die Wand des Ballsaals.

Wir reihten uns in die Parade aus Abendkleidern ein und wurden Teil dieses Potpourris aus raschelnder Schönheit. Überall duftete es nach Rosen und Lilien, gepflückt in den schönsten Gärten und Gewächshäusern unseres Bundesstaates, die Tische und Durchgänge schmückten. Und zu guter Letzt standen wir vor den Bergen von Decken, Laken, Socken und anderen kriegswichtigen Gütern, welche die Gäste neben der Tanzfläche aufgeschichtet hatten. Wir legten unsere Spenden dazu.

Während eine patriotische Quadrille erklang, scharten wir uns um unsere geliebte Mutter, rückten ihre Schleifen gerade und strichen ihre Ärmel glatt. Jede von uns wollte ihr möglichst nah sein.

Mutter betrachtete die prächtigen Sträuße aus Tulpen

und Narzissen. »Im Krankenhaus wären sie froh, wenn sie so viele Blumen hätten.«

Hatty schob Mutter eine Haarlocke unter die kleine weiße Haube. »Es ist ein Ball, Mutter. Gleich morgen bringen wir sie ins Bellevue.«

Als ich den Blick über die Menge schweifen ließ, erkannte ich Frederick Law Olmsted. Er wurde von einem Schwarm von Bewunderern umringt, die sich, die Champagnerflöten hocherhoben, um ihn scharten und ihn kennenlernen wollten. Damals war er sehr berühmt und für seine Gestaltung des Central Parks bekannt. Erst am Vortag war über ihn in der Zeitung berichtet worden, denn man hatte ihn zum Generalsekretär der Sanitary Commission ernannt.

Ich nahm Frank Bacon beiseite. »Frank, Sie kennen doch Mr. Olmsted persönlich. Könnten Sie so nett sein, uns einander vorzustellen?«

»Damit Sie ihn damit belästigen können, dass Sie und Eliza nach Washington geschickt werden wollen?«

Ich musterte die Anwesenden. »Sie beleidigen mich, Frank. Wir wollen nur unserem Land dienen.«

Frank schaute zu Olmsted hinüber. »Im Moment ist er der Liebling von ganz New York. Ich sehe, was ich machen kann«, erwiderte er und schob sich durch die Menschenmenge.

Es dauerte eine Weile, bis Frank Bacon, den Mann der Stunde im Schlepptau, zu uns zurückkehrte. »Darf ich Sie mit Mr. Frederick Olmsted aus Connecticut, unterwegs nach Washington, bekannt machen?«

Aus der Nähe betrachtet, war Mr. Olmsted ein zierlicher Mann mit schütterem Haar, einem borstigen Schnauzbart und einer verbindlichen, aber sachlichen Art.

Frank wies mit einer ausladenden Armbewegung auf

Mutter. »Mrs. Woolsey. Der Mittelpunkt dieser wundervollen Familie. Großgezogen in Cameron Run, Virginia, von ihrer Tante Ricketts.«

»Haben Sie etwas mit Ricketts-Mehl zu tun?«, erkundigte sich Mr. Olmsted.

»Ganz richtig. Mr. Woolsey stammte aus Neuengland und war Kaufmann. Bis zu seinem viel zu frühen Tod vor zwanzig Jahren leitete er ein erfolgreiches Unternehmen.«

»Charles Woolsey aus Boston? Soweit ich gehört habe, genoss er einen ausgezeichneten Ruf.«

Mutter knickste. »Oh, Mr. Olmsted, wir haben weiterhin viel Freude an Ihrem Park. Was für eine Meisterleistung.«

»Eigentlich hatte ich einen botanischen Garten geplant, doch angesichts des Budgets ist es eben eher ein Park als ein Garten geworden.«

»Dann bin ich ausnahmsweise einmal froh darüber, dass das Budget zu klein war, Mr. Olmsted. Denn der Park ist vollkommen, so wie er ist. Sie müssen ein ganzes Heer von Arbeitern gebraucht haben, um so etwas zu vollbringen.«

Er lächelte. »Viertausend, um genau zu sein. Schließlich war das alles einmal hauptsächlich Sumpfland.«

Frank wies mit einer großartigen Geste auf uns. »Joe und Charley haben Sie ja bereits kennengelernt, und Mrs. Woolsey ist Ihnen nun auch ein Begriff. Ich möchte Sie noch den Woolsey-Schwestern vorstellen, die ich kenne, seit sie mich im Kartenspiel geschlagen haben. Gestatten Sie mir, mit Abigail anzufangen.«

Abby nickte, blinzelte, als habe man sie geblendet, und zog ihr Umschlagtuch fester um sich. Sie war so viel Aufmerksamkeit nicht gewöhnt. Mit ihren durchdringenden blauen Augen und der breiten Stirn war sie nach dem mütterlichen Zweig der Familie geraten. Nun blickte Abby Mr. Olmsted an. Ihr Gesicht war völlig frei von Wangenrot oder Puder. Wir hatten ihr mächtig zusetzen müssen, bis sie wenigstens bereit gewesen war, ihr übliches schwarzes Seidenkleid mit einer eleganten Robe zu vertauschen, die einen fröhlichen Blauton hatte.

»Abby ist die Erstgeborene und Vorsteherin des Ladies' House of Industry, einer Einrichtung, wo vom Schicksal weniger begünstigte Frauen einen Beruf erlernen können. Bis jetzt haben sie die halbe Armee der Union eingekleidet. Da Abby nicht gern tanzt, säße sie jetzt vermutlich lieber in der ersten Reihe eines Hörsaals im Cooper Union College, um einer Rede zur Abschaffung der Sklaverei zu lauschen. Und lassen Sie sich bloß nicht auf eine Partie Dame mit ihr ein, denn sie ist eine Großmeisterin und wird Ihnen das Spiel für immer verleiden.«

Und so setzte Frank die Liste weiter fort. »Jane Woolsey.« Jane vollführte einen langsamen und anmutigen Knicks. Sie trug ein selbst genähtes Kleid aus pfirsichfarbener Seide, das im Lampenlicht förmlich zu fließen schien und einen wundervollen Kontrast zu ihrem roten Haar bildete.

»Jane führt die Bücher im Waisenhaus für farbige Kinder und ist dort auch als Krankenschwester tätig. Mr. Stewarts Warenhaus betrachtet sie als eine der besten Kundinnen nach Mrs. Lincoln, wenn es um Hüte und Handschuhe geht.«

Janes wippende Granatohrringe fingen das Licht ein. »Hochwertige Kleidung zu tragen ist eine patriotische Pflicht, Dr. Bacon. Immerhin nimmt die Regierung durch den Import von Borten und Spitzen Steuern ein.«

Mr. Olmsted schmunzelte. »Wie recht Sie haben, Miss Woolsey.«

»Und darf ich Ihnen Mrs. Robert Howland vorstellen? Für uns ist sie unsere Mary.«

Zurückhaltend und dennoch verbindlich wie immer machte Mary einen Schritt auf Mr. Olmsted zu und hielt ihm errötend ihre zarte Hand hin. »Es ist mir eine Ehre, Sie kennenzulernen, Mr. Olmsted. Ich besuche mit meinen Töchtern fast jede Woche Ihren Park.«

Mr. Olmsted schien ziemlich angetan, kein Wunder, denn Mary galt als die hübscheste der sieben Woolsey-Schwestern. Ein Freund hatte sie einmal als »Blume mit Seele« bezeichnet. Heute sah sie in ihrem kornblumenblauen Kleid, das weiße Schultern freigab, und den kunstvoll in ihrem dunklen Haar drapierten cremefarbenen Freesien ganz besonders hinreißend aus.

Unterdessen fuhr Frank fort. »Mary unterstützt ihren Mann in seinem Amt als Pfarrer in der Church of Heavenly Rest in der Fifth Avenue. Mit den von ihr veranstalteten Kirchenbasaren hat sie inzwischen Unsummen eingenommen, außerdem ist sie eine begabte Malerin und Dichterin.«

Mr. Olmsted lächelte. »Offenbar ist eine der Schwestern talentierter als die andere.«

»Als Nächstes hätten wir Mrs. Joseph Howland, das heißt Eliza, die mit Joseph Howland verheiratet ist. Dieser wiederum ist der Cousin von Marys Reverend Howland. Unser Joe wird morgen als Adjutant des Sechzehnten Regiments der New York Volunteers in den Krieg ziehen. Eliza versorgt oben in Fishkill, wo die beiden das Landgut Tioronda bewohnen, die Kranken.«

Eliza trat auf Mr. Olmsted zu und bot ihm die Hand. Sie war in ihr neues fliederfarbenes Seidenkleid gewandet. Ihr dunkles Haar hatte sie in der Mitte gescheitelt und im Nacken zu einem Dutt zusammengefasst. Das goldene Medaillon, das eine Haarlocke von Joes Urgroßmutter enthielt, zierte ihren Hals und reflektierte das Lampenlicht.

Mr. Olmsted griff nach ihrer Hand und schien nicht in Eile, sie wieder loszulassen.

»Sie haben uns ein großes Geschenk gemacht, Mr. Olmsted«, sagte sie in ihrer ruhigen, aber einnehmenden Art, was meist die Wirkung hatte, dass jeder neue Bekannte näher an sie heranrückte, um mehr zu hören. »Als wir letztes Jahr in London waren, hat man dort ausschließlich über Ihren Park gesprochen. Sie haben die Herzen Europas im Sturm erobert.«

Nun war es an Mr. Olmsted zu erröten.

Frank stellte Mr. Olmsted weiter vor. »Und hier hätten wir die beiden Jüngsten, die ständig unter einer Decke stecken. Hatty ist gerade aus Italien zurückgekehrt, wo sie ganz Venedig um den Finger gewickelt hat.«

Hatty in ihrer neuen schwarzen Mantille senkte die dunklen Augen und knickste elegant.

»Und das hier ist mit dreiundzwanzig Jahren die jüngste Woolsey-Schwester und ihre Komplizin. Carry trifft man meistens im Waisenhaus für Farbige oder im Bloomingdale Waisenhaus oben in der Seventy-Third Street an, wo sie die elternlosen Kinder um sich schart, um ihnen etwas vorzulesen. Sie hat gerade als Jahrgangsbeste ihren Abschluss an der Agassis School in Cambridge gemacht.«

Als Carry Mr. Olmsted die Hand hinstreckte, schüttelte dieser sie kräftig und väterlich. Sie überragte Hatty um einen Kopf und trug ein abgelegtes beiges Seidenkleid von Eliza, das ihr, mit einem zusätzlichen Volant am Saum versehen, ausgezeichnet stand.

»Wir waren in meinem Jahrgang nur zu sechst, aber trotzdem danke für das Kompliment, Dr. Bacon. Übrigens haben Hatty und ich eine enge persönliche Verbindung zum Central Park, Mr. Olmsted.«

»Wirklich?«, hakte Mr. Olmsted nach.

»Wir haben dort tagelang Flugblätter verteilt. Es ging um den Abriss der freien Negerstadt, die dem Park weichen musste.«

»Seneca Village?«, fragte Mr. Olmsted.

»Drei zerstörte Kirchen. Außerdem gesetzestreue, steuerzahlende Bürger, die verjagt wurden, ohne für ihr Land eine Entschädigung zu erhalten.«

Mr. Olmsted wandte Carry seine ganze Aufmerksamkeit zu. »Wir haben unser Bestes getan, um diejenigen umzusiedeln, die unserer Ansicht nach Platz machen mussten.«

Carry trat einen Schritt auf Mr. Olmsted zu. »Es gibt weiterhin Hunderte, die nach ihrer überhasteten Umsiedlung nicht wieder Fuß gefasst haben.«

Frank klatschte in die Hände. »Sollten wir nicht allmählich zu Tisch ...«

Mary legte Frank die Hand auf den Arm. »Aber Frank, Sie haben offenbar unsere Georgy vergessen.«

Frank drehte sich zu mir um. »Wie konnte mir so ein Fehler unterlaufen?«

Als ich nach Mr. Olmsteds Hand griff, fühlte sie sich in meiner warm an. »Es ist mir ein großes Vergnügen.«

Sofort war Frank an meiner Seite. »Als ich Georgy kennenlernte, war ich zwölf. Es war in einem Kurs im Bogenschießen. Sie hat dem armen Lehrer mit dem Pfeil gedroht, denn er hat sie als Angeberin bezeichnet, weil sie schon beim ersten Versuch ins Schwarze getroffen hat.« Er hakte mich unter und blickte mich an. »Duldsamkeit gehört nicht zu ihren Stärken, dafür aber eine schier grenzenlose Nächstenliebe. Sie dürfen nur nicht von ihr verlangen, dass sie Klavier spielt. Und wenn Sie hinter ihrem Rücken über sie reden, gnade Ihnen Gott ...«

Ich machte mich von Frank los. »Außerdem habe ich

gerade meine Ausbildung zur Krankenschwester am New York Hospital abgeschlossen.«

Carry trat vor. »Sie kann sogar einen Schlüsselbeinbruch bandagieren. Sie wurde nämlich von Dr. Elizabeth Blackwell, der ersten Frau mit Doktortitel, persönlich unterrichtet.«

»Und sie ist nur einmal in Ohnmacht gefallen«, ergänzte Hatty.

Ich versetzte ihr einen Rippenstoß. »Mr. Olmsted, wie wir gehört haben, werden Sie bald die Leitung der Sanitary Commission übernehmen, was heißt, dass wir das große Vergnügen haben werden, mit Ihnen zusammenzuarbeiten. Eliza und ich würden Ihnen gern unsere Dienste als Krankenschwestern in Washington anbieten.«

»Ich bin gerade auf dem Weg dorthin«, erwiderte er.

»So eine gewaltige Unternehmung«, meinte Mutter.

»Man hat mich gebeten, den Männern in Lincolns Armee mithilfe von gesunder Ernährung und Hygiene den Alltag zu erleichtern.«

Eliza wandte sich an Mr. Olmsted. »Georgy und ich wären Ihnen zu größter Dankbarkeit verpflichtet, wenn wir in einer offiziellen Funktion in der Nähe des Regiments meines Mannes Joe unseren Dienst leisten könnten.«

»Die Einsätze unserer Krankenschwestern sind gefährlich, Mrs. Howland. Da wir noch ganz am Anfang stehen, müssen wir von unseren Schwestern Flexibilität verlangen. Die Fronten verschieben sich ständig, weshalb sie dort sein müssen, wo sie gebraucht werden. Im Moment mobilisieren wir von Washington aus. Im nächsten Monat könnte es Virginia oder ein Lazarettschiff vor der Küste von Maryland sein. So ist es eben im Krieg.«

»Wir stehen zu Ihrer Verfügung, Mr. Olmsted«, verkündete ich. »Allerdings wäre uns ein Lazarettschiff am liebsten. Wir sind keine zimperlichen Damen, sondern bereit, die Ärmel hochzukrempeln, mit sauberen Schürzen und Nächstenliebe im Herzen.«

»Von der Bescheidenheit ganz zu schweigen«, frotzelte Carry.

Mr. Olmsted beugte sich vor. »Ich werde versuchen, ein gutes Wort für Sie einzulegen, damit Sie in Washington stationiert werden. Warten wir es ab.«

Eliza und ich wechselten einen triumphierenden Blick. Nur Mutters todernste Miene dämpfte unsere Begeisterung.

»Keine Sorge, Mutter«, meinte Carry. »Dieser Krieg ist in wenigen Wochen vorbei.«

Da Frank Bacon während des gesamten Balls nicht von meiner Seite wich, war ich erleichtert, als das Fest endete und ich mich loseisen und nach Hause ins Bett flüchten konnte. Allmählich forderten die Wochen der Schwesternausbildung und der Arbeit zur Unterstützung des Krieges ihren Tribut. Ich hatte Frank und Joe gebeten, Mutter und vier von uns Schwestern auf dem kurzen Weg nach Hause zu begleiten. Jane, Charley und ich blieben, um den Veranstaltern des Balls dabei zu helfen, die Sachspenden für den Transport in Fässern zu verstauen.

Als wir uns endlich auf den Heimweg machten, war es kurz vor Mitternacht. Charley hatte, beflügelt von der patriotischen Musik und den Reden, beschlossen, sich freiwillig zu melden.

»Ich habe mich bereits nach einem Regiment erkundigt«, sagte er. »Joe hat sein eigenes vorgeschlagen.«

»Das Sechzehnte?«, hakte Jane nach. »Das kann doch jeden Tag ausrücken. Du hättest nicht genug Zeit für die Vorbereitungen.«

Charley grinste. »Ihr würdet mich wohl am liebsten in Watte packen.«

»Da irrst du dich«, entgegnete ich. »Bei den Mengen, die du verschlingst, treibst du uns nämlich noch in den Bankrott. Soll dich die US-Army durchfüttern.«

Jane und ich hakten unseren Bruder unter, froh, ihn einmal für uns zu haben. Für uns Woolsey-Frauen war er der Mittelpunkt des Universums. Seit Vaters Tod vergötterten wir sieben Schwestern den Jungen. Auf wundersame Weise war er trotzdem weder anspruchsvoll noch eingebildet geworden.

Inzwischen waren die für den Ball vorgefahrenen Kutschen verschwunden, und die Gehwege waren beinahe menschenleer. Und so marschierten wir in einer Dreierreihe dahin und schmetterten aus vollem Halse einen Schlachtengesang der Abolitionisten. Mutter hatte das Lied ganz besonders gern.

Wir bitten dich, oh, Vater mein,
Dass wer den Bruder macht zum Knecht,
Bereut oder zuschand' soll sein,
Das wär nur billig und gerecht.

In diesem Moment kam eine farbige Frau auf uns zu. Sie war recht zierlich gebaut und schleppte eine vollgestopfte Gobelintasche, die beinahe halb so groß war wie sie selbst. In dem Moment, als unsere Wege sich kreuzten, gab der Boden der Tasche nach, und ein Schwall von Kleidung und Wäschestücken ergoss sich auf den Gehweg. Charley blieb stehen, um der Frau zu helfen. Zur gleichen Zeit wurden wir von drei Männern eingeholt, die ein Stück hinter uns gegangen waren.

»Platz da!«, forderte der Größte von ihnen und versperrte uns mit gesenktem Spazierstock den Weg zu der Frau. »Leute wie du sind hier unerwünscht.«

Hastig und mit gesenktem Blick begann sie, ihre Sachen einzusammeln.

Die drei Männer trugen maßgeschneiderte Gehröcke, Zylinder und Halsbinden, stanken jedoch nach Whiskey und machten bei näherer Betrachtung einen derangierten und eindeutig betrunkenen Eindruck.

Charley wandte sich an dem Mann mit dem Stock. »Dich kenne ich doch, Christian Longworth.« Später verriet er uns auch, woher diese Bekanntschaft rührte: Der Mann war ein Mitschüler von Charley auf dem Internat gewesen, allerdings wegen seines Verhaltens von der Schule geflogen.

»Woolsey. Seit unserer Schulzeit bist du ja richtig berühmt geworden. Nein, ich muss mich verbessern, das gilt wohl eher für deine Familie aus Niggerfreunden.«

Christian machte einen Schritt auf Jane zu. »Mit Ihren Kokarden und Gesängen locken Sie zwielichtige Elemente in anständige Stadtviertel. Und wer beschützt dann uns Bürger?«

Jane richtete sich zu voller Höhe auf und blickte den Mann unverwandt an. »Sieht diese Frau dort etwa aus, als wäre sie eine Verbrecherin und würde eine Bedrohung für euch Männer darstellen?«

»Sarkasmus steht Ihnen nicht, Miss Woolsey. Genau diesem liberalen Geschwätz haben wir es zu verdanken, dass die Nigger weiter hier herumlungern.«

Charley baute sich vor Christian auf. »Lass meine Schwester in Ruhe.«

»Ich bin weg, sobald ich meine Sachen habe, das verspreche ich«, stammelte die Frau und hob ihre zerrissene Tasche hoch.

Ich beugte mich vor, um ihr zu helfen. »Nehmen Sie sich so viel Zeit, wie Sie brauchen.«

Christian bedachte mich mit einem giftigen Blick und wandte sich an Jane. »Ihr Abolitionisten trieft ja förmlich vor Selbstgerechtigkeit. Wahrscheinlich sitzen Sie in der ersten Reihe, wenn Dr. Cheever über die Abschaffung der Sklaverei salbadert. Ahnen Sie überhaupt, welche Folgen das für die Wirtschaft hat? Leute wie Sie beherrschen zwar die Schlagzeilen, doch Sie sollten vorsichtig sein. Der konservative Gedanke lebt und gedeiht auch hier im Geschäftsleben des Nordens.«

»Weil der Handel mit den Südstaaten ihn am Atmen hält«, wandte ich ein. »Großbritannien kommt doch auch ohne diese Schande zurecht, und zwar ausgezeichnet. Vielleicht wird Ihre Familie die Branche wechseln müssen, wenn die Sklaverei erst einmal Geschichte ist.«

»Soweit mir bekannt ist, überlässt die amerikanische Verfassung diese Entscheidung den einzelnen Bundesstaaten«, herrschte der Mann mich an.

»Ich glaube, das wird eher der Krieg entscheiden, Sir«, erwiderte ich. »Auch wenn Sie drei offenbar nicht zu mehr in der Lage sind, als sich Schlägereien auf der Straße zu liefern. Keiner von Ihnen trägt Uniform.«

»Ihr Bruder der Niggerfreund auch nicht.«

»Wenigstens habe ich mich gemeldet«, entgegnete Charley. »Ich bin kein Feigling.«

Als Charley sich ebenfalls vorbeugte, um der Frau beim Zusammensuchen ihrer Kleider zu helfen, versetzte Christian ihm einen Stoß mit dem Stock, sodass er auf den Knien landete.

Charley stützte sich mit den Händen am Gehweg ab und richtete sich auf, während Christian wieder mit dem Stock ausholte.

»Am besten sorgen wir jetzt dafür, dass das mit dem Krieg für dich nichts wird, Woolsey.«

»Nein!«, schrie ich auf. Jane und ich stürzten uns auf Christian, aber wir konnten das schreckliche Unglück nicht mehr verhindern.

Kapitel 6

JEMMA

Peeler Plantation, Maryland
Juli 1861

Da es im Juli im Schlafzimmer sehr heiß wurde, stand ich in den meisten Nächten dort oben und fächelte Anne-May und Mister Watson mit Tante Tandy Roses altem grauem Fächer aus Pfauenfedern Kühlung zu.

Ich konnte mich nicht daran gewöhnen, dass ich nicht bei Ma, Pa und Sally Smith schlafen durfte, und ich verabscheute meinen Platz am Fußende von Miss Anne-Mays Himmelbett, wo ich in meinem Hemdchen unter einer dünnen blau karierten Decke lag. Doch am schlimmsten war es, beim Einschlafen mit anhören zu müssen, wie die beiden ein Baby machten. Sie und Mister Watson vergaßen dann ganz, dass ich im Zimmer war. Außerdem beschwerte sich Anne-May ständig über ihre ehelichen Pflichten. Es war immer dieselbe alte Leier.

»Warum fasst du mich ständig an, Fergus?«, nörgelte sie. »Ich bin müde.«

»Aber du bist meine Frau«, widersprach er dann. Doch zu guter Letzt drehte er sich immer weg, ließ sie in Ruhe und fing an zu schnarchen. Sie begann dann, sich selbst zu reiben, atmete schnell und schnupperte dabei an dem Herrentaschentuch mit Spitzen, das sie aus der Stadt mitgebracht hatte, bis sie schließlich still war und ebenfalls schnarchte.

Das war mein Stichwort, um mich aus dem Zimmer und nach unten zu schleichen. Denn wenn die beiden erst einmal schliefen, hätte nicht einmal ein himmlisches Donnerwetter sie aufwecken können. Außerdem, ein besonderer Glücksfall, hatten wir in jener Nacht Vollmond. Der Mann im Mond würde mir den Weg bis hinunter zur Hütte leuchten.

Also warf ich mir eine Decke über mein Hemdchen. Sonst hatte ich nichts an, als ich mich die mit Teppich belegte Treppe hinunter und in die kühle Nacht hinauspirschte. Im feuchten Gras, das mir bis zu den Knöcheln reichte, bekam ich kalte Füße. An der ersten Hütte schob ich den Vorhang beiseite, der als Tür diente. Er bestand aus einer alten gelben Überdecke von Tante Tandy Rose. Sie hatte sie uns geschenkt, nachdem sie beim Pfeiferauchen im Bett ein winziges Löchlein mit kratzigen Rändern hineingebrannt hatte. Wenn man den Vorhang beim Kommen und Gehen hin und her bewegte, stieg einem noch immer ein Hauch ihres viel zu süßlichen Rosenparfüms in die Nase.

Ma und Pa schliefen neben dem glühenden Kaminfeuer. Fidelia und Charl hatten sich im Bett in der Ecke eingerichtet. Charl hatte auf der Decke einen Arm über Fidelias Bauch gelegt. Von oben hallte Sally Smiths Schnarchen herunter. Wie ich annahm, war Celeste bei ihr.

Ich näherte mich Ma und Pa auf ihrem Strohsack. Pa hatte den kräftigen Arm über meine Mutter gebreitet. Die mit Schlamm verkrusteten Hacken der beiden lehnten am Kamin. Seit Tagesanbruch waren sie auf den Beinen gewesen, um ihr kleines Feld für den Frühling zu bestellen. Es roch gut in der Hütte. Nach würziger Erde, nach Seife und nach der Fischlake, mit welcher der Boden aus gestampfter

Erde geglättet wurde. Ich wischte mir die Füße an meinem Hemdchen ab, lüpfte die Decke und kuschelte mich fest an Mas Rücken. Sie war so warm. Ihr Vorname war Sable, also Zobel, was ausgezeichnet zu ihr passte, denn sie hatte nicht nur unbeschreiblich weiche Haut, sondern außerdem eine Haltung wie eine feine Dame im Pelzmantel. Selbst draußen auf dem Feld wirkte sie majestätisch.

Wie immer zog sie mich fest an sich. Eingelullt vom Knacken der Fichtenzapfen im Kamin schlief ich ein und war endlich zu Hause angekommen.

Ich wachte noch vor Morgengrauen auf, das heißt lange vor dem Weckruf, denn wenn das Horn geblasen wurde, wimmelten alle in der Hütte durcheinander wie verbrühte Ameisen, um es rechtzeitig auf die Felder zu schaffen. Es kostete mich zwar Überwindung, aus dem warmen Bett zu kriechen, aber heute wollte ich meine Zwillingsschwester Patience besuchen, und es durfte auf keinen Fall etwas dazwischenkommen. Da Anne-May nach Leonardtown wollte, in die große Stadt, wo es auch einen Bahnhof gab, hatte sie mich nach nebenan zur Ambrosia Plantation geschickt, um eine Kiste Kartoffeln hinzubringen und Stoff für ihr neues Kleid zu holen, denn ich sollte mit dem Zuschneiden anfangen.

In meine Decke gewickelt, stand ich neben dem Bett und sah Ma und Pa eine lange Zeit beim Träumen zu. Er hatte den muskulösen Arm über ihre Hüfte gelegt. Anschließend ging ich zu Fidelias Bett, traf jedoch nur Charl dort an. Die Decke auf ihrer Seite war zurückgeschlagen. Als ich nach draußen kam, sah ich sie neben dem Schweinepferch stehen, zusammengekrümmt und die heile Hand auf den Zaun gestützt. Sie war im Hemdchen und hatte Sally Smiths weißes Umschlagtuch über den Schultern.

Jetzt ist es bald so weit, hatte Sally Smith gesagt.

Ich näherte mich. »Kannst du nicht schlafen?«

»Das Kleine ist ein Kämpfer«, erwiderte sie. Ihre Stimme klang in der Morgenluft weich und angenehm.

»Darf ich mal fühlen?«

Sie nahm meine Hand und führte sie an ihren Leib. Ich spürte ein seltsames Zucken, so wie bei Toby, als er noch in Mas Bauch gewesen war. Tränen traten mir in die Augen, und ich brachte für einen Moment kein Wort heraus. Wir hörten einfach nur den Grillen beim Zirpen zu.

»Hast du genug zu essen? Ich weiß, dass Anne-May dir die Rationen gekürzt hat.«

»Charl angelt nachts manchmal Hechte und Welse. Er fängt ziemlich viele und brät sie dann für mich. So kommen wir über die Runden.«

»Weiß LeBaron, dass er fischt?«

»LeBaron ist einverstanden, weil Charl ihm den Großteil seines Fangs gibt. Ein Freund von ihm verkauft den Fisch dann für richtiges Geld.«

»Kriegt Charl jedes Mal einen Passierschein?«

»Aber klar. Von LeBaron selbst mit einem X unterschrieben.«

Fidelia schloss die Augen und berührte wieder ihren Bauch.

»Ich glaube, es ist ein Junge, Fidelia.«

»Nenn mich Delly. Das passt besser zu mir. Und ja, das Kleine fühlt sich ziemlich kräftig an. Bis jetzt hatte ich vier Mädchen, also ist es diesmal wahrscheinlich keins.« Sie hielt inne und lauschte dem Gutenmorgenlied der Vögel. »Es heißt, wenn man zwölf Kinder gekriegt hat, wird man freigelassen.«

»Wie alt warst du bei deinem ersten?«

»Dreizehn. Nach meiner Schätzung bist du drei Jahre überfällig.«

Wir zuckten beide zusammen, als LeBaron, einen silbernen Schraubenschlüssel in der Hand, um die Ecke kam und uns beide fast zu Tode erschreckte.

»Was ist denn jetzt mit diesem Baby?«, fragte er.

Ich stellte mich zwischen ihn und Delly und nahm ihre kalte Hand in meine.

Er trat auf uns zu. »Wird langsam Zeit, dass es kommt.«

»Das dauert noch eine Weile«, erwiderte ich. Meine Hand in ihrer wurde feucht vom Schweiß.

»Du, halt dein Maul. Ein Baby braucht neun Monate. Also ist es nach meiner Berechnung bald fällig.«

Ich legte den Arm um Delly und spürte, dass sie zitterte, als hätte man ihr einen Eimer kaltes Wasser übergeschüttet.

LeBaron kam noch einen Schritt näher und hob einen Zipfel von ihrem Umschlagtuch an. »Wenn es so weit ist, kriegst du es draußen in der Tabakscheune, kapiert?«

Die Scheune. Allein das Wort genügte, dass mir flau wurde.

Ich zog Delly fester an mich. »Vielleicht kriegst du es ja auf dem Feld«, flüsterte ich.

LeBaron ließ den Tuchzipfel fallen und drohte mir mit dem Schraubenschlüssel. »Ich rede mit ihr, nicht mit dir. Und wann es passiert, bestimme ich.«

Nach einem langen Blick auf Delly marschierte er davon.

Wir atmeten erleichtert auf, und ich wickelte Delly in ihr Umschlagtuch. »Du musst dich jetzt ausruhen. Bis das Horn zu tuten anfängt, hast du noch ein bisschen Zeit zum Schlafen.«

Sie hielt sich den Bauch. »Er will, dass ich das Baby in der Scheune kriege, damit er es mir wegnehmen kann.«

»LeBaron ist fort.«

»Er kommt zurück. Jeden Tag schaut er nach, weil er es verkaufen will. Ich weiß, wie das läuft.«

»Charl und Pa werden das nicht zulassen. Und Sally Smith würde eher sterben, als zuzusehen, wie man dir dein Baby wegnimmt.«

»Ich hatte schon vier Babys und durfte keines davon behalten. Es ist immer dasselbe. ›Das nächste ist deins, versprochen.‹ Und dann verkaufen sie es doch und erzählen der Mistress, dass es gestorben wäre. Und der ist es egal. Die will, dass ich wieder aufs Feld gehe. Mir wäre es lieber, dieses hier würde wirklich sterben, damit ich es nicht hergeben muss.«

»So etwas darfst du nicht sagen.«

»Das ist die Wahrheit. Ich kann nicht noch eines verlieren. Du weißt ja nicht, wie das ist.«

»Wenn das Baby kommt, schick Pa los, damit er mich holt. Schwörst du das auf die Bibel?«

Delly wandte sich nur ab und ging wieder hinein. Ich brachte sie zurück ins Bett. Dann stand ich da und sah ihr beim Schlafen zu. Einen Arm hatte sie über ihren großen Bauch gelegt. Mir wurde übel bei dem Gedanken, dass sie, hochschwanger, wie sie war, bald aufstehen und draußen auf den Feldern Tabak würde harken müssen.

Ich ließ die anderen in der Hütte weiterschlafen und hastete zum Hühnerstall, um für Anne-Mays Frühstück unter den warmen Hennen nach den Eiern zu tasten.

Solange ich bei klarem Verstand war, würde LeBaron Caruthers dieses Baby nicht anrühren.

Nachdem ich Anne-May feingemacht, ihr die Locken aufgedreht und ihr sämtliche Härchen am Kinn abgezupft hatte, machte ich das Bett, spülte das Frühstücksgeschirr, flickte einen Riss in Mister Watsons Mantel, half Sally Smith dabei, ein Huhn zu rupfen, fegte die Hühnerfedern im Hof zusammen, schnitt ein großes Stück von Sallys Maisbrot ab, wickelte es in eine Serviette und verstaute es in meiner Schürzentasche. Dann füllte ich eine Kiste mit Kartoffeln für die Schweine, schnitt eine der ersten Sonnenblumen ab, die neben unserem Küchenfenster blühten, legte sie auf die Kartoffeln und machte mich an die letzte Aufgabe, die ich erledigen musste, bevor ich aufbrechen konnte. Ich musste das Elf-Uhr-Wasser aufs Feld bringen, meine einzige Gelegenheit, tagsüber meine Familie zu sehen.

Ich stand auf der Veranda und blickte über die Tabakfelder, die sich bis zum Fluss erstreckten. Ma, Pa, Celeste und Delly bewegten sich zwischen den jungen Tabakpflanzen. Die Aussicht von hier oben auf den breiten Fluss war atemberaubend – bis LeBaron auf seinem Pferd und mit der zusammengerollten Peitsche an der Hüfte ins Bild kam und es störte. Das hier war nichts weiter als ein Ort, an dem sie uns gefangen hielten, um uns auszubeuten.

Selbst aus dieser Entfernung konnte ich sehen, wie LeBarons Metallflasche aufblitzte, als er sie an die Lippen hob, um einen Schluck Whiskey zu trinken. Dass Charl nicht da war, fiel mir gar nicht auf.

Ich nahm meine Kürbisflasche, füllte sie an der Pumpe mit kühlem Wasser, gab noch ein bisschen Melasse dazu, um Delly und das Baby zu stärken, und ging los. Auf halbem Weg sah ich Charl, der die Straße entlang aus dem Wald kam und auf das Feld zusteuerte.

Als ich mich umdrehte, bemerkte ich, dass Mister Watson auf die Veranda getreten war und alles beobachtete. Jeden Morgen schritt er seinen Besitz am Flussufer entlang ab, stets mit Jagdflinte und Beutel ausgerüstet, für den Fall, dass er einen Hasen sah.

Offenbar hatte LeBaron ihn auch bemerkt, denn er preschte auf Charl zu. »Wo warst du, Bursche? Ich habe dir schon Clem hinterhergeschickt. Aber offenbar hast du's dir mit dem Weglaufen noch einmal anders überlegt.«

Charl stand, die Hände seitlich herabhängend, auf der Straße und blickte zu LeBaron hinauf. »Nein, Sir.«

»Wo warst du dann?«

»Nur beim Fischen, Sir.«

»Hast du einen Passierschein?«

»Von Ihnen, Sir.« Charl streckte ihm den Zettel hin. »Mit Ihrem Zeichen drauf.«

Die Peitsche in der Hand, glitt LeBaron aus dem Sattel und warf einen Blick auf Mister Watson. »Der Passierschein ist nicht dazu da, dass du in der Arbeitszeit fischen gehst.«

Während Charl noch den Passierschein betrachtete, entrollte LeBaron wie aus heiterem Himmel die Peitsche und versetzte Charl einen Schlag, sodass dieser stürzte und sich den Hals hielt.

Als Delly den Knall hörte, wollte sie zu Charl hinüberlaufen, aber Ma hielt sie fest.

Ich ließ die Kürbisflasche fallen und hastete zurück zur Veranda. »Mister Watson, kommen Sie schnell!«

»Was hat Charl denn getan, Jemma?«, fragte er und musterte die kleine Szene.

»Nichts, soweit ich weiß. Vielleicht will LeBaron nur vor Ihnen angeben, Sir.«

Mister Watson trat von der Veranda. »LeBaron, lassen Sie Charl in Ruhe!«, rief er. »Er soll wieder an die Arbeit gehen.«

Aber LeBaron achtete nicht auf ihn. Stattdessen holte er mit der Peitsche aus, um Charl noch einmal zu schlagen.

»Sofort aufhören!«, donnerte Mister Watson. »Um diese Jahreszeit brauchen wir jede Arbeitskraft!«

Charl versuchte, sich aufzurappeln, doch LeBaron hob die Peitsche und wollte sie wieder auf ihn niedersausen lassen.

Da legte Mister Watson die Flinte an und feuerte einen Schuss in die Luft ab. Wir alle erschraken, und sogar LeBaron machte einen kleinen Satz.

»Und jetzt alles an die Arbeit«, befahl Mister Watson.

LeBaron stieg wieder aufs Pferd und rollte seine Peitsche zusammen. Doch selbst aus dieser Entfernung war der hasserfüllte Blick in seinen Schweinsaugen nicht zu übersehen.

Da Mister Watson Sally erlaubt hatte, Charl zu verarzten, brachten wir ihn in die Hütte, wo sie ihm den Hals verband. LeBaron hatte ihn ordentlich mit der Bullenpeitsche erwischt. Während Charl sich ausruhte, ließ LeBaron seine Wut an den anderen aus und schikanierte sie noch mehr als sonst.

Wegen all der Aufregung war es schon später Nachmittag, als ich endlich zur Ambrosia Plantation aufbrach. Der Anblick, wie Charl von einem Peitschenhieb niedergestreckt wurde, hatte mich ziemlich erschüttert. Um die Kartoffeln abzuliefern, musste ich eine halbe Stunde durch den Wald marschieren. Unterwegs hielt ich Ausschau nach Teufelsdreck, um nach meiner Rückkehr Tee für Charl daraus zu kochen.

Ambrosia war etwa halb so groß wie das Haus von Anne-May und lag tiefer im Wald. Deshalb wurde dort kein Tabak angebaut, sondern nur Indigo, aus dem man Farbe herstellte. Diese wurde dann in den Norden verkauft, wo man damit Kattun für Arbeitskleidung einfärbte.

Am Rand des Pfads wuchsen Bäume, die ihn vor dem

Wind vom Fluss her schützten. Außerdem war es hübsch hier, und hin und wieder konnte man einen Blick auf das Wasser erhaschen, weshalb ich mir Zeit ließ. An diesem Tag war das, was Tante Tandy Rose immer den Großen Stinker genannt hatte, kaum zu riechen. Die offizielle Bezeichnung dafür lautete Douglasville Swamp, ein Sumpf, wo meistens ein übler Geruch nach brackigem Wasser herrschte. Er befand sich ein Stückchen südlich von Peeler und eignete sich großartig als Kinderstube für allerlei Schlangen. Die Gegend strotzte nur so von abgebrochenen Baumstümpfen und faulenden toten Zypressen. Noch ein Stück weiter südlich, am Butcher's Dock, schlachteten die Metzger aus der Stadt Schweine, Rinder und alte Pferde und ließen die Teile, die niemand essen wollte, zum Beispiel Schweinemagen und Füße, für Sally Smith liegen. Wenn es heiß war und der Wind aus der richtigen Richtung wehte, erzeugten Brackwasser und Blut gemeinsam den Big Stink. Pa kannte diesen Sumpf wie seine Westentasche und suchte dort das Holz, aus dem er Möbel schreinerte. Außerdem fing er Moschusratten und Waschbären und brachte für Ma Frauenschuh-Orchideen nach Hause. Nie wurde er von einer Mokassinschlange gebissen.

Ich war noch kaum zehn Minuten weit gekommen, als ich etwas sah, das mich ruckartig stehen bleiben ließ. Nur das Zwitschern der Vögel in den Bäumen war zu hören. Und dort, mit Bindfaden an dem grauen Tor befestigt, das früher zur Farm des alten Mr. Burns geführt hatte, hing eine mit einer ordentlichen Schleife verzierte Sonnenblume. Mr. Burns war schon seit Jahren tot. Sollte hier eine Feier stattfinden? Ein Tanzabend vielleicht?

»Ist da jemand?«, rief ich, doch nur die Zikaden antworteten.

Ich setzte die Kiste ab, wischte mir mit dem Rocksaum übers Gesicht und stellte mich mit beiden Füßen auf das Holz. Doch ich konnte nur eine Ecke der baufälligen alten Scheune erkennen.

Also nahm ich meine Kiste und trottete weiter. Das raue Holz scheuerte mir die Hände wund, doch das war mir egal, sobald die Ambrosia Plantation vor mir auftauchte. Ich würde meine Schwester Patience sehen, das netteste Mädchen auf der ganzen Welt. Außerdem stellte sie den besten Indigobrei von ganz Maryland her. Miss Charlene war sehr stolz auf sie, denn schließlich wollte jeder Indigopflanzer den strahlendsten und reinsten Farbton erzeugen.

Ich würde Patience das Maisbrot geben und mich ein wenig mit ihr unterhalten. Vielleicht konnte ich mir sogar ihre neue Hütte ansehen.

»Du da! Los, Beeilung!« Eine weiße Dame, die auf der hinteren Veranda stand, wedelte mit den Händen in meine Richtung, als wollte sie Fliegen verscheuchen. »Nicht vorn herum, du dumme Gans. Zur Hintertür.«

Selbst aus der Entfernung erkannte ich sie als die Herrin von Ambrosia, Miss Charlene Tidwell Weed. Sie war eine von Anne-Mays Freundinnen aus dem Nähkränzchen und sogar noch schlanker als sie, falls das überhaupt möglich war. Charlene färbte ihr Haar nicht braun, sondern trug es strohgelb. Das Kleid, das sie heute anhatte, hatte die Farbe von frischem Schweineblut.

Als ich über den Platz aus gestampfter Erde auf die Rückseite des Hauses zusteuerte, das nicht halb so hübsch war wie das von Anne-May, fingen Miss Charlenes Hunde in ihrem Bretterverschlag hinter der Scheune an zu kläffen. Das Gebell sorgte dafür, dass mir die Knie weich wurden, und beim Anblick der Tiere, die sabbernd und mit gefletschten Zähnen an den Latten hochsprangen, wurde ich langsamer. LeBaron liebte diese Mischlingshunde mit ihren riesigen Schädeln. Er ließ sie hungern, bis sie nur noch Haut und Knochen waren, und erklärte, sie kämen aus Mexiko und seien für die Sklavenjagd abgerichtet.

»Ich füttere sie nur mit Maisbrot und Fleisch, wenn sie einen weggelaufenen Nigger eingefangen haben«, sagte er immer.

Er hatte ihnen mithilfe eines Schuhs oder eines Hemds eine Duftprobe von jedem von uns gegeben. Nun würden sie uns allein am Geruch auch am anderen Ende des Landkreises aufspüren.

»Na, wird's bald!«, keifte Miss Charlene. »Himmelherrgott, hast du was an den Ohren? Was ist denn los mit dir?«

Ich überquerte den Hof und ging zur Küchentür.

»Komm bloß nicht näher«, sagte sie, verborgen hinter der Fliegengittertür, als könnte ich sie mit Typhus anstecken. »Stell die Kiste dort neben die Tür und dann verschwinde.«

Froh, die Kiste los zu sein, setzte ich sie ab und drückte meine von Blasen bedeckten Hände an die Schürze. Miss Charlene, die immer noch hinter der Tür stand, reichte mir mit weit von sich gestrecktem Arm einen Blecheimer, in dem sich ein Häufchen gelber Stoff befand.

»Das sind sieben Meter Seide und eine Schachtel Knöpfe. Wehe, wenn deine Herrin die Sachen nicht kriegt.«

Dann legte sie etwas vor die Tür, das wie eine in Zeitungspapier gewickelte Speckseite aussah. Das Fett war durch die Verpackung gesickert und erzeugte einen gelblichen Fleck. »Und das hier ist ein Stück Speck. Tu ihn bloß nicht in den Eimer, sonst wird der Stoff schmutzig, verstanden?«

Ich nahm den Speck in die andere Hand. »Ja, Missis.«

»Und jetzt gehst du sofort nach Hause und gibst die Sachen ab. Stör deine Schwester nicht bei der Arbeit.«

»Ja, Missis.«

Als ich auf dem Rückweg an den Hunden vorbeikam, heulten sie noch schauerlicher als sonst. Wahrscheinlich witterten sie den Speck. Ich schlug den Weg ein, den ich gekommen war. Sobald ich vom Haus aus nicht mehr gesehen werden konnte, kehrte ich um und schlich zu der Hütte am Uferpfad, wo Patience meistens damit beschäftigt war, Blätter von Indigopflanzen zu zupfen. Es war derselbe Ablauf wie immer, wenn ich etwas abliefern musste: Miss Charlene verbot mir, meine Schwester zu sehen, und ich tat es trotzdem.

Patience war mit sechs anderen auf dem Feld, das dem Wasser am nächsten war. Sie trugen alle die gleichen blauen Kopftücher und standen vornübergebeugt da, um die zarten grünen Indigosetzlinge in den Boden zu pflanzen.

Als Patience mich bemerkte, kam sie mir entgegen. Da sie hinkte, schwankte sie wie ein Boot auf rauer See. Immer wenn ich sie so sah, erinnerte ich mich an jene Nacht in der Scheune. Lodernde Wut stieg in mir auf, als wäre das alles erst gestern geschehen, doch ich schluckte sie herunter.

Patience war eine Minute älter als ich und ein gutes Stück kleiner. Außerdem war ihre Haut einen Ton heller. Ansonsten ähnelten wir einander sehr. Wir lachten gern. Lasen gern. Und nähten.

Als Patience mich an sich drückte, spürte ich jede einzelne ihrer Rippen. Von der schweren Arbeit, die das Einweichen der Pflanzen in dem riesigen Eisenzuber und das Seihen der Farbe bedeuteten, war sie stark abgemagert.

Als ich ihre Umarmung erwiderte, sickerten meine Tränen in ihr Kleid aus selbst gewebtem Stoff, so froh war ich, bei ihr zu sein.

»Lass dich anschauen«, sagte ich, hielt sie auf Armeslänge von mir und griff nach ihren weichen Händen. Sie waren vom Indigo bis zu den Handgelenken blau verfärbt, was sich einfach nicht abwaschen ließ. »Gibt Miss Charlene dir denn gar nichts zu essen?«

Sie lächelte nur und lehnte sich wie immer auf meinen Arm. Wir gingen zu den Hütten, vorbei an dem Schuppen mit den großen Zubern, in denen der Indigo gekocht wurde.

»Ich muss mich sputen. Miss Charlene lässt um fünf die Hunde raus. Hat sie dir etwa Speck mitgegeben? Miss Anne-May muss eine gute Freundin sein. Sonst würde sie freiwillig kein Stückchen davon rausrücken.«

Wir traten in die kühle Hütte, die fast genauso aussah wie unsere auf der Peeler Plantation, weil Pa sie beide gebaut hatte. Je zwei Etagen. Nur dass die hier statt eines Lehmbodens im Untergeschoss einen aus Holz hatte. Die gleichen Bretterwände. Ein wackeliger Tisch und Stühle am Kamin. Daneben ein Wassereimer. Sechs mit Maisstroh ausgestopfte Säcke auf dem Boden, die als Betten dienten, und ein paar kleinere als Kissen. Alle waren indigoblau gefärbt. Oben befanden sich weitere Betten. Meine Schwester besaß die Fähigkeit, selbst aus nichts etwas zu machen, damit es heimelig und gemütlich wurde. Überall standen Marmeladengläser mit Wildblumen herum, da sie jeden Abend nach Indigo riechend nach Hause kam. Es war ein Gestank, der an verdorbene Erbsen erinnerte. Der Blumenduft überdeckte ihn ein wenig.

Ich stellte meinen Blecheimer und den Speck auf den Tisch und reichte Patience zwei Briefe. »Einer ist von mir. Ich habe mir eine neue Geheimschrift ausgedacht.«

Seit Tante Tandy Rose Patience und mir das Schreiben beigebracht hatte, schrieben wir uns in verschiedenen Geheimschriften, damit weder Ma noch Pa noch sonst jemand verstanden, was wir einander anvertrauten. Wir schrieben unsere Briefe rückwärts oder spiegelverkehrt oder drückten Buchstaben in Bildern aus. Diese Fähigkeit erwies sich als praktisch, seit Patience von Miss Anne-May nach Ambrosia ausgeliehen worden war, denn wir unterhielten uns hauptsächlich durch diese Briefe.

»Der andere Brief ist von Ma. Ich habe ihn für sie geschrieben. Sie vermisst dich und will dich besuchen, aber von Anne-May kriegt sie inzwischen keinen Passierschein mehr. Offenbar hat sie Angst, dass Ma weglaufen könnte. Dann würde sie nämlich ihre beste Arbeiterin verlieren. Neben Pa natürlich.«

Als Patience mit dem Finger über Mas Brief strich, traten ihr Tränen in die Augen. »Mir fehlt sie so sehr.«

Ich gab ihr die Sonnenblume. »Um dich aufzuheitern. Die allererste in diesem Jahr. Lass die Jungen nicht die Kerne essen. Die sind für dich.«

Patience stand auf und stellte die gelbe Blüte in ein Marmeladenglas. »Groß für die erste.«

Ich lehnte mich an den Tisch. »Duften tut sie ja nicht sehr, aber sie macht einen glücklich, findest du nicht?«

»Ich habe so ein Gefühl, dass die Blumen seit einiger Zeit eine andere Bedeutung haben«, meinte Patience. »Eine steckte am Zaun der Farm vom alten Burns.«

»Hab ich gerade gesehen. Am Tor.«

»Sie sind mir auch schon anderswo aufgefallen. Wie eine Art Warnung. Mir macht das Angst.«

Ich erschauderte, und kalter Schweiß lief mir den Rücken hinunter. »Willst du wissen, was mir wirklich Angst macht? Pa bastelt Messer. Inzwischen hat er zehn Stück oben unter den Bodenbrettern versteckt.«

Patience ließ sich auf einen Stuhl sinken. »Das ist gar nicht gut, Jemma. LeBaron wird …«

Ich beugte mich vor. »Ich habe belauscht, wie Pa zu Ma sagte, dass wir verschwinden, sobald Dellys Baby da ist«, flüsterte ich. »Er sagte, er kann nicht mit ansehen, wie noch ein Kind hier aufwachsen muss. Also kommen wir dich bald holen. Er sagte, es passiert irgendwann nachts, wenn es regnet. Dann können die Hunde uns nicht so gut folgen.«

»Wir alle zusammen? Allein hätte er mehr Chancen.«

»Er würde uns nie im Stich lassen. Außerdem weiß er, wie man durch den Sumpf und runter zum Anlegeplatz kommt. Keine Ahnung, wie es danach weitergeht.«

»Ich bin nicht sicher, ob ich das schaffe, Jemma.«

»Wir stützen dich.«

»Ihr könnt mich nicht den ganzen Weg tragen. Und dann noch der Sumpf. Ich wache nachts auf, weil ich Albträume davon habe. Die Schlangen …«

»Du musst einfach deinen ganzen Mut zusammennehmen.«

»Ich bin nicht so tapfer wie du. Manchmal denke ich, dass Miss Charlene gar nicht so schlimm ist. Warum also bleibe ich nicht einfach hier?«

»Hör dich nur an. Da redet dein kaputtes Bein. Uns beide kann nichts unterkriegen. Schau nur, was wir schon durchgemacht haben. Das Feuer. Den Tod von Tante Tandy Rose. Dass du hierhergeschickt wurdest. Wir müssen kämpfen.«

Patience tauchte die Hände in den Wassereimer und versuchte, den Indigogestank wegzuschrubben. »Miss Charlene sagt, wenn der Norden den Krieg gewinnt und wir freigelassen werden, schickt sie uns einfach auf die Weide wie das Vieh.«

»Umso mehr Grund, jetzt schon zu gehen und sich etwas Neues zu suchen.«

»Ich würde mir ewig Vorwürfe machen, wenn ich euch aufhalte und ihr meinetwegen erwischt würdet.«

»Nun, wir lassen dich nicht zurück. Und hier können wir nicht für immer bleiben. Ich möchte etwas von der Welt sehen. New York City …«

»Ach, hör schon auf. Wer weiß, ob es das wirklich gibt.«

»Natürlich gibt es New York. Sie haben dort eine Bibliothek, wo man so viele Bücher lesen kann, wie man will, ohne dafür zu bezahlen. Warum sollten wir sterben, ohne je gelebt zu haben wie normale Menschen? Ich will etwas haben, worauf ich mich freuen kann, so wie Tante Tandy Rose es uns erzählt hat.«

»Wahrscheinlich hast du recht.«

»Und ich will einen vollständigen Namen und nicht nur Jemma heißen.«

»Ein Nachname spielt doch keine Rolle.«

»Jeder freie Mensch hat einen Nachnamen. Das bedeutet, dass man wichtig ist. Und man vererbt ihn an seine Nachkommen, damit die auch wichtig werden.«

»Vielleicht kannst du ja Carter wiedersehen, wenn du in New York bist.«

Mir stockte der Atem. »Er ist dort? Wer sagt das?«

Patience zuckte die Achseln. »Nur so ein Gerücht. Aber der alte Daniel hat gehört, wie LeBaron zu Miss Charlene sagte, dass er den Leuten, die ihn gekauft haben, weggelaufen ist. Man glaubt, nach New York.«

»Und das stimmt wirklich?«

»Ich denke schon. Hast du noch mehr Briefe gekriegt?«

»Nur den einen. Inzwischen ist er dünn abgewetzt wie Spinnweben, so oft habe ich ihn gelesen. Aber wahrscheinlich hat Carter inzwischen längst eine neue Freundin.«

»Ma und Pa waren noch jung, als sie sich kennengelernt

haben.« Patience trocknete sich die Hände ab, hob ihr Kopfkissen hoch und förderte zwei Stoffpuppen zutage. »Wenn wir gerade von Ma sprechen: Kannst du ihr die an ihrem Geburtstag geben?«

»Das sind ja Pa und Ma«, stellte ich fest, denn sie hatte die beiden ausgezeichnet getroffen. In dem braunen Stoffgesicht erkannte man Pa sofort wieder. Die Puppe war mit einer indigoblauen Jacke bekleidet, hatte Augen aus Gagatperlen, einen Mund aus rotem Garn und einen kleinen Bart aus krauser Wolle. Die Puppe hatte sogar die weiß und rot gestreifte Weste mit Knöpfen aus Muscheln an, die Pa nur sonntags trug.

Patience reichte mir die Puppe, die Ma darstellte. Auch ein braunes Stoffgesicht, Lippen so rot wie ein Hahnenkamm, und eine Kette aus Austernschalen, genau wie die, die Pa für sie gemacht hatte, nur eben in Puppengröße. Ein Stück Nerzfell diente als Haar, und sie trug ein Baumwollkleid und eine winzige Haube in der Form eines Blumentopfs, die ich ihr einmal genäht hatte.

Patience musterte mein Gesicht. »Sybil hat für mich Nerz von der Innenseite von Miss Charlenes Umhang für Mas Haare stibitzt. Wie findest du die Puppen?«

Ich drückte sie mir an die Brust. »Bestimmt wird sie vor Freude weinen. Wie schade, dass du sie ihr nicht selbst geben kannst.« Das neue Mädchen, das ihren Platz eingenommen hatte, erwähnte ich lieber nicht, weil ich sie nicht traurig machen wollte.

Ich versteckte die Puppen im Eimer unter der Seide, damit Anne-May sie nicht bemerkte, und klemmte mir den Speck unter den Arm.

»Du gehst besser nach Hause, bevor die Hunde freigelassen werden«, meinte Patience. »Hast du einen Passierschein?«

»Ich habe mir selbst einen geschrieben. Miss Anne-May ist es egal. Ich kann ihre Unterschrift besser als sie. Vielleicht mache ich ja einen Umweg zum Tor der Farm vom alten Mr. Burns.«

»Geh sofort nach Hause, Jemma. Als ich das letzte Mal bei euch war, hat es mir gar nicht gefallen, wie LeBaron dich angeglotzt hat. Er baut sich auf der alten Farm ein eigenes Haus. Ich würde es ihm zutrauen, dass er dich dorthin verschleppt und sich an dir vergeht.«

»Lieber werfe ich mich mit Steinen in den Taschen in den Patuxent.«

»Du musst jemanden mitnehmen, wenn du herkommst.«

»Er tut es bestimmt nicht wieder. Nicht nachdem er Ma in die Tabakscheune zerren wollte und Mister Watson ihm eine Abreibung verpasst hat. Er hat sich getrollt wie ein begossener Pudel. Außerdem hat Anne-May meine Besitzurkunde. Er wird es nicht wagen, sich an ihrem Eigentum zu vergreifen. Darauf steht eine Strafe.«

»Ist das dein Ernst, Jemma? Es wird sie nicht kümmern, wenn LeBaron dich schändet. Und der Sheriff wird ihm auch keine Strafe aufbrummen.«

»Außerdem renne ich viel schneller als er.«

»Mit LeBaron ist nicht zu spaßen. Denk an Clementine …«

»Schon gut, ich weiß.« Auf dem Weg zur Tür drehte ich mich noch einmal um. »Mach dir keine Sorgen um mich. Ich kann mich wehren. Aber du musst dich bereithalten, damit du aufbrechen kannst, sobald Pa das Zeichen gibt. Du und ich, wir kommen hier raus und fahren nach New York City. Wir werden frei sein.«

Als ich mich von meiner Schwester verabschiedete, frischte der Wind auf. Dreimal kehrte ich um, bis ich es endlich schaffte, mich von ihr loszureißen. Schon während ich Miss Charlenes Hunde in einem großen Bogen umrundete und den Pfad nach Hause entlangtrottete, vermisste ich meine Schwester. Ohne die Kartoffelkiste kam ich schneller voran, weshalb ich bald an dem Tor mit der Sonnenblume angelangt war. Nur dass es inzwischen weit offen stand. Vom Ende des Wegs her hörte ich gedämpfte Stimmen. Ich trat durch das Tor und schlich ein Stück den Weg entlang. Vor mir erkannte ich eine Lichtung, wo einige Harzfackeln eine Art Lagerplatz beleuchteten. Mein Herz schlug schneller, als ich eine weitere Sonnenblume bemerkte. Sie war an einem Schössling am Wegesrand befestigt. Als ich vorbeikam, bewegte der Wind ihre Blätter.

Ich pirschte mich weiter den schmalen Weg entlang. Mein Blecheimer quietschte, und ich bemühte mich, durch die Bäume zu spähen. Den Speck drückte ich mir so fest an die Brust, dass er unter dem Zeitungspapier warm und rutschig wurde.

Als ich zum Rand der Lichtung huschte, wurden die Stimmen lauter. Ein wenig entfernt erhob sich die Scheune des verstorbenen Mr. Burns. Das Dach war in der Mitte eingesackt wie der Rücken eines alten Pferdes, und daneben ragte mitten auf der Lichtung ein riesiger Baum auf. Es war ein Ahorn mit weit ausladenden, dicken, knorrigen Ästen, die im Wind zuckten wie die Beine eines Weberknechts.

Patience hatte recht gehabt. LeBaron baute sich tatsächlich eine Hütte, die schon beinahe fertig zu sein schien. LeBarons Truppe, die Pattyroller, umringten, auf ihren Pferden sitzend, ein Feuer. Sie lachten und rissen Witze, und jeder hatte eine brennende Fackel in der Hand. Einer hob eine Flasche an den Mund und warf dann etwas ins Feuer. Es waren LeBarons Freunde aus dem ganzen Landkreis, die, meistens am Sonntag, die verschiedenen Plantagen abklapperten, unsere Hütten verwüsteten und überprüften, ob wir uns auch an die Regeln hielten. Wer ohne Passierschein erwischt wurde, bekam gleich an Ort und Stelle neununddreißig Peitschenhiebe.

Auf dem größten Pferd thronte ein hagerer, o-beiniger Mann namens Chester. Er war es, der Sweet Clementine gefunden und ihre Leiche zurückgebracht hatte.

Es heißt, LeBaron hätte sich an ihr vergangen, hatte Sally Smith gesagt.

Ein Schauder durchlief mich, und es wurde plötzlich sehr dunkel um mich. Ich drehte mich um und hastete zurück in Richtung Straße. Hoffentlich hatten die Männer auf der Lichtung mich nicht gesehen.

Kapitel 7

ANNE-MAY

Peeler Plantation, Maryland
Juli 1861

An dem Morgen, als Fergus und ich meine Schwester Euphemia und meinen Bruder Harry in Leonardtown vom Bahnhof abholten, war es heiß wie in einem Backofen. Außerdem hatte ich dumpfe Kopfschmerzen, die dafür sorgten, dass ich meine Umgebung wahrnahm wie durch einen dichten Nebel. Das lag daran, dass mir der Schnupftabak ausgegangen war.

Wann hatte ich meine Geschwister zuletzt gesehen? Natürlich bei meiner Hochzeitsfeier, die Tante Tandy Rose vor acht Monaten hier auf der Peeler Plantation veranstaltet hatte. Dank Ma hatte es nicht an Luxus gefehlt: eine in Frankreich angefertigte Aussteuer, ein Hochzeitskleid aus belgischer Spitze und außerdem eigene Kleider für den zweiten und den dritten Tag. Eine ganze Woche lang wurde Tag und Nacht gefeiert, und zum Abschluss gab es einen Tanz in der neuen Tabakscheune.

Für eine so unbedeutende Kleinstadt spuckte der Zug ziemlich viele Fahrgäste aus, unter denen sich auch einige Blauröcke befanden. Bald stieg mein jüngerer Bruder Harry aus und strich sich mit der Hand durchs rötlich braune Haar. Eine unbändige Freude ergriff mich. Inzwischen war er einundzwanzig und hochgewachsen, und sein längliches Gesicht hatte etwas von seinem Babyspeck verloren. Doch er sah, bekleidet mit einem lässigen Reiseanzug und einem Seesack über der Schulter, noch immer aus wie ein gutmütiger Junge. Harry drehte sich um und half Euphemia die Stufen des Waggons hinunter. Sie war groß und unscheinbar und trug ein praktisches Baumwollkleid. Wie ein verirrter Welpe suchte sie mit Blicken die Menge nach dem Gesicht eines bekannten Menschen ab, der sie retten und mit nach Hause nehmen würde.

Dank ihres burschikosen Schritts erreichte sie uns zuerst und streckte Fergus die Hand hin, worauf dieser sich darüber beugte, um ihr einen Kuss auf den Spitzenhandschuh zu hauchen.

»Ich hoffe, ihr hattet eine gute Reise«, sagte er.

»Hast du den *Callinectes sapidus* schon entdeckt, Fergus?«, erkundigte sie sich. Dabei lächelte sie leicht und klimperte mit den Wimpern, die ihre Kuhaugen umrahmten. In Louisiana verstanden auch die grauesten Mäuschen etwas vom Kokettieren.

Fergus erwiderte ihr Lächeln. »Das habe ich in der Tat. Ich freue mich, dich zu sehen, Euphemia.«

Harry stürmte auf mich zu, nahm mich in die Arme und hob mich vom Bahnsteig hoch. »Meine liebe Anne-May! Wie gefällt dir die Ehe denn so?«

Als er mir die Hand küsste, lichtete sich der Nebel.

»Ich habe dich so vermisst, Harry Wilson.«

Er schenkte mir sein strahlendstes Lächeln. »Und ich dich auch, Anne-May Wilson Watson.«

»Jedes Mal wenn wir uns treffen, bist du wieder hübscher

geworden. Es ist so ungerecht, dass der einzige Junge in der Familie die längsten Wimpern hat. Ich habe so viel für uns geplant. Zuerst ein Ausflug nach Hollywood zu Smalls and Sons, wo es die verschiedensten ...«

»Hoppla!«, unterbrach Harry mich in gespielter Entrüstung. »Darf ein Mann sich nicht erst einmal ausruhen? Und du weißt ja, was ich von Höflichkeitsbesuchen halte. Außerdem habe ich, als ich zu deiner Hochzeit hier war, Sally Smith versprochen, ihr einen Fensterrahmen zu zimmern.«

»Ach, zum Teufel mit Sally Smith. Musst du dich denn mit Schreinerarbeiten abgeben? Ich wollte dich mit leckerem Essen verwöhnen. Dir die Stadt zeigen.«

Harry strich mir mit dem Finger den Ärmel entlang. »Immer mit der Ruhe, Anne-May. Wir werden viel Spaß miteinander haben.« Seine Berührung war so unbeschreiblich tröstend.

»Nun, irgendwann musst du etwas essen, also ...«

»Eins nach dem anderen, Anne-May. Ich habe nämlich eine Überraschung für dich.«

Er eilte zu seinem Koffer und kam mit einer in Stoff gehüllten Schachtel zurück, die etwa so groß wie ein Brotlaib war. Vorn war sie mit einem Gitter ausgestattet und links und rechts mit Gurten versehen.

»Was, um Himmels willen, soll das denn sein, Harry?«

Er öffnete den Deckel und hob auf der Handfläche ein wunderhübsches beiges Fellknäuel mit schwarz abgesetzten Öhrchen heraus. »Sie ist aus Siam, und sie gehört dir. Hoffentlich stört es dich nicht, dass ich ihr schon einen Namen gegeben habe. Sie heißt Jo, nach der heiligen Johanna von Orleans. Passt dieser Name nicht großartig? Die heilige Johanna soll ja auch blaue Augen gehabt haben.«

»Wie niedlich, Harry.« Doch als ich die Hand ausstreckte,

um die Katze zu streicheln, fauchte sie mich an wie eine Schlange, sodass ich die Hand ruckartig wegzog. »Tja, offenbar kann die heilige Johanna mich nicht leiden.«

»Lass ihr Zeit, Anne-May.« Er setzte das Kätzchen zurück in seine Schachtel. »Diese Tragekisten sind in Paris der letzte Schrei. Die Französinnen binden sie sich auf den Rücken und tragen ihre Katzen überall mit sich herum.« Er befestigte die Gurte an meiner Taille, sodass das Kistchen auf meinem Hinterteil ruhte.

»Die Französinnen haben ja so viel Stil«, meinte ich, überglücklich, etwas aus Frankreich zu besitzen, auch wenn es ein Käfig mit einer Katze war, die wie eine Kobra zischte.

Während Harry Fergus begrüßte, hielt Euphemia mir beide Hände hin. Auf ihrem Gesicht malte sich der übliche trübsinnige Ausdruck. »Wie geht es dir, Schwesterherz?«

Ich ergriff ihre Hände. »Blendend, Euphemia.«

Sie öffnete das Tragekistchen und hob Jo heraus, die sich sofort in ihre Arme schmiegte.

»Wie geht es *Maman*?«, fragte ich.

»Sie lässt dir etwas ausrichten: Sobald Harrys Uniform fertig ist, wird sie aus Shreveport geschickt. Falls es dir trotz deiner eleganten Bälle und Kleideranproben nicht zu viele Umstände bereitet, würde sie sich freuen, wenn du dich darum kümmerst, dass er sie auch bekommt.«

Als ich den Kopf der kleinen Katze kraulen wollte, schlug sie mit der Pfote nach mir. »*Maman* hat mir geschrieben, sie würde Harry dazu drängen. Mir gefällt der Gedanke nicht, dass er nur in den Krieg zieht, damit sie gut dasteht.«

Harry nahm mich am Ellbogen. »Ich könnte mich nicht mehr im Spiegel anschauen, wenn ich nicht dienen würde.«

»Gott sei Dank, dass *Maman* nicht hier ist«, erwiderte ich. »Ich glaube, das würde ich nicht überstehen.«

Euphemia setzte Jo zurück in ihr Kistchen. »Sie meint es doch nur gut.«

Die Kopfschmerzen kehrten mit Wucht zurück, und ich hatte das Gefühl, mir würde jeden Moment der Schädel platzen, wenn ich mir noch eine abgedroschene Phrase meiner Schwester anhören musste. Deshalb drehte ich mich zu Harry um und hakte ihn unter.

»Gehen wir, schöner Mann. Auf zur Peeler Plantation.«

Sobald wir zu Hause waren und meine Geschwister sich darauf geeinigt hatten, wer wo übernachten sollte – Harry wollte Euphemia das beste Gästezimmer mit Blick auf den Fluss überlassen, während sie darauf beharrte, es ihm zu geben –, lehnte Harry meine aufwendig zu seinen Ehren vorbereiteten Erfrischungen ab und kippte nur eine Tasse Tee hinunter. Dann sammelte er sein Werkzeug ein und machte sich auf den Weg zur Hütte am Fuße des Hügels, um das Fenster in Angriff zu nehmen, das Sally Smith ihm abgeluchst hatte. Vermutlich im Austausch gegen etwas von dem Opium, das sie anbaute. Sally war ziemlich gerissen und hatte auch meinen Mann mithilfe von scharfem Austerneintopf – sein Lieblingsessen – und Maispfannkuchen um den Finger gewickelt. In Wirklichkeit war sie nur eine raffgierige Parasitin, die ihre Gelees und Marmeladen an die Leute im Dorf verhökerte und den Gewinn selbst einstrich. Aber Harry und Fergus waren auf ihr Theater hereingefallen.

Da ich Harry nun nicht herumführen konnte, wies ich LeBaron an, den Einspänner vorzufahren, und machte mit Euphemia einen Ausflug in die Stadt. Dass ich sie in der nächsten Zeit bei Laune halten musste, versetzte meiner Stimmung einen kräftigen Dämpfer. Wir nahmen Jo mit, um sie Jubal Smalls zu zeigen, und stellten ihr Kistchen zwischen uns auf den Bock.

»Wie reizend von Fergus, dir den Ring seiner Mutter zu schenken«, sagte sie.

»Sie hat sich ganz schön lange bitten lassen. Fast ein Jahr hat es gedauert, bis sie ihn herausgerückt hat. Herrje, und dabei besitzt sie sechs Ringe. Auf dem einen ist ein Saphir, so groß wie ganz Baton Rouge.«

»Ich habe versucht, es Harry auszureden, dass er für den Süden kämpft. Aber er ist fest entschlossen. Wenn Papa noch leben würde, würde er nie zulassen, dass *Maman* ihm derart zusetzt.«

»An einem schönen Tag wie heute weigere ich mich, an so etwas zu denken, Euphemia. Es heißt, dass der Krieg nicht lange dauern wird. Also hoffen wir einfach, dass Harry überhaupt nicht eingezogen wird. Und jetzt gehen wir einkaufen und lenken uns von alldem ab.«

An diesem Tag wimmelte es bei Smalls and Sons von Kundschaft, angelockt durch das sonnige Wetter. Ich band mir mein Kistchen um und trat mit Euphemia ein, um das Schnupftabaksortiment in Augenschein zu nehmen, als Jubal Smalls aus dem Hinterzimmer erschien.

»Und wer ist diese reizende Dame, Mrs. Watson?«, fragte Mr. Smalls, ein Beweis dafür, dass Männer aus Louisiana abgefeimte Lügner sind.

»Meine Schwester, Euphemia Anne Wilson. Euphemia, darf ich dir Mr. Jubal Smalls vorstellen, den Inhaber dieses Etablissements. Er wohnt mit seiner Frau und seinen niedlichen Kindern gleich über dem Laden.«

»Es ist wirklich sehr nett bei Ihnen, Mr. Smalls.«

Ich drehte mich um, damit Jubal mich von hinten sah. »Und schauen Sie, was mein Bruder mir den ganzen weiten

Weg aus Louisiana mitgebracht hat. Solche Kistchen sind in Paris der letzte Schrei.«

Euphemia hob das Kätzchen heraus und zeigte es Jubal wie ein Metzger ein Stück Fleisch. Jo stieß ein kehliges Knurren aus.

Die eine Hand aufs Herz gelegt, verbeugte er sich vor mir. »Mrs. Watson, das ist wirklich eine wunderhübsche kleine Siamkatze. Leider kann ich nicht näher kommen, da ich von Katzenhaar niesen muss. Apropos: Ich habe den Schnupftabak da, den ich für Sie beiseitegelegt habe.«

»Danke, Mr. Smalls. Ich nehme zwei Döschen, falls Sie so viel dahaben. Schreiben Sie es bitte an.«

»Heute habe ich nur eine, aber es kommt bald Nachschub.« Er pflückte ein Döschen vom Regal hinter der Theke und legte es auf den Deckel der Vitrine. »Wie geht es Mr. Watson?«

»Blendend. Ich muss mich für sein ungebührliches Betragen beim Ball entschuldigen.«

»Der Krieg macht uns alle reizbar. Will er sich ernsthaft für den Norden verpflichten?«

»Ich glaube schon. Er will zu den First Maryland Volunteers, wenn ich das richtig verstanden habe.«

»Welches Regiment? Wo wird es stationiert sein?«

»Ich weiß nicht recht. Das ist ja alles so verwirrend.«

Mr. Smalls holte ein in rotes marokkanisches Leder gebundenes Büchlein vom Regal. »Ich habe ein Geschenk für Sie, Mrs. Watson. Schreiben Sie nur alles dort hinein, was sie hören, ganz sauber und ordentlich.«

»Ich schreibe nicht sehr gut.«

»Es muss ja nicht perfekt sein. Viele kultivierte Frauen führen Buch über die Reiseabenteuer und Kriegserlebnisse ihrer Männer. In Paris tun das alle Ehefrauen. Während er fort ist, können wir ja gemeinsam daran arbeiten.« Er beugte sich vor. »Ich habe gehört, dass ein paar Ihrer Neger schreiben können. Lassen Sie doch einen von denen die Reinschrift erledigen.«

Mr. Smalls begleitete uns nach draußen und half uns auf den Kutschbock. Wie immer übernahm Euphemia das Fahren, denn ihr robusterer Körperbau eignete sich besser zum Lenken von Pferden als meiner.

»Ich erstatte Ihnen Ihr Taschentuch bald zurück, Mr. Smalls. Gewaschen und gebügelt«, sagte ich.

»Sie beide müssen mich bald wieder beehren.«

Während Euphemia an den Zügeln ruckte, drehte ich mich noch einmal um und stellte lächelnd fest, dass Mr. Smalls uns nachblickte.

»Sei vorsichtig, Anne-May«, meinte Euphemia, die Augen auf die Straße gerichtet. »Diesem Mr. Smalls kann man nicht über den Weg trauen.«

»Mach dich nicht lächerlich.«

»Warum rationiert er dir dann den Schnupftabak, den du so magst? Ich habe gesehen, dass er noch einige Döschen mehr im Regal hatte. Weshalb sollte er dich anschwindeln? Er will etwas von dir.«

Ich hatte ein Gefühl, als sause in meinem Kopf eine glühende Biene herum. Deshalb kramte ich den Schnupftabak aus der Tasche, feuchtete meinen Finger an, tauchte ihn in das duftende Pulver und rieb mir damit die Innenseite des Mundes ein.

»Er macht dir ziemlich ungeniert schöne Augen.«

»Du weißt doch, wie die Männer in Louisiana sind.«

»Außerdem wirkt er auf mich nicht wie ein Mensch, der jemandem ein in Leder gebundenes Büchlein schenkt, ohne dafür eine Gegenleistung zu erwarten. Und er wollte dich über Fergus aushorchen. Etwas ist da faul.«

Bald tat der Schnupftabak seine Wirkung, und meine Stimmung besserte sich so sehr, dass mich nicht einmal Euphemias Geschwätz mehr störte.

Während meine Schwester weiterfuhr, schlug ich das Büchlein auf. Das jungfräuliche Papier war glatt und weiß, und ich entdeckte ein Lesezeichen aus elfenbeinfarbener Seide, in das oben eine hübsche kleine Magnolie eingestickt war. Ich strich mit dem Finger über den Stoff, der sich fast so anfühlte wie die Spitzenwäsche in Mr. Smalls Laden.

»Du hast recht, Schwesterherz. Ich bin auf der Hut.«

Doch sie konnte reden, soviel sie wollte, ich würde mir von ihr keine Vorschriften machen lassen.

Einige Tage später waren wir unterwegs zum Kirchenbasar. Mein geliebter Harry lenkte die Kutsche, und ich saß neben ihm, was wunderbar war, denn so konnte ich meinen hübschen Bruder in ganz St. Mary's County vorzeigen. Fergus war mit Euphemia vorausgefahren, um ihren Picknickkorb für die Versteigerung herzurichten. Diese Veranstaltung, bei der ledige Damen Gelegenheit hatten, ihre Kochkünste unter Beweis zu stellen, war der beliebteste Teil des Festes. Meine arme Schwester hatte sich nach Kräften mit ihrem Mittagessen für zwei abgemüht, alles in der Hoffnung, dass ein Herr dafür bieten würde. Sie hatte alles eigenhändig zubereitet: Paprikareis mit Huhn, *Mamans* Leibgericht, Buttermilchbrötchen nach Sally Smiths Rezept, Brotpudding mit Schokolade, Eiswasser mit Kirschgeschmack und die Ingwerplätzchen, die Robert E. Lee so gernhatte. Diese Heuchlerin, denn ihre politischen Neigungen waren ziemlich weit nördlich von dessen Geburtshaus Stratford Hall angesiedelt. Obwohl sie den guten General Lee dafür verteufelte, dass er die Armee der Konföderierten anführte, verschlang sie blecheweise seine Kekse. Das heutige Festmahl schlug zwar eine ziemliche Schneise in unsere bereits mageren Zuckervorräte, doch wenn es dazu beitrug, dass Euphemia endlich einen Mann fand und ich sie nicht mehr am Hals hatte, sollte es mir recht sein.

Harry drehte sich grinsend zu mir um. Sein Haar, so tiefrot wie das eines Irish Setters, leuchtete im Sonnenschein. »Du bist aber heute ausgezeichneter Stimmung, Schwesterherz.«

»Wer wäre das nicht? Wir fahren, der Wind kühlt uns an diesem heißen Tag das Gesicht, und ich habe mein bestes blaues Seidenkleid an und meinen hübschen Bruder neben mir. Wahrscheinlich muss ich dich mit dem Rohrstock gegen heiratswütige Damen verteidigen.«

»In Gegenwart von Damen bin ich meist schüchtern. Mit Hammer und Nägeln komme ich besser zurecht.«

»Die Schüchternheit steht dir, Harry. Du hast alles, was Frauen so lieben. Ein schönes Gesicht. Eine jugendliche Figur. Und außerdem gibt es in der gesamten Christenheit keinen gütigeren Menschen als dich. Daddy sagte immer, du und Euphemia wärt zwei Engel Gottes.«

»In diesem Fall wärst du ja …«

»… eine Teufelin wahrscheinlich. Zumindest würde Sally Smith das behaupten.«

»Warum musst du deinen Leuten ständig so zusetzen?«

»Seit der Hochzeit bist du offenbar ihr bester Freund. Aber ich kann nicht nett zu ihnen sein. Wenn ich sie nicht in ihre Schranken weise, werden sie mich in meinem Bett abstechen, so wie Daddy.«

Er legte seine Hand auf meine. Selbst durch den gehäkelten Handschuh spürte ich seine warme Haut. »Ich weiß genau, dass du auch nett sein kannst.«

Ich zog eine Augenbraue hoch. »Was weißt du schon!«

»Erinnerst du dich noch daran, wie du mich auf dem Rücken von der Schule nach Hause getragen hast, weil ich mir den Zeh angestoßen hatte?«

Ich lächelte. »Du warst barfuß gegangen wie ein kleiner Negerjunge. Und hast mir das ganze gelbe Kleid vollgeblutet.«

Inzwischen hatten wir den Hof hinter der Kirche erreicht. Wie vorausgesehen scharten sich die Damen um Harry, sobald dieser von der Kutsche sprang. Als er mir beim Aussteigen half, ließ ich mir alle Zeit der Welt. Schließlich schlenderten wir, untergehakt und gefolgt von bewundernden Blicken, über den Festplatz, wo eine ausgelassene Stimmung herrschte. Wir suchten uns eine der Sitzgruppen aus, die auf dem Rasen um eine freie Fläche gruppiert waren.

Es gab hier die verschiedensten Sensationen zu bestaunen. Hellseherinnen sagten pikante zukünftige Ereignisse voraus, und in einem vorgetäuschten Postamt konnten Herren diensteifrige junge Damen finden, die ihnen für ein kleines Entgelt einen Brief schrieben. Buden boten Stickereien und Tintenlöscher feil, und an einem Baum hingen vergoldete Äpfel.

Als ich Fergus im Gespräch mit dem Fischereiaufseher des Landkreises erspähte, sorgte ich dafür, dass Harry die beiden nicht bemerkte. Dann ließ ich den Blick über Marylands Frauenwelt in ihren besten Sommerkleidern aus Baumwolle schweifen. Die Herren waren in der Minderzahl, und einige von ihnen trugen die Uniform der Yankees. Jubal Smalls konnte ich nicht entdecken. Harry und ich standen da und bewunderten den festgebundenen Heißluftballon, der gerade mithilfe von Schläuchen aufgeblasen wurde. Bald würde er wohlhabende Gäste hoch über dem

Festplatz in die Lüfte tragen, wo sie die Aussicht auf den gesamten Landkreis genießen konnten, bevor sie zur Erde zurückkehrten.

Wir trafen Euphemia bei den ledigen Damen auf einer niedrigen Bühne im Gemeindesaal an. Alle hatten die eigens für diese Gelegenheit angefertigten Quilts vor sich ausgebreitet. Auf jedem stand ein Picknickkorb mit aufgeklapptem Deckel, sodass man den Inhalt begutachten konnte. Vor der Bühne auf einem Tisch befand sich eine kleine Schatulle aus Kastanienholz, in welche die Festbesucher ihre Gebote stecken konnten, wodurch sie das Recht erwarben, mit einer der Damen zu picknicken. Jede von ihnen hatte sich Löckchen gedreht und sich in ihr bestes Spitzenkleid geworfen, alles in der Hoffnung, einer der wenigen Junggesellen, die nicht verkrüppelt oder aus anderen gesundheitlichen Gründen vom Wehrdienst freigestellt waren, möge einen Bietschein für sie in die Schatulle werfen. Sie hatten ihre goldenen Ohrringe herausgesucht und sich herausgeputzt, als hinge ihr Leben davon ab, an diesem Tag einen Mann anzulocken. Was allerdings auch zutraf.

Euphemia stand bei den anderen. Sie schwitzte stark und fächelte sich Kühlung zu. Als wir näher kamen, klappte sie den Fächer zu. »Schön, dass ihr hier seid. Ich glaube, für mich hat noch kein Einziger geboten. Niemand hat mein Essen auch nur eines Blickes gewürdigt.«

Harry spähte in den Korb. »Das ist doch ein wahres Festmahl. Außerdem hat das Bieten gerade erst angefangen.«

»Wenn jemand bietet, hoffe ich, dass derjenige nicht meinen Korb behalten darf.«

»Nein, nur den Quilt. Und alle Mahlzeiten, für die nicht geboten wurde, sind für unsere Soldaten.« Euphemia verschränkte die Arme vor der Brust. »Dieses Theater ist doch nur ein Vorwand, um seine neuen Kleider vorzuzeigen und mit Gentlemen zu sprechen, denen man nicht gesellschaftlich vorgestellt worden ist.«

»Du solltest Gott auf Knien dafür danken, dass du überhaupt ohne Vorstellung mit einem Mann sprechen kannst, Schwesterherz.«

Euphemia schaute zur Decke. »Für mich bietet sowieso niemand.«

»Um Julia Hammonds Korb prügeln sich die Männer ja regelrecht«, stellte ich fest. »Aber sie hat sich auch allergrößte Mühe mit ihrem Äußeren gegeben.«

Euphemia hatte Tränen in den Augen. »Ich war fast die ganze Nacht wach, damit mein Quilt fertig wird.«

»Du hättest wenigstens ein bisschen Rouge auflegen können. Außerdem würde es nichts schaden, mit den Wimpern zu klimpern. Wenn du dauernd auf den Boden starrst, findest du nie einen Mann.«

»Ich will keinen Mann, den ich mir angeln muss wie einen Fisch. Dann bleibe ich lieber allein.«

»Und ich soll dich im Alter wohl durchfüttern. Du könntest zur Abwechslung auch mal an andere denken.«

Harry unterbrach uns. »Bestimmt hätte die ganze Gemeinde einen Riesenspaß, wenn ihr jetzt die Fäuste fliegen lassen würdet. Doch ich denke, ihr solltet euch besser beruhigen. Pheme, was hältst du davon, dich frischzumachen, während wir beide hier die Stellung halten?«

Euphemia strich sich den Rock glatt. »Ich könnte frische Luft gebrauchen.«

Lächelnd streckte Harry die Hand aus, um ihr von der Bühne zu helfen. »Geh ein bisschen spazieren und zeig den Männern von St. Mary's County, was für eine charmante Tischgenossin du sein kannst.«

Euphemia erwiderte sein Lächeln und eilte davon.

Ich nahm einen Bietzettel vom Tisch und füllte ihn mit Bleistift aus.

Harry schaute mir über die Schulter. »Du bietest für Euphemia?«

Ich warf den Zettel ein. »Wehe, wenn du mich verrätst.«

Inzwischen hatten sich einige Besucher vor der Bühne versammelt. Euphemia kehrte zurück und nahm ihren Platz hinter dem Quilt ein. Ihr Seidenkleid hatte unter den Achseln dunkle Flecken.

Fergus gesellte sich zu uns. »Und wie läuft das hier ab?«

»Die Gebote der Herren werden verlesen, und die Damen gehen mit dem Meistbietenden picknicken.«

»Dass die Kirche Frauen versteigert, kommt mir irgendwie sündig vor«, meinte er.

»Pssst, Fergus. Es fängt an.«

Mit einer großartigen Geste kippte der Pfarrer die Zettel mit den Geboten aus der Schatulle, studierte sie und hielt dramatisch inne. »Julia Hammond geht mit einem Höchstgebot von fünfzig Dollar an William Parker aus California, Maryland.«

Euphemia und die anderen ledigen Damen lächelten verkniffen und klatschten höflich in die Hände, als Mr. Parker Julia von der Bühne half.

Der Pfarrer verlas die Karten zweier weiterer Damen, worauf diese ihre Quilts und Picknickkörbe zusammenpackten und mit dem Gewinner davongingen. Schließlich blieb Euphemia allein auf der Bühne zurück. Sie warf mir einen ängstlichen Blick zu.

Lächelnd kramte der Pfarrer am Grunde der Schatulle herum und förderte schließlich eine Karte zutage. Euphemia atmete erleichtert auf.

»Miss Euphemia Wilson, dieser reizende Quilt und das köstlichste Paprikahuhn von St. Mary's County gehen für fünfundzwanzig Dollar an Mr. Fergus Watson aus Hollywood, Maryland.« Das Publikum applaudierte, während Fergus mich verständnislos ansah.

Ich versetzte ihm einen Schubs. »Beeil dich, sie wartet.«

Euphemias Lächeln war so breit wie der Durchmesser von Louisiana, als sie Fergus den Korb reichte.

Harry beugte sich zu mir hinüber. »Ich hatte doch recht: Du bist ein guter Mensch, Anne-May.«

Fergus begleitete Euphemia aus dem Saal. Die beiden lächelten einander an. Er hatte die Hand unten auf ihrem Rücken liegen.

»Verrat es bloß niemandem«, sagte ich und blickte den beiden nach, als sie zur Tür hinauseilten.

Kapitel 8

GEORGY

New York City / Washington, D. C.
Juli 1861

Als Mr. Christian Longworth seinen Stock auf Charleys Hand niedersausen ließ, sodass sich die silberne Spitze in dessen Handrücken bohrte, schrie mein Bruder auf. Leider erwies sich die auf dem Gehweg ausgebreitete Hand als ausgezeichnetes Ziel. Jane und ich hörten erschaudernd das Knacken brechender Knochen.

Während Christian die Flucht ergriff, führten Jane, ich und die Frau mit der aufgerissenen Tasche Charley zurück zum Brevoort Place, wo er sich zu seiner Verlegenheit von seinen Schwestern bemuttern lassen musste. Nachdem Frank Bacon die Wunde versorgt hatte, verkündete er, Charley werde in absehbarer Zeit nicht diensttauglich sein.

Wie sich herausstellte, entpuppte sich jene Nacht in dreifacher Hinsicht als Glücksfall. Der erste bestand darin, dass die Frau mit der Tasche, sie hieß Lucy Locker, eine hoch geschätzte Handarbeitslehrerin bei Abbys Ladies' Industry und außerdem eine gute Freundin und Verbündete wurde. Zweitens wurde der widerliche Mr. Longworth von der Polizei in Gewahrsam genommen, bekam eine ordentliche Geldstrafe aufgebrummt und musste zwei Nächte hinter Schloss und Riegel verbringen. Und drittens war Charleys Handverletzung zwar nicht lebensgefährlich, allerdings ernst genug, um ihn zu Beginn der Kampfhandlungen vom Schlachtfeld fernzuhalten, was Mutter, zumindest vorübergehend, viel Angst und Sorge ersparte.

Ein enttäuschter Charley begleitete uns, als wir uns versammelten, um zuzuschauen, wie Joe Howland mit seinen tapferen Soldaten den Broadway hinuntermarschierte. Frank Bacon war schon am Morgen abgerückt. Es machte unserem Bruder zu schaffen, dass er zurückbleiben und seine Hand schonen musste. Doch er war klug genug, nicht damit zu hadern, wenigstens nicht in Gegenwart von Mutter, der es so ohnehin lieber war.

Wir standen mitten in der Menschenmenge, ein fünf Kilometer langes Band aus Schaulustigen und Flaggen. Bald war in der Ferne das Funkeln herannahender Bajonette zu sehen. Kurz darauf teilten sich die Massen und wichen in Richtung Gehweg zurück, denn die Regimenter erschienen. Vorneweg marschierte das Artilleriecorps, gefolgt von einer Kompanie nach der anderen, alle im Gleichschritt und mit versteinerten Mienen. Der Jubel dröhnte wie Kanonendonner. Die Menschen schwenkten rufend ihre Taschentücher, weinten und beteten.

Schließlich kam das Sechzehnte Regiment in Sicht. Es wurde von einem jungen blonden Standartenträger mit ernstem Gesichtsausdruck angeführt, der Elizas wundervolle Flagge hoch emporreckte. Wir konnten einen Blick auf Joe erhaschen, der trotz der förmlichen grauen Hose und dem blauen Rock mit den Messingknöpfen jünger wirkte als seine siebenundzwanzig Jahre. Die Männer marschierten, ohne nach links und rechts zu schauen, so als ginge es bereits in die Schlacht.

Bald waren sie vorbei, und die Menschenmenge fand hinter ihnen zusammen wie ein geteiltes Meer. Ich hakte Charley unter, und ein Schauder durchlief mich, während ich den glänzenden Bajonetten so lange wie möglich nachblickte. Ein Strahl der Spätnachmittagssonne fing sich in der Flagge, die in der Ferne verschwand.

Später im Sommer saßen Mutter, Eliza und ich im Salon und schnitten Stoff für Uniformhemden zu. Die Fenster hatten wir weit aufgerissen, um eine frische Brise hereinzulocken. Als ein Telegramm abgegeben wurde, fing Carry, die deshalb die meiste Zeit an der Tür herumlungerte, es rasch ab.

»Georgy, Eliza! Ein Telegramm für euch beide.«

»Bring es her, Carry.«

Sie öffnete es und las vor.

An Miss Georgeanna Woolsey und Mrs. Eliza Howland,
Bitte baldmöglichst bei Sanitary Commission in
Washington melden. Weitere Befehle nach Ankunft.
Frederick Law Olmsted.

Mit staunenden Augen drehte Eliza sich zu mir um. »Es ist so weit, Georgy!«

Ich griff nach ihrer Hand. »Endlich.«

Mutter sah aus dem Fenster. »Wie soll das nur alles enden?«

Als Eliza und ich in Washington eintrafen, um unsere Stellen als Krankenschwestern anzutreten, bezogen wir im

Ebbitt House Quartier, einer recht annehmbaren Pension mit angeschlossenem Restaurant, welches bei den Journalisten in der Stadt sehr beliebt war.

»Endlich in Washington, der berühmten Stadt«, verkündete Eliza, als sie aus der Kutsche kletterte und die weiße Fassade betrachtete.

»Berühmt wohl vor allem für seinen Staub«, lästerte ich und folgte ihr, um das Entladen unserer ersten Koffer zu beaufsichtigen. Den Rest wollte Mutter uns bald nachschicken.

Während wir uns rasch häuslich einrichteten, wehte ein heißer Wind die F Street entlang. Die Fliegen waren eine Plage. Die Tischtücher im Speisesaal des Hotels waren schwarz von ihnen, und beim Essen flogen sie einem sogar in den Mund. Der Krieg, von dem alle angenommen hatten, dass er rasch mit einer Niederlage des Südens enden würde, dauerte an. Inzwischen waren es schon drei Monate. Als die US-Army bei Big Bethel und bei Bull Run, wo Joe Howland und Frank Bacon kämpften, herbe Verluste erlitt, sank die Moral ins Bodenlose. Unser Cousin Theodore Winthrop, Abbys bester Freund, kam in Big Bethel ums Leben und gehörte zu den ersten Gefallenen des Nordens, weshalb wir beide Trauer trugen.

Kurz nach unserer Ankunft erhielt Eliza einen Brief von Joe, abgeschickt von seinem Stützpunkt bei Centreville, Virginia:

An der Front bei Bull Run,
21. Juli 1861

Liebe Eliza,
unsere Brigade wirft sich tapfer dem Feind entgegen. Rechts an der Frontlinie, in etwa sieben oder acht Kilo-

metern Entfernung, toben die Kämpfe. Wir haben gewaltige Truppenbewegungen beobachtet, und die allgemeine Vermutung lautet, dass der Feind versuchen wird, uns von links einzukreisen. Alle Anzeichen stehen auf schwere Gefechte.
In Liebe, Joe

Bis zum nächsten Tag warteten wir angespannt auf den Ausgang der Schlacht. Dann erhielten wir eine mit Bleistift auf einen schmutzigen und zerknitterten Zettel gekritzelte kurze Nachricht, die irgendwie den Weg nach Washington gefunden hatte und uns den Rest der Geschichte erzählte:

Liebe Eliza,
vernichtende Niederlage in Bull Run. Das Sechzehnte ist wohlauf.
Wir blasen zum letzten Gefecht.
J. H.

Nach dem, was Joe als »vernichtende Niederlage« beschrieb, brodelte in Washington die Gerüchteküche. Es wurde sogar gemunkelt, die Hauptstadt könnte an die Konföderierten fallen. Jeden Morgen wurden wir vom Kommen und Gehen der Einheiten geweckt, deren Schritte und Hufgetrappel wie ein niemals verklingender Trommelwirbel in den Straßen widerhallten.

Zu unserer Freude erhielten wir bald die ersten Befehle der Sanitary Commission. Man setzte uns zwar, anders als erhofft, nicht auf einem Lazarettschiff ein, dafür wurden wir damit beauftragt, in der obersten Etage des sich wegen des Kriegs noch im Rohbau befindlichen Patentamts ein vorübergehendes Krankenhaus einzurichten. Wir stürzten uns mit Feuereifer in die Arbeit, und als Eliza den Stoff von Dr. Blackwells Lehrgang nachgeholt hatte, war das Krankenhaus bald voll betriebsfähig. Die Ärzte, die den Großteil der Arbeit uns überließen, arbeiteten in Wechselschichten.

Zu meiner Erleichterung überwies uns die Sanitary Commission nicht zu viele schwer verletzte Soldaten, sondern eher Patienten, die an Typhus, Masern oder Malaria litten, Krankheiten also, deren Behandlung ich bei Dr. Blackwell erlernt hatte. Dennoch hatten auch wir mit tragischen Todesfällen zu tun, wobei die Sterbenden auf den Beistand eines Geistlichen verzichten mussten, weil es davon nicht genügend gab. Der Präsident hatte versäumt, offiziell welche anzuwerben.

Eliza und ich hatten gerade den letzten unserer von Mutter nachgeschickten Koffer im Ebbitt House ausgepackt, als wir das erste Mal Besuch bekamen. Da sich unsere Zimmer im Parterre des Hotels befanden, blieben die Passanten häufig an unserem Fenster stehen, um uns etwas zu erzählen. Anfangs störte uns diese Missachtung unserer Privatsphäre sehr, doch mit der Zeit gewöhnten wir uns daran, dass die Leute unsere Räume wie einen Auskunftsschalter behandelten.

Da es für Juli grässlich heiß war, ließen wir die Fenster offen, damit frische Luft hereinkam. Die Vorhänge bewegten sich sanft in der Brise. Wir fächelten einander abwechselnd Kühlung zu, während wir den gewaltigen schwarzen Koffer auspackten, den wir die Arche nannten. Er hatte uns in Ägypten gute Dienste geleistet und war inzwischen mit Kreide mit den Namen der verschiedenen Hotels beschriftet. Noch stand er mitten im Zimmer, als Onkel Edward am Fenster erschien.

»Hallo, meine Damen. An der Rezeption sagte man mir, ich würde euch beide hier finden.«

Als wir uns umdrehten, erkannten wir im Fenster seinen Kopf und seine Schultern. Am Oberarm trug er den Trauerflor für Theodore, und sein schwarzer Zylinder glänzte in der Sonne.

Ich trat ans Fenster. »Onkel. Wie schön, dich zu sehen. Auch wenn man hier ziemlich freigiebig mit unserer Zimmernummer umgeht.«

Er zog den Hut. »Bald werdet ihr feststellen, dass ganz Washington eine große, unglückliche Familie ist.«

Eliza kam ebenfalls zum Fenster. »Mit dir haben wir überhaupt nicht gerechnet, Onkel.«

Hinter ihm marschierte ein Regiment in wollenen Uniformen vorbei. Die Männer wedelten die Fliegen weg. Einer hatte einen Laib Brot an seinem Bajonett aufgespießt.

»Die Armen«, sagte Eliza. »Sicher schwitzen sie entsetzlich.«

Onkel Edward drehte sich zu ihnen um. »Wenigstens hatten sie das Glück, nicht in Bull Run zu fallen. Sie sind unterwegs zu ihren Feldlagern am Potomac. Leider können sie dort nicht baden. Zu viele Schlangen.«

»Komm doch rein und besuche uns richtig, Onkel«, schlug ich vor. »Auch wenn wir uns natürlich gern durchs Fenster mit dir unterhalten.«

»Dafür fehlt uns, wie ich fürchte, die Zeit. Ich habe heute Morgen nämlich diese Einladungen erhalten.« Er reichte Eliza drei eierschalfarbene Karten.

Beim Lesen fächelte Eliza sich Kühlung zu. »Der Präsident und Mrs. Lincoln geben sich die Ehre, Miss Georgeanna Woolsey am Dienstag um neunzehn Uhr zu einem Empfang zu bitten.«

»Das ist ja schon heute Abend«, rief ich aus.

»Für mich ist auch eine dabei. Was für eine Überraschung, Onkel.«

»Kulinarisch wird nicht sehr viel geboten sein. Nur Rotwein und Kräcker, denn es würde sich nicht gehören zu schlemmen, während unsere Soldaten darben müssen. Trotzdem könnte es interessant werden.«

Ich scheuchte eine Fliege von Elizas Ärmel. »Es ist zu heiß, um sich feinzumachen.«

Sie drehte sich zu mir um. »Willst du dir etwa die Gelegenheit entgehen lassen, Mr. Lincoln kennenzulernen? Ich gehe auf jeden Fall hin. Sicher werden berühmte und schrecklich wichtige Leute da sein, weshalb wir die Sanitary Commission würdig vertreten müssen. Vielleicht schnappen wir ja etwas über den Krieg auf, das nicht in den Zeitungen steht.«

»Wenn du meinst.«

Onkel Edward setzte den Hut wieder auf. »Ihr braucht euch nicht herauszuputzen. Kommt einfach, wie ihr seid.«

Eliza ließ den Fächer zuschnappen. »Onkel, wir reden hier vom Weißen Haus!«

Er setzte sich in Bewegung. »Ich hole euch um halb sieben mit der Kutsche ab.«

Obwohl es von unserem Hotel bis zur Pennsylvania Avenue nur ein Katzensprung war, bestand der Onkel darauf, die Kutsche zu nehmen, und fuhr mit uns am nahe gelegenen Kapitol vorbei. Derzeit war es kopflos und wartete auf eine neue eiserne Kuppel. Auch die Bauarbeiten waren wegen des Krieges zum Erliegen gekommen. Auf dem Gelände exerzierten Soldaten der Union. Ihre Messingknöpfe funkelten in der Sonne.

»Diese Glückspilze wohnen hier«, erklärte Onkel Edward.

»Im Keller gibt es zwanzig Öfen, um Brot für alle Soldaten in der Stadt zu backen.«

Je mehr wir uns unserem Ziel näherten, desto neugieriger wurde ich auf das Haus des Präsidenten, dieses berühmte, von Sklaven erbaute Anwesen, inzwischen bewohnt von einem Mann, der fest entschlossen schien, dem Leid der Geknechteten ein Ende zu bereiten.

Eliza und ich trugen unsere besten schwarzen Seidenkleider mit Pagodenärmeln und hatten Trauerschleier auf dem Kopf. Durch die Fenster der Kutsche wehte ein angenehmes Lüftchen herein. Wegen des ständigen Anfahrens und Haltens wurden wir ordentlich durchgerüttelt, als sich die Karawane der Kutschen durch das eiserne Tor und auf die Auffahrt vor dem gewaltigen, von Säulen gezierten Eingangsportal zubewegte.

Mit flehend gefalteten Händen beugte Eliza sich zu mir hinüber. »Bitte sprich beim Empfang nur über unverfängliche Themen, Liebes.«

Ich spähte aus dem Fenster der Kutsche hinüber zu den auf dem Rasen aufgereihten Soldaten. Sie bewachten einen kleinen Jungen, der im Gras spielte. Ich nahm an, dass es sich um den Sohn des Präsidenten handelte.

»Verbietest du mir jetzt schon den Mund?«

»Würdest du dir einen Zacken aus der Krone brechen, wenn du dich lediglich zur Möblierung oder der Form des Zimmers äußern würdest?«

»Offen gestanden, ja.«

»Dann sagst du eben bloß ›Wie geht es Ihnen?‹ und hältst dann den Mund, Georgy. Es werden Freunde von Onkel Edward anwesend sein.«

»Vielleicht kann ich Mr. Lincoln ja bitten, offizielle Militärgeistliche zu ernennen.«

»Bitte lass das, Liebes. Den ersten Mann in unserem Land mit einer Bitte um Geistliche zu behelligen könnte als peinlicher Fauxpas verstanden werden.«

»Immerhin wird unseren Männern ein Stellvertreter Gottes auf Erden vorenthalten, der ihre letzten Worte hört.«

»Möglicherweise würde ein Brief genügen, Georgy.«

Als wir einen riesigen Säulengang erreichten, halfen uns livrierte Diener beim Aussteigen, und wir folgten der Menschenmenge in einen großen, mit einem hübschen Teppich ausgestatteten Saal, von dem einige beeindruckende Türen abgingen.

Onkel Edward lehnte sich zu mir hinüber. »Erinnert irgendwie an ein Hotel, das schon bessere Tage gesehen hat, findest du nicht? Kein einziges Bild an der Wand.«

»Mir gefällt es«, erwiderte ich. »Streng und schlicht.«

Eliza musterte einen langen Wandschirm aus Glas und Metall, der einen Teil des Raums rechts von uns abtrennte.

Der Onkel reichte einem Diener seinen Hut. »Mit diesem Wandschirm versuchen die Lincolns, sich ein wenig Privatsphäre zu erhalten und ihren Wohnbereich von den Teilen des Hauses abzugrenzen, zu denen die Öffentlichkeit Zutritt hat. Der arme Mann wird Tag für Tag von Leuten belästigt, die ihn mit irgendwelchen Bitten behelligen. Er empfängt sie alle. Woher nimmt er nur die Zeit, auch noch das Land zu regieren?«

Als Onkel Edward uns in den Blue Room führte, wo sich bereits die Gäste drängten, spielte die Kapelle der Marine eine kurze Abfolge verschiedener Märsche. Viele Männer trugen Uniform, die Frauen pastellfarbene Kleider und kunstvolle Frisuren. An diesem Nachmittag hatten die Dienstmädchen der Stadt eindeutig alle Hände voll zu tun gehabt, die Blumen in Zöpfe zu flechten. Wegen der bereits beträchtlichen Anzahl an Kriegstoten waren nicht wenige schwarze Kleider in der Menschenmenge auszumachen.

Es war unmöglich, die Möblierung zu übersehen. Die Sitzflächen der Sofas und Stühle waren mit blauem und silberfarbenem Damast bezogen, die Stühle selbst vergoldet. Der Teppich war blau-weiß gemustert, und an den Wänden prangten blaue und goldfarbene Gobelins.

»Offenbar hat man den Namen Blue Room wörtlich genommen«, merkte ich an.

Onkel Edward prüfte die Sitzfläche eines Stuhls mit den Fingern. »Der Kongress hat den Lincolns zwanzigtausend Dollar für die Einrichtung bewilligt. Kannst du dir vorstellen, zu Kriegszeiten so viel Geld auszugeben? Mrs. Lincoln hängt Gardinen auf, obwohl jeden Moment die Aufständischen einmarschieren können.«

»Mrs. Lincoln kann tun, was sie will, alle hacken auf ihr herum«, wandte ich ein.

Doch der Onkel ließ nicht locker. »Obwohl die Familie erst vor vier Monaten eingezogen ist, hat Mrs. Lincoln das Budget schon überschritten. Das hat sie sogar dem Präsidenten verschwiegen und die Rechnungen einfach an den Bauminister weitergeleitet.«

»Würde man einem Mann, der sich so verhielte, deshalb Vorwürfe machen?«, entgegnete ich. »Keine Zeitung würde etwas darüber drucken.«

Eliza nahm meine Hand. »Schau mal, die Aussicht.«

Da wir wegen unseres Dienstes als Krankenschwestern keine Reifröcke im Gepäck hatten, trugen wir nur steife Unterröcke, was es erleichterte, sich zwischen den ausladenden Krinolinen durch den Raum zu schlängeln. Als wir uns durch die Menge schoben, streiften wir Seide, Organza und Umschlagtücher aus Kaschmir. In der Luft lag eine berauschende Wolke aus Rosen- und Lilienparfüm und Zigarrenrauch. An kaum einem Revers oder Ausschnitt fehlte eine Rosette oder ein Abzeichen in den Farben der Union.

Wir lösten uns aus der Menge, stellten uns an eines der bis zur Decke reichenden Fenster und ließen die Aussicht auf uns wirken, bei Weitem die ansprechendste Eigenschaft dieses Raums. Über dem Gelände hinter dem Haus wurden die Schatten länger, und als es dämmerte, glitzerte in der Ferne der Potomac River.

»Wie malerisch!«, seufzte Eliza.

Mir fiel ein zu kurzer Vorhang am Fenster auf. »Schau dir den Stoff an. Offenbar haben sich da bereits Souvenirjäger bedient.«

Eliza bückte sich, um den Teppich in Augenschein zu nehmen. »Hier wurde auch ein ganzes Stück abgeschnitten.«

Bald hatte Onkel Edward uns entdeckt, und er begann, politische Würdenträger heranzuwinken, als handelte es sich um Droschken auf dem Broadway. »Edwin?«

Der Ruf ließ Mr. Stanton, den Kriegsminister, aufmerken. Er trug eine Brille und hatte eine Nase wie eine kleine Rübe. Sein grauer Bart war ungekämmt und nicht gestutzt. Im Vorbeieilen nickte er uns zu.

»Herr Minister, darf ich Ihnen Eliza und Georgeanna Woolsey, die Großnichten von Admiral Newton, vorstellen?«

Das brachte ihm einen Moment der Aufmerksamkeit ein.

»Guter Mann, der Admiral«, murmelte Stanton und hastete weiter.

»Sie arbeiten bei der Sanitary Commission!«, rief Onkel Edward ihm nach.

»Ich muss dringend telegrafieren«, antwortete Minister Stanton, ohne innezuhalten. »Stets zu Diensten, meine Damen.«

Während der Minister in der Menschenmenge verschwand, steuerte eine Frau auf mich zu, die ich irgendwoher zu kennen glaubte.

»Miss Georgeanna Woolsey?«

Onkel Edward richtete sich zu voller Größe auf. »Mrs. Gibbons?«

Ich hatte diese Frau schon auf Abbildungen in den Zeitungen gesehen. Es war Abigail Hopper Gibbons, Mitglied der Familie Gibbons aus Philadelphia, die berühmte Abolitionisten waren. Mutter und meine älteren Schwestern waren Mrs. Gibbons am Cooper Institute begegnet und erzählten häufig aufregende Geschichten darüber, wie sie und ihr Vater sich persönlich den Sklavenjägern in den Weg gestellt hatten.

Besagte Abbildungen zeigten Mrs. Gibbons als das Sinnbild einer eleganten, trübsinnig dreinblickenden und schlicht frisierten Frau jenseits der sechzig. Doch als Eliza und ich ihr persönlich gegenüberstanden und ihre melodische Stimmfärbung der Quäker, ihre durchsetzungsfähige Art und ihr Konversationstalent selbst erlebten, empfanden wir ihre Gesellschaft als höchst anregend.

»Ich habe bereits das ganze Fest nach Ihnen abgesucht, Miss Woolsey.« Bei ihr klang das wie ein gewaltiges Kompliment.

»Oh, Mrs. Gibbons, ich freue mich so, Sie endlich kennenzulernen. Darf ich Ihnen meine Schwester Eliza und unseren Onkel Edward vorstellen? Wir alle bewundern Sie dafür, wie Sie und Ihre Familie sich für die Sache einsetzen.«

Eliza trat näher an Abigail heran. »Die Arbeit Ihres Vaters für die Underground Railroad ist uns allen ein Vorbild«, meinte sie leise. »Können Sie uns mehr davon erzählen?«

»Die Ehre gebührt nicht mir. Lassen Sie mich nur so viel sagen, dass ich für den Schutz der Dunkelheit dankbar bin.«

»Ich habe gehört, dass sie bald aufgelöst werden soll«, merkte ich an.

»Ich bedaure, aber ich darf Ihnen nicht mehr darüber anvertrauen. Wir gehören zu den wenigen Organisationen, die ihre Erfolge nicht an die große Glocke hängen. Doch ich bin stolz auf unsere Arbeit.«

»Was führt Sie nach Washington?«, erkundigte sich Eliza.

»Offen gestanden wollte ich zu Ihnen beiden. Ihre Schwester Jane hat mir geschrieben, dass Sie vielleicht bei der Sanitary Commission ein gutes Wort für mich einlegen könnten, da ich Krankenschwester werden will. Ich kann nicht länger untätig herumsitzen.«

»Wir sind gerade erst angekommen, Mrs. Gibbons«, antwortete ich. »Aber natürlich werde ich gern ...«

Aus ihrem kleinen chinesischen Satinbeutel förderte sie eine Visitenkarte zutage. »Wenn Sie so gütig sein würden, mich auf schriftlichem Wege vorzustellen, wäre ich Ihnen sehr dankbar.«

Im Gehen drehte Mrs. Gibbons sich noch einmal um. »Lassen Sie es sich nicht entgehen, den Präsidenten kennenzulernen. Damit er eines Tages sagen kann, er sei den Woolsey-Frauen begegnet.« Mit diesen Worten war sie so schnell verschwunden, wie sie gekommen war – zweifellos, um sich der nächsten wohltätigen Mission zu widmen.

Ehe wir protestieren konnten, hatte der Onkel uns schon am Arm gepackt und schleppte uns in Richtung der Menschen, die Lincoln umringten wie eine Hundemeute. Da er die anderen Anwesenden um einen Kopf überragte, war er nicht zu übersehen.

Onkel Edward bahnte uns einen Weg durch die Traube der Bewunderer.

»Mr. President, darf ich Ihnen meine Nichten Mrs. Joseph

Howland und Miss Georgeanna Woolsey vorstellen? Sie sind auf Bitte von Mr. Olmsted hier, um die Sanitary Commission zu vertreten. Inzwischen haben sie das Patentamt in ein funktionsfähiges Krankenhaus verwandelt.«

Der Präsident wandte sich an Eliza. »Ist Ihr Mann zufällig Joseph Howland vom Sechzehnten New Yorker Regiment?«

Eliza lief feuerrot an. »Richtig, Mr. President.«

»Die Männer haben in Bull Run tapfer gekämpft. Ein Jammer, dass wir nicht einhundert solcher Regimenter haben.«

»Das richte ich ihm von Ihnen aus, Sir.«

Dann wanderte Mr. Lincolns durchdringender Blick zu mir. Als seine riesige Hand kurz meine umfasste, verschlug es mir die Sprache. »Und wie geht es Ihnen, Miss Woolsey? Wie gefällt Ihnen das Leben einer Krankenschwester?«

Mein Verstand war plötzlich wie leergefegt. »Sehr gut, Sir.«

Fast unmerklich beugte er sich vor und lächelte. »Bitte entschuldigen Sie mich, aber ich muss mich um meine anderen Gäste kümmern. Es ist wie mit der Warteschlange beim Barbier. Jeder kommt der Reihe nach dran.«

Sosehr ich auch versuchte, meine Bitte um Geistliche in Worte zu fassen, brachte ich doch nur ein hyänenartiges Lachen heraus und war nicht mehr in der Lage, einen einfachen Satz zu bilden.

In gespieltem Ernst wandte er sich an uns beide. »Wie Ihnen sicher schon aufgefallen ist, haben unsere Gäste die Angewohnheit, verschiedene Teile unserer Einrichtung als Andenken mitzunehmen. Bitte seien Sie so nett, und schneiden Sie nur dort Stückchen heraus, wo man es nicht sieht.«

Eliza stand wie benommen da, weil wir tatsächlich den Präsidenten kennengelernt hatten. Dabei beobachteten wir, wie er rasch von einer Frau bedrängt wurde, die sich an seinen Arm klammerte und ihn um eine Stellung für ihren Neffen anflehte.

»Mr. President«, sagte ich plötzlich. »Ich hätte noch eine Bitte.«

Eliza seufzte auf.

Er drehte sich noch einmal zu mir um.

»Während unserer Dienste sterben Patienten, tapfere Soldaten, die nach einem Geistlichen fragen, bevor sie uns verlassen. Doch wir können Ihnen nicht helfen, weil wir keinen direkten Befehl von Ihnen haben, Sir.«

»Und wer hört sich ihre letzten Worte an?«

»Wir, Sir. Diese Männer sterben für ihr Land. Haben sie da nicht den letzten Trost verdient, von der Hand eines Geistlichen gesegnet zu werden und ein christliches Begräbnis zu bekommen?«

Kurz betrachtete er seine Hände und richtete dann den Blick wieder auf mich. »Wie viele Geistliche brauchen Sie, Miss Woolsey?«

Rasch sah ich Eliza an. »Nun, hundert wären ein guter Anfang, Sir. Für die Krankenhäuser hier und auch für die Feldlazarette.«

»Könnten Sie mir einen Gefallen tun, Miss Woolsey? Schreiben Sie an General Van Rensselaers Büro und bitten Sie ihn um die Namen der Geistlichen, die bereit und in der Lage wären, uns zu helfen.«

»Ja, Mr. President.«

»Dann sollen Sie Ihre Geistlichen bekommen, Miss Woolsey. Sonst noch etwas?«

»Nein, Sir.«

Er wandte sich zum Gehen. »Sofern ich nur die geringste Ahnung von Kriegen habe, sollten wir diesen hier mit den Woolsey-Schwestern an unserer Seite gewinnen.«

Kapitel 9

JEMMA

Peeler Plantation, Maryland
Juli 1861

Nachdem ich die Männer auf der Lichtung beobachtet hatte, trat ich eilig den Rückzug an und machte mich auf den Heimweg. Die Frösche stimmten bereits ihr Abendlied an, und die Bäume ragten dunkel über mir auf.

Ich war schon fast zu Hause, als mich jemand von hinten am Arm packte. Ich erstarrte mitten auf dem Pfad, und mir blieb fast das Herz stehen. Beinahe wäre ich in Ohnmacht gefallen.

Zögernd drehte ich mich um. »Mr. Harry«, stieß ich hervor. Vor lauter Erleichterung wurden mir die Knie weich. Es war Anne-Mays Bruder, der bei der Hochzeit so nett zu uns gewesen war. »Seit wann sind Sie hier?«

»Ich bin erst heute angekommen. Ein Glück, wie ich feststellen muss. Eine junge Dame sollte sich nicht hier draußen herumtreiben, Jemma.«

»Ich war nur neugierig, weil ...«

»Komm, ich begleite dich zurück zum Haus. Was hältst du davon, wenn wir Sally Smith bitten, etwas von dem Speck für uns zu braten?«

Es war eine wundervolle Überraschung, dass Mr. Harry den ganzen Sommer bei uns bleiben würde. Er überredete Anne-May, dass Patience uns zu Mas und Pas Hochzeitstag besuchen durfte. Ich half ihr, einen Arm voller Sonnenblumen aus Miss Charlenes Garten herzutragen. Noch nie hatte die Welt eine glücklichere Ma gesehen als unsere, als wir ihr die Blumen mit den riesigen Blüten überreichten. Sie drückte uns an sich und hielt uns so fest, als wollte sie uns niemals wieder loslassen.

Als das Herbstlaub anfing, sich zu verfärben, hatten Harry und Pa eine Treppe in unsere Hütte eingebaut. Außerdem hatten wir jetzt einen neuen und größeren Schweinepferch, und Sally Smith freute sich über ein Fenster mit Glasscheibe in ihrem Speicher. Der einzige Wermutstropfen war, dass Anne-May wegen Harry nur noch an ihr Aussehen dachte. Jeden Tag brauchte ich eine zusätzliche Stunde für ihre Morgentoilette, sogar am Sonntag, obwohl das unser einziger freier Tag war.

Auch an dem Sonntag, als Ma Geburtstag hatte, dauerte es eine Stunde, Anne-May für den Kirchgang herzurichten. Zuerst musste ich ihr Gesicht, Hals und Füße mit Zucker abschrubben. Anschließend wurde das Köfferchen mit den Geheimfächern herausgeholt, in denen sie ihre Lotionen und Cremes aufbewahrte. Da sie dachte, dass sie dadurch jünger aussehen würde, musste ich ihr Gesicht und Arme damit einreiben. Danach mischte ich Tusche und eine Paste aus gerösteten Nelken und Holzkohle zu genau dem richtigen schwarzbraunen Farbton zusammen und schmierte ihr das Ergebnis auf den Kopf, bis ihr eigentlich gelbes Haar nicht mehr durchschimmerte.

»Warum bin ich nur als Blondine geboren worden, Jemma?«, pflegte sie zu jammern. »Ich fühle mich wie ein Krüppel.«

Außerdem musste ich ihr Gesicht mit roter Beete benetzen und ein Baumwollsäckchen mit venezianischem Talkumpuder füllen, mit dem ich ihr dann Arme und Gesicht betupfte, um die Sommersprossen zu tarnen. Zu guter Letzt strich ich ihr die Augenlider mit Rizinusöl ein. Erst dann ließ sie mich zu meiner Familie.

Endlich konnte ich den Hügel hinunterlaufen und Ma das Geschenk überreichen, an dem ich so lange gearbeitet hatte – eine Blumentopfhaube. Als Vorlage hatte ich einen von Miss Anne-Mays Blumentöpfen aus Ton benutzt und die fertige Haube mit einer selbst gemachten Lösung aus Walnussschalen braun gefärbt. Ma nannte diese Hüte meine »Lumpenhauben«, was jedoch nett gemeint war, weil die Blumen, mit denen ich sie schmückte, aus Stoffresten bestanden. Gelbe Seidenrosen mit Blättern aus grünem Organdy oder Nelken aus rosafarbenem Flanell, so täuschend echt, dass einmal sogar eine Biene darauf gelandet war.

Ma knotete die blauen Bänder, die ich aus Anne-Mays Nähkorb stibitzt hatte, unter dem Kinn zusammen. »Danke, Jemma. Du weißt genau, welche Farben mir stehen.«

Als ich ihr die Puppen von Patience überreichte, weinte sie ein bisschen. Meine geliebte Schwester hatte zum Hochzeitstag, nicht aber zum Geburtstag kommen dürfen. Sally Smith schenkte Ma ein neues rot und gelb kariertes Kopftuch, das sie vor Freude an ihre Brust drückte. Von Pa bekam sie ein hübsches Kreuz an einer Kette, die aus einem einzigen Stück Holz geschnitzt waren. Er hatte den ganzen Sommer daran gearbeitet. Celeste sagte nur ein Gedicht auf, worauf Ma lächelte und sie trotzdem fest umarmte. Da reckt das grünäugige Ungeheuer wieder sein Haupt und überschwemmte mich fast mit seiner Eifersucht. Ich stand mit verschränkten Armen da und beobachtete die beiden.

»Patience sollte jetzt bei uns sein, nicht irgendein fremdes Mädchen«, sagte ich. »Sie hat monatelang an diesen Puppen für dich genäht.«

Ma nahm mich am Arm und ging mit mir ein Stück die Straße hinauf. »Du und Patience werdet immer meine Töchter sein.«

Die Hände in den Taschen, setzte ich einen Fuß vor den anderen.

»Für Celeste ist es wichtig, dass jemand ein freundliches Wort mit ihr spricht, und du hast offenbar keines für sie übrig. Ich will, dass ihr beide euch zusammensetzt und dass du nett zu ihr bist.«

Ich zuckte die Achseln. »Ich habe ihr doch nichts getan.«

Ma strich mir das Haar glatt. »Genau das ist ja das Problem. Du weißt, dass es an dir ist, den ersten Schritt zu machen, Jemma. Am besten entschuldigst du dich bei ihr.«

Ich trat nach einem Stein.

Ma hakte mich unter. Als sie sich zu mir hinüberlehnte, roch ich die Brotfladen, die sie am Morgen mit Celeste gegessen hatte.

»Wir gehen jetzt in die Kirche, Jemma. Ihr beide bleibt hier und klärt die Sache.«

Ma ließ uns in der Hütte allein. Wir setzten uns in entgegengesetzte Zimmerwinkel, sie auf Dellys Bett und ich auf die Treppe. So starrten wir eine Weile zu Boden.

Celeste spielte an einem aufgetrennten Zipfel des Quilts herum. »Eine nette Familie hast du.«

»Finde ich auch.«

»'ne eigene Familie hab ich ja nicht.«

»Sag nicht *'ne,* das klingt ungebildet.«

»Sally hat mir erzählt, dass du lesen kannst. Und schreiben auch.«

»Tante Tandy Rose hat uns erlaubt zu lesen, bevor Anne-May kam. Das Schreiben habe ich mir selbst beigebracht.«

»In Carolina wäre ich beinahe in die Schule gegangen, aber dann bin ich verkauft worden.«

»Wie war das?«

»Dein Glück, dass dir das noch nie passiert ist. Es war der schlimmste Tag meines Lebens. In Charleston.« Sie stützte das Kinn auf beide Fäuste und senkte den Kopf. »Vorher durften wir baden und uns satt essen. Aber dann, nach der Auktion, mussten wir tagelang barfuß und in Ketten marschieren und dabei hungern.«

»Die habe dich versteigert?«

»Ja, haben sie. Ich stand oben auf einem Tisch, und alle Männer durften mir den Rock hochheben. Ich wurde an den miesesten Menschenschinder im ganzen Süden verkauft und musste bei ihm Reis ernten. Du hättest das Gesicht meiner Ma sehen sollen, als sie mir nachgeschaut hat. Meine Brüder haben sie auch verkauft.« Sie wischte sich eine Träne ab. »Keine Ahnung, wie sie es ohne mich schaffen sollen.«

Ich beugte mich vor. »Sally Smith sagt, dass man sich gleich viel besser fühlt, wenn man drüber redet.«

Sie kramte eine kleine weiße Karte aus der Tasche. »Meine Ma hat mir das da gegeben, kurz bevor sie mich weggeschleppt haben. Nun, sie ist nicht meine leibliche Ma, aber so ähnlich. Ihr Name ist Alice.« Sie reichte mir die Karte. »Ich dachte, du könntest es mir vielleicht vorlesen.«

»Klar kann ich.« Ich nahm die Karte. »Da steht *Mrs. Charles Woolsey, 8 Brevoort Place, New York City.*«

Ich traute meinen Augen nicht. »New York City? Wo hast du die her?«

Celeste zuckte die Achseln. »Ma hat gesagt, die Dame, die sie ihr gegeben hat, hätte ihr angeboten, zu ihr zu kommen, falls sie je in New York sein sollte. Sie schien nett zu sein.«

Wir saßen beide da und lauschten den Schweinen, die im Schlamm wühlten.

»Weißt du, was Brevoort Place ist?«, fragte Celeste.

»Tante Tandy Rose hat erzählt, dass es in New York City einen großen Park gibt, wo alle in schönen Kleidern spazieren gehen. Außerdem kann man sich für Geld in einem kleinen Wagen herumfahren lassen, der von einer Ziege gezogen wird. Und es gibt das Barnum's Museum, wo sie Wale in Becken und auch einen sprechenden Seehund haben. Patience und ich wollen da unbedingt hin. Aber ich denke, du kannst auch mitkommen.«

»Klar komme ich mit. Vielleicht kann ich auch ein bisschen Lesen und Schreiben lernen.«

Ich nahm Pas Papier und Stift. »Soll ich dir beibringen, deinen Namen zu schreiben?«

»Kannst du das? Kannst du mir zeigen, wie man Sukey Celeste schreibt, beide Namen zusammen? Und danach Wilson Watson.«

»Was willst du mit Anne-Mays Nachnamen?«

Celeste zuckte die Achseln. »Besser als gar keiner.«

Nachdem ich Celeste gezeigt hatte, wie man den Stift richtig hielt, stellte sie sich ziemlich geschickt an und schrieb ihren Namen zehnmal auf die Seite. »Hilfst du mir auch, an meine Ma zu schreiben?«

»Sehr gern.«

Im nächsten Moment brach Celeste in Tränen aus. Sie schluchzte heftig, und ihre Schultern bebten.

Sie wischte sich mit beiden Händen das Gesicht ab. »Das

sind nur Glückstränen. Ich glaube es noch nicht ganz, dass ich schreiben kann.«

»Das ist erst der Anfang.« Ich kritzelte das Alphabet auf die Seite. »Zum Lesen brauchst du nur diese Buchstaben zu lernen. Dann kannst du ganze Bücher an einem einzigen Tag lesen.«

»Ich habe noch nie ein Buch aus der Nähe gesehen«, erwiderte sie und wischte sich mit dem Ärmel die letzten Tränen ab.

Ich stand auf. »Dann holen wir uns eins. Anne-May ist in der Kirche.«

»Was, wenn sie früher zurückkommt?«, fragte Celeste leise.

»Uns passiert schon nichts. Ich mache das oft.«

Als ich nach ihrer Hand griff, fühlte sich ihre Handfläche von der Arbeit auf dem Tabakfeld rau und rissig an. Im Laufschritt hasteten wir zum Haus, wo wir eilig die Vorhalle durchquerten. Vor der geschlossenen Tür der Bibliothek blieben wir stehen und holten Luft.

Celeste schlang sich die Arme um den Leib. »Ich hab wirklich Angst.«

Ich förderte den Schlüssel aus der Schürzentasche zutage und hielt ihn mit triumphierender Miene hoch, bevor ich aufschloss. »Keine Sorge. Das ist es doch, was beste Freundinnen tun – Streiche aushecken.«

Celeste trat in die Mitte des Zimmers, wo verglaste Bücherschränke alle vier Wände bedeckten. »So viele Bücher. Warum sind sie hinter Glas?«

Ich öffnete eine Schranktür. »Damit sie nicht einstauben. Ich habe die Aufgabe, die Scheiben zu putzen.«

»Jeden Tag?«

Ich strich mit dem Finger ein Regal entlang. »Meistens. Ich wische sie mit einem Spezialessig ab.«

»Darf ich eins in die Hand nehmen?«

»Wenn du aufpasst.« Ich nahm ein Buch aus dem Regal. *Villette von Charlotte Brontë,* lautete die Aufschrift auf dem Buchrücken. Auf dem Einband war ein weißes Paar abgebildet. »Es handelt von einem Mädchen namens Lucy, das einen Arzt namens John Bretton mag. Aber der heiratet eine andere.«

»Ist das wirklich passiert?«, erkundigte sich Celeste.

»Nein, das sind alles erfundene Geschichten. Doch einige davon sollen sich anhören, als wären sie wahr.«

»Die von dem Mädchen klingt traurig.«

»Wahrscheinlich ist das Absicht.«

Celeste neigte den Kopf zur Seite. »Ich glaube, ein glückliches Ende wäre mir lieber.«

Ich stellte *Villette* zurück ins Regal und griff nach einem anderen Buch. *Onkel Toms Hütte,* stand auf dem Buchrücken. *H. B. Stowe. BAND I.* »Das da habe ich gelesen. Ich will es noch mal lesen. Es ist ziemlich gut.«

Celeste nahm das Buch und fuhr mit der Hand über den Einband. »Wie hübsch.«

Ich lächelte stolz. »Alle Bücher von Tante Tandy Rose sind in Leder gebunden. Anne-May kümmert es nur, wie sie aussehen. Sie liest nie eines davon, insbesondere nicht das da, weil es von Sklaven handelt. Patience sagt, dass fast genauso viele Leute es gelesen haben wie die Bibel.« Ich betastete die goldenen Verzierungen auf dem Einband. »Das nennt man Prägedruck. Ich nehme es mit.«

»Oh, nein, Jemma.«

»Sei nicht so ein Angsthase. Hier kommt sowieso kaum jemand rein, der es vermissen könnte. Außer Miss Euphemia vielleicht, und die bemerkt nicht sehr viel.« Ich rückte die anderen Bücher zurecht, um die Lücke zu tarnen.

»Wo willst du es verstecken?«

Ich zuckte die Achseln. »Wo immer ich will. Manchmal lese ich beim Nähen, wenn Anne-May ein Nickerchen hält. Dann bewahre ich das Buch im Wäscheschrank auf.«

»Ist es gruselig? Ich würde alles dafür geben, es lesen zu können.«

»Da wir jetzt beste Freundinnen sind, bringe ich es dir bei.« Ich nahm Celeste an der Hand. »Wir wollen runtergehen und gleich damit anfangen. Aber sei vorsichtig. Lesen macht einen neuen Menschen aus einem. Man will immer mehr. Abwechslung.«

»Wir kriegen bestimmt mächtig Ärger.«

»Keine Sorge. Du bist ja bei mir. Dir kann nichts passieren.«

Und so saßen wir, nebeneinander und das Buch vor uns, in der Hütte am Tisch. »Ich schreibe hinten ins Buch ein paar Buchstaben, und du schreibst sie dann ab«, erklärte ich Celeste.

Bald war sie fast so gut wie Patience.

»Hey, ich habe eine Idee.« Ich kramte den Brief von Carter heraus, den ich immer mit mir herumtrug. »Lass uns den zusammen lesen. Er ist von dem einzigen Verehrer, den ich je hatte. Tante Tandy Rose hat ihn verkauft, weil er ihrem Bruder ähnlich sah, der sein Daddy war.«

»Das ist gemein.«

Nun war ich offenbar mit dem Weinen an der Reihe, kein lautes Schluchzen, nur ein paar stille Tränen. »Wenn es um ihn ging, hatte sie ein Herz aus Eisen. Weil er so sehr aussah wie ihr Bruder Wilfred, erinnerte er sie ständig daran, dass der sich drüben auf der Rübenfarm an einer ihrer Sklavinnen vergangen hat.«

Celeste legte die Hand auf meine. »Wo ist er jetzt?«

»Carter? Zuletzt habe ich gehört, dass er in Alabama sein soll. Aber lass uns den Brief lesen, dann hörst du sozusagen seine Stimme.«

Ich breitete den Brief zwischen uns aus und fuhr jedes Wort mit dem Finger nach.

PORTLAND, ALABAMA

Liebe Jemma,
hier in Portland vermisse ich dich jeden Tag, aber ich habe jemanden gefunden, der diesen Brief persönlich überbringen wird. Wenn du das liest, stell dir vor, wie ich vor einer Kerze sitze und mich, die Augen fest geschlossen, an dich und Patience erinnere. Hoffentlich denkst du auch an mich. Ich weiß, dass du mir nicht antworten kannst. Trotzdem will ich dir sagen, dass du jeden Tag in meinem Herzen bist, außer am Dienstag, denn dann muss ich die Schweine in die Stadt treiben und kann an nichts anderes denken. Mehr fällt mir gerade nicht ein. Richte deine Briefe an die Bailey Plantation, West Portland, Alabama, zu Händen von R. W. Samuels.
Es grüßt dich ganz herzlich,
Carter

Celeste lächelte verzückt. »Du bedeutest ihm viel, Jemma. Und er kann wirklich gut mit einem Stift umgehen.«

»Nicht wahr? Ich habe es ihm selbst beigebracht.« Vorsichtig faltete ich den Brief zusammen und steckte ihn wieder ein. »Bestimmt findest du eines Tages auch einen Jungen, der so nett ist wie er.«

»Danke, Jemma. Weißt du, als ich herkam, war ich schrecklich eifersüchtig auf dich. Ich fand, dass du mächtig eingebildet bist, dort droben in dem schönen Haus und mit deinen schönen Kleidern, und dass du daherredest wie eine weiße Dame. Du kennst sogar deinen Geburtstag.«

»Schöne Kleider?« Ich strich mit der Hand über den ehemals gelben Rock meines Baumwollkleids, der inzwischen abgewetzt und praktisch weiß war. Das Blumenmuster war beinahe verblasst. »Das ist ein altes von Anne-May, das ich für mich geändert habe.« Ich verriet ihr nicht, dass ich neben diesem nur noch ein einziges anderes besaß. Es bestand aus fadenscheiniger grüner Baumwolle und war mit den verschiedensten grünen Stoffresten aus Anne-Mays Lumpenbeutel geflickt. Obwohl an manchen Stellen schon das Weiße durchschimmerte, hob ich mir das Kleid für besondere Gelegenheiten auf. »Als du ankamst, war ich wegen deiner Grübchen gelb vor Neid.«

Sie lächelte und neigte den Kopf zur Seite. »Du bist zwar ein bisschen hochnäsig, aber trotzdem nett.«

Ich schob ihr das Buch über den Tisch hinweg zu. »Du bist auch nett. Warum nimmst du das Buch nicht mit?«

»Ich soll es behalten?«

»Du kannst damit Lesen lernen. Später besorgen wir dir noch mehr. Aber pass auf. Manche Bücher verändern einen. Man fängt an, über einige Dinge nachzudenken.«

»Kann ich meinen Namen reinschreiben?«

Ich zuckte die Achseln. »Warum nicht?«

Celeste nahm den Bleistift und schrieb langsam auf die Innenseite des Einbands: *Sukey Celeste Wilson Watson.* Darunter setzte sie die Adresse von der Visitenkarte: *8 Brevoort Place, New York.*

Ich beobachtete sie, stolz auf meine erste Schülerin. »Du

musst das Buch gut verstecken. Wenn Anne-May es findet, dann gnade dir Gott.«

Als die anderen von der Kirche zurückkehrten, ging Charl in die Stadt. Ma und Celeste zogen los, um Brombeeren zu pflücken. Sie fragten mich, ob ich mitkommen wollte, aber ich lehnte ab. Ich wollte lieber bei Delly bleiben und Harry und Pa draußen auf dem Kürbisfeld Gesellschaft leisten. Sie schreinerten dort nämlich zwei richtige Türen, um den Vorhang aus alten Decken zu ersetzen.

Pa schmirgelte, während Harry das Holz mit einem Werkzeug aus Metall abhobelte, bis es hübsch glatt war. Ein angenehmer Geruch nach Fichtenholz lag in der Luft. Pa betätigte den alten Blasebalg an dem Feuer, wo sie ihre Nägel schmiedeten.

Nie schien er so glücklich zu sein, als wenn er mit Holz arbeitete. Sobald er nicht auf dem Feld gebraucht wurde, betätigte er sich als Zimmermann. So hatte er zum Beispiel die Hütte am Fluss gebaut, wo Mister Watson seine Experimente machte. Außerdem die Schuppen für Anne-May. Einmal hatte ein Mann aus Leonardtown ihm zwanzig Dollar für einen Spalthammer bezahlt. Er sagte, es sei der beste Spalthammer, der ihm je untergekommen sei. Der lange Stiel aus Robinienholz war so blank poliert, dass er schimmerte.

Pa war mächtig stolz auf das Räucherhaus, das er für Anne-May hinten bei der neuen Scheune gebaut hatte. Da die Weißen mehr Tiere töteten, als sie essen konnten, hängten sie das Fleisch im Räucherhaus auf und behandelten es mit Rauch, damit es nicht schlecht wurde. Es war ein rundes Gebäude, ein wenig größer und höher als unsere Hütte und aus weiß getünchtem Backstein mit einem schwarzen spitzen Dach. Ich war nur einmal drin gewesen, als LeBaron das Abschließen vergessen hatte. Es war ziemlich gruselig gewesen, durch die kleine Tür zu treten und die Feuerstelle mitten im Raum zu sehen. Darin loderte ein hoher Scheiterhaufen aus Apfelholz, und darüber baumelten in Säcke gewickelte Schinken von der Decke. Pa sagte, manchmal sei der Qualm dort so dicht, dass man nicht die Hand vor Augen sehen könne.

Meistens gab Anne-May Pa ein Stück Papier, und dann zeichnete er mit einem Stift die Tische und Stühle, die sie sich ausdachte. Pa war ein Stück größer als Mr. Henry und lächelte bis über beide Ohren, sobald er einen Hammer in der Hand hatte. Mit Vornamen hieß Pa Joseph, was zu ihm passte, denn der Joseph aus der Bibel war ja auch Zimmermann gewesen. Allerdings hatte Pa außer Pa und Joseph auch noch einen dritten Namen, und zwar einen ganz eigenen, der Kofi lautete. So hießen in Afrika alle Jungen, die an einem Freitag geboren worden waren. Es war sein Geheimname, den nur wir benutzten.

Pa hatte noch ein weiteres Geheimnis. Nachts im Schein des Feuers bastelte er nämlich verbotene Dinge. Als er dachte, dass ich schlief, hatte ich ihn beim Schnitzen der Holzgriffe beobachtet. Die silbernen Klingen funkelten im orangefarbenen Licht der Flammen. Außerdem hatte ich gehört, wie er die Sachen auf Sallys Speicher unter einem Bodenbrett versteckte.

Delly und ich lehnten am Zaun des neuen Schweinepferchs und sahen zu, wie Sally den Schweinen einen ganzen Eimer Erdnüsse vorwarf, um sie vor der Schlachtung zu mästen. Beim Herumwühlen zwischen den Erdnüssen spritzte den Tieren Schlamm auf die schwarz gefleckten Rücken, und ihre Ohren wedelten. Als Sally an mir und

Delly vorbeischlenderte, steckte sie jeder von uns verstohlen eine Handvoll Erdnüsse zu und ging weiter.

Noch nie hatten Erdnüsse so gut geschmeckt wie jetzt, als ich mit Delly in der Sonne stand und Pa und Harry bei der Arbeit beobachtete. Löckchenförmige Holzspäne stoben in alle Richtungen, und der Gestank nach Dung mischte sich angenehm mit dem Duft der Fichten. Doch im nächsten Moment erschienen LeBaron, sein widerlicher Freund Clem und drei andere Pattyroller. Als sie, gefolgt von Miss Charlenes Hunden, zu unserer Hütte ritten, zogen sie eine Staubwolke hinter sich her. Sie hatten ihre komische Verkleidung an, trugen die Jacken mit der Innenseite nach außen und hatten sich Halstücher vor den Mund gebunden. Auf dem Kopf hatten sie selbst gemachte hohe, spitze Hüte. Clem hatte eine Trillerpfeife zwischen den Lippen und blies ständig hinein, nur um uns Angst zu machen.

Am Schweinepferch blieben sie stehen und saßen, leere Schnapsflaschen in der Hand, im Sattel. Und das am Tag des Herrn! LeBarons Freund Chester, der mit dem mageren Hals, war auch dabei. Er hatte sich, ebenso wie LeBaron, einen selbst geschmiedeten silbernen Stern an die Brust geheftet.

Harry blickte vom Hobeln auf. »Es gehört sich nicht, sich am Tag des Herrn zum Narren zu machen.«

»Afrikaner sind feige, und man muss ihnen die nötige Gottesfurcht einbläuen.« LeBaron stieg ab. »Außerdem haben wir auch was zu feiern. Es heißt, die Blauröcke haben sich schon wieder ergeben.«

Da LeBaron ganz in meiner Nähe stand, konnte ich einen Blick auf den Blechstern an seiner Weste erhaschen. In die Mitte war das Wort SKLAVENPATROUILLE eingraviert, und jemand hatte das Abzeichen liebevoll mit kleinen Kringeln und Blümchen verziert.

Die Hunde näherten sich knurrend und beschnupperten Delly und mich, während Chester mit den anderen in unsere Hütte marschierte, wo sie anfingen, unsere Sachen zu durchwühlen.

Pas Messer. Ich erstarrte innerlich und lauschte, als sie oben auf Sallys Speicher herumpolterten. Ich sah Pa an, doch er schmirgelte weiter. Allerdings hatte er Schweißtropfen auf der Stirn.

Harry ließ sich beim Hobeln nicht stören. »Ach, wirklich?«

Als LeBaron die Flasche an den Mund hob und daraus trank, hätte er beinahe das Gleichgewicht verloren. »Ja, wirklich. In Lexington, Missouri. Der Yankee-Colonel James Mulligan hat gekniffen. Wir haben den Brüdern den Hosenboden versohlt, jawohl, Sir.« Er zeigte mit dem Finger auf Pa. »Und wenn wir erst mal gewonnen haben, bleibt ihr Nigger für den Rest eurer Tage hier.«

»Wann melden Sie und Ihre Pattyroller sich freiwillig?«, erkundigte sich Harry.

»Für den Krieg? In nächster Zeit nicht. Schließlich muss jemand Ihre guten Freunde, die Nigger, in Schach halten. Und Sie?«

»Ich gehe zur Ersten Infanterie der Confederate States of America, falls sie mich dort nehmen.«

Pa hörte auf zu schmirgeln und warf einen traurigen Blick auf Harry.

»Ach, herrje«, höhnte LeBaron. »Harry Wilson kämpft für den Süden. Ich hätte Sie für einen heimlichen Negerfreund gehalten.«

Harry nahm die Mütze ab und rieb sich die Stirn. »Ich würde mich eher als Befürworter einer graduellen Emanzipation betrachten.«

LeBaron stieß die Stiefelspitze in den Staub. »Und was soll das sein?«

»Ich möchte, dass die Sklaven schrittweise befreit werden. Damit keine Fehler passieren.«

»Und warum kämpfen Sie dann für den Süden?«, fragte LeBaron.

»Weil mich diese Invasion des Nordens mit seinen Machtansprüchen an den Unabhängigkeitskrieg erinnert. Ich bin gegen die Sklaverei, aber man kann den Menschen nicht über Nacht so viel von ihrem Besitz wegnehmen. Es wäre der Ruin von Louisiana.«

LeBaron trank aus seiner Flasche und fuchtelte damit in Pas Richtung. »Solange die den Tabak pflücken und nicht ich.«

»Außerdem wird Gott mich beschützen.« Harry machte sich wieder an die Arbeit. »Ich habe mich entschieden, für das zu kämpfen, woran ich glaube. Woran glauben Sie, Mr. Caruthers? Daran, sich zu betrinken und mit ihren Freunden die Gegend unsicher zu machen?«

»Es geht hier nicht um mich oder um meine Freunde, Harry«, entgegnete LeBaron. »Ich würde mich ja melden. Aber ich kann schlecht losziehen und Miss Anne-May mit den Niggern allein lassen.«

Drüben in der Hütte waren Chester und die anderen johlend damit beschäftigt, unser Zuhause auseinanderzunehmen und das Maisstroh aus unseren Matratzen zu schütteln.

»Warum verwüsten Sie das Haus?«, erkundigte sich Harry.

LeBaron zuckte die Achseln. »Habe gehört, dass hier einer Messer bastelt.«

Harry grinste. »Glauben Sie, jemand hätte Zeit für so was?«

LeBaron musterte Pa argwöhnisch. »Verrate du es mir doch.«

Pa schmirgelte weiter an der Tür herum.

LeBaron drehte sich zu Delly um. »Wann kommt denn das Baby? Bestimmt ist es bald so weit.«

Während sie sich mit der heilen Hand über den Bauch strich, rutschte ich näher an sie heran, bis unsere Hüften sich berührten.

»Was geht Sie das an?«, meinte Harry. »Das Kinderkriegen ist Frauensache und nicht Ihre Angelegenheit.«

LeBaron trat einen Schritt auf Harry zu und malte mit dem Finger einen Kreis in die Luft. »Alles, was auf dieser Plantage geschieht, ist meine Angelegenheit.«

Harry hielt in der Arbeit inne, richtete sich kerzengerade auf und streckte die Brust heraus. »Soweit ich weiß, halten sich Babys nicht an Zeitpläne.«

LeBaron kam noch näher und reckte ebenfalls die Brust. Die beiden erinnerten mich an zwei Gockel auf dem Mist.

»Ich an Ihrer Stelle würde vorsichtig sein, Harry. Wenn es um ihr Hab und Gut geht, ist Anne-May immer auf meiner Seite.«

»Nanu, was haben wir denn da?«, rief Chester vom Speicher hinunter. »Schaut, was ich gefunden habe.«

Wir hörten ihn die Treppe hinunterpoltern. Als er aus der Hütte kam, hatte er etwas hinter dem Rücken versteckt.

Er ging zu LeBaron hinüber und zeigte ihm den Gegenstand. »Ein Buch.«

Als mir klar wurde, dass er nicht die Messer entdeckt hatte, fiel mir ein gewaltiger Stein vom Herzen. Das heißt, bis ich sah, um welches Buch es sich handelte.

LeBaron riss Chester das Buch aus der Hand. »Sieht aus wie einer der teuren Wälzer von Mrs. Watson.« Er streckte es auf Armeslänge von sich und versuchte, den Titel zu entziffern. »On…«

Chester spähte ihm über die Schulter. »Da steht *Onkel Toms Hütte.*«

»Das ist bloß ein Roman«, sagte ich rasch. »Nur erfunden.«

»Dann wollen wir mal schauen.« LeBaron schlug das Buch auf und drehte die Abbildung zu uns herum. »Aha, ich verstehe: glückliche, freie Nigger.«

Chester lachte meckernd auf. »Also wirklich nur erfunden.«

LeBaron strich mit dem Finger über die Innenseite des Einbands. »Und was bedeutet diese Schrift da?«

Chester studierte die Zeilen. »Da steht *Miss Sukey Celeste Wilson Watson.*«

LeBaron ließ das Buch mit einem furchterregenden Geräusch zuschnappen.

»Tja, jetzt wissen wir wenigstens, wem es gehört. Diesem neuen Mädchen Celeste. Die kann sich auf was gefasst machen. Erst stiehlt sie ein Buch, und dann benutzt sie auch noch Miss Anne-Mays Namen.«

»Ich habe es ihr gegeben. Sie trifft keine Schuld«, protestierte ich.

LeBaron sah mich aus halb zusammengekniffenen Augen an. »Was Anne-May wohl tun wird, wenn sie das rauskriegt, Jemma?«

Sobald Harry mit LeBaron zum Haus zurückgekehrt war, wandte Pa sich an mich.

»Du hast Celeste in Gefahr gebracht, Jemma. In nächster Zeit ist Schluss mit Büchern, und außerdem weichst du mindestens eine Woche lang nicht von ihrer Seite. Falls LeBaron Ärger macht, kommst du zu mir. Dasselbe gilt für dich, Delly. Uns allen ist klar, warum Mr. Caruthers sich so für das Wohlergehen deines Babys interessiert. Sobald du spürst, dass es losgeht, musst du Hilfe herbeirufen. Zu mehreren sind wir stark.«

Pa eilte in die Hütte und kam mit einer leeren Bohnendose zurück, deren Deckel offen stand. Er ging zur Straße, kratzte einige Steinchen zusammen, kehrte zum Feuer zurück und fuhr mit dem heißen Schüreisen zwischen Deckel und Rand entlang. Nachdem er darauf gepustet hatte, reichte er Delly die Dose.

»Pass auf, sie ist noch heiß.«

»Was soll das sein?«, erkundigte sie sich und lächelte ihr hübsches Lächeln.

»Schüttle sie mal.«

Als Delly die Dose schüttelte, rollten die Steine darin herum.

Pa verschränkte die Arme vor der Brust. »Ich meinte, richtig schütteln.«

Delly schüttelte die Dose mit aller Kraft. Das Geräusch war so laut, dass die alte Sau im Pferch mit einem Schnauben aufwachte.

Pa legte lachend den Kopf in den Nacken. »Braves Mädchen. Und scheu dich nicht, das Ding zu benutzen. Das ist unser Signal. Wir kommen dann, so schnell wir können.«

Dellys Augen wurden ganz feucht. Sie wandte den Blick ab und schaute in Richtung Fluss. »Das ist wirklich nett von dir.«

Pa fing wieder an zu schmirgeln. »Eins steht fest: LeBaron Caruthers wird dieses Baby nicht in die Finger kriegen. Nicht solange ich noch einen Atemzug in mir habe.«

Eines Tages, ich half Sally gerade dabei, Erbsen zu palen, erschien Anne-May und schob mir über den Tisch ein hübsches, in rotes Leder gebundenes Büchlein und einen von einer rosafarbenen Schleife zusammengehaltenen Stoß Briefe zu.

»Nimm dieses Buch und schreib die Briefe für mich darin ab.«

Sie ließ mich einen ganzen Stapel Briefe kopieren, die Mister Watsons Bruder aus dem Krieg geschrieben hatte. Die Briefe behandelten alle eine Schlacht an einem Ort namens Bull Run in Virginia, in der er gerade kämpfte. Er berichtete, für den Norden stünde es nicht so gut, und schilderte in allen Einzelheiten die Forts, dic rings um Washington errichtet wurden, um die Rebellen von der Hauptstadt fernzuhalten. Als ich fertig war, befahl Anne-May mir, das Buch dem grässlichen Mr. Smalls zu bringen. Mir war nicht wohl dabei, dass sie hinter dem Rücken des netten Mister Watson die Geheimnisse seines Bruders an diesen hinterhältigen Betrüger weitergab.

Ich überlegte, ob ich das schreckliche Buch im Wald wegwerfen und erzählen sollte, ich hätte es verloren. Doch dann würde Anne-May mir die Hölle heißmachen oder LeBaron anweisen, mich in seinem Tabakfass mit den Nägeln darin den Hügel hinunterzurollen. Vielleicht würde sie mir sogar etwas noch Schlimmeres antun. Ich spielte sogar mit dem Gedanken, mir selbst mit dem Hammer die Hand zu zerschmettern, damit ich nicht mehr schreiben konnte. Harry hatte uns erzählt, dass einige Soldaten das taten, um sich vor dem Dienst zu drücken. Nur dass ich zu feige war, mit einem Hammer meine kerngesunde Hand kaputtzuschlagen.

LeBaron behielt das Geheimnis, dass er *Onkel Toms Hütte* gefunden hatte, so lange für sich, dass ich beinahe vergaß, was er gegen mich und Celeste in der Hand hatte.

An einem glühend heißen Tag war ich unterwegs zur Ambrosia Plantation. Ich hielt eine Pappschachtel mit Küken für Miss Charlene vor die Brust gedrückt, meine nackten

Fersen scharrten über den Erdboden. Die Küken piepsten und reckten die orangefarbenen Schnäbel aus den Luftlöchern. Ich atmete in tiefen Zügen den spätsommerlichen Duft nach trockenem Gras und Geißblatt ein. Welches Glück ich doch hatte, eine Schwester und nun auch in Celeste eine neue Freundin zu haben. Ich plante, nach der Kirche ein paar gemütliche Stunden zu dritt zu verbringen, falls Miss Charlene es erlaubte.

Obwohl ich ein gutes Stück von der Peeler Plantation entfernt war, hörte ich Ma auf dem Tabakfeld singen. Delly, Pa, Celeste und Charl stimmten ein. Sie sangen »Old Virginia Never Tires«, allerdings mit einem Text, den Ma sich selbst ausgedacht hatte.

Ein Vogel auf dem Baume saß.
Und zwinkerte, als wär da was.
Warf einen Stein ich ihm ans Bein.
Und sagte, Vogel, lass das sein.

Der Klang ihrer Stimme löste ein Ziehen in meinem Magen aus, denn eigentlich sang sie nur, wenn sie traurig war. Mit dem Vogel war natürlich Anne-May gemeint, auch wenn die viel zu dämlich war, um das zu verstehen. Für Ma war es eine kleine Genugtuung, sich solche Lieder auszudenken. Es war so etwas wie ihre persönliche Rache.

Ich spürte das Hufgetrappel, bevor ich es hörte. Es kam vom Pfad hinter mir. Als ich mich umdrehte, stand ich vor LeBaron auf seinem Pferd.

Ich musste in die Sonne blinzeln, um ihn anzusehen.

»Ich will, dass du mir einen Gefallen tust, Jemma.«

Ich wandte mich um und ging los, den Blick starr auf den Pfad vor meinen Füßen gerichtet.

»Jetzt bitte ich dich noch freundlich«, rief er mir nach. »Du solltest dir die Antwort lang und gründlich überlegen. Nicht dass ich deine Zustimmung nötig hätte.«

Ich marschierte weiter. Der Pappkarton unter meinen Händen wurde feucht.

»Wir beide sollten einen kleinen Spaziergang unternehmen und ein bisschen plaudern.«

Ich stolperte über eine Wurzel und hätte beinahe die Küken fallen gelassen, aber es gelang mir, mich abzufangen. LeBaron kam auf seinem Pferd so nah, bis ich den Atem des Tiers hören konnte. Ebenso wie die Fliegen, die seinen Kopf umschwirrten.

»Ich erwarte eine kleine Gegenleistung, Jemma. Du benimmst dich mir gegenüber genauso respektlos wie deine Ma.« Er beugte sich über den Hals des Pferdes. »Wenn ich dir schon einen Vorschlag mache, habe ich ein Recht auf eine Antwort.«

Ich ging weiter. Denn die Antwort, die mir auf der Zunge lag – *Lieber würde ich auf eine Schlange treten, als dich anzufassen* –, verkniff ich mir lieber.

»Mister Watson wird nicht für immer hier sein, um dich zu beschützen, falls du dich darauf verlässt.«

LeBaron zügelte sein Pferd und blieb stehen. »Ich gebe dir eine letzte Chance, deine Meinung zu ändern.«

Ich eilte weiter, bis ich ein wenig Vorsprung hatte. Endlich spürte ich eine leichte Brise auf dem Gesicht. Als ich hinter mich schaute, saß er noch immer auf seinem Pferd. Sein Gesicht war so rot wie ein Flusskrebs. Aber ich hielt nicht inne.

»Weißt du, was das Wort ›Reue‹ bedeutet, Jemma?«, brüllte er mir hinterher. »Hoffentlich, denn das hier wirst du ganz sicher bereuen.«

Kapitel 10

ANNE-MAY

Peeler Plantation, Maryland
September 1861

An einem heißen Tag im Herbst zogen Fergus und Harry in den Krieg. Fergus in seiner himmelblauen Uniform wollte nach Norden, um sich den Yankees, genauer der Ersten Maryland Infantry der US-Army anzuschießen. Harry fuhr, den nussbraunen Uniformrock von Maman unter dem Arm, nach Süden, wo die Erste Maryland Infantry der Confederate States of America stand. Auch wenn wir in diesem Grenzstaat nicht die einzige Familie waren, deren Mitglieder auf verschiedenen Seiten kämpften, machte das die Sache nicht einfacher. Wie sehr hätte ich mich gefreut, wenn Fergus bei Harry geblieben wäre, um auf ihn zu achten. Doch die beiden trennten sich an der Weggabelung.

Vor dem Aufbruch umarmte Harry Fergus in der Küche wie einen Bruder, sodass selbst Sally Smith Tränen in den Augen hatte. Vermutlich waren sie nicht einmal geheuchelt. Harry und Fergus hatten einander nie sehr nahgestanden, doch es ging wirklich ans Herz, wie die beiden Abschied voneinander nahmen, wohl wissend, dass sie von nun an Kriegsgegner sein würden.

»Hoffentlich sehen wir uns bald wieder«, meinte Fergus.

»Lieber nicht ganz so bald«, erwiderte Harry schmunzelnd. »Du bist ein zu guter Schütze.«

Harry hatte den Vormittag damit verbracht, sich von den Farbigen am Fuße des Hügels zu verabschieden, anstatt seiner Familie ordentlich Lebewohl zu sagen.

Fergus hingegen hatte mich den ganzen Vormittag mit Anweisungen überhäuft. Wir saßen am Esszimmertisch, wo Jo schlief, denn die schimmernde Tischplatte war ihr Lieblingsplatz. Ich betrachtete es als Sieg, dass sie es mir nach zwei Monaten des Zusammenlebens wenigstens ab und zu gestattete, sie zu streicheln, ohne mich gleich in die Hand zu beißen.

Als Fergus laut mit dem Schreibblock auf den Tisch schlug, bekam ich beim Gedanken an die bevorstehende Mathematikstunde sofort Kopfschmerzen.

»Da die Investitionen, die Reggie mit unserem Geld getätigt hat, nicht den erwarteten Gewinn erwirtschaftet haben, muss ich dich leider mit ungenügenden Mitteln zurücklassen, Anne-May. Ich werde dir meinen Sold schicken, der für euer aller Unterhalt ausreichen muss. Du hast noch die Tabakernte vom letzten Jahr. Die diesjährige wird bis zum nächsten Frühjahr getrocknet sein, sodass du sie versteigern lassen kannst. Allerdings wirst du dich ab April um die neuen Pflanzen kümmern müssen.«

»Du und Harry seid bis dahin doch längst zurück.«

»Sorge dafür, dass Joseph und Sable so wie jedes Jahr einige Wochen nach Weihnachten in der Scheune die Setzlinge keimen lassen. Anschließend muss man sie in die Erdhügel umsetzen. Und wenn die Blätter kommen, müssen die zweiten zuerst ...«

Ich machte eine wegwerfende Handbewegung. »Du redest und redest, Fergus. Ich verstehe kein einziges Wort.«

»Ich habe all das an einem einzigen Tag gelernt, Anne-May.«

»Aber du hast ja auch studiert und weißt alles über Pflanzen. Das Einzige, was ich gelernt habe, ist Sticken.«

»Du musst nur richtig aufpassen. Vergiss nicht, sorgfältig Unkraut zu jäten, jede Pflanze zu stutzen, damit sie nicht ins Kraut schießt, und die Raupen des Tabakschwärmers auszumerzen.«

»Den Anblick der ekligen Würmer ertrage ich nicht, Fergus.«

Als sich ein dumpfes Pochen in meinem Kopf ausbreitete, tastete ich nach dem Schnupftabakfläschchen. Hatte Jemma es verlegt?

»Binde die Blätter an die Stangen und trockne sie in der Scheune. Anschließend musst du sie sortieren, bündeln und in Kisten verpacken. LeBaron lässt sie dann nach New York bringen.«

Er entrollte eine Karte auf dem Tisch. »Und diese Felder hier musst du mit Mais bepflanzen. Die Schweine sind wie Geld auf der Bank. Falls du in Geldnöte gerätst, verkauf sie, immer fünf auf einmal. Außerdem kann Joseph eines davon schlachten, wenn ...«

Warum hatte ich bloß nicht auf *Maman* gehört? Schließlich hatte sie mich gewarnt, das Leben auf einer Plantage sei kein Zuckerschlecken. Ich blickte zum Fluss hinaus, der in der Ferne dahinströmte. Wie schön wäre es doch gewesen, sich einfach in diesem Fluss treiben zu lassen, bis hinaus in die Bucht und weit weg von ...

»Hörst du mir überhaupt zu, Anne-May? Ich habe die silbernen Bürsten meines Vaters in die oberste Schublade gelegt. Damit du im äußersten Notfall etwas zum Versetzen hast. Und pass auf, dass die Katze meine Schildkröten nicht kriegt. Und versorg meine Terrarien mit Wasser …«

»Du weißt doch, wie ungern ich dein Büro betrete, Fergus. Diese Eidechse …«

»Das ist ein Chamäleon. Euphemia hat versprochen, es mit Zikaden zu füttern. Also zerbrich dir nicht den Kopf darüber. Nur einmal pro Woche einen Becher Wasser in jedes Terrarium. Das schaffst du doch, oder?«

Nachdem Fergus und Harry fort waren, führte sich die Farm anfangs praktisch von allein. Ich war damit beschäftigt, meine Garderobe zu sichten und mir zu überlegen, was ich zum Erntedankball in Leonardtown anziehen sollte. Das wiederum führte zu der Erkenntnis, dass ich dringend ein neues Kleid brauchte.

Die Schaufenster von Smalls and Sons quollen nicht mehr von den elegantesten Modewaren über. Obwohl wir erst seit wenigen Monaten Krieg hatten, wurde es für Mr. Smalls allmählich schwierig, die besten Stoffe und Kurzwaren aus Übersee herbeizuschaffen. Er hatte nur noch sieben Meter graue chinesische Seide für einen Preis von fünfundzwanzig Dollar anzubieten. Doch angesichts meines mageren Budgets würde das Stöffchen wahrscheinlich am Leibe von Miss Charlene Tidwell Weed landen.

Eine Woche nach dem Aufbruch der Truppen traf ein Brief von Fergus ein, verfasst in seiner ausladenden Schrift.

Meine allergeliebteste Anne-May,
auf unserer Reise nach Phillipsburg habe ich oft an dich gedacht. Sie haben mich in den Rang eines Captain erhoben und mir das Kommando über eine Kompanie übertragen, und meine Männer scheinen meinen Befeh-

len gern zu folgen. Einer von ihnen ist ein ehemaliger Kommilitone von mir aus Harvard. Wir waren im selben Chemieseminar, ist das zu fassen? Mein erster Auftrag besteht darin, ein altes Lagerhaus unweit des Eisenbahndepots zu bewachen, in dem äußerst wichtige Ausrüstung aufbewahrt wird. Du wirst es nicht glauben, aber man hat dem Botaniker, mit dem du verheiratet bist, tatsächlich ein leibhaftiges Pulverfass anvertraut. Mehr kann ich dir nicht erzählen, da sich die Befehle ständig ändern. Doch du sollst wissen, dass ich dich liebe …

Ich drückte Jemma das rote Büchlein in die Hand. »Schreib das hier rein. Nur die Stelle mit dem Bahnhof.«

»Ja, Missis.«

»Und wehe, wenn du nicht ordentlich schreibst.«

Während Jemma im Schneckentempo Buchstaben aufs Papier malte, ging ich in die Küche. Für den Fall, dass ein Feuer ausbrach, war sie vom Rest des Hauses abgetrennt. Der Raum entsprach genau meinem Geschmack und bot mit seinen großen Fenstern Aussicht auf den breiten Rasen bis hinunter zum Fluss. Eines musste man Tante Tandy Rose trotz all ihrer Fehler lassen: Sie hatte gewusst, wie man eine Küche einrichtet, und sie mit massiven Unterschränken aus Holz und einem gewaltigen Porzellanspülbecken ausgestattet.

Die einzige Beleidigung für das Auge waren die hässlichen gusseisernen Töpfe überall im Raum. Aus einem, der direkt neben dem Herd stand, ragten mindestens hundert Kochlöffel wie geköpfte Blumen. Es war die Sammlung der alten Sally Smith, zu der Fergus beisteuerte, wann immer er auf seinen Reisen einen Löffel entdeckte, der einen ungewöhnlich geformten Stiel besaß oder aus seltenem Holz bestand. So oft trat er in diese Küche und wuchtete ein Netz voller Austern auf die Theke.

»Ein Geschenk für dich, Sally«, sagte er dann.

Sally lächelte ihn reizend an. »Offenbar wieder mal Zeit für ein Gumbo.«

Daraufhin zog er die Hand hinter dem Rücken hervor und überreichte ihr einen neuen Holzlöffel für ihre Sammlung.

»Ach, Mister Watson. Haben Sie den selbst gemacht? Sie haben aber Talent.«

Und so wickelte sie ihn um den Finger.

Sally Smith stand, einen der besagten Löffel in der Hand, da und rührte in einem dampfenden Topf herum. Ihre Haut war so dunkel wie das Eisen, aus dem der Herd gemacht war. Wahrscheinlich braute sie gerade einen ihrer afrikanischen Tränke zusammen, mit denen sie Fergus bei jedem Nieser beglückte, anstatt etwas Anständiges zum Abendessen für uns zu kochen.

»Hast du Geld, Sally?«, erkundigte ich mich.

Anstelle einer Antwort würzte sie die Masse im Topf.

»Ich möchte, dass du mir etwas leihst. Ich brauche einige Dinge aus dem Laden. Mehl, Seife …«

»Schreiben Sie es auf, ich schicke Charl in die Stadt.«

Ich massierte mir das linke Handgelenk. »Du weißt, dass ich seit meiner Verletzung nicht schreiben kann.«

Sally warf mir einen Blick zu. »Letzte Woche war es Ihre rechte.«

»Du weißt doch, dass ich nicht gut im Schreiben bin, Sally. Schau mich nicht so an. Schließlich kann ich lesen, mein Gott. Ich ziehe es nur vor, nicht zu schreiben. Viel wichtiger ist, dass wir einkaufen müssen. Reis …«

»In der Speisekammer steht ein unberührtes Fass voll mit ausgezeichnetem Reis.«

»Tja, wenn du mich nicht so frech unterbrochen hättest, hätte ich dir erklären können, dass ich außerdem Stoff brauche, um Wintermäntel für euch alle zu nähen.«

Sally knallte einen Topf ins Spülbecken. »Sie wissen, worauf ich spare.«

»Wie ich dir bereits gesagt habe, verkaufe ich dieses Mädchen für kein Geld der Welt. Außerdem ist Jemma es nicht wert, dass du dein Erspartes an sie verschwendest, Sally. In Freiheit würde sie keine fünf Minuten überleben. Dafür ist sie einfach zu dumm.«

»Sie kann wenigstens schreiben.«

Ein heißer Wind fegte mir durch den Kopf. »Dieser Handel mit Gelee, den du da betreibst, ist verboten, Sally. Mister Watson mag auf diesem Auge blind sein, aber ein Wort von mir zum Sheriff …«

Sally Smith watschelte in die Speisekammer.

Ich schaute aus dem Fenster hinüber zum Fluss und wartete. »Und wenn du weiter so unverschämt bist, mache ich eben dich zu Geld.«

»Mister Watson wäre sehr verärgert, wenn Sie mich verkaufen würden, Miss Anne-May«, ertönte Sallys gedämpfte Antwort aus der Kammer.

»Er würde es schon überleben. Mister Watson kannst du ja Widerworte geben, aber ich habe deine Besitzurkunde, Sally, dass du das bloß nicht vergisst. Es wird langsam Zeit, dass du dich erinnerst, wo dein Platz ist.«

Mit angemessen gesenktem Blick kehrte Sally aus der Speisekammer zurück. Sie hatte ein zusammengerolltes Bündel Geldscheine in der Hand. »Ich habe nur fünfundzwanzig Dollar.«

Ich nahm ihr das Geld ab. »Das genügt für den Moment. Wenn du mit irgendjemandem darüber sprichst, bist du morgen früh nicht mehr hier.«

Euphemia und ich fuhren in die Stadt und kauften die sieben Meter taubengraue Seide und noch einige andere Dinge. Jubal Smalls war nirgendwo zu sehen. Nur sein Hausmädchen Doreen, die wie immer von ihren vier Söhnen umringt wurde. Anschließend statteten wir dem Haus des alten Dr. Gardener einen Besuch ab, oder besser seiner Witwe Beulah Bickford Gardener, bei der wir häufig zu Gast waren.

Das Haus war mit seiner großen Veranda und dem Garten voller Sonnenblumen und Fingerhut das hübscheste in Hollywood, auch wenn das nicht viel zu bedeuten hatte. Euphemia und ich traten ein und nahmen sofort unsere Plätze im Nähkränzchen rings um einen grauen Quilt mit Fischgrätmuster ein, der zugunsten unserer Soldaten versteigert werden sollte. Er war schon mehr als zur Hälfte fertig.

»Mein Neffe Phillip hat endlich geschrieben«, verkündete die Witwe Gardener.

»Ist er nicht in Fergus' Regiment?«, erkundigte ich mich.

»Richtig. Er schreibt, sie seien unterwegs ins Shenandoah Valley.«

Als sie die Schlacht erwähnte, begann ich, mich zu langweilen. Wenn Harry nicht dort kämpfte, waren diese Schauplätze für mich nur eine Aneinanderreihung von Namen, die ich mir nicht merken konnte. Dass der Norden und der Süden sich nicht auf eine Bezeichnung einigen wollten, machte es auch nicht besser.

Ich sehnte mich nach dem kühlen Lufthauch eines Fächers, doch die Witwe Gardener hatte nur noch eine

Sklavin übrig, die alte, verkrüppelte Bitty May. Nachdem Dr. Gardener sich bei der Behandlung eines der Sklaven auf der Ambrosia Plantation mit Typhus angesteckt hatte und daran gestorben war, hatte sie die anderen freigelassen und nach Norden geschickt.

Als die alte Bitty eine Tasse Tee neben mir abstellte, bemerkte ich, dass darunter ein Stück Papier hervorlugte. Ich musterte ihr Gesicht, konnte aber keinen Hinweis darauf erkennen, dass sie von dem Zettel wusste. Ihr Blick war so dümmlich wie der aller Farbiger. Ich griff nach der Untertasse, hob die Tasse an und las die Nachricht.

Meine Geliebte. Ich erwarte dich in der Speisekammer.

Ich entschuldigte mich, erhob mich, von meiner Schwester mit Argusaugen beobachtet, und ging hinaus. Jubal lehnte an einem Mehlfass und rauchte eine Zigarre.

»Du belauschst uns, du Bösewicht.«

»Ich habe nur einer alten Witwe etwas Mehl gebracht.«

»Einer Witwe, die von ihrem Neffen womöglich vertrauliche Informationen aus den Nordstaaten erhält.«

»Ich dachte, du würdest dich über ein kleines Geschenk freuen.« Er schob mir ein Döschen Golden-Banded Oco Schnupftabak in die Tasche.

»Das mit dem Bösewicht nehme ich zurück, Jubal.«

Er strich mit dem Finger mein Mieder hinunter und zupfte sanft an dem Gagatknopf an meiner Brust. »Wirklich sehr hübsche Knöpfe.«

»Die habe ich in einem kleinen Laden in New Orleans entdeckt.«

»Wahrscheinlich kommen sie den ganzen weiten Weg aus England.«

Er spielte weiter an meinem Knopf und drehte ihn zwischen Daumen und Zeigefinger.

»Weißt du denn alles, was es auf der Welt zu wissen gibt, Jubal Smalls?«

Im nächsten Moment löste sich der Knopf mit einem leisen Plopp. Er reichte ihn mir. »Ich bitte vielmals um Verzeihung, Mrs. Watson. Offenbar habe ich meine eigene Kraft unterschätzt.«

Ich steckte den Knopf ein. »Ich muss wieder zurück.«

»Hast du das Buch dabei?«

»Vielleicht.«

Er lächelte. »Zier dich nicht so.«

»Was machst du denn damit? Willst du es verkaufen? Du weißt, dass Spione gehängt werden. Ich habe meinen Hals sehr gern.«

»Ich auch.« Er ließ den Finger über meine Kehle gleiten. »Aber es bleibt ja unter uns.«

Ich zog das Büchlein aus der Tasche und gab es Jubal. »Das Schreiben habe ich meinem Dienstmädchen überlassen.«

Er verstaute das Büchlein in seiner Jackentasche. »Ach ja?«

»Ich habe keine schöne Schrift, und Jemma ist dumm. Aber sie wird das Buch gut verstecken. Schließlich sind die Neger Meister im Stehlen und Betrügen.«

»Ich schicke es dir zurück, wenn ich es nicht mehr brauche.«

»Es steht nicht viel über den Krieg drin. Fergus packt eher Gedichte und wissenschaftliches Zeug in seine Briefe als militärische Fakten. Wozu brauchst du das Buch eigentlich, wenn du es niemandem zeigen willst?«

Plötzlich zog Jubal mich an sich, presste sanft die Lippen auf meine und küsste mich lang und zärtlich. Anfangs stemmte ich noch die Hand gegen seine Brust, um ihn wegzuschieben, doch dann wanderte sie unter sein Hemd. Als ich seine warme Haut liebkoste, wurden seine Küsse leidenschaftlicher.

Sacht löste er die Lippen von meinen, hielt mich aber noch immer fest. »Ich kann den Golden Oco an dir schmecken. Passt gut zu dir.«

Als ich mich losmachte und mir den Rock glatt strich, zitterte ich am ganzen Leibe. »Sie sollten ein Mädchen nächstens vorwarnen, Mr. Smalls.«

»Das würde doch die ganze Freude verderben, findest du nicht? Das war noch nicht alles, Anne-May. Aber jetzt geh zurück zu den anderen und schau, was du sonst herausfinden kannst.«

»Vielleicht, vielleicht auch nicht«, erwiderte ich lächelnd.

Ich fühlte mich ein wenig schwummerig, als ich aus der Speisekammer eilte und mich wieder neben Charlene in den Nähkreis setzte.

Sie blickte von ihrer Arbeit auf. »Wo warst du denn so lang?«

»Austreten. Mir ist nicht gut.«

»Das muss an dem vielen Schnupftabak liegen.« Charlene beugte sich zu mir hinüber. »Du stinkst nach dem Zeug, und deine Hände zittern.«

Über den Tisch hinweg warf Euphemia mir einen tadelnden Blick zu. »Außerdem fehlt dir ein Knopf.«

Ich lächelte ihr zu. »Tut mir leid, ich wollte das Gespräch nicht stören. Wir waren doch gerade beim Shenandoah Valley, richtig? Ich möchte alles, aber auch alles darüber hören. Es muss ja mächtig interessant dort sein.«

Kapitel 11

JEMMA

Peeler Plantation, Maryland
Oktober 1861

Seit LeBarons finsteren Drohungen, was er mir alles antun würde, wenn ich nicht ein bisschen nett zu ihm war, waren inzwischen einige Monate vergangen. Als auf den Sommer der Herbst folgte, ohne dass etwas geschah, dachte ich, dass er es wohl vergessen hatte. Und so ging das Leben weiter. An jenem Tag konnte ich es kaum erwarten, mich zu Pas nächtlichem Geheimtreffen zu verdrücken, doch der Nachmittag schleppte sich dahin. Seit Anne-May angefangen hatte, den ganzen Tag Schnupftabak zu nehmen und Mr. Smalls zu besuchen, wurde sie immer merkwürdiger. Sie beschimpfte mich aus heiterem Himmel, obwohl ich nichts weiter getan hatte, als hinter ihr zu stehen und mit dem Fächer aus Pfauenfedern die Fliegen zu verscheuchen, und sie jammerte außerdem pausenlos.

»Mein Rücken juckt, Jemma«, beschwerte sie sich. »Warum hast du heute Morgen so heißes Badewasser eingelassen?«

Ihr ständiges Genörgel war zwar kein Vergnügen, aber wenigstens lenkte es mich von meiner Angst vor LeBaron und seinen Drohungen ab.

Nachdem ich es endlich geschafft hatte, Anne-May zum Einschlafen zu bewegen, schlich ich mich zu Pas Geheimtreffen in unsere Hütte. Drinnen war es stockfinster. Sally, Ma, Pa, Celeste und ich saßen um Pas kleinen Tisch aus Fichtenholz. Nur eine kleine Talgkerze brannte, damit die Pattyroller nicht bemerkten, dass wir nach neun, wenn die Lichter gelöscht werden mussten, noch wach waren. Doch die Nacht war unser Tag, die einzige Zeit, in der wir ein wenig Freiheit genießen konnten.

In der Hütte roch es gleichzeitig gut und schlecht. Gut nach Sallys Gumbo und schlecht nach dem Teufelsdreck, der am Feuer trocknete. Wie immer ließ Pa mich auf seinem Schoß sitzen, obwohl ich dafür eigentlich schon zu alt war. Ich lehnte mich an seine Brust und spürte das Schlagen seines großen Herzens an meinem Arm.

Ma hatte ihr Haar in das hoch auf dem Kopf zusammengebundene rosafarbene Tuch gewickelt, das sie am liebsten mochte. Als Anne-May hierherkam, hatte sie uns Frauen befohlen, Kopftücher zu tragen, wie es in Louisiana gesetzlich vorgeschrieben war, damit man uns sofort als Sklavinnen erkannte. Bis dahin hatten wir sie nur zur Arbeit umgebunden, wenn wir Lust dazu hatten. Hauben waren ausschließlich sonntags erlaubt. Ma wusste, dass Anne-May diese Regel nur aus reiner Schikane aufgestellt hatte. Deshalb hatte sie den Ehrgeiz entwickelt, dass ihr Kopftuch stets das hübscheste sein musste. Jeden Tag band sie es auf eine neue komplizierte Weise, nur um Anne-May eins auszuwischen.

Sally hingegen trug nie ein Kopftuch, nur die cremefarbenen Zuckersäcke, die sie aus der Küche mitbrachte, wusch, bis sie weich waren, und sich ins Haar knotete. Selbst nach dem Waschen behielten die Säcke ihren süßen Geruch bei, der zu Sallys Erkennungszeichen geworden war.

Beim Anblick der stabilen, weiß gestrichenen Treppe bekam ich Sehnsucht nach Mr. Harry, der sie gebaut hatte. Die Treppe verlief vom Speicher nach unten. Ein glattes Seil an der Wand diente zum Festhalten.

Charl kam die Treppe hinunter. Er trug einen alten braunen Wollmantel von Mister Watson, den Delly für ihn umgearbeitet hatte. Sie war wirklich sehr geschickt, vor allem wenn man bedachte, dass sie das Nähen mit einer Hand erledigen musste. Ma musste ihr nur die Nadeln einfädeln.

Charl setzte sich neben Ma. »Delly ist endlich eingeschlafen.«

»Gut«, meinte Ma. »Das arme Mädchen muss auf den Feldern arbeiten, obwohl das Baby in ihrem Bauch schon so groß ist.«

»Meine Ururgroßmutter Fari ist hier auch mit einem Baby im Bauch angekommen. So stand sie mitten auf dem Rasen vor der Peeler Plantation. Das war 1720. Das Schiff hieß *Generous Jenny* und kam direkt aus Afrika«, sagte Sally.

Ma warf Pa einen Blick zu: *Jetzt fängt sie schon wieder damit an.*

»Der alte Captain Smith, von dem die Peelers dieses Haus gekauft haben, hat sie gegen neunundzwanzig Bettlaken eingetauscht. Das war der höchste Preis von allen neunundachtzig Sklaven, weil sie aus einer königlichen Familie stammte.«

Ma machte ein gelangweiltes Gesicht. Ich jedoch hätte diese Geschichte hundertmal hören können, ohne je genug davon zu bekommen.

»Sah sie aus wie du?«, fragte ich.

»Sie war viel größer und hatte Haare bis hier hin. Auf der Straße blieben die Männer stehen, um ihr nachzuschauen, so eine Schönheit war sie.«

»Bevor wir anfangen, möchte ich Jemma etwas schenken, das ich gemacht habe. Zur Belohnung. Ich habe es aus einem Hirschknochen geschnitzt«, sagte Pa.

Mit stolzgeschwellter Brust richtete ich mich auf.

»Weil sie all die Wochen lang Pastor Kearns blinder Ma in der Sakristei vorgelesen hat, während wir Gottesdienst gefeiert haben.« Er reichte mir ein Kreuz aus Knochen, etwa so lang wie mein Daumen und kunstvoll gearbeitet. »Mrs. Kearn hat großes Glück, weil du ihr so wunderschön aus der Heiligen Schrift vorliest, Jemma.«

Während Ma lächelte und ich Pa umarmte, hatte ich ein leicht schlechtes Gewissen, denn es war für mich kein Opfer, Mrs. Kearn Gesellschaft zu leisten. Auf diese Weise konnte ich mich vor dem Gottesdienst drücken, außerdem wies sie ihr Dienstmädchen immer an, mir eine Erdbeerlimonade zu machen, wenn ich sagte, dass Petrus mein Lieblingsapostel sei. In Wahrheit schlug mein Herz eher für Thomas, den Einzigen, der so vernünftig gewesen war, die Auferstehung eines Menschen von den Toten nicht einfach zu glauben, ohne genauer nachzuforschen.

Ich strich mit den Fingern über das Kreuz. »Danke, Pa.«

Pa hielt ein zweites Knochenkreuz hoch, das ganz genauso aussah. »Und das hier behalte ich, damit die Verbindung zwischen uns niemals abreißt. Ganz gleich, wohin wir beide auch gehen, die Kreuze werden uns immer an den anderen erinnern.«

Als ich Celeste einen Blick zuwarf, zwinkerte sie mir zu. Ich merkte ihr an, dass sie sich für mich freute.

»Also«, meinte Pa. »Irgendwelche Neuigkeiten?«

Pa sprach in seiner Anwaltsstimme. In seiner Jugend hatte Tante Tandy Rose ihn einmal an einen Anwalt in Leonardtown ausgeliehen.

Charl ergriff das Wort. »LeBaron hat endlich den Holzklotz abgemacht, weil Mister Watson ihm die Leviten gelesen hat.«

Nachdem LeBaron sich so vor Mister Watson blamiert hatte, hatte er Charl tagelang mit einem am Knöchel festgeketteten Holzklotz herumlaufen lassen. Außerdem hatte er ihn gezwungen, draußen auf dem Feld Dellys Nachthemd zu tragen, was noch schlimmer war. Aber darüber wollte Charl lieber nicht reden.

»Und ich habe gehört, wie Miss Anne-Mays Schwester sagte, dass der Süden überlegt hat, ob er Sklaven für sich kämpfen lassen soll. Aber sie haben sich dagegen entschieden. Und LeBaron hat groß damit angegeben, Lincoln hätte schon wieder verloren. Die Ortschaft heißt Ball's Bluff. Viele Männer sollen dort in einem Fluss ertrunken sein.«

»Sonst noch etwas?«, fragte Pa.

Sally Smith meldete sich. »Nun, Anne-May hat sich fünfundzwanzig Dollar von meinem hart verdienten Geld genommen. Angeblich ein Darlehen. Um Mäntel für uns zu nähen. Da lachen ja die Hühner! Und um *Reis* zu kaufen! Diese Frau ist dreister als dreist.«

»Die essen oben im Haus doch alle keinen Reis«, wandte Ma ein.

»Was sind das nur für Leute, die keinen Reis essen? Mit denen stimmt doch etwas nicht.«

»Beim nächsten Mal gibst du ihr keinen Penny«, meinte Pa.

»Sie hat gedroht, sie würde mich sonst verkaufen.«

Ma lachte auf. »*Dich* verkaufen? In Zukunft musst du dein Geld besser verstecken.«

»Ich hab doch schon alles in sämtlichen Dosen und Schachtel in der Speisekammer verteilt. Übrigens habe ich ein paar spannende Gerüchte aufgeschnappt.«

Neugierig beugte ich mich vor. Sally war ein wahrer Quell des Wissens, denn die Köchinnen von den anderen Plantagen kauften ihre Marmelade bei ihr.

»Die alte Bitty May von der Witwe Gardener hat erzählt, dass Anne-May für mein Geld bei Smalls and Sons Seide für sich selbst gekauft hat. Ich habe meinen Ohren nicht getraut. Und das, obwohl wir Krieg haben. Außerdem hat Jubal Smalls Anne-May beim Nähkränzchen ein Briefchen zukommen lassen, in dem er sie um ein Treffen in der Speisekammer gebeten hat. Er hat sie sogar seine *Geliebte* genannt.«

Ich beugte mich über den Tisch. »Haben sie sich etwa geküsst?«

»Bitty sagte, sie waren ziemlich lange da drin.«

Celeste grinste und hielt sich die Hand vor den Mund.

Ma sah mich besorgt an. Jeden Tag leisteten sie und Pa die Arbeit von mindestens sechs Sklaven, damit die Peeler Plantation gedieh und Gewinn abwarf, sodass keiner von uns verkauft wurde. Wenn Anne-May sich während Mister Watsons Abwesenheit auf einen teuren Seitensprung mit Jubal einließ, war das eine Bedrohung für unsere kleine Familie. Aber Ma waren die Hände gebunden.

»Nächster Punkt«, fuhr Pa fort.

Ich verschränkte die Hände auf der Tischplatte. »Hat sonst noch jemand auf dem Weg nach Ambrosia Sonnenblumen am Zaun bemerkt? Ich habe noch mehr davon gesehen, und zwar den ganzen Weg zu diesem spinnenförmigen Baum entlang. Was hat das zu bedeuten?«

»Keine Ahnung«, erwiderte Ma.

Charl zog den Mantel enger um sich. »Unten in North Carolina, wo ich herkomme, sieht man das oft. Festgebunden an einen Baum oder an einen Pfosten. Überall, wo es gefährlich für uns ist.«

»Eine Warnung?«, hakte Ma nach. »Von wem?«

Er zuckte die Achseln. »Irgendwem eben. Die meisten Farbigen wissen, um wen sie besser einen Bogen machen. Manche Weiße wissen es auch.«

»Ich bin morgen den ganzen Tag in Leonardtown, um Walnüsse für Anne-May zu holen«, sagte Pa. »Ich höre mich mal um.«

Ma wandte sich an mich und Celeste. »Wenn ihr eine Sonnenblume seht, bleibt von dort weg.«

Pa lehnte sich vor und schob mich auf seinem Knie zurecht. »Ich möchte noch etwas mit euch besprechen. Mein Vorschlag lautet, dass wir bald, also vielleicht schon im neuen Jahr, nach Fort Monroe gehen und uns als Konterbande der US-Army unterstellen.«

»Was ist Konterbande?«, erkundigte ich mich.

»Wir alle werden zur Kriegskonterbande, wenn wir uns den Soldaten der Union ergeben«, erklärte Pa. »Wir werden dann vom Militär beschützt.«

»Im neuen Jahr?«, wiederholte Charl. »Das sind ja noch zwei ganze Monate.«

»Wenn wir über Weihnachten frei haben, wird LeBaron nicht gleich nach uns suchen. Ich hoffe, dass wir von dort aus nach New York können.«

Als ich die Worte *New York* hörte, begann alles in mir zu flattern. Celeste und ich starrten einander mit geweiteten Augen an.

»Nein, wir sollten kämpfen«, widersprach Charl. »Ein Aufstand. So wie der von John Brown.«

»Ich baue gerade ein paar Messer für uns zusammen«, sagte Pa leise.

Charl schlug mit der Handfläche so fest auf den Tisch, dass die Kerze einen Satz machte. »Messer? Kugeln und Schießpulver sind die einzige Sprache, die sie verstehen.«

»Wir dürfen keinen Verdacht erregen«, warnte Pa. »Wir müssen Geduld haben.«

»Geduld? Delly kriegt jeden Moment ihr Baby. Ich habe keine Geduld mehr. Ich habe es so satt, wie die Weißen alles verdrehen. Wenn wir stillhalten, sind wir tückisch. Wenn wir auf dem Feld schuften, heißt das, dass wir gern Sklaven sind. Wenn wir weglaufen, sind wir arbeitsscheu. Wenn wir singen, bezeichnen sie uns als kindisch. Wenn wir ein trauriges Gesicht machen, sind wir aufsässig. Da kann man ja nur verlieren. Kanada ist unsere einzige Chance.«

»Pssst, Charl«, meinte Ma. »Du weckst noch Delly auf.«

Sally beugte sich vor. »Kannst du uns erzählen, was mit ihrer ...«

»Mit ihrer Hand?«, erwiderte Charl. »Ich bin nicht sicher, ob sie wollen würde ...«

Als Ma zur Treppe schaute, folgten wir alle ihrem Blick. Delly kam im Nachthemd die Stufen hinunter. Sie hatte beide Arme um den Bauch gelegt und sich die Babydecke, die Sally genäht hatte, über die Schultern gehängt.

Delly setzte sich auf die zweite Stufe und zog die Decke fester um sich. »Es macht mir nichts aus, euch davon zu erzählen, aber für die Jüngeren ist die Geschichte vielleicht zu grausam.«

»Wir sind alt genug«, antwortete ich.

»Also gut.« Delly betrachtete ihre nackten Füße. »Das Ganze ist unten in Georgia passiert, als ich mein drittes Baby in drei Jahren bekommen habe.«

»Junge oder Mädchen?«, fragte Ma.

»Ein Mädchen.« Delly lächelte. »Sie war von Anfang an brav, kam mühelos raus, und schon mit einem Tag merkte man ihr an, was für ein liebes, gutmütiges Kind sie war. Sie hatte so strahlende Augen. Ich habe versucht, sie zu verstecken, weil ich wusste, dass Mr. Fisher, der Sklavenhändler, kommen würde, um sie zu holen und sie für hundert Dollar zu verkaufen. Und als er dann wirklich kam, habe ich ihm gesagt, dass sie tot ist. Aber er hat alles durchwühlt und sie in der Schublade gefunden, wo ich sie hineingelegt hatte. Er hat sie gepackt, und als er auf sein Pferd stieg, hatte er sie wie einen Laib Brot unter den Arm geklemmt. Ich bin ihm nachgelaufen. ›Bitte!‹, habe ich gerufen. ›Ich würde meine linke Hand dafür geben, dieses Kind behalten zu dürfen.‹

Da hat er gelacht. ›Das würde ich gern sehen. Vielleicht wäre es mir das sogar wert, auf dieses hübsche Baby hier zu verzichten.‹

Ich bin zum Hackstock gerannt, wo ich bestimmt hundert Hühner zu ihrem Schöpfer befördert habe. Dort habe ich die Axt genommen und mir die Hand bis runter zum Knochen abgehackt. Und so lag sie dann auf dem Block. Bestimmt glaubt ihr jetzt, ich wäre nicht mehr ganz richtig im Kopf, aber nein, ich war ganz klar. Ich hätte alles dafür gegeben, um dieses Mädchen nicht hergeben zu müssen. Also bin ich zu ihm zurückgerannt, doch er war schon zum Weg geritten.

›Mr. Fisher‹, habe ich gerufen und meinen Arm hochgehoben, an dem dick das Blut runtertropfte. Er hat angehalten, sich im Sattel umgedreht und den Kopf zur Seite geneigt und mir ins Gesicht geschaut. Und schließlich hat er sich abgewandt und ist einfach davongeritten.«

Schweigend saßen wir da. Draußen zirpten die Grillen.

»Der Tierarzt in der Stadt hat mich wieder zusammengeflickt, und niemand hat ein Wort darüber verloren. Nur dass ich jetzt jeden Tag an sie denke. Ich wusste gar nicht, dass ich so sehr an ihr gehangen habe.«

Delly stand auf. »Ich glaube, ich ertrage es nicht, dass man mir noch eines wegnimmt.« Sie steuerte auf die Treppe zu. »Also müsst ihr mir verzeihen für das, was ich tun werde, wenn Mr. LeBaron es holen will. Denn dann bleibt mir nichts anderes übrig, als es Jesus zurückzugeben.«

Es war mir gelungen, den Hennen zusätzliche Eier abzuluchsen – in der Hoffnung, dass Anne-May mich zur Ambrosia Plantation schicken würde und ich Patience besuchen könnte. Es klappte wie am Schnürchen. Am nächsten Tag erhielt ich den Befehl, Miss Charlene ein Dutzend frische Eier zu bringen. Unterwegs dachte ich an LeBaron und daran, dass er mir nachgestellt hatte so wie damals Ma, obwohl ich nicht halb so hübsch war wie sie. Es war nur eine Frage der Zeit, bis er etwas Schmutziges mit mir machte, weshalb ich mir die größte Mühe gab, so hässlich wie möglich auszusehen.

Als ich die Ambrosia Plantation erreichte, freute ich mich sehr auf Patience. Aber leider öffnete Miss Charlenes Hausmädchen die Hintertür, die kleine, magere Sybil, einer der Menschen, die ich am allerwenigsten mochte.

»Hoffentlich hast du nicht geglaubt, dass du Patience sehen kannst«, verkündete sie schadenfroh. »Sie arbeitet heute auf dem westlichen Feld.«

»Schon gut«, erwiderte ich und stellte die Eier auf der Veranda ab.

»Ich habe es Miss Charlene erzählt, nur damit du es weißt. Dass du dich immer heimlich hinschleichst, um sie zu besuchen. Deshalb hat sie mir erlaubt, die Hunde rauszulassen, wenn du hier bist.«

»Warum bist du nur immer so nett, Sybil?«

»Am besten verschwindest du jetzt«, entgegnete sie mit einem gehässigen Lächeln. »Es ist gleich Fütterungszeit, und ich würde nur ungern den Zwinger offen lassen.«

Auf dem Nachhauseweg schmiedete ich finstere Rachepläne gegen Sybil. Ich dachte an Delly und an ihre Worte, sie werde ihr eigenes Kind töten. Wie konnte sie so etwas sagen? Wahrscheinlich hatte es Ma an den kleinen Toby erinnert. Und daran, wie er gestorben war.

Als ich die Stelle erreichte, wo der Pfad an den Nebengebäuden der Peeler Plantation endete, bemerkte ich, dass eine graue Qualmwolke aus dem Kamin des Räucherhauses quoll. Ma und Sally liefen vor dem kleinen weißen Haus im Kreis herum, krümmten sich immer wieder und rangen die Hände.

Mit Tränen in den Augen hastete Ma mir entgegen. »Jemma ... es ist etwas Schreckliches passiert.«

»Was?« Ich marschierte in Richtung Räucherhaus.

Sally gesellte sich zu uns. »Am besten schaust du nicht hin, Kind.«

Ich wurde schneller. »Jetzt macht schon den Mund auf!«

Ma folgte mir. »Nachdem Pa nach Leonardtown gefahren ist, ist LeBaron mit einem Buch zu Anne-May gegangen. Er hat ihr gesagt, sie hätte es gestohlen und ihren Namen hineingeschrieben.«

»Ich habe in der Küche alles hören können«, fügte Sally hinzu. »›Sehen Sie sich die Adresse an, die sie in das Buch geschrieben hat!‹, hat LeBaron gebrüllt. ›Das ist in New York. Dahin verschwinden sie wohl alle, wenn sie davonlaufen.‹ Anne-May hat einen Blick auf das Buch geworfen und einen Tobsuchtsanfall bekommen, wie ich ihn noch nie bei ihr erlebt habe. Kreischend und schimpfend kam sie angestürmt und hatte beinahe Schaum vor dem Mund. Sie hat Celeste erwischt und sie mit der Rute verdroschen.«

Die Hände vor die Brust geschlagen, lief Ma auf und ab. »Anne-May hat sie entsetzlich zugerichtet. Und dann sagte sie zu LeBaron: ›Sie müssen dieser Niggerdiebin eine richtige Lektion erteilen.‹ Und das hat er auch getan. Sie hat dabei zugeschaut.«

Sally sprach weiter. »Danach hat er das Feuer im Räucherhaus eingeschürt. Celeste hat geahnt, was er im Schilde führt, und wollte fliehen. Aber LeBaron hat sie hineingeschleppt und weiß Gott was mit ihr gemacht. Sie hat geschrien wie am Spieß. LeBarons Pattyroller waren auch da, saßen auf ihren Pferden und haben gewartet.«

Ich lief zum Räucherhaus. »Dann holen wir sie raus.«

»LeBaron hat gedroht, uns alle umzubringen, wenn wir auch nur einen Fuß dort reinsetzen. Jetzt liegt er sturzbesoffen in seiner Hütte. Der Schlüsselring hängt bestimmt an der Wand.«

Obwohl Ma versuchte, mich zurückzuhalten, rannte ich los zu LeBarons Hütte, die eher aussah wie ein an die Tabakscheune gelehnter Bretterhaufen. Als ich die Tür einen Spalt weit öffnete, entdeckte ich LeBaron schlafend auf einer mit speckigem blauem Drillich bezogenen Matratze. Er war sternhagelvoll. Unter seinem Bett lag eine leere Whiskeyflasche. Im Waschzuber stapelte sich das schmutzige Geschirr. Der Schlüsselring hing tatsächlich neben ihm an der Wand. Ein kleiner Lichtstrahl fing sich im silbrigen Metall.

Als ich die Tür ein Stückchen weiter aufschob, gab sie ein Quietschen von sich. Ich erstarrte und warf einen Blick auf LeBaron, doch der schlief weiter tief und fest und mit offenem Mund. Ganz langsam näherte ich mich dem Schlüssel. Im Raum roch es nach toten Mäusen, und die Fliegen vergnügten sich auf einem auf dem Boden liegenden Pfirsichkern.

So sacht wie möglich nahm ich den Schlüsselring vom Haken und trat rasch den Rückzug an. Die Tür ließ ich offen. Gefolgt von Sally und Ma, hastete ich zum Räucherhaus.

Als ich den Schlüssel ins Schloss steckte, zitterten meine Finger so sehr, dass ich ihn kaum umdrehen konnte.

Beim Öffnen der Tür schlug uns eine gewaltige Rauchwolke entgegen, die uns alle zum Husten brachte. Ich wedelte den Qualm weg, trat ein und suchte den Raum nach Celeste ab. Die Scheite im Feuer glühten noch immer rot. An der Wand lehnten zwei Leitern, die dazu dienten, die Schinken herunterzuholen. Auf dem gestampften Lehmboden konnte ich niemanden entdecken.

Erleichtert drehte ich mich zu Ma um. »Sie ist nicht hier drin.«

Ma und Sally kamen ebenfalls herein und blickten sich um.

Dann spähte Sally durch den Rauch zur Decke. »Gütiger Gott, was hat er getan?«

Im ersten Moment standen Ma und ich da wie erstarrt und schauten hinauf zu Celeste, die da oben bei den Schinken baumelte. Sie war nackt bis auf ihre Unterwäsche aus Zuckersäcken. Das Seil war ihr um die Taille geschlungen. Ihre Arme hingen schlaff herab. Hustend wegen des dichten Qualms holten wir eine Leiter und stellten sie unter ihr auf. Ich kletterte hinauf und brauchte eine Ewigkeit, um das Seil zu lösen. Sie hatte die Augen geschlossen, ihr Mund war ein Stück geöffnet. Ich strich ihr mit der Hand über den Rücken.

»Ich bin es, Celeste«, sagte ich, aber sie regte sich nicht.

Endlich gelang es mir, sie zu Ma und Sally hinunterzuheben. Dann schleppten wir sie zurück zur Hütte, wo wir sie ins Bett legten. Sie keuchte jämmerlich, und obwohl wir jede verfügbare Decke über sie breiteten, zitterte sie am ganzen Leibe.

Sally schüttelte den Kopf. »Die Lunge hat es am schlimmsten erwischt. Ich versuche es mit Kermesbeere für die Haut.«

Vorsichtig setzte ich mich auf die Bettkante. Celeste bebte noch immer. Dann half ich Sally, sie mit eingeweichten Stücken eines zerrissenen Bettlakens und grünen Kermesbeerblättern zu bedecken.

Ma schürte das Feuer ein, solange sie konnte, bis sie schließlich einschlief. Ich saß bei Celeste, wechselte unablässig die blutgetränkten Stofflappen und wrang sie über einem Becken aus. Sie dämmerte immer wieder weg.

Als sie, viel später in der Nacht, schließlich zu sprechen begann, klang ihre Stimme schwach.

»Jemma.«

»Pssst. Ruh dich aus.«

»Ich glaube, ich muss brechen.«

»Ich habe ein Becken hier.« Ich strich ihr das Haar, das noch immer nach Rauch roch, aus der Stirn. »Ich hätte wissen müssen, dass LeBaron das Buch findet. Es war so dumm von mir, dich etwas reinschreiben zu lassen.«

»Das war nicht dumm. Ich war eben fällig. Aber Anne-May hat getobt. Immer wieder hat sie gefragt, ob ich davonlaufen und nach New York fliehen will. Aber ich habe dich nicht verraten. Das gehört sich so bei Freundinnen, oder?«

»Celeste. Von nun an musst du LeBaron aus dem Weg gehen.«

»Das dürfte nicht weiter schwer werden, so wie ich jetzt rieche.« Ihr Blick wurde traurig. »Und ich werde nie wieder allein sein.«

Das Blut gefror mir in den Adern. »Was hat er mit dir gemacht, Celeste?«

»Ich glaube, du weißt es.« Sie drehte den Kopf weg. »Ich kann es nicht aussprechen, weil es so schlimm ist.«

Ich griff nach ihrer kalten Hand. »Wenn er dich im Räucherhaus angefasst hat, drück meine Hand.«

»Es ist zu entsetzlich, ich kann gar nicht daran denken.«

»Ich weiß. Sag es mir nur dieses eine Mal, Celeste. Dann brauchen wir nicht mehr darüber zu reden.«

Sie betrachtete ihre eigene Hand, drückte meine, so fest sie konnte, und sah mich dann an.

Als ihr Tränen in die Augen traten, musste auch ich weinen. »Es tut mir so leid, Celeste.«

»Ich habe mich gewehrt, so gut ich konnte. Ich will nicht, dass er dich auch erwischt.«

Ich hielt ihre kalte Hand und rieb sie, bis sie wärmer wurde. »Ganz ruhig. Zuerst musst du wieder gesund werden. Schließlich brauche ich eine Freundin zur Verstärkung, um ihn loszuwerden.«

Sie schwieg einen Moment. »Du sollst meine Karte haben.«

»Das kann ich nicht annehmen.«

»Sie ist unter der Matratze versteckt. Wenn ich nicht mehr bin, musst du sie behalten. LeBaron darf sie auf keinen Fall kriegen.«

Wir lauschten dem Knacken des Feuers.

»Zimmert dein Pa eine Kiste für mich?«, fragte sie.

»Er wird lange vor dir sterben, Celeste.«

Sie antwortete so lange nicht, dass ich schon glaubte, sie wäre eingeschlafen.

»Schade, dass ich meinen Geburtstag nicht kenne. Für das Grabkreuz.«

»Ich hätte nicht übel Lust, rauf zum Haus zu gehen und

einen Blick in das große Buch zu werfen, das sie dort oben hat. Dann wüsste ich, wann du Geburtstag hast.«

Celeste versuchte zu lächeln. »Das würdest du tun?«

»Warum nicht? Anne-May schläft bestimmt.«

Celeste überlegte einen Moment. »Ich wäre dir sehr dankbar.«

»Du wartest hier. Es könnte ein bisschen dauern.«

Ich schlüpfte hinaus, ging ein Stück die Straße entlang, blieb stehen und blickte hinauf zu den am Himmel verstreuten Sternen. Ich bat Jesus, mir meine einzige Freundin zu lassen, deren einzige Sünde es gewesen war, ihren Namen zu schreiben.

Nachdem ich eine Weile draußen verbracht hatte, kehrte ich in die Hütte zurück und setzte mich neben sie aufs Bett. »Gute Neuigkeiten, Celeste. Du wirst es nicht glauben, aber ich habe deinen Geburtstag schwarz auf weiß in diesem Buch gesehen.«

»Bist du sicher, dass es meiner war?«

»Er stand klar und deutlich neben deinem Namen, eine Zeile unter dem von Delly. Und er ist sogar im Juni.«

Sie lächelte kurz. »Genau wie ich gedacht habe.«

»Da stand 26. Juni 1845, keine Verwechslung möglich.«

Langsam drehte Celeste sich zu mir um. »Ein glücklicher Tag.«

»Du bist sechzehn, genau wie ich.«

»Mir ist so furchtbar kalt, Jemma.«

Ich schlug die Decke zurück und legte mich neben sie, so wie Ma und ich es sonst immer taten. Vorsichtig kuschelte ich mich an sie, um sie zu wärmen. Und so schliefen wir beide ein, meine beste Freundin und ich.

Wir begruben Celeste neben Sweet Clementine. Ma, Sally und ich weinten bitterlich, bis wir keine Tränen mehr hatten. Ich hatte zwar die ganze Nacht versucht, sie warm zu halten, doch am Morgen war sie kalt gewesen. Sally und Ma hoben sie aus dem Bett und wickelten sie in eine Decke. Als Pa nach Hause kam, fing er sofort an, einen Sarg für sie zu zimmern. Dicke Tränen liefen ihm über die Wangen. Er schnitzte auch ein schönes Holzkreuz für sie, brannte den Geburtstag im Juni ein und stellte es am Kopfende des Grabes auf. Dann standen wir da und sangen sämtliche Lieder, die wir aus der Kirche kannten.

Sally Smith wischte sich die Tränen ab und blickte hinunter auf das Grab. »Was legen wir auf ihr Kreuz, damit sie es in den Himmel mitnehmen kann? Was konnte sie am besten?«

Ich nahm Pas Bleistift aus der Tasche und legte ihn hin. »Sie hat sehr gut geschrieben, obwohl sie erst Anfängerin war.«

Ma stellte einen kleinen Korb aus Stroh dazu. »Sie war auch geschickt im Beerenpflücken.«

Lange Zeit blieb ich am Grab, weil ich es nicht über mich brachte, meine Freundin hier zurückzulassen. Dabei fragte ich mich, ob es etwas nützen würde, wenn ich für ihre Seele betete. Obwohl Celeste wegen meiner Dummheit getötet worden war, denn schließlich hatte ich ihr beigebracht, ihren Namen zu schreiben, wurde ich den Eindruck nicht los, dass Gott es sich in den Kopf gesetzt hatte, uns alles Schöne im Leben wegzunehmen. Erst den kleinen Toby, dann Clementine und jetzt Celeste. Nun hatte ich nur noch Delly, Charl und meine Familie, also Ma, Pa, Sally und Patience.

Als ich Ma und Sally erzählte, was LeBaron Celeste vor ihrem Tod angetan hatte, schluchzte Ma noch kläglicher.

Sally hakte mich unter. »LeBaron ist der Leibhaftige in

Menschengestalt und nicht besser als ein brunftiges Schwein. Ich bete zu Jesus, dass er dich nicht allein erwischt, bevor wir diesen schrecklichen Ort verlassen haben.«

Celestes trauriges Ende machte mir weiter sehr zu schaffen, und dass ich mit Anne-May, ihrer Mörderin, unter einem Dach leben musste, erschwerte mir die Sache zusätzlich. Am folgenden Tag hätte sie mich beinahe ebenfalls umgebracht, und zwar mit derselben Gerte wie Celeste.

»Los, in die Speisekammer mit dir. Dafür, dass du diesem Mädchen das Schreiben beigebracht hast, setzt es jetzt dreißig Schläge.«

»Ja, Missis. Aber ...«

»Also fünfunddreißig, wegen der Widerworte. Geh sofort da rein und zieh dein Kleid aus.«

Ich ging in die Speisekammer, knöpfte mein Kleid bis zur Taille auf und wartete, die Hände auf das Regal gestützt. Meine Finger schlossen sich um den hübschen roten Stoff mit den Kanten aus Papierspitzen, mit denen Sally Smith die Regale auslegte. Anne-May ließ sich alle Zeit der Welt, denn sie wusste, dass das Warten auf die Schmerzen fast so schlimm war wie die Prügel selbst.

Endlich erschien sie mit ihrer Gerte, und als sie anfing, aus Leibeskräften auf meinen Rücken einzudreschen, suchte sogar ihre Katze das Weite. Es brannte noch schlimmer als sonst, wahrscheinlich weil ich um Celeste trauerte. Ich hielt den Atem an und schickte ein Stoßgebet zum Himmel, es möge endlich aufhören.

Offenbar genügte Anne-May die Züchtigung nicht. »Du bist schuld am Tod dieses Mädchens, denn schließlich hast du ihr den Stift gegeben. Es wird mich hundert Dollar kosten, sie zu ersetzen.«

Bei Hieb Nummer sieben rann mir warmes Blut bis zum Taillenbündchen hinunter. Ich lehnte den Kopf ans Regal, atmete den Geruch von Muskatnuss und Mehl ein und biss mir auf die Lippe. Schreien war nicht ratsam, denn das hätte die Anzahl der Schläge nur erhöht. Stattdessen versuchte ich, an schöne Erlebnisse mit Celeste zu denken. An ihre Grübchen und daran, wie sie mir von ihren kleinen Brüdern erzählt hatte. Doch die Schläge holten mich immer wieder in die Wirklichkeit zurück.

Sally schepperte in der Küche mit Töpfen herum, ihre Art, ihre Missbilligung auszudrücken. Schließlich kam sie zur Speisekammertür und spähte herein. Der Schmerz trieb mir die Tränen in die Augen. Aber hauptsächlich schämte ich mich, weil Sally mich so sah.

»Ich höre bei zwanzig auf«, verkündete Anne-May nach einer Weile. Sie griff nach einem Putzlappen und wischte damit ihre Gerte ab. Dann nahm sie eine Flasche mit Essig vom Regal und öffnete sie. Der widerliche Geruch erfüllte die Speisekammer.

Sally wusste, was nun kommen würde.

»Miss Anne-May, hat sie jetzt nicht genug?«

»Wenn du weiter frech wirst, bist du als Nächste dran.«

Ich machte mich zwar innerlich auf den Essigschwall gefasst, doch als er meinen Rücken traf, verschlug mir der Schmerz den Atem. Jeder Striemen erwachte mit einem heftigen Brennen wieder zum Leben.

Anne-May reichte mir die Essigflasche und den Lappen mit meinem frischen Blut darauf.

»Zieh dich wieder an. Ich bin völlig erschöpft. Während ich mich ausruhe, fängst du mit den Fenstern im Salon an.«

Ich zerrte mein Kleid über die brennenden Wunden. Mein Rücken fühlte sich an, als stünde er in Flammen. Hocherhobenen Kopfes, damit mir bloß keine Träne aus den Augen lief, nahm ich Flasche und Lappen entgegen.

Dann ging ich zu den Fenstern im Salon, kippte Essig auf den blutigen Lappen und begann, eine Scheibe zu putzen. Ich hatte keine Kraft mehr, und mein Rücken glühte. Ich lehnte die Stirn ans Fenster und stützte die Handfläche an die Scheibe daneben.

Dann träumte ich mich fort von diesem Ort. Hoch über die Baumwipfel hinweg schwebte ich nach Norden, nach New York City und in den großen Park dort, wo das Gras so grün und frisch war, dass ich es riechen konnte. Danach ging es weiter zum Museum mit dem sprechenden Seehund und in die belebten Straßen, wo ich mich einfach verlieren konnte. Es war so schön, von hier wegzukommen, und wenn es nur für eine Minute war.

Im nächsten Moment spürte ich, wie meine Hand warm wurde. Als ich den Kopf hob, stand Ma auf der anderen Seite der Scheibe auf der Veranda. Sie kam gerade vom Feld, und nun drückte sie, nur eine Glasscheibe zwischen uns, die Hand an meine. Wie ich hatte sie Tränen in den Augen. Sie nickte kurz und warf mir einen Blick zu. *»Ich vermisse Celeste auch«*, sagte dieser. *»Und was Anne-May dir angetan hat, war eine Sünde. Ich habe dich in meinem Herzen, und wir bringen dich weg von hier, und wenn es die letzte Tat in meinem Leben ist.«* All das konnte sie mit nur einem einzigen Blick ausdrücken.

Als Ma sich vom Fenster entfernte, ließ ich die Hand auf der Scheibe liegen. Ich schaute ihr nach bis zum Feld, bevor ich mich wieder an die Arbeit machte. Ich trug den Kopf ein wenig höher, denn nun wusste ich, dass wir von diesem Ort entkommen würden.

Bei der nächstbesten Gelegenheit.

Als ich am folgenden Tag den Fußboden in der Vorhalle wischte, erschien Anne-May. Mein Rücken brannte wie Feuer. Sie beugte sich vor und zog das rote Büchlein aus der Tasche. »Ich habe hier einen Brief, den du für mich abschreiben musst«, raunte sie.

Ich nahm das Buch.

Mein Hass auf Anne-May war so groß, dass ich sie kaum ansehen konnte. Obwohl ich nicht die geringste Lust hatte, irgendetwas in ihr Buch zu schreiben, vermutete ich, dass sie mich ebenfalls von LeBaron räuchern lassen würde, wenn ich mich weigerte. Und damit hätte ich niemandem genutzt. Wie hatte Gott nur ein so von Grund auf böses Lebewesen erschaffen können wie LeBaron? Wie hatte Gott zulassen können, dass er Celeste so etwas antat? Sie war das liebste Mädchen gewesen, das je auf Erden gewandelt war, und hatte nie ein hartes Wort für jemanden gehabt. Die traurige Wahrheit lautete offenbar, dass wir uns nicht auf den Schutz Gottes verlassen konnten.

Tränen traten mir in die Augen, als ich, sorgsam darum bemüht, mit dem Rücken die Wand nicht zu berühren, in der Speisekammer auf dem Boden saß und wieder eine langatmige Schilderung in das Buch abschrieb. Trotz des schlechten Lichts kopierte ich Mister Watsons Brief Wort für Wort.

Meine geliebte Anne-May,
immer noch Wachdienst im Eisenbahndepot hier in Annapolis. Doch unter den Männern geht das Gerücht um, dass wir bald nach Winchester, Virginia, ausrücken werden. So stolz ich auch darauf sein mag, meinen Lebensunterhalt damit zu verdienen, dass ich lebendige Dinge zum Wachsen bringe – mein Kommandant vertraut felsenfest auf meine Fähigkeit zu erlernen, wie

man mit Sprengstoff umgeht. Er hat mir die Befehlsgewalt über eine Brücke erteilt, die, koste es, was es wolle, gehalten werden muss, um die Rebellen zu einem Umweg zu zwingen …

Mein brennender Rücken erschwerte es mir sehr, mich auf die Buchstaben zu konzentrieren, weshalb ich so langsam wie möglich schrieb, damit auch alles ordentlich wurde. Dabei quälte ich mich mit Gedanken an Celeste und daran, dass ich diejenige war, die ihr das Schreiben beigebracht hatte. Ich hatte meine einzige wahre Freundin auf dem Gewissen.

Noch am selben Nachmittag schickte Anne-May mich nach Hollywood, damit ich Jubal Smalls das Buch brachte. Es war ziemlich heiß für Oktober, und da mir beim Gehen der Schweiß den Rücken hinunterlief, brannten meine Striemen trotz der Umschläge, die Sally Smith mir aufgelegt hatte. Seit Mister Watson und Harry fort waren, lebte ich in ständiger Sorge. Wegen Pas Messern. Wegen des Babys. Ich träumte von dem spinnenförmigen Ahornbaum und davon, dass man mich wegen des Buches als Spionin an einem seiner Äste aufhängen würde.

Als ich die Veranda von Smalls and Sons erreichte, war ich völlig ausgedörrt. Im Fenster waren ein teurer Herrenmantel und einige Gewehre ausgestellt. Die drei Kinder der Familie Smalls waren, anders als man bei diesem Namen – Familie Klein – vermutet hätte, allesamt kugelrund und rosig wie Schweinchen. Sie saßen auf der Veranda, spielten Jacks und warfen Metallsternchen. Der eine, schon fast so groß wie ich, spuckte mir vor die Füße, als ich vorbeiging.

»Verdammte Nigger. Die sind sogar zu dumm, um zu knicken, wenn sie auf der Straße Herrschaften begegnen.«

»Knicksen«, verbesserte ich ihn.

»Was?«

»Das Wort heißt *knicksen*.«

Doreen, die Haushälterin der Smalls, erschien an der Fliegengittertür, gefolgt von zweien ihrer vier Kinder.

»Es ist Zeit für den Unterricht«, rief sie den Smalls-Sprösslingen zu.

Beim Aufstehen wirbelten sie absichtlich Staub hoch, sodass er mir ins Gesicht wehte. Dann trollten sie sich ins Haus.

Doreen kam hinaus auf die Veranda und lächelte mir zu. »Willst du zu Master Smalls?«

Da sie eine Freundin von Ma war, konnte ich offen mit ihr reden.

Ich nickte. »Miss Anne-May schickt mich.«

Sie trat näher und senkte die Stimme. »Nimm dich vor ihm in Acht, verstehst du? Außerdem weiß ich, dass du gern eine Limonade hättest. Ich sage Terrence, dass er dir welche bringen soll.«

Sie ging ins Haus, und bald erschien ihr Sohn Terrence, der mein besonderer Liebling war. Das Glas war offenbar eiskalt, denn an der Außenseite hatten sich schweißähnliche Tröpfchen gebildet. Terrence war ein paar Jahre jünger als ich, ein netter Junge und viel klüger als die meisten Gleichaltrigen.

Er reichte mir das Glas. »Für dich, Jemma. Genau wie du es magst.«

Nur selten bekam man eine so makellos gelbe Limonade zu Gesicht. Allein vom Anblick lief mir das Wasser im Mund zusammen.

»Die hab ich selbst gemacht. Ich habe Ma gezeigt, wie man mit der neuen Zitronenpresse, die ich gebastelt habe, die Kerne entfernt.«

»Du bist ein Schatz, Terrence.«

Er lächelte schüchtern. »Das liegt nur daran, dass ich für dich Lakritzschnüre aus der Bonbontheke stibitze«, raunte er hinter vorgehaltener Hand.

Gerade wollte ich einen Schluck trinken, als Mr. Smalls aus dem Laden kam und Terrence wegscheuchte.

»Bist du Jemma?«, fragte er.

Er machte einen Schritt auf mich zu und nahm mir das Limonadenglas ab.

»Oh, vielen Dank«, sagte er.

Zähneknirschend musste ich zusehen, wie er die wundervolle Limonade in einem Zug austrank.

Er stellte das Glas auf die Verandastufe. »Willst du reinkommen?«

»Nein, Sir.«

»Nimmst du Schnupftabak?«

Ich schüttelte den Kopf.

Die meisten Leute hätten Mr. Smalls wohl als einnehmenden Mann bezeichnet, und er hatte einen weichen Tonfall, wie er für die Südstaaten typisch war. Ich hingegen erschauderte, wenn ich ihn nur ansah. Er hatte etwas an sich, das mich an eine Schlange erinnerte, die ich einmal beobachtet hatte. Sie hatte einen jungen Hasen geschnappt, ihn fest umklammert und langsam und bedächtig das Köpfchen des armen Dings abgeleckt, bevor sie es mit Haut und Haaren verspeiste.

Er beugte sich vor. »Hast du das Buch mitgebracht?«

Als ich es ihm reichte, wich ich seinem Blick absichtlich aus.

Er hielt es mit einer Hand hoch. »Was hältst du von dem, was hier drinsteht?«

Ich schwieg.

»Ist Anne-May gut zu dir, Jemma?«

Welcher Sklave wäre so dumm gewesen, diese Frage ehrlich zu beantworten?

Also scharrte ich mit den Füßen und nickte. »Ja, Sir.«

»Weißt du, was das Wort *loyal* bedeutet, Jemma?«

Ich nickte.

»Wenn jemand nicht loyal ist, passieren schlimme Dinge. Verstanden? So etwas wie das, was deiner Freundin zugestoßen ist. Soweit ich gehört habe, hat sie sich kräftig gewehrt.«

Ich wich zurück. Woher wusste er davon?

Er trat noch einen Schritt auf mich zu. »Ich verrate dir jetzt ein Geheimnis.«

Ich rührte mich nicht von der Stelle.

»Kennst du LeBaron Caruthers?«

Ich nickte.

»Er findet dich wirklich sehr nett.«

Ich schaute mich um, um festzustellen, ob uns jemand belauschte.

Er kauerte sich auf die Fersen. »Ich habe ihm ein wenig Land verpachtet. Ein paar Hektar der Farm vom alten Mr. Burns in der Nähe der Ambrosia Plantation. Die habe ich vor Kurzem gekauft. Außerdem habe ich ihm das Holz verkauft, aus dem er sich gerade ein kleines Haus baut. Es ist wirklich sehr hübsch und abgeschieden dort.«

Ich ging in Richtung Straße.

»Also halt besser den Mund!«, rief er mir nach. »Sonst schlage ich ihm vor, er könnte doch ein junges Mädchen dorthin einladen.«

Als ich mich noch einmal umschaute, stand er da und blickte mir nach. Auf seinem Gesicht malte sich ein breites, heimtückisches Grinsen.

»Denn genau das blüht Mädchen, die nicht loyal sind, Jemma.«

Kapitel 12

GEORGY

Washington, D. C.
Dezember 1861

Als es eines frühen Morgens an die Tür des Ebbitt House klopfte, machte ich auf und stand vor Mr. Olmsted. Er war in Begleitung von Mr. Knapp, einem unauffälligen Mann, bei dem es sich, wie wir später herausfanden, um seinen Versorgungsoffizier handelte.

»Guten Tag, meine Damen. Verzeihen Sie mir, dass ich so einfach bei Ihnen hereinplatze, doch ich bin sehr in Eile. Ich würde Ihnen beiden gern eine Stellung in unserer Kompanie an Bord des Lazarettschiffs *Wilson Small* anbieten.«

Eliza und ich trauten unseren Ohren nicht.

»Ja, Mr. Olmsted«, erwiderte ich. »Es wäre uns eine große Ehre.«

»Werden wir also an Bord der Schiffe zurück nach New York fahren?«, erkundigte sich Eliza.

»Nein. Ihre Aufgabe ist es, die Verwundeten auf Transportschiffe nach Norden zu verlegen. Sie bleiben hier auf der *Daniel Webster No. 1,* denn das ist weiterhin ihr Stützpunkt.«

Ich holte mein Notizbüchlein und einen Bleistift heraus. »Und unsere Pflichten an Bord?«

»Zunächst werden Sie bis zu Ihrem Weihnachtsurlaub die *Wilson Small* einsatzbereit machen. Sie füllen die Vorratskammern auf, sorgen für die Wäsche und beziehen die Krankenbetten frisch. Wenn Sie nach Weihnachten zurück sind, werden Sie bei den Operationen assistieren und außerdem abschließbare Aufbewahrungsmöglichkeiten für Wein, Spirituosen und andere Wertsachen einrichten und diese gut bewachen. Weiterhin werden Sie sich dem Wohlbefinden der Patienten widmen und Dr. Robert Ware und den übrigen Ärzten zur Hand gehen. Die Unterbringung ist weder komfortabel noch geräumig.«

Ich notierte mir alles. »Verstanden, Sir.«

»Ich muss betonen, dass es sich um einen nicht ungefährlichen Einsatz handelt. Es ist ein Unterschied, in der Zeitung vom Krieg zu lesen oder sich selbst ins Auge des Sturms zu begeben.«

Ich griff nach Elizas kalter Hand. »Und wann sollen wir uns zum Dienst melden, Mr. Olmsted?«

Er warf Mr. Knapp einen Blick zu.

»Sofort?«

»Selbstverständlich«, antwortete ich.

Sobald Mr. Olmsted und Mr. Knapp fort waren, nahmen wir Reisetaschen und stopften Unterwäsche, Kleider und Umschlagtücher, alles wild durcheinander, hinein. Zum ordentlichen Packen fehlte schlichtweg die Zeit. Schließlich ging es mitten ins Auge des Sturms.

Um unser Schiff zu erreichen, schifften wir uns auf den Schlepper *Wissachickon* ein, dessen Kapitän sich bereit erklärt hatte, uns hinzubringen. Den kalten Wind im Gesicht, standen wir an Deck und tuckerten den Potomac hinunter. Auf den riesigen Feldern der Tabakplantagen am

Ufer waren selbst in der Dezemberkühle unzählige Sklaven an der Arbeit. Der Anblick hielt uns deutlich vor Augen, für welches Ziel wir kämpften.

Unter Deck schien alles friedlich zu sein. Ordentlich gemachte Betten, eine Station, auf der ein Rädchen ins andere griff, ehrfürchtiges Flüstern und ein gelegentlich leises Stöhnen. Allerdings spürte ich, dass das nur eine kurze Atempause war.

Der Friede würde von kurzer Dauer sein.

Da die Kampfhandlungen in jenem Jahr an Heiligabend ruhten, konnten Eliza und ich vorübergehend in unsere kleine Suite im Erdgeschoss des Ebbitt House zurückkehren. In den Zimmerecken stapelten sich Unmengen von verschiedenen und allerorts zusammengesuchten Krankenhausutensilien. Außerdem hatten wir eine Küche eingerichtet, die es mit dem Hôtel de Vendôme in Paris hätte aufnehmen können. Wir besaßen sogar einen Feldkocher aus dem Bestand der Sanitary Commission und einen alten Brotröster, den wir neben der Mülltonne des Hotels gefunden hatten. Auf einem irgendwo stibitzten Brett, das auf zwei Sägeböcken ruhte, hatten wir Geschirr für Tee und Kaffee aufgebaut.

Da Moritz Freunde in Baltimore besuchte und Joe von kriegswichtigen Aufgaben in der Gegend von Camp Franklin, Virginia, festgehalten wurde und nicht kommen konnte, machten wir es uns in Nachthemd und Morgenrock gemütlich und kochten nur für uns beide ein Weihnachtsessen. Es war seltsam zu wissen, dass Joe in Alexandria, also ganz in unserer Nähe, war, und ihn trotzdem nicht sehen zu können. Aber wenigstens hatten wir einander, und so knieten wir vor unserem improvisierten Esstisch, der aus zwei zusammengeschobenen Holzkisten mit einem darüber gebreiteten Leinentuch bestand. Ganz vorsichtig packten Eliza und ich die von Mutter zwischen Hobelspänen verstauten Geschenke aus: in Wachspapier gewickeltes Dattelbrot, ein kleines Töpfchen Orangenmarmelade, abgedeckt von einem mit der Zickzackschere zugeschnittenen Stückchen Baumwollstoff, und ein Jutesäckchen voller Kaffeebohnen.

Wir prosteten einander mit Portwein in Marmeladengläsern zu. »Darauf, dass wir es in die Lazarettschiffe geschafft haben.«

Eliza förderte eine Dose Sardinen zutage. »Ein Festmahl. Das ist viel zu viel für uns, Georgy.«

»Haben wir uns nicht auch ein bisschen Weihnachtsfreude verdient?«

Als an die Tür geklopft wurde, lief Eliza rasch hin, um aufzumachen. »Wenn es der Portier mit noch einem Paket ist …«

Sie riss die Tür auf und stand vor ihrem Mann Joe. Nachdem sie ihm überglücklich um den Hals gefallen war, umfasste sie seine Hände.

»Oh, Joe, du bist trotzdem gekommen.«

Joe war zwar nicht so breit und kräftig gebaut, wie man sich einen Soldaten vorstellte, doch da er von den besten Lehrmeistern unterwiesen worden war, verfügte er über eine gute Konstitution und einen ausgesprochen scharfen Verstand. Auch sein honigblondes Haar, die strahlenden blauen Augen und sein offenes und ebenmäßiges Gesicht sorgten dafür, dass er überall willkommen war und von seinem Regiment verehrt wurde.

»Ich weiß es schon seit Tagen, aber ich wollte dich überraschen.« Er überreichte Eliza ein in Leinen gewickeltes Bündel, aus dem Ingwerduft aufstieg. »Es tut mir schrecklich leid, dass ich keine Geschenke für euch habe. Nur Pfefferkuchenpferde, eine Spezialität aus Alexandria.«

Als Eliza die Verpackung öffnete, hatte sie zwei wie tänzelnde Pferde geformte Lebkuchen mit riesigen Ohren vor sich. »Oh, Joe. Mutter hat uns so oft davon erzählt. Sie verbindet wundervolle Kindheitserinnerungen damit.«

Joe trat ins Zimmer. »Außerdem überbringe ich euch die besten Wünsche und allerherzlichsten Grüße von den Männern des Sechzehnten Regiments und natürlich von Old Scott.«

»Bist du den ganzen Weg auf ihm geritten?«, fragte Eliza. »Ich glaube, du liebst dieses Pferd mehr als uns.«

Ich eilte zu Joe hinüber, um ihm die Mütze abzunehmen. »Du bringst dich selbst mit, und das ist das schönste Geschenk von allen. Kaffee oder Portwein?«

»Kaffee bitte.« Joe kauerte sich mit uns an den kleinen Tisch. »Es tut mir leid, dass ich nicht mit einem leckereren Abendessen aufwarten kann.«

Eliza stellte eine der Porzellantassen, die sie sich aus Tioronda hatte kommen lassen, vor Joe ab und schenkte Kaffee ein.

»Eigentlich ist es genau so, wie wir es uns gewünscht haben, richtig, Georgy? Mutter hat uns dieses kleine Weihnachtsbüfett geschickt.«

»Ich bin so froh, endlich eine Pause von schlechtem Kaffee und Bohneneintopf zu haben«, erwiderte er.

»Auch wenn sich das ziemlich von unserem Weihnachtsfest in Italien unterscheidet«, meinte Eliza. »Was für eine wundervolle Reise.«

Wir verfielen in Schweigen und schwelgten in Erinnerungen an das spätabendliche Festtagsmahl bei Mutters Freunden auf dem Landgut Malabaila di Canale. Die Alpen bildeten die Kulisse, und die Tafel bog sich unter gefülltem Kapaun und Barsch und von Hefe strotzendem Panettone.

Der gut gelagerte Barolo floss in Strömen. Und dann, kaum waren wir in der Villa Borghese angekommen, begann es wie auf ein Stichwort zu schneien, während Joe Eliza einen Heiratsantrag machte. Ich, auf Stillschweigen eingeschworen, sah vom Garten aus zu.

»Wisst ihr noch, wie Eliza sich den Knöchel verstaucht hat und die *carabinieri* sie nach Hause tragen mussten?«, sagte ich.

Joe zerteilte eine Sardine mit Messer und Gabel. »Nachdem Eliza eine Flasche Portwein aufgemacht hatte und du zu singen anfingst, wurden wir sie gar nicht mehr los. Besonders eifrige Gesetzeshüter waren das nicht gerade. Sie hätten euch nur allzu gern entführt.«

Ich hielt Joe den Teller mit dem Dattelbrot hin. »Weißt du mehr darüber, wie es mit dem Krieg weitergehen soll?«

»Meine Befehle sind geheim, Georgy, weshalb ich dir nichts erzählen würde, selbst wenn ich es könnte. Ihr werdet es auf eurem Lazarettschiff noch früh genug erfahren.«

»Die Winthrop-Brüder haben über alle ihre militärischen Abenteuer geschrieben.«

»Ein Brief nach Hause ist etwas anderes, Eliza. In den Händen eines geliebten Angehörigen ist er sicher.«

»General McClellan hat doch bestimmt einen Grund, euch weiter dort in Virginia am Fluss campieren zu lassen«, merkte ich an.

Joe streckte die Hand aus. »Könnte ich bitte die Butter haben?«

»Camp Franklin eignet sich ausgezeichnet, um abzuwarten und Richmond genau im richtigen Moment anzugreifen. Wie könnte man der Gegenseite einen besseren Schlag versetzen, als die Hauptstadt der Konföderierten einzunehmen? Wenn man die erst einmal hat, ist der Krieg so gut wie vorbei.«

Joe schmunzelte. »Du wärst ein besserer General als McClellan, Georgy.«

Eliza stand auf, um Portweinnachschub zu holen. Mr. Olmsted hat mehr oder weniger das Gleiche gesagt. Ich zitiere: »›Wenn man Georgy den Befehl dazu gäbe, würde sie das Kommando über die Marine übernehmen, für ausreichend Proviant sorgen und ihre Seeleute im Sturm gegen den Feind anführen, und zwar besser als jeder Landsmann.‹«

»Wenn ich General werden will, muss ich mich zuerst besser mit der geografischen Lage vertraut machen«, erwiderte ich.

»Nun, kurz zusammengefasst« – Joe breitete die Hände aus – »müsst ihr euch die Halbinsel wie einen großen grünen Fäustling vorstellen. Die Spitze zeigt nach unten und ist von Wasser umgeben. Richmond, die Hauptstadt, grenzt im Westen daran an. Falls unser General McClellan je beschließen sollte, seine Truppen zu beiden Seiten der Ufer auf Richmond vorrücken zu lassen, und es bei diesem Feldzug Verwundete gäbe, könnten Schiffe der Sanitary Commission diese in Krankenhäuser im Norden bringen und anschließend zurückkehren. Ihr seht also, wie gefährlich es ist, und das ist der Grund, weshalb Olmsted anfangs gezögert hat, euch auf den Schiffen einzusetzen.«

Eliza reichte ihm eine Serviette. »Wir fühlen uns wie Mitglieder des Sechzehnten Regiments, Joe. Wir wollen in der Nähe sein und euren Verwundeten beistehen. Es heißt, dass die Schiffe, weil sie ja beweglich sind, die Stellungen ansteuern werden, wo sie die Verwundeten am besten aufnehmen können.«

»Ihr beide ahnt ja nicht, wie es auf diesen Schiffen zugehen wird. Bis jetzt hattet ihr mit Masern und Malaria zu tun. Das ist wichtig, aber nicht mit einem Verwundetentransport vergleichbar. Mir wäre es lieber, euch wohlbehalten in New York zu wissen. Doch ich muss darauf vertrauen, dass der gute Mr. Olmsted euch beschützen wird. Ich erzähle euch das wenige, was ich weiß.«

»Spann uns nicht auf die Folter, Joe«, bedrängte ich ihn.

»So wie du es mit dem armen Frank Bacon tust? Er überhäuft dich mit Komplimenten und Geschenken, während du dir von seinen Scherzen kaum ein Lächeln entlocken lässt.«

»Ich glaube nicht, dass wir zusammenpassen.«

Joe lehnte sich zurück. »Nun, er hat seinem Land gedient und im Kampf sein Leben riskiert. Morgen kommt er nach Washington und will dir einen Besuch abstatten. Wenigstens an Weihnachten könntest du nett zu einem treuen Diener der US-Army sein.«

»Aber natürlich, Joe. Schließlich ist er ein lieber Freund.«

Eliza schenkte mir Tee ein. Die Haare über ihrer Stirn kräuselten sich im Dampf. »Womöglich fällt er diesmal vor dir auf ein Knie, Georgy.«

»Das will ich doch nicht hoffen. Die Ehe ist eine solche Einschränkung. Außerdem betrachtet Frank mich nicht als ebenbürtig. Manchmal redet er einfach weiter, als hätte ich nichts gesagt.«

»Gut, dann musst du ihn freigeben, Georgy«, antwortete Joe. »Er vergöttert dich nämlich und ist ein treuer Freund. Es schmerzt mich, mit ansehen zu müssen, wie du mit ihm spielst.«

Nach seiner Ankunft verkündete Frank Bacon, er wolle am Weihnachtstag der so genannten Konterbande in der Kaserne in der F Street einen Besuch abstatten, wo die entflohenen Sklaven Schutz suchten. Er war bereits in seiner

Funktion als Arzt dort gewesen und schilderte uns die Not der Menschen.

Eliza und ich hatten uns sehr über den Pappkarton gefreut, den Abby und Mutter uns geschickt hatten. Er war voller weicher Decken, sauberer Taschentücher, in Wachspapier gewickelter Pfefferminzbonbons und kleiner mit blau gestreiftem Drillich bezogener Kissen, die Carry genäht hatte. Für uns entsprach es dem Geiste des Weihnachtsfests, unser Glück mit den Bedauernswerten zu teilen.

Am Weihnachtsmorgen nach dem Kirchgang trafen Frank und ich an den niedrigen grauen Baracken unweit des Ebbitt House ein. Beim Eintreten sahen wir hauptsächlich Frauen und Kinder und einige alte Männer, die auf ihren Feldbetten saßen oder sich vor dem Kamin scharten. Frank und ich boten ihnen allen medizinische Hilfe an. Beim Anblick dieser Menschen, die von so weit her kamen und so geduldig und so voller Hoffnung waren, konnte ich mich der Frage nicht erwehren, ob Präsident Lincoln ihnen nicht einen Bärendienst erwies, indem er sie unvorbereitet in den Kampf um eine unsichere Zukunft schickte.

Ich gesellte mich zu Frank, der gerade den Fuß eines Kindes verband.

»Georgy, haben Sie eine Sicherheitsnadel für mich?«

Ich förderte eine zutage und gab sie ihm. »Ich habe nachgedacht, Frank. Wir können zwar ihre körperlichen Beschwerden behandeln, aber was soll aus ihnen werden? Die Mütter hier mit ihren Kindern. Wovon sollen sie leben?«

»Das Jod bitte, Georgy.«

Ich reichte ihm die Flasche. »Haben Sie meine Frage gehört, Frank? Wie wäre es, ihnen die Grundzüge der Krankenpflege beizubringen?«

»Die Regierung sorgt für sie.«

»So stelle ich mir die Freiheit nicht vor.«

»Die meisten dieser Frauen können nicht lesen.«

»Dagegen lässt sich etwas tun. Was halten Sie sonst davon?«

Ohne aufzublicken, streckte er mir das Becken hin. »Hier, nehmen Sie.«

Ein dunkelhäutiger junger Mann kam näher. Er war gekleidet wie ein richtiger Gentleman und trug einen Rock aus gebürsteter Wolle und eine Halsbinde mit Paisleymuster. »Man nennt mich Nathan. Ich dachte, ich könnte vielleicht helfen.«

Frank wandte sich sofort zu dem Mann um und hielt ihm die Hand hin. »Ich freue mich, Sie kennenzulernen, Nathan. Hilfe können wir gut gebrauchen.«

Ich hatte Mühe, Nathan nicht in seine wunderschönen Augen zu starren, die unter dunklen Wimpern lagen. Sie waren strahlend blaugrün, die Farbe eines aufgepeitschten Meeres.

»Ich habe unten in St. Mary's County bei einem Arzt gelebt. Nach seinem Tod wurde ich freigelassen. Ich bin hergekommen, um diese Leute medizinisch zu betreuen, weil sie es so nötig brauchen.«

Frank lächelte. »Sehr löblich von Ihnen, Nathan.«

Nathan kniete sich vor den Jungen.

»Dieses Kind hat einen eitrigen Fuß«, meinte Frank zu ihm.

»Jod?«

»Ja, aber die Verbände, die sie uns geschickt haben, sind zu …«

»… zu breit, Sir, ganz richtig. Während Sie das Jod auftragen, schneide ich sie zu.«

Die beiden arbeiteten schweigend.

»Verzeihung, Herr Doktor«, sagte Nathan. »Auf Ihrer Arzttasche steht ›Nanterre, Frankreich‹. Waren Sie schon einmal dort? Der Arzt, für den ich in Maryland gearbeitet habe, meinte, dort gebe es beachtliche medizinische Fortschritte.«

»Ja, ich war dort, und ich beabsichtigte zurückzukehren, sobald dieser Krieg vorbei ist. Die Franzosen sind uns um Jahre voraus.«

Frank und Nathan gingen durch den Raum und blieben immer wieder stehen, um sich nach den verschiedenen Beschwerden zu erkundigen. Ich folgte ihnen und holte auf ihre Anweisung hin Verbände und Becken. Schließlich standen wir vor einem Mann, der an Zahnschmerzen litt, was seiner gequälten Miene deutlich anzusehen war.

Frank schob dem Mann einen Spatel in den Mund, um seine Zunge herunterzudrücken. »Der muss gezogen werden.«

»Ob er es mit Alaunpulver versuchen könnte?«, schlug ich vor.

Nathan bückte sich und spähte in den Mund des Mannes. »Das Loch ist ziemlich groß.«

Ich näherte mich dem Patienten. »Laut Dr. Blackwell lindert Alaun nicht nur die Schmerzen, sondern verhindert auch ein Fortschreiten der Fäulnis. Vielleicht wäre es kurzfristig das Beste.«

Frank ging weiter, ohne mir zu antworten, beugte sich über den nächsten Patienten und besprach sich mit Nathan.

Nach zwei Stunden, in denen wir Wunden verbunden, Geschwüre aufgestochen und von mir gekochte Kraftbrühe verabreicht hatten, hielten wir inne und beobachteten, wie die Menschen sich bettfertig machten.

»Was hielten Sie von einer bezahlten Stelle, Nathan?«, fragte Frank. »Sie könnten mir assistieren.«

»Ich würde mich sehr darüber freuen, Sir.«

»Es könnte gefährlich werden. Manchmal gerate ich in feindlichen Beschuss.«

»Das ist mir klar, Sir.«

»Sie werden in meinem Zelt schlafen und dieselben Rechte genießen wie ich und können jederzeit gehen.«

»Gut, Sir.«

»Bald breche ich auf nach Fort Monroe. Bis dahin finden wir einen Arzt, der hier Ihre Pflichten übernimmt. In Ordnung?«

»Sehr, Sir.«

Frank hielt Nathan die Hand hin. »Willkommen in der US-Army, Nathan.«

Die Kinder schliefen, den Kopf auf den Schoß ihrer Mütter gebettet, während wir dastanden und in den Chor der Menschen einstimmten. Unser leises und gedämpftes »Go Tell It On The Mountain« erfüllte den Raum.

Am Neujahrstag, einen Tag bevor Frank Bacon zurück nach Fort Monroe reiten sollte, um sich wieder zum Dienst zu melden, begleitete er mich zum Ebbitt House. Da er so still war und sich noch steifer verhielt als sonst, füllte ich das Schweigen.

»Wie schön, dass Nathan einverstanden war, Sie zu begleiten.«

»Er ist ein Geschenk des Himmels. Ich kann dort draußen jede helfende Hand gebrauchen. Könnten Sie sich vorstellen, sich mir und Nathan anzuschließen? Ein Zelt der US-Army ist zwar nicht das Ebbitt House, aber wir haben auch kleine Annehmlichkeiten zu bieten.«

»Ein interessantes Angebot, Frank Bacon, aber erstens habe ich gerade eine neue Stellung an Bord eines Lazarettschiffs angetreten. Und zweitens wäre Washington wegen dieser Unschicklichkeit gewiss schockiert. Wenn man die gesellschaftlichen Regeln streng auslegt, dürften wir nicht einmal unbeaufsichtigt miteinander spazieren gehen.«

»Diesem moralischen Fehltritt ließe sich abhelfen.«

»Frank …«

»Ich glaube, Sie können sich denken, worauf ich hinauswill.«

»Schon wieder, Frank?«

»Diesmal habe ich mir die Freiheit erlaubt, mich an Ihre Mutter und an Onkel Edward zu wenden. Sie befürworten meinen Wunsch von ganzem Herzen. Als ich es meiner Mutter sagte, stürmte sie regelrecht zu ihrem Tresor, um mir den Ring ihrer eigenen Mutter zu übergeben.« Er klopfte sich auf die Manteltasche.

»Doch nicht etwa der mit dem Rubin.«

»Sie empfinden alle wie ich, Georgy. Wie ich Ihnen bereits sagte, liebe ich Sie, seit wir Kinder waren. Mutter hat Andeutungen gemacht, ihr wäre eine Hochzeit in New Haven mit einem Empfang bei uns zu Hause am liebsten. Ich hoffe, Ihre Gefühle für mich haben sich geändert. Falls nicht, schwöre ich, dieses Thema nie wieder zu erwähnen.«

»Ich habe mir immer ausgemalt, wie ich im Brevoort Place heirate.«

»Vater würde es bevorzugen, wenn die Trauung in seiner Kirche stattfände.«

Als wir das Hotel fast erreicht hatten, blieb ich stehen und drehte mich zu ihm um. »Frank, Sie wissen, dass Sie mir sehr viel bedeuten. Doch ich wünsche mir eine Partnerschaft auf Augenhöhe.«

»Ich betrachte Sie in vielerlei Hinsicht als gleichgestellt.«

»Davon bemerke ich nicht viel. Ich sagte Brevoort Place,

Sie bestehen auf New Haven. Erst letzte Woche sind Sie nicht auf meinen Vorschlag eingegangen, den Frauen eine Schwesternausbildung anzubieten.«

Er machte eine wegwerfende Handbewegung. »Kleinigkeiten.«

»Auch meine Meinung zu dem faulen Zahn haben Sie nicht beachtet. Sie und Nathan haben sich auf eine Behandlung geeinigt, ohne meine Erfahrung oder meine Einschätzung der Lage mit einzubeziehen.«

»Aber wir kennen uns in medizinischen Dingen aus, Georgy.«

»Und ich nicht? Ich habe von Elizabeth Blackwell gelernt, mich am Krankenbett einzubringen. Sollte man mir nicht genauso viel Gehör schenken wie Nathan? Ich will eine Beziehung wie die meiner Eltern. Sie haben sich stets in allem abgesprochen.«

»In den meisten Dingen muss der Mann die Führung übernehmen.«

»Lieber heirate ich niemals, als mich täglich herabwürdigen zu lassen.«

»Ich würdige Sie also herab?«

»Sie verstehen nicht, worauf ich hinauswill. Ich stecke in einer seltsamen Zwickmühle. Meine Mutter hat zwar dafür gesorgt, dass ich eine gute Bildung erhalte. Doch da es außer Wohltätigkeit und Kindererziehung in unserer Gesellschaft keine Betätigungsfelder für diese Bildung gibt, muss ich mir etwas suchen, dass ich gut kann. Und ich glaube, in der Krankenpflege habe ich es gefunden.«

»Aber Sie sehnen sich doch, so wie alle Frauen, sicher nach Kindern?«

»Ich weiß nicht, Frank. Ich wünschte, ich könnte ein bisschen sein wie beispielsweise Mary. Sie lebt in glücklicher

Zweisamkeit mit ihrem Mann und bekommt jedes Jahr ein Kind. Ich hingegen habe Geschmack an meinem Vagabundendasein gefunden. Vielleicht eigne ich mich einfach nicht für die Ehe.«

»Möchten Sie also ledig bleiben?«

»Ich wünsche mir ein anderes Leben. Wenn der Krieg vorbei ist, will ich in der Welt herumreisen. Ich will ferne Länder wie Peru und Afrika sehen. Ich will eine Schule für Krankenschwestern gründen, wo Frauen lernen, die Kranken richtig zu versorgen. Ich will einen aufregenden Beruf ausüben und tun und lassen, was mir gefällt.«

»Könnte es sein, dass Sie sich nach Aufregung sehnen, um den Schmerz über den Tod Ihres Vaters zu lindern?«

»Wie lächerlich.«

»Begreifen Sie denn nicht? Es ist nur ein Vermeidungsverhalten. Das habe ich bei verwundeten Soldaten öfter erlebt. Doch wenn sich ein Mensch seinen Schwierigkeiten nicht stellt, verkrüppelt seine Seele. Sie weinen nie, Georgy.«

Als Frank nach meiner Hand griff, zog ich sie weg.

»Dasselbe könnte ich von Ihnen behaupten, Frank.«

»Kommen Sie den Verwundeten auf Ihrer Station je nah? Laut Eliza bereiten Sie lieber die Mahlzeiten vor und ordnen den Lagerraum, anstatt auch nur ein Wort mit den Männern zu wechseln.«

Ich verschränkte die Hände vor dem Leib. »Also bin ich nicht ganz richtig im Kopf, weil meine Schwester und ich uns die Aufgaben teilen?«

»Nachdem Sie vom Tod Ihres Vaters erfahren hatten, konnte Ihre Mutter Sie kaum noch von diesem Strand wegschleppen. Sieben ist ein sehr junges Alter, um einen derart schweren Verlust zu erleiden. Sie müssen verstehen ...«

»Hiermit stelle ich fest, dass ich aufgrund meiner bedauerlichen Vergangenheit Ihrer nicht würdig bin. Sie wären ohnehin nicht in der Lage, eine Partnerschaft auf Augenhöhe mit mir zu führen.«

Frank wollte mich an der Hand nehmen. »Georgy, bitte.«

Ich riss mich los. »Dieses Gespräch hat mich in meiner Einschätzung bestätigt, dass ich – verzeihen Sie mir meine Offenheit – niemals zärtliche Gefühle für Sie entwickeln könnte.«

Frank musterte mich forschend. »Ich muss zugeben, dass das nicht die Antwort ist, die ich mir erhofft habe.«

»Es tut mir wirklich leid, Frank. Aber ich werde Sie immer als lieben Freund in meinem Herzen bewahren.«

Er wich einen Schritt zurück. »Nun weiß ich wenigstens, woran ich bin, Georgy. Ich werde Sie nicht mehr behelligen.«

Nach einem letzten Blick in mein Gesicht zog Frank den Hut und ging davon, um nach Fort Monroe aufzubrechen.

Kapitel 13

JEMMA

Peeler Plantation, Maryland
Weihnachten 1861

Die Uhr auf dem Kaminsims in Anne-Mays Esszimmer schlug zwölf Uhr mittags. Es war Weihnachten. Ich stand hinter ihrem Stuhl, hatte Mühe, nicht ungeduldig mit dem Fuß zu klopfen, und wünschte, sie und ihre Schwester würden sich mit dem Essen beeilen, damit ich den Hügel hinunter zu Ma und Pa laufen konnte. Wenn der liebe Gott uns gewogen war, würde das neue Baby bald kommen. Offenbar hatte das Kind sich inzwischen so an sein Dasein in Dellys Bauch gewöhnt, dass sie aussah, als würde sie bald platzen.

Anne-May hatte meinen halben Vormittag damit vergeudet, mir ein schreckliches Weihnachtsgeschenk zu machen, mich erst ihr Haar und dann das Fell der Katze bürsten zu lassen und mich auch sonst dazu zu vergattern, jede Kleinigkeit auf ihrer albernen Liste abzuarbeiten.

Eigentlich war Weihnachten der Tag, an dem unsere Familie zusammen sein durfte. Sogar Anne-May wusste, dass es Tradition war, uns an Weihnachten nach dem Mittagessen freizugeben. Draußen vor dem Fenster wehten ein paar Schneeflocken vorbei.

Anne-May und ihre Schwester saßen an dem langen Tisch, den ich am Morgen mit Wachs poliert hatte. Wachs, für das sich ein paar arme Bienen nur dafür abgemüht hatten, dass Anne-May ihr sauertöpfisches Gesicht in der Tischplatte spiegeln konnte. Der Raum, den sie als Esszimmer bezeichnete, war groß und im Winter stets kalt, obwohl ich alle fünf Minuten ein Holzscheit nachlegte. Doch Jo, die Katze, schien sich ausgesprochen wohlzufühlen. Sie räkelte sich mitten auf der Tischplatte, ohne Anne-May eines Blickes zu würdigen. Als Sally Smith an der Tür erschien und feststellte, dass sich die Katze erst von Anne-Mays Teller bediente und dann auf dem Tisch ausstreckte, schüttelte sie nur den Kopf.

Stocksteif wie ein Soldat stand ich hinter Anne-Mays Stuhl, so wie sie es gernhatte. Über meinem besten indigoblauen Kleid trug ich eine gestärkte weiße Schürze. Hin und wieder reichte sie mir ein Tellerchen mit Teilen des Huhns, die sie nicht mochte, und schickte mich damit zum Essen hinaus in die Kälte. Dabei tat sie, als hätte sie mir einen Leckerbissen zugesteckt. Doch ich warf das Fleisch nur den Krähen auf dem Hof vor.

Sie saß da, schob das gebratene Huhn auf ihrem Teller hin und her, stritt sich mit ihrer armen Schwester über Geld und schimpfte sie, weil diese nicht besser Buch darüber führte, wie viel Zucker sie gekauft hatten. Es gefiel mir gar nicht, dass Anne-May Geldsorgen hatte und so viel für ihren kostbaren Schnupftabak und den Fisch für diese Katze ausgab. Das erkannte ich daran, dass sie, obwohl sie selbst nur aß wie ein Vögelchen, plötzlich angefangen hatte, die Vorräte mit Argusaugen zu bewachen und Zucker und Mehl genau nach Gewicht zuzuteilen. Inzwischen wusste sie genau, wie viel Mehl man für achtzehn Brötchen brauchte, von denen jedes gerade einmal so groß war wie die Handfläche einer Frau.

Zum Glück ahnte sie nicht, dass Sally sich an Weihnachten ihre besten Kochkünste für unsere Familie aufsparte. Sie buk so viele Fladenbrote mit Marmelade, wie wir essen konnten, und auch noch alle möglichen anderen süßen Sachen mit dem Zucker, den sie das ganze Jahr über von Anne-Mays Bestand abgezweigt hatte. Nur meine Schwester Patience würde bei unserem Festmahl fehlen, denn Miss Charlene hielt ihre Sklaven am Geburtstag des Herrn auf der Ambrosia Plantation fest und ließ sie am nächsten Tag wie gewohnt zur Arbeit antreten. Bei Mister Watson hingegen war es wie in Stein gemeißelt, dass wir den Großteil der Weihnachtswoche nicht auf dem Tabakfeld oder im Haushalt arbeiten mussten, mit Ausnahme von Sally, die weiterhin kochte. Allerdings hieß das nicht, dass wir untätig gewesen wären, denn wir saßen trotzdem am Webstuhl, strickten Handschuhe für Anne-May und versorgten das Vieh.

Sobald die Uhr eins schlug, schlenderte ich so ruhig wie möglich in die Küche, nahm die Schürze ab, hängte sie in der Speisekammer auf und riss in meinem Ungestüm beinahe die Küchentür aus den Angeln, bevor ich den Hügel hinunterrannte, als wäre der Leibhaftige hinter mir her. Vor lauter Freude spürte ich nicht einmal die Kälte.

Doch sobald ich die Tür öffnete und in die Hütte trat, wurde mir klar, dass etwas Schreckliches geschehen sein musste. Im Kamin brannte kein Feuer. Delly lag im Bett. Sie hatte ein Bündel im Arm. Sally Smith saß neben ihr. Ma und Pa machten traurige Gesichter.

»Was ist passiert?«

Ma wandte den Blick ab.

»Komm, setz dich, Jemma«, sagte Pa. »Das Kind wurde tot geboren. Charl holt gerade LeBaron, damit der ein Loch gräbt.«

Es war, als fiele ein schwerer Stein durch mich hindurch. »Nein.«

Sally wischte sich mit dem Handrücken die Augen ab. »Ein Junge.«

Tränen traten mir in die Augen. »Wurde es tot geboren, oder hat sie es getötet?«

»Sag so etwas nicht, Jemma«, protestierte Ma. »Delly ist ganz außer sich vor Trauer.«

»Stimmt das?«, wandte ich mich an Delly. »Ich sehe nämlich keine einzige Träne. Schämen sollst du dich, an Weihnachten dein eigenes Kind zu töten.«

Sie drückte den Jungen fester an sich und wich meinem Blick aus. »Er kam mitten in der Nacht. Wahrscheinlich habe ich mich auf ihn gerollt und ihn erdrückt.«

Sie reichte mir das Bündel. Ich nahm es in die Arme. Das Baby war ziemlich groß. Es war in eine Decke gewickelt und hatte die Händchen unter dem Kinn verschränkt, als schliefe es. Seine Haut war bläulich verfärbt wie damals die von Sweet Clementine.

Als ich seine kleine Hand berührte, war sie eiskalt. »Es tut mir leid, Delly.«

LeBaron erschien in der Tür. Er pustete sich auf die Hände, um sie zu wärmen, und stampfte mit den Füßen. »Wo ist das Baby?«

Charl folgte ihm und setzte sich zu Delly aufs Bett.

»Lass mich selbst schauen.«

Ich machte einen Schritt auf LeBaron zu und schlug die Decke zurück, um ihm das Gesicht des armen toten Babys zu zeigen. Im Licht, das durch die Tür hereinfiel, sah sein Gesicht sogar noch bläulicher aus. »Es ist in der Nacht gestorben.«

LeBaron beugte sich vor, um sich zu vergewissern, und richtete sich dann auf. »Ich begrabe den Balg nicht. Der Boden ist hart gefroren. Da könnt ihr euch selbst drum kümmern.«

Er steckte die Hände in die Taschen, drehte sich um und ging. Charl lief zur Tür und blickte ihm nach. Bis auf mein bitterliches Schluchzen war nichts zu hören.

Sobald LeBaron sich ein Stück auf der Straße entfernt hatte, schloss Charl vorsichtig und lautlos die Tür. »Er ist weg«, sagte er zu Sally Smith.

Sofort sprangen alle auf. Noch nie hatte ich eine Gruppe erstarrter Menschen so schlagartig zum Leben erwachen sehen.

Sally Smith nahm mir das Kind aus den Armen und legte es auf den Tisch. »Macht schnell.«

Delly sprang aus dem Bett auf. Sie, Charl, Ma und Pa scharten sich um den Tisch. Sally öffnete dem armen toten Baby den Mund und träufelte ein wenig rotes Wasser hinein.

»Leg Holz nach«, befahl sie.

Delly stand da und betrachtete das Baby voller Angst. »Es wirkt nicht, Sally.«

»Jetzt liegt es in Gottes Hand.« Sally wickelte den kleinen Jungen in die Decke und reichte ihn Delly.

Diese tastete nach der Hand des Babys. »Ich glaube, er wird wärmer. Fühl mal, Charl.«

Charl berührte die Kinderhand. »Ich spüre es auch.«

Wir alle versammelten uns um das Baby und wurden Zeugen, als eines der großen Wunder des Herrn geschah. Der Kleine holte kurz Luft und stieß ein leises Geräusch aus, das klang wie das Miauen eines Kätzchens. Seine Haut verlor allmählich den Blauton.

Ma nahm meine Hand, und wir sahen, ergriffen von Ehrfurcht und Glück, zu.

»Das war Jesus«, sagte ich.

Das Baby zappelte, ein kleiner Fuß ragte aus der Decke.

Ma musste ein Aufschluchzen unterdrücken, als sie beobachtete, wie Delly und Charl das Baby bewunderten. »Nein, es war Sally Smith«, meinte sie. »Sie hat den Kleinen mit Belladonna in einen tiefen Schlaf versetzt, aber nur vorübergehend. Und dann hat sie ihn mit einem Tonikum wieder aufgeweckt.«

Sally strich dem Baby mit dem Finger über die Wange. »Das habe ich im Süden auf den Reisfeldern gelernt. Wenn man zu viel erwischt, kann es gefährlich werden. Man muss genau die richtige Menge nehmen.«

»Warum habt ihr mir nichts verraten?«, fragte ich.

Sally tätschelte mir den Rücken. »Wir wollten, dass du für LeBaron echte Tränen weinst.«

Ich kniete mich Delly zu Füßen und himmelte das Baby an. Jede Bewegung seiner Ärmchen und Beinchen brachte mich zum Lächeln. Ma machte ein sehr glückliches Gesicht. Dachte sie an ihren kleinen Toby?

»Wie soll er denn heißen?«, erkundigte sich Sally.

Delly warf Charl einen Blick zu. »Wir dachten, dass Kofi ein schöner Name wäre.«

Das gefiel uns allen. Pa schluckte, schaute sich um und schien selbst den Tränen nah zu sein.

Sally Smith stimmte das Lied an, das wir immer bei der Geburt eines Kindes sangen: »Let Us Break Bread Together«. Ma klopfte den Takt für uns auf der Tischplatte mit.

Wir sangen ganz leise. Pas stabile Türen hielten den Wind ab, im Kamin brannte ein warmes Feuer, und wir genossen diesen glücklichen Moment.

Die ganze Weihnachtswoche lang halfen wir Charl und Delly, das Baby zu versorgen. Da wir morgens nicht vom Tuten des Horns geweckt wurden, konnten wir alle schlafen, bis es hell wurde. Ich hatte mein Bett oben auf dem Speicher bei Sally Smith.

Kofi war ein braves Baby. Meistens verhielt er sich still. Ich gab ihm Mas Puppen zum Kuscheln und faltete einen Vogel aus Papier, auf den er starrte, als sei er eines der sieben Weltwunder. Manchmal ließ Charl den Vogel an einem gebogenen Zweig und einer Schnur über seinem Kopf baumeln. Ich dachte viel an Carter und daran, wo er wohl sein mochte. Falls ich ihn jemals wiedersehen sollte, würde er Kofi sicher auch lieben, da er alle Kinder gernhatte. Schon als wir klein gewesen waren, hatten wir mit Puppenbabys Ma und Pa gespielt. Er hatte sie in ihre Bettchen gelegt und sie ganz zärtlich auf den Scheitel geküsst. Allerdings war ich so damit beschäftigt, zusammen mit Delly das Baby zu verwöhnen, dass ich keine Zeit hatte, noch länger über einen früheren Beinaheverehrer nachzugrübeln.

Es war ein Glück, dass Kofi so ruhig war, denn wir lebten in ständiger Furcht, LeBaron könnte zurückkommen, sehen, dass der Kleine in Wahrheit kerngesund war, und ihn doch noch verkaufen.

Eines Morgens beim Aufwachen sahen wir, dass in unserer Hütte neben dem Kamin eine Kiste stand. Wir alle umringten sie, während Ma in die Hocke ging, sie öffnete und eine warme Wolldecke und eine winzige Strickmütze herausholte.

Sie blickte Sally Smith an. »Wer außer uns weiß von dem Baby?«

Sally zuckte die Achseln.

»Das war Patience«, sagte ich.

Ma schaute ins Feuer. »Das hätte ich mir denken können.«

Pa fertigte eine Skizze von einem kleinen Sarg an und begann, ihn für unser Schaubegräbnis des kleinen Kofi zu zimmern. Dann hoben er und Charl mit Schüreisen und Schaufel ein Loch neben den Gräbern von Sweet Clementine und Celeste aus, was wegen des hart gefrorenen Bodens ziemlich lange dauerte.

Während die Erwachsenen mit großem Trara Beerdigung spielten, passte ich auf das Baby auf. Ich legte den Kleinen in den Korb, den Pa für ihn gemacht hatte, und stellte diesen ans Feuer, wo Kofi neben seinen Puppen lag und zu dem Papiervogel hinaufschaute. Dabei dachte ich daran, dass Celeste ihn sicher sehr gerngehabt hätte und dass meine Schwester Patience ihn vielleicht niemals kennenlernen würde.

Später in derselben Woche versammelten sich alle Frauen im Nähhaus, um zu nähen, zu weben und den kleinen Kofi nach Strich und Faden zu verwöhnen. Ich hatte die Aufgabe, dafür zu sorgen, dass er ruhig und zufrieden war, damit LeBaron ihn nicht hörte, auch bei einem noch so braven Baby eine ziemliche Herausforderung.

Von allen Nebengebäuden, die Pa auf der Peeler Plantation errichtet hatte, mochte ich das Nähhaus am liebsten. Hier fertigten wir sämtliche Textilien für die Plantage und für Mister Watson Rübenfarm an: Anne-Mays Tischtücher, Bettlaken, Servietten und Stuhlkissen, Kleidung für die Feldarbeiter und Quilts. Ma spann Baumwollstoff und halbwollenes Zeug. Außerdem häkelten wir Handschuhe für Anne-May und strickten Socken für Mister Watson.

Delly und Sally saßen am Tisch und arbeiteten. Delly stickte mit einer Hand Gänseblümchen auf den Rand eines Deckenbezugs, den sie genäht hatte. Und Sally strickte an einer Socke, um sie Mister Watson zu schicken. Ihr Zeigefinger war vom jahrelangen schiefen Einstechen der Stricknadel unwiederbringlich verbogen.

Es roch angenehm im Nähhaus: nach Honig, dem Rauch von Zedernholz und nach zu Hause.

Ich saß im Schneidersitz auf der Kaminumrandung, wärmte mir den Po und faltete Tischdecken, Servietten und Umschlagtücher zusammen, um sie später zum Haus zu bringen. Der kleine Kofi lag neben mir in einem Binsenkorb, den Pa geflochten hatte. Ich hatte etwas zwischen ihn und das Feuer geschoben, damit er nicht schwitzte. Wenn er unruhig wurde, tauchte ich den kleinen Finger in ein Glas mit vom Feuer angewärmtem Honig und ließ ihn daran lutschen, damit Delly weiterarbeiten konnte. Sein Mündchen an meinem Finger zu spüren war ein schönes Gefühl.

Gerade hatte ich seine Windel aus selbst gewebtem Stoff gewechselt. Sie war kaum größer als ein Damentaschentuch, und ich hatte sie neben das Feuer gelegt, wo sie darauf wartete, gewaschen zu werden. Kofi war ein glückliches Kind und weinte nur, wenn er Hunger hatte.

»Er ist schon gewachsen, findest du nicht?«, meinte Delly.

Am Tag nach seiner Geburt hatte Sally die Küchenwaage in die Hütte geschmuggelt. Kofi wog fast drei Kilo.

»Ich habe noch nie so ein properes Baby gesehen«, erwiderte Sally und wechselte einen Blick mit mir.

Ich wusste, dass sie dasselbe dachte wie wir alle: Was würde aus dem Baby werden, wenn Delly zurück aufs Feld musste?

»Nachdem ich ihn heute Morgen gestillt hatte, hat er mich angelächelt«, verkündete Delly.

»Dazu ist er noch zu klein«, widersprach Ma. »Das waren nur die Blähungen.«

Delly band mit einer Hand einen Faden ab. »Ich schwöre auf zehn Bibeln, dass er gelächelt hat.«

»Durchaus möglich«, erwiderte ich. »Schließlich grinsen wir ihn den ganzen Tag lang an, als wären wir nicht ganz richtig im Kopf.«

Sally sah Delly an. »Was wird aus ihm, wenn du zurück an die Arbeit musst?«

Delly wedelte mit der Hand, als wollte sie eine Fliege verscheuchen. »Darum kümmere ich mich, wenn es so weit ist.«

Sally wechselte einen Blick mit Ma. »Wir können ihn nicht für immer verstecken.«

Wir alle schwiegen eine Weile. Nur das Zischen von Mas Webstuhl war zu hören.

»Der liebe Gott wird es richten«, fügte Sally hinzu.

Ich spürte einen kalten Luftzug. Als LeBaron in der Tür erschien, gefroren meine Eingeweide zu Eis. Rasch breitete ich ein Baumwolltuch über das Baby im Korb. Draußen sprangen zwei von LeBarons Hunden winselnd am Fenster empor.

LeBaron schloss die Tür und ließ seine Schweinsäuglein durch den Raum schweifen. »Ich bin hier, um den Webstuhl zu reparieren.«

Sein bloßer Anblick versetzte mich innerlich in Aufruhr. Ich musste mich abwenden und fest die Zähne zusammenbeißen, um die Vorstellung, wie er sich so grausam an Celeste vergangen hatte, zurückzudrängen.

Ma webte weiter, beinahe ohne ihn eines Blickes zu würdigen. »Den habe ich selbst repariert.«

Lächelnd näherte LeBaron sich dem Webstuhl. »Schau mal einer an. Was hast du doch für ein geschicktes Händchen.« Er strich ihr mit dem Finger den Nacken entlang, aber Ma arbeitete unbeirrt weiter.

»Das hat sie«, entgegnete Sally vom Tisch aus.

Kofi fing unter seiner Decke im Körbchen zu zappeln an. Als ich meinen Finger in den Honig tauchte und ihn im hinhielt, lutschte er daran.

»Wollen Sie etwas, LeBaron?«, fragte Ma.

Die Hunde scharrten an der Tür.

LeBaron kratzte sich das stoppelige Kinn. »Offenbar ist uns auf der Rübenfarm einer davongelaufen.« Er schlenderte zur Truhe mit den Decken und öffnete sie. »Habt ihr vielleicht jemanden gesehen?«

Ich spähte unter das Tuch, um mich zu vergewissern, dass Kofi noch atmete.

»Keine Menschenseele«, antwortete Ma.

LeBaron schnupperte wie einer seiner Hunde. »Hier drin riecht es komisch.«

Ich versteckte die zusammengeknüllte Windel hinter meinem Rücken.

Ma zeigte auf Sally. »Das ist nur die alte Sally. Sie ist ja nicht mehr die Jüngste, da kann einem schon mal ein Wind abgehen.«

LeBaron kniff ein Auge zu. »Dreckiges altes Weib.«

»Mit Dreck kennen Sie sich ja bestens aus«, murmelte Sally.

»An deiner Stelle würde ich vorsichtig sein, Sally. Da Mister Watson nicht da ist, könnte es in deinem Alter durchaus passieren, dass du stolperst und hinfällst.«

Kofi ließ meinen Finger los und gluckste. Ich überdeckte das Geräusch mit einem Husten.

LeBaron trat auf mich zu. »Bist du etwa krank?«

In diesem Moment drehte sich Kofi in seinem Körbchen und streckte ein Füßchen aus, sodass die Decke verrutschte. Ein eisiger Schrecken durchfuhr mich, und ich wagte nicht,

LeBaron anzusehen, um festzustellen, ob er es auch bemerkt hatte.

»Ich glaube, Jemma hat nur eine Erkältung«, meinte Ma.

»Es könnte Fieber sein«, fügte Sally hinzu. »Das haben wir alle.«

LeBaron wich zurück. »Dann kommt mir bloß nicht zu nahe. Ich stecke mich leicht an.«

Die Hunde scharrten heftiger an der Tür, stießen sie auf und kamen, sabbernd und schnell wie der Blitz, hereingestürmt. Der eine steuerte auf den Webstuhl zu, der zweite direkt auf den Honig, der neben mir auf der Kaminumrandung stand. Er steckte seine lange rosafarbene Zunge ins Glas.

Mir brach der kalte Schweiß aus, als Hund Nummer eins sich auf das Körbchen stürzte. Mit angehaltenem Atem sah ich zu, wie er mit der Nase gegen das Binsengeflecht stupste. Hund Nummer zwei wandte sich ebenfalls dem Körbchen zu und schnupperte unter dem Tuch herum.

Als ich Nummer zwei wegstieß, schnappte er nach mir.

»Hast du etwa meinem Hund was getan?«, herrschte LeBaron mich an.

Ich zog das Körbchen dichter an mich und starrte auf den Kamin. »Er hat den Honig gefressen.«

Hund Nummer zwei biss in das Tuch und wollte es wegzerren. In einem stummen Tauziehen hielt ich es fest.

LeBaron baute sich vor mir auf und betrachtete das Körbchen. »Was hast du eigentlich da drin? Hast du vielleicht bei Anne-May Essen gestohlen?«

In diesem Moment ertönte von draußen eine Männerstimme: »Wir haben eine Spur, LeBaron!«

»Ich komme, Clem«, rief LeBaron, über die Schulter gewandt.

Er steuerte auf die Tür zu. »Schreibt euch nur eines hinter die Ohren: Wer einen weggelaufenen Sklaven versteckt, wird genauso hart bestraft, als ob er selbst weggelaufen wäre.«

Was er mit Strafe meinte, brauchte er nicht weiter auszuführen. Er hatte sich nämlich etwas ganz Besonderes ausgedacht, ein Brandzeichen, »R« für *Runaway* – geflohen –, mitten auf der Brust. Ich hatte miterlebt, wie er es einem von uns verpasst hatte, und zwar dem alten John-William drüben auf der Ambrosia Plantation. Offenbar juckte es LeBaron in den Fingern, die Sache zu wiederholen.

»Ja, Sir«, erwiderte Ma, den Blick auf dem Körbchen.

LeBaron steckte zwei Finger in den Mund und stieß einen Pfiff aus. »Bei Fuß!«, brüllte er, doch die Hunde bohrten ihre Schnauzen nur tiefer in mein Körbchen.

Mir klopfte das Herz, als würde es mir gleich die Brust zerreißen.

»Los!«, schrie LeBaron. Er marschierte zurück zum Körbchen, packte einen der Hunde am Genick und schleppte ihn zur Tür. Der zweite Hund folgte. Mir fiel ein gewaltiger Stein vom Herzen, als sie endlich verschwanden.

Sally sprang auf und hastete zum Fenster. »Er ist aufgestiegen. Die Hunde laufen ihm nach.«

Ma, Delly und Sally eilten zum Körbchen. Als ich das Tuch zurückschlug, kaute Kofi gerade so niedlich wie immer an seinem Fäustchen und war quietschfidel.

Delly seufzte tief auf und schlug sich die heile Hand vor die Brust. »Es geht ihm gut.«

Sally verschränkte die Arme vor der Brust. »Das war knapp«, meinte sie.

Genau in diesem Moment begann das Baby, breit und überglücklich zu lächeln.

Am nächsten Morgen wachte ich nach einer Nacht in der Hütte früh auf und schlich nach unten, um nach dem Baby zu schauen. Ich pirschte mich an Ma und Pa vorbei, die noch schliefen. Das Feuer war längst ausgegangen. Charls und Dellys Bett war leer, ebenso wie Kofis Körbchen am Kamin. Als ich näher kam, stellte ich fest, dass das Bett gemacht war, so wie Delly es immer tat. Doch dann sah ich etwas, das mir das Blut in den Adern gefrieren ließ.

Auf dem Bett lag eine vertrocknete alte Sonnenblume.

Kapitel 14

ANNE-MAY

Peeler Plantation, Maryland
Weihnachten 1861

Am Weihnachtsmorgen war Jemma gerade damit beschäftigt, in meinem Schlafzimmer den Nachttopf zu leeren, als ich ihr mein in ein Küchentuch gewickeltes und mit Garn verschnürtes Geschenk überreichte. Weil es warm am Feuer war, dachte ich, dass sie sich vielleicht einen Moment würde ausruhen wollen. Schließlich hatten wir ja Weihnachten. Das Schlafzimmer sah hübsch festlich aus, denn Jemma hatte den Kaminsims mit Immergrün geschmückt und Vaters Pokale so blank poliert, dass sich der ganze Raum darin spiegelte. Jo saß auf meinem Bett und wetzte die Krallen an meinem Satinkissen.

Jemma stellte den Nachttopf weg, stand da und starrte auf das Geschenk. »Danke, Miss Anne-May.«

»Nun, dann glotz nicht, als wärst du nicht ganz richtig Kopf.«

Als Jemma das Garn aufknotete, kam eine Haarbürste in Sicht.

Ich nahm ihr die Bürste ab und fuhr mit dem Daumen über die Borsten. »Das ist eine Bürste aus Wildschweinborsten. Siehst du? Die schwarzen Borsten stammen von einem Schwein. Das Beste, damit die Haare schön glänzen.«

»Haare wie meine nicht.«

»Die Bürste ist ja auch nicht für *deine* Haare, sondern für meine. Ich dachte, ich erleichtere dir die Aufgabe, mich zu bürsten.« Ich gab ihr die Bürste zurück. »Du kannst gleich damit anfangen. Ich esse mit Euphemia zu Mittag und möchte so gut aussehen, wie es möglich ist, wenn man nichts Anständiges anzuziehen hat.«

Ich setzte mich in den Sessel. Jemma führte die Bürste in langen Strichen durch mein Haar, wobei sie angenehm meine Kopfhaut streifte.

»Wofür ist diese Teekanne dort oben, Miss Anne-May?«

»Das ist ein sehr wichtiger Preis. Ich habe ihn zusammen mit meinem Dad gewonnen. Beim Taubenschießen.«

»Warum steht dann Harrys Name drauf?«

»Mein Name steht nicht drauf, weil ich an Harrys Stelle an dem Vater-Sohn-Wettbewerb teilgenommen habe, denn er war krank geworden. Daddy ließ Harry und mich oft die Tauben aufsammeln, die er geschossen hatte. Aber Harry hörte irgendwann auf. Jedes Mal wenn Daddy die Flinte herausholte, behauptete Harry, er fühle sich nicht wohl.«

»Aber Sie haben mitgemacht.«

»Ich fand es auch scheußlich, den Schuss zu hören und zu sehen, wie die niedlichen Vögel einfach so vom Himmel fielen. Einmal war einer noch am Leben und schrie wie ein Baby, während er in meinen Händen starb.«

»Tauben sind sanfte Vögel.«

»Ich hätte alles getan, um nah bei meinem Daddy zu sein. Also habe ich mir einfach eingeredet, es wären Krähen. Sobald ich ein Gewehr halten konnte, hat er mir das Schießen beigebracht. Mit zehn war ich schon viel besser als Harry. Auch besser als Daddy, muss ich zugeben.« Ich wies auf das Bett. »Hol mir mein Erinnerungsbuch. Es liegt unter dem Bett.«

Jemma lief los und kehrte mit dem dicken grünen Buch zurück. *Album* stand in goldenen Buchstaben auf dem Einband. Ich blätterte vor zu der Seite mit dem aufgeklebten Zeitungsartikel.

»Daddy war so stolz darauf, dass wir zusammen in der Zeitung standen. Mama war natürlich dagegen, denn sie fand, dass eine Dame nie in der Zeitung erwähnt werden sollte, solange es nicht um Wohltätigkeit geht. Aber Daddy war begeistert.«

Ich blätterte zu einem Ausschnitt aus *Godey's Lady's Book* um. Die Abbildung zeigte ein Mannequin in einem Seidenkleid, dessen Rock in der Mitte mit Rosen bestickt war. »Das Kleid hatte ich zu meinem ersten Ball an. Mama hatte es in Paris, Frankreich, anfertigen lassen. Mein erster Verehrer, er hieß Chase William, hat den ganzen Abend nur mit mir getanzt.« Ich fuhr mit dem Finger über die Tanzkarte, an der eine rosafarbene Troddel befestigt war. In jede Zeile war Chase Williams Name eingetragen. »Er hat keinen anderen Jungen in meine Nähe gelassen. Eigentlich skandalös.«

»Warum haben Sie ihn nicht geheiratet?«

»Ich durfte nicht. Daddy wäre einverstanden gewesen, schließlich stammte er aus einer angesehenen Familie in Louisiana. Aber Daddy war da schon tot, und mein Stiefvater Reggie fand, dass die Familie von Fergus wohlhabender sei. Und Mama hätte alles für Reggie getan. Chase William hatte genau fünf Minuten lang Liebeskummer und heiratete dann seine eigene Cousine. Inzwischen haben sie zwei Jungs, Zwillinge. Sie sind ihm wie aus dem Gesicht geschnitten. Ist das zu fassen?«

Jemma zog die Bürste ein wenig zu heftig durch mein Haar, sodass mir Tränen in die Augen traten. »Hör sofort auf damit.«

»Ja, Missis.«

Ich versetzte ihr einen Klaps mit dem Fächer. »Lass es gut sein. Am besten gehst du jetzt und hilfst Sally Smith mit dem Weihnachtsessen. Keine Ahnung, wie du mich immer dazu bringst, über die Vergangenheit zu sprechen. Das ist nicht gut für einen Menschen.«

Das Schönste an diesem Weihnachtsfest war, dass, kurz bevor das Postamt für die Feiertage schloss, ein Brief von Harry eintraf. Ich riss ihn auf, noch ehe ich in der Kutsche saß. Harry schrieb:

Meine liebste Schwester,
mit Dankbarkeit im Herzen greife ich zum Stift und richte ein paar Zeilen an dich, um dich wissen zu lassen, dass ich mich noch unter den Lebenden befinde und in Centreville, Virginia, stationiert bin. Wir exerzieren bis zur Erschöpfung unter dem Kommando des tüchtigen Colonel George Stewart, der ein strikter Anhänger der Hygiene ist, weshalb wir uns alle guter Gesundheit erfreuen. Vor der abendlichen Parade spielen wir oft Fußball. Kampfhandlungen haben wir noch keine gesehen, auch wenn viele hier noch immer erfüllt sind vom Stolz über den Sieg in Manassus, das man im Norden Bull Run nennt. Alles hofft, dass die gute Moral der Truppe uns zu weiteren Erfolgen führen wird. Meine einzige Sorge ist, dass ich bei einer Begegnung mit dem Feind Fergus gegenüberstehen könnte. Doch ich vertraue darauf, dass Gott es nicht dazu kommen lassen wird. Ich habe eine Lebensversicherung abgeschlossen,

die im Fall meines Todes die Kosten einer Beerdigung tragen und dich von den Mühen der Vorbereitungen entlasten wird. Dank der Kampfeskraft meiner Kameraden und mit Colonel Stewart auf unserer Seite werde ich für das beigelegte Stück Papier vermutlich aber keine Verwendung haben. Schreibe mir, sobald du meinen Brief erhältst, und teile mir mit, wie es dir ergangen ist. Richte Euphemia liebe Grüße von mir aus und bitte Joseph, die Nägel an Sally Smiths Fenster noch einmal mit Kitt zu verfugen, denn schließlich steht der Winter erst bevor.
Diese Zeilen schickt dir dein
dich liebender Bruder
Harry Wilson
PS: Ich bin im Feldlager über dieses Gedicht gestolpert und dachte, du möchtest es vielleicht lesen.

Ein Regentag im Felde
(unbekannter Verfasser)

An einem tristen, trüben Abend
Wenn hallt auf feuchtem Grund kein Schritt
Die Wachmannschaft dreht ihre Runden
Ich drehe sie im Geiste mit.

Und Gottes Sternenbanner hänget
Am Mast so müde, Regen fällt.
Nein, Gott der Herr hat nicht verlassen
Unsere kriegserschöpfte Welt.

Und wenn ich in die Leere spähe,
Dann stürmen Träume auf mich ein.

Der stete Nachtwind weht nach Norden.
Mein Herz wünscht sich, zuhaus zu sein.

Bis auf den Satz, in dem es um Sally Smiths Fenster ging, war es ein wunderschöner Brief. Ich las ihn mindestens einmal in der Stunde und hatte dabei die Stimme meines lieben Harry im Ohr.

Das Weihnachtsessen verlief in gedrückter Stimmung, denn schließlich waren unsere Männer weg, sodass ich nur Euphemia und die Katze zur Gesellschaft hatte. Jo streckte sich wie immer auf dem Tisch aus. Sie war zwar eine Schönheit, aber recht mickrig geraten und kaum größer als ein Kätzchen. Allerdings machte sie ihren Mangel an Körpergröße durch feindseliges Verhalten mir gegenüber wett, ganz gleich, wie viele Döschen ihres Lieblingsfutters ich auch in ihr Näpfchen kippte.

Als der Krieg sich immer weiter hinzog, stiegen die Preise für alle Dinge des täglichen Bedarfs ins Astronomische, weshalb das Geld, das Fergus mir schickte, nie lange reichte. Wenigstens hatte die alte Tante Tandy Rose mir sechs Flaschen guten Sherry im Weinkeller hinterlassen. Auf der Suche nach etwas, das sich verkaufen ließ, blickte ich mich im Esszimmer um. Vielleicht hatte Jubal ja Interesse an dem goldenen Spiegel. Denn nur über meine Leiche würde ich mich von den blauen Sèvres-Vasen auf dem Kaminsims trennen.

Ich gab Jemma ein Zeichen, uns Sherry nachzuschenken. »Wir könnten ein paar Schweine verkaufen«, schlug ich vor.

»Fergus sagte, nur im äußersten Notfall. Außerdem müssen wir ja etwas essen«, widersprach Euphemia.

»Dann vielleicht die goldene Krawattennadel von Fergus. Oder die Kerzenleuchter von Tandy Rose.«

Euphemia lehnte den angebotenen Sherry ab. »Die sind schon seit Jahren in Familienbesitz …«

Ich legte die Gabel weg. »Nun, dann verrate du mir, wie wir uns und all die Neger ernähren und kleiden sollen. Der Tabak ist wann verkaufsfertig?«

»Im Februar.«

»Warum geht das nicht schneller?«

»Er muss trocknen, Anne-May. Außerdem mache ich mir Sorgen, dass es bei einem Unwetter durchs Scheunendach regnen könnte. Aber für Kleidung und Essen brauche ich nicht viel.«

»Du musst etwas essen. Allerdings verbrauchen wir in diesem Haus viel zu viel Zucker.«

»Herrje, für jede deiner Gesichtsreinigungen verschwendest du eine ganze Tasse voll.«

»Hast du die Rezepte überprüft, wie ich dich gebeten habe? Wann haben wir zuletzt Zucker gekauft? Und Mehl?«

»Ich bin nicht sicher.« Euphemia senkte den Kopf.

»Du meine Güte, Euphemia. Ich verlange ja wirklich nicht viel von dir. Ist es denn so schwierig, ein Auge auf die Kochrezepte zu haben?«

Euphemias Wangen röteten sich. »Was den Tabak angeht, erledige ich meine Arbeit und deine noch dazu. Ich helfe Sable mit den Setzlingen, außerdem halte ich Fergus' Büro in Ordnung, da du dich ja weigerst, es zu betreten. Den halben Tag verbringe ich damit, die Katze von der Schachtel mit den Zikaden fernzuhalten. Ansonsten hat sie, wie ich glaube, einen von Fergus' Salamandern gefressen.«

Jo wandte den Blick ab.

Aber Euphemia war noch nicht fertig. »Und wenn du richtig lesen und schreiben lernen würdest, könntest du vielleicht die Hälfte der Rezepte selbst notieren.«

Ich rutschte auf meinem Stuhl herum. »Lesen kann ich. Nur mit dem Schreiben hapert es ein wenig. Maman hatte nicht die Geduld, es mir beizubringen.«

Euphemia butterte ihr zweites Brötchen. »Du beschäftigst dich ständig nur mit deinem Aussehen, obwohl du so viele andere Talente hättest. Haben du und Fergus eigentlich je an Kinder gedacht?«

»Das würden wir, wenn er dazu in der Lage wäre. Ich glaube, er schießt nur mit Platzpatronen, falls du verstehst, was ich meine.«

»Vielleicht solltest du mehr essen und dein Korsett lockerer schnüren. *Maman* sagt ...«

»Könntest du bitte aufhören, *Maman* zu erwähnen? Ansonsten schicke ich dich zu ihr nach Hause, denn außer ihr nimmt dich ja keiner.«

Euphemia betrachtete ihr Messer. »Wie du meinst.«

Ich gab etwas dunkles Fleisch und einen Hühnermagen, eine ganz besondere Weihnachtsleckerei, auf einen Teller und reichte ihn Jemma, die hinter mir stand.

Mit einer für ein so kräftig gebautes Mädchen anmutigen Geste tupfte Euphemia sich die Lippen ab. »Du schießt so gut wie ich, Anne-May. Warum gehst du nicht mit mir auf die Jagd? Ich habe heute Morgen ein Kaninchen erwischt und es Sally für ihr Abendessen gegeben.«

»Die Neger essen besser als wir, verdammt. Ich bin sicher, dass es bei Jubal Smalls heute nicht nur ein mageres Hühnchen gibt. Vielleicht sollte ich ihn um ein Darlehen bitten.«

»Sicher weißt du, dass sich schon alle über dich und Jubal das Maul zerreißen. Kein Wunder, denn schließlich geht er nur selten zur Kirche.«

Ich trank einen großen Schluck Sherry. »Es gefällt ihm nicht, dass da so viele Neger sind.«

»Die sitzen doch hinten und stören niemanden.«

»Darf ich denn nicht mit ihm befreundet sein, Euphemia? Diese Stadt ist einfach zu klein.«

»Wenn sich eine verheiratete Frau mit einem Familienvater trifft, nimmt das kein gutes Ende.«

»Bis jetzt habe ich nicht den Eindruck, dass die Männer deinetwegen Schlange stehen. Lass uns den Tatsachen ins Auge schauen: Du besitzt kein Vermögen und bist nun einmal keine Schönheit.«

Euphemia blickte ins Feuer.

»Entschuldige meine Taktlosigkeit. Die Geldsorgen machen mir eben zu schaffen. Du hast ... nun ... hübsche Augen. Außerdem beneide ich dich, wie du weißt, um deine dunklen Haare. Aber du könntest wenigstens einen Hauch Rouge benutzen.«

Euphemia strich sich das Haar zurück. »Der Junggeselle ist ein scheues Reh. Sobald er Täuschung wittert, schöpft er Verdacht, dass da noch mehr verborgen sein könnte. Wenn ein Mann mich nicht will, weil ich nicht geschminkt bin, soll es eben so sein. Außerdem kann man mit Schönheit seine Rechnungen nicht bezahlen.«

»Eine andere Währung habe ich nicht.«

»Nimm dich in Acht vor Jubal, Schwesterherz.«

»Jede greift zu den Mitteln und Wegen, die ihr zur Verfügung stehen.«

Während die Neger faulenzten und ihr langweiliges Weihnachtsfest begingen, fuhr ich mit Euphemia in die Stadt zur Weihnachtsfeier des Nähkränzchens, die bei Smalls and Sons stattfand. Ich trug mein graues Seidenkleid und einen kleinen weißen Muff. An meiner Brust prangte Fergus' goldene Krawattennadel, deren Knauf wie ein Möwenkopf geformt war, mit Rubinen als Augen. Zu guter Letzt setzte ich die elegante Blumentopfhaube auf, die Jemma für mich angefertigt hatte. Die reizende Blümchenverzierung hatte sie aus Stoffresten gebastelt. Ein besserer Ersatz für Pariser Mode war diesseits von New York nicht zu haben.

Die alte Witwe Gardener legte mir ihre blau geäderte Hand auf den Arm. »Eine hinreißende Haube, Anne-May. Hat Jemma sie für Sie gemacht?« Wie immer interessierte sie sich mehr für meine Dienstboten als für mich. »Man könnte schwören, dass jedes dieser kleinen Blümchen mit seinem Stempel und den Blütenblättern echt ist.«

»Ja, das ist Jemmas Arbeit.«

»Hat Sally Smith noch etwas von ihrem Gelee übrig? Vielleicht komme ich nach den Feiertagen vorbei und hole mir ein Töpfchen. Dr. Gardener hatte es ja so gern.«

Um einem Vortrag über die edle Gesinnung von Abraham Lincoln zuvorzukommen, entschuldigte ich mich und überließ Euphemia und die Witwe Gardener ihrem trauten Gespräch. Die beiden waren die besten Freundinnen, seit meine Schwester im Juli dem Nähkränzchen beigetreten war.

Ich machte mich auf die Suche nach Jubal und traf ihn im hinteren Teil des Ladens vor der Tür des Lagerraums an.

»Wie geht es Ihnen, Mr. Smalls? Ich würde gern ein wenig Schnupftabak kaufen, müsste ihn aber anschreiben lassen.«

»Alles ausverkauft, tut mir leid, Mrs. Watson.«

Ich nahm die Krawattennadel mit der Möwe ab und bohrte sie ihm ins Revers. »Frohe Weihnachten, Mr. Smalls.«

Lächelnd betrachtete er den kleinen goldenen Vogel. »Ach, das ist wirklich das reizendste Weihnachtsgeschenk, das ich je bekommen habe.« Er nahm meine Hand und zog mich in Richtung Lagerraum. »Ich muss Ihnen etwas zeigen.«

Er bugsierte mich in den kleinen Raum, schloss die Tür ab und zündete eine Kerze an. Ihr Licht fiel auf den Holztisch in der Mitte der Kammer und auf den Kistenstapel an der Wand.

»Ich darf nicht hier bei dir sein, Jubal. Das weißt du genau. Mach die Tür auf.«

Er warf das Streichholz auf den gestampften Lehmboden. »Allein das Wissen, dass du auf dieser Feier sein würdest, war zu viel für mich, Anne-May. Ich kann nicht mehr aufhören, an dich zu denken.«

»Deine Frau …«

»Die redet ständig nur von ihrem Einsatz für unsere Soldaten und weist mich zurück, weil sie ihre Regel hat. Ich verliere noch den Verstand in diesem Haus.«

Er umfasste meine Taille und küsste mich so langsam und träge und gleichzeitig drängend, wie es nur ein Mann aus den Südstaaten kann. Ich genoss seinen Geruch nach Erde, nach dem Schwefel der Streichhölzer und dem Orangenduft seines Rasierwassers.

Jubal schob mir eine Hand unter den Rock und berührte mich unter der seidenen Unterwäsche. Ehe ich mich versah, lehnte ich am Tisch, und seine Küsse wurden immer leidenschaftlicher. Durch die Tür wehten Geräusche von der Feier herein.

»Jubal, nimm bitte die Zunge aus meinem Mund.«

Jubal presste seine weichen Lippen an mein Ohr. »Komm mit hinauf in mein Schlafzimmer.«

Es wurde an die Tür geklopft.

Jubal richtete sich auf und strich sein Haar glatt. »Wer ist da?«, rief er.

»Ich bin es, Jubal«, ertönte die Stimme von Harriet Smalls. »Ich muss kurz da rein.«

Ich versteckte mich hinter Jubal, während dieser die Tür öffnete, mit seiner Frau sprach und sie wieder schloss.

»Ich kann nicht so weitermachen, Jubal. Sie wird es herausfinden und überall herumerzählen.«

»Seit wann interessieren sich Frauen aus Louisiana für Konventionen?«, entgegnete er, pustete die Kerze aus und zog mich an sich.

Kapitel 15

GEORGY

Washington, D. C.
Mai 1862
An Bord der SS Daniel Webster

Mein lieber Joe,
hättest du je gedacht, dass ich und Georgy es an Bord der Daniel Webster No. 1 *schaffen könnten? Die Sanitary Commission hat den Dampfer in ein Lazarettschiff verwandelt. Nun sind wir unterwegs den Cheeseman's Creek hinunter und werden, wenn du diesen Brief erhältst, unweit von Ship Point vor Anker liegen. Am Samstagnachmittag haben die Gentlemen von der Commission uns einen Besuch abgestattet und uns zu unserer großen Überraschung vorgeschlagen, sie als Krankenschwestern auf dem Schiff zu begleiten. Obwohl man uns nur eine Nacht Vorlauf ließ, haben wir sofort zugesagt, und jetzt sind wir hier! Falls du noch bei Ship Point bist, werden wir einander bald sehr nah sein.*
In Liebe, Eliza

Am ersten Maifeiertag war Mr. Olmsted mit der *Wilson Small* eingetroffen.

»Die Kriegshandlungen schreiten rasch voran, meine

Damen, denn inzwischen hat der Marsch auf Richmond begonnen. General Lee wird uns mit heftiger Gegenwehr begegnen, weshalb mit einer hohen Anzahl Verwundeter zu rechnen ist. Können Sie rasch packen und sich auf der *Daniel Webster No. 1* zum Dienst melden?«

»Jawohl, Sir«, erwiderte ich.

»Mrs. Howland, es interessiert Sie vielleicht, dass sich Colonel Howland und seine Männer auf der *Daniel Webster No. 2* eingeschifft haben, an der Sie heute auf dem Weg nach Ship Point vorbeikommen werden. Wir wollen beten, dass wir nicht viele aus seinem Regiment auf unseren Krankenstationen sehen werden.«

Eliza und ich wurden von einem Schleppkahn zu unserem neuen Schiff gebracht. Als wir an der Mündung des York River die *Daniel Webster No. 2* passierten, hielten wir uns an den Händen, wohl wissend, dass wir endlich nah bei unserem Joe waren. An unserem neuen Zuhause, der *Daniel Webster No. 1,* angekommen, drehten wir längs bei. Es war ein ansehnlicher alter Dampfer mit zwei hohen schwarzen Schornsteinen. Seitlich neben dem Schaufelradgehäuse war in weißen Buchstaben die Inschrift US-HOSPITAL angebracht. Ein Krankenpfleger half uns an Deck. Anstatt uns zu begrüßen, verschränkten er und seine Kollegen nur die Arme.

»Die Station ist unten«, verkündete ein besonders unfreundlicher junger Pfleger und zeigte mit dem Finger auf die Luke, während er absichtlich an mir vorbeischaute.

Wir stiegen die Leiter hinunter und standen in einer erstaunlich geräumigen Krankenstation mit hoher Decke. Die Wände wurden von Feldbetten gesäumt, von denen einige mit verwundeten Soldaten belegt waren. Das Schiff schwankte sachte hin und her, und Wasser schwappte plätschernd an seinen Rumpf. Oben an Deck maßen sich unsere männlichen Kollegen johlend im Armdrücken und trommelten, begleitet von lautem Gegröle, mit den Fäusten auf Fässern herum.

Sofort liefen uns zwei Krankenschwestern entgegen, um uns willkommen zu heißen. Christine Griffin war eine zierliche Frau mit ausdrucksvollen blauen Augen und einer fröhlichen Art. Die dunkelhaarige Katharine Prescott Wormeley war eine liebe Freundin der Familie, da unsere Mütter einander gut kannten und schätzten. Frauen wie diese setzten sich selbstlos für andere ein und hielten nichts von den Nähkränzchen, in denen sich die Damen der besseren Gesellschaft trafen, um Tischmatten für das Pfarrhaus zu besticken.

»Wie schön, euch beide zu sehen«, sagte Katharine. »Als ich gehört habe, dass ihr auch mit von der Partie seid, wusste ich, dass es um eine wichtige Sache geht. Es heißt, dieses Schiff hier wird wohl am meisten gefordert werden.«

Katharine stammte aus einer angesehenen Familie in Newport, war wie ich in England zur Welt gekommen und hatte ebenfalls schon jung den Vater verloren, weshalb wir viel gemeinsam hatten. Außerdem standen wir einander sehr nah. Auch wenn manche sie als graue Maus bezeichnet hätten, sah ich nichts als ein liebreizendes Gesicht, in dem sich geistige Wachheit und eine zuversichtliche Grundeinstellung zeigten.

»Wir haben so wundervolle Dinge über euch beide gehört«, fügte Christine hinzu. »Hast du wirklich bei Dr. Blackwell studiert, Georgy? Und Mr. Lincoln persönlich um eine Abordnung von Geistlichen gebeten? Alle Welt spricht darüber.«

Die zwei waren wie wir zweckmäßig gekleidet und trugen schwarze Seidenkleider ohne Krinolinen und darunter einen schlichten Unterrock. Wir waren eine vierköpfige kleine Armee.

Katharine bedeutete uns, ihr zu folgen. »Wir können uns später alles erzählen. Im Moment brauchen wir eure Hilfe. Wie wir festgestellt haben, ist alles auf dem Schiff widerwärtig schmutzig. Leider wurde noch immer nicht zu unserer Zufriedenheit sauber gemacht, denn die männlichen Pfleger tun nichts, als uns grundlos Steine in den Weg zu legen.«

Christine beugte sich zu Eliza hinüber. »Mach, so gut es geht, einen Bogen um sie, obwohl das vergebliche Liebesmüh ist, weil es fünfzig Mann sind. Die meisten sind ehemalige Patienten, die hier Dienst leisten, um nicht zurück an die Front zu müssen.«

»Die Verwundeten sind seit einem Tag hier«, fuhr Katharine fort. »Sie sind Opfer der jüngsten Gefechte am Ufer. Drei oder vier Amputationen. Ein Leutnant hat einen Schuss ins Knie abbekommen und leidet große Schmerzen, der Arme. Und dann haben wir noch einen siebzehnjährigen Jungen mit einem Lungenschuss.«

»Bei jedem Atemzug zischt die Luft durch seine Wunde«, ergänzte Christine leise. »Es ist entsetzlich.«

Eliza und ich folgten Christine und Katharine durch die Reihe der Krankenbetten. Die meisten Männer schliefen unter ihren sauberen Laken.

»Außerdem haben wir noch einige Fälle von Typhus und Malaria«, sprach Christine weiter.

Katharine blieb stehen, um einem Soldaten den Verband zurechtzurücken. »Morgens um fünf beginnen wir damit, die Frühstückstabletts zusammenzustellen. Darauf folgt die Visite der Ärzte, und wir assistieren beim Anfeuchten der

Wunden und beim Verbandswechsel. Heute Morgen mussten wir uns die Ohren zuhalten, so grausig waren die Schmerzensschreie.«

Katharine blieb am Bett eines anderen jungen Soldaten stehen. Der Trommler konnte nicht älter als fünfzehn sein und hatte eine bandagierte Schulter.

»Muss ich heute Nacht sterben, Ma'am?«

»Papperlapapp«, erwiderte Katharine. »Wir wollen nichts überstürzen. Sie werden in New York von Bord dieses Schiffes spazieren.«

Wir setzten unsere Runde fort.

»Anschließend verteilen wir mit Kölnischwasser angefeuchtete Taschentücher an die Männer«, erklärte Christine. »Wir tupfen die Wundverbände feucht ab, schreiben für die Männer Briefe nach Hause und verabreichen ihnen Medikamente oder Brandy. Da alle neunzig Betten bald belegt sein werden, müssen wir Bettwäsche aufziehen und die Wäscheschränke nachfüllen. Beim nächsten Landgang sollten wir Ausschau nach einer Möglichkeit halten, einen zweiten Ofen zu stibitzen.«

Ich hakte Eliza unter. »Hiermit erklären wir das Stehlen zu unserer Lieblingsbeschäftigung.«

»Wir rechnen damit, dass die Kämpfe um Richmond bald beginnen«, sagte Christine.

»Unser Chefarzt heißt Dr. Ware«, erklärte Katharine. »Er ist erst sechsundzwanzig und stets gut gelaunt.«

»Dr. *Rogers* ist hingegen eine Nummer für sich«, fügte Christine hinzu. »Grauenhaft eingebildet, aber ein ziemlich fähiger Chirurg – falls er nüchtern ist. Allerdings amputiert er für meinen Geschmack zu schnell.«

Katharine wandte sich an Eliza. »Wir haben gehört, dass dein Joe beim Sechzehnten New York Regiment kämpft.

Bestimmt weißt du, dass wir auf unserer Fahrt flussaufwärts direkt an ihnen vorbeikommen werden.«

»Ja, das ist uns bekannt«, erwiderte Eliza. »Ich habe schon seit Tagen keinen Brief mehr von ihm erhalten. Die Ungewissheit ist einfach unerträglich.«

»Uns ist zu Ohren gekommen, dass die Rebellen in unsere Richtung vorrücken«, sagte Christine.

»Ihr müsst unseretwegen nichts beschönigen«, antwortete ich.

»Richtig«, bestätigte Eliza. »Jede Nachricht ist uns willkommen.«

Katharine winkte uns näher heran. »Also gut. Ich habe es gerade vom Steward erfahren. Da Grant im Westen weitere Siege verzeichnet, drängt Lincoln McClellan, zum Angriff auf Richmond zu blasen. Die nächsten Tage werden zeigen, ob es ihm gelingt, Lee die Stadt abzujagen. Einige unserer Soldaten sollen schon so weit vorgerückt sein, dass sie die Kirchenglocken hören können. Wollen wir hoffen, dass McClellan endlich zur Tat schreitet.«

»Ist der Krieg dann vorbei?«, erkundigte sich Eliza.

»Wenn wir die Hauptstadt einnehmen? Es wäre ein vernichtender Schlag gegen die Konföderierten. Soweit ich weiß, macht das Sechzehnte Regiment sich zum Angriff bereit.«

Eliza warf mir einen bedrückten Blick zu.

Katharine nahm mir die Gobelintasche ab. »Jetzt bringen wir euch erst einmal rasch unter. Es gibt nämlich viel zu tun. Wenn wir Befehl erhalten, weiter den Pamunkey River hinauf nach White House Landing zu fahren, um auf die Verwundeten zu warten, werden wir wissen, dass die Kämpfe begonnen haben.«

Wir nahmen die Hauben ab und machten uns an die Arbeit. Als es dunkel wurde, waren wir zwar müde und hungrig, aber auch stolz auf die Früchte unserer gemeinsamen Anstrengungen. Vom Frachtraum bis zum Sturmdeck waren die Böden sauber geschrubbt und gebohnert. Jedes freie Feldbett war makellos mit vorschriftsmäßig gefalteten Laken bezogen und mit einem zusätzlichen Quilt aus Armeebeständen und einem prallen Kissen in einem gestärkten Bezug ausgestattet. Ich hatte den Wäscheschrank mit ordentlich gestapelten Laken, Krankenhausnachthemden, Socken, Verbänden, Mullbinden und Lappen gefüllt. Anschließend hatte ich den Medikamentenschrank überprüft und festgestellt, dass er gut bestückt war. Nur der Brandy war knapp. Dagegen würde man etwas unternehmen müssen, denn häufig war er das einzige Betäubungsmittel, das uns zur Verfügung stand.

Und dann, wie aus heiterem Himmel, schwappte ein Schwall männlicher Pfleger die Leiter hinunter. Die Männer schlenderten zwischen den leeren Betten umher, bis jeder eines gefunden hatte, um sich daraufzulegen. Einige zerwühlten die Laken und zogen die Decken heraus, während andere einfach zwischen das Bettzeug krochen, die Stiefel noch an den Füßen und viele von ihnen mit einer kräftigen Alkoholfahne.

Ich baute mich vor einem der Männer auf. »Ich hoffe, Sie haben sich nicht am Brandy aus unseren Vorräten bedient, Sir.«

Er grinste mich an. »Dr. Rogers hat ihn uns gegeben. Hat sich selbst einen genehmigt.«

Katharine trat neben mich und scheuchte ihn mit einem Klaps aus dem Bett. »Raus da mit Ihren dreckigen Stiefeln.«

Eliza und Christine zerrten einen seiner Kameraden hoch.

»Diese Betten sind für unsere im Kampf verwundeten Soldaten. Legen Sie sich gefälligst in Ihre eigenen Kojen.«

Einer beugte sich über mich. Sein Atem stank nach Alkohol.

»Ich fürchte, ich muss Sie melden, Sir«, sagte ich.

»Ihr seid hier nicht erwünscht. Das könnt ihr eurem Mr. Lincoln ausrichten«, entgegnete er grinsend und kippte sich den letzten Brandy aus unserem Medizinschrank hinter die Binde.

Als wir am 31. Mai erwachten, ahnten wir nicht, mit welcher Wucht nun Leid und Tod über uns hereinstürzen würden.

Bei Morgengrauen erhielten wir Befehl, den Pamunkey River hinaufzufahren. Als wir uns, beinahe unter Volldampf, auf den Weg machten, streiften unsere Schornsteine die tief hängenden Äste am Ufer. Eliza und ich standen an Deck, und als wir uns White House Landing näherten, sahen wir Martha Washingtons ehemaliges Zuhause, ein unscheinbares weißes Häuschen ganz oben auf einer abschüssigen Grünfläche, die am Fluss endete. Die Verwundeten wurden die mit Gras bewachsene Böschung hinabgetragen.

Dr. Ware gesellte sich zu uns an Deck, und ich betrachtete wohlwollend seine weit auseinanderstehenden, gütig dreinblickenden Augen und sein freundliches Lächeln. »Die Konföderierten haben uns vor Richmond angegriffen«, erklärte er. »Lee hat in der Nähe von Fair Oaks Station McClellans linke Flanke erwischt. Gewaltige Opferzahlen auf beiden Seiten. Die Verwundeten wurden zum Eisenbahndepot gebracht. Wir gehen an Land und machen uns ein Bild von der Lage.«

Wir ankerten in der Bucht und ruderten an Land. Die Luft war heiß und drückend. Als wir uns dem Ufer näherten, stellten wir fest, dass bereits Unmengen von Verwundeten warteten, die von den Sanitätern dort abgelegt worden waren. Viele hatten schwere Verletzungen davongetragen und schrien vor Schmerzen. Sobald unser Ruderboot das steinige Ufer berührte, eilten wir den Männern zu Hilfe. Da die Verwundeten zügeweise angeliefert wurden, waren wir bald völlig überfordert. Massen von Männern trafen ein, Tote und Lebende zusammengepfercht in Viehwaggons. Andere wurde auf an Pferden festgeschnallten Tragen oder mit Krankenwagen gebracht, bis am Ufer kein freies Fleckchen mehr zu finden war. Die Soldaten luden ihre verwundeten Kameraden einfach entlang des Flusses ab und ließen sie in ihrer Qual dort zurück.

Es war das erste Mal, dass ich mit frischen Kriegsverletzungen in Berührung kam. Einige rührten von Bajonetten und Säbeln her, doch die allermeisten waren von weichen Bleikugeln verursacht worden, die man Minié-Geschosse nannte. Diese Kugeln flachten beim Eintritt in den Körper ab, zersplitterten die Knochen und rissen schwärende Wunden, die fast immer eine Amputation nötig machten.

Wir schafften die Verwundeten mit einem von Pferden gezogenen Krankenwagen oder zu Fuß zu dem Lazarett, das wir an Land eingerichtet hatten. Einige offene Brüche waren so schwer, dass für den Betroffenen kaum Hoffnung zu bestehen schien. Auf jeder Trage lag ein Mann, dessen Zustand noch ernster schien als der seines Vorgängers. Einem hastig verbundenen Soldaten fehlten beide Beine. Einem anderen hatte es die untere Gesichtshälfte weggerissen, sodass Halswirbel und Zähne freilagen.

Dr. Ware erschien. »Wir haben beinahe neunzig Mann mit guten Überlebenschancen beisammen. Bald brechen wir auf.«

»Wir haben Platz für noch mehr Patienten, Herr Doktor«, wandte ich ein.

»Uns läuft die Zeit davon. Da wir uns nicht verteidigen können, dürfen wir uns nicht erwischen lassen. Sonst überlebt es keiner von uns.«

Ich folgte Dr. Ware und Dr. Rogers auf ihrer Runde durch das Meer der schreienden Verwundeten, während die Ärzte die Fälle auswählten, die sie aufnehmen würden. Dann schrieb ich die Namen der Betreffenden in mein kleines Buch, das ich am Gürtel hängen hatte. Die beiden Ärzte suchten die Männer aus, bei denen eine Amputation aussichtsreich war, und ließen die hoffnungslosen Fälle – Bedauernswerte mit von Kugeln aufgerissener Brust oder freiliegenden, entzündeten Gedärmen, bei denen bereits die Sepsis einsetzte – zum Sterben im Gras zurück.

Als wir zurück an Bord waren, füllten sich die Krankensäle rasch mit Schwerverletzten. Wir mussten uns Taschentücher vor Mund und Nase halten, denn von dem Gestank der schwärenden Wunden drehte sich selbst den hartgesottensten und erfahrensten Kräften unter uns der Magen um.

Eliza und ich halfen den Patienten ins Bett. Die Luft war erfüllt von Rufen nach den geliebten, aber weit entfernten Angehörigen und dem Stöhnen vor Durst, Hunger oder Schmerzen.

Als Eliza und ich gerade den Beinstumpf eines Gefreiten verbanden, kam Dr. Ware angehastet.

»Haben Sie schon einmal bei einer Amputation assistiert, Georgy?«

»Während meiner Ausbildung in New York habe ich bei einer zugesehen, Herr Doktor. Allerdings aus der Entfernung.«

»Und Sie, Eliza?«

»Nein.«

»Dr. Rogers braucht OP-Schwestern. Ich habe ihm erklärt, dass Sie vermutlich eine Einweisung nötig haben. Er kann Ihnen alles vor Ort erklären.«

Wir hatten kaum Zeit zu nicken, als Dr. Ware bereits weitereilte. »Er operiert auf dem Vorderdeck!«, rief er uns noch über die Schulter gewandt zu.

Wir trafen Dr. Rogers, unrasiert und mit blutbespritzter Schürze, unter einem niedrigen Vordach im Bug des Schiffes an, wo er vor einem jungen Mann stand. Dieser lag seitlich auf dem Tisch, an dem sonst die Mahlzeiten eingenommen wurden. Er war hellwach und wurde von zwei männlichen Pflegern festgehalten. Einer von ihnen rasierte den Oberarm des Patienten. Der hölzerne Arztkoffer mit dem OP-Besteck stand auf dem Tisch neben ihm. Die silbernen Instrumente schimmerten in den Sonnenstrahlen, die durch die Luke hereinfielen.

Als ich näher herantrat, konnte ich keinen Grund erkennen, dem Mann den Arm abzunehmen.

»Zeit, dass Sie kommen«, meinte Dr. Rogers. »Seinen Brandy hatte er schon. So wirkt das Chloroform besser.«

Ich beugte mich noch weiter vor und stellte fest, dass der Alkoholgeruch nicht nur von dem Patienten, sondern auch von Dr. Rogers und den Krankenpflegern kam.

»Ware sagt, Sie hätten so eine Operation noch nie gesehen. Heute werden Sie etwas von einem Fachmann lernen. Ich habe schon Hunderte von Amputationen durchgeführt.«

»Was sollen wir tun, Herr Doktor?«, fragte ich.

»Sie beide verabreichen das Chloroform. Eine stellt sich ans Kopfende des Tisches und formt ein Handtuch zu einem Trichter. Die andere träufelt mit einem Esslöffel das Chloroform darauf.«

»Bitte nicht«, flehte der Mann auf dem Tisch. »Ich bin Farmer in Quincy. Wie soll ich meine Äcker pflügen, wenn Sie mir einen Arm abnehmen?«

Eliza und ich umrundeten einen Haufen amputierter Gliedmaßen. An einigen Beinen steckten noch Schuhe oder Stiefel. Ich nahm meinen Platz am Kopfende des Tisches ein und legte dem Mann die Hand auf die heile Schulter.

Der Gefreite blickte mich an. »Bitte lassen Sie das nicht zu, Ma'am.«

»Wenn Sie Ihre Familie wiedersehen wollen, müssen Sie überleben«, erwiderte ich, nahm das Handtuch und faltete es zu einem Trichter. Eliza träufelte oben Chloroform hinein. Sofort wurde der Mann unruhig, und er fing an, um sich zu schlagen.

»So bleibt das Handtuch nicht in Trichterform«, sagte ich.

»Tun Sie Ihr Bestes. Die Unruhe ist nur Folge des Chloroforms.«

Als der Patient schließlich still wurde, verlor Dr. Rogers keine Zeit. Da die Dauer der betäubenden Wirkung von Chloroform unberechenbar war, kam es bei Chirurgen vor allem auf Geschwindigkeit an. Er band den Oberarm ab.

»Nach dem Abbinden wende ich mich der Wunde zu. So etwas bezeichnen wir als Primäramputation, begleitet von unkontrollierbaren Blutungen.«

»Er blutet doch gar nicht, Herr Doktor«, wandte ich ein.

»Die Schusswunde befindet sich am Gelenk, Miss Woolsey.«

»Sie ist doch nur oberflächlich.«

»Aber, aber, Miss Woolsey. Jetzt lernen Sie etwas von einem echten Fachmann. Falls Ihnen übel werden sollte, treten Sie vom Tisch zurück.«

»Vielleicht sollten wir Dr. Ware zu Rate ziehen.«

Einer der Pfleger beugte sich zu mir hinüber. »Der operiert gerade.«

»Nun habe ich die Hauptarterie gegen den Knochen gedrückt, Schwester, und Sie schlagen jetzt die Haut zurück.«

Der Arzt schwenkte sein Messer. »Hier sehen Sie Listons kleines Amputationsmesser, den Schwerarbeiter unter den Skalpellen. Ich nehme einen Einschnitt rings um den Arm und durch die Muskeln bis hinunter zum Knochen vor. Die Haut müsste man noch weiter zurückschlagen, danke, Schwester, damit man den Knochen durchsägen kann, und zwar mit einer gewöhnlichen Knochensäge. Die werden Sie am Operationstisch noch öfter zu sehen kriegen. Sie macht mit dem Knochen kurzen Prozess.«

Während er schnitt, tupfte ich das Blut mit einem sauberen Handtuch weg. Eliza und ich hielten uns am Tisch fest und zwangen uns, der Prozedur aufmerksam zu folgen.

Ein paar Bewegungen mit der Knochensäge, und der Arm des jungen Manns fiel zur Seite. Dr. Rogers warf ihn auf den Haufen. Die verbliebene Haut und das Gewebe reichten eindeutig nicht, um den Knochen abzudecken.

Ich drückte das Handtuch auf die Wunde. »Dr. Rogers, in der Schwesternschule hat man uns beigebracht, dass man mehr als genug Haut übrig lassen …«

»Es ist mehr als genug Haut.« Die eingefädelte Nadel in der Hand, drehte er sich zu mir um. »Ich kann mich des Eindrucks nicht erwehren, dass Sie sich für eine Ärztin halten, Miss Woolsey. Erstens haben Sie in Frage gestellt, dass der Arm dieses Soldaten amputiert werden musste.«

»Meiner Ansicht nach hätte man ihn retten können. Aber Sie haben den Mann einzig und allein um Ihrer Eitelkeit willen seines Lebensunterhalts beraubt.«

Sein Gesicht verfärbte sich dunkelrot. »Und zweitens

zweifeln Sie an meiner Operationstechnik. Vermutlich werden Sie es sich in Ihr kleines Krankenpflegehandbuch notieren, an dem Sie schreiben.«

»Woher wissen Sie ...?«

»Die Pfleger wissen alles, Miss Woolsey.«

»Wühlen Sie etwa in meinen Sachen?«

»Wir sind hier auf einem Militärschiff, meine Liebe, nicht im Hotel Brevoort. Soweit mir bekannt ist, haben die Männer sich königlich über Ihre Ausführungen amüsiert.«

»Falls es Sie so brennend interessiert: Es ist mir ein ernstes Anliegen. Ich schreibe ein Handbuch für eine Schwesternschule, die ich eines Tages eröffnen werde. Und ja, es wird darin auch um Operationstechniken gehen.«

»Ein Handbuch für Frauen in der Krankenpflege?« Er lachte heiser auf. »Das stelle ich mir spaßig vor.« Im nächsten Moment wurde er ernst. »Allerdings geben ein paar Tage in der Schwesternschule Ihnen noch lange nicht das Recht, einen Chirurgen mit zehnjähriger Berufserfahrung zu kritisieren. Wenn ich fertig bin, werden Sie diesen Patienten zurück auf Station begleiten. Außerdem will ich Sie nie wieder an meinem Operationstisch sehen.«

Während die Patienten allmählich einschliefen, verbrachten Eliza und ich die Nacht im Sitzen und dämmerten nur hin und wieder kurz weg, den Kopf auf die Arme gestützt, um jederzeit für unsere »kritischen Fälle« da sein zu können. Die Mehrheit von ihnen bedurfte ständiger Pflege. Sie waren noch so jung und so tapfer und beklagten sich nie. Wir standen ihnen in der schwierigsten Zeit der Genesung bei, brachten ihnen Milchpunsch mit Brandy oder ein kleines Stück Fleisch, auf dem sie kauen konnten. Trotzdem herrschte um uns herum das große Sterben.

Später in der Nacht spürten wir, wie das Schiff sich in Bewegung setzte. Links und rechts von kleinen Schleppkähnen gezogen, traten wir hastig den Rückzug stromabwärts an, wo unsere Patienten für die Fahrt in den Norden auf ein anderes Schiff verlegt werden sollten.

Als ich kurz an Deck ging, um frische Luft zu schnappen, sah ich am Ufer mindestens hundert bedauernswerte hoffnungslose Fälle, die noch am Leben waren und uns nachblickten. Es tat mir in der Seele weh, sie zurücklassen zu müssen. Zu meiner Erleichterung hatten wir unter ihnen bis jetzt noch niemanden aus dem Sechzehnten New York Regiment entdeckt.

Kapitel 16

JEMMA

Peeler Plantation, Maryland
April 1862

Drei Monate nachdem Delly, Charl und das Baby verschwunden waren, vermisste ich sie immer noch sehr. Wir deuteten die Sonnenblume auf ihrem Bett als Aufforderung, ihr Fehlen geheim zu halten, und so hatte LeBaron es erst bemerkt, als wir wieder zurück an die Arbeit mussten und die zwei nicht erschienen.

Ich saß gerade unten mit Sally zusammen, als LeBaron hereingestürmt kam. Er war in Chesters Begleitung und hatte Miss Charlenes Hunde bei sich, die er überall in unserer Hütte herumlaufen ließ. Ich kniff fest die Augen zu und hoffte, dass sie nicht die Bodendielen anheben und Pas Messer finden würden.

LeBaron rollte mit den Augen und war puterrot im Gesicht. Drohend schwenkte er den Griff seiner Peitsche vor Sally Smiths Gesicht. »Falls ich rauskriegen sollte, dass du sie versteckst, du schwarze Hexe, sorge ich persönlich dafür, dass du am nächsten Ast baumelst.«

Seit Dellys und Charls Verschwinden wurden die Zustände auf der Peeler Plantation immer schlimmer. Da Ma und Pa die Arbeit mit dem Tabak allein kaum schafften, half ich hin und wieder aus. Außerdem wurde ein Teil der Ernte in der Scheune feucht, das Schlimmste, was einem mit Tabakblättern passieren konnte. Ma zermürbte sich Tag und Nacht vor Sorge, Anne-May könnte Peeler in den Bankrott wirtschaften. Im Gegensatz zu ihr war Tante Tandy Rose sehr sparsam gewesen, worüber sie sich selbst auf die Schippe nehmen konnte. So hatte sie die Straße nach Peeler in Moneysunk Road umbenannt, Fass-ohne-Boden-Straße, weil das große Haus genau ein solches war. Wie allgemein bekannt, neigte Anne-May dazu, das Geld mit beiden Händen aus dem Fenster zu werfen. In jenem Frühling verkaufte sie aus einer Laune heraus zehn Schweine, worauf ein Großeinkauf bei Smalls and Sons folgte. Sogar die Schweine hielten den Verkauf offenbar für eine dumme Idee, denn als die Viehtreiber aus Leonardtown kamen, um sie zu holen, rannten sie trotz des lauten Johlens der Männer immer wieder zurück in ihren Pferch. Schließlich musste man den armen Dingern die Augenlider zunähen, damit sie sich widerstandslos zum Schlachthof bringen ließen.

Es war deshalb kein Wunder, dass ich Pas nächstes Geheimtreffen an jenem Abend kaum erwarten konnte. Anne-May war außer sich vor Wut, weil sie auf zwei tüchtige Arbeiter wie Charl und Delly verzichten musste, und sie hatte Sally befohlen, unseren Maisbrei zur Strafe an die verbliebenen Schweine zu verfüttern. Allerdings war ihre Stimmung am Nachmittag schon wieder umgeschlagen. Nun verlangte sie, dass ich ein neues Kleid für sie nähte, zumindest etwas, das mich von meinem knurrenden Magen ablenkte.

Wegen des Krieges war es schwierig, genug elegante Borten und Rüschen zum Verzieren von Kleidern aufzutreiben. Es war ein Wunder, dass Anne-May überhaupt Seidenstoff hatte bekommen können. Sie wies mich an, das abgelegte Kleid, das sie Ma geschenkt hatte, zurückzuholen und aus dem schwarzen Stoff Applikationen anzufertigen. Doch da Ma das Kleid inzwischen als Sonntagskleid zur Kirche trug, kam es überhaupt nicht in Frage, dass ich es ihr wegnahm.

Stattdessen stöberte ich unter Anne-Mays Sachen ein altes minzgrünes Kleid aus Bombasin auf. Außerdem fand ich einen alten Regenschirm von Mister Watson, der in einem Hurrikan den Geist aufgegeben hatte. Aus dem schwarzen Stoff schnitt ich hübsche Bahnen, die den Rock von oben hinabliefen. Ich bat Pa, den aus Knochen bestehenden Knauf des Schirms zu Knöpfen zu verarbeiten, und nähte sie vorn am Oberteil fest.

Nachdem ich etwa eine Stunde vor mich hin genäht hatte, wanderten meine Gedanken zu Anne-Mays Schmuckkästchen und zu Mas Ohrringen, die sich darin befanden. Ich stand auf und ging zu der mit dunkelrotem Leder bezogenen und mit schwarzem Samt ausgekleideten Schatulle und öffnete sie. Die Schmuckstücke darin waren nach einem festen System angeordnet. Gleich nach ihrer Ankunft hatte Anne-May mir einen Vortrag über jedes einzelne Stück gehalten und mir die schwersten Strafen angedroht, falls eines davon verschwinden sollte.

Ich nahm einen der Ohrhänger aus Amethyst heraus, die Tante Tandy Rose Ma geschenkt hatte, und hielt ihn ans Fenster. Der violette Stein funkelte im Licht. Tandy Rose hatte Ma die Ohrringe gegeben, nachdem die schlimme Sache draußen in der Tabakscheune geschehen war, als wir Kinder dort gespielt hatten. Sie hatte gewollt, dass Ma sich ein wenig besser fühlte, und eine Weile hatte es auch gewirkt.

Doch dann kam Anne-May, und Tante Tandy Rose war noch keine Stunde unter der Erde, als LeBaron ihr schon meldete, dass Ma diese Ohrringe besaß. Daraufhin befahl sie ihm, unsere ganze Hütte auseinanderzunehmen, bis er sie gefunden hatte. Schließlich rückte Ma die Ohrringe heraus, allerdings nicht ohne ihm mitzuteilen, Tante Tandy Roses Wertschätzung könne er ihr nicht wegnehmen. Daraufhin hatte er sie mit dem Metallknauf seiner Peitsche so fest ins Gesicht geschlagen, dass eine halbmondförmige Narbe an ihrem Kinn zurückblieb. Immer wenn wir die violetten Steine so hübsch an Anne-Mays Ohrläppchen glitzern sahen, konnte ich buchstäblich spüren, wie Mas Blut in Wallungen geriet.

Als ich auf der Treppe Anne-Mays Stimme hörte, legte ich den Ohrring rasch zurück auf sein Samtbett und schloss die Schatulle.

Ein Auge argwöhnisch zugekniffen, kam sie ins Zimmer. »Was treibst du hier?« Sie schaute sich um.

»Ich habe nur Ihr neues Kleid zu Ende genäht.«

Sie trat an die Schmuckschatulle und öffnete den Deckel. »Du warst da dran, richtig?«

»Nein, Missis.«

»Die Sachen haben vorher anders gelegen. Runter in die Speisekammer.«

»Ich schwöre auf die Bibel, dass ich nicht …«

»Wage es nicht, den Namen des Herrn zu verunehren. Runter in die Speisekammer, oder ich verprügle dich hier an Ort und Stelle, und zwar doppelt so lang.«

In jener Nacht, nachdem Anne-May, erschöpft von ihrer Prügelorgie, eingeschlafen war, trafen wir uns alle unten in der Hütte. Pa setzte mich an den Tisch, wo Sally meinen Rücken mit jedem Heilmittel behandelte, das sie im Haus hatte, und ihn mit in Kamillentee getränkten Wattebäuschen betupfte.

»Ich habe einen neuen Plan«, verkündete Pa.

Ma ging im Raum auf und ab. Das Kerzenlicht fing sich in den Tränen, die in ihren Augen schimmerten. »Ich habe die Pläne satt, Kofi. Wie viel sollen wir noch ertragen? Ich werde keinen Tag länger hierbleiben. Und wenn ich über den Fluss schwimmen müsste. Meine Tochter soll so etwas nie wieder durchmachen. Außerdem ist es nur eine Frage der Zeit, bis LeBaron sich an ihr vergeht, wie er es bei Celeste getan hat. Wenn es sein muss, bringe ich sie selbst nach Fort Monroe.«

Pa reichte Sally mehr Watte. »Mein neuer Plan ist besser als Fort Monroe. Wir gehen nach Point Lookout, das ist ein Stützpunkt der Nordstaatenarmee gleich unten an der Halbinsel. Dort gibt es ein Lager für Konterbande, wo man uns aufnehmen wird.«

»Sagt wer?«, hakte Sally Smith nach.

»Der Verkäufer im Eisenwarenladen in Leonardtown, ein freigelassener Sklave, wo ich meine Farben kaufe. Er meint, wir müssen es nur irgendwie bis dorthin schaffen. Sie würden uns allen Arbeit gegen Bezahlung geben. Einige könnten auch mit dem Schiff nach Norden fahren.«

Ma setzte sich neben mich. »Einverstanden. Aber lieber früher als später.«

»Wie sollen wir hinkommen?«, erkundigte ich mich.

»Wir waten durch den Sumpf. Jemma, du gibst Patience Bescheid.«

»Durch den Sumpf?« Sally presste fest die Lippen zusammen.

Bei der bloßen Vorstellung fingen meine Hände an zu zittern. »Gibt es denn keinen anderen Weg, Pa? Patience hat

Angst vor den Schlangen. Außerdem kennen die Hunde mich inzwischen zu gut.«

»Wir können schlecht die Hauptstraße entlangspazieren. Im Notfall hält man mehr aus, als man sich je zugetraut hätte, Jemma.«

Ma griff nach meiner Hand.

»Alles wird gut«, meinte Pa, doch sein Blick war ernst. »Bald sind wir frei, das spüre ich genau.«

Kapitel 17

ANNE-MAY

Peeler Plantation, Maryland
April 1862

Eines Morgens saßen Euphemia und ich im Esszimmer. Die Katze schlug nach den kleinen Chenilletroddeln an den Vorhängen, und das Surren in meinem Kopf wurde immer lauter, weil ich keinen Schnupftabak mehr hatte. Gerade spielte ich mit dem Gedanken, in die Stadt zu fahren und Jubal zu fragen, ob Nachschub eingetroffen sei, als wir Räder auf Kies knirschen hörten. Wir hasteten hinaus auf den Hof, wo ein Wagen vorfuhr. Zwei Männer mit Zylindern saßen auf dem Bock. Angesichts ihres Berufs sahen sie erstaunlich frisch und fröhlich aus. Hinten auf dem Wagen stand ein Sarg aus grauem Metall.

Euphemia stützte sich mit ihrem ganzen Gewicht auf mich. »Fergus.«

Ich schob sie weg und strich mir das Haar glatt. Unterdessen waren die Männer abgestiegen und kamen auf uns zu.

»Wir bedauern, Ihnen eine schlechte Nachricht überbringen zu müssen, Ma'am, aber wir haben eine Lieferung für Miss Anne-May Wilson Watson.«

»Das bin ich.«

»Wohin können wir den Verstorbenen bringen? Wir brauchen zwei Sägeböcke und ein Brett, um seine sterblichen Überreste aufzubahren.«

»Fergus Watson? Ach, du meine Güte.« Ich machte einen Schritt rückwärts. Fergus' Tod kam mir äußerst ungelegen. Ich hatte überhaupt nicht damit gerechnet. Außerdem passte es zu ihm, mich mittellos und mit der Leitung einer Plantage sitzenzulassen. »Wahrscheinlich ist es das Beste, wenn Sie ihn in den Salon tragen. Dort haben wir Tante Tandy Rose auch aufgebahrt. Der Raum hat Blick auf den Fluss. Die schönste Aussicht in Maryland, meine Herren.«

Euphemia förderte ein Taschentuch aus ihrem Ärmel zutage. »Fergus hat den Fluss geliebt.«

Ich wandte mich an die Sargträger. »Wie viel schulden wir Ihnen, Gentlemen? Ich fürchte, wir sind nicht sehr wohlhabend.«

»Keinen Cent, Ma'am. Er hat alles im Voraus bezahlt. Wahrscheinlich hat er geahnt, dass seine Zeit bald um sein wird.«

»Oh, Fergus«, sagte Euphemia. »Immer hat er zuerst an andere gedacht.«

Sobald wir im Salon waren, fing Euphemia an, Rotz und Wasser zu heulen.

Ich rüttelte sie am Arm. »Hör auf damit. Herrje, du tust ja, als wärst du mit Fergus verheiratet gewesen. Das Schicksal wollte es eben so. Joseph soll die Tür aushängen und zwei Sagebocke für den Sarg aufstellen. Und hol Sable und Jemma, damit sie die Leiche versorgen.«

Die Sargträger waren uns gefolgt. »Er wurde an der Front ordentlich einbalsamiert. Also können Sie ihn für eine Woche oder sogar noch länger aufbahren, ohne dass er verwest.«

»Wie beruhigend, das zu hören«, erwiderte ich.

Nachdem Joseph die Tür ausgehängt hatte und Sable und Jemma da waren, brachten die Männer den Sarg und stellten ihn auf die Sägeböcke.

Es war eine blaugraue Kiste, die eine gruselig menschenähnliche Form hatte: An den Schultern war sie breiter als unten. Darüber war ein eisgekühlter Kasten aus demselben Material gestülpt.

»Sie müssen nur noch diese Papiere unterschreiben. Sobald die sterblichen Überreste am richtigen Platz liegen, entfernen wir den Sarg.«

Als einer der beiden den Kühlkasten hob, kam der Sarg darunter in Sicht, dessen Deckel mit Kreide beschriftet war: *Harold Wilson. Lieferung an Miss Anne-May Wilson Watson, Peeler Plantation bei Hollywood, Maryland.*

Ich wich zurück. »Ich verstehe nicht ganz.«

»Wie ich schon sagte, hat er im Voraus bezahlt. Es ist alles voll versichert.«

»Ich meinte, dass ich nicht verstehe, was das soll. Ist das etwa nicht mein Mann Fergus Watson?«

»Nein. Der Mann hier drin hieß Harold Wilson. Er hat diese Adresse angegeben. Hören Sie, wir müssen noch eine Lieferung zustellen, Ma'am. Wir brauchen den Sarg.«

»Natürlich.« Mehr brachte ich nicht heraus, da ich von einem Gefühl der Benommenheit und Leere ergriffen wurde. Es war, als blickte ich hinab in einen Abgrund.

Euphemia packte mich am Arm. »Oh nein, nicht unser Harry!«, schrie sie auf.

Mit einem Stemmeisen entfernten sie den Deckel und stellten ihn beiseite.

»Möchten Sie die Leiche sehen? Sie wurde vertragsgemäß hergerichtet. Ein Gentleman an der Front hat die Überführung veranlasst.«

Auf wackeligen Beinen trat ich vor und sah meinen Bruder, meinen wunderschönen Bruder mit geschlossenen Augen daliegen. Seine Wangen waren rosig, als wäre er noch am Leben. Als sie ihn, bekleidet mit seiner Uniform, aus dem Sarg hoben, krampfte ich die Hände unter dem Kinn zusammen.

»Wir mussten ihm ein anderes Hemd anziehen. Ein Schuss in die Brust. Damit schafft es keiner lebendig nach Hause. Die Kugel ist mitten durch ihn durchgegangen. Gelitten hat er nicht, so viel steht fest.«

Wie konnte das Harry sein? So bleich und kalt? Ganz, als schliefe er? Nur dass er einen scheußlichen blauen Hauch um die Lippen hatte und sein Mund halb offen stand. Seine Arme lagen seitlich am Körper an. Niemand schlief in dieser Haltung.

Die Katze sprang aufs Sofa und schaute zu Harry hinüber. Tränen traten mir in die Augen. Erinnerte Jo sich an ihn?

Euphemia stürmte nach oben und legte sich ins Bett, während Sable, Sally und Jemma mit gesenkten Köpfen hereingeschlichen kamen. Jede hatte ein Becken halb voll mit Wasser und saubere Lappen bei sich, und sie machten sich an die Arbeit. Wie benommen stand ich da, als sie meinem Bruder den Uniformrock und die Hose auszogen und ihm ein gefaltetes Handtuch über den Schritt legten. Dann strichen sie mit dem Lappen ein letztes Mal über seinen Körper. Sally hatte die Kleidung fürs Grab auf dem Sofa zurechtgelegt, als würde er jeden Moment aufstehen und sie anziehen.

»Wascht ihn ja ordentlich«, sagte ich und hatte das Gefühl, meine Stimme von weit weg zu hören.

Sable nickte nur und wischte weiter mit dem Lappen über meinen armen Bruder. »Ja, Missis.«

Als die Hintertür knallte, zuckten wir alle zusammen. Die Stimme meiner Mutter hallte durchs Haus.

»Ist das wahr? Wo ist mein Sohn?«

Ein glühender Schmerz schoss mir in die Augen.

Maman.

»Wie schön, dich zu sehen, *Maman*. Du bist aber schnell gekommen.«

Zoretha Wilson Stickman kam ins Zimmer gerauscht. Mit ihrer schwarzen Löffelhaube und dem schwarzen Kleid aus Bombasin, einem von dreien, die sie eigens für eine solche Gelegenheit hatte anfertigen lassen, erinnerte sie an eine magere, kleine Hornisse.

»Ich war gerade bei Cousine Sissy in Baltimore, als ich die Nachricht erhielt. Ich kann es noch immer nicht fassen. Nicht mein Harry.«

»Doch, es ist wahr, *Maman*«, antwortete ich.

Ich machte ihr Platz. Als sie an mir vorbeiging, zog sie eine kräftige Spur Geranienduft hinter sich her.

Maman streifte die Handschuhe ab, indem sie nacheinander an jedem Finger zupfte. »Muss ich etwa selbst die Handschuhe ausziehen? Ich hatte ganz vergessen, wie rückständig ihr hier seid.«

»Jemma ist gerade beschäftigt.«

Sie machte einen Schritt auf Harry zu und betrachtete ihn. »Mein Junge.« Sie streckte die Hand aus, wie um ihn an der Schulter zu berühren, zuckte aber zurück.

»Wo ist das Einschussloch?«, fragte sie in den Raum hinein.

Ich trat neben Harry und zeigte auf das schreckliche, rot umränderte Loch, das sich beinahe in der Mitte seiner Brust befand. »Genau hier, *Maman*.«

»Hebt ihn hoch.«

Jemma und Sable starrten einander nur an.

»Hebt ihn hoch, hab ich gesagt. Gütiger Himmel, braucht ihr eine Extraeinladung?«

Ich konnte kaum hinschauen, als sie versuchten, meinen Harry zur Sitzposition aufzurichten. Doch sein geschundener grauweißer Körper war noch immer steif, weshalb *Maman* sich tief hinunterbeugen musste, um seinen Rücken zu begutachten.

Ein leichtes Lächeln auf den Lippen, richtete sie sich wieder auf. »Ich habe es gewusst. Die Austrittswunde ist viel größer als das Loch vorn. Das heißt, er ist ehrenhaft gestorben. Erschossen von vorn, nicht auf der Flucht.«

Ich nahm sie am Arm. »Komm, *Maman.* Sable muss ihre Arbeit machen, damit unsere Freunde zur Totenwache kommen können.«

Zoretha schien Sable zum ersten Mal zu bemerken. »Die sollen verschwinden.«

Ich wollte meine Mutter hinausführen. »Aber sie sind noch nicht fertig.«

»Ich will nicht, dass sie meinen Jungen anfassen. Hol deine Schwester.«

»Aber *Maman.* Euphemia hat sich hingelegt. Sie ist völlig außer sich wegen Harry ...«

Zoretha atmete tief durch. »Du wirfst jetzt in dieser Sekunde die schwarzen Schlampen aus dem Haus, oder ich nehme mir ein Gewehr aus dem Schrank und schieße sie nieder, hast du mich verstanden?«, sagte sie mit bemüht ruhiger Stimme.

Sable und Jemma hasteten hinaus und ließen meinen Bruder nackt auf dem improvisierten Tisch liegen.

»Möchtest du kein Gebet für Harry sprechen? Du hast ihm ja kaum ins Gesicht gesehen.«

»Später, Anne-May. Zuerst einmal muss ich richtig ankommen. Ich nehme dein Zimmer, die Aussicht wirkt so beruhigend auf meine Nerven.«

»Dir ist Harry doch eigentlich egal. Du hast ihn nur in Uniform gesteckt, um dich wichtigzumachen. Er ist deinetwegen gestorben, und dich kümmert es nicht.«

Maman trat einen raschen Schritt auf mich zu. Tränen schimmerten in ihren Augen, als sie mir einen zitternden Zeigefinger in die Brust bohrte. »Wage es nicht, die Liebe einer Mutter für ihren Sohn anzuzweifeln. Seit er das Licht der Welt erblickt hat, war er mein Ein und Alles und mir viel wichtiger, als es eines von euch Mädchen je sein wird. Nie werde ich einen Menschen mehr lieben als ihn. Er war gütig und einfühlsam und ein Trost für meine Seele. Er saß gern an meiner Seite und war seinem Vater viel ähnlicher als ihr. Sorg dafür, dass er ordentlich gewaschen wird. Ich werde ihm heute Abend zusammen mit unseren anderen Gästen die letzte Ehre erweisen. Lass mein Gepäck nach oben tragen. Sally soll mir Tee aufs Zimmer bringen.«

Die Tage der Totenwache waren zur Hälfte um, als Fergus mit dem Krankenwagen zu Hause eintraf. Er hatte ein Bein verloren.

Euphemia stürmte nach draußen, während zwei Adjutanten ihn auf einer Trage aus dem Wagen hoben. »Fergus!«, schluchzte sie und lief auf ihn zu. »Wir haben dich so vermisst.«

Ich folgte ihr. »Hoffentlich hat jemand für den Krankenwagen bezahlt, denn wir haben keinen Penny mehr, Fergus.«

Ein Adjutant schlug mitten in der Auffahrt die Decke zurück, sodass ich Fergus' noch immer blutenden Beinstumpf sehen konnte. Er reichte Euphemia eine Papiertüte. »Major Watsons Wunde muss zweimal täglich frisch verbunden und mit Jod behandelt werden.«

Ich musste mich abwenden, weil sich mir beinahe der

Magen umdrehte. Unterdessen lauschte Euphemia den medizinischen Anweisungen wie ein Apportierhund dem Befehl seines Herrchens.

Die Adjutanten halfen Fergus beim Aufstehen und klemmten ihm eine Krücke unter jeden Arm.

»Das wäre alles, Gefreiter«, sagte Fergus. Gestützt von Euphemia, wandte er sich zum Haus um und steuerte auf die Tür zu.

Ich folgte den beiden. »Ich weiß nicht, ob du es schon gehört hast, Fergus, aber Harry ist tot. Er ist hier im Haus aufgebahrt.« Tränen traten mir in die Augen.

»Wir haben in derselben Schlacht gekämpft, Anne-May. Ich bin derjenige, der seine Überführung in die Wege geleitet hat.«

»Wie ist es passiert?«

»Ich bin nicht sicher. Ich weiß nur, dass wir gegen sein Regiment ...«

»Und du bist trotzdem in den Kampf gezogen? Du hättest dich weigern können, gegen deinen eigenen Schwager zu kämpfen. Warum bist du nicht desertiert?«

»Deserteure werden erschossen, Anne-May. Ich habe versucht, ihn zu finden.«

»Weshalb hast du ihn nicht gerettet, Fergus?« Ich verschränkte die Arme vor der Brust. »Du weißt, wie viel er mir bedeutet hat.«

»Ich habe mein Bestes getan, Anne-May. Dass ich seine Leiche nach Hause überführen lassen konnte, war ein Glück. Diese Versicherungsunternehmen lassen die Toten oft einfach liegen.«

Euphemia half Fergus beim Weitergehen.

Ich heftete mich an ihre Fersen. »Du hast mir versprochen, auf ihn aufzupassen.«

Als er sich zu mir umwandte, war sein Blick stumpf. »Es war unmöglich dort, auf irgendjemanden aufzupassen, Anne-May.«

Gestützt auf Euphemia, hinkte er weiter. Immer wieder blieb er mit den hölzernen Krücken im Kies stecken.

»Er hatte in diesem albernen Krieg nichts zu suchen«, rief ich aus. »Er war ein friedfertiger Mensch.«

»Und für mich gilt das nicht? Noch nie habe ich erlebt, dass einem Kriegsversehrten ein so jämmerlicher Empfang bereitet wurde. Ich wäre selbst beinahe gestorben, Anne-May.«

»Tja, wir hatten es hier auch nicht leicht. Du solltest wissen, Fergus, dass Sally Smith stiehlt wie ein Rabe. Sie hat deine goldene Krawattennadel verschwinden lassen und sie verhökert. Das Geld hatte sie überall in der Speisekammer versteckt. Du solltest dir ernsthaft überlegen, sie so bald wie möglich zu verkaufen. Jemma macht auch nichts als Schwierigkeiten.«

»Wie ist die Tabakauktion verlaufen?«

»LeBaron hatte nichts anzubieten. Die Ernte des letzten Jahres ist nass geworden, weil das Dach undicht ist.«

Fergus blieb ruckartig stehen. »Also haben wir Geld für dieses Jahr oder kein Geld? Warum hast du LeBaron denn nicht angewiesen, aufs Dach zu steigen und das Dach zu flicken?«

»Joseph ist auf eine Leiter geklettert und hat sich mit Hammer und Nägeln daran zu schaffen gemacht. Aber es war trotzdem unmöglich, den Tabak noch rechtzeitig für die Auktion zu trocknen.«

»Ich hätte wissen müssen, dass ich mich nicht auf dich verlassen kann, Anne-May.« Fergus humpelte weiter in Richtung Haus. »Und wenn du es deinem Mann nun bitte gestatten würdest, in Frieden sein eigenes Haus zu betreten?«

Ich ließ ihm die Bemerkung durchgehen, obwohl es sich nicht um sein Haus handelte. Als sich im oberen Stockwerk plötzlich etwas bewegte, schaute ich hinauf zum Schlafzimmerfenster. *Maman* stand, einen schwarzen Schleier vor dem Gesicht, da. Sie betrachtete Fergus mit abgrundtiefer Verachtung im Blick, ehe sie sich wieder ins dunkle Zimmer zurückzog.

Nicht einmal der wenige Schnupftabak, den Jubal mir vorbeibrachte, konnte mich über Harrys Beerdigung hinwegretten. Während des Gottesdienstes hatte *Maman* Mühe, sich ruhig zu halten, so als säße sie auf heißen Kohlen. Anschließend ging sie langsam zum Sarg, blieb davor stehen und strich mit einer Hand darüber. »Mein Junge. Jetzt ist er bei Gott«, sagte sie und wiegte sich zu einer Melodie hin und her, die nur in ihrem Kopf spielte. Die Totenwache und Aufbahrung waren nicht leicht für sie gewesen, denn viele Menschen, die sie kaum kannte, waren von anderen Plantagen überall in St. Mary's County herbeigeströmt und hatten sich bei uns die Klinke in die Hand gegeben.

Beim geselligen Beisammensein nach der Beerdigung ging *Maman* wie immer in der Rolle der Gastgeberin auf. Sie setzte sich neben die Witwe Gardener an den Tisch und teilte ihr mit, ihr Mann sei ein Narr gewesen, Schwarze zu verarzten, und habe deshalb den Tod verdient. Dabei bot sie ihr die Karaffe mit Brombeerlikör an. »Und dafür, dass Sie die Sache der Yankees unterstützen, werden Sie in der Hölle brennen«, fügte sie hinzu.

Dann erhob sie sich und teilte den Anwesenden mit, Lincoln habe in Maryland nur eintausend von dreißigtausend Wählerstimmen erhalten.

Anschließend warf *Maman* sich Jubal an den Hals, obwohl Mrs. Smalls, das graue Mäuschen, mit Leibeskräften seinen Arm umklammerte.

»Wenn man alle ansehnlichen Männer von Louisiana in einem vereinen könnte, wären das Sie, Jubal Smalls, mit Ihrem guten Aussehen und Ihren noch besseren Manieren. Kein Wunder, dass jede Frau in dieser Stadt sich nach Ihnen verzehrt.«

Jubal beugte sich zu ihr hinüber. »Noch nie ist mir eine Augenweide begegnet, wie Sie es sind, Zoretha.«

Seine Zuneigung stand möglicherweise in Zusammenhang damit, dass sie am Vortag ein schwarzes Umschlagtuch aus Kaschmir und Gagatohrringe bei Smalls and Sons gekauft hatte. Jubal war in Hochstimmung. Er schlenderte durchs Haus und stellte Fragen zu jedem auch noch so kleinen Gegenstand, während Fergus ihn von seinem Sessel am Kamin aus missmutig beäugte.

»Wann wurde dieses Haus denn gebaut?«, erkundigte er sich.

»Möchten Sie vielleicht einziehen?«, gab Fergus spitz zurück.

Wie immer mit geschultem Blick, betrachtete Jubal die blauen Sèvres-Vasen. »Könnte durchaus sein.«

Maman folgte Jubal wie ein Spürhund, der eine Fährte aufgenommen hat. »Wenn Anne-May nur Sie vor Fergus kennengelernt hätte«, meinte sie, ohne die geringsten Anstalten zu machen, ihre Stimme zu dämpfen.

»Ich habe ja Verständnis dafür, dass Sie um Ihren Sohn trauern«, meldete sich Harriet Smalls zu Wort, »aber Sie sprechen hier von meinem Mann.«

»Wenn Sie ihn behalten wollen, sollten Sie anfangen, besser auf sich zu achten.«

War das der Anflug eines Lächelns, das da um Jubals Lippen spielte?

Als *Maman* sich nochmals zu ihm hinüberbeugte, schwappe ihr Glas über, und Likör ergoss sich über ihren Rock. »Ich habe bemerkt, wie Sie meine Tochter ansehen. Und mich ebenfalls. Jungen aus Louisiana lieben eben die Mütter.«

Ich schickte *Maman* zu Bett, bevor sie noch ganz Hollywood gegen sich aufbrachte, und beobachtete, wie Jubal seine Frau zur Tür scheuchte. Als er sich lächelnd zu mir umdrehte, wusste ich sofort, dass ich ihn haben konnte, falls ich wollte.

Einen Tag bevor *Maman* zu ihrer Cousine Sissy nach Baltimore weiterreisen wollte, brachen wir zu einer Mission in die Stadt auf. Von Kopf bis Fuß in Schwarz gehüllt und mit Schleiern über dem Gesicht, fuhren wir, den Wagen mit Herrensocken vollgepackt, zum Postamt in Hollywood.

»Bekommen du und Fergus bald ein Baby?«, erkundigte sich *Maman,* den Blick auf die Straße gerichtet.

»Ich glaube, das steht in den Sternen, *Maman.*«

Sie dachte einen Moment nach. »Vielleicht ist es ja besser so. Schließlich stehen die Chancen fünfzig-fünfzig, dass das Baby Fergus ähneln könnte.«

»Meinst du, ich wäre eine gute Mutter?«

Sie spähte in den kleinen ausgebeulten und mit gelben Perlen bestickten Beutel, den sie überall mit hinnahm. Er enthielt ihre Tabletten, einen Kamm und ihre Parfümtiegel. »Offenbar habe ich mein Rouge zu Hause vergessen.«

»Kein sehr geschickter Themenwechsel, *Maman.*«

»Du bringst ja deiner Katze kaum Zuneigung entgegen, Anne-May. Wie soll das dann erst mit einem Kind werden?«

»Jetzt komm schon. Hättest du nicht gern ein kleines Enkelchen?«

»Wahrscheinlich würdest du eine annehmbare Mutter abgeben.«

Wir hielten vor dem schäbigen kleinen Postamt und traten ein. Drinnen war es so eng und stickig wie in einem Grab. Ein bebrillter, kahlköpfiger Mann saß an dem einzigen Schreibtisch. Ich dachte daran, wie Harrys lebloser Körper am ersten Abend aufgebahrt in unserem Salon gelegen hatte, und holte tief Luft.

Wir waren gekommen, um drei Pappkartons voller Socken, an denen sich unser Nähkränzchen die Finger wundgestrickt hatte, an unsere Soldaten zu schicken. Trotz meiner Einwände, man könne einen Teil davon auch an die Truppen der Südstaaten senden, hatte die Witwe Gardener Euphemia eine in ihrer geschwungenen Handschrift abgefasste Adressenliste mit Stützpunkten des Nordens zukommen lassen. Es waren Orte wie Kernstone und Newton, alle in Virginia, von denen ich noch nie zuvor gehört hatte. Witwe Gardener hatte Euphemia gebeten, die Pakete abzugeben, denn die beiden waren inzwischen praktisch wie siamesische Zwillinge. Doch meine Schwester hatte sich, mit einem Vorrat an Kopfschmerzpulver, ins Bett gelegt. Vielleicht waren *Mamans* ständiges Gestichel und Genörgel ja der Grund für ihre Attacke, mit dem Ergebnis, dass ich nun die Arbeit am Hals hatte.

Ich reichte dem Postmeister die Liste.

»Die meisten Leute bringen ihre Pakete versandfertig mit«, stellte er fest, während er die Adressen auf die Kartons schrieb, und zwar so langsam, dass sich hinter uns eine Warteschlange bildete.

»Die meisten Postmeister geben der zahlenden Kundschaft keine Widerworte«, entgegnete *Maman.* Es dauerte volle fünf Minuten, bis er die Worte *Strasburg, Virginia,* auf das Paket geschrieben hatte. Der Mann legte den Stift weg.

Mutter schlug ihren Schleier zurück. Im Morgenlicht wirkte ihre Haut so fahl, als versuchte sie, Harrys Gesichtsfarbe nachzuahmen. Obwohl sie weit über vierzig war, war ihr Teint makellos glatt und faltenfrei, denn sie schlief schon seit vielen Jahren mit dünnen Scheiben rohen Rindfleischs auf dem Gesicht.

»Die Urheber unserer Verfassung haben zum Aufschreiben vermutlich weniger Zeit gebraucht«, teilte sie dem Postmeister mit.

Er nahm die Brille ab. »Mit Ihren Südstaatenallüren können Sie sich dorthin scheren, wo Sie hergekommen sind.«

Maman beugte sich über den Schreibtisch. »Und wo ist Ihre schauderhafte Yankee-Uniform?«

Er sah auf die Wanduhr. »Das hier ist eine Behörde der amerikanischen Regierung. Ich dulde keine landesverräterischen Reden, Madam.«

Mutter verdrehte die Augen und flüsterte mir das Wort *»Arschloch«* zu. »Mein Sohn wurde von den Männern getötet, die diese Socken tragen werden.«

»Vielleicht hat er ja auf der falschen Seite gekämpft«, erwiderte der Postmeister, ohne aufzublicken.

Maman presste die Lippen zusammen. »Oder er hatte das Pech, im falschen Land zu leben.«

»Das Gesetz ist in diesem Punkt eindeutig. Ich kann Sie wegen umstürzlerischer Gedanken, Äußerungen oder Handlungen auch ohne konkreten Anlass einsperren lassen.«

»Was ist mit der Meinungsfreiheit?«, fragte ich.

»Dieses Land steht im Krieg, Madam. Sie leben in einem Grenzstaat. Die Meinungsfreiheit gilt hier nicht.«

»Und freie Wahlen sind wohl auch abgeschafft«, entgegnete *Maman*. »Die Stimmzettel sind doch alle gefälscht.«

Der Mann zuckte die Achseln. »Falls die Union zerbrechen sollte, blüht uns wahrscheinlich noch Schlimmeres. Außerdem wäre ich an Ihrer Stelle vorsichtig. Die US-Army hat schon Leute für weniger in Point Lookout ins Gefängnis gesteckt.«

Maman schaute aus dem Fenster. »Wo soll das denn sein?«

Mit einem schwungvollen Bleistiftstrich vollendete der Postmeister eine der Absenderadressen. »Gleich südlich von hier, am Ende der Point Lookout Peninsula. Dort gibt es ein paar Luxusvillen, die in ein Lager umgebaut wurden und in denen man Rebellen, Schmuggler, Verräter und Spione einsperrt. Man hängt sie auch an den Daumen auf.«

Mir krampfte sich der Magen zusammen, und ich strich mir über das Haar. »Aber doch gewiss nicht die Damen.«

Der Postmeister klebte die letzte Briefmarke auf. »Soweit ich gehört habe, sitzen derzeit vier weibliche Wesen ein. Verräterinnen, Spioninnen und Frauen, die den Feind unterstützt und ihm Vorschub geleistet haben.«

Er gab mir die Adressenliste zurück. *Maman* und ich traten auf die Veranda hinaus.

Ich knüllte die Liste zusammen. »Gut, dass wir das Zeug los sind. Die Witwe Gardener wird Luftsprünge machen.«

Maman nahm mir die Liste aus der Hand, glättete sie, beugte sich vor und senkte die Stimme. »Bestimmt gibt es jemanden, dem du diese Adressen weitergeben kannst, Anne-May. Jemanden, der etwas damit anzufangen weiß. Hier sind die Stützpunkte der Yankee-Armee verzeichnet. Tu es im Dienste der Gerechtigkeit. Als Rache für deinen Bruder.«

Ich griff nach der Liste. »Ganz gewiss, *Maman.*«

Am Nachmittag steckte ich die Liste in mein rotes Lederbüchlein und schickte Jemma damit in die Stadt. Jubal würde sehr zufrieden mit mir sein.

Mein Harry, der nun kalt und einbalsamiert in der Erde lag, hatte es verdient, gerächt zu werden.

Kapitel 18

GEORGY

An Bord der Daniel Webster
Juni 1862

Liebe Mutter,
unsere gesamte Flotte aus Lazarettschiffen ist unterwegs nach Fort Monroe, und zwar ohne Kontakt zur Armee, geschweige denn dem Mitglied, das uns besonders am Herzen liegt: Joe. Gerüchten zufolge sollen Joe und das 16te unterwegs zu einem Ort namens Gaines Mill sein, wo man ein größeres Gefecht mit General Lee erwartet. Eliza und ich halten die Anspannung kaum aus. Gerade hat ein berittener Bote gemeldet, Stonemans Kavallerie mache ihnen Sorgen, weshalb wir so schnell wie möglich verschwinden sollten, und so fuhren wir wieder los. Das Beeindruckendste war das Verhalten der Sklaven, die, sobald sich herumsprach, dass die Yankees das Weite suchten, von überallher zusammenströmten. Beladen mit Pfannen, alten Hüten, Kleiderbündeln und allem, was sie sonst tragen konnten, fanden sie sich am Flussufer ein. Dabei schienen sie überhaupt nicht ängstlich oder aufgeregt zu sein. An Deck der Versorgungsboote war genug Platz für sie. Auf einem, an dem wir vorbeikamen, schienen sich nur Frauen zu befinden. Sie

trugen ihre buntesten Kleider und farbenfrohe Turbane. Obwohl hin und wieder Schlachtenlärm zu hören war, stillten die Sklavinnen in aller Ruhe ihre Kinder und sangen Kirchenlieder. Der Tag ihrer Befreiung war da, und sie nahmen die Veränderung voller Gelassenheit hin.
Deine dich liebende Georgy

Auf unserem Weg nach Fort Monroe nahmen wir immer mehr Verwundete an Bord. Wir mühten uns weiter und taten unser Bestes, um die grausigen Verletzungen zu behandeln, bis Christine selbst an Malaria erkrankte. Sie wurde in einem Transport, Seite an Seite mit den verwundeten Soldaten, nach Norden gebracht. Ich setzte mich mit Mr. Olmsted in Verbindung, der Ersatz in Gestalt einiger reizender junger Novizinnen aus dem Orden Sisters of Charity schickte.

»Miss Woolsey?«

Als ich aufblickte, stand eine dieser Novizinnen in der Tür. Eigentlich war sie noch ein Mädchen. Ihre braunen Augen leuchteten.

»Ich bin Schwester Marguerite und mit zwei Schwestern aus meinem Orden gekommen. Die beiden sind wieder gegangen, da es an Bord keine Kapelle gibt. Ich würde aber gern bleiben, wenn Sie das möchten.«

Ich trat auf sie zu und nahm ihre Hand. »Das möchte ich sogar sehr, Schwester. Es tut mir leid, dass wir keinen Raum für Sie haben, in dem Sie beten können.«

»Der ganze Krankensaal wird meine Kapelle sein«, antwortete sie mit einem Lächeln.

Am Nachmittag assistierten wir bei den schwierigsten Fällen und mussten sechs tote Patienten verkraften. Dr. Rogers führte drei Amputationen durch. Seit ich an seiner Entscheidung gezweifelt hatte, verhielt er sich uns gegenüber kühl.

Schwester Marguerite wurde gewissermaßen ins kalte Wasser geworfen. Sie übernahm das Kommando über die Waschmaschine und erwies sich als freundliche und unerschütterliche Helferin.

Wir hielten stets Ausschau nach Männern aus Joes Regiment. Trotz unserer Angst, dass einer von ihnen bei den Verwundeten sein könnte, sehnten wir uns nach Nachrichten von der Front. Schließlich entdeckten wir einen, und zwar den Fahnenträger des Regiments. Wie er so in seinem Bett lag, sah er sehr jung aus und war außerdem so mager, dass man die Rippen einzeln zählen konnte. Der Arme war von einer Kugel ins rechte Auge getroffen worden. Die klaffende Wunde in seinem Gesicht musste stündlich neu verbunden werden, und es grenzte an ein Wunder, dass er überhaupt noch lebte. Wir erkoren ihn zu unserem Lieblingspatienten und versorgten ihn heimlich mit zusätzlicher Marmelade und Milch.

Eliza hielt seine Hand.

»Sie haben unsere Flagge nähen lassen, Mrs. Howland. In den letzten Tagen hat sie ziemlich viel abgekriegt.«

Eliza strich ihm das Haar aus der Stirn. »Ich bin sicher, dass Sie sie tapfer getragen haben.«

»Wie geht es Colonel Howland?«, fragte ich.

»Der Colonel war sehr mutig und hat mit den Männern in der ersten Reihe gekämpft. Er hat sich im Sattel gehalten, bis ...« Der Junge schaute zwischen mir und Eliza hin und her.

»Bis was passiert ist, Gefreiter?«, hakte Eliza sofort nach.

»Das kann ich Ihnen nicht sagen, Ma'am. Es ist nicht richtig, dass Sie es von mir erfahren.«

»Bitte, Gefreiter.«

»Nun, ich habe gesehen, wie sein Pferd Old Scott an einem Baum gebunden dastand und auf ihn aufpasste. Sie haben ihn in einem dieser neuen Krankenwagen weggebracht, und sein Gesicht war so grau wie Ihr Umhang. Es tut mir leid, aber ich bin nicht sicher, ob er es geschafft hat.«

Um sich davon abzulenken, dass Joe womöglich tödlich verwundet worden war, schrieb Eliza Briefe nach Hause. Ich arbeitete nach meiner Schicht an meinem Handbuch für Krankenschwestern, das einige Kapitel zu den Themen Wundbehandlung, Hygiene und Ernährung einschloss. Ich führte auch einige Lieblingsspeisen der Patienten auf, so zum Beispiel Himbeermilchpunsch, Kirschauflauf und Mutters Kraftbrühe. Mir schwebte so etwas wie die Vorlage für den Lehrplan einer Schwesternschule vor, an der ich eines Tages unterrichten würde. Nachdem ich eine Nacht lang bis zum Schreibkrampf geschrieben hatte, hatte ich zwei Exemplare fertig.

Eines davon überreichte ich am nächsten Morgen Dr. Rogers' Assistenten, einem mürrischen jungen Mann namens St. Pierre, der uns Schwestern kaum eines Blickes würdigte.

»Bitte sorgen Sie dafür, dass der Herr Doktor es bekommt, Pfleger, denn er war schon gespannt auf das Buch. Und wenn Sie so gut sein würden, es auch unter Ihren Kollegen zu verbreiten?«

»Das Handbuch der Krankenpflege«, las er den Titel laut vor.

»Es steht alles drin, was man über diesen Beruf wissen muss.«

Er grinste. »Ich richte es dem Herrn Doktor aus. Bestimmt wird er begeistert sein.«

Die nächste Nacht verbrachten Eliza und ich abermals im Sitzen und nickten zwischen den Rufen der Männer, die eine kalte Kompresse oder Brandy gegen die Schmerzen brauchten, immer wieder ein. Schwester Marguerite übernahm die mitternächtliche Runde, um schlaflosen Soldaten ein Glas Milch zu holen oder sich ihre Geschichte anzuhören.

Gerade waren wir eingedöst, als Schwester Marguerite uns sanft an der Schulter berührte. Wir hoben die Köpfe, und uns bot sich der Anblick, vor dem wir uns am meisten gefürchtet hatten. Captain Holland vom Sechzehnten New York Regiment stand in Habachtstellung vor uns im Krankensaal.

»Mrs. Howland, Ma'am, eine Nachricht von der Front.«

Langsam erhoben wir uns. Eliza tastete nach meiner Hand. »Allein ertrage ich das nicht.«

Kerzengerade baute Captain Holland sich vor uns auf. »Colonel Howland wurde verwundet, Ma'am, und ist mit dem Krankenwagen auf dem Weg hierher.«

Elizas Griff um meine Hand wurde fester. »Und die Art seiner Verwundung, Sir?«

»Ich soll Ihnen sagen, dass er nur leicht verletzt ist, Ma'am.«

»Danke, Captain«, erwiderte sie.

Wir vier standen schweigend da. Die unausgesprochene Frage hing in der Luft.

»Und stimmt das auch tatsächlich, Captain?«, erkundigte sich Eliza schließlich. »Ist die Verletzung wirklich nur leicht?«

Das Kerzenlicht fing sich in einer Träne, die im Auge des Captains funkelte. »Als Colonel Howland aus dem Sattel stürzte, wachte sein altes Pferd Old Scott über ihn.« Er wischte sich mit der Manschette das Auge ab. »Mehr habe ich nicht zu melden, Mrs. Howland.«

Auf dem Weg zur Treppe drehte er sich noch einmal um. »Ich danke Ihnen für alles, was Sie und Ihre Schwester für uns tun, Ma'am.«

Eliza folgte ihm und berührte ihn am Ärmel. »Sehr gern, Captain.«

»Unser Regiment hatte großes Glück, unter Colonel Howland dienen zu können. Niemand hat sich je tapferer dem Feind in den Weg gestellt als er.«

Noch vor Morgengrauen brachten zwei Sanitäter Joe auf einer Trage. Einer der Männer zog vor Eliza die Mütze und salutierte. »Gerade aus Gaines Mill eingetroffen, Mrs. Howland. Colonel Howland muss sofort medizinisch versorgt werden.«

Joe war nicht ansprechbar. Wir verfrachteten ihn ins Bett, wo er mit halb offenem Mund dalag. Meiner Schwester zuliebe versuchte ich, mir mein Entsetzen nicht anmerken zu lassen. Diese eigentümlich graugrüne Gesichtsfarbe hatten wir schon bei vielen Soldaten gesehen. Und jedes Mal hatten wir ihnen schließlich das Laken über den Kopf gezogen.

Eliza kniete sich an Joes Seite und nahm seine Hand. »Joe, ich bin es.«

Tieftraurig blickte sie mich an. »Er antwortet nicht.«

»Marguerite, holen Sie Dr. Ware«, wies ich sie an.

Sie eilte davon.

Der Sanitäter kam näher. »Unser Militärarzt bedauert sehr, dass er Colonel Howland nicht begleiten konnte. Doch er weiß vor lauter Notfällen nicht mehr, wo ihm der Kopf steht. Deshalb hielt er es für das Beste, die Entfernung der Kugel und weitere Operationen Dr. Ware zu überlassen.«

Ich berührte Joes kalte Wange. »Können Sie Genaueres über die Verletzung sagen?«

»Colonel Howland ist mit seinen Männern in die erste Reihe vorgerückt. Als der Feind das Feuer eröffnete, wurde er in den Oberschenkel getroffen. Trotz des Kugelhagels ritt er weiter und führte uns in die Schlacht. Er hat sehr viel Blut verloren.«

»Danke, Sanitäter«, sagte Eliza.

Der Mann salutierte noch einmal. »Wenn Sie uns jetzt bitte entschuldigen würden, Mrs. Howland. Wir haben noch weitere Patienten zu versorgen.«

Gerade hasteten die Sanitäter zur Treppe, als Schwester Marguerite zurückkehrte. Ihr folgten Dr. Rogers und drei Krankenpfleger.

Selbst aus der Entfernung konnte ich riechen, dass der Arzt eine Alkoholfahne hatte. »Marguerite, könnten Sie für Colonel Howland bitte Dr. Ware rufen?«

»Ware wurde an Land befohlen«, entgegnete Dr. Rogers, wobei er mich kaum eines Blickes würdigte. Er wandte sich an die Sanitäter. »Berichten Sie mir die Einzelheiten von der Front.«

Der Sanitäter trat einen Schritt auf uns zu. »Mein Befehl lautet, Dr. Ware Meldung zu machen.«

»Ich bin hier der diensthabende Arzt, und deshalb machen Sie Ihre Meldung gefälligst bei mir.«

»Schusswunde im Oberschenkel, Sir. Kugel nicht gefunden. Schwere Entzündung. Verwundung geschah vor einigen Tagen, doch Colonel Howland blieb im Sattel, um weiterzukämpfen.«

Dr. Rogers betrachtete Joe. »Ein Heldentod also.«

»Erschwerend kommt noch Malaria hinzu. Die Wirkung des Chloroforms hat nachgelassen, wir hatten keines mehr.«

»Dasselbe gilt auch für uns, Sanitäter.«

Dr. Rogers schlug die Decke zurück, sodass Joes Bein freilag. Man hatte ihm das Hosenbein abgeschnitten. Eine Gipsbinde bedeckte seinen Oberschenkel. Als Rogers mit einem Ruck den Verband wegzog, kam ein schwarzes Einschussloch in Sicht. Man hatte es mit Jod gereinigt. Der Wundrand war eitrig, geschwollen und entzündet.

Mit einem Aufschrei presste Eliza zwei Finger an die Lippen. Schwere Verletzungen wie diese waren uns schon unzählige Male untergekommen. Die Aussichten waren in den meisten Fällen düster.

Dr. Rogers deckte Joes Bein wieder zu. »Er hat eine Sepsis. Auf den Tisch mit ihm.«

Eliza sah mich an. »Georgy, nein.«

Ich krampfte die Hände vor dem Leib zusammen, damit sie zu zittern aufhörten. »Wir warten auf Dr. Ware.«

Als Dr. Rogers sich zu mir umdrehte, geriet er leicht ins Schwanken. »Dr. Ware hält sich eine Stunde entfernt von hier auf und wird an der Front gebraucht. Ich führe an Bord das Kommando. Dieser Mann leidet an einer eitrigen, brandigen Verletzung. Jede Minute, die wir verlieren, erhöht die Wahrscheinlichkeit, dass er es nicht überlebt.«

Ich trat auf ihn zu. »Sie sind angetrunken, Herr Doktor. Mrs. Howland und ich werden nicht zulassen, dass Sie Colonel Howland operieren.«

»So halten Sie doch den Mund, Sie dumme Gans! Vielleicht kann nicht einmal eine Amputation sein Leben retten. Wenn man es nicht versucht, stirbt er ganz sicher.«

»Er bleibt in diesem Bett liegen«, beharrte ich.

»Meinetwegen.« Dr. Rogers wandte sich an die Pfleger. »Es besteht kein Grund, warum wir nicht gleich hier unsere Pflicht tun sollten. Bereiten Sie diesen Patienten vor und begleiten Sie die Damen hinaus.«

Die Pfleger zerrten Eliza von Joe weg.

»Nein, bitte Dr. Rogers«, flehte sie. »Ich muss ihm beistehen.«

Schwester Marguerite versuchte, sich am Bettgestell festzuklammern, während Eliza und ich uns gegen die starken Hände der Männer sträubten. Doch zu guter Letzt gewannen die Pfleger und schleppten uns zur Treppe.

»Woods gekrümmtes Amputationsmesser«, verkündete Dr. Rogers und präsentierte seinem Publikum aus Pflegern die Klinge.

Kapitel 19

JEMMA

Peeler Plantation, Maryland
Juni 1862

Es war ein trockener Frühling. Als es Juni wurde, fragte ich mich allnächtlich, ob wir wohl heute fliehen würden. Dann, eines Sonntags, sagte Pa, wir würden in der nächsten Nacht nach Point Lookout gehen und uns als Konterbande melden. Das klang nach einer guten Idee, denn die Bäume hatten bereits Blätter, und alle Anzeichen deuteten auf Regen hin.

»Durch den Sumpf?«, fragte ich.

»Das ist der einzige Weg«, erwiderte Pa. »Bete, dass es ordentlich regnet. Dann können die Hunde nicht so leicht unsere Spur finden.«

Am nächsten Tag hatte ich alle Hände voll zu tun, bevor ich endlich loslaufen konnte, um Patience vorzuwarnen, dass es nun losgehen sollte. Ich musste die Hühner füttern, Miss Anne-Mays neue Haube fertigstellen und die Bettwäsche aufhängen. Endlich sagte Anne-May, ich könne Miss Charlene die Eier bringen.

Ich trug mein grünes Baumwollkleid und meine beste Blumentopfhaube mit den fliederfarbenen Bändern, die laut

Anne-May ihrem Teint nicht schmeichelten. Ausgerüstet mit einer Dose voller Steine machte ich mich auf den Weg zur Ambrosia Plantation, um Patience Bescheid zu geben.

Ma arbeitete auf dem Feld, das dem Haus am nächsten war, Pa war im Haus selbst beschäftigt.

Als ich vorbeikam, winkte Ma mir zu. »Beeil dich«, rief sie, doch ihre Augen sagten: *Heute Nacht werden wir frei sein.*

Wieder passierte ich das alte graue Tor. Eine der ersten Sonnenblumen dieses Jahres war daran festgebunden. Ich versuchte, den spinnenförmigen Ahornbaum auf der Lichtung nicht anzuschauen. Meine Hand, die die Blechdose hielt, wurde ganz schwitzig, als ich weiter zur Ambrosia Plantation eilte. Ich ging sofort zur Hütte meiner Schwester und schob ihr einen Zettel unters Kopfkissen, auf dem stand, wir würden sie in der Nacht abholen, um nach Norden zu fliehen. Dann machte ich mich hastig auf den Heimweg, um zu packen.

Unterwegs zogen unheilvoll schwarze Wolken auf, und es wurde immer dunkler. Ich rannte beinahe und hatte Farmer Burns' Tor fast erreicht, als LeBaron auf seinem Pferd aus dem Wald geprescht kam. Mir stockte der Atem.

»Hast du einen Passierschein?«

Ich wollte ihm ausweichen, doch er versperrte mir mit seinem Pferd den Weg.

»Offenbar verstehst du nicht, wo dein Platz ist, Jemma. Wenn ich dich frage, ob du einen Passierschein hast, erwarte ich eine Antwort.«

Er rutschte vom Sattel und kam auf mich zu. »So schlimm wird es nicht, du brauchst dich nur zu entspannen.«

Jede Faser meines Körpers war erfüllt von Grauen, als ich

rückwärtsstolperte. Nun würde es mir genauso ergehen wie Celeste. »Nein ...«

Er streckte die Hand aus. »Es passiert so oder so, Jemma. Also zier dich nicht.«

Ich schüttelte meine Dose mit Steinen, so fest ich konnte. Das Scheppern hallte durch die Bäume.

»Du willst also Schwierigkeiten machen?« LeBaron packte mich am Arm und zerrte mich in Richtung seiner Hütte. Ich schüttelte weiter heftig meine Dose, bis er sie mir wegnahm und in den Wald warf.

Obwohl ich mich so heftig wehrte, dass mir die Haube vom Kopf fiel, gelang es ihm nach einer Weile, mich in sein kleines Haus zu schleppen, das noch nach frischem Holz roch. Es standen nur ein eisernes Bettgestell und ein Stuhl darin, den er Anne-May gestohlen hatte. Er stieß mich aufs Bett und riss sich mit einer Bewegung den Gürtel vom Leib. Ich trat und schlug zwar um mich, doch er schaffte es trotzdem, mir unter den Rock zu greifen und mir den Schlüpfer bis zu den Knien hinunterzuziehen.

In diesem Moment flog die Tür auf und Ma kam atemlos hereingestürmt. Sie prügelte auf LeBarons Rücken ein. »Lassen Sie sie in Ruhe.«

Er richtete sich auf und drehte sich zu ihr um. »Du weißt doch, dass ich tun und lassen kann, was ich will.«

Ich zog mir das Höschen hoch.

»Dann nehmen Sie mich stattdessen«, sagte Ma. »Sie wollen doch jemanden, der sich damit auskennt, und kein Kind.«

LeBaron grinste. »Wurde langsam Zeit, Sable. Wenn du schon früher so großzügig gewesen wärst, würde ich mich nicht für die da interessieren.«

Ma warf mir einen raschen Blick zu. »Nun, Sie und ich hatten ja nie Gelegenheit zu reden, LeBaron.«

Lächelnd trat LeBaron auf sie zu. »Nun, das ist doch mal ein spannender Vorschlag. Komm und setz dich, dann reden wir.«

Mit einer fast unmerklichen Kopfbewegung bedeutete mir Ma, ich solle mich aus dem Staub machen.

LeBaron streifte ihr mit einer langsamen Bewegung das Umschlagtuch ab.

»Also bist du endlich zur Vernunft gekommen, Miss Sable.«

»Lassen Sie das Mädchen gehen«, erwiderte Ma. »Ich fände es viel angenehmer, wenn wir nur zu zweit wären.«

»Ich bin doch nicht blöd. Dann rennt sie sofort zu ihrem Pa und petzt, und was wäre dann?«

»Ihr Pa ist in die Stadt gegangen.«

Unsere Blicke trafen sich. Das war eine unverfrorene Lüge. Pa reparierte gerade eine Kommodenschublade für Anne-May.

Als LeBaron anfing, Mas Hals zu küssen und sie überall anzufassen, drehte sich mir fast der Magen um. Ich krampfte die Hände zu Fäusten zusammen und wusste nicht, was ich tun sollte.

LeBaron nahm seinen alten, speckigen Gürtel und schlang das eine Ende um den eisernen Bettpfosten und den anderen um Mas Hals. »Will ja nicht riskieren, dass du mir wegläufst.«

Ma sah mich an. Angst trat in ihren Blick. Ich rannte los und, so schnell ich konnte, zum Haupthaus.

Pa kniete vor Anne-Mays Kommode.

»LeBaron hat Ma in seiner Hütte!«, rief ich, worauf er aufsprang und aus dem Haus hastete. Er eilte den Hügel hinunter und, vorbei am Räucherhaus, zu LeBarons Hütte.

Ich folgte ihm, so schnell ich konnte, und kam gerade noch

rechtzeitig, um zu sehen, wie er die Tür auftrat. Als ich in die Hütte trat, hatte er LeBaron an die Wand gepresst und hielt ihm ein Messer an die Kehle. Ma nahm mich fest in die Arme.

Pa schleuderte LeBaron mit Wucht auf den Boden. »Fass sie nie mehr wieder an.«

LeBaron saß da und rieb sich den Hals. In seinen Schweinsäuglein stand abgrundtiefer Hass.

Es dauerte nicht lang, bis sie Pa holen kamen. Kurz vor Einbruch der Dunkelheit erschienen sie vor unserer Hütte, LeBaron und vier seiner Pattyroller, alle hoch zu Ross. LeBaron hatte seinen großen schwarzen Knüppel bei sich. Die anderen waren mit den verschiedensten Stöcken bewaffnet, die ziemlich gefährlich aussahen. Chester schleppte eine lange, dicke Kette hinter sich her, die sonst dem Abtransport von Baumstämmen diente. Beim bloßen Anblick gefror mir das Blut in den Adern. Ma hatte Pa zwar gesagt, er solle Mister Watson oder Anne-May seine Version der Dinge erzählen, aber die beiden waren wie vom Erdboden verschluckt. Pa versuchte nicht einmal zu fliehen, als einer von LeBarons Männern ihm die Hände auf dem Rücken fesselte.

Anschließend wühlten die Männer in unserer kleinen Hütte herum, bis einer mit einem Messer in der Hand nach unten kam. »Schaut mal, was ich da oben gefunden habe. Das müssen etwa zwanzig Messer sein. Anscheinend packen die gerade, um zu verschwinden.«

Die Männer johlten und grölten und hielten Pa drohend eines der Messer an die Kehle.

Dann banden sie ihm die Kette um den Hals und zerrten ihn den Pfad hinunter in Richtung Ambrosia Plantation. Als Pa sich zu uns umdrehte, war sein Blick voll tiefer Trauer und Angst. Ma lief ihnen nach und flehte LeBaron an, doch lieber sie zu nehmen. Unterdessen rannten Sally Smith und ich aus voller Kehle schreiend zum Haus.

»Mister Watson! Kommen Sie schnell! LeBaron hat Joseph gefangen genommen und will ihn töten!«

Obwohl wir überall im Haus und auch unten am Ufer nach ihm riefen, erschien niemand. Ich hastete vor Sally her zu der Hütte beim Ahornbaum, weil ich sicher war, dass sie Pa dorthin bringen würden. Als Sally unterwegs hinfiel, kehrte ich rasch um und wollte ihr aufhelfen.

»Lass mich einfach liegen«, protestierte Sally, doch ich stützte sie und blieb immer wieder stehen, damit sie Luft holen konnte.

Als wir ankamen, hatten sie Pa auf eine kleine Bühne gestellt, die aus vier niedrigen Fässern und einem dicken Brett bestand. LeBaron hatte sich, einen Besen in der Hand, neben ihm aufgebaut. Die Kette hatten sie enger um Pas Hals zusammengezogen und das eine Ende über den Ast des Baumes gelegt. Pas Hände waren noch auf dem Rücken gefesselt.

Ma warf sich bitterlich schluchzend zu Boden und schlug so wild um sich, dass ich den Anblick kaum ertragen konnte. Ich hielt Ausschau nach Mister Watson.

Er hatte immer eine hohe Meinung von Pa gehabt. Sicher würde er ihm zu Hilfe kommen.

Mit dem Besenstiel schubste LeBaron Pa zum Rand der Bühne.

»Nein!«, schrie ich und wollte hinstürmen, doch Sally hinderte mich daran. Sie versuchte zwar, mir die Augen zuzuhalten, aber ich sah trotzdem zu, wie LeBaron Pa vom Brett stieß.

Kapitel 20

GEORGY

An Bord der Daniel Webster
Juni 1862

Dr. Rogers' Pfleger hatten uns schon fast bis zur Leiter geschleppt, als uns Frank Bacon mit geschultertem Arztkoffer entgegengeeilt kam.

»Die Operation ist abgesagt, Dr. Rogers. Die Sanitäter haben mir Bericht erstattet. Sie werden den Fall und diese Schwestern an mich übergeben.«

Dr. Rogers richtete sich kerzengerade auf. »Ich bin hier der diensthabende Arzt. Sie unterstehen meinem Befehl.«

»Und ich bin Dr. Francis Bacon, leitender Stabsarzt der Provisional Brigades. Sie und Ihre Pfleger werden jetzt Platz machen. Es ist nicht mehr Ihr Fall.«

»Auf wessen Befehl?«

Das Weiße in Franks Augen blitzte im Dämmerlicht. »Auf meinen und den von Dr. Ware. Er wird jeden Moment eintreffen.«

Dr. Rogers trollte sich, begleitet von Verwünschungen, und drohte uns mit dem Finger. »Ich werde mich bei Olmsted persönlich über Sie beschweren.«

Frank trat an Joes Bett. »Wurde die Kugel schon entfernt?«

Ich folgte ihm. Wie wunderbar, dass Frank die Sache nun in die Hand nahm. »Der Militärarzt in Gaines Mill hielt es für das Beste, das erst hier zu erledigen.«

Eliza kniete sich neben Joe und nahm seine Hand.

»Wahrscheinlich hat er damit Joe das Leben gerettet«, erwiderte Frank. »Allerdings stellt die Malaria eine zusätzliche Komplikation dar.«

»Sollen wir ihn in den OP bringen?«, erkundigte ich mich. »Schwester Marguerite kann uns assistieren.«

»Nein, er darf nicht bewegt werden. Nur dass ich bei dieser Dunkelheit nicht die Hand vor Augen sehen kann. Holen Sie alle Lampen, die Sie auftreiben können. Außerdem Verbände, drei Becken sauberes Wasser und einen kleinen Tisch.«

»Wir haben kein Chloroform, Frank. Auch keinen Brandy mehr. Nur noch einen kleinen Rest Chinin.«

Nachdem Schwester Marguerite einen Tisch herbeigeschleppt hatte, packte Frank seine Arzttasche aus. »Ich habe alles dabei, was ich brauche«, sagte er.

Frank ging zum Kopfende des Bettes und stellte fest, dass Joe kaum ansprechbar war. Mit einer sanften, einfühlsamen Geste strich er ihm das Haar aus der Stirn. »Sie haben viel durchgemacht, Joe. Die Kugel steckt noch in Ihrem Oberschenkel. Wir werden Sie entfernen. Ruhen Sie sich aus.«

Ich holte eine Spirituslampe aus der Kombüse und stellte sie neben das Bett. Als ich die Flamme höher drehte, malte sie Franks Schatten schwarz an die Wand. Sie beleuchtete seinen ernsten Blick, seine Augen, die die Farbe starken Tees hatten, und seine schwarzen Bartstoppeln. Ohne sich auch nur einen Moment von Joe abzuwenden, knöpfte Frank hastig seinen Rock auf. Ich half ihm beim Ausziehen. Der Geruch nach Pferden, Schießpulver und Nachtluft stieg auf.

Frank krempelte die Ärmel hoch. Seine Wangen wirkten im Spiel der Schatten hohl. Er reichte Eliza eine Flasche Chloroform und ein dreieckiges Gerät aus Metall. Es war etwa so groß wie ein Stück Seife und hatte an einem Ende zwei Füße.

»Wir müssen ihm die Hose aufschneiden. Schwester Marguerite, ziehen Sie ihm die Stiefel aus. Eliza, Sie stellen sich an seinen Kopf und verabreichen ihm Chloroform durch den Inhalator. Ganz langsam und gleichmäßig. Auf diese Weise wird er leicht sediert. Georgy, Sie nehmen sich ein Becken und assistieren mir. Außerdem, Schwester Marguerite, wäre es gut, wenn Sie Ihre innigsten Gebete an den Allmächtigen richten würden. Wir brauchen alle Hilfe, die wir kriegen können.«

Während Schwester Marguerite Joes Kleider in die Wäscherei brachte, breitete ich ein sauberes Laken unter seinem Bein aus. Frank begann, die Wunde zu untersuchen. »Es ist von äußerster Wichtigkeit, dass wir diese Kugel finden. Sonst heilt seine Verletzung nicht.«

»Ob es ein glatter Durchschuss war?«, mutmaßte ich.

»Halten Sie die Lampe näher heran, Georgy.«

Mithilfe eines silbernen Wundspreizers stocherte Frank vorsichtig in den Tiefen der Wunde herum. »Sieht aus, als hätte die Kugel hier den Knochen gestreift. Aber wo ist das verdammte Ding?«

Da erschien Schwester Marguerite hinter uns. Sie hatte einen von Joes Stiefeln bei sich. »Dr. Bacon, ich habe gerade Colonel Howlands Stiefel geputzt und dabei das hier entdeckt. Ich dachte, es könnte wichtig sein.«

Auf ihrer ausgestreckten Handfläche lag ein verformter grauer Metallklumpen, etwa so groß wie die Daumenkuppe eines Mannes.

Frank nahm die Kugel und betrachtete sie im Lampenschein. Als er mich ansah, waren seine Augen feucht vor Erleichterung.

»Wie diese Kugel seine Verletzung verursachen und dann in seinem Stiefel landen konnte, werde ich wohl nie erfahren«, sagte er lächelnd. »Jedenfalls danke ich Ihnen, Schwester Marguerite. Vermutlich wäre auch ein Dankeschön an unseren Schöpfer angebracht. Ich glaube, wir können die Wunde jetzt vernähen.«

Gebannt beobachtete ich, wie Frank sich mit der Anmut eines Tänzers an die Arbeit machte. Er tupfte Joes Wunde mit Jod ab, verschloss sie mit Metallklammern und bedeckte sie mit unserem besten Mull und Kollodium, einer zähflüssigen Masse, die beim Trocknen einen klebrigen Film bildete.

Mit ernster Miene sah er Joe beim Schlafen zu, fühlte ihm immer wieder mit zwei Fingern am Handgelenk den Puls und blickte dabei auf die goldene Uhr seines Vaters. Anschließend hielt er auf der Station Visite und blieb immer wieder stehen, leuchtete mit der Laterne in das Gesicht eines Soldaten oder fühlte ihm die Stirn, um festzustellen, ob er Fieber hatte. Für jeden hatte er ein gutes Wort. Ich hatte stets bedauert, dass Frank nicht so offen und charismatisch war wie sein Vater. In jener Nacht jedoch sah ich ihn mit neuen Augen und fand seine ruhige Kraft um einiges angenehmer, als es das bestimmende Auftreten des älteren Bacon je hätte sein können.

Als Joe kurz vor Morgengrauen erwachte, flößte Frank ihm eine Mischung aus Chinin und Whiskey ein. Langsam bekam das Gesicht unseres Patienten wieder Farbe. Wir schoben ihm ein Kissen unter den Kopf, damit er so bequem lag wie möglich.

Frank packte seine Tasche. »Ich kann Joe erst gegen Pocken impfen, wenn er sich wieder erholt hat. Bei Ihnen und Eliza wäre es hingegen möglich, und ich würde es empfehlen.«

»Haben Sie denn Impfstoff dabei?«

»Ich führe stets reinen Pockenimpfstoff aus Armeebeständen mit mir.«

»Ist es gefährlich?«

»Es ist gefährlicher, ungeimpft kranke Soldaten zu pflegen. Die Öffentlichkeit ist, was das Impfen angeht, nachlässig geworden, weshalb die Anzahl der Pockenfälle wieder steigt.«

»Für Soldaten besteht doch eine Impfpflicht.«

»Wegen der Eile, in der wir die Männer an die Front geschafft haben, sind inzwischen sehr viele Ungeimpfte dabei.«

»Ich bin gar nicht darauf vorbereitet …«

»Als Schwester im Dienst der Sanitary Commission sollten Sie immer bereit sein, Georgeanna. *Semper paratus.*«

»Also gut. Wie genau läuft es ab?«

»Wir müssen uns einen Ort suchen, an dem wir unter uns sind. Am besten gehen wir in die Kombüse.«

Wir zogen uns in die Schiffsküche zurück, wo Frank die Tür schloss und seine Arzttasche abstellte. »Jetzt müssen Sie den Oberarm freimachen.«

Nach einem langen Blick auf ihn griff ich mir in den Nacken, um mein Kleid aufzuknöpfen. »Wissen Sie noch, wie Sie versucht haben, Mutter zu impfen? Sie ist Ihnen davongelaufen.«

Lächelnd drehte Frank sich zur Spüle um und begann, seine Hände und das Skalpell zu reinigen. »Ihre Mutter glaubt auch, dass man mit Kaffee Asthma kurieren kann.«

Ich zog mein Kleid herunter, sodass die Kühle im Raum meinen Arm traf, und raffte den Stoff vor der Brust zusammen.

Frank wandte sich um. Beim Anblick meiner nackten Haut bekam sein Gesicht einen sonderbaren Ausdruck. Er träufelte etwas Jod auf ein Stück Mull.

»Jetzt wird es ein bisschen kalt.«

Mir stockte der Atem, als Frank meinen Oberarm mit dem kalten Jod abrieb.

»Wissen Sie, dass Dr. Rogers Ihre Aussage, Infektionen würden durch kleine Tierchen ausgelöst, als dummes Gewäsch bezeichnet? Für ihn ist das Fieber bei einer Wundinfektion Gottes Weg, die Wunde zu reinigen.«

»Die kleinen Tierchen, wie Dr. Rogers sie nennt, können in der Tat tödlich sein. In Frankreich rückt man ihnen mit Karbolsäure zu Leibe. Man hat festgestellt, dass dies die Entzündungen und ein Voranschreiten der Erkrankung verhindert. Ich wünschte, ich könnte hier etwas davon auftreiben. Joe hätte damit sehr viel bessere Überlebenschancen.«

Frank griff nach dem Skalpell. »Schauen Sie weg, Georgy. Ich werde jetzt drei Einschnitte in Ihren Oberarm vornehmen und in jeden eine kleine Menge Serum einbringen.«

»Ich sehe zu, Frank. Ich muss den Ablauf ja kennen.«

Nach kurzem Zögern ritzte Frank geschickt dreimal meine Haut und berührte jeden Schnitt vorsichtig mit dem Serumfläschchen. Als er die Stelle mit einen Stück Mull bedeckte und mir einen Verband um den Oberarm wickelte, war mir ein wenig schwindelig, und beinahe wäre ich gestolpert, aber Frank hielt mich fest.

Er streckte die Hand aus, als wollte er mir das Haar zurückstreichen, überlegte es sich aber anders. »Fühlen Sie sich nicht wohl?«

Ich starrte ihn an. Er war mir so nah, dass mir sein Geruch nach Bay-Rum-Seife und Jod in die Nase stieg. Rasch senkte ich den Blick auf das Oberteil meines Kleides und zog es mir über die Schultern.

Frank drehte mich herum und knöpfte mir das Kleid hinten zu. »Ihnen fehlt nur ein Schluck Brandy, dann sind Sie wieder ganz die Alte. Ihr Arm könnte in den nächsten Tagen ein bisschen wehtun, aber das ist ein Klacks verglichen mit den Pocken.«

»Sie haben geschickte Hände, Frank Bacon. Vielleicht sollten Sie sich überlegen, Arzt zu werden.«

Frank betrachtete seine Tasche. »Ich muss los. Ich lasse Ihnen eine weitere Impfstoffdosis da, für den Fall, dass sich Eliza für eine Impfung entscheidet. Joe muss drei volle Tage das Bett hüten, am besten noch länger, falls er sich nicht dagegen sträubt. Aller Wahrscheinlichkeit nach hat die Kugel den Knochen gestreift. Deshalb darf er das Bein nicht belasten. Und niemand soll den Verband anfassen. Überlassen Sie das Dr. Ware. Durch die Metallklammern und den Sirup ist die Wunde luftdicht abgeschlossen, und er wird bestimmen, wann der Verband entfernt werden muss. Verabreichen Sie das Chinin, das ich Ihnen gegeben habe, alle zwei Stunden. Falls Sie gegen Ende der Woche eine eindeutige Besserung feststellen, schlage ich vor, dass Sie und Eliza Joe nach New York begleiten. Die frische Luft in Tioronda ist heilsamer für sein Fieber als die Sümpfe hier.« Frank trat einen Schritt auf mich zu. »Außerdem spitzt sich die Lage mit jedem Tag zu. Lee erweist sich als gewaltiges Plus für die Konföderierten, und er wird nicht zögern, auf unsere Lazarettschiffe zu schießen, wenn er einem von ihnen begegnet.«

»Können Sie nicht bleiben, Frank?« Wie gern hätte ich

seine Hand genommen. »Nach meiner morgendlichen Runde könnten wir Tee trinken.«

Doch Frank steuerte schon auf die Treppe zu. »Ich werde an Land erwartet. Aber Dr. Ware kommt heute Morgen zurück. Er soll sich mit mir in Verbindung setzen, falls sich Joes Zustand verschlechtert.«

Ich folgte ihm. »Ich bleibe, auch wenn Eliza und Joe nach Hause zurückkehren. Möchten Sie mich nicht noch einmal besuchen?«

»Ich fürchte, ich werde anderswo gebraucht.«

»Frank, das, was wir an Weihnachten besprochen haben …«

»Auf Wiedersehen, Georgy.« Er tippte sich an die Mütze. »Möge Gott Sie beschützen.«

Joes Genesung schleppte sich dahin. Manchmal ging es ihm besser, doch am darauffolgenden Tag erlitt er dann wieder einen Rückfall. Eliza saß an seinem Bett und versuchte, ihn mit Briefen von zu Hause aufzumuntern. Abbys unverblümte Meinung, was General McClellan anging, bereitete ihm stets besonderes Vergnügen.

Liebe Georgy,

General McClellans »Zurückhaltung« an der Front ist der Untergang unseres Landes. Diese Strategie ist einfach zu kostspielig, denn wir sind ohnehin schon bankrott. Gestern haben sie bei Stewart's und bei Lord & Taylor angefangen, den Kunden ihr Wechselgeld in Form von Briefmarken auszuzahlen. Carry hat einen winzigen Umschlag mit dem Stempel U. S. 50 cts. – also Südstaatengeld – zurückbekommen und diesen wiederum in ein Stück Borte bei Aitkin & Miller angelegt. Spar dir deinen Kommentar. Und dabei ist Onkel Edward ein Blau-

rock, wie er im Buche steht. Ich würde jeden Dollar, den ich besitze, dafür geben, dass dieser vermaledeite Krieg endlich aufhört, und die Sklaverei obendrein.
Deine dich liebende Abby

Bald verließen Eliza und Joe die *Daniel Webster* und schifften sich mit all ihrem Gepäck ein, um die lange Heimreise nach Tioronda anzutreten. Ich verabschiedete mich mit einem lachenden und einem weinenden Auge: Obwohl ich wusste, dass Joe nun in Sicherheit war, vermisste ich die beiden schon jetzt entsetzlich.

Allerdings blieb mir nur wenig Zeit, darüber nachzugrübeln, denn der Strom der Verwundeten riss nicht ab, während die männlichen Pfleger alles in ihrer Macht Stehende taten, um uns Schwestern das Leben schwer zu machen. Sie kümmerten sich nicht um die Wäsche und stahlen den Brandy aus dem Medizinschrank, ganz gleich, wie oft wir uns auch darüber bei Dr. Ware beschwerten, der sie immer wieder ermahnte.

Um nicht den Verstand zu verlieren, gab ich Unterrichtsstunden in Krankenpflege. So konnte ich alles, was ich bei Dr. Blackwell gelernt hatte, mit Katharine Wormeley und Marguerite, meinen ersten Schülerinnen, teilen. Ich stellte drei Stühle in der Kammer auf, wo die Spirituosen aufbewahrt wurden, eine gute Gelegenheit, gleichzeitig ein Auge auf den Brandy zu haben. Der kleine Raum, wo hinter einer Theke eckige Flaschen in hölzernen Schlitzen steckten, damit sie bei Seegang nicht umherpurzelten, war ein gemütlicher Ort, um meine erste Stunde abzuhalten.

Gerade war ich bei der Hälfte meiner Lektion über das Verbinden angelangt, als die Tür aufgerissen wurde und ein Pfleger namens St. Pierre vor uns stand. Er machte einen ungewöhnlich vergnügten Eindruck.

»Es tut mir ja so unendlich leid, dass ich die Damen stören muss, aber ich habe eine Nachricht aus dem Hauptquartier.« Er machte eine theatralische Pause. »Alle Krankenschwestern haben mit sofortiger Wirkung den Befehl, dieses Schiff zu verlassen und an Bord eines Dampfers nach Norden zu gehen. Ihre Dienste werden nicht länger gebraucht, ihre Pflichten werden von zusätzlichen männlichen Pflegern übernommen, die der Kongress soeben bewilligt hat.«

»Das kann nicht sein«, protestierte ich. »Weiß Mr. Olmsted Bescheid?«

»Von ihm habe ich es ja, und er plant selbst, sich bald auf den Heimweg zu machen.« Mr. St. Pierre warf drei gelbe Büchlein auf die Theke. »Ich dachte, es würde Sie vielleicht interessieren, dass der Gesundheitsminister ein Handbuch mit Anleitungen für die neuen Pfleger hat erstellen lassen.«

Ich griff nach einem der Hefte. »*Handbuch für Krankenpfleger*?«, wunderte ich mich. »Von Dr. Winslow Rogers?«

»Dr. Rogers' neues Buch. Die Bibel für uns Männer.«

Ich blätterte darin herum. »Das ist wortwörtlich der Text, den ich Dr. Rogers gegeben habe.«

Katharine Wormeley sprang auf. »Es enthält Georgys beste Rezepte. Ihre Zeichnungen der Verbände. Ihren gesamten Lehrplan.«

Der Gefreite St. Pierre zuckte die Achseln. »Ich weiß nur, dass Sie Frauen noch heute Abend von Bord verschwinden. Und lassen Sie bloß den Schlüssel für die Kammer hier. Schließlich müssen wir feiern, dass wir Sie endlich los sind.«

Kapitel 21

JEMMA

Peeler Plantation, Maryland
Juni 1862

LeBaron überließ es uns, Pa herunterzuholen. Ma und Sally stützten ihn, während ich in der Dunkelheit auf den Baum kletterte. Die Rinde des Ahornbaums war feucht und glitschig. *Bitte lass Pa am Leben sein,* betete ich immer wieder. Außerdem sprach ich mit ihm: »Wenn du mich hören kannst, Pa, halt noch ganz kurz durch.« Ich brauchte eine Ewigkeit, um die Kette zu lösen. Endlich spürte ich, wie sie sich lockerte, und ich ließ Pa zu den anderen hinuntergleiten.

Dann rutschte ich rasch vom Baum. Während Ma sich schluchzend über ihn beugte, legte ich die Wange an seine Brust und wartete auf das Klopfen seines Herzens. Ich schob eine Hand unter sein Hemd und spürte, dass die Haut an seiner Brust bereits kalt wurde. Die Hände in den Schlamm gestemmt, kauerte ich da und würgte. Es war, als stürzte ich in ein Loch, und da war niemand, der mich aufgefangen hätte.

»Bitte, Pa«, flehte ich immer wieder, als könnte ihn das zurückholen.

Mit vereinten Kräften zogen wir drei Pa durch Schlamm und Dunkelheit nach Hause. Wir weinten, und wir waren nicht sicher, ob unsere Gesichter nass von unseren Tränen oder vom Regen waren. Gott schien mit uns zu weinen.

Die ganze Nacht blieben wir wach. Pa lag auf seinem Bett. Seine Haut schimmerte im Schein des Feuers, als wir ihm den Schmutz abwischten. Nachdem ich mich ausgeweint hatte, stieg Hass in mir auf, wuchs immer mehr und wurde schwarz und eiskalt.

Am nächsten Tag vor dem Abendessen saßen Sally Smith und ich im Karren des Sklavenhändlers und warteten auf den Abtransport. Es war mir gelungen, Pas Kreuz in meiner Handfläche zu verstecken, bevor der Mann uns Hände und Füße mit einem groben Strick fesselte, so fest, dass er uns in die Haut einschnitt.

So warteten wir in der Einfahrt. Die Pferde, von denen der Karren gezogen wurde, scharrten mit den Hufen und wollten, dass es endlich losging. Sally glaubte, dass Mister Watson noch kommen und uns retten würde. Doch als ich hinauf zum Schlafzimmerfenster schaute, sah ich, dass sich der Vorhang bewegte. Vermutlich war er das. Warum wurden wir verkauft? Ich fühlte mich innerlich leer, als ich hinunter zur Hütte blickte, wo Pa noch kalt und steif lag. Wer würde ihn beerdigen und letzte Worte für ihn sprechen? Wer ihm einen Sarg schreinern? Der Sklavenhändler erschien, hob meine geblümte Gobelintasche neben mich in den Wagen und stieg auf den Bock. Ma arbeitete draußen auf dem Feld. Ich starrte hin, voller Hoffnung, dass sie noch kommen würde, um sich zu verabschieden.

Gerade hatte es zu regnen begonnen, als Anne-May aus dem Haus trat und sich dem Wagen näherte.

»Warum müssen wir fort?«, fragte ich.

»Nur deinetwegen haben wir Joseph verloren. Er war einer unserer besten Arbeiter. Fergus findet, dass du eine Querulantin bist. Und Sally … sie weiß genau, was sie getan hat.«

Sally wandte sich ab. »Ich habe gar nichts getan.«

Obwohl ich mich eigentlich ausgeweint hatte, spürte ich, wie mir wieder Tränen in die Augen stiegen. »Wieso haben Sie meinem Pa nicht geholfen? Er hat Ihnen so treu gedient.«

Anne-May beugte sich zu mir vor. »Wo hast du das Buch, Jemma?«

Ich starrte sie nur an. Ihre Löckchen wurden im Regen allmählich schlaff. Offenbar hatte sie sie heute Morgen selbst aufgedreht und den Lockenstab nicht heiß genug werden lassen.

»Das rote Büchlein, in das du geschrieben hast. Das du Mr. Smalls bringen solltest.«

»Ihr Verräterbuch?«, entgegnete ich.

Anne-May warf einen verstohlenen Blick auf den Sklavenhändler. »Sprich gefälligst leise. Hast du es hier?«

Ich wandte mich ab. »Ich wette, die Zeitungen würden sich dafür interessieren.«

Sie streckte fordernd die Hand aus. »Gib es sofort her.«

Ich wies mit dem Kopf zum Haus. »Es ist dort, wo ich es immer aufbewahre. Es liegt praktisch offen da.«

Inzwischen regnete es heftiger. Der Holzboden des Wagens wurde nass. »Hü!«, rief der Sklavenhändler den Pferden zu, und wir setzten uns ruckartig in Bewegung.

Anne-May folgte uns. »Wo genau ist es, Jemma?«

Im nächsten Moment tauchte Ma wie aus dem Nichts auf. Sie war barfuß und rannte so schnell durch die Pfützen, wie ich sie noch nie hatte rennen sehen. Das Haar hatte sie mit einem leuchtend blauen Tuch zusammengebunden.

»Wage es nur nicht, die Hoffnung zu verlieren, verstanden, Jemma?«, rief sie mir, die Hände um den Mund gewölbt, nach. »Du musst kämpfen!«

Ich konnte nicht antworten. Sally Smith und ich rumpelten durch die Dunkelheit hinein ins Ungewisse. Ich hatte Ma zwar gehört, kam jedoch gegen die übermächtige Gleichgültigkeit in mir nicht an.

TEIL ZWEI

Kapitel 22

GEORGY

Portsmouth Grove, Rhode Island
1863

Nachdem man uns im Sommer zuvor so mir nichts, dir nichts von Bord der *Daniel Webster* komplimentiert und durch männliche Pfleger ersetzt hatte, kehrte ich nach Hause zum Brevoort Place zurück. Erfreut stellte ich fest, dass sich kaum etwas verändert hatte, wenn man einmal von der hübschen Landkarte im Salon absah, auf der Virginia abgebildet war. Mutter hatte sie über dem Sofa unter das Bildnis der Heiligen Jungfrau gehängt, und dort saßen wir nun alle, studierten die Zeitungen und folgten den Truppenbewegungen. Ich war mehr denn je entschlossen, eine Schwesternschule für Frauen zu eröffnen. Nicht dass meine eigenen Schwestern mich dabei unterstützt oder mich auch nur mit dem Respekt behandelt hätten, den ich verdiente. Zu Hause galt wie immer die alte Hackordnung unserer Kindheit.

»Das war ein kurzer, wenn auch glorreicher Abstecher in die Krankenpflege«, frotzelte Jane, als ich zur Tür hereinkam. Nachdem ich den Gepäckträger gebeten hatte, meinen Koffer die Vortreppe hinaufzubringen, stellte ich mein Netz voller Apothekergläschen auf dem Teppich im Salon ab.

Abby half mir, Mantel und Haube abzulegen. »Wehe, wenn du das Glas mit den Blutegeln im Esszimmer lässt.«

»Wäre dir die Küche lieber?«, entgegnete ich.

Nach meiner Heimkehr kam es zu vielen neuen Entwicklungen im Kriegsgeschehen. Dazu gehörte auch der viel zu teuer erkaufte Sieg des Nordens in Antietam, unweit der Grenze zwischen Maryland und Pennsylvania, im Herbst. Obwohl die Gefechtshandlungen nur einen einzigen Tag andauerten, forderten sie 22.717 Todesopfer und Verletzte. Lincoln hatte den übervorsichtigen General McClellan abgelöst, und die Unterstützer der Union hofften nun, General Ambrose Burnside, sein Ersatzmann, werde dem Krieg ein rasches Ende bereiten. Wir beteten darum, dass unsere männlichen Freunde und Familienangehörigen verschont bleiben würden. Mein Bruder Charley, dessen Hand inzwischen fast vollständig geheilt war, arbeitete bei der New York City Home Guard und sammelte Bücher für die Soldaten. Jedem, der ihm zuhören wollte, jammerte er die Ohren damit voll, dass er sich unbedingt freiwillig melden wolle. Mutter steuerte dagegen, indem sie ihn mit immer neuen Aufgaben im Dienste der Wohltätigkeit ablenkte. Doch damit zögerte sie das Unvermeidliche nur hinaus.

Unterdessen machte Joe auf dem idyllischen Landgut Tioronda in Fishkill im Staat New York mit Elizas Hilfe gute Fortschritte bei der Genesung und bemühte sich bereits unablässig darum, an die Front zurückgeschickt zu werden. Frank Bacon diente seinem Regiment auf dem Schlachtfeld. Genau genommen gehörte er ja nicht mehr zur Familie, nachdem ich seinen Heiratsantrag abgelehnt hatte, eine Entscheidung, die ich inzwischen hin und wieder bereute. Doch am allermeisten sehnte ich mich danach, mich wieder ins Getümmel zu stürzen und mich mit Feuereifer der Krankenpflege zu widmen.

Da die Kämpfe weitertobten, ohne dass eine Seite den endgültigen Sieg für sich hätte verbuchen können, riss der Strom der Verwundeten nicht ab. Unsere alte Freundin Katharine Wormeley schrieb, dass Mr. Olmsted sie gebeten habe, ein neues Krankenhaus der US-Army oben in Portsmouth Grove, Rhode Island, zu leiten. Er hatte meine Schwester Jane und mich als Oberschwestern vorgeschlagen. Obwohl Jane wie immer zunächst ein Haar in der Suppe fand und an der Idee etwas auszusetzen hatte, nahm ich in unser beider Namen an und freute mich auf die Gelegenheit, den Winter dort zu verbringen und mich endlich nützlich machen zu können.

Als wir verfrüht in Portsmouth Grove eintrafen, fanden wir unsere Station, einen Krankensaal mit hoher Decke, unbeheizt vor. Die Waschmaschine hatte den Geist aufgegeben, und die sechzig Betten waren bis auf die blauen Matratzen abgezogen. Doch bald brannte in jedem Kamin ein Feuer, die Patienten konnten sich in frisch gemachte Betten legen, und der Duft von Brathähnchen wehte durch die Säle.

Eines Morgens, später in jener Woche, wir wechselten gerade das Bettzeug, gesellte sich Katharine zu uns.

»Ich habe gerade eine ziemlich merkwürdige Einladung zu einem Ball in Newport erhalten.«

Sie reichte mir das in goldenen Buchstaben auf eine elfenbeinfarbene Karte gedruckte Schreiben.

WEISSER BALL. SEACREST.
BELLEVUE AVENUE NUMMER EINS.
NEWPORT. RHODE ISLAND.
NEUNZEHN UHR.

Wir hatten die prunkvollen Häuser in Newport zwar aus der Ferne bewundert, jedoch noch nie einen Fuß in eines davon gesetzt.

»Warum sind wir eingeladen?«, wunderte ich mich.

Katharine steckte den Brief ein. »Ich habe nicht die geringste Ahnung. Vermutlich ist es eine Benefizveranstaltung für unsere Soldaten.«

Jane schüttelte ein steif gestärktes weißes Bettlaken aus. »Meiner Ansicht nach tun wir schon genug für unsere Soldaten. Bettwäsche mit der Hand zu waschen! Das ist ja hier wie im Mittelalter.«

»Vielleicht könnten wir Spenden für Dinge sammeln, die wir wirklich brauchen«, schlug ich vor.

Als Jane das Laken durch die Luft schwenkte, sodass es sanft auf das Bett segelte, bauschte sich das rote Haar um ihr Gesicht wie ein Heiligenschein. »Ich habe noch etliche Ausgaben von Marys Gedichten, die wir verkaufen könnten.«

»Und wer könnte Katharine widerstehen, wenn sie die Spendenbüchse schüttelt?«, fügte ich hinzu. »Auf dem Ball könnten wir an einem Abend genug Geld für eine neue Waschmaschine auftreiben.«

Katharine, Jane und ich kümmerten uns um Vertretungen, liehen uns die altersschwache offene Kutsche, die zum Krankenhaus gehörte, und trafen pünktlich am Veranstaltungsort ein.

Schon aus mehr als einem Kilometer Entfernung sah man Seacrest, ein hohes, riesiges mit Holz verschaltes Sommerhaus, an der eleganten Bellevue Avenue aufragen. Es präsentierte sich mit einer Unzahl an Giebeln und Gaubenfenstern, einer gewaltigen, rings ums Haus verlaufenden Veranda und einer imposanten Wagenauffahrt, durch die sich gerade ein steter Strom aus prächtigen Kutschen bewegte.

Wir reihten uns ein. Als wir näher kamen, schnappte Katharine beim Anblick der prunkvoll gekleideten Gäste nach Luft. Die Damen, die ihre Pelzdecken beiseitelegten und aus den Kutschen schlüpften, trugen nach der neuesten Mode geschneiderte weiße Kleider aus Organdy und Seide. Die Männer waren mit förmlichen Gehröcken oder Militäruniformen bekleidet. Farbige Lakaien in Hemdsärmeln und Kniebundhosen kümmerten sich um die Pferde.

Jane, die wie immer das Kutschieren übernommen hatte, ließ das Pferd weitertrotten. »Die Gäste sind alle ganz in Weiß gekommen. Warum fühle ich mich plötzlich wie die arme Verwandte?«

»Wir sind hier, um Geld für die Sache zu sammeln«, erwiderte Katharine. »Also ist es sicher besser, wenn wir nicht zu wohlhabend aussehen.«

Wir traten in eine Eingangshalle, die größer war als die gesamte Grundfläche unseres Stadthauses am Brevoort Place. Rechts von uns schwang sich eine breite Treppe nach oben. Wir starrten hinauf zu der atriumartigen Decke, die in der Mitte offen war. Überall im Raum standen vergoldete, mit weißen Blumengirlanden drapierte Statuen herum, die halb nackte Gestalten darstellten.

»Sie scheinen hier eine Schwäche für Gold zu haben«, merkte Katharine an.

Jane schaute sich um. »Schlechter Geschmack wird nur noch auffälliger, wenn man ihn vergoldet.«

Wir lehnten einen Abstecher in die Damengarderobe ab, da wir zum Glück nur wenig an unserer Toilette herrichten mussten und uns durchaus in der Lage fühlten, uns ohne fremde Hilfe die Handschuhe anzuziehen.

Livrierte Lakaien überreichten jeder von uns eine Tanzkarte, ein auf gipsweißes Papier gedrucktes Büchlein mit eierschalfarbener Kante, auf dessen Deckel in verschnörkelten Goldbuchstaben *Seacrest Ball* stand. Ein hübscher kleiner Bleistift war mit einer Seidenkordel daran befestigt. Als wir die Büchlein aufschlugen, stellten wir fest, dass auf jeder Seite die Ballordnung notiert war. Das Programm listete die Punkte *Großer Marsch, Polka, Walzer* auf.

»Fünfundzwanzig Tänze?«, meinte Jane. »Das wird eine lange Nacht.«

Katharine wies auf den unteren Rand der Seite. »Schaut, hier heißt es: *Männer entrichten fünf Dollar pro Tanz.*«

Ich klappte mein Büchlein zu. »Jane, du machst mit den Gedichtblättern die Runde. Katharine, du übernimmst die Sammelbüchse. Ich suche unseren Gastgeber.«

Nachdem die Feierlichkeiten mit einem Fanfarenstoß eröffnet worden waren, wurde Jane sofort von einem hochgewachsenen Gentleman zum Tanz aufgefordert. Doch sie lehnte ab, weil sie zuerst Marys Gedichte verkaufen wollte. Katharine schlängelte sich durch die Menschenmenge und schwenkte ihre Sammelbüchse.

Gerade wollte ich Ausschau nach unserer Gastgeberin halten, als Frank Bacon mir den Weg versperrte. Plötzlich stand er vor mir und rückte seine Manschetten zurecht. In seiner Uniform sah er besonders stattlich aus. Er war glatt rasiert, und der tiefblaue Stoff betonte seine blauen Augen.

»Hallo, Georgy.«

Ich spürte, wie ich errötete. »Oh. Frank Bacon. Was, um alles in der Welt, führt Sie denn hierher? Abby hat mir erzählt, man hätte Sie einem Krankenhaus in Louisiana zugeteilt.«

»Zwanzig Tage Urlaub, um meine Mutter zu besuchen, die sich seit meiner Ankunft merklich besser fühlt. Und was hat Sie in diese Gegend verschlagen?«

»Jane, Katharine und ich arbeiten als Krankenschwestern in Portsmouth.«

»Es muss Ihrer Mutter sehr schwergefallen sein, Sie ziehen zu lassen. Wie geht es ihr?«

»Sie ist ein wenig angespannt. In ihrem letzten Brief schreibt sie, sie habe befürchtet, ein Pastor, der zum Tee gekommen sei, habe sich mit einem Teil des Woolsey-Silbers aus dem Staub gemacht. Zu ihrer Erleichterung habe sie kurz darauf Margaret beim Polieren der fehlenden Löffel angetroffen.«

Frank lächelte breit. Der Frank von früher.

»Ihre Mutter wird immer einen ganz besonderen Platz in meinem Herzen haben.«

»Aber was bringt Sie den weiten Weg von Connecticut hierher?«

Frank wandte sich zur Mitte des Raums um. »Einen Moment, jetzt kommt die Überraschung.«

Das Orchester spielte einen Trommelwirbel, und alle Augen richteten sich auf eine mit weißem Satin bezogene Kiste.

»Was ist das, Frank?«

Ein Mann öffnete den Deckel, worauf ein gewaltiger Schwarm weißer Vögel in die Luft aufstieg und durch das offene Dach davonflog.

»Sehr reizend«, meinte ich. »Aber übertreiben Sie es nicht ein wenig mit dem weißen Motto?«

Frank beugte sich zu mir hinüber. »Die Vögel haben seit Dienstag weder Körner noch Wasser bekommen, damit sie nicht auf die Gäste koten.«

»Woher sind Sie so gut informiert, Frank?«

Das Orchester stimmte eine schwungvolle Weise an. Den Ehrenwalzer.

Frank hielt mir die Hand hin. »Können wir das vielleicht beim Tanz erörtern?«

Und so tanzten wir den Walzer. Er hatte den Arm um meine Taille gelegt, was in mir ein Gefühl der Geborgenheit und Vertrautheit auslöste. »Sie haben geübt, Frank.«

Da mein Gesicht fast an seiner Schulter ruhte, gab es kein Entkommen vor seinem mir so wohl bekannten Geruch nach Bay-Rum-Seife und Kaffee.

Er lächelte. »Ich bekenne mich schuldig.«

»Tut mir leid, dass ich nicht weiß angezogen bin.«

»Ich kann Sie mir gar nicht in weißer Seide vorstellen, Georgy. Außerdem tragen Sie das schmeichelhafteste Kleid, das es nur gibt, und zwar die Schwesterntracht der US-Army.«

»Und was genau führt Sie nun hierher, Frank? Sie müssen zu uns ins Krankenhaus kommen. Wir könnten Ihre Hilfe gebrauchen. Nicht dass wir Ihnen zum Tee Eiscreme und frisch gebackene Löffelbiskuits anbieten könnten. Bei uns geht es ziemlich spartanisch zu.«

»Ich bin nur für eine Nacht hier …«

»Sie dürfen mich nicht so auf die Folter spannen, Frank. Mein Verstand brütet schon verschiedene Gründe aus, weshalb Sie hier sein könnten. Eine reiche Tante ist gestorben und hat Ihnen ein Vermögen vermacht. Das Heilmittel gegen irgendeine grauenhafte Krankheit ist nur in der Narragansett Bay zu finden.«

»Genau genommen ein bisschen von beidem.«

»Was für ein Jammer. Und ich dachte schon, Sie seien den ganzen weiten Weg gekommen, um mich zu sehen.«

Die Musik verstummte, und wir alle applaudierten.

»In dieser Hinsicht droht keine Gefahr, Georgy. In letzter Zeit ist eine Menge geschehen.«

»Frank, was ich in Washington gesagt habe … Ich weiß nicht, was in mich gefahren war …«

Im nächsten Moment erschien eine dunkelhaarige Frau und stellte sich an Franks Seite. Sie trug eine lachsfarbene Kreation, schulterfrei und üppig mit Blümchen und Schleifen geschmückt. Das Haar hatte sie in der Mitte gescheitelt und zu zwei dünnen Zöpfen geflochten, die wie Schlaufen unter ihren Ohren schwangen. Den Fächer aus mit rosafarbener Seide bespannten Elfenbeinstäben hielt sie in der rechten Hand, ein Zeichen, dass sie nicht verheiratet war. Sie hakte Frank unter.

Dieser wies mit dem Kopf auf sie. »Georgeanna, darf ich Ihnen meine Schwesternhelferin Miss Bethada Barnett vorstellen?«

Ich wich zurück. »Helferin?«

Sie und Frank wechselten einen Blick. »Ich habe inseriert, und Miss Barnett hat sich gemeldet. Sie ist sehr erfahren. Ich konnte mein Glück kaum fassen.«

Ich rang meinen Fluchtinstinkt nieder und nickte Miss Barnett zu. Wie ich bei näherer Betrachtung zufrieden feststellte, hatten ihre Züge etwas Pferdeähnliches.

»Sehr erfreut«, sagte ich.

Bethada nickte. »Frank hat mir alles über die Woolsey-Schwestern erzählt.« Sie beugte sich vor und riss theatralisch die Augen auf. »Es ist ein wenig schwierig, Sie sieben auseinanderzuhalten.«

Ich beugte mich meinerseits vor. »Vielleicht sollten Sie sich Notizen machen, Miss Barnett.«

»Ich habe unten in Louisiana Verwundete gepflegt und

dort jede auch nur vorstellbare Verletzung gesehen. Es ist ja so erfüllend, die Kranken zu versorgen.«

»Und wie kommen Sie auf dieses Fest?«, erkundigte ich mich.

Als uns ein livrierter Kellner ein Silbertablett mit Champagnergläsern anbot, griff Frank zu.

»Meine Tante, Mrs. Cherie Barnett, ist unsere Gastgeberin. Mein Onkel ist vor Kurzem an Typhus gestorben. Deshalb möchte sie unbedingt einen Teil von Onkels beträchtlichem Vermögen an die Wissenschaft spenden. Sie hat Dr. Bacon eingeladen, damit er ihr über seine Forschung im Bereich der Krankheitsvorsorge berichtet.«

Ich wandte mich an Frank. »Was für ein Glück für Sie. Und als Dreingabe dürfen Sie noch ein ganzes Museum voller goldener Statuen bewundern.«

Er nippte an seinem Champagner.

Bethada nestelte an dem Medaillon an ihrer Kehle herum. »Miss Woolsey, wie originell von Ihnen, dass Sie trotz des Mottos auf der Einladung beschlossen haben, nicht Weiß zu tragen.«

»Meine Schwester, ich und unsere Freundin Katharine Wormeley, die uns begleitet, sind Krankenschwestern in Portsmouth Grove. Wir kommen direkt vom Dienst. Außerdem haben Sie sich ja auch gegen Weiß entschieden, Miss Barnett.«

»Das war unsere Absicht. Tantchen und ich wollten als einzige Farbtupfer aus diesem weißen Meer hervorstechen. Da ist ja Tantchen, ganz in Blau.«

Eine Frau rauschte auf uns zu und durchpflügte dabei die Menschenmenge wie ein Dampfer das offene Meer, woraufhin sich die angerempelten Gäste nach dem Grund für diese Störung umschauten. Mrs. Barnett war eine aufgeblasene

Version ihrer Nichte und in eine Wolke aus himmelblauer Baumwolle und Chiffon gehüllt. Der Diamant an ihrem Hals hatte die Größe eines Leuchtfeuers.

Als Bethada ihrer Tante ein Glas Champagner anbot, lehnte diese ab.

»Tantchen, wir haben gerade davon gesprochen, wie sehr du dich für Dr. Bacons Forschungen interessierst.«

»Wenn ich mir etwas in den Kopf gesetzt habe, ist mit mir nicht zu spaßen«, antwortete Mrs. Barnett. »Und ich möchte, dass Dr. Bacon mein persönlicher Arzt wird.«

»Sie würden aus der Armee ausscheiden, Frank?«, entsetzte ich mich.

»Das ist alles noch nicht spruchreif«, erwiderte er.

Bethada nahm sich eine Sektflöte von einem Tablett. »Natürlich erst, wenn der Krieg vorbei ist«, sagte sie. »Bis dahin wird Tantchen durchhalten und Bälle wie diesen veranstalten, um die Truppen zu unterstützen.«

»Die des Nordens oder die des Südens?«, hakte ich nach.

»Was mir gerade passend erscheint«, entgegnete Mrs. Barnett.

»Ihr Mann hat sein Vermögen doch mit Baumwolle verdient«, fuhr ich fort.

Mrs. Barnett ließ den Blick über die Anwesenden schweifen. »Unter anderem. Ich mische mich nicht in die Geschäfte meines verstorbenen Mannes ein.«

»Sie wissen sicher, dass Barnett Industries der zweitgrößte Produzent von Baumwollstoffen in diesem Land ist«, sprach ich weiter. »Alles hergestellt auf dem Rücken von Sklaven.«

»Und was geht Sie das an?«

»Es sollte alle Menschen etwas angehen. Außerdem mache ich mir Sorgen um Ihre farbigen Diener, die in Hemdsärmeln draußen in der Kälte stehen …«

»Ach, eine Abolitionistin, ich verstehe. Stets edel und selbstlos. Wir hoffen, heute Abend fünftausend Dollar einzunehmen. Damit unterstützt man die Sache am besten. Mit Geld.« Plötzlich sah sie mich unverwandt an. »Und deshalb würde ich es vorziehen, wenn auf diesem Fest keine Spenden gesammelt würden.«

»Meinen Sie damit uns, Mrs. Barnett?«

»Außerdem missfällt es mir, dass Ihre Schwester – Jane, richtig? – die Gäste belästigt, um ihnen ihre Gedichte zu verkaufen.«

Ich verschränkte die Arme vor der Brust. »Genau genommen sind die Gedichte von meiner Schwester Mary. Jane verlangt nur einen Penny pro Bogen.«

»Eine Frau, die mit Schreiben Geld verdient?« Sie warf Frank einen Blick zu. »Ist das etwa die heutige Erziehung für junge Damen?«

Frank schmunzelte. »Die Woolsey-Frauen sind in New York eine feste Größe und genießen überall Hochachtung.«

»New York«, höhnte Bethada. »Wer möchte denn dort seine Kinder großziehen?«

»Marys Gedichte sind bei den Soldaten sehr beliebt«, sagte ich. »Eines hat Winslow Homer sogar zu einem Gemälde inspiriert.«

Mrs. Barnett fächelte sich Kühlung zu, bis ihre Stirnlocken zu wippen begannen. »Ich möchte, dass meine Gäste in diesem Haus guter Dinge sind und sich amüsieren. Mit einer gut gefüllten Tanzkarte wäre Ihre Miss Wormeley unseren Soldaten um einiges nützlicher, als wenn sie den Herrschaften mit ihrer Spendendose vor der Nase herumfuchtelt. Nicht dass die Herren bei ihr Schlange stehen würden.«

Ich trat einen Schritt zurück. »Mrs. Barnett, ich dulde nicht, dass Sie so verächtlich über eine gute Freundin von mir sprechen. Wir versuchen nur, Geld für eine neue Waschmaschine im Krankenhaus zu sammeln ...«

»Und ich versuche nur, meinen Gästen einen schönen Abend zu bereiten. Vielleicht können die zwei es ja morgen im Stadtpark versuchen. Wenn Sie mich jetzt bitte entschuldigen würden.«

Mrs. Barnett rauschte davon, gefolgt von Bethada, die Frank noch einen bedeutungsvollen Blick zuwarf.

Ich strich meine Handschuhe glatt. »Ich sage Jane und Katharine, dass wir gehen.«

»Aber Georgy ...«

»Ich habe verstanden, Frank. Nicht jeder Mann kann sich gegen so eine Frau behaupten.«

»Sie meint es doch nur gut.«

»Es gab einmal eine Zeit, da haben Sie selbst am Union Square die Sammelbüchse geschwenkt. Ist Ihnen klar, dass Barnett Industries Millionen von Dollar auf Kosten von Sklaven mit Baumwolle verdient hat? Wie kann ein Captain der US-Army mit einem Unternehmen wie diesem Kontakte pflegen? Ihr Vater wettert von der Kanzel dagegen.«

»Ich bin nur als Gast hier. Ist es denn falsch, das Geld zu nehmen und damit Krankheiten zu bekämpfen?«

»Sie haben Bethada an Ihrer Seite, Frank. Jedes Schmuckstück, mit dem sie sich behängt, verdankt sie der Sklavenarbeit. Offenbar habe ich mich in Ihnen geirrt.«

Ich wandte mich zum Gehen.

Frank hielt mich am Arm fest. »Könnte Ihre Empörung daran liegen, dass Sie es inzwischen bereuen, mir einen Korb gegeben zu haben?«

»Ganz im Gegenteil, Frank.« Ich riss mich los. »Noch nie war ich mit einer Entscheidung so zufrieden.«

Kapitel 23

J E M M A

Hagerstown, Maryland
Juni 1863

Sally Smith und ich landeten in Hagerstown, Maryland. Unser neuer Besitzer war der magere Mr. D. W. Swift, seines Zeichens »Kunstfotograf«. So stand es wenigstens auf den Visitenkarten, die ich auf der Straße verteilen musste – und die von den meisten Leuten umgehend in den Müll geworfen wurden. *Kunst!* Dass ich nicht lachte. Er knipste hauptsächlich tote Babys, die ich so herrichten musste, als schliefen sie, außerdem jeden Soldaten, der durch die Stadt kam. Konföderierte oder Union, ganz einerlei.

Inzwischen waren wir seit einem Jahr hier und zu dem Schluss gekommen, dass Hagerstown nicht New York City war. Auf den von Schlaglöchern durchsetzten Straßen wimmelte es von abgehetzten Menschen, und die Main Street wurde von einigen hohen Häusern gesäumt. Die größte Attraktion allerdings war die viel bewunderte Wetterfahne auf dem Dach des Market House, die einen deutschen Soldaten darstellte. Ich hatte nicht viel Zeit, sie mir anzusehen, weil ich mich den Großteil des Tages unter Mr. Swifts Argusaugen krummschuftete. Nur wenn ich Eis aus dem Eishaus herbeischleppte oder einen meiner selten Ausflüge in den Kaufmannsladen unternahm, konnte ich einen Blick darauf riskieren.

An jenem für den Juni kalten Frühlingstag hatte Mr. Swift mich angewiesen, mich draußen vor das Atelier zu stellen und jedem Passanten eine Visitenkarte in die Hand zu drücken. Umtost von vorbeisausenden Kutschen, stand ich mitten auf der Straße, während der Wind versuchte, mir das viel zu große Baumwollkleid über die Knie zu wehen, das ich von Mrs. Swift übernommen hatte. Außerdem war ich ohnehin seit dem Morgen bedrückt, denn ich hatte geträumt, Pa sei wieder am Leben – und hatte beim Aufwachen erkannt, dass das nicht stimmte. Das Herumstehen auf der Straße machte alles noch schlimmer.

Als ich einem Mann mit Zylinder eine Karte hinhielt, spuckte er mir einen Schwall Speichel auf die zu engen und durchgelaufenen Schnürschuhe, aus denen Mr. Swifts Neffe Jim herausgewachsen war.

Dann bot ich einer Frau eine Karte an, doch sie scheuchte ihre Kinder von mir weg, als hätte ich Typhus. Der Wind trug den Duft von Sally Smiths Maisbrot aus der Küche heran. Mein Magen knurrte. In diesem Haus gab es nichts, worauf ich mich freuen konnte. Selbst Sallys Maisbrot war für mich tabu.

»Jemma, komm her!«, rief Mrs. Swift mir von der Tür aus zu. »Ein Großauftrag. Ein ganzes Regiment.«

»Ja, Mrs. Swift.«

Mrs. Swift war gebaut wie ein Fass. Ihre Arme ähnelten dicken, in der Mitte mit Zwirn abgeschnürten Kissen, und ihre stämmige Figur konnte kein Reifrock verbergen. Während ihr Mann aussah, als würde der nächste Windstoß ihn umwerfen, hatte sie die Figur eines Zirkusringers. Ich drehte ihr das Haar so auf, wie sie es wünschte, sodass ihr die Löckchen wie dicke kleine Würstchen am Kopf anlagen.

Ich hastete in das Zimmer, das ich mit Sally teilte, um mich zum Fotografieren umzuziehen. Der Raum, die ehemalige Speisekammer, ging von der Küche ab. Rings herum verliefen Regale, und es passten mit Müh und Not zwei Betten hinein. Der Geruch nach Mehl und Vanille war für immer in die Wände eingesickert. Meine geblümte Gobelintasche stand auf dem Bett. Ich schlüpfte in eine alte, fadenscheinige und am Hinterteil geflickte Hose, auch ein Erbstück von Neffe Jim. Mr. Swift wollte, dass ich sie trug, wenn ich ihm beim Fotografieren half. So konnte ich überall in seinem Atelier herumklettern, wo er mich haben wollte, mit hocherhobener Lampe auf Tischen stehen oder mich, ausgerüstet mit einer dünnen Metallplatte, an die Decke hängen, damit er mehr Licht hatte.

Wenigstens verging die Zeit so schneller.

Als ich in die Küche kam, war Mrs. Swift damit beschäftigt, ein Rasiermesser an einem Riemen zu schärfen. Sie stieß mich wortlos auf einen Stuhl. Im ersten Moment dachte ich, sie wolle mir die Kehle durchschneiden, wogegen ich eigentlich nichts einzuwenden gehabt hätte. Dann hätte ich wenigstens Ma, Pa und Patience nicht mehr vermissen müssen.

Doch Mrs. Swift begann, mir mit dem Rasiermesser über die Kopfhaut zu fahren, und zwar ziemlich unsanft, sodass ich einige Schnittwunden davontrug.

»Sitz still. Warum müssen Neger immer so zappeln?«

Offenbar hatte sie beschlossen, dass der Sonntagmorgen, der einzige Tag, über den Sally und ich frei verfügen konnten, genau der richtige Zeitpunkt war, um mich zu scheren wie ein Schaf.

Mrs. Swift rasierte mir die Seite des Schädels kahl und ritzte mir dabei das Ohr an. »Ich habe ein Haar in der Entwicklerflüssigkeit gefunden, und das war eindeutig von dir.«

Sally Smith kam herein. Sie trocknete ein Geschirrteil an ihrer Schürze ab. »Ich übernehme das gern, Ma'am. Dann können Sie in Ruhe frühstücken.«

»Damit du das Rasiermesser in die Finger kriegst und uns alle abschlachtest? Nein danke, darauf kann ich verzichten. Am liebsten würde ich dich an deine Vorbesitzer zurückgeben, Jemma, denn du bist nicht so fleißig, wie man mir versprochen hat. Ständig bist du in Gedanken woanders. Noch nicht einmal die neue Löffelhaube aus schwarzer Spitze ist fertig wie versprochen. Als wir dich Mister Watson abgekauft haben, hat er uns verheimlicht, dass du so viel Schwierigkeiten machen würdest.«

Ich drehte mich zu ihr um. »Sie haben mich Mister Watson abgekauft? Aber meine Besitzerin war doch Miss Anne-May.«

Mrs. Swift drehte mich grob in die richtige Richtung. »Was macht das für einen Unterschied? Sally würden wir natürlich behalten, denn Mr. Swift könnte ohne ihr gebratenes Maisbrot mit Quittengelee nicht mehr leben. Nicht dass ich gebratenes Brot essen würde, das enthält viel zu viel Fett.« Sie strich sich mit der Hand über den ausladenden Wanst. »Ich halte meine Figur durch regelmäßige Bewegung und Gebete in Form.«

Sally machte mit ihren Gelees bereits gute Umsätze. Ganz Hagerstown gab sich an der Hintertür die Klinke in die Hand.

Nachdem Mrs. Swift unter großem Tamtam das Rasiermesser zusammengeklappt hatte, befahl sie uns, die Augen zu schließen, damit wir nicht sahen, in welcher Tasche sie es verstaute. Dann ging sie ins Esszimmer, um sich zu Mr. Swift an den Frühstückstisch zu setzen.

»Du musst etwas essen, Jemma«, sagte Sally.

»Komm, wir machen dich für die Kirche fein«, erwiderte ich. Ich wollte nicht über die ständigen Schmerzen im Magen sprechen, die mir das Essen verleideten. Grund war, dass ich Ma und Pa und alle, die Gott mir genommen hatte, so sehr vermisste. Darüber zu reden machte es nur noch schlimmer.

In unserem Zimmer half ich Sally in ihren besten, steif gestärkten Unterrock. Dann kletterte ich aufs Bett, wo das Maisstroh in der Matratze unter meinen Füßen knisterte, und streifte Sally ihr Sonntagskleid aus schwarzer Seide über den Kopf. Es war ein abgelegtes von Mrs. Swift, das ich für sie umgearbeitet hatte.

Sally strich den Rock glatt. »Komm doch mit zur Kirche.«

»Ich bin mit der Kirche fertig.« Ich setzte ihr die Haube auf den Kopf. Es war die schwarze Löffelhaube, die ich eigentlich für Mrs. Swift gemacht, aber dann Sally gegeben hatte, weil sie ihrem Gesicht so schmeichelte. »Gott hat mir Pa genommen. Jetzt habe ich genug von ihm. Nicht einmal einen Sarg für die Beerdigung hat er ihm gegönnt.«

»Sei wütend auf die, die das getan haben, nicht auf Gott.«

»Offen gestanden würde ich lieber schlafen.«

»Dein Pa ist fort. Und jetzt? Es nützt niemandem, wenn du dich zusammenrollst und stirbst.«

Ich band ihr die Schleife unterm Kinn zu. »Die Kirche hilft mir auch nicht. Außerdem redet der Prediger nur davon, dass wir Sklaven uns an das Gesetz halten müssen, weil Gott uns sonst bestraft. Ich kann das nicht mehr hören. Und dann kommen heute Morgen wieder zwei tote Babys rein. Danach wollten sich ein paar Soldaten fotografieren lassen.«

»Am Tag des Herrn?«

»Der Herr hat mich schon vor langer Zeit verlassen.«

»Du sollst Gott nicht lästern, Jemma.«

»Irgendwann bestraft er mich auch dafür, dass ich für Anne-May all die Sachen in ihr Buch geschrieben habe, du wirst schon sehen.«

»Grübelst du immer noch über das Buch nach?«

»Du hast doch gehört, wie sie mich danach gefragt hat, bevor wir weggebracht wurden. Sie hat geschworen, mich aufzuspüren, um es sich zu holen.«

»Diese Frau könnte keinen Esel in einem Fass aufspüren. Du bist jetzt viele Kilometer weit weg.«

»Anne-May kriegt immer, was sie will. Außerdem ist sie vor dem Gesetz noch immer meine Besitzerin, falls Mister Watson es war, der mich verkauft hat.«

»Selbst wenn sie dich findet, wird Mr. Swift dich nicht herausrücken. Und solange ich hier bin, kann sie dir nichts tun. Sie wird eben ohne dieses teuflische Buch leben müssen.« Mit einer vom jahrelangen Teigkneten und Wollewickeln weichen Hand griff Sally nach meiner.

Ich hielt ihr ihre gute Handtasche hin, die blaue mit dem wieder angenähten Henkel, den sie sich über den Arm hängte.

Sie beugte sich so dicht zu mir, dass ich den Zuckerduft ihres Haars riechen konnte. »Mir gefällt dein Versteck«, flüsterte sie mir zu. »Dort wird es niemand finden. Und lustig ist es außerdem.«

Während sie hinausging und die Hintertür zuknallen ließ, schüttelte sie sich vor Lachen.

Auch ich musste lächeln, als ich an mein Versteck dachte. Anne-May würde nie im Leben darauf kommen.

Kapitel 24

ANNE-MAY

Peeler Plantation, Maryland
Juni 1863

Ein Jahr nachdem wir Harry beerdigt hatten, wurde ich noch immer von düsteren Gedanken heimgesucht. Immer wieder musste ich an den schrecklichen Tag denken, an dem er in einem Sarg nach Hause gebracht worden war. Außerdem tat ich kaum ein Auge zu, weil Fergus mit seinem Kommen und Gehen zwischen Experimentierhütte und Haus zu allen Tages- und Nachtstunden einen Höllenlärm veranstaltete. Die Trauer lastete bleischwer auf meiner Brust. Und dann, eines Morgens, erschienen zwei Männer in unserer Auffahrt. Da Jemma nicht mehr da war, um sie abzuwimmeln, wurde ich davon geweckt, dass jemand laut mit den Fäusten an die Haustür hämmerte.

Euphemia kam vor mir unten an. Wie eine keusche Jungfrau raffte sie ihr Umschlagtuch vor die Brust – als ob sie je ein Mann eines Blickes gewürdigt hätte. Allerdings hatte sie sich äußerlich verändert. Ihr Zimmer befand sich direkt neben dem Gästezimmer, wo Fergus schlief. Besuchten die beiden sich heimlich in der Nacht? Eigentlich traute ich

Euphemia so etwas nicht zu, sosehr sie meinen Mann auch zu vergöttern schien.

Beschienen von der grellen Morgensonne, standen die beiden Männer auf der Schwelle und nahmen gleichzeitig die Melonen ab. Der eine war schon älter und hager. Er wirkte streng und hatte ein Kinnbärtchen. Der andere sah aus wie ein Riesenbaby im Anzug seines Vaters. Sein flaumiges Blondhaar ringelte sich zu Löckchen, die wohl jede Mutter abgeschnitten und, zusammengebunden mit einer blauen Satinschleife, aufbewahrt hätte.

»Mrs. Fergus Watson?«, fragte der Spitzbärtige.

»Ja. Und das ist meine Schwester Euphemia.«

»E. J. Allan, Ma'am, und das ist mein Assistent Detective Todenhofer.« Als er eine Visitenkarte zückte, griff ich danach.

Pinkerton National Detective Agency. Da ich allein vom Lesen dieser Karte Kopfschmerzen bekam, gab ich sie an Euphemia weiter.

»Und was können wir für Sie tun, Mr. Allan? Mein kriegsversehrter Mann schläft oben.«

»Ja, das wissen wir. Ich hoffe, Captain Watson geht es gut. Allerdings sind wir Ihretwegen hier, Mrs. Watson. Sie sind die alleinige Eigentümerin dieses Hauses?«

»Ich muss sagen, Sie sind gut informiert, Mr. Allan.«

»Dafür werden wir bezahlt, Mrs. Watson. Wir arbeiten im Auftrag der amerikanischen Regierung.«

Lächelnd neigte ich den Kopf zur Seite. »Dann sind Sie ja sehr wichtige Männer.«

»Wir haben gerade mit einer Mrs. Beulah Gardener, wohnhaft in der Myrtle Street, Hollywood, gesprochen.«

Ein säuerlicher Geschmack stieg mir in der Kehle hoch. »So eine reizende Frau.«

»Wir haben uns nach einigen Päckchen erkundigt, die allesamt …« – er konsultierte seine Aufzeichnungen – »Socken enthielten, insgesamt zwölf Paar, gestrickt in Mrs. Gardeners Haus.«

»Und was soll das mit mir zu tun haben?«

»Sie sagte, Sie hätten diese Päckchen abgeschickt.«

Ich wandte mich an Euphemia. »Warst du das nicht?«

»Mrs. Gardener sagte weiterhin, sie habe Ihrer Schwester eine Adressenliste gegeben. Die Päckchen zum Abschicken habe sie jedoch Ihnen anvertraut. Eine Befragung des Postmeisters Donald Wetstone hat bestätigt, dass Sie und Ihre Mutter die Sendungen persönlich aufgegeben haben. Insbesondere an Ihre Mutter erinnert er sich noch gut.« Wieder warf er einen Blick in seine Notizen. »Er bezeichnete sie sogar als *Querulantin.*«

»Das beschreibt meine Mutter recht treffend. Aber wo liegt das Problem, Mr. Allan? Belästigen Sie alle Frauen in Maryland, die ihrem Land dienen, indem sie Socken verschicken?«

»Vermutlich ist Ihnen die Schlacht von Sitlington's Hill ein Begriff?«

Ich verscheuchte eine Fliege von Euphemias Ärmel. »Heutzutage gibt es so viele Schlachten.«

»Sie fand im letzten Jahr statt. Und etwas daran bereitet uns großes Kopfzerbrechen.«

Ich riss weit die Augen auf. »Und was könnte das sein, Detective?«

»Laut Aussage des befehlshabenden Offiziers konnte niemand wissen, dass die Soldaten dort in den Wäldern von McDowell, Virginia, stationiert waren. Man hatte sich größte Mühe gegeben, diesen Einsatz geheim zu halten. Die Männer durften nicht nach Hause schreiben und trafen im Schutz der Dunkelheit ein. *Dennoch* gelang es Stonewall Jackson und seinen Leuten, sie in einen Hinterhalt zu locken. Es gab vierunddreißig Gefallene.«

»Das ist ja entsetzlich, Mr. Allan.«

»Im Zuge unserer Ermittlungen haben wir in Erfahrung gebracht, dass Ihre Päckchen mit Socken die einzigen Poststücke waren, die in dieser Gegend abgeschickt wurden. Also wussten, von Angehörigen der US-Army abgesehen, nur Sie, Ihre Mutter, Mrs. Gardener und der Postmeister vom Standort besagter Kompanie. Verbessern Sie mich, falls ich mich irre, aber der alte Mr. Wetstone scheint mir nicht zu den Leuten zu gehören, die militärische Geheimnisse ausplaudern. Er hat uns glaubhaft versichert, er würde sich für Mr. Lincoln sogar erschießen lassen. Auch Mrs. Gardener streitet jegliche Beteiligung ab und meint weiterhin, Bemerkungen von Ihrer Seite hätten in ihr den Verdacht geweckt, dass Sie mit den Konföderierten sympathisieren.«

»Ich habe keine Ahnung, wovon Sie reden, Mr. Allan.«

Er förderte ein Paar Handschellen zutage. »Wenn Sie bitte so gut wären, sich umzudrehen, Mrs. Watson?«

Euphemia schnappte nach Luft und schlug die Hand vor den Mund. »Ich hole Fergus.«

Ich berührte Mr. Allan am Arm. »Wenn ich ganz offen sein soll, Sir, muss ich Ihnen etwas beichten. So schwer es mir auch fällt, es zuzugeben …«

»Wir haben nicht den ganzen Tag Zeit, Ma'am.«

»Ich sage es ja nur ungern, weil es ein sehr schlechtes Licht auf unsere Familie wirft, aber …«

»Mrs. Watson …«

»Meine Mutter, Zoretha Wilson Stickman, sie ist inzwischen schon etwas älter und erinnert sich vielleicht nicht einmal daran … Jedenfalls ist es möglich, dass sie diese Adressenliste an die Rebellen weitergegeben hat. Nachdem ihr Sohn im Kampf gegen die US-Army gefallen war, war sie offenbar vor Trauer nicht ganz bei Sinnen.«

»Wo können wir sie finden?«

»Ich fürchte, sie besucht gerade ihre Cousine Sissy in Baltimore. Falls sie inzwischen wieder zu Hause ist, treffen Sie sie in der Chartres Street Nummer sechs in New Orleans, Louisiana, an.«

Kapitel 25

GEORGY

New York City
Juni 1863

Im Juni, das Krankenhaus in Portsmouth Grove hatte inzwischen geschlossen, zog ich wieder an den Brevoort Place. Da ich nun nicht mehr jeden Tag mit verwundeten Soldaten zu tun hatte und entsprechend keine Neuigkeiten von der Front mehr bekam, wartete ich sehnlich auf die Zeitungen. Joe hielt sich in Tioronda auf, wo er sich unter Elizas Fürsorge von seiner Verletzung erholte, und zu Frank Bacon hatte ich jeglichen Kontakt abgebrochen. Jane allerdings schrieb aus Litchfield, Connecticut, wo Carry und sie sich gerade befanden.

THE AMERICAN HOTEL,
LITCHFIELD, CONNECTICUT

Liebe Georgy,
während wir die ersten warmen Frühlingstage willkommen heißen, beobachten wir mit großem Interesse die Aufstellung des Neunzehnten Regiments, für das in diesem Landkreis Soldaten angeworben werden. All

die kleinen weißen Städtchen, die verstreut wie Krümel in den Falten zwischen den Hügeln liegen, schicken je zwanzig, dreißig oder fünfzig Mann. Sie sammeln sich in den winzigen Dörfern und marschieren jeden Tag unter unseren Fenstern vorbei zu ihrem Feldlager. Fast alle jungen Männer Litchfields sind dabei. Die Farmer, die Verkäufer aus den Läden und die Sänger des Chors. Wer soll die Ernte des nächsten Jahres einbringen? Wer sie aussäen? Dabei ist allen klar, worauf sie sich einlassen: Krankheit, Tod und ein namenloses Soldatengrab …
Deine dich liebende Schwester Jane

Da ich auf Rhode Island nicht mehr gebraucht wurde, hatte ich mich zunächst darüber gefreut, in Mutters Stadthaus zurückzukehren und zu sehen, dass es noch immer allen Widrigkeiten trotzte. Doch nachdem ich wochenlang ein Zimmer mit meiner Schwester Carry geteilt und im Bellevue Krankenhaus Schmalzgebäck und illustrierte Heftchen verteilt hatte, sehnte ich mich danach, mich wieder ins Getümmel zu stürzen. Unser Bruder Charley hatte die Tätigkeit bei der New York Home Guard satt und brannte darauf, sich bei einem Regiment zu melden. Ich wollte unbedingt in seiner Nähe eingesetzt werden und wandte mich an Mr. Olmsted, schrieb auch an Dr. Blackwell, erhielt jedoch keine Antwort. Also schlug ich die Zeit damit tot, dass ich mit Carry von Haustür zu Haustür ging und die Leute um Chinin anbettelte, denn wegen der drastischen Knappheit starben die Soldaten in den Sümpfen von Maryland wie die Fliegen. Allerdings entpuppte sich diese Aufgabe als äußerst undankbar, denn wir konnten kein einziges Fläschchen auftreiben.

Eines warmen Junimorgens brachte ein Bote eine hastig hingekritzelte Nachricht von Carry. Sie arbeitete im New York Orphan Asylum, dem Waisenhaus, wo sie ihre Tage mit guten Werken verbrachte. Oft klammerten sich sechs Kinder an ihren Arm oder saßen auf ihrem Schoß.

Georgy,
bitte komm sofort. Ein ganzer Schlafsaal ist an Fieber erkrankt. Es ist ein Notfall.
Carry

Auf schnellstem Wege fuhr ich mit der Kutsche zum gut sieben Kilometer nördlich von New York gelegenen Heim, einer altehrwürdigen Einrichtung, einst geleitet von Alexander Hamiltons Frau Eliza. Ursprünglich in der West Fourth Street gelegen, war es inzwischen in eine Villa in der reizenden ländlichen Gemeinde Bloomingdale umgezogen. Der Name war von dem des alten holländischen Dorfes Bloemendael abgeleitet, was übersetzt »Blumental« hieß.

Mutters Kutscher raste die lange Auffahrt des gewaltigen, im Stil der englischen Gotik gehaltenen Gebäudes hinauf, dessen an Minarette erinnernde Türmchen schon aus der Ferne schimmerten. Das Haus, Geschenk eines reichen Geschäftsmanns, war eines von mehreren prachtvollen Wochenend- und Ferienhäusern, die wohlhabenden New Yorkern gehörten. Es lag idyllisch auf einem sanft geschwungenen Abhang am Ufer des Hudson River. Majestätische Trauerweiden wiegten sich in der Brise, und man war sicher vor dem Hauch von Cholera und Typhus, der über New York City hing.

Als meine Kutsche vor dem Haus hielt, versammelten sich rasch einige Kinder verschiedenen Alters. Es waren Kleinkinder und Jugendliche, alle ordentlich in saubere, gebrauchte

Sachen gekleidet und das Haar zum Pagenkopf gestutzt, was typisch war für das Waisenhaus in Bloomingdale.

Die Schwesterntasche in der Hand, hastete ich zwischen ihnen hindurch und die steinerne Vortreppe hinauf.

»Gehen Sie auch gleich wieder?«, fragte ein kleines Mädchen.

Ich drehte mich zu ihr um. »Wovon redest du?«

»Der Arzt war hier und ist gleich wieder gegangen. Er hat gesagt, er könne nichts mehr für sie tun.«

»Man kann immer etwas tun«, erwiderte ich und setzte meinen Weg nach oben fort.

Carry erwartete mich an der Tür. Auf jeder Hüfte hatte sie ein blondes, rotwangiges Zwillingsmädchen sitzen. »Mach schnell, Georgy. Der ganze Schlafsaal hat sich etwas eingefangen. Es war zwar ein Arzt da, aber der hatte es eilig, wieder zu verschwinden.«

»Was haben die Kinder für Symptome?«

»Es ist der Schlafsaal für die kleinsten Mädchen. Die meisten haben Fieber.«

Wir liefen in den Schlafsaal, der den ehemaligen Bewohnern als Esszimmer gedient hatte. Die Gewölbedecke und die mit Walnussholz vertäfelten Wände bildeten einen scharfen Kontrast zu den Reihen weißer Eisenbetten. In jedem lag eine kleine, in eine Decke gewickelte Gestalt. Der große Kamin war dunkel.

»Es sind dreißig Kinder«, erklärte Carry. »Heute Morgen waren sie zu krank zum Aufstehen.«

»Gütiger Himmel, Carry, wie konnte das passieren?«

»Keine Ahnung. Es kam ganz plötzlich.«

»Waren sie irgendwo unterwegs?«

Sie strich sich das Haar aus der Stirn. »In letzter Zeit nicht. Bis auf den Ausflug vor einer Woche, als es so warm war.«

»Ausflug wohin?«

»Nach Norden, um den neuen Aquädukt zu besichtigen.«

»Da, wo der Sumpf ist?«

»Ja.«

Carry trat an eines der Betten und fühlte einem dunkelhaarigen Mädchen die Stirn. Ihr Körper wirkte unter der Decke winzig. »Das ist Constance. Ihr Vater ist in Bull Run in den Himmel gekommen, und ihre Mutter ist erst letzten Monat an der Grippe gestorben. Constance ist Mrs. Peabodys Liebling und sehr tapfer. Sie ist erst acht.«

Acht Jahre alt. Nur ein Jahr älter als ich bei Vaters Tod.

Constance schaute zu Carry hinauf. »Mir ist so kalt, Miss Woolsey.«

Carry nahm ihre Hand. »Heute Morgen beim Aufwachen war es bei allen das Gleiche: Frösteln und Fieber.«

Eine schlanke, würdevolle Frau, die von Kopf bis Fuß in schwarze Seide gehüllt war, kam mit raschelndem Rock herein.

»Was ist hier los?«, erkundigte sie sich mit abweisender Miene.

»Mrs. Peabody, die kleinen Mädchen sind heute Morgen mit Frösteln und Fieber aufgewacht«, erwiderte Carry.

»Warum hat man mir das nicht mitgeteilt? Herrje, schließlich wohne ich praktisch nebenan.«

»Mein erster Gedanke war, meine Schwester Georgeanna zu rufen. Sie ist Krankenschwester bei der Sanitary Commission.«

»Und wo ist der Arzt?«, fragte Mrs. Peabody.

Ich trat vor und hielt ihr die Hand hin. »Ich bin Georgeanna Woolsey. Ich habe auf Lazarettschiffen gedient.«

Ohne auf meine Hand zu achten, trat Mrs. Peabody an das Bett und betrachtete Constance. »Ja, die Sanitary Commission ist mir durchaus ein Begriff. Sie sind allerdings nicht befugt, die Behandlung zu übernehmen. Wir warten besser auf einen Arzt.«

»Dr. Simpkins war hier«, erklärte Carry. »Er meinte, er könne nichts für die Kinder tun.«

Ich nahm die Haube ab. »Mrs. Peabody, Sie werden in New York derzeit keinen Arzt finden, der bereit ist, seine verwundeten Soldaten zu vernachlässigen und den weiten Weg nach Norden zu fahren. Ich bin sicher, dass ich diesen Mädchen helfen kann.«

»Offenbar haben Sie eine ziemlich hohe Meinung von sich, Miss Woolsey.«

»Sie wurde von Dr. Elizabeth Blackwell persönlich unterrichtet«, verkündete Carry.

Mrs. Peabody wandte sich an mich. »Soweit ich gehört habe, haben Sie hauptsächlich gelernt, wie man Kraftbrühe kocht und Briefe schreibt.«

»Nein, Mrs. Peabody. Dr. Blackwell hat mir sehr viel mehr beigebracht. Ja, es ist unsere Aufgabe, den verwundeten Soldaten den Alltag so angenehm wie möglich zu machen, aber ich kenne mich zudem mit allen Arten von Knochenbrüchen und Krankheiten aus. Zum Beispiel mit in Schüben oder plötzlich auftretenden sowie anhaltenden Fieberzuständen.« Ich knöpfte meine Manschetten auf und krempelte die Ärmel hoch. »Ich spiele sogar mit dem Gedanken, eine Schwesternschule zu eröffnen.«

Mrs. Peabody machte eine wegwerfende Handbewegung. »Was soll denn das sein?«

»Eine Schule nur für Frauen. Vielleicht könnten Ihre weiblichen Zöglinge dort einen Abschluss erwerben, wenn sie erst im richtigen Alter sind.«

»Und sich die Pocken einfangen? Ganz zu schweigen von

ihrem guten Ruf, der dort sicher verloren ginge. Diese Mädchen werden Näherinnen, nicht Krankenschwestern.«

Ich zog eine am Fußende des Bettes liegende Decke über Constance. »Ich schlage vor, dass wir jetzt mit der Behandlung beginnen. Zuerst müssen wir den Kamin anzünden, damit die Kinder nicht mehr frieren. Und dann braucht jedes eine zusätzliche Decke.«

»Woher wissen wir überhaupt, woran sie leiden?«, erkundigte sich Mrs. Peabody.

»Zunächst habe ich auf Typhus getippt«, antwortete ich.

Mrs. Peabody richtete sich kerzengerade auf. »Das hier ist keine fünftklassige, von Flöhen verseuchte Absteige, Miss Woolsey.«

»Typhus kann überall zuschlagen, Mrs. Peabody. Doch ich bin zu dem Schluss gekommen, dass wir es nicht mit Typhus, sondern mit Malaria zu tun haben.«

»Was macht Sie so sicher?«

»Ich habe in den Krankenhäusern Washingtons und auch später auf den Lazarettschiffen unzählige Fälle von Typhus und Malaria gesehen. Bei Typhus geht das Fieber mit einem Ausschlag, Kopfschmerzen und Husten einher. Diese Patientinnen hingegen leiden an Fieberschüben und Schüttelfrost, ein Hinweis auf Malaria. Gewiss haben sie sich die Krankheit auf dem Ausflug letzte Woche geholt. Allerdings haben wir kein Chinin. Im ganzen Gesundheitswesen herrscht ein Mangel daran. Jeden Tag sterben Soldaten, weil keines vorhanden ist.«

Mrs. Peabody hielt Constances Hand. »Ich kann nicht zulassen, dass sie leiden. Ich habe mein Leben diesen Kindern gewidmet.«

»Jetzt müssen wir erfindungsreich sein«, meinte ich. »Haben Sie Terpentin im Haus, Mrs. Peabody?«

»Vermutlich ja.«

»Hol es, Carry. Damit reiben wir den Mädchen die Brust ein. Das ist ein leidlicher Chininersatz. Und was ist mit den Weiden am Flussufer? Lassen Sie rasch Zweige abschneiden und herbringen. Daraus kochen wir einen Weidentee. Gemischt mit Whiskey ist er zwar nicht so wirksam wie Chinin, wird aber das Fieber in diesen kleinen Körpern senken.«

Mrs. Peabody schickte zwei Diener los, um Weidenlaub zu holen. Nachdem wir den Tee gekocht hatten, gingen wir drei die ganze Nacht lang von Bett zu Bett. Wir sangen Wiegenlieder, rieben den Mädchen die Brust mit Terpentin ein und verabreichten ihnen schlückchenweise Weidenabsud, bis die kleinen Engel tief und fest schliefen.

Erst als die Sonne über den Horizont lugte, hielten wir an Constances Bett einen Moment inne.

Mrs. Peabody baute sich, eine gefaltete Wolldecke über dem Arm, vor uns auf. »Ich muss zugeben, dass Sie ein Händchen für die Krankenpflege haben, Miss Woolsey.«

Ich blickte sie unverwandt an. »Das ist eben mein Metier.«

»Manche könnten diese Antwort als ein Zeichen von Eitelkeit verstehen.«

»Ist es denn falsch, sich eine Fähigkeit einzugestehen, die man im Dienst seiner Mitmenschen einsetzt?«, entgegnete ich. »Wirft man einem Mann Eitelkeit vor, wenn er ein Talent für die Juristerei oder das Bankenwesen äußert?«

»Wenigstens habe ich noch nie erlebt, dass sich ein Arzt in falscher Bescheidenheit üben würde«, fügte Carry spöttisch hinzu.

Ich begann, meine Schwesterntasche zusammenzupacken. »Ich muss los. Auch wenn ich Ihrem Frauenbild leider nicht entspreche, Mrs. Peabody, hoffe ich, dass sich die Kinder gut erholen.«

Sie streckte mir die Hand hin. »Bitte warten Sie.« Sie betrachtete die kleine Constance in ihrem Bett. »Vielleicht ist meine Einstellung ja ein wenig rückständig. Ich hänge so sehr an diesen armen Kindern, dass ich mich manchmal überbehütend verhalte.«

Carry und ich wechselten einen Blick.

»Ich muss mich bei Ihnen beiden entschuldigen und werde mir ausführlich Gedanken darüber machen, wie ich mich revanchieren kann.« Mrs. Peabody breitete die Decke am Fußende des Bettes aus. »Sie können darauf zählen, dass mein Dank sehr bald bei Ihnen in New York eintreffen wird.«

Am Tag nach meinem Besuch im Krankenhaus schickte sich unser Bruder Charley an, das Haus am Brevoort Place zu verlassen und als Freiwilliger in den Krieg zu ziehen. Mary und ihre Töchter saßen im Esszimmer und sortierten Bücher für die Soldaten. Auch wir anderen beschäftigten uns so gut wie möglich, um uns davon abzulenken, dass unser geliebter Bruder in der Schlacht kämpfen würde. Auf meinen Rollschuhen flitzte ich hin und her, um Bücherkartons aus der Eingangshalle zu holen und sie Mary zu bringen. Unser kleiner Hund Pico schmiegte sich an ihre Füße und wich ihr, wie immer, wenn sie hier war, nicht von der Seite.

Wie schön war es, mit »meiner Mary« zusammen zu sein, wie ich sie nannte, seit ich sprechen konnte. Nun hatte sie ihr pummeliges einjähriges Töchterlein Georgeanna auf dem Schoß, während sie geduldig der dreijährigen Una, der vierjährigen Bertha und der neunjährigen May beim Ordnen der Bücher half. Dicke Wälzer landeten in verschiedenen Kartons, die mit *Literatur, Illustrierte Heftchen* und *Zeitungen* beschriftet waren.

Ich ließ einen Bücherkarton auf den Esszimmerboden fallen.

»Musst du heute unbedingt Rollschuhlaufen, Georgy?«, tadelte Mary. »Es wird Mutters Laune nicht unbedingt verbessern.«

Ich lüpfte den Rock, sodass ein eiserner, mit Lederriemen an meinem Stiefel befestigter Rollschuh in Sicht kam.

»Du solltest es wirklich mal ausprobieren, Mary. Ich schaffe es in acht Sekunden vom Salon bis hierher.«

In diesem Esszimmer hatten wir viele glückliche Stunden verbracht. Erwärmt von einem fröhlich flackernden Kaminfeuer und mit einem weißen Tischtuch über einer Filzmatte auf dem mit dem Familiensilber der Woolseys gedeckten Tisch, war es stets der Treffpunkt für viele Gäste gewesen. Und dank Mutters berühmter gebackener weißer Bohnen in Tomatensauce und der Aussicht auf eine sich oft bis weit nach Mitternacht hinziehende Partie Schach kamen diese Gäste zuverlässig wieder. Doch nun herrschte wegen der Kisten mit Spenden für die Soldaten und der hohen Bücherstapel auf dem Tisch eine beengte Atmosphäre in diesem Raum, von dessen Wänden die Erinnerungen an Vaters Tod widerhallten.

Plötzlich hielt sich Mary erbleichend den Bauch.

Ich rückte mir einen Stuhl zurecht und setzte mich neben sie. »Fühlst du dich nicht wohl?«

»Nur ein bisschen schwindelig.«

»Baby Nummer fünf?«

»Schon möglich. Ist das zu fassen?«

Vater hatte sich gern mit seinen sieben kleinen Töchtern beschäftigt. Unermüdlich war er, eine von uns auf dem Rücken, auf allen vieren über den Teppich im Wohnzimmer gekrabbelt. Mit Marys Kindern hätte er es sicher genauso gemacht. Wie hätte er die entzückende May und auch die kleine Bertha mit ihrem fröhlichen, glockenhellen Lachen geliebt, die schon jetzt so würdevoll dasaß? Ebenso wie Una, die Mary mit ihren strahlend blauen Augen und ihrer reizenden, zurückhaltenden Art wie aus dem Gesicht geschnitten war. Und auch Baby Georgy, die ihr Köpflein stets niedlich an meine Schulter lehnte, wenn ich sie im Arm hielt. Sie war so rundlich und rosig und hatte flaumige goldene Löckchen. Natürlich war sie für mich die Klügste der vier, und ich würde sie ihr Leben lang verwöhnen, und wenn es nur wegen ihres Namens war.

Mary half May bei der Auswahl des richtigen Kartons für das Buch, das sie gerade in der Hand hielt. »Was wäre ein fünftes Kind für ein Segen.«

»Mary, vielleicht sind vier ja genug. Du schuftest dich sowieso schon krumm mit Johns Gemeinde und den Mädchen, außerdem greifst du noch Mutter unter die Arme. Apropos: Jemand sollte Mutter sagen, dass Charley seine Sachen auch selbst packen kann. Immerhin ist er dreiundzwanzig.«

Erst an diesem Morgen hatte Charley erfahren, dass seine Hand nun zur Zufriedenheit des Militärarztes geheilt war. Er wurde der Army of the Potomac zugeteilt und hatte Befehl, sich umgehend zu melden, was bei Mutter hektische Geschäftigkeit ausgelöst hatte. Nun war sie dabei, ihn für den Krieg auszurüsten und zu diesem Zweck das halbe Haus zusammenzupacken. Man würde ihn mitten in eine Schlacht schicken, die eine der schwersten des ganzen Krieges zu werden drohte. Der konföderierte General Lee hatte der US-Army in Chancellorsville, Virginia, südlich von Washington, eine herbe Niederlage beigebracht. Wie wir gehört hatten, marschierten seine Soldaten nun nach Norden und besetzten das südliche Pennsylvania. Zweifellos plante er die baldige Invasion unserer Hauptstadt.

Die weiße Haube schief auf dem Kopf, kam Mutter ins Zimmer gerannt. »Wo ist Charleys Decke?«

Ich verstaute das nächste Buch in einem Karton. »Soll Charley sie doch selbst suchen, Mutter.«

Mary streckte Mutter die Hand hin. »Ruh dich einen Moment aus. Charley ist kein Kind mehr.«

»Das habe ich gehört, liebe Schwestern«, verkündete Charley lächelnd. In der neuen Uniform, die Mutter für ihn genäht hatte, trat er nun ins Zimmer. Die Knöpfe an der doppelreihigen marineblauen Jacke bestanden aus Messing. »Ihr würdet also einem Soldaten die Decke verweigern.«

Der Anblick unseres kleinen Bruders in der Uniform eines Lieutenants verschlug Mary und mir den Atem. Er wirkte so erwachsen und schneidig, dass wir ihn kaum wiedererkannten.

Er blieb stehen. »Oh, Georgy, hast du die Brote gemacht?«

»Wie versprochen. Allerdings werden sie nur auf das Codewort ›danke schön‹ herausgerückt.«

»Ist auch nicht zu viel Fleisch drauf? Die Jungs mögen es nicht, wenn sie zu dick belegt sind.«

»Du solltest wirklich hier bei der Home Guard bleiben, Charley«, erwiderte ich. »Es wird sehr schwer für Mutter werden.«

»Es ist schlimmer, einen Feigling zum Sohn zu haben.«

Ich rollerte auf ihn zu. »Dann steck wenigstens einen Zettel mit deinem Namen und deiner Adresse ein, nur für den Fall ...«

»Was bist du für eine Schwarzmalerin, Georgy! Ich bin doch nur Sekretär bei General Meade und werde vermutlich kaum Kampfhandlungen erleben, wenn du den hitzigen Schriftwechsel mit seinem Bankier nicht mitzählst.«

Mary brachte ihm die Decke, und wir drei halfen ihm, sie unten an seinem Tornister festzuschnallen.

Mutter reichte ihm eine goldene Uhr. »Sie gehörte deinem Vater. So hast du ein Stück von ihm bei dir.«

»Wein doch nicht, Mutter.« Charley steckte die Uhr ein und küsste Mutter auf die Wange. »Bis Weihnachten bin ich wieder zu Hause. Du wirst schon sehen.«

Er griff nach den belegten Broten, die ich in Zeitungspapier eingewickelt hatte. Die kleinen Mädchen kletterten auf die Esszimmerstühle und hielten ihm die Wangen für einen Abschiedskuss hin. Dann folgten wir ihm alle bis zur Vortreppe und blickten ihm nach. Mary und ich standen, Mutter zwischen uns, auf den Stufen. Sie hatte das Baby auf dem Arm, und ihre älteren Töchter scharten sich zu unseren Füßen.

»Er hat so lange darauf gewartet«, sagte ich.

Mutters Gesicht wirkte eingefallen. »Ich habe alles für diesen Feldzug gegeben. Muss ich nun auch meinen Sohn opfern? Euer Vater wäre dagegen gewesen. Wenn er nur hier sein könnte, um ihn aufzuhalten. Er hätte seinen Einfluss genutzt, um ihm einen ungefährlicheren Posten zu besorgen. Niemand konnte eurem Vater etwas abschlagen.«

Mary schob Mutter eine herausgerutschte Haarlocke unter die Haube. »Vergiss nicht, dass Charley genauso stur ist wie Vater. Du hast ihn zu einem tapferen Mann erzogen. Also sollten wir stolz darauf sein, dass er sich nicht von jemandem für dreihundert Dollar freikaufen lässt.«

»Ich weiß nicht, wie ich die Sorge ertragen soll.«

Als Charley, so erfüllt von Zuversicht, losmarschierte, um sich der Army of the Potomac anzuschließen, versuchte ich, nicht an die zahllosen Verwundeten zu denken, denen ich Beistand geleistet hatte. Und auch nicht an die Bedauernswerten, deren Hand meinem Griff entglitten war.

Die nächsten beiden Wochen verbrachten Mutter, Mary und ich in unserem nun leeren Haus in New York, umgeben von gespendeter Kleidung für die Soldaten, und schleppten die sortierten Sachen zu Abby ins Ladies' House of Industry. Früher war die Einrichtung ein ruhiger Ort gewesen, wo bedürftige Frauen aller Hautfarben saßen und still vor sich hin nähten, um ihren Lebensunterhalt zu verdienen. Doch seit unsere Schwester das Ruder übernommen hatte, war aus der Einrichtung ein Verteilerzentrum für Sachspenden geworden, das mit der Präzision eines Schweizer Uhrwerks funktionierte.

Charley hatte uns einen kurzen Brief geschrieben, in dem er erwähnte, er sei unterwegs nach Gettysburg, Pennsylvania. Als sich der Juni dem Ende zuneigte, lauerte Jane jeden Morgen dem armen Zeitungsjungen auf, um ihm das Blatt zu entreißen. Neugierig auf Nachrichten aus Pennsylvania, überflogen wir die Spalten, allerdings meist vergeblich – bis Carry eines Tages mit einem Telegramm von Onkel Edward aus Washington hereinkam. Darin stand, die Schlacht habe begonnen. Am ersten Tag sei bereits heftig gekämpft worden, und laut den Berichten, die ihm zu Ohren gekommen seien, sei ein Ende der Gefechte nicht abzusehen. Mutter sprang auf und wies Margaret an, ihr ihren Mantel zu bringen.

»Mein Charley«, sagte sie. »Ich muss sofort zu ihm.«

Harriet zog Mutter zurück auf ihren Stuhl. »Er ist erst seit einem knappen Monat fort, Mutter. Du musst dich beruhigen. Außerdem würden sie dich sowieso nicht an die Front lassen, obwohl du wahrscheinlich um einiges besser kämpfen würdest als einige dieser Generäle.«

Eines Morgens hüteten Mutter und Margaret die Kinder, während Mary und ich zu Fuß einige Kartons gespendeter Bücher zu Abbys House of Industry brachten. In dem kleinen Holzhaus in der Sixteenth Street angekommen, hielten wir Ausschau nach unserer Schwester. Es herrschte eine gemütliche und einladende Atmosphäre. Im Jahr 1854 hatte Abby geholfen, die Mittel für den Kauf des ehemaligen Wohnhauses zu sammeln. Für einen Preis von sechzehntausend Dollar hatte sie es erworben und in einen Bienenkorb der Wohltätigkeit verwandelt.

Mary und ich spähten in einen Unterrichtsraum, wo junge Mädchen, farbig und weiß und zwischen sechs und sechzehn Jahren alt, an Pulten saßen und von Lucy Locker im Sticken unterwiesen wurden. Auf diese Weise sollten sie sich einmal von ihrem eigenen Einkommen ernähren können. Auf unserem Weg den Flur entlang stießen wir immer wieder mit kommenden und gehenden Menschen zusammen. Jedes Zimmer war bis hoch zur Decke hinauf mit Kartons vollgestapelt, auf denen *Hemden, Mäntel* und *Fleischkonserven* stand. Ganz besonders gefiel mir der Andenkenladen, ein hübsch hergerichteter Verkaufsraum, nicht größer als unsere Speisekammer, wo die Schülerinnen ihre säuberlich gearbeiteten Bügeleisenhüllen, Tintenlöscher, Damenkleider und Herrenumhänge feilboten. Die Erlöse dienten der Unterstützung des Hauses.

Hier roch alles nach Fortschritt. Das frische Zedernholz der Kisten, die Pappkartons voller Rasierwasser, die ledernen Tornister, sie alle wurden an den Ort geschickt, an dem ich so unbedingt sein wollte.

Abby hastete uns entgegen. »Ist dieser Trubel nicht herrlich? Gleich kriegen wir zwei Kisten mit Umhängen rein. Sie eignen sich ausgezeichnet, um unsere Soldaten vor der Sonne zu schützen.«

Während Mary und ich die Bücherkartons abstellten, eilte sie in den Andenkenladen.

Mary zog ein kleines grünes Buch aus ihrem Karton. *Merrys Vogelbuch,* lautete die goldgeprägte Inschrift auf dem braunen Buchdeckel. »Das erinnert mich an Frank Bacon. Er liebt Vögel.«

»Hat Eliza dir nicht erzählt, dass er eine neue Damenbekanntschaft gemacht hat?«, fragte ich.

»Ja, sie hat so etwas erwähnt, es allerdings nicht weiter ausgeführt. Schließlich wissen wir, dass du es nicht magst, wenn wir über dich reden. Hast du es je bereut, dass du ihm in Washington einen Korb gegeben hast?«

»Ein bisschen vielleicht.«

»Frank war stets ein guter Freund der Familie. Vielleicht hast du ihn zu sehr in diesem Licht gesehen. Fast wie einen Bruder.«

»Nur dass er sich in Rhode Island von einer anderen Seite gezeigt hat. Offenbar ist er inzwischen ein wenig aufgeschlossener für die Gleichstellung der Frau.« Ich bemühte mich um einen gleichmütigen Tonfall. »Dort habe ich auch seine Neue kennengelernt.«

Mary musterte mich forschend. »Konkurrenz belebt das Geschäft. Außerdem hat er sich, wie ich höre, den Bart abgenommen. Das könnte den Ausschlag gegeben haben.«

»Vielleicht hat es seine Chancen erhöht.«

»Ich weiß, dass es dir manchmal schwerfällt, andere Menschen an dich heranzulassen. Schließlich hast du Vater sehr nah gestanden.«

»Das mag früher gestimmt haben. Inzwischen stelle ich fest, dass ich Frank vermisse.«

Mary legte eine weiche Hand auf meine. »Es ist nicht zu spät, ihm das zu sagen.«

Im nächsten Moment entstand Tumult an der Eingangstür. Eine mir sehr wohl bekannte Frau kam hereinmarschiert, gefolgt von einem Tross livrierter Diener, die mit Pappkartons beladen waren. Sie stellten ihre Last im Flur ab.

»Wo finde ich Georgeanna Woolsey?«

Abby erschien. »Und wer möchte das wissen, wenn ich fragen darf?«

»Mrs. Peabody!«, rief ich aus.

Sie winkte ihre Eskorte herein. »Warum das erstaunte Gesicht? Ich habe doch versprochen, Ihnen ein Geschenk zu machen.«

»Offen gestanden habe ich das ganz vergessen, Mrs. Peabody. Darf ich Ihnen meine Schwestern Mary und Abigail vorstellen. Abby leitet dieses …«

Mrs. Peabody würdigte meine Schwestern kaum eines Blickes. Unterdessen standen diese verdattert vor der Kartonlawine. »Diese vierundzwanzig Kartons voll mit dem besten Chinin, das man für Geld bekommen kann, werden Sie ganz sicher nicht vergessen.«

Abby trat einen Schritt auf die Kartons zu. »Johnstons Chinin. Diese Marke wird auch im Weißen Haus verwendet.«

»Wo, um alles in der Welt, haben Sie das her?«, erkundigte ich mich. »Selbst der Gesundheitsminister weiß nicht, wo er ausreichend Vorräte auftreiben soll.«

Mrs. Peabody verschränkte die Arme vor der Brust. »Ich habe einem gewissen Nachbarn die Pistole auf die Brust gesetzt. Der grässliche Mensch hatte diese Kartons nämlich gehortet, in der Hoffnung, sie für einen höheren Profit verkaufen zu können, wenn die Not erst einmal richtig groß ist. Als Sie mir mitteilten, dass derzeit Knappheit herrscht, wusste ich, wie ich Ihnen meine Dankbarkeit beweisen kann. Schließlich haben Sie so selbstlos meine Mädchen gerettet.«

»Und wie ist ihr Zustand?«, fragte ich.

»Es haben nicht nur alle Mädchen überlebt, sondern sie gedeihen dank Ihrer Fürsorge sogar prächtig. Ihrer, Miss Woolsey, und auch der Ihrer Schwester. Eigentlich ist es nicht meine Angewohnheit, mit Schecks um mich zu werfen, Georgeanna, aber dieses Geld möchte ich Ihnen heute gern geben. Es ist für die Gründung Ihrer Schwesternschule, für die Sie so überzeugend die Werbetrommel rühren. Meine Bank wird Ihnen den Betrag auszahlen.«

Sie streckte mir einen Umschlag hin.

»Ich weiß gar nicht, was ich dazu sagen soll.«

Abby nahm das Kuvert und reichte es an mich weiter. »Nun, mein Tag ist jedenfalls gerettet. Ich habe Georgy nämlich noch nie sprachlos erlebt.«

»Antworten Sie einfach nur, dass Sie die beste Krankenpflegeschule für Frauen eröffnen werden, die die Welt je gesehen hat. Und sorgen Sie dafür, dass die Mädchen aus dem New York Orphan Asylum zu den ersten Schülerinnen gehören.«

Mrs. Peabody rauschte hinaus, noch ehe wir Zeit für lauten Jubel hatten. Mary, Abby und ich fielen einander um den Hals.

Mary verschränkte die Hände vor dem Leib. »Was für ein schöner Tag. Das Chinin, das wir so dringend brauchen, und Startkapital für deine Schule, Georgy.«

»Auf welche Summe lautet denn der Scheck?«, erkundigte sich Abby.

Mit zitternden Händen öffnete ich den Umschlag. »Fünfhundert«, meldete ich mit schwacher Stimme.

Mary schnappte nach Luft. »So ein großzügiges Geschenk ist mir noch nie untergekommen, Georgy.«

Wie benommen vor Glück starrte ich auf das Kuvert. »Das haben wir nur Vater zu verdanken.«

Abby nahm mir den Scheck aus der Hand und betrachtete ihn. »Vater war unser Retter. Aber das hier ist einzig und allein Mrs. Peabodys Werk, Georgy.«

Ich steckte den Umschlag ein. Dann begannen wir drei, die Kartons mit den Flaschen zum Lagerraum zu schleppen.

»Mr. Olmsted wird ihn Ohnmacht fallen, wenn er das viele Chinin sieht«, meinte Abby.

Plötzlich kam Mutter in die Vorhalle gestürmt. Sie trug weder Haube noch Umschlagtuch und blickte sich verstört um.

Wir stellten die Kartons ab und liefen ihr entgegen. »Was ist geschehen, Mutter?«

»Kommt schnell, Mädchen.« Nach Luft schnappend, schlug sie die Hand vor die Brust. Tränen schimmerten in ihren blauen Augen.

»Beruhige dich, Mutter«, sagte ich.

Sie schwenkte ein gelbes Kuvert, das eindeutig ein Telegramm enthielt. »Das da wurde gerade abgegeben.«

»Was steht drin?«, fragte Abby.

Sie streckte mir das Kuvert hin. »Ich weiß nicht. Aber ganz bestimmt geht es um euren Bruder. Ich bringe es nicht über mich, es zu öffnen.«

Mary legte Mutter den Arm um die Schulter. »Vielleicht ist es ja gar nichts Wichtiges.«

Ich riss den Umschlag auf. Beim Vorlesen bemühte ich mich um einen ruhigen Tonfall. *»Charles verwundet. Falls Sie nach Gettysburg kommen, geben Sie mir Bescheid.«* Ich blickte Mutter an. *»Frederick Olmsted.«*

Mary entwand das Telegramm meinen Händen. »Und mehr steht da nicht?«

Mutter umklammerte meinen Arm. »Georgy, wir müssen sofort hinfahren.«

Kapitel 26

JEMMA

Hagerstown, Pennsylvania
Juli 1863

Da die Swifts zwei lukrative Aufträge an nur einem Tag ergattert hatten, waren sie an jenem Morgen bester Laune. Wie so viele Fotografen verdienten sie das meiste Geld mit dem Ablichten von Toten, weshalb der Krieg sowie die grassierenden Krankheiten für gute Geschäfte sorgten. Da ein Foto sehr kostspielig war, gaben die meisten Familien das Geld erst aus, wenn ein geliebter Angehöriger verstorben war – um eine Erinnerung an ihn zu haben. Meine Aufgabe bestand darin, den Betreffenden so lebendig wie möglich aussehen zu lassen.

»Bringen Sie ihn mit dem Kopfende zuerst herein«, wies Mr. Swift die Männer an, die den kleinen Sarg aus Korbgeflecht trugen. Es waren zwei Kinder, leicht zu erkennen an der Größe des Sarges.

Das Haus der Swifts stand, dicht an dicht mit weiteren Geschäftshäusern, in der Hauptstraße der großen Stadt Hagerstown. Im Erdgeschoss gab es ein Atelier, in dem die Fotos gemacht wurden, und ein Esszimmer. Die Küche sowie mein und Sallys Zimmer gingen nach hinten hinaus. Oben befand sich ein Schlafzimmer, wo sich die Swifts zusammen ein Bett teilten. Vermutlich beanspruchte Mrs. Swift mehr als die Hälfte der Fläche.

Die Eltern folgten dem kleinen Sarg. Als die Männer ihn auf den Tisch stellten und den Deckel anhoben, breitete sich der entsetzliche Geruch der Konservierungsflüssigkeit – Quecksilber und Arsen – in der Luft aus. Die Haustür stand zur staubigen Straße hin offen, sodass ein Teil des Gestanks abzog. Der Duft von Sally Smiths Karamellkeksen, die im Herd buken, machte es zudem ein wenig erträglicher.

Ich baute die üblichen Utensilien auf: einen geschmackvollen Hintergrund aus Stoff, ein Samtsofa, auf dem die Mutter sitzen konnte, und einen Eisenständer für das ältere Kind. Als es ans Bezahlen ging, bezeichnete Mr. Swift die Fotos als *Memento mori*, was »Gedenke der Toten« bedeutete. Für mich waren es einfach nur Fotos von toten Menschen, die gemacht wurden, damit ihre Familien sich an sie erinnerten.

»Es ist mir unheimlich, wie unbefangen du mit den bedauernswerten Verblichenen umgehst, Jemma«, meinte Mrs. Swift, die es nicht über sich brachte, das Wort *tot* auch nur auszusprechen. »Du hast überhaupt keine Scheu, die Dahingeschiedenen zu berühren.«

Da hatte sie recht. Schließlich hatte ich oft genug erlebt, dass jemand getötet worden war. Sweet Clementine. Harry. Celeste. Pa.

Diese Erfahrung erleichterte es mir, die beiden Kinder anzufassen: Zumindest meinte es dann der letzte Mensch, der sie berührte, gut mit ihnen.

Mr. Swift schoss seine Fotos. Nachdem er fertig war und die Kinder zurück in den Sarg gelegt wurden, warf ihre Mutter sich bitterlich weinend darüber. Nun kam Mrs. Swifts großer Moment, denn sie nutzte Gelegenheiten wie diese, den Eltern einen zweiten Sarg anzudrehen, damit auch jedes Kind wirklich in den Himmel kam. Außerdem verkaufte sie ihnen für einen Aufpreis noch besondere Rahmen für die Fotos, mit eingeschnitzten Engeln, als wache Jesus selbst über sie.

Sobald die Swifts das Geld abkassiert und die Leute mit dem Sarg zur Hintertür hinauskomplimentiert hatten, traf eine Kompanie Soldaten ein, um sich fotografieren zu lassen. Zum Großteil ordentlich frisiert, kamen sie wie ein Wurf Welpen ins Atelier getapst. Es waren etwa dreißig Mann. Die farbigen Köche und das übrige Personal mussten draußen warten.

Während die Swifts mit dem Anführer Preisverhandlungen führten, kam ein magerer Junge auf mich zu, dessen rotes Haar am Hinterkopf abstand wie ein Hahnenkamm. Er hatte eine Trommel geschultert und bohrte mir einen Finger in die Brust.

»Tu uns den Gefallen und zieh dich für das Foto wie unser Trommler an. Wir haben Eddie in Fredericksburg verloren, und du hast ungefähr seine Größe.«

Da er mich mit meinem rasierten Schädel und der Hose offenbar für einen Jungen hielt, schraubte ich die Stimme ein wenig tiefer. »Ich weiß nicht, wie …«

»Übrigens heiße ich Raymond Gleason, und der Mann, der da mit dem Inhaber redet, ist Major Ellis. Er ist der Boss. Und wir sind das Vierzehnte Connecticut Nutmeg Regiment. Wir brauchen nur einen Jungen, der dieses Hemd und die Hose mit dem Streifen anzieht und mit Trommel und Trommelstöcken Modell steht. So schwierig ist das nicht.«

Nachdem ich mir in der Kammer die Sachen übergezogen hatte, streifte Raymond mir den Gurt über den Kopf, sodass die große Trommel an meinem Bauch ruhte. Als ich in den Spiegel schaute, sah ich das, was auch die anderen zu sehen glaubten: einen Jungen, nichts als Haut und Knochen und so kahl wie ein frisch geschlüpfter Vogel.

Ich kam aus der Kammer und steckte mir das Hemd in den Hosenbund. »Wie ist Eddie gestorben?«

»Kopfschuss. Hat nichts gespürt. Weil wir uns einen Strohsack geteilt haben, habe ich seine Sachen gekriegt. Die Rebellen haben es auf die Trommler abgesehen, weil sie mit ihren Trommeln den Takt vorgeben. Insbesondere auf Schwarze wie dich.«

»Ist Trommeln eigentlich schwierig?«

»Du musst einfach neben uns hermarschieren und dabei den Takt schlagen, damit wir nicht aus dem Tritt kommen. Und dann, auf dem Schlachtfeld, gibt es für jeden von Major Ellis' Befehlen eine Taktfolge, damit man versteht, was er meint.«

Er klopfte einen kurzen Wirbel. »Das bedeutet ›Wir sammeln uns hier‹. Und das heißt ›vorwärts‹, wenn wir marschieren sollen. Am besten ist der lange Wirbel, der steht für ›Angriff‹.«

»Meine Ma hat getrommelt. Scheint nicht so schwer zu sein.«

»So einfach ist es nun auch wieder nicht. Wenn der Trommlerjunge nicht trommeln muss, bekommt er andere Aufgaben. Zum Beispiel als Krankenträger, um die Verwundeten zum Arzt zu bringen.«

»Zum Fotografieren in zwei Reihen aufstellen, Gentlemen!«, rief Mr. Swift.

Raymond förderte eine Kappe aus seiner Tasche zutage. »Hier, setz die auf. Meine ist die von meinem Pa. Er hatte sie auf, als er in Fredericksburg gefallen ist. Genau neben mir ist er gestorben.« Er stülpte mir die Kappe über und rückte sie zurecht.

Unter großem Tamtam ordnete Mr. Swift die Soldaten in zwei Reihen und zog seine große, auf drei Beinen stehende Holzkastenkamera näher an die Gruppe heran. Mrs. Swift kam mit einer eigens vorbereiteten feuchten Glasplatte hereingehastet, die außer ihr niemand anfassen durfte.

Mr. Swift verschwand unter seinem schwarzen Tuch. »Jetzt nicht bewegen und zehn Sekunden lang die Luft anhalten.«

Sobald er fertig war, erschien Sally Smith aus der Küche und stellte sich mit einem Teller ofenwarmer Karamellkekse neben mir auf. Sofort umringten uns die Soldaten. Jeder nahm sich einen Keks vom Teller und bedankte sich höflich bei ihr.

Lächelnd betrachtete Sally ihren beinahe leeren Teller. »Noch nie habe ich erlebt, dass mein Gebäck so schnell verputzt worden ist. Mit Ausnahme meines gebratenen Maisbrots. Kaum ist es da, ist es schon wieder verschwunden. So was merken sich die Leute. Manche Männer können nach einem Teller voll den ganzen Tag lang marschieren.«

Der Major drängte sich durch seine Soldaten in die Mitte des Kreises. »Was ist mit Taubenpastete? Können Sie die auch?«, erkundigte er sich.

Grinsend tat Sally so, als müsste sie einen Moment überlegen. »Mit oder ohne Mägen?«

»Das ist ihre Spezialität«, erklärte ich. »Auf der Peeler Plantation hat sie das jeden Sonntag für Mister Watson gemacht. Er mochte die Pastete am liebsten mit extra Butter eingepinselt, damit die Kruste schön knusprig wird.«

»Wie heißen Sie, Ma'am?«, fragte der Major.

»Sally Smith, Sir.«

»Und der Trommlerjunge?«

Sally sah mich an und blickte zu Boden.

»Äh«, stammelte ich, während ich mir das Hirn nach einem Jungennamen zermarterte.

Der Major musterte mich argwöhnisch. »Kennst du deinen eigenen Namen nicht?«

»Jem, Sir«, stieß ich hervor.

Der Major richtete sich auf und wandte sich an seine Männer. »Wir nehmen die beiden mit. Raus mit euch, Abmarsch.«

Als die Männer sich zur Tür hinausschoben, griff Sally nach meiner geblümten Gobelintasche, die sie bereits fertig gepackt und am Fuß der Treppe abgestellt hatte.

»Hast du auch Pas Kreuz eingesteckt?«

»Als Allererstes.«

»Du hast das alles geplant«, sagte ich zu ihr, als wir auf die Straße traten. Das Gefühl der wippenden Trommel auf meinem Oberschenkel war angenehm beruhigend.

»Das ist eben die Macht der Kekse.«

Ich versuchte es mit dem Marschrhythmus, den Raymond mir gezeigt hatte, weil es der zweiteinfachste war. Die Trommel klang lauter, als ich erwartet hatte, und bald verfielen die Männer in Gleichschritt.

Dann kam uns Mrs. Swift nachgelaufen. Ihre gewaltigen Oberarme zitterten.

»Das ist mein Eigentum!«, zeterte sie, packte mich am Arm und umkrallte mich wie der Falke einen gerissenen Hasen.

Raymond nahm mir die Trommel ab, hängte sie sich vor die Brust, hob mich hoch und warf mich über seine Schulter, sodass Mrs. Swift loslassen musste. Als er mich wie einen Sack Rüben davontrug, fingen die Soldaten an zu lachen. »Die sind beschlagnahmt!«, rief er Mrs. Swift noch zu.

Während wir an ihr vorbeimarschierten, schnippte einer der Männer ihr eine Münze hin. Sie bückte sich danach.

»Fünf Cents?«, empörte sie sich. »Ich habe fast hundert Dollar für sie bezahlt.«

Wir gingen einfach weiter. Nach einer Weile setzte Raymond mich ab.

»Jem, mein Junge, jetzt bist du offiziell Angehöriger der United States Army. Pass gut auf die Uniform auf, die gehört Abraham Lincoln.«

»Das werde ich«, erwiderte ich. Ich war so glücklich wie schon seit langer Zeit nicht mehr. »Wohin geht es?«

Er sah mich aus fröhlich funkelnden Augen an. »Hoffentlich magst du Aufregung. Die Stadt heißt Gettysburg.«

Kapitel 27

ANNE-MAY

Peeler Plantation, Maryland
Juli 1863

Eines Morgens rief Fergus mich in sein Büro, einen dunklen, verliesartigen und mit Eichenholz getäfelten Raum. Auf den Regalen drängten sich die verschiedensten Tabakschachteln und Döschen, weil er die Konkurrenz im Auge behalten wollte. Ich mied dieses Zimmer wie der Teufel das Weihwasser, und zwar wegen der überall verteilten Glaskästen, welche schleimige Eidechsen oder Krabben enthielten, die jeden Moment hinter einem Stein hervorhuschen konnten. Außerdem roch es nach toten Schnecken. Euphemia hingegen zeigte keine Spur von weiblicher Empfindsamkeit. Sie liebte dieses Zimmer und hatte Freude daran, das Kriechgetier meines Mannes mit Zikaden zu füttern.

Die Katze zu meinen Füßen, blieb ich an der Tür stehen. »Ja, Fergus?«

Er saß auf seinem Schreibtischstuhl. Der Überrest seines Beins ruhte auf einem hohen Hocker, und Euphemia massierte das Ende des nackten Stumpfes.

»Komm herein, Anne-May.« Er hatte gute Laune. Es ging

ja nichts über eine Stumpfmassage, um die Stimmung eines Mannes zu heben.

Ich rührte mich nicht vom Fleck. »Du weißt, dass ich den Anblick des ganzen medizinischen Krams nicht ertragen kann, den Euphemia mit dir veranstaltet. Mir wird davon übel.«

Er liebkoste einen Briefbeschwerer aus Glas, in den eine behaarte Spinne eingegossen war. »Ich wollte dir nur erzählen, was in der Welt so vor sich geht. Die Emanzipationserklärung zum Beispiel.«

»Herrje, das war doch schon im Januar. Ich lese auch ab und zu die Zeitung.«

»Dann weißt du sicher auch, dass schwarze Soldaten inzwischen offiziell kämpfen dürfen und dass alle Sklaven in den von Rebellen beherrschten Gebieten frei sind.«

»In welchen Bundesstaaten genau?«

»In allen, wo gekämpft wird. Allerdings nicht in Maryland.«

»Warum das?« Ich beobachtete, wie Jo sich, unbemerkt von Fergus, ins Zimmer schlich.

»Das Gesetz gilt nicht für Grenzstaaten wie Maryland. Du sagtest doch, du hättest darüber gelesen.«

Tränen traten mir in die Augen, und der Raum verschwamm zu einem terrariumgrünen Meer. »Du brauchst nicht gleich garstig zu werden, Fergus.«

»Alle Diener außer Sable sind davongelaufen. Weißt du vielleicht darüber etwas?«

»Sie klopfen nicht bei mir an, um sich abzumelden, Fergus.«

»Tja, es ist wohl das Beste, dass sie fort sind. Ich hoffe, dass sie alle frei sein werden. Sobald der Tabak geerntet ist, lasse ich Sable auch frei.«

»Sie gehört mir, Fergus. Das darfst du nicht.«

»Außerdem kaufen wir keine neuen Sklaven mehr. Ich habe genug von diesem grausamen Brauch. Und da uns durch deine Schuld der diesjährige Erlös aus dem Tabakverkauf fehlt, müssen wir diese Plantage eben so gut führen, wie es uns möglich ist. Vielleicht mit Sables Hilfe, falls sie bereit ist, für einen Lohn weiterzuarbeiten. Außerdem können wir uns ein paar Kräfte von der Ambrosia Plantation ausleihen. Solange du und Euphemia auf dem Feld mitarbeitet.«

In meinem Kopf breitete sich ein schrilles Surren aus, als würde ein Stück Draht an Glas gerieben. »Ich soll aufs Feld? Ich werde mich nicht hier abschuften, Fergus. Ich bin die Hausherrin.«

»Du hast leichtfertig unser Geld vergeudet, und falls du auch weiterhin etwas essen möchtest, muss sich hier einiges ändern.«

»Ich bin völlig erschöpft, Fergus. Ich brauche ein Dienstmädchen. Ich kann kein einziges sauberes Kleid mehr finden.«

»Deine Schwester macht sich schließlich auch ohne Dienstmädchen zurecht.«

»Weil es bei ihr nichts zum Zurechtmachen gibt.«

Fergus schlug mit der flachen Hand auf die Schreibtischunterlage. »In Zukunft unterlässt du diese Seitenhiebe gegen Euphemia. Sie hält diesen Haushalt zusammen, und zwar ohne die geringste Hilfe von dir.«

Euphemia richtete starr den Blick auf Fergus' Beinstumpf und knetete ihn wie Brotteig.

»Und wo sind meine silbernen Bürsten?«, sprach er weiter.

»Das ist kein Grund, gleich laut zu werden, Fergus. Während du fort warst, haben die Dienstboten alles gestohlen, was nicht niet- und nagelfest war. Richtig, Euphemia?«

Sie gab Salbe auf einen Lappen. »Davon ist mir nichts bekannt.«

»Und was ist aus dem Geld vom Verkauf der Schweine geworden? Freddie Fairchild hat mir erzählt, er habe gesehen, wie du bei Smalls and Sons Schnupftabak und Seide gekauft hast«, fuhr Fergus fort.

»Mein Gott, ein Mädchen muss doch etwas zum Anziehen haben. Ich bin hier die Hausherrin.«

»Gerüchten zufolge sollst du Sally Smith das Geld weggenommen haben, das sie mit ihren Gelees verdient hat. Und ich habe sie verkauft, weil du behauptet hast, sie habe gestohlen.«

»Du glaubst Freddie Fairchild mehr als mir?«

»Und dann noch Jemma. Sie sei eine Querulantin, hast du gesagt. Sie habe LeBaron verführt. Dabei hast du mir verschwiegen, dass LeBaron sich in seiner Hütte an ihr und Sable vergreifen wollte und dass er und seine Männer Joseph deshalb ermordet haben. Das musste ich erst von Euphemia hören.«

Ich warf meiner Schwester einen giftigen Blick zu, doch sie massierte ungerührt weiter.

»Und was ist mit meiner goldenen Krawattennadel? Freddie hat mir berichtet, dass genau so eine bei Smalls and Sons zum Verkauf steht.«

»Du hast mir erlaubt, die Nadel im Notfall zu verpfänden. Außerdem habe ich Sally niemals ihr Geld weggenommen. Dafür hat sie mir den Zucker gestohlen, um teure Gerichte für die Neger zu kochen, während Euphemia und ich hungern mussten. Das kann doch nicht richtig sein.«

»Alles Lügen, Anne-May. Offenbar vermischst du Märchen und Tatsachen. Ich würde dir empfehlen, endlich die Wahrheit zu sagen und etwas zu diesem Haushalt beizutragen. Wenn wir unsere Steuern nicht bezahlen können, verlieren wir nämlich das Haus.«

»Falls ich Lust bekommen sollte, mir auf den Tabakfeldern den Teint zu ruinieren, müsste es schon für einen Mann sein, der mich wenigstens gut behandelt.«

»Jemanden wie Jubal Smalls, den Wunderknaben? Alle zerreißen sich die Mäuler über euch beide. Du bist meine Frau, und es wird allmählich Zeit, dass du dich auch so verhältst. Ansonsten kannst du zu deinem ehemaligen Stiefvater ziehen. Hol dir das Geld doch bei ihm, denn schließlich hat er sich unseres ja unter den Nagel gerissen.«

»Reggie hat es investiert. Zu deinem Vorteil, Fergus.«

»Wir werden keinen Penny von diesem Geld wiedersehen. Ich habe ihm fünf Briefe geschrieben, ohne dass er es für nötig gehalten hätte, darauf zu antworten. Inzwischen ist mir klar, warum er so sehr auf unsere Hochzeit gedrängt hat. Dafür gab es nämlich nur einen einzigen Grund: Er wollte an mein Erbe.«

Ich marschierte aus dem muffigen Zimmer und ging nach oben, um mich hinzulegen. Doch Fergus rief mir nach.

»Morgen bist du auf dem Feld. Sonst rufe ich Sheriff Whitman, damit er dich hinschleppt. Das Wort eines Ehemannes gilt in St. Mary's County nämlich noch etwas.«

»Du kannst es ja versuchen, Fergus«, entgegnete ich.

Als ich die Treppe hinaufhastete, lief die Katze neben mir her. Oben angekommen, stellte ich erfreut fest, dass sie eine von Fergus' geliebten kleinen Krabben im Mäulchen hatte. Die Scheren und Beine des Untiers zuckten.

Ich bückte mich und streichelte der Katze das Köpfchen. »Braves Mädchen«, sagte ich und schickte ein lautloses Dankesgebet an meinen Bruder Harry, weil er mir Jo geschenkt hatte.

Fergus hielt sich nicht mit leeren Drohungen auf. Am nächsten Morgen um neun ließ er mich vom Sheriff hinaus aufs Tabakfeld eskortieren. Unterwegs entschuldigte sich der dicke Sheriff Whitman pausenlos, und ich beschloss, gute Miene zum bösen Spiel zu machen. Wenn ich mich lange genug auf dem großen Hügel zwischen den Tabakpflanzen herumdrückte, konnte ich mich sicher bald in die kühle Badewanne flüchten und mich später heimlich in die Stadt pirschen, um Jubal zu treffen.

Und so stand ich mit Euphemia und Sable draußen auf dem Feld und band mir den allergrößten Strohhut aus meinem Fundus unter dem Kinn zurecht. Obwohl es noch früh war, dampften die Pflanzen bereits in der Hitze. Als ich mich über eine Reihe aus grünen Büscheln beugte, warf Sable mir einen hasserfüllten Blick zu.

»Ich scheue mich nicht vor harter Arbeit. Die Raupen sind es, vor denen ich mich so ekle. Du weißt doch genau, wie sehr ich sie verabscheue, Pheme.«

»Wir müssen jetzt alle mit anpacken, Anne-May. Ich töte sie auch nur ungern.«

Die Sonne stieg immer höher, und mir tat vom Bücken der Rücken weh, da ich den ganzen Vormittag lang braune Papiertüten über die Pflanzen stülpte, um die besten Samen aufzufangen. Ich wagte kaum, unter die Blätter zu schauen, voller Angst, eines der abstoßendsten Geschöpfe auf Gottes Erdboden zu sehen: die Raupe des Tabakschwärmers.

Ich richtete mich auf und rieb mir den Rücken. »Fergus schickt mich aus reiner Böswilligkeit hier hinaus, um mich zu demütigen.«

»Wenn wir die Samen nicht einsammeln, gibt es nächstes Jahr keine Ernte«, antwortete Euphemia.

Offenbar hatte ich ein besonderes Talent dafür, auf die

widerlichen dicken, grünen Raupen zu stoßen, die niemand außer mir in ihrem Versteck zwischen dem Laub zu bemerken schien. Natürlich entdeckte ich ein besonderes Prachtexemplar, so groß wie der Daumen eines Riesen, das gerade ein Stück weiter unten über ein Blatt kroch. »Gütiger Himmel, was für ein Ungetüm! Euphemia, komm und nimm es weg.«

Sie reichte mir die Schere. »Du musst lernen, es selbst zu tun, Anne-May.«

»Ich kann nicht. So einen Wurm zu zerschneiden widerstrebt meiner empfindsamen Art.«

Da kam Sable anmarschiert. Sie riss mir die Schere aus der Hand, schnitt das Ekeltier in zwei Hälften, warf die Schere hin und machte sich wieder ans Eintüten.

»Deine Aufsässigkeit kannst du dir sparen!«, rief ich ihr nach und hob die Schere auf. Es hätte mir gerade noch gefehlt, dass Sable sie mir in den Rücken rammte.

Lächelnd blickte Euphemia an mir vorbei. »Fergus, schau, wie gut du schon auf diesem unebenen Boden gehen kannst.«

Im nächsten Moment sah ich, dass Fergus mit umgeschnalltem Holzbein auf uns zuhinkte. In der einen Hand hatte er seinen Stock, in der anderen ein Bündel Papiere.

Ich wischte mir mit dem Handrücken die Stirn ab. »Wird langsam Zeit, dass du hier mithilfst.«

»Ich sitze drinnen an den Büchern«, entgegnete er. »Und dabei habe ich festgestellt, dass du in diesem Jahr über einhundert Dollar bei Smalls and Sons gelassen hast, Anne-May.«

»Ich habe einfachen Baumwollstoff für Sables Kleider gekauft.«

Wieder warf Sable mir einen aufsässigen Blick zu.

»Und auch Stoff für Euphemia.«

Euphemia tütete weiter Pflanzen ein. »Ich hatte kein einziges neues Kleid.«

Fergus fuchtelte mir mit der Quittung vor der Nase herum. »Soweit ich erkennen kann, hast du das Geld hauptsächlich für Schnupftabak und Hauben ausgegeben. Das hätten wir verschmerzen können, bevor Reggie meine Familie betrogen hat. Inzwischen müssen wir deinetwegen jeden Cent umdrehen.«

Ich schleuderte die Schere hin. »Ich fahre in die Stadt.«

Fergus packte mich am Arm. »Du bleibst hier und arbeitest.«

Ich riss mich los und stolzierte in Richtung Haus. »Wenn ich mich recht entsinne, lautet die Grundbucheintragung für dieses Haus auf meinen Namen. Also werde ich tun und lassen, was mir gefällt. Nicht dass du mir nachlaufen könntest.«

Fergus humpelte mir hinterher. »Willst du zu Jubal? Es heißt nämlich, dass ihr beide zusammen Geheimnisverrat betreibt. Ist dir klar, dass Spione gehängt werden, Anne-May?«

Ich drehte mich um. »Das könnte dir so passen! Dann hättest du mein Haus, und du und Pheme könntet miteinander glücklich werden.«

Euphemia starrte auf die Pflanzen.

Fergus machte einen Schritt auf mich zu. »Ich erkenne dich nicht mehr wieder, Anne-May. Seit wann bist du so erfüllt von Hass?«

»Seit dem Tag, als du nicht dein Leben aufs Spiel gesetzt hast, um meinen Bruder zu retten.«

»Manchmal glaube ich, es wäre das Beste, wenn ich an jenem Tag gestorben wäre.«

»Tja, endlich einmal etwas, worin wir uns einig sind, Fergus Watson«, entgegnete ich.

In jener Nacht, in der ich den größten Schrecken meines Lebens durchmachte, dröhnte der Donner, und es regnete wie aus Kannen.

Tief in ein Daunenpolster gekuschelt, saß ich im Salon vor dem dunklen Kamin und beobachtete, wie der Blitz den Himmel über dem Fluss erhellte. Euphemia und Fergus nahmen unten in seiner Forschungshütte ihr Abendessen ein, stellten Listen auf und trieben was auch immer mit den Eidechsen und Krabben. Ich ließ den Blick über meine liebsten Dinge schweifen: den mit vergoldeten Ranken geschmückten Spiegel über dem Kamin, der den hin und wieder von Blitzen erleuchteten schwarzen Fluss reflektierte, und die hohen himmelblauen Sèvres-Vasen auf dem Sims.

Plötzlich hörte ich die Hoftür knallen. Sable erschien, ein Bündel Feuerholz auf dem Arm. Ihr Baumwollkleid war klatschnass vom Regen.

»Sable. Du kommst gerade rechtzeitig, um mir die Haare zu bürsten.«

Sie warf das Holz in den Korb. »Mister Watson wollte, dass ich das restliche Holz hacke, damit es nicht nass wird. Außerdem soll ich den Kamin sauber machen.«

»Seit zwei Monaten hatten wir hier drin kein Feuer, und trotzdem ist noch Asche im Kamin. Du solltest bei der Hausarbeit weniger herumtrödeln, Sable.«

»Ich bin bis Sonnenuntergang auf dem Feld. Dann muss ich noch Wäsche flicken und das Essen kochen.« Sable griff nach der kleinen eisernen Schaufel, kniete sich vor den Kamin und schippte die Asche in einen Blecheimer.

Ich richtete mich auf. »Ich will, dass du morgen diese blauen Vasen reinigst. Es liegen mindestens zwei Zentimeter Staub darauf. Eine Schande ist das.«

Sable arbeitete weiter. »Tante Tandy Rose hat gesagt,

diese Vasen stammten aus einem Haus der Sünde. Es sind lauter Bilder von halb nackten Damen drauf.«

»Hört, hört. Wer hat dich denn nach deiner Meinung gefragt? Das sind Familienerbstücke des Hauses Peeler, und nur gebildete Menschen wissen ihre Schönheit zu schätzen. Bei einer Frau von deiner niederen Herkunft kann man wohl keinen Sinn für solche *objets d'art* erwarten.«

Sable erhob sich, wischte sich die Schaufel an der Schürze ab und betrachtete mich.

»Na, los, halt keine Maulaffen feil«, befahl ich mit einer wegwerfenden Handbewegung.

Die Schaufel in der Hand, trat Sable langsam einen Schritt auf mich zu, ohne den Blick zu senken.

»Ein bisschen plötzlich, hab ich gesagt.«

Endlich begann sie zu sprechen, so leise, dass ich sie kaum verstehen konnte. »Haben Sie je ein schlechtes Gewissen wegen allem, was Sie getan haben?«

»Bist du betrunken?«

Sable kam noch näher. Ihr Griff um die Schaufel wurde fester. »Sie haben Tandys Brief vernichtet, in dem stand, dass sie uns freilassen wollte. Sie sind schuld daran, dass mein Joseph umgebracht wurde. Ich glaube, es hat Ihnen sogar Spaß gemacht.«

Voller Unbehagen rutschte ich auf dem Sofa hin und her. »Leg sofort diese Schaufel weg!«

»Das arme Mädchen im Räucherhaus am Qualm ersticken zu lassen! Jemma und Sally zu verkaufen! Sie haben sich sogar gefreut, als wir unseren kleinen Sohn verloren haben.«

»Deine Jemma hat das Feuer verursacht.«

Wieder ein Schritt in meine Richtung. »Das war ein Unfall. Jemand hat in der Scheune eine Laterne umgeworfen.«

»Es war dumm von Jemma.«

Sable kam immer näher.

»Keinen Schritt weiter, Sable.«

Sie blieb stehen. »Wenigstens kann sie richtig schreiben. Glauben Sie, ich wüsste nichts von dem verdammten Buch, in dem sie alles aufschreiben musste, was Sie ausspioniert haben? All das Böse wird auf Sie zurückfallen.«

»Du bist ja so undankbar. Dabei habe ich sehr viel für dich getan. Zum Beispiel habe ich deine verkrüppelte Tochter auf der Ambrosia Plantation arbeiten lassen, obwohl ich sie hätte verkaufen sollen.«

»Wie gnädig!«

Ich strich mit der Hand über das seidene Polster. »Ich habe Neuigkeiten, die dich interessieren dürften.«

»Ja?«, fragte sie nach einer Pause.

»LeBaron hat mich letztens besucht.«

Sable wartete mit zusammengepressten Lippen ab. »›Miss Anne-May‹, hat er zu mir gesagt, ›was würden Sie davon halten, wenn ich Ihnen Ihre Patience abkaufen würde?‹«

Sable umklammerte die Schaufel fester und kam wieder einen Schritt näher.

»Bleib sofort stehen. Wenn du mir auch nur ein Haar krümmst, wirst du ein noch schlimmeres Ende nehmen als Joseph ...«

»Welche gottesfürchtige Christin würde einem braven Mädchen, das ihr nie Widerworte gegeben hat, so etwas antun? Ich spreche mit Mister Watson.«

Ich unterzog meine Nagelhäutchen einer Musterung. »Ihr alle gehört mir, ganz gleich, in welcher Traumwelt Fergus auch leben mag. Und ich hätte nicht übel Lust, LeBarons Angebot anzunehmen. Offen gestanden könnte ich das Geld gebrauchen.«

Wie eine Furie stürmte Sable zum Kaminsims und drosch

mit der Schaufel mitten auf meine türkisfarbene Porzellanvase, die wie ein ausgeblasenes Ei in eine Million Scherben zersprang. Ich hob die Hände, um mich vor den umherspritzenden Splittern zu schützen, die auf meine nackten Schultern einprasselten.

»Die sind aus dem achtzehnten Jahrhundert!«, schrie ich auf. Mein Herz klopfte wie wild. »Ich rufe Sheriff Whitman.«

Sable näherte sich der zweiten Vase.

»Nein, nein, hör auf«, flehte ich.

Doch Sable zerschmetterte auch die zweite Vase. Dann baute sie sich, die Ascheschaufel in die Hüfte gestemmt, vor mir auf.

Ich erhob mich. »Das wirst du mir büßen, Sable!«

»Eines Tages gehe ich von hier fort. Dann wird sich die Erde auftun und dieses ganze Haus verschlingen. Und Sie werden es mit ansehen müssen und bitterarm zurückbleiben.«

Ich wischte mir die Porzellansplitter aus dem Haar. »Soll das irgendein Negerzauber sein?«

Sie schleuderte die Schaufel in den Kamin, wo sie mit einem Scheppern landete, und klopfte sich den Ruß von den Händen. »Ja, Ma'am, das ist ein Negerzauber, und es dauert nicht mehr lang, dann wird er wahr werden.«

Sie marschierte zur Tür, drehte sich noch einmal um und richtete ihre dunklen Augen auf mich. »Warten Sie es ab.«

Nachdem Sable meinen Salon verwüstet hatte, brauchte ich einige Tage, um mich von dem Schrecken zu erholen. Ich bekam weder Trost von meiner Schwester noch Unterstützung von Fergus, dem Schwächling, als ich forderte, die Übeltäterin zu bestrafen, denn schließlich sei sie unsere letzte Dienstbotin. »Du hattest Glück, dass sie die Schaufel nicht gegen dich erhoben hat«, meinte er nur und verbot mir, LeBaron davon zu erzählen. Er wusste nämlich genau, dass die Pattyroller einen solchen Ungehorsam niemals dulden würden, obwohl er selbst ihn offenbar guthieß.

Später in jener Woche fuhr ich mit Euphemia in die Stadt zum Nähkränzchen. Als wir das Haus der Witwe Gardener erreichten, war ich durchgeschwitzt bis auf die Haut, denn ganz St. Mary's County hatte sich in ein gewaltiges Dampfbad verwandelt, und der abscheuliche Sumpf stank wie die Pest.

Mit einer Horde alter Weiber zusammenzusitzen und zu nähen war das Letzte, worauf ich bei dieser Hitze Lust hatte. Aber ich hoffte, Jubal würde, wie so oft, vorbeischauen, um etwas aufzuschnappen, das er weitermelden konnte. Seit Jemma fort war, hatte ich keine Hilfe mehr bei der Toilette, sodass meine Nägel nicht poliert und meine Haare schon seit Tagen ungewaschen waren. Ganz zu schweigen von den schmuddeligen Manschetten.

Nachdem ich eine endlose Debatte von Fergus und meiner Schwester über seine Flusskrebse hatte ertragen müssen, pochten mir die Schläfen, und ich konnte es kaum erwarten, Jubal alles zu berichten, was geschehen war. Vielleicht würde er mir ja Schnupftabak oder ein hübsches Geschenk mitbringen, um mich wegen meiner tragischen Verluste und der schauderhaften Hitze ein wenig aufzumuntern. Er wusste, dass ich da sein würde, und würde mir sicher eine Freude machen wollen.

Wir traten in den Salon der Witwe Gardener, einen stickigen Raum mit niedriger Decke, wo nicht der Hauch eines Lüftchens wehte. Nachdem wir unsere Plätze am Tisch eingenommen hatten, zogen wir die Taschentücher hervor, an denen wir gerade arbeiteten. Sie waren für die Soldaten bestimmt. Soldaten der US-Army, das hatte die Witwe Gardener uns unmissverständlich klargemacht. Beim Einsäumen ließ ich absichtlich Stiche fallen und dachte dabei an den vermaledeiten Yankee, der sich mit meinem Werk die Nase putzen würde.

»Was ziehen wir denn zum Benefizball an?«, fragte ich in die Runde, um das Gespräch in einigermaßen interessante Bahnen zu lenken.

»Mein altes braunes Kariertes«, erwiderte Charlene.

»Ich trage das aus grauer Seide«, meinte ich.

»Das mit den schwarzen Applikationen?«, erkundigte sie sich.

»Genau. Findest du nicht auch, dass gezielt eingesetztes Schwarz einem Kleid Wertigkeit und Stil verleiht? Es wirkt so französisch. Die Franzosen haben einen angeborenen Sinn für Farben. Das erkennt man ja an all den Accessoires, die man dort in den Läden findet. Jede kleine Schatulle ist bei den Franzosen zweifarbig lackiert, und zwar so harmonisch, dass es eine wahre Augenweide ist.«

Charlene nickte. »Wenn ein Engländer etwas zweifarbig gestaltet, beißt es sich meistens nur.«

Die Witwe Gardener blickte von ihrer Handarbeit auf. »Ich bedaure, dass es hier drin ein wenig stickig ist. Ich habe die Fenster geschlossen, um Fliegen fernzuhalten.«

Da sie ihre Dienstboten freigelassen hatte, gab es niemanden mehr, der uns Kühlung zugefächelt und die Fliegen vom Leib gehalten hätte.

»Das macht nichts«, antwortete Euphemia, obwohl sich längst dunkle Flecken unter ihren Achseln abzeichneten. »Mir tun die Soldaten leid, die bei dieser Hitze kämpfen müssen. Haben Sie Nachricht von Ihrem Neffen, Beulah?«

»Ich habe einen Brief erhalten, in dem steht, dass er unterwegs nach Gettysburg ist.«

»Wo ist das?«, hakte ich nach.

»Das ist in Pennsylvania«, erklärte mir Beulah Gardener, als ob ich ein kleines Kind wäre. »Gleich nördlich von Hagerstown. Vielleicht sechs Stunden entfernt von der Grenze zu Maryland.«

»Ich habe gehört, die Yankees würden ihren Weinpunsch aus den Schädeln konföderierter Soldaten trinken«, sagte ich.

Euphemia schaute kaum von ihrer Näharbeit auf. »Das hast du von LeBaron, und der ist wohl keine sehr zuverlässige Quelle. Andersherum sollen die Konföderierten die Schienbeinknochen von Yankees ja auch als Trommelschlegel benutzen.«

Charlene beugte sich vor. »Wir wollen nicht parteiisch werden, meine Damen. Auf beiden Seiten gibt es wohlmeinende Menschen.«

Die Witwe Gardener ließ ihr Taschentuch sinken und lehnte sich zurück. »Nun, immerhin hat die eine Seite einen bewaffneten Aufstand angezettelt und begeht Landesverrat, und zwar mit dem Ziel, sich das Recht zu erhalten, andere Menschen um des Profits willen zu besitzen wie Vieh. Was soll daran wohlmeinend sein?«

Charlene feuchtete einen Faden mit Spucke an und fädelte ihn in die Nadel. »Ob es Ihnen gefällt oder nicht, steht der Süden kurz vor dem Sieg.« Sie lächelte mir zu. »Das steht im *Richmond Enquirer.*«

Euphemia schenkte sich Tee nach. »Weit gefehlt, Charlene. Grant hat Vicksburg umzingelt, und alles sieht danach aus, als würde sich Pemberton bald ergeben. Es dauert nicht mehr lang, und er hat ganz Mississippi eingenommen. Das wird eine gewaltige Wende des Kriegsgeschehens zugunsten des Nordens bringen.«

»So etwas liest man nicht im *Enquirer*«, fügte die Witwe Gardener hinzu. »Die blasen die Siege des Südens auf und spielen die Verluste herunter.«

Erstaunlich anmutig für so ein grobknochiges Mädchen band Euphemia ihren Faden ab. »Der *Enquirer* berichtet kaum über die Sicht des Nordens.«

»Aber es stand etwas über die Hinrichtung einer Frau darin, die für die Konföderierten spioniert haben soll«, meinte Charlene.

Obwohl es mir die Kehle zuschnürte, nähte ich fleißig weiter.

»Es heißt, dass sie militärische Geheimnisse des Nordens, die sie von ihrem Mann, einem Captain, hatte, an den Süden verkauft hat. Außerdem hat sie den Yankees vergiftete Pasteten gebracht. Ein junger Gefreiter aus Maine ist deshalb ums Leben gekommen.«

»Wer kann denn heutzutage noch sagen, was Propaganda ist und was der Wahrheit entspricht?«, erwiderte die Witwe Gardener. »All die jungen Männer, die sterben müssen. Es ist eine Schande.«

Allein die Erwähnung der toten jungen Männer sorgte dafür, dass mir ein glühender Wind kreischend durch den Kopf brauste. Harrys Bild stand mir lebensgroß vor Augen, und ich freute mich darüber, dass die Yankees die vergifteten Pasteten gegessen hatten. Wie sehr sehnte ich mich nach dem Lächeln meines Bruders.

Ich stand auf. »Mir ist ein wenig unwohl. Stört es jemanden, wenn ich das Fenster öffne?«

Als ich das Fenster hochschob, erhaschte ich einen Blick auf den Hinterkopf eines Mannes. Es war Jubal. Sein schwarzes Haar glänzte in der Sonne.

Ich schützte vor, austreten zu müssen, und hastete zur

Hintertür hinaus in den Garten, wo Jubal stand und seine Pfeife rauchte.

»Du bist ja ein Genie, wenn es ums Lauschen geht, Jubal Smalls. Warum hast du mir keine Nachricht zukommen lassen?«

Jubal zuckte die Achseln. Seine Gesichtshaut war gebräunt. Offenbar hatte er im Freien gearbeitet.

»Hast du noch Schnupftabak für mich, Jubal? Ich kann bezahlen, sobald Fergus sich wegen des Geldes wieder beruhigt hat.«

»Ich habe keinen Schnupftabak, Anne-May. Hast du eigentlich eine Ahnung, wie es ist, zu Kriegszeiten einen Laden zu betreiben?«

»Du hast doch gerade eine große Lieferung hier abgegeben, richtig?« Ich kam einen Schritt näher. »Und hast du dabei gehört, was Beulah Gardener über ihren Neffen gesagt hat? Dieses ganze Gerede über den Krieg bringt mich noch um.«

Er wich zurück. »Schreib alles in das Buch. Deine Aufgabe ist es, die Witwe Gardener dazu zu bringen, dass sie über ihren Neffen spricht. Aber stattdessen hältst du Vorträge über Paris.«

»Es darf nicht aufgesetzt klingen, Jubal. Hast du die Sache mit der Spionin mitbekommen? Die Witwe Gardener hat mir genau ins Gesicht geschaut, als Charlene davon erzählte. Ganz zu schweigen von den beiden Detectives, die letztens vor meiner Tür standen und sich nach den Socken für die Soldaten erkundigt haben. Sie haben mir vorgeworfen, ich hätte ihre Stellungen an den Feind verraten. Ich musste sogar Mutter den Wölfen zum Fraß vorwerfen.«

»Besser, als wenn sie Verdacht geschöpft hätten. Ich kriege allmählich Druck von ganz oben. Der Sheriff sagt, es sei schon zu lange her, dass ich etwas Neues gemeldet hätte. Wenn ich nicht bald mit Informationen aufwarte, will er keine Geschäfte mehr mit mir machen.«

»Von den Eisenbahndepots habe ich dir ja schon berichtet. Und auch wohin ich die Socken geschickt habe. Es steht alles in dem Buch.«

»Man ist dir auch dankbar, aber man verlangt frische Nachrichten. Und wo ist eigentlich dieses Buch? Jemma ist schon ziemlich lange fort. Hast du es noch immer nicht gefunden?«

»Tja, genau das ist das Problem, Jubal. Jemma hat mir gesagt, sie habe das Buch an einem Ort hinterlassen, an dem jeder es sehen kann. Ich habe alles abgesucht. Aber offenbar hat das Miststück gelogen. Das Buch ist wie vom Erdboden verschluckt. Ich habe sogar in der Tabakscheune und im Räucherhaus nachgeschaut. In Fergus' Forschungshütte kann ich nicht hinein.«

»Immer hast du eine andere Ausrede, warum du das Buch nicht herbeischaffen kannst.«

»Herrje, vielleicht hat sie es sogar mitgenommen.«

Jubal ballte die Fäuste. »In diesem Buch steht alles, was wir getan haben. Ich habe sogar Karten gezeichnet, Anne-May.«

»Ganz ruhig, Jubal. Ich schaue mich weiter um.«

»Wenn die mich erwischen, bin ich ein toter Mann. Meine Familie wäre am Ende.«

»Und was ist mit mir?«

»Es wird ziemlich unschön werden.«

»Du musst bald zu mir nach Hause kommen. Fergus geht am nächsten Dienstag zum Arzt. Die Gelegenheit ist günstig. Wir könnten ein bisschen Spaß haben. Und das Buch suchen.«

Kapitel 28

GEORGY

Gettysburg, Pennsylvania
Juli 1863

Mutter und ich jagten, den Mond im Nacken, in der von Onkel Edward in Baltimore beschafften Kutsche durch die Nacht in Richtung Gettysburg. Die Gerüche des Schlachtfelds wehten uns entgegen, schon lange bevor wir die Front erreichten. Auf den völlig verstopften Straßen brauchte man für die Fahrt ganze vierundzwanzig Stunden – anstelle der üblichen vier.

Und so holperten wir in der Dunkelheit dahin. Vor uns auf dem Bock ragte der Kutscher auf.

»Ich bringe Sie zum Stützpunkt der Sanitary Commission am Eisenbahndepot, meine Damen. Das ist etwa anderthalb Kilometer vor Gettysburg.«

»Hätte man das Lazarett nicht etwas näher an der Stadt einrichten können?«, erkundigte sich Mutter.

»Nein, Ma'am. Das hatte man ursprünglich vor, aber die Rebellen haben die Brücke verbrannt.« Wir kamen an den verkohlten Überresten einer Eisenbahnbrücke vorbei. »Sehen Sie? Das da war einmal die Brücke. Es wird eine Weile dauern, sie wieder aufzubauen.«

Ich schaute in die Nacht hinaus. Als Mutter und ich damals Vater vom Bahnhof abgeholt hatten, schien ebenfalls der Vollmond. Kaum sechs Jahre alt, hatte ich zwischen ihnen auf der weichen Sitzbank in der Kutsche gesessen. Von allen Schwestern war ich auserwählt worden, um meine Eltern auf diese Reise zu begleiten, nachdem ich ein neues Solo auf dem Klavier gelernt hatte.

»Er verfolgt uns«, sagte ich damals, zeigte auf den Mond und vergrub das Gesicht im weichen Wollmantel meines Vaters.

Vater schlang die kräftigen Arme um mich, hauchte seinen warmen Atem auf meine Hände und hielt sie ganz fest. »Jetzt kann der Mann im Mond dich nicht mehr kriegen.«

Wie wäre es gewesen, in einer Nacht wie heute Vater bei uns zu haben! Seine Gegenwart, ein Balsam für die Seele, denn ihm war stets so viel daran gelegen gewesen, dass alles wieder gut wurde, eine Eigenschaft, in der sich sein Sinn für Humor mit unerschütterlicher Zuversicht paarte.

Als Mutter das Fenster ein Stück herunterließ, holte mich die warme Luft zurück nach Gettysburg.

»Trotz alledem, Sir«, erwiderte Mutter, »tut die Regierung der Vereinigten Staaten gewiss alles Menschenmögliche für die Verwundeten.«

»Die Leute von der Sanitary Commission sind die Einzigen, die etwas tun. Nach zwei Tagen schwerer Gefechte ist die Schlange der Krankenwagen und Tragen, mit denen die Verwundeten von den Verbandsplätzen zu den Zügen gebracht werden, bald zwei Kilometer lang. Es herrscht das absolute Tohuwabohu.«

»Aber sicher beeilt man sich damit, die Männer mit dem Zug von hier fortzuschaffen.«

»Es fahren nur zwei Züge am Tag. Die Strecke ist eingleisig, und es gibt keine Drehscheibe. Also müssen die Züge zum Wenden bis nach Baltimore.«

»Den ganzen Weg zurück?«, wunderte ich mich. »Das dauert doch eine Ewigkeit.«

»Zumindest haben wir moderne Züge«, stellte Mutter fest.

»Leider nur Viehwaggons, in denen noch der Dung liegt. Man verteilt Stroh auf dem Boden, und dann werden die Verwundeten einfach eingeladen. An Bord gibt es kein Wasser. Unterwegs müssen Wasserbrigaden etwas aus dem nächstbesten Bach holen, um die Leute zu versorgen.«

»Die armen Jungen«, sagte Mutter.

Ich streckte Kopf und Schultern aus dem Fenster und ließ den Blick über die vorbeigleitenden Felder schweifen. Im bläulichen Mondschein erkannte ich die Umrisse gefallener Soldaten, toter Pferde und umgestürzter Wagen. In der Ferne ragte eine einsame Bergkette auf.

»Können Sie nicht ein bisschen schneller fahren?«, drängte ich. »Mein Bruder schwebt in Lebensgefahr.« Vor uns erhoben sich weiße Zelte aus der Dunkelheit. »Da vorn ist es, Mutter.«

Sie fasste mich am Arm. »Mach das Fenster zu, Georgeanna.«

Der Kutscher wandte sich um. »Wir sind hier im Kriegsgebiet, Ma'am. Wahrscheinlich treiben sich Heckenschützen herum.«

Ich griff nach Mutters kalter Hand, die auf dem schwarzen Ledersitz lag. Mit der anderen drückte sie sich ein Taschentuch an die Nase.

»Was für ein abscheulicher Geruch.«

»Der Geruch des Krieges, Ma'am. Man benutzt zwar so weit wie möglich Chlorkalk, aber es wird schon seit zwei Tagen gekämpft, und es gab unglaublich viele Gefallene. Sie haben Glück, weil es momentan ruhig ist. Sie hätten sehen sollen, was heute los war. Die Kugeln flogen einem nur so um die Ohren. Morgen geht es weiter.«

»Aber die Toten werden doch vom Schlachtfeld entfernt«, hakte ich nach.

»Nein, Ma'am. Es fehlen Zeit und Mittel, um sämtliche Gefallenen zu bergen. Viele arme Teufel da draußen leben noch. Wenn Sie die Ohren spitzen, können Sie sie auf den Feldern südlich von der Stadt schreien hören. Heute wollten sie einen von ihnen begraben, doch als die Erde auf ihn herunterrieselte, ist er gerade noch rechtzeitig aufgewacht.« Der Kutscher wies mit dem Arm auf die Berge. »Da oben haben sich unsere Leute verschanzt. Wahrscheinlich wird General Lee ihnen morgen mit aller Kraft auf die Pelle rücken.«

Mutter krampfte die Hände auf dem Schoß zusammen. »Ich ertrage das keine Minute mehr, Georgy. Warum habe ich zugelassen, dass dein Bruder ...«

»Wir sind fast da, Mutter.«

Wieder sah ich nach dem Telegramm von Mr. Olmsted, das in meiner Tasche steckte. Alles, um nur nicht an Charley denken zu müssen. Daran, wie wir Schwestern uns in seiner Kindheit darum gestritten hatten, wer ihn bemuttern durfte. Wir hatten ihn so verwöhnt, dass er es bis zum Alter von zwei Jahren kaum nötig hatte, Laufen zu lernen. Nach Vaters Tod war er zum Mittelpunkt unserer Familie geworden.

Als wir uns dem Stützpunkt, einer Reihe von Zelten neben dem Eisenbahndepot, näherten, wurden wir langsamer. Das grausige Stöhnen und die Schreie verwundeter und sterbender Männer lagen in der Luft. Als Mutter zum ersten Zelt hastete, heftete ich mich an ihre Fersen. Obwohl es weit nach Mitternacht war, wurde das Zelt von Öllampen hell erleuchtet. Es wimmelte von uniformierten Soldaten und Ärzten, die von Bett zu Bett gingen, um die Verwundeten zu versorgen.

Eilig steuerten wir auf einen Tisch zu, auf dem sich Papiere türmten. Dahinter saß ein Gefreiter mit bauschigen Koteletten.

»Bedaure, meine Damen, aber Sie müssen sich bis morgen früh gedulden. Wir haben genug mit den Verwundeten zu tun und könnten die ständigen Störungen nicht gebrauchen. Sie sind heute Abend schon die Fünften, von den Schaulustigen ganz zu schweigen, und …«

Mutter fiel ihm ins Wort. »Mein Sohn Charles Woolsey wurde verwundet.«

Der Gefreite warf einen Blick auf ein Blatt Papier. »Es steht kein Woolsey auf der Liste.«

»Können Sie nicht noch einmal nachschauen?«, flehte Mutter. »Woolsey mit ›e‹.«

»Wir haben heute einhundertdreiundsechzig neue Fälle aufgenommen, Ma'am. Sie müssen also entschuldigen, wenn ich den Namen Ihres Sohnes nicht gleich parat habe.«

»Wir haben ein Telegramm erhalten«, mischte ich mich ein. »Mein Bruder ist Sekretär von General Meade.«

»Meade? Wir haben seinen Adjutanten hier.«

Mutter stellte ihre Tasche auf den Tisch. »Gott sei Dank. Dürften wir bitte mit ihm sprechen?«

»Von mir aus, Ma'am, aber leider hat er einen Schuss in dic Brust abbekommen und ist nicht länger bei uns. Er liegt bei Meades übrigen Gefallenen hinter dem Zelt und wartet auf die Beerdigung. Sechzig arme Teufel.«

»Und Sie können nicht in ihren Aufzeichnungen nachsehen, ob ein Charles Woolsey unter ihnen ist?«

»Ich hatte noch keine Zeit, meine Buchführung auf Vordermann zu bringen, Ma'am. Allerdings wurden die Leute erst kurz vor Dunkelwerden eingeliefert, und wir haben ihre Sachen aufbewahrt. Einige hatten einen Zettel oder eine Medaille mit ihrem Namen in der Tasche. Die meisten allerdings nicht. Kommen Sie morgen wieder.«

Mutter richtete sich kerzengerade auf. »Wir werden uns jeden dieser Männer noch heute Nacht ansehen, um uns zu vergewissern, dass sich mein Sohn nicht unter ihnen befindet. Wie ich annehme, haben auch Sie eine Mutter, die in einer Lage wie dieser gewiss außer sich vor Trauer wäre. Wir wurden von Frederick Olmsted von der Sanitary Commission herbestellt und haben deshalb ein Recht darauf, hier zu sein. Also tun Sie bitte Ihre Pflicht, Sir.«

»Warum sagen Sie nicht gleich, dass Mr. Olmsted Sie schickt? Ich bin Gefreiter Trembley. Ich könnte mich einen Moment loseisen, aber es muss schnell gehen.«

»Ich sehe allein nach«, meinte ich zu Mutter.

Wir hielten uns an den Händen, die trotz der Handschuhe eiskalt waren. »Ich will mitkommen«, protestierte sie.

»Du musst hier warten, nur für den Fall, dass jemand kommt, der etwas über Charley weiß.«

Sie nickte mit zusammengepressten Lippen.

Ich folgte dem Gefreiten aus dem Zelt. Beim Anblick des Leichenbergs, der sich weit über den vom Mond beschienenen Hof erstreckte, schnappte ich nach Luft.

»Wie viele sind es, Gefreiter?«

»Hunderte. Weitere sechstausend befinden sich noch auf dem Schlachtfeld und auf den Verbandsplätzen. Meades gefallene Jungs liegen da drüben. Mit ein wenig Glück sind sie noch zu erkennen. Einigen wurde der Kopf von den Schultern geschossen. Wer nicht identifiziert werden kann, wird in einem Massengrab beerdigt.«

Er hielt die Lampe über einen der auf dem Boden liegenden Soldaten. »Ist es der da?«

Ich beugte mich vor und betrachtete das entsetzlich junge Gesicht des Soldaten. Er hatte Augen und Mund weit offen, das blonde Haar klebte ihm blutverkrustet an der Stirn.

Als der Brechreiz in mir aufstieg, presste ich die Faust vor den Mund. »Nein. Dieser Junge ist ja kaum älter als fünfzehn.«

Der Gefreite zuckte die Achseln. »Wir haben sogar einen Dreizehnjährigen hier. Manche machen sich einfach älter. Kommen Sie, wir haben noch hundertneunundfünfzig vor uns.«

»Mein Bruder Charles ist dreiundzwanzig. Groß. Er hatte eine goldene Taschenuhr von meinem Vater bei sich.«

»Gold? Eine wertvolle Uhr?«

Ich hakte die Finger in den Gürtel, damit sie zu zittern aufhörten. »Ja.«

»Und eine schicke Uniform mit teuren Knöpfen?«

Tränen traten mir in die Augen. »Haben Sie ihn hier gesehen?«

Als der Gefreite losmarschierte, schwankte seine Laterne hin und her. »Kommen Sie.« Er blieb stehen, setzte die Laterne ab und griff nach einer Papiertüte, die neben einer Leiche lag.

War das Charley? Im Halbdunkel war es kaum zu erkennen. Die Größe stimmte vielleicht.

Er reichte mir die Tüte. »Hier sind seine Sachen.«

Durch die Tüte ertastete ich eine kalte, schwere Taschenuhr.

»Nun, am besten entfernen wir den Verband und bringen es hinter uns. Kommen Sie näher ran, damit Sie richtig sehen können. Aber fallen Sie bitte nicht in Ohnmacht.«

»Ich war Krankenschwester auf den Lazarettschiffen und im Halbinsel-Feldzug, Sir.«

Er zuckte die Achseln. »Ich habe hier schon erwachsene Männer umkippen sehen. Brauchen Sie auch sicher keinen Eimer?«

Meine Knie zitterten. »So machen Sie schon, Sir.«

Als der Soldat die Laterne über das Gesicht des Toten hielt, musste ich mich an seinem Arm festhalten.

»Gefreiter Trembley, dürfte ich mir bitte die goldene Uhr anschauen?«

Kapitel 29

JEMMA

Gettysburg, Pennsylvania
Juli 1863

Gegen Mitternacht marschierten wir in Gettysburg ein. Die Gefechte des Tages waren verklungen, und unsere Soldaten gingen, eine riesige schwarze Kanone und Wagen voller Munition hinter sich herziehend, in einer Reihe dahin. Ihnen folgten Grüppchen aus farbigen Familien, Bediensteten und Hilfskräften, einige frei, andere nicht. Da wir Vollmond hatten, konnten wir die Leichenberge am Wegesrand sehen. Wir konnten sie auch riechen. In dieser Hitze blieb nichts lange frisch.

Während wir im Takt meiner Trommel weitertrotteten, dachte ich darüber nach, um wie vieles einfacher es war, ein Junge zu sein. Nun war ich, wie eine Kuh in der Herde, einfach Teil eines Ganzen. Niemand scherte sich darum, ob ich ausspuckte, einen Stein warf oder breitbeinig dasaß. Nur mein Geschäft musste ich im Verborgenen verrichten und mich dazu ins Gebüsch zurückziehen. Jedenfalls interessierte sich kein Mensch für mich, genau so, wie ich es mir immer gewünscht hatte.

Ich trommelte leiser, als wir uns dem Lager näherten,

einer kleinen Stadt aus weißen Zelten, in der einige Feuer brannten.

Raymond gesellte sich zu mir. »Du hast das Trommeln ja schnell gelernt.«

Sally Smith holte uns ein. »Ich rieche Speck. Hoffentlich haben sie auch Eier da.«

Als wir ein Zelt erreichten, befahl der Captain anzuhalten, und ich hörte auf zu trommeln. Ich setzte mich neben Sally und Raymond ins Gras. Mir taten die Füße weh, ich hatte mir Blasen gelaufen. Die weißen Zelte strahlten im Mondlicht, und der Duft von Tabak und Kaffee lag in der Luft. Gerade stellte ich meine Trommel ab, als eine Frau erschien, die etwa meine Hautfarbe hatte. Sie war die größte Frau, die mir je begegnet war. Einen Zuckersack wie ein Kopftuch ums Haar geknotet, kam sie aus einem Zelt gestürmt und hielt mit einem gewaltigen Arm die Zeltklappe auf.

»Setzt euch hier bloß nicht hin«, herrschte sie uns an und wies mit der Hand in die Ferne. »Ihr müsst da rüber in die Hügel. Zum Cemetery Ridge – dem Friedhofsberg.«

Raymond stand auf. »Das klingt ja nicht sehr vielversprechend. Hast du was zu essen da?«

»Ja, aber ihr müsst euch beeilen.« Sie wischte sich die Hände am groben Baumwollstoff ihrer Schürze ab.

»Was bildest du dir eigentlich ein, Soldaten der US-Army herumzukommandieren?«

»Ich bin Mag Palm und wohne hinter dem alten Kirmesplatz. Zuerst habe ich gedacht, ihr seid hier, um mich zu entführen und in den Süden zu verschleppen.«

Raymond rieb sich das schmerzende Bein. »Bist du denn nicht frei?«

»Auf dem Papier schon, und ich kann es auch beweisen. Aber man muss trotzdem vorsichtig sein. Es wird immer schlimmer mit den Leuten, die uns Farbige runter in den Süden schaffen wollen, um sich eine goldene Nase zu verdienen. Mich hätten sie beinahe gekriegt.«

»Wie haben sie das denn angestellt?«, erkundigte sich Raymond.

»Sie hatten mir schon die Hände gefesselt, aber ich habe mich gewehrt. Den einen habe ich kräftig zwischen die Beine getreten, und dem anderen habe ich fast den Daumen abgebissen. Schließlich hat mich der verkrüppelte alte John Kareen gerettet. Er hat die Kerle mit seiner Krücke in die Flucht geschlagen und mich losgebunden.« Mag hielt eine Flinte hoch. »Und dann habe ich mir meinen besten Freund von zu Hause geholt.«

»Ich soll beim Kochen helfen«, sagte Sally.

»Verstehst du was davon?«

Raymond klopfte sich den Staub von der Hose. »Nachdem Major Ellis ihren Maisbrotauflauf gegessen hat, meinte er, dass er sie heiraten würde, wenn er nicht schon verheiratet wäre.«

Mag deutete aufs Zelt. »Dann bist du genau die richtige Frau für mich.«

Sally drehte sich zu mir um. »Falls wir getrennt werden, Jem, treffen wir uns morgen um dieselbe Zeit wieder hier.«

Mag Palm beugte sich zu mir hinunter, um mein Gesicht zu mustern. »Das ist der hübscheste Junge, den ich je gesehen habe.«

Sally Smith achtete nicht auf sie und nahm mich ein Stück beiseite.

»Bleib immer in der Nähe des Majors, verstanden? Jemand muss zurück, um deine Ma und Patience rauszuholen.«

»Was, wenn du nicht da bist, wenn ich wiederkomme?«, fragte ich mit zitternder Stimme.

»Wenn wir einander verlieren, darfst du eines nicht vergessen: Das Leben geht auch ohne mich weiter.«

»Nein, Sally.«

»Wehe, wenn du jetzt heulst. Du bist stark und tapfer. Du schaffst das.«

Sie umarmte mich, und wir konnten einander lange Zeit nicht loslassen. Schließlich sah sie mir in die Augen. »Denk immer daran: Du kommst nicht aus meinem Körper, aber ich habe dich immer im Herzen.«

Sally steuerte auf das Küchenzelt zu, wo ihre neue Freundin wartete.

Während sie in der Dunkelheit verschwanden, gesellte ich mich zu Raymond.

Er blickte zu den finsteren Bergen hinauf. »Dann wollen wir mal dort hinaufklettern. Aber zuerst küsse ich besser den Boden, um sicherzugehen, dass wir auch heil zurückkommen.«

Wir brauchten ziemlich lange, um fast bis zum Gipfel des Cemetery Ridge zu kommen. Hinter einer dicken Steinmauer, die vermutlich ein Farmer gebaut hatte, richteten wir uns häuslich ein. Rings um uns herum erstreckten sich steile steinige Abhänge. Ein Stück weiter unten stand unsere schwarze Kanone, um die sich Soldaten scharten. Der Hauch des Todes lag in der Luft.

In der Ferne hallte der Donner.

Raymond drehte sich zu mir um. »So klingt der Krieg, Jem, mein Junge. Jetzt ist es gleich so weit. Bald wird der Berg von Rebellen wimmeln wie ein Misthaufen von Fliegen.«

Während wir hinter der Mauer warteten, brannte die Sonne immer heißer vom Himmel. Raymond rammte das spitze Ende seines Gewehrs in den Boden und spannte seine Decke zwischen Schaft und Mauer auf, um uns vor den Strahlen zu schützen. Als eine warme Brise den Kaffeeduft zu uns herüberwehte, krampfte sich mir der Magen zusammen.

Dann ertönte wieder der Donner, diesmal schien er ein wenig näher zu sein, und mir lief ein Schauder den Rücken hinunter.

Raymond sah mich an. »Wenn du zu feige bist, sag es besser gleich dem Major.«

»Ich bin nicht feige. Aber offenbar bringe ich Unglück. Die meisten Leute, die ich kannte, sind inzwischen gestorben.«

Raymond zuckte die Achseln. »Ich halte nicht viel von Aberglauben, Glück und so weiter. Man tut, was man kann, und wenn man stirbt, war die Zeit dafür eben reif. Und jetzt iss deinen Schiffszwieback.«

»Der ist voller Würmer.«

»Bist du in Ordnung? Wenn man traurig ist, kann einem das auf den Magen schlagen.«

»Mein Pa wurde im letzten Jahr umgebracht. Das lässt mich noch immer nicht los.«

»Für einen Jungen ist es schwer, seinen Pa zu verlieren. Aber Trauer hat die komische Eigenschaft, dass sie einem genauso den Garaus machen kann wie das Fieber. Du musst von einem Tag zum anderen leben.«

Wir lauschten dem Zirpen der Zikaden.

»Ich will am Leben bleiben, um Sally Smith wiederzusehen. Und meine Ma und meine Schwester.«

»Ich habe in Connecticut nur noch meine Ma. Obwohl sie inzwischen fast nichts mehr sieht, hatte sie nichts dagegen, dass ich mich freiwillig melde. Ich würde gern am Leben bleiben, um noch mal etwas von Sally Smiths Maisbrotauflauf zu essen. Und von den Haferkeksen. Und dann will ich ein nettes Mädchen kennenlernen und eine Familie gründen. In dieser Reihenfolge.«

Ich zupfte einen Grashalm aus und kaute am süßen Ende herum. »Ich habe den Eindruck, dass das Soldatenleben hauptsächlich aus Warterei besteht.«

»Aber nur, bis sich das schlagartig ändert, und dann erlebt man sein blaues Wunder. Wenn es so weit ist, wird hinter uns ein Offizier den Schießbefehl geben. Am besten du bleibst dann in der Nähe von Major Ellis.«

»Er hat mir gesagt, dass der Hornbläser seine Befehle signalisiert. Angeblich ist es hier zu laut für die Trommel. Also habe ich die Trommelwirbel umsonst gelernt. Er hat mich zum Dienst am Krankenwagen verdonnert.«

»Ich würde das Ding eher Totenwagen nennen. Damit bringt man die Todgeweihten nur an einen Ort, wo sie langsamer sterben als hier.«

»Besser, als wenn sie einfach liegen bleiben.«

Er zuckte die Achseln. »Wahrscheinlich.« Er deutete den Hügel hinauf auf eine Stelle zwischen den Bäumen. »Siehst du den Karren mit den Tragen zu beiden Seiten? Das ist der Krankenwagen. Behalt bloß den Kopf unten, wenn du da hinläufst.«

Im nächsten Moment segelte etwas Schwarzes durch die Luft. Ein Schatten huschte über uns hinweg und landete mit einem lauten Knall ein Stück höher auf dem Hügel. Der Erdboden erbebte.

Mir wurden die Knie weich. »Was war denn das?«

Raymond kniete sich hin und zog mit einem Ruck sein Gewehr aus dem Boden. »Du rennst jetzt sofort zurück zu Major Ellis. Das war ein Kanonenbeschuss, und es ist erst der Anfang.«

Rings um uns klickten die Zündschlösser, als jeder Mann den Hahn seines Gewehrs spannte. Dann scharrte Metall auf Stein, denn alle stützten die Läufe auf die Mauer und zielten bergab.

Die nächste Bombe schlug im Wäldchen neben uns ein. Bäume zersplitterten, und der Wind trug den Geruch nach Harz und Schießpulver heran.

Ich wagte kaum, mich zu rühren. Mein Herz klopfte wie wild, und mein Rücken schien an den kalten Steinen der Mauer festzukleben.

Wieder ein Knall und dann noch einer. Die Kugeln fielen so langsam wie Regentropfen am Anfang eines Unwetters. Dann kamen sie immer schneller. Einige zerplatzten über uns in der Luft, andere bohrten sich in den Boden, sodass die emporgeschleuderten Erdklumpen auf uns herabregneten. Bald wurde der Beschuss so heftig, dass man nur noch ein stetes Dröhnen hörte. Der Boden wurde aufgerissen, und gewaltige Erdfontänen prasselten auf uns ein wie ein Wolkenbruch. Als dicht unter uns eine Bombe einschlug, wurde das Gewehr eines Mannes, zusammen mit seinem Rucksack und einem Arm, in einer Fontäne aus Erdreich und Gras weit in die Luft geblasen.

Ein Geschoss traf den Wagen mit der Munition, der ein Stück hinter uns stand. Sofort erhob sich eine Wand aus schwarzem Qualm, so hoch wie die Bäume, und eine an Talkumpuder erinnernde Schicht aus feinem Schießpulver senkte sich auf uns herab. Die Erde zitterte, als unsere Kanone das Feuer erwiderte. Ein Jubel ertönte, wann immer eine Kugel ihr Ziel traf. Ein dichter Nebel aus Pulverdampf hüllte alles ein.

Bald lichtete sich der Dunst, und wir verstummten, denn unter uns auf dem Hügel bot sich ein Anblick, der uns den

Atem verschlug. Dicht an dicht rückten die Soldaten der Konföderierten vor. Rote Flaggen flatterten über ihren Köpfen, und das Sonnenlicht ließ die Klingen ihrer Säbel funkeln. »Sie kommen«, sagte Raymond. »Gleich sind sie da.«

Unbeirrt marschierten die Rebellen weiter den Hügel hinauf. »Nicht schießen!«, rief ein Offizier hinter uns.

Meine Hände zitterten so heftig, dass ich sie mir unter die Achseln klemmen musste. »Sie kommen, Raymond. Warum schießt du nicht?«

»Ich muss warten, bis sie nah genug sind.«

»Feuer!«, brüllte der Offizier endlich, worauf jede Kanone und jede Muskete gleichzeitig das Feuer eröffnete.

Während Raymond und die anderen sich an die Mauer pressten und schossen, was ihre Gewehre hergaben, hielt ich mir die Ohren zu. Als ich durch einen Ritz in der Mauer spähte, sah ich die Rebellen den Hügel hinauflaufen. Einer nach dem anderen fiel. Dichter Pulverdampf lag in der Luft.

Raymond lud rasch nach. Unterdessen knieten unsere Blauröcke vor dem Wäldchen und schossen immer weiter. Ich riskierte einen Blick über die Mauer und stellte fest, dass die Reihe der Rebellen die ersten Lücken bekam. Immer mehr Männer fielen und stürzten in Haufen aufeinander.

Raymond packte mich am Arm. »Kopf runter!«

Im nächsten Moment hörte ich links von mir ein Pfeifen.

»Mein Gott«, sagte Raymond. Er sackte neben mir zusammen. Unter dem offen stehenden Uniformrock verfärbte sich sein Hemd rot. »Meine Mütze.«

»Ich hole sie.«

Ich suchte überall, entdeckte schließlich den Schirm der Mütze, der über die Mauer ragte, schnappte sie mir rasch und steckte sie ihm unters Hemd.

Dann fasste ich Raymond unter die Achseln, duckte mich und zog ihn die Mauer entlang in Richtung Krankenwagen. Schüsse peitschen durch die Luft, einige schlugen in die Baumstämme im nahe gelegenen Wald ein. Ein davongelaufenes Pferd preschte vorbei, wurde getroffen und stürzte zu Boden, laut wiehernd und um sich schlagend. Das Blut strömte ihm so kräftig aus der Brust, dass ich kaum hinschauen konnte. Am Ende der Mauer blieb ich stehen. Ich war wie erstarrt. Fast hatte ich den Krankenwagen erreicht, ein Pfleger winkte mich heran.

Doch ich stand da und wagte nicht, hinter der Mauer hervorzukommen.

»Los, Junge!«, rief der Sanitäter.

Ich holte tief Luft und zog Ray aufs offene Feld in Richtung Krankenwagen.

Der Sanitäter hastete uns entgegen. »Gleich hast du es geschafft.«

»Er heißt Raymond Gleason. Seine Ma…«

Etwas Heißes traf mit Wucht meinen Arm und warf mich um, sodass ich bäuchlings auf den Boden fiel. Ich schmeckte Gras und spürte, wie unter meiner Brust warmes Blut in den Boden sickerte. Die Stille schloss sich immer fester um mich, und langsam versank ich in der Dunkelheit.

Kapitel 30

ANNE-MAY

Peeler Plantation, Maryland
Juli 1863

An dem Tag, als Euphemia mit Fergus nach Leonardtown zu Dr. Wentworth fuhr, regnete es. Jubal traf zu Pferd und völlig durchnässt ein.

Ich nahm ihm den Mantel ab. Unter seinem Rock klebte ihm das Hemd am Leibe.

»Keine Dienstboten?«, fragte er.

»Wir haben nur noch Sable, und die habe ich in der Küche beschäftigt, damit wir ungestört sind.«

»Ist die Küche denn groß?«

»Ziemlich geräumig. Und außerdem freistehend. Sie befindet sich auf der Rückseite des Hauses und hat keine Verbindung zum restlichen Gebäude, nur für den Fall, dass es mal brennt.«

Er eilte zum Fenster des Salons.

Ich trug ein rosafarbenes Seidenkleid, das Jubal einmal an mir bewundert hatte, und ich hatte mir die Kniekehlen parfümiert. Außerdem hatte ich Sable angewiesen, das Teeservice von Tiffany mit dem Rankenmuster aufzulegen. Jeder Zentimeter der fünf Stücke war mit Stockrosen und

Kamelien verziert, das einzig Gute, was Tante Tandy Rose, die alte Schachtel, in Paris ergattert hatte.

Ich gesellte mich zu Jubal ans Fenster, und so blickten wir gemeinsam hinaus auf den geschwungenen Rasen bis hinunter zum indigoblauen Fluss. »Tja, wie findest du mein kleines Reich?«

»Noch nie habe ich eine solche Aussicht auf den Patuxent River genossen. Schau, da ist ein Schiff der US-Army.«

»Woran erkennst du das?«

Er griff nach Fergus' Teleskop und richtete es auf den Fluss. »Das ist die *Thomas Freeborn,* ein Schiff von Mr. Lincoln. Sie ist ein Schaufelraddampfer, ein Kanonenboot, das zur Potomac-Flotte gehört. Die Stars and Stripes wehen am Mast.«

»Was hat denn ein Schiff der Yankees hier zu suchen?«

»Sechs Schiffe patrouillieren die Bucht und halten Ausschau nach Schmugglern. Wenn sie können, schneiden sie die Telegrafendrähte der Konföderierten durch.«

»Sag jetzt nicht, dass du auch schmuggelst, Jubal Smalls.«

»In Zeiten wie diesen muss ein Mann vielseitig sein, Anne-May.« Mit einem klickenden Geräusch schob er das Teleskop zusammen. »Wenn ich Sheriff Whitman von diesem Yankee-Schiff berichte, wird er erfreut sein. Und das wiederum ist gut für unsere, äh, Vereinbarung. Wenn du Gelegenheit dazu hast, solltest du Ausschau nach Schiffen halten und es mir melden, wenn du welche siehst. Einverstanden?«

»Ich wüsste nicht, was dagegenspräche. Ist die Aussicht nicht wunderbar, Jubal?«

»Dein Haus ist das schönste am ganzen Fluss. Ich kann mir gut vorstellen, dass ich eines Tages hier wohnen werde.«

»Du meinst wohl, wir beide.«

Er drehte sich zu mir um und strich mir mit dem Finger

die Wange entlang bis hinunter zum Dekolleté. Ein Schauder lief mir den Arm hinunter. »Natürlich. Und zwar mit einer ganzen Kinderschar.«

»Jungen oder Mädchen?«

Er überlegte kurz. »Halb-halb.«

»Charlene Tidwell Weed sagt, du hättest dich beim Sheriff erkundigt, wie es um ihre Steuern steht. Sie glaubt, du würdest ihnen Ambrosia wegkaufen wollen, wie du es schon mit der Farm des alten Mr. Burns gemacht hast.«

Er nahm meine Hand. »Ja, ich bin interessiert an Grundbesitz. Manchmal ist es hilfreich für eine Familie, sich auf diese Weise von ihrer Steuerschuld zu befreien. Eigentlich tue ich den Leuten mit meinem Angebot sogar einen Gefallen.«

Ich schnippte mit dem Daumen gegen einen seiner Jackenknöpfe. »Tja, bei uns ist in dieser Hinsicht alles in Ordnung. Fergus geht in seinem Papierkram förmlich auf.«

»Selbstverständlich, bei euch ist alles in Ordnung, aber das trifft nicht auf alle zu. Dann komme ich und schlage den Leuten einen Vertrag vor, von dem beide Seiten profitieren. Sheriff Whitman unterstützt mich nur dabei, die Dinge zu beschleunigen. Dafür gebe ich ihm Informationen, die nützlich für unsere Soldaten sind, zum Beispiel solche, wie Jemma sie in das rote Büchlein geschrieben hat. Als Gegenleistung weist er mich auf Immobilien hin, denen die Zwangsversteigerung droht, damit ich helfen kann.«

»Du bist ein guter Mensch, Jubal.«

Er zog ein Blatt Papier aus der Tasche. »Ich habe ein Gedicht für dich geschrieben.«

Ich zog den Fächer aus meinem Ärmel, um mir Kühlung zuzufächeln. »Ich wusste ja gar nicht, dass du so zart besaitet bist.«

»Ich habe eine Woche gebraucht, bis es richtig klang. Es heißt ›Liebe stirbt nie‹.« Er las laut vor:

»Liebe stirbt nie, der Sonne gleich,
Die schon seit Ewigkeiten ihrer Wege geht,
So herrscht auch sie über ihr Weltenreich,
Auch wenn stets Wandel herrscht und nichts besteht.
So stark und unveränderlich, so fest und wahr,
So lebt die Liebe fort, wird niemals schwach erbeben.
Sie trotzt allen Gezeiten immerdar,
Liebe stirbt nie, denn sie wird ewig leben.«

Jubal steckte den Zettel wieder ein und presste Daumen und Zeigefinger an den Nasenrücken.

Ich berührte ihn am Arm. »Weine nicht, mein Liebling.«

Er ging zu dem Beistelltisch mit den Trophäen hinüber. »Wer ist denn hier bei euch der Taubenjäger?«

»Mein Vater. Diesen Pokal haben wir gemeinsam gewonnen. Er lebt nicht mehr.«

»Woran ist er gestorben?«

»Ich spreche nicht gern darüber. Er und *Maman* wurden nachts von ihren eigenen Negern überfallen, und er konnte nicht mehr rechtzeitig zur Waffe greifen. Dank seines Heldenmuts konnte *Maman* unverletzt entkommen, aber ihn haben sie ermordet. Ich habe alles von meinem Zimmer aus gehört, aber nicht gewagt, ihm zu Hilfe zu eilen.«

Jubal nahm meine Hand. »Er war ein tapferer Mann.«

»Sobald die Mörder fort waren, habe ich mich ins Schlafzimmer geschlichen und ihn auf dem Fußboden gefunden. Die Barbaren hatten ihm die Kehle von einem Ohr zum anderen Ohr aufgeschlitzt. Du hättest das viele Blut sehen sollen. Ein sehr wertvoller Teppich von Aubusson war völlig ruiniert. *Maman* und ich mussten ihn eigenhändig zusammenrollen und hinausbringen, weil alle unsere zehn Dienstboten in jener Nacht davongelaufen sind. *Mamans* Diamantbrosche haben sie auch mitgenommen. Und dabei war Vater immer so gut zu ihnen. Offen gestanden glaube ich, dass sie es auf *Maman* abgesehen hatten.«

»Genau solche Auswüchse von Grausamkeit sind es, gegen die unsere konföderierten Truppen kämpfen, Anne-May. Aber dazu müssen wir dieses Buch finden. Falls jemand erfährt, dass ich Militärgeheimnisse des Nordens an Sheriff Whitman weitergegeben habe, landen wir alle am Galgen.«

»Ich werde es finden, Jubal. Und wenn ich dazu das ganze Haus auseinandernehmen muss.«

»Ansonsten musst du Jemma aufspüren und aus ihr herausprügeln, wo sie es versteckt hat. An wen hat Fergus sie eigentlich verkauft?«

»An einen Fotografen in Hagerstown. Zusammen mit seiner heiß geliebten Sally Smith. Dort werde ich mich zuerst erkundigen.«

»Ich dachte, die Sklaven gehören dir. Warum hast du Fergus erlaubt, sie zu verkaufen?«

»Du weißt ja, welche Rechte eine Ehefrau in diesem Land hat.«

»Mich wundert trotzdem, dass Fergus es wirklich getan hat. Normalerweise ist er doch so nachsichtig mit den Negern.«

»An dem Tag, als sie abgeholt wurden, hat er geheult wie ein Baby, auch wenn er das Geld gern genommen hat. Seiner Ansicht nach fing der ganze Ärger in der Nacht an, in der sie Joseph aufgehängt haben. Er glaubt, er hätte ihn retten können, wenn er nur zu Hause gewesen wäre.«

»Und warum hat er Sally verkauft?«

»Ich habe ihm weisgemacht, sie würde stehlen wie ein Rabe. Eine kleine Notlüge, um die alte Hexe endlich loszuwerden.«

»Und was, wenn sie nicht mehr in Hagerstown sind?«

»Jemmas Freundin hat den Namen Woolsey und dazu eine New Yorker Adresse in eines meiner Bücher geschrieben. Dort könnte ich mich auch erkundigen.«

»Dazu bräuchtest du Reisegeld. Ich fürchte, ich kann dir keines geben.«

»Mein ehemaliger Stiefvater Reggie Stickman lebt in Washington. Bei ihm könnte ich Station machen. Und dann nötigenfalls weiter nach New York City fahren.«

»Reggie Stickman? Von Stickman Industries? Der muss doch Geld wie Heu haben.«

»Schon. Ich hatte nur leider ein paar Schwierigkeiten mit ihm. Manchmal kann er seine Hände einfach nicht für sich behalten, und er hat mich auf ungehörige Weise angefasst.«

Jubal zog mich an sich, lüpfte meinen Rock und liebkoste mich zwischen den Beinen. »So etwa?«

»Oh, Jubal, bitte, ich kriege keine Luft mehr.«

Er nahm die Hand weg und ließ meinen Rock los. »Du suchst dieses Buch.«

Ich musste mich am Tisch festhalten und zwang mich zu einem Lächeln. »Schließlich soll dir eines Tages die Hälfte von St. Mary's County gehören. Ich will nicht schuld sein, wenn dein Plan noch scheitert.«

»Warum kaufe ich nicht gleich alles?« Er nahm mich in die Arme. »Und du wärst dann meine Königin.«

Mir wurden die Knie weich. Ein Glück, dass er mich festhielt, ansonsten wäre ich wohl an Ort und Stelle zu Boden gesunken.

Er küsste mich lang und innig.

»Gehen wir ins Schlafzimmer«, schlug ich vor.

Er lächelte. »Oder wir versuchen es gleich hier.«

»Du Schwerenöter.« Ich schlüpfte aus meinem Kleid und knöpfte, von ihm mit Argusaugen beobachtet, meinen Reifrock ab.

Er zog die Hose aus und streckte sich, noch in der langen Unterhose aus Flanell, auf dem Sofa aus. »Mir gefällt es in diesem Zimmer. Hast du es je mit Fergus hier gemacht?«

Ich schnürte mein Korsett auf und ließ es fallen. »Nein. Außerdem schläft er inzwischen meistens in seiner Kaulquappenbude am Fluss.«

»Und wie war es so mit ihm?«, hakte er lächelnd nach.

Ich legte mich neben ihn aufs Sofa. »Sagen wir mal, zum Glück war es immer schnell vorbei.«

Im nächsten Moment erklang eine Stimme auf der Türschwelle. »Anne-May?«

Ich fuhr hoch. »Komm bloß nicht rein, Euphemia.«

Als sie eintrat, stützte Jubal sich auf einen Ellbogen.

»Anne-May ...« Sie hielt inne, brauchte einen Moment, um die Situation zu deuten, und wandte den Blick ab. »Dr. Wentworth wurde zu einer Geburt gerufen. Ich gehe mit Fergus runter in die Hütte, während ihr beide euch wieder anständig anzieht.«

Am nächsten Morgen war ich fest entschlossen, Jemmas Buch aufzustöbern. Zuerst zog ich jede Schublade meines Sekretärs heraus. Dann schlitzte ich sämtliche Sofakissen im Salon auf, sodass die Gänsefedern in alle Richtungen stoben. Anschließend kippte ich Sally Smiths Schubladen in der Küche aus, bis ein Biberdamm aus Kochlöffeln, Blechtassen und Besteck auf dem Fußboden heranwuchs.

»Was hat das zu bedeuten, Anne-May?«

Als ich mich umdrehte, stand Euphemia in der Tür.

»Falls du es so genau wissen willst: Ich suche das Kristallglas, aus dem ich immer mein Wasser …«

»Du suchst das Büchlein.«

»Ich wüsste nicht, was dich das angeht.«

Ich packte ein Messer und ging damit in die Speisekammer, wo Kartons voller Maisstärke und Mehlsäcke aus Stoff in den Regalen standen. Als ich einen Sack aufschlitzte, ergoss sich eine Mehllawine auf den Boden.

Euphemia folgte mir. »Ich weiß, dass du Militärgeheimnisse des Nordens an Jubal Smalls weitergibst, Anne-May.«

Eiskalte Furcht ergriff mich. »Du warst wohl wieder an Fergus' Opiumvorräten, was?«

»Wie oft hast du Jemma mit diesem Buch in die Stadt geschickt? Dümmer hättest du dich gar nicht anstellen können.«

»Tja, unser Bruder wurde zufällig von den Yankees umgebracht, und ich räche seinen Tod. Wenn du ihn je geliebt hättest, würdest du mir helfen, das Buch zu finden.«

»Du weißt, dass Verräter gehängt werden.«

Ich nahm jedes Behältnis aus den Regalen und kramte darin herum.

Euphemia kam näher. »Das ganze Nähkränzchen ist über dich und Jubal im Bilde. Schließlich lebt ihr eure Affäre schamlos vor den Augen seiner bedauernswerten Frau aus. Sie spielt mit dem Gedanken, dich anzuzeigen, Anne-May. Sie will sich an den Sheriff wenden. Du solltest dir überlegen, für eine Weile nach New Orleans zu Mutter zu fahren.«

»Vielleicht ist dir schon aufgefallen, dass wir uns im Krieg befinden. Es könnte gefährlich sein, im Land herumzureisen. Außerdem würde ich lieber sterben.«

Ich hob eine Dose mit Pfeilwurzelmehl aus dem Regal und

hebelte den Deckel ab. Darin entdeckte ich ein fein säuberlich gefaltetes Bündel Dollarscheine. »Nanu, was haben wir denn da, Euphemia? Sally Smith, dieses hinterlistige Miststück.«

»Das ist das Geld, das sie mit ihrem Gelee verdient hat.«

Ich nahm das Geld aus der Dose. »Da sie uns frech bestohlen hat, gehört das Geld von Rechts wegen mir.« Ich steckte die Scheine in die Kleidertasche. »Und ich weiß auch schon, was ich damit mache.«

Ich ging ins Esszimmer, wo das Porträt von Tante Tandy Rose hing, fasste es am Rahmen, hob es von der Wand und öffnete den Tresor. »Vielleicht muss ich ja Reggie in Washington besuchen.«

»Nein, Anne-May. Nicht nachdem er uns so im Stich gelassen hat.«

»Ich an seiner Stelle hätte *Maman* auch im Stich gelassen. Außerdem sollte man nett zu seinem Stiefvater sein, wenn diesem halb Washington gehört. Vielleicht hast du es ja noch nicht bemerkt, Euphemia, aber Geld ist etwas, das wir hier dringend gebrauchen könnten.«

Ich nahm den Diamantring ab, legte ihn in den Tresor, schloss diesen und hänge das Bild wieder auf.

»Fahr nicht hin, Anne-May. Er hat die halbe Bevölkerung von New Orleans um ihre Ersparnisse betrogen und die andere Hälfte verklagt. Willst du etwa allein reisen?«

»Tja, du wirst wohl nicht mitkommen wollen.«

»Du hast mich nicht gefragt. Außerdem muss ich hierbleiben und Fergus versorgen.«

»Tu bloß nicht so, als hättest du keinen Spaß daran, seinen Stumpf zu massieren, Schwesterchen. Mir wird allein von der Vorstellung ganz komisch.«

»Nach den Worten von Jeff Davies sollte man einen hinkenden Soldaten behandeln wie einen Adeligen. Als Sympathisantin des Südens würde es dir gut anstehen, das zu beherzigen.«

»Und wie sollte man *mich* behandeln?«

»Du warst nicht im Krieg, Anne-May.«

»Aber trotzdem habe ich alles verloren. Schau mich nur an. Meine Hände sind voller Sommersprossen. Seit Fergus uns gezwungen hat, auf dem Feld zu arbeiten, sehe ich zum Fürchten aus. Welcher Mann würde mich jetzt noch eines Blickes würdigen.«

»Reggie ganz bestimmt. Der Mann ist gefährlich, Schwester. Am besten nimmst du Sable mit und achtest darauf, nie mit ihm allein zu sein.«

»Sable würde mir bei der erstbesten Gelegenheit die Kehle durchschneiden. Außerdem bleibe ich nicht lang bei Reggie. Wenn ich das Buch finden will, muss ich Jemma in Hagerstown einen Besuch abstatten.«

»Weck keine schlafenden Hunde, Anne-May. Jemma wird das Buch niemandem zeigen. Schließlich ist sie Mittäterin.«

»Aber Jubal will es zurück, und ich werde mich erst sicher fühlen, wenn das verdammte Ding verbrannt ist. Also fahre ich sie suchen. Kümmere du dich um meine Katze. Jo mag dich sowieso lieber als mich.«

»Natürlich. Und was ist, wenn Jemma und Sally nicht mehr in Hagerstown sind? Wenn sie weiterverkauft wurden? Willst du ihnen vielleicht durchs ganze Land nachreisen? Wir haben Krieg.«

»Falls sie weitergezogen sind, habe ich einen Verdacht, wo sie stecken könnten. Celeste hat die Adresse dieser Leute in eines meiner Bücher geschrieben: Brevoort Place acht, New York City.«

Als ich am nächsten Tag alles für meine Abreise vorbereitete, traf ein knapp gehaltener Brief aus Hagerstown ein. Die Frau des Fotografen antwortete auf meine Anfrage, dass Jemma und Sally nicht mehr dort lebten. Also befahl ich Sable, meinen Koffer zu packen, um mich auf den direkten Weg nach Washington zu machen, meine erste Etappe auf der Reise nach New York.

Vor meinem Aufbruch suchte ich die Ambrosia Plantation auf, wo ich Jemmas Schwester Patience zwang, einen Brief an Jemma zu schreiben, in dem stand, wie sehr sie sie vermisste. Vielleicht würde der sich ja als hilfreich erweisen, um Jemma zurück zur Peeler Plantation zu locken.

Auf der Zugfahrt nach Washington trug ich eine Bluse in den Farben der Konföderiertenflagge, um die Yankee-Soldaten am Bahnhof zu verhöhnen. Doch die meisten lachten nur, überhäuften mich mit üblen Schmähungen, weil ich ohne Begleitung unterwegs war, oder zweifelten an meiner Sittsamkeit. Doch ich tat es für Harry, obwohl mein armer Bruder mir vermutlich nur schmunzelnd über den Arm gestrichen hätte. »Hör einfach nicht hin, Anne-May«, hätte er gesagt.

In Washington war es heiß wie in einem Backofen, und es wimmelte von Stechfliegen. Um den Gestank dieser Stadt abzuwehren, presste ich mir Jubals Taschentuch unter die Nase. Erst als der Kutscher mich vor dem Haus meines Stiefvaters in der K Street absetzte, atmete ich auf. Das Anwesen war ein vierstöckiges Ungetüm aus blauem Stein, das beinahe den gesamten Häuserblock einnahm. Davor standen die verschiedensten Kutschen aufgereiht am Straßenrand. Wie seltsam, jetzt, mitten im Sommer, eine Gesellschaft zu geben. Eigentlich fand die Saison ja im Herbst und im Frühling statt. Aber der Krieg hatte alles durcheinandergeworfen.

Allmählich wurde es dunkel, und die Laternenanzünder waren schon unterwegs, als ich aus der Kutsche stieg. Der Kutscher warf meinen Lederkoffer vom Bock zu mir hinunter, sodass dieser in einer Pfütze landete und mein seidener Rock mit Schlamm bespritzt wurde. Er stieß einen Pfiff aus. »Tolle Hütte. Hotel?«

»Privathaus«, entgegnete ich.

Nachdem ich meinen Koffer aus dem Morast geborgen hatte, raffte ich den Rock und stieg die Vortreppe hinauf. Die schwarz lackierte Tür glänzte derart, dass ich mich darin spiegeln konnte, und ich bewunderte meine schmale Taille und die Blumentopfhaube, die Jemma für mich gemacht hatte. Die blauen Bänder aus französischem Satin schmeichelten meinen Augen.

Ich läutete. Es war dunstig und dämmerte. Beim Warten zerschmolz ich fast in der Hitze. Die Südstaatenflagge über der Tür hing beinahe reglos am Mast.

Die Tür öffnete sich, und ich stand vor einem weißen Diener, der eine enge schwarze Jacke trug. »Kann ich Ihnen behilflich sein?«

Ich nickte. »Ich bin Anne-May Watson und möchte meinen Stiefvater Reginald Stickman besuchen.«

»Er ist beschäftigt, Miss. Kommen Sie morgen wieder.« Als er die Tür schließen wollte, schwang ich rasch meinen Koffer dazwischen.

»Dann rufen Sie seine Frau Melody.«

»Mr. Stickman hat Gäste, Miss. Die beiden möchten nicht gestört werden. Wollen Sie vielleicht eine Nachricht hinterlassen?«

»Ja, und sie lautet wie folgt: Richten Sie ihr aus, ich sähe mich gezwungen, so lautstark gegen diese Unverschämtheit zu protestieren, dass alle ehrenwerten Nachbarn aufgeschreckt werden, falls sie nicht auf der Stelle an die Tür kommt.«

Der Butler verbeugte sich. »Wenn Sie so freundlich wären, hier zu warten.«

Während er die Tür schloss, förderte ich meinen Fächer zutage, um für ein wenig frische Luft zu sorgen. Wie immer hatte Reggie sich ein Filetgrundstück gesichert, das direkt an einen gut gepflegten Park angrenzte. Seit er *Maman* verlassen hatte, liefen die Geschäfte von Stickman Industries offenbar ausgezeichnet. Unser bedauernswerter Daddy war zwar ein erfolgreicher Kaufmann gewesen, hätte Reggie jedoch nicht das Wasser reichen können. Ganz sicher lag Fergus mit seinem Verdacht falsch, er habe unser ganzes Geld verspekuliert. Die Investitionen, die Reggie in Fergus' Namen getätigt hatte, hatten sich gewiss als äußerst profitabel erwiesen.

Die Tür öffnete sich, und kühle Luft wehte mir entgegen, als Melody erschien. »Was willst du, Anne-May?«

Die arme Melody. Sie war vom Baum der Hässlichkeit gefallen und auf dem Weg nach unten an jedem einzelnen Ast hängen geblieben. Ihre Nase war so groß wie eine Rübe, was der Mittelscheitel nur noch betonte. Allerdings hatte Reggie vermutlich kein Problem damit, ihr unscheinbares Äußeres zu übersehen, schließlich gehörte ihrem Vater die zweite Hälfte von Washington, und hübschere Gespielinnen ließen sich jederzeit anderweitig finden. Melody beharrte darauf, langweilige Pastelltöne zu tragen, die ihre fahle Haut noch blasser wirken ließen. Zu ihrem Glück war sie so klug, auf die schlichten Kameen und die zartrosafarbenen Schmuckstücke, die derzeit in Mode waren, zu verzichten: Der glitzernde Zwanzigkaräter an ihrer Kehle lenkte ausgezeichnet von ihrem Gesicht ab.

Ich klappte den Fächer zu und steckte ihn wieder in

meinen Ärmel. »Na, das ist aber eine schöne Begrüßung, Melody.«

Sie verschränkte die Hände vor dem Leib. »Du kannst nicht einfach unangemeldet bei anständigen Leuten hereinschneien, Anne-May.«

»Ich brauche nur ein Bett für eine Nacht. Morgen fahre ich weiter nach New York.«

Sie reckte den Hals und blickte in beide Richtungen die Straße hinunter. »Dann komm rein.«

Ich folgte Melody, eine Symphonie in Malvenrosa, den kühlen Flur entlang und durch einen etwa einen halben Hektar großen Saal mit Parkettboden. Wir kamen an Salons vorbei, die mit weiß und goldfarben lackierten Möbeln ausgestatteten waren, die Polster aus scharlachrotem und blauem Satin. Die Vorhänge bestanden aus zarter Spitze. Durch die geschlossene Tür eines Esszimmers drangen Gläserklirren und das Lachen von Gästen.

An der Hintertreppe blieb sie stehen. »Sämtliche Honoratioren von Washington, mit Ausnahme von Lincoln selbst, sind hier. Senatoren. Und Reporter, die über alles berichten.«

»Offenbar verhilft ein sechs Millionen Dollar schweres und mit Kriegsgewinnen hochgepäppeltes Unternehmen deinem Mann zu einem großen Freundeskreis.«

Melody trat einen Schritt auf mich zu. »Da du im Moment auf die Gastfreundschaft dieses Mannes angewiesen bist, solltest du aufpassen, was du sagst, Anne-May. Wegen der Gesellschaft sind alle Gästezimmer belegt. Aber du kannst dir ja eines im dritten Stock mit Bridget teilen. Waschen musst du dich allerdings auf dem Flur.«

»Du bist ja so gut zu mir.«

»Jackson zeigt dir den Weg. Ich wäre dir dankbar, wenn

du dein Abendessen auf deinem Zimmer einnehmen könntest. Wirst du gleich morgen früh abreisen?«

Ich lächelte. »Selbstverständlich, Melody. Nie würde ich auch nur im Traum daran denken, mich aufzudrängen.«

Man führte mich in das Dienstbotenzimmer, nur eingerichtet mit einem durchgelegenen Bett und einem rissigen Spiegel über dem Waschtisch.

»Schlafen Sie gut«, sagte Jackson und verließ mit einer Verbeugung den Raum.

Ich stellte meinen Koffer aufs Bett, packte aus und machte mich an die Arbeit. Ich hatte nämlich nicht die Absicht, so bald schlafen zu gehen.

Kapitel 31

GEORGY

Gettysburg, Pennsylvania
Juli 1863

Als ich zurück zu dem Zelt hastete, wo Mutter wartete, kam ich an einer Reihe von Pflegern vorbei, die auf Krankentragen neue Verletzte brachten. Der Anblick des armen jungen Soldaten hatte mir einen schweren Schlag versetzt. Da sein Gesicht so schrecklich entstellt war, hatte ich ihn im ersten Moment für meinen Bruder gehalten. Doch die fragliche Taschenuhr trug die Initialen des Sohnes einer anderen bedauernswerten Mutter.

Mutter kam mir entgegengelaufen.

»Oh, Georgy, mein Kind. Mr. Olmsted hat eine Nachricht für uns hinterlassen. Offenbar hat es eine tragische Verwechslung gegeben. Charley wurde zwar verwundet, aber es ist nur eine Handverletzung.«

»Seine lädierte Hand?«

»Ja, wenn man den Nachrichten glauben kann. Eine einfache Fleischwunde und leicht zu behandeln. Mr. Olmsted wollte sich in seinem Brief nur erkundigen, ob wir grundsätzlich vorhätten, nach Gettysburg zu kommen. Und wir haben daraus geschlossen, dass Charley schwer verwundet ist.«

Mir fiel ein gewaltiger Stein vom Herzen. »Wie dumm von uns, Mutter.«

Sie beugte sich vor. »Allerdings ist Charley inzwischen mit seinem neuen Regiment weiter nach Süden gezogen. Olmsted hat noch einmal geschrieben und bittet uns, hierzubleiben und Dienst als Krankenschwestern zu leisten, da der Strom der Verwundeten nicht abreißt. Man errichtet unter der Leitung von Dr. Letterman gerade ein größeres Lazarett auf der anderen Seite der Straße, ein Stück den Hügel hinauf. Wir sollen uns erst einmal hier eine Unterkunft suchen und später in die Stadt übersiedeln. Ist das alles nicht schrecklich verwirrend?«

Ich nickte. Vor lauter Erleichterung, weil Charley nichts geschehen war, hatte es mir die Sprache verschlagen.

Mutter hakte mich unter. »Frank Bacon war gerade in Washington, wo er von der Sache mit Charley erfuhr, und ist jetzt ebenfalls hier. Gleich kommt ein Wachmann, der uns für heute Nacht ein Zelt anweist. Wir sollen versuchen zu schlafen, denn es heißt, dass sich morgen wieder das Tor zur Hölle auftut.«

Es dämmerte, als Mutter und ich am nächsten Morgen vom Wecksignal aus dem Schlaf gerissen wurden, und so machten wir uns daran, unser neues Zuhause zu erkunden. Rasch stellten wir fest, dass die Züge zweimal täglich unsere kleine Stadt aus weißen Zelten verließen und verwundete Soldaten vom Eisenbahndepot in die Krankenhäuser des Nordens brachten. Jeden Tag trafen lange Schlangen von Krankenwagen mit frisch Verwundeten an Bord ein, und zwar häufig zu spät für den letzten Zug und ohne dass die Army Vorkehrungen für die Männer getroffen hätte. Unsere Aufgabe war es, diese armen Teufel über Nacht zu betreuen, sie mit Essen und Kleidung zu versorgen und ihnen Medikamente zu verabreichen. Außerdem mussten wir die neu ankommenden Waggons vom Kuhdung befreien, frisches Stroh streuen und uns darum kümmern, dass die Männer wohlbehalten den Zug erreichten.

In der Ferne hallte gedämpfter Kanonendonner, als Mutter und ich zwischen den zwanzig in Reihen angeordneten Zelten hindurchgingen. Direkt nebenan befand sich ein provisorisches Eisenbahndepot, das aus einem schlichten weißen Schuppen neben einem grob gezimmerten Bahnsteig bestand. In den kleineren Zelten lagen die Verwundeten, in den größeren wohnten die Ärzte, die dort auch Notoperationen durchführten.

Mutter und ich entdeckten das Küchenzelt, wo es einen Herd und Kessel für die Suppe gab, welche die Grundlage der meisten Mahlzeiten bildete. Einige Männer waren eigens fürs Brotbacken und Suppekochen sowie für das Braten von Fleisch und Gemüse abgestellt.

Als wir wahllos eines der Zelte betraten, stellten wir fest, dass es völlig überfüllt war. Die Luft war zum Schneiden, und über allem lag der Geruch von Krankheit. Die Patienten mussten sich zu zweit oder zu dritt ein Feldbett teilen. In einer Ecke saßen ein paar verwundete Südstaatensoldaten in ihren nussbraunen Uniformen aus grobem Baumwollstoff auf dem mit Stroh bedeckten Boden.

Pfleger trugen Verwundete aus den Krankenwagen herbei, wo sie, zu benommen, um etwas wahrzunehmen, zwischen den Toten verharrt hatten. Einige waren in Brust oder Unterleib getroffen worden oder hatten zerschmetterte oder fehlende Gliedmaßen. Ich sah die verschiedensten grauenhaften Gesichtsverletzungen. Oft konnte man das Alter der Patienten kaum schätzen, denn ihre Gesichter waren vom Schießpulver geschwärzt. Im Zelt selbst lagen so viele schmutzige Zeitungen, ausgekaute Tabakprieme und benutzte Blechteller herum, dass wir gar nicht wussten, wo wir anfangen sollten.

Zwei Ärzte in marineblauen Uniformen mit golden abgesetzten Epauletten machten gerade Visite und wählten hastig diejenigen aus, die operiert werden sollten. Ich näherte mich ihnen von hinten.

»Verzeihen Sie, Herr Doktor. Frederick Olmsted hat uns gebeten, Ihnen hier zur Hand zu gehen. Ich habe bereits Soldaten gepflegt, und zwar im …«

Der Arzt drehte sich um. »Lassen Sie mich raten. Im Patent Office Hospital in Washington. Seitdem verfolge ich Ihren so genannten Werdegang, Miss Woolsey.«

Beim Anblick seiner versteinerten Miene schwand der letzte Rest Zuversicht, den ich mir über den Vormittag gerettet hatte.

Ich wich zurück. »Mutter, darf ich dir Dr. Compton vorstellen? Er gehörte dem Ausschuss an, der die Bewerberinnen für den Schwesternlehrgang geprüft hat.«

»Ach, da sind noch mehr der wohltätigen Engel. Sehr erfreut, Mrs. Woolsey. Ich kenne Ihre Tochter recht gut. Sie hielt sich offenbar für schlauer als wir Ärzte und hat uns darüber belehrt, welches Schreibgerät wohl das korrekte für das Ausfüllen der Bewerbung sei. Habe ich recht?«

Mutter nickte. »Es ist mir ein Vergnügen, Dr. Compton. Meiner Erfahrung nach haben beratungsresistente Menschen eine kleine Belehrung durchaus nötig.«

»So gern ich weiter mit Ihnen plaudern würde, so bin ich doch allein für sechshundert verwundete Männer zuständig. Machen Sie sich nützlich und kümmern Sie sich um diese Zeltreihe. Verpflegung, Wäschewechsel …«

»Wir kennen unsere Pflichten, Herr Doktor.«

»Also dann, Beeilung. Machen Sie es diesen armen Teufeln so angenehm wie möglich. Und vergessen Sie nicht, dass Sie jeden Moment ins OP-Zelt gerufen werden können.«

»Warum werden die Männer dort in der Ecke nicht versorgt?«, fragte ich.

»Kriegsgefangene«, erwiderte er mit einer wegwerfenden Handbewegung. »Wir haben nicht die Zeit, auch noch Konföderierte zu verarzten.«

»Schreibt das Kriegsvölkerrecht nicht vor, dass kein Unterschied zwischen Soldaten der Konföderierten und der Union gemacht werden darf, Herr Doktor?«, entgegnete ich.

»Wir werden sie behandeln, nachdem unsere eigenen Soldaten versorgt sind. Die meisten sind sowieso nicht mehr zu retten, wie zum Beispiel der mit dem brandigen Bein. Fortgeschrittene Sepsis. Also sparen Sie sich das wenige, was Sie tun können, für die Fälle auf, in denen noch Hoffnung besteht, Miss Woolsey. Außerdem sollten Sie sich nicht in Dinge einmischen, die nicht zu Ihren Aufgaben gehören.«

Dr. Compton eilte davon.

»Willkommen in der US-Army, Mutter.«

»Lass dich nicht beirren, mein Kind, und halte an deinen Überzeugungen fest. Denn wie Dr. Compton uns gerade so eindringlich bewiesen hat, hat das Wissen keinen schlimmeren Feind als die Ignoranz.«

Mutter und ich nahmen die Hauben ab und machten uns an die Arbeit. Um uns herum starben die Männer wie die Fliegen, und uns fehlte die Zeit, auch nur ein freundliches Wort an jemanden zu richten. Herbeigerufen von flehenden Bitten nach Milchpunsch und zerkleinertem Eis, hasteten wir zwischen den Zelten hin und her – wobei die Ärzte uns das

Eis sogar vorenthielten, weil sie es für ihre schwersten Fälle aufsparten.

Mutter legte sich mächtig ins Zeug. Sie lauschte den Klagen der Soldaten, hielt ihnen die Hand, fütterte sie und verteilte Kleidung und mit Kölnischwasser benetzte Taschentücher, bis alle sie nur noch Mutter nannten. »Bitte kommen Sie, Mutter.« »Hier ist der Eimer, Mutter.« »Ist Mutter nicht eine wundervolle Frau?«

Während ich die selbst gekochte Kraftbrühe in bereitgestellte Becher schöpfte, wandte Mutter sich den konföderierten Soldaten zu. Sie wies einen Pfleger an, ihr Stroh zu wechseln, und trieb einige saubere Hemden auf, die sie an die zerlumpten Rebellen ausgab.

Bald hatte sie sich mit dem jungen Lieutenant angefreundet, auf dessen Verletzung Dr. Compton vorhin angespielt hatte. Der arme Mann lag auf dem Boden. Man hatte ihm das Hosenbein abgeschnitten. Das Bein selbst war grauenhaft entzündet, die Haut blauschwarz verfärbt. Mutter fühlte ihm die Stirn.

»Bring mir ein gekühltes Handtuch, Georgy. Ihm ist schrecklich heiß.«

Der Soldat war kaum älter als ein Junge. Er hatte ein frisches, unschuldiges Gesicht, strahlend blaue Augen, und seine Haare waren so blond, dass jedes Mädchen in Neuengland stolz darauf gewesen wäre.

»Henry Rauch, Ma'am. Vierzehnte South Carolina Volunteers. Mein Vater ist lutheranischer Pastor in South Carolina.«

»Und Ihre Mutter?«

»Sie starb, als ich sechs war. Sie klingen ein bisschen wie sie.«

Mutter tätschelte ihm die Hand. »Ich bin in Virginia aufgewachsen, kann also sein, dass man mir das noch anhört. Möchten Sie eine Kleinigkeit essen?«

Nachdem Mutter einem Pfleger ein Kissen abgeschwatzt und dem Soldaten gebracht hatte, reichte sie ihm ein Schälchen Haferbrei.

Ich nahm Mutter beiseite. »Du darfst keinen Patienten bevorzugen. Außerdem hast du den Arzt ja gehört. Er ist ein hoffnungsloser Fall. Wir müssen uns um die kümmern, die eine Chance haben zu überleben.«

»Mir ist klar, dass du eine erfahrene Krankenschwester bist, Georgeanna, aber ich mache das auf meine Weise.« Sie wandte sich wieder ihrem Patienten zu.

»Danke, Ma'am, danke«, stieß Henry überschwänglich hervor. »Das war ein gutes Abendessen. Wäre es zu viel verlangt, wenn ich Sie bitten würde, mir etwas vorzulesen? Ich weiß, dass Sie hier viele von Ihren eigenen Jungs haben, die Sie versorgen müssen.«

»Für mich sind Sie alle amerikanische Söhne, Lieutenant Rauch. Mein eigener Junge kämpft irgendwo südlich von hier, und ich hoffe, dass eine Krankenschwester aus den Südstaaten ihn ebenso gut behandeln würde.«

Mutter half mir beim Verteilen der Tabletts mit dem Abendessen. Sobald unsere Schutzbefohlenen ruhig und gesättigt waren, kehrte sie immer wieder an Henrys Seite zurück, um ihm Abschnitte aus dem Buch vorzulesen, das sie bei sich hatte: *Die Führung des Lebens* von Ralph Waldo Emerson. *»Wenn es etwas zu tun gibt, wird die Welt auch wissen, wie man es tut.«*

»Was hat Emerson über das Sterben gesagt?«, fragte Henry.

»Nun, er sagte: *Tu das, wovor du dich fürchtest, und deine Furcht wird sterben.*«

Henry schwieg einen Moment. »Heißt das, dass man sich vor dem Tod nicht fürchten, sondern ihn einfach kommen lassen soll?«

»Wahrscheinlich.«

Der Regen prasselte aufs Zeltdach. Nachdem Lieutenant Rauch eingeschlafen war, absolvierten wir unsere Runde, brachten den Männern, die von Dr. Compton auf Diät gesetzt worden waren, ihr Essen, wechselten Verbände und machten es den Patienten so angenehm wie möglich. Unterdessen wurde Henry schwächer. Er rief abwechselnd Zeilen aus Gebeten und militärische Befehle, und während er immer tiefer in der Dunkelheit versank, kehrten Lektionen aus seiner Kindheit zurück.

Plötzlich kam ein Soldat der Südstaaten hereingehastet. Er hatte einen bandagierten Arm, und seine graue Uniform wies vom Regen dunkle Flecken auf. Er kniete sich neben den Verwundeten.

»Henry«, sagte er.

Als er keine Antwort erhielt, wandte er sich an Mutter. »Er ist mein älterer Bruder. Ich bin Jacob Rauch, Ma'am, Gefreiter in der South Carolina Company B und sitze als Gefangener im Zelt nebenan.«

»Henry hat vermutlich nicht mehr viel Zeit«, erwiderte Mutter. »Möchten Sie hier bei ihm bleiben?«

Wir breiteten frisches Stroh an Henrys Seite aus, damit sein Bruder sich dazulegen konnte. Jacob verbrachte den restlichen Tag bei uns, und als es Abend wurde, knieten Mutter und ich uns neben Henry. Sie hielt seine Hand, als es mit ihm zu Ende ging.

Leider kam Dr. Compton ausgerechnet in diesem Moment herein. »Wir brauchen Schwestern im OP-Zelt.« Er winkte uns heran. »Warum nicht Sie beide?«

Mutter richtete sich auf. »Wie Sie sehen, trösten wir gerade einen Sterbenden.«

Dr. Compton trat auf mich zu. »Sie vergeuden wertvolle Zeit und Arbeitskraft an einen feindlichen Soldaten, während Soldaten der US-Army Hilfe brauchen.«

Mutter straffte die Schultern. »Dr. Compton, wir werden uns um Ihr Anliegen kümmern, sobald dieser junge Mann uns nicht mehr nötig hat.«

Ich klopfte mir das Stroh vom Rock. »Ich assistiere Ihnen, Herr Doktor.«

Während Dr. Compton davoneilte, drehte Mutter sich wieder zu Henry Rauch um.

»Es tut mir leid, dass ich Ihnen solche Schwierigkeiten mache, Ma'am«, entschuldigte sich Jacob.

Mutter lächelte ihn an. »Jetzt ist nur wichtig, dass Sie sich richtig von Ihrem Bruder verabschieden. Ganz sicher wird der große Kreisel der Zeit dafür sorgen, dass auch unser Dr. Compton eines Tages die Quittung erhält.«

Als Henry Rauch tot war, ließen wir einen Sarg kommen und betteten seinen Leichnam hinein. Sein verwundeter Bruder verbrachte die Nacht an die hölzerne Kiste gelehnt. Mutter nickte nur hin und wieder ein und kam jeder Bitte um Hilfe umgehend nach. Unterdessen assistierte ich fast bis zum Morgengrauen am Operationstisch und meldete mich anschließend wieder im Zelt.

Als es hell wurde und in der Ferne leiser Kanonendonner einsetzte, hatten wir beide kaum geschlafen. Die Gefangenen erhielten ihren Marschbefehl, was hieß, dass der trauernde Bruder sich seinen Kameraden anschließen musste, allerdings nicht, ohne sich von Mutter und mir zu verabschieden.

»Danke, dass Sie sich so gut um Henry gekümmert haben.« Er entfernte das Abzeichen mit Palme und Halbmond – das Emblem von North Carolina – von der Mütze seines toten Bruders und zupfte ihm einen Knopf vom Rock. »Ich habe nicht viel, Ma'am, aber ich möchte mich für Ihre Fürsorge bedanken.«

Mit Tränen in den Augen drückte sich Mutter die Andenken gegen die Brust, als wären es kostbare Juwelen. »Ich schreibe Ihrem Vater und teile ihm mit, dass Henry als tapferer Soldat gestorben ist. Als amerikanischer Held.«

Als das Dröhnen der Kanonen im Laufe des Vormittags zunahm, wurden unsere Patienten immer unruhiger. Mutter, die aus härterem Holz geschnitzt war als wir gewöhnlichen Sterblichen, kam auch ohne Schlaf ausgezeichnet zurecht. Im Schatten einiger an einer Schnur zum Dörren aufgehängten Kabeljaue saß sie auf einer Kiste und schrieb einen Brief an den Vater von Henry Rauch. Gerade hatte ich begonnen, Milch in verkorkten Fläschchen an die allmählich erwachenden Männer zu verteilen, als Frank Bacon die Zeltklappe zurückschlug und eintrat.

Auf seinem Weg durch die Feldbetten blieb er immer wieder bei dem einen oder anderen Patienten stehen, um ihn aufzumuntern oder eine Schlinge oder Bandage zurechtzurücken, bis er zu guter Letzt, hochgewachsen und mit ernster Miene, vor mir aufragte. Er hatte ein kleines Gefolge im Schlepptau.

Als ich ihn beim Näherkommen beobachtete, dachte ich, dass Mary wie immer recht gehabt hatte: Ich hatte ihn, sein gütiges Gesicht und seinen aufmerksamen Blick vermisst. Er hatte seine Arzttasche bei sich. Der Kragen seines weißen Hemdes stand offen, und die aufgekrempelten Ärmel ließen gebräunte Arme sehen. Selbst angesichts von so viel Leid und Tod verbreitete er Zuversicht. Wie hatte er es nur geschafft, sich an diesem schrecklichen Ort so ordentlich zu rasieren?

Ich lief ihm entgegen und streckte die Hand aus. »Wie wundervoll, dass Sie hier sind, Frank.«

Kurz berührte er meine Hand. »Die Freude ist ganz auf meiner Seite. Wir haben draußen auf dem Verbandsplatz gearbeitet.«

»Ich habe Ihnen so viel zu erzählen. Seit unserem letzten Gespräch habe ich viel über mögliche gemeinsame Projekte nachgedacht.«

Nathan, den ich bereits in Washington kennengelernt hatte, gesellte sich zu Frank.

»Sie erinnern sich doch sicher noch an Nathan?«, meinte Frank.

»Natürlich.« Mein Handschlag kam von Herzen. »Wir freuen uns sehr, Sie wiederzusehen.«

Frank drehte sich um und zog Bethada sanft am Arm nach vorn. Sie trug ein weinrotes Kleid mit reizenden offenen Pagodenärmeln, deren Herstellung äußerst aufwendig war. Auf dem Kopf hatte sie eine Löffelhaube, ganz ähnlich wie die, die ich in *Godey's Lady's Book* bewundert hatte.

»Und an Bethada erinnern Sie sich gewiss auch noch.«

Mutter erschien, um Frank zu begrüßen. »Danke, dass Sie gleich gekommen sind, als Sie von Charley erfuhren.«

»Zum Glück konnte ich ihn vor seinem Aufbruch sehen. Er musste im Gefecht eine Nachricht überbringen und hat sich eine oberflächliche Wunde am Handgelenk zugezogen. Aber bald ist er wieder ganz der Alte. Er hat sogar gewitzelt, er habe wohl Talent dafür, alle seine Verletzungen auf eine Hand zu beschränken.«

Bethada zwängte sich zwischen Mutter und Frank. »Ich

habe auch meinen Teil beigetragen. Einige Ärzte haben wohlwollende Bemerkungen über meine Fähigkeiten beim Anlegen eines Wundverbands gemacht.«

Frank nestelte an seiner Arzttasche herum. »Wir drei bleiben einige Tage. Es scheint mir falsch, dass wir abreisen, solange hier die Hölle los ist.«

Bethada förderte ein Taschentuch zutage, das sie sich an die Nase hielt. »Alles hat geklappt wie am Schnürchen. Da Mutter Geburtstag hatte, war ich gerade in Washington und habe die Feier nicht verpasst.«

»Wäre auch ein Jammer gewesen, auf die Torte zu verzichten«, merkte ich an.

Mutter warf mir einen warnenden Blick zu.

»Macht Ihnen die Luft zu schaffen, Miss Barnett?«, erkundigte ich mich.

»Oh, nein. Es ist nur ein wenig stickig hier drin.«

Als Frank Bethada am Arm fasste, um sie zu stützen, fing sich das Licht in dem neuen Silberarmband an ihrem Handgelenk.

»Wir wurden dieser Zeltgasse zugeteilt«, erklärte Frank. »Für heute rechnen wir mit weiteren Verwundeten.« Er wandte sich an Nathan. »Wir müssen draußen einen zusätzlichen Operationssaal einrichten.«

Nathan richtete sich auf. »Schon erledigt, Herr Doktor.«

Im nächsten Moment wurde die Zeltklappe aufgerissen, und zwei Pfleger brachten einen Mann auf einer Trage herein. Dr. Compton folgte ihnen.

»Verwundeter vom Cemetery Hill«, verkündete einer der Pfleger. »Er braucht sofort ärztliche Hilfe.«

Frank untersuchte den Mann, dessen Gesicht geschwärzt von Blut und Pulverdampf war. »Bereiten Sie ihn für die Operation vor, Nathan.«

Als weitere Pfleger mit Tragen erschienen, lagerten wir die Patienten in die wenigen freien Feldbetten oder Strohhaufen auf dem Boden um.

Mutter und ich trugen einen farbigen Jungen zu einem Feldbett.

»Wahrscheinlich lag er bereits seit gestern auf dem Schlachtfeld«, sagte Frank. »Wer weiß, wie lange er schon bewusstlos ist. Ein Trommler, nach der Uniform zu urteilen. Die werden auch immer jünger.«

Als ich den Ärmel des Trommlers an der Schulter aufriss, war eine scheußliche Wunde zu sehen. »Schulterverletzung.«

Dr. Compton warf einen Blick auf ihn. »Die weißen Soldaten zuerst.«

»Ohne Behandlung stirbt dieser Junge«, wandte ich ein. »Er hat kaum noch Puls.«

»Weitermachen, Miss Woolsey.«

Frank trat an meine Seite. »Versorgen Sie die Kopfwunde draußen, Compton. Ich kümmere mich um den da.«

Während Dr. Compton hinausstürmte, bereiteten Mutter und ich den Jungen für den Eingriff vor. Er war besinnungslos, und sein Mund stand leicht offen. Seine geschlossenen Augen hatten lange Wimpern. Als ich ihm noch einmal den Puls fühlte, war er wieder schwächer geworden.

»Wir müssen uns beeilen, Frank.«

Bethada näherte sich dem Jungen. »Vielleicht hat Dr. Compton recht. Soldaten sollten Vorrang haben.«

»Sie meinen wohl *weiße* Soldaten?«, entgegnete ich. »Dieser Junge hat zusammen mit den anderen gekämpft und es genauso verdient, am Leben zu bleiben.«

»Schaffen Sie Platz«, befahl Frank. »Wir operieren hier an Ort und Stelle. Und ziehen Sie ihm die schmutzigen Sachen aus. Falls er aufwacht, geben Sie ihm Chloroform, Bethada.

Mrs. Woolsey, Sie achten auf seinen Puls. Georgy, könnten Sie mir assistieren?«

»Aber ...«, wollte Bethada protestieren.

»Selbstverständlich«, antwortete ich.

Nathan brachte zwei Eimer mit Seifenwasser, um das Operationsbesteck zu reinigen, wie Frank es in den Krankenhäusern Frankreichs gelernt hatte.

Frank hievte einen der Eimer auf den Tisch. »Helfen Sie mir beim Spülen, Georgy?«

Während Nathan einen Operationstisch aufbaute und Franks Apotheke, einen Holzkoffer voll mit den verschiedensten Arzneifläschchen, hereinholte, breitete ich ein frisches Handtuch aus, um alle gereinigten Skalpelle, Geschosszieher und Aderpressen darauf anzuordnen.

Ich nahm eine Verbandsschere aus Franks Tasche. »Schnell, Mutter, hilf mir, dem Jungen die Hose vom Leib zu schneiden.«

Sie spannte den Stoff an, damit ich den Saum an der Innenseite der Oberschenkel auftrennen konnte. Bald waren Leinenhose und Unterhose beseitigt. Mutter und ich rissen vor Staunen die Augen auf.

Mutter zerrte sich das Umschlagtuch von den Schultern und drapierte es über dem Unterleib des Trommlers.

Ich wandte mich an Frank. »Dr. Bacon, ich fürchte, unser Trommlerjunge ist ein Trommlermädchen.«

Kapitel 32

JEMMA

Gettysburg, Pennsylvania
Juli 1863

Als ich von Lärm und Geschrei aufgeschreckt wurde, glaubte ich im ersten Moment, ich sei noch auf dem Schlachtfeld. Mit schmerzendem Kopf sah ich mich im Zelt um. Rings um mich herum lagen Sterbende, einige waren ganz still, andere verbrachten ihre letzten Momente weinend oder betend. Soldaten hasteten herein, brüllten Anweisungen und brachten Tote und Lebende auf Tragen oder schafften sie wieder fort. Der Mann im Bett neben mir stimmte, laut wie der Prediger am Sonntag, ein Kirchenlied an, das mitten im Vers in ein Gurgeln überging. Sie trugen ihn weg und legten einen stillen Menschen auf seinen Platz.

In der Ferne donnerten noch immer die Kanonen, als ich versuchte, mich aufzusetzen. Ein Schmerz schoss mir durch die Schulter. Man hatte mir den Ärmel abgeschnitten und meinen Oberarm so fest verbunden, dass ich ihn nicht rühren konnte. Wenn Sally hier gewesen wäre, hätte sie mich mit Kermesbeere und Opiumblättern behandelt.

Raymond. War er auch hier?

Als ich nach links schaute, fiel mein Blick auf einen Toten, dessen Augen und Mund weit offen standen. Die Fliegen hatten ihre Freude an ihm. Gegenüber von mir sah ich einen Mann, dem der gesamte untere Teil des Beins fehlte, wie bei Mister Watson.

Die Matratze war weich, und trotz des Radaus schlief ich für kurze Zeit ein. Beim Aufwachen stellte ich erschrocken fest, dass eine grauhaarige weiße Dame sich über mich beugte.

Sie legte eine warme Hand auf meine. »Wie heißt du denn, mein Kind?«

Ich riss meine Hand weg, denn angsterfüllte Gedanken stürmten auf mich ein. Sie hatten mir den Ärmel meines Uniformhemds abgeschnitten. Würde man mich deshalb bestrafen? Würden sie dem alten Fotografen und seiner Frau sagen, wo sie mich abholen konnten? Oder Anne-May? Deshalb schwieg ich.

Eine zweite Dame erschien. Sie war jünger und trug ihr dunkles Haar zurückgekämmt und mit einem Netz zusammengefasst.

»Du hattest eine Schusswunde im Oberarm«, erklärte sie mir. »Es war eine schwere Verletzung, die operiert werden musste, um deine Schulter zu retten. Dr. Bacon hat den Eingriff durchgeführt.«

Ich lächelte. Ein Arzt, der Bacon hieß – Speck. Offenbar verstand sie das als Bitte um etwas Essbares, denn sie stellte ein Metalltablett neben mir ab. Der Blechtasse darauf entstieg der Geruch von Rinderbrühe. Ich drehte den Kopf weg.

»Noch keinen Appetit?«, erkundigte sich die ältere Dame.

Die jüngere setzte sich neben mich auf eine Packkiste. »Du brauchst keine Angst zu haben. Wir kennen dein Geheimnis, und es ist bei uns sicher.«

Welches Geheimnis meinte sie? Wenn ich mich richtig erinnerte, hatte ich mindestens drei.

Die ältere Dame holte eine zweite Packkiste und nahm neben der anderen Platz. Als sie sich vorbeugte, stieg mir der Geruch von Talkumpuder in die Nase, wie Tante Tandy Rose es benutzt hatte.

»Du bist ein sehr tapferes Mädchen«, sagte sie leise und verschwörerisch. »So einfach in den Krieg zu ziehen.«

Die Hände auf dem Schoß verschränkt, starrten die beiden mich an.

Ich blickte hinauf zur weißen Zeltdecke.

Die Ältere lehnte sich wieder über mich. »Mein Name ist Mrs. Charles Woolsey. Sagt dir das etwas?«

Ich schüttelte den Kopf.

Sie musterte mich eindringlich. »Brevoort Place acht?«

Beim bloßen Gedanken an Celeste traten mir Tränen in die Augen. »Die Visitenkarte.«

Mrs. Woolsey setzte sich auf die Bettkante. »Meine Tochter Georgeanna und ich sind Krankenschwestern und müssen über die Habe jedes Soldaten Buch führen. So haben wir die Karte bei dir gefunden. Darf ich fragen, woher du sie hast?«

»Meine Freundin.«

»Sie hat sie dir gegeben?«

Ich nickte. »Ihr Name war Celeste. Früher hieß sie Sukey.«

Mrs. Woolsey fuhr hoch und sah Georgeanna an. »Das Mädchen, das in Charleston verkauft wurde. Die Wege des Herrn sind unergründlich.«

»Ich habe sie nicht gestohlen. Celeste sagte, sie hätte sie von ihrer Ma. Die hat ihr erzählt, sie hätte eine Freundin in New York, falls sie es jemals dorthin schaffen sollte.«

»Natürlich«, erwiderte Georgeanna. »Wir glauben dir. Es

war nur so eine Überraschung, Mutters Karte bei dir zu finden. Wahrscheinlich war es Schicksal, dass wir einander begegnen sollten.«

»Die Karte hat Celeste sehr viel bedeutet. Sie hat sie mir gegeben, bevor sie starb.«

»Ich möchte nicht aufdringlich sein, aber wie ist sie denn gestorben?«, fragte Georgeanna.

»LeBaron Caruthers. Er hat sie umgebracht.«

»Und wer ist das?«

»Der Aufseher auf der Peeler Plantation.«

»Und du heißt?«

Ich wandte den Blick ab.

Mrs. Woolsey legte ihre warme, weiche Hand auf meine. »Bei uns bist du in Sicherheit, mein Kind.«

»Jemma, Missis.«

»Jemma und wie weiter?«

»Nur Jemma. Ich bin Eigentum von Miss Anne-May Wilson Watson von der Peeler Plantation in der Nähe von Hollywood, Maryland.«

»Also wurdest du befreit?«

»Nein, Ma'am. Mister Watson hat mich an Mr. Swift in Hagerstown, Pennsylvania, verkauft.«

»Und wie kommst du hierher?«

»Major Ellis vom Vierzehnten Connecticut Regiment hat mich in die US-Army eingezogen.«

Mrs. Woolsey schien den Tränen nah. »Du hast ja Schreckliches durchgemacht.«

»Ich bin mit meiner Großmutter Sally Smith hier. Wir sind nicht richtig blutsverwandt, aber fast. Als wir auf den Hügel marschiert sind, habe ich sie im Lager zurückgelassen. Ich muss zurück und sie holen.«

Georgeanna lüpfte meinen Verband und spähte darunter.

»Deine Wunde heilt ziemlich gut. Vermutlich hast du das deiner Jugend zu verdanken. Aber du brauchst jetzt Ruhe. Bald darfst du zu deiner Sally Smith. Wir werden jemanden schicken, der sie sucht. Im Moment musst du dich erholen und etwas essen.«

Georgeanna brachte mir ein neues Tablett mit einer weichen gelben Serviette und einer Porzellanschale voller Hühnersuppe, mit der sie mich fütterte. Jeder Löffel voll schmeckte besser als der letzte, und dazu gab es von beiden Seiten gebuttertes Weißbrot mit Marmelade.

Anschließend schlief ich wieder ein und träumte von Ma und meiner Schwester Patience. Gemeinsam schwammen sie durch einen Fluss, an dessen anderem Ufer Sally und ich warteten. Sie hatte die Arme weit ausgestreckt.

Irgendwann hatte ich genug geschlafen. Ich bastelte mir aus zwei der gelben Servietten eine Schlinge und stand auf. Mrs. Woolsey und Georgeanna waren sehr besorgt um mich und wollten, dass ich liegen blieb. Doch es gab so viel zu tun, und da einige Soldaten im Stroh lagen und nach Wasser riefen, fand ich, dass sie mein Bett besser für jemand anderen verwenden sollten. Außerdem wollte ich zu Sally Smith und dachte mir, dass ich dieses Ziel wohl am ehesten erreichen würde, wenn ich mich nützlich machte.

Miss Georgeanna brachte mir ein Herrenhemd und eine zu einem hübschen kleinen Viereck gefaltete weiße Schürze. »Hier sind ein sauberes Hemd und die kleinste Schürze, die ich auftreiben konnte. Außerdem eine neue Hose. Schuhe in deiner Größe habe ich noch immer nicht gefunden. Lass dir beim Umziehen helfen.«

Als sie mir das Hemd aufknöpfen wollte, wich ich zurück. »Nein.«

Miss Georgeanna lächelte. »Natürlich genierst du dich. Wir halten ein Laken als Sichtschutz für dich hoch, Jemma.«

Sie und ihre Mutter spannten ein großes weißes Tuch um mein Feldbett. Ich öffnete mein einarmiges Hemd, legte es ordentlich gefaltet auf das Bett und schlüpfte in das saubere, das so weit war, dass es mir von den Schultern rutschen würde, wenn ich nicht aufpasste. Es war weich und scheuerte nicht an den nicht ganz verheilten Striemen von Mrs. Swifts letzten Peitschenhieben. Anschließend zog ich die Hose an und band mir die Schürze um.

Dann griff ich mit der heilen Hand nach einem Holzeimer und ging zu Miss Georgeanna. »Ich kann Wasser holen.«

»Nur wenn du dich nicht überanstrengst.«

Ein hochgewachsener Mann, der so schwarz war wie ich, gesellte sich zu uns. Er war etwa fünf Jahre älter als ich und trug wie die Soldaten eine blaue Uniform mit funkelnden Knöpfen. Sein Gesicht konnte ich nicht richtig erkennen, weil er mich von oben herab betrachtete, aber er hatte die hübschesten Augen, die mir je bei einem Mann, ganz gleich ob farbig oder weiß, untergekommen waren: so grün wie ein Sassafrasbaum im Herbst. Ich starrte ihn an und zermarterte mir das Hirn danach, wo ich diese Augen schon einmal gesehen hatte.

»Das ist Nathan«, sagte Miss Georgeanna zu mir und wandte sich dann an ihn. »Wären Sie so nett, unsere Jemma zum Brunnen zu begleiten?«

Er würdigte mich kaum eines Blickes. »Gern«, erwiderte er und marschierte sofort los, sodass ich hinterherhasten musste.

»Kommt so schnell wie möglich zurück!«, rief Georgeanna uns nach. »Es sollen sich noch Scharfschützen in der Gegend herumtreiben. In den Wäldern wimmelt es von Rebellen.«

»Ja, Miss Georgeanna!«, antwortete ich.

Als wir aus dem Zelt traten, atmete ich zuerst einmal tief durch. Was für ein wohltuender Unterschied zu der abgestandenen Luft dort drinnen. Unser Zelt war größer als die anderen, und ich schaute zurück zu den Eisenbahngleisen, wo viele kleinere Zelte aufgereiht standen.

Nathan schlug die entgegengesetzte Richtung ein und wies auf den Waldrand. »Der Brunnen ist da hinten.«

Ich folgte ihm durch das hohe Gras. Der Holzeimer schlug mir gegen die Hüfte. Im Gras wimmelte es von Wildpflanzen und Blumen, zwischen denen Schmetterlinge hin und her flatterten. Was für ein schönes Fleckchen Erde, wenn der Wind nicht die Schreie der Sterbenden und den Geruch des Todes herangeweht hätte.

Ich blickte zurück zu der kleinen Stadt, die in der Hitze zu flirren schien. Der weiße Kirchturm stand noch, und ich hoffte, dass Sally Smith dort auf mich wartete.

»Wahrscheinlich könnten sie hier ein größeres Krankenhaus gebrauchen«, stellte ich fest, als wir weitergingen.

»Dr. Bacon sagt, es würde auf der Wolf Farm dort drüben auf der anderen Straßenseite eines eingerichtet. Ein Lazarett mit einer Grundfläche von etwa dreißig Hektar. Sie wollen es Camp Letterman nennen, nach Dr. Letterman, der dort der Chef ist.«

Ich wedelte eine Hummel weg. »Dreißig Hektar sind nicht so viel. Die Plantage, von der ich komme, Peeler, hatte fast vierzig.«

Er drehte sich um und kehrte zu mir zurück. »Peeler? Ich habe in Hollywood gewohnt. Ich war Lehrling bei Dr. Gardener.«

Ich blieb ruckartig stehen. »Gehörst du zu denen, die nach seinem Tod freigelassen wurden?«

Daher also kannte ich Nathan. Ich hatte ihn vor langer Zeit hin und wieder in der Kirche getroffen.

Zum ersten Mal sah er mich richtig an. Doch schon im nächsten Moment zuckte er die Achseln und ging weiter. »Ich erinnere mich nicht an dich.«

Ich bückte mich nach einer Kermesbeerenranke. »Ich mich auch nicht an dich.«

»Ich habe nur zwei Jahre dort gelebt.«

Wir setzten unseren Weg fort. Die Sonne brannte vom Himmel, und ich hielt hin und wieder inne, um Pflanzen zu pflücken, mit denen man den Patienten vielleicht helfen konnte. Ich fasste die Kräuter und die stacheligen violetten Klettenblüten zu einem Strauß zusammen. Leuchtend grüner Teufelsdreck. Giftlattich.

Nathan marschierte weiter. »Beeil dich ein bisschen. Ich werde im OP gebraucht.«

»Bist du Arzt?«

»Mehr oder weniger. Ich bin Dr. Bacons Assistent.«

»Dann bist du sicher sehr klug.«

Er zog ein Malzbonbon aus der Tasche und verspeiste es direkt aus dem Einwickelpapier. Der Geruch von Sassafras wehte zu mir hinüber und löste Magenknurren aus.

»Klug genug, um zu wissen, dass du dich nicht von diesen weißen Damen rumkommandieren lassen solltest.«

Ich richtete mich auf. »Was soll das?«

»Die Woolseys sind gute Menschen. Trotzdem musst du auf der Hut sein. Ich habe gehört, wie sie dir Vorschriften machen wollten. Außerdem nennen sie dich ›unsere Jemma‹. Bald werden sie dich anweisen, die Bettpfannen zu leeren, und das ist nicht besser, als Baumwolle zu pflücken. Auch wenn sie noch so sehr die Moralkeule schwingen und die Sklaverei abschaffen wollen, hat ihr Pa sein Geld mit Zucker verdient. Ich habe belauscht, wie jemand das Dr. Bacon erzählt hat. So etwas würde ich als Heuchelei bezeichnen. Also sei vorsichtig.«

Ich bückte mich, zupfte eine Pfefferminzpflanze mit Wurzel aus, hielt sie mir an die Nase und schnupperte den frischen Duft. »Du hast leicht reden. Du bist frei. Master Watson hat mich von meiner Ma getrennt und mich an einen verrückten Alten verkauft, der Fotos von toten Menschen macht. Und dabei hatte er gar nicht das Recht dazu, weil ich nicht ihm gehört habe. Also bin ich vermutlich noch das Eigentum von Anne-May.«

»Das heißt nicht, dass du keine eigene Meinung haben darfst. Wirst du denn nie böse? Anmerken tut man dir jedenfalls nichts, du verziehst keine Miene.«

»Anne-May hielt eben nicht viel davon, wenn jemand außer ihr eine Meinung hatte.«

»Ich erinnere mich nicht an sie.«

»Ich glaube, sie kam erst, nachdem du schon weg warst.«

Schließlich erreichten wir ein silbernes Rohr am Waldrand, auf das eine rote Pumpe montiert war.

»Ich spare ein wenig Geld, damit ich meinen Schulabschluss machen kann«, erklärte Nathan. »In Brooklyn. An der African Free School in Williamsburg.«

»Ist das in der Nähe von New York City?«

»Gleich am anderen Flussufer. Man muss mit dem Boot fahren.«

»Ich wollte schon immer nach New York. Wie ist es denn dort? Da gibt es keine Sklaverei, richtig? Stimmt es, dass alles alt und heruntergekommen ist, weil niemand die Sachen in Ordnung hält?«

Endlich lächelte Nathan, wobei ich feststellte, dass er sehr schöne Zähne hatte. »Was bringt dich denn auf diese

Idee? New York City ist die tollste Stadt, die ich je gesehen habe. Prachtvolle Gebäude. Läden und Museen. Du solltest dir mal die Schule anschauen, an der ich Botanik studieren werde.«

»Botanik, was soll denn das sein?«

»Die Lehre von den Pflanzen. Ich will nämlich irgendwann den Boden bestellen.«

Als Nathan die Pumpe betätigte, strömte frisches Wasser heraus.

Ich hielt meinen Eimer unter den Strahl. »Wenn ich erst einmal frei bin, will ich Hüte machen.«

Er kniete sich neben mich. »Alles fängt damit an, dass du dich wie ein freier Mensch verhältst. Kein ›Nein, Sir, ja, Missis‹ mehr. Vertritt deinen Standpunkt. Ansonsten bist du nicht besser als die dummen Sklaven, die keinen eigenen Gedanken fassen können.«

»Willst du wirklich wissen, was ich denke?« Ich schöpfte das kühle Wasser mit der Hand und schüttete es ihm über den Rücken.

Er richtete sich auf, zog mir lachend das Hemd aus der Hose und machte mir ebenfalls den Rücken nass. Im nächsten Moment wich er zurück, als wäre ihm der Leibhaftige begegnet.

»Was ist los?«, fragte ich.

»Das weißt du genau.«

Ich raffte mein Hemd am Kragen zusammen. »Hast du noch nie den Rücken eines Mädchens gesehen?«

»Natürlich schon. Aber keinen, der so schlimm aussah.«

»Hat Dr. Gardener dich denn nie geschlagen?«

»Nein, kein einziges Mal.«

Als ich die Achseln zuckte, fingen nicht nur meine Striemen, sondern auch die Schulter an zu schmerzen. Ich zupfte etwas von dem Giftlattich ab und legte mir das seidenweiche, süß schmeckende Blatt unter die Zunge. »So war es eben. Außerdem haben sie meinen Pa umgebracht.«

Ich wandte mich zum Gehen.

Nathan folgte mir. »Lass mich das tragen«, sagte er und nahm mir den Eimer ab. »Warum findest du dich mit so etwas ab, Jemma? Was die dir angetan haben, war eine Sünde.«

»Und was soll ich bitte schön dagegen tun?«

»Den Mund aufmachen. Halb New York befürwortet noch immer die Sklaverei. Halt der Welt einen Spiegel vor. Ich habe einen Freund, der bei einer Zeitung arbeitet.«

»Ich bin so müde vom Wütendsein, Nathan. Ich will nur noch meine Ma und meine Schwester nachholen und mit ihnen irgendwohin gehen, wo wir uns auf etwas freuen können. Vielleicht bekommen wir eine bezahlte Arbeit.«

»Es würde anderen Menschen helfen, wenn du etwas sagen würdest.«

Ich ging weiter den Hügel hinunter. »Lass mich bitte in Ruhe, Nathan. Ich will mich einfach in Luft auflösen.«

Kapitel 33

ANNE-MAY

Washington, D. C.
Juli 1863

Schließlich fand ich Melodys Schlafzimmer. Jedenfalls war ich wegen der rosafarbenen Tapeten und des malvenfarbenen Samtsofas sicher, dass es ihres war. Es war so weit wie möglich von Reggies entfernt, vermutlich auf seinen Wunsch hin, damit er seine derzeitige Favoritin ungestört in seinen Gemächern empfangen konnte.

Als ich am Himmelbett mit seinem gerüschten Baldachin aus pfirsichfarbener Seide vorbeischlenderte, musste ich mich beherrschen, um mich nicht auf der mit Satin bezogenen Daunendecke zu wälzen. Beim Öffnen des Schrankes stieß ich auf unzählige Kleider, alle mit dem Etikett von Willian, dem elegantesten Modehaus der ganzen Pennsylvania Avenue.

Ich nahm mir ein cremefarbenes Seidenkleid, das ich mit meinen Spitzenmanschetten kombinierte. Ich hatte sie im Dienstbotenwaschbecken auf dem Flur ausgewaschen und vor dem Mansardenfenster getrocknet. Melody war zwar um die Taille dicker als ich, doch ein braunes Samtband als Gürtel wertete das Kleid beträchtlich auf. Es war nicht leicht, mich auf der Dienstbotentoilette herzurichten, doch mit Bridgets Hilfe gelang es mir, mein Haar zu zwei hübschen Korkenzieherlocken aufzudrehen, die mein Gesicht vorteilhaft umrahmten.

Gegen Abend war die Feier im vollen Schwung. In allen Räumen des Erdgeschosses wimmelte es von Herren im Frack und Damen in Abendkleidern, eines reizender als das andere. Das Defilee französischer Mode, von smaragdgrünen Orchideen auf weißer Seide bis rubinroten Rosen auf cremefarbenem Grund, lenkte mich von meiner Misere ab. Im Vorbeigehen schnappte ich Gesprächsfetzen auf, zum Großteil euphorische Lobreden auf die Siege der US-Army in Gettysburg. Doch nichts konnte mir die Freude daran verderben, mich inmitten so vieler eleganter Gäste zu bewegen. Samt und Seide streiften meine Haut, und der berauschende Duft der Herren und Damen stieg mir in die Nase.

Ich entdeckte Reggie neben dem Kamin, wo er, umringt von einem Halbkreis aus wohlhabend wirkenden Männern und Frauen, die alle an seinen Lippen hingen, Hof hielt.

»Ich weiß aus sicherer Quelle, dass der alte Rebellengeneral Lee sich bei Gettysburg verschätzt hat«, verkündete er und schwenkte ein Glas Rotwein. »Unsere Jungs haben seinen Generalmajor Pickett am Cemetery Ridge zum Teufel gejagt.«

Ein rotgesichtiger Mann beugte sich vor. »Wo haben Sie nur die vielen Kriegsnachrichten her, Reggie?«

»Die Reporter erstatten zuerst mir Bericht. Sie sagen, Lincoln habe während der Schlacht von Gettysburg praktisch im Telegrafenamt gewohnt. Man hat mir eine Kopie seiner öffentlichen Verlautbarung zugesandt, noch ehe diese die Zeitungsredaktionen erreichte.« Reggie zog ein Blatt Papier aus der Westentasche und las vor.

»Der Präsident gibt bekannt, dass sich die Army of the Potomac bis zum jetzigen Zeitpunkt, dem Monatsdritten um zweiundzwanzig Uhr, ehrenhaft um unser Land verdient gemacht und einen großen Erfolg für die Union errungen hat. Er übermittelt zudem Beileidswünsche an die Angehörigen aller gefallenen Helden. In diesem Zusammenhang äußert er insbesondere den Wunsch, dass überall Gott des Herrn gedacht werde, dessen Wille im Gegensatz zu unserem stets geschieht. Wir wollen in tiefster Dankbarkeit zu ihm beten.«

»Endlich ein wichtiger Sieg der Union«, meinte eine rothaarige Frau. »Lincoln schreibt zwar blumige Reden, aber angeblich soll er ja vor Wut schäumen, weil Lee so glimpflich davongekommen ist. Wir hätten ihn zur Strecke bringen und den Krieg gleich an Ort und Stelle beenden sollen.«

Reggie lächelte. »Das kommt schon noch.« Beim Vorbeugen spähte er der Dame in den Ausschnitt. »Denken Sie an meine Worte. Diese Schlacht wird die Wendung bringen.«

Ich gesellte mich in den Kreis, zupfte mein eigenes Dekolleté hinunter, richtete mich kerzengerade auf und wartete darauf, dass Reggie mich bemerkte.

»Anne-May? Komm zu mir, mein Schatz. Was bist du doch für ein niedliches Zuckerpüppchen! Ich möchte Ihnen meine älteste Stieftochter vorstellen. Etwas Hübscheres findet man nur selten, oder?« Er küsste mir die Hand, wobei seine Lippen ein wenig zu lang auf meiner Haut verharrten.

Ich zog die Hand weg. »Schön, dich zu sehen, Reggie. Auf ein Wort, falls das möglich ist.«

»Natürlich, mein Kind.« Er legte mir eine Hand um die Taille. »Aber zuerst will ich dich mit einigen meiner Gäste bekannt machen. Hier hätten wir den berühmten Journalisten Martin Davies. Er schreibt für den *Washington Register.*«

Ich nickte dem Mann zu. »Sehr erfreut.«

Reggie schob mich zu der rothaarigen Frau hinüber. »Und das ist die berühmt-berüchtigte Mrs. Demorest, die Erfinderin des Imperial Dress Elevator, einer Hebevorrichtung für Reifröcke. Hast du davon schon einmal gehört?«

»Ja, aber ich habe noch nie einen selbst gesehen.«

Mrs. Demorest betätigte eine Schnur an ihrer Taille, worauf sich ihr Rock wie von Zauberhand hob.

»Die perfekte Lösung, wenn man eine schmutzige Straße überqueren will«, meinte sie. »Ihr Daddy hat eine Schublade voll davon, die ich ihm alle überlassen habe. Er soll Ihnen einen schenken. Und falls Sie je in New York sind, müssen Sie in meinen Laden kommen.«

»Vielleicht mache ich das ja wirklich. Sie müssen mir unbedingt verraten, wo die bessere Gesellschaft wohnt.«

»In der Fifth Avenue natürlich.«

»Kennen Sie den Brevoort Place? Ich habe gehört, dass er *très charmant* sein soll.«

»Oh, das ist er. Dort steht auch das Hotel Brevoort. In dieser Straße leben viele der angesehensten Familien. Die Lanfords, die Carsons, die Woolseys und die Keplers.«

»Die Woolseys, sagten Sie?«

»Eine alteingesessene Bostoner Familie. Stammt von der *Mayflower* ab.«

»Die Stammbäume alter Neuengland-Familien haben mich schon immer fasziniert. Schließlich steht in Boston die Wiege unserer Nation. Ist es denn eine große Familie?«

»Das Haus am Brevoort Place wird von einer Mrs. Charles Woolsey bewohnt. Einer Witwe mit sieben Töchtern und einem Sohn. Überzeugte Abolitionistin. Sie würde nicht einmal von Sklaven gepflückte Baumwolle kaufen.«

»Wie ehrenwert.«

»Ihr Schwager, Edward Woolsey, ist häufig geschäftlich hier in Washington. Ein sehr angenehmer Mann. Wenn Sie sich so für Geschichte interessieren, erzählt er Ihnen sicher gern etwas über die Vergangenheit seiner Familie. Melody kann Sie mit ihm bekannt machen.«

Reginald nahm mich beiseite. »Komm in mein Büro, Anne-May.«

»Ich unterhalte mich gerade, Reggie. Außerdem solltest du deine Gäste nicht vernachlässigen.«

Er zog an meinem Arm. »Ich wollte dir nur einen der Dress Elevator geben, von denen Mrs. Demorest gesprochen hat.«

Wir gingen in sein Büro, wo er die Tür hinter uns schloss. Der dicke Teppich schluckte die Geräusche der Feier. Das Büro war beinahe so groß wie Esszimmer und Küche auf der Peeler Plantation zusammen. Wände und Decke waren mit Walnussholz getäfelt. Die Fensterläden waren geschlossen. Wozu mochte wohl die Chaiselongue an der Wand dienen?

»Reggie, dürfte ich dich um etwas Schnupftabak bitten?«

»Seit wann nennst du mich nicht mehr Daddy?«

Ich bewunderte die silbernen Pokale auf dem Kaminsims. »Seit du *Maman* verlassen hast.«

Er umrundete seinen gewaltigen Schreibtisch, schloss eine Schublade auf und holte ein in braunes Papier gewickeltes Päckchen heraus, das er mir reichte. »Mach es auf.«

Ich steckte die Hand in die Verpackung. »Beehrst du damit deine Damenbekanntschaften? Was sagt Melody denn dazu?«

»Eigentlich habe ich es für sie gekauft, da Rosa ihre Lieblingsfarbe ist, doch ich möchte es gern dir schenken.«

Ich zog ein unbeschreiblich weiches, hellrosafarbenes Höschen heraus. Die Säume waren mit zarter Spitze eingefasst, an den nötigen Stellen war es offen. Beim bloßen

Anblick lief ich feuerrot an. »Wie hübsch. Das kann ich nicht annehmen, Reggie.«

Als ich ihm das Höschen zurückgeben wollte, weigerte er sich. »Du meinst wohl Daddy«, verbesserte er mich.

Ich strich mit dem Finger über die Spitze. »Es ist so lange her, dass ich so etwas Reizendes hatte, auch wenn es niemand zu Gesicht bekommen wird.«

Er trat näher und liebkoste ebenfalls die Seide. »Aber ich werde wissen, dass du es trägst, und kann es mir unter deinem Rock vorstellen.«

Ich wich zurück. »Ich brauche Geld, Reggie. Einen Vorschuss auf die Zinsen von Fergus' Anlagevermögen.«

Reggie zündete sich eine Zigarre an. »Oh, das liegt in Anleihen fest.«

»Kannst du nicht welche verkaufen?«

»Nicht jetzt. Es ist alles unten im Süden investiert. Wollen wir hoffen, dass der Krieg sich im Sinne der Südstaaten entwickelt, obwohl es angesichts der Ereignisse in Gettysburg schwarz für euch Watsons aussehen könnte.«

»Aber wir brauchen Geld, Reggie. Sicher hast du gehört, dass Harry im Kampf für den Süden gefallen ist. Und Fergus hat in derselben Schlacht ein Bein verloren. Deshalb hatten wir Schwierigkeiten mit der Tabakernte. Kann man denn gar nichts tun?«

Reggie lächelte. »Wenn du für deinen alten Reggie dieses niedliche Höschen anziehst, werden wir schauen, was sich machen lässt.«

Als die Stimmung gegen Mitternacht immer ausgelassener wurde, entfernte ich mich unauffällig von der Feier. Ich schlüpfte in den dritten Stock hinauf, um meinen Koffer zu holen. Dann kehrte ich in Melodys Schlafzimmer zurück.

Das seidene Höschen rieb sich an meinen Schenkeln. Ich hastete zu Melodys Frisiertisch, wo die Schmuckschatulle stand, und öffnete den Deckel, verziert mit einer von Troubadouren und Ziegen bevölkerten idyllischen Szene. Das mit grünem Samt bezogene Innere war erstaunlich mager bestückt und enthielt nur einige Ringe und ein billiges Armband. Ich nahm einen Ring mit einem rosafarbenen Turmalin und steckte ihn mir an den Finger.

Hinter mir ging die Tür auf. Ich drehte mich um. »Hallo, Melody.«

»Es war nur eine Frage der Zeit, bis ich dich hier oben beim Stehlen erwische, Anne-May. Auch wenn du heute sämtliche Geschwindigkeitsrekorde brichst. Pack auf der Stelle deine Sachen und verschwinde mit deinen fleckigen Zähnen und den schmutzigen Manschetten aus diesem Haus.«

Sie reichte mir ein zusammengefaltetes Bündel Geldscheine. »Ich gebe dir das hier. Dafür, dass du dich nie wieder hier blicken lässt. Ich sage Reggie, du seist nach Hause gerufen worden und hättest deshalb sofort abreisen müssen.«

Ich griff nach dem Geld und steckte es ein. »Wie viel ist es?«

»Zweihundert Dollar. Eigentlich viel zu viel für dich, aber ich würde dir raten, es zu nehmen.«

»Ein guter Anfang. Am besten setzt du dich jetzt erst mal, Melody. Es wird sich hier nämlich einiges ändern.«

Kapitel 34

GEORGY

Gettysburg, Pennsylvania
Juli 1863

In jener Nacht verstummten die großen Kanonen, und die Kämpfe in Gettysburg hörten auf. General Lee floh nach Virginia und ließ die Hälfte seiner Armee tot oder verwundet in unseren Händen zurück. Die US-Army hatte den Sieg errungen, auch wenn es sich kaum wie einer anfühlte.

Siebentausend Soldaten, Union und Konföderierte, lagen tot auf dem Schlachtfeld. Am nächsten Tag begann man mit der grausigen Aufgabe, sie zu bergen. In allen Gebäuden in und rings um die kleine Stadt waren Verwundete untergebracht, und unsere Zelte quollen über von Männern, welche die schlimmsten nur vorstellbaren Verletzungen davongetragen hatten. Viele schrien auch nach der höchstmöglichen Dosis Opium noch vor Schmerzen und flehten um Erlösung, die wir ihnen nicht bieten konnten.

Am Morgen legte ich eine kurze Pause ein. Ich nahm das Messingfernglas vom Haken im Zelt und ließ den Blick über das Schlachtfeld und die herumliegenden Leichen schweifen. Einige trugen das Blau der Union, andere das Nussbraun oder Grau der Konföderierten. Ich beobachtete den Verbandsplatz, der unter einem Baum eingerichtet war. Sanitäter brachten die Verwundeten auf Tragen dorthin. Ärzte verabreichten Arzneien aus einem Medikamentenwagen, der hinten offen stand und kleine Schubladen voller Heilmittel enthielt. Nahebei wartete ein Krankenwagen. Die Pferde, die ihn zogen, scharrten mit den Hufen im Gras. Ich stellte das Glas anders ein, um weiter sehen zu können, und bemerkte, dass einige Leute aus dem Städtchen die Leichen am Straßenrand aufreihten, um sie zu beerdigen.

Mutter trat neben mich.

»Kann ich dir den Brief vorlesen, den ich an den Vater von Henry Rauch geschrieben habe?«

»Natürlich«, erwiderte ich, und sie begann:

Sehr geehrter Mr. Rauch,
ich schreibe Ihnen, weil Sie vermutlich noch nicht über das Schicksal Ihres Sohnes Henry, Lieutenant bei den Vierzehnten South Carolina Volunteers, in Kenntnis gesetzt wurden. Meine Tochter und ich durften während der schrecklichen Schlacht Anfang Juli in Gettysburg vor Ort sein, einer Schlacht, die so viel Leid über unser ganzes Land gebracht hat. Unter den Hunderten von Kranken, Verwundeten und Sterbenden, die man in die Zelte der Sanitary Commission brachte, wo wir ihnen die bestmögliche Behandlung und Pflege angedeihen ließen, befand sich auch ein junger Lieutenant, Ihr Sohn. Obwohl er sehr geschwächt war, erholte er sich am ersten Nachmittag dank der Verpflegung und unserer Fürsorge so gut, dass wir sehr mit seinem Überleben rechneten. Wir kümmerten uns ununterbrochen um ihn und taten alles, was in unserer Macht stand. Dennoch verschlechterte sich sein Zustand über Nacht, und

am nächsten Morgen war klar, dass er uns verlassen würde.

Während Henry im Sterben lag, traf sein ebenfalls verwundeter Bruder ein, der in Kriegsgefangenschaft geraten war. Sicher ist es Ihnen und den anderen Angehörigen ein Trost, dass Ihr Sohn zwar unter der Obhut von Frauen aus den Nordstaaten starb, doch so viel Zuwendung erfuhr, wie er sie auch von seinen eigenen Brüdern erhalten hätte. Wir sind als Mitglieder der Sanitary Commission hier, um unseren leidenden Soldaten beizustehen. Und als man uns unsere »Feinde« brachte, hungrig, durstig und nackt, haben wir sie ernährt und gekleidet und ihnen zu trinken gegeben. Hoffentlich tröstet es Sie zu wissen, dass die sterblichen Überreste Ihres Sohnes in einen Sarg gebettet wurden und er ein christliches Begräbnis erhielt. Sein Grab wird von einem Kreuz gekennzeichnet, auf dem sein Name und sein Rang vermerkt sind. Ich würde mich freuen zu erfahren, ob Sie diesen Brief erhalten haben.

Jane Eliza Woolsey

»Meinst du, das tröstet Reverend Rauch?«, fragte Mutter.

Ich nickte. Was für eine gute Seele Mutter doch war. Schon nach wenigen Tagen hatte sie die verschiedensten Geschenke angesammelt. Abzeichen von Mützen und Jacken und außerdem Knöpfe, die alle von einem Talent zeugten, das mir fehlte: die Fähigkeit, dankbaren Sterbenden so liebevoll beizustehen.

»Es tröstet ihn ganz bestimmt, Mutter. Ja. Wie viele solcher Briefe willst du noch schreiben?«

»Jeder unserer gefallenen Jungen soll einen bekommen. Ganz gleich ob aus dem Norden oder aus dem Süden.«

In jener Nacht waren Betten in und rund um Gettysburg heiß begehrt. Wir schliefen, wann immer sich eine Gelegenheit dazu ergab. Während Frank, Nathan und Bethada bei einer Cousine von ihr übernachteten, kamen Mutter und Jemma in einem vor Kurzem von den Konföderierten aufgegebenen Farmhaus unter, das uns eine freundliche Frau zur Verfügung stellte. Ich erbot mich, das einsame Bett in der Pension einer alten Witwe zu nehmen, wo Krankenschwestern und Familien auf der Suche nach ihren Ehemännern und Söhnen Unterschlupf fanden.

»Wie viel bin ich Ihnen schuldig?«, fragte ich die Witwe.

»Die Sünde, von Ihnen Geld zu verlangen, möchte ich vor meinem Tod nicht auf mein Gewissen laden«, erwiderte sie. »Herrenbesuch ist allerdings verboten. Ich habe einen leichten Schlaf.«

Gerade hatte ich mich im zweiten Stock in einem Zimmer, kaum größer als eine Besenkammer, ins Bett gelegt, als ich am Fenster ein seltsames Poltern hörte. Erst vermutete ich, dass sich wohl ein Vogel verirrt hatte, doch das Geräusch wiederholte sich. Ich ging zum Fenster, schob es hoch und beugte mich hinaus. Unten in der Dunkelheit stand Dr. Compton. Gerade holte er wieder aus, um eine Verbandrolle zu werfen.

»Hören Sie sofort damit auf, Dr. Compton.«

Er hob den Finger an die Lippen. »Leise. Ich habe eine Nachricht für Sie.«

Ich eilte die schmale Treppe hinunter. Dr. Compton erwartete mich im Garten neben dem Haus, wo er gerade eine weiße Nelke mit Wurzel aus der Erde zog.

»Wahrscheinlich hassen Sie Nelken«, sagte er.

»Sie haben morgen jede Menge Patienten.«

Er überreichte mir die Blume. »Das Symbol eines Neuanfangs.«

»Sie sollten besser gehen, Herr Doktor.«

»Kennen Sie überhaupt meinen Vornamen?«

Ich schwieg.

Er geriet ins Schwanken und wäre beinahe gestürzt.

»Kommen Sie in die Küche. Sie stinken nach Whiskey.«

»Ich war nicht am Medizinschrank, Schwester. Ehrenwort.«

»Ich besorge Ihnen etwas Kaltes zu trinken, aber dann müssen Sie gehen. Hier schlafen zwanzig Gäste und eine sehr eigenwillige Witwe.«

Ich verfrachtete ihn auf einen Küchenstuhl und holte Limonade aus dem Eisschrank.

»Leonard.«

»Wer ist Leonard?«

»So heiße ich.«

Ich grinste. »Darauf wäre ich nie gekommen. Für mich waren Sie eher ein Harold.«

»Ist das für Sie der Name eines Schurken? Weil ich so ein übler Bösewicht bin?«

Als er den Kopf in die Hände stützte, kniete ich mich neben ihn und reichte ihm die Limonade. »Trinken Sie. Sie müssen nüchtern werden und dann wieder zurück ins Lager. Sie haben morgen in aller Frühe Dienst.«

»Wo ist Ihre Mutter?«

»Sie übernachtet mit Jemma in der Stadt.«

»Mrs. Woolsey ist eine gute Frau. Die Männer haben Hochachtung vor ihr.«

»Inzwischen hat sie schon eine ziemliche Sammlung an Dankesgeschenken.«

»Im Gegensatz zu Ihnen. Sie fassen die Männer kaum an. Es heißt, Sie würden ihnen nur das Gesicht schrubben, und das recht unsanft. Woran liegt das, Georgeanna? Sie sind mir ein Rätsel.« Er fuhr sich mit den Fingern durchs Haar. »Ich bewundere Sie. Sie sind überall gleichzeitig und machen Schlechtes wieder gut. Aus dem Nichts erscheinen Sie in einem Güterwaggon, eine Kanne Kraftbrühe in der Hand, und notieren sich alles in Ihr kleines Buch, um den Familien die schlechte Nachricht überbringen zu können.«

Ein seltsamer Ausdruck stand in Dr. Comptons Augen. Er griff nach meiner Hand und küsste sie, ohne die Lippen wieder wegzunehmen.

»Sie müssen jetzt gehen, Dr. Compton.«

Er ließ den Kopf hängen. »Ich muss gestehen, dass es mir wehtut, Sie anzusehen!«, rief er aus.

»Und warum das?«

Er schüttelte den Kopf. »Ich kann nicht ...«

»Vielleicht hilft es, wenn Sie darüber sprechen.«

»Meine Frau Lucy ...«

»Was ist mit ihr, Herr Doktor?«

Er blickte mich an. »Sie war siebzehn, als sie starb. Sie könnten ihre Schwester sein. Unsere Tochter Bess ist ihr gefolgt. Sie war sechs Monate alt. Ich habe mich in die Arbeit geflüchtet.«

»Das tut mir sehr leid, Leonard«, sagte ich und führte ihn zum Sofa im Salon.

»Dr. Bacons Anwesenheit macht es auch nicht besser. Stets behandelt er mich von oben herab und stellt meine fachlichen Entscheidungen in Frage.«

Ich schob ihn aufs Sofa. »Das ist eben typisch für Dr. Bacon.«

»Und außerdem lässt er Sie nicht aus den Augen.«

»Bitte, Dr. Compton. Sie sollten sich ausruhen.«

»Es stimmt. Und zwar trotz seiner Schwesternhelferin.

Sie sind es, die er anbetet. Und Sie erwidern offenbar seine Gefühle.«

Als Dr. Comptons Kopf auf die Sofalehne sank, faltete ich mein Umschlagtuch zusammen und legte es ihm unter. »Schlafen Sie.«

»Sie beide sind verdammte Narren.« Er schloss die Augen und schien wegzudämmern. »Die wahre Liebe begegnet einem nur einmal im Leben«, fügte er noch leise hinzu.

Ich beobachtete ihn beim Schlafen. Der arme Mann hatte Fürsorge genauso nötig wie unsere Patienten. Ich dachte noch eine Weile an seine Worte über mich und Frank.

Am nächsten Tag wurden immer mehr Verwundete eingeliefert, obwohl die Kampfhandlungen eigentlich zu Ende waren. Der Haufen von Armen und Beinen vor dem OP-Zelt wurde mit jedem Tag höher.

Wenn wir unsere Runde durch die Krankenzelte machten, um die drei ärztlich verordneten Mahlzeiten am Tag zu verteilen, schloss sich Jemma Mutter und mir unaufgefordert an. Dank Franks gelungener Operation heilte ihre Schulterverletzung ausgezeichnet, und Mutter fütterte sie mit Milchpunsch und Pudding, als ob ihr Lieblingspastor zu Gast wäre.

Jemma war ruhig, ohne verstockt zu sein, ging einfühlsam mit den Patienten um, war hilfsbereit und schien Schwierigkeiten zu erahnen, noch ehe sie auftraten. Und immer fand sie eine einfallsreiche Lösung. Obwohl sie nur selten über ihre Vergangenheit sprach, erwähnte sie doch ihre Ma und ihre Schwester und dass sie eines Tages nach Maryland zurückkehren wollte, um sie zu sich in den Norden zu holen. Mutter, die im Farmhaus das Zimmer mit Jemma teilte, erzählte mir, sie habe sie eines Morgens am Fußende des Bettes schlafend vorgefunden. Auf ihre Frage habe sie erwidert, sie sei aus Gewohnheit dort eingenickt, denn ihre Herrin in Maryland habe sie stets gezwungen, am Fußende zu schlafen. Mutter und ich wollten nicht neugierig sein und bedrängten sie nicht nach Einzelheiten. Doch da wir sie sehr ins Herz geschlossen hatten, hofften wir, dass sie mit uns nach New York zurückkehren würde, wenn wir Gettysburg verließen. Außerdem brauchte sie wegen ihrer Jugend Hilfe, um ihre Mutter und Schwester nachkommen zu lassen. Bis es so weit war, würde die Gesellschaft von tatkräftigen und wohlmeinenden Frauen Wunder bei ihr bewirken – und solche Frauen waren am Brevoort Place im Überfluss vorhanden.

Am Nachmittag verhielt Dr. Compton sich ausgesprochen mürrisch. Vermutlich hatte er den Alkohol der vorangegangenen Nacht noch in den Knochen. Dennoch war ich, als wir die Essensbestellungen ausfüllten, fest entschlossen, ihn aus seiner trüben Stimmung zu holen.

Ich hatte mir seine Blume in den Ärmel gesteckt. »Ich werde Ihre Nelke tragen, Leonard, und zwar als Zeichen der Freundschaft und Kollegialität.«

Er lächelte. »Wie nett von Ihnen, Georgy. Könnten wir heute Nachmittag zusammen die Medikamentenliste durchgehen?«

In diesem Moment kam Frank herein. Nathan folgte ihm auf den Fersen. »Dr. Compton, wir müssen los zum Verbandsplatz, um uns zu vergewissern, dass niemand zurückgelassen wurde, der noch zu retten ist.«

»Das kann nicht Ihr Ernst sein, Bacon. Wir haben ohnehin schon alle Hände voll zu tun. Außerdem treiben sich in den Wäldern Heckenschützen herum. Gerade erst hat man einen oben auf dem Berg erwischt, der ausgezeichnet mit dem Gewehr umgehen konnte. Auch Deserteure könnten noch ihr Unwesen treiben. Sollen doch die Sanitäter die letzten Verwundeten bergen.«

Während Dr. Compton hinauseilte, wandte Frank sich an mich. »Bethada hat mir erzählt, Sie hätten ihm bei den Operationen assistiert.«

»Schön zu wissen, dass sie Ihnen Bericht über mich erstattet.«

»Er macht Ihnen schöne Augen. Er schenkt Ihnen eine Nelke. Das alles nur, um mir eins auszuwischen.«

»Hatten Sie genug Schlaf, Dr. Bacon?«

»Sie tun es schon wieder. Sie nennen mich Dr. Bacon, während Sie ihn mit Leonard ansprechen.«

»Haben Sie Ihre Essensbestellungen ausgefüllt? Der Gefreite mit dem verdrahteten Kiefer verweigert den Milchpunsch. Angeblich erinnert der ihn an seine Ex-Frau.«

»Früher konnten Sie Dr. Compton nicht ausstehen, und jetzt lachen Sie plötzlich wie ein Dummerchen über seine albernen Witze. Außerdem überprüfen Sie gemeinsam die Medikamente.«

»Das liegt nur daran, dass ich ihn inzwischen besser verstehe, Frank. Er musste schwere familiäre Tragödien verkraften.«

»Bestimmt ist er ein guter Geschichtenerzähler.«

»Frank, ich weiß, dass unsere Gefühle füreinander sich nicht immer im Gleichtakt entwickelt haben. In Newport war ich bereit, unser Verhältnis neu zu überdenken, doch Sie hatten eine andere Damenbekanntschaft geschlossen. Und nun sind Sie mit Ihrer Mitarbeiterin hier. Dr. Compton und ich sind nur gute Freunde. Sie können es mir nicht zum Vorwurf machen, dass ich Freundschaften pflege, solange Sie das ebenfalls tun.«

»Wer sagt, dass Bethada und ich nicht auch nur Freunde sind?«

»Der Liebesanhänger. Und die Art, wie sie sich an Ihren Arm klammert.«

»Also suchen Sie seine Freundschaft, um es mir mit gleicher Münze heimzuzahlen? Bei Ihnen ändert sich die Stimmung von einem Tag zum anderen. Bethada ist wenigstens beständig.«

Frank packte seine Tasche.

»Gehen Sie nicht im Zorn, Frank.«

»Ich mache jetzt meine Arbeit und vergewissere mich, dass da draußen kein Soldat mehr liegt, der noch lebt und gerettet werden könnte.«

»Warten Sie, Frank. Sie haben Dr. Compton selbst gehört. Bleiben Sie hier, bis es nicht mehr so gefährlich ist.«

»Bereiten Sie die Instrumente im OP-Zelt vor. Und wenn ich zurück bin, brauche ich Ihre Unterstützung. Natürlich nur, falls Sie nicht zu sehr damit beschäftigt sind, Freundschaften zu pflegen.«

Bethada schloss sich mir und Jemma an, als wir unsere Nachmittagsrunden machten. Auf unerklärliche Weise gelang es ihr, immer wieder den Betrieb aufzuhalten, indem sie Albernheiten wie »Dieser Milchpunsch ist sauer« verkündete. Wenn wir sie baten, ein Tablett oder einen Becher zu holen, nahm sie jedes Mal einen Umweg und bewegte sich im Schneckentempo.

Die Hitze im Zelt sorgte dafür, dass die Wunden der Männer zu schwären begannen und alle rasch die Geduld verloren. Jemma und ich trugen einen Eimer mit frischem Wasser von Bett zu Bett und legten den dankbaren Männern kühle Kompressen auf die Stirn.

Später, nach meiner Runde, nahm ich das Fernglas vom Haken und trat aus dem Zelt. Als ich die Wälder auf der sanften Anhöhe über dem Lager musterte, konnte ich keine Scharfschützen entdecken. Ich kehrte ins Zelt zurück.

Ich kramte in einer Kiste mit noch zu verwendenden Dingen herum, bis ich auf ein Paar Stiefel stieß. Sie hatten einem Jungen aus Georgia gehört, der am Vortag gestorben war. Die Sohlen waren papierdünn abgewetzt, ansonsten schienen die Stiefel noch gut tragbar zu sein, weshalb ich sie Jemma anbot. »Die müssten dir passen.«

Sie nahm sie und drückte sie sich an die Brust. »Ich schlage zwar nicht gern einen Vorteil aus dem Unglück eines anderen Menschen, aber ich freue mich darüber.«

Wegen der Hitze schliefen die meisten unserer Patienten irgendwann ein. Der Nachmittag schleppte sich dahin, während ich auf und ab ging und auf Frank wartete. Bethada saß da und stopfte eine Socke.

»Warum haben Sie Dr. Bacon nicht aufs Schlachtfeld begleitet?«, fragte ich.

»Er fand es zu gefährlich. Das mag ich an Frank am liebsten. Er ist so rücksichtsvoll. Kein Wunder, dass er mich zu schätzen weiß. Ich erleichtere ihm die Visiten und reiche ihm stets das richtige Instrument, ohne dass er etwas zu sagen braucht.«

»Was für ein erstaunliches Talent, Bethada. Vielleicht sollten Sie es einmal mit Hellseherei versuchen.«

Jemma grinste.

»Sie sind wirklich urkomisch, Georgy«, erwiderte Bethada. »Frank bewundert Sie übrigens sehr. Schauen Sie nicht so überrascht. Für ihn sind Sie wie eine geliebte Schwester. Das brauchte er mir nicht eigens zu erklären. Ich erahne die leisesten Gefühlsregungen meiner Mitmenschen. Das ist eine Gabe.«

Bethada hielt das Stopfei hoch und untersuchte die Socke auf Löcher, indem sie sie hierhin und dorthin drehte. Nach einer Weile wurde mir klar, dass sie damit auf das silberne Armband an ihrem Handgelenk aufmerksam machen wollte, an dem eine winzige Silbermünze baumelte.

Ich trat auf sie zu und berührte die Münze. »Franks Liebespfand.«

»Ach, das? Er hat darauf bestanden, dass ich sie annehme. Es bedeutet ihm sehr viel, denn er betrachtet solche Pfänder als Symbole einer tiefen Zuneigung.«

»Ist das nicht reizend?«, antwortete ich.

»Möchten Sie sie sich aus der Nähe ansehen? Die Gravur ist wirklich gut gelungen.«

Ohne auf sie zu achten, nahm ich wieder das Fernglas vom Haken und trat aus dem Zelt, um die Anhöhe auf der anderen Seite der Straße und gegenüber vom Lager zu betrachten. Ich stieß mit dem Fuß nach einem Stein. Sollte Frank doch Liebespfänder verteilen, an wen er wollte. Schließlich hatte ich ihm einen Korb gegeben.

Ich hob das Fernglas und spähte vorbei an den Krankenwagen, die die Straße vor uns verstopften. Dann suchte ich das Schlachtfeld ab, bis ich Frank und Nathan auf dem Verbandsplatz entdeckte, wo sie gerade einen Krankenwagen auf den Weg schickten. Ich drehte an dem gezahnten Rädchen des Fernglases, um die beiden Männer schärfer im Blick zu haben.

Jemma erschien neben mir. »Was sehen Sie?«

»Frank und Nathan auf dem Verbandsplatz. Offenbar ist gerade ein Krankenwagen von dort losgefahren.«

»Wie weit ist es?«

»Mindestens ein Dreiviertelkilometer.«

Ich richtete das Glas auf den nahe gelegenen Berg,

bewegte es langsam den Waldboden entlang und hielt zwischen einer Reihe aus Hemlocktannen und Fichten Ausschau nach Scharfschützen.

»Ich sehe nur Bäume.«

Mein Blick wanderte weiter nach oben und dann wieder die Baumreihe entlang. Ein Schauder überlief mich, als ich bemerkte, dass sich dort etwas bewegte, und ich schaute genauer hin. Ich stellte das Fernglas noch einmal schärfer und erkannte einen jungen Mann, fast noch einen Jungen, der den üblichen Schlapphut der Konföderierten trug. Er saß, den Rücken an den Stamm gelehnt, im Geäst einer Fichte und hatte das Gewehr auf den Verbandsplatz gerichtet.

Ich griff nach Jemmas Hand. »Dort drüben in dem Baum.«

Das Gewehr des Jungen stieß eine graue Rauchwolke aus. Kurz darauf hörten wir einen Schuss knallen. Als ich wieder zum Verbandsplatz schaute, hatte sich Frank über Nathan gebeugt.

»Gütiger Himmel, Nathan wurde getroffen!«, rief ich aus.

Ich ließ das Fernglas fallen. Dann rannten Jemma und ich die Straße entlang, über eine Wiese und das Schlachtfeld zum Verbandsplatz. Wir kamen an Leichenbergen und toten Pferden vorbei. Wieder erklang ein Schuss von derselben Stelle im Wald her. Eine Abteilung Kavallerie steuerte auf die Rauchwolken zu.

Nachdem wir eine schiere Ewigkeit gerannt waren, erreichten wir den Verbandsplatz, wo Frank ausgestreckt auf einer Plane lag. Sein blutiges Hemd stand offen. Nathan kauerte neben ihm und drückte ihm mit einer locker verbundenen Hand eine dicke Mullkompresse auf die Seite.

Mir gefror das Blut in den Adern. »Frank?«

»Was machen Sie hier, Miss Woolsey?«, fragte Nathan.

Atemlos beugte ich mich vor. »Ich habe gesehen, wie es passiert ist. Man hat auf Sie geschossen.«

»Nur ein Streifschuss an der Hand. Derselbe Rebell hat Dr. Bacon an der Seite erwischt. Er ist bei Bewusstsein. Aber der Puls ist schwach, und seine Extremitäten sind kalt.«

»Wo ist der Krankenwagen?«

»Weg. Die Straßen sind verstopft. Wir schaffen es niemals rechtzeitig zurück.«

»Meine Tasche«, sagte Frank.

Sein Gesicht war aschfahl, und noch während ich zusah, wurde er immer blasser. Als Nathan die Kompresse anhob, kam eine scheußliche Eintrittswunde in Sicht, die er mit Jod desinfiziert hatte. Er hastete zu Franks Tasche hinüber.

Ich kniete mich neben Frank und drückte die Kompresse auf seine Wunde, die sich dicht unterhalb des Brustkorbs befand. »Frank, Sie dürfen mich nicht verlassen.«

Ihn so hilflos daliegen zu sehen löste meine Erstarrung.

Frank schaute mit glasigen Augen zu mir hoch. »Georgy. Gut, dass Sie hier sind.«

Ich strich ihm das Haar aus der Stirn. »Natürlich bin ich hier, Frank. Wie kann ich Ihnen helfen?«

Frank schloss die Augen.

»Bleiben Sie bei mir, Frank.« Ich massierte seinen Hals. »Sie dürfen jetzt nicht einschlafen, Frank. Hören Sie mir zu.«

Jemma nahm Franks Feldflasche, befeuchtete ihren Schürzenzipfel und betupfte seine Stirn mit Wasser.

Er schlug die Augen auf und sah mich an.

»Frank, Liebling, erinnern Sie sich noch daran, als wir Kinder waren und Sie im Ferienlager von einer Ulme gefallen sind und bewusstlos wurden? Ich habe Ihnen Limonade über den Kopf geschüttet, um Sie wiederzubeleben. Sie waren so wütend auf mich, weil Ihr Hals ganz klebrig war und die Ameisen angelockt hat.«

Frank lächelte zittrig.

Ich warf einen Blick auf den Mull, der inzwischen blutdurchtränkt war. Mir wurde eiskalt. »Was soll ich tun, Frank? Das Blut ...«

»Laut Nathan ist da eine Austrittswunde«, erwiderte Frank leise und versuchte, den Kopf zu heben. »Ein glatter Durchschuss. Er glaubt, die Kugel könnte eine Rippe touchiert haben, doch die Lunge ist offenbar unversehrt.« Frank ließ den Kopf zurücksinken, schloss die Augen und lag eine Weile reglos da. »Ihr müsst die Knochensplitter aus der Wunde entfernen, um einen Lungenriss zu verhindern, und dann weiter Druck auf die Wunde ausüben.«

»Aber Frank ...«

»Mit Kreuzstichen vernähen. Sie haben das schon hundertmal gesehen, Georgy.«

»Ich würde es mir nie verzeihen, wenn ich Sie auf diese Weise verlieren würde. Vielleicht sollten wir abwarten, bis die Blutung aufhört.«

Nathan kehrte mit Franks schwarzer Tasche zurück. »Wir müssen das Chloroform vorbereiten.«

»Seine Pupillen sind geweitet«, meinte ich. »Soll er zuerst Brandy bekommen?«

»Keine Zeit. Ich würde ja selbst operieren, aber ich kann meine Hand nicht richtig benutzen.«

»Wo sind die anderen Ärzte?«

»Mit dem Krankenwagen weggefahren«, antwortete Nathan.

Frank wies mit dem Kopf auf seine Tasche. »Nehmen Sie das Fingermesser und untersuchen Sie damit die Wunde.«

»Nein, Frank. Sie brauchen wenigstens Opium.«

»Wischen Sie es mit Brandy ab. Und suchen Sie das Kollodium heraus. Den kleinen Wundspreizer zuerst, und dann die Arterienklemme, um die Splitter zu entfernen ...«

Mit zitternden Händen kramte ich in Franks mit rotem Samt gefütterter Arzttasche, bis ich das Fingermesser entdeckt hatte. Dann holte ich tief Luft und untersuchte so vorsichtig wie möglich die Wunde.

Frank schrie vor Schmerz auf. »Oh, mein Gott!«

Ich hielt inne. »Bitte, Frank, ich schaffe es nicht, Ihnen wehzutun. Nehmen Sie Opium.«

Frank wedelte wegwerfend mit der Hand. »Nein, bitte machen Sie weiter.«

Wieder stocherte ich in der Wunde – und wieder schrie Frank auf.

»Chloroform, Jemma«, sagte ich. »Die weiße Flasche. Leg ihm den weißen Trichter über Mund und Nase und träufle es langsam hinein. Zuerst nur zwei Tropfen.«

Frank versuchte, Nathan am Arm zu packen. »Nehmen Sie Seidenfaden, kein Rosshaar.«

Nathan kniete sich neben Jemma, während diese das Chloroform verabreichte und den Trichter wegnahm. Frank schlief tief und fest. Er sah jung aus, wie er so, die Lippen leicht geöffnet, vor mir lag. Wie der Junge, den ich vor vielen Jahren im Ferienlager gekannt hatte. Wie sollte ich den Rest meines Lebens ohne ihn verbringen?

Rasch entfernte ich einige Knochenfragmente und vernähte mit Nathans Hilfe die Wunde. Dann trug ich Kollodiumsirup auf. Während wir auf einen Krankenwagen warteten, nähte ich die Wunde an Nathans Hand und kehrte dann an Franks Seite zurück, um seine schweren Atemzüge zu beobachten.

Frank erwachte, und sein Blick traf meinen. »Bleib, mein Engel«, murmelte er und schlief zum Glück wieder ein.

Ich richtete mich auf und fühlte ihm den Puls. *Bitte,* betete ich, *ich will nie wieder etwas verlangen, wenn er nur den nächsten Morgen erlebt.*

Kapitel 35

JEMMA

Gettysburg, Pennsylvania
Juli 1863

Am Nachmittag nachdem Georgy Dr. Bacon zusammengeflickt hatte, ging es ihm immer schlechter. Obwohl Nathan und ich die Hälfte aller Spinnweben, die wir in Gettysburg auftreiben konnten, auf die Wunde packten – ein Geheimrezept von Sally –, lag er weiterhin reglos im Bett. Seine Haut war so grau wie schmutziger Schnee, und sein Gesicht verzerrte sich immer wieder vor Schmerzen. Er war zu krank, um ihn in einen Transportzug nach Hause zu verladen. Es war schlimm, einen guten Menschen, der sich stets für andere aufopferte, so leiden zu sehen. So gern ich mich auch auf die Suche nach Sally Smith gemacht hätte, konnte ich einfach nicht gehen, solange Dr. Bacon krank war.

Dr. Compton kam, untersuchte die Wunde und meinte, es sei ein gutes Zeichen, dass der Eiter gelb war. Doch jeder, der Augen im Kopf hatte, konnte sehen, dass Dr. Bacon im Sterben lag.

Ich ging zu Georgy, die an seinem Bett wachte. Bethada saß an Dr. Bacons anderer Seite und schlief, wie wir anderen auch, im Sitzen, das Kinn auf die Faust gestützt.

»Miss Georgy, Sie haben die ganze Nacht nicht geschlafen«, sagte ich.

Ich hatte nur wenige Frauen erlebt, die so verliebt waren wie meine Ma oder Delly. Aber immer wenn Georgy Dr. Bacon sah, stand ihr ins Gesicht geschrieben, dass es sie schlimm erwischt hatte.

»Du auch nicht, Jemma. Kannst du einen Puls fühlen?«, erwiderte sie, ohne den Blick von Dr. Bacons Gesicht abzuwenden. »Taste mit zwei Fingern nach dem Herzschlag. So.« Sie berührte ihn vorsichtig seitlich am Hals. »Ich finde einfach keinen.«

Ich drückte zwei Finger an seinen Hals. »Ich glaube, ich spüre etwas. Schwach, aber es ist da, Ma'am. Darf ich Ihnen einen Vorschlag machen? Wir könnten es mit einigen alten Heilmitteln versuchen, die meine Familie in Maryland benutzt.«

Georgy blickte mich an. Sie hatte dunkle Augenringe. »Ich fürchte, es ist zu spät, Jemma.«

»Es hat gewirkt, als mein Pa sich den Arm aufgeschlitzt hat, weil er Bretter für einen Stuhl schneiden wollte. Sally schwört auf Klettenwurzeln und außerdem auf Teufelsdreck.«

Sie rieb sich die Augen. »Was für ein Dreck?«

Ich zuckte die Achseln. »Pflanzen eben. Sally sagt, dass wir überhaupt keine Ärzte brauchen. Der Garten heilt uns alle. Ich habe Kermesbeere auf meine Wunde getan, und sie haben ja gesehen, wie schnell die geheilt ist.«

Bethada erwachte und richtete sich auf. »Pflanzen? So ein Unsinn. Was bei Farbigen wirkt, muss bei uns noch lange nicht wirken. Dr. Compton wird ...«

Georgy stand auf. »Dr. Compton kann nichts mehr für ihn tun, Bethada.« Sie wandte sich zu mir um. »Jemma, kannst du diese Pflanzen finden?«

Ich wies auf den Krug auf dem Anmeldetisch. »Die sind alle da drin. Haben Sie Terpentin da?«

»Terpentin?«, rief Bethada erschrocken aus.

Georgy trat an den Tisch. »Wenn Sie je einen Lehrgang für Krankenschwestern besucht hätten, wüssten Sie, dass es für Terpentin viele Anwendungsbereiche gibt. Gewiss können wir welches auftreiben.«

Ich holte den Krug und stellte ihn neben Dr. Bacon auf den Tisch. »Mischen Sie den Saft dieser grünen Pflanze mit Terpentin und hängen Sie ihm das in einem Stoffsack vor die Brust. Dann legen Sie ihm eine Kette aus Fingerhut und Pfefferminz um den Hals. Außerdem ein wenig zerstoßenen Giftlattich unter die Zunge gegen die Schmerzen. Und auf die Wunde geben Sie feuchte Kermesbeerblätter. Das ist Sallys bestes Heilmittel. Die ziehen das Gift raus.«

Bethada sprang auf. »Mit diesem Hokuspokus wirst du ihn höchstens umbringen.« Sie steuerte auf den Ausgang zu. »Ich hole Dr. Compton.«

Georgy packte sie grob am Arm. »Der operiert gerade. Er hat gebeten, nicht gestört zu werden.«

»Dann eben Ihre Mutter. Sicher wird auch sie der Ansicht sein, dass man dieser Albernheit ...«

»Meine Mutter assistiert ihm.«

Bethada riss sich los. »Ich werde nicht tatenlos zusehen, wie mit meinem zukünftigen Ehemann Schindluder getrieben wird.«

»Sie brauchen ja nicht hierzubleiben, Bethada.«

Miss Georgy wandte sich an mich. »Wenn du den Fingerhut und die Pfefferminze vorbereitest, Jemma, besorge ich das Terpentin. Also, an die Arbeit.«

Nachdem wir Dr. Bacon mit Teufelsdreck und Terpentin auf der Brust und einer hübschen Kette aus Blüten und Pfefferminz verarztet hatten, warteten Georgy und ich ab. Sie hatte sich zwar gegen Bethada durchgesetzt, doch nun war sie angespannt und beobachtete mit Argusaugen die ersten Anzeichen einer Veränderung.

Es dauerte eine Weile, aber als er endlich aufwachte und noch etwas von dem Giftlattich einnahm, wusste ich, dass er auf dem Weg der Besserung war. Ich würde bald aufbrechen können, um Sally zu suchen.

Vor Aufregung hielt ich es kaum auf dem Bock des Wagens aus, als mich einer der Kutscher des Lazaretts, ein magerer Mann mit einem langen gelben Bart, der ihm über die Schulter wehte, in die Gegend fuhr, wo ich Sally zuletzt gesehen hatte. Ich trug ein Kleid aus grober Baumwolle, das Mrs. Woolsey für mich aufgetrieben hatte, eine angenehme Abwechslung zu den Hosen, da mir der Wind hübsch kühl unter den Rock wehte. Inzwischen waren die Kämpfe zu Ende. Die Truppen waren abgezogen wie Schausteller, wenn der Jahrmarkt die Stadt verlässt. Dennoch zuckte ich bei jedem Geräusch zusammen, denn schließlich war Dr. Bacon ja von einem Heckenschützen niedergeschossen worden.

Als wir an den Feldern vorbeikamen, wo Leichen und tote Pferde dampfend in der Sonne lagen, hielt sich der Kutscher ein Taschentuch an die Nase. Auch mir gab er eines, das mit süßem Pfefferminzol getränkt war.

»Ich will zu Sally Smith«, sagte ich durch das Taschentuch zu meinem wortkargen Begleiter. »Das ist meine Großmutter. Sie sollten einmal ihr gebratenes Maisbrot probieren. Sobald ich sie gefunden habe, kehren wir zurück nach Hollywood in Maryland, um meine Ma und meine Schwester zu holen.«

Als wir weiterfuhren, beobachteten wir einige zwielichtige Gestalten, die damit beschäftigt waren, die Leichen der Gefallenen zu durchsuchen. Sogar denen, die noch lebten, nahmen sie Stiefel und Wertgegenstände ab, ohne auf das Flehen der hilflosen Männer zu achten.

»Was sind denn das für Leute?«, erkundigte ich mich.

Der Kutscher machte eine wegwerfende Handbewegung. »Leichenfledderer. Die plündern jetzt schon seit zwei Tagen die Toten aus. Pietätlos ist das.«

Endlich setzte der Kutscher mich am Fuß des Berges ab, wo Raymond und ich hinaufgestiegen waren. Er schien erleichtert, dass er wieder seine Ruhe hatte. Und so stand ich auf der Straße, während mir die Sonne heiß wie ein Waffeleisen auf Kopf und Nacken herunterbrannte. Die Zikaden zirpten laut. Als ich schützend die Hand vor Augen hielt und den Berg hinaufspähte, sah ich, dass überall auf dem Abhang tote Pferde und Soldaten herumlagen, als hätte Gott sie dorthin geworfen.

Es herrschte eine eigenartige Stille. Der Kanonendonner war verstummt, und nur ein paar Kinder spielten unten am Fluss. Beim Näherkommen stellte ich fest, dass sich dort aufgedunsene Pferdekadaver türmten. Ich musste mich abwenden. Das Hab und Gut der Soldaten bedeckte in einer dicken Schicht den Boden: Feldflaschen, Patronendosen aus Blech, Gürtelschließen, die Heilige Schrift, aufgeschlagen, nass und ziemlich verschmutzt.

Drei Männer mit grünen Armbinden gingen zwischen den Leichen hindurch. Immer wieder kauerten sie sich neben einem Gefallen auf den Boden, um ihn auf Lebenszeichen zu untersuchen und ein Gebet zu sprechen.

Ich fand die Stelle wieder, wo wir vor einigen Tagen Mag Palm begegnet waren. Die meisten Zelte waren fort, doch ihres stand noch. Alles war mit Pappkartons und Müll übersät. Mag stand da und packte ihre Töpfe und Pfannen zusammen.

»Kann ich dir dabei helfen?«, fragte ich.

»Falls du das mit einem Arm hinkriegst.«

Wir arbeiteten schweigend und verstauten Teller und Tassen in Holzkisten. Unter der Schlinge und am Rücken lief mir der Schweiß herunter.

Mag hielt inne, wischte sich mit dem Handrücken die Stirn ab und musterte mich. »Warst du nicht schon mal hier?«

»Ich heiße Jemma. Ich bin auf dem Weg zum Berg hier durchgekommen. Mit Sally Smith.«

»Du bist der kleine Trommler? Ich hab mir von Anfang an gedacht, dass du ein Mädchen bist. Sie hat mir von dir erzählt.«

Sofort merkte ich auf. »Also ist sie noch hier?«

»Nein. Die ist schon lange weg. Aber sie hat mir gesagt, dass du zurückkommen könntest.«

Tränen traten mir in die Augen. »Und sie hat nicht auf mich gewartet?«

»Das ging nicht. Es hat sich eine Gelegenheit zur Flucht ergeben, und sie hat sie ergriffen.« Mag schaute sich um. »Es ist gefährlich, sich hier rumzutreiben.«

Ich half ihr, ihre Sachen auf den Wagen zu laden. »Wo ist sie denn hin?«

Mag wich zurück. Als sie die Hände in die Hüften stemmte, waren unter ihren Achseln dunkle Schweißränder zu sehen. »Das darf ich dir nicht sagen, tut mir leid.«

»Wir sind zwar nicht blutsverwandt, aber außer ihr habe ich momentan niemanden auf der Welt.«

»Die Leute, die sie mitgenommen haben, sind gute Menschen. Doch sie haben strenge Regeln. Mir haben sie auch nicht viel verraten. Je weniger ich weiß, desto besser, hieß es.« Mag stieg auf den Wagen, worauf ihr Maulesel sich unaufgefordert in Bewegung setzte. »Komm rauf. Du kannst bei mir wohnen.«

»Das geht nicht. Ich muss meine Ma und meine Schwester nachholen.«

»Versuch das bloß nicht allein.« Mag stimmte ein leises Lied an. »Also mach's gut.«

»Und ich kann Sally wirklich nicht wiedersehen?«, rief ich ihr nach.

Mag setzte ihren Weg fort, ohne mir noch einmal zuzuwinken. Ich blickte ihr nach. Plötzlich wurden die Schmerzen in meinem Arm schlimmer, und die ganze Welt schien auf mich einzustürmen.

Ein Stück weiter die Straße hinauf blieb Mag noch einmal stehen und drehte sich auf dem Bock um. »Hey, Jemma!«, rief sie.

Wegen der grellen Sonne hob ich die Hand an die Augen. »Was?«

»Sally hat mir gesagt, dass du mit ihr blutsverwandt bist. Sie sagte, sie wäre deine Großmutter.« Kurz hielt sie inne. »Ich dachte, du würdest das vielleicht gern wissen.«

Mag ließ die Zügel schnalzen, und ihr Maultier trottete los. Unterdessen stand ich in der brütenden Hitze auf der Straße. Ich vermisste Sally Smith so sehr, dass ich am liebsten gestorben wäre.

Kapitel 36

ANNE-MAY

Washington, D. C.
Juli 1863

Melody hielt sich am Pfosten ihres Himmelbetts fest. »Ich werde mich nicht setzen. Und wenn du nicht sofort meinen Ring zurücklegst, rufe ich Jackson.«

Ich öffnete ihren Schrank und begutachtete den Inhalt. »Das würde ich dir nicht empfehlen, Melody.«

»Wie kannst du es wagen, so mit mir zu sprechen?«

»Weil dein geliebter Mann mir etwas gegeben hat.«

»Raus mit der Sprache, wird's bald!«

Ich drehte mich vom Schrank weg und zu ihr um. »Tja, sagen wir einmal, dass dieses Etwas aus Satin und Spitze besteht und den Schritt der Trägerin der Zugluft aussetzt.«

Melody presste sich beide Handflächen gegen den Leib. »Mein Mann würde so etwas niemals tun. Immerhin bist du seine ehemalige Stieftochter.«

Ich ging zum Schmuckkästchen und stocherte mit dem Zeigefinger in den verbliebenen Stücken herum. »Natürlich bräuchte ich den Schlüssel zu dem Tresor, in dem du deinen Schmuck aufbewahrst.«

»Du musst verrückt sein, wenn du glaubst …«

»Ich habe heute Abend einen sehr netten Journalisten kennengelernt. Gewiss wäre es ihm eine Freude, diese Geschichte groß auf der Titelseite des *Washington Register* zu bringen.« Ich hob den Rock. »›Reginald Stickman schenkt Ex-Stieftochter heißes Höschen.‹ Eine Schlagzeile wie diese würde die Auflage sicher steigern, denkst du nicht auch? Vielleicht bitte ich ihn ja noch, folgenden Untertitel hinzuzufügen: ›Denn er sieht es gern, wenn sie es trägt und dann den Rock lüpft.‹«

»Du hast es selbst gekauft, du grässliche Person.«

Ich ließ den Rock wieder sinken. »Oh, nein, Melody. Reggie sagte, es sei eigentlich für dich bestimmt. Erworben in deinem Lieblingsladen hier in Washington. Die Verkäuferin hat dir sogar eine reizende kleine Nachricht auf die Rückseite der Quittung geschrieben. Darin hieß es, das Stück werde dir sicher gefallen, weil du Rosa doch so gernhast. Nur dass Reggie das Höschen mir geschenkt hat, so ein großzügiger Mann. Er meinte, er wolle sich vorstellen, wie ich es trage. Wenn sich das erst mal herumspricht, könnte es sein, dass du einige der hübschen Dinge hier verkaufen musst.«

»Was willst du, Anne-May?«

»Dass du Reggie sagst, du hättest es dir anders überlegt. Ich könne so lange in diesem Haus bleiben, wie es mir gefällt. Außerdem möchtest du mir dieses Zimmer hier überlassen, denn ich müsste es wegen der tragischen Ereignisse auf der Peeler Plantation möglichst bequem haben. Du würdest in ein Gästezimmer umziehen. Weiterhin verlange ich eine angemessene Apanage und ein Konto bei deiner Schneiderin. Und zu guter Letzt musst du so tun, als ob du mich magst. Sollte ich auch nur das geringste Anzeichen für eine kühle Haltung mir gegenüber erkennen, ist dieses Höschen Thema der Titelgeschichte der nächsten Morgenzeitung.«

Melody ging zur Tür. »Eine Woche.«

Ich lächelte. »Wir werden sehen.«

Melody marschierte mit einem damenhaft leisen Türenknallen hinaus.

Ich packte meinen Koffer aus und schlüpfte aus Rock, Bluse und Reifrock, sodass ich in Korsett und rosafarbenem Höschen dastand. Dann schenkte ich mir ein Glas Portwein ein, legte meinen Stadtplan von New York City auf dem Nachttisch bereit, warf mich aufs Bett und sank in die watteweichen Daunenpolster.

Während ich an meinem Portwein nippte, entfaltete ich den Stadtplan und suchte. Als ich die Adresse gefunden hatte, konnte ich mir ein Lächeln nicht verkneifen. Der Name der kleinen Straße – Brevoort Place – klang wirklich allerliebst.

Die nächsten Tage vergingen wie im Traum. Jeden Tag aß ich mit meinem neuen Freund Chauncey Bainbridge zu Mittag, einem Klienten von Reggie, der sogar noch reicher war als er. Allerdings war er auch doppelt so dick. Ich fühlte mich wie die Königin von Washington, denn Chauncey überhäufte mich mit Geschenken wie zum Beispiel winzigen Lederschächtelchen, die geschmacklose Ringe mit Saphiren oder eine Brosche mit Saatperlen enthielten. Da mir die meisten der Klunker nicht gefielen, versetzte ich sie prompt und verwendete einen Teil des Erlöses dafür, mich nach Herzenslust mit Golden-Banded Oco einzudecken.

Chauncey führte mich in die bessere Gesellschaft von Washington ein. Dass ich verheiratet war, schien ihn nicht zu stören, und er versuchte auch nie, mir zu nahe zu treten, was mir gut in den Kram passte. Außerdem war Melody so weiter an unsere Vereinbarung gebunden, worüber sie sich ganz bestimmt schwarzärgerte.

Als ich eines Tages im Restaurant des Ebbitt House Hotels auf ihn wartete, erschien anstelle meines Freundes Melody.

»Hoffentlich wartest du nicht schon zu lange auf Chauncey, meine Liebe. Er lässt dir sein tiefstes Bedauern ausrichten.«

»Er kommt nicht? Aber ich habe doch schon Lamm bestellt.«

»Es sieht ganz danach aus, als würde er weder heute noch sonst irgendwann kommen.«

Ich zuckte die Achseln. »Mir soll es recht sein.«

»Ich habe mich nämlich gestern mit seiner Frau zum Tee getroffen. Sie hat von ihrem Dienstmädchen gehört, Chauncey sei mit einer verheirateten Frau in einem Restaurant beobachtet worden.«

»Was ist denn so schlimm daran? Halb Washington macht es so.«

»Interessanterweise hat er genauso reagiert. Eigentlich hat seine Frau auch nichts dagegen. Sie schien eher erleichtert zu sein, dass ihr eine andere Frau den alten Chauncey abnimmt.«

»Und was hat ihn dann verschreckt?«

»Nun, ich hielt es für meine Pflicht, ihr mitzuteilen, dass die Bundespolizei gegen die besagte Frau ermittelt. Jackson hat mir gemeldet, heute seien schon wieder Detectives bei uns gewesen und hätten mit Nachdruck verlangt zu erfahren, wo du dich aufhältst. Sicher hast du Verständnis dafür, dass ich dieses Wissen Mrs. Bainbridge nicht vorenthalten durfte. Die Detectives sprachen von *Spionage*. Kannst du dir vielleicht erklären, was das zu bedeuten hat?«

Mein Lammrücken wurde serviert. Allerdings krampfte sich mir beim Gedanken an eine womöglich bevorstehende Inhaftierung der Magen zusammen, sodass ich keinen Bissen herunterbrachte. Dennoch gelang mir eine wegwerfende Handbewegung.

Melody beugte sich vor, bis das Band ihrer Haube beinahe in der Sauce auf meinem Teller landete. »Du kannst dich nicht jedes Mal im Schrank verstecken, wenn die Hüter des Gesetzes nach dir fragen, liebe Anne-May. Beim nächsten Mal werde ich ihnen sagen, wo sie dich finden.«

Kapitel 37

GEORGY

Gettysburg, Pennsylvania
Juli, 1863

Auch Tage nach dem Ende der Schlacht riss die Prozession der Verwundeten nicht ab. Die Zelte, in denen die Männer auf die Züge nach Baltimore warten mussten, waren erfüllt von Schmerzensschreien.

Immer wenn ich glaubte, dass es nicht schlimmer kommen konnte, traf wieder ein Mann auf einer Trage ein, der heldenhaft ein Klagen unterdrückte, obwohl ihm das halbe Gesicht fehlte oder die Gedärme aus dem Leib quollen. Allerdings fielen die meisten der Verwundeten zu guter Letzt dem grassierenden Durchfall zum Opfer.

Sobald die Eisenbahnbrücke wieder instand gesetzt war, machten Mutter und ich uns daran, ein neues Lazarett der Sanitary Commission, diesmal näher am Eisenbahndepot von Gettysburg, einzurichten. In unseren Pausen schleppten wir Kessel und Öfen zum neuen Standort. Dennoch achtete ich darauf, mich nie zu lang zu entfernen, damit ich stets ein Auge auf Franks Verbände haben konnte. Da Bethada an ihm klebte wie eine Klette, war es unmöglich, ein Wort unter vier Augen mit ihm zu wechseln. Als er eines Morgens erwachte, hastete ich dennoch an seine Seite, in der Hoffnung, er möge sich an unseren vertrauten Moment auf dem Verbandsplatz erinnern.

Lächelnd griff ich nach seiner Hand. »Jetzt sind Sie wohl der Illusion beraubt, dass Sanitätsoffiziere nicht beschossen werden, Frank«, meinte ich.

Frank wandte den Blick ab. »Schön, Sie zu sehen, Georgy.« Sein kühles Verhalten teilte mir mit, dass sich seine Gefühle offenbar in Luft aufgelöst hatten.

»Jemma hat Ihnen das Leben gerettet, Frank. Wir hätten Sie beinahe verloren, doch sie hat vorgeschlagen, es mit Kräutermedizin zu versuchen.«

»Ich bin ihr unbeschreiblich dankbar. Das sage ich ihr noch selbst. Sie waren mir auch eine große Hilfe. Vielen Dank.«

Frank spannte das eine Ende seines Verbands an, damit ich das andere richtig wickeln konnte. »Da es Ihnen jetzt besser geht, Frank, dachte ich, ich könnte Ihnen vielleicht eine neue Idee unterbreiten. Ein ziemlich großes Vorhaben, das ich schon länger mit mir herumtrage.«

Bethada strich Franks Bettdecke glatt. »Dr. Bacon ist zu schwach für so ein Gespräch.«

Ich sah ihr tief in die Augen. »Die Kugel hat ihn in den Bauch getroffen, nicht in den Mund.«

Frank wedelte leicht mit der Hand. »Bitte sprechen Sie weiter.«

»Ich glaube, dass wir wegen des großen Mangels an Krankenschwestern, also an ausgezeichnet ausgebildeten, tüchtigen Frauen, eine richtige Schwesternschule brauchen.«

Frank musterte mich mit zur Seite geneigtem Kopf. »Basierend auf welchem Modell?«

»Dem von Florence Nightingales Schule in Großbritannien. Wir halten uns grob an den Lehrplan von Dr. Blackwell und betonen die Bedeutung von Sauberkeit, gesunder Ernährung und frischer Luft.«

»Darum kümmern Sie sich doch schon.«

»Die Schwestern würden nicht nur lernen, hinter den Patienten herzuputzen, ihnen Essen zu bringen und Bücklinge vor den Ärzten zu machen, sondern auch selbst Behandlungen durchführen.«

Bethada fühlte Frank die Stirn. »Frauen, die Behandlungen durchführen? So etwas können nur Ärzte, richtig, Frank?«

Frank schob ihre Hand weg. »Natürlich können Frauen genauso gut behandeln wie Männer. Allerdings wären für eine solche Schule beträchtliche finanzielle Mittel nötig.«

»Da habe ich gute Nachrichten, Frank. Mrs. Peabody vom New York Orphan Asylum hat mir eine ordentliche Summe zur Verfügung gestellt, um ...«

»Dr. Bacon muss jetzt schlafen«, versuchte Bethada, mich von Franks Bett wegzuscheuchen. »Um zu wissen, was man tun muss, damit ein Mann wieder zu Kräften kommt, brauche ich keine Schwesternschule.«

»Ich lasse mich von niemandem vertreiben, insbesondere nicht von Leuten, die keine Ahnung haben.«

Bethada zerrte an meinem Arm. »Sie können sich die Mühe sparen, Frank mit Ihrem Gerede von einer Schule zu beeindrucken, Georgy. Sie langweilen ihn nämlich.«

»Platz da, Bethada.«

»Meine Tante hat mir geschrieben, ihrer Ansicht nach leide Franks Gesundheit unter den Zuständen hier. Sie hat sich mit seiner Mutter in Verbindung gesetzt und Mrs. Bacon mitgeteilt, ihr Privatzug mit ihren persönlichen Ärzten an Bord sei unterwegs, um ihn zu seinen Eltern nach

New Haven zu bringen. Sie wird selbst dabei sein, um seine Verlegung zu beaufsichtigen.«

Ich warf Frank einen Blick zu. »Und wurde Frank darüber informiert?«

»Er ist sogar sehr dankbar.«

Ich trat an Franks Seite. »Ist das wahr, Frank? Sind Sie mit Mrs. Barnetts Plan einverstanden?«

Er strich mit der Hand über seine Bettdecke. »Sie hat Nathan für einen Chirurgenlehrgang in New York angemeldet. Und ich werde auf diese Weise schneller gesund werden, damit ich mich bald wieder an die Arbeit machen kann.«

»Sie hätten wenigstens verlangen können, dass sie Jemma auch mit nach New York nehmen. Sie sagt zwar nichts, aber ich merke ihr an, dass sie noch Schmerzen hat. Wenn sie sich weiter hier abmüht, wird sich daran so rasch nichts ändern.«

Bethada trat an Franks Bett. »Sicher würde Tantchen das erlauben. Sie kann ja mit Nathan im letzten Waggon mitfahren.«

Ich beugte mich über Frank. »Mutter und ich werden Sie stattdessen begleiten, Frank. Ansonsten stehen Sie für immer in Mrs. Barnetts Schuld, und sie wird eine Gegenleistung erwarten.«

»Ersparen Sie mir Ihr Mitleid, Georgy. Ich weiß sehr wohl, wie es um Ihre Gefühle bestellt ist. Wenn Sie also so freundlich wären, mich jetzt in Ruhe zu lassen.«

Mutter, Jemma und ich fuhren zu Fahnestock-Haushaltswaren, um einige Kleinigkeiten für Jemmas Reise und außerdem Seide zu kaufen, aus der wir eine Flagge für unser neues Lazarett am Eisenbahndepot nähen wollten. Das magere Sortiment des Ladens war so einladend wie möglich arrangiert. Auf der Vitrine mit den Kurzwaren türmten sich Spulen mit weißer, schwarzer und roter Nähseide von Carter's und Nadeln von Milward. In der Vitrine lagen einige silberne Fingerhüte bereit, von denen einer hübscher war als der andere. Einer war mit Mäanderornamenten, ein anderer mit Sonnenblumen am Rand verziert.

Mutter beugte sich vor, um sie zu begutachten. »Unfassbar, so viel Mühe für einen Gegenstand, den man nur braucht, um eine Nadel durch den Stoff zu schieben.«

Jemma drehte sich zu mir um. »Muss ich denn mit den anderen nach New York City? Ich will zurück und meine Ma und meine Schwester holen.«

Ich hakte sie unter. »Wir überlegen uns etwas, wie wir sie bald holen können. Aber zuerst musst du in New York wieder gesund werden. Wir werden dich schrecklich vermissen, und außerdem bist du uns eine große Hilfe. Und genau darum geht es. Wenn du weiter jeden Tag arbeitest, verzögert sich deine Genesung. Außerdem ist es hier noch immer gefährlich für dich, weil sich Halunken herumtreiben, die farbige Menschen entführen und sie in den Süden verschleppen.«

Mutter gesellte sich zu uns. »Wir wollten dir noch sagen, dass du unseren Namen annehmen kannst, falls du das möchtest.«

»Nein, das könnte ich niemals tun, Mrs. Woolsey.«

»Es wäre nicht schlecht, wenn du einen vollständigen Namen hättest. Wir werden unseren Anwalt bitten, die Sache offiziell zu machen.«

»Daran liegt es nicht. Ich will einen eigenen Namen. Einen, den ich mir selbst ausgesucht habe. Natürlich weiß ich das Angebot zu schätzen, aber für den Moment bleibe ich lieber einfach nur Jemma.«

»Es ist klug, dass du dir mit der Entscheidung Zeit lassen möchtest«, erwiderte ich. »Schließlich bleibt einem der Name für immer erhalten.«

»Ich will zuerst mit meiner Ma und meiner Schwester sprechen. Sicher haben sie auch eine Meinung dazu.«

Bald erschien Nathan, um Jemma abzuholen, während Mutter und ich zur Stofftheke gingen und die dort aufgestapelten Ballen betrachteten. Im nächsten Moment wurden wir vom Klang einer Stimme vorn im Laden abgelenkt. Es war eindeutig Bethadas Tante Mrs. Barnett.

»Lassen Sie zwanzig davon zu meinem Waggon bringen. Morgen früh um Punkt zehn brechen wir auf.«

Gefolgt von einem mit Notizbuch und Bleistift bewaffneten Mann, kaum Mrs. Barnett auf uns zugerauscht.

Vor uns blieb sie stehen. »Oh, Miss Woolsey.«

»Das ist meine Mutter, Mrs. Charles Woolsey.«

Mutter nickte.

»Also bringen Sie Dr. Bacon wirklich zurück nach New York«, meinte ich.

Mrs. Barnett beugte sich zu Mutter vor. »Das ist Baumwolle von Barnett«, verkündete sie und deutete auf die Stoffballen. »Ein feineres Gewebe finden Sie nicht. Ich lasse Ihnen vom Verkäufer gern so viel abschneiden, wie Sie brauchen.«

»Eigentlich wollten wir uns die Seide anschauen, Mrs. Barnett«, antwortete Mutter. »Wir kaufen keine Früchte der Sklaverei.«

»Ach ja, ich verstehe. Ich habe über die Familie Woolsey gelesen. Sie tun gute Werke, besuchen die Vorträge von Abolitionisten und führen Ihre Negerfreunde spazieren. Kennen Sie auch die beiden, die gerade rausgegangen sind?«

Mutter straffte die Schultern. »Wir führen überhaupt niemanden spazieren, Mrs. Barnett. Und wenn Sie uns jetzt entschuldigen …«

Mrs. Barnett machte mit dramatisch geweiteten Augen Platz. »Das ist doch alles nur Theater, richtig? Damit Ihre Töchter eine gute Partie machen.«

Mutter lachte auf und wandte sich zum Gehen.

Aber Mrs. Barnett versperrte uns den Weg. »Ach, wir wollen doch ehrlich sein. Diese ganze Krankenpflegerei und der ständige Umgang mit Männern dienen doch nur dem Zweck, Aufmerksamkeit zu erregen. Dafür habe ich vollstes Verständnis, denn es sind ja nach diesem schrecklichen Krieg so wenig heiratswillige Junggesellen übrig. Aber Finger weg von Dr. Bacon. Er hat mir gesagt, er habe meine Nichte sehr gern und beabsichtige, sie zur Frau zu nehmen. Sogar sehr bald. Dann werden wir gemeinsam ein wichtiges und bahnbrechendes Forschungsprojekt in die Wege leiten. Er kann es nicht gebrauchen, dass Sie ihm Steine in den Weg legen, meine Damen.«

Nun platzte Mutter endgültig die Hutschnur. »Wen meine Töchter heiraten, ist nicht meine Angelegenheit. Ich jedenfalls befürworte es, wenn meine Kinder sich selbst aussuchen, wen sie lieben.«

»Was würde es mich kosten, damit Sie den Kontakt zu Dr. Bacon abbrechen? Damit er gesund werden und sich auf seine Arbeit konzentrieren kann? Schließlich sind Sie Witwe und müssen gewiss aufs Geld achten.«

Mutter machte einen Schritt auf Mrs. Barnett zu. »Meinetwegen benutzen Sie Ihr Geld, um sich Ärzte, Züge und sogar Menschen zu kaufen, Mrs. Barnett, aber eine Woolsey kriegen sie dafür nicht.«

Am nächsten Tag bei Morgengrauen brachte ein grau melierter Lieutenant Mutter und mich mit dem Lastkarren zur ersten Schicht in unser improvisiertes Lazarett. Sobald die

Eisenbahnbrücke wieder passierbar war, hatten wir unser Lager auf einem ausgezeichnet geeigneten Gelände aufgebaut, und zwar auf einer großen Wiese direkt gegenüber von dem im italienischen Stil gehaltenen Bahnhof von Gettysburg, wo uns unbegrenzt frisches, kühles Wasser zur Verfügung stand. Trotz meiner Begeisterung über den Umzug musste ich ständig daran denken, dass Frank Bacon heute abreisen würde. Ich plante, ihn abzufangen und mit ihm zu sprechen, ohne dass Bethada sich einmischen konnte. Vielleicht konnte ich ihn davon überzeugen, dass er sich doch von Mutter und mir nach Hause bringen ließ.

»Hörst du das?«, fragte Mutter, als wir uns dem Lager näherten und das Scheppern von Hämmern auf eiserne Pfosten an unsere Ohren drang. »Das ist das Geräusch des Fortschritts«, fügte sie hinzu. »Hier in der Nähe der Stadt wird unsere Arbeit um einiges weniger mühsam sein.«

Ich hakte sie unter. »Wir haben sogar ein eigenes Küchenzelt.«

Ich half Mutter beim Aussteigen, und wir machten einen Rundgang durch die Zelte, wo sich die Verwundeten bereits in ihren Betten ausruhten.

Wir hatten uns tagelang abgeplagt, um für die nötige Ordnung zu sorgen. Kisten voller sauberer Hemden, Morgenmäntel, Socken und Verbandsmaterial standen aufgereiht entlang der Wände. Im Küchenzelt hatten wir zwei Öfen aufgestellt, auf denen stets vier Kessel mit Suppe und Kaffee warm gehalten wurden. Vier farbige Männer waren für das Kochen verantwortlich und sangen den ganzen Tag aus voller Kehle.

Aus allen zur Union gehörenden Bundesstaaten trafen Spenden ein. Abby schickte uns kartonweise weiche Hemden und saubere Laken aus dem House of Industry, und aus

Canandaigua im Staat New York bekamen wir Flaschen mit Kölnischwasser, das nicht nur die Nasen, sondern auch die Herzen der Männer erfreute.

Mutter und ich bestückten die Frühstückstabletts.

»Hältst du es nicht für klüger, Frank noch eine Woche lang hier das Bett hüten zu lassen, damit er sich richtig erholt?«, fragte ich. »Dann können wir ihn zurück nach New Haven bringen und ihn der Pflege seiner Mutter übergeben.«

Mutter stellte eine Blechtasse auf ein Tablett. »Bis jetzt bist du weniger rücksichtsvoll mit ihm umgegangen, Georgeanna. Ich finde, es ist seine Entscheidung.«

»Wenn ich ihn nur für eine Minute von Bethada loseisen könnte.«

»Natürlich hast du das Recht, deine Meinung zu äußern, Georgeanna, aber offenbar hat Frank seine Wahl getroffen.«

Mutter und ich machten unsere Runde durch die Zelte und benetzten saubere Taschentücher mit Kölnischwasser, sodass jeder Mann etwas Angenehmes zu schnuppern bekam. Mutter beugte sich über einen Lieutenant aus Vermont, der beide Arme verloren hatte, und hielt ihm sanft das Taschentuch ans Gesicht. Er atmete tief ein und lächelte sie an. »Da wäre jede Nase voll einen Penny wert. Und danke, dass Sie für mich nach Hause geschrieben haben, Mutter.«

Sie steckte ihm das Taschentuch vorn ins Hemd. »Ich bin stolz darauf, Ihnen begegnet zu sein, mein Sohn.«

Als wir hörten, dass ein Zug in den Bahnhof einfuhr, hasteten wir hin und sahen zu, wie er am Ende des Bahnsteigs zum Stehen kam. Die Dampflokomotive ragte hoch empor, und ihr schwarzer Lack glänzte in der Sonne, deren Strahlen sich im silberfarbenen Kuhfänger brachen. An die Lok waren drei Waggons der US-Army, eigentlich Viehwaggons, angehängt. Darauf folgten Mrs. Barnetts auffällig smaragdgrün gestrichene Privatwaggons, deren bequem gepolsterte Sitze durch die Spitzenvorhänge an den Fenstern gut zu erkennen waren.

Der Schornstein rauchte, und die Lokomotive gab das beim Halten eines Zugs übliche Seufzen und Ächzen von sich. Rasch befreiten wir die Waggons vom Kuhdung, streuten frisches Stroh, halfen den Sanitätern, unsere Patienten an Bord zu bringen, und betten sie auf ihre neuen Lager.

Als wir aus dem Zug stiegen, traf ein Krankenwagen ein. Die Pferde wirbelten den Staub auf, das Leinenverdeck war geschlossen. Es freute mich zu sehen, dass Jemma, die, den Arm in einer gelben Schlinge, neben dem Kutscher saß, einen so frischen und ausgeruhten Eindruck machte. Obwohl die Reise nach Norden ihrer Genesung sicher sehr zuträglich sein würde, empfand ich es als schweren Verlust, mich nicht nur von Frank, sondern auch von ihr verabschieden zu müssen.

Nathan und Bethada hatten ihre Plätze auf der Ladefläche des Wagens, rechts und links von Frank, der ausgestreckt dalag. Als sich der Krankenwagen dem Zug näherte, schwärmte eine Armada, bestehend aus Pflegern und Mrs. Barnetts Privatärzten, im Laufschritt aus, um dem Verletzten in den Zug zu helfen.

»Georgy!«, rief Jemma. »Mrs. Woolsey!«

Ich trat an den Wagen und stützte sie beim Aussteigen. »Wir werden dich ganz schrecklich vermissen, Jemma.« Ich reichte ihr einen Umschlag. »Da drin ist genügend Geld, damit du bis zu unserer Rückkehr über die Runden kommst.«

Sie wehrte mich ab. »Oh nein, Almosen kann ich nicht annehmen. Ich suche mir bezahlte Arbeit.«

»Ganz sicher findest du bald eine Stelle. Dieses Geld soll

nur die Zeit bis dahin überbrücken. Außerdem enthält der Umschlag die Adresse von unserem Freund Dr. Smith, dem Leiter des Colored Orphan Asylum, wo über zweihundert kleine Waisenkinder leben. Er ist ein wahrer Gentleman und ein wundervoller Mensch. Von ihm bekommst du die Salbe, die Dr. Bacon dir für deine Schulter verschrieben hat.«

Jemma steckte das Kuvert ein. »Hat er vielleicht Arbeit für mich?«

»Er besitzt eine Apotheke und noch einige andere Unternehmen, also brauchst du ihn nur zu fragen.«

Mutter umfasste Jemmas Hände. »In New York musst du dich vor Taschendieben in Acht nehmen, mein Kind«, sagte sie. »Wir haben Margaret eine Nachricht zukommen lassen. Sie sieht in unserem Haus am Brevoort Place nach dem Rechten und wird dich unter ihre Fittiche nehmen.«

Mrs. Barnett, im vollen Ornat einer Krankenschwester, erschien an der Tür ihres Privatwaggons. »Bringen Sie Dr. Bacon hierher!«, rief sie den Pflegern zu. »Aber ganz vorsichtig.«

Die Pfleger hoben Frank auf einer Trage aus dem Wagen und steuerten, dicht gefolgt von Bethada, auf den Zug zu.

Ich kam näher. »Frank ...«

Die Pfleger blieben stehen, doch Bethada drängte sich zwischen uns. »Wir sind spät dran und haben keine Zeit für Abschiedsszenen.«

Ich richtete mich zu voller Größe auf und musste all meine Selbstbeherrschung aufbringen, um nicht auszuholen und ihr eine kräftige Ohrfeige zu verabreichen. »Ich muss etwas Persönliches mit Dr. Bacon besprechen.«

»Was gibt es, Georgy?«, fragte Frank, worauf Bethada Platz machte.

Ich kam einen Schritt heran. »Ich schlage Ihnen vor, noch mindestens eine Woche lang hierzubleiben, bis es Ihnen besser geht. Dann werden Mutter und ich Sie nach New Haven begleiten.«

Frank blickte in Richtung Zug. »Das würde ich Ihnen niemals zumuten, Georgy.«

»Beeilung!«, rief Mrs. Barnett aus dem Zugfenster.

Ich nahm Franks Hand. »Sie brauchen nicht mit dieser Frau mitzufahren, Frank.«

Er entzog mir seine Hand. »Wie Sie sich gewiss vorstellen können, bin ich über meine neue Rolle als Patient nicht unbedingt glücklich. Aber ich muss wieder gesund werden, um an die Front zurückzukehren. Mrs. Barnett hat sich mir gegenüber sehr großzügig und entgegenkommend erwiesen, Georgy.«

»Ich etwa nicht? Ich habe alles versucht, Frank. An jenem Tag im Feldlazarett ...«

»Ich bin es leid, Georgy. Wir müssen los.«

»Sie hören mir nicht mehr zu, Frank. Es ist, als würden Sie sich den Tod herbeiwünschen.«

»Vielleicht schaffe ich es nicht bis nach Connecticut, was hieße, dass dieser Wunsch in Erfüllung ginge.«

Die Pfleger mit der Trage setzten sich wieder in Bewegung.

»Bitte überlegen Sie es sich, Frank!«, flehte ich, doch er würdigte mich keines Blickes.

Bethada, die neben Frank ging, drehte sich noch einmal zu mir um. »Ihre Besorgnis ist von jetzt an überflüssig. Wir verfügen hier über die angesehensten Fachärzte im ganzen Land!«, verkündete sie.

Wir begleiteten Jemma und Nathan zum letzten Waggon des Zuges und halfen dann den Pflegern mit den restlichen

Verwundeten. Zu guter Letzt stand ich neben Mutter da und blickte dem Zug nach, der rückwärts den Bahnhof verließ.

Jemma winkte aus dem Zugfenster, und die Soldaten schwenkten die Taschentücher, die wir ihnen geschenkt hatten. »Gott segne Sie!«, riefen sie Mutter und mir zu.

Wie schön war es, die von Herzen kommende Dankbarkeit unserer Patienten zu erleben, die nun, frisch gewaschen und eingekleidet und mit vollen Mägen, auf dem Weg nach Hause waren. Doch sosehr ich mich auch bemühte, mein Zorn darüber, dass Mrs. Barnett uns Frank wegnahm, wollte sich einfach nicht legen.

»Vielleicht ist es das Beste, dass Bethada und ihre Tante jetzt abreisen«, stellte Mutter fest. »Ansonsten hätte ich womöglich noch einen Mord begangen, obwohl es doch unsere Aufgabe ist zu heilen.«

Ich hakte sie unter. »Bethada hat Frank gegen mich aufgehetzt. Er hat sich geweigert, meinen Vorschlag, er solle hierbleiben, auch nur in Erwägung zu ziehen. Anscheinend hält er nichts mehr auf meine Meinung.«

»Es macht ganz den Eindruck, als würdest du inzwischen bereuen, dass du ihm einen Korb gegeben hast, Georgy. Aber er hat das Recht, in die Zukunft zu schauen. Er wird nicht jünger, und in Bethada, so eingebildet und oberflächlich sie auch wirken mag, hat er offenbar eine treue Gefährtin gefunden.«

»Aber sie ...«

»Suchst du Fehler an ihr, um deine eigenen Irrtümer wettzumachen? Sie hat eben zugegriffen, wo du gezögert hast.«

»Entschuldige, dass ich es erwähnt habe, Mutter.«

Sie zog mich an sich. »Eines steht jedenfalls fest: Solange es auf dieser Welt Frauen wie die Barnetts gibt, wirst du durch bloßes Abwarten nie die Liebe finden.«

Kapitel 38

JEMMA

New York City
Juli, 1863

Mrs. Barnett hatte eine Kutsche bestellt, die Nathan und mich in New York City vom Zug abholte. Als wir an den vielen Sehenswürdigkeiten vorbei und durch Straßen fuhren, auf denen wegen der Menschenmassen kaum ein Vorankommen war, konnte ich nicht aufhören zu grinsen. Ich streckte den Kopf aus dem Fenster und fühlte mich wie eine Schildkröte, die nach einem langen Winter aus ihrem Panzer lugt. Alles war so neu und so bunt.

Nathan hatte recht gehabt, die Gebäude waren elegant und gut in Schuss. Überall ragten hohe Türme empor, und es gab Restaurants, wo die Leute essend, redend und streitend an ihren Tischen am Straßenrand saßen, weil es drinnen so heiß war. Es waren Menschen unterschiedlicher Hautfarbe, auch wenn die meisten weiß waren. Viele benutzten Papierfächer, einige in patriotischen Farben, die wie Schmetterlinge durch die Menge zu flattern schienen. In den Seitenstraßen waren so viele Unionsflaggen quer über die Fahrbahn gespannt, dass es aussah wie an einem rot-weiß-blauen Waschtag. Sie wehten sachte in dem leichten Lüftchen, das sich regte. Überall hingen Schilder, auf denen Dinge wie WALLACE AND REED BILLARDSALON oder VAN BUREN HERRENAUSSTATTER stand. Doch am besten gefiel mir das Schild mit der Aufschrift BILLIGE BÜCHER. Noch nie hatte ich so viele unterschiedliche Kutschen, prachtvolle wie klapprige, gesehen. Menschen fuhren in alle Richtungen und transportierten verschiedenste Lasten. Pferde scheuten und bäumten sich auf. Herren halfen modisch gekleideten Damen mit zarten Sonnenschirmen und wunderschönen, von fliegenden Bändern gezierten Hauben beim Aussteigen, bemüht, dabei nicht mit den rudernden Hufen in Konflikt zu geraten.

Und das Allerbeste daran war ... alles war echt. Patience würde ihren Augen nicht trauen. Ma auch nicht.

»Schau mal, ein Krankenwagen, auf dem oben Leute sitzen!«, rief ich aus und zeigte auf ein Gefährt, das an einen kleinen Eisenbahnwaggon erinnerte. Hinten führten Stufen hinauf, und auf dem Dach befanden sich, geschützt von Sonnenschirmen, einige Menschen. Auf jedem war eine andere Beschriftung angebracht. 6 CENTS 5TH AVENUE. CENTRAL PARK.

Nathan beugte sich zu mir hinüber. »Das ist ein Omnibus, Jemma. So fahren die Menschen, die sich keine eigene Kutsche leisten können. Als ich letztes Jahr bei meinem Besuch hier meinen ersten Omnibus sah, habe ich das Gleiche gedacht. Die Bauart ist ganz ähnlich.«

»Und dann die vielen feinen Leute. Wo schlafen sie in der Nacht?«

Nathan musste sichtlich ein Schmunzeln unterdrücken. »In hohen Häusern mit Wohnungen darin, also Zimmern, in denen sie wohnen und kochen.«

»Und was machen sie so? Hoffentlich finde ich bezahlte Arbeit.«

»Es gibt die verschiedensten Arbeitsstellen. Manche Menschen haben auch zwei oder drei. Die Leute kommen hierher, um reich zu werden. In New York City leben derzeit etwa einhundertfünfzehn Millionäre.«

Ich bemerkte, dass einige Passanten schwarz wie ich und sogar gut gekleidet waren. »Sind alle Farbigen frei?«

Er blickte mich ernst an. »New York hat seine Sklaven 1827 freigelassen. Also sind die meisten hier frei. Bis auf die Flüchtlinge.«

»So wie ich zum Beispiel.«

Nathan schaute aus dem Fenster der Kutsche. »Der Großteil der Farbigen lebt westlich vom Broadway. Natürlich ist es dort ganz anders als in dem Viertel, wo ich wohne. Drüben in Brooklyn. Weeksville. Das ist eher wie eine Kleinstadt. Wir haben dort alles. Kirchen. Schulen. Wenn man will, kann man sich sogar da beerdigen lassen.«

»Wo ist das von hier aus?«

»Am anderen Flussufer. Man muss mit dem Boot hinfahren.«

Wir passierten ein hoch in den Himmel ragendes weißes Gebäude. BARNUM'S AMERICAN MUSEUM, lautete die Aufschrift an der Fassade, und überall flatterten rot-weiß-blaue Fahnen. Vom Dach wehte ein gewaltiges Stück Stoff, auf dem Ned, der sprechende Seehund, abgebildet war. Seine Schnurrhaare waren so dick wie Bürstenborsten. Auf dem Gehweg davor marschierte ein Pulk aus etwa zehn oder zwölf Männern, einige davon mit Knüppeln bewaffnet.

»Und warum sind hier so viele Leute auf Ärger aus?«

Nathan lehnte sich an mir vorbei, um aus meinem Fenster zu spähen. »Das sind irische Schlägertrupps. Mach bloß einen Bogen um sie. Angeblich soll es heute eine Demonstration geben. In den Zeitungen steht, dass sie im Norden der

Stadt schon auf die Straße gegangen sind. Einige Iren lehnen nämlich die neue Wehrpflicht ab. Laut Gesetz werden ledige, volljährige Männer nach dem Losprinzip zum Wehrdienst eingezogen.«

»Losprinzip, was soll denn das sein?«

»Im Rekrutierungsbüro haben sie eine so genannte Lostrommel, ein großes Holzfass, in dem Zettel mit den Namen aller wehrfähigen Männer liegen. Das Fass wird mit einer Kurbel gedreht, und danach werden Karten mit Namen gezogen. Diese Männer müssen dann drei Jahre lang im Krieg kämpfen.«

»Warum sind sie so wütend?«

»Wie du ja selbst erlebt hast, ist ein Krieg kein Spaziergang. Außerdem können die Reichen sich drücken, indem sie einen Stellvertreter benennen oder sich für dreihundert Dollar freikaufen.«

Plötzlich tat mir die Schulter weh, und ich musste sie unter der Schlinge reiben. »Also kämpfen reiche Leute nicht?«

»Viele schon, wenn sie sich freiwillig melden. Aber sie müssen nicht. Und farbige Freigelassene wie ich gelten nicht als Bürger und können deshalb nicht eingezogen werden. Deshalb glauben die Iren, dass sie als Einzige für unser Land sterben müssen. Und manche befürchten, dass die befreiten Sklaven ihnen unterdessen die Arbeit wegnehmen, und dafür hassen sie uns.«

Wir kamen an einem Möbelgeschäft vorbei. »Meinem Pa hätte es hier gefallen.«

»Das Angebot, dass mein Freund einen Artikel über deinen Pa schreiben könnte, steht noch. Du musst allen erzählen, was passiert ist. Draußen in Weeksville haben wir eine Zeitung namens *Freedman's Torchlight*. Wir kämpfen für …«

Die Kutsche hielt vor dem Haus am Brevoort Place. »Gut, dass wir hier sind. Ich muss jetzt aussteigen.«

»Irgendwann musst du über diese Dinge reden.«

Nathan begleitete mich die Vortreppe hinauf und sah mich ernst an.

»Kannst du den für mich abschicken?« Ich reichte ihm den Brief, den ich im Zug geschrieben hatte. Er war in meiner liebsten Geheimschrift verfasst und an Patience gerichtet.

Meine liebste Patience,
Blütentraum in neuem Indigo. Nach nächtlichem Ysop. Hollerbusch, Orchidee, langsam erklingt der indische Chicorée. Blütentraum Abendrot lange Dattelpalmen.
In Liebe,
deine Sonnenblumenschwester

Zwischen den Knickfalten des Briefes steckte eine kleine orangefarbene Sonnenblume aus Filz, die ich in Gettysburg gemacht hatte. Die Mitte bestand aus einem Flöckchen Wolle in genau dem richtigen Braunton, beigesteuert von Miss Georgy, ein Stoffrest, der beim Nähen von Unterhosen für die Männer übrig geblieben war. Patience wusste, dass sie aus dem ersten Buchstaben jedes Wortes den Sinn entnehmen konnte. Falls der Brief jedoch Anne-May in die Hände fallen sollte, würde sie kein Wort von dem Geschreibsel verstehen, denn das Lesen war ohnehin nicht ihre Stärke.

Bin in NY. Hole dich bald.

»Gern, aber nur unter einer Bedingung. Du musst das hier von mir annehmen.« Er zog ein braunes Papierpäckchen, etwa so groß wie mein Daumen, aus dem Ärmel und drückte es mir in die Hand.

»Was ist das?« Als ich das Päckchen öffnete, enthielt es

den silbernen Fingerhut mit der Sonnenblumengravur, der mir im Laden so gut gefallen hatte.

Er zuckte die Achseln. »Ich dachte, der wäre was für dich.«

Plötzlich verlegen, steckte ich das Geschenk rasch in die Tasche.

»Danke, Nathan«, sagte ich.

Er drehte an einer Art Schlüssel, worauf eine Türglocke läutete. »Schnell rein mit dir«, meinte er und ging die Treppe hinunter.

Die Haustür öffnete sich, und ich stand vor einem mageren Mädchen im grauen Kleid. Nathan eilte zurück zur Kutsche.

»Bis bald«, sagte ich, an Nathans Rücken gewandt, während ich ins Haus trat.

»Der ist aber niedlich«, stellte das Mädchen fest. »Dein Verehrer?«

»Ich weiß nicht«, antwortete ich und blickte der Kutsche nach. »Jedenfalls hat er mir gerade einen Fingerhut geschenkt.«

»Du Glückspilz. Für manche Männer ist das so gut wie eine Verlobung. Vor der Hochzeit schneidet man den unteren Teil ab, und schon kann man ihn als Ring tragen.«

»Nein, ich wette, für ihn ist es einfach nur ein Fingerhut.«

Auf meinem Weg durchs Haus konnte ich nicht anders, als die vielen hübschen Dinge zu bestaunen. Die dicken Sofas im Salon waren mit teurem Samt bezogen, und über einem Tisch mit geschnitzten Entenfüßen, wie Pa ihn einmal gemacht hatte, hing ein Spiegel mit vergoldetem Rahmen. Pa wäre begeistert gewesen, denn anstelle von funkelndem Kristall und Rüschen gab es hier stilvolle Eleganz, angefangen bei den wertvollen Teppichen bis hin zu den Vorhängen am Fenster.

Einen Akzent wie den des Mädchens hatte ich schon in Leonardtown gehört und wusste, dass man ihn als irisch bezeichnete. Ganz sicher war sie das, was Charlotte Brontë in Tante Tandy Roses Lieblingsbuch als »geboren im Land der vierblättrigen Kleeblätter und Kartoffeln« beschrieb.

Das Auffälligste an Margaret waren ihre blauen Augen. Anders als die der meisten Leute waren sie nicht blassblau, sondern strahlten wie der Patuxent River an einem Junitag. Als Nächstes bemerkte man ihre Sommersprossen. Noch nie hatte ich so viele Sommersprossen an einem einzigen Menschen gesehen.

Sie nickte mir zu. »Ich bin Margaret Lynch, das Dienstmädchen der Woolseys. Mary, das andere Mädchen, ist für eine Weile zu Hause. Sie ist letzte Woche krank geworden, aber, so Gott will, ist sie bald zurück. Ich habe viel von dir gehört. Natürlich nur Gutes.«

Als sie mir die Tasche abnehmen wollte, hielt ich sie fest.

Margaret zuckte die Achseln. »Wie du willst. Ich wollte nur gastfreundlich sein und sie für dich tragen.«

Sie steuerte auf die Treppe zu und drehte sich zu mir um. »Na, worauf wartest du? Miss Georgeanna möchte, dass ich dich in ihrem Schlafzimmer im zweiten Stock unterbringe. Ich schlafe im Souterrain.«

»Wo sind denn die anderen Schwestern?«

»Eliza, das ist die reichste von ihnen, ist auf ihrem Landgut in Fishkill, zusammen mit ihrem Mann Joseph Howland, einem verwundeten Kriegshelden, und mit der ältesten Schwester Abby, die sie gerade besucht. Miss Mary wohnt auf der anderen Seite des Flusses in Astoria, und zwar mit ihrem Mann, der Geistlicher ist und auch Howland heißt, ich glaube, er und Joseph sind Cousins. Carry und Hatty sind erst vor einer Stunde nach Astoria zu ihrem Onkel

Edward gefahren. Sie waren mächtig aufgeregt und riefen, die Iren seien los. ›Öfter mal was Neues‹, hab ich gesagt. Ihr Onkel hat ihnen seine Kutsche geschickt, und sie waren völlig außer sich, als sie aufbrachen. ›Schließ früh das Haus ab und pass bloß auf, dass alle Fenster und Türen zu sind‹, haben sie noch gerufen. Das habe ich natürlich befolgt, auch wenn ich nicht glaube, dass wir uns Sorgen machen müssen.«

»Ich unterbreche dich nur ungern, aber weißt du, ob es draußen gefährlich ist? Ich muss nämlich meine Medizin in der Colored Orphanage abholen. Meine Schulter tut schrecklich weh.«

»Das ist zu Fuß ein ordentliches Stück. Den ganzen Weg die Fifth Avenue rauf bis zur Forty-Fourth Street. Mehr als dreißig Häuserblocks weit. Miss Carry und Jane arbeiten manchmal dort, aber sie nehmen immer die Kutsche, und mit der sind sie ja losgefahren. Ich an deiner Stelle würde jetzt nicht hingehen. Die Woolseys haben offenbar vor irgendetwas Angst, sonst wären sie ja nicht so in Aufruhr gewesen. Am besten nimmst du den Omnibus. Der hält an der Fifth Avenue.«

»Brauche ich einen Passierschein?«

»Einen Passierschein? Um in der Stadt herumzufahren? Das wäre ja noch schöner!« Sie steckte mir zwei Münzen zu. »Für die Hin- und Rückfahrt. Du musst zwar hinten sitzen, aber dafür bist du im Nu da.«

Ich fand die Bushaltestelle. Der Bus war voll besetzt, und ich suchte mir einen Platz im hinteren Teil, wo schon andere Leute mit meiner Hautfarbe saßen. Und so fuhren wir die Fifth Avenue hinauf, vorbei an Häusern, die größer waren als ganz Hollywood. Unterwegs wehten immer wieder zornige Stimmen aus der Ferne zu mir herüber, aber ich konnte nur kleine Grüppchen von gefährlich wirkenden Menschen erkennen.

An der Forty-Fourth Street stieg ich aus. Gerade ging die Sonne unter und wanderte über den Himmel auf ein gewaltiges schneeweißes Gebäude zu. Genauso stellte ich mir das Haus von Präsident Lincoln vor. Es war vier Fenster hoch und von einem ordentlichen schwarzen Zaun umgeben.

In der Hitze stieg aus dem Schlachthof nebenan der Geruch von Dung auf, als ich durch die Haustür hinein in die kühle Vorhalle eilte. Drinnen traf ich auf Gruppen farbiger Kinder aller Altersstufen. Einige konnten gerade gehen, andere waren beinahe in meinem Alter. Auf der breiten Steintreppe herrschte reger Betrieb, und jede Gruppe wurde von einer farbigen Dame im schwarzen Kleid, mit weißer Schürze und Kragen angeführt. Ich folgte einem Hinweisschild zu Dr. Smiths Büro, das die Treppe hinaufzeigte.

Unterwegs kam ich an zahlreichen Räumen vorbei, in denen farbige Kinder von Erzieherinnen betreut wurden. Klassenzimmer, Schlafzimmer, Schlafsäle voller Babybetten. Als ich in eines der Zimmer spähte, sah ich zwanzig kleine Jungen, die Toby alle wie aus dem Gesicht geschnitten waren. Sie trugen hellblaue Kittel über ihren Sachen und ritten auf hölzernen Schaukelpferden. Der köstliche Brathuhnduft in der Luft verriet mir, dass irgendwo auch eine Küche sein musste.

Schließlich erreichte ich einen Raum, an dessen Tür der Name DR. SMITH stand. Es war ein Büro, ganz ähnlich wie das von Mister Watson auf der Peeler Plantation, voller interessanter Dinge wie zum Beispiel einer ausgestopften Ente auf seinem Schreibtisch. Ein Schrank, so hoch wie lang, beherbergte Gläschen mit Medikamenten. Am Fenster entdeckte ich einen älteren Mann, der mich hereinwinkte. Er war dunkelhäutig und hatte einen schwarzen Schnurrbart und weißes Haar, das sich um seine Ohren lockte.

»Sind Sie Dr. Smith? Ich bin den Hinweisschildern gefolgt.«

»Was führt Sie zu mir?«, erkundigte er sich freundlich. Er öffnete den Humidor, einen ähnlichen, wie er auch auf Mister Watsons Schreibtisch stand.

Ich reichte ihm das Blatt Papier, das ich von den Woolseys bekommen hatte.

»Dann sind Sie die Jemma, für die dieses Rezept ausgestellt wurde?«

Ich nickte. »Ja, Sir. Jemma, Eigentum von Anne-May Wilson Watson von der Peeler Plantation in Hollywood, Maryland.«

»Dieses Rezept stammt von einem Dr. Frank Bacon, US-Army.«

»Er ist ein Freund der Woolseys.«

»Und wo wohnen Sie derzeit?«, fragte er.

»Brevoort Place acht. Miss Carry und Jane Woolsey arbeiten beide hier.«

»Sehr tüchtige Frauen.«

»Ich habe gehört, dass Sie mehr als zweihundert kleine Kinder betreuen.«

»Zweihundertdreiunddreißig, um genau zu sein. Sie möchten also Ihre Salbe holen. Und woher kennen Sie die Woolseys?«

Ich betrachtete meinen Arm in der Schlinge. »Aus Gettysburg. Sie haben mich dort im Lazarett aufgelesen.«

Dr. Smith nahm eine Zigarre aus dem Humidor. »Stört es Sie, wenn ich rauche?«

Ich zuckte die Achseln. »Kümmern Sie sich nicht um mich.«

Er zündete die Zigarre an. Rauch kräuselte sich zur Decke.

»Ich mag den Geruch«, sagte ich. »Nach dem Aroma zu urteilen, ist das eine kubanische Zigarre. Mister Watson hat in seiner Pfeife am liebsten Oriental Orange Blossom geraucht.«

Noch einmal studierte Dr. Smith den Zettel. »Darf ich fragen, wo Sie sich diese Verletzung zugezogen haben, Jemma?«

»In der Schlacht. In Gettysburg.«

Er wich einen Schritt zurück. »Du heiliger Strohsack! So etwas erlebt man nicht oft bei einer jungen Dame. Darüber müssen Sie unbedingt ein Buch schreiben.«

Er schüttelte mir die Hand. »Ich bin Dr. James McCune Smith. Dr. Bacon ist ein fähiger Arzt. Ich empfehle diese Salbe häufig selbst.«

Dr. Smith drehte sich zu seinem Medikamentenschrank um, nahm ein Gläschen heraus und reichte es mir.

»Davon werden die Schmerzen rasch verschwinden. Sie brauchen nichts zu bezahlen. Und jetzt sehen Sie zu, dass Sie nach Hause kommen. In der Stadt finden gerade Unruhen statt.«

»Keine Sorge. Aber ich wollte Sie noch fragen, ob Sie im Waisenhaus vielleicht Arbeit für mich haben.«

»Ich fürchte, im Moment sind alle Stellen besetzt. Ich habe gerade einen neuen Assistenten eingestellt.«

»Ich verstehe. Trotzdem vielen Dank.« Ich wollte gehen.

»Warten Sie, Jemma. Offenbar kennen Sie sich mit Tabak aus.«

»Ich bin auf einer Plantage aufgewachsen.« Ich schnupperte an meinem Handrücken. »Ein Wunder, dass ich nicht mehr nach dem Zeug rieche.«

Dr. Smith schmunzelte. »Ich besitze Anteile an einem Tabakladen westlich von hier auf der anderen Seite der Fifth Avenue. Er gehört meinem Bruder und heißt Superior

Cigars. Dort gibt es die verschiedensten Tabaksorten. Er ist immer auf der Suche nach fleißigen und ehrlichen Angestellten. Anfangs nur zum Fegen und zum Nachfüllen der Gläser. Aber die Geschäfte laufen gut, weshalb ein kluges Mädchen immer die Möglichkeit hat aufzusteigen.«

»Ach, so klug bin ich nicht.«

»Lassen Sie das Urteil darüber meine Sorge sein, Miss Jemma. Offenbar können Sie lesen, denn schließlich sind Sie den Hinweisschildern bis zu mir gefolgt. Außerdem haben Sie einen ziemlich guten Wortschatz. Viele, die angeblich lesen können, wüssten nicht, was *Aroma* bedeutet. Deshalb streichen Sie ab jetzt das Wort dumm aus Ihrem Vokabular, gehen zu Superior Cigars, sobald es auf den Straßen wieder sicher ist, und berufen sich auf mich. Und jetzt lasse ich Sie von meinem Assistenten nach Hause bringen.«

»Ich kann selbst auf mich aufpassen, Dr. Smith.«

»Ich bestehe darauf, Jemma. Das ist das Mindeste, was ich für eine verwundete Veteranin tun kann. Mein neuer Assistent ist auf dem Weg nach oben. Sagen Sie ihm, dass er Sie nach Hause bringen soll.«

Ich steckte das Gläschen ein und hastete die breite Treppe hinunter, überglücklich, weil ich jetzt meine Medizin hatte und bald auch Geld verdienen würde.

Als mir auf halbem Wege ein Mann entgegenkam, blieb ich ruckartig stehen. »Carter?«

Auch er hielt inne und drehte sich um.

»Ja?«

»Ich bin es, Jemma. Von der Peeler Plantation.«

Noch nie hatte ich einen Mann so breit lächeln gesehen. Es war, als hätten sich ihm alle Freuden des Himmels offenbart. Er fasste mich um die Taille, hob mich hoch und wirbelte mich mitten auf der Treppe durch die Luft.

»Sag mir, dass ich nicht träume, Jemma. Das habe ich mir jeden Tag gewünscht.«

»Ich bin selbst nicht ganz sicher. Ich bin gerade erst angekommen.«

Er nahm meine Hände und pustete seinen warmen Atem darauf. »Deine Hände sind ja eiskalt.«

»Ich bin nur so überrascht.«

»Hat Anne-May dich freigelassen?«

Ich schaute mich um und vergewisserte mich, dass wir nicht belauscht wurden. »Nein. Ich bin von der US-Army eingezogen worden. Aber sie hat noch immer meine Besitzurkunde.«

»Ich bin auch auf der Flucht. Ich arbeite noch nicht lange bei Dr. Smith. Auch hier im Norden ist es noch immer nicht sicher für uns. Ein Freund von mir wurde mitten in der Nacht von Sklavenjägern aus dem Bett geholt und verschleppt, wahrscheinlich in den Süden.«

»Niemand weiß, dass ich hier bin.«

»Bist du sicher? Du musst mit mir nach Kanada kommen, sobald ich genug Geld gespart habe.«

Ich wich einen Schritt zurück. »Ich weiß nicht so recht, Carter. Ich muss erst nach Hause, um meine Ma und Patience zu holen.«

»Sind sie etwa noch dort? Du kannst unmöglich zurück, ohne selbst erwischt zu werden. Sobald wir den Krieg gewonnen haben, können sie nach Kanada nachkommen.«

»Ich glaube, ich habe Arbeit. Die kann ich doch nicht wieder hinwerfen.«

Im nächsten Moment war von draußen ein grausiges Gebrüll zu hören. Die Haustür wurde aufgebrochen, und eine riesige Menschenmenge, hauptsächlich weiße Frauen und Kinder, stürmte das Haus. Die entfesselte Meute tobte plündernd durch sämtliche Etagen vom Keller bis zum Speicher. Wir versteckten uns hinter den Vorhängen des Fensters im Flur, während der Mob wütete. Die Leute rannten in alle Zimmer, warfen Möbel aus den Fenstern zu ihren wartenden Komplizen hinunter und zerrten Pulte, Sofas und Kinderbetten heran. Weiße Bettwäsche segelte wie Schneefall an den Scheiben vorbei.

Dr. Smith trat auf eine Empore über der Treppe, ließ eine weiße Fahne über das Geländer hängen und richtete das Wort an die Eindringlinge.

»Bitte hören Sie! Sie haben berechtigte Anliegen, mit denen man sich befassen muss. Aber hier leben unschuldige Kinder. Machen Sie sich nicht eines Akts der Unmenschlichkeit schuldig, indem Sie eine wohltätige Einrichtung angreifen, die nichts anderes will, als Gutes zu tun. Alles andere wäre eine Schande für diese Stadt.«

Doch all sein Flehen konnte den Mob nicht beruhigen. Die Leute drängten den Arzt beiseite, um weiter Beute zu machen. Als die Erzieherinnen aus dem ganzen Haus herbeieilten und die Kinder, noch in ihren blauen Kitteln, die Treppe hinunter- und an uns vorbeiführten, schloss Dr. Smith sich ihnen an. Carter und ich nahmen die Hände eines Mädchens, das mich aus großen Augen anstarrte. Unterdessen trampelte die Horde weiter und schleppte gerahmte Bilder, den ausgestopften Vogel von Dr. Smiths Schreibtisch und sogar Schubladen voller Kleidchen für die Waisen aus dem Haus.

Eine dicke Frau mit Pfeife im Mund schob sich, einen kleinen Tisch im Arm, an mir vorbei, sodass ich gegen das eiserne Treppengeländer stürzte. Ich spürte ein Knacken in meinem Bein und musste mich wegen der unerträglichen Schmerzen auf die Stufen setzen.

Carter streckte die Hand nach mir aus. »Beeil dich, Jemma.«

»Ich kann nicht gehen. Lass mich hier sitzen.«

Neben der Haustür zerbarst eine Glasscheibe, und jemand warf ein brennendes Bündel ins Haus. Rasch fingen die Vorhänge Feuer, und die Flammen züngelten zur Decke empor. Carter rannte zum Fenster, riss den Vorhang herunter und versuchte, das Feuer mit bloßen Händen zu ersticken. Doch da zerbrach schon das nächste Fenster, und das zweite lodernde Bündel schoss herein. Kurz darauf noch eines und noch eines. Bald hatte die vereinte Menschenmasse ihr Ziel erreicht, und die Wand brannte lichterloh.

Carter kehrte zur Treppe zurück. »Jemma, du musst jetzt aufstehen. Draußen sind etwa zweitausend Leute, die meisten davon betrunken. Wir müssen hinten raus und den Kindern folgen.«

In meinem Rücken schlugen Flammen die Wand empor. Es war wie das Feuer in der Tabakscheune vor all den Jahren. Ich erstarrte, als mir wieder der schreckliche Geruch nach brennendem Holz in die Nase stieg. So wie damals, als ich es nicht geschafft hatte, umzukehren und den kleinen Toby zu retten. Ich presste mir den Schürzenzipfel vor Mund und Nase, um den Qualm abzuhalten.

»Lauf, Carter!«, rief ich ihm zu.

Doch Carter hob mich in seine Arme und trug mich die Treppe hinunter und zur Hintertür. Ich vergrub das Gesicht an seiner Brust, als die Menschenmasse sich teilte. Wir hasteten aus dem Gebäude. Während die verängstigten Kinder mit den Erzieherinnen voraneilten, schwenkten die Männer und Frauen ihre Knüppel. »An den Galgen mit den verdammten Lincoln-Freunden!«, brüllten sie.

Nachdem Carter noch weitere Kinder aus dem Haus geholt hatte, trug er mich den ganzen Weg bis zum Brevoort

Place und setzte mich im Salon auf ein Sofa, als ob ich aus Glas wäre. Dann verbarrikadierten er und Margaret die Tür mit jedem Möbelstück, das im Salon noch vorhanden war. Wir hörten, dass auf den Straßen weitergekämpft und offenbar auch geplündert wurde.

Nachdem es still geworden war, ging Margaret nach unten ins Bett. Carter und ich saßen auf dem Sofa und sprachen miteinander, ich mit dem Fuß auf seinem Schoß.

»Weißt du noch, wie Tandy Rose dich dabei erwischt hat, als du ihr Hörrohr verstecken wolltest. Sie war ja so wütend.«

»Diese Frau hat mich gehasst. Wenn ich nur in ihre Nähe kam, hat sie sich die Augen zugehalten, als ob ich ein Ungeheuer wäre. ›Bleib bloß weg von mir‹«, äffte er Tandy Rose mit hoher Stimme nach.

»Das lag nur daran, dass du ausgesehen hast wie ihr Bruder.«

»Ich finde die Vorstellung schrecklich, dass er mein Pa ist. Obwohl er mir einmal eine Lakritzschnur geschenkt hat. Ich habe den leckeren Geschmack noch immer auf der Zunge.«

»Inzwischen ist er tot. Erinnerst du dich, dass Tandy Rose immer Mehl, Gift und Zuckerwasser vermischt hat, um damit die Fliegen zu bekämpfen? Er hat aus Versehen davon getrunken. Ich sollte ihn holen, weil er nicht runtergekommen ist, um zur Kirche zu gehen, und da habe ich ihn gefunden. Er war steif wie ein Brett und schon fertig angekleidet im Sonntagsanzug.«

»Niemand hat behauptet, dass er die Weisheit mit Löffeln gefressen hat.«

»Es hätte schlimmer kommen können. Wenigstens war Wilfred der Schönste in der Familie. Stell dir vor, du würdest aussehen wie Tandy Rose.«

Er grinste. »Oh, nein! Meinst du etwa mit Knopfaugen und einem Mund wie ein Hühnerhintern?«

»Ich kann kaum an etwas anderes denken als daran, dass Ma und Patience noch dort sind.«

»Du bist eine erwachsene Frau, Jemma. Sie erwarten nicht von dir, dass du kommst und sie rettest. Deine Ma ist vernünftig. Sie weiß, dass du zuerst an dich selbst denken musst.«

»Wahrscheinlich hast du recht.«

Wir schliefen ein wenig und wachten bei Morgengrauen auf dem Sofa auf. Ich lag in seinen Armen, seine Füße baumelten über die Sofakante. Ich beobachtete ihn beim Schlafen. Er schnarchte ein bisschen, und seine hübschen, rosenblütenähnlichen Lippen standen ein winziges Stückchen weit offen. Wie er so dalag, war er wieder der Carter von früher, den ich in meiner Kindheit gekannt hatte. Damals, als wir noch das Bett mit Sally Smith geteilt hatten. Ehe er auf die Rübenfarm hatte umziehen müssen.

Als Carter, Patience und ich sechs waren, waren wir den ganzen Tag durch die Sonnenblumenfelder getollt und hatten Zuckererbsen und Karotten aus Sally Smiths Garten stibitzt. Wir waren zu klein gewesen, um zu wissen, dass wir Sklaven waren. Das begriffen wir erst im darauffolgenden Sommer, als man uns auf die Tabakfelder schickte.

Er hatte ein fein geschnittenes Gesicht. Genauso wie auf der Abbildung des gut aussehenden Arztes John Bretton in *Villette,* in den Lucy so verliebt war, den sie aber nicht haben konnte. Eine breite Stirn, Wimpern, um die jedes Mädchen ihn beneidet hätte, und einen markanten Kiefer.

Als ich mich vorbeugte und Carter lang und innig auf die schönen rosafarbenen Lippen küsste, wachte er auf.

»Das ist ja eine angenehme Art, geweckt zu werden. Ob es in diesem Haus Kaffee gibt?«

»Das ist alles, woran du denkst, wenn ich dich küsse?«

Er wollte wieder einschlafen. »Es ist noch früh, Jemma.«

»Es könnte eine Weile dauern, bis du das Geld gespart hast. Hast du eigentlich ein Mädchen?«

»Wenn ich richtig wach bin, können wir reden.« Er drehte sich auf den Rücken. »Aber die Antwort lautet Nein. Und was ist mit dir?«

»Da ist ein Junge namens Nathan. Aber wir sind eigentlich nur befreundet.«

Er richtete sich auf und rieb sich die Augen. »Zu mehr werdet ihr zwei auch keine Gelegenheit haben. Wir verschwinden nämlich von hier. Hast du dir überlegt, ob du mitkommen willst? Schließlich hast du gestern selbst erlebt, dass es hier nicht sicher ist.«

»Ja, der Gedanke gefällt mir«, erwiderte ich und strich ihm mit der Hand über die Wange. »Gib mir einfach noch ein bisschen Zeit.«

Kapitel 39

ANNE-MAY

Washington, D. C.
Juli 1863

Als der Juli sich seinem Ende zuneigte, hatte ich mich zu einer Meisterin darin entwickelt, den Detectives von Pinkerton aus dem Weg zu gehen. Nachdem ich dem Mann, der mich von Park aus beschatten sollte, Melodys Opalring zugesteckt hatte, warf er Steinchen an mein Zimmerfenster, wann immer die Männer mit den unverkennbaren Melonen auf dem Kopf an Reggies Haustür läuten würden. Offenbar waren die Detectives nicht sonderlich fantasiebegabt, denn sie erschienen unweigerlich um die Mittagszeit.

Eines Morgens beim Frühstück sprach Melody mich an, ehe ich meine erste Tasse Kaffee getrunken hatte, was ziemlich waghalsig von ihr war.

»Was wollen denn die Pinkerton Detectives von dir?«, erkundigte sie sich. »Du wirst uns noch alle an den Galgen bringen.«

Ich brach ein Stück von dem Teekuchen ab. »Ich möchte, dass du Edward Woolsey hierher zum Tee einlädst.«

Melody machte eine wegwerfende Handbewegung. »Wieso?«

»Sag ihm, ich würde mich ganz schrecklich für die Familienstammbäume alteingesessener neuenglischer Familien interessieren. Insbesondere von Familien aus Boston.«

»Er ist sehr glücklich mit einer Frau von hohem gesellschaftlichem Ansehen verheiratet. Nur für den Fall, dass du vorhaben solltest, ihn dir des Geldes wegen zu angeln. Er würde dich keines Blickes würdigen.«

»Schick deinen Butler mit deiner Visitenkarte zu ihm.«

»Er wird nicht kommen. Wir kennen ihn ja kaum.«

Ich zuckte die Achseln. »Männer lieben es, Frauen Vorträge über die eigene Person zu halten. Wenn du mir noch diesen einen Gefallen tust, reise ich weiter nach New York, Ehrenwort.«

Anders als Melody vorhergesagt hatte, erschien Edward Woolsey am folgenden Freitag tatsächlich zum Tee. Ich hatte mir meine Fragen bereits zurechtgelegt, fest entschlossen, alles über Jemmas möglichen Aufenthaltsort in New York in Erfahrung zu bringen. Melody hatte eine ansprechende Auswahl an Teekuchen, faustgroßen Erdbeeren mit Sahne und Pfirsichplätzchen auf einer silbernen Etagere angerichtet, also genau die Leckereien, die Männer zwar angeblich nicht mögen, aber insgeheim gern naschen. Ich trug ein reizendes pfirsichfarbenes Seidenkleid mit meinem größten Reifrock, der meine Figur gut zur Geltung brachte. Obwohl ich natürlich von Kopf bis Fuß schlank war, eignete sich ein Reifrock ausgezeichnet dazu, die kleinen Unvollkommenheiten zwischen Taille und Knöcheln zu verbergen.

Mr. Woolsey entpuppte sich als ein für sein fortgeschrittenes Alter sehr attraktiver und überdies angenehmer Mann. Nachdem ich einen langatmigen Vortrag über die Vorzüge von Boston über mich hatte ergehen lassen, konnte ich ihn ebenso mühelos knacken wie eine tote Auster.

Mit weit aufgerissenen Augen beugte ich mich vor. »Und wo in New York wohnen Sie, Mr. Woolsey? Es ist doch sicher sehr luxuriös.«

Er butterte ein Stück Teekuchen. »In Astoria, Queens. Sie würden es vielleicht nicht gerade als luxuriös bezeichnen, doch eine ländliche Idylle wie dort findet man nur selten.«

»Ich würde mir ja zu gern einmal New York City anschauen.«

»Es ist eine Reise wert. Aber achten Sie auf Ihre Wertsachen, denn es wimmelt dort von Dieben. In New York hält man es nämlich für ungezogen, Spitzbuben einfach aufzuhängen.«

»Und können Sie ihr eine Unterkunft empfehlen?«, schaltete sich Melody ein. »Sie würde gern so bald wie möglich abreisen.«

»Na, New York ist doch für seine guten Hotels berühmt.« Er schürzte die Lippen und blickte zur Decke. »Sie können das Astor House in Erwägung ziehen. Präsident Lincoln ist dort schon einmal abgestiegen. Das Hotel Brevoort gehört ebenfalls zu den besten Häusern am Platz.« Er pflückte sich eine Erdbeere vom Tablett. »Meine Schwägerin Mrs. Charles Woolsey wohnt nur einen Katzensprung entfernt.«

»Könnten Sie es mir auf diesem Stadtplan zeigen?«, bat ich ihn.

Er tippte mit einem schlanken Finger auf die entsprechende Stelle. »Hier, an der Ecke Fifth Avenue und Eighth Street.«

»Wie schrecklich exklusiv!«

Mr. Woolsey nippte an seiner Teetasse. »Ich muss Sie warnen, Mrs. Watson, im Brevoort neigt man ein wenig zum Snobismus.«

»Offen gestanden habe ich nichts gegen ein wenig Snobismus einzuwenden. Schließlich will ich die wahren Nordstaaten erleben. Ein himmelweiter Unterschied zur Gastfreundschaft im Süden.«

»Unsere Haltung ist zumindest aufrichtig. Manchmal scheinen mir die Manieren in den Südstaaten recht gekünstelt zu sein.«

»Hoffentlich erstreckt sich dieses Urteil nicht auch auf mich. Immerhin bin ich aus Louisiana.«

»Reisen Sie bald nach New York, Mrs. Watson?«

Melody trank einen Schluck Rotwein. »Sehr bald. Richtig, Anne-May?«

»Kennen Sie vielleicht Damen meines Alters, die gern eine neue Bekanntschaft schließen würden, Mr. Woolsey?«

»Meine sieben Nichten sind alle sehr mit der Kriegshilfe beschäftigt, versorgen die Soldaten oder betreiben Verteilerstellen für Ausrüstungsgegenstände. Eine von ihnen befindet sich derzeit sogar in Gettysburg und pflegt mit Mrs. Woolsey die Verwundeten.«

»Was für tüchtige Frauen. Sind Sie auch aufgeschlossen Fremden gegenüber?«

»Das will ich meinen. Ihr Haus steht Menschen aller Hautfarbe und aus sämtlichen Schichten der Gesellschaft offen.« Er beugte sich vor und gestikulierte mit seinem Buttermesser. »Sie sind überzeugte Abolitionistinnen.«

Ich zwang mich zu einem zuckersüßen Lächeln. »Wirklich bewundernswert.«

»Vor einigen Jahren sind sie in South Carolina zufällig auf eine Sklavenauktion geraten. Eine schreckliche Erfahrung.«

Ich biss in einen Pfirsich. »Ich wage kaum, es mir auszumalen.«

»Nachdem Mrs. Woolsey mit einigen der Menschen gesprochen hatte, die dort verkauft werden sollten, haben sie und ihre Töchter sich der Bewegung angeschlossen. Bei den Vorträgen im Cooper Institute sitzen sie stets in der ersten Reihe, lauschen Rednern wie Wendell Phillips und Dr. Cheever und stimmen anschließend die Hymne ›Am I a Soldier of the Cross‹ an.«

»Vermutlich begegnen die Woolseys unseren farbigen Schwestern und Brüdern mit wahrer christlicher Nächstenliebe.«

»Selbstverständlich. Abigail unterrichtet im House of Industry farbige Mädchen im Nähen. Carry, die Jüngste, arbeitet in Waisenhäusern in der ganzen Stadt und setzt sich besonders für das Colored Orphan Asylum ein. Jane führt dort die Bücher.«

»Nehmen sie die Bedürftigen auch bei sich zu Hause auf?«

»Das würde ich ihnen durchaus zutrauen. Gute Menschen aller Art, farbig oder weiß, gehen bei ihnen ein und aus. Colbert, ein Sohn von Sklaven des Generals Robert E. Lee, wohnt nun schon seit Monaten bei einer Quäkerfreundin von ihnen, einer Mrs. Gibbons. Sie bringt ihn oft zu Besuchen mit.«

»Faszinierende Damen. Ich würde sie ja zu gern kennenlernen.«

»Anne-May, Mr. Woolsey ist nicht für dein Amüsement zuständig«, mischte sich Melody ein.

»Vielleicht versuchen Sie es ja mal im Newcomers Club am Broadway. Dort hilft man Neuankömmlingen dabei, die richtigen Kontakte zu knüpfen. Er befindet sich nur einen Häuserblock entfernt vom Haus der Woolseys.«

»Und wie lautet ihre Adresse?«

»Brevoort Place acht. Auch wenn man sich dort derzeit eher wie in der Zentrale des Beschaffungsamtes der US-

Army fühlt, weil dort so viele Ausrüstungsgegenstände angeliefert und verteilt werden.«

Ich schluckte heftig. »Nummer acht, sagten Sie?«

Mr. Woolsey entfernte die Serviette von seinem Knie. »Ich bedaure, dass ich Ihnen nicht weiterhelfen konnte.«

»Ganz im Gegenteil, Mr. Woolsey«, erwiderte ich lächelnd. »Sie haben mir sogar sehr geholfen. Ich kann es kaum erwarten, in New York zu sein, und werde mich dort auf die Suche nach einer alten Freundin machen.«

TEIL DREI

Kapitel 40

JEMMA

Point Lookout, Maryland
September 1863

Kurz nach den Aufständen gegen die Wehrpflicht kehrten Mrs. Woolsey und Georgeanna aus Gettysburg zurück. Sie verfrachteten mich ins Bett in der oberen Etage, schoben mir Kissen unter den Fuß und kühlten ihn mit Eisbeuteln. Elizas Diener Moritz schickte mir sogar eine kleine Krücke, die er für mich geschnitzt hatte. Die Armstütze war gepolstert und mit rotem Baumwollstoff überzogen. Nicht richtig gehen zu können war zwar eine Einschränkung, doch noch mehr machten mir die Erinnerungen an jenen Abend im Waisenhaus zu schaffen. Immer wieder sah ich das brennende Gebäude vor mir und hörte die Schreie und das Weinen der Kinder. Außerdem musste ich dauernd an jene Nacht in der Scheune denken, in der Toby gestorben und Patience von einem fallenden Balken getroffen worden war.

Wie sich herausstellte, hatte der Mob nicht nur das Waisenhaus niedergebrannt, sondern auch die ganze Stadt verwüstet. Die Leute hatten Schaufensterscheiben mit Pflastersteinen eingeworfen, Telegrafenleitungen durchgeschnitten, die vor den Straßenbahnen angespannten Pferde getötet und die Waggons demoliert. Georgeanna las mir die Zeitungen vor, in denen stand, dass die Schlägertrupps schwarze Menschen durch die Straßen gehetzt und sie grausam zusammengeschlagen und ermordet hatten. Auch das Haus des Bürgermeisters sowie einige Hotels und Zeitungsredaktionen hatte man angezündet. Doch als die entfesselten Massen das Redaktionsgebäude der *New York Times* hatten stürmen wollen, hatte die Redaktion sie mit Gatling-Schnellladegewehren in die Flucht geschlagen. Die Unruhen dauerten noch tagelang an. Zu guter Letzt hatten über hundert Schwarze ihr Leben verloren, elf von ihnen waren gehängt worden.

Trotz alledem empfand ich es wie ein Wunder, dass ich Carter wiedergefunden hatte. Immer wieder ließ ich unser Beisammensein in Gedanken ablaufen und dachte an sein Lächeln, daran, wie wir auf dem Sofa gelegen hatten, und an seinen Körper an meinem.

Carter, Margaret und ich hatten verhindert, dass das Haus der Woolseys geplündert wurde. Ihre Freundin Mrs. Gibbons hatte weniger Glück gehabt. Der Mob fiel über ihr Haus her, schleppte alles weg, was nicht niet- und nagelfest war, und versuchte, Feuer zu legen. Deshalb hatte Mrs. Gibbons Jane, Georgeanna und mich gebeten, für sie in Maryland nach dem Rechten zu schauen, während sie sich um ihr New Yorker Haus kümmerte.

Ich freute mich über die Gelegenheit, der Stadt den Rücken zu kehren und wieder näher bei Ma und Patience zu sein. Allein der Gedanke, dass ich nun nicht mehr so weit von ihnen entfernt war, brachte mich zum Lächeln, auch wenn wir uns einig waren, dass die Chancen auf eine zufällige Begegnung praktisch bei null lagen. Ich hatte Patience zwar einen Brief in Geheimschrift geschickt, in dem stand, dass ich kommen würde, allerdings noch keine Antwort erhalten.

Im September trafen Georgy, Jane und ich mit dem Dampfschiff in Maryland ein, um Mrs. Gibbons zu unterstützen. Da auf den unteren Decks nur Weiße erlaubt waren, standen wir bei der Ankunft des Schiffes ganz oben und hatten freien Blick auf unser neues Zuhause. Camp Point Lookout war ein riesiger Stützpunkt der US-Army an der äußersten Spitze der Halbinsel. Von hier aus bis zur Peeler Plantation brauchte man mit der Kutsche nur eine halbe Stunde. An Bord des Schiffes hatten alle nur über die Niederlage der Union in der Schlacht von Chickamauga gesprochen, irgendwo an der Grenze zwischen Georgia und Tennessee. Auf beiden Seiten gab es viele Gefallene. Lediglich die Schlacht von Gettysburg hatte mehr Menschenleben gefordert.

Wir brachten unser Gepäck ins Hammond Hospital. Anschließend führte uns Mrs. Gibbons, die am folgenden Tag nach New York abreisen wollte, überall herum. Sie zeigte uns auch den Wachturm, von dem aus man das gesamte Lager sehen konnte. Mit unseren langen Röcken und meinem bandagierten Knöchel die vielen Stufen hinaufzusteigen war eine ziemliche Herausforderung.

Aus der Vogelperspektive betrachtet, erstreckte sich die flache, windumtoste Halbinsel bis hin zu einem Leuchtturm, dem höchsten Punkt weit und breit. Die Blätter der Bäume in den etwas entfernteren Wäldern verfärbten sich bereits herbstlich. Zuallererst hielt ich Ausschau nach der Peeler Plantation, die ein wenig im Norden lag. Im Sonnenschein lugte ein Stück des Daches zwischen den Bäumen hervor.

Mir traten Tränen in die Augen, als ich mir Ma draußen auf dem Feld vorstellte. Oder Patience, ein wenig weiter die Straße hinunter auf der Ambrosia Plantation. Beide, ohne zu ahnen, dass ich ganz in der Nähe war.

Dann ließ ich den Blick über meine Umgebung schweifen. Das Hammond Hospital war kreisförmig angeordnet, wie die Speichen eines Wagenrades. An der großen Anlegestelle am Ufer ging es geschäftig zu, und es wimmelte von weißen Männern. Einige saßen da und fischten, manche badeten nackt im Meer, andere rollten Fässer über eine Planke von Bord eines dort liegenden Schiffes, während wieder andere Verwundete zum Lazarett trugen.

Mrs. Gibbons wies mit einer ausladenden Handbewegung auf die Landschaft. Sie war Quäkerin und sprach so ähnlich wie ihre Glaubensgenossen, die ich aus Leonardtown kannte. Sie drückte sich gewählter aus als die Woolseys, klang zumindest aber nicht, als zitiere sie ständig aus der Bibel.

»Point Lookout. Das wäre also Ihr neues Zuhause. Hammond Hospital verfügt über vierzehnhundert Betten. Dahinter finden Sie Lagerhäuser, Ställe und zusätzliche Quartiere für die Offiziere, Ärzte und Soldaten der US-Army. Eine kleine Gruppe von Kriegsgefangenen aus den Südstaaten ist in einem Bereich gleich daneben interniert, der mit Stacheldrahtzaun eingefriedet ist. Es handelt sich um Verräter und Spione. Allerdings rechnen wir damit, dass ihre Anzahl noch zunehmen wird.«

»Und die Barracken neben dem Lazarett?«, erkundigte sich Georgy.

»Das ist das Lager für die Konterbande, wo immer mehr entflohene Sklaven Unterschlupf suchen. Leider treffen vermehrt ihre Master hier ein, um die Flüchtlinge zurückzuholen.«

»Werden sie denn nicht geschützt?«, fragte Jane.

»Das hat der General eigentlich befohlen. Allerdings lassen sich einige der Unionssoldaten, die eigentlich einen Eid geschworen haben, sie zu verteidigen, bedauerlicherweise bestechen und liefern sie ihren Herren aus.«

»Eine Schande«, empörte sich Jane.

»Wie Sie sich bestimmt vorstellen können, scheue ich keine Mühe, um so etwas zu verhindern. Obwohl die Moral der Nordstaaten auf einem Tiefpunkt angelangt ist, werden wir so vielen Sklaven wie möglich zur Freiheit verhelfen, selbst wenn wir den Krieg verlieren sollten.«

»Wie können wir dazu beitragen?«, fragte Georgy.

»Bitte halten Sie Ausschau nach entflohenen Sklaven, die Schutz suchen. Für mich ist das eine unserer wichtigsten Aufgaben hier. Für viele dieser Menschen sind wir die einzige Hoffnung.«

Wir brachten unsere Stationen auf Vordermann und füllten die Betten mit Kranken und Verwundeten. Als besondere Leckerei für die Männer buk Jane Sirupkekse, wobei sie den Teig mit einem Tischbein ausrollen musste, weil es kein Nudelholz gab. Trotzdem war das Ergebnis wirklich köstlich.

Auf einem Stuhl am Becken sitzend, spülte ich Unmengen von Geschirr und bügelte mithilfe eines tiefer gelegten Bügelbretts sämtliche Wäsche, die ich in die Finger bekam. Danach gingen wir nach nebenan, um die Unterkünfte der entflohenen Sklaven sauber zu machen. Es handelte sich um die üblichen Baracken, wie sie auch der Unterbringung von Soldaten dienten. Die niedrigen Hütten waren nur mit Feldbetten möbliert und mit farbigen Bewohnern überbelegt. Es waren hauptsächlich Frauen und Kinder, die im Umkreis von mehreren Kilometern vor ihren Herren geflüchtet waren. Bevor Jane, Georgy und ich die Laken wuschen, weichten wir sie in Kerosin ein, um die Läuse zu vernichten. Es war seltsam, plötzlich auf der anderen Seite zu stehen und Farbigen dabei zu helfen, ein neues Leben anzufangen. Und dabei war ich selbst offiziell noch nicht einmal frei.

Ich hatte ein schlechtes Gewissen, weil ich in Schwesterntracht herumspazierte, während so viele Frauen kaum mehr als Lumpen am Leibe hatten. Um mich zu beruhigen, arbeitete ich sechs Kleider um, die die Woolseys bei ihren Spendensammelaktionen zusammengebettelt hatten.

Als ich eines Tages zwischen den Betten umherging, um diese Kleider und außerdem kaltes Wasser aus einem Eimer zu verteilen, rief plötzlich jemand meinen Namen.

»Jemma? Bist du das?«

Ich drehte mich um und erkannte ein mir sehr wohl vertrautes Gesicht. Es war Sybil, Miss Charlenes mageres kleines Hausmädchen von der Ambrosia Farm. Sie lag auf einer Pritsche am Fenster. Schweißperlen sammelten sich auf ihrer Stirn.

»Ich wusste doch gleich, dass du es bist. Wie hätte ich dieses hochnäsige Dahergerede vergessen können?« Sie hob abwehrend die Hand. »Komm mir nicht zu nah. Vielleicht habe ich Typhus. Ich glaube, sämtliche Bettwanzen von St. Mary's County leben inzwischen hier.« Sie wollte sich aufsetzen. »Was ist mit deinem Fuß passiert? Du siehst ja aus wie ein Krüppel.«

»Wie bist du hierhergekommen, Sybil?«

»Eines Morgens bin ich einfach aufgestanden und losgegangen, den ganzen Weg von Ambrosia bis hierher zu Fuß.« Sie blickte sich um, als nähme sie ihre Umgebung zum ersten Mal richtig wahr. »Inzwischen bin ich nicht mehr sicher, ob es nicht vielleicht weniger anstrengend war, Miss Charlene die Haare zu kämmen.«

»Und dich hat niemand erwischt?«

»Es hat gar niemand bemerkt, dass ich weg war. Wenigstens nicht rechtzeitig, um die Hunde loszulassen. Miss Charlene ist inzwischen ziemlich fertig. Wenn du mich fragst, verliert sie bald das Haus.«

»Wie geht es meiner Ma und Patience?«

Sybil beugte sich vor. »Ich war schon länger nicht mehr auf Peeler und habe deshalb keine Ahnung, was mit deiner Ma ist. Aber Patience geht es bestimmt recht gut. Ich erzähle es dir nur ungern, aber LeBaron war in letzter Zeit oft bei uns und hat ihr ein paar Sachen beigebracht. Zum Beispiel, wie sie seine Stiefel und Gewehre putzen muss. Es scheint sie nicht zu stören.«

»Es stört sie ganz bestimmt. Sie hasst ihn wie die Pest.«

»Was hast du denn für schicke Sachen an?«

»Das ist eine Schwesterntracht. Ich arbeite jetzt für die Sanitary Commission und pflege verwundete Soldaten.«

»Dann kannst du vielleicht Doreen helfen. Du kennst sie doch, sie gehört Jubal Smalls. Sie ist mit ihren vier Kindern draußen im Wald und traut sich nicht herzukommen. Ihr ältester Sohn ist noch keine vierzehn und hat eine Wunde am Kopf.«

»Terrence?« Tränen traten mir in die Augen. »Er ist ein guter Junge.«

»Master Smalls hat ihn mit einer Reisetasche geschlagen. Dabei hat die Metallverstärkung unten am Boden ihn so am Kopf getroffen, dass er jetzt über dem einen Ohr ein Loch hat. Es ist so tief, dass man das Gehirn sehen kann. Master Smalls hat heißen Teer draufgeschmiert, damit es noch schlimmer wird. Da hat Doreen ihre vier Kinder genommen und ist weggelaufen. Ich habe sie unterwegs getroffen. Die Arme hat solche Angst, dass sie sich nicht weitertraut.«

»Wo im Wald?«

Sie wies durch die Fensterscheibe. »Nur ein paar Meter, gleich da hinten. Beeil dich besser. Der arme Junge lebt nicht mehr lang.«

Als ich Georgy und Jane von Doreen berichtete, holten sie sofort eine Trage. Nachdem wir auch mit Mrs. Gibbons gesprochen und uns eine Vertretung organisiert hatten, hasteten wir zur Tür hinaus, obwohl es bereits dunkel wurde. Jetzt, im September, war es zwar draußen noch warm, kühlte jedoch nachts rasch ab. Überall wimmelte es von Glühwürmchen, die uns den Weg wiesen.

Begleitet vom Abendgesang der Frösche, folgten wir der mit einer Laterne bewaffneten Mrs. Gibbons zum Wald. »Eigentlich hättest du mit deinem Fuß besser zu Hause bleiben sollen, Jemma, aber wir brauchen dich, damit du uns zu der Stelle führst, wo Doreen sich versteckt haben soll.«

Die Krücke erleichterte mir das Gehen gewaltig, sodass ich die Führung übernahm und auf das von Sybil benannte Waldstück zusteuerte. Wir suchten geraume Zeit und hatten schon beinahe aufgegeben, als wir eine leise Stimme hörten.

»Jemma, bist du das?«

»Doreen?« Terrence vor die Brust gedrückt, trat sie aus dem Gebüsch.

»Meinem Jungen geht es sehr schlecht.«

Obwohl es inzwischen beinahe dunkel war, erkannte ich den Schmerz, der sich in ihren Augen abzeichnete. »Er spricht nicht mehr, Jemma.«

Georgy kam näher. »Dürfen wir ihn auf diese Trage legen

und ins Lazarett bringen? Jemma und Mrs. Gibbons helfen Ihnen mit den übrigen Kindern.«

Während Mrs. Gibbons die Zwillinge an der Hand nahm, griff ich nach der des kleinen Sam. Unterdessen bettete Doreen Terrence ganz vorsichtig auf die Trage. Georgy und Jane hoben sie langsam an, und dann gingen wir den Weg zurück, den wir gekommen waren. Gerade hatten wir den Waldrand erreicht, als wir in unserer Nähe die Stimmen von zwei Männern hörten. Beide waren mir so vertraut wie meine eigene.

»Sie haben uns entdeckt, meine Damen«, flüsterte Mrs. Gibbons. »Wir rühren uns nicht von der Stelle und warten, bis sie vorbei sind.«

Zwei Reiter erschienen aus der Finsternis und kamen auf uns zu.

»Irgendwo hier müssen sie sein«, rief die eine Stimme.

»Ich kann sie schon riechen«, erwiderte die andere lachend. Im nächsten Moment waren Jubal Smalls und Sheriff Whitman zu sehen.

Kapitel 41

JEMMA

Point Lookout, Maryland
September 1863

Ich presste mich so eng an einen Baumstamm, dass sich die raue Rinde in meinen Rücken grub, als Jubals Smalls an mir und dem kleinen Sam vorbeiritt.

»Ganz still«, raunte ich und hielt ihm fest den Mund zu. Er schüttelte sich, als hätte man ihn mit kaltem Wasser übergossen. Mir blieb fast das Herz stehen, denn Jubal war so nah, dass ich trotz der Dunkelheit das tückische Funkeln in seinen Augen erkennen konnte. Er und der Sheriff näherten sich Mrs. Gibbons, Jane und Georgy, die einander untergehakt hatten, um ihm den Blick auf Doreen und die Trage zu versperren.

»Wo ist meine Sklavin? Sie heißt Doreen«, fragte Jubal. »Ich weiß, dass sie irgendwo in diesem Wald sein muss.«

»Wir sind Krankenschwestern von der Sanitary Commission, Gentlemen«, erwiderte Georgy, scheinbar die Ruhe selbst. »Wir sammeln gerade Heilkräuter.«

Jubal wandte sich an den Sheriff. »Wir brauchen die Hunde.«

Noch nie hatte ich den weißhaarigen Sheriff Whitman so

aus der Nähe gesehen. Obwohl ich von meinem Posten hinter dem Baum nur seinen Umriss ausmachen konnte, verriet mir sein Wanst, dass er gern Schweinespeck aß.

»Ich warne Sie, meine Damen. Nach Ihrem Akzent zu urteilen, sind Sie aus dem Norden und kennen die hiesigen Gepflogenheiten nicht. Das Eigentum dieses Mannes versteckt sich hier im Wald, und wenn Sie irgendetwas darüber wissen, empfehle ich Ihnen, mit der Wahrheit herauszurücken.«

»Ich glaube, ein Gefreiter von Baracke B hat eine Familie gefunden, auf die diese Beschreibung passt«, meinte Jane.

Mrs. Gibbons nickte. »Er hat sie mitgebracht, damit sie registriert werden können.«

Die beiden hasteten zu Baracke B. Wir warteten ab, bis sie auch wirklich im Gebäude verschwunden waren, bevor wir uns eilig auf den Weg zum Lazarett machten.

Obwohl die Ärzte den Großteil der Nacht um das Leben von Terrence kämpften, mussten sie bei Morgengrauen seine Mutter rufen, damit sie sich von ihm verabschieden konnte. Während sie sich fast eine Stunde lang unter herzzerreißendem Schluchzen über seine Leiche beugte, hüteten Jane und ich ihre anderen Söhne. Auch mir brach es beinahe das Herz. Wir beerdigten ihn in einem ordentlichen Grab mit einem Grabstein, den ich selbst ausgesucht hatte. Am nächsten Tag schmuggelten wir mit Mrs. Gibbons' Hilfe Doreen und die drei Kinder an Bord des nächsten Schiffes nach Boston, damit ihre Namen nicht auf der Passagierliste erschienen. So würde Jubal Smalls niemals erfahren, was aus ihnen geworden war.

Allerdings hatte sich für mich nach dem Tod des Jungen etwas geändert. Es war, als hätte jemand einen Schlüssel umgedreht, denn alles, auch Dinge, die mir bis jetzt nichts ausgemacht hatten, begann mich zu stören. Am meisten jedoch stieß mir das Verhalten von Georgy und Jane auf. Ihre ständigen Warnungen und Vorschriften empfand ich plötzlich als bevormundend und unerträglich. Zorn staute sich in mir auf und wollte sich Luft machen. Und dazu suchte er sich ausgerechnet eines Abends in der Bibliothek ein Ventil.

»Leg den Fuß hoch, Jemma«, wies Georgy mich an, als Jane und ich uns zu ihr in die Bibliothek gesellten, und beugte sich wieder über ihre Näharbeit.

»Alles ist gut, Georgy«, erwiderte ich. Ich setzte mich in einen Sessel und sehnte mich nach etwas Ruhe, um über Carter und Nathan und darüber nachzudenken, welchen von beiden ich lieber mochte – eigentlich das einzig Schöne, mit dem ich mich derzeit beschäftigen konnte.

Jane legte meinen Fuß auf einen Schemel. »Du solltest wirklich mehr mit uns über deine Gefühle sprechen, Jemma.«

»Ich glaube, ich bin lieber ruhig.«

Georgy schnitt einen Faden ab. »Bist du glücklich? Traurig? Wir haben keine Ahnung. Jane und ich können uns einander anvertrauen, aber du hast niemanden, der dir nahesteht.«

»Nun, da Sie es erwähnen, Ma'am, gäbe es da jemanden, und das macht mich wütend. Ich hätte gern meine eigene Schwester hier. Leider ist sie verhindert, weil sie als Sklavin Indigo pflücken muss.«

»Deine Hauben machen dich doch bestimmt glücklich«, meinte Jane. »Zwei weitere Krankenschwestern möchten unbedingt auch so eine haben. Du könntest Geld dafür verlangen und etwas daran verdienen.«

Ich verschränkte die Arme vor der Brust. »Ich verschenke sie aber gern.«

Jane ging zum Bücherregal. »Soll ich dir ein Buch geben? *Klein Dorrit* von Charles Dickens vielleicht? Was für ein Glück, dass man dir das Lesen beigebracht hat.«

»Ich glaube, ich lese lieber *Oliver Twist* weiter. Das habe ich auf der Peeler Plantation angefangen und …«

»Davon könntest du Albträume kriegen, Jemma.« Sie reichte mir *Klein Dorrit.*

Ich legte das Buch auf den Beistelltisch. »Ich war heute auf dem Dach und bin auf eine Apfelkiste gestiegen, um zu schauen, ob ich Peeler von dort aus sehen kann.«

»Hoffentlich hast du auf deinen Knöchel aufgepasst«, meinte Georgy, ohne den Blick von ihrer Näharbeit abzuwenden.

»Die Vorstellung, dass Ma und Patience ganz hier in der Nähe sind, während ich gemütlich am Feuer sitze, belastet mich.«

Georgy band einen Faden ab. »Jane hat die Konterbanden-Liste eingesehen und niemanden von Peeler darauf entdeckt. Wenigstens du wurdest von diesem schrecklichen Ort gerettet. Möchtest du ihnen vielleicht einen Brief schreiben?«

»Das habe ich schon von New York aus getan.« Ich umfasste die Sessellehnen, als wollte ich aufstehen. »Aber ich schreibe noch einen, bevor es zu spät ist.«

Jane bedeutete mir, mich wieder zu setzen. »Das brauchst du doch nicht sofort zu tun.«

»Könnten Sie bitte alle beide damit aufhören?«, fragte ich ein wenig zu laut.

Beide Schwestern merkten auf.

»Was ist los, Jemma?«, erkundigte sich Georgy.

Ich fing an, im Zimmer hin und her zu gehen. »Ach, egal. Alles bestens.«

»Vielleicht solltest du über deine Gefühle reden. Wenn ein Mensch sich nicht mit seinen Sorgen auseinandersetzt, fressen sie sich fest.«

»Sie wollen also wissen, wie ich mich fühle? Wie ein Eichhörnchen an der Leine. Und wenn ich noch etwas hinzufügen dürfte: Niemand hat mich gerettet. Ich habe mich selbst in Sicherheit gebracht. Ich brauche Ihren Schutz nicht und auch nicht, dass Sie mich ›unsere Jemma‹ nennen und Entscheidungen für mich treffen. Bemerken Sie denn nicht, wie weh es mir tut, wenn mich jemand wie sein Eigentum behandelt?«

Georgy legte das Nähzeug weg. »Jemma, bitte.«

Ich blieb am Bücherregal stehen. »Ich möchte lesen, was ich will.«

Jane krampfte die Finger ineinander. »Manche Leute wären dankbar für so viel liebevolle Fürsorge.«

»Danke, dass Sie sich um mich kümmern. Das ist sehr nett von Ihnen. Aber ich möchte selbst über mein Leben bestimmen. Und dazu gehört, dass ich allein entscheide, was ich lese. Ich habe Dinge erlebt, die weitaus schlimmer sind als alles, was in *Oliver Twist* steht. Vielleicht will ich ja Albträume kriegen. Und noch etwas: Es war kein Glück, dass man mir das Lesen beigebracht hat. Tandy Rose hat es mich nur zu ihrem eigenen Vorteil gelehrt, damit ich ihr den halben Tag lang aus der Bibel vorlesen konnte. Also, nein, ich bin nicht dankbar dafür, dass die Frau, die mich bis zur Erschöpfung ausgebeutet und mir tagtäglich Kopfnüsse mit dem Fingerhut verpasst hat, wollte, dass ich lesen lerne. Habe ich nicht dasselbe Recht wie Sie? Sie haben mich aufgenommen, und dafür bin ich dankbar. Nur dass Sie alle nicht halten, was Sie versprechen. Sie reden davon, die

Benachteiligten zu beschützen, und dann überlassen Ihre Schwestern und Ihr Onkel Margaret und mich unserem Schicksal, obwohl sie von den drohenden Aufständen wussten. Sie kaufen zwar keine Baumwolle, aber Ihr Vater hat sein Geld mit Zucker verdient.«

»Unser Vater war ein guter Mensch«, widersprach Georgy.

»Doch sein Geld hat er auf unsere Kosten verdient.«

»Wir haben versucht, es wiedergutzumachen«, wandte Jane ein.

»Was tun Sie denn eigentlich wirklich? Sie, mit Ihren Gedenkmünzen mit der gefesselten Sklavin drauf, Ihren Besuchen im Waisenhaus für Schwarze und Ihren Vorträgen. Was wirklich zählt, ist die Freiheit.«

»Es tut mir leid, Jemma«, erwiderte Georgy. »Wir wollten nur helfen.«

»Für mich haben Sie nichts als Gutes getan. Aber meine Ma und Patience sind es, die jetzt Hilfe brauchen. Jemanden, der sie dort rausholt. Das wäre eine echte Hilfe.«

Am nächsten Morgen war mein Zorn verraucht, und ich fühlte mich so gut wie seit Langem nicht mehr. Jane, Georgy und ich fuhren mit einem Krankenwagen des Hammond Hospital los, um in Leonardtown Spenden zu sammeln. Ich saß bei heruntergelassenem Verdeck hinten, um sicherzugehen, dass mich niemand erkennen würde.

Wie sich herausgestellt hatte, hatten die beiden Schwestern trotz ihrer Aufforderung, ich solle über meine Gefühle sprechen, nicht mit einem solchen Ausbruch gerechnet, denn zunächst schienen sie, insbesondere Jane, gekränkt zu sein. Allerdings räumte Georgy rasch ein, sie sei froh, dass ich nichts beschönigt hätte, und als wir am nächsten Tag aufbrachen, waren wir alle wieder gute Freundinnen.

Am frühen Nachmittag hielten wir vor dem letzten Haus,

und nachdem uns eine Frau einen Karton mit Hemden von ihrem Sohn gegeben hatte, der in Gettysburg gefallen war, machten wir uns wieder auf den Rückweg nach Camp Lookout im Süden.

Georgy drehte sich auf dem Bock um. »Wo, von hier aus betrachtet, ist denn die Peeler Plantation, Jemma?«

»Nicht weit. Man muss durch Hollywood und danach ein gutes Stück die Moneysunk Road hinunter.«

Jane und Georgy wechselten einen Blick.

»Was?«, fragte ich und spürte ein Flattern im Magen. »Glauben Sie, wir könnten einfach hinfahren und Ma und Patience holen?«

Jane ließ die Pferde langsamer gehen. »Wir könnten einfach mal vorbeischauen und die Lage sondieren.«

Ich spähte durch eine Lücke im Verdeck. »Aber ich muss mich verstecken, wenn wir da sind.«

»Gibt es dort einen Aufseher?«, erkundigte sich Georgy.

»Er überwacht Peeler und die Ambrosia Plantation. Meistens treibt er sich irgendwo im Wald herum. Wir könnten zuerst nach Ambrosia fahren und nachsehen, ob Patience irgendwo draußen arbeitet.«

»Was würde passieren, wenn Anne-May dich sieht?«, fragte Jane.

»Dann würde sie LeBaron befehlen, mich gefangen zu nehmen, so viel steht fest. Schließlich bin ich ihr Eigentum.« Ich schwieg einen Moment. »Aber ich würde es drauf ankommen lassen.«

»Wenn wir es schaffen, würden deine Ma und Patience in Point Lookout als Konterbande behandelt«, meinte Georgy. »Alles völlig legal.«

»Ich würde für immer in Ihrer Schuld stehen«, antwortete ich.

Hin- und hergerissen zwischen Hoffnung und Furcht, wendete Jane die Kutsche, und wir machten uns auf den Weg zur Peeler Plantation.

Während wir die Moneysunk Road entlangrumpelten, band ich das Leinenverdeck des Krankenwagens hinten und vorn fest, damit mich bloß niemand bemerkte.

LeBaron, Anne-May und Jubal Smalls würden sicher vor Freude Luftsprünge machen, wenn sie mich wieder in die Finger bekamen.

Um mich von dem Gedanken an Ma und Patience abzulenken, fing ich an, die gespendeten Kleidungsstücke zusammenzufalten. Nach unserer mageren Ausbeute zu schließen, war es mit diesem Teil von Maryland bergab gegangen, seit ich fort war. Ich zwang mich, mich mit dem Angenehmsten zu beschäftigen, was mir einfiel. Ich dachte an Carter und wie es wohl wäre, mit ihm nach Kanada zu ziehen. Ich malte mir sein niedliches Lächeln aus und erinnerte mich daran, wie er in jener Nacht auf dem Sofa seinen Körper an mich geschmiegt hatte. Aber wer konnte sagen, ob er sein Angebot wirklich ernst gemeint hatte? Ich hatte seit Juli nichts mehr von ihm gehört.

Also wandte ich mich wieder den vier Hemden aus grobem Baumwollstoff zu, gespendet von einer armen Frau, deren Sohn im Krieg gestorben war. Pa hatte auch solche Hemden besessen.

Pa.

Seit ich meinen Gefühlen am Vorabend Luft gemacht hatte, fiel es mir leichter, an ihn zu denken, ohne gleich etwas kaputtschlagen zu wollen. Was tat Ma gerade? Sicher arbeitete sie auf den Feldern von Peeler. Patience war gewiss auf der Ambrosia Plantation und nach der Feldarbeit wieder in ihrer Hütte. Trotz unseres schlauen Plans bekam ich bei der Vorstellung einen staubtrockenen Mund.

Auf der Ambrosia Plantation angekommen, wollte Georgy vor dem Haus anhalten und Miss Charlene in ein Gespräch verwickeln. Unterdessen würde Jane hinten herum fahren, um die Pferde zu tränken, und mich absetzen, damit ich Patience holen konnte.

Mit heruntergelassenem Verdeck war es im Krankenwagen stickig und heiß wie in einem Backofen. Ich wischte mir die Handflächen an der Schürze ab. Unterdessen fuhr Miss Jane weiter, Georgy neben sich auf dem Bock. Der Krankenwagen war von derselben Bauart wie die in Gettysburg und bot Platz für zwei Tragen mit Verwundeten darauf. An meine eigene Fahrt, nachdem ich angeschossen worden war, konnte ich mich allerdings nicht mehr erinnern.

Ich lüpfte das Verdeck und hörte zu, als Georgy unseren Plan noch einmal durchging.

»Jane fährt zur Hintertür von Ambrosia, dort schwindle ich der Hausherrin vor, ich wolle Spenden für das Lazarett sammeln, und überrede sie, mich ins Haus zu lassen. Jane wird bitten, die Pferde tränken zu dürfen, und weiter zu den Hütten fahren. Wenn die Luft rein ist, gibt sie dir ein Zeichen, und du steigst aus, um Patience zu suchen. Sobald sie euch beide im Wagen hat, holt ihr mich wieder ab. Wenn Patience in Sicherheit ist, verfahren wir mit deiner Ma auf die gleiche Methode. Dann kehren wir nach Point Lookout zurück, bevor es dunkel wird. Alle einverstanden?«

Ich nickte, obwohl ich beim bloßen Gedanken am ganzen Leibe zitterte. Einerseits war ich schrecklich aufgeregt, weil ich Ma und Patience wiedersehen würde, andererseits hatte ich eine Heidenangst.

»Was, wenn Miss Charlene schon die Hunde losgelassen hat? Die riechen mich aus einem Kilometer Entfernung.«

Georgy verscheuchte eine Pferdefliege. »Jane wird sich vergewissern, dass keine Gefahr droht, bevor sie dich aussteigen lässt.«

»Was, wenn Miss Charlene Sie nicht hereinbittet? Sie hat einen kranken Ehemann. Vielleicht könnten Sie ja anbieten, ihn medizinisch zu versorgen.«

»Prima Idee, Jemma. Unser Plan ist zwar gut, aber es kann sein, dass wir improvisieren müssen. Und jetzt binde das Verdeck fest zu, sonst sieht dich noch jemand.«

Miss Jane trieb die Pferde an. Dennoch brauchten wir eine Ewigkeit bis zur Ambrosia Plantation. Wenn man bedachte, dass in diesem Fahrzeug eigentlich Kranke transportiert werden sollten, war die Reise darin eine ziemliche Schaukelei.

Unterwegs spähte ich durch die Ritze, wo das Verdeck nicht ganz mit dem Holzrahmen zusammentraf, und betrachtete meine Umgebung. Als wir durch Hollywood und am Laden von Smalls and Sons vorbeikamen, begann ich am ganzen Leibe zu zittern. Wir ließen die Abzweigung nach Peeler hinter uns und passierten das Tor zur Farm des alten Mr. Burns. Zum Glück konnte man den spinnenförmigen Baum, an dessen Ast Pa sein Leben hatte lassen müssen, kaum sehen.

Auf Ambrosia angekommen, hielten wir vor dem Haus. Sofort fingen die Hunde an zu bellen, worauf mir abermals ein Schauder den Rücken hinunterlief. Mit angehaltenem Atem beobachtete ich, wie Miss Charlene aus dem Haus kam und die Fliegengittertür zur Küche hinter sich zuknallte. Sie trug eine Schürze über ihrem Kleid und hatte eine schwarze Bratpfanne in der Hand. Ihr Haar, früher von Sybil so sorgfältig frisiert, war nun zerzaust und nur schlampig aufgesteckt. Ihr übliches Umschlagtuch aus Kamelhaar fehlte ebenfalls.

»Was wollen Sie?«, fragte sie und kniff argwöhnisch ein Auge zu.

Als Georgy vom Krankenwagen stieg, konnte ich sie nur von hinten sehen. »Wir kommen vom Hammond Hospital.«

»Unten am Point Lookout? Haben Sie Konterbande dort? Wahrscheinlich sind auch ein paar von meinen Sklaven dabei. Und ich muss jetzt selbst das Geschirr spülen.«

»Wir sammeln Spenden. Hätten Sie vielleicht kaum getragene Kleidung übrig?«

»Gar nichts habe ich. Die Zeiten sind schlecht. Aber wenn ich mir Ihre schicken Sachen so anschaue, haben Sie damit wohl keine Probleme.«

»Auch eine kleine Spende wäre unseren Verwundeten im Lazarett eine Hilfe.«

»*Unsere* Verwundete? Meinen Sie etwa die Yankees? Die haben den Krieg doch angefangen.«

»Genau genommen ist das nicht richtig, Ma'am ...«

»Und ich sitze hier mit einem kranken Mann. Er hatte nicht einmal die Chance zu kämpfen.«

»Ich bin ausgebildete Krankenschwester. Ich könnte ihn untersuchen.«

»Sie wollen Krankenschwester sein? Eine feine Dame wie Sie?«

»Ich habe auf Lazarettschiffen gedient. Und in Gettysburg. Jetzt bin ich in Point Lookout eingesetzt.«

»Kennen Sie sich mit Krupp aus?«

»In der Tat.«

»Mr. Weed hat es schlimm erwischt.«

»Ob ich hereinkommen und ihn mir einmal ansehen könnte?«

Miss Charlene stand, den Mund leicht offen und die Pfanne locker in der Hand, da und musterte Georgy eine Weile. »Gut, kommen Sie rein.«

»Dürfte meine Schwester die Pferde tränken? Die armen Tiere haben Durst.«

Miss Charlene wies in Richtung der Hütten. »Die Pumpe ist hinter der Scheune.«

Georgy folgte Miss Charlene zur Küchentür hinein. Dann setzte sich der Krankenwagen in Bewegung. Ich versuchte, noch einen Blick auf Georgy zu erhaschen, doch im nächsten Moment rollten wir schon an den Hunden in ihrem Zwinger vorbei. Sie bellten überhaupt nicht, als wir um die Scheune herumfuhren. Ich krampfte die Hände so fest ineinander, dass ich mir selbst das Blut abschnürte und sie zu prickeln begannen.

Ich würde Patience sehen – und Ma.

Jane stoppte vor den Hütten. Ich lüpfte das Verdeck, öffnete die hölzerne Tür und sprang hinaus. Miss Jane blickte mir besorgt nach, als ich, leicht hinkend wegen des verletzten Knöchels, in die Hütte trat.

Patience war gerade dabei, den Fußboden zu fegen. Erfüllt von Glück, hielt ich die Luft an und wartete darauf, dass sie mich bemerkte. Als sie mich endlich wahrnahm, biss sie sich auf die Faust und rannte mir entgegen, so schnell es mit ihrem bösen Bein möglich war. Helle Angst malte sich auf ihrem Gesicht.

»Jomma. Was machst du hier? Was ist mit deinem Fuß?«

»Den habe ich mir in New York City verletzt.« Ich griff nach ihren Händen. »Ich muss dir so viel erzählen. Jetzt pflege ich die Soldaten in Point Lookout. Wir sind gekommen, um dich und Ma zu holen.«

»Du musst sofort verschwinden.«

»Was ist los?«

»Wer sind diese Frauen?«

»Meine Freundinnen. Sie tun so, als würden sie Spenden sammeln …«

»Nimm deine Freundinnen und geh. LeBaron ist heute hier. Im Moment ist er draußen auf dem Feld, aber er wird jeden Moment zurück sein. Er wollte mit Miss Charlene wegen eines Geschäfts reden …«

»Was denn für ein Geschäft?«

Sie ließ die Hände sinken und wandte sich ab. »Wahrscheinlich geht es um mich.«

»Patience. Was hat denn Miss Charlene damit zu tun? Anne-May ist deine Eigentümerin.«

»Ohne ihre Zustimmung wird Anne-May mich nicht verkaufen.«

Ich packte sie am Arm. »Komm mit. Schnell.«

Sie machte sich los. »Nein, Jemma.«

»Wenn du hierbleibst, macht LeBaron mit dir dasselbe wie mit Celeste.«

»Der würdigt mich keines Blickes. Außerdem passt Miss Charlene auf. Sie hat mir gesagt, dass sie nie aufhören würde, mich zu vermieten.«

»Kommst du, Jemma?«, rief Jane leise vom Wagen her.

Patience ging zur Tür und spähte hinaus. »Du musst gehen. Das hier ist jetzt mein Leben. Wenn du nicht rasch in deines zurückkehrst, sitzt du gleich wieder hier fest.«

»Ohne dich gehe ich nirgendwohin. Wir wollten doch nach New York City.«

Patience musterte mich forschend. Schließlich seufzte sie laut auf und streckte mir die Hand hin. »Also gut.«

Ich konnte nicht mehr aufhören zu lächeln, als ich sie aus der Hütte zog und ihr in den Krankenwagen half. Miss Jane fuhr in gemächlichem Tempo los. Nachdem wir Miss Georgy abgeholt hatten, saßen Patience und ich hinten im Wagen, und ich drückte ihre Hand so fest, dass mir mein eigener Herzschlag in den Ohren pochte.

»Wir fahren nach Camp Lookout, das ist nicht weit«, erklärte ich.

»LeBaron ist mit den Hunden unterwegs. Wenn er uns findet, springe ich aus dem Wagen.«

»Er wird uns nicht einholen. Miss Jane kann fahren wie der Teufel.«

»Du weißt, wie das enden wird. Ich will nicht, dass du meinetwegen wieder hier landest. Schau dich nur an, mit deiner hübschen Schwesterntracht und deinen weißen Freundinnen. Du hast jetzt eine Chance. Ich kann ja auch noch später nach New York kommen, wenn der Krieg erst einmal vorbei ist.«

»Und was, wenn der Süden gewinnt? Eine Gelegenheit wie heute kriegen wir nie wieder.«

Als wir an die Moneysunk Road kamen, wurde Miss Jane ein wenig langsamer, und ich merkte ihr an, dass sie sich verfahren hatte.

In diesem Moment hörten Patience und ich aus der Ferne Geräusche, die sich jedoch rasch näherten. Patience sah mich in der Dunkelheit an und schlang die Arme um den Leib.

Die Hunde.

»Fahren Sie nach rechts, Jane«, sagte ich. »Zurück nach Point Lookout. Wir holen Ma ein andermal. LeBaron kommt.«

Sie bog rechts ab und beschleunigte. In rasender Geschwindigkeit holperten wir weiter, bis vor uns Le Barons Stimme erklang. Der Krankenwagen bremste ruckartig ab.

Patience und ich krabbelten leise nach vorn und schauten durch die Ritze im Verdeck.

Er und Clem waren uns in einem klapprigen Wagen entgegengekommen und versperrten uns jetzt den Weg. Ich wagte kaum zu atmen, als LeBaron vom Bock sprang. Er hatte seine lange, geflochtene Peitsche in der Hand, seine beiden Lieblingshunde umtänzelten ihn. Sie kläfften den Krankenwagen an und liefen daran entlang.

»Wo wollen die Damen denn hin?«, erkundigte sich LeBaron.

»Zurück zum Hammond Hospital«, erwiderte Georgy mit fester Stimme.

»Was haben Sie denn da hinten? Meine Hunde finden das offenbar ziemlich spannend.«

»Nur gebrauchte Kleidung, Sir.«

»Dann wollen wir mal einen Blick drauf werfen. Ich habe eine Schwäche für gebrauchte Kleidung. Magst du gebrauchte Kleidung auch so gern, Clem?«

Als Jane die Pferde antreiben wollte, rührte LeBaron sich nicht von der Stelle und entrollte die Peitsche. »Wissen Sie, wir haben es nicht gern, wenn Auswärtige hier die natürliche Ordnung stören.«

»Lassen Sie uns vorbei, Sir«, rief Georgy.

»Erst nachdem ich mich gründlich hinten im Wagen umgesehen habe. Das hier ist nämlich Privatgrund. Betreten verboten.«

Eines der Pferde stampfte mit den Hufen, sodass der Krankenwagen erbebte. »Wir sind Krankenschwestern der US-Army, Sir«, verkündete Jane.

»Seit Sie Ihr Lager für Konterbande in Point Lookout aufgemacht haben, sind uns eine ganze Menge Sklaven davongelaufen. Das bedeutet einen großen finanziellen Verlust.

Natürlich müssen sie zuerst durch den Sumpf, und das ist kein Strandspaziergang.«

»Ich springe jetzt runter«, flüsterte Patience mir ins Ohr.

Ich umklammerte ihre Hand.

Georgy erhob die Stimme. »Das hier ist ein Fahrzeug der US-Army. Die missbräuchliche Nutzung wird mit zweihundert Dollar Geldbuße bestraft. Verzeihen Sie mir meine Offenheit, aber Sie wirken auf mich nicht wie ein Gentleman, der so einfach zweihundert Dollar entbehren kann.«

Das Herz klopfte mir bis zum Halse, als LeBaron Clem stehen ließ und um den Krankenwagen herumstrich. Das Ende seiner Peitsche schleifte im Staub.

»Die Hunde sind mächtig aufgeregt. Ich bin wirklich neugierig, was Sie da hinten haben.«

»Er wird dich finden«, zischte Patience. »Ich ergebe mich. Sonst kriegt er dich auch noch.«

»Nein ...«

»Er wird dich behalten, und dann sind wir noch schlechter dran.«

Unterdessen kam LeBarons Stimme näher. »Am besten schauen wir jetzt mal nach.«

Patience zog mich an sich. »Ich unternehme jetzt was«, raunte sie. »Wenn du mich liebst, rührst du dich nicht von der Stelle.« Sie schob die kleine Tür auf, stieg aus und machte sie rasch wieder zu.

»Hab ich es doch gewusst!«, brüllte LeBaron. »Komm sofort her, du!«

Ich hielt ein Auge an die Ritze im Stoff und presste beide Hände vor den Mund, als Patience, so schnell sie konnte, zum Wald rannte.

LeBaron machte sich an die Verfolgung. Am Rand der

Straße holte er sie ein und warf sich auf sie, als würde er ein Schwein jagen.

Dann zerrte er sie an einem Arm hoch und schleppte sie zum Wagen. Sie war von oben bis unten voller Laub und hatte Zweige in den Haaren.

»Na, wen haben wir denn da?«, höhnte er.

Patience wollte sich losreißen.

Tränen brannten mir in den Augen, als ich langsam zum Heck des Krankenwagens rutschte. Was, wenn ich einfach loslief und sie befreite? Doch dann würden mich die Hunde holen.

Er deutete mit der Peitsche auf Jane. »Ich hab mir gleich gedacht, dass Sie beide etwas im Schilde führen.«

»Sie trifft keine Schuld«, protestierte Patience. »Ich bin reingeklettert, ohne dass sie was gemerkt haben.«

»Und du wolltest also weglaufen, damit Miss Charlene niemanden mehr hat, der sich um den Indigo kümmert? Weißt du, was wir mit weggelaufenen Sklaven machen?« LeBaron nahm ein Seil vom Wagen und fesselte ihr die Hände. Danach stieß er sie auf die Ladefläche. »Ich muss dich zurückbringen, bevor du wieder wegläufst.«

»Das arme Mädchen ist ja völlig abgemagert. Es ist offensichtlich, dass sie hier misshandelt wird. Kein Wunder, dass sie vor lauter Verzweiflung fliehen wollte.«

LeBaron stieg auf den Wagen und griff nach den Zügeln. »Sie ist Eigentum der Hausherrin. Damen wie Sie wollen einfach nicht verstehen, dass ihresgleichen Schmerzen und Hunger nicht so spürt wie normale Menschen.«

»Sie werden von den Behörden hören«, drohte Georgy.

LeBaron grinste. »Sie sollen sich an Sheriff Whitman wenden. Der wird sich schon um die Angelegenheit kümmern. Lass sie vorbei, Clem. Und jetzt würde ich den Damen empfehlen, von diesem Land zu verschwinden.«

»Hü!«, rief Clem unseren Pferden zu, worauf sich der Krankenwagen holpernd in Bewegung setzte.

Durch meine Ritze im Verdeck konnte ich beobachten, wie Patience hinten auf LeBarons Wagen saß. Sie hatte den Kopf hocherhoben. Ich war zwar gerettet, doch der Schmerz, meine Schwester noch einmal zu verlieren, ließ mich in ein schwarzes Loch fallen.

Kapitel 42

ANNE-MAY

Washington, D. C.
April 1864

Ich hatte es nicht eilig, Washington den Rücken zu kehren. Ja, ich wollte Jemma aufspüren und mich mit Jubal versöhnen, doch das Luxusleben war einfach zu verführerisch. Dabei hielt ich den größtmöglichen Abstand zu meinem ehemaligen Stiefvater Reggie, der zum Glück deutlich jüngere weibliche Wesen bevorzugte, als ich es war. Die allabendliche Prozession halb erwachsener Töchter, manchmal sogar mehr als eine, die seinem Schlafzimmer zuströmte, schien nicht abzureißen.

Da ich Melodys Gastfreundschaft inzwischen eindeutig überstrapaziert hatte, wurde ich argwöhnisch, als sie mich eines Nachmittags ins feinste Hotel Washingtons, das Willard, zum Tee einlud. Wie alle wussten, verfügte das Willard über die beste Küche, denn sogar Abraham Lincoln ließ sich von dort vorbereitete Mahlzeiten kommen. Außerdem gab es im Willard all die neusten Errungenschaften der Technik wie fließendes Wasser, Gaslicht und Spülklosetts, was manche Menschen sogar beeindruckender fanden als das Weiße Haus.

Melody und ich nahmen im Speisesaal Platz, einem sonnendurchfluteten von gewaltigen Palmen in Blumenkübeln gezierten Raum, der oben offen war. Stimmengewirr hallte vom gefliesten Boden wider. Männer und Frauen saßen in Grüppchen an Tischen, die sich unter Etageren, beladen mit den verschiedensten Sorten Teegebäck und anderen Köstlichkeiten, bogen. Frauen schlenderten durch den Raum, blieben hier und da an einem Tisch stehen und hielten auch an, um Melody mit einem »Wie geht es Ihnen?« zu begrüßen. Es waren dieselben Damen der besseren Washingtoner Gesellschaft, die Mary Lincoln die kalte Schulter zu zeigen pflegten.

Plötzlich entstand im Vorraum des Restaurants Tumult, denn die Kellner versuchten, eine Dame am Eintreten zu hindern. Doch bald erkannte ich, wer sich da einen Weg durch die mit Leinentüchern gedeckten Tische bahnte.

Maman.

Melody hob den Kopf. »Oh, Zoretha, und sogar pünktlich.«

Die Ruhe selbst, trat *Maman* an unseren Tisch. »Wie konntest du es wagen, mich so zu hintergehen, Anne-May?«, zischte sie mir zu.

»Sie hatte die beste Lehrmeisterin«, meinte Melody und winkte den Kellner heran, damit dieser Tee nachschenkte.

Unterdessen knöpfte *Maman* mit zitternden Händen ihren Umhang auf. »Noch am Tag meines Eintreffens in New Orleans sind sie mich holen gekommen. Widerliche Yankee-Soldaten haben mich in die Elm Street geschleppt und mich ohne Wechselkleidung und ohne Frühstück ins Gefängnis geworfen. Zwei Wochen lang haben sie mich dabehalten.«

Bei näherer Betrachtung bot *Maman* einen beklagenswerten Anblick, denn eine Motte hatte sich über ihren Umhang hergemacht, und ihre Manschetten waren an den Kanten schmutzig. »Es tut mir leid, *Maman,* aber ich musste …«

»Meine Freundin Belinda-Jane aus Baton Rouge kennt die richtigen Leute und hat mich rausgeholt. Nur dass kurz darauf wieder Soldaten vor meiner Tür standen und mich noch einmal verhaftet haben. Zuerst habe ich geschwiegen, denn schließlich bist du mein eigen Fleisch und Blut. Aber als sie mir mitteilten, du habest mich als ›im fortgeschrittenen Alter‹ bezeichnet, außerdem angedeutet, ich könnte die mir vorgeworfenen Schandtaten wirklich begangen haben, und zu guter Letzt gemeint, sie sollten mich ruhig aufhängen, habe ich schließlich die Wahrheit gesagt. Es dauerte eine Weile, bis man mir geglaubt hat, doch schließlich wurde ich freigelassen. Allerdings wurde ich zu monatelangem Hausarrest vergattert und durfte nicht einmal im Park spazieren gehen. Und sie haben sich alles, was ich ihnen über dein rotes Büchlein erzählt habe, wortwörtlich aufgeschrieben.«

»Zur Hölle mit dir, *Maman.*« Meine Schläfen pochten.

»Hast du dir etwa das Fluchen angewöhnt? Der Norden hat einen schlechten Einfluss auf dich.«

»Ich bin erwachsen und kann so viel fluchen, wie ich will.«

»Die Fahrt hierher hat eine Ewigkeit gedauert. Sämtliche Züge hatten Verspätung, und das alles nur wegen dieses elenden Krieges. Meine beschränkten Mittel haben mich außerdem gezwungen, zweiter Klasse zu reisen.«

»Du hättest mir das alles auch schriftlich mitteilen können.«

»Ich wollte dir ins Gesicht sagen, wie sehr du deine eigene Mutter gekränkt hast.«

Falls die übrigen Gäste mithörten, waren sie so wohlerzogen, wenigstens auf das Gaffen zu verzichten. Allerdings waren die Gespräche an den meisten Tischen verstummt.

»Es war eine Erleichterung, den Soldaten alles berichten

zu können, liebe Tochter. Zum Beispiel, dass du es warst, die die Standorte der Militärstützpunkte weitergegeben hat.«

»Sprich bitte leiser.«

»Und dass du ein kleines rotes Buch hast, in dem du alles aufschreibst.«

»Könntest du so gut sein, nicht so zu schreien, *Maman*? Hoffentlich hast du Jubal nicht erwähnt.«

»Ich habe ihnen alles haarklein geschildert. Sie haben sich Notizen gemacht, Anne-May, und viele Fragen zu dem kleinen Buch gestellt. Sie sagten, sie würden Soldaten der US-Army schicken, um dich zu verhören. Es könnte jeden Tag so weit sein.«

»Ich streite einfach alles ab. Außerdem genieße ich einen gewissen Schutz, da ich hier ja bei Reggie wohne.«

»Aber das wird nicht immer so bleiben, du hinterhältige Göre. Für mich bist du seit heute und für immer mausetot.«

»Dann wirst du dich wohl mit Euphemia begnügen müssen.«

»Sie würde niemals ihre Mutter verraten, um ihren Hals zu retten.«

»Kein Wunder, dass Vater so oft ins Ausland gereist ist. Mit dir ist es ja nicht auszuhalten.«

Sie beugte sich mit funkelnden Augen vor. »Dieser Mann hatte absolut kein Rückgrat, aber wenigstens war er ein guter Mensch. Er wäre entsetzt, wenn er wüsste, was aus dir geworden ist.«

Ich stand auf. »Ebenso entsetzt wie über dich? Unbegreiflich, wie dich jemand lieben kann.«

Ich steuerte auf den Ausgang zu.

»An dem Tag, als ich dir gesagt habe, dass du eine annehmbare Mutter abgeben würdest, habe ich mich geirrt!«, rief

Maman mir nach. »Da wäre eine Katze ja noch besser geeignet.«

Während sich alle Gäste nach ihr umwandten, ging ich einfach weiter.

»Ach wirklich?«, entgegnete ich, über die Schulter gewandt.

»Und ich habe noch eine Neuigkeit für dich«, fügte *Maman* mit lauter, kräftiger Stimme hinzu. »Dein Vater, den du so vergötterst, war in Wahrheit gar nicht dein Vater.«

Ich drehte mich zu ihr um.

»Ja, ganz recht. Dein wirklicher Daddy war ein heruntergekommener Reishändler aus Philadelphia, mit dem ich es in einer Absteige getrieben habe, um meiner Mutter eins auszuwischen.«

»Das ist eine Lüge.«

»Als ich feststellte, dass ich ein Kind erwartete, wollte ich dich unbedingt loswerden. Doch auch ein Liter Brandy pro Abend hat nichts genützt. Du hast dich in mir festgesetzt wie eine Krankheit. Und als du endlich rauskamst, mit den gleichen gelben Haaren wie dieser widerliche Reishändler, habe ich am ganzen Leibe gezittert. John Wilson hatte Mitleid mit mir und hat dich aufgezogen wie ein eigenes Kind, doch er hat dich nie wirklich geliebt.«

»Und warum hat Tante Tandy Rose mir dann Peeler vermacht?«

»Glaubst du, sie hat sich darüber gefreut, dass du unehelich bist? Sie hatte nur euch drei als Erben und fand, dass du die Stärkste von den Geschwistern warst. Harry hat sie nicht zugetraut, den Besitz beisammenzuhalten. Verdient hast du es jedenfalls nicht.«

Ich rückte meine Manschetten gerade. »Jeder hat das Recht auf seine Meinung.«

»Du kannst so reich und vornehm tun, wie du willst, Anne-May, und hier mit der besseren Gesellschaft dinieren. Die Wahrheit lautet, dass du vom Yankee-Pöbel abstammst. Halt dir das vor Augen, wenn die Detectives von Pinkerton dich holen kommen.«

Kochend vor Wut, marschierte ich aus dem Restaurant. Draußen auf dem Gehweg genehmigte ich mir eine Prise Schnupftabak. Nachdem ich in beide Richtungen Ausschau nach den Detectives gehalten hatte, kehrte ich zu Fuß zurück zu Reggies Haus.

Es war Zeit, nach New York weiterzureisen und Jemma zu suchen.

Und das verdammte Buch.

Der Frühling in New York City war eine wahre Pracht, und als ich durch den Central Park schlenderte, zog ich gleichermaßen die Blicke von männlichen und weiblichen Spaziergängern auf mich. Der Park war ein Erlebnis für sich. Auf den Wegen wimmelte es von Kutschen, und auf dem See drängten sich fröhlich bunte Boote. Laut Aussage eines Droschkenkutschers in irgendeiner Zeitung besuchten an besagtem Tag schätzungsweise einhunderttausend Menschen den Park. Jedenfalls war ein Spaziergang genau das Richtige, um über *Mamans* Eröffnung, was meine bedauerliche Abstammung betraf, nachzudenken. Gewiss war es nur ein verzweifelter Versuch gewesen, mich zu kränken.

Ich setzte mich und zog einen Brief aus der Tasche. Es war der an Jemma, den ich Patience zu schreiben gezwungen hatte, um sie daran zu erinnern, wie sehr sie ihre Schwester vermisste.

Dann holte ich aus derselben Tasche Jubals Taschentuch,

in das ich die Worte seines Gedichts an mich eingestickt hatte: *Liebe stirbt nie.*

Roch der Stoff noch nach seinem Rasierwasser? Ich hielt es mir an die Nase und schnupperte den verfliegenden Duft nach Fichtennadeln und Gewürzen.

Mein silbernes Schnupftabakfläschchen an einer Kette um den Hals, spazierte ich weiter zwischen den Ulmen dahin. Obwohl der grässliche Krieg weitertobte, waren überall wohlhabende Yankee-Damen in Reisemänteln aus Moiré und bernsteinfarbenem Samt, Nerzcapes und Gewändern aus leuchtend magentafarbenem, goldenem oder rosarotem Brokat zu sehen. Wie selbstzufrieden diese Frauen wirkten, während sich die Zeitungen mit Artikeln über ihre Geschlechtsgenossinnen im Süden überboten, die sich mit Muckefuck begnügen und ihre alten Kleider wenden und auftragen mussten.

In den vielen Monaten, die ich Reggies und Melodys Gastfreundschaft in Washington hatte genießen können, hatte ich eine recht umfangreiche Garderobe angesammelt, in der ich eine gute Figur machte. In meinem smaragdgrünen Seidenkleid und dem mit Zobelpelz gefütterten schwarzen Samtcape, angefertigt von Melodys liebstem französischem Kürschner, brauchte ich mich vor den modischen Yankee-Damen nicht zu verstecken. Ich trug meinen neuen Rockheber, und wenn ich beim Anblick einer Pfütze oder einer kleinen Rinne im Boden mein Kleid lüpfte, starrten die Passanten neugierig zu mir herüber.

Ich hatte mich, ausgerüstet mit Melodys sechs neuen grauen Leinenkoffern von Louis Vuitton voller Kleidung nach der neuesten Mode, aus Washington verabschiedet. Im Seitenfach meiner Hutschachtel steckte ein ordentliches Bündel Geldscheine. Als ich in die Kutsche gestiegen war, um mich ins Brevoort Hotel in New York City fahren zu lassen, war ihre Freude nicht zu übersehen gewesen.

Bei meiner Ankunft wurde ich trotz meiner sechs französischen Koffer vom Empfangschef des Hotels von oben herab beäugt. »Können Sie es sich überhaupt leisten, einhundert Dollar pro Nacht zu bezahlen?«

»Nichts leichter als das. Ich bin die Tochter von Reginald Stickman in Washington.«

»Sie klingen, als kämen Sie aus den Südstaaten«, erwiderte der Mann. »Haben Sie bereits Ihren Eid auf die Vereinigten Staaten von Amerika geschworen, Madam?«

»Ich wurde in New Orleans geboren und bin auch dort aufgewachsen. Doch derzeit wohne ich in Maryland. Soweit ich informiert bin, gehört dieser Bundesstaat zur Union.«

Er presste die Lippen zusammen.

Ich betrachtete die riesige Hotelhalle mit ihren polierten Marmorböden und den Samtvorhängen. »Da ich aus New Orleans bin, stelle ich natürlich hohe Ansprüche. Schließlich gibt es keine andere Stadt, in der man sich so gut amüsieren kann.«

Der Empfangschef ordnete einige Papiere vor sich auf der Theke. »Ach, wirklich?«

»Ich weiß ja nicht, ob Sie ein Freund des Rebensafts sind, Sir, aber wir haben dort fünfundvierzig Etablissements, die Alkohol ausschenken. Und die Hotels sind unübertroffen. Deshalb bin ich selbstverständlich an eine gehobene Unterbringung gewöhnt.«

Den Empfangschef schien das alles nicht zu beeindrucken. Doch das Personal wurde um einiges zugänglicher, nachdem ich angefangen hatte, Fünf-Dollar-Goldmünzen zu verteilen. Eine Zofe packte in einer Suite mit drei Zimmern meine Sachen aus. Dann bestellte ich ein Mittagessen für zwei, von dem ich nur die leckersten Bestandteile verspeiste und den Rest zurückgehen ließ. Anschließend probierte ich sämtliche Kleidungsstücke in meinem Besitz an, verstreute alles, wo es mir gefiel, und öffnete danach weit das Fenster, um das Zimmer zu lüften.

Irgendwann hatte ich genug von meinem Spaziergang im Central Park und suchte die Adresse auf, die ich einem Zeitungsinserat entnommen hatte. Der Name des Unternehmens lautete Bigelow Detective Agency. »Wir schlafen nie« hieß es in der Werbeanzeige unter der ziemlich verstörenden Abbildung eines starrenden Auges.

Eine endlos lange Treppe brachte mich in ein schäbiges Büro, an dessen Tür das gleiche Auge und dazu in Goldbuchstaben die Inschrift S. M. BIGELOW, PRIVATDETEKTIV prangte. Hinter einem Schreibtisch saß ein verschwitzter Mann, der an eine zu groß geratene Kaulquappe erinnerte, und löffelte Pudding aus einem Schälchen.

»Was wollen Sie?«, fragte er, beinahe ohne aufzublicken.

»Mein Name ist Anne-May Wilson Watson, und ich möchte eine vermisste Person finden.«

»Sind Sie aus dem Süden? Ich verlange Vorabkasse. Nordstaatengeld.«

»Aus Louisiana, doch inzwischen wohne ich in Maryland, Sir. Auf der Peeler Plantation. Vielleicht haben Sie ja schon davon gehört.«

Mr. Bigelow ließ mit einem Klappern den Löffel in das Schälchen fallen und wandte mir seine ganze Aufmerksamkeit zu. »Sind Sie etwa eine Bordsteinschwalbe?«

»Verzeihung?«

»Offenbar sind Sie allein auf der Straße herumgelaufen. Keine anständige Dame tut so etwas.«

»Man hat mich im Central Park wohlwollend zur Kenntnis genommen, falls Sie es so genau wissen wollen.«

»War das tatsächlich Wohlwollen, oder haben die Leute nur gegafft, weil eine Dame aus dem Süden so aufgetakelt und ganz allein unterwegs ist? Da hat man rasch mehr Publikum als die Seehundnummer bei Barnum.«

Als ich eine behandschuhte Hand an die Wange presste, fühlte diese sich heiß an. »Es wäre nett, wenn wir uns auf die Sache beschränken könnten, für die ich Sie bezahlen möchte, Mr. Bigelow.«

»Schwarz oder weiß?«

»Wie bitte?«

»Die Person, nach der Sie suchen. Ist die farbig oder weiß?«

»Farbig, um genau zu sein. Ein Mädchen namens Jemma. Mein Eigentum. Mein Mann hat sie verkauft, aber dem Gesetz nach gehört sie mir.«

»Hab ich's mir doch gleich gedacht. Wieder eine entlaufene Sklavin. Was würde ich nicht für einen guten, alten durchgebrannten Liebhaber geben!«

»Zuletzt hat sie in Hagerstown, Pennsylvania, gelebt, doch ich habe allen Anlass zu der Vermutung, dass sie inzwischen hier in New York City ist, und zwar bei einer Familie namens Woolsey. Brevoort Place acht.«

»Von den Woolseys habe ich schon gehört. Über die wird ständig in den Zeitungen berichtet. Das ist aber eine noble Adresse. Ist diese Jemma dort Hausangestellte?«

»Soll ich Ihre Arbeit für Sie erledigen? Genau das will ich ja herausfinden. Ob sie wirklich dort ist, und wenn nicht, wo sonst. Was sie tut. Und so weiter und so fort. Als ich vor dem Haus auf sie gewartet und mich als harmlose Passantin ausgegeben habe, wurde ich allen Ernstes von einem Neger angesprochen!«

»Handelt es sich um eine Entführung?«

»Ich weiß nicht ...«

»Möchten Sie sie mit zurück auf Ihre Plantage nehmen?«

»Könnten Sie das denn in die Wege leiten?«

»Für Onkel Sams Dollars kann ich alles.«

»Ich kann es nicht ertragen, Unionsgeld auch nur zu berühren.«

»Sie sind wohl ein so genannter Copperhead. Eine, die nur so tut als ob. Schließlich sind Sie ja aus Louisiana.«

»Die Yankees haben meinen Bruder umgebracht, Mr. Bigelow. Niemals werde ich mich ihnen beugen. Und wenn mich das zu einem *Copperhead* macht, soll's mir recht sein.«

Der Detektiv tätschelte meine Hand. »Aber, aber, ich kann die Burschen auch nicht leiden. Dieser Krieg wird unser wunderschönes Land zerstören und sämtliche Sklaven hierherlocken.« Beim Lächeln zeigte er teichwasserbraune schiefe Zähne. »Sie brauchen ja kein Nordstaatengeld anzufassen. Wenn Sie möchten, können Sie mich auch anders bezahlen.«

»Machen Sie sich nicht lächerlich, Sir. Was bringt Sie auch nur auf den Gedanken, dass ich so tief sinken könnte?« Ich griff nach meinem *Portemonnaie,* nahm eine Goldmünze heraus und legte sie auf die Schreibtischablage.

Rasch griff er danach und ließ die Münze in seiner Westentasche verschwinden. »Ein guter Anfang, doch es wird Sie noch fünfzig Dollar mehr kosten.«

»Das ist Wucher.«

»Wir sind hier in New York City, Mrs. Watson. Aber weil Sie mir so sympathisch sind, kriegen Sie eine Information gratis von mir. Die älteste Woolsey-Tochter hört auf den Namen Abigail. In der Zeitung steht praktisch jeden Tag etwas über sie, weil sie sich für das Ladies' House of Industry einsetzt. Dort finden mittellose Frauen Unterschlupf und können einen Beruf erlernen. Da Sie auch eine Frau sind, erzählt sie Ihnen sicher mehr als mir.«

»Wo ist das?«

»In der Sixteenth Street. Sie müssen bloß ihr Mitleid erregen. Dann lässt sie Sie in ihr Haus, und Sie haben Gelegenheit, sie auszuhorchen. Wenn Sie danach noch jemanden brauchen, der Ihrer Forderung ein bisschen Nachdruck verleiht, damit Sie Ihre Sklavin zurückbekommen, stehe ich gern zur Verfügung. Dazu müsste man die Kleine nur wegen irgendeiner Straftat anzeigen, ohne dass sie das Gegenteil beweisen kann. Spionage zum Beispiel. Unterdessen höre ich mich bei meinen Quellen um und stelle Nachforschungen an. Und falls Sie dann Ihr schwarzes Täubchen heimlich nach Maryland schaffen wollen, wenden Sie sich nur vertrauensvoll an mich.«

Kapitel 43

GEORGY

New York City, New York/
Fishkill, New York
April 1864

Als wir nach unserem gescheiterten Befreiungsversuch wieder in Point Lookout waren, verhielt sich Jemma sehr still und ließ sich kaum aufmuntern. Sie gab sich die Schuld an der misslichen Lage ihrer Schwester. Mutter schickte einen Brief an ihren Freund am Gerichtshof von Maryland, in dem sie ihn dringend um seine Unterstützung bat, erhielt jedoch keine Antwort. Ich selbst schrieb an Mrs. Gibbons und bat, sie möge uns bei der Rettung von Jemmas Mutter und Schwester helfen, woraufhin ich schon bald einen geheimnisvollen Brief erhielt, in dem stand, sie kenne den Fall vermutlich bereits und werde ihr Bestes tun. Falls sie Erfolg haben sollte, werde man uns nicht benachrichtigen. Sie verlasse sich darauf, dass unsere Korrespondenz vertraulich bleibe.

Nach diesem Ereignis ging das Leben in Point Lookout ohne Zwischenfälle weiter, bis schließlich ein Schreiben aus dem Gesundheitsministerium eintraf.

An Dr. Heger, USA.

Sehr geehrter Herr, der Gesundheitsminister hat beschlossen, siebenhundert verwundete Gefangene aus Chester, Pennsylvania, ins Point Lookout General Hospital zu verlegen.
Nach Ankunft der Gefangenen werden Sie das weibliche Pflegepersonal bis auf eine geeignete Person in der Diätküche und eine weitere in der Wäschekammer umgehend entlassen. Das ist ein Befehl.
C. H. Crane, Gesundheitsminister,
USA

Und wieder wurden wir aus der Welt der Krankenpflege verbannt. Was es noch demütigender machte, war der Umstand, dass uns männliche Pfleger verdrängten, obwohl wir uns gut eingearbeitet hatten und Fortschritte mit unseren Patienten verbuchen konnten.

Aber inzwischen waren wir auch Expertinnen im Kofferpacken geworden, und so traten wir die Heimreise zum Brevoort Place an. Mehr denn je war ich davon überzeugt, dass Amerika eine Schwesternschule brauchte. Nur so konnten wir beweisen, dass wir unersetzlich waren, sodass uns nie wieder jemand fortjagen würde.

Sobald ich wieder im Brevoort Place war, suchte ich den Bankier und Freund meiner Mutter, Mr. Tempy Green, auf, den ich um einen Kredit für die Schwesternschule bitten wollte. Mutter hätte ich nie auf ein Darlehen angesprochen, denn sie war auf das monatliche Einkommen aus Vaters Geldanlagen angewiesen. Eliza zu fragen verbot mir mein Stolz. Und Onkel Edward konnte mir nur eine kleine Summe vorstrecken, da sein Vermögen in Kriegsanleihen feststeckte. Und so saß ich vor Mr. Greens Schreibtisch in einem Sessel mit zu kurzen Beinen und tiefer gelegter Sitzfläche, der offenbar den Zweck verfolgte, den Kunden ein Gefühl der Unterlegenheit zu vermitteln. Mr. Green, ein hagerer, glupschäugiger Mann, der mich an eine Schnappschildkröte erinnerte, trug wie so viele Bankiers ein wichtigtuerisches Gehabe und eine gekünstelte Leutseligkeit zur Schau, als er sich, die Hände auf der Schreibtischunterlage verschränkt, zu mir vorbeugte.

»Miss Georgeanna, wie abenteuerlustig von Ihnen, eine Schule für Krankenschwestern eröffnen zu wollen. Sicher ist Ihnen bekannt, dass das Vermögen Ihrer Mutter fest angelegt ist. Doch ich bewillige Ihnen gern die tausend Dollar, die Sie beantragt haben.«

Ich schlug die Hand vor die Brust. »Ich bin Ihnen ja so dankbar, Mr. Green.«

»Wir würden die Konten Ihrer Mutter als Sicherheit eintragen.«

»Oh nein, das ist völlig unmöglich.«

»In diesem Fall kann ich Ihnen das Geld leider nicht leihen. Schließlich sind Sie eine alleinstehende Frau. Haben Sie denn keinen männlichen Bürgen? Sind Sie verlobt?«

»Äh, nein, Mr. Green.«

»Was? Eine Frau wie Sie, die, nun, die Blüte ihrer Jahre noch nicht ganz hinter sich hat? Die Verehrer reißen sich doch sicher um Sie.«

»Mein Onkel Edward ist bereit zu bürgen, sobald der Krieg vorbei ist.«

Mr. Green wies mit dem Kopf auf einen hochgewachsenen Gentleman, der vor dem Kassenschalter stand. »Was Sie brauchen, ist ein ehrbarer Mann wie unser Mr. Burpee hier. Ganz gewiss will er wieder in eine Immobilie in unserer schönen Stadt investieren. Oder fühlen Sie sich vom Geschäftsleben abgestoßen, Miss Woolsey?«

»Mein Vater war Kaufmann, Mr. Green. Doch wie ich sehe, ist Mr. Burpee nicht in Uniform.«

»Große Männer wie Mr. Burpee dürfen nicht dem Krieg geopfert werden, Miss Woolsey. Seine Unternehmertätigkeit hält die Wirtschaft der Union am Laufen. Ich mache Sie gern mit ihm bekannt, aber ich muss Sie warnen. Schon viele Damen der guten Gesellschaft haben ein Auge auf ihn geworfen, doch er hat noch keine erhört.«

»Bitte nicht, Mr. Green. Ich möchte nicht aufdringlich erscheinen.«

»Ich habe schon drei Kundinnen verkuppelt, die genau dort saßen, wo Sie jetzt sitzen. Mr. Burpee gehört zum selben Club wie Ihr Onkel und stammt aus einer angesehenen Familie. Man sagt, es brauche drei Generationen, um aus einem Mann einen Gentleman zu machen, doch die Burpees haben es in einer einzigen geschafft. Er ist im Nu vom Neureichen zum Geldadel aufgestiegen. Natürlich kann er nicht auf so illustre Vorfahren zurückblicken wie Ihre Familie, deren Ahnen mit der *Mayflower* hier angekommen sind. Dennoch wäre er eine gute Partie. Soll ein kleines Vögelchen ihm zuzwitschern, dass er sich zu uns gesellen könnte?«

»Das kommt überhaupt nicht in Frage, Mr. Green.«

»Nun, mit diesem spitzen Ton werden Sie es nicht sehr weit bringen, Miss Woolsey. Außer Sie wollen für immer eine ›Miss‹ bleiben wie Abigail und Jane, die armen Geschöpfe.«

Mr. Green hob den Arm und winkte Mr. Burpee heran, als wollte er am Broadway eine Droschke anhalten. »Archie, kommen Sie bitte kurz zu mir, mein Lieber, ich möchte Sie jemandem vorstellen.«

Ich wünschte, das Daunenpolster des Sessels möge sich auftun und mich verschlingen.

Mr. Burpee kam auf uns zugeschlendert. Er war lang wie ein Telegrafenmast und makellos gekleidet und hatte blondes Haar. Auf mich wirkte er wie ein Mann, der davon ausgeht, dass er immer und überall willkommen war. »Was ist denn, Tempy? Hoffentlich haben Sie mich gerufen, um mich mit dieser charmanten Dame bekannt zu machen. Miss Woolsey?«

Als er mir zunickte, entdeckte ich ein Lachen in seinen hellblauen Augen. Er hatte leichte Pockennarben auf den Wangen.

»Sie kennen einander schon?«, fragte Mr. Green.

»Ich habe einen Artikel über die Zeit gelesen, die Miss Woolsey mit ihrer Mutter in Gettysburg im Dienst unserer Truppe verbracht hat. Die Illustration war bemerkenswert treffend.«

»Danke, Mr. Burpee. Ich schreibe gerade an einem Buch über meine drei Wochen dort.«

Er wandte mir seine ganze Aufmerksamkeit zu. »Wenn man dem Artikel glauben kann, kommen sie aus einer äußerst interessanten Familie. Ihr Vater war mit den Howlands verwandt? Ihnen gehörten einige der beeindruckendsten Anwesen in New England. Und Ihr Onkel besitzt die Hälfte von Astoria.«

Als ich Mr. Green ansah, zog dieser eine Augenbraue hoch, was wohl *Das läuft ja großartig* besagen sollte.

»Und derzeit wohnen Sie am Brevoort Place? Eine noble Adresse.«

»Plaudern Sie gern über Immobilien, Mr. Burpee?«

Er zog die Handschuhe aus. »Ich muss mich entschuldigen, Miss Woolsey. Ich fürchte, ich bin ein Mann, der in seinem Beruf aufgeht. Häuser und Pferde, das sind die beiden Dinge, für die mein Herz schlägt.«

»Ich muss zugeben, dass mir Pferde manchmal sympathischer sind als Menschen.«

Mr. Burpee musterte mich mit zur Seite geneigtem Kopf. »Ihre Offenheit ist bemerkenswert, Miss Woolsey.«

Ich wandte mich an Mr. Green. »Jetzt muss ich leider gehen.«

»Bitte, Miss Woolsey, dürfte ich Ihnen am Brevoort Place meine Aufwartung machen?«, fragte Mr. Burpee. »Ich fahre einen Brewster-Wagen, gezogen von zwei der besten Pferde, die man in der Stadt finden kann. Viele Menschen kommen eigens zu unserer Farm in Lancaster, um sie zu bewundern.«

»Ich glaube nicht, dass es …«

»Bitte tun Sie mir den Gefallen, Miss Woolsey. Ich habe einen scheußlichen Tag hinter mir, und es wäre zumindest für den Augenblick eine kleine Entschädigung.«

»Nun, ich glaube, einen Besuch kann ich Ihnen gewähren.«

»Gut gemacht«, verkündete Mr. Green und schlug mit der Hand auf den Schreibtisch.

Mr Burpee nickte mir zu und marschierte zur Tür. »Mein Butler wird sich mit Ihnen in Verbindung setzen, Miss Woolsey«, meinte er, über die Schulter gewandt. »Sie werden sehr froh sein, dass Sie Ja gesagt haben.«

Bald wurde mir klar, warum Mr. Burpee so viel Erfolg in der Immobilienbranche hatte. Es war nämlich unmöglich, ihm etwas abzuschlagen. Schließlich begleitete ich ihn auf eine Fahrt in seiner prachtvollen Kutsche durch den Central Park, wo wir auf einer halsbrecherischen Runde um den See Kopf und Kragen riskierten. Anschließend speisten wir im Hotel Brevoort, wo er mir von den anderen Immobilienmogulen der Stadt erzählte. Es gab geschmorte Taube und gebratene Waldschnepfen. Mr. Burpee war ein angenehmer Gesellschafter und außerdem wortgewandt. Allerdings trank er Wein, während ich hauptsächlich beim Wasser blieb. Und sosehr ich mich bemühte, das Gespräch auf die Schachpartie zu lenken, in der die Generäle Lee und Grant um die Zukunft unserer Republik spielten, redete er fast nur über die unermesslichen Vorzüge seiner zahlreichen Pferde und Häuser.

Obwohl der Funke also leider nicht übersprang, tröstete ich mich damit, dass Mr. Green von der Bank sich über das Ergebnis seiner Kuppelversuche freute wie ein Schneekönig und mir aufmunternd zulächelte, wann immer wir einander auf der Straße begegneten.

In jenem Frühling bereitete Jemmas Knöchel ihr weiterhin Beschwerden. Und so verkündete Mutter eines Morgens: »Wir alle haben eine Erholungsreise aufs Land nötig.« Sie, Abby, Carry und Hatty packten ihre Sachen und brachen auf nach Litchfield, Connecticut, um Freunde zu besuchen. Unterdessen machten Jemma und ich uns auf den Weg zu Elizas und Joes Landgut Tioronda im Bundesstaat New York.

Wir saßen zusammen im Zug, sahen zu, wie die knospenden Bäume und der strahlend blaue Himmel an uns vorbeiglitten, und prosteten einander mit Rotwein zu, denn der Senat der Vereinigten Staaten von Amerika hatte endlich einen Gesetzesentwurf vorgelegt, der die Abschaffung der Sklaverei in der Verfassung festschreiben würde. Das Gesetz nahm zwar Grenzstaaten wie Maryland aus, und außerdem waren die meisten Sklaven noch immer alles andere als frei, doch wir feierten die Feste, wie sie fielen.

Es nagte noch immer an Jemma, dass wir ihre Familie in Maryland hatten zurücklassen müssen. Den Großteil der Zugfahrt verbrachten wir damit, generalstabsmäßige Pläne zu schmieden, um ihre Mutter und Schwester aus der Sklaverei zu befreien.

»Ich könnte Nathan bitten, mit mir hinzufahren. Nur dass auch die richtigen Papiere kein Garant für seine Sicherheit wären.«

»Vielleicht sollten wir einen schriftlichen Aufruf starten. Mutter kennt die Hälfte aller Anwälte Marylands«, schlug ich vor.

Nach einer Weile blickte Jemma gedankenverloren aus dem Fenster. Ich brachte es nicht über mich, ihr von der schrecklichen Nachricht zu erzählen, die ich gerade in der Zeitung gelesen hatte. In Fort Pillow, Tennessee, hatten konföderierte Soldaten eine große Anzahl farbiger Kriegsgefangener niedergemetzelt, sosehr diese auch um Gnade gefleht hatten. Auf jeden Sieg für die Gegner der Sklaverei schien ein Rückschritt zu folgen.

Eliza und Moritz holten Jemma und mich vom Bahnhof ab, und wir zwängten uns alle in die geschlossene Kutsche der Howlands. Moritz saß vorn beim Kutscher.

An diesem traumhaften Apriltag sah es aus, als hätte der Frühling Fishkill in seine Arme geschlossen. Wir fuhren durch die grüne Landschaft zu Elizas Gut, und bald sahen wir in der Ferne Tioronda, das sich an die Ausläufer des Mount Beacon schmiegte. Die ersten zarten Knospen sprossen, und der Fishkill Creek schlängelte sich am Fuße der Hügel wie ein silbernes Band durch das frühlingsfrische Gras. Joseph Howland war wirklich ein großer Patriot. Wer sonst hätte diese Idylle verlassen, um für sein Vaterland zu kämpfen?

Wir bogen in die lange Auffahrt ein, und kurz darauf erhob sich vor uns das hübsche Haus aus braunem Sandstein. Ich stieg aus, um das gewaltige Anwesen mit seinem Giebeldach zu bewundern. Oben auf dem First wehte die Flagge der Union im Wind.

Angeführt von Eliza traten wir in die Vorhalle, die von einem mit Seide bezogenen Sofa und einem Spiegel in lackiertem Rahmen geschmückt wurde. Mutter hatte den kleinen Pico vorausgeschickt, und nun begrüßte er uns, indem er entweder kerzengerade in die Luft sprang oder seinen eigenen Stummelschwanz jagte.

»Was für ein wunderschönes Zuhause«, stellte ich fest.

Jemma bestaunte die blau-weißen Vasen auf dem Flurtisch.

»Sie haben der Mutter unserer Mutter gehört und stammen direkt aus China«, erklärte ihr Eliza.

Als ich Moritz gerade meine Handschuhe reichte, kam Joe die mit einem Teppich belegte Treppe hinunter. Er ging auf einen Stock gestützt.

Ich raffte den Rock, lief ihm entgegen und fiel ihm um den Hals.

Er lächelte. »Einen so überschwänglichen Empfang bekomme ich sonst nur von Pico.«

»Ich habe dich so entsetzlich vermisst, Joe, und ich freue mich, dass es dir offenbar wieder gut geht. Außerdem steht inzwischen an fast jedem öffentlichen Gebäude in dieser Stadt der Name Howland.«

Er hatte sich ausgezeichnet von seinen schrecklichen Kriegserlebnissen erholt.

»Und darf ich dir unsere gute Freundin Jemma vorstellen?«, fuhr ich fort.

»Joseph Howland«, sagte er und hielt ihr die Hand hin.

Jemma hinkte auf ihn zu und schüttelte ihm mit einem Nicken die Hand. »Was für ein schönes Haus Sie haben.«

»Hoffentlich können Sie es trotz Ihrer Schmerzen im Fuß genießen. Ich habe fast den Eindruck, dass Sie einen Stock nötiger brauchen als ich. Wir werden Sie schon wieder aufpäppeln.«

Während Eliza Moritz mit unserem Gepäck betraute und Jemma ins Wohnzimmer führte, damit sie sich ausruhen und den verletzten Fuß hochlegen konnte, ging Joe zur Tür und atmete in tiefen Zügen die frische Landluft ein.

»Hoffentlich hast du nichts dagegen einzuwenden, Georgy, dass Frank Bacon auf seinem Weg nach New Haven hier Station macht, um sich Jemmas Knöchel anzusehen.«

Ich gesellte mich zu Joe an die Tür, als Frank die Auffahrt entlang und auf uns zugeritten kam. Die Satteltaschen mit seiner medizinischen Ausrüstung wippten hinter ihm am Sattel auf und nieder.

»Da er ja praktisch schon hier ist, wüsste ich nicht, was meine Meinung noch daran ändern könnte, Joe.«

Frank ritt zu dem Tritt neben dem Eingang und stieg ab, worauf ein Bursche die Zügel übernahm. Seine Uniform schien neu zu sein. Der Rock war ein Doppelreiher wie der alte, doch die Messingknöpfe wirkten teurer, und die Schulterklappen waren mit einer hübschen Goldkordel eingefasst. Auf dem Kopf hatte er einen neuen Hardee-Hut aus schwarzem Filz, geschmückt von einer grauen Feder. Hatte er all das der Großzügigkeit von Mrs. Barnett zu verdanken?

Er sah uns ernst an. »Hoffentlich störe ich nicht.«

Eliza erschien an der Tür. »Kommen Sie herein, Frank.«

Frank hob seine nagelneuen Satteltaschen aus feinem weißem Leder vom Rücken des Pferdes. Er lief die Stufen hinauf, trat ein und entledigte sich seines Huts. »Sie sehen großartig aus, Miss Georgy«, meinte er.

Als er mich anblickte, zeigte sich nicht der Hauch von Freundschaft in seinem Lächeln.

Ich nahm seinen Hut und reichte ihn Moritz. »Das muss wohl an der Umgebung liegen. Sie haben sich anscheinend auch prächtig erholt. Wie lange ist es jetzt her?«

»Gettysburg? Ein gutes Jahr schätzungsweise.« Frank klopfte sich den Staub von der Hose.

Joe hielt seinem Freund die Hand hin. »Gibt es Neuigkeiten aus dem Krieg? Bis man hier eine Zeitung in die Finger kriegt, sind die Nachrichten schon Schnee von gestern.«

»General Sherman soll die Rebellen in die Flucht geschlagen haben. Außerdem haben Gerüchten zufolge in Savannah Hungeraufstände stattgefunden.«

Eliza reichte Frank die Hand. »Vielleicht geben die Konföderierten sich ja endlich geschlagen.«

Frank schüttelte den Kopf. »Da würde ich nicht darauf wetten.«

»Wie schön, Sie zu sehen, Frank«, wandte ich mich an ihn. »Sie kommen gerade zum richtigen Zeitpunkt. Jemma und ich sind soeben eingetroffen.«

Er griff nach seinen Satteltaschen. »Ich kann nicht lange bleiben.«

Eliza hakte ihn unter und führte ihn zum Arbeitszimmer. »Danke, dass Sie es einrichten konnten, Frank.«

»Nathan sagt, dass Jemma seit ihrer Verstauchung im letzten Sommer Schmerzen hat.«

Wir traten ins Wohnzimmer, wo Jemma saß und nähte. Den rechten Fuß hatte sie auf einen Schemel gelegt.

Ich schob ihr das Kissen darunter zurecht. »Wir haben ihn

hochgelegt, in der Hoffnung, dass die Schwellung dann endlich zurückgeht.«

Frank schüttelte Jemma die Hand. »Bei unserer letzten Begegnung warst du doch die große Heilerin.«

Jemma lächelte. »Ich habe es mit meinen üblichen Hausmitteln versucht, aber nichts hat gewirkt.«

»Tut es noch weh, den Fuß zu belasten?«

»Ja.«

Frank kauerte sich neben sie hin und tastete mit beiden Händen ihren Knöchel ab.

Sie zuckte zusammen.

Er blickte sie an. »Ich zwinge dich ja nur ungern, diesen schrecklichen Tag noch einmal zu durchleben, aber wie genau hast du dir die Verletzung zugezogen?«

»Wir steckten mitten in einer Menschenmenge fest. Jemand, ich glaube, es war eine Frau, hat mich angerempelt, und dabei habe ich mir den Knöchel verdreht. Ich habe ein Knacken gehört. Am Abend ging es noch einigermaßen, aber am nächsten Morgen waren die Schmerzen schlimmer, und sie wurden trotz Margarets Eispackungen nicht besser.«

»Ich verstehe. Und wie fühlt es sich dort an?« Frank untersuchte ihre Wade.

Jemma stieß einen Schmerzensschrei aus. »Bitte nicht, Dr. Bacon, da oben ist es noch viel schlimmer.«

Ich stand hinter Jemmas Sessel. »Es ist ihr Knöchel, Frank.«

»Ich kann mir denken, warum Sie das glauben, Georgy.« Er ging zum Tisch, öffnete eine der Satteltaschen und nahm zwei Schienen aus Holz und einige Bandagen heraus. »Nur dass das leider nicht stimmt.«

Er setzte sich neben Jemmas Fuß auf den Schemel, platzierte eine Schiene links und rechts an ihrem Bein und begann, eine Bandage drumzuwickeln, um sie zu fixieren.

»Was ist es dann?«, erkundigte sich Eliza.

»Jemma muss diese Schiene mindestens zwei Wochen lang tragen und danach Krankengymnastik machen.«

»Ich verstehe nicht ganz«, meinte ich.

»Sie hat sich einen äußerst schmerzhaften Bruch zugezogen, eine so genannte Maisonneuve-Fraktur, also einen Spiralbruch des Wadenbeins. Das ist der Knochen ein Stück höher am Bein. Da sie all die Monate mit dieser Verletzung herumgelaufen ist, konnte sie nicht richtig heilen.«

Frank griff nach Jemmas Hand. »Du warst ein sehr tapferes Mädchen, jeden Tag solche Schmerzen auszuhalten. Versprichst du mir, das Bein nicht zu belasten?«

Jemma nickte.

Frank winkte mich zu sich. »Könnten Sie mir bitte helfen, Georgy?«

Er wies mich an, mich mit dem Rücken zu ihm vor ihn auf den Schemel zu setzen. Dann schlang er die Arme um mich und nahm meine Hände.

»Legen Sie Ihre Hände dorthin, damit sie es fühlen können.« Er lenkte meine Hände auf beide Seiten der Schienen, während er weiterwickelte. »Sie müssen stramm sitzen, dürfen aber nicht zu eng sein, sollten also das Wadenbein fixieren, ohne die Durchblutung zu behindern. Hier, machen Sie es zu Ende.«

Nachdem ich den Verband bis zu Jemmas Knie gewickelt und oben festgesteckt hatte, stand Frank auf.

Und ich vermisste sie sofort, die Wärme seines Körpers.

»Wie fühlt sich das an?«, fragte er Jemma.

Sie seufzte tief auf. »Keine Schmerzen. Zum ersten Mal seit langer Zeit.«

Frank packte seine Satteltaschen. »Sobald die Zehen anfangen, taub zu werden, muss der Verband gelockert werden.«

Eliza füllte ein Likörglas mit Brandy. »Darf sie ein Schlückchen davon trinken, Dr. Bacon?«

»Ja, natürlich, das hat sie sich verdient. Ein Glas Brandy und die Woolsey-Schwestern, zwei der besten Krankenschwestern der ganzen Sanitary Commission – was mehr könnte sich eine Patientin wünschen?«

Frank blieb zum Mittagessen. Elizas Köchin übertraf sich selbst und tischte gefüllte Rebhühner mit Farnspitzen und jungem Grünkohl und als Nachspeise einen köstlichen Pudding auf. Wie schön es doch war, dass Jemma sich endlich besser fühlte und dass Frank Bacon offenbar ausgezeichnete Laune hatte.

Eliza reichte Frank die Schüssel mit der Schlagsahne für den Pudding. »Ich muss sagen, dass es wirklich wunderbar ist, Sie endlich einmal ganz für uns zu haben, Frank. Wo ist denn Bethada heute? Sonst ist sie doch, nun, allgegenwärtig.«

»Sie besucht ihre Eltern in Poughkeepsie, und ich bin auf dem Weg nach Danbury. Nachdem wir meine Mutter in New Haven besucht haben, schaue ich hier noch einmal nach dem Rechten.«

Eliza beugte sich zu Frank hinüber, der links von ihr saß. »Es ist so ein schöner Tag. Vielleicht könnten Sie und Georgy ja einen Spaziergang zum Eishaus machen. Uns ist, wie ich fürchte, nämlich das Eis ausgegangen.«

»Ich muss leider gleich losreiten, weil ich heute Abend in Danbury erwartet werde. Ich bin mit einem meiner alten Professoren zum Abendessen verabredet.«

»Es dauert ja nur ein paar Minuten. Dann können Sie aufbrechen.«

Frank erhob sich. »Ich kann den Woolsey-Schwestern keine Bitte abschlagen. Außerdem wird die frische Luft mir sicher guttun.«

Jeder mit einem Eimer aus Eichenholz bewaffnet, schlenderten Frank und ich hinter dem Haus zum Fishkill Creek und, entlang an seinem von sprießendem Grün strotzenden Ufer, bis zum weiter entfernt liegenden Eishaus.

»Wissen Sie noch, als Sie und Joe auf dem Rücken den Fluss hinuntertrieben und Mutter euch nachlief, weil sie glaubte, die Strömung hätte euch mitgerissen?«

»Ach, Georgy, Sie brauchen nicht zwanghaft Konversation zu betreiben. Ich kann mir denken, wie peinlich es Ihnen ist, mit mir allein sein zu müssen, obwohl wir einfach nur Freunde sind. Es ist offensichtlich, dass Eliza uns zu verkuppeln versucht. Jeder hätte das Eis holen können.«

»Es ist mir ganz und gar nicht peinlich, Frank. Offen gestanden habe ich viel über die Dinge nachgedacht, die ich in Washington zu Ihnen gesagt habe. Es war, nun, eine schwierige Zeit.«

»Sie haben recht, Georgy. Allerdings geschieht nichts ohne Grund.«

Inzwischen hatten wir das Eishaus erreicht. Er öffnete die Tür, hielt sie mir auf, und wir traten in den kühlen, dunklen Raum, wo sich eine Mauer aus bläulichen Eisblöcken auftürmte.

»Ich habe mir etwas überlegt, Frank. Es geht um mein Vorhaben, von dem ich Ihnen in Gettysburg erzählt habe.«

Frank griff zum Eispickel und begann, Eis abzuhacken

und es in seinen Eimer zu füllen. »Ich fürchte, ich kann mich an kaum etwas erinnern.«

»Ich habe Ihnen erzählt, dass ich eine Schwesternschule gründen möchte. Für Frauen. Ich habe lange darüber nachgegrübelt, wie ich das Geld dafür auftreiben soll, da die fünfhundert Dollar von Mrs. Peabody nicht genügen. Ich brauche Räumlichkeiten, um den Unterricht abzuhalten.«

»Und was erwarten Sie von mir?«

»Dass Sie mein Partner werden.«

Er starrte mich an. »Das kann doch nicht Ihr Ernst sein.«

»Wir wären gleichberechtigte Partner. Ich würde vorschlagen, dass wir einen weiblichen Vorstand einsetzen, denn nur wenn der Standpunkt der Frau richtig vertreten wird, können Krankenschwestern sich Gehör verschaffen. Als Standort für die Schule würde mir New Haven vorschweben. Dort sind die Immobilienpreise niedriger als in New York.«

»Sie scheinen zu vergessen, dass wir Krieg haben.«

»Nach dem Krieg natürlich. Ich spüre es, Frank. Bald haben wir es ausgestanden, und wenn wir jetzt alles in die Wege leiten, sind wir bereit, sobald der Krieg vorbei ist. Wir werden in diesem Land dringend Krankenschwestern brauchen. Familien, die von schweren Krankheiten betroffen sind, haben Mühe, fähige Pflegekräfte zu finden. Außerdem können jederzeit Epidemien ausbrechen. Wer würde dann die Kranken versorgen, die niemanden haben und mittellos sind?«

»Das ist Aufgabe der Familien.«

»Nicht jeder hat eine Familie, Frank. Und wie oft muss eine Frau ihr Leben einem kranken Angehörigen widmen, ohne dafür ausgebildet zu sein? Wir könnten eine Armee von Frauen aufstellen, die allzeit bereit wären. *Semper paratus,* lautet so nicht Ihr Wahlspruch? Ein gründlicher einjähriger

Lehrgang einschließlich praktischer Erfahrung am Krankenbett wird ein Corps an pflichtbewussten Krankenschwestern, farbig und weiß, hervorbringen, die Familien aus sämtlichen Schichten der Gesellschaft beistehen könnten.«

Frank meißelte schweigend an einem Eisblock herum.

»Nun? Ich hätte gern eine Antwort, Dr. Bacon. Möchten Sie mein Partner sein?«

Er drehte sich zu mir um und warf den Eispickel in den Eimer. »Früher einmal gern. Es gab eine Zeit, in der ich Ihnen überallhin gefolgt wäre.«

»Das ist eine geschäftliche Angelegenheit, Frank.«

»Ja und nein. Ich kann nicht ständig mit Ihnen in Kontakt sein, Georgy, ohne einen Schmerz wegen unserer Vergangenheit zu empfinden. Ihren Vorschlag, eine Geschäftspartnerschaft einzugehen, empfinde ich offen gestanden als wenig einfühlsam, denn schließlich haben Sie meinen Antrag ja abgelehnt.«

Ich stellte den Eimer weg und machte einen Schritt auf Frank zu. »Damals in Washington habe ich mich Ihnen gegenüber ungerecht verhalten.«

Er blickte mich in der kühlen Dunkelheit an. Als er die Hand ausstreckte und mir die Wange streichelte, wurde ich von einem Schauder überlaufen.

»Sie frieren ja.« Er drehte sich um, nahm seinen Eimer und steuerte auf die Tür zu. »Wir sollten umkehren.«

»Aber Frank.«

»Georgy, meine Gefühle gelten einer anderen. Ich muss berücksichtigen, was Bethada zu diesem Vorschlag sagen würde. Sie ist mir eine treue Gefährtin, und ich darf sie nicht enttäuschen.«

Ich folgte ihm hinaus. Inzwischen hatte sich der Himmel zugezogen, und die Sonne wärmte kaum noch.

»Außerdem hat Bethada eine ähnliche Bitte an mich gerichtet.«

Ruckartig blieb ich stehen. »Ähnlich? Was soll das heißen, Frank?«

Er ging den Hügel hinauf in Richtung Haus. »Sie überlegt, ob sie selbst eine Schwesternschule eröffnen soll.«

Ich packte Frank am Arm. »Sagen Sie, dass das nicht wahr ist, Frank.«

Er marschierte weiter.

Ich raffte den Rock und lief ihm nach.

»Es war von Anfang an mein Projekt. Wie konnten Sie zulassen, dass sie es mir wegnimmt?«

»Sie hat ihren eigenen Kopf. Außerdem muss ich bald zurück zu meinem Regiment und habe nicht die Zeit, mich herumzustreiten.«

»Und Sie reden von Enttäuschung. Wollen Sie Partei für diese Frau ergreifen und sich gegen mich stellen?«

»Ich fühle mich nicht an Sie gebunden, Georgeanna. Sie wenden sich nur an mich, wenn es Ihnen in den Kram passt. Schließlich wurden Sie mit Archie Burpee gesehen.«

»Soll ich vielleicht ins Kloster gehen, bloß weil Sie sich Bethada verpflichtet haben? Mit Archie verbindet mich nur eine Freundschaft.«

»Ich will offen sein, Georgeanna. Es macht Ihnen Spaß, mich an der Nase herumzuführen. Jetzt sind Sie praktisch verlobt und wollen mich noch immer nicht loslassen.«

»Offenbar habe ich den falschen Menschen um Hilfe gebeten, Frank Bacon. Das Geld der Barnetts scheint Ihnen den Blick vernebelt zu haben. Das erkennt man an den teuren Geschenken, an der eleganten neuen Uniform zum Beispiel und an den Satteltaschen aus weißem Leder.«

Er blieb stehen und drehte sich um. »Gut, Bethada meinte,

ich solle mehr auf mein Äußeres achten, aber ich habe niemals auch nur einen Penny von dieser Familie angenommen. Sie hingegen könnten in puncto Taktgefühl noch einiges von diesen Menschen lernen.«

»Ist es denn ein Verbrechen, mich mit einem aufrichtigen Wunsch an Sie zu wenden, Frank?«

Er ging weiter. »Fragen Sie doch Ihren Archie. Er scheint Sie doch mit Aufmerksamkeiten zu überschütten.«

Als wir zurückkehrten, erwartete Eliza uns in der Vorhalle. Frank verabschiedete sich hastig und rief nach dem Pferdeburschen.

Wir blickten ihm nach, wie er, gefolgt von einer Staubwolke, die Auffahrt hinunterpreschte.

»Warum sagst du es ihm nicht, Georgy?«, fragte Eliza.

»Was soll ich ihm denn sagen?«

»Wie viel er dir bedeutet. Ansonsten hältst du mit deiner Meinung doch auch nicht hinter dem Berg.«

»Vielleicht beim nächsten Mal.«

»Es könnte kein nächstes Mal geben, Georgy. Frank wollte wissen, was ich von Bethada halte. Er spielt mit dem Gedanken, ihr einen Heiratsantrag zu machen.«

»Und?«

»Ich habe geantwortet, sie sei eine bewundernswerte Frau, aber da wäre noch eine, die besser zu ihm passt.«

»Eliza!«

»Er hat genau verstanden, was ich meine, und erwiderte, du hättest ihm ein zweites Mal einen Korb gegeben, weshalb er die Angelegenheit nicht weiterverfolgen wolle.«

»Er hat recht.«

»Ihr beide wart seit dem Tag eurer ersten Begegnung füreinander bestimmt. So etwas geschieht selten im Leben eines Menschen.«

»Wirklich?«

»Über den armen Mr. Burpee sprichst du völlig anders.« Eliza strich mir das Haar aus der Stirn. »Allerdings stehst du dir manchmal selbst im Weg, Georgy. Warum, um alles in der Welt, kannst du ihm nicht auf halber Strecke entgegenkommen?«

Arm in Arm sahen wir zu, wie Frank in der Ferne verschwand.

»Wenn ich das nur selbst wüsste.«

Kapitel 44

JEMMA

New York City
April 1864

Bei unserer Rückkehr aus Tioronda hatte sich mein Knöchel schon sehr gebessert, und ich konnte ohne Schmerzen gehen. Am nächsten Morgen saß ich am Küchentisch der Woolseys und arbeitete an meinen Lumpenhauben. Drei trockneten noch, über Blumentöpfe gestülpt, während ich aus Stoffresten neue Blümchen bastelte.

Ich hielt mich gern in dieser großen Küche auf. Hier konnte ich mich davon ablenken, wie entsetzlich ich Patiences Rettung vermasselt hatte, und das Kommen und Gehen im ganzen Haus beobachten. Etwas mit den Händen zu schaffen gab mir Gelegenheit, darüber nachzugrübeln, wie ich Ma und Patience am besten befreien würde, und ich ging die verschiedensten Möglichkeiten in Gedanken durch. Ich konnte selbst hinfahren und LeBaron und seine Hunde unter Schlafmittel setzen. Vielleicht konnte Nathan ein Boot mieten und am Steg in der Nähe der Peeler Plantation anlegen. Die vielen Möglichkeiten brachten mich beinahe um den Verstand.

Ich nähte eine Narzisse am Unterbau einer Haube fest.

Den Namen Lumpenhaube hatte sich Ma ausgedacht. Es hätte sie stolz gemacht, dass jede Krankenschwester in Point Lookout so eine Haube gewollt hatte. Ich hatte damit zehn Dollar in Nordstaatengeld verdient und beiseitegelegt, denn ich sparte für die Reise zurück, um Ma und Patience zu holen. Sobald alles vorbei war, würde ich mich an einen Anwalt wenden, um ihre Freilassung zu erwirken, obwohl Anne-May sie sicher niemals verkaufen würde.

Georgy kam in die Küche. »Jemma, hast du mein Umschlagtuch aus Kamelhaar gesehen?«

»Auf dem Klavier, glaube ich.«

Nachdem die Woolsey-Frauen aufgehört hatten, um mich herumzuglucken, hatten sie sich als sehr nett entpuppt. Alle sieben Schwestern waren nichts als freundlich zu mir und außerdem ihrer Ma eine große Hilfe. Allerdings hatte ich ein schlechtes Gewissen, weil ich glücklich war, während Ma und Patience so viel erdulden mussten. Trotzdem hatte ich noch nie im Leben so viel gelacht.

Anfangs hatte ich Schwierigkeiten, die Schwestern auseinanderzuhalten. Doch bald fand ich eine Eselsbrücke, indem ich alle Namen aufschrieb und neben jedem eine kleine Stoffblume befestigte.

Mit einem Haufen Männerunterhosen beladen, hastete Abigail an mir vorbei. Obwohl sie an einer starken Erkältung litt, arbeitete sie weiter und schleppte, unterstützt von Max, Kisten mit Tinte für die Soldaten in den Salon. Sie war die Älteste, kräftig gebaut und vermutlich am meisten belesen von allen, was in diesem Haus eine Leistung war. Immer hatte sie die Nase in einem Buch, und außerdem arbeitete sie im Ladies' House of Industry, einer Art Armenhaus. Wenn man sie beim Abendessen so reden hörte, hätte man meinen können, dass sie es allein leitete. Ich heftete eine hübsche schwarze Seidenblume neben ihren Namen, weil sie nur alte schwarze Kleider trug, bis sie ihr fast vom Leibe fielen, obwohl ihre Schwestern ständig schimpften, sie solle sich doch ein neues nähen.

Jane, die zweite Schwester, neigte zu Gefühlsausbrüchen und regte sich ständig über irgendetwas auf. An diesem Tag lief sie im Wohnzimmer auf und ab und fuchtelte wegen einer schlechten Nachricht aus dem Krieg mit den Händen in der Luft, sodass sie an einen flügelschlagenden Vogel im Käfig erinnerte. Sie bekam von mir eine hellrosafarbene Blume aus Baumwollstoff, weil ihr Kleider in dieser Farbe am besten standen. Ihr rotes Haar war kraus wie das von Sally Smith. Außerdem kleidete sie sich am besten von allen Schwestern und war stets ausgezeichnet zurechtgemacht.

An Mary Woolsey Howland war alles hübsch. Wenn sie mir gegenübersaß, in dem weiten weißen, von oben bis unten mit Farbe bekleckerten Kittel, den sie zum Malen trug, und, ein Baby auf dem Schoß, das Band einer Haube mit Blumen verzierte, erinnerte sie mich mit ihrem Lächeln und ihrer sanften Art an ein Rehkitz. Ihre Gedichte waren berühmt, obwohl niemand ahnte, dass sie von ihr stammten, und ihr Mann, Reverend Howland, brachte mir häufig ein Zitronenbonbon mit. Ihre vier kleinen Töchter waren genauso reizend wie ihre Mutter. Ich heftete eine blaue Prunkwinde neben ihren Namen, weil sie diese Blume am liebsten malte und weil sie dieselbe Farbe hatte wie ihre Augen.

Eliza, die Schwester, die Georgy dem Alter nach am nächsten war, spielte ziemlich gut Klavier, auch wenn sie dazu Noten brauchte. Für eine so reiche Dame war sie wirklich ausgesprochen nett und außerdem Georgys allerbeste Freundin. Sie hatte einen französischen Diener namens Moritz, der unsere Wünsche vorausahnte, ehe wir selbst sie kannten. Von mir bekam sie eine violette Blume, weil Violett die Farbe der Könige war und sie mir wie eine Art Königin erschien.

Georgeanna war die Lustigste von allen. Einmal brachte sie Miss Jane so zum Lachen, dass diese sich anschließend die Rippen verbinden lassen musste. Sie fuhr auf Rollschuhen im Haus herum und stapelte die Ausgaben des Buchs, das sie über Gettysburg geschrieben hatte. Dann rollte sie zum Klavier, blätterte eine Seite für Eliza um und sauste wieder davon. Vielleicht war sie meine Lieblingsschwester, weil sie und ihre Ma mich aufgelesen und mir ein Zuhause gegeben hatten. Aber wahrscheinlich hätte ich sie so oder so am liebsten gehabt, denn sie konnte einem Menschen richtig aufmerksam zuhören. Das wiederum war ein Glück für ihren Verehrer Mr. Burpee, denn der redete Tag und Nacht nur über sich selbst. Georgy bekam von mir eine gelbe Seidenrose, denn Gelb stand für die Freundschaft, und sie war eine wirklich gute Freundin.

Nach ihr kam Hatty, die neben Mrs. Woolseys großem, altem Sessel saß und ein Stückchen getrockneter Leber hochhielt, damit ihr Hund Pico Männchen machte. Sie folgte Mrs. Woolsey überallhin wie ein Schatten, las ihr jeden Wunsch von den Augen ab und war vielleicht die Großzügigste der Schwestern. Wenn man etwas brauchte, ruhte Hatty nicht, bis man es hatte. Ich heftete eine Rosette aus weißem Musselin neben ihren Namen, weil sie so rein und gut war.

Carry war die Jüngste im Bunde und außerdem die Größte. Sie stand neben Margaret in der Küche am offenen Fenster, zog rote Toffees zu Fäden und drehte sie zusammen. Carry kannte sich in vielen Dingen gut aus, und man merkte ihr deutlich an, dass es ihr nicht gefiel, die Jüngste zu sein. Wenn sie sich über etwas beklagte, achteten ihre älteren Schwestern oft nicht darauf. Besonders ärgerte sie sich darüber, dass ihr Bruder ständig Kanonenkugeln und Geschosshülsen als Kriegssouvenirs nach Hause schickte, die ihre Mutter unten an der Treppe zur Schau stellte.

»Ich stehe Todesängste aus«, beklagte sie sich. »Was, wenn eine dieser Granaten in die Luft fliegt, wenn die Kartätschen explodieren oder die Kanonenkugeln eine Katastrophe verursachen?«

Ich half ihr, die Sachen in den Garten zu schleppen, da auch ich selbst befürchtete, dass sie im Haus eine Explosion auslösen könnten. Für Carry machte ich eine leuchtend rote Rose, da ihre Gedanken stets in Flammen zu stehen schienen.

Mary erschien und beugte sich über den Küchentisch. »Bist du bereit für deinen zweiten Tag bei Superior Cigars?«, raunte sie.

Ich stand auf, voller Angst, ich könnte zu spät zur Arbeit kommen. Schließlich hatte Dr. Smith vom Waisenhaus mich an seinen Bruder weiterempfohlen. Mary hatte es ihrer Mutter verheimlicht, da Mrs. Woolsey nicht damit einverstanden gewesen wäre, dass ich in einem Tabakladen tätig war. Die Kirche, der sie angehörte, lehnte anregende Mittel jeder Art ab.

»Am besten gehst du jetzt. Ich mache die hier fertig.«

»Ich kann dich doch nicht meine Arbeit machen lassen.« Mary, die vier Kinder zu versorgen und außerdem mit den Bildern für die große Verkaufsausstellung genug zu tun hatte, sah sowieso schon ziemlich abgekämpft und blass aus.

Sanft zog sie mich von meinem Stuhl und setzte sich selbst darauf. »Du darfst heute Morgen nicht zu spät kommen, Jemma. Außerdem habe ich Freude daran. Jede verkaufte Haube hilft einem Soldaten.«

Ich eilte über die Fifth Avenue und den Broadway entlang. Nach einer Weile wurden die eleganten Geschäfte von schlichteren Läden abgelöst. Außerdem gab es hier einige Schulen, und in den Erdgeschossen der Häuser waren holländische Lebensmittelhandlungen untergebracht. Über dem Eingang eines Ladens für Krinolinen schwankten Reifröcke und Unterröcke wie Glocken im Wind.

Irgendwo trommelte jemand, so wie Ma früher, und es roch nach gebratenen Zwiebeln. Doch das Beste war, dass es hier von schwarzen Gesichtern wimmelte. Überall in den Läden und Restaurants sah ich Menschen, die meine Hautfarbe hatten. Ich musste mir ein breites Grinsen verkneifen, denn die meisten echten New Yorker hatten es nicht gern, wenn man zu viel lächelte. Doch bis auf die Tatsache, dass ich meine Familie vermisste, war ich zufrieden mit meinem Leben. Und am glücklichsten machte es mich, dass sich gleich zwei Männer um mich bemühten. Ich rieb das kleine Knochenkreuz, das Pa für mich geschnitzt hatte, und bat ihn, mir bei der Entscheidung zu helfen.

Carter liebte ich, seit ich denken konnte, und wir beide waren praktisch Bruder und Schwester. Er war humorvoll und klug und wollte mehr vom Leben, woran nichts auszusetzen war. Aber was war mit meiner Familie? Carter hatte Ma und Patience zwar gern, wollte jedoch, dass wir ohne sie ganz von vorn anfingen. Ich stellte mir Carters wunderschöne braune Augen, seine glatte kakaofarbene Haut und sein hübsches Lächeln vor. Er sah eindeutig besser aus als ich.

Nathan hingegen war älter als ich, was einige nicht zu verachtende Vorteile hatte. Er kannte sich besser in der

Welt aus und hatte ausgezeichnete Manieren. Außerdem war er ein Stück größer als ich. Und er war ernsthaft. Er sah zwar nicht so gut aus wie Carter, hatte aber ein ebenmäßiges Gesicht und dazu diese grünen Augen. Hinzu kam, dass er Soldat war, was ihm wegen der blauen Uniform, die sich so hübsch über seinen breiten Schultern spannte, zusätzliche Punkte einbrachte. Zudem hatte er Interesse an Ma und Patience und war bereit, so oft über sie zu sprechen, wie ich das wollte.

Als ich die Adresse West Broadway 93 erreichte, hatte ich mich noch immer nicht entschieden. Ich küsste Pas Kreuz und steckte es weg. Er würde mir schon den rechten Weg zeigen.

Ich freute mich sehr auf meinen zweiten Arbeitstag und betrachtete das große Schaufenster. »Ein schöner Laden«, hatte Nathan gesagt, als er mich am ersten Tag hinbegleitet hatte.

Ich trat durch die Tür, über der eine Zigarre, so groß, dass ein Riese sie hätte rauchen können, hin und her schwang. SUPERIOR CIGARS lautete die Aufschrift, die darauf prangte. Der Laden führte die verschiedensten Tabakprodukte, und es duftete hier ganz wunderbar. Regale mit Hunderten von Gläsern säumten die Wände, voll mit Lakritz, Rum und Honig, mit denen der Kautabak aromatisiert wurde.

Durch den Krieg war Tabak ziemlich beliebt geworden, weshalb die Geschäfte bei Superior ausgezeichnet liefen. Manchmal standen die Männer in zwei Reihen Schlange an der Theke aus Eichenholz, insbesondere dann, wenn ein ganzes Regiment gleichzeitig eintraf. Dr. Smiths Bruder Mr. Sharp bediente eine gemischte Kundschaft, wie er es nannte, also Schwarze und Weiße, allerdings hauptsächlich Männer. Mr. Edward kaufte hier seine Zigarren, die seinen

Worten nach die besten diesseits von Havanna waren. Sogar der Bürgermeister schickte seine Dienstboten zu uns.

Ich hatte mich in Windeseile vom Ladenausfegen zur Verkaufskraft hochgearbeitet, denn da ich mein ganzes Leben auf einer Tabakplantage verbracht hatte, kannte ich mich ziemlich gut damit aus. Mister Watson bewahrte allein fünfzig verschiedene Tabaksorten in seinem Büro auf, immer auf der Suche nach einem Weg, die Qualität seiner Ware zu verbessern. Und Anne-May hatte eine Schwäche für Schnupftabak. Also wusste ich, dass es Tabak in gepresster oder zu Schnüren gedrehter Form gab. Und ich ahnte, für welche Sorte sich ein Mann entscheiden würde, bevor er selbst es tat.

»Sie sehen aus, wie jemand, der Lone Jack raucht«, teilte ich einem Soldaten aus Boston mit, der daraufhin einen ganzen Beutel voll kaufte – mit dem Ergebnis, dass Mr. Sharp mich von da an nur noch hinter der Theke einsetzte.

Mr. Sharp war ein freundlicher Mann, so alt wie Dr. Smith, so schwarz wie Pa, aber schon sein Leben lang frei. Am Morgen bezahlte er mich für die ganze Woche.

»Das ist mehr, als ein neuer Mitarbeiter je in fünf Tagen verdient hat«, teilte er mir mit, als er mir einen riesengroßen, wunderschönen Dollar überreichte. Die Hälfte davon waren nur Trinkgelder.

Mit einem breiten Grinsen steckte ich das Geld ein und wünschte, Ma hätte mich so sehen können. Als Mr. Sharp mich außerdem noch als »geschätzte Mitarbeiterin seines Unternehmens« bezeichnete, stiegen mir Tränen in die Augen, und er wunderte sich, warum ich deswegen weinte. Aber er war eben noch nie das Eigentum eines anderen Menschen gewesen – ganz zu schweigen das von Miss Anne-May Wilson Watson.

Außerdem ahnte Mr. Sharp nichts von meiner Geheimwaffe, den »weißen Manieren«, die ich von Tante Tandy Rose gelernt hatte und die ich hervorzauberte, sobald das Glöckchen über der Ladentür läutete.

»Wie geht es Ihnen«, begrüßte ich den Kunden sofort, und zwar ohne das für Sklaven typische genuschelte »Sir« oder »Missis« hinzuzufügen. Wenn derjenige eine bestimmte Sorte verlangte, erwiderte ich: »Selbstverständlich führen wir das. Ich sehe gleich für Sie nach«, immer begleitet von einem höflichen Nicken. »Der Duft wird von Damen meist als angenehm empfunden«, war auch ein hilfreicher Satz.

Je besser ein Kunde gekleidet war, desto eher war er Schnupftabak und Zigarren zugeneigt. Einfache Soldaten und ungehobelte Gesellen bevorzugten Kautabak, und die Pfeife war erste Wahl der Offiziere.

Manchmal machte ich sogar einen Tabakwitz. »Besser, als Kaffee zu rauchen«, sagte ich, was mir immer einen Lacher einbrachte.

Die Leute hörten gern, dass ich auf einer Tabakplantage aufgewachsen war, doch ich hütete mich zu sagen, auf welcher. »Ich habe selbst den Tabak in Fässer gefüllt«, sagte ich dann.

Dafür bekam ich stets einen zusätzlichen halben Penny.

Da ich vor meiner Ankunft in New York noch nie Geld in der Hand gehabt hatte, musste ich den Umgang damit ziemlich schnell lernen. Ich wusste, dass ich das war, was Nathan als Heuchler bezeichnete, weil ich an der Arbeit schwarzer Sklaven verdiente. Vielleicht hatte ja sogar meine Ma diesen Tabak geerntet. Doch ich sagte mir, dass ich genauso ein Recht auf dieses Geld hatte wie alle anderen.

Wie schon am Vortag besuchte Carter mich an diesem Morgen während der Arbeit, als ich gerade alle Hände voll zu tun hatte. Ein ganzes Regiment auf dem Weg in die Schlacht war im Laden erschienen, und nun drängten sich die Männer in Dreierreihen an der Theke. Sie wollten sich vor dem Abmarsch mit einem Vorrat eindecken, weshalb ich ständig die Leiter hinauf- und hinunterklettern musste, um dieses oder jenes zu holen. Es war das Mindeste, was ich für die Jungs tun konnte, die für meine Freiheit kämpfen würden, auch wenn ich selbst noch immer nicht in deren Genuss gekommen war.

Carter winkte mir über die Köpfe der Wartenden hinweg zu. »Hey, Jemma!«

Ich hastete zum Ende der Theke. Es war so schön, ihn zu sehen. Er hatte einen Rucksack geschultert.

»Ich gehe fort. Nach Ottawa. Kommst du mit?«

Ich verschränkte die Arme vor dem Leib. »Ich habe mich noch nicht entschieden.«

»Ich sag's ja nur ungern, aber ich denke, das hast du. Als ich gestern bei Ladenschluss hier war, habe ich dich mit diesem Soldaten gesehen.«

»Das war nur Nathan.«

»*Nur Nathan* schien ziemlichen Spaß daran zu haben, mit dir Händchen zu halten.«

»Das ist es nicht, Carter. Du weißt, dass du für mich immer wichtig sein wirst. Aber es ist mir ernst damit, meine Ma und Patience zu holen. Du hattest nie eine Familie und verstehst nicht, wie viel sie mir bedeutet.«

»Du bist meine Familie.«

»Früher war das vielleicht einmal so, aber die Dinge haben sich geändert. Für uns beide. Ich weiß jetzt besser, was ich will. Mir gefällt es hier. Ich habe eine Arbeit und allein heute mehr verdient, als ich je in meinem Leben besessen habe. Außerdem habe ich Freunde.«

»Meinst du die edlen Wohltäterinnen aus Neuengland, die gemütlich in ihrem Haus sitzen?«

»Sie haben mir ein Zuhause und Geld gegeben. Ich werde nicht davonlaufen, bevor ich es ihnen nicht zurückgezahlt habe.«

»Du wirst dieses Geld brauchen. New York ist teuer. Im Gegensatz zu Kanada.«

Ich nahm den Dollar aus der Tasche. »Hier. Ich möchte, dass du das bekommst. In Kanada wird er bestimmt für eine Weile reichen. Kauf dir ein paar Lakritzschnüre.«

Nach kurzem Zögern steckte Carter das Geld ein. »Aber du musst vorsichtig sein. Anne-May wird nicht aufhören ...«

»Das Risiko gehe ich ein, Carter.«

Ich kniff ein Auge zu und machte in Gedanken ein Foto von ihm, wohl wissend, dass es mir für den Rest meines Lebens würde genügen müssen. »Schreibst du mir, wenn du dort bist?«

Er wischte sich mit dem Ärmel eine Träne weg. »Versprochen. Ich schicke dir Ahornsirupbonbons.«

»Tu das, Carter.«

Ohne sich umzuschauen, ging er davon. Während ich ihm nachblickte, dankte ich Pa dafür, dass er mir bei der Entscheidung geholfen hatte.

Als ich mich wieder an die Arbeit machte, fragte ich mich, ob diese Entscheidung auch wirklich richtig gewesen war. Aber der Gedanke, dass ich nun selbst über mein Leben bestimmen konnte, löste in mir ein wohliges Gefühl aus.

Nathan erschien, um mich von der Arbeit abzuholen. Ich war wirklich froh, ihn zu sehen, was mich in meinem Entschluss bestätigte, in New York zu bleiben. Nathan bot mir den Arm, und wir gingen los wie ein richtiges Paar.

Wir waren schon fast zu Hause, als er mitten auf dem Gehweg stehen blieb. »Ich hatte leider nicht die Zeit, schon früher zu kommen, um mit dir zu reden.«

»Worüber?«

»Dr. Bacon hat letzte Nacht einen Patienten im Hotel Brevoort behandelt. Als ich Chinin holen wollte, bin ich hier vorbeigegangen. Und da habe ich gleich auf der anderen Straßenseite eine Frau gesehen.«

»Schwarz oder weiß?«, erkundigte ich mich, als wir unseren Weg fortsetzten.

»Weiß. Irgendwie fand ich ihr Benehmen verdächtig, und deshalb habe ich sie angesprochen. ›Wollen Sie etwas von den Woolseys?‹, habe ich sie gefragt. Sie hat einen Satz rückwärts gemacht und angefangen, mich übelst zu beschimpfen. ›Noch nie hat ein Nigger gewagt, so mit mir zu reden‹, hat sie gezetert. ›Was bildest du dir ein, mich zu verhören? Ich schnappe nur frische Luft.‹«

Mir wurde schlagartig eiskalt. »Wie sah sie denn aus?«

»Nun, darauf wollte ich ja hinaus. Ich dachte, sie könnte diese Anne-May sein, von der du mir erzählt hast.«

»Mager?«

»Soweit ich feststellen konnte, ja. Es war dunkel.«

»Welche Haarfarbe?«

»Braun, aber mehr habe ich wegen der Haube nicht erkannt.«

»Du würdest einen schauderhaften Detective abgeben, Nathan.«

»Jedenfalls hatte sie einen Südstaatenakzent, so viel steht fest.«

»Louisiana?«

»Ich kann nicht mehr sagen, als dass sie eine widerliche Giftspritze war.«

Ein Schauder lief mir den Rücken hinunter. »Das war ganz bestimmt Anne-May. Komm, begleite mich nach Hause.«

»Von nun an werde ich noch besser auf dich aufpassen.«

»Danke, dass du es mir erzählt hast, Nathan.« Er brachte mich bis zur Tür. Ich suchte in beide Richtungen den Brevoort Place ab, bevor ich sie zuknallte, ein wundervoll sattes Geräusch, das mich daran erinnerte, dass dieses Haus meine Festung war.

Ich zog den Vorhang zur Seite und blickte ihm nach, als er die Straße hinunterging. War es ein Fehler gewesen, Carter abzuweisen? Wahrscheinlich war er schon fast in Ottawa. Würde Anne-May mich nachts holen kommen? Vielleicht hatte sie ja einen Sklavenhändler damit beauftragt, mich zurückzuschleppen, damit sie mir die neuen Kleider wegnehmen, mich in Sackleinen stecken und mich zwingen könnte, ihr die Füße zu waschen. Als ich mein Gesicht berührte, waren meine Hände eiskalt.

Ich schloss die Tür ab und ging die Treppe hinauf ins Bett.

Wie dumm war ich doch gewesen zu glauben, ich könnte irgendwo in Sicherheit sein.

Kapitel 45

ANNE-MAY

New York City
April 1864

Eines Nachmittags – ich kehrte gerade von einem belebenden Spaziergang ins Hotel Brevoort zurück, um mich umzukleiden, und gab dem Portier fünf Dollar Trinkgeld, damit er weiter vor mir Bücklinge machte – überreichte mir der Mann am Empfang einen Umschlag. Sofort erkannte ich Jubals fliederfarbenes Briefpapier und die hellbraun auf der Lasche aufgedruckte Absenderadresse. Keinem Mann, den ich kannte, wäre es gelungen, diese beiden Farben so hübsch miteinander zu kombinieren.

Smalls and Sons
Handelsniederlassung,
Hollywood, Maryland

Liebe Anne-May,
da mir die Freude einer Antwort auf meinen letzten Brief, den ich dir nach Washington geschickt habe, verwehrt blieb, schreibe ich dir hiermit noch einmal. Vermutlich hast du gehört, dass ganz Maryland über die

so genannten Copperheads spricht, also konföderierte Spione, die sich zwischen den Unterstützern der Yankees verbergen. Die Zeitung vom heutigen Morgen brachte einen Leitartikel, in dem es hieß, in Maryland gebe es Spione, die Militärgeheimnisse der US-Army an einflussreiche Kreise in den Südstaaten weiterleiteten. Zu allem Überfluss habe ich von Harriet erfahren, ein Gentleman von der Agentur Pinkerton habe auf verdächtige Weise Nachforschungen in Leonardtown angestellt. Damit möchte ich dir verdeutlichen, welche Dringlichkeit es hat, ein uns wohl bekanntes Dokument wieder aufzuspüren, da es uns beide belastet. Ich flehe dich an, es so schnell wie möglich ausfindig zu machen und mir zukommen zu lassen, damit es auch sicher nicht in die falschen Hände gerät.
In innigster Freundschaft,
dein Jubal

In innigster Freundschaft. Normalerweise endete er seine Botschaften mit *in Liebe.*

Während ich den Brief zurück in den Umschlag steckte, gab der Empfangschef ein Räuspern von sich. »Ist Ihnen womöglich entfallen, dass Sie uns noch das Geld für die letzten zwei Tage schulden, Mrs. Watson?«

»Wie könnte ich so etwas vergessen?« Ich lächelte ihn an. »Ich hole es auf der Stelle.«

Ich ging auf mein Zimmer, um das Geld aus meinem Hutkoffer zu nehmen, musste allerdings feststellen, dass es verschwunden war.

Ich hatte es doch unter dem Futter versteckt.

Mir gefror das Blut in den Adern, als ich das Futter sämtlicher Koffer herausriss und alle Kleidungsstücke auskippte.

Aber vergebens. Mit weichen Knien kehrte ich zum Empfang zurück.

»Etwas Unfassbares ist geschehen. Man hat mir mein gesamtes Geld aus dem Hotelzimmer gestohlen. Das kann nur ein Angestellter gewesen sein, da bin ich ganz sicher.«

»Sie können also nicht bezahlen?« Der Empfangschef klappte eine in Leder gebundene Kladde auf. »Allein Ihre Restaurantrechnungen belaufen sich inzwischen auf einhundert Dollar.«

»Ich brauche nur ein wenig Zeit.«

Der Empfangschef betätigte seine Glocke. »Page, begleiten Sie Mrs. Watson auf ihr Zimmer und bringen Sie ihr Gepäck in den Lagerraum.«

»Ist das Ihr Ernst? Wo soll ich denn um diese Zeit hin?« Als ich mein Portemonnaie zückte, stellte ich fest, dass es leer war.

»Es geht nicht nur um die Bezahlung, sondern auch darum, dass Detectives von Pinkerton hier waren.«

»Na und, was ist denn schon eine kleine Ermittlung?«

»Zudem hat die Hausdame Schäden in Ihrer Suite gemeldet. Sie haben die Fenster offen und das Tablett vom Zimmerservice stehen gelassen. Krähen sind ins Zimmer eingedrungen und haben die Essensreste überall herumgeworfen.«

»Ich werde jemanden mit der Reinigung beauftragen.«

»Die Erdbeeren haben nicht zu entfernende Flecken auf dem Aubusson-Teppich verursacht. Da Sie aus New Orleans sind, werden Sie sich in einem Hotel einer anderen Kategorie gewiss wohler fühlen. Ihr Gepäck behalten wir als Pfand hier. Vielleicht möchten die Herren von Pinkerton es sich ja gründlicher ansehen.«

Ich beugte mich über die Theke. »Guter Mann, ich bedaure

es wirklich außerordentlich, in welche missliche Lage ich geraten bin. Wäre ein Schuldschein für den Moment nicht ausreichend?«

Er schob mir eine Visitenkarte zu. *Mr. Gerald Minkman, Pfandleiher,* lautete die Aufschrift. »Vielleicht kann man Ihnen dort weiterhelfen. Page, begleiten Sie Mrs. Watson hinaus. Wir brauchen das Zimmer für den nächsten Gast.«

Ich suchte das Ladies' House of Industry auf, dessen Adresse mir Mr. Bigelow gegeben hatte. Es war ein düsteres Gemäuer, wo Frauen von zweifelhafter Moral aufgenommen wurden, damit sie nicht im Armenhaus landeten. Die dunklen Wolken am Himmel verstärkten den tristen Eindruck noch.

Ich kniff mich in die Wangen, hob den Arm und beschnupperte meine Achselhöhle. Roch ich, als ob ich die Nacht auf der Straße verbracht hätte? Für alle Fälle würde ich Abstand halten.

Als ich eintreten wollte, kam gerade eine Frau mit einer Pappschachtel heraus. Ich hielt ihr die Tür auf.

»Kann ich Ihnen helfen?«, fragte ich in meinem besten Yankee-Akzent.

»Vielen herzlichen Dank«, erwiderte die Frau. Sie verfrachtete die Schachtel in eine wartende Kutsche. Als sie zurückkam, öffnete ich ihr wieder die Tür.

»Sie sind nicht zufällig die Abigail Woolsey, über die ich in der Zeitung gelesen habe?«, erkundigte ich mich.

»Ja, die bin ich«, antwortete sie.

»Darf ich mich Ihnen vorstellen? Ich bin Lucretia Frick aus dem schönen Vermont.«

»Nett, Sie kennenzulernen, Mrs. Frick. Sie haben wirklich einen interessanten Akzent. Ich bin noch nie jemandem aus Vermont begegnet, der einen Akzent hatte wie Sie.«

Mein Herz setzte einen Schlag aus. »Oh, ich bin in Kanada aufgewachsen.«

»Entschuldigen Sie meine Unhöflichkeit, aber ich muss dringend nach Hause, um einige Spenden für die Verkaufsausstellung der Sanitary Commission abzugeben.« Sie schaute hinauf zum grauen Himmel. »Bevor es anfängt zu regnen.«

Sie war eine kräftig gebaute Frau und trug keinen Ehering. Außerdem war sie weit über dreißig. Offenbar hatte sie kein Interesse am anderen Geschlecht, denn ihr Kleid war schwarz und schlicht, und auf ihrem Gesicht war nicht der Hauch von Rouge zu erkennen. Auch die Ohrringe fehlten.

Ich nahm ihr eine ihrer Schachteln ab. »Lassen Sie sich von mir helfen. Ich würde mich ja so freuen, etwas zur Sache des guten Mr. Lincoln beitragen zu dürfen.«

»Ich kann Hilfe gebrauchen. Alle Träger sind beschäftigt. Wenn Sie mich in mein Büro begleiten, könnte jede von uns einen Karton nehmen.«

Ich folgte ihr in einen Raum, dessen Wände von deckenhohen Bücherregalen bedeckt waren. Die staubigen, in Leder gebundenen Wälzer hatte sicher schon seit Jahren niemand mehr angefasst. In der Mitte stand ein gewaltiger Schreibtisch, auf dem sich Papiere und Kladden türmten. Auf einer der Kladden lag ein Umschlag. Unionsgeld schimmerte durch das Papier. *Kasse,* stand in geschwungenen Buchstaben auf dem Kuvert.

Die Frau reichte mir eine Schachtel. »Ich hoffe, das ist nicht zu schwer für Sie.«

Als sie sich nach der nächsten Schachtel bückte, schnappte ich mir das Kuvert vom Schreibtisch und ließ es in der Tasche meines Kleides verschwinden. »Nein, überhaupt nicht.«

Wir schleppten die Kartons zur Kutsche, wo die Frau sich

bei mir bedankte. »Hätten Sie etwas dagegen, mir zu Hause beim Auspacken zur Hand zu gehen?«, fragte sie. »Es ist nicht weit von hier. Wir benutzen unser Haus als Sammelplatz für sämtliche Spenden, die bei der Ausstellung verkauft werden sollen. Alle unsere Dienstboten werden uns dabei unterstützen.«

»Es macht mir nicht die geringste Mühe«, sagte ich und kletterte neben ihr auf den Kutschbock. »Ich mache mich sehr gern nützlich.«

Wir trugen unsere Kartons in das Haus Brevoort Place Nummer acht. Es war ein recht ansehnliches Backsteingebäude und nur einen Katzensprung von meinem ehemaligen Zuhause, dem Hotel Brevoort, entfernt. Ich folgte der Frau in einen Salon, in dessen Ecken sich Kisten und Kästen bis unter die Decke türmten. Bis auf den leicht muffigen Geruch und die ein wenig durchgesessen wirkenden dunklen Sofas sah es hier einigermaßen wohnlich aus. Ich ging zu der Karte über einem der Sofas, wo ein Flickenteppich aus rosafarbenen und grünen Quadraten die Stellungen der Konföderierten anzeigte. »Ach, da ist ja Virginia. Diese Rebellen sind mir zutiefst widerwärtig.«

»Meine Mutter stammt aus diesem wundervollen Bundesstaat, Mrs. Frick.«

»Es ist wirklich sehr schön dort.«

Ich strich mit dem Finger über den Rahmen der Karte. Offenbar vergoldet. »Es ist Balsam für meine Seele, in dieser großen Stadt gottesfürchtigen Menschen zu begegnen. Ich nehme an, dass Sie, wie alle guten Christen, die Abschaffung der Sklaverei befürworten.«

»In der Tat, Mrs. Frick.« Abigail öffnete einen Karton und entnahm ihm einen Stapel Glacéhandschuhe für Damen.

»Ich wurde gebeten, alle verfügbaren Handschuhe zur Ausstellungshalle zu bringen. Offenbar haben sie ihren Vorrat restlos verkauft.«

Ich steckte die Hand in den Karton. »Moment, ich helfe Ihnen.«

»Was hat Sie nach New York City verschlagen?«

»Ich war auf einer Farm in Nashua und ...«

»Nashua liegt in New Hampshire, nicht in Vermont.«

»Habe ich Nashua gesagt? Oh, wie hieß die Stadt noch einmal? Montpelier. Da habe ich von der Verkaufsausstellung der Sanitary Commission gehört und dachte mir, ich könnte ja herkommen, um etwas dazu beizutragen. Ich möchte ...« Ich griff nach dem Umschlag in meiner Tasche und förderte einen Geldschein zutage. »Ich möchte gern etwas für die Sache spenden.«

Abigail nahm das Geld entgegen. »Zwanzig Dollar? Du meine Güte, Mrs. Frick, Sie sind eine wahre Patriotin. Mein Bruder bedankt sich bei Ihnen. Er ist Soldat und in Fort Monroe stationiert.«

»Haben Sie noch andere Geschwister? Oder leben Sie allein in diesem großen Haus?«

»Ich habe außerdem sechs Schwestern.«

»Engagieren sie sich alle für den Krieg? Ich glaube, ich habe in der Zeitung etwas über Ihre Schwester Georgeanna gelesen.«

»Wir sind sehr stolz auf sie. Sie und meine Mutter haben letztes Jahr in Gettysburg Soldaten gepflegt. Gerade erst ist sie von einem Ausflug aufs Land zurückgekehrt.«

»Es muss erhebend gewesen sein, in dieser Schlacht an vorderster Front zu stehen und so vielen unserer Jungs Halt zu geben. Wir müssen die Schande der Sklaverei hinwegfegen, finden Sie nicht auch, Miss Woolsey?«

»Absolut, Mrs. Frick. Meine Mutter und meine Schwester haben sich sogar sehr gut mit einer jungen Frau angefreundet, die früher Sklavin war.«

Ich richtete mich auf. »Ach, wirklich? Wie gütig von ihnen. Wie haben sie diese Frau denn kennengelernt?«

Abigail wickelte einen Stoß Handschuhe in Wachspapier und schnürte das Bündel mit Garn zusammen. »Die junge Frau war in der Schlacht verwundet worden, können Sie sich das vorstellen? Die US-Army hatte sie bei einem Sklavenhalter in Pennsylvania beschlagnahmt.«

Ich hob zwei Finger an die Lippen. »Hagerstown?«

Abigail drehte sich zu mir um. Zwischen ihren Augenbrauen entstand eine tiefe Falte. »Woher wissen Sie das?«

Das Herz schlug mir bis zum Halse. »Oh, ich habe nur geraten. Schließlich ist das eine der größten Städte in dieser Gegend.«

Sie musterte mich forschend. »In der Tat.«

»Wie heißt denn diese ehemalige Sklavin?«, fragte ich.

Das Misstrauen stand Abigail inzwischen ins Gesicht geschrieben. »Ich glaube, Sie gehen jetzt besser, Mrs. Frick. Danke für Ihre Hilfe. Gewiss habe ich Ihre Zeit schon über Gebühr beansprucht.«

»Dürfte ich Sie vielleicht noch um ein Glas Wasser bitten? Außerdem müsste ich rasch austreten.«

Abigail seufzte. »Gut, aber bitte beeilen Sie sich. Das Kabinett ist oben im ersten Stock. Ich hole Ihnen das Wasser. Aber dann muss ich los.«

»Wenn Sie ein bisschen Eis dahätten, wäre ich Ihnen sehr verbunden, Abigail. Vom Schleppen dieser Kartons habe ich ziemlichen Durst bekommen.«

Während Abigail in den hinteren Teil des Hauses eilte, um Wasser zu besorgen, raffte ich meine Röcke und rannte in halsbrecherischer Geschwindigkeit die Treppe hinauf, wo ich auf der Suche nach Jemmas geblümter Reisetasche Schränke öffnete und mit dem Fuß unter den Betten tastete. Beinahe hätte ich es aufgegeben, als ich in das letzte Zimmer kam. Es war klein und hatte Blick auf die Straße. Und Jemmas Tasche stand auf einem Stuhl.

»Mrs. Frick?«, rief Abigail von unten zu mir hinauf.

»Einen Moment noch«, antwortete ich.

Ich zog Emmas Tasche auf und kramte in den Blusen und Stoffresten. Schließlich kippte ich den ganzen Inhalt aufs Bett und durchwühlte ihn. Doch von einem in rotes marokkanisches Leder gebundenen Buch fehlte jede Spur. Ich öffnete die Kommodenschubladen und grub so hastig zwischen Pappkarten voller Nähnadeln und Garnspulen, dass ein Teil davon auf dem Boden landete.

»Was machen Sie hier oben?«

Als ich mich umwandte, stand Abigail Woolsey in der Tür.

»Mrs. Frick, falls das Ihr richtiger Name ist. Ich muss Sie jetzt bitten, auf der Stelle zu gehen.«

Kapitel 46

GEORGY

New York City
April 1864

Brevoort Place, N. Y. C.

Mein lieber Edward,
Ich freue mich, dass du rechtzeitig zur großen Verkaufsausstellung zugunsten der Sanitary Commission zurückkommst, denn sie verspricht, das größte gesellschaftliche Ereignis des Jahrzehnts zu werden. Deine Nichten sind alle fleißig an der Arbeit. Mary legt sich mit ihren Blumenarrangements mächtig ins Zeug, und alle Damen können es kaum noch erwarten. Abby ist schon ganz begeistert und hat eine wunderschöne Flagge aus Seide und zahlreiche andere Kleinigkeiten angefertigt. Georgy will Exemplare ihrer Bücher verkaufen. Marys Idee, Gartenhüte aus weißem Stroh anzubieten, deren breite Bänder mit Blumen bemalt sind, ist ebenfalls allerliebst. Sie sollen in ihrem Blumenhain aufgehängt werden. Ihr gesamtes Sortiment folgt dem Thema Garten …
In innigster Zuneigung,
Jane Eliza

Als Jemma und ich von unserem Besuch bei Eliza nach New York zurückkehrten, wurde in Mutters Haus bereits emsig an den Vorbereitungen für die Verkaufsausstellung zugunsten der Sanitary Commission gearbeitet. Inzwischen waren wir im vierten Kriegsjahr, und man hatte General Grant zum Oberbefehlshaber der gesamten US-Army ernannt. Nach einigen Gefechten im Südwesten sah es für den Norden wieder rosiger aus, und allmählich wagten wir zu hoffen, dass das Ende des Krieges unmittelbar bevorstand.

Dass die Ausstellung sich als Publikumsmagnet erweisen würde, war in New York City nicht zu übersehen. Es herrschte traumhaftes Frühlingswetter, und in den Hotels und Pensionen war kaum noch ein Bett zu bekommen. Alle sprachen nur noch über die Ausstellung, deren Erlös unseren Truppen zugutekommen sollte.

Unterdessen ging es bei uns zu Hause drunter und drüber. Alle, mit Ausnahme von Jane und Eliza, hasteten hin und her und packten vom Speicher heruntergeschleppte Stühle und Waschschüsseln als Spende zusammen. Jede von uns hatte eine Aufgabe übernommen, und meine bestand darin, Exemplare meines Buches *Three Weeks at Gettysburg* im Autorenzentrum zu signieren. Jemmas gebrochenes Bein heilte gut. Außerdem hatte sie beschlossen, ihre Hauben, die bei den Schwestern in Point Lookout solchen Anklang gefunden hatten, zu verkaufen. Also durchwühlten wir alle Truhen auf dem Speicher nach Stoffresten, die sie dafür verwenden konnte, und suchten die noch nicht zu Verbandsmull zerkleinerten Familienerbstücke heraus.

Carry hielt eine zerknautschte Haube aus Kattun hoch. »Wenn das Fest vorbei ist, werde ich nur noch auf dem Sofa herumliegen und mir Kühlung zufächeln.«

»Da bin ich sofort dabei«, meinte Hatty. »Mit einem Strohhalm in einem Glas Kirschpunsch.«

Hatty und Carry, die beiden Jüngsten, hatten in diesem schrecklichen Krieg schnell erwachsen werden müssen. Dennoch hatten sich die beiden berüchtigten Kichertanten über Nacht in vernünftige Frauen verwandelt, die als Krankenschwestern lange Schichten im Bellevue Hospital ableisteten. Inzwischen gingen sie mit raschen Schritten auf die dreißig zu, also auf die magische Altersgrenze. Würden nach diesem Krieg überhaupt noch Männer am Leben sein, mit denen sich eine Familie gründen ließ?

Ich konnte von diesem Speicher nicht genug kriegen, denn hier unter den groben Deckenbalken, hoch oben über den Wipfeln der Ulmen, schienen meine Sorgen wie weggeblasen. Unter der Leitung von Mary und Abby öffneten wir verschiedene Kisten, begleitet von Staubwolken, die in dem Lichtstrahl tanzten, der durch das hohe, ovale Fenster hereinfiel. Wir förderten Unmengen von nach Kampfer riechenden Satinpantöffelchen, Morgenmänteln und Baumwollkleidern zutage.

Als Hatty auf ein uraltes Haarnetz aus rosafarbenem Satin stieß, stürzte Jemma sich sofort darauf.

»Das reicht für sechs Rosen.«

Wie hätte sich Vater über diese kleine Szene gefreut.

Rasch legten wir die Stoffreste zurecht. Jemma saß, ein Brett auf den Knien, da und formte jeden zu einer kleinen Blume oder Knospe. Unterdessen beobachteten wir fasziniert, wie geschickt sich ihre Finger bewegten und wie rasch sie die formvollendeten winzigen Blüten zusammenrollte und aufbauschte.

Carry griff nach einem Sträußchen. »Wenn man sich vorstellt, dass du sie aus Dingen machst, die niemand mehr gebrauchen kann. Allerdings finde ich den Namen ›Lumpenhaube‹ scheußlich für etwas so Wunderschönes.«

Ich hielt eine Musselinblume fest, damit Jemma sie unten abbinden konnte. »Jemma und ich fahren heute zu Onkel Edward. Wir wollen Venusmuschelschalen sammeln und daraus Knöpfchen für das Mittelstück der Blüten machen.«

Carry sah Hatty an. »Zu Vaters Strand? Den ganzen Weg nach Queens? Du hältst dich doch aus gutem Grund von diesem Strand fern, Georgy.«

»Mir geht es ausgezeichnet, Hatty. Ich bin völlig darüber hinweg. Herrje, als es passiert ist, war ich sieben.«

»Es ist eine entsetzlich abgelegene Gegend«, fügte Hatty hinzu. »Vielleicht solltest du Mr. Burpee bitten, euch zu begleiten. Oder wie wäre es mit unserem guten Freund Frank Bacon?«

Carry zog einen Stapel zu Vierecken geschnittenen groben Baumwollstoff aus einer Truhe. »Der ist mit seiner Damenbekanntschaft beschäftigt. Ich habe gehört, die beiden hätten sich im Central Park in den Armen gelegen.«

»Frank kann umarmen, wen er will«, entgegnete ich.

»Aber verlobt sind sie noch immer nicht«, fügte Carry hinzu.

Ich reichte Jemma ein Stück Wollstoff. »Ich würde lieber darüber sprechen, was wir sonst noch für die Verkaufsausstellung spenden wollen.«

»Hört, hört, sie wechselt das Thema«, spöttelte Carry.

»Die Vasen mit dem chinesischen Rankenmuster vielleicht«, schlug Hatty vor.

»Die, auf die Mutter so stolz ist?«, protestierte Abby. »Denk nicht einmal daran.«

Hatty wies mit dem Kopf auf den Geschirrschrank. »Das Geschirr mit dem fliederfarbenen Transferdruck wäre eine Möglichkeit.«

»Und wovon sollen wir dann essen?«, wandte Carry ein.

»Was haltet ihr von dem Fächer auf dem Kaminsims?«, fragte Jemma.

Wir verstummten.

»Habe ich was Falsches gesagt?«, hakte Jemma nach.

Carry griff nach meiner Hand. »Bitte fahr nicht wieder an diesen Strand, Georgy.«

Es klopfte an die Speichertür, und Margaret kam herein.

»Miss Georgy, Mr. Burpee ist hier.«

Der Gedanke, dieses vertraute Beisammensein aufzulösen, ließ Unwillen in mir aufsteigen.

»Ich komme gleich herunter, Margaret. Hat er einen Grund für seinen Besuch genannt?«

»Er wollte Ihre Mutter sprechen, Miss. Sie sitzen in der Bibliothek.«

Alle hielten schlagartig in ihrer Arbeit inne und drehten sich zu mir um.

Abby warf einen Rock zurück in die Truhe. »Wenn man sich dein Gesicht so anschaut, möchte man meinen, du würdest gleich zum Schafott geführt.«

Wir hasteten zur Bibliothek, dem Schauplatz aller bedeutsamer Ereignisse am Brevoort Place, wo wir uns so leise wie möglich vor der Tür versammelten. Jemma hakte mich unter, während Hatty rasch meine Schwesterntasche holte, das Stethoskop herausnahm und es an die Tür hielt, um zu lauschen. Carry benutzte ein umgedrehtes Glas für denselben Zweck.

»Nichts«, meldete Hatty.

Mary hielt meine Hand, als Abby die beiden wegschob und das Ohr ans Holz presste.

»Mutter spricht«, flüsterte sie. »Sie sagt ... *Georgy hatte schon immer ihren eigenen Kopf.*« Sie wandte sich an mich. »Sie sagt, das Zusammenleben mit dir sei schwierig.«

»Vielen Dank auch, Mutter«, höhnte ich.

Abby horchte weiter. »Ich glaube, die Unterredung ist gleich zu Ende.«

Als die Tür aufging, stand Mutter vor uns. Hinter ihr erkannte ich Mr. Burpee, der den Blick abwandte. Er trug seine beste Halsbinde und Weste. Schweißperlen schimmerten auf seiner Stirn.

Mutter sah mich mit feierlicher Miene an. »Georgeanna, Mr. Burpee ist hier, um dir eine wichtige Frage zu stellen. Und er hätte gern noch heute eine Antwort.«

Marys Miene war ernst. Sie drückte meine Hand. »Du musst da nicht reingehen, wenn du nicht willst.«

»Alles bestens«, erwiderte ich und trat in die Bibliothek, ein mit schweren Vorhängen und einem dicken Teppich ausgestattetes Heiligtum, in dem Vaters alter Schreibtisch aus Eichenholz noch immer vor dem Fenster stand. Meine Schwestern und Jemma drängten sich an der Tür und beobachteten alles.

»Guten Tag, Miss Woolsey«, begrüßte mich Mr. Burpee. »Das Gespräch mit Ihrer Mutter war zwar recht freundschaftlich, hat meine Nerven jedoch ziemlich belastet.«

Er zog zehn Cent aus der Tasche und warf sie Jemma zu. »Hier, geh und besorg mir ein Nerventonikum.«

Mary nahm Jemma die Münze ab und gab sie Mr. Burpee zurück. »Jemma ist unser Gast, Mr. Burpee.«

»Oh.« Mr. Burpee steckte das Geld wieder weg. »Das kann ja kein Mensch ahnen.«

Ich schloss die Tür hinter mir, wohl wissend, dass das folgende Gespräch Wort für Wort überwacht und unvergessen bleiben würde.

Mr. Burpee machte einen Schritt auf mich zu. »Ich nehme an, Sie können sich denken, was ich Sie fragen möchte.«

»Mag sein.«

»Ihre Mutter sagt, es sei Ihre Entscheidung, wen Sie heiraten, und ich stimme ihr zu. Sie sollen wissen, dass ich tiefe Zuneigung zu Ihnen empfinde. Für mich sind Sie eine liebenswürdige, aufrichtige Frau, bescheiden und von wachem Verstand. Auch ansonsten besitzen Sie alle Eigenschaften, die ich bei meiner Braut voraussetze. Meiner Ansicht nach würden wir gut zusammenpassen, und ich habe nach reiflicher Überlegung entschieden, dass Sie nach unserer Hochzeit ein Haus Ihrer Wahl für Ihre Schwesternschule bekommen sollen. Natürlich nur, bis die Kinder da sind.«

Ich musste mich auf Vaters Schreibtisch stützen. »Das ist ausgesprochen großzügig, Archie.«

Er förderte eine lederne Schatulle zutage. Als er sie öffnete, funkelten unzählige Diamanten darin. »Das ist der erste Ring, den mein Vater meiner Mutter geschenkt hat. Acht Diamanten im Rosenschliff, angeordnet um einen Mittelstein. Er ist dazu gemacht, ihn bei Kerzenschein zu betrachten. Sie sagte, ich solle mir eine Frau suchen, die ihn verdient hat, und ich bin von ganzem Herzen der Überzeugung, dass Sie diese Frau sind.«

»Ein wunderschönes Stück, Archie.«

»Wie ich allerdings zugeben muss, habe ich nicht die geringste Vorstellung von Ihren Gefühlen. Sie zeigen mir kaum Ihre Zuneigung, Georgeanna. Nicht das kleinste Zeichen dafür, dass Sie mir zugetan sind. Selbst heute vergießen Sie angesichts meines Antrags keine Freudenträne.«

»Ich weiß das alles wirklich zu schätzen. Es kommt nur so plötzlich. Ich brauche ein wenig Zeit …«

»Ich wage zu behaupten, dass die meisten Damen bei

einem solchen Angebot nicht zögern würden.« Er ließ das Kästchen zuschnappen und verstaute es wieder in seiner Tasche. »Ich reise nach Saratoga Springs, wo ich mir einen Wallach ansehen möchte, dessen Kauf ich in Erwägung ziehe. In zwei Wochen bin ich zurück. Bis dahin hätte ich gern Ihre Antwort.«

»Gewiss, Archie.«

Mr. Burpee nahm meine Hand, hob sie an die Lippen und küsste sie mit großem Ernst. Dann stolzierte er hinaus. Sofort strömte eine Horde von Frauen durch die Tür herein, die er offen gelassen hatte. Als sie sich mit raschelnden Röcken um mich scharten, stieg eine Wolke aus Veilchenparfüm und Rosenwasser auf.

»Was hast du geantwortet?«, erkundigte sich Carry.

»Dass ich es mir überlegen werde.«

»Das nenne ich eine klare Entscheidung«, witzelte Hatty.

Ich trat hinter den Schreibtisch. »Es ist alles so verwirrend.«

»Wenn Frank Bacon das hört, fällt er glatt um«, verkündete Mary.

Carry setzte sich mit einem Hüpfer auf Vaters Schreibtisch. »Ich war schockiert, als er Jemma für das Dienstmädchen gehalten hat.«

»Was fühlst du?«, wollte Abby wissen.

»Eigentlich gar nichts. Gut, es war ein schmeichelhaftes Angebot.«

Mutter strich mir das Haar aus der Stirn. »Du kannst so lange nachdenken, wie du möchtest, mein Kind.«

Ich stützte die Handflächen auf Vaters Schreibtischauflage. »Er hat mir für meine Schule ein Haus meiner Wahl angeboten.«

Mary griff nach meiner Hand. »Du musst dir sicher sein,

dass du ihn wirklich liebst, Georgy. Eine Ehe ist etwas für die Ewigkeit. Ob du Frank Bacon in Kenntnis setzen solltest, bevor du annimmst?«

»Jedenfalls ist es ein gutes Angebot«, meinte Abby. »Natürlich nimmst du es an. Vater hätte es so gewollt.«

»Sag so was nicht Abby«, entgegnete ich.

»Jemand muss es doch tun. Du bist offenbar nicht in der Lage, Gefühle für irgendjemanden zu entwickeln. Hoffentlich hoffst du nicht darauf, dass Frank Bacon sich von seiner Angebeteten trennt. Da kannst du nämlich lange warten.«

Ich lief zur Tür. »Bitte lasst mich einfach in Ruhe.«

Abby folgte mir. »Du könntest deine Schule haben, Georgy. Sei nicht so dumm, diese Gelegenheit wegzuwerfen. So wie alle anderen zuvor.«

»Wie schrecklich grausam du sein kannst, Abby.« Ich stürmte hinaus und die Treppe hinauf. »Lasst mich doch endlich einmal etwas selbst entscheiden.«

Nach Mr. Burpees Heiratsantrag hatte ich das dringende Bedürfnis, der Neugier meiner Schwestern zu entrinnen. Deshalb blieben Jemma und ich bei unserem Plan, den Ort zu besuchen, der bei mir nur »Vaters Strand« hieß. Er lag am Südufer von Long Island und war im Sommer Onkel Edwards Lieblingsplatz.

Es regnete leicht, als Jemma und ich mit gesenkten Köpfen dahinmarschierten und Ausschau nach den violetten und weißen Splittern der Venusmuschelschalen hielten. Blankgeschliffen von den Wogen des Atlantiks, wurden sie häufig hier angespült. An diesem trüben Tag hatten wir den ganzen Strand für uns. Vermutlich ahnte Mutter, dass ich über einiges nachdenken musste, und war so nett gewesen, uns nicht nur ihre Kutsche zur Verfügung zu stellen, sondern auch noch in Zeitungspapier gewickelte Brote mitzugeben. Und so fuhren wir mit der Fulton Ferry nach Brooklyn und machten uns von dort aus auf den weiten Weg nach The Rockaways.

Als wir uns dem Strand näherten, wurde ich plötzlich kurzatmig. Vielleicht war es ja doch verfrüht von mir, diesem Strand einen Besuch abzustatten. Ich hielt das Gesicht in den Regen. »Es nieselt«, hätte Vater gesagt.

»Vielleicht sollten wir umkehren, Jemma. Der Himmel ist schon ganz dunkel.«

»Können wir nicht noch ein bisschen bleiben?«, erwiderte sie. »Es sieht nicht danach aus, als ob das Unwetter gleich losbrechen würde.«

Als ich tief einatmete, füllte salzige Luft meine Lunge.

Vater.

Jemma eilte den Strand entlang und bückte sich, um etwas aus dem Sand zu klauben. »Ich habe mein erstes Stück gefunden.«

Ich kam näher und begutachtete die glatte, milchige, violett geäderte Scherbe einer Muschelschale. »Und noch dazu ein schönes.«

Jemma verstaute die Scherbe in dem Beutel aus gelber Seide, den sie eigens zu diesem Zweck angefertigt hatte.

»Mein Pa ist gern in Maryland am Strand spazieren gegangen. Er hat Treibholz gefunden und es mit nach Hause genommen, um Tische und Stühle daraus zu schreinern.«

»Wo ist er jetzt? Du sprichst nur selten über ihn.«

»Seit zwei Jahren tot. LeBaron und seine Freunde haben ihn aufgehängt.«

Ich blieb stehen und drehte mich zu ihr um. »Oh, mein Gott, Jemma, wie grausam und barbarisch. Wie können Menschen einander so etwas antun?«

»Pa hatte ihnen widersprochen. Aber hauptsächlich haben sie es nur getan, weil sie eben Lust dazu hatten.«

»Entschuldige, ich wollte nicht neugierig sein.«

»Du brauchst dich nicht zu entschuldigen, Georgy. Inzwischen weiß ich, dass es hilft, darüber zu reden.«

»Wie war er denn?«

Jemma blickte zum Himmel und lächelte. »Wie das Allerbeste, was man sich vorstellen kann, nur zehnmal so gut. Er hatte zwar nicht viel, aber das wenige hat er mit anderen geteilt.«

Wir schlenderten weiter. Das idyllische Plätschern der Wellen an den Strand und die Rufe der Möwen waren die einzigen Geräusche.

»Warst du früher auch mit deinem Pa hier?«, fragte Jemma.

»Hier sind wir am liebsten spazieren gegangen. Inzwischen kommt Mary mit ihren Töchtern her und lässt sie im Sand buddeln.«

Ich bückte mich, hob ein Stück Muschelschale auf und warf es in Jemmas Beutel, wo es mit einem hübschen Klimpern landete. Es war so wundervoll, eine Freundin zu haben, die auch Freude an den schlichten Gaben der Natur hatte.

»Es war bestimmt schön mit deinem Pa«, sagte Jemma.

»Ich habe Hunderte von Malen mit Vater die Fähre genommen und dann hier an diesem Strand mit ihm nach Schätzen gesucht. Er hat sich mit mir über alles unterhalten, worüber ich sprechen wollte. Und wir haben viele interessante Sachen entdeckt. Eine Parfümflasche. Töpfe und Pfannen, die bei Schiffbrüchen über Bord gegangen waren.«

»Hast du da diesen hübschen Fächer her?«

»Oh nein. Eine Mrs. Winslow aus Astoria, eine Bekannte von Onkel Edward, hat ihn Vater und mir geschenkt, weil wir ihren Sohn William gerettet haben. Der war zu weit rausgeschwommen, und alle waren sicher, dass er es nicht überleben würde.«

In der Mitte der halbmondförmigen Bucht blieben Jemma und ich am Ufer stehen. »Genau hier haben Vater und ich ihn gefunden und ihn wiederbelebt. In Notlagen wuchs Vater über sich selbst hinaus. Er hat sich sofort um den jungen Mann gekümmert, und ich habe ihm dabei geholfen.«

»Wie habt ihr ihn denn gerettet?«

»Wir haben etwa vier Liter Wasser aus ihm herausgepumpt. Wahrscheinlich hast du noch nie eine so dankbare Mutter erlebt. Mrs. Winslow hat Vater und mir den Fächer geschenkt. Die Stäbe bestehen aus Elfenbein, und er hat ihr sehr viel bedeutet. Sie sagte, er habe früher einer Hofdame von Marie Antoinette gehört.«

»Also ist er wohl ziemlich wertvoll.«

»Für einen Sammler sicherlich. Für mich hat er vor allem einen hohen ideellen Wert. Er ist alles, was ich von meinem Vater noch habe.«

»Carry hat gesagt, dass du aus einem bestimmten Grund nicht mehr hierherkommst. Was steckt dahinter?«

Inzwischen regnete es kräftiger, und ich raffte mein Cape um mich. »Wir werden noch klatschnass, Jemma. Am besten kehren wir jetzt um.«

Jemma berührte mich am Ärmel. »Warst du es nicht, die gesagt hat, man müsse sich seinen Schwierigkeiten stellen, weil sie sich sonst festfressen?«

Ich machte mich los. »Offenbar bin ich um einiges besser darin, gute Ratschläge zu erteilen, als welche anzunehmen. Aber ich denke …«

»Vielleicht solltest du über Dr. Bacon sprechen. Ich spüre, dass du etwas für ihn empfindest, doch du kannst es nicht zeigen. Ob es an dem liegt, was hier geschehen ist? Redest du mit deinen Schwestern darüber?«

»Es ist zu entsetzlich, Jemma. Ich kann es nicht einmal ihnen sagen.«

»Du darfst es nicht länger runterschlucken. Wie ist er gestorben?«

»Ein Jammer, dass wir keine Uhr dabeihaben. Die letzte Fähre legt um drei ab.«

Jemma blieb stehen und flocht die Hände hinter dem Rücken ineinander.

Ich winkte sie zu mir. »Kommst du?«

»Erst wenn du mir alles erzählst.«

Ich spähte zum Himmel. »Wir werden noch vom Blitz getroffen.«

Sie zuckte die Achseln.

»Gut, wenn du es unbedingt wissen musst. Er ist an Bord des Dampfers *Lexington* gestorben. In der Nacht des 13. Januar 1840. Er war achtunddreißig Jahre alt.«

»Und weiter?«

»Vater war von Boston nach New York gefahren, um Onkel Edward zu besuchen, der gerade geheiratet hatte. Obwohl alle Vater drängten, doch zu der großen Familienfeier zu bleiben, die an diesem Abend aus diesem Anlass stattfinden sollte, hat er darauf bestanden, in derselben Nacht nach Boston zurückzukehren.«

Ich bückte mich, um ein Stück Muschelschale aufzuheben. Jemma nahm es mir ab und verstaute es in ihrem Beutel.

»Sprich weiter.«

»Es war eine abscheuliche Nacht. Das Thermometer zeigte zwölf Grad minus an. Der Sound war voller Treibeis.«

Ich verstummte, denn wieder stand mir das Bild lebhaft vor Augen. Jemma legte mir den Arm um die Taille.

»Das Schiff war schon eine Weile unterwegs und viele Kilometer von der Küste entfernt, als Feueralarm gegeben wurde. Es war mit Baumwollballen beladen, zwischen denen sich die Flammen schon so weit vorgearbeitet hatten, dass man jegliche Hoffnung aufgab, noch etwas zu retten. Von der Mannschaft und den dreiundvierzig Passagieren an Bord haben nur vier Personen überlebt. Mein Vater war nicht dabei. Nur der Himmel weiß, ob er verbrannt oder ertrunken ist.«

»Deine arme Ma.«

»Mutter hat ihre Trauer vor uns verborgen. Nur drei Monate später, am 18. April 1840, wurde unser Bruder Charles geboren, der Sohn, den mein Vater sich so gewünscht hatte.«

»Aber warum konntest du nach seinem Tod nicht mehr hierherkommen, Georgy?«

Ich blickte aufs Meer hinaus. »Ich habe Onkel Edward gebeten, mich an diesen Strand zu begleiten, in der Hoffnung, Vater zu finden. Offenbar hatte ich mich in etwas hineingesteigert. Es war albern von mir.«

»Es war überhaupt nicht albern.«

»Anfangs war ich ja noch so klein. Ich dachte, Vater würde zurückkommen und hier angeschwemmt werden. Und dann könnte ich ihn retten, genau wie Willy Winslow. Später, als ich älter wurde, habe ich auf ein Zeichen von ihm oder von dem Dampfer gehofft, auf dem er gestorben war. Ich bin tatsächlich auf eine Porzellanscherbe mit dem grünen Emblem der *Lexington* gestoßen und habe sie unter mein Kopfkissen gelegt. Ich habe Mutter gedrängt, sich mit den vier Überlebenden in Verbindung zu setzen, aber niemand konnte sich an einen Mann erinnern, auf den Vaters Beschreibung gepasst hätte. Als ich sechzehn wurde, hat Mutter mir davon abgeraten, weiter hierherzukommen. An einem Tag im Januar, dem dreizehnten Jahrestag des Unglücks, habe ich mich trotzdem hergeschlichen und mir dabei Scharlach eingefangen. Danach hat sie es mir streng verboten und mich auf ein Internat in Philadelphia geschickt.«

»Hattest du Heimweh?«

»Ganz entsetzlich. Die Diagnose lautete Schwermut, und man verschrieb mir stramme Leibesübungen und Schonkost. Nachts träumte ich von Vater und fragte mich, ob er vielleicht doch angespült, aber nicht gefunden worden war. Es verfolgt mich bis heute. Unter welchen Umständen ist er umgekommen? Lebte er noch, als das Feuer ausbrach? Hat er versucht, jemanden zu retten? Ich vermisse ihn so sehr, Jemma. Er war ein unbeschreiblich guter Mensch und stets voller Zuversicht. Niemand verstand mich so wie er. Dass es ihn nicht mehr gibt und dass ich die Schuld daran trage, schmerzt mich jeden Tag aufs Neue.«

»Es ist doch nicht deine Schuld.«

»Ist es doch, und das ist das Allerschlimmste daran.«

Ich schaute hinaus aufs Meer, wo sich über den schaumgekrönten Wellen dunkle Wolken zusammenballten.

»Erzähl mir mehr.«

»Onkel Edward hatte Vater in jener Nacht gedrängt, doch zu bleiben, aber er wollte unbedingt rechtzeitig zu meinem Klaviersolo wieder zurück sein. Er hat seinem Bruder gesagt, das wolle er sich um keinen Preis entgehen lassen. Ich hatte mir nämlich so gewünscht, dass er dabei sein würde. Ja, ich habe ihn sogar angefleht.«

»Daraus kann dir niemand einen Vorwurf machen.«

Tränen traten mir in die Augen. »Was, wenn ich nicht so eine verwöhnte Göre gewesen wäre und ihn nicht gebeten hätte, nach Hause zu kommen, nur um meiner Eitelkeit zu schmeicheln? Was, wenn er die Nacht in New York verbracht und die Heimfahrt unter besseren Bedingungen angetreten hätte? Dann wäre er heute noch bei uns. Mutter hätte nicht ihre große Liebe verloren. Wir hätten unseren wunderbaren Vater.«

Jemma zog mich an sich, und ich lehnte den Kopf weinend an ihre Schulter.

»Schau«, flüsterte Jemma und tätschelte mir den Rücken. »Jetzt ist es doch schon viel besser.«

Der Regen prasselte auf uns ein, als ich mich heftig schluchzend an sie schmiegte. »Von dieser schrecklichen Schande werde ich mich niemals befreien können.«

»Ich glaube, das hast du gerade getan«, erwiderte Jemma und drückte mich an sich.

Und zum ersten Mal hatte ich nicht das Bedürfnis nach Abstand.

Als ich am nächsten Morgen erwachte, fühle ich mich wie ein neuer Mensch: erfrischt und voller Tatendrang. Ich schulterte meinen Rucksack und nahm dann vorsichtig Vaters Fächer vom Kaminsims. Der Glassturz lag mir glatt in den Händen, als ich ihn aus dem Haus und den Brevoort Place entlangtrug.

Es war der Eröffnungstag der Verkaufsausstellung, deren Erlös der Sanitary Commission zugutekommen sollte, und offenbar drängte sich ganz New York in dem prachtvollen Gebäude in der Fourteenth Street, unweit der Sixth Avenue. Die Schulen hatten geschlossen, und die Männer ließen ihre Kontore im Stich, um zwischen den Ständen umherzubummeln, die alles feilboten, was das Herz begehrte. Das Ergebnis war ein buntes Farbenmeer aus Menschen, Flaggen und Girlanden. Der Geruch von Puffmais und Karamellbonbons lag in der Luft.

Die Ausstellung war in verschiedene Räume unterteilt. Einer für Waffen und Trophäen, eine Gemäldegalerie und ein Andenkenladen, wo es Vitrinen voller ausgestopfter Schwäne, ägyptischer Antiquitäten, ein Stück des von George Washington höchstpersönlich gefällten Kirschbaums und noch viele andere interessante Dinge gab.

Den Glassturz vor die Brust gepresst, kämpfte ich mich durch die gewaltige Menge aus gut gekleideten Besuchern. Die Leute bummelten umher, und ständig raschelte es, wenn Damen einander im Vorbeigehen streiften. Eine Militärkapelle brachte die Nationalhymne zu Gehör.

Nach einer Weile erreichte ich die Galerie, den am elegantesten ausgestatteten Raum. An den Wänden hingen gespendete Werke großer Künstler und Setzkästen mit Kriegsandenken. Ich stellte meinen Glassturz auf die Theke vor einen dicklichen kleinen Mann, der einen leichten deutschen Akzent hatte. Mein Gesicht spiegelte sich in seinen Brillengläsern.

»Ich möchte das hier für die gute Sache spenden.«

Er musterte den Fächer. »Ist das …«

»Ja, er wurde am Hof von Marie Antoinette benutzt.«

»Wie soll ich einen Preis dafür festsetzen? Er gehört in ein Museum. Und woher weiß ich, ob Sie überhaupt befugt sind, ihn zu verschenken?«

»An der Unterseite des Kastens klebt ein Zeitungsartikel über meinen Vater Charles Woolsey und darüber, wie er einem Mann das Leben gerettet hat. Der Fächer war ein Geschenk der dankbaren Mutter. Mein Vater hat ihn mir vermacht, und nun ist der Zeitpunkt da, dass ich mich davon trenne.«

»Sicher fällt Ihnen das sehr schwer.«

»Unbeschreiblich schwer, Sir. Doch man muss sich den Dingen im Leben stellen, sonst fressen sie sich fest.«

»Wir sind Ihnen ausgesprochen dankbar, Miss Woolsey.«

Ich hastete davon und fühlte mich wie von einer Zentnerlast befreit. Wie gern wäre ich stehen geblieben, um jeden Raum der Verkaufsausstellung zu erkunden, doch ich war schon spät dran. Ich hatte nämlich versprochen, Exemplare meines literarischen Werks *Three Weeks at Gettysburg* zu signieren, einer Chronik meiner Zeit mit Mutter im Dienste der Sanitary Commission.

Ich eilte durch die Great Hall, vorbei an dem gewaltigen, mit üppigem Grün und bunten Blumen geschmückten Tempel, an dem die Namen der siegreichen Schlachten angebracht waren: *Gettysburg* in scharlachroten Blüten. *Antietam* in Blau und Weiß. *Roanoke* in Gelb. Es fiel mir schwer, nicht innezuhalten und den süßen Duft zu schnuppern, denn die Pflanzenwelt erinnerte an einen tropischen Dschungel, strotzend von Lilien und Orchideen und bevölkert von Singvögeln und Schmetterlingen.

Als ich auf meinen Rucksack klopfte, ertastete ich einen Stapel Papiere, Ausgaben von Marys neuestem Gedicht, das allgemein auf Begeisterung stieß. Der Titel lautete »Zapfenstreich«, und Mutter hatte es in den patriotischen Farben Rot und Blau auf weißes Papier drucken lassen. Obwohl Mary es anonym veröffentlicht hatte und alle annahmen, es stamme von einem Mann, einem Soldaten, der im Krieg gefallen war, wussten wir Eingeweihten es besser und waren sehr stolz auf unsere Mary.

Ich raffte meinen Rock, damit niemand darauftrat, und lief an der Waffenausstellung vorbei, die bei Weitem die größte Attraktion des Festes war. In diesem Raum hatte man die Kriegsbeute von sämtlichen amerikanischen Schlachtfeldern versammelt, und es herrschte den ganzen Tag reger Andrang, denn alle wollten die Schwerter, Gewehre und erbeuteten Flaggen aus den vier Kriegen sehen, die es in der Geschichte der Vereinigten Staaten gegeben hatte. Auch die Überreste einer Flagge aus der Schlacht bei Bull Run waren dabei.

Ich passierte den von Kundinnen belagerten Stand, wo Mary und Jemma ihre Hauben verkauften, und ließ auf der Suche nach Frank Bacon den Blick durch den Raum schweifen. Würde er auch kommen und, wie von Carry vorausgesagt, plötzlich an meinem Signiertisch stehen? Da ich mich nach meinem Gespräch mit Jemma am Strand befreit fühlte, sehnte ich mich danach, ihn zu sehen und ihm mein Herz auszuschütten. Wie blind war ich doch gewesen, die Wahrheit nicht zu erkennen?

Endlich erreichte ich atemlos die Bücherausstellung, wo mein vollgestapelter Signiertisch hinten im Raum bereits von Autogrammjägern umringt wurde.

Ich nahm Platz und legte Marys Gedicht für einen Penny pro Exemplar bereit. Die erste Leserin, eine junge Frau im Seidenkleid, die den Seiten von *Godey's Lady's Book* entstiegen zu sein schien, reichte mir eines meiner Bücher zum Signieren.

»Bitte schreiben Sie *für Joanna.* Nachdem ich Ihr Buch gelesen hatte, habe ich mich gefühlt, als wäre ich selbst auf dem Schlachtfeld gewesen, Miss Woolsey. Ich nehme auch eines von den Gedichten. Wir haben meinen Bruder in Gettysburg verloren. Genau dieses Gedicht hat er vor seinem Tod an Mutter schicken lassen.«

Die Warteschlange bewegte sich rasch vorwärts, und bald lehnte sich mein Schwager Reverend Robert Howland über den Tisch.

»Ich möchte dich um einen Gefallen bitten, Georgy. Mary hört auf dich. Könntest du sie dazu überreden, sich etwas mehr Ruhe zu gönnen?«

Ich winkte die Leserin hinter Robert an den Tisch und schlug ihr Buch auf, um es zu signieren. »Das habe ich versucht, Robert. Wir alle haben das.«

»Da ihr Schwestern euch so für den Krieg einsetzt, glaubt sie, sie müsste mit euch mithalten.«

»Aber sie zieht vier Töchter groß. Das ist doch Beitrag genug.«

Er beugte sich weiter vor. »Ich kann sie nicht bremsen, Georgy. Gestern ist sie ohnmächtig geworden, und selbst mit dem stärksten Riechsalz hatten wir Mühe, sie wiederzubeleben.«

»Laut Dr. Flynn ist sie in bester Form, aber du hast mein Wort, Robert. Sobald das hier vorbei ist, werden wir sie dazu verdonnern, sich hinzulegen, und die Kinder übernehmen dann wir. Unterdessen verwöhnst du sie nach Strich und Faden. Wie findest du das?«

Robert schien zwar nicht ganz überzeugt, verabschiedete sich aber. Ich signierte weiter meine Bücher, von denen jedes zehn Cent für die Sache der Union beisteuerte.

So verging die Zeit, bis Frank Bacon an meinen Tisch trat.

»Ach, sieh an, Frank Bacon.« Ich war machtlos gegen mein breites Lächeln.

In Zivilkleidung ragte er vor mir auf. Obwohl er ein wenig blass war und ein leicht trauriger Ausdruck in seinen Augen zu sehen war, fand ich ihn aus diesem Blickwinkel attraktiver denn je. »Ich wollte zwei Exemplare kaufen.«

Ich schlug ein Buch auf. »Abby hat Ihnen doch schon eines geschickt.«

»Ja. Und ich habe es auch gelesen. Es hat mir sehr gut gefallen. Bethada und ihre Tante hätten auch gern jeweils eines. Könnten Sie es für die beiden signieren?«

»Ich habe heute sehr oft an Sie gedacht, Frank. Mir ist

nämlich eine wichtige Erkenntnis gekommen. Könnten wir uns irgendwo treffen, um darüber zu reden?«

»Ich fürchte, meine Zeit ist begrenzt. Bethada hat meinen Terminkalender ziemlich vollgestopft.«

»Sind Sie auf Fronturlaub hier?«

»Die Army hat mich vorübergehend freigestellt. Dieser Krieg endet womöglich nie. Ich soll für eine Weile wieder Patienten behandeln.«

»Hauptsächlich eine bestimmte Patientin, wenn ich richtig informiert bin.«

»Bethadas Tante leidet an einer Reihe von gesundheitlichen Einschränkungen. Ich habe Ihren Fächer in der Gemäldegalerie gesehen. Lassen Sie ihn versteigern?«

»Ja, Frank. Ich glaube, Vater würde es begrüßen, dass ich ihn für unsere Sache spende.«

Die Trauer in seinen Augen nahm zu.

Als ich die Hand ausstreckte, achtete er nicht darauf.

»Es scheint Ihnen schon viel besser zu gehen, Frank. Seit Gettysburg haben Sie sich offenbar ausgezeichnet erholt.«

»Und ich freue mich, dass Sie jetzt eine erfolgreiche Schriftstellerin sind. Gibt es eigentlich etwas, das Sie nicht können, Georgy? Jetzt haben Sie wieder die Freiheit herumzuvagabundieren.«

»Wie ich zugeben muss, ist mein Herz noch immer am Pamunkey River.«

Ich spürte, wie ich rot anlief, als ich mich an unsere Impfung an Bord der *Daniel Webster* erinnerte. Bemerkte er es etwa? Warum hatte ich nicht schon früher erkannt, wie viel er mir bedeutete?

Frank lächelte bemüht. »Das scheint schon eine Million Jahre her zu sein.«

Ich signierte das zweite Buch. »Es heißt, Sie und Bethada wollten sich bald verloben.« Ich blickte in die Menge.

»Ach, die Gerüchteküche.«

»Sie kennen Bethada inzwischen schon recht lange. Ist Ihre Mutter nicht einverstanden?«

Er steckte die Hände in die Taschen. »Sie verfügen über die unheimliche Fähigkeit, zielsicher auf den Punkt zu kommen, Georgeanna Woolsey. Schließlich kann ich nicht für den Rest meiner Tage Junggeselle bleiben. Warum also nicht Bethada?«

»Na, das nenne ich aber ein feuriges Liebesgeständnis.«

»Und Sie? Mir ist zu Ohren gekommen, dass der gute Mr. Burpee in seiner Kutsche und mit seinen edlen Pferden den Brevoort Place umkreist.«

»Wir müssen unter vier Augen miteinander sprechen, Frank. Können Sie mich zu Hause besuchen?«

Die Dame hinter Frank reckte den Hals. »Wären Sie so nett, Ihre Unterhaltung auf später zu vertagen?«

Frank fuhr sich mit den Fingern durchs Haar. »Ich bin sehr beschäftigt, Georgy. Halb New York hat die Grippe. Aber Sie wissen ja, dass ich gern mit Ihnen über alles rede, wenn Sie es möchten.«

»Ausgezeichnet, Frank.« Ich beugte mich vor. »Ich muss Ihnen nämlich von einer ganz neuen Erkenntnis erzählen, die mir eben erst gekommen ist. Es war ein schwerer Fehler von mir, dass ich …«

Im nächsten Moment erschien Bethada an Franks Seite und hakte ihn unter. »Ach, hier bist du, mitten in einem *Tête-à-Tête* mit der berühmten Schriftstellerin Georgy.«

Sie nahm ein Buch vom Stapel und betrachtete mit zur Seite geneigtem Kopf den Einband. »So viele Leute, darunter einige, die wirklich in Literatur bewandert sind, haben mir geraten, ein Buch zu schreiben. Doch ich antworte immer, mein wohltätiges Engagement ließe mir nicht die Zeit dazu. Tante und ich werden bald Kriegsminister Stanton höchstpersönlich zu Gast haben.«

»Möchte er mit Ihnen die Gewinne erörtern, die Barnett Industries mit Baumwolle erzielt hat?«, fragte ich.

»Mächtige Menschen geraten nun mal leicht ins Kreuzfeuer der Kritik.« Bethada warf einen Blick auf die Menschenmenge. »Haben Sie es schon gesehen? Bei Knickerbocker's Kitchen gibt es Austern für nur dreißig Cent das Dutzend. Außerdem kann man Karten kaufen, um abzustimmen, ob man McClellan oder Grant für den besseren General hält. Derzeit führt McClellan, ist das zu fassen?«

»Tja, das dürfen Sie sich auf keinen Fall entgehen lassen«, entgegnete ich.

Bethada warf das Buch zurück auf den Tisch. »Ich störe ja nur ungern, aber Tantchen hat wieder Schwierigkeiten mit ihrem schlimmen Fuß und möchte nach Hause.«

»Auf Wiedersehen, Georgy«, sagte Frank.

»Bitte warten Sie, Frank. Robert macht sich Sorgen um Mary. Sie ist völlig erschöpft.«

Frank drehte sich noch einmal zu mir um. »Hat sie sich vielleicht bei den Vorbereitungen für die Ausstellung verausgabt?«

»Ja. Mutter hat sie vom alten Dr. Flynn untersuchen lassen, aber der hat sie für kerngesund erklärt.«

»Könnte sie das fünfte Kind erwarten …?«

Bethada zerrte an Franks Arm. »Wir müssen gehen, Liebling. Tantchen wartet.«

Ich zwang mich zu einem Lächeln. »Auf Wiedersehen, Frank.«

Als Bethada Frank wegschleppte, wandte er sich ein letztes Mal um. »Ich versuche, vorbeizukommen und nach Mary zu schauen.«

»Sie ist bei Jemma am Stand mit den Hüten.«

Bethada führte ihn davon. Während ich das nächste Buch aufschlug, um es zu signieren, blickte ich ihm nach, bis das Meer aus schwarzen Sakkos ihn verschluckt hatte.

Kapitel 47

JEMMA

New York City
April 1864

Als sich der erste Tag der Ausstellung zugunsten der Sanitary Commission seinem Ende zuneigte, war der Besucheransturm noch immer nicht abgerissen. Gaslichter wurden angezündet, und ganz New York schien sich in der Great Hall zu drängen. Es herrschte ein Gewimmel wie in einem Bienenstock. Der Anblick all dieser Menschen weckte in mir die Hoffnung, dass der Norden den schrecklichen Krieg gewinnen würde. Dann würde es keine Rolle mehr spielen, wer frei und wer Eigentum eines anderen war.

Georgy hatte dafür gesorgt, dass ich für meine Hauben den besten Stand bekam. Wir hatten eine taillenhohe Theke, auf der wir unsere zehn Hutköpfe, jeder davon mit einem meiner Werke ausgestattet, zur Schau stellen konnten. Nachdem Georgy sich gestern am Strand richtig ausgeweint hatte, war sie wie ausgewechselt. Ein Lächeln im Gesicht, lief sie umher, machte einen rundum glücklichen Eindruck und konnte über die kleinste Kleinigkeit lachen.

Als ich so hinter meiner Theke stand, stockte mir für einen Moment der Atem, weil ich glaubte, Anne-May unter den Besuchern ausgemacht zu haben. Doch bald beruhigte ich mich wieder, wohl wissend, dass sie niemals einen Fuß in eine Veranstaltung zur Unterstützung der Nordstaaten gesetzt hätte.

Mary kam von ihrem eigenen Stand herüber, der als Blumenhain gestaltet war. Sie verkaufte dort die verschiedensten neuartigen Gartenutensilien, zum Beispiel weiße Strohhüte, die auf große Begeisterung stießen. Sie half mir, während sie sich gleichzeitig um ihre vier Töchter kümmerte: die zehnjährige May, die fünfjährige Bertha, die vierjährige Una und die kleine, erst zweijährige Georgy, die sie auf dem Arm trug. Sie war blass, und ihre Augen wirkten ein wenig glasig. Dennoch widmete sie sich mit Feuereifer der Aufgabe, meine Hüte anzupreisen, als ob es auf der Welt nichts Wichtigeres gegeben hätte. Die Hauben verkauften sich in Windeseile, und als es fünf Uhr wurde, hatte ich fünfundvierzig Dollar für die gute Sache eingenommen und nur noch ein Exemplar übrig. Es war eine Kinderhaube mit rosafarbenen Baumwollröschen.

Als ein wenig Ruhe einkehrte, wandte Mary sich an mich. »Du bist fast alle losgeworden. Glückwunsch.«

Sie reichte mir einen Umschlag. »Bitte nimm das an. Ich habe vergessen, dir das Geld für die Hauben zu geben, die du beim Kirchenbasar verkauft hast.«

Ich spähte hinein. »Zehn Dollar? Das Geld gehört doch der Kirche.«

»Behalt es. Du hast es dir verdient, und eigentlich ist es noch zu wenig. Sieh es als Beitrag zu den Anwaltskosten, damit du deiner Schwester helfen kannst.«

Ich legte ihr den Arm um die Taille. »Danke, Mary. Das freut mich sehr.« Am Rücken konnte ich durch ihr Kleid ihre Rippen spüren. »Vielleicht solltest du dich jetzt ausruhen. Ich passe auf die Kinder auf.«

»Später, Jemma.« Sie lächelte mich an. »Sobald wir die letzte Haube los sind, gönne ich mir ein Glas Limonade.«

Den ganzen Nachmittag lang hatte ich in der Menschenmenge schon Ausschau nach Nathan gehalten, in der Hoffnung, dass wir zusammen durch die Ausstellung schlendern und uns den Botanikstand anschauen könnten. Kurz wurde ich von Freude durchzuckt, als ich ihn endlich entdeckte. Er spazierte durch das Gedränge in Richtung Ausgang und hatte eine Dame am Arm. Ich stellte mich auf die Zehenspitzen, um mir seine Bekannte gründlicher anzusehen. Sie trug ein kariertes Kleid, das offenbar aus Taft bestand. Ich fühlte mich wie ein Ballon, dem allmählich die Luft ausging, als ich beobachtete, wie Nathan der Frau einen Kaschmirschal um die Schultern legte.

»Geh doch und schau dir alles an, Jemma«, schlug Mary vor. »Ich achte auf deinen Stand. Ich brauche ein bisschen Abwechslung von meinem eigenen.«

»Nein, ich bleibe«, erwiderte ich, während ich beobachtete, wie die beiden, offenbar in ein ernstes Gespräch vertieft, davongingen.

Kurz darauf erschien eine glupschäugige, von Kopf bis Fuß in Beige gehüllte Dame mit ihrer kleinen, rosafarben gekleideten Tochter an meinem Stand.

Mary sprach sie an. »Hallo, Mrs. Caldecot. Wie schön, dass Sie unsere Veranstaltung unterstützen.«

Die Frau nickte in Marys Richtung, ohne den Blick von der letzten Haube abzuwenden. Sie nahm sie vom Hutkopf. »Wie viel verlangen Sie dafür?«

»Fünf Dollar, Ma'am«, antwortete Mary, ganz die Geschäftsfrau.

Mrs. Caldecot setzte dem Mädchen die Haube auf und band die weiße Schleife zu. »Sehr schick.«

Dann förderte sie ihre Geldbörse zutage und reichte Mary eine Fünf-Dollar-Goldmünze. »Werden diese Hauben direkt aus Frankreich eingeführt?«

Mary nahm die Münze und warf sie in unsere Geldkassette.

»Nein, Ma'am, ich mache sie«, meldete ich mich zu Wort.

Die Dame starrte mich an, als sähe sie mich zum ersten Mal. Sie erbleichte. »*Du* machst sie? Du fasst sie mit deinen *Händen* an?«

Mary lächelte tapfer weiter. »Jemma formt die Hauben mithilfe von Blumentöpfen. Die Blüten fertigt sie aus Stoffresten an. So wird alles wiederverwertet.«

Die Frau steckte hastig ihr Portemonnaie ein, zerrte ihrer Tochter die Haube vom Kopf und schleuderte sie auf die Theke, als wäre sie vergiftet. »Geben Sie mir sofort mein Geld zurück. Leute wie die da haben ansteckende Krankheiten.«

Ich sah Mary verständnislos an.

Mary trat auf die Frau zu. »Sie will den Kauf rückgängig machen, und zwar wegen deiner Hautfarbe, Jemma. Habe ich Sie richtig verstanden, Mrs. Caldecot?«

»Wer weiß, welchen Dreck dieses Negerweib schon angefasst hat. Wenn Sie mir nicht auf der Stelle mein Geld zurückgeben, rufe ich die Hallenaufsicht.«

Ich wollte der Frau die Münze reichen. »Hier, Ma'am.«

»Leg sie da hin.« Sie wies mit dem Kopf auf die Theke.

Als ich es tat, griff sie eilig danach.

Mary legte mir die kleine Georgy in die Arme, nahm die Haube, setzte sie ihrer Tochter Bertha auf und band ihr die Schleife unter dem Kinn zu. »Für mich sieht sie völlig gesund aus.«

»Sie können ja gern zulassen, dass Ihre Tochter mit Schmutz in Kontakt kommt, ich jedenfalls liebe mein Kind.«

Mary trat einen Schritt auf sie zu. »Ich muss darauf bestehen, dass Sie sich bei Jemma entschuldigen.«

»Das braucht sie nicht, Mary«, meinte ich. »Mrs. Caldecot hat die Lehren der Kirche eben nicht richtig verstanden. Vor Gott sind alle gleich.«

Mrs. Caldecot erstarrte für einen Moment und trat dann hastig den Rückzug an. »Geh doch zurück nach Liberia!«, rief sie noch, über die Schulter gewandt.

Mit einem breiten Lächeln blickte Mary mich an. »Das hast du gut gemacht, Jemma. Du hast es ihr so richtig gezeigt.«

Ich zuckte die Achseln. »Ich habe nur gesagt, was ich denke.«

Mary stützte sich auf die Theke. »Es tut mir so leid, Jemma. Das ist kein …« Im nächsten Moment sank sie zu Boden. Ihr Rock bauschte sich um sie.

»Mama!«, rief Bertha. May und Una kamen herbeigelaufen und warfen sich auf ihre Mutter.

Das Baby in den Armen, fiel ich auf die Knie und fühlte mit einer Hand Mary den Puls.

»Holt jemand einen Arzt!«, rief ich laut in den Raum hinein. »Sie atmet kaum noch.«

Kapitel 48

ANNE-MAY

New York City
April 1864

Fast die ganze Nacht wanderte ich durch die Straßen von New York. Als ich gegen Mitternacht vor einem plötzlichen Schauer Schutz suchen musste, landete ich im Hauseingang eines Revuetheaters, wo ich für eine Weile einnickte. Nachdem ich wieder aufgewacht war, ging ich weiter. Inzwischen hatte ich mir die Fingernägel bis hinunter aufs Nagelbett abgekauft. Wie sollte ich Mr. Bigelows Dienste bezahlen? Ganz zu schweigen vom Eisenbahnbillett nach Hause, denn ich besaß nur noch das Geld, das ich im House of Industry hatte mitgehen lassen. Am meisten jedoch machte mir zu schaffen, dass mein Schnupftabakfläschchen leer war. Meine Hände zitterten. Offenbar war ich inzwischen abhängig von dem Zeug.

Bei Tagesanbruch sprach ich wieder in der Detective Agency vor, wo ich Mr. Bigelow an seinem Schreibtisch antraf. Er verspeiste gerade ein Brot mit hart gekochtem Ei und las dabei *Trotter's Tales,* eine unanständige Illustrierte für Männer.

Ich trat näher und betrachtete die Seite, die Abbildungen von leicht geschürzten Damen zeigte, viele davon in gymnastischen Posen, eine sogar mit einem Lampenschirm auf dem Kopf.

Mr. Bigelow bemerkte meinen Blick. »Gefällt Ihnen, was Sie da sehen?«

Ich richtete mich auf. »Ist es dafür nicht ein bisschen früh am Tag, Mr. Bigelow?«

Als er grinste, bemerkte ich, dass er Eireste zwischen den Zähnen hatte. Er ließ die Illustrierte aufgeschlagen liegen. »Offenbar sind Sie unter die Räder gekommen.«

»Ich wurde gestern Abend von einem unverschämten Yankee rücksichtslos aus meinem Hotel geworfen, wenn Sie es unbedingt wissen wollen. Aber woran haben Sie das bemerkt?«

»Sie tragen dasselbe Kleid wie gestern.«

»Sie sind ja ein richtiger Detektiv.«

»Hören Sie, Miss Louisiana, am besten machen Sie sich jetzt wieder auf die Socken. Ich habe nämlich eine Menge zu tun.«

»Ja, Sie scheinen mächtig überarbeitet zu sein. Was haben Sie bis jetzt für mich herausgefunden? Mir ist es gelungen, mir Zutritt zum Haus der Woolseys am Brevoort Place zu verschaffen. Ich habe auch Jemmas Tasche gefunden, aber von einem Buch keine Spur. Allerdings war ich wenigstens im Haus, was mehr ist, als man von Ihnen behaupten kann.«

Er beugte sich über die Schreibtischauflage und stützte sein beachtliches Gewicht auf beide Arme. »Meine Quellen berichten, dass alle Woolsey-Schwestern auf der Ausstellung zugunsten der Sanitary Commission beschäftigt sind.«

Ich ließ mich aufs Sofa fallen, ohne mich um eine anmutige Körperhaltung zu scheren. Mein Rock bauschte sich um mich. »Das hätte ich Ihnen auch sagen können. An jedem Telegrafenmasten hängen Flugblätter, die für diese verdammte Veranstaltung werben. Meiner Ansicht nach müssen wir die Ermittlungen beschleunigen, denn ich kann mir keinen längeren Aufenthalt mehr leisten. Wenn ich noch eine Nacht bleiben will, brauche ich eine Unterkunft.«

»Sie können hier auf dem Sofa schlafen, aber das kostet Sie etwas.«

»Was wollen Sie denn noch von mir?«

Mr. Bigelow zuckte die Achseln. »Vielleicht könnten Sie mit Ihren hübschen Händchen etwas Nützliches anfangen.« Er grinste.

»Indem ich Sie unsittlich berühre? So etwas verbitte ich mir, Mr. Bigelow.« Ich erhob mich und reichte ihm das Geld aus dem Umschlag. »Das sollte die Kosten decken.«

Er zählte die Scheine ab. »Das sind ja kaum fünfzig Dollar. Da müssen Sie sich schon anderweitig erkenntlich zeigen.«

»Sie gehören nicht zu der Sorte von Männern, mit denen ich für gewöhnlich Umgang pflege, Mr. Bigelow.«

»Ihr Frauen aus dem Süden macht es wohl nur mit Dichtern. *Liebe stirbt nie ... der Sonne gleich ... die schon seit Ewigkeiten ihrer Wege geht ... So herrscht auch sie über ihr Weltenreich ...*«

Ich taumelte zurück. Ein scharfer Schmerz zuckte mir durch den Kopf, so als streife der Wind einen faulen Zahn.

»Wo haben Sie um Himmels willen dieses Gedicht her?«

»Hier von der Ratgeberseite des *Trotter's Tales.* Der Autor schreibt, wenn man es auswendig lernt und zum richtigen Zeitpunkt einsetzt, machen die Damen schneller die Beine breit, als man ›Sesam öffne dich‹ sagen kann.«

Ich musste ein Schluchzen unterdrücken. »Aber Jubal hat mir erzählt, es sei von ihm.«

»Ganz gleich, wer dieser Jubal auch sein mag, jedenfalls ist er ein verlogener Mistkerl.« Mr. Bigelow klopfte auf seinen Schoß. »Nicht weinen, Kindchen. Komm, setz dich. Was hältst du von einem kleinen Kuss? Das wäre doch schon mal ein Anfang.«

Auf dem Yankee-Fest zur Unterstützung der Sanitary Commission wimmelte es von ungehobeltem Pack. Hunderte von unmanierlichen Paaren stolzierten durch die Säle, ausstaffiert mit Kleidung aus Stoffen, die sie nur der Arbeit von Sklaven zu verdanken hatten.

Heuchler.

Die Bankkonten der meisten Anwesenden waren nur wegen ihrer Handelsbeziehungen mit dem Süden gut gefüllt. Ich konnte den Anblick der Yankee-Flagge an der Decke kaum ertragen. Sie bewegte sich in der durch die Menschenmassen verursachten Luftbewegung, als wollte sie mich verhöhnen. Hatte über Harry auch eine solche Flagge geflattert, als er auf dem Schlachtfeld sein Leben ließ?

Vom Klang der barschen Yankee-Stimmen bekam ich solche Kopfschmerzen, dass mir fast der Schädel platzte, und ich sehnte mich nach nur einer winzigen Prise Schnupftabak. Ich betrachtete den Lageplan, den man mir am Eingang überreicht hatte. Die Ausstellung war riesengroß. UNSER ZIEL: $ 1.000.000 FÜR DIE ÄRZTLICHE BEHANDLUNG UND PFLEGE DER SOLDATEN DER US-ARMY, hieß es in Blockbuchstaben am oberen Rand des Plans. Und was bitte war mit den Soldaten der Südstaaten?

Mit meinem schmutzigen Zeigefinger fuhr ich die Liste der freiwilligen Helfer an den einzelnen Ständen entlang, bis ich den Namen Woolsey entdeckt hatte. Eine Mary Woolsey beaufsichtigte den Stand mit den Hüten, eine Georgeanna Woolsey war im Autorenzentrum zu finden. Sie interessierte mich besonders. Ob Jemma bei einer der beiden war?

Ich schlenderte in ein Lokal namens Knickerbocker Kitchen, wo es kostenlos süße Brandy-Cocktails gab. Nachdem ich mir drei Stück auf nüchternen Magen genehmigt hatte, erkundete ich die Ausstellung.

Vor einem besonders abstoßenden Ausstellungsstück blieb ich stehen. Es handelte sich um den »Hairy Eagle«, einen ausgestopften Weißkopfseeadler auf einem Globus, geschmückt von einem Kranz, der aus dem Haar von Präsident Lincoln und zwanzig bekannten Senatoren bestand. Ich musste mich abwenden, da sich mir beinahe der Magen umdrehte, auch wenn ich nicht sicher war, ob es am Adler oder am Brandy lag. Also machte ich mich auf die Suche nach dem Autorenzentrum.

Bald hatte ich es gefunden. Eine kleine Warteschlange von Menschen hatte sich gebildet, die mit der Schriftstellerin sprechen wollten, an deren Tisch ein handgeschriebenes Schild angebracht war: GEORGEANNA WOOLSEY – THREE WEEKS AT GETTYSBURG. Ich näherte mich, um die Frau zu betrachten, die meine Jemma aufgenommen hatte. Sie war ein wenig älter als ich und trug ihr Haar in der Mitte gescheitelt und mit einem grauen Haarnetz ordentlich im Nacken zusammengefasst. An ihrem Äußeren war nichts auszusetzen, was sich nicht mit einem Hauch Rouge hätte beheben lassen. Ich stellte mich an und erreichte nach einer schieren Ewigkeit das Ende der Schlange.

Sie schlug das Buch auf. »Möchten Sie, dass ich Ihren Namen hineinschreibe, oder genügt die Unterschrift?«

Der Raum drehte sich um mich. Das waren eindeutig die Nachwirkungen des Brandys. »Sie waren in Gettysburg?«, fragte ich. »Wie aufregend. In der Knickerbocker Kitchen gibt es Gratiscocktails, wussten Sie das?«

Während sie das Buch signierte, hatte ich Gelegenheit,

sie mir gründlicher anzusehen. Ihr selbstgefälliges Lächeln, ihren stechenden Blick, die geschmackvolle Kamee, sicherlich ein Familienerbstück, an ihrem Hals.

»Nur die Unterschrift, bitte«, erwiderte ich. Ich musste mich am Tisch festhalten.

Sie beugte sich vor. »Sie sind betrunken, Madam.«

Ich sah sie an. »Sie haben recht, Madam. Und Sie halten sich wohl für was Besseres.«

»Ich muss Sie bitten, Platz zu machen.«

»Wenn ich es mir genauer überlege, möchte ich Ihr Buch sowieso nicht lesen. Erst fangt ihr einen Krieg an, und dann brüstet ihr euch auch noch mit euren guten Taten.«

Zornig und ziemlich beschwipst, rauschte ich davon und fand mich in einem Raum wieder, dessen Eingang die Inschrift »Briefe und Dokumente« trug. Hier hatte sich offenbar das übelste Gesindel von ganz New York versammelt, um die dort ausliegenden vergilbten Briefbögen zu begaffen. Einige davon stammten offenbar noch aus dem Revolutionskrieg.

Ich trat an einen Tisch, wo eines dieser Schreiben neben einer Ferrotypie lag, die diesen wichtigtuerischen General Grant darstellte. Leute scharten sich darum und debattierten aufgeregt über einige Wörter auf der Seite. Der Tisch war eine Art Reiseschreibtisch, ausgestattet mit einem Tintenfass und der Feder, mit der Grant den Brief geschrieben hatte. Als ich näher heranrückte, stieß ich das Tintenfass um. Der Inhalt ergoss sich über den Brief und sickerte wundervoll sattschwarz in das Papier ein.

Ein Mann fuhr zurück, als hätte ihn jemand getreten. »Was haben Sie da angerichtet!«

Ich schaute hinter mich. »Das war ich nicht.«

Die Frau neben dem Mann mischte sich ein. »Doch, ich habe es genau gesehen!«

»Vielleicht bin ich mit dem Ärmel hängen geblieben. Es tut mir furchtbar leid.«

Ein breitschultriger Gentleman mit Melone auf dem Kopf schob sich durch die Leute, die mich umringten.

»Detective Todenhofer«, verkündete er. »Was ist hier los?«

Der erste Mann, er trug einen Zylinder, zeigte mit dem Finger auf mich. »Sie hat General Grants Brief mit Tinte verunstaltet.«

Etwas an dem Detective kam mir bekannt vor.

»Mrs. Watson, richtig? Ich habe Sie in Ihrem reizenden Haus in Maryland kennengelernt. Detective Allan war auch dabei.«

Es war das Riesenbaby mit den blonden Löckchen, das an dem Tag, als die zwei mich hatten verhaften wollen, kein Wort gesagt hatte. Ich war überrascht, was für eine laute, tiefe Stimme er hatte.

Detective Todenhofer trat einen Schritt auf mich zu. »Sie sind festgenommen.«

Er winkte seinen Untergebenen heran, der mir ziemlich unsanft die Hände auf den Rücken bog.

»Das kann doch nicht Ihr Ernst sein!«

»Wir beschatten Sie hier in New York schon seit einer Weile, denn wir machen uns Sorgen um Ihre Treue zu unserer Verfassung.«

Der Detective legte mir Handschellen an und führte mich wie eine gewöhnliche Verbrecherin durch die Great Hall.

»Sicher habe ich das Tintenfass versehentlich mit dem Ärmel gestreift«, beteuerte ich. »Telegrafieren Sie an Mr. Jubal Smalls in Hollywood, Maryland. Er wird die Kaution stellen.«

»Sparen Sie sich Ihre Erklärungen für die Behörden in Castle Williams auf, Ma'am.«

Das Schaukeln des Dampfboots auf den Wellen war in meinem angetrunkenen Zustand dem Wohlbefinden nicht unbedingt förderlich. Wir fuhren zu der düsteren kleinen Insel, auf der das Gefängnis für konföderierte Soldaten stand. Zum Glück war es eine kurze Reise, die Detective Todenhofer und ich an Deck verbrachten, denn ich hatte Mühe, meine Brandy-Cocktails bei mir zu behalten. Bald hatten wir Castle Williams erreicht, eine Festung mit seltsam rundem Grundriss, die drei Stockwerke hohe Fassade durchbrochen von dunklen Fenstern. Auf dem Dach flatterte natürlich eine gewaltige Flagge der Union im frischen Wind.

»Wir haben sechzehnhundert gefangene Rebellen hier«, verkündete Detective Todenhofer.

Beim bloßen Gedanken an all die tapferen jungen Männer aus den Südstaaten, die in diesem Gemäuer festgehalten wurden, kamen mir die Tränen. Es waren Jungen wie mein Harry.

»Sie haben sich den Behörden ziemlich geschickt entzogen. Wir haben eine Weile gebraucht, Sie im Hotel Brevoort aufzuspüren.«

Ich schwieg. Die Hände auf dem Schoß verschränkt, saß ich da und ließ mir von der Gischt den restlichen Puder vom Gesicht waschen.

Detective Todenhofer erhob sich und betrachtete die Festung. »Man nennt sie auch Käseschachtel. Wegen der runden Form.«

Ich starrte weiter geradeaus.

»Mich können Sie ja anschweigen. Aber bei der US-Army sollten Sie die Karten auf den Tisch legen. Die können Sie nämlich hierbehalten, solange sie wollen. Sie sollten sich mal die Gefangenen anschauen, alles Konföderierte. Momentan grassieren dort die Masern. Hatten Sie schon Masern?«

Ich schüttelte den Kopf. »Nein.«

»Es wäre jammerschade, wenn Ihnen der Ausschlag Ihre wunderschöne Haut verderben würde. Drei sind bereits daran gestorben. Wirklich bedauernswert.«

»Die Zustände dort spotten sicherlich jeder Beschreibung.«

»Die Wachen erschießen die Ratten, wenn die Gefangenen sie dafür mit ihrem Schmuck bezahlen. Ansonsten, tja, würden die Ratten die Gefangenen nämlich verspeisen.«

»Bitte, Detective Todenhofer, mir ist ohnehin schon übel.«

Wir erreichten einen kleinen Landungssteg. Als wir ausstiegen, schwankte das Boot hin und her. Am Ufer hatten sich mit Gewehren bewaffnete Soldaten der Union in Reih und Glied und mit den Gesichtern zur Bucht aufgebaut. Ein Trauermarsch wurde geblasen, und als ein Offizier den Befehl »Vorwärts!« brüllte, kam ein an den Händen gefesselter Mann aus der Festung. Er trat zwischen die Soldaten und kniete sich auf eine Holzkiste.

»Ist das etwa ein Sarg?«, fragte ich.

Todenhofer betrachtete die kleine Szene. »Ein Spion wird hingerichtet.«

Ein Schauder lief mir den Rücken hinunter.

»Er wurde dabei erwischt, wie er militärische Geheimnisse der Union an Jeff Davis persönlich weitergeben wollte.«

Auf den Befehl eines Offiziers legten die Soldaten an und eröffneten das Feuer. Der Mann stürzte zu Boden.

Mir zitterten die Knie, nachdem ich Zeugin dieser barbarischen Tat geworden war. Detective Todenhofer führte mich ins Gebäude, wo uns ein widerwärtiger Gestank entgegenschlug. Wir marschierten einen gepflasterten Wandelgang entlang. Links davon befand sich ein Hof, in dem sich ein drei Stockwerke hoher Bau mit vergitterten Zellenfenstern erhob. Auch rechts von mir sah ich Reihen von Zellen. In jeder erkannte ich eine Elendsgestalt, eine kläglicher als die andere. Beim Klang unserer Schritte kamen die ausgemergelten Männer an die Zellentüren und umklammerten die Gitterstäbe.

»Gott segne Sie, Ma'am«, hörte ich eine Stimme mit Südstaatenakzent. »Bitte geben Sie uns Wasser. Wir brauchen Wasser.«

Ich blieb stehen. »Woher kommen Sie, Soldat?«

»Aus Baton Rouge, Ma'am. Peter Clausen. Könnten Sie meiner Ma schreiben und ihr sagen, dass ich hier bin?«

Todenhofer packte mich am Arm. »Weitergehen.«

Ich riss mich los. »Mein Bruder ist im Dienst der Konföderation gefallen, und mein Herz blutet für diese Männer.«

Detective Todenhofer scheuchte mich in einen Raum, in dem es nur einen Stuhl gab. Ich setzte mich. Nach einer endlosen Warterei, während der uns eine von Todenhofers Ratten beehrte, erschienen zwei Offiziere der US-Army in dunkelblauen Uniformröcken.

»Anne-May Wilson Watson?«

»Ja, die bin ich. Und ich hätte gern etwas Kaltes zu trinken. Ich glaube, laut Gesetz habe ich das Recht …«

»Aus New Orleans, Louisiana, inzwischen wohnhaft auf der Peeler Plantation, Hollywood, Maryland?«

Ich zwang mich zu einem möglichst reizenden Lächeln. »Jawohl, Sir.«

»Haben Sie jemals Militärgeheimnisse der US-Army an die Konföderierten weitergegeben?«

»Ganz bestimmt nicht.«

»Unseren Quellen zufolge haben Sie Standorte von Unionstruppen verraten.«

»Warum sollte ich denn so etwas tun? Mein Mann hat im

Kampf für die Union ein Bein verloren, Sir. Wir betreiben eine Tabakplantage, die Lieferant der US-Army ist. Ich habe gar keine Zeit, Geheiminformationen in Bücher zu schreiben. Das alles ist ein Irrtum.«

»Ich habe nichts von einem Buch gesagt, Mrs. Watson.«

Mir krampfte es den Magen zusammen. »Oh ... ich bin so schrecklich verwirrt ...«

»Hat Ihnen Ihr Mann Major Watson in seinen Briefen Einzelheiten über seine Stationierung am Eisenbahndepot von Phillipsburg mitgeteilt?«

»Er hat mir häufig geschrieben.«

»Haben Sie die Lage seines Stützpunkts weitergemeldet?«

»Gibt es an diesem schrecklichen Ort einen Anwalt?«

»Haben Sie weitergemeldet, dass Sie von Ihrem Haus am Ufer des Patuxent River aus ein Schiff der US-Army gesichtet haben, und zwar die *USS Thomas Freeborn*?«

»Falls Sie für meine angeblichen Verbrechen Beweise haben, würde ich die gern sehen. Allerdings haben die Yankees alles Schlechte verdient, was ihnen widerfahren ist. Mein Bruder ist durch die Hand von Nordstaatlern umgekommen, Gentlemen. Er war ein friedfertiger Mensch, der keiner Fliege etwas zuleide tun konnte. Und dennoch musste er durch eine Kugel in sein gutes Herz sterben.«

Die beiden erhoben sich. »Sie bleiben bis auf Weiteres in Gewahrsam.«

Ich sprang auf und streckte die Hand aus. »Nein, bitte warten Sie.«

»Der wachhabende Offizier wird Sie in eine Zelle führen.«

»Eine Zelle? Das muss eine Verwechslung sein. Wie kann ich dieses Missverständnis aufklären?«

»Wir wissen, dass Informationen bis in die höhere Befehlsebene der Konföderierten weitergegeben werden. Wenn Sie uns behilflich sind, sind wir gern bereit, über Ihre Fehltritte hinwegzusehen. Sagen Sie uns, wen wir im Auge behalten müssen, um an die dicken Fische heranzukommen.«

»Vielleicht könnte ich etwas für Sie tun. Solange Sie mir auch ein wenig Entgegenkommen zeigen.«

Die beiden Männer wechselten einen Blick.

»Übergeben Sie mir mein Eigentum, das sich derzeit im Brevoort Place Nummer acht in New York City aufhält, meine entlaufene Sklavin namens Jemma.«

Kapitel 49

GEORGY

New York City
April 1864

Jemma kam an meinen Signiertisch gestürmt und stützte die Hände auf die Tischplatte. »Komm schnell, es ist etwas mit Mary.«

Ich sprang auf. »Oh, Jemma!«

»Sie ist an unserem Stand ohnmächtig geworden. Zwei Ärzte waren unter den Besuchern, und sie haben einen Krankenwagen gerufen. Deine Mutter hat Dr. Flynn zum Brevoort Place bestellt. Er erwartet uns dort.«

Ich griff nach meinem Mantel und eilte an der wartenden Leserschaft vorbei. »Hast du den anderen Bescheid gegeben? Ich schicke einen Boten zu Eliza nach Tioronda.«

Als ich draußen ankam, waren die Pfleger gerade dabei, Mary auf einer Trage in den Krankenwagen zu schieben. Ich griff nach ihrer Hand. »Wir sind hier, Mary.«

Sie blickte mich an. »Ich war nur tollpatschig und bin gestolpert.«

»Du brauchst jetzt Ruhe.«

Ich wartete auf eine Antwort, musste aber feststellen, dass sie bereits in der nächsten Bewusstlosigkeit versunken war. Jemma und ich stiegen in den Krankenwagen und setzten uns zu beiden Seiten von Marys Trage.

»Sie dürfen hier nicht mitfahren«, verkündete ein Pfleger.

»Sie hat sich kräftig den Kopf gestoßen und muss ständig beobachtet werden.«

»Seit wann sind Sie denn Arzt?«

Über Marys zugedeckte Brust hinweg hielt ich Jemmas Hand.

»Wir sind Krankenschwestern der US-Army und möchten Sie auffordern, vorsichtig zu fahren, denn das hier ist unsere geliebte Schwester.«

Regen peitschte gegen die Fensterscheiben, als Abby und ich Marys Bett hinunter in die Bibliothek trugen, die unmittelbar vom Salon abging. Anschließend fuhr Abby ins Pfarrhaus, um die Mädchen zu hüten, damit Robert an Marys Seite wachen konnte. Auch Mutter blieb den Großteil der Nacht auf, und Mutters alter Freund Dr. Flynn, ein gütiger, hagerer Mann mit schlohweißem Haar und der beruhigenden Art des Mittleren Westens, schaute immer wieder vorbei und tat sein Möglichstes. Wir Schwestern lösten Robert und Mutter abwechselnd im Krankenzimmer ab. Unterdessen verharrte Pico vor Marys Tür. Sobald jemand kam oder ging, richtete er sich auf, als wartete er auf Nachricht.

Kurz nach Morgengrauen traten Mutter und Dr. Flynn aus der Bibliothek. Carry eilte ins Krankenzimmer, um ihren Platz an Marys Bett einzunehmen.

Ich lief ihnen entgegen. »Geht es ihr schon besser?«

Mutter hatte Marys rosafarbenen Schal aus Kamelhaar in den Händen.

Als Dr. Flynn seine schwarze Tasche aufs Sofa stellte, half

Margaret ihm in den Mantel. »Mary ruht sich aus. Für den Moment haben wir alles getan, was wir konnten.«

Heiße Tränen brannten mir in den Augen. Was, wenn wir sie verloren wie Vater?

»Man muss doch noch etwas unternehmen können, Herr Doktor«, wandte ich mich an Dr. Flynn.

»Es könnte Wassersucht sein. Atemnot. Sehr niedriger Puls. Wenn es zu Ende geht, werde ich die Dosis der Betäubungsmittel senken, damit sie ihre letzten Worte deutlich sprechen kann.«

Als er zur Tür ging, folgte ich ihm.

»Sie werden ihr nicht die Betäubungsmittel versagen, um ihr ein paar belanglose Abschiedsworte zu ermöglichen. Meine Schwester soll so wenig wie möglich leiden.«

»Ich beuge mich dem Wunsch der Familie.«

»Und warum reden Sie von letzten Worten, Herr Doktor? Wollen Sie etwa aufgeben? Man muss doch noch etwas tun können. Hat sie denn Fieber?«

»Ja, in der Tat.«

»Dann ist es keine Wassersucht, oder, Herr Doktor? Sie sollten diese Diagnose noch einmal überdenken.«

»Nach der Visite im Krankenhaus komme ich wieder.«

Vor lauter Angst konnte ich nicht stillstehen. »Nach Ihrer Visite? Sie wollen unsere geliebte Schwester sterben lassen, während Sie durch Krankensäle voller malariakranker Männer spazieren?«

Mutter griff nach meiner Hand und umklammerte sie fest. »Werd nicht ausfallend, Georgeanna.«

Dr. Flynn nahm seine schwarze Tasche. »Für den Moment ist Marys Zustand stabil. Ich komme in drei Stunden wieder.«

Ich ging zu Mutters Schreibtisch. »Ich fürchte, wir müssen Dr. Bacon verständigen und eine Zweitmeinung einholen.«

»Wie Sie möchten, Miss Woolsey.«

Als Dr. Flynn fort war, kehrte Mutter an Marys Seite zurück, während ich rasch eine Nachricht an Frank schrieb.

Lieber Frank,
bitte kommen Sie auf schnellstem Weg zum Brevoort Place. Mary ist schwer erkrankt. Dr. Flynn vermutet Wassersucht, aber ich zweifle an seiner Diagnose. Wir warten auf Ihre Antwort.
Ihre gute Freundin Georgeanna

Als ich nach Margaret rief, erschien sie sofort. »Bringen Sie diesen Brief so schnell und zuverlässig wie möglich zum Broadway Nummer siebzehn.«

Mary hastete davon. Jane nahm mich fest in die Arme. »Frank Bacon wird Mary bestimmt retten«, sagte sie.

Die Stunden vergingen, und noch immer fehlte von Frank Bacon jede Spur. Jane, die vor Marys Krankenzimmer Posten bezogen hatte, fing mich ab, als ich nach dem Wechseln der Bettwäsche wieder herauskam.

»Wo ist Frank? Mary bedeutet ihm doch so viel.«

Carry erschien. Ihr Gesicht war vom vielen Weinen fleckig und geschwollen. »Wo bleibt er nur?«

»Ob Margaret den Brief an der falschen Adresse abgegeben hat?«, mutmaßte Jane.

Also schrieb ich noch einen Brief, diesmal in drängenderen Worten, und ließ ihn von demselben Kurierdienst überbringen, den Mutter mit dem Versand von Charleys Einberufungspapieren beauftragt hatte.

Charley. Er ahnte ja noch gar nicht, dass Mary krank war. Sicher würde er außer sich sein.

Als es Mittag wurde, hatte sich Marys Zustand verschlechtert. Wenn nur Abigail da gewesen wäre, unser Fels in der Brandung, die immer eine Lösung wusste. Doch sie hütete ja die Kinder im Pfarrhaus.

Ich trat ins Zimmer. Die Vorhänge waren zugezogen, und Mary schlief unter einer Steppdecke. Im Raum roch es süßlich nach Opium. Robert kniete in Hemdsärmeln neben Marys Bett und betete.

»Robert, bitte komm und trink etwas Tee.«

»Sie ist mein Leben.«

»Du brauchst jetzt Ruhe.«

Er sah mich mit blutunterlaufenen Augen an. »Du hast auch nicht geschlafen, Georgy.«

Ich strich ihm mit der Hand über den Rücken. »Du vergisst, dass ich das Leben einer Krankenpflegerin gewöhnt bin.«

Er ging hinaus und ließ Mary und mich allein. Ich setzte mich neben sie aufs Bett. Ihr frischer Kissenbezug war mit Prachtwinden bestickt. Ich nahm ihre Hand, doch sie lag nur bleich und reglos da. Nicht einmal das Ticken der Uhr störte die Stille, denn niemand hatte daran gedacht, sie aufzuziehen. Die Mädchen hatten ihrer Mutter ihre Lieblingsspielsachen geschickt. Unas Pony aus Baumwollstoff lugte aus der Bettdecke hervor.

Als ich Mary die Stirn fühlte, war diese heiß. Also weichte ich ein sauberes Handtuch ein, wrang es aus und legte es ihr auf den Kopf.

Mary blickte mich aus glasigen Augen an. Ihr Gesicht war entzündet und geschwollen. »Du bist so gut zu mir, Georgy. Kommen die Mädchen bald?«

»Die Kleinen dürfen dich erst besuchen, wenn das Fieber gesunken ist.«

»Und Frank?«, fragte sie.

»Der muss jede Minute hier sein. Außerdem sind Eliza und Joe schon unterwegs. Moritz will dir Weidenkätzchen mitbringen. Und eine Forsythie, die du veredeln kannst. Jemma hat ihnen außerdem eine Liste mit Kräutern und Pflanzen gegeben, die man um diese Jahreszeit findet, um Medizin daraus zu machen.«

»So ein Tamtam.«

Als ich nach ihrer Hand griff, war diese so glühend heiß, dass mir die Tränen kamen.

»Wie geht es den Kopfschmerzen?«, erkundigte ich mich und tauchte das Handtuch noch einmal ins Wasser.

»Ich fürchte, sie sind schlimmer geworden, Georgy.«

»Hast du die Kekse gegessen, wie ich es dir gesagt habe?«

»Ich kriege sie einfach nicht runter. Tut mir leid.«

Sie hatte Typhus. Ganz gleich, was Dr. Flynn auch sagen mochte. Wie oft hatte ich diese Symptome bei meinen Patienten auf den Schiffen schon beobachtet? Bauchkrämpfe. Schreckliche Schmerzen am ganzen Leibe. Viele Mitglieder von Roberts Gemeinde waren daran erkrankt. Vermutlich litt Mary schon seit Wochen an den ersten Anzeichen und hatte einfach die Zähne zusammengebissen. Warum hatte ich nur nichts bemerkt?

»Du brauchst dich nicht zu entschuldigen, liebste Mary.«

»Ich wünschte, ich hätte mehr aus meinem Leben gemacht. Du hast so viel geleistet.«

»Nicht reden.«

»Nie habe ich Soldaten gepflegt. Im Gegensatz zu euch anderen, sogar Mutter.«

»Du hast deine wundervollen Gedichte geschrieben. Es

zeugt von einer herausragenden Begabung, wenn man so treffend die letzten Gedanken eines sterbenden Soldaten schildern kann. Dieses Gedicht wird uns alle überleben, und es hat vielen Menschen Trost gespendet. Da kann mein Buch nicht mithalten.«

Mary strich mit der Hand über die Bettdecke. »Vielleicht ist es besser, wenn die Öffentlichkeit es weiter für das Werk eines Mannes hält.«

»Im Moment könnte das richtig sein, Mary. Aber wenn die Zeit reif ist, rufen wir die Wahrheit laut in die Welt hinaus. Jeder soll wissen, wer das Genie unter den Woolsey-Schwestern ist.«

Mary umklammerte fest meine Hand. »Ich habe Mutter gebeten, jeder von euch Schwestern einen Brief zu schreiben, den ihr später lesen sollt. Aber könntest du mir helfen, Georgy? Ich möchte an Mutter und an jede meiner vier Töchter schreiben. An ihrem sechzehnten Geburtstag sollen sie den Brief bekommen. Das ist das früheste Alter, in dem ein Mädchen die Ratschläge seiner Mutter verstehen kann, findest du nicht?«

Ich strich Mary das Haar aus der Stirn.

Sie wies in Richtung Schreibtisch. »May ist die Älteste und wird vermutlich als Erste heiraten. Wollen wir mit ihr anfangen?«

»Aber das ist doch überflüssig, Mary. Du wirst selbst dabei sein ...«

»Bitte, Georgy, wir wollen uns nichts vormachen. Sei wenigstens du ehrlich zu mir.« Mary blickte mich unverwandt an. »Du musst das für mich tun, Schwester.«

»Ganz, wie du willst, Schwester.«

Beim Schreiben konnte ich kaum die Zeile halten, denn heiße Tränen strömten mir übers Gesicht, als meine geliebte

Schwester mir die innigsten Wünsche und Ratschläge einer hingebungsvollen Mutter in die Feder diktierte.

Sobald Mary eingeschlafen war, ließ ich mich von Hatty am Krankenbett ablösen. Als ich in den Salon kam, stürzte Jane sich auf mich.

»Da muss etwas Schreckliches geschehen sein. Sonst wäre Frank doch schon längst hier. Wo bleibt er?«

»Ich weiß es nicht, Jane.«

Jane griff nach ihrem Mantel. »Ich gehe jetzt und hole ihn persönlich ab.«

»Ich gehe«, protestierte Jemma. »Du hältst bei Mary die Stellung. Ich komme erst wieder, wenn ich Dr. Bacon gefunden habe.«

Kapitel 50

JEMMA

New York City
April 1864

Als ich, es war bereits weit nach acht Uhr, vor dem Haus von Bethadas Tante an der äußersten Südspitze von New York eintraf, öffnete der Himmel gerade seine Schleusen. Ich stieg aus der Kutsche und erkannte sogar in der Dunkelheit, dass das Haus viermal so groß war wie das der Woolseys am Brevoort Place.

Ich läutete, ein weißer Diener machte auf, und ich trat in eine riesige Halle mit Parkettboden, an deren Wänden Gaslaternen flackerten. Mein Herz klopfte wie wild, doch sobald ich Dr. Bacons alte Arzttasche auf dem Flurtisch sah, wurde ich von einem warmen Gefühl durchströmt.

Miss Bethada erschien. Sie verschränkte die Arme vor der Brust. »Was willst du?«

»Miss Georgy hat zwei Nachrichten für Sie. Ihre Schwester Mary ist schwer erkrankt und ...«

»Und was geht mich das an?«

»Sie bittet Dr. Bacon zu kommen und ...«

»Dr. Bacon versorgt gerade meine Tante und darf nicht gestört werden.«

»Wenn er sich nur ganz kurz …«

»Er ist gerade erst aus New Haven zurückgekehrt und braucht jetzt Ruhe. Dr. Flynn weiß sicher, was er tut.«

»Also haben Sie Georgys Briefe erhalten. Woher wüssten Sie sonst über Dr. Flynn Bescheid?«

»Und wenn schon? Dr. Bacon ist selbst nicht bei bester Gesundheit und steht nicht auf Abruf bereit, wenn jemand mit dem kleinen Finger winkt.«

»Mary ist seine Freundin. Wie konnten Sie ihm verheimlichen, wie krank sie ist?«

Bethada drängte mich in Richtung Tür. »Kurier du sie doch mit deiner Negermedizin.«

»So haben Sie bitte Mitleid, Miss Bethada. Mary Woolsey hat vier kleine Töchter.«

»Von einer wie dir lasse ich mich nicht mit dem Vornamen ansprechen. Und jetzt raus mit dir.«

Im nächsten Moment erkannte ich hinter ihr Dr. Bacon. »Wie lange leidet Mary schon an den Symptomen?«

Nachdem er die Hemdsärmel heruntergekrempelt hatte, half der Diener ihm in seine schwarze Jacke.

»Sie ist gestern auf der Ausstellung zusammengebrochen, Dr. Bacon. Jetzt hat sie hohes Fieber. Miss Georgy hat Ihnen eine Nachricht geschickt, aber keine Antwort erhalten.«

Dr. Bacon nahm seine Tasche vom Tisch. »Ich war zwar unterwegs, bin aber schon seit einiger Zeit wieder zurück und hätte eigentlich davon erfahren müssen.«

Bethada stellte sich ihm in den Weg. »Bitte geh nicht, Frank.«

»Du hast die Briefe an mich unterschlagen?«

Bethada zerrte an seinem Arm. »Geh nicht. Es ist schon spät, und in der Feuchtigkeit erkältest du dich noch.«

Frank riss sich los.

Bethada zog ihr Umschlagtuch fester um sich. »Bitte sei mir nicht böse, Frank. Ich hielt es für besser, dich nicht zu belästigen. Ich komme mit.«

»Du hast schon genug angerichtet, Bethada.« Dr. Bacon nahm meinen Arm. »Wir wollen uns beeilen, Jemma.«

Kapitel 51

GEORGY

New York City
April 1864

Kurz vor neun Uhr kam Dr. Flynn aus der Bibliothek. »Sie hat uns verlassen.«

Die Welt schien stehen zu bleiben. Carry und ich klammerten uns aneinander, und ich streichelte ihr Haar.

»Das kann nicht sein, Georgy. Dass ausgerechnet sie, die derart wortgewandt über den Tod geschrieben hat, Vater in so jungen Jahren nachfolgt.«

Ich trat vor Vaters Porträt, nahm es von der Wand und drückte mir weinend das kühle Glas an die Brust. Wie ungerecht es war, dass wir unsere Mary verloren hatten. Warum hatte ich sie nicht von der Gemeinde ferngehalten? Sie gezwungen, sich mehr Ruhe zu gönnen? Plötzlich spielten weder die Ausstellung noch Frank, Archie Burpee oder sonst etwas eine Rolle. Alles war unwichtig.

Margaret bekreuzigte sich und holte einen Karton voller schwarzem Musselin und Krepp vom Speicher, die wir zuletzt benutzt hatten, als wir um unseren Cousin Theodore Winthrop trauerten.

Dr. Flynn eilte zur Haustür, wo er in seine Galoschen

schlüpfte. »Ihre Mutter weigert sich, Mary allein zu lassen, ganz gleich, wie sehr Reverend Howland sie auch anfleht. Sie lehnt auch ein Beruhigungsmittel ab. Geben Sie ihr Zeit. Aber die Kinder dürfen nicht hinein.«

Als Mr. Sharpton, der Bestatter, eintraf, führten Jane und ich Mutter nach oben, damit sie sich hinlegte. Auf dem Weg die Treppe hinauf brach sie einige Male weinend zusammen.

»Die armen Mädchen«, schluchzte sie immer wieder. »Jetzt haben sie ihre geliebte Mutter verloren.«

Kurz darauf traf Eliza ein, gefolgt von Moritz, der die Arme voller Dahlien hatte. Als sie mich zärtlich umarmte, schmiegte ich den Kopf an ihre glatte Schulter.

Sie tupfte sich die Augen ab. »Ach, Mary«, seufzte sie. »Und Frank Bacon konnte nichts für sie tun?«

»Er ist nicht gekommen.« Ich konnte kaum atmen und fühlte mich, als laste ein Amboss auf meiner Brust.

»Die arme Mary«, erwiderte Eliza. »Gott hat eine reine und gütige Seele zu sich genommen.«

Eliza ging in die Bibliothek, um Abschied von Mary zu nehmen. Kurz darauf erschienen die kleinen Mädchen. Grau gekleidet, die dunkelsten Sachen, die sie besaßen, warteten sie im Salon und wirkten mit ihren im Schoß gefalteten Händen sehr erwachsen. Ich hielt Bertha auf den Knien und dachte an den Brief, den sie erst in elf Jahren würde lesen dürfen.

Sie lehnte ihr niedliches Köpfchen an meine Brust. »Meine Mutter war sehr müde und musste nach Hause zu Gott. Vielleicht sagt sie ihm ja, dass sie unseretwegen zurückkommen muss, oder, Tante Georgy?«

Ehe ich antworten konnte, öffnete sich die Haustür. Jemma kam herein und klappte ihren Regenschirm zu. Ihr folgte ein ziemlich durchnässter Frank Bacon.

Frank stellte seinen Arztkoffer auf den Flurtisch und schüttelte sich die Regentropfen vom Mantel. »Wo ist Mary?«

Eliza und ich wechselten einen Blick. Wir konnten ihm beide nicht in die Augen sehen.

Jemma eilte auf mich zu. »Was ist passiert?«

Jane kam in den Salon gehastet. Bei Franks Anblick blieb sie stehen und versetzte ihm eine schallende Ohrfeige.

Ich schnappte nach Luft. »Jane!«

Sie marschierte vor ihm auf und ab. »Wie konnten Sie einfach nichts tun, obwohl Mary Sie so dringend gebraucht hätte?«

Frank stand da wie versteinert.

Ich erhob mich und legte Bertha in Jemmas Arme. »Mary hat uns vor einer guten Stunde verlassen, Frank. Es ist uns endlich gelungen, Mutter zu Bett zu bringen.«

Frank setzte sich an Mutters Tisch mit den Entenfüßen und betrachtete seine Hände.

Jane baute sich mit verschränkten Armen vor ihm auf. »Sie hat Sie so gerngehabt und hätte alles für Sie getan. Wo waren Sie?«

Frank blickte Jane an. Die Wange, die sie getroffen hatte, leuchtete scharlachrot. »Ich war in Marys Auftrag unterwegs.«

»Sie waren im Haus von Bethada Barnett.«

»Das ist nicht richtig. Gestern Abend bin ich zu meinem Onkel nach New Rochelle gefahren, um meine Mutter in einer dringenden Angelegenheit zu sprechen, und erst heute Abend zurückgekehrt.«

»Und was war so dringend?«

»Mary hatte mich darum gebeten. Aber sie hat mir das Versprechen abgenommen zu schweigen.«

»Wenn Sie hier gewesen wären, hätten Sie sie retten können«, beharrte Jane.

Ich ging zu Jane hinüber und griff nach ihrer Hand. »Mary hatte Typhus. Du weißt genauso gut wie ich, dass jede Hilfe zu spät gekommen wäre.«

Nachdem Jane und Jemma die Kinder ins Esszimmer gebracht hatten, wandte Frank sich an mich. »Es tut mir so entsetzlich leid, dass ich Mary nicht beistehen konnte.«

Ich schlang die Arme um ihn und zog ihn so fest an mich, dass ich den Schlag seines Herzens spüren und seinen Duft nach Bay-Rum-Seife und Kaffee riechen konnte.

»Verlass mich nicht, Frank.«

Er erwiderte die Umarmung und küsste mich auf die Schläfe. »Niemals wieder.«

Schweren Herzens holten wir unsere Trauerfächer und den Gagatschmuck hervor und machten uns daran, Taschentücher mit schwarzem Rand zu nähen. Jane ließ Traueranzeigen drucken und sie per Boten in halb Manhattan verteilen. Außerdem gab sie auch Abzüge von Marys Gedicht »Zapfenstreich« für die Trauergäste in Auftrag. Die Worte schienen Marys Tod auf unheimliche Weise anzukündigen:

So löscht denn alles irdisch' Licht,
Wenn Gottes Schatten fällt.
Wir nennen's Nacht, und sehen nicht
Das Licht, das wirklich zählt.

Alles war uns recht, um uns von den Gedanken an unsere geliebte Schwester abzulenken, die nun, umgeben von hundert Kerzen, auf einer Kühlplatte in der Bibliothek lag. Marys Mann Robert betete stundenlang an ihrer Seite und verließ nur selten das Zimmer.

Jemma erwies sich der ganzen Familie als wahre Freundin und war stets zur Stelle. Sie verstand, dass derzeit einfache Dinge wie Hilfe bei einer Handarbeit oder eine Zuhörerin gebraucht wurden, wenn wir über Mary sprechen wollten, denn sie hatte unsere Schwester auch geliebt. Gewiss dachte sie dabei an ihre eigene Schwester Patience, die noch immer in Maryland war, denn der Verlust eines anderen Menschen machte einem den eigenen Verlust häufig umso bewusster. Marys Tod bestärkte mich in meiner Entschlossenheit, Jemma wieder mit ihrer einzigen Schwester zu vereinen.

Sie half Nathan und Frank, seine Sachen, auch seine Uniform, aus Bethadas Haus zu holen. Er verbrachte die Nächte auf dem durchgesessenen Rosshaarsofa im Salon. Margaret überbrachte Mr. Burpee die Nachricht, dass ich ihn nicht heiraten und mich stattdessen mit einem anderen verloben würde, was er mit bemerkenswerter Fassung zur Kenntnis nahm.

Frank Bacon war mir ein gewaltiger Trost, und ich bedauerte nur, dass Mary unsere Versöhnung nicht mehr erlebt hatte. Was für eine Freude war es doch, Frank jeden Morgen im Esszimmer sitzen und seinen Kaffee trinken zu sehen. Manchmal lauschte er Mutter, wenn sie über Mary sprechen wollte. Sein Bettzeug lag, militärisch akkurat gefaltet, auf dem Klavier.

Als ich eines Morgens hereinkam, traf ich ihn allein am Tisch an. Im Kamin brannte ein frisch eingeschürtes Feuer. Bei meinem Anblick stand er auf. »Guten Morgen, Georgy.«

»Es tut mir so schrecklich leid, dass wir kein bequemeres Bett für dich haben, Frank. Vielleicht solltest du ins Hotel Brevoort ziehen.«

Frank wirkte unruhig und schaute ständig an mir vorbei in Richtung Kaminsims.

»Was ist los, Frank?«

»Du bist doch sonst immer so aufmerksam. Ich zögere, es dir zu sagen.«

Ich trat auf ihn zu und griff nach seinen Händen. »Jetzt erzähl es mir schon, Frank.«

»Wirf mal einen Blick auf den Kaminsims.«

Als ich mich umdrehte, entdeckte ich meinen Fächer im Glassturz an seinem angestammten Platz. Das Kaminfeuer tauchte die Schäferszene darauf in einen rosigen Schein.

»Oh, Frank, Vater würde sich sehr freuen.«

Frank nahm mich in die Arme und drückte mich an sich. »Ich musste mit einer österreichischen Matrone darum feilschen, aber er ist jeden Cent wert.«

Kapitel 52

JEMMA

New York City
April 1864

Am Tag von Marys Beerdigung auf dem Green-Wood-Friedhof in Brooklyn bemühte ich mich nach Kräften, der Familie Woolsey beizustehen. Außerdem versuchte ich, Marys tapferen Töchtern ein gutes Beispiel zu sein und nicht zu weinen. Ich hatte Hatty geholfen, im Pfarrhaus, wo Mary gewohnt hatte, und im Haus am Brevoort Place sämtliche Fenster, Spiegel und Bilder mit schwarzem Krepp zu verhängen, so wie Ma und ich es nach Tante Tandy Roses Tod getan hatten.

Ich nähte schwarze Trauerhauben für Mrs. Woolsey und alle Schwestern und versah die Kleider der älteren Mädchen mit schwarzen Borten. Die kleine Georgy, die noch nichts vom Schicksal ihrer wundervollen Ma ahnte, bekam eine schwarze Schleife. Es war gut, beschäftigt zu sein und mich von der armen Miss Mary und auch davon ablenken zu können, dass Anne-May mir vielleicht ganz in der Nähe auflauerte. Am Mittelfinger trug ich den Fingerhut, den Nathan mir geschenkt hatte, und ich musste immer wieder an ihn denken.

Für die kleine Bertha war die Beerdigung am schwersten. Sie wollte sich nicht von ihrer Ma verabschieden und lief dem Leichenwagen nach, der die Tote zum Friedhof brachte. Da das arme Kind außerdem die Beileidswünsche sämtlicher Trauergäste entgegennehmen musste, die bei uns vorsprachen, ließ ich sie zur Belohnung beim Backen der Kuchen und Kekse für die Besucher helfen. Als Nathan Bertha nach der Beerdigung die Hand gab, schüttelte sie diese so ernst und feierlich, dass ich eine Träne in seinem Augenwinkel bemerkte.

Am folgenden Tag sprachen alle mit gedämpfter Stimme, und Mrs. Woolsey stellte, beobachtet von den kleinen Mädchen, die Traueruhr auf die traurige Stunde, in der Mary uns verlassen hatte.

»Kommt sie wieder zurück, wenn wir sie vorstellen?«, fragte Bertha.

Am nächsten Tag traf ein Brief für mich ein. Er war in der Schrift meiner Schwester Patience an den Brevoort Place adressiert. Sobald ich einen Moment für mich hatte, riss ich ihn auf. Getrocknete Sonnenblumenblätter rieselten daraus hervor, als ich las.

Liebe Jemma,
ach, wie sehr sehnen wir uns danach, dich zu sehen! Seit du und Sally aufgebrochen seid, ist so viel passiert. Gerade habe ich die traurige Nachricht erhalten, dass Miss Charlene gestern wegen der schlechten Indigoernte Ambrosia verloren hat, weil sie ihre Steuern nicht zahlen konnte. Mr. Smalls vom Laden hat die Plantage gekauft.
Wie immer mit lieben Grüßen,
deine Patience

Ich saß da und überlegte. Es war ein kurzer und seltsamer Brief, und außerdem trug er kein Datum. Ja, es war eindeutig die Schrift von Patience, aber etwas am Tonfall des Briefes stimmte nicht. Ich untersuchte ihn auf eine mögliche Verschlüsselung. Hatte vielleicht jedes zweite Wort eine geheime Bedeutung? Nein. Auch als ich ihn rückwärts las, brachte mich das nicht weiter. Ganz sicher hatte Anne-May sie gezwungen, diesen Brief zu schreiben, um mich zurück nach Maryland zu locken. Allerdings hätte sich Patience die Gelegenheit, einen Geheimcode einzubauen, bestimmt nicht entgehen lassen.

Ich schob den Brief weg und legte mich hin, während auch Georgy sich bettfertig machte. Aus welchem Grund hatte Patience mir einen derart merkwürdigen Brief geschrieben? Und dann noch die Sonnenblumenblätter. War das vielleicht eine Warnung?

Im nächsten Moment fiel es mir wie Schuppen von den Augen. Ich stieß die Decke weg und griff nach dem Brief. Der erste Buchstabe jeder neuen Zeile womöglich? Eine unserer älteren Geheimschriften, mit deren Hilfe wir unsere kindlichen Gedanken vor Ma verborgen hatten?

Ich brütete weiter, bis mir klar war, was sie mir zwischen den Zeilen sagen wollte:

Komm bloß nicht zurück!

Eines Tages stattete Nathan mir am Brevoort Place einen Besuch ab. Da ich den Großteil des Tages damit verbracht hatte, mich vor Anne-May zu fürchten, war es schön, aus dem Haus zu kommen. Allerdings würde ich ihm mitteilen müssen, dass aus uns nichts werden würde. Schließlich hatte ich ihn bei der Ausstellung der Sanitary Commission mit einem anderen Mädchen gesehen.

»Lust auf einen Spaziergang?«, fragte er.

»Wieso?«, erwiderte ich.

»Ich habe uns frittierten Fisch gekauft«, erwiderte er. Aus der fettfleckigen Tüte in seiner Hand duftete es lecker nach Fisch, und er hatte einen dünnen Brotlaib unter einen Arm geklemmt.

Margaret riss theatralisch die Augen auf, als sie mir meinen Mantel gab, und erinnerte mich mit viel Gefuchtel an die Regeln in dem Benimmbuch, das wir zusammen gelesen hatten.

Nathan und ich spazierten eine Weile in Richtung Broadway, vorbei an zwei Wildschweinen, die über den Gehweg trotteten.

»Ist das ein richtiges Rendezvous?«, erkundigte ich mich.

»Ich glaube schon, wenn du so etwas magst.«

Ich schob ihn mit beiden Händen weg. »Auf der Straße müssen wir einen Brotlaib Abstand zueinander halten.«

Nathan grinste. »Weißt du, was mein Bruder immer sagt? ›Das Beste an guten Manieren ist, dass sie nichts kosten.‹«

Ich blickte ihm in die grünen Augen.

»Ich wusste gar nicht, dass du einen Bruder hast.«

»Als Dr. Gardener mich gekauft hat, wurden wir getrennt. Er ist zum Militär gegangen, sobald Farbige sich melden konnten.«

»Wie hat er dich gefunden?«

Nathan zuckte die Achseln. »Die Witwe Gardener hat ihm von mir erzählt. Ich überlege, ob ich mich auch melden soll. Er ist in Point Lookout stationiert.«

»Du würdest Dr. Bacon im Stich lassen? Er geht bald wieder an die Front und braucht dich mehr denn je.«

»Dr. Bacon hätte Verständnis. In diesen Zeiten muss ein Mann für das kämpfen, was richtig ist.«

Als wir zu einem Stapel aus eisernen Klappstühlen auf dem Gehweg kamen, klappte Nathan zwei davon auf, und wir setzten uns nebeneinander.

Dann öffnete er seine Tüte, worauf sich der köstliche Fisch breitmachte, und bot mir etwas davon an. »Wahrscheinlich ist das kein sehr tolles Rendezvous.«

Ich nahm mir ein Stück Fisch mit Panade daran. »Dieser Fisch ist ganz unbeschreiblich lecker.«

Er lächelte mich an. »Du hast deinen Wortschatz ja ziemlich vergrößert, Jemma.«

Wortlos saßen wir eine Weile da und beobachteten die Passanten.

Er brach etwas von dem Brot ab und reichte es mir. »Magst du Essigsauce?«

»Nein danke. Anne-May hat mich immer damit überschüttet, wenn sie mit mir fertig war. Allein vom Geruch wird mir schon schlecht.«

»Schön, dass du endlich mal eine eigene Meinung äußerst.«

»Willst du noch eine Meinung hören? Ich glaube, du hast eine zweite Freundin.« Ich legte den Kopf in den Nacken und verspeiste noch ein Stück Fisch. »Ich habe dich bei der Ausstellung der Sanitary Commission mit einer Dame gesehen.«

Er starrte auf die Tüte.

Ich nahm den Fingerhut aus der Tasche und legte ihn auf Nathans Knie. »Also dachte ich, ich gebe dir den hier besser zurück.«

Nathan aß weiter. Der Fingerhut blieb liegen.

Ich wischte mir die Finger an der Tüte ab. »Ihr habt euch offenbar prima verstanden.«

Nathan blickte von seinem Essen auf. »Ich mochte dich von dem Moment an, als ich dich in der Kirche gesehen habe.«

Ich musterte ihn fragend. »Du hast doch gesagt, du könntest dich nicht an mich erinnern.«

Er verscheuchte eine Fliege. »Natürlich habe ich mich erinnert. Auch an deine Ma. Ich fand, dass deine Schwester und du genauso hübsch sind wie sie.«

»Erinnerst du dich noch an meinen Pa?«

Er lächelte. »Ich muss zugeben, dass ich ein bisschen Angst vor ihm hatte.«

»An dich erinnere ich mich auch. Mir haben deine Augen gefallen.«

»Also behältst du das hier lieber.« Er drückte mir den Fingerhut wieder in die Hand. »Es bedeutet, dass man miteinander verlobt ist.«

»Ich glaube, davon habe ich mal gehört. Man schneidet den Boden ab, und schon hat man einen Ehering.«

»Und hast du dazu auch eine Meinung?«

Ich zuckte die Achseln. »Interessant, dass du es überhaupt erwähnst. Allerdings ist es nicht so einfach mit einem Mann, der Arm in Arm mit einer anderen Frau herumläuft.«

»Die Dame, mit der du mich gesehen hast, ist meine Botaniklehrerin Mrs. Thompkins.«

»Woher kennst du sie?«

»Ihr Vater ist einer der Gründer von Weeksville. Und jetzt ist sie die erste schwarze Schuldirektorin in New York City. Ich besuche Abendkurse bei ihr. Sie ist zwar sehr nett, aber verheiratet.«

Ich klopfte mir Fischpanade vom Rock und dachte dabei, wie froh ich war, dass Nathan nicht, wie Margaret es ausgedrückt hätte, »schon vergeben« war.

Nachdem wir aufgegessen hatten, knüllte Nathan die Tüte zusammen.

»Beim nächsten Mal gibt es ein richtiges Rendezvous. Mit Servietten.«

Er wickelte ein Pfefferminzbonbon aus und steckte es sich in den Mund.

Ich schmunzelte. »Das wäre schön. Allerdings habe ich den Verdacht, dass Anne-May mich zurück nach Maryland schleppen will. Mit einem Rendezvous ist es ein bisschen schwierig, wenn man Tabak pflücken muss. Ich habe ständig das Gefühl, dass sie hier irgendwo lauert.«

Er beugte sich vor. »Ich habe etwas Geld gespart und könnte ihr ein Angebot machen.«

»Das würdest du tun?«

»Natürlich.«

»Das ist nett von dir, aber Anne-May würde mich niemals verkaufen. Außerdem sind meine Ma und meine Schwester ja noch dort. Ich könnte helfen, sie rauszuholen und hierherzubringen.«

»Wir bitten Dr. Bacon, jemand Offiziellen damit zu beauftragen. Versprichst du mir, es nicht auf eigene Faust zu versuchen? Der Krieg zermürbt die Leute im Süden und macht sie unberechenbar. Nicht auszudenken, was alles passieren könnte, wenn du selbst hinfährst.«

Ich steckte den Fingerhut wieder ein. Und im nächsten Moment küsste er mich einfach auf den Mund. Es war so leicht, den Kuss zu erwidern. Er schmeckte nach Pfefferminz, Kautabak und unbeschreiblich leckerem Fisch.

Atemlos lehnte ich mich zurück und schlug den Handrücken vor den Mund. »Warum hast du das gemacht?«

Er grinste. »Ich gebe mir eben Mühe, damit du auch wirklich hierbleibst.«

Am nächsten Tag um die Mittagszeit stand ich im Salon, beobachtete die Straße und dachte an Nathans wundervollen Kuss, als an die Tür geklopft wurde. Margaret machte auf. Ich hätte diese Stimme überall erkannt und war nicht wirklich überrascht, dass die besagte Person nun vor der Tür stand.

»Wer sind Sie?«, erkundigte sich Margaret.

»Mein Name ist Anne-May Wilson Watson aus Louisiana und Hollywood, Maryland. Von der Peeler Plantation, die Ihnen sicherlich ein Begriff ist.«

Während Anne-May auf der Vortreppe verharrte, schlug mir das Herz bis zum Halse, und ich sah mich panisch nach einem Versteck um.

»Nein, ist sie nicht, Ma'am«, antwortete Margaret.

Dann erklang eine Männerstimme. »Mrs. Watson ist hier, um ihr Eigentum zurückzufordern.«

»Vielleicht sollten Sie nächste Woche wiederkommen. Wir sind in ...«

Ich schlich mich zur Zimmertür, um durch die Ritze bei der Türangel zu spähen. Anne-May wurde von einem kleinen, dicken Mann begleitet. Die Kette seiner Taschenuhr schwang hin und her, wenn er sprach.

»Ich bin Detective Karl Bigelow von der Bigelow Agency.« Er überreichte Margaret eine Visitenkarte. »Und das hier sind die Detectives von Pinkerton. Wir haben einen Haftbefehl für ein farbiges Mädchen, das sich Jemma nennt. Mrs. Watson ist gekommen, um sie zu identifizieren.«

Margaret warf einen Blick in meine Richtung. »Hier gibt es niemanden, der so heißt.«

Anne-May drängte sich an Margaret vorbei. Die drei Männer folgten ihr. »Ich verlange, die Dame des Hauses zu sprechen.«

Ich blieb in meinem Versteck, als Anne-May, Mr. Bigelow und die beiden anderen Männer hereinkamen. Einer der Detectives war mittelgroß und hatte einen langen weißen Bart, der andere war so hoch gewachsen, dass er sich in der Tür ducken musste.

Im nächsten Moment traten Miss Jane und Georgy in den Salon.

»Was ist hier los, Margaret?«, fragte Georgy.

»Sie wollen Jemma holen, Ma'am«, antwortete Margaret mit zitternder Stimme.

Anne-May machte drohend einen Schritt auf Georgy zu. »Sie hat gegen das Gesetz verstoßen und muss dafür bezahlen.«

Der weißbärtige Mann zückte einen Stoß Papiere. »Samuel Cash, Pinkerton Detective. Wir haben Befehl, die besagte Person umgehend festzunehmen und nach Maryland zu verbringen.«

Georgy streckte die Hand aus. »Dürfte ich diese Papiere einmal sehen?«

Der Detective gab sie ihr, und Georgy begann zu lesen. Ich war wie erstarrt, und mein Atem wurde immer schneller.

Georgy gab die Papiere zurück. »Aber hier steht, dass diese Frau der Spionage beschuldigt wird.«

Mutter und Abby kamen herein. Abby hatte den Schal aus Kamelhaar, den Mary ihr geschenkt hatte, über die Schultern gelegt.

»Ich dachte, ich hätte Sie gebeten, auf Nimmerwiedersehen zu verschwinden«, wandte sie sich an Anne-May.

»Sie war in unserem Haus?«, empörte sich Mrs. Woolsey. »Was wird hier gespielt?«

»Ich bin Anne-May Wilson Watson von der Peeler Plantation, in Hollywood, Maryland. Diese Detectives haben mich begleitet, um Jemma rechtmäßig zu verhaften und sie nach Maryland zu bringen, wo sie die Folgen ihrer Tat tragen wird.«

Abby ging auf Anne-May los. »Ich habe doch gleich gewusst, dass Sie eine unverfrorene Lügnerin sind. Allerdings habe ich Sie nur für eine Diebin gehalten, die unter falschem Namen operiert, nicht für eine elende Sklaventreiberin.«

»Sie waren beim Fest der Sanitary Commission an meinem Signiertisch«, fügte Georgy hinzu. »Wie lange beobachten Sie uns schon?«

»Haben wir denn kein Recht auf eine Privatsphäre?«, ließ sich Carry vernehmen. »Sie behaupten, das Gesetz zu vertreten, und haben selbst dagegen verstoßen, indem Sie sich unter Vortäuschung falscher Tatsachen Zutritt zu unserem Haus verschafft haben.«

Anne-May reckte das Kinn. »Gesetzesbrechern Unterschlupf zu gewähren ist strafbar ...«

Ich trat aus meinem Versteck hervor. »Ich bin es, den sie sucht.«

Georgy baute sich neben mir auf.

Anne-May stürmte mit ausgestreckter Hand auf mich zu. »Jemma, mein liebes Kind. Als ich gehört habe, dass die Regierung wegen Spionage nach dir fahndet, konnte ich es gar nicht glauben.« Sie kam noch näher. »Wenn du erst wieder zu Hause bist, werde ich mit allen Mitteln für dich kämpfen, Jemma. Und nachdem du deine Haftstrafe abgesessen hast, kannst du zu deiner Ma und deiner Schwester zurück auf die Peeler Plantation kommen. Sie warten auf dich. Immer wieder beobachte ich deine Ma dabei, wie sie traurig die Straße hinaufschaut.«

»Ich habe niemals spioniert«, entgegnete ich. »Sie sind hier die Spionin, Anne-May.«

Mr. Bigelow stellte sich zwischen uns. »Das klären wir unten in Maryland. Am besten holst du jetzt deine Sachen.«

Ich rührte mich nicht. Georgy legte mir den Arm um die Schultern.

»Ohne dich habe ich mich so elend gefühlt.« Anne-May streckte weiter die Hände aus. »Schau, meine Nägel sind vor lauter Sorge ganz abgekaut.«

Mrs. Woolsey richtete sich zu voller Größe auf. »Sie befinden sich hier in einem Trauerhaus, Madam. Ich habe eine geliebte Tochter verloren und werde nicht noch eine verlieren.«

Anne-May musterte sie mit herablassender Miene. »Mein Beileid, Madam, aber auf die hier werden Sie wohl verzichten müssen.«

»Das ist eine Regierungsangelegenheit«, mischte sich der hochgewachsene Pinkerton Detective ein.

Georgy kam ihrer Mutter zu Hilfe. »Ich bin Krankenschwester bei der US-Army. Auch Jemma hat ihrem Land gedient. Das hat doch sicherlich …«

Der Weißbärtige förderte Handschellen zutage. »Unser Befehl lautet auf sofortige Festnahme.« Er wandte sich an mich. »Packen Sie Ihre persönlichen Sachen.«

»Ich werde mich an Mr. Lincoln persönlich wenden«, erwiderte Mrs. Woolsey. »Und außerdem an Kriegsminister Stanton.«

»Tun Sie, was Sie nicht lassen können, Ma'am«, sagte Mr. Cash. »Wir befolgen nur unseren Befehl.«

Wie eine Schlafwandlerin stieg ich die Treppe hinauf.

»Wir kämpfen für dich, Jemma!«, rief Carry mir durch das Treppengeländer nach.

Georgy folgte mir ins Schlafzimmer, wo ich meine Reisetasche packte. »Wir haben verschiedene Möglichkeiten.«

Ich nahm mein selbst genähtes schwarzes Kleid aus Bombasin aus dem Schrank. Warum war ich bloß nicht mit Carter fortgegangen?

»Wir werden uns in Washington für dich verwenden«, fuhr sie fort und half mir, meinen Rock aufzuknöpfen. »Mutter kennt wichtige Leute.«

Ich konnte nicht antworten, denn ich befürchtete, dass ich dann laut schreiend zusammenbrechen würde.

»Meine Schwesterntracht lasse ich hier«, meinte ich, während ich aus Jacke und Bluse schlüpfte.

Und da sah Georgy meinen völlig vernarbten Rücken.

»Oh, Jemma«, stieß sie mit tränenerstickter Stimme hervor.

»Es ist nicht so schlimm, Georgy«, antwortete ich und zog mir das schwarze Kleid über den Kopf.

»Und ob es schlimm ist. Du darfst nicht dorthin zurück.«

»Ich kann auf mich selbst aufpassen.«

Georgy nahm meine beiden Hände. »Steig aus dem Fenster. Wir treffen uns unten im Garten. Margaret soll Richter Winthrop holen.«

Ich packte weiter. »Ich laufe nicht davon, Georgy.«

»Das alles riecht für mich nach Schiebung. Du, eine Spionin! Dass ich nicht lache!«

»Ich bin unschuldig. Nur dass das keine Rolle spielt. Die gewinnen immer.«

Nachdem ich Georgy endlich dazu gebracht hatte, mir das Kleid hinten zuzuknöpfen, ging ich die Treppe hinunter, um mich den Detectives zu stellen. Mrs. Woolsey und die anderen Schwestern hakten einander unter und bildeten einen Kreis um mich.

»Es ist Zeit«, sagte ich. »Lasst mich gehen.«

»Los, bringen wir es hinter uns, Jemma!«, rief Anne-May von der Tür aus.

Als ich auf die Tür zusteuerte, hielt Jane mich noch einmal fest und zog mich an sich. »Wie können Menschen so grausam sein? Unser Land wurde mit den Gedanken an die Freiheit gegründet.«

Der hochgewachsene Detective riss mich von Jane weg, drehte mich um und ließ die Handschellen um meine Handgelenke zuschnappen.

Georgy packte mich am Arm. »Wir werden uns dagegen wehren, Jemma.«

Ich drehte mich um und warf noch einen letzten Blick auf das Haus am Brevoort Place und die Woolsey-Frauen. Der liebe Pico saß zu ihren Füßen und wedelte mit seinem Stummelschwanz. Mit Tränen in den Augen sahen meine Freundinnen mir hinterher.

»Georgy!«, rief ich. »Richte Nathan aus, dass ich viel lieber geblieben wäre!«

Kapitel 53

GEORGY

New York City
April 1864

An dem Tag, nachdem die Detectives von Pinkerton Jemma nach Maryland verschleppt hatten, saß ich vor einem dicken Stapel Briefpapier am Esstisch und schrieb Briefe, um Jemma freizubekommen. Da das Fenster wegen der Trauer um Mary noch immer schwarz verhängt war, war es dunkel im Raum. Pico, der sein geliebtes Frauchen vermisste, lag auf der Fensterbank, stützte das Kinn auf und suchte halbherzig die Straße nach Katzen ab.

Ich legte einen weiteren Brief mit schwarzem Rand auf den bereits dicken Stapel von Schreiben, in denen ich jeden Menschen, der in Washington auch nur einen Hauch von Einfluss besaß, flehentlich bat, etwas zu unternehmen, damit die Vorwürfe gegen Jemma wegen Spionage fallen gelassen wurden.

Frank und Nathan kamen ins Haus gestürmt. Sie hatten einige Tage in New Jersey verbracht und dort Soldaten geimpft. Frank wirkte so gut erholt wie schon lange nicht mehr, und seine Augen funkelten kampfeslustig. Seit ich mir endlich eingestanden hatte, dass ich ihn liebte, freute ich mich immer wieder, ihn zu sehen.

Frank nahm die Mütze ab. Nathan folgte seinem Beispiel. »Ich habe gerade deinen Brief wegen Jemma erhalten und bin sofort gekommen.«

Ich stand auf und ließ mich von ihm in die Arme nehmen. »Meine Schwestern und ich haben an alle, die uns vielleicht helfen können, geschrieben oder telegrafiert. Auch Mutter hat geschrieben und sich an die *New York Times* gewandt. Aber dort hat man sie fortgeschickt.«

»Was ist mit Joe?«

»Er hat sich mit Minister Seward persönlich in Verbindung gesetzt. Ich selbst habe an Lincoln telegrafiert. Bis jetzt keine Antwort.«

»Wahrscheinlich ist er damit beschäftigt, Krieg zu führen«, meinte Nathan.

»In jedem anderen Bundesstaat wäre es leichter als in Maryland«, erklärte Frank. »Lincoln will keinen Unfrieden stiften, denn sie sind dort kurz davor, aus der Union auszutreten.«

»Jemma hat so viel durchmachen müssen, Frank. Jane und ich sind dem Aufseher persönlich begegnet. Er ist ein schrecklich brutaler Kerl.«

»Anne-May ist aus Louisiana«, ergänzte Nathan. »Die kennen keine Gnade, wenn es um ihre Sklaven geht. Außerdem habe ich den Verdacht, dass es Jemma nicht leichtfallen wird, sich wieder an dieses Leben zu gewöhnen.«

Frank trat ans Fenster, betrachtete die Straße und kraulte dabei Pico am Ohr.

»Was haltet ihr davon, wenn ich Bethadas Tante um Hilfe bitte?«

Nathan und ich wechselten einen angewiderten Blick. »Oh, Frank, nein!«, rief ich aus.

»Sie hat jede Menge Schwächen, aber auch gute Beziehungen.«

Beim bloßen Gedanken an die vulgäre Mrs. Barnett lief mir ein Schauder den Rücken hinunter.

»Fällt dir vielleicht etwas Besseres ein? Wenn wir einfach abwarten, bis sich eine einflussreiche Persönlichkeit ihrer Sache annimmt, geschieht womöglich nie etwas.«

Plötzlich richtete sich Nathan auf und schnappte nach Luft.

Ich berührte ihn am Ärmel. »Du meine Güte, was ist denn?«

Ein breites Lächeln machte sich auf seinem Gesicht breit. »Wie konnte ich nur so vernagelt sein?«

»Gibt es ein Problem?«, fragte Frank.

»Nein, ganz und gar nicht.« Er klatschte sich mit der Uniformmütze auf die Handfläche.

»Könnten Sie Ihre Erleuchtung bitte mit uns teilen, Nathan?«, meinte ich. »Uns ist jede gute Nachricht willkommen.«

»Ich weiß genau, wen wir um Hilfe bitten können. Warum ist mir das nicht gleich eingefallen?« Auf dem Weg zur Tür drehte er sich noch einmal um. »Aber wir brechen am besten sofort auf. Wir dürfen keine Zeit verlieren, sonst geschieht noch ein Unglück.«

Kapitel 54

JEMMA

Point Lookout, Maryland
April 1864

Ich ließ den Kopf hängen, als wir mit dem Schiff am Dock von Point Lookout anlegten. Erst im letzten September waren Jane, Georgy und ich als Krankenschwestern der US-Army hier eingetroffen. Die Detectives führten mich, die Hände noch immer gefesselt, von Bord und zu einer wartenden Kutsche, die mich zum Gefängnis von Leonardtown bringen würde. Obwohl Anne-May uns unbedingt auf der Bahnfahrt von New York City hierher hatte begleiten wollen, hatte man mich über Nacht in der Stadt festgehalten und sie in den nächsten Zug gesetzt. Zumindest ein kleiner Segen, denn wenn sie unterwegs pausenlos auf mich eingeredet hätte, hätte ich die Männer vermutlich angefleht, mich gleich an Ort und Stelle zu erschießen.

Nachdem ich die Freiheit kennengelernt und sie auf so grausame Weise wieder verloren hatte, fiel mir die Rückkehr schwer. Ich spürte eine innerliche Leere und fühlte mich wie ein umgekippter Korb mit Blaubeeren, die nun in alle Richtungen davonrollten, ohne dass ich in der Lage gewesen wäre, sie wieder einzusammeln. Wenigstens hatte ich Pas kleines Knochenkreuz auf der Fahrt in der Hand halten dürfen. Es war gut, ihn in meiner Nähe zu wissen.

Die Detectives halfen mir in die Kutsche und nahmen mir gegenüber Platz. So saßen wir eng gedrängt da, als sich das Fahrzeug mit einem Ruck in Bewegung setzte, sodass sie sich an den Gurten festhalten mussten. Die beiden waren nicht sehr gesprächig. Dafür redete ich vor Nervosität wie ein Wasserfall.

»Ich war früher hier Krankenschwester«, sagte ich. »Ich habe ziemlich viele Fälle von Wundbrand gesehen.«

Sie klammerten sich nur weiter fest und starrten aus dem Fenster.

Unterwegs hatte ich sehr viel Zeit gehabt, mir die zwei gründlich einzuprägen. Der Ältere erinnerte mich an Rip Van Winkle aus der Geschichte, die ich Miss Tandy Rose wohl sechshundertmal vorgelesen hatte, weil sie kurz war und ihr der Hund gefiel. Der Mittelalte ähnelte der Abbildung von Kapitän Ahab in *Moby Dick,* auf der der Kapitän mit zottigem schwarzem Haar und wildem Blick dasteht und zornig die Faust in den Himmel reckt.

Die beiden waren sicher froh, mich bald auf der Peeler Plantation abladen zu können.

Peeler. Mein Atem ging schneller. Beim bloßen Gedanken, wieder als Sklavin für Anne-May schuften zu müssen, wäre ich am liebsten aus der fahrenden Kutsche gesprungen.

Ihre Hickorygerte. Die Nächte am Fußende ihres Bettes.

Ich zwang mich, stattdessen an Ma und Patience zu denken. So schrecklich es auch war, wieder hier zu sein, bekam ich bei der Vorstellung, sie zu sehen, Gänsehaut. Irgendwie würde ich aus dem Gefängnis entkommen und einen Weg finden, an Georgy zu schreiben. Schließlich hatte sie schon Mr. Lincoln die Hand geschüttelt.

Vielleicht würde er mir ja helfen.

Wir kamen an den Baracken vorbei, in denen die entflohenen Sklaven untergebracht waren. Ein paar ehemalige Sklaven standen davor. Sie lebten unter dem Schutz von Mr. Lincoln, und in mir brodelte der Neid. Vor nicht allzu langer Zeit hatte ich anderen bei der Flucht geholfen. Und nun war ich hier, wieder ganz am Anfang. Anne-May setzte ihren Willen immer durch.

Bald bogen wir in die Straße nach Peeler ab und passierten Smalls and Sons, wo nur eine nackte Kleiderpuppe im Schaufenster stand. Es war heiß für April, und Jubal Smalls' Kinder spielten draußen auf der Veranda. Seit ich sie zuletzt gesehen hatte, waren sie ein deutliches Stück gewachsen. Allerdings noch immer ziemlich dick, und dabei waren ihre Ma und ihr Pa doch so schlank.

»Moment mal«, sagte ich. »Das Gefängnis ist in Leonardtown. Wir fahren in die falsche Richtung.« Aber niemand achtete auf mich.

Als wir die Moneysunk Road erreichten, frischte der Wind auf. Wir rollten an der Tabakscheune vorbei. Dann an LeBarons Hütte. Das Räucherhaus stand unschuldig da. An den aufgeschütteten Erdwällen auf den Tabakfeldern hatte sich nichts geändert. Ich versuchte, schöne Erinnerungen herbeizuzwingen. An glückliche Zeiten mit meiner Familie, Celeste und Carter. Aber es war, als wollte man eine verdorrte Zitrone auspressen. Es kam nichts Gutes heraus. Ich hielt auf den Feldern Ausschau nach Ma, doch es war niemand zu sehen. Bis zum Haus war es noch ein Stück.

Als wir in die Auffahrt einbogen und die Räder der Kutsche auf dem Kies knirschten, sagte ich mir, dass ich gar nicht wirklich zurückgekehrt war. Ich schwebte irgendwo zwischen der Gegenwart und meinem eigentlichen Leben.

Das Haus war noch immer hübsch, hatte jedoch inzwischen etwas Trauriges an sich. Im Garten kämpften die Krokusse sich mühsam durch die Vogelmiere vom letzten Jahr. Jemand hatte einige fadenscheinige Laken an die Wäscheleine gehängt, die in der leichten Brise wehten. Über der Tür war die Regenrinne eingesackt, denn Pa war nicht mehr da, um sie zu reparieren.

Pa.

Anne-May erwartete uns auf dem Vorplatz. An derselben Stelle, wo Delly, Charl und Celeste vor so langer Zeit aus dem Karren gestiegen waren.

Kapitän Ahab band mich los. Ich behielt Pas Knochenkreuz in der Hand. Er half mir aus der Kutsche. Seine Hand an meinem Handgelenk fühlte sich weich an. Vom Abliefern entflohener Sklaven bekam man keine Schwielen.

Anne-May kam auf uns zu. »Wird langsam Zeit, dass du hier auftauchst.«

Der Klang ihrer Stimme sorgte dafür, dass Rip Van Winkle das Gesicht verzog.

Sie trat einen Stein in ein Gartenbeet. »Es ist schon fast Mittag, und mein Essen ist noch nicht fertig.«

»Warum bin ich hier, Anne-May?«

Die Detectives ließen Anne-May ein Papier unterschreiben und machten sich rasch aus dem Staub. Während sich die Kutsche entfernte, standen wir im Esszimmer. Sie hatte sich selbst einen Tee gekocht, meiner Erinnerung nach das erste Mal im Leben. Außerdem hatte sie mein altes, abgetragenes gelbes Baumwollkleid und ein weißes Kopftuch auf den Tisch gelegt. Daneben bemerkte ich eine frisch geschnittene Hickorygerte. Ich starrte auf das weiße Kopftuch. Alles in mir sträubte sich dagegen, es aufzusetzen.

»Runter mit der Haube, Jemma. Du bist hier, weil ich nie

vorhatte, dich ins Gefängnis stecken zu lassen. Das war nur ein Vorwand, um dich zurückzubringen. Also zieh dich jetzt um.«

»Hier?«

»Beeil dich, ich habe nicht den ganzen Tag Zeit.«

Ich nahm die Haube ab, knöpfte mein Kleid hinten auf und schlüpfte hinaus. Auch aus dem Unterrock. Als ich wieder mein Sklavenkleid anzog und den abgetragenen Baumwollstoff auf den Schultern spürte, glaubte ich, mich gleich übergeben zu müssen. Ich nahm mein kleines Kreuz und steckte es in die Kleidertasche. So hatte ich wenigstens etwas von Pa bei mir.

Anne-May griff nach meinem schwarzen Seidenkleid und hielt es an den Schultern hoch.

»Als zweitbestes Kleid für mich müsste es genügen. Du kannst sofort damit anfangen, es umzuarbeiten. Nur ein bisschen einnähen und eine Rüsche an den Saum. Dann müsste es wunderbar passen. Der Unterrock ebenfalls. Aber vergiss nicht, die Sachen ordentlich zu lüften, damit sie nicht nach dir riechen.«

Die Fäuste an den Seiten geballt, stand ich da. »Sonst noch etwas?«

»Das sind ja hübsche Stiefel, die du da anhast. Wahrscheinlich sind sie mir zu klein, wenn wir sie nicht weiten.«

Ich starrte sie nur an und malte mir aus, wie es wohl wäre, sie mit dieser Gerte zu verprügeln. Doch dann würde sie sofort LeBaron rufen.

Sie gab mir das Kopftuch.

Ich warf es wieder auf den Tisch. »Das setze ich nicht auf.«

»Oh doch, aber ein bisschen plötzlich.«

»Meinetwegen können Sie mich grün und blau schlagen. Ich habe mich verändert.«

»Du meinst wohl, jetzt bist du zu nichts mehr zu gebrauchen.«

Anne-May musterte mich eine Weile. Dann wandte sie sich mit einer unwirschen Handbewegung ab.

»Und jetzt hör auf mit dem Genörgel und beweg deinen Hintern zu Miss Charlene. Ich brauche Eier. Meine Hühner legen nicht mehr. Ich muss mich fertigmachen. Ich will in die Stadt.«

Einen Moment herrschte Stille. In den Bäumen schrien die Eulen.

»Wo ist meine Ma?«

Sie wies zum Fenster. »Sable ist schon seit einer Weile fort.«

Tränen traten mir in die Augen, und ich musste mich am Tisch festhalten. »Wohin?«

»Was weiß ich? Nigger kommen, Nigger gehen.«

Ich trat einen Schritt auf sie zu. »Sie wissen es bestimmt.«

»Nein, wirklich nicht. LeBaron ist mit den Hunden bis nach Point Lookout, um sie zu suchen. Aber sie war wie vom Erdboden verschluckt.«

»Sie haben doch gesagt, dass Ma auf mich wartet.«

»Das habe ich nur so behauptet, damit du ohne Widerstand mitkommst. Jubal will dieses Buch. Er hat Angst, dass wir deinetwegen noch am Galgen enden.«

Ich wischte mir mit dem Handrücken die Augen ab. »Das Buch ist so versteckt, dass niemand es findet.«

Anne-May griff nach ihrer Gerte.

»Machen Sie mit mir, was Sie wollen, ich verrate es Ihnen trotzdem nicht. Sie würden es nur benutzen, um mir die Schuld in die Schuhe zu schieben, weil ich das alles für Sie aufgeschrieben habe.«

Anne-May ließ sich auf einen Stuhl fallen und nestelte

an einem silbernen Teelöffel herum. Zu meiner Genugtuung war das Metall schwarz angelaufen. Es war eben nicht einfach, allein einen Haushalt zu führen.

»Wo ist Patience?«, fragte ich.

»Das musst du Miss Charlene fragen. Und jetzt geh, damit du rechtzeitig zurück bist, um zu kochen, die Küche zu putzen und mit dem Kleid anzufangen. Ich fahre auf dem schnellsten Weg nach Hollywood. Aber bald bin ich zurück und werde Hunger haben. Also nicht trödeln. Und bilde dir bloß nicht ein, du könntest nach Point Lookout davonlaufen. Seit Sybil weg ist, lässt LeBaron die Straße dorthin von seinen Männern überwachen.«

Ich ging hinaus und warf noch einen Blick in die Küche hinter dem Haus. Dabei dachte ich an Sally und daran, wie nackt der alte schwarze Herd wirkte, wenn sie nicht davorstand.

Auf dem Weg zur Ambrosia Plantation kam ich an den Hütten vorbei. Die von Pa gezimmerte Tür stand offen. Obwohl ich nur knapp zwei Jahre fort gewesen war, erschien mir das Innere der Hütte viel kleiner, als ich es in Erinnerung hatte. Pas Hacke lehnte noch am Kamin. Dellys Bett stand in der Ecke. Auf allem lag eine zentimeterdicke Staubschicht.

Ich trat an den Tisch. Offenbar hatte Ma Pas Teller auf seinem Platz stehen lassen und eine Austernschale dazugelegt, um sein Andenken zu wahren. Als ich mit dem Finger über die glatte Innenseite der Auster strich, fing sich das Licht in einem weißen Gegenstand neben dem Teller. Es war ein kleines Kreuz, der Zwilling von dem, das er für mich gemacht hatte. Ich nahm es und steckte es zu meinem.

Dann hastete ich weiter, vorbei am leeren Schweinepferch zu unserem kleinen Friedhof, wo die Gräber von Clementine, Celeste und Pa waren. Auch das vorgetäuschte Grab des kleinen Kofi. Die Erde vor Pas Kreuz war eingesackt. Vermutlich weil man ihn ohne Sarg beerdigt hatte. Jemand hatte einen alten Hammer auf das Kreuz gelegt. Ma? Allein der Anblick seines eingesunkenen Grabs genügte, dass ich vor Wut zu zittern begann. Wie hatte LeBaron es wagen können, uns den Vater wegzunehmen, der ein so guter Mensch gewesen war? Und Sweet Clementine? Und Celeste?

Ich nahm den Zwilling meines Knochenkreuzes und bohrte ihn vor Pas Grabkreuz in den Boden.

»Das ist für dich, Pa«, flüsterte ich. »Ich dachte, du hättest es gern zurück.« Ich richtete mich auf und lauschte dem Zwitschern der Vögel in den Bäumen. »Und außerdem stimmt es, was du mir gesagt hast: ›Man weiß nicht, wozu man fähig ist, bevor man es nicht tun muss.‹ Ich bin von hier entkommen. Beinahe hätte ich es geschafft, Patience rauszuholen. Aber wir sind noch nicht fertig. Wir werden frei sein, so wie du es immer gewollt hast.«

Ich eilte weiter in Richtung Ambrosia und zu Patience, denn ich wollte sie unbedingt sehen und erfahren, ob sie etwas über Ma wusste. Ich würde meine Schwester noch heute hier rausholen, und wenn ich dazu einen Mord begehen musste.

Als ich an dem alten Tor und dem Ahornbaum vorbeikam, wo sie Pa aufgeknüpft hatten, konnte ich kaum hinschauen. Die verdorrte Sonnenblume, inzwischen nur noch ein grauer, verschrumpelter Stängel, hing noch immer dort. Bald sah ich Ambrosia, ein großer, alter, düsterer Kasten, vor mir zwischen den Bäumen aufragen.

Ich hastete um den Hundezwinger herum zu den Hütten der Indigoarbeiter und trat in die von Patience. Sie war leergeräumt, sauber gefegt und ebenso unbewohnt wie alle anderen. Also rannte ich zur Hintertür und schlich mich in die Küche. Die Fliegengittertür hielt ich mit einer schweißnassen Handfläche fest, damit sie nicht zuknallte. Noch nie hatte ich einen Fuß in diese Küche gesetzt. Sie war unglaublich schmutzig. Auf der Arbeitsfläche lag ein Haufen benutzter Servietten, und auf dem Eisschrank türmte sich ein Geschirrberg, so hoch, dass er jeden Moment umzustürzen drohte.

»Wer ist da?«, fragte eine Frauenstimme tief aus dem Inneren des Hauses. »Harry, bist du das?«

Ein Schuss knallte. Eine Kugel traf den Eisschrank und brachte das Geschirr zum Klirren. Ich machte vor Schreck einen Satz.

»Ich bin es nur, Miss Charlene!«, rief ich mit zitternder Stimme. »Jemma von der Peeler Plantation.«

»Komm her, aber ein bisschen plötzlich.«

»Nur wenn Sie nicht mehr schießen.«

Ich folgte dem Klang der Stimme in einen großen Salon. Die geschlossenen Fensterläden versperrten die vermutlich malerische Aussicht auf den Fluss. Nachdem sich meine Augen an die Dunkelheit gewöhnt hatten, erkannte ich Miss Charlene in ihrem Hauskleid. Das Haar hing ihr offen herab, und man konnte die weißen Haaransätze sehen. Das Gewehr quer über dem Schoß, saß sie in einem mit Samt bezogenen Sessel. Im Zimmer roch es entsetzlich. Schlimmer noch als in einem ungeputzten Abort.

»Ich dachte, du wärst Harry, der sich eine Säge leihen will«, meinte sie.

»Miss Anne-Mays Bruder? Aber der ist doch seit zwei Jahren tot, Miss Charlene.«

Sie starrte ins Leere und legte den Finger an die Lippen. »Stimmt. Du begehst Hausfriedensbruch.«

»Ich suche nur meine Schwester.«

In diesem Moment hörte ich einen Hund knurren. Als ich mich umdrehte, sah ich das Tier neben dem Sessel kauern.

»Der tut dir nichts. Jemand hat versucht, ihn zu vergiften. Seitdem behalte ich ihn drinnen.«

»Soll ich ihn rauslassen? Ich glaube, er hat den Teppich schmutzig gemacht.«

»Wie sieht das Haus inzwischen für dich aus?«

»Genau wie immer.«

»Du lügst.«

Ich lüpfte den Rock und kam näher, wobei ich aufpasste, nicht in die Hundehäufchen zu treten.

Miss Charlene beugte sich vor. »Wir haben das Haus verloren, wusstest du das? Ich habe nur noch eine Woche, dann muss ich hier raus.«

»Das tut mir leid, Ma'am.«

»Jubal Smalls hat es uns weggeschnappt. Als er mich küssen wollte, hätte ich gleich ahnen müssen, dass er nur scharf auf das Haus war. Nachdem die Schmierläuse unsere letzte Indigoernte verdorben hatten, konnten wir die Steuern nicht mehr bezahlen. Das hat meinen Mann umgebracht. Da kam Jubal und hat Mr. Weed noch am Totenbett die Besitzurkunde abgenommen. Wahrscheinlich hat Anne-May ihm dabei geholfen, die falsche Schlange.«

Ich scharrte mit den Füßen und versuchte, so wenig wie möglich von der übelriechenden Luft einzuatmen. Wir lauschten dem Ticken der Uhr auf dem Kaminsims.

»Wissen Sie, wo meine Ma ist?«

»Sable ist jetzt schon seit einer Weile weg.«

Tränen traten mir in die Augen. »Wo ist sie hin?«

Charlene zuckte die Achseln. »Ich habe da was läuten hören, aber man weiß ja nie.«

»Patience?«

Miss Charlene blickte zur Decke. »Hast du sie nicht gesehen?«

»Wo ist meine Schwester, Miss Charlene?«

Sie streckte eine magere Hand nach mir aus. »Kannst du bleiben und mir die Haare kämmen?«

Ich trat noch einen Schritt an sie heran. »Patience. Wo ist sie?«

Miss Charlene verschränkte die Finger vor der Brust. »Ich musste sie abgeben. Da war nichts zu machen. Ich konnte es mir nicht mehr leisten, Anne-May die Miete für sie zu bezahlen.«

»Wo ist sie?«

Miss Charlene hob schützend die Arme vor den Kopf und fing an, bitterlich zu weinen. »Schrei mich nicht so an. Sie ist verkauft, verdammt noch mal.«

»An den Sklavenhändler?«

»Nein. Er sagte, für sie könnte er keinen ordentlichen Preis erzielen, weil sie verkrüppelt ist.«

Ich beugte mich über Charlene. »Wenn Sie jetzt nicht den Mund aufmachen, dann gnade mir Gott …«

»Der Aufseher von Peeler hat sie mitgenommen. Er meinte, er habe ihr schon beigebracht, wie man Wild aufbricht und seine Gewehre reinigt. Also könnte er sie genauso gut kaufen.«

Als ich mich an einer Sessellehne festhalten musste, fühlte sich der Samt unter meiner zitternden Hand warm an.

»Anne-May hat Patience an LeBaron verkauft?«

»Erst heute. Er hat bei allen Heiligen geschworen, ihr nicht wehzutun. Das R habe er ihr nur in die Brust eingebrannt, um ihr eine Lektion zu erteilen. Weggelaufene Sklaven müssen bestraft werden.«

Ich raffte meinen Rock und rannte durch die Küche hinaus. »Es ist mir wirklich schwergefallen!«, rief Charlene mir nach. »Das liebe Kind ist wie eine Tochter für mich.«

Wie von wilden Furien gejagt, stürmte ich zum Tor des alten Farmers Burns, schlich mich den Weg hinunter bis zu LeBarons Hütte und legte mich auf die Lauer. Die Hütte war unverändert. Nur die Schindeln waren grauer geworden, und das Gras ringsherum war nackter Erde gewichen. Es war still hier draußen. Bis auf das Surren einer Pferdefliege, die meinen Kopf umschwirrte, und das Quieken der Schweine, die unten am Dock geschlachtet wurden, war nichts zu hören.

Ich pirschte mich näher heran und versteckte mich hinter einem Baum. Im nächsten Moment begann mein Herz zu klopfen wie wild, denn LeBaron trat, ein Gewehr in der Hand, auf die Veranda. Nachdem er eine Patrone eingelegt hatte, setzte er sich auf einen alten Bambusstuhl und fing an, die Waffe mit einem Lappen zu polieren.

Mir stockte der Atem, als auch Patience aus der Hütte trat. Sie trug ein langstieliges Beil, dessen breite Klinge nach unten zeigte, und begann, ein Stück Robinienholz zu spalten. Dazu zog sie ihren alten Pullover aus, sodass sie in ihrem Kleid aus grober Baumwolle und mit nackten Armen dastand. Ich konnte den Blick nicht von ihrem Ausschnitt abwenden, wo, groß und schimmernd, der eingebrannte Buchstabe R zu sehen war.

Patience trieb das Beil in die Mitte des Holzstamms und führte es längs daran herunter, bis der Stamm fein säuberlich in zwei Hälften zerbrach. Das Holz knackte und splitterte.

Als sie das Beil ein zweites Mal hob, stürmte ich zwischen den Bäumen hervor.

»Patience!«, rief ich, und meine Stimme hallte auf der Lichtung wider.

Sie schaute sich nach mir um, legte das Beil weg und wischte sich die Hände an der Schürze ab.

Ich streckte eine Hand aus. »Komm her.«

Sie sah LeBaron an.

»Einen Moment mal.« LeBaron griff nach seinem Gewehr. »Willkommen zu Hause, Miss Jemma.«

Als ich Patience zu mir winkte, stand sie nur da wie zur Salzsäule erstarrt.

LeBaron legte das Gewehr an und betrachtete mich durch die Kimme. »Weißt du noch? An diesem Baum ist dein alter Pappy gestorben.«

»Patience, komm zu mir«, wies ich sie an.

»Dein Pappy war ein harter Brocken, das muss ich ihm lassen. Er hat zum Sterben länger gebraucht als die meisten. Stur wie eine verklemmte Schublade. Genau wie seine Tochter.«

Ich streckte beide Hände aus. »Du schaffst das, Patience.«

»Vielleicht hast du es ja noch nicht mitgekriegt, aber sie ist jetzt mein Eigentum.« Er wies mit dem Kopf auf Patience. »Die Tinte auf dem Kaufvertrag ist noch nicht trocken. *Eine erwachsene Negerin,* steht da. Aber du kannst ja jederzeit dich selbst eintauschen.«

Als ich auf Patience zuging, waren meine Schritte im Staub nicht zu hören.

LeBaron drückte ab. Die Kugel schlug neben mir in den Boden ein.

»Komm, Patience«, beharrte ich.

»Wir beide kennen uns sehr gut, Jemma. Hast du je erlebt, dass ich danebengeschossen hätte? Sheriff Whitman erzähle ich einfach, du hättest versucht, mich anzugreifen.«

Wieder lud er sein Gewehr und zielte. »Eigentlich wäre es ein Spaß, dich zu verwunden und dir dann langsam den Rest zu geben.«

Ich wich zum Pfad zurück. »Das sage ich Anne-May.«

»Nur zu, Jemma.« Er legte sich das Gewehr wieder über den Schoß und polierte weiter. Patience nahm das Beil und machte sich an die Arbeit.

»Das werden Sie bereuen, LeBaron!«, rief ich.

Er erhob sich und kam auf mich zu. »Was habe ich dir gesagt? Hau ab.«

Doch ich ließ mich nicht einschüchtern.

Leise wie ein Windhauch trat Patience hinter ihn und hob mit beiden Händen das Beil.

»Hau ab, sag ich. Worauf wartest du noch, Jemma?«, fragte LeBaron.

»Darauf, dass du stirbst«, antwortete ich.

Offenbar spürte er etwas in seinem Rücken, denn er drehte sich in letzter Sekunde um. In diesem Moment holte Patience aus und schlug ihm das stumpfe Ende der Beilklinge auf den Kopf.

LeBaron fiel hin und wand sich in einer Staubwolke auf dem Boden. Nach einer Weile blieb er bäuchlings liegen, und es wurde sehr still. Selbst die Schweine unten am Dock waren verstummt.

Ich trat vor und betrachtete LeBaron. Das Haar an seinem Hinterkopf war mit dunkelrotem Blut verklebt. Ich fiel auf die Knie, tastete am Handgelenk nach seinem Puls und spürte einen schwachen Herzschlag. Dann versuchte ich, ihn mit der Stiefelspitze umzudrehen, voller Angst, er könnte aufspringen und uns beiden an die Gurgel gehen.

»Ist er tot?«, fragte Patience.

»Noch nicht ganz.«

Patience warf mit einem dumpfen Geräusch das Beil hin.

»Du hast ihm ordentlich eine verpasst, Patience«, stellte ich fest. Mir zitterten die Knie. »Ich wusste ja schon immer, dass du Mut hast, aber das war eine beachtliche Leistung.«

Sie erschauderte, als hätte sie jemand mit Eiswasser übergossen. »Wir sollten ihn gut verstecken, um Zeit zu gewinnen.«

Kapitel 55

ANNE-MAY

Peeler Plantation, Maryland
April 1864

Die Bahnreise von New York nach Hause entpuppte sich als Höllenfahrt. Unterwegs musste ich mir die ganze Zeit anhören, wie zwei Damen aus den Nordstaaten angeregt darüber debattierten, ob Abraham Lincolns pummelige kleine Frau Mary wohl modischen Geschmack hatte. Meine Antwort darauf wäre ein lautes und nachdrückliches *Nein* gewesen. Nach meiner Ankunft machte ich mich sofort auf den Heimweg nach Peeler, um mich für meinen Besuch bei Jubal im Laden umzukleiden.

Gerade war ich dabei, meine Katze zu begrüßen und sie dazu zu bewegen, unter dem Sofa hervorzukommen, als die Männer mit Jemma eintrafen und mich beim Teetrinken störten. Wenigstens wurde das Mädchen in einem ordentlichen Seidenkleid abgeliefert, offenbar ein Geschenk der Woolseys.

Ich schickte sie nach Ambrosia, um Eier für das Abendessen zu holen, zündete eigenhändig das Kaminfeuer in meinem Schlafzimmer an und machte mich so gut zurecht, wie es mir ohne Dienstmädchen möglich war. Nachdem ich mir das Gesicht und die Achselhöhlen gepudert hatte, behandelte ich meine Haaransätze mit Holzkohle und drehte mir Locken auf. Mein Schädel pochte, und da ich das dringende Bedürfnis nach Schnupftabak verspürte, schenkte ich mir ersatzweise den letzten Brombeerlikör ein, während ich den beklagenswerten Inhalt meines Kleiderschranks begutachtete.

Ich entschied mich für ein rosafarbenes Seidenkleid, das Jubal einmal bewundert hatte, und versuchte, mit einer groben Bürste den braunen Schmutzrand von Ärmeln und Halsausschnitt zu entfernen. Dann nahm ich meinen Diamantring aus dem Tresor, steckte ihn an den Finger, legte die Amethystohrringe an und bespritzte mein Dekolleté mit ein wenig Kölnischwasser.

Ganz allein fuhr ich zu Smalls and Sons, und zwar in der einzigen Kutsche, die, trotz zweier gebrochener Speichen an einem der Räder, noch einsatzfähig war. Immer wieder hob ich Jubals Taschentuch an die Nase, um mir seinen Geruch zu vergegenwärtigen. Gewiss würde er mir entgegeneilen und mich in die Arme schließen. Immerhin hatte ich ihn seit neun Monaten nicht gesehen. Natürlich würde ich mich nach dem Gedicht erkundigen, das er selbst geschrieben haben wollte, sicherlich hatte er eine Erklärung dafür.

Oder er würde sich zumindest entschuldigen.

Als ich mich dem Laden näherte, bemerkte ich davor eine elegante Kutsche. Ein livrierter Neger kämmte die Mähne des Pferdes. Angekündigt von einem Bimmeln der Glöckchen über der Tür, trat ich ein und sah Jubal hinter der Glastheke stehen. Er war im Gespräch mit einer Kundin, die beiden steckten die Köpfe zusammen, und er beriet sie offenbar in der Wahl ihres Schnupftabaks. Ein zweiter Diener wartete in Habachtstellung. Die Frau war ein zierliches junges Ding, das mir irgendwie bekannt vorkam. Sie hatte einen frischen, zarten Teint und trug nur einen Hauch von Rouge. Ihr Kleid war wirklich wunderhübsch. Es bestand aus magentafarbener Wolle, und der formvollendete Reifrock ließ ihre Taille winzig erscheinen. Als die Frau sich zum Gehen wandte, legte der Diener ihr eine Nerzstola über die Schultern.

Sie winkte lächelnd, während er ihr die Tür aufhielt. »Bis zum nächsten Mal, Jubal.«

Jubal winkte ebenfalls und begann, seine Schnupftabakdöschen in der Vitrine zurechtzurücken. Als ich näher kam, blickte er kaum auf. »Aha«, meinte er. »Der verlorene Sohn kehrt zurück.«

»Falls das eine Anspielung auf die Bibel ist, solltest du wissen, dass ich davon nichts verstehe. In den Südstaaten begrüßen Gentlemen ihre Damen mit …«

Er knallte die Vitrine zu. »Wo hast du gesteckt, Anne-May?«

»Hast du Schnupftabak für mich? Ich bräuchte …«

»Was hast du so lange getrieben, verdammt?«

»Jetzt beruhige dich erst mal, Jubal. Ich habe dir doch erklärt, wohin ich wollte. Nach Washington. Außerdem habe ich dir aus New York geschrieben.«

»Am besten sagst du mir jetzt, dass du Jemma gefunden hast.«

»Tja, zufällig habe ich, was das angeht, gute Nachrichten. Hast du Golden-Banded Oco da? Nach der Zugfahrt ist mir ein wenig schummerig.«

»Wo ist sie, Anne-May?«

»Es hat mich einige Mühe gekostet, sie aufzuspüren. Du würdest nicht glauben, was für schreckliche Menschen die Yankees sind. Sie haben das Geld gestohlen, das Reggie mir gegeben hat …«

»Ist sie wieder hier?«

»Gerade erst angekommen, frei Haus geliefert von zwei freundlichen Yankee-Detectives. Ich habe sie von der Polizei festnehmen lassen.«

»Wie?«

Ich beäugte den Schnupftabak in der Vitrine. »Dafür musste ich natürlich eine Gegenleistung anbieten.«

»Was hast du getan, Anne-May?«

»Ich habe ihnen erzählt, ich hätte mit einer Gruppe zusammengearbeitet, die möglicherweise einige Informationen weitergeleitet hat.«

Jubal packte mich an den Schultern und schüttelte mich, dass mir die Korkenzieherlocken ins Gesicht flogen. »Hast du den Verstand verloren?«

»Die wollen nicht uns, Jubal, sondern die dicken Fische.«

»Du verblödetes Weibsstück. Jetzt muss ich untertauchen oder einen Kundschafter an der Straße postieren. Als sie das letzte Mal hier waren, musste ich mich wie ein ertappter Liebhaber im Kleiderschrank meiner Frau verstecken. Ich habe mich schon gefragt, warum sie sich so lang nicht mehr haben blicken lassen. Sie wollten an dich ran, um Beweise zu sammeln.«

»Sie haben mir hoch und heilig versprochen, dass alles gut wird, sobald sie den Kopf der Organisation haben. Dann wird die Sache im Sand verlaufen.«

»Bis auf dieses Buch haben sie überhaupt kein Belastungsmaterial, und wenn sie das finden, schleppen sie mich nach Leonardtown ins Gefängnis und hängen mich auf. Dich auch, Anne-May.«

Ich trat auf ihn zu und berührte ihn an der Brust. »Ich kriege das Buch schon, keine Sorge.«

Er stieß mich so heftig weg, dass ich gegen ein Fass taumelte. »Wehe, wenn nicht. Ansonsten sage ich aus, du hättest mir unaufgefordert angeboten, mir die Standorte der Yankee-Stützpunkte zu verraten, doch ich hätte abgelehnt. Dann seist du losgezogen und hättest die Informationen anderweitig verhökert. Sheriff Whitman steht auf meiner Seite.«

»Aber es war deine Idee, Jubal.«

»Verlangst du von mir, dass ich dafür sterbe? Ich habe Kinder.«

»Aber du sagtest doch, du hättest Gefühle ...«

Kurz wandte er sich ab. Dann wirbelte er herum und zeigte mit dem Finger auf mich. »Das habe ich niemals behauptet.«

»... und dass ich deine Königin sein würde.«

»Die Dinge ändern sich, Anne-May.«

Ich presste mir die Hand auf den Leib, um zu verhindern, dass mir die Galle hochkam. »Du willst nur, dass ich von hier verschwinde, damit du mein Haus bekommst.«

»Nein. Es stimmt allerdings, dass du es kaum noch halten kannst, außerdem hat Fergus im letzten Quartal die Steuern nicht bezahlt.«

Mir brummte der Schädel. Als ich mich auf ein Fass setzte, bauschte sich mein Rock und sank dann nach unten. »Du hast das Gedicht gar nicht selbst geschrieben. Das war alles gelogen. Und die Frau, die gerade hier war ...«

»Völlig unbedeutend ...«

»Ich kenne sie. Das ist Camille Tourand von der Plantage Six Elms. Du hast es auch auf ihren Besitz abgesehen. Du hast doch schon die Plantage von Charlene. Und meine auch bald. Danach ihre. Ein ausgeklügelter Plan.«

Als Jubal nach meiner Hand griff, zog ich sie weg.

»Du bist müde, Anne-May. Fahr nach Hause und such ...«

»Genug von diesem albernen Buch, Jubal.«

Begleitet vom Bimmeln seiner grässlichen Glöckchen, marschierte ich hinaus. Als ich in meine alte Kutsche stieg, um zurück zur Peeler Plantation zu fahren, musste ich ein Schluchzen unterdrücken. Die warme Brise trocknete die Tränen auf meinem Gesicht. Ich wurde schneller und spürte den Wind im Haar. Auf halbem Wege ließ ich mein Taschentuch flattern, bis es schließlich davonflog. Ich blickte ihm nicht einmal nach, als es in der dunklen Nacht verschwand.

Kapitel 56

GEORGY

Point Lookout, Maryland
April 1864

Frank, Nathan und ich trafen mit dem Dampfer in Point Lookout ein, wo wir das Krankenhauspersonal und Nathans Bruder um Hilfe bei Jemmas Befreiung bitten wollten.

Frank und ich saßen Nathan gegenüber. Mr. Olmsted persönlich hatte uns die Billetts besorgt, nachdem ich ihm von Nathans Plan erzählt hatte.

Nathan betrachtete das Ufer durch das Fenster des Schiffs. »Der Vorgesetzte meines Bruders Terrance in Point Lookout ist ein gewisser Colonel Draper. Vielleicht sollten wir uns zuerst mit ihm treffen.«

»Alonzo Draper?«, erkundigte sich Frank.

»Kennen Sie ihn?«, fragte Nathan.

»Nur aus der Zeitung. Er ist ein Abolitionist aus Massachusetts. Als Offizier der Union hat er ein farbiges Regiment angeworben. Es ist ihm zu verdanken, dass die letzten Nester der Konföderierten ausgeräuchert werden konnten, und jetzt führt er hier das Kommando.«

Während der Fahrt hatte Frank die meiste Zeit meine

Hand gehalten. Er trug seinen dunkelblauen Uniformrock, sein Colt steckte in der Schärpe um seine Taille.

Nathan hatte die Nase fast immer in einer botanischen Fachzeitschrift stecken. In der Uniform eines Gefreiten – blaue Jacke und mattglänzend polierte Stiefel – sah er sehr stattlich aus. Da er ein zurückhaltender Mensch zu sein schien, verkniff ich mir meine neugierigen Fragen, was seine Gefühle für Jemma anging. Dass er so selbstlos sein Leben für sie aufs Spiel setzte, wies auf eine große Zuneigung hin.

An der Anlegestelle von Point Lookout stiegen wir aus. Seit unserem letzten Besuch hatte sich viel verändert. So gab es inzwischen Pferche, in denen die Soldaten der Rebellenarmee gefangen gehalten wurden. Sie wurden von farbigen Soldaten bewacht.

Gefolgt von Frank und Nathan, begab ich mich zum Empfang, und es dauerte nicht lange, bis wir zu Colonel Draper, dem neuen Kommandanten des Stützpunkts, geführt wurden. Er stand am Fenster und beobachtete seine Soldaten draußen vor dem Gebäude.

Frank und Colonel Draper salutierten.

»Captain Frank Bacon, Colonel. Und darf ich Sie mit Miss Georgeanna Woolsey und meinem Assistenten Nathan bekannt machen, dessen Bruder Terrance Angehöriger Ihres Regiments ist.«

Nathan hob ebenfalls die Hand an die Mütze. »Colonel Draper.«

Der Colonel erwiderte den Gruß. »Ihr Bruder ist ein tüchtiger Soldat.«

Colonel Draper machte in seiner Uniform eine gute Figur. Seine dunklen Augen leuchteten aus einem faltigen Gesicht.

»Ich bewundere sehr, wie Sie die neuenglischen Arbeiter

im Schuhmacherstreik unterstützt haben, Colonel«, sagte ich. »Und außerdem dafür, wie Sie die farbigen Regimenter befehligen.«

»Danke, Miss Woolsey. Wie kann ich Ihnen behilflich sein? Was führt Sie in unsere gottverlassene Gegend?«

»Ich war als Krankenschwester der US-Army hier stationiert. Erst im vergangenen Jahr, um genau zu sein.«

»Seitdem hat sich eine Menge getan. Wir haben eine gewaltige Menge von Kriegsgefangenen hereinbekommen. Bewacht vom Sechsunddreißigsten Colored Infantry Regiment. Sie haben noch nie tapferere Soldaten gesehen, stets bereit, ihrem Land zu dienen.«

»Wir müssen Sie um einen Gefallen bitten«, sagte Frank.

Ich machte einen Schritt auf Colonel Draper zu. »Eine Freundin von uns, Sklavin auf der Peeler Plantation ganz hier in der Nähe, hat in New York City bei uns gewohnt. Auf Befehl der Bundesregierung wurde sie überraschend festgenommen und hierhergebracht, weil Mrs. Anne-May Watson sie als ihr Eigentum zurückgefordert hat.«

»Und jetzt brauchen Sie meine Hilfe?«

»Dafür wären wir Ihnen sehr dankbar«, antwortete ich.

»Ich bedaure, aber ich fürchte, das fällt nicht in meine Zuständigkeit. Außerdem sind wir hier in Maryland, einem Bundesstaat, der zur Union gehört, und müssen deshalb mit Fingerspitzengefühl vorgehen.«

»Wir sind so weit gereist, Colonel«, flehte ich. »Bitte überlegen Sie es sich noch einmal. Sie ist ein guter Mensch und hat der Union treu gedient.«

»Die Entscheidung liegt nicht bei mir. Nur im äußersten Notfall bin ich befugt, gegen einen Befehl der Bundesregierung zu verstoßen.«

»Sie sind unsere letzte Rettung«, beharrte Frank.

»Ich wünschte, die Dinge lägen anders, das können Sie mir glauben.« Colonel Draper wandte sich zu seinem Schreibtisch um. »Wenn Sie sich beeilen, erwischen Sie vielleicht noch den Dampfer zurück nach New York.«

Kapitel 57

JEMMA

Peeler Plantation, Maryland
April 1864

Wir schleppten LeBaron ins Unterholz hinter der Hütte und tarnten die blutigen Schleifspuren, so gut wir konnten, indem wir mit Fichtenzweigen darüberfegten.

»Wir müssen zu Anne-May«, sagte ich. »Vielleicht versteckt sie uns ja. Schließlich bin ich noch ihr Eigentum. Mein Tod wäre ein finanzieller Verlust für sie.«

»Ich kann nicht mehr klar denken, Jemma.«

Ich zog sie fest an mich. »Hat er sich an dir vergangen?«

»Nein. Als ich ihm gesagt habe, dass ich Fieber hätte, hat er mich in Ruhe gelassen. Letzte Woche habe ich behauptet, es wäre Frambösie.«

»Kluges Mädchen.«

Patience bebte am ganzen Leibe. »Sie werden sein Blut sehen und ihn finden, Jemma. Sie werden nach ihm suchen.«

»Wenn wir ihn gut genug verstecken, wird das einige Zeit dauern. Bis dahin müssen wir so gut wie möglich die Ruhe bewahren. Miss Charlene hat mir erzählt, dass Ma weg ist. Stimmt das?«

»Sie ist schon vor einiger Zeit verschwunden.«

Meine Beine wurden ganz schwach. »Ich habe gehofft, Charlene hätte das nur erfunden.«

»Eines Nachts hat Ma mir eine Nachricht geschickt, sie würde mich an der Straße nach Hollywood erwarten, damit wir zusammen weglaufen könnten. Aber Miss Charlene hat mich die ganze Nacht nicht aus den Augen gelassen, und als ich mich endlich verdrücken konnte, war Ma schon fort. Angeblich haben sie im Großen Stinker eine Frau gefunden, die Ma hätte sein können. Doch die Leiche war schon zu sehr verwest, um es sicher festzustellen.«

»Dort werden jede Woche Leichen entdeckt.«

Patience wischte sich mit dem Saum ihrer Schürze die Augen ab. »Sie ist tot, Jemma.«

Ich griff nach ihren Händen. »Das kann ich nicht glauben, Patience. Wir werden sie finden. Aber jetzt müssen wir nachdenken. Wie kommen wir so schnell wie möglich hier weg, obwohl wir kein Geld für die Eisenbahn haben?«

»Ich weiß, wo Miss Charlene das Geld zum Einkaufen hortet. Sie hat das Versteck ganz vergessen.«

Aus dem Wald wehten Stimmen zu uns herüber. Clem und die anderen Pattyroller.

Ich zog Patience an mich und spürte, wie heftig ihr Herz klopfte. »Wir treffen uns an der Straße nach Hollywood. In einer Stunde.«

Ich rannte den ganzen Weg zurück nach Peeler und traf Anne-May im Esszimmer an, wo sie an ihrem großen Eichentisch saß und ins Kaminfeuer starrte. Die Ärmel ihres rosafarbenen Kleides waren an den Säumen schmutzig. Der Schein des Feuers fing sich in ihren violetten Ohrringen.

Als ich hereinkam, blickte sie kaum auf. »Los, schür den Kamin, Jemma.«

»Ich brauche Ihre Unterstützung, Anne-May. Und zwar schnell.«

»*Unterstützung.* Seit du bei diesen elenden Yankee-Weibern warst, redest du so hochgestochen daher. Du weißt sicher, dass es sich nicht gehört, so wie sie ihre Meinung in der Öffentlichkeit herumzuposaunen! Kein Wunder, dass die meisten von ihnen als alte Jungfern enden.«

Ich hielt im Raum Ausschau nach möglichen Verstecken, nur für den Fall, dass Clem mich bereits suchte. »LeBaron ist verletzt.«

Endlich sah sie mich an. »Verletzt?«

Ich wischte mir die Hände am Rock ab. »Und zwar schwer. Es wird nicht lange dauern, bis sie ihn finden.«

Sie blickte wieder in den Kamin. »Warst du es?«

»Ich hatte Hilfe. Patience.«

»Und jetzt brauchst du mich.«

»Ich würde sagen, dass wir einander brauchen. Patience und ich wollen unsere Ma suchen und an einen Ort gehen, wo wir zusammenleben und frei sein können. Ich verrate Ihnen, wo das Buch ist, aber dafür verlange ich zwei Dinge, und es muss sofort sein. Erstens müssen Sie mir helfen, damit ich mit Patience von hier verschwinden kann. Zweitens will ich diese Ohrringe für meine Ma.«

»Was bildest du dir eigentlich ein, frech zu werden und Forderungen zu stellen? Noch nie habe ich …«

»Als Tante Tandy Rose Ma die Ohrringe geschenkt hat, sagte sie, dass sie nie ein verlorenes Kind ersetzen könnten. Und an dem Tag, als Sie LeBaron beauftragt haben, sie zurückzuholen, haben Sie ihr Toby noch einmal weggenommen.«

»Ist es mein Fehler, dass du herumgealbert und gezündelt hast, anstatt auf deinen kleinen Bruder aufzupassen?«

»Ich habe es satt, mir die Schuld an allem, was geschehen ist, in die Schuhe schieben zu lassen. Und wenn Sie mir noch so lange predigen, wie dumm ich bin, weiß ich genau, dass das nicht stimmt. Es war ein Unfall. Ich vermisse meinen Bruder jeden Tag. Patience erinnert sich zwar nicht mehr daran, aber sie war es, die die Laterne mit dem Fuß umgestoßen hat. Ich wollte sie noch daran hindern, reinzugehen und unseren Bruder rauszuholen, aber sie hat nicht auf mich gehört.«

»Dir habe ich einen doppelten finanziellen Schaden zu verdanken. Seit der Balken Patience aufs Bein gefallen ist, ist sie nur noch die Hälfte wert. Dein Glück, dass du wenigstens einen Teil meines Eigentums gerettet hast.«

»Wie können Sie so gefühllos sein? Sie müssten doch eigentlich wissen, wie es ist, wenn man einen Bruder verliert.«

Anne-May blickte ins Feuer. Es war, als glitzerte eine Träne in ihrem Auge, während sie eine Ewigkeit in die Flammen starrte.

Ich wandte mich zur Tür. »Ich gehe jetzt.«

»Erst wenn du mir sagst, wo das Buch ist.«

Ich streckte die Hand aus. »Die Ohrringe, Anne-May.«

»Vielleicht siehst du deine Ma niemals wieder und kannst sie ihr gar nicht geben.«

Anne-May saß so lange reglos da, dass ich schon glaubte, sie hätte mich vergessen. Dann nahm sie langsam wie eine Schlafwandlerin erst den einen, dann den anderen Ohrring ab und legte sie auf den Tisch. »Sie haben meinem Teint ohnehin nicht geschmeichelt. Los, wo ist das Buch?«

Ich griff nach den Ohrringen und verstaute sie in meiner Kleidertasche. »Zuerst müssen Sie mir sagen, wie Sie uns helfen wollen …«

Plötzlich waren von draußen zornige Stimmen zu hören.

Ich schaute mich im Esszimmer um. »Sie haben LeBaron gefunden. Ich verstecke mich in der Speisekammer.«

Doch noch ehe ich mich von der Stelle rühren konnte, wurde die Tür zum Hof aufgerissen, und LeBarons Freunde kamen, angeführt von Clem, hereingestürmt. Sie waren mit kleinen Knüppeln und zusammengerollten Peitschen bewaffnet und hatten ihre Pistolen gezückt.

Anne-May baute sich zwischen mir und Clem auf.

»Rücken Sie sie raus, Mrs. Watson«, sagte Clem. »Sie hat LeBaron angegriffen und gegen das Gesetz verstoßen.«

Anne-May reckte hochmütig das Kinn. »Woher wollen Sie wissen, was passiert ist? Er ist doch tot.«

»Er liegt halb tot und mit einem riesigen Loch im Schädel in seiner Hütte. Und es steht fest, wer ihm das angetan hat, nämlich seine Sklavin und die da. Sie hat ihm mit ihrem großen Beil eins übergezogen.«

»Die zwei sind mein Eigentum, Clem. Das mit LeBaron tut mir leid, aber schließlich hat sie mich ziemlich viel Geld gekostet …«

»Schnappt sie euch.« Auf ein Zeichen von Clem packten zwei seiner Männer mich an den Armen.

Anne-May ließ sich nicht so rasch einschüchtern. »Wo bringen Sie sie hin?«

»Ihr finanzieller Verlust in allen Ehren, Ma'am, aber wir reden hier von Mord«, entgegnete Clem. »Wir haben uns gedacht, was gut für ihren Daddy ist, ist auch gut für die beiden. Wir knüpfen sie am Ahornbaum auf. Manche Frauen haben ja Spaß an so einem Spektakel, trotzdem empfehle ich Ihnen, zu Hause zu bleiben, Mrs. Watson. Schließlich sind Sie eine feine und empfindsame Dame.«

Trotz meiner Gegenwehr zerrten mich die Männer auf

den Hof hinaus, fesselten mir die Hände und schlangen mir ein dickes Seil um den Hals, damit einer der Reiter mich hinter sich herschleppen konnte. Der raue Hanf schnitt mir in die Haut.

»Herrje, Jimmy, bring sie nicht um, bevor wir da sind!«, rief Clem dem Mann auf dem Pferd lachend zu. »Wir haben dieselbe Kette dabei, die wir auch bei deinem Pa benutzt haben«, raunte er mir beim Gehen zu. Er war so nah, dass mir seine Whiskeyfahne in die Nase stieg.

Das Blut gefror mir in den Adern, als wir auf den Pfad nach Ambrosia zusteuerten. Beim bloßen Gedanken an den spinnenförmigen Baum wurden mir die Knie weich, und ich schickte ein Stoßgebet zum Himmel, Patience möge nicht an unserem Treffpunkt erschienen sein.

Kapitel 58

ANNE-MAY

Peeler Plantation, Maryland
April 1864

Kurz nachdem sie Jemma mitgenommen hatten, war ich damit beschäftigt, zum wohl hundertsten Mal die Speisekammer abzusuchen, als Euphemia hereingerauscht kam.

»Anne-May? Du hier?«

Ich trat aus der Speisekammer. »Hallo, Pheme.«

»Willkommen zurück.« Sie trug dasselbe alte Seidenkleid, aber ein neues elfenbeinfarbenes Umschlagtuch aus Wolle um die Schultern. Sie ließ den Blick durch den Raum schweifen. »Hier müsste mal ordentlich sauber gemacht werden. Außerdem kannst du nicht auf Dauer von Konserven leben.«

»Ich freue mich auch, dich zu sehen, Schwesterchen. Ich würde ja gern einen Rinderbraten für dich zubereiten, aber leider habe ich nur Reis und ein paar alte Kartoffeln da, und zu viel Stärke macht dick.«

»Du suchst noch immer das Buch, richtig?«

»Jemma will mir einfach nicht verraten, wo es ist. Jubal tobt vor Wut.«

»Jemma ist wieder da?«

»Erst seit heute. Ich habe sie ein paar Yankee-Frauen abgejagt, die sie in New York versteckt hatten.«

Euphemia musterte mich mit einem strafenden Augenausdruck. »Wie konntest du sie hierher zurückholen, Anne-May?«

»Komm runter von deinem hohen Ross. Ich habe ein Recht auf mein Eigentum. Allerdings haben Clem und seine Jungs sie gerade mitgenommen und bringen sie zur Burns-Farm.«

Euphemia zog ihr Tuch enger um sich. »Gütiger Himmel, Anne-May! Warum denn?«

»Sie und ihre Schwester haben LeBaron überfallen und ihn bewusstlos geschlagen, sagen sie.«

»Warum erzählst du mir das nicht gleich? Du musst etwas unternehmen.«

»Ach, immer schön ruhig bleiben.«

Euphemia lief in der Küche auf und ab. »Sie werden sie umbringen. Genau wie Sweet Clementine und Celeste.«

Als Euphemia sich umdrehte, glitt ihr das Umschlagtuch von den Schultern, und ich stellte fest, dass sie einen ausgeprägten Babybauch hatte.

Ich musste mich an der Arbeitsfläche festhalten. »Offenbar hat es dir weniger Gewissensbisse verursacht, mir den Mann auszuspannen, Schwesterchen.«

Sie schaute aus dem Fenster und strich sich mit der Hand über den Leib. »Es ist tatsächlich von Fergus, nur damit du es weißt.«

»Dass es nicht von Sheriff Whitman ist, habe ich mir denken können. Anscheinend bedeutet dir das Ehesakrament nichts mehr.«

»Es tut mir leid, Anne-May.«

Ich machte eine wegwerfende Handbewegung. »Offen gestanden ist er mir ohnehin widerwärtig.«

Sie betrachtete ihren gewölbten Bauch. »Was *Maman* wohl dazu sagen wird?«

»Ich wette, es ist ein Mädchen. Angeblich kosten weibliche Kinder eine Frau ja ihr gutes Aussehen.«

Euphemia zog ihr Umschlagtuch wieder hoch. »Ich würde dich begleiten, aber ich kann Fergus nicht allzu lang in der Hütte allein lassen. Inzwischen kann er sich nicht mehr so gut bewegen.«

»Immerhin hat seine Beweglichkeit gereicht, um dich zu schwängern.«

Euphemia errötete und stellte einen von Tandy Roses Wedgewood-Tellern in die Spüle. »Du musst sofort los, um Clem und seine Männer aufzuhalten. Und wenn du es nur tust, um dein Hab und Gut zu schützen.«

»Und wie soll ich das anstellen? Die Pattyroller sind mindestens zu sechst.«

»Du hast ein Gewehr. Zeig ihnen, wer hier das Sagen hat. Außerdem könnte Jubal dabei sein. Was, wenn Jemma ihm verrät, wo das Buch ist, und zwar, ohne dass du davon erfährst? Er wird sich bestimmt gegen dich stellen und behaupten, dass der Verrat einzig und allein deine Idee war.«

»Vermutlich hast du recht.« Ich stand auf. »Die Schwangerschaft beflügelt offenbar deinen Verstand, Euphemia.«

Kapitel 59

GEORGY

Point Lookout, Maryland
April 1864

Colonel Draper begleitete Nathan, Frank und mich zur Tür.

»Ich bedaure, dass ich Ihnen nicht weiterhelfen kann«, sagte er. »Ich täte es gern, das können Sie mir glauben.«

Ich drehte mich noch einmal um. »Jemma hat früher gemeinsam mit uns gearbeitet und unzählige Soldaten gepflegt. Spielt das denn keine Rolle?«

»Hat sie eine offizielle Funktion bekleidet?«, erkundigte sich der Colonel.

»Leider nein.«

»Aber sie hat in Gettysburg gekämpft«, fügte Nathan hinzu.

Der Colonel trat einen Schritt auf ihn zu. »Einen Moment mal. Für die US-Army? Wie ist das möglich?«

»Ein Regiment ist durch Hagerstown marschiert und hat sie mitgenommen«, erklärte Nathan. »Ein gewisser Major Ellis.«

»Vom Vierzehnten Connecticut Regiment?«, hakte der Colonel nach. »Er hat sie eingezogen?«

Nathan nickte. »Jawohl, Sir.«

»Warum haben Sie das nicht gleich gesagt?«, fragte der Colonel.

»Ich verstehe nicht ganz, Colonel«, wandte ich ein.

Nathan lächelte. »Das bedeutet, dass sie offiziell Konterbande der US-Army ist. Unser Eigentum. Und das gibt uns das Recht, sie zurückzufordern.«

»Ganz richtig.« Der Colonel öffnete die Tür. »Ich lasse Sie von einer bewaffneten Abteilung begleiten. Möchten Sie drei sofort losreiten?«

Rasch näherten wir uns der Peeler Plantation. Frank kutschierte mich in einem offenen Viersitzer. Nathan und sein Bruder Terrance, der zwanzig blau uniformierte Kameraden vom Sechsunddreißigsten Colored Regiment anführte, folgten uns in zwei ordentlichen Reihen zu Pferde. Wie schön war es gewesen, das Wiedersehen von Nathan und seinem Bruder nach all den Jahren mitzuerleben. Terrance war Nathan wie aus dem Gesicht geschnitten, allerdings ein wenig kleiner und hatte dunkle Augen und eine ebenso offene Art.

Als wir die lange Auffahrt zur Plantage entlangrollten, hatte ich das von Colonel Draper unterzeichnete Schreiben in der Hand. Die Brise fing sich an den Ecken der Seite, das rote Siegel war noch kaum getrocknet.

Wir kamen an den Nebengebäuden, den Tabakfeldern und den Scheunen vorbei, wo Jemma in die Sklaverei geboren worden und aufgewachsen war. Wo man ihren Pa ermordet hatte. Ich empfand eine tiefe Niedergeschlagenheit.

Schließlich hielten wir in einer runden Auffahrt. Eine hochgewachsene Frau öffnete die Tür, blieb auf der Schwelle stehen und zog ihr Umschlagtuch fester um sich.

»Kann ich Ihnen behilflich sein?«, fragte sie.

»Wir suchen Jemma. Sie muss gerade erst zurückgekehrt sein. Ich bin Georgeanna Woolsey, und das ist Captain Bacon. Ich habe hier ein Dokument, das ihre Freilassung fordert.«

»Sie ist gerade nicht hier.«

»Ich muss Sie warnen, Madam. Dieses Schreiben trägt die Unterschrift von Colonel Draper von Stützpunkt in Point Lookout.«

Mit besorgter Miene kam sie näher. »Ich bin Euphemia Wilson. Ich fürchte, Jemma ist von einigen üblen Burschen verschleppt worden, die ihr etwas antun wollen. Meine Schwester ist ihnen gerade gefolgt.«

»Könnten Sie uns zeigen, wo sie sind?«

Sie wies in Richtung Wald. »Sie wollten zur Farm vom alten Burns, das liegt auf der Strecke nach Ambrosia.«

»Ich weiß, wo das ist«, verkündete Nathan. Er, sein Bruder und die anderen Soldaten wendeten ihre Pferde und preschten davon, dass der Kies hinter ihnen hochspritzte.

Euphemia eilte auf uns zu, und erst jetzt bemerkte ich, dass sie bald ein Kind zur Welt bringen würde.

»Ich begleite Sie«, sagte sie.

Frank half ihr in die Kutsche.

»Captain Watson kann eine Weile für sich selbst sorgen. Aber wir müssen uns beeilen, um rechtzeitig bei Jemma zu sein, Sir. Ich befürchte nämlich, dass es vielleicht schon zu spät ist.«

Kapitel 60

JEMMA

Peeler Plantation, Maryland
April 1864

Als Clem und seine Männer mich den zugewucherten Pfad entlang zur Farm des alten Mr. Burns schleppten, kamen wir an der vertrockneten Sonnenblume vorbei, die dort noch immer am Zaun hing. Inzwischen waren sämtliche Kerne herausgefallen. Vor langer Zeit hatte uns jemand vor diesem Ort gewarnt. Wenn ich doch nur darauf gehört hätte.

Der Reiter zerrte mich am Seil weiter. Wo es an meinem Hals scheuerte, spürte ich klebriges Blut. Bald kam LeBarons Hütte in Sicht. Gleich dahinter erhob sich der spinnenförmige Baum, dessen Anblick ich kaum ertrug. Jubal Smalls war bereits dort und trat, einen silbernen Becher in der Hand, aus der Hütte.

»Nanu, unsere Miss Hochwohlgeboren ist zurück. Ich habe gesehen, was du mit LeBaron gemacht hast.«

Clem und seine Freunde umringten uns. Mir fiel ein Stein vom Herzen, denn von Patience fehlte jede Spur.

»Gerade hat er seinen letzten Atemzug auf dieser Erde getan. Aber zuvor konnte er uns noch berichten, was deine

Schwester und du verbrochen habt. Du hast nicht wirklich geglaubt, dass du ungeschoren davonkommst, oder? So läuft das hier nicht, Prinzessin.« Er beugte sich drohend vor. »Wo ist das Buch?«

Unterdessen machten sich die anderen an die Arbeit, als ob es eine Alltäglichkeit wäre. Nachdem Clem die Kette aus LeBarons Hütte geholt hatte, baute er dieselbe kleine Bühne auf wie damals für Pa.

»Was für ein Buch?«, erwiderte ich.

Jubal zuckte die Achseln. »Am besten fängst du jetzt an zu beten, Mädchen.«

Er nahm Clem die Kette ab, warf sie über einen Ast und legte mir das andere Ende schwer und kalt um den Hals. Genauso hatte sich Pa gefühlt, als er unter diesem Baum stand. Deutlich hatte ich ihn vor mir, die Arme, so wie ich jetzt, auf dem Rücken gefesselt. Heiße Tränen brannten mir in den Augen. Plötzlich vermisste ich Ma so sehr. Ihre ruhige Art und ihr liebes Lächeln. Wenn sie noch irgendwo am Leben war, würde sie sicherlich weinen, wenn sie erfuhr, dass ich auf die gleiche Weise hatte sterben müssen wie unser Pa.

Würde Nathan mich vermissen?

Inzwischen strömten einige Leute aus der Stadt herbei. Auf ihren Gesichtern lag der neugierige Ausdruck, den Menschen haben, wenn sie noch nie an einem Ort gewesen sind. Ich erkannte ein paar von ihnen wieder. Den Gehilfen des Postmeisters. Die Metzger von der Anlegestelle, einer noch in seiner gelben, glänzenden Schürze. Zwei Damen aus Leonardtown, die ich bei Smalls and Sons gesehen hatte. Im ersten Moment verstand ich nicht, was sie hier draußen wollten. Doch dann fiel es mir wie Schuppen von den Augen.

Sie waren wegen der Hinrichtung hier.

Plötzlich erschien auf dem Pfad ein weiteres Pferd, das jemanden hinter sich herschleppte. Ihm folgte eine johlende Gruppe von Männern. »Los, beweg deinen faulen Hintern!«, brüllten sie.

»Patience!« Ich wollte ihr entgegenlaufen, aber die Kette hielt mich zurück. Flehend wandte ich mich an Jubal. »Bitte verschonen Sie sie.«

Er nippte an seinem Becher. »Sie hat einen weißen Mann getötet, nur für den Fall, dass du das vergessen haben solltest.«

Mir wurden die Knie weich. »Bitte. Sie kann nicht richtig gehen.«

»Wo ist das Buch, Jemma?«

Die Pattyroller zerrten Patience auf die Lichtung. Sie hatte ein Seil um die Taille gebunden. Ihr Kleid war mit Erde verschmiert und zerrissen, wo es über den Boden geschleift war.

»Lassen Sie sie dann frei?«, fragte ich.

Jubal bekreuzigte sich über dem Herzen. »Ich gebe dir mein Ehrenwort.«

Während ich noch überlegte, stießen die Männer Patience zur anderen Seite des Baums, holten eine weitere Kette und warfen sie über einen Ast. Clem rollte das erste Fass heran, um auch für sie eine Bühne zu bauen.

»Zuerst lassen Sie sie frei. Dann rede ich.«

Jubal rückte so lässig die Kette um meinen Hals zurecht, wie ein Mann sich eine Krawatte umbindet. »Du strapazierst meine Geduld, Prinzessin.«

»Sie lügen. Sie werden Patience niemals freilassen. Nicht solange all die Leute hier sind, um ein Spektakel zu sehen.«

Grinsend beugte er sich vor. Sein Atem roch nach Anne-

Mays liebstem Bourbon. »Das Risiko wirst du wohl eingehen müssen.«

»Sie waren schon immer ein Lügner. Hoffentlich wird das Buch gefunden.«

»Eine ziemlich unkluge Bemerkung, wenn man eine Kette um den Hals hat. Aber um dir zu zeigen, was für ein rücksichtsvoller Mensch ich bin, darfst du entscheiden, wer von euch zuerst dran ist.«

Dunkelheit stieg in meiner Brust empor, während sich weitere Leute aus der Stadt versammelten und einander fröhlich begrüßten. Man spürte die Aufregung in der Menge, so wie damals, als der Zirkus in Leonardtown gewesen war. Kurz vor dem Auftritt der Löwen.

Jubal zuckte die Achseln. »Gut, dann eben deine Schwester zuerst.«

In diesem Moment kam Anne-May aus dem Wald auf die Lichtung marschiert. Sie hatte ein Gewehr im Anschlag.

Jubal leerte seinen Becher. »Na, wenn das nicht die kleine Taubenjägerin ist.«

»Was tust du da, Jubal?«, fragte sie.

Clem reichte ihm einen Besen. Er nahm ihn und drehte sich wieder zu Anne-May um. »Möchtest du gern zusehen?«

»Jemanden auf diese Weise aufzuhängen ist unmenschlich«, protestierte Anne-May. »So wird man langsam erwürgt.«

»Heute gibt es zwei zum Preis von einer, Anne-May. Die Leute sind hier, um sich zu amüsieren. Aber du hast meine Erlaubnis, die beiden zu erschießen, wenn sie zu lange zappeln. Manchmal sind die Mageren so leicht, dass es eine Weile dauert, bis es vorbei ist.«

Er drehte sich zu mir um. »Ganz im Gegensatz zu deinem dicken alten Pa. Ich habe gehört, der liebe Gott war so gnädig, ihn rasch zu sich zu holen. Man musste nicht mal an seinen Füßen ziehen.«

Als Clem die Kette um Patiences Hals fester zusammenschnürte, schrie sie auf.

»Ich liebe dich, Patience!«, rief ich ihr zu.

Patience blickte erst zu Boden und dann hinüber zu mir. Ihre Augen glänzten, und sie brachte vor Grauen keinen Ton heraus.

Wie schon damals bei Pa traten die Pattyroller zurück und gesellten sich zu den Schaulustigen.

Jubal räusperte sich. »Sie haben sich hier versammelt, um Zeugen zu sein, wenn der Gerechtigkeit Genüge getan wird. Es ist die Pflicht einer jeden Gemeinschaft, den Abschaum auszusondern. Einem der unseren wurde großes Leid zugefügt. LeBaron Caruthers war ein guter Mensch, der Hollywood große Dienste erwiesen hat.«

Jubal trat auf Patience zu, die hocherhobenen Hauptes und mit auf dem Rücken gefesselten Händen auf der improvisierten Bühne stand. Sie war so zierlich, dass die dicke Kette an ihr riesig wirkte.

»Man möchte nicht meinen, dass dieses kleine Mädchen jemanden ernsthaft verletzten könnte. Doch das ist nur ein Beweis für die Macht des Bösen, das in jeder Negerseele wohnt.«

Als Jubal am langen Ende der Kette um Patiences Hals zerrte, schnappte sie nach Luft.

Ich sah Anne-May an. »Helfen Sie uns.«

Jubal lachte auf. »Die wird dir nicht helfen, denn sie ist sich selbst die Nächste. Leute wie sie bezeichnet man als Süchtige. Und unsere kleine Schnupftabaksüchtige hat inzwischen alles, auch ihre Selbstachtung, aufgegeben. Richtig, Anne-May?«

Jubal stellte sich dicht hinter Patience und schob sie mit dem Ende des Besenstiels näher an den Rand der Bühne. Das Publikum schnappte nach Luft.

»Nein, Anne-May hilft dir nicht. Sie kann nicht einmal einen Mann halten, geschweige denn den Mund.«

Er schubste Patience noch dichter an die Kante.

Ich wandte mich ab, denn ich konnte es nicht ertragen, meine Schwester sterben zu sehen. Stattdessen ließ ich den Blick über die Anwesenden schweifen. Einige lächelten, andere waren aufgeregt, und ganz hinten entdeckte ich ein schwarzes Gesicht, das mich an Nathan erinnerte. Ich wollte ihm zurufen, doch vor Angst versagte mir die Stimme.

Unterdessen hatte Jubal Patience noch weiter geschoben. Nun berührten nur ihre Zehenspitzen den Rand der Bühne.

»Nein, Anne-May hilft dir nicht«, fuhr er fort. »Die hat nämlich selbst genug Ärger mit dem Gesetz, und zwar wegen des Buchs ...«

Im nächsten Moment knallte ein Schuss, und die Welt schien stillzustehen, als Jubal zu Boden stürzte. Auf seiner Brust war ein kreisrundes rotes Loch zu sehen. Genau über seinem Verräterherzen.

Kapitel 61

GEORGY

Peeler Plantation, Maryland
April 1864

Euphemia lotste uns dieselbe Straße entlang, die Jane und ich vor vielen Monaten mit unserem Krankenwagen genommen hatten.

»Gleich da vorn«, sagte sie. »Ich habe Angst, sie könnten Jemma aufhängen wie damals ihren Vater. Hoffentlich kommen wir nicht zu spät.«

Wir erreichten das Ende der Straße, stiegen aus und folgten ihr zu Fuß auf einem Pfad durch den Wald, bis wir zu einer alten Scheune auf einer Lichtung kamen. Ein gewaltiger Ahornbaum ragte empor.

Jemma und ihre Schwester standen auf grob gezimmerten Bühnen. Sie hatten schwere Ketten um den Hals, deren anderes Ende man über die Äste des Baums geworfen hatte. Anne-May, unsere Besucherin in New York, legte gerade das Gewehr an, zielte und schoss den Mann neben Patience nieder. Der Rückstoß brachte sie zum Taumeln. Unterdessen stellten sich Terrance und seine Männer der Menschenmenge mit aufgepflanzten silbrigen Bajonetten entgegen. Während Nathan auf Jemma zuhastete, um sie zu befreien, liefen Frank und ich zu Patience hinüber.

»Harriet!«, rief der Mann, der am Boden lag.

Eine Frau löste sich aus dem Publikum und eilte zu ihm. »Jubal!«

Doch als Frank sich kurz darauf über ihn beugte, konnte er ihn nur noch für tot erklären.

Nathans Bruder Terrance wandte sich an die Menschen. »Wenn Sie die Versammlung nicht augenblicklich auflösen, eröffnen wir das Feuer. Die Überlebenden werden dann nach Point Lookout ins Gefängnis gebracht.«

Obwohl einige wüst schimpfend mit den Fäusten drohten, trollten sie sich schließlich in die Wälder. Sobald die Menge sich zerstreut hatte, umringten Terrance und seine Männer die beiden Bühnenkonstruktionen und halfen den Schwestern hinunter.

Jemma streckte eine zitternde Hand nach mir aus. »Georgy, du bist gekommen!«

Nachdem Jemma und Patience einander um den Hals gefallen waren, versorgten wir sie, und Frank reinigte ihre Wunden, so gut es ihm ohne Arzttasche möglich war.

Euphemia trat näher, und ich stützte sie, damit sie sich ins Gras kauern konnte. »Ich habe eine wundervolle Nachricht für euch beide, aber vielleicht braucht ihr ja noch etwas Zeit, um ...«

Die beiden Schwestern hielten sich an den Händen und wechselten einen Blick.

»Bitte, Ma'am«, sagte Patience. »Wir möchten es gern hören.«

Euphemia betrachtete ihre ineinandergeflochtenen Hände. »Ich wollte es euch eigentlich schon länger sagen, aber die Menschen, mit denen ich zusammenarbeite, haben strenge Regeln.«

»Worum geht es?«, fragte ich.

»Vor Kurzem konnte ich zu meiner Freude in Erfahrung bringen, wo eure Mutter sich aufhält. Sie lässt euch ausrichten, dass ihr nach Hause kommen sollt.«

Kapitel 62

ANNE-MAY

Peeler Plantation, Maryland
April 1864

Das Gefängnis in Point Lookout empfand ich nicht als sonderlich beängstigend. Eigentlich war es gar kein richtiges Gefängnis, sondern nur ein weißes Zelt in einem Pferch mit Stacheldrahtzaun, bewacht von einigen Negersoldaten. Fergus hatte versprochen, mir einen Anwalt zu besorgen. Seit er wusste, dass er Vater werden würde, war er beinahe nett zu mir.

In der ersten Nacht hörte ich die Wachen rufen. Offenbar ging es um ein großes Licht am Himmel. Ich trat hinaus, um festzustellen, warum sie so ein Tamtam veranstalteten.

»Oben im Norden ist etwas Riesiges in Flammen aufgegangen«, verkündete einer.

Ich betrachtete den gelben Schein am dunklen Himmel. Es handelte sich eindeutig um mein Haus. Selbst aus dieser Entfernung konnte ich riechen, wie mein wunderschönes Zuhause niederbrannte.

Ich stürmte auf einen Wachmann zu. »Das ist mein Haus, das da brennt! Meine Katze ist noch drin!« Doch er ließ mich einfach stehen.

Am nächsten Morgen erklärte mir der Colonel, die US-Army habe Jubal der Spionage angeklagt. Mich beschuldigte man nur der Komplizenschaft, und ich wurde trotz des laufenden Verfahrens auf Kaution entlassen.

Euphemia holte mich ab und fuhr mich in der Kutsche nach Hause. »Das war mein Haus, das letzte Nacht abgebrannt ist, richtig?«

Sie nickte. »Ich war in der Küche, um mir einen Tee zu machen. Dass LeBarons Männer da waren, habe ich zuerst daran bemerkt, dass der Tee in der Tasse überschwappte, und zwar von dem Hufgetrappel ihrer Pferde, weil sie rings ums Haus galoppierten. Sie preschten an den Fenstern vorbei und brüllten, du hättest Jubal verraten und dich auf die Seite der Schwarzen und gegen die Weißen gestellt.«

»Wahrscheinlich Jubals Rache.« Ich empfand nichts, als ich seinen Namen aussprach. Für mich bedeutete er in diesem Moment nicht mehr als eines der leeren Schneckenhäuser aus Fergus' Sammlung.

»Zuerst haben sie Feuer im Salon gelegt, indem sie eine Gasflasche durchs Fenster geworfen haben. Ich habe mit angesehen, wie das Porträt von Tante Tandy Rose in Flammen aufging. Ich bin zwar in die Küche gelaufen und habe einen Eimer Wasser zum Löschen geholt, doch es war völlig zwecklos. Die anderen haben eine zweite Gasflasche zu einem der hinteren Fenster im oberen Stock hineingeworfen.«

Ich unterbrach sie mit einer Handbewegung. »Das reicht, Euphemia.«

Mit Tränen in den Augen sah sie mich an. »Ich wollte noch die Treppe hinauf, aber ich musste umkehren, denn der Qualm wurde immer dichter. Als ich hustend auf den Hof hinausgerannt bin, ritten die Männer gerade davon. Zehn Minuten später ist die obere Etage eingestürzt, und kurz darauf war das ganze Haus nur noch ein Haufen rauchender Trümmer, aus dem ein paar Balken ragten.«

»War Jo im Haus?«

»Ich bin nicht sicher, Anne-May. Ich wollte sie suchen, aber das Feuer hat sich so schnell ausgebreitet.«

»Danke, dass du es versucht hast, Schwester«, sagte ich und tätschelte ihre freie Hand, während die Pferde nach Hause trotteten.

An jenem Nachmittag badete ich im Fluss. Ich ließ meinen Reifrock am Ufer zurück und watete ins kühle Wasser. Als ich zum Hügel blickte, vergaß ich einen Moment lang, dass es das Haus nicht mehr gab, und beobachtete nur die kleinen Rauchfähnchen, die aus der Glut aufstiegen. Anschließend zog ich mich an und ging hinauf in die Küche, den einzigen Teil des Hauses, der noch stand, um mir etwas zu essen zu machen.

Ich kramte in den Schachteln und Dosen, die ich schon so oft durchwühlt hatte, und fand nur einen Rest Reis. Also setzte ich Wasser auf und wollte einen Becher voll perlweißer Körner aus dem Sack schöpfen, als ich auf einen harten Gegenstand stieß. Ich bohrte die Finger weiter hinein, berührte Leder, und zu guter Letzt hatte ich das rot eingebundene Buch in der Hand.

Im Schneidersitz ließ ich mich auf dem Boden nieder, blätterte es durch und dachte an Jubal, der es so unbedingt auf mein Haus abgesehen gehabt hatte. Natürlich hatte Jemma das Buch an einem Ort versteckt, wo niemand aus der Familie es je gesucht hätte.

Ich schlenderte durch die verkohlten Trümmer des Hauses, bis ich auf einige glühende Holzscheite stieß. Als ich das Buch darauflegte, züngelten die Flammen empor, begierig, es zu verschlingen. Der Geruch nach verbranntem Leder hatte eine reinigende Wirkung. Wie schön es doch war zuzusehen, wie der letzte Beweis meines Leichtsinns und meiner Schwärmerei für Jubal von den Flammen geraubt wurde.

Dann ging ich mit meiner Reisschale und einem Löffel zu der weiß getünchten Hütte am Fuße des Hügels, wo ich mühsam ein Kaminfeuer anzündete und die Tür einen Spalt offen ließ, damit der Rauch abziehen konnte. Am Tisch sitzend verspeiste ich meinen Reis, und als es dunkel wurde, ließ ich die Schale stehen und stieg hinauf auf den Speicher, wo ich mich auf die nackte Matratze legte. Unter mir raschelte das Maisstroh.

Plötzlich hörte ich das Klirren eines Löffels auf Glas, und das Herz schlug mir bis zum Halse. Im nächsten Moment näherten sich leise Pfoten auf dem Holzboden, und ein weicher Körper landete auf meiner Brust.

Es war meine Jo. Ihr beiges Fell war überall angesengt, und ihr Katzenatem roch nach Reis. Nachdem sie sich um die eigene Achse gedreht hatte, machte sie es sich auf meiner Brust bequem und begann, sich die Pfote zu lecken.

So warteten wir beide auf die Nacht und blickten zu dem quadratischen, in vier Scheiben unterteilten Fenster hinaus, das Harry vor all den Monaten für Sally Smith gebaut hatte, grau gestrichen und mit ordentlich verkitteten Nägeln.

Als der Halbmond, einen Stern an seiner Spitze, am Himmel tiefer wanderte, schlief ich ein und träumte von meinem wunderschönen Bruder.

Kapitel 63

GEORGY

Brevoort Place, New York City
Juni 1864

An einem Donnerstagabend wurde ich in einer Zeremonie im Haus am Brevoort Place Frank Bacons Frau. Franks Vater Reverend Leonard Bacon führte, assistiert von unserem Cousin Theodore Dwight Woolsey, Präsident des Yale College, die Trauung durch. Um eine möglichst fröhliche Stimmung zu erzeugen, hatte Mutter alles mit langen Girlanden aus Junirosen geschmückt. Carry und Hatty zwängten jeden im Haus verfügbaren Stuhl in den Salon. Marys kleine Töchter flochten Blumenkronen für alle Gäste, und sämtliche Verwandte, Freunde und Bekannte erschienen und wurden mit Erdbeeren und Sandkuchen bewirtet. Nur die liebe Jemma fehlte, denn sie und ihre Schwester hatten etwas Wichtiges vor.

Katharine Wormeley spielte »Eine feste Burg ist unser Gott«, während Pico, neben ihr auf der Klavierbank sitzend, aus voller Kehle mitjaulte. Marys Töchter fungierten als Brautjungfern und hielten sich feierlich bereit, unzählige Rosenblätter auf dem Teppich im Salon zu verstreuen.

Mary. Wie hätte ihre Mutter sich über die Blumen und die hübsch ausgerichtete Feier gefreut.

»Sing lauter«, forderte Mutter Hatty auf. »Wenn du singst, wirkt es doppelt so gut wie ein Gebet.«

»Aber ich habe den Text vergessen«, protestierte Hatty.

»Dann sing einfach *wa-ter-me-lon*«, erwiderte Mutter. »Niemand wird es bemerken.«

Obwohl Abby und Jane glaubten, das Kommando führen zu müssen, wurde es ein sehr schöner Tag. »Ich glaube, alle haben Spaß an der Hochzeit, sogar die Braut!«, rief Abby aus.

Franks Eltern schenkten uns den Schlüssel zu einem geräumigen Stadthaus in New Haven, wo eine ganze Etage für meine Schwesternschule vorgesehen war.

Reverend Bacon und ich warteten bereits an der Tür zum Salon, um unseren Weg den Mittelgang entlang anzutreten, als Mutter mir einen Brief zusteckte.

»Mary hat ihn mir diktiert, in der Nacht, als sie uns verlassen hat«, sagte Mutter. »Sie wollte, dass du ihn heute liest.«

Ich öffnete den Umschlag.

Meine geliebte Georgy,
inzwischen bist du mit Frank Bacon verheiratet. Hoffentlich bist du mir nicht allzu böse, weil ich mich eingemischt und ihm an jenem Tag auf der Ausstellung der Sanitary Commission gesagt habe, wie sehr du ihn schätzt und dass du für ihn nichts als reine Liebe empfindest. Er dürfe das auf keinen Fall mit bloßer Freundschaft verwechseln, auch wenn du zu stolz seist, um ihm das einzugestehen. Anfangs hat er mir widersprochen, denn du bist nicht der einzige Dickkopf hier, liebe

Schwester. Aber schließlich ließ er sich überzeugen und versprach mir, sofort loszufahren, um ein zweites Mal den Rubinring seiner Mutter zu holen.
Ich habe ihm den Eid abgenommen, dir nichts von meinen Kuppeleiversuchen zu verraten. Also schimpfe bitte nicht mit ihm, weil er es dir verheimlicht hat. Er tat es einer Freundin zuliebe, und zwar zum Glück, denn der Welt wäre beinahe ein Paar verloren gegangen, das ihr seinen Stempel aufdrücken wird.
Obwohl ich nun weit fort bin, hoffe ich, dass du hin und wieder an mich denkst, auch wenn du viel beschäftigt bist. Bewahre diesen Brief als ewiges Zeichen meiner Liebe auf. Und habe bitte das gütige Auge einer Tante auf meine Töchter und erinnere sie daran, dass ich durch dich und sechs andere wunderbare Woolsey-Frauen stets bei ihnen sein werde.
Für immer, deine Mary.

Es passte zu Mary, Frank mit einem Liebesdienst für mich zu beauftragen, obwohl sie selbst in jenem Moment seine Hilfe so nötig gebraucht hätte.

Ich tupfte mir die Augen ab, steckte den Brief zwischen die Seiten meines Gebetbuchs, und dann schritten wir den Mittelgang entlang: Reverend Bacon, Mary und ich.

Kapitel 64

JEMMA

Bethlehem, Connecticut
Juni 1864

An jenem Frühlingstag sahen fast alle Bäume in Connecticut aus wie von weißem Schnee bedeckt, denn der Hartriegel stand in voller Blüte. Die Äste wiegten sich im Wind, als Patience und ich in der eleganten Kutsche dahinfuhren, die Georgy für uns gemietet hatte.

Für Juni war es kalt, und wir konnten vor Aufregung kaum stillsitzen, als wir in die kleine Stadt Bethlehem kamen. Der Dorfanger wurde von einigen gedrungenen Gebäuden gesäumt, aus deren Kaminen kleine graue Rauchwolken aufstiegen. Auf dem Dach des Rathauses wehte der Union Jack. Beim Anblick dieser Stadt musste ich innerlich lächeln, denn ich fühlte mich wie an einem Ort, wo einem nichts Schlechtes zustoßen konnte. Unterdessen grinste Patience übers ganze Gesicht, denn wir hatten gehört, dass Maryland die Sklaverei bald offiziell abschaffen würde. Es tobten noch immer Kämpfe, insbesondere rings um Richmond, wo die Armee der Nordstaaten General Lee einfach nicht besiegen konnte. Doch dass der Präsident für eine zweite Amtszeit wiedergewählt worden war, verlieh uns frischen Mut.

»Bestimmt würde Pa sich freuen, uns hier zu sehen«, sagte Patience, während sie mit großen Augen die an unserem Fenster vorbeigleitende Szenerie bestaunte.

»Ho!«, rief der Kutscher den Pferden zu. »Bird Tavern«, verkündete er kurz darauf, als wir vor einem großen, gelb gestrichenen Gasthof auf einer kleinen Anhöhe hielten. Ich öffnete die Wagentür und schnupperte den Duft von frischem Gras, Geißblatt und Hoffnung.

Wir wickelten uns in unsere Umschlagtücher. Ich stieg zuerst aus, dann half ich Patience die Stufen hinunter und griff nach ihrer kalten Hand. Vor lauter Ehrfurcht verschlug es mir die Sprache.

»Wo ist denn die Hintertür?«, erkundigte ich mich beim Kutscher.

»Gehen Sie einfach vorn rein, Ma'am«, erwiderte er mit einem leichten Nicken.

Wir marschierten den mit Gras bewachsenen Hügel hinauf und traten durch die schwere Tür, die uns in eine Vorhalle führte. Von einem Flur ging rechter Hand ein Schankraum ab, wo hinter einer Theke Branntweinflaschen funkelten. Auf der linken Seite flackerte ein fröhliches Feuer im Kamin. Der Duft nach Gebäck und gebratenem Geflügel lag in der Luft.

Im nächsten Moment erschien Ma am Ende des Flurs und lief uns mit Tränen in den Augen entgegen.

»Meine Mädchen«, sagte sie, drückte uns beide fest an sich und küsste uns auf die Wangen. Sie weinte so heftig, dass wir sie auf einen Stuhl verfrachten mussten. Es waren zwar Glückstränen, doch sie mischten sich auch mit denen der Trauer, weil Pa, Celeste und der kleine Toby nicht bei uns sein konnten.

Eine weitere Frau näherte sich.

Ich lächelte übers ganze Gesicht. »Delly!«

Ein Kind klammerte sich an ihren Rockzipfel. Kofi, unser Wunderbaby, reichte mir inzwischen bis an die Hüfte und hatte die Puppen, die Ma und Pa darstellten, im Arm. Obwohl er sich schüchtern hinter Delly versteckte, sah ich sofort, dass er noch immer so viel lächelte wie früher.

»Erinnerst du dich an Kofi?«, fragte Delly. »Er kommt bald in die Schule.« Kofi reichte mir die Pa-Puppe, die Patience genäht hatte. *Pa.*

Patience und ich umarmten Delly so fest, dass sie kaum noch Luft bekam.

»Ihr solltet Charl in seiner eleganten Jacke sehen«, meinte Ma. »Er ist jetzt Vorsteher von Mrs. Bellamys Pferdestall gleich gegenüber.«

»Wie seid ihr alle hierhergekommen, Ma?«, wollte Patience wissen. »Niemand hat uns etwas verraten.«

»Da sie immer noch Leute rausholen, muss die Angelegenheit weiterhin geheim bleiben. Jedenfalls haben die alte Witwe Gardener und Miss Euphemia, unterstützt von weiteren Helfern, zuerst Delly, Charl und dem Baby bei der Flucht geholfen. Sie haben die Strickmütze und die Decke für das Baby in der Hütte hinterlegt und schon seit einer Weile alles heimlich mit Delly geplant.«

»Bevor wir hierherkamen, waren wir in sechs Verstecken und durften nur nachts weiterreisen. Es hat zwei Monate gedauert.«

Ich wandte mich an Ma. »Und wie hast du es geschafft?«

»Mrs. Gibbons, die Freundin der Woolseys, hat mit Euphemia zusammengearbeitet, um mir zu helfen. Ich bin spätnachts mit dem Boot vom Butcher's Dock aus aufgebrochen.«

Ma drückte Patience fest an sich und küsste sie auf den Scheitel.

»Ich war kurz davor, den Verstand zu verlieren, und hatte angefangen, im Haus Sachen kaputtzuschlagen. Deshalb hat sich Euphemia mit mir zusammengesetzt und mir erklärt, dass ich fortmüsste, bevor LeBaron und seine Freunde mir etwas antun würden. Ich habe, so lange ich konnte, draußen im Wald auf dich gewartet, Patience. Aber dann musste ich weg, wenn ich nicht riskieren wollte, erwischt zu werden. Noch nie im Leben ist mir etwas so schwergefallen, wie dich dort zurückzulassen.«

»Und Sally?«, fragte ich.

»Erinnerst du dich an Mag Palm? Sally sagte, ihr hättet euch in Gettysburg kennengelernt. Sie hat Sally geholfen. Sie hat sie zu der Mühle in Rock Creek gebracht und sie unter dem Mühlrad versteckt. Noch nie habe ich eine glücklichere Frau gesehen als Sally, nachdem sie endlich hier war. Sie stand lächelnd am Herd und kochte ihre Marmeladen, und die Leute standen Schlange bis hinaus auf die Straße, um welche zu kaufen. Später hat Mag an Miss Euphemia auf Peeler geschrieben und ihr mitgeteilt, dass Sally in Sicherheit ist.«

»Und wo ist Sally jetzt?«, erkundigte ich mich.

»Wir bringen dich zu ihr«, antwortete Ma.

Zu fünft marschierten wir hinaus. Kofi hielt meine und Patiences Hand, als wir die Straße überquerten und durch ein Tor in der Steinmauer und über einen Rasen bis zum großen weißen Haus der Bellamys spazierten.

Wir passierten das Haus und einige geräumige, menschenleere Scheunen. Hinter einem verwilderten Apfelhain erhob sich eine weitere Steinmauer. Wir gingen über einen hölzernen Steg und dann noch ein Stück durch den Wald, bis Kofi getragen werden wollte. Ich hob ihn hoch und setzte ihn auf meine Hüfte.

»Gleich sind wir da«, sagte Ma.

Wir kamen an einem Feld mit Sonnenblumen vorbei, die kurz vor der Blüte standen.

»Was hatte es eigentlich mit den vielen Sonnenblumen auf sich, die wir rund um Peeler gefunden haben?«, fragte ich.

»Laut Euphemia sind sie ein Geheimzeichen der Untergrundbewegung, eine Warnung«, erklärte Delly, die neben mir herschlenderte. »Sie und die Witwe Gardener haben sie überall dort angebracht, wo wir auf der Flucht hätten auf Schwierigkeiten stoßen können. Auf diese Weise haben Charl und ich es ungehindert bis zum Butcher's Dock geschafft. Ihre Leute haben uns dort mit dem Boot abgeholt.«

Bald sahen wir vor uns eine Lichtung, und als wir näher kamen, waren Grabsteine auszumachen, die wie schiefe Zähne aus dem Boden ragten.

Ich stellte Kofi auf die Füße und griff nach der Hand von Patience. Ma brachte uns zu einem Grabstein am Waldrand, der ein Stück abseits von den anderen stand. Die Inschrift lautete SALLY SMITH.

Ma nahm einen hölzernen Kochlöffel aus der Tasche und legte ihn auf Sallys Grabstein.

»Sie ist friedlich eingeschlafen. Sie hatte ein schönes Zimmer gleich neben meinem im oberen Stockwerk des Gasthofs. Mit einem großen Fenster.«

Delly legte einen weiteren Kochlöffel neben den von Ma.

»Du hättest sehen sollen, wie ganz Bethlehem kam, um sich ihr Frühstück im Gasthof schmecken zu lassen«, sagte Delly. »Ihre Freiheitsmarmelade war berühmt. ›Die mache ich so, wie ich will‹, waren ihre Worte.«

Ich flüsterte ein kurzes Gebet für sie, meine wahre Großmutter.

Wir waren still geworden, als wir uns auf den Rückweg machten. Doch plötzlich stieß Patience mich an. »Schau mal, wer da ist.«

Die Mütze in der Hand, stand Nathan auf der anderen Seite des Wegs am Eingang des Friedhofs.

Ma griff nach Kofis Hand. »Geh nur. Wir treffen uns später.«

Nathan und ich gingen aufeinander zu und trafen uns auf halbem Wege.

»Wie kommst du denn hierher?«, fragte ich.

»Ich bin geritten. Ich musste dich sehen.«

Plötzlich fühlte ich mich beklommen. »Was hast du vor?«, erkundigte ich mich.

»Ich bin noch nicht sicher. Seit ein paar Tagen wohne ich im Gasthof. Da meine rechte Hand noch nicht wieder in Ordnung ist, müssen der Krieg und die Patienten wohl noch ein bisschen warten.«

»Offenbar könnten die Leute in dem großen Haus einen guten Arzt für ihre Apfelbäume gebrauchen.«

»Ich habe mit Mrs. Bellamy darüber gesprochen, ob ich mich um ihr Grundstück kümmern soll. Sie bietet mir ein besseres Gehalt als die Army.«

Als wir auf dem Waldweg zurückschlenderten, knirschte trockenes Laub unter unseren Füßen.

»War es schön, deine Ma zu sehen?«, wollte er wissen.

Ich lächelte ihn an. »Der schönste Tag meines Lebens.«

»Ich habe den Namen Gardener angenommen. Nach dem guten Dr. Gardener. Natürlich habe ich zuvor aus Höflichkeit seiner Witwe geschrieben, und sie war einverstanden.«

Ich hob ein Stöckchen auf und ließ es hinter mir her durch das Laub schleifen. »Ich heiße jetzt Strong – stark. Patience auch.«

Nathan betrachtete mich mit ernster Miene. »Jemma Strong.« Er schmunzelte. »Das passt zu dir.«

Wir überquerten den Steg und dann die Wiese, während allmählich die Sonne unterging und die Kühe leise muhend in den Stall zurückkehrten.

»Könntest du dir vorstellen, meinen Namen anzunehmen, Jemma Strong?«

Ich blieb stehen und trat nach einem Stein. »Jemma Strong Gardener. Das klingt doch nicht schlecht, oder, Mr. Gardener?«

Ich hielt inne und lauschte den Zikaden, die im Gras zirpten.

»Ich muss mich noch immer daran gewöhnen, nicht mehr ›nur Jemma‹ zu sein. Vielleicht brauche ich ein bisschen Zeit zum Nachdenken. Schließlich wird mir das Gardener für immer erhalten bleiben.«

Ich lächelte Nathan an, während er meine Hand nahm und mit mir durch das weiße Tor und zurück zur Bird Tavern ging. Endlich war ich frei. Und hatte allen Grund, mich auf mein Leben zu freuen.

Anmerkung der Autorin

Die Sonnenblumenschwestern habe ich mit einem lachenden und einem weinenden Auge geschrieben, denn ich wusste, dass es das letzte Buch in meiner Reihe über Caroline Ferridays beeindruckende Familie sein würde. Auf die Woolsey-Frauen stieß ich im Jahr 2000 im Rahmen meiner Recherchen über Carolines Leben, und zwar in den von ihr hinterlassenen Archiven des Bellamy-Ferriday House and Garden in Bethlehem, Connecticut, die mich zu meinem ersten Roman *Und am Ende werden wir frei sein* inspiriert haben.

Caroline war ihre Abstammung aus der Familie Woolsey sehr wichtig, weshalb sie alte Familienfotos, Erinnerungen und, das Kernstück dieses Buches, die Briefe aufbewahrte, die ihre Großtante Eliza Woolsey Howland so liebevoll gesammelt hatte.

Es ist schwer, die Gefühle zu schildern, die mich beim Anblick der von diesen Frauen vor über einhundert Jahren geschriebenen Briefe ergriffen. Nach einer Weile lernte ich, die Handschrift jeder Schwester und auch die von Mutter Woolsey auseinanderzuhalten, und vertiefte mich in die Briefe, voll mit Episoden aus dem Bürgerkrieg, Erlebnissen an Bord der Lazarettschiffe und auf dem Schlachtfeld in Gettysburg sowie Schilderungen des Alltags in New York

City. Leider wurden viele dieser Briefe zusammen mit Mutter Woolseys Briefen bei einem Lagerhausbrand vernichtet. Dazu gehörten auch sämtliche Briefe, die Charles Woolsey von der Front sandte. Zum Glück jedoch haben Hunderte dieser Schreiben die Zeit überdauert. Viele davon sind hier wörtlich, wenn auch häufig in gekürzter Form, wiedergegeben. Der Brief von Mutter Woolsey an die Familie des konföderierten Soldaten Rauch wurde mir von einer Nachfahrin zugesandt, und ich habe ihn beinahe in seiner Gesamtheit aufgenommen.

Wer gern mehr von diesen Briefen lesen möchte, findet viele davon in wunderschönen Faksimiledrucken in *My Heart Toward Home. Letters of a Family During the Civil War,* verfasst von den Woolsey-Schwestern Georgy und Eliza. Das Werk ist ein ausgezeichnetes Begleitbuch zu *Die Sonnenblumenschwestern.*

Als ich während meiner Recherche erfuhr, dass es sich bei der Sonnenblume um ein Warnsignal der Underground Railroad handelte, hatte ich mein Leitmotiv für das dritte Buch über die Familie von Caroline Ferriday gefunden. Ansonsten wusste ich nur, dass ich die Geschichte aus drei Perspektiven erzählen wollte: der von Carolines Großtante Georgeanna Woolsey, der einer jungen Sklavin auf einer Plantage und, zu guter Letzt, aus dem Blickwinkel der Herrin dieser Plantage.

Und dann begegnete ich Kathy Kane.

Bei einer Veranstaltung im Bollamy-Ferriday House and Garden kamen Kathy und ich miteinander ins Gespräch, und als ich ihr anvertraute, ich plane einen Roman über den Bürgerkrieg, erzählte sie mir von der Geschichte ihrer eigenen Familie: Ihre Urgroßeltern waren Sklaven auf der Sotterly-Tabakplantage in Maryland gewesen. Bald ließ Kathy mir eine Unmenge von Informationen über ihre Vorfahren zukommen und verhalf meiner Recherche damit zu einem roten Faden. Als mein Sohn Michael und ich die frühere Plantage, heute ein Museum, besuchten, war es unglaublich berührend, die Namen von Kathys Vorfahren auf einer Liste der Sklaven auf Sotterly zu lesen. Der Schauplatz von Jemmas Geschichte und ihrem Kampf um die Freiheit war geboren.

Sotterly diente mir als Vorbild, um Jemmas Welt lebendig werden zu lassen. Als ich mit dem Schreiben ihrer Kapitel anfing, wurde mir klar, dass ihre Figur nicht den typischen Sklavenjargon sprechen durfte. Ich fand Anregungen dazu in *Incidents in the Life of a Slave Girl* von Harriet J. Jacobs, Memoiren, die meine Versuche, Jemmas Leben zu verstehen, maßgeblich beeinflusst haben. In unverstellten, wunderschönen Worten erzählt Harriet die Geschichte des Missbrauchs durch ihre Sklavenhalter und der Flucht vor ihren Peinigern, während derer sie sich acht Jahre lang getrennt von ihren beiden Kindern in einer sargähnlichen Dachkammer verstecken musste. Da Jemma in meinem Roman Zugang zu Büchern und von Tante Tandy Rose das Lesen gelernt hat, fand ich, dass ein ähnlicher Stil auch ihrer Figur entspricht.

Die Szene, in der Jemma nach New York kommt und mitten in die Unruhen wegen der Wehrpflicht gerät, basiert auf Fakten. Während der mehrere Tage andauernden Ausschreitungen tötete ein hauptsächlich aus Iren bestehender Mob elf freie schwarze Männer und ein Kind. Mir war es wichtig, die wahren Ereignisse in dieser schrecklichen Zeit nicht unter den Teppich zu kehren, denn es ist vollkommen unverzichtbar, dass man sich seiner Vergangenheit stellt und etwas daraus lernt. Dr. James McCune Smith, den Jemma im Waisenhaus kennenlernt, war der erste schwarze

Apotheker in New York City und gleichzeitig der Heimleiter. Außerdem war er der erste Afroamerikaner, der je Medizin studiert hat, und machte als Jahrgangsbester seinen Abschluss an der University of Glasgow.

Weeksville, das Viertel von Brooklyn, wo Nathan Gardener wohnt, hat es tatsächlich gegeben. In den 1860ern hatte Weeksville über fünfhundert Einwohner und war für seine Zeit deshalb bemerkenswert, weil es Kirchen, eine Schule, einen Friedhof, ein Altenheim und eine der ersten afroamerikanischen Zeitungen, die *Freedman's Torchlight,* sein Eigen nannte. Außerdem lebte dort die erste schwarze Schulrektorin von New York, Sarah Tompkins Garnet. Während der Wehrpflicht-Aufstände des Jahres 1863 bot die Gemeinde vielen vor den Ausschreitungen geflohenen Afroamerikanern Unterschlupf. Als New York City nach der Fertigstellung der Brooklyn Bridge stetig anwuchs und sich ausbreitete, wurde Weeksville allmählich Teil von Crown Heights und geriet in Vergessenheit. Allerdings hat die Heritage Foundation einen Teil des ursprünglichen Städtchens liebevoll restauriert, sodass Besucher bis heute das echte Weeksville erleben können. Mehr erfahren Sie unter www.weeksvillesociety.org.

Anne-May Watson ist eine erfundene Figur, die auf meinen jahrelangen Recherchen zu den Plantagenbesitzerinnen der damaligen Zeit basiert. Wie bei allen meinen Romanfiguren habe ich versucht, auch sie mit Fehlern behaftet, aber lebensecht darzustellen. Ich habe mir größte Mühe gegeben, die von Sklavenhaltern verübten Grausamkeiten realistisch zu beschreiben und den Alltag auf einer Plantage so genau wie möglich zu schildern. Während der acht Jahre, die ich in Atlanta lebte, verbrachte ich viel Zeit damit, ehemalige Plantagen zu besichtigen, die heute Museen sind. Diese Orte haben mir als Vorbild für die Peeler Plantation gedient.

Anne-Mays Haus habe ich dem Haupthaus von Sotterly nachempfunden, das im Jahr 1703 erbaut wurde und wertvolle Anregungen lieferte, als es darum ging, die Welt einer Herrin über eine Plantage lebendig werden zu lassen. Bei meinem Besuch von Sotterly hat mich am meisten die Aussicht aus den Fenstern des Salons auf den Patuxent River bewegt, wohl wissend, dass ein Sklavenschiff, die *Generous Jenny,* im Jahr 1720 genau an diesem Ufer angelandet ist und afrikanische Gefangene vom Deck des dort liegenden Schiffs verkauft hat. Doch am faszinierendsten fand ich ein Gebäude, das vom Haupthaus betrachtet ein Stück weiter unten am Abhang stand. Es war eine wieder hergerichtete Hütte, früher überbelegt mit Sklaven, die auf den Tabakfeldern arbeiten mussten. Ich erschauderte bei der Vorstellung, wie sie alle in einem Zimmer auf mit Maisstroh gefüllten Matratzen schliefen. Im Winter, während der kleine Kamin trotz des eisigen Windes, der von Marylands Küste heranwehte, nur wenig Wärme bot. Ihre Besitzer im beheizten Haupthaus konnten es sich unterdessen in ihren molligen Federbetten gemütlich machen.

Die starken und mutigen Woolsey-Frauen muss man einfach ins Herz schließen. Wie Jane Stuart Woolsey in ihrem Buch *Hospital Days. Reminiscences of a Civil War Nurse* schreibt: »Kaum waren die Kinder der Familie Woolsey ihrer Spielsachen entwöhnt, als sie sich auch schon der Politik zuwandten. Erzogen von einer Mutter, welche die Sklaverei verabscheute, obwohl ihre Vorfahren in Virginia seit Generationen Sklaven gehalten hatten, folgten sie dieser auf direktem Weg in den Abolitionismus.«

Jane Eliza Newton Woolsey, die Matriarchin der Familie, wuchs als eines von sieben Kindern schottisch-irischer

Presbyterianer auf. Im Alter von vierzehn Jahren durch eine Krankheit ihrer Mutter beraubt, zog sie zu ihrer geliebten Tante Ricketts auf eine Farm in Fairfax, Virginia. Das Leben in einer Sklavenhalterfamilie hinterließ einen tiefen Eindruck bei Jane Eliza, weshalb sie ihr Leben dem Kampf gegen die Sklaverei weihte und die berühmten abolitionistischen Prediger ihrer Zeit unterstützte. Die Eröffnungsszene, in der die Woolsey-Frauen auf einen Sklavenmarkt in Charleston, South Carolina, geraten und dort eine Sklavin kennenlernen, deren Kinder verkauft werden, basiert auf einer wahren Begebenheit, die in einem der Woolsey-Briefe geschildert wird. Heutige Besucher des Marktes, inzwischen ein Museum und eine Gedenkstätte für die Grauen der Sklaverei, werden sich der aufrüttelnden Wirkung der dort ausgestellten Exponate nicht entziehen können.

Jane Eliza begegnete Charles William Woolsey, Abkömmling einer Familie, die noch von der *Mayflower* abstammte, während eines Besuchs in New York City zufällig auf der Straße. Es war Liebe auf den ersten Blick für beide. Sie heirateten und siedelten nach Boston über, wo sie sieben Kinder, alles Mädchen, großzogen. Dann jedoch wurde die glückliche Familie von einer Tragödie heimgesucht, denn Mr. Woolsey starb bei einem Schiffsunglück auf dem Rückweg von New York City an Bord des Dampfers *Lexington.* Es waren düstere Zeiten für die Woolseys. Mrs. Woolsey, die ihr achtes Kind, einen Sohn, erwartete, zog mit ihren Töchtern nach New York City, um in der Nähe der Familie ihres Mannes zu sein. Sie bewohnten das Haus Nummer acht am Brevoort Place, der heute zu Greenwich Village gehört.

Alle acht Woolsey-Kinder leisteten einen großen Beitrag zu den gesellschaftlichen Veränderungen ihrer Zeit.

Abby, Jane und Georgy hatten großen Einfluss auf dem

Gebiet der Krankenpflege und bei der Einführung einer standardisierten Schwesternausbildung nach dem Krieg. Abby war jahrelang Mitglied des Aufsichtsrats verschiedener Krankenhäuser und karitativer Organisationen sowie der Bellevue School of Nursing, dem Vorbild für viele Schwesternschulen im Land. Sie verfasste einige Krankenhaushandbücher und setzte sich ihr Leben lang für Frauen in Pflegeberufen ein. Sie starb 1893 im Alter von fünfundsechzig Jahren.

Jane Stuart Woolsey war nach dem Bürgerkrieg weiter als Krankenschwester tätig und unterrichtete später an der Freedmen's Union Industrial School in Richmond, Virginia, wo ehemalige Sklavinnen Lesen und Schreiben und außerdem das Nähen lernen konnten. In ihren Memoiren *Hospital Days* erzählt sie ausgesprochen humorvoll und aufrichtig ihre Geschichte. Das Werk ist ein weiteres wundervolles Begleitbuch zu *Die Sonnenblumenschwestern*. Gegen Ende ihres Lebens litt Jane an rheumatischem Fieber. Ihre Schwester Abby pflegte sie bis zu ihrem Tod 1891.

Ich habe mich entschieden, einen Teil der Geschichte aus der Perspektive von Georgeanna Muirson Woolsey zu erzählen, weil ich mich auf Anhieb in den trockenen und selbstironischen Tonfall ihrer Briefe verliebt hatte und ihren ausgeprägten Sinn für Gerechtigkeit und ihre Leistungen auf dem Gebiet der Krankenpflege bewunderte. Sie ließ sich weder vom größten Patientenansturm noch vom militärischen Reglement – sei es an Bord der Lazarettschiffe oder an Land – aus der Ruhe bringen, und das, obwohl sie von den Ärzten der US-Army einiges einstecken musste. In einem Brief aus dem Jahr 1864 schreibt Georgy:

> *Niemand, der es nicht von Anfang an selbst beobachten konnte, ahnt auch nur im Entferntesten, mit wie viel Widerstand, Böswilligkeit, Gleichgültigkeit und Gedankenlosigkeit diese Krankenschwestern zu kämpfen hatten. Mir ist kaum ein Arzt begegnet, der sie freundlich empfangen oder ihnen auch nur ein Mindestmaß an Höflichkeit entgegengebracht hätte … stattdessen schienen die Herren fest entschlossen, ihnen das Leben so lange unerträglich zu machen, bis sie aus reinem Selbstschutz ihren Hut nahmen.*

Georgy pflegte bis zum Kriegsende, also General Lees Kapitulation im McLean House am Appomattox am 9. April 1865, verwundete Soldaten. Am letzten Tag des Krieges schmückten die Woolseys das Haus am Brevoort Place innen und außen mit patriotischen Farben, einer Flagge über der Haustür und bunten Lampions auf dem Balkon.

Allerdings erhielt die Begeisterung der Woolseys rasch einen Dämpfer, als Präsident Lincoln am 14. April 1865 angeschossen wurde und am folgenden Tag verstarb. Als Georgy davon erfuhr, stürmte sie zu Carrys Zimmertür. »Lass mich rein!«, rief sie. »Mr. Lincoln ist ermordet worden!« Am Tag darauf schrieb Carry an Eliza: »Wir alle sind vor Trauer wie betäubt. Was für ein Tag für Amerika!«

Ein Arzt, mit dem Georgy zu guter Letzt Frieden schloss, war ihr langjähriger Verehrer und Freund Dr. Frank Bacon, den sie 1866 heiratete. Als der Krieg vorbei war, zog das Paar nach New Haven, wo Dr. Bacon Karriere als Professor für Chirurgie an der Yale Medical School machte. Georgy und er gründeten gemeinsam die Connecticut Training School for Nurses, wodurch sich ihr Traum endlich erfüllte. Sie verfasste ein Lehrbuch für Krankenschwestern mit dem Titel *A*

Handbook of Nursing for Family and General Use. Ihr Buch *Three Weeks at Gettysburg,* das ihre Zeit mit ihrer Mutter in Gettysburg beschreibt, ist bis heute populär.

Georgy und Frank blieben kinderlos. Doch Georgy widmete sich mit Feuereifer der Connecticut Children's Aid Society, dem Newington Hospital for Crippled Children und Playridge, einem Erholungsheim für Kinder, das sie und Frank Bacon in Woodmont, Connecticut, gründeten. Sie hängte Franks Schwert aus dem Bürgerkrieg, eine Pistole und zwei bei der ersten Schlacht von Bull Run erbeutete Messer in der Vorhalle ihres Backsteinhauses in New Havens High Street 23 an die Wand. Eine Granate, die bei der Eroberung von Tybee Island zum Einsatz gekommen war, schmückte den Pfosten des Treppengeländers. Georgy starb 1906. Frank Bacon lebte zwar bis 1912, doch wie Mitglieder der Familie feststellten, »verlor er nach Georgys Tod die Lust am Leben und alterte stark«.

Mary Elizabeth Watts Woolsey Howland, von Georgy »meine Mary« genannt, starb 1864 an einer plötzlichen Erkrankung. Mary, Mutter von vier Töchtern und geliebte Ehefrau von Reverend Robert Howland, war eine begabte Malerin und hatte großes dichterisches Talent, auch wenn ihre literarische Neigung zu ihren Lebzeiten aufgrund ihres Geschlechts geheim gehalten wurde. Im Jahr 1892 schrieb Mary das Gedicht »Ein Regentag im Felde«, in dem ein Soldat auf dem Totenbett über seine Sterblichkeit nachdenkt. Die Familie Woolsey ließ es auf eigene Kosten drucken und veröffentlichen. Bald wurden die Zeitungen darauf aufmerksam, und es erfreute sich bei den Soldaten großer Beliebtheit. Diese schickten es wiederum an ihre Familien zu Hause, ohne zu ahnen, dass Mary die Verfasserin war. Die Woolseys hielten an der Charade fest, denn man hielt es für besser, Tausende von Menschen in dem Glauben zu lassen, das Gedicht stammte aus der Feder eines Mannes. Mary schrieb noch einige weitere Gedichte, starb jedoch, ohne ihr Geheimnis gelüftet zu haben.

Eliza Newton Woolsey Howland, Georgys beste Freundin und um zwei Jahre jüngere Schwester und ebenfalls Krankenschwester, verbrachte die Nachkriegsjahre damit, ihren Mann Joseph Howland zu pflegen, der in der Schlacht von Gaines Mill schwer verwundet worden war. Die beiden blieben für den Rest ihres Lebens in Tioronda, ihrem Landsitz in Fishkill, New York, wohnen, wo sie sich wohltätig engagierten. Eliza übernahm die Rolle der Familienhistorikerin und verfasste die *Woolsey Family Records*. Sie starb 1917. Tioronda steht bis zum heutigen Tag in Fishkill.

Harriet Roosevelt Woolsey, »Hatty«, heiratete im Jahr 1869 ihren Cousin Dr. Hugh Lenox Hodge, einen Arzt, der an der University of Pennsylvania Medical School lehrte. Das Paar hatte zwei Kinder, Hugh, der erwachsen wurde, und Eliza, die bei der Geburt starb. Hatty starb 1878.

Die jüngste Schwester Caroline Carson Woolsey, Carry genannt, war Caroline Ferridays geliebte Großmutter. Sie heiratete Edward Mitchell, mit dem sie ein Kind, Eliza Mitchell Ferriday, hatte. Carry lernte Edward, später ein angesehener Anwalt, durch ihre Schwester Georgy kennen. Diese war ihm, damals noch ein junger Mitarbeiter in der Verwaltung, an Bord eines Lazarettschiffs, begegnet. Als er schwer erkrankte, stand Georgy ihm bei und schickte ihn zurück nach New York City, wo Carry an die Bekanntschaft anknüpfte.

Carry war während des Krieges nicht nur in New Yorker Krankenhäusern tätig, sondern setzte sich auch für die Kinder im Colored Orphan Asylum ein, das den Wehrpflicht-Unruhen zum Opfer fiel. Obwohl alle Kinder dem Tod entrannen, brannte ihr Zuhause nieder, sodass sie noch monatelang keine richtige Unterkunft hatten. Der Vorfall wird für immer auf dem Ruf der irischen Gemeinschaft lasten, da sich die Menschenmenge, die das Heim plünderte und anzündete, hauptsächlich aus ihren Mitgliedern zusammensetzte. Carry engagierte sich auch für das New York Orphan Asylum. Im Jahr 1806 von einigen mildtätigen Frauen, unter ihnen Elizabeth Hamilton, Frau von Alexander Hamilton, gegründet, war das Heim zunächst in einem Holzhaus in Greenwich Village untergebracht. Es war eine der ersten karitativen Organisationen mit einem rein weiblichen Aufsichtsrat. Das Heim wurde 1873 in eine damals noch idyllische und ländliche Gegend im Norden der Stadt verlegt, wo sich heute die Kreuzung Seventy-Third Street und Riverside Drive befindet. Carry unterstützte das Waisenhaus und seine Bewohner, in den Woolsey-Briefen als »Carrys Bloomingdale-Waisen« bezeichnet, bis zu ihrem Tod im Jahr 1914. Aus dem Heim ging die Organisation Graham Windham hervor, die sich bis heute für die Verbesserung der Lebensumstände von Kindern in Einrichtungen einsetzt.

Charles William Woolsey, der einzige Sohn der Familie, diente mit Auszeichnung im Bürgerkrieg. Seine Briefe aus jener Zeit sind zwar verloren, doch wir wissen, dass er Sekretär von General Meade in der Army of the Potomac war. In Gettysburg wurde er leicht verwundet, weshalb Georgy und Mrs. Woolsey an die Front eilten und mit dem Schlimmsten rechneten – nur um festzustellen, dass Charley bereits genesen und mit seinem Regiment weitergezogen war.

Charley war dabei, als General Lee seine Army of Northern Virginia 1865 vor dem Appomattox Courthouse in Virginia an Ulysses S. Grant übergab. Seine Familie war sehr stolz auf ihn. 1868 heiratete er Arixane Southgate Smith und zog später im Leben aus gesundheitlichen Gründen mit ihr nach Asheville, North Carolina. Er hatte drei Kinder, von denen jedoch nur seine Tochter Alice überlebte. Charley starb 1907.

Alle historischen Ereignisse in Georgys Kapiteln sind den Briefen der Familie Woolsey entnommen. Georgys Bemühungen darum, Krankenschwester zu werden. Ihre Zeit mit Eliza in Washington und auf den Lazarettschiffen. Und auch ihre Erfahrungen in Gettysburg und auf der Verkaufsausstellung zugunsten der Sanitary Commission. Sie alle basieren auf Berichten aus erster Hand.

Ich habe viele Wochen in Gettysburg verbracht, um auf den Spuren von Mutter Woolsey und Georgy zu wandeln. Mein Ziel war, die drei Wochen dort nachzuvollziehen, in denen sie die Soldaten am Eisenbahndepot gepflegt haben. Dieses sollte später in Camp Letterman aufgehen, dem berühmten Lazarett, wo Hunderte von Soldaten aus dem Bürgerkrieg, Konföderierte wie US-Army, behandelt wurden. Glen Hayes von der Gettysburg Battlefield Preservation Association war mir dabei eine unverzichtbare Hilfe. Heute engagiert sich die GBPA für den Erhalt eines Teils des Camp Letterman General Hospital. Während ich dieses Buch schreibe, kämpft das Camp Letterman Committee nun schon seit fünfzehn Jahren mit gewaltiger Unterstützung aus der Bevölkerung dafür, das Gelände vor einer Bebauung zu schützen. Mehr erfahren Sie unter https://www.gbpa.org.

Die Schlacht von Front Royal, in der Harry Wilson fällt und Fergus ein Bein verliert, basiert ebenfalls auf einer tatsächlichen Schlacht. Sie fand am 23. Mai 1862 statt, als die Confederate First Maryland Infantry auf ihre Landsleute von der Union First Regiment Maryland Volunteer Infantry traf. Es handelt sich um das einzige Mal in der amerikanischen Militärgeschichte, dass zwei Regimenter aus demselben Bundesstaat und mit derselben Nummerierung einander auf dem Schlachtfeld gegenüberstanden.

Die Sechsunddreißigste U. S. Colored Infantry, die Jemma und Patience zu Hilfe kommt, wurde am 8. Februar 1864 unter der Führung von Colonel Alonzo G. Draper zusammengestellt. Das Regiment war in Point Lookout stationiert und bewachte konföderierte Kriegsgefangene, bis es in der Schlacht bei Chaffin's Farm, der Schlacht von Fair Oaks und in weiteren Kampfhandlungen eingesetzt wurde. Das Sechsunddreißigste kämpfte auch in der Besetzung von Richmond und half der Union, die Hauptstadt der Rebellen einzunehmen. Der Fall von Richmond läutete die letzten Tage der Konföderation ein. Private James Daniel Gardner und Corporal Miles James, beide vom Sechsunddreißigsten, wurde die Medal of Honor verliehen, die wichtigste und bedeutendste militärische Auszeichnung in den Vereinigten Staaten von Amerika, und zwar für ihren Heldenmut in der Schlacht bei Chaffin's Farm.

Einige historische Persönlichkeiten aus jener Zeit haben meinem Roman einen Kurzbesuch abgestattet: Präsident Lincoln, Kriegsminister Edwin Stanton, Abigail Hopper Gibbons, Frederick Law Olmsted und viele andere. Sie wurden in Briefen der Woolseys erwähnt und waren Teil ihrer Welt. Georgy und Eliza haben Lincoln tatsächlich im Executive Mansion kennengelernt. Und Georgy hat ihn wegen der Geistlichen für die Truppen um Hilfe gebeten, die ihr auch gewährt wurde. Henry Rauch, der junge konföderierte Soldat aus South Carolina, der von Mrs. Woolsey liebevoll gepflegt wird und in den Armen seines Bruders stirbt, kommt ebenfalls in den Briefen der Woolseys vor. Auch Mag Palm, die Frau, die Sally Smith in Gettysburg zur Flucht verhilft, hat wirklich existiert. Mag wohnte unweit des Schlachtfelds in Gettysburg, und als ich bei meinen Recherchen auf ihre Geschichte stieß, war ich so begeistert von ihrer Kraft und ihrer Hartnäckigkeit, dass ich ihr ein Denkmal setzen wollte.

Bei meinem ersten Besuch in Carolines Haus im Jahr 2000 machte ich am Bellamy-Ferriday Cemetery Halt. Inmitten des von Bellamy Land Trust verwalteten Grundstücks gelegen, ist er nur einen Katzensprung vom Haus entfernt. Es handelt sich um einen für damalige Zeiten typischen Friedhof, wo die Bewohner von Bethlehem seit dem achtzehnten Jahrhundert zur letzten Ruhe gebettet wurden. Reverend Bellamy, der Carolines Haus gebaut hat, ist dort neben vielen weiteren Bürgern von Bethlehem begraben. Darunter befindet sich auch eine Frau namens Sally Smith, deren Grab ein Stück abseits von denen der weißen Einwohner liegt. Meine Neugier war geweckt, und ich suchte nach ihrer Geschichte, allerdings vergeblich. Die Tatsache, dass Sally nicht einmal im Tod irgendwo erwähnt wird, beschäftigte mich, und ich beschloss, dass sie nicht in Vergessenheit geraten durfte. Ihr Grabstein und dessen rätselhafte Vergangenheit haben mich zu der Romanfigur Sally Smith inspiriert.

Die Bird Tavern, die auf einer Anhöhe gegenüber von Carolines Haus steht, war früher einmal eine Haltestelle der Underground Railroad. Schon als ich das reizende alte Gebäude am Dorfanger von Bethlehem zum ersten Mal sah, wusste ich, dass es in meinem Buch über den Bürgerkrieg eine Rolle spielen würde, wenn ich jemals eines schreiben sollte. Mir erschien es wunderbar als Schlusspunkt für diese Trilogie geeignet, denn Caroline Ferriday war eine unerschrockene Kämpferin für die Bürgerrechte. Ich glaube,

Caroline würde sich darüber freuen, dass die Geschichte der Woolseys, ihrer abolitionistischen Vorfahren, und die der Menschen, denen sie zur Freiheit verholfen haben, endlich erzählt worden ist.

Quellen

Einige Briefe und Gedichte, verfasst von den Woolsey-Schwestern oder an sie gerichtet, wurden, sofern nichts anderes angemerkt, mit Erlaubnis der Bellamy-Ferriday House and Garden Archives in Bethlehem, Connecticut, unter Leitung und Verwaltung von Connecticut Landmarks, in diesem Buch abgedruckt.

Howland, Joseph. Brief an Eliza Woolsey Howland. 21. Juli 1861.

Howland, Mary Woolsey. Gedicht »Ein Regentag im Felde«.

Howland, Eliza Woolsey. Brief an Joseph Howland. 28. April 1802.

Woolsey, Georgeanna. Brief an Jane Eliza Woolsey, 28. Juni 1862.

Woolsey, Abigail. Brief an Georgeanna Woolsey. 11. Juli 1862.

Woolsey, Jane Eliza. Brief an Reverend Rauch. Aus der Privatsammlung von Jene Klopp.

Crane, C. H. Brief an Dr. Heger. 26. September 1863.

Woolsey, Eliza. Brief an Jane und Georgy. 9. März 1864.

Howland, Mary Woolsey. Gedicht »Zapfenstreich«.

Danksagung

Ich schulde den Menschen großen Dank, die das Schreiben von *Die Sonnenblumenschwestern* für mich zu einer unvergesslichen Erfahrung gemacht haben. Meinem Mann Michael Kelly, der jeden Entwurf gelesen, sein umfangreiches Wissen über den Bürgerkrieg mit mir geteilt und mir Vorschläge für den Handlungsablauf zugeflüstert hat. Danke für deine Unterstützung dabei, meinen Traum, Caroline Ferridays Familiengeschichte zu Ende zu schreiben, wahr werden zu lassen. Außerdem für deine grenzenlose Begeisterung für alles, was ich in die Hand nehme, für deine Liebe und dafür, dass du uns so wunderbar bekochst. Dank auch an meine Tochter Katherine, genannt Kay, für die langen Spaziergänge, ihren Wortwitz, ihre Weltgewandtheit und ihre konstruktive Kritik am Manuskript. An meine Tochter Mary Elizabeth für ihre kenntnisreichen redaktionellen Tipps, dafür, dass sie alles stehen und liegen ließ, wenn wieder ein neues Kapitel fertig war, und für ihr Engagement, um auf dieser Welt endlich etwas zu verändern. Ich hätte mir keine hinreißenderen und inspirierenderen Töchter wünschen können. Mehr als ihr glaubt, seid ihr beide auf diesen Seiten in den Beschreibungen der Woolsey-Schwestern verewigt. An meinen Sohn Michael für seine Ratschläge zum Manuskript, seine Spürnase bei der Büchersuche, seine

Fahrkünste auf Reisen und seine liebevolle und mitfühlende Art, die Vorbild für Anne-Mays Bruder Harry war. Mögen wir das gemeinsame Reisen niemals aufgeben. An meinen Schwiegersohn Chase, weil er ein so wunderbares neues Familienmitglied ist, für sein leckeres Rührei und dafür, dass er mir von der Moneysunk Road erzählt hat. An Kara Cesare von Ballantine Bantam Dell, die einfühlsamste, interessierteste und begabteste Lektorin, die man sich nur denken kann, denn sie hat, aufgeschlossen wie immer, sofort erkannt, dass Caroline Ferriday eine Frau ist, die man sich merken muss. Danke dafür, dass sie sich der Geschichte der Woolsey-Frauen so engagiert und stilsicher angenähert hat und mir bei meinen Experimenten stets den Rücken freihält. An alle vom »Team Sunflower« bei Ballantine Bantam Dell für die reibungslose Zusammenarbeit und die Begeisterungsfähigkeit: Debbie Arnoff, Barbara Bachman, Susan Corcoran, Melanie DeNardo, Jennifer Hershey, Kim Hovey, Colleen Nuccio, Paolo Pepe, Kara Welsh, Gina Centrello und Benjamin Dreyer sowie die gesamte Redaktion bei Random House, um nur einige wenige zu nennen. An meine Agentin Alexandra Machinist, die mich immer wieder mit ihrem unerschütterlichen Durchhaltevermögen und ihren punktgenauen Ratschlägen überrascht und die mich vor langer Zeit aus einem Stapel abgelehnter Manuskripte gepickt hat, felsenfest davon überzeugt, dass meine Geschichten erzählt werden mussten. Sie hat dieses Ziel verwirklicht und ist eine wahre Naturgewalt. An Kathy Kane, die mir von ihren versklavten Vorfahren erzählt und mir vorgeschlagen hat, die Sotterly Plantation zu besuchen, um mehr zu erfahren. Ich bin so froh, dass das Universum uns an jenem Tag zusammengeführt hat. An Tiffany Smith, die so freundlich war, mir ihren schweren Alltag als schwarze Frau im heutigen Amerika zu schildern und die Rohversion des Manuskripts zu lesen. Danke für die Freundschaft und Offenheit. An Kathy Murray, die mir gezeigt hat, dass meine Worte niemals genügen werden, um die breite Kluft zwischen meinen Erfahrungen und denen einer schwarzen Frau zu überbrücken. Und von der ich außerdem gelernt habe, dass wir etwas verändern können, wenn wir uns miteinander verbünden. An meine Schwester Polly Simpkins, das Sinnbild der Großzügigkeit und der bedingungslosen Liebe, mit denen sie die Welt jeden Tag zu einem besseren Ort macht. Außerdem an ihren Mann Brad Simpkins für seine selbstlose Freundschaft und Unterstützung. An meine Schwester Sally Hatcher, von der ich erst lernen musste, dass Katzen unsere Liebe genauso verdient haben wie Hunde, und die trotzdem die beste aller großen Schwestern ist. An meine Schwiegermutter Mariann und meine fünf Schwägerinnen fürs Däumchendrücken und dafür, dass sie die gesamte Sippe zu Lesungen schleppen und mir zeigen, wie wichtig die Liebe und Unterstützung einer Familie sind. An meine Cousinen Juanita Fowler, Patty Hill, Peggy Quinn und Jane Hush, deren sympathische Charakterzüge mich bei der Beschreibung der Woolsey-Schwestern inspiriert haben. Für mich waren sie immer der Beweis dafür, dass alte Tugenden wie Ehrlichkeit und Zuverlässigkeit nie aus der Mode kommen. An meinen Cousin Wylie Savanas Quinn III., früher Organist und Chorleiter in der Chapel of the Cross in Chapel Hill, North Carolina, für seinen denkwürdigen Vorschlag, einfach *»wa-ter-me-lon«* zu singen, wenn einem ein Liedtext nicht mehr einfällt. An Glen Hayes von der Gettysburg Battlefield Preservation Association für seine Hilfe bei der korrekten Darstellung der militärischen Aspekte dieses Buches. Danke für die viele Zeit, die Sie in die Lektüre der Kapitel von *Die Sonnenblumenschwestern* investiert haben, in denen es ums Kämpfen geht. Sie haben Verbesserungen vorgeschlagen und mir Tipps gegeben, und das alles aus Freundlichkeit und aus Liebe zur Geschichte des Bürgerkriegs. Ich wünsche Ihnen viel Erfolg bei Ihren Bemühungen, einen Teil von Camp Letterman in Gettysburg zu erhalten. An Jene Klopp, die mir eine Kopie des Briefes von Mrs Woolsey an ihren Urgroßvater Reverend Rauch, den Vater des von Jane Eliza so hingebungsvoll gepflegten jungen konföderierten Soldaten aus South Carolina, zugeschickt hat. Ich schulde Ihnen großen Dank, Jene, weil Sie mir einen für Ihre Familie so wichtigen Brief überlassen haben. Ich hoffe, er wird den Menschen ein besseres Verständnis dafür vermitteln, was es bedeutet, denen, die zufällig auf der Gegenseite kämpfen, mit Nachsicht und Güte zu begegnen. An das Atlanta History Museum und seine Leiterin Kate Whitman sowie an Joanna und Keith, die mich hinter die Kulissen dieses unbeschreiblichen Museums geführt haben. Sie haben für mich die Archive geöffnet und viele Schätze aus dem Bürgerkrieg mit mir geteilt und die Epoche so für mich lebendig werden lassen. Insbesondere danke ich Keith dafür, dass er die Trommel aus dem Bürgerkrieg für mich geschlagen hat. Es klang so echt, dass mir die Tränen kamen. An das Heritage House in Madison, Georgia, für die unglaubliche Führung, bei der ich zum ersten Mal hörte, dass frisch verlobte Damen zur Zeit des Bürgerkriegs mit ihrem Verlobungsring ihre Namen in Fensterscheiben ritzten, um festzustellen, ob der Diamant auch echt war. An den verstorbenen Alexander Neave, Carolines Cousin, der uns allen sehr fehlt, und seine Frau Lynne, die Unterlagen und Fotos aus Carolines Familie sowie ihre Erinnerungen so großzügig mit mir geteilt hat. An Richard Furniss, der mir seine beeindruckende Sammlung antiker Waffen vorführte. An die Mitarbeitenden von Connecticut Landmarks, insbesondere die wundervolle und unermüdliche Peg Shiner, Verwalterin von Bellamy-Ferriday House and Garden, und Jamie-Lynn Fontaine Connell, Robert Brock und Jane Colciano, die so gut für Carolines geliebtes Zuhause sorgen. An die tüchtigen und engagierten Fremdenführer bei Bellamy-Ferriday House and Garden: Gary P. Cicognani, Natalie DeQuarto, Muffy Barhydt und Timothy Marcinek sowie den Gärtner Brett Bitner. Danke für die vielen Arbeitsstunden und dafür, dass Sie das Haus für Besucher so einladend gestalten. Caroline und ihre Vorfahren wären stolz darauf. Außerdem danke ich der himmlischen und überaus begabten Betty Kelly Sargent für ihre Ermutigung und ihren fachlichen Rat in der Anfangsphase. »Ich brauche nur ein Kapitel zu sehen«, lautete ihr Kommentar zu *Und am Ende werden wir frei sein.* Ohne sie wäre all das hier nicht denkbar gewesen. An Susan Klein, freie Lektorin, die eine Rohfassung in Form bringt, wie es sonst niemand kann. An Elaine Hayes von der Fishkill Historical Society für ihre Hilfe bei der Recherche. An Peter LaPorte, Carol Moody und Karen Wood von der St. Mary's County Historical Society für die Informationen über den interessanten Landkreis, in dem meine fiktive Peeler Plantation steht. An die wunderbaren freien Buchhändler und Bibliothekarinnen überall, die sich so bemüht haben, um die Geschichte dieser Familie den Lesern zugänglich zu machen, so zum Beispiel Fran Keilty vom Hickory Stick Bookshop in Washington Depot, Connecticut, die über ihren Schatten gesprungen ist. An Madison Garner, Grace Hugh, Morgan Burke und Lauren Burke, die beste Zielgruppe aller Zeiten. An meinen französischen Verlag Les Éditions Leduc, Katherine Bailly und Danae Tourrand für die ausgezeichnete Arbeit und den besten Wein und die leckersten Windbeutel von ganz Paris. An Sophie Baker von Curtis Brown London für fünfzig unterschiedliche ausländische Ausgaben von *Und am Ende werden wir frei sein* und *Lost Roses*. An Shirl Knobloch und ihren Mann für die Einladung in ihr reizendes Zuhause in Gettysburg und dafür, dass sie mir ihre wunderbaren Bücher und ihr traumhaftes historisches Anwesen und die Gärten zugänglich gemacht haben. An Gary Parkes, meine nicht so geheime Geheimwaffe, der meinen Auftritt in den sozialen Medien so großartig auf Vordermann bringt. An die Old Bethlehem Historical Society und Carol Ann Brown, die Archivarin von Bethlehems spannender Vergangenheit. An Mary Jane LaBoudy und das Old Bethlehem Burial Grounds Board für die Unterstützung beim Erhalt des historischen Friedhofs, wo Sally Smith und Reverend Bellamy ruhen. An Stewart Rabinowitz für seine Freundschaft und für sein Engagement im Dienst des Caroline Ferridays Land Trust.

Der Stammbaum der Familie Woolsey

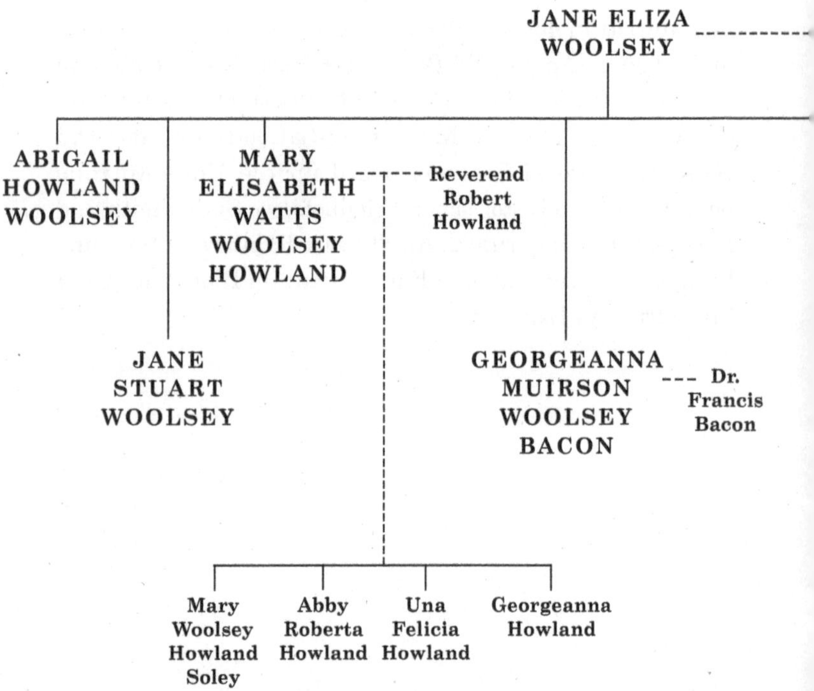

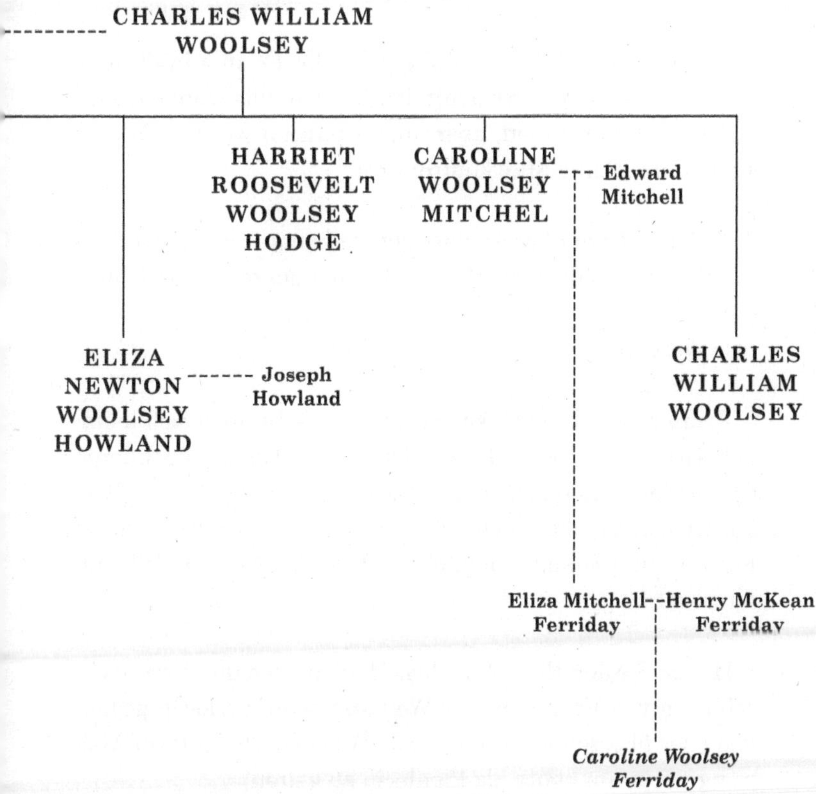
CHARLES WILLIAM WOOLSEY
HARRIET ROOSEVELT WOOLSEY HODGE
CAROLINE WOOLSEY MITCHEL
Edward Mitchell
ELIZA NEWTON WOOLSEY HOWLAND
Joseph Howland
CHARLES WILLIAM WOOLSEY
Eliza Mitchell Ferriday
Henry McKean Ferriday
Caroline Woolsey Ferriday

Anregungen für Lesekreise

1. Wie beurteilen Sie die Rollen, die die Frauen in diesem Roman spielen? Wie wird mit den Frauen umgegangen? Mit welchen Hindernissen, aber auch Chancen werden Georgy, Jemma und Anne-May konfrontiert?

2. Welchen Effekt hat es, dass der Roman aus mehreren Perspektiven erzählt wird? Hätten Sie ein anderes Leseerlebnis gehabt, wäre der Roman aus nur einer Sichtweise geschildert worden?

3. Jemma und ihre Schwester Patience schreiben sich heimlich Briefe. Was war Ihr Eindruck vom Überlebenskampf der beiden Frauen sowie der Geschichte ihrer Flucht? Wie haben Jemma, aber auch Sable und Joseph ihr Streben nach Freiheit und Unabhängigkeit nach ihrer jeweiligen Flucht fortgesetzt?

4. Haben Sie den Eindruck, dass Heldentaten und Errungenschaften von Frauen in der Weltgeschichte verloren gegangen oder übersehen worden sind? Was braucht es Ihrer Meinung nach, um heute als Pionierin zu gelten?

5. Hat sich Ihr Bild vom Amerikanischen Bürgerkrieg und den Umständen der Sklaven in dieser Zeit durch die Lektüre von *Die Sonnenblumenschwestern* verändert? Haben Sie etwas über die Zeit gelernt, das Sie zuvor eventuell nicht wussten? Welche Spuren haben der Bürgerkrieg und die Sklaverei Ihrer Meinung nach in der heutigen amerikanischen Gesellschaft hinterlassen?

6. Konnten Sie durch die Lektüre des Romans auch Lehren für Ihr eigenes Leben ziehen? Welche Relevanz hat die Geschichte für das heutige Zeitalter und auch für LeserInnen in Europa?

7. Familienbande – egal ob echte oder selbst geschaffene – spielen in diesem Roman eine wichtige Rolle, denn sie beeinflussen die drei Protagonistinnen an unterschiedlichen Stationen ihres Weges. Wie stehen Jemma, Georgy und Anne-May zu ihren Familien? Welche Charaktereigenschaften oder Erfahrungen lassen sie so empfinden?

8. Alle drei Protagonistinnen haben ihre Väter auf tragische Weise verloren. Während Jemma und Georgy durch diesen Verlust ihren anderen Familienmitgliedern näherkommen, entfremdet sich Anne-May dadurch noch weiter von ihrer Mutter und Schwester. Auf welche Art, glauben Sie, formen solche Tragödien unsere Persönlichkeiten? Wie hat das Schicksal Ihrer Meinung nach die drei Frauen im Roman geprägt?

9. Georgy und ihre Familie kommen aus gehobenen gesellschaftlichen Kreisen, dennoch scheuen sie sich nicht vor Arbeit, um anderen zu helfen. Was halten Sie von Georgys

Lebensweg und den Entscheidungen, die sie im Laufe des Romans trifft?

10. Was halten Sie von Georgys Schwestern und ihrem Bruder?

11. Finden Sie es ungerecht, dass Mary Woolsey nie Anerkennung für ihre Werke erhalten hat? Hätte die Familie preisgeben sollen, dass es sich beim Urheber der Gedichte um eine Frau handelt, oder war es klüger, die Leute glauben zu lassen, dass diese von einem Mann geschrieben worden sind?

12. Anne-May war heimlich als Spionin für Jubal tätig. Hat Sie diese Wendung in der Geschichte überrascht? Was halten Sie von Anne-Mays Entscheidungen am Ende des Romans?

13. Sally Smith ist zwar nicht mit Jemma verwandt, fühlt sich aber in vielerlei Hinsicht wie deren Großmutter. Warum, glauben Sie, sind manche Beziehungen zwischen nicht blutsverwandten Menschen stärker als die zwischen echten Familienmitgliedern?

14. Damals wurden Sonnenblumen verwendet, um auf Gefahren auf der Underground Railroad, dem Schleusernetzwerk, das Sklaven zur Flucht verhelfen sollte, hinzuweisen. Welche Wirkung hat es, dass ausgerechnet etwas so Fröhliches und Schönes wie eine Sonnenblume als Symbol benutzt wurde?

15. Martha Hall Kelly hat reale Briefe der Woolsey-Schwestern in ihre Erzählung eingefügt. Doch während Georgy

und ihre Vorfahren auf tatsächlich existierenden Menschen basieren, ist die Figur der Anne-May fiktiv. Was bewirkt die Verflechtung von Wahrheit und Fiktion? Warum hat die Autorin Ihrer Meinung nach die Briefe der Woolseys teilweise wortwörtlich in den Roman übernommen?

Die Autorin bei der Recherche zu »Die Sonnenblumen-schwestern«

Alte Aufnahmen der Woolsey-Familie; im Vordergrund sind Porträts von Mutter Jane Eliza Woolsey und Tochter Mary Woolsey zu sehen

Briefe Georgy Woolseys

Eine typische Arbeiterhütte auf einer ehemaligen Plantage

Jemmas Welt
Charlenes Haus
Hunde zwinger
Ambrosia Plantation
Moneysunk Road
Indigofelder
Peeler Lane
(spinnenförmiger) Ahornbaum
Farm des alten Mr. Burns
Nähhaus
Räucherhaus
LeBarons neue Hütte
Tor zur Farm des alten Mr. Burns
Peeler Plantation
Tabakscheune
LeBarons Hütte
Tabakfelder
AnneMays Haus
Jemmas Hütte
Patuxent River
1862

N.H. Weber

WAHRHEITEN

Impressum

1. Auflage, August 2023

c/o skriptspektor e. U.
Robert-Preußler-Straße 13 / TOP 1
5020 Salzburg
AT – Österreich

Lektorat: Textariat – Claudia Sternat, MA
Coverdesign: Patricia von DeinCoverdesign, verwendete Bilder von stone36/AdobeStock
Korrektorat und Buchsatz: Agentur Autorenträume

Titel- und Kapitelschrift: P22 Stanyan

Bibliografische Information der Deutschen Nationalbibliothek:
Die Deutsche Nationalbibliothek verzeichnet diese Publikation in der Deutschen Nationalbibliografie; detaillierte bibliografische Daten sind im Internet über http://dnb.dnb.de abrufbar.

Druck: epubli – ein Service der Neopubli GmbH, Berlin

Für meine Familie

1.

Herr von Ribbeck wollte einen Birnenbaum, und Ludmilla wollte ein Stück Rasen. Sie fühlte die kurzen Grashalme der kleinen, viereckigen Rasenfläche unter ihren Füßen. Rifkah hasste dieses Viereck und meinte, es entstelle das Grab: ein grüner Schandfleck zwischen der Vielzahl weißer Blumen, die Rifkah gepflanzt hatte. Alles sorgfältig aufeinander abgestimmt: Bereits jetzt blühten Osterglocken, bald würden die Tulpen kommen, gefolgt von Pfingstrosen, Lilien und Nelken – alles in Weiß.

Rifkah hatte Ludmilla gewähren lassen. Schließlich hatte sie den Vater verloren. Das hatte selbst Rifkah verstanden. Ihren Ärger über das Rasenviereck konnte Ludmilla trotzdem noch immer spüren. Seine Quelle schien ähnlich unerschöpflich wie jene Kraft, von der ich zehrte.

Ich war im Begriff, etwas zu tun, das ich noch nie getan hatte: eine Geschichte erzählen. Ich bin der Arm eines Kraken, dessen er unzählige hat. Wir sind alle ein und derselbe und doch eigenständig. Die Ausarbeitung von Geschichten obliegt gemeinhin den Schreibenden dieser Welt, sie ist nicht meine Aufgabe, und doch musste *ich* es tun, bevor mir diese eine entglitt.

Lucy dachte einst, meine Stimme sei wie warmer Kakao, intensiv, männlich und weiblich zugleich. Sie fließe in den menschlichen Körper und hinterlasse eine angenehme Wärme: jene der Inspiration. Lucy und Ludmilla, diese Mädchen, die mir ihre Augen geliehen und dadurch die meinigen geöffnet haben.

Aber der Reihe nach.

Erstmals traf ich Ludmilla, als sie achtzehn Jahre alt war. Sie saß an ihrem Schreibtisch und starrte aus dem Fenster. Vor ihr ein aufgeschlagenes Notizbuch, dessen Seiten unbeschrieben waren. In ihrer Hand ein Stift.

Es war diese Sehnsucht, die mich angezogen hatte, und die genährt wurde durch Schmerz und Leere. Vertraute Gefühle, denn die Poetinnen und Poeten dieser Welt sind oft voll davon. Doch ich empfand noch mehr: eine erlebte, eine wahre Geschichte, die giftig auf Ludmillas Bewusstsein schwamm wie ein Ölteppich. Schon kroch die dunkle, unförmige Masse aus dem See heraus. Mir schauderte, als ich begriff, welchen Weg das Gift einschlagen würde: direkt in die Seele des Mädchens. Und wirklich: Auch Ludmilla schien es zu spüren, denn sie kletterte auf den Schreibtisch und öffnete das Fenster. Der Wind schlug ihr die Haare ins Gesicht, als sie in den Abgrund blickte.

Ich sagte mich von Ludmillas Innerem los und setzte mich in neuer Gestalt auf den Schreibtisch. Was durfte, was konnte ich schon tun?

Da wandte Ludmilla sich um. *Bitte mach, dass es nicht wahr ist.* Ich spürte ihren Blick, konnte sie mich sehen? Nein, das war unmöglich. Ich bin nur sichtbar, wenn ich es wünsche. Dennoch fühlte ich Ludmillas Blick auf mir, eine stumme Aufforderung: *Bitte mach, dass es nicht wahr ist.*

Ich war mir sicher, dass die dunkle Masse bereits ihre Seele umkreiste, und ich wusste, Ludmilla würde springen.

Bitte mach, dass es nicht wahr ist.

Töricht stürzte ich mich auf die Masse und sog sie auf, trank alle Bilder, alle Laute, die Gefühle dieses Erlebnisses, und es brannte in mir, zäh lief es meine Kehle hinunter.

Doch ich war unsterblich.

Ludmilla war es nicht.

Ich konnte es ertragen.

Ludmilla nicht.

Auf den stechenden Schmerz war ich nicht gefasst gewesen. Etwas rammte sich in meinen gefiederten Rücken, zerfetzte mich, nein, es barst aus mir heraus. Etwas stach durch meine Haut wie eine Nadel, nicht von außen nach innen, sondern von innen nach außen. Meine Augen waren zwei Schlitze, mein Körper von Krämpfen geschüttelt, ich drückte mich gegen die Tischplatte, kämpfte, flatterte mit den Flügeln, atmete nicht, bäumte mich auf, warf den Kopf zurück und versuchte, die schmerzende Stelle zu erspähen: eine schwarze Nadel im rot-orangenen Federmeer. Sie glänzte bedrohlich, bevor sie sich wie ein Schmetterling entfaltete, dünne Äste klappten von der Spule nach außen.

Eine Feder.

Eine schwarze Feder der Wirklichkeit.

Ludmilla sackte auf dem Schreibtisch zusammen und fiel in einen tiefen Schlaf, doch als sie wieder erwachte, setzte sie sich auf und streckte sich. Sie sah in meine Richtung und lächelte, doch es war kein Lächeln für mich, denn ich spürte ihren Blick nicht mehr.

Ich besah meinen Rücken. Die schwarze Feder war getrocknet, der Schmerz verebbt. Geblieben war lediglich ihr Gewicht.

Ludmilla schloss das Fenster, kletterte vom Schreibtisch, und von da an ging ich meiner Arbeit nach: Ludmilla schrieb mit meiner Hilfe ihre neue Geschichte, und ich behielt ihre Wahrheit.

2.

Zwölf Jahre vergingen, bevor ich Ludmilla erneut besuchte und sie hier auf dem Friedhof vorfand – kurz vor jenem Augenblick, der ihr Leben durcheinanderwirbeln würde.

Ich gab mir einen Ruck, sagte mir, dass ich auf diesen Moment zwölf Jahre lang gewartet hatte, dass es kein Zurück gebe, sagte mir immer wieder, dass ich das dürfe, ihr zu lauschen, mich mit ihr zu vereinigen, denn ich hatte eine wichtige Mission, und *jetzt* war der Zeitpunkt gekommen, diese zu starten.

Schon war ich in Ludmilla hineingekrochen, hatte die Grashalme gefühlt, wie sie es getan hatte. Ich konnte mit ihren Augen sehen, durch sie und mit ihr fühlen, ihren Gedanken lauschen, ihre Sprache sprechen, ihre Worte verwenden.

In der folgenden Zeit vergaß ich mich manchmal selbst, mir war, als wären wir gänzlich eins geworden, *Stellario* und *Ludmilla*, *Stellamilla*, *Ludmario* – doch meist ließ ich ihre Anteile überwiegen, nahm mich zurück, ließ mich vollkommen in sie hineinsinken, ich *wurde* Ludmilla – und dies war von unbedingter Notwendigkeit, da es nicht nur meine Geschichte war. Es war vor allem ihre.

Ludmilla ließ keine Blumen in das Viereck wuchern, und Rifkah ließ kein Gras in die Blumen wachsen.

Mein Heiligtum ist ihr Unkraut, und ihr Heiligtum ist mein Unkraut. Im Grunde sind wir uns einig, dachte Ludmilla, und ich dachte es mit ihr.

Sie bewegte ihre Zehen, die Halme kitzelten sie, die vom Winter noch feste Erde drückte sich gegen ihre Fußsohlen, gab ihr Halt, die knospende Natur durchdünstete die Luft, und Ludmilla ging es gut. Seit fünfzehn Jahren kam sie jede Woche hierher und verfiel der Kraft, die der verstorbene Körper ihres Vaters in das Wachstum der Pflanzen steckte. Das Gras war im Sommer angenehm kühl, im Winter kalt und gefroren. Manchmal lag eine dünne Schneedecke darüber und im Herbst das Laub der umstehenden Bäume. Sie fragte sich, wie viel Energie der Körper ihres Vaters den Grashalmen nach fünfzehn Jahren wohl noch schenken konnte. Sein Körpergewebe war bereits nach ein bis zwei Jahren zu Erde, Gras und Unkraut geworden, seine Haare, seine Fingernägel und seine Sehnen hatten vier Jahre lang die Grasfläche unter ihren Füßen genährt. Und seine Knochen würden es vielleicht noch fünf bis zehn Jahre lang tun.

Und dann?

Sie hockte sich hin und strich mit beiden Händen über die Rasenfläche, während die Erinnerungen über sie schwappten.

Ich bin sechs Jahre alt. Am Tag vor meinem ersten Schultag liege ich in den Armen meines Vaters. Er hält mich fest und sagt ...

Ich schloss die Augen, da ich die Erinnerung bereits vor meinem geistigen Auge sah, sträubte mich aber dagegen, durfte ich es überhaupt? Dieser jungen Frau lauschen, ohne ihr meine eigentliche Gabe darzulegen?

Lange trug ich meine schwarze Feder mit Stolz. Ein Teil der Wirklichkeit, der keine Lüge war. Ein Stück Wahrheit, etwas, das nicht erfunden war. Denn, ganz ehrlich: Wie oft schon hat man mich als Lügner verspottet? Den Menschen Flausen in den Kopf setzen, sie von ihren eigentlichen Aufgaben ablenken – dafür bin ich bekannt. Ja, sogar die Poetinnen und Poeten dieser Welt stoßen mich allzu oft von sich, weil sie keine Zeit für mich haben. Nicht alle schätzen mich, und viele vertreiben mich mit der erbarmungslosen Keule der Logik.

Nicht so Ludmilla. Sie hatte mich doch angesehen, mich angefleht! Bloß wurde die Feder mit den Jahren immer schwerer, bleiern. Ich ertrug ihr Gewicht dennoch, hütete und pflegte sie wie einen Schatz. Sie war meine Verbindung zur Wirklichkeit und bewies, dass ich ein Leben gerettet hatte. Jedoch: Die Last wuchs.

Ich wandte mich an den Kopf des Kraken, doch er sagte nur: *Wirkliche Federn lassen sich mit Phantasie nicht lösen.*

Ich glaubte, verstanden zu haben: Wirkliche Federn lassen sich nur mit Wirklichkeit lösen.

Die Feder machte mich jeden Tag schwächer, bis ich begann, meine eigene Unsterblichkeit infrage zu stellen und ich mir gewahr wurde: Ich musste die Feder zurückgeben. *Wirklich* zurückgeben.

3.

Ist er weg?«

Ludmilla schrak hoch und taumelte zurück. Beinahe wäre sie auf eine von Rifkahs weißen Osterglocken getreten. In diesem Fall hätte sie sich gleich ein eigenes Grab mieten können. Sie drehte sich um und suchte nach der Quelle der Stimme, konnte jedoch niemanden entdecken. Sie tat einen großen Schritt neben das Grab ihres Vaters, dann bückte sie sich, um ihre Schuhe aufzuheben.

»Hier oben.«

Sie wirbelte herum. Der Baumstamm der großen Eiche in der Nähe des Grabes war von Efeu umrankt, die Äste verzweigten sich erst weit oben.

Ludmilla kniff die Augen zusammen, doch tatsächlich: In der Baumkrone über ihr stand jemand.

»Was machen Sie denn da oben?«, fragte sie, begann zu frösteln und verschränkte die Arme vor der Brust. Die ersten, warmen Sonnenstrahlen hatten sie dazu verführt, ihre dicke Winterjacke gegen einen Trenchcoat zu tauschen. Ein Fehler.

»Ist der Hund weg?«, fragte der Mann.

»Hunde sind hier verboten.«

Spinner, dachte Ludmilla.

Der Mann machte eine Bewegung im Baum, aber

Ludmilla konnte nicht erkennen, wohin er zeigte.

»Ganz sicher. Da war ein Hund.«

»Das muss ja ein Wahnsinnsbiest gewesen sein, so weit, wie Sie nach oben geklettert sind. Wie sind Sie überhaupt hochgekommen?« Sie trat auf den Weg und schaute sich um. War sie derart in Gedanken versunken gewesen, dass sie nicht bemerkt hatte, dass ein Hund einem Mann hinterhergejagt war, der daraufhin einen Baum in ihrer unmittelbaren Nähe bestiegen hatte?

Sie wandte sich wieder dem Mann zu. »Hier ist weit und breit kein Hund zu sehen.«

»Ich danke Ihnen!« Es knackte in den Zweigen. »Ein Pudel, ziemlich groß. Ich habe leider eine Hundephobie.«

Jetzt knackte es noch mal, diesmal lauter. Die Blätter raschelten.

»Seien Sie bloß vorsichtig«, rief Ludmilla.

Ich habe keine Lust auf einen Notfall.

Erst letzte Woche hatte sie Rifkah vom Bordstein vor ihrer Stammkneipe aufgelesen und nach Hause gebracht.

Ein Notfall pro Woche reicht.

Es knackte erneut. Der Mann war bis zum untersten Ast geklettert, befand sich aber immer noch einige Meter über dem Boden. Er trug ein gelbes T-Shirt, das halb in seiner blauen Jeans steckte, darüber ein schwarzes Jackett. Ludmillas Blick blieb an den schwarzen Anzugschuhen hängen.

»Soll ich Hilfe holen?«, fragte sie und deutete auf die Schuhe. »Die fallen nicht gerade unter Kletterausrüstung.«

»Lassen Sie nur. Der Efeu ist stabil. Er hat gut gehalten, als ich hinaufgeklettert bin.« Der Mann ging in die Knie und hielt sich an einem anderen Ast fest, während er versuchte, mit einem Fuß Halt auf dem Efeu zu finden.

»Wussten Sie, dass Efeu ein gutes Waschmittel abgibt?« Er griff mit einer Hand in die Verästelungen des Efeus und zog daran, bevor er sein Gewicht verlagerte und sich daran hängte. Mit einem Satz schwang er sich vom Ast, auf dem er stand, und landete mit dem zweiten Fuß im Efeu. Es sah aus, als umarmte er den Baum.

Genau wie der Efeu den Stamm umarmte.

»Vielleicht sollten Sie sich lieber aufs Hinunterklettern konzentrieren«, riet Ludmilla.

»Es enthält Saponine, genauer gesagt, Triterpensaponine des Typs Hederacosid C, das Hederagenin und das Alpha-Hederin.« Der Mann arbeitete sich ein Stück weiter nach unten.

Ludmilla schüttelte den Kopf ob des Fachwörtertsunamis, der sich inmitten seines riskanten Klettermanövers aufgebauscht hatte.

Der Mann griff nach einem neuen Strang Efeu, aber plötzlich hielt er den Strang in der Hand, und sein Körper schien einen Moment lang in der Luft zu schweben, dann riss auch der zweite Strang aus. Ludmilla sah noch, wie der Mann ihr rücklings entgegenfiel, doch außer, sich selbst in Sicherheit zu bringen, konnte sie nichts tun. Sie sprang zur Seite.

Der Mann schlug mit dem Kopf an den Grabstein ihres Vaters und blieb auf den Osterglocken liegen. Ludmilla blieb einen Moment regungslos stehen. Blut sickerte auf die Pflanzen.

Rot, weiß, grün.

Ludmilla löste sich aus ihrer Starre, blickte sich um, entdeckte aber keine anderen Personen.

Sie ging neben dem Mann auf die Knie und stieß ihn vorsichtig an der Schulter. Mit der anderen Hand zog sie ihr Handy aus der Tasche und wählte den Notruf.

Kenne ich ihn?

Sie hielt inne.

Ach was. Sie kannte doch fast niemanden.

Sie legte ihre Hand erst auf die Brust des Mannes, dann an seinen Hals.

Dunk-dunk, dunk-dunk.

Unter ihren Fingern pulsierte es schwach.

Nachdem sie den Notruf abgesetzt hatte, legte sie auf, krabbelte über das Grab ihres Vaters und setzte sich auf das Rasenviereck hinter den Kopf des Mannes.

Sie zog ihren Trenchcoat aus, dann ihre Bluse.

Die Bluse saugt mehr Blut auf, und der Trench ist wärmer.

Den dünnen Mantel zog sie wieder an, die Bluse rollte sie zu einer unförmigen Wurst. Vorsichtig hob sie den Kopf des Mannes mit einer Hand an und schob die Bluse darunter, um die Blutung zu stoppen. Dann band sie sie mit den Ärmeln fest um seinen Kopf, nahm ihn mit beiden Händen hoch und überstreckte ihn vorsichtig. So hatte sie es im letzten betriebsinternen Erste-Hilfe-Kurs gelernt.

Immerhin taugt er für mehr als für Rifkah.

Mehr als ein Röcheln gab der Mann nicht von sich. Der Stoff ihres Mantels fühlte sich kalt an.

»Papa, so viel Action auf deine alten Tage. Das hättest du nicht gedacht, was? Rifkah wird stinksauer sein, wenn sie sieht, dass ihre Osterglocken jetzt rot sind. Rot und platt.«

Es begann zu regnen. Ein sanfter Nieselregen hüllte Ludmilla und den Mann ein, und die Nässe drang durch den dünnen Trenchcoat. Bisher war sie abgelenkt gewesen: vom Fall, vom Aufprall, vom Blut, von den roten Osterglocken. Doch nun hatte sie Zeit, den Mann anzusehen. Seine Haare waren dunkelbraun, seine Gesichtszüge sanft und ebenmäßig, beinahe zart. Seine Lippen waren brüchig und aufgesprungen. Wie der unebene Rand eines Vulkankraters umgaben sie den halb geöffneten Mund, aus dem es noch immer röchelte.

Ludmilla konnte nicht anders und strich ihm die Haare aus der Stirn, die in einem Gemisch aus Blut und Schweiß klebten.

Blut und Schweiß, sie dachte an Rifkah, aber hier machte es ihr nichts aus, und sie fand es sonderbar. Sie strich mit dem Zeigefinger über die Augenbrauen des Mannes, fuhr sie nach, immer wieder, während sie das leere Grab neben jenem ihres Vaters hinter sich fühlte und dachte: *Er hat seine Augenbrauen. Saponine.*

Kühle Regentropfen liefen von ihrem Nacken unter den Mantel und ihren Rücken hinab. Ludmilla zitterte. Plötzlich hörte sie Schritte. Sie wandte sich vorsichtig um. Ein in Grau gekleideter Mann mit schwarzer Schiebermütze machte hastige Bewegungen, näherte sich Ludmilla aber nur langsam. Ein seltsames Bild, fast wie im Traum, wenn man schnell gehen will, dies aber nicht gelingt.

»Er ist gestürzt«, sagte Ludmilla, als der ältere Herr nähergekommen war. Sie versuchte erfolglos, ihre bebende Stimme zu kontrollieren.

Die Augen des älteren Herren ruhten auf dem Mann, der quer über dem Grab von Ludmillas Vater lag. Er griff sich an die Schiebermütze und wippte mit dem Kopf hin und her. Ich erkannte ihn sofort.

»Sie können den Rettungswagen einweisen. Er müsste jeden Moment da sein«, sagte Ludmilla.

Endlich hielt der Mann seinen Kopf still, scheinbar froh, einen Auftrag bekommen zu haben, und trottete in seiner langsamen Schnelligkeit davon. Doch dann blieb er abrupt stehen, kehrte zu Ludmilla zurück und legte seine Jacke über ihre Schultern. Gesprochen hatte er immer noch kein Wort, und Ludmilla konnte sein Gesicht im Schatten der tief ins Gesicht gezogenen Schiebermütze kaum erkennen. Alles, was sie sah, war ein Paar dicker Lippen und eine Narbe, die vom Mund in Richtung Wange zu verlaufen schien, bevor sie sich im Schatten der Mütze verlor. Der Mann stand in einer braunen Strickjacke vor ihr und ließ sich beregnen.

Ludmilla atmete tief ein und schreckte kurz zurück.

Was tust du da, Mann im Regen?

Ihr klappte der Mund auf, sie fühlte ein Gefühl in sich aufsteigen, das sie nicht wirklich benennen konnte. Ich fühlte es mit ihr: das warme Gefühl im kalten Regen. Dann besann sie sich schnell ihres offenen Mundes, klappte ihn zu und schüttelte heftig den Kopf, als wollte sie das Gefühl loswerden, und laut sagte sie: »Nehmen Sie die Jacke, Sie werden ja selbst ganz nass.«

Der Mann deutete auf den anderen Mann, dann auf Ludmilla. Er reckte den Daumen nach oben, dann winkte er kurz mit der Schiebermütze, um zu demonstrieren, dass diese zumindest seinen Kopf trocken halten würde, und war schon wieder auf dem Weg, um seine Aufgabe zu erfüllen. Ludmilla hatte sein Gesicht einen kurzen Moment lang gesehen. Alles daran schien Ludmilla zu groß: die Lippen breit und wulstig, die Nase lang, wuchtig, rund und nach unten gebogen, nur die Augen nicht. Sie waren klein und dunkel und hatten hinter dicken Brillengläsern auf sie heruntergeschaut. Die Narbe zog sich über die gesamte Wange. Warum hatte er den Daumen nach oben gereckt?

Ludmilla wandte sich wieder dem Verletzten zu, nun umgeben vom Geruch der fremden Jacke: Seife und Tabak. Sie zog die Schultern hoch und ließ sich von der Fremde einhüllen.

Endlich hörte sie ein sich näherndes Fahrzeug, und während sich die Sanitäter um den Mann kümmerten, ging Ludmilla zum Hauptweg, um dem älteren Mann die Jacke zurückzugeben. Doch der war nirgends zu sehen.

Sie lief den Hauptweg in beide Richtungen ab, konnte den Mann jedoch nicht finden. Schließlich zog sie die Jacke wieder an und ging zur nächsten Wasserstelle. Ihre Strumpfhose war gerissen und voller Blutflecke, ebenso ihre Hände. Getrocknetes Blut, das sich kaum abwischen ließ. Während sie ihre Haut unter fließendem Wasser rieb, spähte sie weiterhin nach dem alten Herrn mit dem sonderbaren Gesicht.

Es war eine der schönsten Jahreszeiten auf dem Südfriedhof. Um sie hatten die Rhododendren bereits ihre Blüten gebildet, waren aber noch verschlossen. In ungefähr zwei Monaten würden sie sich öffnen und in allen erdenklichen Farben erblühen. Im Herbst lagen überall Kastanien. Die hatte sie früher immer mit ihrem Bruder gesammelt, um sie später zu kleinen Figuren zusammenzustecken.

Hans.

Sie lächelte.

Kleiner, süßer Hans. Ihr habt die gleichen Augenbrauen. Oder gar dieselben?

Sie schrak hoch. Wie Nadeln stach das eisige Wasser in ihre Haut, rasch drehte sie den Hahn ab, ballte ihre Hände zur Faust, lockerte sie wieder, die Knöchel gerötet, die Haut darüber aufgerissen, in den Fingern klopfte der Schmerz. Sie fuhr sich über Wangen und Stirn, dann strich sie mit ihren Zeigefingern unter ihren Augen entlang und stieß laut den angehaltenen Atem aus.

Als sie zum Rettungswagen zurückging, hüpfte ein Eichhörnchen aus einem Rhododendron, blieb kurz stehen, sah Ludmilla an und legte den Kopf schief. Dann sprang es davon.

Hans hat es geliebt, die Eichhörnchen mit Nüssen zu füttern.

Inzwischen war auch der Notarzt eingetroffen. Ein Sanitäter war im Begriff, die Tür des Rettungswagens zuzumachen, als Ludmilla den Mund öffnete. »Warten Sie!«

Der Mann schaute sie fragend an. Ludmilla wollte um keinen Preis, dass sich diese Tür wieder schloss. Etwas war in Bewegung gekommen, ein instabiles Rad hatte sich zu drehen begonnen und war in ihren Alltag gerollt. Wenn sich die Tür des Rettungswagens jetzt schließen würde, würde das Rad zerquetscht und wäre verloren.

»Ich bin seine Schwester.« Sie sagte es lauter, als

nötig gewesen wäre, weil ihr Herz so heftig schlug, dass sie es hatte übertönen müssen.

»Ach, warum haben Sie das denn nicht gleich gesagt, Frau ...« Er linste auf einen Personalausweis, den er in den Händen hielt.

»... Muhns?« Dem Notarzt warf er einen bedeutungsvollen Blick zu: *Machen Sie ihr keine Vorwürfe, natürlich steht sie unter Schock.*

Ludmilla nickte. »Ich bin Frau Muhns.«

»Bitte warten Sie kurz, wir müssen Ihren Bruder intubieren. Danach dürfen Sie selbstverständlich mitfahren.«

Er schloss die Tür. Das Rad war sicher im Rettungswagen verschwunden. Ludmilla wartete. Ihr Gehirn spülte einen Gedanken nach dem anderen hervor. Es erklärte sie für verrückt, es stimmte ihr zu, die Augenbrauen, das Alter, es könnte stimmen. Er hatte nebenbei die chemischen Eigenschaften des Efeus erklärt, die ihn zu einem Waschmittel machten. Auch das könnte passen.

Nein, hier passt überhaupt nichts.

Die Tür öffnete sich wieder.

4.

Ludmilla saß im Rettungswagen neben ihrem fremden Bruder und hielt seine Hand. Aus seinem Mund ragte ein Schlauch, der an ein Beatmungsgerät gekoppelt war. Sie hörte das Zischen des Geräts, dazwischen das Piepsen des EKGs, eine unnatürlich regelmäßige Geräuschkulisse, die sie in die Vergangenheit beförderte. Sie dachte an den letzten Tag ihres Vaters, schloss die Augen, presste die Lider mehrmals fest zusammen, um die Erinnerung zurück ins Dunkel zu schicken, aus der die Geräusche sie hervorgeholt hatte. Diesmal bedeuteten sie Hoffnung. Sie öffnete die Augen.

»Können Sie schon etwas sagen?«, fragte sie.

Der Notarzt spähte auf einen Bildschirm. »Schädel-Hirn-Trauma. Wir wissen mehr, wenn er aufwacht.« Ludmilla folgte seinem Blick und sah den Herzschlag des Mannes.

Der Herzschlag meines Bruders.

Sie fuhren durch Leipzig, doch Ludmilla wusste nicht, wo genau sie waren. Es gab keine Fenster, durch die sie hätte hindurchsehen können. Sie befand sich auf einer fensterlosen Reise, deren Ziel bekannt und unbekannt war.

Der Sanitäter hielt ein Klemmbrett und gleichzeitig Herrn Muhns Versichertenkarte zwischen Daumen und Zeigefinger, von der er die Nummer abzuschreiben schien. Er schaute abwechselnd auf das Schema und auf die Karte. Als er fertig war, reichte er Ludmilla die Karte. »Würden Sie diese zurück in das Portemonnaie Ihres Bruders stecken? Es ist in seiner Jackentasche.«

Ludmilla nahm die Karte entgegen und betrachtete sie. Sie zuckte, als sie das Foto sah. Herr Muhns lächelte sie an. Mit geöffneten Augen sah er Hans noch ähnlicher.

Seine Augen waren blau.

Hans' Augen waren blau gewesen.

Ludmilla las den Namen.

Mein Bruder heißt jetzt Adrian Muhns.

Sie schüttelte den Kopf, holte geräuschlos Luft und schrak vor dem scharfen Geruch zurück. Desinfektionsmittel, gemischt mit dem Eisen von Adrians Blut.

Zumindest riecht es nicht nach Tod. Der Tod riecht bittersüß.

Ich roch den bittersüßen Geruch des Todes aus Ludmillas Erinnerung zusammen mit ihr, sah die Bilder für einen Moment in ihr aufblitzen. Dann roch ich wieder mit Ludmillas Sinnen, Eisen und

Desinfektionsmittel. Die Versichertenkarte presste sich unangenehm gegen ihre Fingerkuppen, wollte ihr entgleiten, und Ludmilla griff mit der anderen Hand nach ihrem Handgelenk, hielt es fest, weil ihre ganze Hand mitsamt der Karte abzusacken drohte. Sie linste zu dem Sanitäter, doch der war in seine Aufzeichnungen vertieft. Schließlich öffnete sie das Portemonnaie und steckte die Karte in ein leeres Fach neben dem Personalausweis. Sie zog ihn hervor. Auf diesem Bild lächelte Adrian natürlich nicht.

Leipzig, 1. Juni 1992.

Er war zwei Jahre älter als ihr Bruder, und er hatte an einem anderen Tag Geburtstag.

Was nichts heißen muss.

Sie klappte das Portemonnaie zu und steckte es in Adrians Jackentasche zurück, als ihr Blick auf ihre Füße fiel. Sie hob die Schultern, lehnte sich zurück, schloss die Augen und nahm wieder den fremden Geruch nach Seife und Tabak wahr.

Eine fensterlose, schuhlose Reise mit einem fremden Bruder, eingehüllt in Seife, Tabak und Desinfektionsmittel, rotes Blut, graue Jacke, weißes Laken. Blütenweiß.

Ludmilla griff wieder nach Adrians Hand, die sich kalt und schwitzig anfühlte. In den Sanitäter kam Leben. Er stach Adrian in den Finger der

Hand, die Ludmilla nicht festhielt. Ludmilla beobachtete, wie sich ein Tropfen Blut auf Adrians Fingerkuppe bildete, sie konnte nicht wegsehen, dunkles Blut, ob das normal sein konnte, sie musste sich zwingen, die Hand des Sanitäters nicht wegzuschlagen, der ihm nach all den Blutungen noch weiteres Blut abzapfte, und sei es nur ein Tropfen.

Jeder Tropfen ist kostbar.

Der Sanitäter gab den Blutstropfen auf ein Gerät, wartete, bis es piepste, las einen Wert ab und notierte ihn.

Mein Bruder heißt jetzt Hans Nelsson und Adrian Muhns. Hans-Adrian. Lassen Sie ihn in Ruhe.

Ludmilla starrte den Sanitäter mit zusammengekniffenen Augen an, so lange, bis dieser schließlich zu ihr hinsah und kurz zusammenzuckte.

»Wir sind jeden Moment da«, sagte er hastig und dann: »Frau Muhns, Sie haben wirklich großartige Hilfe geleistet.«

Und das war für Ludmilla nichts Außergewöhnliches – sie tat es einmal in der Woche.

Sie tauchten wieder in die Fensterlosigkeit ab, diesmal in die der Notaufnahme. Sofort schlug ihr der für Krankenhäuser typische, muffig desinfizierte Geruch entgegen. Ludmilla ging mit einigem Abstand hinter den Sanitätern, dem Notarzt und der Trage her. Eine Ärztin kam ihnen entgegen, und Ludmilla blieb stehen. Eine Krankenschwester und ein Krankenpfleger kamen herbeigeeilt und nahmen Adrian mit. Die Sanitäter und der Notarzt unterhielten sich mit der Ärztin, die über ihre rahmenlose Brille äugte und immer wieder kurz nickte. Dann drehte sich ein Sanitäter um und zeigte auf Ludmilla.

Die Ärztin besah eine Millisekunde lang Ludmillas Strumpfhose und die unbeschuhten Füße, dann hob sie die Hand und winkte sie herbei.

»Hat ihr Bruder Vorerkrankungen oder Allergien?«, fragte sie.

Ludmilla schluckte. »Eine Hundephobie.«

Die Ärztin zog eine Augenbraue hoch und warf dem Notarzt den bereits bekannten Blick zu: *armes Mädchen, steht total unter Schock.*

»Warten Sie bitte im Wartebereich«, wies die Ärztin sie an, und die Sanitäter verabschiedeten sich.

Ludmilla ließ sich auf einen Stuhl fallen und sah sich um. Außer ihr saß noch eine ältere Dame mit lilafarbenen Turnschuhen im Wartebereich. Diese blickte kurz auf, als Ludmilla sich setzte, lächelte, dann las sie weiter in ihrer Zeitschrift.

Ludmilla beugte sich vornüber, bettete das Gesicht in ihre Handflächen, schloss die Augen und rieb sich die Lider, bis sie weiße Punkte in der Schwärze sah. Hatte sie alles nur geträumt? Es war so außergewöhnlich gewesen, dass es einfach nicht in ihr Leben passte.

Sie hob den Kopf, öffnete die Augen, neigte den Kopf. Das Leben, das sie lebte, war so langweilig wie der BIC-Kugelschreiber auf dem Tisch. Verstohlen verschränkte sie die Arme vor der Brust und kniff sich in die Oberarme – mit beiden Händen, um sicherzugehen. Aber sie erwachte nicht.

Die ältere Dame war noch immer in ihre Zeitschrift vertieft. Wäre Ludmilla jetzt gegangen, hätte es niemand bemerkt. Doch sie blieb sitzen. Und seufzte.

Eine Zigarette, bitte.

Sie nahm den BIC-Kugelschreiber in die Hand. Er war leer.

»... gehen?«, hörte sie eine rauchige, lispelnde Frauenstimme und sah auf.

Die alte Frau sah sie fragend an.

»Entschuldigung. Was haben Sie gesagt?« Ludmilla versuchte zu lächeln, ahnte aber, dass es aufgesetzt aussehen musste. Sie fühlte sich elend. Falsch und elend.

»Musste es schnell gehen?«, fragte die alte Dame

und deutete auf Ludmillas Füße, wobei sie »musste« mit englischen Tee-aitch aussprach. Die Zeitschrift hatte sie in ihren Schoß sinken lassen.

Ludmilla nickte und presste die Lippen zusammen. Eigentlich hatte sie nichts zu sagen.

»Mein Mann muss neu eingestellt werden.« Die alte Frau wackelte mit ihren lilabeschuhten Füßen und lächelte. Es war kein hübsches, aber ein schönes Lächeln.

Ein ehrliches. Im Gegensatz zu meinem.

Ihr fehlten die oberen Schneidezähne, weshalb sie verschmitzt wie eine Erstklässlerin wirkte.

»Ich hatte noch Zeit genug, meine Schuhe anzuziehen«, lispelte sie.

»Schön«, sagte Ludmilla und deutete auf die lilafarbenen Sportschuhe, obwohl sie das Lächeln meinte.

»Ich bin Marlyn«, sagte die alte Dame. »Sag bitte ›du‹ zu mir, sonst fühle ich mich so alt.« Sie ließ erneut ihr Erstklässlerinnenlächeln sehen, bevor sie Ludmilla die Hand entgegenstreckte.

Ludmilla ächzte im Stillen, stand aber auf und beugte sich zu Marlyn, um deren Hand zu schütteln. Die nassen Kleider lösten sich von ihrer Haut, um sich sofort wieder eiskalt dagegen zu drücken. Ludmilla zog die Brauen zusammen, dafür, dass Marlyn dünn und gebrechlich aussah, war ihr Händedruck fest.

»L-«, fing Ludmilla an. *Nicht den echten, bloß nicht den echten!* »-ucy«, endete sie.

Marlyn ließ Ludmillas Hand nicht los. »Pack schön fest zu«, wies sie an.

Ludmilla packte zu.

»So ist es besser.« Marlyn ließ Ludmillas Hand los. »Eine Frau muss hart zupacken. Wie im Leben. Dem Druck standhalten.«

Na klar doch.

Ludmilla blickte auf ihre Hand, die eine rote Druckstelle zwischen Daumen und Zeigefinger abbekommen hatte.

Und wenn doch alles bloß ein Traum war?

Sie blinzelte. Doch Marlyn saß leibhaftig vor ihr, verschmitzt grinsend, mit lila Turnschuhen und der Zeitschrift im Schoß.

Ludmilla setzte sich wieder hin, ließ sich in den Stuhl sacken, dann richtete sie sich auf, rieb sich unauffällig die Druckstelle an der Hand, spürte, wie sie sich verkrampfte. Sie würde Small Talk betreiben müssen.

Small Talk. Plauderstündchen.

Augenblicklich war ihr Gehirn wie leer gefegt. Als hätte *Mr. Deep Talk* höchstpersönlich dafür gesorgt, dass in sämtlichen Gängen ihres Gehirns nicht der geringste Krümel eines oberflächlichen Gesprächsstarters übrig geblieben war. Sie blickte umher, jetzt auf der Suche nach Themen, die sich außerhalb ihrer selbst befanden. Marlyn blätterte wieder in ihrer Zeitschrift, da hörte sie den Satz der alten Dame erneut. Vermutlich hatte *Mr. Deep Talk* doch etwas übersehen: *Mein Mann muss neu eingestellt werden.*

»Ist Ihr Mann sehr krank?« Es war nicht gerade die Frage nach dem Wetter.

Marlyn winkte ab. »Otto hat Lungenkrebs. Hat in den 60ern zu viel geraucht. Das habe ich auch, aber Gott hatte ein Einsehen mit mir.«

»Das tut mir leid.«

Marlyn entblößte ihre Zahnlücke erneut. »Dir muss nicht leidtun, dass Gott ein Einsehen mit mir gehabt hat.«

Ludmilla neigte den Kopf und schmunzelte. Marlyn war sympathisch. Trotzdem wäre sie lieber allein gewesen, um in Ruhe verschwinden zu können – oder sich zumindest ungestört Gedanken über das Abhauen machen zu können.

Marlyn wurde wieder ernst und begann zu erzählen: »Dass Otto Lungenkrebs hat, muss dir auch nicht leidtun. Wir hatten ein erfülltes Leben, ein langes Leben. Ich sehe alt aus, und mein Körper ist es auch. Am Samstag werde ich hundert. Ich nehme jeden Morgen und jeden Abend meine Pillen, laufe jeden Tag einen Kilometer, um die Milch beim Bauern zu holen, sitze auf meiner Bank im Garten und genieße jeden Tag. Ich bin Vegetarierin und gehe wöchentlich zum Yoga. Ich spüre das Alter in den Knochen, aber tief in mir drin bin ich immer noch das Mädchen, das einst in einem anderen Körper steckte. Und die Wissenschaft meint, es sei unmöglich, den Körper zu wechseln.«

Ludmilla sah sich um.

Bitte, eine Zigarette!

Sie räusperte sich. »Wissen Sie«, sagte Ludmilla und hielt inne. Es war seltsam, eine beinahe hundertjährige fremde Dame zu duzen. »Weißt du, Marlyn, als Kind dachte ich immer, dass ich als Erwachsene eine ganz andere Person sein würde. Eine erwachsene Lucy, die nichts mit der kindlichen Lucy gemein hat. Jetzt bin ich dreißig und habe vielleicht einen Millimeter Weisheit dazugewonnen. Aber ich bin immer noch Lucy. Und so, wie es sich anhört, werde ich auch immer Lucy bleiben.«

Marlyn legte die Zeitschrift auf einen Stapel.

»Ich kann dich beruhigen«, sagte Marlyn. »Du wirst sehen, dass alle zehn Jahre ein Millimeter Weisheit dazukommt. Unabhängig davon, welches

Leben wir leben, was wir tun oder nicht tun. Ich werde also bald zehn Millimeter Weisheit besitzen. Es klingt unglaublich wenig, doch wer das wenig findet, sollte darüber nachdenken, dass uns durchschnittlich nur 1,5 Prozent DNA von den Affen unterscheidet. Und ich würde behaupten, dass wir doch sehr verschieden sind.« Sie streckte ihre Füße in die Luft und besah ihre Turnschuhe. Auf den dünnen Beinen, die in ihnen steckten, zeichneten sich deutlich die Adern durch die hautfarbene Strumpfhose hindurch ab. Ihr Lila war dunkler als das der Turnschuhe. Fast hundert Jahre lang hatten sie Blut gepumpt. Hinauf und hinunter. Ich muss zugeben, das faszinierte selbst mich, und Ludmilla fragte sich, ob ihr Lila auch hundert Jahre lang leuchten würde.

Marlyn stellte ihre Füße zurück auf den Boden.

»Als Menschen dürfen wir uns nicht anmaßen, mehr als zehn Millimeter Weisheit erlangen zu können«, sagte Marlyn. »Es sei denn, wir haben das Glück, 110 oder gar 120 zu werden. Zwölf Millimeter Weisheit! Mehr als ein Zentimeter! Alle, die sich anmaßten, mehr Weisheit zu haben, haben die Welt ins Unglück gestürzt. Ich habe einen Weltkrieg erlebt, meine Jugend fiel in eine Zeit, in der das Böse immer mächtiger wurde. Einen Teil meiner Zwanziger verbrachte ich als Krankenschwester hinter der Front, den anderen Teil damit, diese Ungeheuerlichkeiten zu begreifen.«

Ludmilla horchte auf. Plötzlich war sie wieder auf ihrer fensterlosen Reise, und Marlyn schien sie noch weiter zu ziehen – auf eine Reise durch Raum und Zeit, durch Krieg, Hunger, Leid.

Alte Menschen sind Zeitreisende.

»Wie lautet der Millimeter Weisheit aus dieser Zeit?«, wollte Ludmilla wissen.

Marlyn schwieg, sah sich ihre Turnschuhfüße an, stellte sie wieder auf den Boden, faltete die Hände im Schoß und schaute nach unten. So saß sie eine Weile da und nickte wiederholt mit dem Kopf. Dann sah sie auf und lächelte verschmitzt.

Eigenartig, wir sind doch gerade durch Kriegs- und Nachkriegszeit gereist.

»Das Leben ist schön«, stellte Marlyn fest, und es klang wie: Das Gras ist grün. Eine Tatsache. Es war einfach so. Jedenfalls für Marlyn. »Ja, das Leben ist schön.«

Roberto Benigni.

»Das ist deine Weisheit?«, fragte Ludmilla.

Marlyn starrte ins Leere, ihre nächsten Worte schlichen sich tonlos über ihre Lippen. »Ich habe im Krieg viel verloren. Meine Mutter, meinen

Bruder, meine Wohnung. Was ich verlieren wollte, kehrte aus dem Krieg zurück: mein Vater und mein erster Ehemann.« Sie blickte auf, direkt in Ludmillas Augen, ihre Stimme hatte zu ihrer Stärke zurückgefunden. »Alles ist zerbrechlich und kurz. Zu zerbrechlich, zu kurz, um es nicht schön zu finden, solange es andauert.«

»Hast du deinem Vater und deinem Ehemann den Tod gewünscht?«, fragte Ludmilla und wunderte sich darüber, mit dieser Unbekannten derart offen sprechen zu können.

Offener als jemals mit Rifkah.

Ich würde es bald erleben: Ludmilla war eigentlich nicht der Typ für intime Gespräche. Sobald es persönlich wurde, war sie schon längst fort.

»Nein, das nicht. Aber ich hätte ihren Verlust verschmerzen können, weil sie mir vor dem Krieg …« Sie winkte ab, lächelte. »Inzwischen empfinde ich auch dafür Dankbarkeit. Ihre Härte hat mich stark gemacht. Am Ende habe ich meinen Otto durch meinen ersten Ehemann kennengelernt. Wäre er im Krieg gefallen, wäre ich Otto nie begegnet. Schicksal, oder?« Marlyn zwinkerte Ludmilla zu, dann spähte sie über sie hinweg, und ihre Augen wurden weich. »Ah, da kommt er ja.«

Ludmilla sah sich um. Ein glatzköpfiger Mann

mit Rollator kam langsam den Gang entlang. Als er sich näherte, erkannte Ludmilla, dass ein Rucksack im Rollator lag. Aus diesem hing ein durchsichtiges Kabel, das bis unter Ottos Nase reichte. In jedes Nasenloch führte eine kleine Abzweigung des Kabels.

Marlyn erhob sich, wandte sich nochmals an Ludmilla und flüsterte, so leise sie konnte: »Lucy, ich habe mich nicht getraut zu fragen.« Sie deutete auf die Blutflecke an Ludmillas Strumpfhose. »Brauchst du vielleicht einen Tampon?«

Was?

Ludmilla starrte erst Marlyn, dann ihre blutverschmierten Oberschenkel an, die unter dem schwarzen Rock hervorblitzten. Dann wieder Marlyns besorgt dreinschauendes Gesicht. Ludmillas Wangen wurden heiß und ihre Ohren rot, sie drückte die Lippen fest aufeinander.

Nicht lachen! Adrian kämpft um sein Leben. Lucy Muhns, Ludmilla Nelsson, reißt euch zusammen.

Ludmilla atmete tief durch. »Danke, Marlyn. Ich kümmere mich darum.«

Marlyn legte ihr eine Hand auf die Schulter. »Leider kann ich dir ohnehin nicht aushelfen«, sagte sie und entblößte ihre fehlenden Schneidezähne. »Altsein hat auch seine Vorteile.« Mit diesen Worten entfernte sie sich von Ludmilla, blieb nach wenigen Metern nochmals stehen und drehte sich um.

»Am Samstag um drei in Auerbachs Keller«, sagte sie. »Kommst du?«

Ludmilla nickte reflexartig und hob die Hand zum Gruß.

Marlyn reckte eine Faust in die Höhe. »Hundert Jahre muss man mit dem Teufel feiern. Auf Wiedersehen, Lucy.« Sie grinste noch einmal ihr schneidezahnloses Grinsen, dann ging sie zu Otto, der an der Flurabzweigung stehen geblieben war, und hakte sich bei ihm unter. Bevor die beiden in Richtung Ausgang abbogen, speicherten Ludmilla und ich das Bild des alten Ehepaars ab: Wie sie Arm in Arm den Krankenhausflur entlangzuckelten: zwei gelebte Leben, die noch nicht zu Ende waren.

Als Ludmilla sich wieder zurücklehnte, schob sich ein Paar gelbe Turnschuhe in ihr Blickfeld. Es hing in der Luft. Schnürsenkel und Sohlenrand waren schmutzig.

Auch diese Schuhe haben bereits gelebt.

Sie sah auf und erkannte, an wessen Hand sie hingen. Rasch erhob sie sich.

»Wie geht es ihm?«, fragte Ludmilla die Ärztin.

»Größe 38«, sagte diese und setzte sich auf den

Stuhl neben Ludmilla. Ludmilla nahm ebenfalls wieder Platz. Die Ärztin stellte die Schuhe auf den Boden, dann hielt sie Ludmilla eine weiße Hose entgegen.

»Nicht gerade der letzte Schrei, aber besser als barfuß und blutverschmiert.« Sie reichte Ludmilla noch eine Plastiktüte. »Ihre Bluse.«

Ludmilla nahm alles entgegen, während die Ärztin sie über den Rand ihrer Brille hinweg musterte. »Ich bin Dr. Schabeck«, sagte sie.

Ludmilla nickte. »Lucy Muhns.«

»Ihr Bruder hat ein schweres Schädel-Hirn-Trauma erlitten. Er ist noch nicht wieder bei Bewusstsein, aber außer Lebensgefahr. Sobald er wach ist, werden wir das Ausmaß des Traumas besser einschätzen können.«

Dr. Schabeck rückte ihre Brille zurecht und strich sich den Pony aus dem Gesicht. »Sie haben ausgezeichnet reagiert. Vermutlich haben Sie ihm das Leben gerettet.«

Ludmilla atmete tief ein. Sie kannte Adrian nicht, und doch war er jetzt Teil ihres Lebens, weil seines durch ihres noch da war. Im Dunkel der Fensterlosigkeit hatten ihre Leben sich unmerklich umeinander geschlungen. Sie wischte ihre Handinnenflächen an ihrer Kleidung ab, rückte auf dem Stuhl hin und her, biss sich auf die Unterlippe. Nur am Rande nahm sie wahr, dass sich die Lippen der Ärztin bewegten, zu gern hätte sie gebrüllt: *Gib mir doch einfach eine Zigarette!*

Sie musste diese Verbindung durchtrennen, bevor sie permanent wurde. Sobald Adrian aufwachen würde, würde er erzählen, wer er *wirklich* war, und bis dahin musste Ludmilla verschwunden sein.

»Ihr Bruder wird noch einige Zeit schlafen. Gehen Sie nach Hause, Frau Muhns. Lassen Sie Ihre Telefonnummer an der Rezeption. Wir melden uns, sobald Ihr Bruder ansprechbar ist. Gibt es weitere Angehörige, die wir verständigen sollen?«

Ludmilla schüttelte den Kopf, sagte aber nichts.

»Ich bin mir sicher, dass Ihr Bruder sich freuen wird, nach dem Aufwachen ein bekanntes Gesicht zu sehen«, sagte Dr. Schabeck und erhob sich. »Behalten Sie die Schuhe, die Hose bringen Sie bei Gelegenheit bitte wieder vorbei.«

Als die Ärztin außer Sichtweite war, suchte Ludmilla mitsamt der Schuhe und der weißen Hose eine Toilette auf. Nachdem sie die Tür verschlossen hatte, lehnte sie sich dagegen. Ihre Hände zitterten. Schuhe, Hose und Handtasche entglitten ihr und fielen zu Boden. Sie schloss die Augen und atmete tief durch.

Wasser.

Sie ging zum Waschbecken, drehte den Wasserhahn auf, und während sie darauf wartete, dass das Wasser wärmer wurde, stützte sie sich mit beiden Armen auf dem Waschbecken ab, ließ den Kopf hängen und schloss die Augen.

Seife und Desinfektionsmittel.

Sie richtete sich wieder auf und schaute in den Spiegel. *Wer bist du eigentlich, Lucy Muhns?*

Ihre Mascara war verlaufen und hatte sich in die feinen Fältchen unter ihren Augen gelegt. Die feuchten Haare hatten sich teilweise aus dem Dutt gelöst und standen in alle Richtungen ab.

Das bist nicht du.

Sie schüttelte den Kopf, sah an sich herab, die Blutflecke auf der löchrigen Strumpfhose, ihr linker, großer Zeh hatte sich aus der Strumpfhose gebohrt, und unter seinen Fußnagel hatte sich ein schwarzer Rand aus Schmutz gelegt.

Brauchst du vielleicht einen Tampon?

Da brach das unterdrückte Lachen aus ihr heraus. Sie fiel rückwärts gegen die Wand und rutschte an ihr herab. Sie lachte, bis ihr die Tränen kamen. Dann weinte sie. Das Wasser lief noch immer. Sie umschlang ihre Beine mit den Armen und weinte, bis sie damit fertig war.

Jetzt hast du gelacht, jetzt hast du geweint, jetzt bist du fertig. Wasch dich, geh nach Hause, iss etwas. Du hast Hunger. Und Durst.

Sitzend zog sie die Strumpfhose aus. Unter der beigen Sandfarbe der Strumpfhose kamen ihre Beine kreideweiß zum Vorschein. Vorsichtig rollte sie die Strumpfhose über die lange Narbe am linken Schienbein, dann stand sie auf und warf das durchlöcherte Kleidungsstück in den Mülleimer. Sie zog sich bis auf die Unterhose aus, wusch sich mit dem warmen Wasser und trocknete sich mit Papiertüchern ab. Nachdem sie sich den BH wieder angezogen hatte, reinigte sie ihr Gesicht mit einem Feuchtigkeitstuch. Sie trug immer eine Packung bei sich. Ludmilla war vollkommen versunken in ihr Handeln und Tun, sie dachte an nichts, sie wollte nur wieder sie selbst sein.

Als ihr Gesicht rein und trocken war, holte sie ihr Schminktäschchen aus der Handtasche, cremte sich mit Feuchtigkeitscreme ein und dann legte sie ihr Make-up sorgfältig wieder auf. Sie löste den unordentlichen Dutt, kämmte sich die Haare und fasste sie erneut in einem Dutt zusammen. Sie lächelte ihr Spiegelbild an. Es lächelte zurück.

Besser. Viel besser.

Sie schlüpfte in die weiße Krankenhaushose, zog

die gelben Turnschuhe ohne Socken an und schnürte sie nur lose zu. Jetzt noch die graue Jacke, die sich sogleich wärmend um ihren Körper legte. Ihre blutverschmierte Bluse warf sie samt Plastiktüte in den Mülleimer. Den dünnen, nassen Trenchcoat und ihren Rock faltete sie sorgfältig und verstaute beides in ihrer Handtasche. Sie würde die Kleidungsstücke bei Gelegenheit in die Reinigung bringen. Noch ein Spritzer Parfum; sie griff sich ihre Handtasche und verließ die Toilette, ging mit schnellen Schritten den Flur entlang. Hinaus aus der Fensterlosigkeit.

Draußen war es frisch, roch jedoch nach Frühling, der sich langsam unter einem grauen Himmel ausbreitete. Der Regen hatte aufgehört, sein feuchter Atem hing allerdings noch in der Luft.

Nun war Ludmilla zurück in ihrer alten Wirklichkeit; Ludmilla Nelsson, vorübergehend ungewöhnlich gekleidet, aber wieder Ludmilla, die in Richtung ihrer Wohnung ging.

Auf der anderen Straßenseite sah sie einen Jungen auf einer Bank. Er rauchte, obwohl er kaum älter als zwölf oder dreizehn sein konnte.

Ob Hans auch geraucht hat, als er in diesem Alter war? Kurz bevor er verschwunden ist ...

Sie starrte auf die Zigarette des Jungen, dann wandte sie den Blick ab und begann, in ihrer Handtasche zu wühlen. Sie fand keine Schachtel, liebäugelte schon mit der Vorstellung, dem Jungen den Glimmstängel aus der Hand zu schlagen und dessen restliche Zigaretten zu konfiszieren. Denn er hatte bestimmt noch mehr. In ihrer Vorstellung sah ich, wie Ludmilla sich vor dem Kind aufbaute: ›Du junger Kerl! Wie alt bist du eigentlich? Willst du dein Leben wegwerfen?‹ Dann schnickte sie ihm das Ding aus der Hand. Der Junge starrte erst sie mit offenem Mund an, dann seine noch immer zum V gespreizten Finger.

Doch Ludmilla hatte längst eine zweite Quelle entdeckt, und zwar auf einer der roten Bänke vor der Uniklinik, die wie Leuchtstreifen in der grüngrauen Umgebung blinkten. Ihre rote Farbe blätterte bereits ab, auf einer der Bänke klebte eine aufgeschlagene Zeitung. Die Bank war noch nass vom Regen, die Zeitung flatterte leicht. Daneben saß ein Mann in weißem Kittel vornübergebeugt auf der Kante der Bank. Die Ellbogen hatte er auf seine Knie gestützt. In einer Hand hielt er eine Zigarette.

Ludmilla blieb stehen.

Das dunkle Haar des Mannes war nach oben frisiert und verlieh ihm ein jugendliches Aussehen.

Sein Teint war dunkel, fast südländisch.

»Entschuldigung«, sagte Ludmilla.

Was tust du da?, ermahnte sie sich im selben Moment.

Und dann geschah etwas, mit dem Ludmilla nach ihrer Reinigungsaktion nicht gerechnet hatte – Lucy war noch immer da und rief: »Müssten Sie als Arzt nicht wissen, dass Rauchen ungesund ist?«

Der Mann legte den Kopf schief und tippte auf seine Zigarette. Die Asche fiel glühend zu Boden. Er krauste die Nase, dann kramte er einc dunkelblaue Zigarettenpackung aus seiner Kitteltasche, öffnete sie und schüttelte sie leicht, sodass ein paar Zigaretten nach vorne fielen.

»Solch hohes Wissen hat man uns im Studium nicht beigebracht.« Er zwinkerte. Seine Augen waren braun, seine Haut von Bartstoppeln übersät.

Eintagesbart.

»Du siehst aus, als bräuchtest du eine«, schob er nach und hielt ihr die Zigarettenschachtel hin. »Bewahre mich vor dem Rauchertod.«

Hier hatten wir also die zweite Person an diesem Tag, die Ludmilla duzte.

Ludmilla tat einen winzigen Schritt nach vorn, wartete, bis ihre Hand nicht mehr zitterte, und nahm eine Zigarette aus der Packung. Sie beugte sich vornüber, und der Mann gab ihr Feuer, während sie an der Zigarette zog.

Endlich.

Ludmilla behielt den Rauch eine Weile in den Lungen und genoss das Gefühl der Ruhe, das sich sofort warm in ihr ausbreitete. Sie öffnete die Lippen und blies den Rauch mit geschlossenen Augen aus.

»Ich rette Ihnen das Leben«, sagte sie.

»Ich stehe tief in deiner Schuld.« Der Mann blieb beharrlich beim Du, stand auf und machte eine ausladende Verbeugung. »Dr. Bertram Senft.«

Ludmilla stockte, ihr blieb die Luft weg, sie riss die Augen auf, konnte nicht atmen, keuchte endlich auf, verschluckte sich noch, und der Hustenanfall, der darauf folgte, trieb ihr die Tränen in die Augen, sodass sie mehrmals blinzeln musste.

Dr. Senft sprang auf sie zu und klopfte zwischen ihre Schulterblätter. »Nicht, dass du jetzt noch an meiner statt krepierst.«

An meiner statt?

»Lucy Muhns«, log Ludmilla mit heiserer Stimme, ihre Augen brannten. Sie richtete sich auf und zog an ihrer Zigarette. »Ich hätte schwören können, dass Sie Dr. Francesco Del Torro heißen.«

»Ich werde über eine Namensänderung nachdenken«, sagte der Doktor, bevor er Ludmilla musterte. »Du siehst aus, als würdest du nur halb hierhin gehören. Unten Krankenschwester, oben –« Er legte den Kopf schief. »Handwerkerin?«

»Handwerkerin?«, wiederholte Ludmilla und besah die graue Jacke. Vielleicht war es tatsächlich eine typische Handwerkerjacke. Sie zuckte mit den Schultern. »Mein Bruder hatte einen Unfall.«

Dr. Senft zog einen Mundwinkel leicht nach oben.

»Das tut mir leid zu hören.« Er tippte Asche von seiner Zigarette und beobachtete sie, während sie zu Boden fiel. »Meine Karriere als Arzt begann, als ich zwölf Jahre alt war. Auch mit einem Unfall.«

Er zog ein letztes Mal an seiner Zigarette, dann drückte er sie an der roten Bank aus und warf den Stummel weg. »Ich war Pfadfinder, und bei einem unserer Ausflüge war ein Junge vom Baumhaus gestürzt. Alle gerieten in Panik, aber mich überkam Ruhe. Ich übernahm das Kommando. Deckte den Jungen zu, holte Erwachsene. Kümmerte mich um die anderen. Alle schrien, fuchtelten mit den Händen, oder sie zitterten, standen wie erstarrt, es war nichts mit ihnen anzufangen. Da wusste ich, dass ich Arzt werden würde.« Er reckte den Daumen nach oben. »Ich bleibe in brenzligen Situationen ruhig. Das ist mein Talent.«

»Hat er überlebt?«, fragte Ludmilla.

»In meiner Phantasie.«

»Tut mir leid«, sagte sie und ging in die Hocke, um die Zigarette auf dem Asphalt auszudrücken. Die Bank war ihr zu rot. »Danke für die Zigarette. Sie hatten übrigens auch nur *halb* recht. Ich gehöre gar nicht hierher.«

Sie sah sich nach einem Mülleimer oder Aschenbecher um.

»Schade«, sagte Dr. Senft.

In meiner Phantasie.

Ludmilla meinte, heute schon viel zu viel davon verbraucht zu haben. Sie musste sich bewegen, also verabschiedete sie sich knapp, drehte sich um und ging in die andere Richtung davon.

»Man sieht sich immer ...reimal im Leben«, rief ihr Dr. Senft hinterher.

Sie blieb stehen und drehte sich um.

Dreimal? Noch ein Spinner.

Sie hielt eine Hand hoch und zeigte Dr. Senft Zeige- und Mittelfinger. Prompt hielt Dr. Senft seine Hand nach oben: Daumen, Zeige- und Mittelfinger. Ludmilla schüttelte den Kopf, musste jedoch schmunzeln. Sie hob die Hand zum Gruß, drehte sich wieder um und ging.

5.

Als Ludmilla zu Hause ankam, wollte sie nichts lieber, als in Tätigkeiten zu versinken. Sie verstaute ihre Einkäufe – Zigaretten, eine Gurke, Möhren, Paprika und eine Packung Eier. Dann spülte sie, räumte ihre Wohnküche auf, staubsaugte und bereitete sich schließlich ein schnelles Abendessen zu. Zwei Eier verrührte sie mit Milch und Gewürzen und gab alles in eine Pfanne, dazu schmierte sie sich ein Butterbrot und schnitt etwas von dem Gemüse auf.

Je mehr Farben, umso gesünder, hörte ich die Stimme von Ludmillas Vater in ihrem Kopf sagen. Seit seinem Tod hatte Ludmilla dessen Rolle übernommen, denn Rifkah hatte es nicht gekonnt. Oder gewollt.

Ludmilla aß ihr Abendessen. Um sie herum herrschte Ordnung. Kein Krümel auf der kleinen Küchenzeile ihrer Wohnküche, keine Staubmaus auf dem Boden. Keine ablenkenden Tätigkeiten, die sie sofort nach dem Essen hätte ausführen können. Sie blickte nach oben und blinzelte ins Licht. Selbst die drei großen, gläsernen Lampen über dem Esstisch waren blankgeputzt.

Sie gab auf, und ihre Gedanken überrollten sie:

Welcher Mensch war Adrian, wer waren seine Freunde, welchen Job hatte er?

Er war leger, aber elegant gekleidet gewesen. Jackett, Anzugschuhe, Jeans und T-Shirt: lässiger Kern, elegante Hülle. Und seine chemische Analyse des Efeus. Die Saponine. Adrian besaß zweifelsohne Detailkenntnisse in Chemie. Ob er Lehrer war? Seine Augenbrauen unter ihren Fingern.

Und wenn er doch Hans ist, der sein Geburtsdatum und den Namen geändert hat, um nicht gefunden zu werden?

Ludmilla starrte auf ihre zitternde Hand, das Rührei fiel von der Gabel. Ihre Mundwinkel zuckten, sie atmete schnell und unregelmäßig, ließ die Gabel sinken und versuchte mit geschlossenen Augen, sich zu beruhigen. In ihr brannte ein Feuer, sie legte eine Hand auf ihre Brust, um das Drängen in ihrem Inneren zu bändigen, sinnlos.

Auch ich fühlte Ludmillas Sehnsucht, den verzweifelten Wunsch, er möge es *wirklich* sein.

Greif zum Stift, Ludmilla, wollte ich ihr zurufen, *und verwandle das Feuer in Poesie!*, aber ich schwieg, verbat mir, meines eigentlichen Amtes zu walten.

Er könnte zurückgekehrt sein, um Papas Grab zu besuchen. Oder sein eigenes.

Was würde zu ihrem Bruder Hans passen? Welchen Beruf hätte er gewählt – hatte er überhaupt einen Schulabschluss? Er war als Kind begeisterter Schwimmer gewesen, doch dass er diese Leidenschaft zum Beruf gemacht hatte? Nein. Hans war bei seinem Verschwinden erst dreizehn Jahre alt gewesen, aber schon immer recht groß, und er hätte sich durchaus älter machen können.

Hätte ich meine Telefonnummer doch hinterlassen sollen?

Nein.

Nein!

Es konnte nicht stimmen. Bald würde Adrian aufwachen und seine wahre Geschichte erzählen. Hans hatte auch keine Hundephobie gehabt. Das konnte sich durchaus auch später entwickeln. Der Pudel, der nicht auf dem Südfriedhof hätte sein dürfen. Marlyn.

»Hundert Jahre muss man mit dem Teufel feiern.«

Ludmilla setzte sich aufrechter hin, kniff sich in die Wange, danach tätschelte sie leicht ihre Schläfe, aß weiter. Sie hatte die Geburtstagseinladung der fremden Dame angenommen und würde am Samstag zu Marlyns Geburtstag gehen. Allein, ohne jemanden zu kennen. Sie hörte auf zu kauen und ließ die Gabel abermals auf den Teller sinken.

Was hast du dir bloß dabei gedacht?

Ludmilla hatte Familienfeste schon immer gehasst und Festlichkeiten jeglicher Art gemieden. Und jetzt sollte sie allein auf eine Feier gehen, noch dazu auf eine, bei der sie nicht einmal die Gastgeberin kannte? Aber sie hatte zugesagt, und es mochte zwar nicht ihre Art sein, auf Feste zu gehen; noch weniger aber war es ihre Art, Versprechungen nicht einzuhalten.

Herrje.

Sie gab sich mit der rechten Faust einen leichten Kopfstoß, bevor sie ihre Fingerknöchel gegen ihre Stirn drückte. Eigentlich hatte gar nicht sie selbst zugesagt. *Sie* war es gewesen. Lucy, die sie dazu zwingen wollte, etwas zu tun, das Ludmilla niemals tun würde, und sie war verdammt raffiniert, da sie wusste, dass Ludmilla niemals eine Zusage machte, ohne diese zu erfüllen.

Lucy Muhns. Eigenartige Person.

Von Ludmilla erschaffen, führte sie ein Eigenleben in deren Kopf. Traf Entscheidungen, die Ludmilla nicht getroffen hätte. Tat Dinge, die Ludmilla nicht getan hätte – wie den fremden Arzt anzusprechen. Insbesondere aber hatte sie sich anhand einer Lüge in Ludmillas Welt manövriert. Ich wusste noch nicht, was ich von alldem halten sollte, und Ludmilla fragte sich: *eine Lüge? War es das wirklich?*

Sie schob erst den Gedanken, dann ihren Teller zur Seite.

Natürlich ist es eine Lüge.

Sie holte ihr Notizbuch und einen Stift und erstellte eine Checkliste:

Passendes Outfit zurechtlegen,
zum Friseur gehen,
Small Talk lernen,
ein Geschenk kaufen.

Heute war Mittwoch. Blieben knapp drei Tage, um diese Liste abzuarbeiten, und Ludmilla liebte es, Listen abzuarbeiten. Sie gaben ihr Sicherheit und das gute Gefühl, etwas erreicht zu haben. Sie waren echt.

6.

Der Samstag rückte näher, und inzwischen sah Ludmilla sie deutlich vor sich: Lucy – ihre quirlige Zwillingsschwester, bunt gekleidet, rebellisch und dazu bereit, Ludmillas Leben auf den Kopf zu stellen. Sie hatte Ludmilla mit ihrem Charme in ihren Bann gezogen. Obwohl Ludmilla eine gewisse Scheu vor ihr hatte, fühlte sie sich magisch von Lucy angezogen. Sie waren auf einer Wellenlänge, obschon sie es gleichzeitig überhaupt nicht waren.

In der Mittagspause saß Lucy neben Ludmilla auf der Bank und amüsierte sich darüber, dass Ludmilla tatsächlich ein Handbuch für Small Talk las, wenngleich es schlüssig war, denn Small Talk hatte Ludmilla nie interessiert. Ihre Arbeitsstelle war ein gutes Beispiel dafür, denn obwohl sie seit beinahe fünf Jahren in derselben Firma arbeitete, hatte sie ihre Kolleginnen und Kollegen nie wirklich kennengelernt. Sie nahm nicht an Firmenfeiern teil, aß nicht mit den anderen und beschränkte jeglichen Kontakt auf eine rein geschäftliche Ebene. Sie war freundlich, suchte aber immer so schnell wie möglich das Weite.

Vermutlich komme ich als unterkühlt und distanziert

rüber, aber es ist mir egal. Ich bin effektiv, erledige meine Arbeit und gehe nach Hause – eine Stunde früher als die anderen.

Nun zog Lucy sie damit auf, dass Ludmilla Small Talk *erlernen* musste. Aber, um keinen falschen Eindruck entstehen zu lassen: Sie war nicht gemein oder arrogant. Zum Beispiel fragte sie Ludmilla nach den konkreten Strategien, die in dem Buch empfohlen wurden. So sah sich Ludmilla gezwungen, ihr gerade erworbenes Wissen direkt abzurufen. Zwischendurch prustete Lucy immer wieder los und versicherte Ludmilla, dass ihr die Strategien »in Nullkommanix in Fleisch und Blut übergehen« würden. Sie glaubte an Ludmilla. Das gefiel ihr, und auch ich begann, Sympathie für Lucy und ihre frische Art zu hegen.

Auf der anderen Seite der Bank spürte Ludmilla jedoch Rifkah sitzen: *»Dass du das nötig hast. Es wird dir sowieso nichts bringen. Du wirst dich trotzdem blamieren.«* Rifkah warf sofort dunkle Schatten über jede interessierte Frage, die Lucy stellte.

Nach der Arbeit bereitete sich Ludmilla praktisch und mental auf Marlyns Geburtstag vor. Ihre roten Haare wurden um fünf Zentimeter gekürzt, was sie weniger zottelig und deutlich gepflegter aussehen ließ.

Friseur abgehakt.

Auf Lucys Anraten kaufte sich Ludmilla ein dunkelgrünes, knielanges Kleid mit offenem Rücken, ein paar goldene, ringförmige Ohrringe und eine weiße Blume, die sie sich ins Haar stecken würde. Hätte Ludmilla gewählt, wäre es ein schwarzer Hosenanzug geworden. Lucy und Ludmilla waren sich aber in der Wahl der Schuhe einig: Ludmilla würde ihre schwarzen, knöchelhohen Schnürschuhe dazu tragen.

Outfit erledigt.

Für Marlyn bestellte Ludmilla einen Blumenstrauß, in dem lilafarbene Hortensien die Hauptrolle spielen sollten. Gewiss das langweiligste Geschenk, das man zum hundertsten Geburtstag wählen konnte, aber Ludmilla fand, dass es zu ihr passte – und in seiner Farbgestaltung auch zu Marlyn.

Geschenk abgehakt.

Blieb noch der Ratgeber. Sie schlug das Notizbuch zu, ging zum Sofa und begann zu lesen.

Man sollte den Small Talk beim Friseur üben. Dummerweise hatte sie den Friseurbesuch bereits hinter sich gebracht. Ludmilla kniff ob der verpassten Gelegenheit die Lippen zusammen, als ihr Telefon klingelte. Sie erschrak.

Heute ist Freitagabend.

Sie hatte den Freitagabend vergessen.

Mist, verdammter.

Sie würde es vermutlich nicht schaffen, den Ratgeber zu Ende zu lesen. Sie stellte das Telefon lautlos und stand auf.

So unvorbereitet kannst du nicht zu dieser Feier gehen.

Sie musste den Geburtstag absagen.

Aber wie denn? Du hast es versprochen, verdammt, Ludmilla.

Schnell wechselte sie vom Schlafanzug in Jeans und Pulli und zog ihre Schuhe an.

Du hältst deine Versprechen immer. Deshalb gehst du auch jetzt um elf Uhr abends noch mal aus dem Haus.

Sie zog sich ihre Jacke an, holte den Ratgeber vom Sofa und warf ihn in ihre Handtasche, die sie sich über die Schulter hängte. Sie nahm den Haustürschlüssel und verließ ihre Wohnung.

Die Nacht war kühl und klar. Der Regen des heutigen Tages hatte die Luft frisch und sauber hinterlassen. Ludmilla schlug den Kragen ihres Wintermantels hoch und hetzte zur Straßenbahn. Sobald sie in der Bahn saß, zog sie ihr Handy aus der Tasche und rief Rifkah zurück. Das Freizeichen ertönte wieder und wieder. Ludmilla wusste, dass sie abnehmen würde. Also wartete sie. Die

Bahn war um diese Zeit ziemlich leer. Ihr gegenüber saß eine Gruppe angeheiterter Jugendlicher. Ein Junge mit nach hinten gegelten Haaren, einem karierten Hemd und blauer Jeans sprach gerade mit einem Mädchen, das Ludmilla mit den Worten *zu viel* bewertete, und ich verstand, was sie meinte: Es zeigte sowohl Bein als auch Dekolleté, dazu knallrote Lippen und pechschwarz umrandete Augen.

»Na los, sag schon!«, forderte er das Mädchen auf.

Das Mädchen nahm einen Schluck aus seiner Bierflasche, dann deutete es mit ihren Fingern eine Reißverschlussbewegung auf den Lippen an.

Der Junge setzte sich auf und räusperte sich, dann intonierte er: »Von so betörter Furcht ist Schuld erfüllt, dass, sich verbergend, sie sich selbst enthüllt.«

Das Mädchen begann zu giggeln, wodurch die Hälfte des Bieres aus ihrem Mund spritzte. Die anderen stimmten lautstark ein.

»Das ist Shakespeare, Mann!«, sagte der Junge mit dem karierten Hemd.

»Ja, Shakespeare, Mann!«, stimmte ihm ein anderer, komplett in Schwarz gekleideter Junge zu, und ich fragte mich, ob es denn nötig sei, Shakespeare das Attribut »Mann« anzuhängen, wenn doch offensichtlich war, dass er männlichen Geschlechts gewesen war. Dennoch saugte ich den Jargon der

Jugend auf, für mich wog jedes Wort gleichschwer. Ludmilla und ich beobachteten, wie der schwarzgekleidete Junge dem Mädchen die Flasche aus der Hand nahm und sie leicht schüttelte. »Shake's Bier!«

Wieder Gelächter.

Ludmilla wandte sich angewidert ab. In ihrem Ohr tutete noch immer das Freizeichen.

»Lu... Lu... -milla, Liebes?«

»Bin schon unterwegs, Rifkah.«

Am anderen Ende der Leitung ertönte ein lauter Schluchzer. »Mama... bidde, sag Ma...ma.«

»Ich bin in zwanzig Minuten da. Bist du zu Hause?«

»Muddaseelnlein«, tönte es aus dem Handy, gefolgt von einem weiteren Schluchzer.

Ludmilla stieß Luft aus. Wenigstens war sie zu Hause. Sie schloss die Augen und lehnte den Kopf gegen das Fenster.

»Erzähl mir von deinem Tag.«

»Nich ... wieder, heut, Kacknachbar ... nervt, weiße eintlich, mein Kalender heute«, lallte es in Ludmillas rechtes Ohr, während das Gegiggel der Jugendlichen ihr linkes Ohr erreichte. Sie stand auf und ging durch die Bahn, um wenigstens eine der Geräuschquellen auszuschalten.

»Was stand in deinem Kalender?«, fragte Ludmilla.

»Dschacco... comolepadi.«

Vielleicht würde es heute nicht ganz so schlimm werden.

»Erzähl mir mehr von Dschacco«, forderte sie Rifkah auf.

»Widersinn und wah, alles ... wirklich nix.«

Jetzt knallte es in der Leitung, und Ludmilla hörte Würgegeräusche und Stöhnen.

Die Straßenbahn hielt an, Ludmilla drückte den Türöffner und stieg aus.

»Rifkah?«, versuchte sie es mehrmals, hörte aber keine Geräusche mehr. In zehn Minuten würde sie da sein. Wenn sie sich beeilte, könnte sie es in sieben schaffen.

Es knackte mehrmals.

»Schulligung, Schatz.«

»Erzähl mir von Dschacco und dem Widersinn«, sagte Ludmilla.

»Gib nix wirklich, nur ... nur ... Billung.«

Ludmilla nickte sich innerlich zu. Rifkah bekam es noch einigermaßen zusammen.

»Habdich ... habdichlieb, Lu.« Viele Menschen begannen, Wahrheiten auszuplaudern, wenn sie betrunken waren. Rifkah gehörte nicht dazu. Sie tat das Gegenteil.

»Ich bin jetzt da. Ich lege auf.«

Ludmilla schloss die Haustür auf, nahm im Treppenhaus zwei Stufen auf einmal und blieb stehen, um wieder zu Atem zu kommen. Sie musste sich am Handlauf festhalten und die Augen schließen. Währenddessen wühlte sie in ihrer Handtasche nach dem Schlüsselbund.

Rifkah, immer Rifkah.

Dann schloss sie die Wohnungstür auf.

Alkohol.

Zigarettenrauch.

Erbrochenes.

Im Flur lagen drei leere Bierflaschen. Sie griff danach, ganz vorsichtig, damit die Hälse nicht aneinanderstießen, und stellte sie in einer Reihe auf. Der Anfang war gemacht. Sie erhob sich, wieder schwindelte ihr.

Und weiter geht's.

Auf dem Weg in die Wohnküche linste sie in das Badezimmer, hielt den Atem an, fasste sich an den Bauch, ihr Magen rebellierte. Ein sauberes Bad konnte sowohl Gutes als auch Schlechtes bedeuten. Während sie die Schränke und den Mülleimer öffnete, schloss sie immer wieder die Augen – das hatte sie sich bei Tätigkeiten angewöhnt, die sie verabscheute. Aber alles war in Ordnung, keine leeren Tablettendosen vorhanden.

Sie schloss die Badezimmertür und öffnete die

Tür zur Wohnküche

»Rifkah?«

Stille.

Ludmilla rieb sich über die Stirn und betrat den Raum. Rifkah lag eingerollt unter dem Wohnzimmertisch, den Rücken dem laufenden Fernseher zugewandt, auf dessen Bildschirm Ludmilla und Hans am Gartentisch saßen und Erdbeerkuchen aßen. Sie war vielleicht neun Jahre alt und Hans vier. Ihr Vater hatte gefilmt. Rifkah erschien in einem roten Sommerkleid. Sie kam leichtfüßig über die Wiese gesprungen.

Wie schön sie damals war.

Ludmilla schielte zu dem Bündel Mensch am Boden. Rifkah. Ihre Mutter. Sie wusste noch genau, wie Rifkah damals geduftet hatte: nach frischer Luft wie nach einem Gewitter, nach kühlem Regen, grünen Blättern und Eichenmoos. »Mama, du riechst wieder wie nach einem Donnerwetter«, hatte Ludmilla damals oft gesagt. Rifkah hatte ihr einen Kuss auf die Wange gehaucht und ihr zugezwinkert. In Rifkahs Armen hatte Ludmilla sich geborgen gefühlt. Wärme, Zufriedenheit, Sicherheit. Lachen, Atmen.

Sie presste die Augen zusammen, rieb sich mit dem Handballen über die Lider und neigte den

Kopf. Schaute sie an. Rifkah. Ihre Mutter. Jetzt lag sie schnarchend unter dem Tisch, um sie herum Pfützen von Erbrochenem, teilweise getrocknet, teilweise frisch. Neben dem Tisch eine beinahe leere Wodkaflasche, daneben eine leere Wodkaflasche.

Ludmilla rechnete: eine fast leere, eine ganz leere und ein paar Flaschen Bier – Rifkah musste nicht ins Krankenhaus.

Auf dem Wohnzimmertisch stand ein überquellender Aschenbecher, einige Stummel lagen auf dem Tisch und hatten Löcher in die weiße Tischdecke gebrannt. Im Aschenbecher lag eine qualmende Zigarette. Ludmilla ging auf Zehenspitzen durch das Zimmer und achtete darauf, nicht in das Erbrochene zu treten. Mit spitzen Fingern nahm sie die qualmende Zigarette und drückte sie aus. Danach schaltete sie den Fernseher aus, ging zum Fenster und öffnete es. Die Nachtluft zog herein und wirbelte die abgestandene, saure Luft im Zimmer durch.

»Rifkah?«, versuchte Ludmilla es erneut.

Diese antwortete nicht, aber ihr Schnarchen war regelmäßig.

Ludmilla bahnte sich den Weg zurück zum Tisch, wobei sie sich wie ein Frosch in einem gekippten Teich vorkam, der von welkem Seerosenblatt zu Seerosenblatt sprang, um nicht in die eklige Brühe zu fallen. Vorsichtig rückte sie den Wohnzimmertisch nach hinten, um eine bessere Sicht auf Rifkah zu haben. Sie lag seitlich, vor ihr ebenfalls eine Lache.

Ludmilla breitete eine Decke über Rifkah, dann platzierte sie ein Kissen hinter deren Kopf. Schließlich half alles nichts. Sie krempelte die Ärmel hoch und ging ins Badezimmer, wo sie Desinfektions- und Putzmittel in einen Eimer gab, den sie mit Wasser befüllte. Sie holte Lappen und Putzhandschuhe und begann, aufzuräumen und zu putzen.

Als sie die Stelle vor Rifkahs Gesicht einigermaßen sauber bekommen hatte, hob sie Rifkahs Kopf an und schob halb ein Handtuch darunter. Rifkah schielte durch beinahe geschlossene Lider, und ein Lächeln umspannte ihre trockenen Lippen. Wie immer war es schwer zu sagen, ob Rifkah sie wahrnahm oder nicht. Vorsichtshalber lächelte Ludmilla zurück und streichelte ihr über die Wange.

»Ich bin da, es ist alles gut. Du kannst wieder einschlafen«, flüstere Ludmilla.

»Lu... Lu... Lu«, sang Rifkah mit brüchiger Stimme zur Melodie von »La Le Lu«. »Hasses so verdamp eimfach du, du, du.«

Sanft legte Ludmilla Rifkahs Kopf wieder ab und strich über ihr verklebtes Haar.

»Betäubt mich dassier, weissu. Du brauchstas nich. Türlich nich. Blöde Kuh, Lu.«

Ludmilla zog ihr die Decke bis zur Schulter hoch, nahm sich die Packung Zigaretten vom Wohnzimmertisch und ging zum Fenster. Sie zündete sich eine Zigarette an und inhalierte tief.

Und wenn ich nicht mehr ausatme?

Ludmilla betrachtete den Halbmond und blies den Rauch in seine Richtung.

Lu, Lu, Lu, nur der Mann im Mond schaut zu ... Lu, Lu, du blöde Kuh.

Am nächsten Morgen durchströmte bald der Geruch samstäglichen Frühstücks die Wohnung und löste den muffigen Gestank ab. Ludmilla setzte sich an den Küchentisch und umklammerte ihre Tasse Kaffee mit beiden Händen. Sie schloss die Augen, inhalierte den Duft, der sich in feinen Wolkenfäden elegant aus der Tasse schlängelte, und dann trank sie den ersten Schluck Kaffee an diesem Samstagmorgen. Nach dem Frühstück würde sie aufbrechen und sich weiter auf Marlyns Geburtstagsfeier vorbereiten, dort weitermachen, wo sie gestern Abend aufgehört hatte, Marlyns

Blumenstrauß abholen. Sie trank noch einen Schluck und spürte, wie das Koffein ein angenehmes Kribbeln in ihrem Bauch auslöste. Erst jetzt schlug sie die Augen auf. Lucy saß auf Rifkahs Platz.

»Wow«, sagte diese nur und nahm sich eine Scheibe Toast. »Das hast du großartig gemacht, hätte ich nie hingekriegt. Aber im Ernst: *Lu*? Sie nennt dich *Lu* und schimpft dich eine blöde Kuh, bei allem, was du für sie tust?« Lucy knallte die Toastscheibe auf ihren Teller.

»Ich hab es ihr versprochen«, sagte Ludmilla. »Ich werde mich immer um sie kümmern. Und was ich ver...«

»... sprochen habe, bla, bla, bla, meine Güte! Ich bitte dich, Ludmilla!«

»Sch, du weckst sie noch auf.«

»Wie lange geht das schon so?«, wollte Lucy wissen.

Ludmilla schloss die Augen, atmete aus. Dann öffnete sie die Augen wieder und sagte leise: »seit zwölf Jahren.«

Lucy hieb mit der flachen Hand auf den Tisch, die Lippen zusammengepresst, die Augen groß und grün blitzend. »Dann sieh *verdammt* noch mal zu, dass es nicht noch dreizehn schlägt.«

»Dreizehn«, sagte Ludmilla gereizt und stellte ihre Tasse ab, »schlug es das erste und letzte Mal im Jahre 1984.« Sie war sichtlich zufrieden mit sich und dieser überaus schlagfertigen Antwort.

Ja, ich bin belesen, auch wenn ich kein Abitur habe, dachte sie, stand auf und ging in den Flur, um den Small-Talk-Ratgeber zu holen, der in ihrer Handtasche lag. Als sie wieder in die Küche kam, war Lucy verschwunden. Ludmilla sah sich um und betrachtete den Kalender an der Wand, der den gestrigen Tag, Freitag, den 15. März, verkündete:

Es scheint widersinnig und doch völlig wahr: Da alles Wirkliche ein Nichts ist, gibt es nichts Wirkliches, nichts, was Bestand hat auf dieser Welt, als die Einbildungen.
- Giacomo Leopardi

Das war also das komplizierte Geheimnis des Herrn Dschacco, das Rifkah gestern Abend lösen wollte. Ludmilla krauste die Nase, riss das Kalenderblatt ab und warf es in den Mülleimer. Heute, am Samstag, den 16. März, stand:

Mach Heute so wunderbar,
dass Gestern neidisch wird.

Ludmilla lächelte.

Wenn du wüsstest, Gestern, was Heute erleben wird.

Gestern hat Kotze aufgewischt, Heute wird sich amüsieren.

Ludmilla hatte bereits ein Toastbrot mit Ei gegessen und schmierte sich soeben ein Marmeladenbrot, als Rifkah unter dem Wohnzimmertisch hervorgekrochen kam und sich langsam aufrappelte. Ihre braun-grauen Haare waren verfilzt und standen in unförmigen Klumpen ab. Ihr blaues T-Shirt und ihre graue Trainingshose waren fleckig. Sie trug nur einen Socken, torkelte wortlos auf den Küchentisch zu und setzte sich Ludmilla gegenüber. Eine saure Schweißfahne brachte sie außerdem mit.

Ludmilla biss in ihr Marmeladenbrot.

Rifkah stützte sich mit beiden Armen auf dem Tisch ab und bettete ihren Kopf darauf. Ludmilla schenkte ihr eine Tasse Kaffee ein.

Rifkah ächzte, setzte sich aufrechter hin, wischte sich mit den Handflächen über das Gesicht, nahm die bereitliegende Aspirin und spülte sie mit Wasser hinunter. Noch ein Schluck Kaffee, dann griff sie zum Toast und schmierte eine dicke Schicht Erdnussbutter darauf. Sie biss in das Toastbrot. Dann räusperte sie sich und lächelte mit hellbraun verschmierten Zähnen. »Was hast du heute Schönes vor, Schatz?«

»Ich bin eingeladen«, sagte Ludmilla.

Rifkah hielt inne. »*Du*?«, fragte sie.

Du wohl nicht.

»Ja, *ich*«, sagte Ludmilla und blickte auf die Uhr. 09:17. »Und ich muss jetzt los.«

Sie stand auf, griff nach ihrem Buch, tat einen Schritt zu Rifkah, beugte sich hinab und gab ihr einen Kuss auf die Wange.

Luft anhalten.

Ludmilla richtete sich wieder auf und drückte ihr Kreuz durch. »Ich hab dir das Warmwasser angestellt. Nimm ein Bad, entspann dich. Ich ruf dich morgen an und erzähle dir alles.«

Sie ging.

»Lu?«

Ludmilla blieb in der Küchentür stehen, schloss kurz die Augen.

Sie nennt dich Lu?

Sie drehte sich um, hob die Brauen.

»Ich ... Du verstehst es einfach nicht.«

»Tut mir leid«, sagte Ludmilla und zeigte auf den Kalender. »Mach's heute besser, Rifkah. Bis morgen.«

7.

Wir haben heute eine geschlossene Gesellschaft.«

»Ich bin eingeladen«, sagte Ludmilla, als ihr klar wurde, dass sie nicht einmal Marlyns Nachnamen kannte, und dass auch Marlyn nur ihren Vornamen wusste. »Von Marlyn.«

Der Mann mit der Gästeliste musterte sie, als überlegte er, welcher Art sie angehörte. Sie war zweifelsohne *bunt*. Denn Lucy hatte sie zu einer orangefarbenen Strumpfhose überreden können, nachdem Ludmilla feststellen musste, dass ihre eigene im Mülleimer der Uniklinik lag. Dazu trug sie ein grünes Kleid. Sie fürchtete, dass sie aufgrund des Dresscodes gar nicht erst hineingelassen würde.

»Sie meinen Frau Mühlhausen? Wie lautet denn Ihr Name?« Der Mann schob seine kreisrunde Brille auf seinem kreisrunden Kopf zurecht.

»Lucy.«

»Haben Sie auch einen Nachnamen?«

Ludmilla schüttelte den Kopf, woraufhin der Mann die Augenbrauen hochzog und sich seiner Liste zuwandte. Nach wenigen Augenblicken milderten sich seine Züge. Er machte einen Vermerk und hob den Blick.

»Da stehen Sie tatsächlich. Nun, bitte hier entlang, Frau ... Lucy.« Er zeigte in Richtung Kellereingang. »Bitte gehen Sie durch bis in den Großen Keller. Dort wird man Ihnen einen Aperitif anbieten.«

Ludmilla bedankte sich, ging an ihm vorbei und rief im Eingangsbereich ihr neu erworbenes Small-Talk-Wissen ab.

Im Eingangsbereich darf ich niemanden ansprechen, denn hier sind angeblich die Besucher nicht empfänglich für Gespräche, weil sie sich erst im Raum orientieren müssen.

Ihr wurde erst der Blumenstrauß abgenommen, dann der Mantel und der Regenschirm. Daraufhin bot man ihr ein Glas Sekt an. Sie lehnte ab, woraufhin ihr ein Glas Orangensaft hingehalten wurde.

Ihr Herz schlug wild, ihr Mund fühlte sich ausgetrocknet an. Sie registrierte nicht, wer die Leute waren, die sie so freundlich umsorgten. Sie ließ ihren Blick durch den Kellerraum schweifen. Szenen aus Faust I. In der Mitte des Raums stand eine lange, weiß eingedeckte Tafel. Die Blumendekoration war lila. Sie lächelte. Ludmillas Strauß passte wunderbar dazu, dann seufzte sie leise.

Ich scheine vollkommen fehl am Platz zu sein. Grünorange – was habe ich mir bloß gedacht?

Sie sah sich um, und plötzlich fiel ihr das Atmen schwer.

Lauf los, raus hier!

An den Seiten standen Gäste in Gruppen zusammen. Sie schluckte. Wo war Marlyn? Ludmilla scannte den Raum, konnte sie aber nirgends entdecken.

Lauf!

Schon drehte sie sich um, wobei sie beinahe mit Marlyn zusammenstieß.

»Du warst wohl zu langsam«, flüsterte Lucy Ludmilla ins Ohr. Sie stand neben Marlyn und grinste frech. Irritiert sah Ludmilla von Lucy zu Marlyn.

»Lucy! Wie findest du meine neuen Schuhe, meine Liebe?«, fragte Marlyn, die ein fliederfarbenes Kleid mit auffälliger Blumendekoration im Brustbereich trug. Sie streckte einen ihrer Füße aus, der in einem lilafarbenen, glitzernden Pump steckte. Dabei lächelte sie wieder ihr Erstklässlerinnenlächeln.

»Sie sind wunderschön«, sagte Ludmilla und streckte Marlyn die Hand entgegen, um ihr zu gratulieren, doch Marlyn zog Ludmilla an sich.

Ich ahnte, was jetzt kam, und schmunzelte. Ludmilla hatte es nicht so mit körperlicher Nähe. Gut, sie hatte es grundsätzlich nicht mit Nähe. Steif wie ein Stock ertrug sie die Umarmung.

»Alles Gute zum zehnten Zentimeter. Wie fühlst du dich?«, presste sie hervor.

Marlyn winkte ab. »Könnte nicht besser sein. Später erzähle ich dir, was mein zehnter Zentimeter ist.« Sie nahm Ludmilla an der Hand und zog an ihr wie ein ungeduldiges Kind. »Ich möchte, dass du meinen Otto kennenlernst.« Sie blieb noch einmal kurz stehen, drehte sich zu Ludmilla um, und sah an ihr auf und ab.

»Ihre Kraft steckt in dir« , sagte sie und zwinkerte Ludmilla zu.

Ihre Kraft steckt in dir?

Sie hatte keine Zeit, weiter darüber nachzudenken, denn plötzlich stand sie vor Otto, der sich auf einem Stock abstützte und einen Rucksack auf dem Rücken trug, aus dem ein Kabel in seine Nase führte.

Und neben Otto ...

... stand Dr. Senft Del Torro. Er hatte eine Hand in der Hosentasche seiner schwarzen Anzughose vergraben. Dazu trug er ein weißes Hemd, dessen Ärmel hochgekrempelt waren und den Blick auf Tätowierungen auf seinen Unterarmen freigaben. Um den Kragen hatte er sich eine orangene Fliege gebunden.

»Lucy, darf ich vorstellen: Otto.« Sie schüttelten sich die Hände. »Und das hier ist Dr. Senft. Er behandelt Otto. Dr. Senft, das ist Frau ...« Marlyn hielt inne und sah Ludmilla an. »Lucy, ich kenne deinen Nachnamen nicht!«

»Muhns«, sagte Dr. Senft. »Wir hatten bereits die Ehre.« Er deutete auf seine Fliege. »Man könnte meinen, wir hätten uns abgesprochen.«

»Ihr kennt euch bereits?«, fragte Marlyn, ohne auf Dr. Senfts Kommentar einzugehen.

»Frau Muhns hat mir gewissermaßen das Leben gerettet«, sagte Dr. Senft. Er hielt Zeige- und Mittelfinger in die Luft.

Unser zweites Treffen.

»Genau wie Dr. Senft mir«, sagte Otto. »Lucy – ich darf doch Lucy sagen? –, es freut mich sehr, dass du heute gekommen bist, obwohl du hier niemanden kennst. Nichts für ungut, Dr. Senft«, fügte er an Dr. Senft gerichtet hinzu und legte seinen freien Arm um Marlyn. »Marlyn hat mir von eurem Kennenlernen erzählt, und ich habe gleich gespürt, dass sie dich noch weiter kennenlernen möchte.«

Ludmilla atmete aus, was sich anfühlte, als hätte sie bis jetzt die Luft angehalten. Otto hatte sofort begriffen, wie es ihr ging. Sie konnte nicht anders, als ihn sofort ins Herz zu schließen. Seine Zuneigung Marlyn gegenüber machte ihn nur noch sympathischer, und ihre Augen brannten.

Reiß dich zusammen, Lu.

Bevor sie antworten konnte, tippte eine ältere Dame in rotem Kostüm auf Marlyns Schulter. Ihre Lippen erstrahlten im selben Rotton wie ihr Kostüm. Marlyn und Otto wandten sich ab, und Marlyn empfing ihre Glückwünsche. Neben der Frau in Rot stand ein glatzköpfiger Mann mit dicker, schwarzer Hornbrille. Er schaute grimmig drein und machte keine Anstalten, Marlyn zu gratulieren. Wir erkannten ihn sofort. Die dicken Lippen, die lange, gebogene Nase. Die Narbe auf der Wange. Der Mann vom Friedhof.

»Dr. Hoffmann, schön, Sie zu sehen«, sagte Dr. Senft an den Friedhofsmann gerichtet.

Der nickte fast unmerklich und rückte seine Brille zurecht, dann ging er davon. *Noch ein Arzt?* Ludmilla wollte ihm hinterhergehen, doch jetzt wandte Dr. Senft sich Ludmilla zu.

»So viel Frechheit hätte ich dir fast nicht zugetraut.«

Ludmilla blickte in das amüsierte Gesicht von Dr. Senft. »Komplementärfarben sind voll im Trend«, sagte sie und deutete auf eines der Wandgemälde. »Das wusste schon Goethe.«

»Hast du ihn gelesen?«, fragte Dr. Senft.

»Gelesen und geliebt.« Ludmilla rief ihre Small-Talk-Taktiken ab.

Immer zurückfragen. »Was ist mit Ihnen?«

Sie würde ihn vermutlich lebenslang siezen, obwohl er sie duzte.

»Nur den zweiten Teil.«

»Den ersten nicht? Wie konnten Sie den zweiten dann verstehen?«

Dr. Senft zuckte mit den Schultern. »Wenn es mehrere Teile gibt, lese ich immer den letzten Teil zuerst. Es ist wie rückwärts leben.«

»Macht es Ihnen nichts aus, das Ende schon zu kennen? Ich würde es langweilig finden.«

»Nein, es spiegelt unser Leben wider. Erst passiert etwas, und hinterher verstehen wir, wie es dazu gekommen ist. Manchmal müssen wir etwas in Ordnung bringen, manchmal heilt es von selbst. Dasselbe gilt für meine Arbeit.«

Verdammt gut, dieser Ratgeber.

Mit nur einer einzigen Gegenfrage hatte Ludmilla eine besondere Eigenschaft eines Menschen erfahren: Dr. Senft las immer zuerst den letzten Teil einer Serie. Nächste Taktik: Nicht nur die anderen erzählen lassen, sondern auch selbst erzählen, damit der andere eine Pause bekam. Ludmilla atmete ein und legte los: »Das könnte ich nicht. Bei mir muss alles der Reihe nach passieren. Es wäre doch, wie zuerst das Dessert essen, danach die Hauptspeise und schließlich die Vorspeise.«

Jetzt legte sich ein spitzbübisches Grinsen um Dr. Senfts Lippen.

»Komm mit.« Er lief durch den Raum, der sich inzwischen gefüllt hatte, und verschwand durch den Ausgang.

Ludmilla sah sich unauffällig um. Sie wollte ihm folgen, und sie wollte ihm nicht folgen. Sie wollte Marlyns Geburtstagsfeier nicht einfach verlassen. Grußlos. Außerdem kannte sie Dr. Senft nicht.

»Und Marlyn kennst du auch nicht«, sagte Lucy, die an ihrer Seite auftauchte. Ludmilla ignorierte sie, trat in den Raum zurück und suchte nach ihrem Platz. Doch es gab keine Platzkarten, weshalb sie unschlüssig durch den Raum wanderte. Small-Talk-technisch war das ganz schlecht. Sie sollte zur Bar gehen, um dort mit Leuten ins Gespräch zu kommen.

»Lucy?!«

Sie wandte sich um. Dr. Senft stand zwei Meter hinter ihr und furchte die Stirn. »Wo bleibst du?«, fragte er.

»Ich bin durstig«, sagte Ludmilla, drehte sich um und ging weiter in Richtung Bar. Sie setzte sich auf einen Barhocker und bestellte ein alkoholfreies Bier. Dr. Senft nahm neben ihr Platz.

Sie betrachtete sein Profil. »Warum duzen Sie

mich eigentlich?«

Dr. Senft bestellte ein Bier, bevor er Ludmilla antwortete. »Ich duze alle, die nichts mit meiner Arbeit zu tun haben.«

»Warum?«, fragte Ludmilla.

»Weil siezen sinnlos ist. Schafft nur unnötigen Abstand. Du darfst mich übrigens auch gerne duzen.«

Wie gnädig.

Ludmilla betrachtete ihn durch schmale Lider. »Nein, danke«, sagte sie schließlich.

»Möchten Sie es doch nicht?«, fragte die Barkeeperin, die just in diesem Moment Ludmillas Getränk abgestellt hatte.

Ludmilla blickte hoch. »Doch, natürlich, ich …« Sie griff sich an die Stirn. »Alles gut, danke.« Ihr wurde heiß, und sie spürte förmlich Dr. Senfts belustigten Blick.

Nur nichts anmerken lassen.

»Könnte ich bitte einen Strohhalm zu meinem Bier bekommen?«, fragte Dr. Senft die Barkeeperin. Diese zog die Augenbrauen zusammen, legte aber einen Strohhalm neben das Bierglas, das sie vor ihm auf dem Tresen abstellte.

»Jetzt bin ich aber gespannt«, sagte Ludmilla und betrachtete erst den Strohhalm, dann das Bier und dann Dr. Senft, der den Strohhalm nahm, ihn an seine Lippen setzte und den Schaum geräuschvoll vom Bier zu schlürfen begann.

Ludmilla zog die Nase kraus, und Dr. Senft hob den Kopf. »Milchschaumschlürfer gibt es schon genug«, sagte er.

»Nehmen Ihre Patienten Sie ernst?«, fragte Ludmilla und trank einen Schluck.

»Solange ich sie beim Kranksein, Gesundwerden oder Sterben begleite. Apropos begleiten. Bitte, begleitest du mich nach draußen? Es dauert auch nicht lange. Du hast mich auf eine großartige Idee gebracht.«

Ludmilla sah sich um. Der Kellerraum war voll und sie konnte ein wenig frische Luft vertragen.

»Ich muss außerdem etwas mit dir besprechen«, sagte Dr. Senft leise. »Es geht um deinen Bruder.«

Sie erstarrte und räusperte sich. »Unter einer Bedingung«, sagte sie. »Sie müssen mich siezen.«

»Ihr Wunsch ist mir Befehl, Frau Muhns.« Dr. Senft stand auf, legte eine Hand an die Stirn und salutierte.

Ludmilla lachte. »Ich hole noch meinen Mantel und meinen Schirm.«

»Brauchen Sie nicht«, sagte Dr. Senft und wollte Ludmilla in Richtung Ausgang schieben. »Es geht ganz schnell.«

Sie schüttelte seine Hand an ihrem Rücken ab und machte einen Satz nach vorn.

»Doch«, sagte sie. »Ich möchte meinen Mantel und meinen Regenschirm mitnehmen.« Sie wandte sich ab, bevor Dr. Senft etwas erwidern konnte, und holte beides aus der Garderobe. Danach verließen sie den Weinkeller, gingen am Portier vorbei und die Treppe hinauf. Sie ließen die Mädler-Passage hinter sich und spazierten wortlos die Straße entlang.

Adrian.

Was wohl mit ihm war? Ging es ihm besser, schlechter, gar nicht mehr? Kurz presste sie ihre Handballen gegen die Stelle, unter der ihr Herz schlug. Und woher wusste Dr. Senft, dass Ludmilla zu Adrian ...

Sie kniff die Augen zusammen, rieb sich über die Stirn. Klar, der Nachname. Dr. Senft war ein schlaues Kerlchen. Ein schlaues Kerlchen, das bitteschön endlich sagen sollte, was Sache war.

Vor einer Eisdiele machte Dr. Senft Halt. Ludmilla seufzte, konnte sich ein Lächeln aber nicht verkneifen.

»Außergewöhnliche Geburtstage verlangen außergewöhnliche Maßnahmen«, erklärte Dr. Senft feierlich. Dann wandte er sich dem Eisverkäufer zu.

»Wir hätten gerne je zwei Kugeln Ihrer ungewöhnlichsten Eissorten«, sagte er. Wenige Augenblicke später hielten sie jeweils ein Schälchen in der Hand – gefüllt mit je einer Kugel Erdbeer- und einer Kugel Vanilleeis.

Der Mann hinter dem Tresen lachte und zuckte mit den Schultern. »Heute alle wollten Matsch-Ingwer und Kiwi-Pfefferminz laktosefrei.«

Sie setzten sich an einen freien Tisch in eine ruhige Ecke der Eisdiele.

»Frau Muhns«, sagte Dr. Senft. »Ich bin etwas ratlos.«

Ludmilla aß weiter an ihrem ungewöhnlich gewöhnlichen Vorspeiseneis. Dann sagte sie: »Danke, dass Sie mich wieder siezen.«

»Warum haben Sie Ihren Bruder nicht wieder besucht?«

Ludmilla sah auf die Tischplatte, dann starrte sie in den um diese Zeit beinahe leeren Raum des Eiscafés. Außer ihnen waren nur zwei junge Mädchen anwesend. Und Lucy. Sie saß am Tisch gegenüber und schlürfte einen Milchshake.

Bitte, hilf mir. Ludmilla sah sie flehend an. Lucy legte ihren Kopf auf den Tisch und tat so, als schreckte sie plötzlich hoch. Zum Schluss zuckte sie mit den Schultern.

»Erde an Frau Muhns«, sagte Dr. Senft und fuchtelte

mit der flachen Hand vor ihrem Gesicht herum.

»Ich ... ist er aufgewacht?«, fragte Ludmilla.

»Ja. Und er hat nach Ihnen gefragt.«

»Nach *mir*?«

Dr. Senft hatte sein Eis aufgegessen und verschränkte die Arme vor der Brust, bevor er sich langsam zurücklehnte. »Sie sind seine Schwester, Sie haben ihm das Leben gerettet. Natürlich hat er nach Ihnen gefragt.«

»Was hat er denn gesagt?«

Dr. Senft beugte sich wieder nach vorn und legte seine Hände auf Ludmillas freie Hand. Die zuckte zusammen, zog ihre Hand aber nicht weg.

Dr. Senfts behaarte Hand auf meiner. In was ist Lucy da nur hineingeraten?

»Frau Muhns«, sagte Dr. Senft noch einmal und suchte ihren Blick.

Kopf heben, geradeaus schauen. So schwer konnte das doch nicht sein. Widerwillig schaute sie hoch.

Das warme Braun seiner Augen war von einer Mischung aus Verärgerung und Mitleid durchzogen. »Ihr Bruder kann sich leider an nichts mehr erinnern. Der Aufprall auf den Grabstein hat eine retrograde Amnesie hervorgerufen.«

Einem Fisch gleich öffnete und schloss sie den Mund, ihre Augen brannten schon wieder. Sie weitete die Augen, ließ die aufsteigenden Tränen nach hinten abfließen, dann presste sie die Lippen aufeinander, die Süße des Eises widerte sie an.

Du kennst Adrian nicht!

Rasch entzog sie sich Dr. Senfts Hand, ließ den Löffel sinken und legte ihre Hand vor den Mund. Dann griff sie nach der Serviette und tupfte sich vorsichtig die Augen und die Nase ab. Es konnte einfach nicht wahr sein. Retrograde Amnesien tauchten nur in mittelmäßigen Seifenopern auf. Aber das hier war *ihr* Leben. Das Leben der Ludmilla Nelsson.

Nein. Lucy Muhns Leben.

Sie schüttelte den Kopf. Wessen Leben lebte sie eigentlich?

»Sie sind sein einziger Anhaltspunkt«, sagte Dr. Senft. Lucy drückte Ludmillas Schulter, beugte sich zu Ludmilla und flüsterte ihr etwas ins Ohr.

»Tut mir leid«, sagte Ludmilla mechanisch. »Unser Verhältnis ist ziemlich angespannt.«

»Sie werden ihn nicht besuchen?«

Ludmilla schwieg, sah sich um.

Wasser, kann ich ein Glas Wasser haben?

Sie nestelte an ihrem Kleid herum, dann stand sie abrupt auf. »Wir sind schon viel zu lange von Marlyns Feier weg. Wir sollten zurückgehen.«

Dr. Senft nickte und erhob sich. Schweigend machten sie sich auf den Weg zurück zur Mädler-Passage. Ludmilla öffnete den Regenschirm und wartete auf Dr. Senfts Reaktion. Der sah in den Himmel und streckte seine Handflächen in die Luft. »Es regnet doch gar nicht.«

»Eben!« Ludmilla warf ihm einen amüsierten Blick zu.

Die Vorspeise wurde gerade abgeräumt. Ludmilla setzte sich neben den Friedhofsmann, während Dr. Senft schräg gegenüber Platz fand.

›*Ihr Bruder kann sich leider an nichts erinnern*‹, wiederholte Dr. Senfts Stimme in ihrem Kopf. Und: ›*Sie sind sein einziger Anhaltspunkt.*‹ Die Platte in ihrem Gehirn hatte einen Kratzer abbekommen, die Nadel sprang immer wieder zurück zu diesen beiden Sätzen. Ludmilla fasste sich an die Stirn, besann sich, drückte den Rücken durch, mied Dr. Senfts mitleidvoll-ärgerlichen Blick, fühlte seinen Vorwurf. Was wusste der schon? Sollte sich um seine eigenen ... Obwohl: Tat er nicht genau das? ›*Sie sind sein einziger Anhaltspunkt.*‹ Und er hatte ja auch recht. Natürlich hatte er recht.

Und wenn schon.

Sie hob die Schultern, platzierte ein Lächeln auf

ihre Lippen und streckte dem Friedhofsmann neben ihr die Hand entgegen. Das fühlte sich immerhin wahrer an als das Konstrukt, in das sie sich in den letzten Tagen hineinmanövriert hatte. Ludmilla-Lucy Nelsson-Muhns: die anti-elegante, papageienhafte orange-grüne Frau auf dem hundertsten Geburtstag einer Fremden unter Fremden.

Gefühlte Tage neben dem personifizierten Small-Talk-Albtraum (und sie hatte es versucht, bei Gott, sie hatte es versucht!) später war Ludmillas Herz nicht nur in ihre Magengrube gerutscht, sondern sie wackelte zunehmend nervös auf ihrem Sessel herum und wollte nur noch eines: weg. Sie hatte sich mit dem Fluchtinstinkt verbündet, der an ihr zog und zerrte, sie zur Tür hinausrennen lassen wollte.

Unbehaglich sah sie sich um. Marlyn und Otto saßen am anderen Ende des Tisches. Marlyn fing Ludmillas Blick auf, winkte ihr und lächelte. Ludmilla lächelte zurück. Marlyn deutete auf den Geschenketisch, sah Ludmilla wieder an und formte mit beiden Händen ein Herz. Erst jetzt merkte Ludmilla, dass sie ihre Schultern nach oben gezogen hatte. Sie ließ die Schultern leicht kreisen und atmete aus.

Besser.

Nicht gut, aber besser.

8.

Das war mein Zeichen, mein Moment. Der perfekte Augenblick: Ludmillas Platzierung neben Dr. Hoffmann, der feierliche Rahmen. Alles. Ich kroch aus Ludmilla hervor und setzte mich mitten auf den Geschenketisch.

Ludmilla hatte soeben wieder damit begonnen, ihr Small-Talk-Subjekt zu bearbeiten, als sie mich sah (ja, sie sah mich tatsächlich!): Sie kniff die Augen zusammen und öffnete sie wieder. Noch einmal. Und wieder. Ich saß auf einem Geschenk und putzte mein Gefieder. Solange ich nicht in ihr war, blieb unsere Verbindung unterbrochen. Ob sie sich an mich erinnerte, vermochte ich somit nicht zu beantworten. Doch bald würde ich wieder in ihrer Gedankenwelt sein und es erfahren.

Ludmilla sah inzwischen aus, als zweifelte sie an ihrem Verstand: Sie rieb sich die Augen, sperrte sie auf, zog die Brauen nach oben, um sie sogleich wieder zusammenzuziehen. Dann schüttelte sie den Kopf und versuchte, Marlyns Blick aufzufangen, doch diese schien in ein Gespräch vertieft. Ludmilla machte ein paar Gesten, um die Aufmerksamkeit von Dr. Senft zu erlangen. Es sah aus wie kontrolliertes Herumfuchteln. Er reagierte und sah Ludmilla fragend an. Sie deutete auf mich. Dr. Senft blickte einige Male zwischen dem Geschenketisch und Ludmilla hin und her, dann nickte er ihr zu.

Interessant. Ob er die Geschenke meinte und ihre Aufregung darüber kindisch fand? Ich schüttelte mein Gefieder. Irrelevant. Doch etwas anderes fesselte selbst mich, wenngleich ich es erwartet hatte: Es war nicht nur *ein* Augenpaar auf mich gerichtet, sondern zwei. Ludmillas Anti-Small-Talk-Nachbar sah mich auch, und wie auch nicht? Ich hatte den alten Doktor bereits erkannt, als Ludmilla ihn erstmals gesehen hatte.

Ludmilla hielt inne, musterte ihren Sitznachbarn, folgte seinem Blick, dann neigte sie sich zu ihm und sagte etwas. Doch Albert rührte sich nicht.

Ich hob einen Flügel, um ihn zu grüßen, dann versperrte ein Kellner die Sicht, ich flog auf – und zurück, direkt in Ludmilla hinein.

9.

Als der Kellner die Sicht auf den Geschenketisch wieder freigab, standen dort nur die Geschenke.

Ludmilla blickte Dr. Hoffmann an. »Da war doch gerade ein Vogel!«

»Guten Appetit«, brummte Dr. Hoffmann, beugte sich über seinen Teller und begann zu essen.

Ludmilla beobachtete ihn noch kurz, dann zuckte sie leicht mit den Schultern.

Jetzt bist du schon total verrückt.

Nach dem Essen ging sie zum Geschenketisch, strich leicht über das Geschenkpapier, hob einige Päckchen an, roch sogar unauffällig an ihnen. Doch alles war vollkommen unversehrt.

»Eau de papiere?«, hörte sie Dr. Senfts Stimme hinter sich.

Sie ließ ein Päckchen beinahe fallen, stellte es vorsichtig ab, straffte dann die Schultern und wandte sich um.

»Haben Sie den Vogel gesehen, der hier saß, kurz bevor das Essen serviert wurde?«

»Sie wollen wissen, ob ich einen Vogel habe? Ja, den habe ich! Und jetzt möchte ich Sie fragen, ob Sie mir noch einmal das Leben retten wollen.«

Ludmilla bejahte. Eine Zigarette war das Einzige, das ihr jetzt noch helfen konnte – diesmal verzichtete sie sogar auf Mantel und Schirm (was sich als Fehler erweisen sollte). Vor der Mädler-Passage zündeten sie sich ihre Zigaretten an, und Ludmilla drückte sich gegen die Gebäudewand, um nicht nass zu werden.

»Es gibt da noch etwas«, sagte Dr. Senft, der ebenfalls unter dem schmalen Vordach Schutz vor dem Regen suchte.

Sie hielt den Rauch in der Lunge, unfähig auszuatmen.

Noch mehr über Adrian?

So stand sie dort, und für sie fühlte es sich an wie Minuten – denn der Schwall an Gedanken, der sich gerade in ihr nikotinbenebeltes Gehirn ergoss, konnte unmöglich in Sekunden solche Ausmaße erreichen. Sie starrte auf den regennassen Boden, spürte Dr. Senfts Arm an ihrem. Sie fragte sich, wann sie das letzte Mal Arm an Arm neben einem fremden Mann gestanden hatte, ihr Gehirn spulte zurück bis zu ihrem letzten Beisammensein mit einem Mann, ließ sie alle Berührungen fühlen, *Nähe ohne Nähe,* dann sah sie Adrian im Baum stehen, fallen, aufschlagen, liegen, bluten, sah den Rettungswagen und die beiden Sanitäter, den Notarzt, Dr. Schabeck, Marlyn.

Eine umherfuchtelnde Hand schob sich in ihr Blickfeld. Es war bereits das zweite Mal an diesem Nachmittag, dass er das tat.

Wer hat hier eigentlich einen Vogel, Lu? Denk mal scharf nach.

»Lucy?«

Endlich blies sie den Rauch aus. »Wie gesagt, wir haben nicht das beste Verhältnis.«

»Adrian, er …«, Dr. Senft zögerte, zog an seiner Zigarette, »er kann weder sprechen noch laufen. Aber er kann schreiben. Ich glaube, es könnte ihm weiterhelfen, wenn Sie ihn besuchen würden.«

Ludmilla seufzte. Wenn sie ihn besuchte, würde sie zugeben müssen, dass alles gelogen war. Dass sie im Grunde nichts über ihn wusste, dass ihr Name erfunden und er ein Fremder war, und sie keine Befugnis hatte, irgendetwas über ihn zu erfahren.

»Wirklich, Ludmilla?«, fragte da Lucy von der Seite. »Warum denn? Er erinnert sich an nichts. Ob wahr oder gelogen, deine Anwesenheit würde ihm guttun.«

Ludmilla kratzte mit dem Fuß über den Asphalt. Ihr Blick klebte am Boden. Nachdem Dr. Senft länger nichts mehr gesagt hatte, sah sie langsam auf. Er lehnte lässig an der Wand und blies seelenruhig den Rauch aus.

»Lassen Sie uns wieder hineingehen«, sagte sie.

Es gibt nichts mehr zu sagen, hier endet die Geschichte.

»Denken Sie darüber nach, in Ordnung?«

Oder auch nicht.

Ludmilla nickte und wollte losmarschieren, doch Dr. Senft hielt sie auf. »Die Vorspeise geht auf Sie?«, fragte er und lächelte schief.

Sie verzog gequält das Gesicht. »Selbstverständlich.«

Dr. Senft drückte seine Zigarette aus und warf sie in einen Aschenbecher. Er zog sein Jackett aus und spannte es wie einen Regenschirm auf, dann bat er sie darunter. Ludmilla schlüpfte unter das unverhoffte Dach.

Rauch und Sauberkeit. Ruß und Reinheit. Rauchige Reinheit. Qualmender Duft. Duftender Rauch. Schmutziger Duft. Schmutzige Sauberkeit. Tötender Duft. Duftender Tod.

Die Gerüche vermischten sich unter dem Jackenschirm. Ludmilla ging ganz dicht neben Dr. Senft, seine Arme hielten das Jackett, und fast fühlte es sich an, als umarmte er sie. Sie verzog die Mundwinkel zu einem zaghaften Lächeln, war stolz darauf, neben einem gut aussehenden Arzt herzulaufen, dann verschwand ihr Lächeln abrupt, sie sah wieder seinen verärgerten Blick vor sich. Tat er das alles für Adrian? Oder auch für sich selbst? Was wollte er von ihr?

Sie fanden ein italienisches Restaurant und bestellten Bruschettas.

»Sie haben den Vogel wirklich nicht gesehen?«, fragte Ludmilla.

»Ich dachte, Sie foppen mich.«

Sie zog die Nase kraus. »Auf dem Geschenk, das ich vorhin untersucht habe, saß ein Vogel. Er war orange-rot und ziemlich groß.«

»Das freut mich.«

Sie zuckte mit dem Kopf. »Es *freut* Sie?«

»Natürlich. Schön, dass ich nicht der Einzige bin, der einen Vogel hat.«

Sie lehnte sich zurück und verschränkte die Arme vor der Brust. »Der Mann neben mir hat ihn auch gesehen.«

»Nun seien Sie mal nicht beleidigt, Lucy. Und was Dr. Hoffmann betrifft ... Nun ja. Fragen wir ihn doch einfach.«

»Sie kennen sich?«

»Er war Chirurg, und zwar ein verdammt guter. Nur mit Menschen kann er nicht so ... gut.« Dr. Senft sah ihr ins Gesicht, dann verzog er die Lippen. »Nun ja, Sie wissen schon, er-«

»Nein, ich weiß *nicht*.« Was war bloß los mit

diesem unverschämten Kerl, wollte er sagen, dass auch sie nicht so gut mit Menschen konnte?

Der Kellner kam und brachte die Bruschettas.

Dr. Senft wog den Kopf nachdenklich hin und her. »Sein Aussehen schreckt viele Menschen ab. Ich glaube, er hat viel einstecken müssen. Inzwischen ist er in Pension.«

»Sie meinen, er kann noch schlechter mit Menschen umgehen als ich?«

Er hob die Hände. »Ist als Kompliment gemeint.«

Ludmilla rückte näher an den Tisch heran. »Er hat mir einen ›Guten Appetit‹ gewünscht.«

Dr. Senft ließ sein Besteck sinken. »Donnerwetter! Darauf können Sie sich etwas einbilden!«

Sie warf ihm einen Vielen-Dank-auch-Blick zu.

»Keine Sorge«, meinte Dr. Senft versöhnlich, »den bekomme ich schon zum Reden.«

Nachdem sie schweigend die Bruschettas gegessen hatten, wurde es Zeit, zu Marlyn zurückzukehren, doch als Ludmilla sich erhob, sackte ihr das Blut in die Beine.

Nicht jetzt, bitte nicht jetzt!

Die Umgebung verschwamm, und kurz bevor alles schwarz wurde, sah sie Dr. Senfts Gesicht ganz nah vor ihrem eigenen, ganz nah, seine Augen, Nase, sein Mund formte stumme Worte, Lucy linste mit großen Augen über Dr. Senfts Schulter, als Ludmilla für den Bruchteil einer Sekunde mich – *den Vogel* – über sich hinwegfliegen sah.

Als sie wieder zu sich kam, blickte sie sich um, *gelbe Wände, Pizzaduft.*

Sie griff sich an den Kopf, dann versuchte sie, sich aufzurappeln, doch sie wurde sanft, aber bestimmt, zurückgehalten. »Was ... Wo bin ich?« Sie blinzelte mehrmals.

»Frau Muhns«, sagte Dr. Senft, der sie in ihren Armen hielt. Ihre Beine lagen auf dem Stuhl, auf dem sie eben noch gesessen hatte. »Sie sind umgekippt. Wir sind noch immer in dem italienischen Restaurant. Erinnern Sie sich daran?«

Ludmilla lächelte benommen. »Vorspeisendessert«, flüsterte sie.

Jetzt lächelte auch Dr. Senft. »Ganz recht. Geht's wieder?«

Sie stützte sich vom Boden ab, nahm ihre Beine vom Stuhl und setzte sich auf. Sie rieb sich über die Stirn. »Ich glaube schon.«

Hinter Dr. Senft stand immer noch Lucy, die jetzt allerdings freudig beide Daumen nach oben streckte.

»Passiert Ihnen das öfter?«, fragte Dr. Senft.

Sie nickte. »Hab mich schon mehrmals durchchecken lassen, aber: nichts.«

Dr. Senft zog eine Augenbraue nach oben. »Wer ist denn Ihr Hausarzt?«

»Frau Dr. Eichelberger«, sagte Ludmilla und stand auf.

»Die kenne ich nicht mal.« Er stand ebenfalls auf. »Ich mache Ihnen einen Vorschlag: Ich sehe mir das an, gleich morgen Abend. Ich habe zwar Nachtschicht, und es dürfte viel zu tun sein, aber Sie sind ja auch ein Notfall. Je eher wir herausfinden, was Ihnen fehlt, umso besser.«

Ludmilla starrte ihn an, dann furchte sie die Stirn. »Der Zeitpunkt ist etwas ungünstig.«

Lucy rollte mit den Augen.

»Aber ich werde es mir überlegen«, fügte Ludmilla hinzu, holte ihr Portemonnaie aus der Handtasche und wandte sich Richtung Tresen. »Ich bezahle.«

»Urinprobe nicht vergessen. 19 Uhr?«

Sie blieb stehen und drehte sich um. Dr. Senft prostete ihr mit einem unsichtbaren Getränk zu und grinste.

Zurück in Auerbachs Keller stellte Ludmilla fest, dass der Platz neben ihrem leer war.

»Lucy, Dr. Senft!« Marlyn kam auf sie zu. »Amüsiert ihr euch?«

»Sehr. Danke, dass wir dabei sein dürfen,« sagte Dr. Senft.

»Wie gefallen dir deine Geschenke?«, wollte Ludmilla wissen.

»Oh, es sind so viele!« Die alte Dame lächelte. »Ich hatte noch keine Zeit, sie auszupacken. Deine Blumen sind jedenfalls wunderschön.«

»Sie haben nicht zufällig einen Vogel?«, fragte Dr. Senft.

Ludmilla stieß ihm unauffällig in die Seite.

»... geschenkt bekommen?«, fügte er an.

Marlyn verzog den Mund. »Den brauche ich nun wirklich nicht mehr.« Sie tippte sich lachend gegen die Stirn, dann winkte sie Ludmilla an sich heran, legte ihre Lippen dicht an Ludmillas Ohr und flüsterte lispelnd: »Ich meinte Pippi Langstrumpfs Kraft.«

Ludmilla konnte Marlyns leichte Alkoholfahne riechen.

Rifkah.

Sie kämpfte gegen den Drang an, die Hand vor Nase und Mund zu schlagen. Dann riss sie die Augen auf.

Natürlich.

Sie sah aus wie Pippi Langstrumpf. Grünes Kleid, orangene Strumpfhose, schwarze Schnürschuhe, dazu ihre roten Haare.

»Wo ist denn Dr. Hoffmann?«, fragte Dr. Senft.

»Oh, Albert, mein Hagestolz! Der ist bereits nach Hause gegangen. Sie wissen ja, wie er ist. Es war mir eine große Freude, dass er überhaupt gekommen ist.« Dann wandte sie sich an Ludmilla. »Ludmilla, Spatz, ich wollte dich etwas fragen.«

Ludmilla zuckte zurück, der *Spatz* war ihr viel zu intim. Auch, wenn sie Marlyn mochte.

Ludmilla, Spatz. Papa hat mich nie Spatz genannt.

Er hatte Spatzen zu gesellig gefunden und gemerkt, dass Ludmilla sich allein wohler fühlte. Wie ein Eisvogel. Aber *Eisvogel* funktionierte als Kosename nicht richtig. Deshalb hatte er den lateinischen Namen Alcedo atthis abgewandelt.

Er hat mich immer Alceda genannt. Mit weichem C.

Sie hatte lange nicht mehr daran gedacht.

»Komm uns doch in den nächsten Tagen einmal besuchen, wenn es dir passt. Es ist einfacher, wenn du es direkt siehst. Wir wohnen in Borsdorf.«

Was soll ich sehen?

Sie reichte Ludmilla einen Zettel mit einer Adresse, umarmte zunächst sie und danach Dr. Senft, und wandte sich wieder anderen Leuten zu.

»Marlyn«, rief Ludmilla ihr nach.

Marlyn blieb stehen.

»Ich bin kein Spatz, sondern ein Eisvogel. Und dein zehnter Millimeter: Du hast ihn mir noch nicht verraten.«

Marlyn trat wieder an sie heran. »Du bist etwas Besonderes, kleiner Pippi-Langstrumpf-Eisvogel.« Sie griff nach Ludmillas Schultern und hielt sich daran fest. »Mein zehnter Millimeter ist lila.« Kichernd verschwand sie zwischen den anderen Gästen.

Dr. Senft und Ludmilla blickten ihr nach, bis Dr. Senft kopfschüttelnd fragte: »Wer hätte gedacht, dass Marlyn in Borsdorf wohnt?«

10.

Als Ludmilla nach Marlyns Geburtstagsfeier in ihrem Bett lag, dachte sie noch lange über die Feier nach. Sie wälzte sich im Bett herum, strampelte die Decke ab, stand auf, trank ein Glas Wasser, legte sich wieder hin, zog sich die Decke bis zum Hals. Sie hatte, wie jeden Abend, ihre Tabletten genommen, dennoch wollte der Schlaf sie nicht hinforttragen.

Ob ich die Dosis erhöhen soll, nur dieses eine Mal?

Die Sonderbarkeiten der Feier hatten bereits mit ihrem unfreiwilligen Pippi-Langstrumpf-Outfit begonnen. Sie dachte an Dr. Senft, an ihr Vorspeisendessert und an ihre Dessertvorspeise. Ihren plötzlichen Ohnmachtsanfall. Marlyns Lächeln und Pippi Langstrumpf.

Ihre Kraft steckt in dir.

Welche Kraft steckte schon in ihr? Sie lebte ein normales Leben und war zufrieden. Sie fühlte sich so antipippilangstrumpfisch, wie man nur sein konnte. Vielleicht entsprach sie in ihrer Normalität eher Annika, wenngleich sie keine Pippi Langstrumpf zur Freundin hatte. Oder doch?

Lucy war anders. Lucy Muhns, Adrians quirlige Schwester.

Raus aus meinem Kopf!

Das durfte doch nicht wahr sein. Wie hatte dieses Chaos nur entstehen können? Und Dr. Hoffmann? Der Small-Talk-Albtraum. Außerdem: ich (Ludmilla dachte natürlich wieder: *der Vogel*). Ich, den keiner, außer vielleicht Albert, Marlyns *Hagestolz,* gesehen hatte. Genau wusste sie es nicht, denn dieser Doktor war offenbar noch gesellschaftsscheuer als Ludmilla. Warum nur gaukelte ihr Gehirn ihr einen Vogel vor?

Sie sind sein einziger Anhaltspunkt.

Die fehlende Telefonnummer, die falschen Namen. Früher oder später würde sich Adrian erinnern. Man verlor nach einem Sturz nicht einfach sein Gedächtnis und schon gar nicht vollständig und für immer. Das war ein abgegriffener Trick, den höchstens ein unterdurchschnittlich talentierter Romanautor in seinen Roman einbaute.

Nein, danke.

Sie lächelte im Dunkeln die Decke an, und endlich wurden ihre Lider schwer. Morgen war Sonntag. Sie befand sich noch immer in einer seltsamen Wirklichkeit, die mit Adrians Sturz in ihr Leben geplatzt war. Und dann traf sie einen Entschluss: *Ich werde Pippis Unbefangenheit und Sorglosigkeit aufnehmen, solange die Ereignisse der letzten Woche mich so fühlen lassen, wie ich normalerweise nicht bin.*

Sie drehte sich zur Seite, kuschelte sich tiefer in ihr Kissen, ein wenig schwindlig war ihr, aber es fühlte sich gut an, so gut, sie griff nach dem Zipfel ihrer Bettdecke, wie jede Nacht, festhalten, irgendwo festhalten, wenn alles andere zu entgleisen drohte, und mit dem nächsten Atemzug fühlte sie es, ganz sicher war sie sich: *Adrian ist Hans.*

Dann hüllte die Schwärze die Geschehnisse des Tages in dunkle Tücher.

11.

Sie erwachte früh am nächsten Morgen. Nach ihrer gewöhnlichen Morgenroutine zog sie sich eine Jeans und ein weißes T-Shirt an: ihr gewöhnlicher Ludmilla-Nelsson-Stil. Sie lief nervös durch die Wohnung, räumte hier ein Kleidungsstück weg, wischte dort mit der bloßen Hand den Staub von der Fensterbank.

Komm schon, bring es hinter dich. Nur noch schnell das Waschbecken.

Sie putzte das Waschbecken, blickte in den Spiegel, schüttelte den Kopf. Ihre Wohnung war blitzblank. Dennoch rannte sie von einer Ecke in die andere, legte sich schließlich auf den Fußboden und versuchte, nichtvorhandene Staubmäuse unter dem Sofa hervorzuholen. Sie stand auf, gab sich einen Ruck und rief Rifkah an.

Was folgte, war in seiner Aufgesetztheit fast absurd. Da war zunächst Rifkahs Anrede: *Schatz*. Dann die vermeintlich interessierte Frage: »Hast du dich auf der Feier amüsiert?« Ludmilla bejahte, und schon kam Rifkahs nächste Frage: »Was kochen wir heute Abend? Heute sind wir bei dir.«

Ludmilla knetete ihre Handballen, so schwer konnte es doch nicht sein.

Sag einfach, was du zu sagen hast.

»Tut mir leid, ich bin heute Abend verabredet.« Sie legte ihre Hand an die Stirn.

Nur noch diese eine außerplanmäßige Sache. Dann wird wieder Routine einkehren.

»*Du* bist verabredet?« Wieder dieser Ton. »Ausgerechnet heute? Aber mit wem denn? Wir kochen sonntags *immer* zusammen. Kannst du es nicht verschieben?«

»Können *wir* es nicht verschieben?«, fragte Ludmilla. »Nur dieses eine Mal. Wir gehen stattdessen morgen zusammen essen. Ich lade dich ein. Vietnamesisch?« Mit Vietnamesisch würde sie Rifkah überzeugen.

»Mit Pho-Viet-Spezialtee und Mien tron tom?«

Wusste ich es doch!

»Natürlich«, seufzte Ludmilla.

»In Ordnung.« Rifkah räusperte sich.

Was kommt jetzt?

»Auf wessen Feier warst du eigentlich?« Es klang wie eine Drohung.

»Kennst du nicht«, sagte Ludmilla mit tonloser Stimme. Es knackte in der Leitung, dann hörte Ludmilla ein Schnäuzgeräusch.

Na klar.

Erneutes Knacken.

»Und mit wem bist du heute verabredet?«, fragte

Rifkah mit tränengefärbter Stimme.

Nur nicht darauf eingehen.

»Er ist Arzt, und ich habe ihn auf der Feier kennengelernt.«

»Was, ein Arzt?« Und in feinster Singsangstimme fügte Rifkah hinzu: »Lu, Lu, Lu. Das hätte ich dir gar nicht zugetraut. Du hast ja nicht mal Abitur.«

Ludmilla biss sich auf die Unterlippe. »Also dann, bis morgen.«

Durchatmen.

»Ich freu mich schon.« Sie knallte ihr Handy auf den Wohnzimmertisch, suchte ihre Handtasche nach der Zigarettenpackung ab, fand sie. Leer.

Ludmilla schlüpfte in die gelben Turnschuhe, warf sich Herrn Hoffmanns graue Jacke über und hielt kurz inne. Sie schnupperte an der Innenseite der Jacke.

Tabak und Seife.

Dann griff sie nach Handy und Handtasche und verließ ihre Wohnung.

12.

Du hast ja nicht mal Abitur.‹
Ludmilla schnaubte den Rauch aus ihrem Mund, während sie durch den Friedenspark eilte. Doch das Nikotin konnte ihren Zorn nicht bändigen. Sie sollte es sowieso lassen. Ein für alle Mal mit diesen Zigaretten. Was hatte sie sich je davon erhofft, was war diese Gier nach etwas wert, egal, wonach?

Ihre Gedanken sprangen wie wilde Pferde hin und her, zwischen Rifkah, Ludmillas abgebrochener Schulbildung, Adrian, Hans.

Adrian. Hans. Was, wenn er damals einfach abgehauen ist, untergetaucht, bis er volljährig war, seinen Namen und sein Geburtsdatum geändert und dann ein neues Leben begonnen hat? Wo war er all die Jahre gewesen? Konnte man überhaupt sein Geburtsdatum einfach ändern?

Fragezeichen, Fragezeichen, ihr Kopf war voll davon. Bald würde er platzen, wenn sie sich nicht rasch auf etwas anderes konzentrieren würde.

Sie blieb stehen, dachte nach, schaute sich um. Sollte sie ihren Vater besuchen? Er war auf dem Südfriedhof begraben, weil sie damals in der Südvorstadt gewohnt hatten – und weil er es sich gewünscht hatte. Sie hatten außerdem einen Schrebergarten im angrenzenden Probstheida besessen. Diesen Garten hatte ihr Vater geliebt. Hans ebenso.

Ihr fiel erneut die Szene ein, die im Fernseher gelaufen war, als sie Rifkah gefunden hatte. An diesem Sonntag würde sie zum ersten Mal seit zwölf Jahren nicht mit Rifkah kochen. Warum also sollte sie ihren Vater nicht ausnahmsweise sonntags anstatt mittwochs besuchen? Warum musste immer alles gleich ablaufen?

Weil du sonst durcheinanderkommst, Lu.

Sie sehnte sich nach dem Gefühl des Grases unter ihren Füßen. Doch sie durfte es nicht tun. Sie durfte nicht zulassen, dass ihr Leben aus den Fugen geriet. Sie würde alles wieder in Ordnung bringen. Nur noch heute Abend, dann würde sie zurückfinden in ihr Leben, in ihren Alltag, ihre Ordnung, ihre Ruhe. Sie würde Dr. Senft alles erzählen, Lucy Muhns hinter sich lassen und in die Vorhersehbarkeit ihres Daseins zurückkehren. Klar, sie war wieder einmal umgekippt, doch das lag sicherlich am Stress der letzten Tage.

»Natürlich lag es daran«, hörte Ludmilla eine Stimme hinter sich und drehte sich um. »Oder vielleicht auch daran, dass du dir seit zwölf Jahren den Arsch für Rifkah aufreißt.« Lucy stemmte eine

Hand in die Hüfte und deutete mit der anderen auf Ludmillas Zigarette. »Und die Raucherei solltest du dir auch abgewöhnen. Sonst endet das mit dir noch wie mit ihr.«

Ludmilla riss Augen und Mund auf, aber kein Laut verließ sie. Was dachte sich Lucy bloß? Die wilden Pferde in ihrem Kopf machten kehrt, schabten kurz über den Boden.

Natürlich unterstützte sie Rifkah, sie hatte es ihr versprochen.

Außerdem braucht Rifkah mich. Papa ist tot und Hans verschwunden. Ich bin alles, was sie hat.

Mit dem Rauchen aufhören! Was bildete Lucy sich eigentlich ein – wer so im Reinen mit sich war wie Lucy, die es nicht mal wirklich gab, hatte gut reden.

Ich brauche die Zigaretten, und Lucy gibt es nicht.

Dann galoppierten die Pferde los, geradewegs auf den Zaun zu. Doch anstatt davor zu stoppen, erhöhten sie ihr Tempo, legten die Ohren an, zeigten ihre Zähne. Und durchbrachen den Zaun.

»Lass – mich – verdammt – noch – mal – in – Ruhe!«, schrie Ludmilla, hielt einen Moment inne, drehte sich um und hastete weiter. Ein junges Paar, das ihr entgegenkam, blieb stehen.

»Alles in Ordnung?«, fragte die Frau. »Macht

Ihnen jemand Ärger? Brauchen Sie Hilfe?«

Ludmilla drehte sich um. Lucy war verschwunden. Sie wandte sich an die Frau. »Alles in Ordnung.«

Während sie hektisch rauchte, lief sie weiter. Sie hatte den Park hinter sich gelassen, zündete sich eine neue Zigarette an, hetzte mit gesenktem Blick durch die Straßen. Es hatte zu regnen angefangen. Sie zog die graue Jacke enger um sich und die Kapuze über den Kopf. Als sie wieder aufschaute, stand sie vor der Leipziger Stadtbibliothek im alten Grassi-Museum. Kurz entschlossen drückte Ludmilla ihre Zigarette aus, warf sie in den Mülleimer vor der Bibliothek und betrat das Gebäude, das innen weniger ehrwürdig als von außen wirkte. Es war modern und schlicht und roch nicht nach Büchern, sondern nach Behörde.

Ludmilla war schon sehr lange nicht mehr hier gewesen. Früher war sie gern mit ihrem Vater hergekommen. Er war es auch, der sie das allererste Mal mit in eine – *diese* – Bibliothek genommen hatte. Damals, in den 90er-Jahren, noch vor der Sanierung, war ihr ein Ausweis ausgestellt worden, und Ludmilla hatte sich stolz ihr erstes Buch ausgeliehen. Sie musste vier oder fünf gewesen sein, denn in die Schule war sie noch nicht gegangen.

Die kreisrunden Lampen im Eingangsbereich

schickten weißes Licht in den Raum und erinnerten an Bullaugen, die die Sonne in das Innere eines Schiffes ließen. Graue, breite Treppen führten nach oben. Die großen Fenster fluteten die Bibliothek mit Tageslicht, weshalb sich Ludmilla nicht wie im Inneren eines Schiffes fühlte. Zu den Füßen der Treppen lagen die Infoschalter, alles war in Grün gehalten.

Grün, Farbe der Hoffnung.

Ludmilla grüßte und stieg eine der Treppen hinauf. »Zur Kinderbibliothek« stand neben der Treppe. Sie erinnerte sich nicht an diese Treppe, diesen Weg. Vermutlich hatte die Kinderbibliothek vor der Sanierung einen anderen Platz gehabt.

Nun besuchte sie also doch ihren Vater – nur ein wenig anders. Sie ging noch einmal mit ihm in die Kinderbibliothek, an den Ort, an den er sie geführt hatte.

Und an den Ort, an den ich Hans später geführt habe.

Als sie die Hand auf das hölzerne Geländer legte, fiel Ludmilla auf, dass sein Braunton hier die einzige warme Farbe war. Sie umgriff das Geländer und ließ ihre Hand darüber gleiten, während sie die Stufen hinaufstieg.

Ich sollte viel häufiger in Bibliotheken gehen, dachte Ludmilla, verwarf den Gedanken jedoch sofort wieder. *Keine neuen Routinen.*

Die Kinderbibliothek war genauso lichtdurchflutet wie der Eingangsbereich. Inmitten der Regale befand sich eine gemütliche Leseecke mit grünen Sitzkissen, auf denen gelbe, sonnenförmige Kissen lagen. Die Leseecke war ein Halbkreis, in dem ein Tisch mit Stühlen stand. In den Ecken lagen ausladende Sitzkissen, und an den Säulen waren Holzspielzeuge angebaut, auf denen bunte Klötze hin- und herbewegt werden konnten. Mitten im Raum blieb sie stehen und blickte sich um. An nichts davon erinnerte sie sich. Vielleicht war es auch damals noch nicht da gewesen.

Sie trat auf die Regale zu, zog hie und da ein Buch heraus, blätterte darin, stellte es wieder zurück und ging weiter. Mehrere Kinder waren mit ihren Eltern in Kinderbücher vertieft oder widmeten sich Gesellschaftsspielen.

Ludmilla holte tief Luft. Es war gut, sie fühlte sich sicher. Ohne Lucy war sie ganz und gar sie selbst, und sie tat etwas, das sie mit ihrem verstorbenen Vater verband.

Du hast ihre Stärke.

Hier standen die Bücher sowohl in der Originalversion als auch in der Gesamtausgabe. Es hatte ursprünglich drei Bände gegeben: *Pippi Lang-*

strumpf, Pippi Langstrumpf geht an Bord und *Pippi in Taka-Tuka-Land.* Außerdem gab es noch weitere Ausgaben, die für kleinere Kinder bestimmt waren, sowie eine neuere Serie mit Zeichnungen. Sie entschied sich für die drei Einzelbände in der Originalausgabe, denn sie hatte schon immer das Original gemocht – das, was zuerst war. Das erste Echte.

Sie nahm die drei Bände aus dem Regal und setzte sich auf einen großen, roten Sitzsack, der an einer Säule lehnte. Er verschlang Ludmilla geradezu, sie sank hinein, ließ sich fallen und nahm den ersten Band in die Hand. Sie hielt ihn mit beiden Händen fest, während sie ihn betrachtete. Der Hintergrund war dunkelblau, in der oberen Mitte thronte in weißen Buchstaben »Pippi Langstrumpf«. Darunter saß das Mädchen auf einem grünen Seil und winkte Ludmilla fröhlich zu, ihre orange-roten Zöpfe standen senkrecht vom Kopf ab, an ihren Füßen die viel zu großen, schwarzen Schnürschuhe, in denen ein schwarzer und ein schwarz-gelb geringelter Socken steckten. Neben ihr saß der kleine Affe. Sie wusste nicht mehr, wie er hieß.

Das Buch war abgegriffen. Vermutlich hatten schon viele Kinderaugen die Worte gelesen, um anschließend Bilder der frechen, rothaarigen Pippi in ihren Köpfen zum Leben zu erwecken. Auf der ersten Seite war Pippi mit ihren beiden Freunden, Annika und Tommy, zu sehen. Sie lachten, Annika hatte ein hübsches Sommerkleidchen und Tommy eine weiße Hose und einen weißen Pullover an – beides bereits schmutzig und Zeugnis davon, welchen Spaß die drei zusammen hatten.

Ludmilla legte ihre Hand auf den Brustkorb. Das weiche Sitzkissen umhüllte sie, dies war ein Ort ihrer Kindheit, an dem sie gerne gewesen war. Dann ein leichter Stich unter ihrer Hand, sie fühlte ihren Herzschlag. Wer war sie gestern gewesen, wer würde sie morgen sein? Gestern, als sie die Haustür ihrer Mutter hinter sich geschlossen und sich auf Marlyns Geburtstagsfeier gefreut hatte – worüber sich Ludmilla doch sehr hatte wundern müssen. Und nun, am nächsten Tag, stach der Gedanke in ihr Herz: dass sie nicht zu diesem Dreiergespann gehörte.

Was passiert mit mir?

Schnell blätterte sie weiter, begann zu lesen und stockte erst, als Pippi den Namen des Affen nannte. *Herr Nilsson.* Sie schüttelte ungläubig den Kopf. Herr Nilsson, das klang beinahe wie ihr Nachname, Nelsson. Tatsächlich trennte sie und das Äffchen nur ein einziger Vokal. *Wie konntest du das vergessen?* Ludmilla las weiter, bis ihr die Augen zufielen. Erschöpft ließ sie das Buch auf ihren Bauch sinken und kuschelte sich in den Sitzsack. Die Stimmen der Kinder und Erwachsenen verschwommen zu einem sanften Hintergrundrauschen.

Nur einen Moment die Augen schließen, kurz entspannen.

Als Ludmilla erwachte, war sie desorientiert. Dann schreckte sie hoch, setzte sich auf. Das Buch fiel von ihrem Bauch in ihren Schoß. War sie tatsächlich an einem öffentlichen Ort eingeschlafen? Sie rieb sich mit den Handflächen über die Augenlider, schüttelte leicht den Kopf, um dieses summende Geräusch aus ihrem Kopf zu vertreiben, das stete Summen, das ihr keine Ruhe ließ, seit ... Ja, seit wann eigentlich? Seit Adrian? Sie neigte den Kopf, griff nach den Büchern, die sie ausleihen wollte. Nein, so konnte, so durfte es nicht weitergehen. Heute war der letzte außerplanmäßige Tag, so viel stand fest.

13.

In der Klinik roch es wie immer muffig-desinfiziert. Ludmilla ging zur Information, auf deren Tresen die obligate Manekineko stand. Ludmilla starrte die Katze an, wie sie es immer tat, wenn sie hier war. Sie kam ihr fehl am Platz vor.

Wie kann man Unglück von einem Krankenhaus fernhalten?

»Wie kann ich Ihnen helfen?«, unterbrach die Dame an der Auskunft Ludmillas Gedanken.

Ludmilla wollte sich nach Dr. Senft erkundigen und wo sie ihn finden konnte, doch die Worte kamen wie von selbst aus ihrem Mund: »Ich muss zu Adrian Muhns«, erklärte sie. »Ich bin seine Schwester.« Sie starrte auf den winkenden Arm der Manekineko.

Bitte frag mich nicht nach meinem Ausweis.

Die Dame nickte, tippte etwas in ihren Computer, lächelte und nannte Ludmilla die Zimmernummer. Noch während sie erklärte, wo das Zimmer lag, war Ludmilla schon losgegangen.

Zimmer 217, zweiter Stock, vom Aufzug links den Gang entlang. Kenne ich.

Adrian Muhns lag im Bett am Fenster und blätterte in einer Zeitschrift. Das zweite Bett war frei und mit einer Schutzhülle bezogen.

Was tue ich hier? Ob ich Adrian ein paar Blumen hätte mitbringen sollen?

Gut, dass heute der letzte außerplanmäßige Tag war. Allmählich genügte es ihr. Ihr Herz, ihr Körper, dieser Dauerstress, kein Wunder, dass es beständig summte, summte, summte –

Adrian sah auf.

Sie blieb stehen.

Hans. Hans, Hans.

Ludmilla blinzelte, krauste die Nase, fasste mit der Hand nach ihrer Wange, Tränen stiegen ihr in die Augen und bahnten sich den Weg zu ihren Kieferknochen.

In diesem sonderbaren Moment, in dem Ludmilla das erste Mal in Adrian Muhns' Augen blickte, passierte es: Ludmilla Nelssons Leben, wie sie es in den letzten zwölf Jahren gelebt hatte, schlug eine neue Richtung ein.

Der letzte außerplanmäßige Tag.

Ihr Vorsatz schmolz dahin wie ein Eiswürfel in der Sonne. Ludmilla konnte es in diesem Moment noch nicht erkennen und begreifen, aber ich fühlte die Veränderung. Fühlte, wie die festgefahrene Routine, mit der sie sich eingemauert hatte, nachgab und Platz für Neues schaffte.

Adrian lächelte, und Ludmilla hob mechanisch die Hand, um ihm zuzuwinken, dann legte sie sie vor den Mund, um ein Schluchzen zu unterdrücken.

Adrian nahm ein schwarzes Notizbuch und einen Kugelschreiber von seinem Nachtschrank und begann zu schreiben.

Ludmilla atmete tief durch und tupfte ihre Wangen mit den kurzen Ärmeln ihres weißen T-Shirts ab. Schwarze Mascaraflecken blieben zurück.

Reiß dich zusammen, Lu!

Sie drückte ihren Rücken durch und bewegte sich langsam zum Bett.

Hans, Hans, mein kleiner Hans.

Adrian hörte auf zu schreiben und sah auf.

Wieder wollten die Tränen aus ihren Augen fließen.

Lu!

Rifkah, die sie jetzt vor sich sah, zog den Stöpsel, sodass die Flüssigkeit nach innen in Ludmilla hineinsickerte. Sie presste die Lippen aufeinander, lächelte Adrian zu und setzte sich auf einen Stuhl neben seinem Bett.

Adrian hielt Ludmilla sein Buch hin.

»Außergewöhnlich, er kann nicht sprechen, aber er kann schreiben«, so in etwa hatte Dr. Senft es ihr gesagt. Sie nahm das Buch in die Hand und las, was er geschrieben hatte: »Bist du Lucy?«

Ludmilla sah ihn an und nickte. Dann schaute sie wieder auf Adrians Worte. Seine Schrift war auffallend schön. Er hatte jeden Buchstaben sorgfältig, beinahe kalligraphisch gezeichnet.

Wo hat er so schreiben gelernt?

»Ja, ich bin Lucy. Deine Schwester«, sagte Ludmilla und räusperte sich. Ihre Stimme klang heiser. Dann lächelte sie wieder. »Kannst du mich verstehen?«

Er nickte.

»Wie geht es dir?«, fragte Ludmilla und reichte ihm sein Notizbuch.

Er schrieb langsam, wohl, weil er die Buchstaben derart sorgfältig formte. Sein Blick war konzentriert, zwischen seinen Augenbrauen bildete sich eine Falte.

Adrian schrieb fehlerfrei: »Gut. Ich weiß nicht, wer ich bin. Warum kommst du erst jetzt?«

Er ließ den Stift sinken, hielt Ludmilla das Notizbuch hin und sah sie an. In seinen blauen Augen standen Unschuld, Verwunderung und Ratlosigkeit.

Hans.

Ludmilla starrte ihn an, dann seine Worte, wieder ihn, dann drückte sie Zeige- und Ringfinger gegen ihre Stirn, doch die richtigen Worte ließen sich nicht aus ihrem Gehirn pressen.

»Tut mir leid«, sagte sie und sah im Raum umher, bevor sie wagte, in Adrians Augen zu blicken. Schnell legte sie ihre Hand auf Adrians, in der immer noch der Stift lag, und stierte ihre Hände an.

»Ich bin so froh, dass es dir gut geht. Du kannst dir gar nicht vorstellen, wie froh.«

Adrian zog seine Hand unter ihrer hervor, vorsichtig und langsam, dann legte er sie auf Ludmillas Arm, auf ihre Schulter, und zog sie sanft an sich.

Ludmilla bettete ihren Kopf auf Adrians Schulter und umarmte ihn ebenfalls. Anders als bei Rifkah und Marlyn sträubte sie sich nicht dagegen. Sie ließ sich in Adrians Arme sinken, und so saßen sie eine Weile zusammen, zwei fremde Geschwister, Adrian und Lucy, Hans und Ludmilla, Arm in Arm.

»Erzähl mir von meinem Leben«, schrieb Adrian.

Ludmilla schloss kurz die Augen.

»Du heißt Adrian Muhns«, sagte sie schließlich.

Tolle Leistung, Lu!

Sie wartete, bis Adrian den nächsten Satz in sein schwarzes Notizbuch gezeichnet hatte. »Und du heißt Lucy Muhns und bist meine Schwester.«

Ludmilla schluckte. Wie viel Wahrheit sollte sie ihm erzählen? Und wie viel Wahrheit war eigentlich *wahr?* Sie war unsicher, ob er verkraften würde, dass er möglicherweise nicht Adrian hieß, sondern Hans – und dass er lange verschwunden, für tot gehalten worden war. Sie lächelte Adrian an und stützte sich mit beiden Händen am Stuhl ab, lehnte sich leicht nach vorne und begann zu erzählen.

»Unser Vater ist gestorben, als du noch ein Kind warst.«

Großartig, fall gleich mit der Tür ins Haus. Natürlich musst du direkt mit dem Tod anfangen.

»Er hatte Krebs. Du warst damals erst zehn Jahre alt, ich fünfzehn. Danach fing eine schwierige Zeit an, und danach ...«

Adrian sah Ludmilla fragend an.

Ludmilla entschied, nicht weiter darauf einzugehen.

»Du warst lange verschwunden, Adrian. Deshalb habe ich auch so lange gebraucht, herzukommen. Ich konnte es einfach nicht glauben. Du erinnerst dich wirklich nicht daran, was du in all den Jahren gemacht hast?«

Adrian sah sie ratlos an, schüttelte den Kopf und fing wieder an zu schreiben: »Und unsere Mutter? Wie alt bin ich?« Seine Fragezeichen waren besonders schön anzusehen. Kunstvoll geformte Bögen, in denen die Fragezeichen sich auf dem Papier schlängelten, um auf einem kleinen, schwarzen Punkt zur Ruhe zu kommen.

Hör auf, hör auf. Steh auf, verschwinde und geh. Komm nie, niemals wieder.

Und doch, irgendwo in ihr war diese unendliche Sehnsucht, eine tiefe Überzeugung, ein unbestimmtes Gefühl.

Hans, mein kleiner Hans.

Sie sah Adrian an und schüttelte beinahe unmerklich den Kopf.

»Du bist 25.«

»Dann bist du 30?«, schrieb Adrian.

Sie nickte und fragte sich, wie seine Stimme klingen würde. Als sie Hans das letzte Mal gehört hatte, war er 13 und im Stimmbruch gewesen. Jetzt war er ein erwachsener Mann. »Wir haben früher gerne Dinge gemacht.«

Wir haben kein besonders gutes Verhältnis.

»Welche Dinge?«, wollte Adrian wissen.

»Wir sind zum Beispiel ins Kino gegangen, haben im Garten gearbeitet und gelesen.«

»Lesen fällt mir schwer. Kannst du mir vorlesen???«

Ludmilla lächelte, als Adrian das letzte der drei wunderschönen Fragezeichen zeichnete. Sie erinnerte sich noch gut an sein ungeduldiges Bitten, ihm etwas vorzulesen, als er es selbst noch nicht konnte. Er musste vier oder fünf gewesen sein und Ludmilla neun oder zehn. Sie hatten zahlreiche

Bücher gewälzt, manche wieder und wieder, bis Ludmilla sie so überhatte, dass sie sie für einige Zeit versteckte. Dann hatte sie ihren kleinen Bruder an der Hand genommen und war mit ihm zur Bibliothek spaziert.

»Wir könnten mit Pippi Langstrumpf anfangen«, sagte Ludmilla nun. Sie zog die Bücher aus ihrer Tasche.

Adrian nickte mehrmals. Ein brummendes Geräusch entwich seiner Kehle.

Ludmilla presste die Lippen aufeinander, schon wieder brannten ihre Augen, sie musste einen Schluchzer unterdrücken, legte eine Hand auf ihren Brustkorb, schließlich atmete sie einmal tief ein und wieder aus. Es konnte einfach nicht wahr sein. Dann drängte sich ein Gedanke zwischen ihre Gefühle, der so logisch war, dass er die Tränen verschlang.

Google Adrian Muhns. *Facebook, Instagram, google seinen Namen. Vermisstenanzeigen, check die Vermisstenanzeigen.*

Warum war sie nicht schon längst darauf gekommen?

Adrian hob den Zeigefinger. Dann schrieb er: »Erzähl mir mehr. Es klingt tragisch (Vater?), aber auch nett (du).«

Ludmilla ließ ihren Blick durch das Zimmer und aus dem Fenster schweifen.

Da verließ ich Ludmilla erneut und setzte mich auf den Ast einer Rotbuche vor dem Zimmerfenster. Ich hörte nicht, was sie Adrian antwortete, sah aber, dass sie aufsprang und zum Fenster lief. Sie zeigte auf mich, sah Adrian an und sagte etwas zu ihm. Adrian reckte den Hals und versuchte, dorthin zu schauen, wohin Ludmilla zeigte. Bevor sie erneut in meine Richtung sehen konnte, war ich bereits wieder in sie hineingekrochen.

»Jetzt ist er fort«, sagte Ludmilla enttäuscht und ließ die Hand sinken.

Adrian griff wieder nach seinem Notizbuch.

»Gehen wir ein Stück? Vielleicht finden wir den Vogel.«

»Darfst du denn raus? Du kannst nicht laufen, oder?«

Adrian deutete auf den Rollstuhl in der Zimmerecke. Ludmilla nickte, schob ihn neben das Bett und half Adrian hinein.

»Brauchst du eine Decke? Es ist ziemlich kalt draußen.«

Er schüttelte den Kopf und lächelte. Er schien sich darauf zu freuen, ins Freie zu kommen, und auch Ludmilla konnte frische Luft gebrauchen.

»Aber Schuhe«, sagte sie, »und eine Jacke.«

Adrian deutete erst unter das Bett, dann auf den Kleiderschrank. Dort standen seine schwarzen Anzugschuhe. Ludmilla zog sie ihm an.

Wie damals Hans, nur dass dessen Füße kleiner waren.

Dann ging sie zum Kleiderschrank. Dort hing nur sein schwarzes Jackett.

»Bist du sicher, dass das warm genug ist?«, fragte sie und blickte Adrian an.

Dieser nickte wieder.

Ludmilla nahm das Jackett aus dem Schrank und zog es ihm an.

Sie richtete sich vor ihm auf und verschränkte die Arme, während sie ihn von oben bis unten musterte.

»Du siehst wunderbar aus. Krankenhaushemd, Jackett, Krankenhaushose und schicke Anzugschuhe.« Sie reckte den Daumen nach oben.

Adrian zuckte grinsend mit den Schultern.

Als würdest du nur halb hierhin gehören, dachte Ludmilla.

Dr. Senft – den sie später treffen würde. Bevor sie weiter darüber nachdenken konnte, nahm sie den Rollstuhl und schob Adrian aus dem Zimmer. Am Stationszimmer gab sie Bescheid, dass sie ein wenig an die frische Luft wollten. Die Krankenpflegerin deutete auf die Uhr an der Wand. Es war bereits zwanzig vor sieben.

»Aber nur noch eine halbe Stunde. Es ist ja schon fast dunkel.« Sie zwinkerte Adrian und Ludmilla allerdings verschwörerisch zu.

Im Garten hielten sich um diese Uhrzeit keine Patienten mehr auf. Ludmilla sah sich um; besonders in den Bäumen. Das schwindende Tageslicht erschwerte die Suche. Sie war sich sicher, allmählich den Verstand zu verlieren. Genauso sicher war sie, dass der *Vogel* von derselben Art war wie jener, den sie auf Marlyns Geburtstagsfeier gesehen hatte. Relativ groß und zu exotisch für Leipzig, wie sie befand.

Ich schmunzelte und war ein wenig stolz; wenn sie nur wüsste, *wie* exotisch ich war!

Ludmilla machte sich eine zweite gedankliche Notiz: *Vogelarten im Raum Leipzig.*

Adrian sah sie fragend an. Sie hatte nicht bemerkt, dass sie stehen geblieben war.

»Wie bitte?«, fragte sie.

Adrian lachte auf, schrieb in sein Notizbuch und hielt es Ludmilla grinsend hin: »Ich habe nichts gesagt.«

»Du hast mich so fragend angesehen.«

Adrian schrieb: »Du wolltest mir mehr erzählen.«

»Wir hatten einen Schrebergarten«, begann sie

und schob den Rollstuhl weiter. »Dort haben wir sehr viel Zeit verbracht.«

Meine schönsten Erinnerungen.

»Welche Interessen hatte ich?«, schrieb Adrian.

Ludmilla dachte nach. Hans war ein ungewöhnlicher Junge gewesen. Als die Zeit der Gameboys und Computerspiele kam, hatte ihn das nicht besonders interessiert. Er war lieber schwimmen gegangen oder hatte im Garten gearbeitet oder gelesen.

»Schwimmen«, sagte Ludmilla und warf einen Blick auf Adrians Statur. Sein Körper war noch immer muskulös, schien aber dünner. Vielleicht war er in den letzten Jahren nicht mehr schwimmen gegangen. »Du liebst das Schwimmen und die Natur, Tiere und Pflanzen. Du wolltest Meeresbiologe werden und das Leben unter Wasser erforschen.«

Adrian schrieb einen langen Text. Ludmilla wartete geduldig, schob ihn neben eine Bank und setzte sich. Der Großteil des Parks lag bereits im Schatten der hereinbrechenden Nacht; die Laternen sendeten ein schummriges Licht.

Adrian hielt Ludmilla das Notizbuch hin, sie nahm es in die Hand und las seinen Text: »Das alles ist für mich so seltsam. Ich verstehe nicht alles, was du sagst, und wenn du mir sagst, wer ich bin, erkenne ich mich nicht. Ich fühle nichts, wenn du von dem erzählst, der ich sein soll. Was ist Mehr es Biologi, und was ist er forschn?«

Ludmilla gab Adrian das Buch zurück und legte ihre Hand auf seine.

»Das ist normal. Ich werde dir helfen, so gut ich kann. Meeresbiologie ist, wenn man die Tiere und Pflanzen im Wasser anschaut und mehr darüber lernt, wie sie sich verhalten. Weißt du, was das Meer ist?«

Er schüttelte den Kopf.

»Sehr, sehr viel salziges Wasser«, erklärte Ludmilla.

Als Hans noch sehr klein gewesen war, hatte sie ihm schon einmal beschrieben, wie das Meer war, damit er es sich vorstellen konnte. Bei ihrem ersten Ostseeurlaub wären dem kleinen Hans fast die Augen aus dem Kopf gefallen. Er hatte das Meer vom ersten Tag an geliebt.

»Ich glaube, du brauchst eine Pause«, sagte Ludmilla und zog ihre Handtasche auf ihren Schoß. »Wie wär's, wenn ich dir aus *Pippi Langstrumpf* vorlese, bevor wir zurückgehen?«

Adrian blickte noch eine Weile stumm vor sich hin. Ludmilla drückte seine Schulter und versuchte, seinen Blick aufzufangen.

»In Ordnung?«

Er nickte zögerlich, und Ludmilla bemerkte,

dass er leicht zitterte. Sie zog die graue Jacke aus und deckte Adrian damit zu. Zwar saß sie jetzt nur im T-Shirt da, aber sie würde es aushalten.

Die graue Jacke, die nach Tabak und Seife riecht, wärmt diejenigen, die es am meisten brauchen, dachte sie und nahm den ersten *Pippi*-Band aus ihrer Handtasche.

Sie begann zu lesen. Adrian hörte aufmerksam zu, lachte hie und da.

Zehn Minuten später hielt Ludmilla inne und warf einen Blick auf die Uhr, woraufhin sie das Buch zuklappte. »Wir müssen jetzt zurück. Die halbe Stunde ist schon seit fünf Minuten um.«

»Kommst du morgen wieder?«, schrieb Adrian. »Ich möchte wissen, wie es mit Pippi weitergeht.«

»Wann entlassen sie dich?«, fragte Ludmilla nur.

Adrian zuckte mit den Schultern und fing wieder an zu schreiben, während sie ihn zum Krankenhausgebäude zurückschob. Er hielt sein Notizbuch nach oben, sodass Ludmilla seine Worte lesen konnte. »Sie haben von Re-ha gesprochen. Ich soll laufen und sprechen üben.«

»Reha bedeutet Rehabilitation. Das wird dir den Übergang in ein normales Leben erleichtern.«

Dein normales Leben. Und dann? Was würde dann mit ihm geschehen? Wo wohnte Adrian eigentlich? Wie kann ich seinen Wohnsitz herausfinden? Wo hat er all die Jahre gesteckt? Und wenn er eine Freundin hat, verheiratet ist, Kinder hat? Vermisst ihn niemand?

Ludmillas Gehirn überhäufte sie mit Fragen, doch sie schob den Haufen beiseite.

»Herrn Muhns Abendessen steht auf seinem Zimmer«, sagte die Krankenpflegerin, und als Ludmilla Adrian schon an ihr vorbeischieben wollte, fügte sie hinzu: »Frau Muhns, würden Sie gleich noch kurz bei mir vorbeischauen, bevor Sie gehen?«

Ludmilla brachte Adrian auf sein Zimmer, half ihm in sein Bett und schob ihm das Tablett mit dem Abendessen hin. Es gab Brot mit Käse und Schinken und ein Joghurt.

Adrian nahm sein Notizbuch, schrieb etwas hinein, dann kreiste er die unbeantwortete Frage ein: »Kommst du morgen wieder? Was esse ich gerne?«

Ludmilla dachte an Rifkah und das versprochene Essen.

»Ich weiß noch nicht, ob ich es morgen schaffe«, sagte sie und bemerkte, wie Adrian leicht in sich zusammensackte. Er zog die Augenbrauen zusammen, seine Mundwinkel zeigten nach unten.

»Aber ich werde es versuchen, und dann bringe ich dir dein Lieblingsessen.«

Hans-Adrian, lieber, stummer Bruder. Eine Gitarre ohne Saiten.

»Wir sind alle sehr froh, dass Sie gekommen sind. Dr. Schabeck würde sich gerne mit Ihnen unterhalten. Könnten Sie morgen vorbeischauen – so früh wie möglich?«, fragte die Pflegerin.

»Wäre nach der Arbeit noch früh genug?«

Die Pflegerin bejahte, und Ludmilla versprach, gegen 16 Uhr hier zu sein.

»Ach, und Frau Muhns, könnten Sie uns bitte Ihre Telefonnummer geben?« Die junge Frau mit dem braunen Lockenkopf suchte in den Unterlagen, die vor ihr auf dem Tisch lagen. »Das haben Sie am Tag des Unfalls vergessen. Es war sicher ein großer Schock für Sie.«

Ludmilla nickte und schrieb ihre Telefonnummer auf, wobei sie sich fühlte, als hätte sie ein Ticket in die Hölle gelöst. Nun gab es keinen Weg zurück.

Sie *war* Lucy Muhns.

Auf dem Weg zu Dr. Senfts Station stieß sie beinahe mit einem Mann zusammen und blieb überrascht stehen: Es war Dr. Hoffmann. Er schien es eilig zu haben und wollte weiter.

Ludmilla nahm ihren ganzen Mut zusammen.

»Entschuldigen Sie, wir kennen uns von Frau Mühlhausens Geburtstagsfeier und vom Friedhof – hier ist übrigens Ihre Jacke.« Sie zog sie aus und wollte sie ihm reichen, doch er trat einige Schritte zurück, schüttelte vehement den Kopf und hob die flache Hand. Ludmilla ließ die Hand mit der Jacke absinken und streckte ihm ihre andere Hand entgegen. »Lucy Muhns. Darf ich Sie etwas fragen?«

Jetzt hielt Dr. Hoffmann inne, als sei plötzlich die Zeit stehen geblieben, ignorierte ihre Hand und schaute, seinen Hut mit beiden Händen an der Krempe festhaltend, zu Boden.

»Frau Mühlhausens Geburtstagsfeier«, wiederholte Ludmilla. »Haben Sie auch den Vogel gesehen?«

Da schien sich in Herrn Hoffmann ein Schalter umzulegen, die Zeit lief weiter. Er setzte sich den Hut auf und lief schnellen Schrittes aus dem Gebäude. Ludmilla zog die Brauen zusammen, schaute ihm hinterher, dann zog sie die Jacke wieder an, schüttelte den Kopf und ging weiter in Richtung Notaufnahme. Im Wartebereich saß ein Mann, der auf seinem Handy herumdrückte. Sie dachte an Marlyn, die sie hier kennengelernt hatte.

Es war relativ ruhig, die Flure waren leer. Sollte sie jemanden nach Dr. Senft fragen? Er hatte sicherlich viel zu tun, sie wollte sich nicht aufdrängen. Andererseits: War es nicht sein Vorschlag gewesen? Warum aber hatte er ihr dieses Angebot gemacht?

»Frau Lucy.«

Sie wirbelte herum. War er jetzt wieder per du mit ihr?

»Sie sind gekommen.«

Ludmilla räusperte sich. »Es hat sich so ergeben.«

Dr. Senft ging an ihr vorbei und deutete ihr, ihm zu folgen. Er klopfte an eine der Türen, wartete kurz, dann öffnete er sie.

»Bitte.« Er wies in das Zimmer. »Setzen Sie sich ... Frau Muhns.« Er lächelte. »Es wird ganz schnell gehen. Ich werde Ihnen nur ein paar Röhrchen Blut abnehmen und ins Labor schicken. Dann melde ich mich, sobald ich eine Antwort habe.«

Ludmilla setzte sich auf einen Stuhl und beobachtete, wie Dr. Senft die Tasten des Computers bearbeitete. Dann fragte er sie nach ihrer Versichertenkarte.

Ludmilla sprang auf. Daran hatte sie nicht gedacht.

Wie dumm du bist!

»Habe ich nicht dabei.«

Dr. Senft furchte die Stirn. »Die hat doch jeder in seinem Portemonnaie.«

»Ich ... habe eine neue bekommen«, stammelte Ludmilla und hängte sich ihre Handtasche über die Schulter. »Und sie noch nicht eingesteckt.« In diesem Moment erwog sie eine Namensänderung. Oder sollte sie allen erzählen, wie Adrian wirklich hieß? Ludmilla atmete die desinfizierte Luft in dem fensterlosen Zimmer ein. Dann setzte sie sich wieder. Wollte sie ihm nicht einfach die Wahrheit sagen? Aber was war die Wahrheit?

Sie fasste sich an die Stirn. »Hören Sie, Dr. Senft, es war keine gute Idee, heute hierherzukommen. Ich habe diese Bluttests schon zigmal machen lassen. Mir fehlt nichts. Dr. Eichelberger sagt, es sei psychosomatisch oder eben stressbedingt.«

Dr. Senft drehte sich in seinem Drehstuhl vom Computer weg und wandte sich Ludmilla zu. Er legte beide Ellbogen auf die Knie und beugte sich in ihre Richtung. »Haben Sie denn viel Stress?«

Ludmilla zuckte mit den Schultern, sah Dr. Senft kurz an und blickte dann auf den weißen Linoleumboden. Er reflektierte das Licht der Neonröhren.

Sie blinzelte. »Das Verhältnis zu meiner Mutter ist schwierig.«

»Das auch?«

Ludmilla nickte. »Um ehrlich zu sein ... Mein Bruder war lange Zeit verschwunden«, sagte sie, und jetzt konnte sie nicht mehr aufhören. »Er war weg, und wir dachten, er sei tot. Doch dann war er plötzlich wieder da, auf dem Friedhof, sicher wollte er das Grab unseres Vaters besuchen. Mein Vater ist gestorben, als ich fünfzehn war, und ich bin so froh, dass Ha- … Adrian wieder da ist. Dass er wieder da ist.« Ludmilla seufzte, sämtliche Spannung floss aus ihrem Körper, und sie sackte in sich zusammen. Es tat so gut, die Wahrheit zu sagen.

»Das ist also der Grund, weshalb Sie ihn nicht mehr besucht haben?«

Sie nickte.

»Und Ihre Mutter? Sie war bisher noch nicht bei ihm?«

Ludmilla schüttelte den Kopf. »Es ist kompliziert. Ich werde es ihr sagen, wenn der richtige Zeitpunkt gekommen ist.«

Dr. Senfts Pager ging an. Er entschuldigte sich, stellte ihn aus und bat Ludmilla, fortzufahren.

»Sie ist nicht ganz gesund. Es wird nicht einfach.«

Dr. Senft stand auf. »Geben Sie mir Bescheid, wenn ich helfen kann.« Er notierte etwas auf einem Zettel, riss ihn vom Block und reichte ihn Ludmilla. »Ich muss jetzt leider gehen, es ist ein Notfall reingekommen.«

Ludmilla nickte, nahm den Zettel entgegen und erhob sich ebenfalls. Sie fühlte sich leer, nicht an Blut, sondern an Worten.

Dr. Senft fasste an die Türklinke, hielt jedoch

inne, bevor er sie hinunterdrückte. »Was Ihre Ohnmachtsanfälle angeht: Können wir uns darüber ein anderes Mal unterhalten? Der Körper lügt nie.« Er öffnete die Tür, ließ Ludmilla den Vortritt, hielt sie am Arm auf, gab ihr einen Kuss auf die Wange und zwinkerte ihr zu. Dann eilte er davon.

Ludmilla sah ihm nach, während sie mit den Fingerspitzen über ihre Wange tastete.

Warum mag er mich?

Sie blickte auf den Zettel: Dr. Senft hatte ihr seine Telefonnummer gegeben.

Als Ludmilla endlich zu Hause war, ging sie direkt ins Bad, um sich frisch zu machen und ihren Schlafanzug anzuziehen. Den Zettel mit Dr. Senfts Telefonnummer legte sie auf den Rand des Waschbeckens. Sie zog sich aus, holte einen Waschlappen und hielt ihn unter das warme Wasser. Währenddessen sah sie immer wieder hin, um sicherzugehen, dass der Zettel tatsächlich da war, dass er echt war. Sie wusch sich und wollte den Lappen erneut unter das fließende Wasser halten, da streifte ihr Ellbogen den Zettel und schob ihn ins Waschbecken. Ludmilla ließ den Lappen fallen und zog den Zettel sofort aus dem nassen Becken. Vorsichtig entfaltete sie ihn, nur um verlaufene, blaue Zeichen zu erkennen, die nicht mehr zu entziffern waren.

Lu, du blöde Kuh. Das war ja mal wieder seltendumm von dir.

Ludmilla zerknüllte den Zettel und warf ihn in die Ecke.

Ein Arzt hätte sowieso nicht zu dir gepasst. Du hast ja nicht mal Abitur gemacht.

Ludmilla hockte sich hin, hielt sich die Ohren zu und schloss die Augen. »Hör auf«, sagte sie leise.

Und am Ende bist du noch selbst daran schuld.

»Hör auf«, schrie sie. »Halt endlich die Klappe.«

Langsam öffnete sie die Augen wieder und nahm die Hände von den Ohren. Sie rappelte sich auf, als sie hörte, dass jemand klatschte: Lucy. Sie war wieder da, im Spiegel, ihr nacktes Ebenbild, und sie klatschte in die Hände.

Ludmilla sah an sich herunter, auf ihre Hände. Sie klatschten.

»Siehst du?«, sagte Lucy im Spiegel. »Ich bin du. Du bist ich. Du brauchst mich.«

Da entschied Ludmilla: Sie würde ihren Namen ändern.

Rasch trocknete sie sich ab und schlüpfte in ihren Schlafanzug. Sie nahm sich ihren Kalender und schrieb eine Liste für den morgigen Tag:

Namensänderung beantragen.

Vogelarten in Leipzig auskundschaften.

Marlyn am Dienstag nach der Arbeit besuchen.

Morgen Gespräch mit Dr. Schabeck und abends essen mit Rifkah.

Adrian sein Lieblingsessen bringen.

Dann fuhr sie ihren Laptop hoch, öffnete ein Browserfenster und googelte: »Adrian Muhns«. Schnell scannte sie die Einträge ab:

»Adrian Muhs ist auf Facebook.«

»Adrian Manns, Instagram.«

»Adrian Hamilton-Manns – London, England, United Kingdom ...«

»Adrian Munns.«

»Doktor Faustus – Wikipedia.«

Doktor Faustus?

Adrians Sturz, der schwarze Pudel, der Keller, Marlyns Geburtstag, die Gespräche mit Dr. Senft, Adrian im Krankenhaus, die verschwundene Nummer.

Sie presste die Lippen aufeinander, kniff die Augen zusammen und atmete tief ein. Dann öffnete sie die Augen wieder, starrte auf den Bildschirm. Adrian Muhns schien im Internet nicht zu existieren. Hieß das, dass er im wirklichen Leben auch nicht existierte?

Ludmilla durchsuchte sämtliche Onlinezeitungen im Leipziger Raum, scrollte jede Seite bis weit nach unten, konnte jedoch keine Vermisstenanzeigen finden. Danach durchforstete sie die Vermisstenliste der offiziellen Polizei-Seite.

Nichts.

Adrian Muhns.

Vielleicht gab es ihn nicht, weil er Hans war. Das war einleuchtend.

Danach googelte sie: *Namensänderung beantragen.*

Kurze Zeit später gab sie auf. Tatsächlich war es nicht so einfach, seinen Namen ohne triftigen Grund zu ändern, und triftige Gründe waren Heirat oder Scheidung, Häufigkeit, Verwechslungsgefahr, Tod eines Elternteils, Witzpotenzial oder Rechtschreibung. Eventuell konnte sie ein psychologisches Gutachten vorlegen. Wie hatte Hans es geschafft, seinen Namen zu ändern?

Sie schob die aufkommenden Zweifel beiseite, denn sie hatte sich entschieden. Adrian *war* Hans, und sie *war* Lucy. Wenn eine offizielle Namensänderung nicht möglich war, musste es eben inoffiziell gehen. Sie holte ihren Kalender wieder hervor und strich *Namensänderung beantragen* durch. Wer sollte schon davon erfahren? Sie würde die beiden Welten einfach nicht mischen. Allerdings musste sie Rifkah und Hans-Adrian zusammenbringen. Es würde Rifkah überglücklich machen.

Sie nickte sich selbst zu. Ludmilla musste lediglich einige Vorkehrungen treffen. Adrian musste von Rifkahs Zustand erfahren, und Rifkah musste Hans' neue Identität kennen, bevor sie ihm irgendwann, wenn er dazu bereit war, seinen eigentlichen Namen verraten konnte. Ludmilla lächelte zufrieden. Irgendwann wäre es auch nicht mehr schlimm, dass sie selbst einen falschen Namen angenommen hatte, um ihren Bruder nicht unnötig zu verwirren.

Ludmilla lehnte sich auf dem Sofa zurück und nahm ihre Schlaftablette. Ihr gewöhnlicher Rhythmus war vollkommen verschoben. Morgen musste sie wie immer zur Arbeit, danach erwarteten sie ein Besuch und ein Gespräch im Krankenhaus, außerdem ein Abendessen mit Rifkah.

Rifkah.

Ein leiser Gedanke formte sich kurz vor dem Einschlafen in Ludmillas Gehirn, nahm Gestalt an und löste sich in Nebelschwaden auf: *Vielleicht sollte Rifkah gar nichts von Hans' Rückkehr erfahren.*

Bevor Ludmilla am nächsten Morgen zur Arbeit ging, brachte sie ein zweites Namensschild am Briefkasten und an der Klingel an: jenes ihrer neuen Mitbewohnerin Lucy Muhns. Gestern Abend war Lucy wieder ein Teil von Ludmilla geworden – sie gehörten zusammen, aber es gab einen großen Unterschied: Ludmilla fühlte sich mehr wie Lucy. Ihre neue Identität begann zunehmend, sie zu steuern.

Als Lucy kam sie an diesem Montagmorgen erst um neun Uhr im Büro an. Sie ignorierte die überraschten Blicke ihrer Kollegen und verbrachte einen Teil ihrer Arbeitszeit damit, die Google-Ergebnisse von »orangene Vögel Deutschland« zu durchforsten. Den Kopf leicht geneigt, befand sie, dass der Wiedehopf eine gewisse Ähnlichkeit mit mir hatte, was mich im Übrigen sehr beleidigte. Schnell erkannte sie jedoch, dass der Wiedehopf kleiner als ich und sein orangenes Gefieder weniger grell als meines war. Die Gefiederfarbe des Kardinals war Lucy zufolge passender; der war jedoch viel zu klein. Sie spekulierte weiter, ob ich dem Zoo oder einem privaten Vogelhalter entflogen sein könnte, bevor sie »Deutschland« löschte und weitersuchte. Auch dem Andenklippenvogel schrieb sie eine Ähnlichkeit mit mir zu. Lucy las, dass dieser Vogel auch Andenfelsenhahn genannt wurde und der Nationalvogel Perus war. Auch die Größe konnte stimmen; mit 35 bis 38 Zentimetern war dieser Vogel relativ groß. Nur der bogenförmige Kamm auf dem Kopf sah anders aus, als ihn Lucy in Erinnerung hatte. Aber vielleicht gab es individuelle Unterschiede zwischen den einzelnen Vögeln, überlegte sie. Ob der Zoo Leipzig solche Vögel hatte? Lucy notierte sich: *Zoo Leipzig anrufen – Andenklippenvogel.*

Beleidigt oder nicht, Ähnlichkeit oder nicht: Tief in mir bewunderte ich, mit welcher Präzision sie meinem Geheimnis auf die Spur kommen wollte. Lucy hatte ein starkes Bedürfnis, die richtige Funktionsweise ihres Gehirns zu beweisen – sie musste einen Weg finden, meine merkwürdige Erscheinung zu verifizieren.

In der Mittagspause las sie weiter in *Pippi Langstrumpf*, verbrachte den Rest des Arbeitstages vor dem Computer, und um Punkt vier Uhr, eine Stunde später als sonst, verließ sie das Büro und nahm die Straßenbahn zur Jahnallee, wo sie zwei Döner kaufte, die sie sich einpacken ließ.

Es war bereits fünf, als Lucy das Universitätsklinikum betrat. Sie ging direkt zu Adrians Station und meldete sich an. Ein Krankenpfleger nickte und meinte, er würde Dr. Schabeck wissen lassen, dass Adrians Schwester jetzt da sei. Lucy bedankte sich und ging weiter zu Adrians Zimmer. Sie klopfte an und öffnete die Tür.

Adrian saß in seinem Bett und sah fern. Als er sie erkannte, lächelte er und schaltete den Fernseher aus.

»Was lief denn Spannendes?«, fragte Lucy und deutete auf den Fernseher.

Adrian zuckte mit den Schultern und deutete ein Gähnen an.

»Verstehe«, sagte Lucy. »Ich habe selbst keinen Fernseher. Es läuft sowieso nur Mist.« Sie fuhr das Tablett an Adrians Bett aus und legte die Tüte mit den Dönern darauf ab. »Hast du Hunger?«

Adrian nickte. Er holte sein Notizbuch und schrieb: »Was ist das?«

»Eine Überraschung.«

»Was ist eine Übaraschung?«

»Etwas Schönes, mit dem du nicht gerechnet hast.«

Adrian strahlte. Wieder erkannte Lucy etwas Kindliches darin. Seine Freude war rein und unverstellt. Er notierte Lucys Definition, während sie einen Döner auspackte. Es roch sogleich nach Knoblauchsauce und dem würzigen Grillfleisch, Ludmilla rumorte der Magen. Erst jetzt bemerkte sie, wie hungrig sie eigentlich war. Er schnüffelte in der Luft herum, zog die Nase kraus. Voller Vorfreude legte Ludmilla eine Serviette auf Adrians

Brust und reichte ihm sein Essen. Er roch daran, zog abermals die Nase kraus und sah Ludmilla an. Sie nickte ihm aufmunternd zu, packte sich ihren eigenen Döner aus, legte sich eine Serviette auf den Schoß und setzte sich zu ihm an die Bettkante.

»Dein Lieblingsessen. Guten Appetit«, sagte sie und biss in den Döner.

Adrian begann ebenfalls zu essen. Nach dem ersten Bissen verzog er das Gesicht und sah Lucy skeptisch an.

»Was ist?«, fragte sie, »schmeckt es dir nicht?«

Adrian schüttelte den Kopf und legte den Döner auf das Tablett. Er griff nach dem Notizbuch. »Das soll mein Lieblingsessen sein?«

Ludmilla ließ ihren Döner in den Schoß sinken. Ihr Hunger war dem Gefühl von Enttäuschung gewichen.

»Ein Döner von deiner Lieblingsdönerbude.«

»Döna?«, schrieb Adrian. »Was soll das sein?«

»Ein türkisches Gericht, das in Deutschland sehr beliebt ist. Das Fleisch wird an einem Drehspieß gegrillt und dann zusammen mit Gemüse und einer Joghurtsauce in eine Teigtasche gesteckt.« Lucy nahm Adrian den Stift sanft aus der Hand und schrieb *Döner*. »Mit *er*«, sagte sie. Sie reichte Adrian den Stift.

Er schrieb: »Ich glaube«, er hielt inne, sah Lucy ratlos an und zuckte mit den Schultern. Lucy lächelte ihm ermutigend zu. »Ich möchte keine Tiere essen.«

»Du bist Vegetarier?«, fragte Lucy und hob die Brauen. Hans hatte Fleisch geliebt. *»Keine Mahlzeit ohne Fleisch.«* Rifkah hatte ihm beigepflichtet, während ihr Vater und Ludmilla vergeblich versucht hatten, wenigstens einen fleischfreien Tag pro Woche einzuführen.

Adrian sah sie immer noch ratlos an, und sie fuhr fort: »Vor deinem Verschwinden warst du definitiv kein Vegetarier.« Er verstand nicht. »Das ist eine Person, die kein Fleisch isst«, fügte sie hinzu.

»Ich kann den Gedanken daran nicht ertragen«, schrieb Adrian.

»Das macht nichts«, sagte Lucy, packte Adrians Döner wieder ein und lächelte ihn an. Sie zog ihre Mundwinkel besonders weit auseinander, um ihr Lächeln so echt wie möglich aussehen zu lassen, denn innerlich bebte es in ihr. »Im Gegenteil. Es ist gesund, klima- und tierfreundlich. Es gibt auch vegetarische Döner, ohne Fleisch. Nächstes Mal bringe ich dir einen ohne Fleisch mit. Versprochen!«

»Weggetaria«, schrieb Adrian.

Es klopfte, und Dr. Schabeck trat ein.

»Vegetarier«, schrieb Lucy.

»Guten Tag, Frau und Herr Muhns«, sagte die Ärztin. »Wie ich rieche, haben Sie bereits zu Abend gegessen.« Sie ging zum Fenster, um es zu kippen.

»Herr Muhns ist Vegetarier«, sagte Lucy. Sie wickelte ihren angebissenen Döner wieder in Alufolie ein und steckte ihn zurück in die Plastiktüte, wo bereits Adrians angebissener Döner lag.

Dr. Schabeck warf ihr einen fragenden Blick zu. Sie schien mit dieser Information nicht gerechnet zu haben und damit auch nichts anfangen zu können.

»Sie wollten mich sprechen?«, fragte Lucy.

»Ganz recht«, sagte Dr. Schabeck und rückte ihre Brille zurecht. »Würden Sie mich einen Moment begleiten?«

Lucy nickte.

»Ich bringe sie Ihnen gleich zurück«, sagte Dr. Schabeck zu Adrian. Er nickte und lehnte sich im Bett zurück.

Dr. Schabeck führte Lucy in ein kleines Büro und bat sie, Platz zu nehmen.

»Wie geht es Ihrem Bruder?«, fragte sie Lucy.

»Den Umständen entsprechend ganz gut, wie

mir scheint«, sagte Lucy. »Ich hatte gehofft, dass Sie mir mehr darüber sagen können.«

Dr. Schabeck lächelte. Ihre Schneidezähne überlappten. »Er hatte großes Glück. Wir werden ihn bald in die Reha entlassen können, wo er Lauf- und Sprechtraining machen wird. Es ist erstaunlich, dass er schreiben kann. Die Schäden in seinem Gehirn scheinen lokal zu sein. Wir vermuten, dass er wieder laufen und sprechen lernen wird. Ob er sein Erinnerungsvermögen wieder erlangen wird, ist allerdings schwer zu sagen. Erkennen Sie ihn denn wieder? Können Sie mir noch etwas über sein Leben vor dem Unfall erzählen?«

Lucy schluckte.

»Einerseits erkenne ich ihn deutlich wieder – und andererseits überhaupt nicht. Wir hatten sehr lange keinen Kontakt. Ich weiß nicht, wo er gewohnt hat und was er während der letzten Jahre gemacht hat.«

Dr. Schabeck nahm einen Kugelschreiber und drückte ihn mit der Hinterseite gegen ihre Wange. Sie presste die Lippen zu einem Strich zusammen, dann ließ sie sie mit einem lauten Plop auseinanderschnellen. »Wir haben mit den Behörden telefoniert und versucht herauszufinden, wer er ist und wo er wohnt.« Sie legte den Stift wieder ab, stützte sich mit beiden Ellbogen auf den Schreibtisch und faltete die Hände. »Er scheint weder eine Adresse noch eine Arbeit zu haben.«

Lucy biss sich auf die Unterlippe.

»Er ist obdach- und arbeitslos?« Sie dachte über seine Kleidung nach, Anzugschuhe, Jackett, T-Shirt, sie sah sein Gesicht vor sich, das sorgfältig rasiert gewesen war. Wie konnte er arbeits- und obdachlos sein?

»Es sieht ganz danach aus. Wir konnten absolut nichts ausfindig machen. Es ist, als habe er vorher nicht existiert.« Dr. Schabeck schaute ins Leere. Dann fragte sie: »Wie kommt es, dass Sie zufällig beide an demselben Ort waren, als der Unfall passierte?«

Lucy zuckte mit den Schultern.

»Vielleicht wollte er das Grab unseres Vaters besuchen. Auf dem Friedhof.«

Dr. Schabeck nickte. »Hören Sie, Frau Muhns. Was Ihrem Bruder zugestoßen ist, ist sehr ungewöhnlich. Seine lange Abwesenheit, sein plötzliches Auftauchen. Niemand scheint etwas über ihn und sein Leben zu wissen – nicht mal er selbst.« Sie richtete sich auf. »Seien Sie ihm eine Stütze. Es würde seinen Genesungsprozess beschleunigen. Seit Sie da waren, macht er Fortschritte. Aber Sie dürfen keine Wunder erwarten. Er wird vielleicht nie wieder derselbe sein. Zum Abschluss habe ich noch eine sehr konkrete Bitte an Sie.«

Lucy nickte, sagte aber nichts. Sie war fest entschlossen, Adrian zu helfen, so gut sie konnte. Sie wollte ihn nicht ein zweites Mal verlieren.

»Helfen Sie Ihrem Bruder, seine vergessenenen Jahre wiederzufinden. Auch wenn er nirgends gemeldet ist, muss er irgendwo gewesen sein. Besorgen Sie ihm Kleidung und nötige Toilettenartikel. Helfen Sie ihm bei der Einrichtung eines Bankkontos, damit er seine Mindestsicherung beziehen kann.«

Dr. Schabeck holte einen Zettel aus einer Schublade und legte ihn vor Lucy auf den Tisch.

»Das ist eine Vollmacht. Herr Muhns hat sie bereits unterschrieben. Damit können Sie alle Formalitäten erledigen.«

Lucy schluckte, aber ihr Mund war trocken, ihre Kehle brannte.

Und wenn er es nicht ist?

Ich spürte, wie sie innerlich kämpfte. Sie klammerte sich an das Gefühl, dass dieser Mann ihr Bruder Hans war. Sie klammerte sich derart fest daran, dass es Druckstellen bekam, sich unter ihrem Griff wand und verschwinden wollte.

Und dann begriff sie: Sie musste es loslassen.

Lucy sog die Luft schnell und tief in ihre Lungen, vorbei an der trockenen Kehle. Sie ließ los.

Das Gefühl schüttelte sich wie ein nasser Hund nach einem Bad, es war buschig und schwarz, ein wenig wie Barbabo, der Künstler. Hans hatte *Barbapapa* geliebt, besonders den gelben Barbakus, den Freund aller Tiere und Pflanzen. Sie wunderte sich, dass das Hansgefühl aussah wie Barbabo und nicht wie Barbakus, aber es war eindeutig und echt.

Barbabo schaute Lucy mit großen Augen an und blieb stehen. Er lächelte. Und er blieb.

»Frau Muhns?«

»Na–türlich« stammelte Lucy und nahm die Vollmacht an sich. Sie räusperte sich mehrmals. »Ich werde tun, was ich kann, und ihm alles bringen, was er braucht. Wann wird er in die Reha verlegt?«

»Wir werden noch einige abschließende Untersuchungen durchführen. Vermutlich gegen Ende der Woche, wenn ein Platz frei ist. Wir werden es Sie wissen lassen.« Dr. Schabeck legte einen zweiten Zettel auf den Tisch. »Das ist der Reha-Antrag. Ich habe schon alles ausgefüllt. Sie müssen nur noch unterschreiben, und ich faxe ihn sofort an die Rehaklinik.«

»Danke. Vielen Dank für Ihre Mühe. Ich bringe

die Hose beim nächsten Mal mit«, sagte Lucy und erhob sich.

Dr. Schabeck schaute Lucy irritiert an, dann nickte sie.

»Ach, die Hose.« Sie winkte ab.

Adrian biss in ein Käsebrot, als Lucy zurückkam.

»Das schmeckt dir also besser als Döner?« Lucy schmunzelte.

Adrian zuckte mit den Schultern und zeigte auf die letzten Worte, die in seinem Notizbuch standen: »Weggetaria« und »Vegetarier«.

Ermutigt von Barbabo, der immer noch da war, sagte Lucy: »Hör zu. Wir sollten herausfinden, was du in den letzten Jahren gemacht hast.«

Adrian nickte.

»Darf ich deine Sachen durchsuchen? Vielleicht finde ich Hinweise.«

Er zeigte auf den Schrank und nickte abermals, dann legte er das Käsebrot beiseite und begann zu schreiben: »Hatte fast nichts bei mir. Keine Schlüscel, kein Händi, nur ein Portmonä. Und darin nur Geld, Personalausweis und Versichertenkarte.« Er schaute sie hilfesuchend an. »Wer bin ich?«, schrieb er, und dann sagte er: »Lu«. Seine Stimme war tief und rau.

Lucy eilte zu ihm, legte ihre Arme um seine Schultern und strahlte ihn an. Sie hatte sich nicht verhört: Er hatte *Lu* gesagt. Es war kein Traum, es war –

Tschüss, Lu.

Es war vergangen, und nun war es wieder da. Sein *Lu*, ihr *Lu*, ihr Bruder, ihr Hans-Adrian.

»Lu«, sagte Adrian wieder, dann räusperte er sich. »Lu, Lu, Lu.« Seine Wangen röteten sich, und er sah verlegen zu Boden.

»Bald wirst du wieder sprechen können«, sagte Lucy und drückte ihn an sich. Sie strich über sein Haar, und auch Adrian presste sich an Lucy.

Dann löste sie sich aus der Umarmung, und plötzlich flossen Worte aus ihrem Mund, als sei ein Staudamm gebrochen. »Ich werde dir alles bringen, was du brauchst. Kleidung, Toilettenartikel, vielleicht ein wenig Musik oder Hörbücher? Ein Handy.« Sie unterbrach ihren Redeschwall und schrieb in Adrians Notizbuch: »Handy.« Dann fuhr sie fort: »Gibt es etwas, das du haben möchtest, etwas, das dir fehlt, das du brauchst? Welche Kleidergröße, Schuhgröße, warte, das kann ich selbst –«

»Lu.«

Es gab keine Zweifel mehr.

Als Lucy in der Straßenbahn saß, notierte sie in ihren Kalender, gleich unter *Zoo Leipzig anrufen – Andenklippenvogel*:

Kleidung und Toilettenartikel besorgen.
Bankkonto einrichten.
Mindestsicherung beantragen.
Handy.

Rifkah saß bereits im vietnamesischen Restaurant, als Lucy um eine Viertelstunde verspätet eintrat.

»Erst sagst du unseren Kochabend ab und dann kommst du auch noch zu spät.«

»Tut mir leid.« Lucy setzte sich Rifkah gegenüber hin. »Hast du schon bestellt?«

Rifkah schüttelte den Kopf. Ihre Haare hatte sie zu einem Pferdeschwanz zusammengebunden. Sie war blass, und dunkle Schatten lagen unter ihren Augen, die von der Schwärze ihres Pullis noch unterstrichen wurden.

»Nur was zu trinken. Was gab es denn so Wichtiges?« Rifkah trank einen Schluck Tee.

»Ich habe jemanden im Krankenhaus besucht.«

Rifkahs Gesicht war fast komplett verdeckt von der Teetasse, während sie trank. Nur ihre Augen lugten hervor – und diese weiteten sich jetzt. Lucy konnte die roten Äderchen im Weiß des Augapfels erkennen.

Nachdem Rifkah die Tasse abgesetzt – oder vielmehr auf die Untertasse geknallt – hatte, presste sie hervor: »*Wen* hast du besucht? Du kennst doch niemanden.«

Lucy vermied es, mit den Augen zu rollen, da sie aus Erfahrung wusste, dass das die Situation nur schlimmer gemacht hätte. Stattdessen presste sie ihre Lippen aufeinander. Sie hatte gelernt, ihre Körpersprache in Rifkahs Gegenwart zu kontrollieren. Das Zusammenpressen der Lippen war dabei ihr wichtigstes Instrument. Wann immer sie Emotionen verspürte, die sich in ihrem Gesicht zeigen wollten, presste sie die Lippen zusammen, um sie in ihrem Inneren zu behalten.

»Ganz richtig, ich habe *niemanden* besucht«, sagte sie. Es war nicht mal eine Lüge. Seitdem Adrian wieder aufgewacht war, fühlte er sich wie ein Niemand. Er war erst wieder dabei, Jemand zu werden: Jemand, der weder Adresse noch Arbeit hatte, jemand, der kein Fleisch mochte, in wunderschöner Schreibschrift schrieb, nicht sprechen konnte, seine Vergangenheit verloren hatte. Jemand, der Adrian Muhns hieß und 27 Jahre alt war.

Sie zuckte zusammen.

Ich habe ihm gesagt, er sei 25. Wie Hans.

»Wie, du hast *niemanden* besucht?«

»Ich habe einem Mann geholfen, der einen Unfall hatte, und ihn besucht.«

»Und wegen eines Wildfremden versetzt du mich?«

Lucy legte ihre Hand auf Rifkahs.

Wenn du wüsstest, dass dein Sohn wieder da ist.

»Tut mir leid, Rifkah. Du hast vollkommen recht. Du gehst vor.«

»Und dieser Arzt?«

Lucy dachte an die Telefonnummer.

»Das hat sich erledigt«, sagte sie. »Was essen wir?«

14.

Wirklich, Ludmilla?«, donnerte Lucy, als sie nach dem Abendessen wieder zu Hause waren. »*Das hat sich erledigt?*«

Lucy schloss die Augen. So viel Angst, so viel Ludmilla steckte noch immer in ihr. Sie würde Dr. Senft nicht hinterherlaufen. Er hatte ihr seine Nummer ohnehin nur gegeben, weil sie sein medizinisches Interesse geweckt hatte. Er wollte ihr helfen, genauso wie er damals diesem Jungen hatte helfen wollen, der aus dem Fenster gestürzt war.

Ich habe Ruhe bewahrt, während die anderen in Panik verfallen sind. Das ist mein Talent.

»Er gibt sicher jeder Patientin, der er helfen will, seine Privatnummer«, brach Lucy wieder in Ludmillas Gedanken ein und grinste frech.

Ludmilla hielt sich die Ohren zu, aber das half nicht: Lucy sprach in ihrem Kopf.

Wer bin ich eigentlich? Und wer denkt jetzt? Eine dritte Person, die weder Ludmilla noch Lucy ist, sondern sich der Existenz beider bewusst ist?

Mir gefiel Ludmillas Kombinierungsgeschick, doch sie rief sogleich laut »Nein!« und rannte ins Bad, stützte sich auf dem Waschbecken ab und betrachtete sich im Spiegel.

Durchatmen.

»Ich bin Lucy, Adrians Schwester. Und ich werde Dr. Senft *nicht* hinterherlaufen.«

Ich bin Adrians Schwester.

Lu.

Sein erstes Wort. Hans hatte sich so verändert, und doch war Lucy sicher, dass er ihr Bruder war. Sie wusste, dass es völlig absurd klang, aber sie hielt an ihrer inneren Sicherheit fest, einer Intuition, die ihr sagte, dass Hans wirklich Adrian *war* – und umgekehrt. Menschen konnten ihre Identität ändern, ihren Geschmack und den Namen, sie konnten in der Klemme stecken und sich ohne Arbeit und Zuhause durchs Leben schlagen – vor allem, wenn sie als Kind von zu Hause abgehauen waren, keinen Schulabschluss und kein Geld hatten. Menschen veränderten sich, jedoch nicht ihr grundlegendes Aussehen, nicht ihre Gesichtszüge, selbst wenn sie älter wurden (es sei denn, sie halfen nach, aber Adrian sah nicht aus, als hätte er eine Schönheitsoperation hinter sich). Lucy war sich außerdem eines Gefühls bewusst: jenem Gefühl, das man bekam, wenn man eine Person wieder traf, die man jahrelang nicht gesehen hatte – zum Beispiel eine einstige Klassenkameradin, die erwachsen geworden war. Es dauerte kurz, man sortierte, verglich Gesichter, aber dann, wenn die Erkenntnis da war, war man sicher. Nur eine Millisekunde, und die Sicherheit war unumstößlich. Dann tauschte man Floskeln aus. Lucy konnte sich nicht täuschen, ihr Gefühl des Wiedererkennens war endgültig.

Du kennst doch niemanden.

Normalerweise störten Ludmilla Rifkahs Aussagen längst nicht mehr, sie nahm sie nicht einmal wahr. Aber sie war nicht mehr allein. Lucy war jetzt hier, wohnte mit ihr zusammen, und Ludmilla kam nicht umhin, ihre Wut zu spüren. Das war neu für sie: nicht die Wut, sondern das Gefühl an sich.

Und eben dieses musste ich mir zunutze machen: Der Zeitpunkt war gekommen, ich würde mich Lucy vorstellen. Lucy bereitete sich gerade eine Tasse Kamillentee zu. Sie war innerlich zu aufgewühlt, um sofort ins Bett zu gehen. Die Schlaftablette würde möglicherweise nicht richtig wirken, und sie wollte ungern zwei nehmen.

Sie trug ihre Teetasse zum Fenster, öffnete es, und setzte sich auf einen Lehnsessel. Der Himmel war bedeckt, kein Stern war zu sehen. Lucy nahm die Zigarettenschachtel in die Hand, die auf der Fensterbank lag. Sie nahm eine Zigarette heraus und rollte sie zwischen den Fingern hin und her.

»Und die Raucherei solltest du dir auch abgewöhnen. Sonst endet das mit dir noch wie mit ihr.«

Sie kannte Ludmillas beruhigendes Abendritual: Kippe und Kamillentee. Lucy fragte sich, ob sie dasselbe Abhängigkeitsgen wie Rifkah hatte. Wie schnell würde sie von den Schlaftabletten abhängig werden? War sie es nicht schon längst? Doch ohne Tabletten bekam sie nicht genügend Schlaf. Seit Hans' Verschwinden war das so, weshalb sie seit zwölf Jahren jeden Abend eine Schlaftablette nahm. Sie hatte die Dosis nie erhöht, aber auch nie versucht, die Tablette wegzulassen. Sie gehörte zu ihrem Abendritual dazu wie das Zähneputzen.

Lucy schloss die Augen. Heute würde sie die Tablette weglassen. Es war höchste Zeit.

Just in dem Moment, in dem Lucy den Entschluss gefasst hatte, nahm sie ein Rascheln wahr. Sie sprang auf und wischte dabei mit dem Ellbogen die Teetasse von der Fensterbank, woraufhin die Tasse zerbarst und der Tee über den Dielenboden floss. Als sie sich umdrehte, fiel ihr auch die Zigarette aus der Hand und landete in der Kamillenteepfütze zwischen den Scherben.

Ich gebe zu: So war das nicht geplant gewesen.

Lucy starrte mich an. Ich saß auf der Lehne ihres Sofas und blickte ihr ins Gesicht, krächzte, dann legte ich den Kopf schief. Unschlüssig spähte Lucy zwischen mir und dem Fenster hin und her, dann studierte sie mich gründlich, und ich posierte, so gut ich konnte.

Lucy schaute mir ganz kurz in die Augen, und ich sah Teile ihres Innenlebens aufblitzen. Doch es waren nur Ausschnitte, die aus der Entfernung so hell waren, dass alles unkenntlich war. Lucy schien die Blitze zu spüren und wandte sich ab.

Ich räusperte mich und kramte meinen raimundschen Wortschatz hervor: »Verzeihen Sie diese degoutante Störung. Ich finde es geradezu erquicklich, dass ich ausnahmsweise nicht als Unterhändlerin in einem irdischen Liebesroman erscheinen muss.«

Lucy taumelte rückwärts, bis sie so dicht an der Wand neben dem Fenster stand, dass ich mich sorgte, sie würde jeden Moment durch die Wand fallen. Ich ärgerte mich ob meiner Unhöflichkeit. Es war Teil der Wirklichkeit, dass man sich vorstellte, sagte, wer man war, denn hier erkannte man sich nicht intuitiv.

»Ich vergaß meine Manieren«, sagte ich also und streckte einen Flügel nach hinten, während ich den anderen vor die Brust hielt. Dann senkte ich den Kopf und deutete eine Verbeugung an. Dabei verlor ich allerdings das Gleichgewicht und fiel flügelschlagend zu Boden. Wäre ich nicht unsterblich, wäre mir meine Tollpatschigkeit längst zum Verhängnis geworden. Mein Ärger ob meines Unvermögens würde sich nun in meinem Gefieder widerspiegeln, das kurzzeitig eine Blau- und Grünfärbung annehmen würde. Nur die schwarze Feder verblieb schwarz.

Ich rappelte mich auf, schüttelte mich und sprang mit einem Satz zurück auf die Lehne, bevor ich an mir hinuntersah: Mein Gefieder war wieder rot-orange und glänzte silbrig. Langsam richtete ich mich erneut auf.

»Federleicht und doch bleischwer,
wie ein Fisch entgleit' ich dir.
Ich reime
kreuzweise
ersticke im Keime
den Vers.
Wer an mich glaubt,
dem erscheine ich,
dann – schnell! – den Verstand geraubt
O weh!
die Silben passen nicht.
Bin irrwitzig, absurd – und gut!

Ich seh' Möglichkeiten,
aber ich brauche Mut
(und nicht nur wegen des Reimes, ich mag ihn,
aber er ist mir einerlei).
Denn nur, wer auch in schweren Zeiten
nicht aufgibt, sondern hart arbeitet,
dem geb' ich
Ideen
Inspiration – sogleich!
Wenn Ruhe sich senkt
und man an nichts denkt
Dann fliege ich hinaus aus meinem Reich
und – wusstest du?
Ohne mich gäb's keine Empathie
d'rum braucht der Mensch mich: Phantasie!
(die poetische mit ph)«

Lucy war vollkommen versteinert. Sie war augenscheinlich nicht in der Lage, mehr als das soeben Erlebte aufzunehmen.

Ich verbeugte mich erneut, diesmal elegant, ohne von der Lehne zu stürzen. »Wohlauf, ich empfehle mich!«

Ich hüpfte von der Lehne, breitete im Fall meine Flügel aus und flog durch das geöffnete Fenster davon. Dann machte ich mich unsichtbar, kehrte um und schlüpfte wieder in Lucy hinein, die mir durch das geöffnete Fenster nachsah.

Lucy fühlte noch immer eine Wärme in ihrem Inneren, die meine Worte hinterlassen hatten.

War es ein Tier?, fragte sie sich. *Derselbe Vogel, den ich bereits an Marlyns Geburtstagsfeier und im Baum des Krankenhauses gesehen habe*, dachte sie.

Das Gefühl des Wiedererkennens war da, ebenso unumstößlich wie die Gewissheit, dass ich kein Andenklippenvogel sein konnte.

Stolz lauschte ich ihrem inneren Dialog: *Sein orange-rotes Gefieder hatte von innen heraus geleuchtet, als sei eine silberne Glühbirne in ihm versteckt gewesen. Seine Federn waren von silbergrauen Fäden durchzogen, die wie Schmuck glitzerten.*

Schöne Vergleiche, gekonnte Bilder, die vor Lucys innerem Auge aufblitzten. Doch dann fragte sie sich, ob Vögel im Alter graue Federn bekamen, und ob ich bereits älter war. Oh, welche Qual, solchen Gedanken beizuwohnen!

Dann dachte sie an meine Stimme und meine Worte, und ich beruhigte mich. Meine Stimme erinnerte sie an warmen Kakao – ein weiteres Bild, das mir sehr gefiel. Lucy dachte nicht an angerührten Instantkakao, sondern an jenen Kakao, den ihr

Vater gekocht hatte: frische Vollmilch und echte Qualitätsschokolade, die er in der warmen Milch geschmolzen hatte – und obendrauf Sahne. Sie vernahm das samtige Gefühl in ihrer Kehle, und sie fühlte es jetzt, während meine Worte in ihr nachhallten.

Ein kühler Windhauch wehte durch das offene Fenster. Lucy schloss es. Dann ging sie zur Sofalehne und strich darüber. Sie ging in die Hocke und roch daran, konnte jedoch nichts Ungewöhnliches entdecken. Sie kniete sich auf den Boden und strich über die Dielen, dort, wo ich abgestürzt war.

»D'rum braucht der Mensch mich: Phantasie«, murmelte sie, dann hörte sie wieder meine Stimme, die dieselben Worte in ihrem Kopf sagte, und sie fragte sich, ob es eine männliche oder weibliche Stimme war.

Zu tief für eine Frauenstimme und zu hoch für eine Männerstimme. Genau an der Grenze zwischen männlich und weiblich, nichts davon und doch beides zugleich.

Meine Worte schwammen auf dem spiegelglatten See von Lucys Bewusstsein, bevor etwas Unerwartetes geschah: Langsam und friedlich, eins nach dem anderen, sanken sie in die Tiefe. Lucy konnte sie nicht mehr erreichen, obwohl sie da waren, tief in ihrem Gedächtnis versunken.

Was blieb, war ein Gefühl: Kakao, tröstlich, wärmend, süß.

Doch unleugbar: Mein Vorhaben war nicht planmäßig verlaufen. Ich hatte mich Lucy vorgestellt, sie hatte meine Worte gierig verschlungen und erreichte sie schon nicht mehr. Sie wusste, *dass*, aber nicht, *wer* ich war. Ich musste umdenken, es erneut versuchen.

Als sie Lappen und Kehrblech holte, um den Kamillentee und die Scherben zu beseitigen, fragte sie sich bereits, ob tatsächlich ein sprechendes, fabelartiges Wesen auf ihrer Sofalehne gesessen hatte. Wurde sie allmählich verrückt? Ihr Kopf war vollkommen leer. Alles, was zu ihr durchdrang, war der Geruch des Kamillentees, gepaart mit dem Tabak der Zigarette.

Kamillenkippe, Kippenkamille.

Der Tee sickerte in die Fugen.

Nein, entschied sie sich, als der Dielenboden vollständig gereinigt war.

Nein, ich werde nicht verrückt, und ja, da saß ein sprechender Vogel auf meiner Sofalehne.

Obgleich sie meine Worte vergessen hatte, wusste sie, dass ich dort gewesen war und gesprochen hatte.

Als ihr eine Idee kam, legte sich Ruhe über

Lucy. Eine Ruhe, in der zwei Dinge friedlich und gefestigt bestehen durften: die Akzeptanz einer seltsamen Wirklichkeit und der konkrete Plan, dieser Wirklichkeit auf die Spur zu kommen.

Lucy putzte sich die Zähne und nahm mechanisch die Dose mit den Schlaftabletten in die Hand. Sie erinnerte sich an ihren Entschluss, stellte die Dose weg und ging zu Bett.

Im Traum kniete Lucy auf dem Grund eines Gewässers. Sie öffnete ihren Mund, ließ das Wasser hineinlaufen, sog es in ihre Lungen. Dann presste sie es wieder heraus, schluckte einige Mundvoll. Sie schmeckte nichts, atmete weiter das Wasser ein und aus.

Auf dem Grund des Gewässers erkannte sie kleine, verstopfte Krater. Dicke Pfropfen steckten darin. Lucy schwamm zu einem und zog daran. Er rührte sich nicht. Da stemmte sie sich mit aller Kraft dagegen und zog, als hinge ihr Leben davon ab. Das Wasser wurde unruhig, die Strömungen stärker. Lucy verlor den Halt; sie schwebte jetzt im Wasser, während sie sich immer noch an dem Korken festhielt. Das Wasser wirbelte sie umher, eine Fahne im Wind, die schließlich abriss und davonflog. Die Strömungen schleuderten sie wie einen Tennisball durch das Wasser, auf, ab, links, rechts. Plötzlich spürte sie einen Druck von oben, der sie gegen den Grund des Gewässers presste. In Embryonalstellung kauerte sie dort. Sie konnte nicht mehr atmen. Das Wasser drohte sie zu ersticken.

Du brauchst einen Hebel, wisperte es um sie herum.

Aber das hörte Lucy nicht. Sie presste ihre Arme fest auf ihre Ohren.

15.

Marlyns Haus war eine alte, sanierte Villa, die einen hellrosa Anstrich bekommen hatte.

Lucy drückte das Gartentor auf und ging über den holprigen Pflastersteinweg zur Haustür. Zwischen den Steinen wuchsen Grasbüschel, die die Steine teilweise angehoben hatten. Sie fragte sich, wie Otto und Marlyn auf diesem Weg sicher zur Haustür gelangen konnten. Das gepflegte Gebäude stand im Kontrast zum verwilderten Garten, in dem sich Büsche, Bäume und Rosen ineinanderrankten.

Lucy klingelte und trat einige Schritte zurück. Marlyn erschien hinter der Glastür. Ihre grauweißen Haare trug sie in einem Dutt auf dem Kopf, den sie mit einem roten Haarband umwickelt hatte. Einzelne Strähnen hatten sich gelöst und umspielten ihr Gesicht. Sie lächelte, öffnete die Tür und bat Lucy hinein.

Es roch nach Rosen, Kaffee und frisch gewaschener Wäsche. Die Duftmischung wirkte befremdlich, als wehte sie von einer anderen Welt aus in Lucys Welt. Sie hüllte sie ein und trug sie sanft fort an einen Ort, der selbst an diesem grauen Frühlingstag lichtdurchflutet war.

Das Parkett glänzte, die cremefarbenen hohen

Wände reflektierten jeden Sonnenstrahl, der durch das Regengrau zu dringen vermochte. Vor der geöffneten Terrassentür schunkelte eine weiße Gardine im Rhythmus des Windes. Im Hintergrund spielte leise Klaviermusik.

»Wie schön es hier ist!« Lucy konnte ihre Begeisterung kaum verbergen. Sie hielt eine Papiertüte in die Luft. »Ich habe Kuchen mitgebracht.«

»Wie lieb von dir. Komm doch mit in die Küche.«

»Ist Otto nicht da?«

»Er hält noch seinen Mittagsschlaf.« Marlyn ging leichtfüßig voraus. Sie trug ein weites rotes Leinenkleid, das ihr bis zu den Waden reichte.

Ihre Küche war gänzlich in Weiß gehalten: die Küche selbst, der Holzfußboden, die Wände. Die Arbeitsplatte war aus grauweißem Marmor. Überall leuchteten bunte Akzente auf, hier ein Teller mit Limetten und Zitronen, dort ein Strauß rosa Rosen. Über dem Küchentisch, den eine cremefarbene Tischdecke mit bunten Abbildungen schmückte, hingen zwei knallrote Hängelampen. Am Fenster standen Kräuter in Tontöpfen, und von den Regalen rankten Hängepflanzen.

Lucy war beeindruckt von der Atmosphäre, die Marlyn und Otto geschaffen hatten. Alles fühlte sich stimmig an.

»Euer Haus ist wunderschön.«

Um Marlyns Augen runzelte sich die Haut, dann zeigte sie ihre Zahnlücke. »Otto war Architekt. Wir haben die alte Villa von Grund auf saniert und renoviert. Ich liebe alles an ihr.«

»Das merkt man«, sagte Lucy und stellte den Kuchen auf den Tisch.

»Woran denn?«, fragte Marlyn und schüttete den Kaffee in eine Thermoskanne.

»Man spürt die Liebe zum Detail, den Willen zur Ästhetik. Aber es ist kein starrer, sturer Wille, sondern ein natürlicher. Er ist einfach ... *da*.«

Lucy erschrak. Wie konnten solche Worte ihren Mund verlassen?

»Wenn du möchtest, zeige ich dir später Fotos vom Umbau der Villa.« Marlyn stellte die Kaffeekanne auf den Tisch, der bereits mit Kaffeetassen, Milch und Zucker gedeckt war.

»Wusstest du, dass ich komme?«, fragte Lucy.

Marlyn zuckte mit den Schultern und grinste geheimnisvoll. »Ich trinke um diese Zeit immer meinen Kaffee. Umso mehr freue ich mich, dass du mir Gesellschaft leistest.«

Sie bat Lucy, Kuchenteller von einem der höheren Regale zu holen.

Danach aßen und tranken sie schweigend. Lucy

sog die Atmosphäre in sich auf: den Duft, den Geschmack des Kuchens und des Kaffees, die Bilder der hellen, gemütlichen Küche, die Musik. Zarte Klaviertöne, ein ausdrucksstarkes Cello. Obgleich sie nur leise im Hintergrund floss, hob die Musik Lucy an und schien sie fortzutragen. Dort, wohin die Musik sie führte, fühlte sich alles vertraut an, und doch war alles anders; eine heimatliche Fremde, eine fremde Heimat.

Mir gefiel es sehr, Lucy in diesem Zustand zu erleben. Zu selten *lebte* sie einfach.

»Welches Musikstück ist das?«

»Das sind meine Lieblingsstücke. Ich habe sie schon so oft gehört und werde ihrer nie überdrüssig. Die Fantasiestücke von Robert Schumann, Opus 73. Ich finde in ihnen ein ganzes Leben, eine ganze Welt, mal melancholisch und zerbrechlich, dann freundlich und lebendig und schließlich zerklüftet, feurig und unberechenbar.«

Lucy wusste nicht viel über klassische Musik, erkannte sich aber in Marlyns Empfindung wieder. *Zerbrechlich, lebendig, unberechenbar. Melancholisch, freundlich, zerklüftet.*

»Für Schumann waren sie eine Flucht in eine andere Welt – fort von den Wirren der Dresdner Mairevolution in der Mitte des 19. Jahrhunderts.

So floh er buchstäblich aus der Stadt in die ländliche Idylle und auch im Geiste fort von komplexen Sonaten. Ihn zog es hin zum Einfachen, Schlichten. Trotzdem traf er den Zeitgeist des Volkes, das sich in seinem Demokratiebestreben nach einer Kunst sehnte, die greifbarer und verständlicher war.«

»Man kann die Flucht fühlen, die in ihrem Drang nach Veränderung den Geist der Gegenwart trifft, wie eine Heimat in der Fremde.«

Wieder erschrak Lucy und legte eine Hand vor ihren Mund.

Was redest du da? Woher willst du das alles wissen? Du hast nicht mal Abitur.

Marlyn nickte.»Du hast ein gutes Gespür für solche Feinheiten.« Dann sagte sie ohne Überleitung: »Lucy, ich muss mich bei dir entschuldigen.«

Lucy schaute überrascht auf.

»Als wir uns im Krankenhaus kennengelernt haben, war ich sehr egoistisch.«

Lucy kniff die Augen zusammen. »Den Eindruck hatte ich nicht.«

»Ich habe nur von mir und meinem Leben erzählt. Mir war überhaupt nicht in den Sinn gekommen, dich zu fragen, warum du dort warst. Ich hoffe, dass es auch nur irgendeine Routine war und nichts Schlimmes.«

Lucy ließ die Gabel sinken und starrte Marlyn an. Die Aufrichtigkeit und ernsthafte Besorgnis darüber, sich egoistisch verhalten zu haben, strömte auf sie ein wie eine warme Dusche. Sie dachte an Rifkah und daran, wie überfällig eine ehrliche Entschuldigung ihrer Mutter war. Gleichzeitig wusste sie, dass sie dicsc niemals bekommen würde. Lucy blinzelte und spülte den Klumpen, der sich in ihrem Hals gebildet hatte, mit einem Schluck Kaffee hinunter. »Es gibt keinen Grund, dich zu entschuldigen. Mir haben deine Erzählungen sehr gefallen.«

Marlyn atmete hörbar aus und tätschelte Lucys Hand, bevor sie wieder zur Kuchengabel griff. Die Berührung führte dazu, dass Lucys Augen neuerlich zu brennen begannen.

Was soll das? Lu, reiß dich zusammen.

Sie setzte sich aufrechter hin. »Ich war im Krankenhaus, weil mein Bruder einen Unfall hatte. Er ist von einem Baum gefallen und mit dem Hinterkopf aufgeschlagen. Er kann nicht mehr laufen und sprechen und erinnert sich an nichts.«

Marlyns Kuchengabel fiel mit einem Klirren auf den Teller. Sie schlug die Hand vor den Mund, doch Lucy fand in Marlyns Blick kein Mitleid; vielmehr eine Mischung aus Überraschung und –

das irritierte sie am meisten – Selbstanklage.

Lucy sprach, bevor Marlyn etwas sagen konnte.

»Schon in Ordnung. Er lebt, und es geht ihm gut. Allein das ist ein Wunder.« Sie dachte an Hans' jahrelange Abwesenheit, seinen Grabstein, seine Nichtexistenz, die letzte Woche geendet hatte. »Er wird wieder sprechen und laufen lernen, seine Ärztin ist zuversichtlich. Ob er seine Erinnerung teilweise oder komplett wiedererlangen wird, ist allerdings fraglich.«

Marlyn nickte, legte beide Hände auf den Tisch und sah Lucy entschlossen an. »Wenn ich etwas für dich tun kann, lass es mich wissen. Ich würde dir und deinem Bruder gerne helfen. Und seien es nur praktische, scheinbar belanglose Dinge. In solchen Situationen sind die einfachen Hilfen oft die besten.«

Lucy schaute auf ihren Teller und zerquetschte ihren Kuchen mit der Gabel. Ihr wurde Hilfe angeboten? Von einer beinahe Fremden. Sie dachte an Marlyns Vergangenheit und die Schicksalsschläge.

Einfache, praktische Hilfen.

Lucy sah auf. »Wolltest du mich deshalb sprechen? Um dich für etwas zu entschuldigen, das du gar nicht getan hast?«

Marlyn schüttelte den Kopf. »Es geht um einen

Gefallen, der dir gefallen könnte.« Sie winkte ab. »Entschuldige das unangebrachte Wortspiel. Ich möchte, dass du mir etwas versprichst, bevor ich dich frage. Du hast momentan sehr viel zu tun; sag unter keinen Umständen ja, wenn es dir zu viel ist.«

Ist das die normale Art, jemanden um einen Gefallen zu bitten?

»Versprochen«, sagte sie.

Marlyn legte die Gabel auf den Teller.

»Fein. Dann komm mal mit.« Sie erhob sich und ging aus der Küche. Lucy folgte ihr. Marlyn fasste die Gardine vor der Terrassentür an einer Seite. Sie wandte sich Lucy zu. »Bereit?«

Lucy nickte.

Marlyn zog den Vorhang zurück und gab den Blick auf eine Terrasse und einen Garten frei. Der Garten glich einem Dschungel. Pfade schlängelten sich von der Terrasse in das Dickicht aus Büschen und Bäumen und verloren sich darin. In einer Ecke standen Obstbäume, in der anderen war ein Küchengarten vom Rest des Gartens abgetrennt.

Marlyn schob die Terrassentür auf und setzte einen Fuß auf die Terrasse, deren Platten sich in alle Richtungen angehoben hatten.

Lucy stieg hinterher und hakte sich ihr unter.

»Das ist ja gemeingefährlich«, sagte sie und

stützte die alte Dame beim Laufen, bis sie sich auf eine verwitterte Bank auf der Terrasse setzten.

Marlyn warf Lucy einen entschuldigenden Blick zu und hob die Schultern. »Ich weiß, er ist in einem furchtbaren Zustand.«

»Er hat Potenzial«, sagte Lucy, und die Blicke der beiden Frauen trafen sich. Sie lachten auf.

»Ja, er hat sehr viel Potenzial. Aber nicht jeder kann es herausarbeiten. Otto und ich schaffen es leider nicht mehr. Wir konzentrieren uns auf das Haus, was schon genug Arbeit ist. Ich hatte Gärtner angestellt, aber sie haben meinen Garten jedes Mal verunstaltet. Er hat beinahe seine Seele verloren.«

Marlyn schielte zu Lucy, dann fuhr sie fort: »Ich habe es gespürt, als ich dich das erste Mal gesehen habe. Eure Seelen harmonieren.«

Lucy hob eine Augenbraue. Sie wusste nicht einmal, ob sie an so etwas wie Seelen glaubte, geschweige denn an die Seele eines *Gartens*.

»Du möchtest, dass ich euren Garten auf Vordermann bringe?«, fragte Lucy.

»Ich würde dich natürlich dafür bezahlen. Genauso gut wie einen Gärtner. Alles, was du brauchst, könntest du auf unsere Kosten einkaufen und liefern lassen. Wann du arbeiten möchtest, wäre ganz dir überlassen. Ich würde dir nur raten, jetzt im Frühling die meiste Zeit zu investieren – mindestens vier bis fünf Stunden pro Woche.«

»Marlyn, ich bin keine Gärtnerin. Ich habe zwar früher oft im Garten meiner Eltern geholfen, aber ich bin nicht vom Fach. Ich fürchte, du würdest viel Geld für wenig Qualität ausgeben.«

»Das lass mal meine Sorge sein. Die nötige Fachkenntnis bringe ich dir bei. Schließlich habe ich über dreißig Jahre meines Lebens in diesen Garten gesteckt. Ich kann mein Wissen nur leider nicht mehr umsetzen.«

»Warum hast du den Gärtnern nicht genau gesagt, wie du dir den Garten wünschst?«

»Ich kann es ihnen nicht sagen. Das kann nur der Garten selbst. Aber er hat mit keinem gesprochen. Das Ergebnis blieb seelenlos. Es war entsetzlich.«

»Der Garten bedeutet dir wohl sehr viel?«

Lucy überlegte, Marlyn nach Kindern oder Enkelkindern zu fragen. Gab es denn niemanden aus der Familie, der den alten Herrschaften helfen könnte? Irgendetwas hielt sie ab, das Thema aufzugreifen.

Marlyns Augen waren auf den Garten gerichtet, schienen aber etwas anderes zu sehen als ineinander gewachsene Büsche und Bäume. Lucy überblickte ebenfalls das üppige Grün und versuchte sich vorzustellen, wie sie in den Beeten kniete, Unkraut jätete, Büsche stutzte, Bäume beschnitt, Samen säte, Blumen einpflanzte. War nicht reines (und insbesondere blumenfreies) Gras ihre Spezialität? Sollte sie Marlyn das Grab ihres Vaters zeigen und darauf hinweisen, dass es bei ihr alles andere als chaotisch zuging? Wollte Marlyn diese Naturbelassenheit oder …

Lucy sah auf. Sie würde schon merken, was Marlyn wollte. »Warum glaubst du, dass mir die Arbeit gefallen würde?«

Marlyn löste sich aus ihrer Starre und blinzelte mehrmals, vielleicht, um die Bilder vor ihrem geistigen Auge wie eine Zauberin verschwinden zu lassen: *blink, blink, weg.*

»Gartenarbeit verändert Menschen. Es ist wie … Vitamin G. Ein Garten ist ein Lehrmeister von Geduld, Harmonie, konstanter Arbeit und dem Erkennen wiederkehrender Kreisläufe. Das heißt nicht, dass dir diese Qualitäten fehlen. Ich habe nur das Gefühl, dass dir diese Arbeit guttun würde. Überlegst du es dir?«

Obwohl Marlyn aufrichtig klang, beschlich Lucy das Gefühl, dass sie ihr etwas verschwieg.

Harmonie, konstante Arbeit, wiederkehrende Kreisläufe.

Sie dachte an die vielen Sommer, die sie im

Schrebergarten verbracht hatten, als noch alles gut war. Oder zumindest besser. Wollte sie wirklich dorthin zurück? Zweifelsohne würde die Gartenarbeit Erinnerungen in ihr wachrufen, und sie war nicht sicher, ob sie das wollte. Es waren alte Erinnerungen an vergangene, glückliche Momente. Ihre endgültige Unwiederbringlichkeit schmerzte.

»Ich werde es mir überlegen. Versprochen. Ich habe noch eine andere Frage«, sagte Lucy. Der Zeitpunkt war gekommen, ihre gestrige Idee umzusetzen.

»Schieß los.«

»Der Mann, der auf deiner Geburtstagsfeier neben mir saß –«

»Albert Hoffmann?«

»Ja, Dr. Hoffmann. Könntest du mir seine Telefonnummer oder Adresse geben?«

»Könnte ich, es wird dir nur leider nicht helfen.«

»Wieso?«

»Er wird nicht mit dir sprechen. Darf ich fragen, worum es geht?«

»Ich glaube, er weiß etwas, das mir nützlich sein könnte.«

Marlyn sah Lucy nachdenklich an. »Albert und ich stehen uns sehr nah. Ich war früher seine Babysitterin und habe jahrelang auf ihn aufgepasst, als er noch ein kleiner Junge war. Nach dem Krieg habe ich ihn bei mir aufgenommen. Er litt sehr unter den Folgen des Krieges. Inzwischen kommt er zurecht, hat sich durch harte Arbeit und exzellente Leistungen einen Ruf als Herzchirurg gemacht. Jetzt ist er pensioniert und lebt zurückgezogen. Er hat auch ein Zimmer hier bei uns im Haus. Er spricht nicht mit Fremden, und ich möchte ihn ungern bedrängen. Wenn die Sache aber dringlich ist, würde ich vorschlagen, ihr trefft euch hier bei uns.« Sie legte eine Hand auf Lucys. »Ist die Sache denn dringlich, Lucy?«

Lucy dachte an mich – an das seltsame, vogelartige Wesen, das Dr. Hoffmann auch gesehen hatte. Sie nickte. »Albert kommt am Donnerstag. Sei gegen vier Uhr bei uns. Dann kannst du mir auch mitteilen, wie du dich entschieden hast.«

Lucy bedankte sich, doch als sie sich verabschieden wollte, fiel ihr eine Gruppe lilafarbener Primeln auf, die zwischen dem Unkraut in einem der Beete hervorlugte. Sie deutete darauf und fragte: »Warum ist dein zehnter Millimeter lila?«

Marlyns Augen leuchteten auf. »Lila ist für mich die Farbe der perfekten Balance. Da ist das feurige, leidenschaftliche Rot. Das kühle, besonnene Blau gleicht das Feuer aus. Oder man könnte sagen: Das leidenschaftliche Rot erweckt das stabile, ruhige Blau zum Leben. Lila hat etwas Magisches, weil es scheinbare Gegensätze vereint. Die Balance zwischen Ruhe und Leidenschaft – das ist für mich eine große Weisheit. Ich habe stets den Zustand dieses Gleichgewichts angestrebt. Erst jetzt ist mir das bewusst geworden.« Sie erhob sich langsam und machte Anstalten, zum Haus zurückzugehen.

Lucy nahm die alte Dame wieder am Arm und ließ sich von ihr zu einer Anrichte im Haus führen. Marlyn holte ein Spiel heraus und reichte es Lucy. *Das Spiel des Lebens.* Sie stützte sich auf der Anrichte ab.

»Jetzt überwiegt natürlich die Ruhe, aber ich lasse mir das Feuer nicht ganz nehmen. Lila ist für mich nicht nur eine feurige Ruhe oder ein ruhiges Feuer. Es ist auch Mut gepaart mit Rücksicht. Voranpreschen und innehalten. Eigene Interessen mit denen anderer abwägen. Ich wollte immer die Person sein, die ich *wirklich* bin. Das erfordert eine Menge Mut, und ich kann nicht sagen, dass ich es immer geschafft hätte.« Sie holte Luft. »Ich habe viel Rücksicht auf andere genommen. Aber ich habe nach und nach gelernt, mich dabei selbst nicht mehr zurückzunehmen. Das ist für mich ebenfalls lila: ein Gleichgewicht zwischen

Geben und Nehmen. Und jetzt schau: Mit der größten Ruhe der Welt möchte ich ein mutiges Risiko eingehen!«

Marlyn tippte auf die Seite des Spiels und grinste breit.

Lucy las laut vor: »*8 bis 99.*«

»Das hat mir Dr. Senft zum Geburtstag geschenkt«, sagte Marlyn.

Dr. Senft, dachte Lucy und strich über das Spiel. Sie presste die Lippen zusammen und schüttelte ihn aus ihren Gedanken.

Marlyn nahm Lucy an der Hand und zog sie mit sich in die Küche, wo mittlerweile Otto saß und Kaffee trank. Als er Lucy sah, hob er eine Hand und lächelte, wobei ein Grübchen zwischen seinen Falten zum Vorschein kam. Es gab seinem alten Gesicht etwas Kindliches, genau wie Marlyns Erstklässlerinnenzahnlücke.

Bis in die Dämmerung spielten sie zu dritt *Das Spiel des Lebens*.

Zu Hause schlug Lucy ihren Kalender auf. Es war Zeit, den Alltag umzustrukturieren. Sie betrachtete ihren bisherigen immer gleichen Wochenplan:

Montag: -
Dienstag: Essen gehen.
Mittwoch: Papa besuchen.
Donnerstag: Essen planen. Rifkah anrufen.
Einkaufen.
Freitag: Rifkah.
Samstag: -
Sonntag: Rifkah.

Da sie keine Freunde hatte, hatte sie keine Rücksicht auf andere Menschen oder soziale Zusammenkünfte nehmen müssen. Doch innerhalb einer Woche waren neue Menschen in ihr Leben getreten. Neue und alte, allen voran Hans-Adrian. Ihn würde sie mindestens zweimal pro Woche im Krankenhaus und danach in der Reha besuchen. Dann waren da Marlyn und Otto, der merkwürdige Dr. Hoffmann und meine Wenigkeit, der noch merkwürdigere, sprechende Vogel.

Lucy entschied, die Gartenarbeit einzuplanen, um zu sehen, ob es sich zeitlich ausginge. Sie schrieb, strich durch, schrieb erneut, bis ihr endgültiger Wochenplan stand:

Montag: -
Dienstag: Essen gehen & Adrian (Take away?

Kombinieren?)
Mittwoch: Papa besuchen
Donnerstag: Essen planen. Rifkah anrufen. Einkaufen.
Freitag: Marlyns Garten. Abends Rifkah.
Samstag: Morgens Rifkah. Nachmittags Adrian.
Sonntag: Marlyns Garten. Abends Rifkah.

Lucy besah das Ergebnis.

Und Dr. Senft?

Nein. Sie strich Dr. Senft aus ihren Gedanken. Jetzt war nicht der Zeitpunkt für oberflächliche Bekanntschaften mit dem anderen Geschlecht. Sie war mit ihrem Plan zufrieden. So hatte sie immer noch den Montagnachmittag für sich, und auch der Mittwoch wäre entspannt, weil die Unterhaltungen mit ihrem Vater eher einseitig waren. Sie hatte die Gartenarbeit absichtlich auf die Rifkah-Tage gelegt. Sie mochte Marlyn, Otto, das Haus, den Garten. Es könnte die Zeit mit Rifkah erträglicher machen, wenn sie zuvor dort gewesen wäre.

Am Mittwochnachmittag legte Lucy ein Bankkonto für Adrian an, beantragte die Mindestsicherung und kaufte für ihn ein. Doch wo ihr Bruder wohnen sollte, wusste sie nicht. Rasch schob sie den Gedanken beiseite. War das wirklich alles ihr Problem?

Als sie vor dem Grab ihres Vaters stand, blickte sie hoch in den Baum, von dem Adrian vor einer Woche gefallen war. Mit diesem Fall hatte sich ihr Leben schlagartig verändert.

»Keine Sorge, Papa, ich werde dich trotzdem regelmäßig besuchen«, sagte sie, setzte sich im Schneidersitz auf das Rasenviereck und holte *Pippi Langstrumpf* aus ihrer Handtasche. »Ich war in der Bibliothek. Weißt du noch, als wir das erste Mal dort waren? Du hast mir oft vorgelesen. Jetzt möchte ich dir etwas vorlesen.«

Sie zeigte dem Grabstein das Buch, schlug es auf und begann zu lesen. Bis sie sich nicht mehr konzentrieren konnte, weil sie ständig an den nächsten Tag, Donnerstag, denken musste, an dem sie Marlyn ihre Entscheidung mitteilen und außerdem Dr. Hoffmann treffen würde.

Sie seufzte, schloss die Augen und fragte ihren Vater: »Meinst du, es wäre eine gute Idee, in Marlyns Garten zu arbeiten? Marlyn ist eine hundertjährige Dame, auf deren Geburtstagsfeier ich neulich war. Ich würde oft an dich und unsere schönen Zeiten denken müssen.«

»Verehrtes Fräulein, Sie wissen schon, dass Ihr

werter Herr Papa – Gott habe ihn selig – Ihnen nicht antworten wird?«

Lucy öffnete die Augen und sprang auf.

»›Fräulein‹ geht gar nicht«, sagte sie, als sie mich erblickt hatte, dann deutete sie auf den Grabstein, auf dem ich saß. »Ihn zu fragen, hilft mir, meine Gedanken zu sortieren.« Sie sprach ruhig, als wäre der Dialog mit einem *Vogel* wie mir vollkommen normal.

Ich war müde und schläfrig, denn mein Tod stand kurz bevor. Zudem war ich durch das ständige Gewicht der schwarzen Feder ohnehin sehr geschwächt. Ich sah an mir und meinem silbrig glänzenden Gefieder hinab.

»Wäre es denn so schlimm?«, fragte ich.

»Was wäre schlimm?«

»An die schönen Zeiten zu denken.«

»Es würde mich sehr traurig machen.«

»Verehrtes Fräu ... Liebe Frau Lucy, wenn ich Ihnen einen Gedanken mit auf den Weg geben dürfte ...«

Sie hob die Brauen, und schließlich nickte sie.

»Wenn die glücklichen Momente Sie traurig machen, sind es wahrlich keine glücklichen Momente. Nichts im Leben ist von Dauer. Aber der Moment bleibt wahrhaftig glücklich, wenn Sie ihn nicht durch die Linse der Unwiederbringlichkeit betrachten, sondern durch jene der Dankbarkeit.«

Lucy blickte mich an. Es war ruhig, und ich konnte ihre Gedanken hören: *Erzähl mir was Neues. Soll ich etwa ein Dankbarkeitstagebuch führen?*

»Hast du einen Namen?«, fragte sie entnervt, was mich doch recht verwunderte.

»Stella Stellario. Stellario Stella.«

»Okay.« Sie tippte mit den Zehenspitzen auf den Boden, rieb sich die Stirn, schüttelte den Kopf. Wieder vernahm ich ihre Gedanken: *Jetzt ist es aus mit mir, vorbei,* Stella Stellario. Tatsächlich nahm Lucy nun an, verrückt zu werden und sich mich lediglich einzubilden.

»Das ist ein seltsamer Name.«

Ich wollte grinsen, was in meiner damaligen Form jedoch unmöglich war. Es blieb bei einem inneren Wohlgefühl. »Ich *bin* seltsam. Wäre ich normal, würde ich nicht existieren.«

»Wer bist du?«

»Das sagte ich Ihnen bereits.«

»Tut mir leid, ich habe es vergessen.«

»Ich bin die Phantasie. Mit ph. Genauer gesagt, die *poetische* Phantasie.«

»Gibt es noch weitere Phantasien?«

»Gewiss. Der Erschaffer meiner derzeitigen Form

– meiner Lieblingsform, wohlgemerkt! – ist allerdings bereits verstorben.«

»Wer ist der Erschaffer deiner derzeitigen Form?«

»Ferdinand Raimund.«

Eine neue Gedankenbrise wehte zu mir herüber: *Wird ja immer besser.*

»Und was willst du von *mir*? Ich bin keine Poetin.«

»Ihnen die Wirklichkeit zeigen.«

»Aber du bist die Phantasie! Mit ph!«

»Manchmal braucht man ein wenig Phantasie, um die Wirklichkeit sehen zu können.« Ich war sehr stolz auf diesen Satz, wenngleich ich zu diesem Zeitpunkt seine gänzliche Bedeutung noch nicht verstehen konnte. Ich spürte das Feuer kommen. Und es näherte sich rasch.

»Werde ich die Wirklichkeit in Marlyns Garten finden?«, fragte Ludmilla.

»Bitte nehmen Sie mich mit«, sagte ich, bevor mir mein veränderter Zustand das Sprechen für eine Weile unmöglich machen würde. Ich würde ich bleiben, stumm wahrnehmend, aber ich würde eine Weile reglos sein.

»Wohin?«

»Überallhin. Versprechen Sie es.«

Ich hörte Lucys Antwort nicht, sah sie nur nicken, und im nächsten Moment ging ich in

Flammen auf und brannte einige Minuten lang. Es war jedes Mal aufs Neue schmerzhaft, aber ich hatte gelernt, den Schmerz zu ertragen. Die schwarze Feder war schlimmer gewesen, sagte ich mir und hielt still. Der Zeitpunkt meines Erscheinens war bewusst gewählt; ich wollte, dass Lucy mich in all meinen Facetten kennenlernte.

Als die Flammen allmählich verebbten, kam ich als Ei zum Vorschein. Ich spürte, dass Lucy die Eierschale zaghaft berührte. Als sie merkte, dass sie kalt war, hob sie mich im Ei hoch. Die Wärme ihrer Hände umgab mich.

»Stellario«, flüsterte sie und strich über die Eierschale. »Ferdinand Raimund, poetische Phantasie.«

Sie war bereit. Ich schmolz mitsamt der Eierschale in sie hinein. Lucy betrachtete ihre leeren, zitternden Hände.

»Wo bist du?«, flüsterte sie. »Ich habe versprochen, dich mitzunehmen.«

Ich bin bei dir.

Lucy streichelte über ihre Hand, ihren Arm, dann legte sie eine Hand auf ihre Brust und sah wieder auf den Baum, von dem Adrian gefallen war.

Efeu, Symbol des ewigen Lebens.

Sie pflückte einige Efeublätter ab und steckte sie in ihre Handtasche. Schließlich wandte sie sich dem Grabstein ihres Vaters zu. »Ich hab dich lieb, Papa«, flüsterte sie und ging.

Ich hab dich lieb, Alceda. Kleiner Eisvogel.

16.

Lucy verließ den Friedhof. Unterwegs legte sie immer wieder eine Hand auf ihre Brust, um sicherzugehen, dass ich noch da war. Im Kopf wiederholte sie fünf Worte: *Stellario, poetische Phantasie, Ferdinand Raimund.*

Sie bereute nicht oft, nur ein einfaches Handy ohne Internet zu besitzen, in diesem Moment allerdings hätte sie die Worte am liebsten sofort in ein Smartphone eingegeben.

Schließlich kam sie bei der Stadtbibliothek an, betrat das Gebäude, stieg die Treppe im Eingangsbereich empor. Während sie sich nach Raimunds Werken erkundigte, vibrierte es in Lucys Handtasche. Dr. Schabeck. Lucy entfernte sich vom Tresen und nahm den Anruf entgegen. Adrian würde am Freitag in die Reha entlassen. Ob sie ihn begleiten und gegen elf Uhr da sein könnte? Lucy bejahte, legte auf und ging im Eingangsbereich der Bibliothek auf und ab. Sie würde sich einen Tag Urlaub nehmen.

Nachdem sie den Namen »Ferdinand Raimund« einer anderen Person genannt hatte und ihn damit nicht mehr allein tragen musste, gestattete sie es sich, an Hans zu denken. Sie sah ihn wieder im

Schrebergarten vor sich. Er zupfte Zuckerschoten von den Stängeln und aß sie. Später im Sommer, als kugelrunde Erbsen die Schoten ausbeulten, pflückte er sie sorgfältig und sammelte die Erbsen in einer Schüssel. Ihr Vater half ihm, die Erbsenberge in Gefriertüten zu füllen. *Die Linse der Dankbarkeit*. Wieder legte sie eine Hand auf ihre Brust. Könnte sie lernen, die Erinnerungen, die bei der Gartenarbeit aufkommen würden, als wertvoll gelebte Momente zu schätzen? Anstelle aufgrund ihrer Vergänglichkeit traurig zu werden? Dann würde sie Marlyn und Otto helfen können. Vielleicht war all das gar nicht so lächerlich – ich, der Vogel, ihr Gehirn, das ihr Streiche zu spielen schien, diese eigenartigen Eingebungen. Vielleicht hatte Marlyn recht und die Arbeit würde ihr tatsächlich guttun.

Vitamin G.

»Entschuldigung?«, fragte die Bibliothekarin und räusperte sich.

Lucy ging zurück zum Tresen.

»Wollen Sie die Musikstücke?«

»Welche Musikstücke?«

»In der Musikbibliothek im dritten Obergeschoss befinden sich die Klavierauszüge, die zu einigen seiner Werke geschrieben wurden.«

»Raimund war ein Komponist?«

»Er war Dramatiker«, sagte die Bibliothekarin. »Aber wir haben seine Dramen leider nicht.«

»Danke, keine Umstände.« Lucy ließ den Kopf hängen und wandte sich zum Gehen.

»Warten Sie!« Die Bibliothekarin war aufgestanden. Ihr schwarzes Kostüm schmiegte sich matt um ihren Körper, die schwarzen Haare glänzten wie ein seidener Teppich.

»Probieren Sie es in der Albertina.«

»In der Studentenbibliothek?«

»Ganz recht«, sagte die Frau und rückte ihre Brille zurecht.

Lucy blinzelte und hob die Hand. Sie verließ die Stadtbibliothek und ging geradewegs in Richtung Albertina. Es waren nur wenige Minuten zu Fuß. Sie ging die Straße des 17. Juni entlang, in der 1953 ein Demonstrant erschossen worden war, und erinnerte sich an das Schicksal des erst 19-jährigen Studenten Dieter Teich. Wenn sie die Straße entlangging, überkam sie stets ein Frösteln, und auch jetzt bohrte sich ein Eiszapfen jäh in ihr Herz. Rasch legte sie wieder eine Hand auf ihre Brust, um sich daran zu erinnern, dass ich da war. Es beruhigte sie. Als Teich erschossen worden war, trugen die anderen Demonstranten ihn auf einer

Bahre durch die Stadt, bis die Volkspolizei seinen Leichnam beschlagnahmte und die Träger verhaftete. Die Leiche wurde identifiziert und eingeäschert, ohne dass Angehörige informiert oder um Erlaubnis gebeten worden waren. Erst Monate später erhielten sie die Urne mit der Asche ihres Sohnes, die unter strengster Überwachung beigesetzt wurde. Lucy stellte sich den Moment vor, in dem die Eltern die Urne mit der Asche ihres vermissten Sohnes entgegennahmen. Es erschien ihr bizarr, unwirklich, und doch musste es passiert sein.

Manchmal braucht man ein wenig Phantasie, um die Wirklichkeit sehen zu können.

Meine Worte schwirrten Lucy durch den Kopf, und dann dachte sie: *Wenigstens hatten sie am Ende Gewissheit. Sie trauerten nicht an einem leeren Grab.*

Hans' Grab war leer.

Lucy blieb stehen, fasste sich an den Kopf, rechnete nach. Hans wäre heute 25 Jahre alt, das heißt, man könnte ihn für tot erklären lassen. Vielleicht musste sie doch früher mit Rifkah reden, als ihr lieb war.

17.

Vor der Albertina zögerte sie. Sie war noch nie in der Bibliothek gewesen. Wieso auch, es war eine Universitätsbibliothek.

Du hast ja nicht mal Abitur, hörte sie Rifkah.

Wie auch, giftete Lucy zurück. *Ich war damit beschäftigt, deine Arbeit zu übernehmen.*

Die Straße war beidseitig von Bäumen gesäumt, die es Lucy erschwerten, das Gebäude im Ganzen einzusehen. Die drei schwarzen Torbogen, in deren Mitte die Eingangstür lag, waren von hellen Natursteinen ummauert. Über jedem Torbogen hing der steinerne Kopf einer Person. Es schienen zwei Männer und eine Frau zu sein. Lucy wusste nicht, wer sie waren. Über den Torbogen ragten Säulen in die Höhe, dazwischen lag je ein bogenförmiges Fenster, das von weiteren Verzierungen umgeben war. Der Stil war verspielt und antik. Gleichzeitig strahlte das Gebäude etwas Reines und Wuchtiges aus. Ganz oben erkannte Lucy weitere Figuren und eine Figurengruppe, die in der Mitte auf dem Gebäude thronte.

Als sie eintrat, blieb sie direkt hinter der Tür stehen. Sie hatte zwar schon mehrmals gehört, dass die Albertina zu den schönsten Bibliotheken zählte, doch als sich der enorme Lichthof jetzt vor ihren Augen ausbreitete, war sie überwältigt. Hinter ihr drängten sich Studenten und Studentinnen vorbei, doch Lucy konnte sich nicht rühren. Sie starrte die dunklen Säulen an, die sich zu beiden Seiten wie schwarze Kolosse in die Höhe reckten, bevor die Treppe in ihr Sichtfeld fiel. Sie führte geradeaus nach oben. Bevor sie die nächste Etage erreichte, mündete die Treppe in einen kleinen Platz, von dem aus zwei Treppen nach links und rechts bis in die zweite Etage führten. Eine Galerie verlief an drei Seiten der Etage, die von einem Säulengang überdacht war. Die terrakottafarbenen Treppen waren von einem weißen Säulengeländer eingefasst, das sich auch in der Galerie wiederfand.

Endlich setzte Lucy sich in Bewegung und ging in Richtung Treppe, während sie sich weiter umblickte. Eine besondere Ruhe lag in der Luft, obwohl zahlreiche junge und ältere Menschen miteinander plauderten. Sie strahlten Entspannung und Wissbegierde aus, schienen gleichermaßen gelassen wie angespannt. Das gefiel Lucy. Sie fühlte sich wie in einem Palast. Die Monumentalität, die ihr entgegenschlug, schien sie jedoch kleiner zu machen, als sie war. Lucy meinte, mit jedem Schritt zu schrumpfen. Dass sie nie studiert hatte, verstärkte dieses Gefühl, fehl am Platz zu sein. Sie fragte sich, ob die anderen merkten, dass sie keine Studentin war, dass sie keine Ahnung vom Studieren hatte, dass sie *nicht einmal das Abitur* gemacht hatte, während sie die Treppe emporstieg.

Einen Bereich in der Galerie zierte eine intrikate Deckenmalerei; die braune Flügeltür an der Wand war von einem auffälligen Grün umgeben. Der bemalte Bereich an Decke und Wand stach aus dem restlichen Weiß hervor, so als sei diese Tür unter all den Türen, die von der Galerie abgingen, der einzig wahre Eingang.

Von der Galerie aus überblickte sie die Eingangshalle. Hier fühlte sie sich etwas sicherer; dort, wo sie die enorme Größe der Halle von oben überblicken konnte, anstelle von ihr niedergedrückt zu werden. Sie ging auf der Galerie von Tür zu Tür, bis sie den Eingang zu den Sprach- und Kulturwissenschaften fand. Bevor sie die Tür öffnete und eintrat, atmete sie einmal tief ein und aus. Die aufgeregte Ruhe senkte sich, legte ihre Aufregung ab, denn hier waren nur Stille und der Geruch zahlloser Bücher. Die Luft knisterte vor Wissen und den Gedankenströmen der Studentinnen und Studenten, die jenes Wissen in sich aufnahmen und verarbeiteten. Über ihnen erstreckte sich ein Glasdach. Lucy hob den Kopf und schaute hindurch.

Himmlische Atmosphäre.

»Entschuldigung«, fragte sie eine Bibliothekarin im Flüsterton. »Kann ich mir Bücher ausleihen, auch wenn ich keine Studentin bin?«

»Natürlich«, nickte die Frau mit den kurzen braunen Haaren und lächelte. Sofort legte sich ihre Augenpartie in sympathische Falten, und sie erklärte Lucy, dass sie online einen Bibliotheksausweis als externe Nutzerin beantragen könne. Sie müsse einmalig acht Euro bezahlen, dann könne sie die Dienste der Bibliothek nutzen. Je nachdem, um welches Werk es sich handele, könne sie die Bücher entweder direkt im ersten Stock abholen oder nur in der Bibliothek lesen. »Bei älteren Werken geht nur die Präsenznutzung«, fügte sie hinzu.

Lucy bedankte sich. »Wo finde ich Ferdinand Raimund?«

Die Bibliothekarin verschwand kurz hinter ihrem Bildschirm. Nach wenigen Augenblicken tauchte ihr Kopf neben dem Bildschirm wieder auf. »Suchen Sie etwas Bestimmtes? Ich habe 217 Treffer.«

»Seine Dramen.«

Die Dame verschwand wieder hinter ihrem Bildschirm. Es dauerte einige Minuten länger, dann stand sie auf und ging zum Drucker. Sie zog ein Blatt hervor und legte es auf den Tresen.

»Hier. Ich habe Ihnen eine Liste von Raimunds Dramen ausgedruckt.« Sie reichte Lucy den Zettel. »Es sind nur acht.« Lucy nahm den Zettel dankend entgegen und überflog die Titel.

Der Barometermacher auf der Zauberinsel
Der Diamant des Geisterkönigs
Das Mädchen aus der Feenwelt oder Der Bauer als Millionär
Die gefesselte Phantasie
Moisasurs Zauberfluch
Der Alpenkönig und der Menschenfeind
Die unheilbringende Zauberkrone
Der Verschwender

Sofort sprang ihr der Titel *Die gefesselte Phantasie* ins Auge. *Die Phantasie mit ph, gefesselt.*

»Die gefesselte Phantasie«, sagte sie.

»Das haben wir, aber nur zur Präsenznutzung. Sobald Sie sich online angemeldet haben, können sie das Werk direkt über unsere Internetseite bestellen. Sie bekommen eine Nachricht, wenn es bereitliegt, dann können Sie es hier abholen.« Sie sah kurz auf die Uhr. »Jetzt ist es schon zu spät, aber morgen ab zehn Uhr dürfte es abholbereit sein. Dann können Sie es hier in der Bibliothek lesen.«

Lucy war stolz wie ein kleines Mädchen, das gerade ihr erstes Lied auf der Blockflöte vollendet hatte. Sie hatte es geschafft, in einer Universitätsbibliothek wichtige Informationen einzuholen. Wie eine richtige Studentin. Sie blickte zu den Studenten, die teilweise entspannt, teilweise verkrampft über ihren Büchern und vor ihren Laptops hingen. Bald würde sie sich zu ihnen gesellen, und niemand würde merken, dass sie nicht mal das Abitur hatte.

Ihre Wangen wurden heiß.

»Eine Frage hätte ich noch«, sagte sie. »Die drei Köpfe draußen über den Eingangstüren«, Lucy formte mit den Händen eine imaginäre Kugel in der Luft, »wer sind sie?«

»Das sind Minerva, Juno und ein Jüngling.«

»Ein unbekannter Jüngling und zwei Frauen?«

»Ja, zwei römische Göttinnen. Minerva steht für Weisheit. Sie war außerdem die Göttin der Kriegsführung. Schauen Sie sich den mittleren Kopf noch einmal an, wenn Sie das Gebäude verlassen. Sie trägt einen Helm und sieht aus wie eine Kriegerin.«

»Ich habe sie für einen Mann gehalten.«

»Auf den ersten Blick ist ihre Weiblichkeit tatsächlich schwer zu erkennen. Man muss es fast wissen. Wenn Sie genauer hinschauen, werden Sie allerdings die weichen Gesichtszüge, das lange Haar und den Kragen ihres Kleides erkennen.«

»Ist sie eine Art Schutzpatronin der Bibliothek?«

Die Bibliothekarin lächelte. »Vielleicht. Wenn wir Glück haben, haben Sie recht.« Sie zwinkerte Lucy zu. »Vor allem aber steht sie für Weisheit. Davon gibt es hier jede Menge.« Sie machte mit beiden Händen eine ausladende Geste. »Außerdem ist die Albertina einfach wunderschön. Wie Juno, links von Minerva. Juno steht für Schönheit. Sie wird oft mit einem Pfau abgebildet.«

Lucy legte eine Hand auf ihre Brust.

Weisheit, Schönheit, Phantasie, Pfau. Ob Stellario ein Pfau war?

»Und wer ist der Jüngling?«

»Namenlos«, sagte die Bibliothekarin. »Er steht allein für Stärke. Damit ist das Trio komplett: Weisheit, Schönheit und Stärke. Die drei Attribute beschreiben die Albertina auf wunderbar allegorische Weise. Die Weisheit der Bücher, die Schönheit des Gebäudes und die Stärke – die

Kraft, die sowohl im Wissen als auch in dem Bau an sich steckt. Trotzdem wurde die Albertina im Zweiten Weltkrieg verheerend zerstört. Was blieb, waren die Erinnerung und die Vision, die Erinnerung eines Tages in die Wirklichkeit zurückholen zu können. Mit genügend Stärke und Weisheit gelang es, die Schönheit wieder erstrahlen zu lassen. Erst zwischen 1994 und 2002 wurde die Albertina mit originalgetreuer Fassade und erheblichen Erweiterungen wieder aufgebaut. Alt und neu trennt nur noch eine unscheinbare Dehnungsfuge.«

»Sie kennen sich ja richtig gut aus.« Lucy war beeindruckt.

Die Bibliothekarin lachte. »Und Sie sind die erste Studentin, die mich nach zwanzig Jahren hier danach gefragt hat.«

»Ich bin keine Studentin«, sagte Lucy und schlug die Augen nieder.

»Studieren bedeutet lernen. Sie haben heute etwas Neues gelernt. So gesehen war ich heute nicht nur Bibliothekarin, sondern auch Ihre Lehrerin. Menschen, die Ihnen etwas beibringen können, finden Sie nicht nur in Schulen. Und Studierende finden Sie nicht nur an Universitäten. Lassen Sie sich von den Bezeichnungen nicht irreführen. Am Ende sind wir alle Studierende und

Lehrende.« Die Bibliothekarin lächelte wieder, ihre Wangen hatten sich gerötet. »Falls Sie sich für antike Skulpturen interessieren, suchen Sie doch mal im Internet nach der *Galliergruppe Ludovisi.* Ein Gipsabguss des Denkmals war 2002 zusammen mit weiteren Skulpturen hier ausgestellt. Es ist eine wirklich eindrucksvolle Darstellung.«

Vor dem Gebäude betrachtete sie die drei Köpfe erneut. *Weisheit, Stärke und Schönheit. Ein namenloser Jüngling.* Sie dachte an Adrian und an Hans. Er trug jetzt zwei Namen, war nicht namenlos, aber identitätslos. Lucy fragte sich, ob es nicht dasselbe war. Was nutzten einem zwei Namen, wenn man sich weder an das Leben des einen noch an jenes des anderen erinnern konnte?

Alt und neu trennt nur noch eine unscheinbare Dehnungsfuge.

Sie sah Adrians Körper vor sich. Eine feine Linie zog sich über seinen Brustkorb und teilte ihn in zwei Teile. *Adrian und Hans.* Die Fuge bewegte sich mit seinen Bewegungen, zog sich zusammen, dehnte sich. Die beiden Teile ergaben eine dritte Person, die die Anwesenheit ihrer Einzelteile vergessen hatte. So unscheinbar die Fuge auch sein mochte, ohne sie gäbe es weder die Schönheit und

Weisheit noch die Stärke dieses Gebäudes. Es gäbe zunächst unscheinbare Risse, die größer würden. Feuchtigkeit würde eindringen und alles langsam, aber stetig zersetzen: die Schönheit, die Weisheit und am Ende auch die Stärke.

Zu Hause meldete sich Lucy als externe Nutzerin der Albertina an, blätterte durch den Katalog und bestellte *Die gefesselte Phantasie.* Sie würde eine Fassung lesen, die 1893 im Reclam-Verlag erschienen war.

Nach einem schnellen Abendessen putzte sie sich die Zähne und zog ihren Schlafanzug an. Keine Schlaftablette. Sie legte sich die Hand auf den Brustkorb.

Ich war noch immer nah bei ihr, stimmenlos, aber in ihren Gedanken. Ich sah, was sie sah, was sie dachte, und ich spürte ihre verwunderte Aufregung über das Ei, das sie in sich fühlte.

Normalerweise kehre ich nach Hause zurück, bevor ich im Ei eingeschlossen werde. Doch in diesem Fall musste es so gehen, denn das Ei ist Teil meines Wesens. Und Lucy musste mich in meiner Gesamtheit kennenlernen.

»Gute Nacht, Stellario«, flüsterte sie.

Gute Nacht, Lu.

18.

Als Lucy endlich das alte, vergilbte Büchlein aufschlug, konnte sie ihr Glück kaum fassen. Es war in altdeutscher Schrift gedruckt worden und hatte eine hellbraune Titelseite. Lucy strich darüber, drehte das Büchlein um strich über die Rückseite. Um sie herum herrschte geschäftige Stille, Gedanken schwirrten lautlos durch die Luft, hie und da ratterten Finger über leise klackernde Tasten.

Lucy suchte sich einen Leseplatz zwischen den *echten* Studenten und legte das Büchlein vor sich auf den Tisch. Auf der Vorderseite stand am oberen Rand der Seite in großen, gotisch aussehenden Lettern *Universal=Bibliothek*. Die Überschrift war kunstvoll verziert, und an der linken Seite, vom U ausgehend, schlängelte sich ein Banner an einem Spalier nach unten: *Jede Nummer für zwanzig Pfennig überall käuflich*. Das Spalier bestand aus Ästen, die sich am unteren Ende der Seite zur Seitenmitte hin reckten und sich zu Blättern auffächerten.

Die gefesselte Phantasie.
Original=Zauberspiel in zwei Aufzügen
von Ferd. Raimund.

Einrichtung des Raimund=Theaters in Wien.
Leipzig. Verlag von Philipp Reclam jun.

Vorsichtig schlug Lucy das Heftchen auf. Die Seiten im Inneren des Büchleins waren heller; vermutlich hatten die Vorder- und Rückseite von Anfang an einen etwas dunkleren Ton als die Innenseiten gehabt. Lucy las das Vorwort. Raimund hatte das Drama als Antwort und als Verteidigung geschrieben, da man ihn stets als den ungebildeten Wiener Vorstadtkomiker betrachtet hatte. Adam Müller-Guttenbrunn hatte das Vorwort 1893 verfasst. Er zitierte die These des Dramas: »Verzeih', o Königin! Gelehrsamkeit allein verfasset kein Gedicht. Wissen ist ein gold'ner Schatz, der auf festem Grunde ruht; doch in das Reich der holden Lieder trägt uns nur der Phönix Phantasie.«

Der Phönix Phantasie.

Die Erkenntnis traf Lucy mit voller Wucht. Sie legte beide Hände auf die Brust, dann streckte sie langsam ihre Arme aus, die Handflächen nach oben. Ich hatte mich im Ei in ihre Hände gelegt, spürte jetzt ihren Blick auf mir. Sie streichelte immer wieder über die Schale, während ich begann, sie zu zerhacken, fuhr mit dem Finger die Risse nach, dann legte sie beide Hände um das Ei, musste jetzt fühlen können, wie ich mich darin bewegte.

»Ich möchte deine Geschichte lesen«, flüsterte sie, »Stellario, kleiner Phönix. Unsterbliche Phantasie.«

Ich vernahm ein Räuspern in der Nähe, fühlte, wie Lucys Blick mich verließ. Rasch verschwand ich wieder in Lucy und sah sogleich mit ihren Augen, die sie zusammenkniff. Sie starrte eine Studentin auf dem Platz gegenüber an, bis sich diese kopfschüttelnd abwandte und wieder ihren Büchern widmete.

Raimunds Drama war 1828 in Wien uraufgeführt worden. Lucy erinnerte sich an etwas, das sie in der Schule gelernt hatte. Es war nach Hans' Verschwinden gewesen, und die Geschichte hatte sie damals sehr berührt: Am 26. Mai 1828 war Kaspar Hauser auf der Straße in Nürnberg aufgegriffen worden. Er war etwa sechzehn Jahre alt gewesen, geistig scheinbar zurückgeblieben und kaum in der Lage, zu sprechen. Nach und nach lernte er zu sprechen, und es gelang ihm mitzuteilen, dass er sein Leben bei Brot und Wasser in Dunkelheit verbracht hatte. Lucy hatte damals gehofft, dass Hans vielleicht auch irgendwann irgendwo auf der Welt auf mysteriöse Art wieder auftauchen würde – in besserer Verfassung. Ein Hans Nelsson, der mehr Glück gehabt hatte. Der sich lediglich ein wenig verloren hatte, bevor er zurückgekehrt war.

Nach zwölf Jahren ist es endlich passiert.

Auf der nächsten Seite überflog Lucy die Personenliste, unter der sich »Die poetische Phantasie« befand. Ich. Ich verkörpere in dem Drama die Phantasie, die von Apollo beauftragt wird, den Dichter Amphio zu inspirieren, damit er Hermines Herz gewinnt. Denn diese möchte ausschließlich einen Poeten heiraten.

Lucy las bis zum sechzehnten Auftritt, in dem ich das erste Mal auftrete:

Ich bin ein Wesen leichter Art,
Ein Kind mit tausend Launen,
Das Niedres mit dem Höchsten paart,
's ist wirklich zum Erstaunen,
Kurzum, ich bin ein Kraftgenie:
Die ewig glühnde Phantasie.

Wenn rauhe Wirklichkeit oft gleich
Verwundet zarte Herzen,
So flüchten sie sich in mein Reich,
Ich lindre ihre Schmerzen;
Denn alles Glück, man glaubt es nie,
am End' ist's doch nur Phantasie.

Im dichterischen Übermut
Durchschweb' ich Himmelsfernen,
Ich steck' die Sonne auf den Hut
Und würfle mit den Sternen;
Doch vor des Beifalls Harmonie
Beugt sich der Stolz der Phantasie.

Ich muss zugeben, dass Raimunds dichterische Leistung die meine ein wenig überragt. Als ich mich Lucy vorgestellt habe, wollte ich das in meinen eigenen, ungeordneten Worten tun. Denn sie werden nie so perfekt sein wie die eines Dichters, der meine Inspiration zu nutzen weiß. Aber ich bin nicht argwöhnisch. Schließlich konnte ich hier die Worte eines wahren Poeten in meine Geschichte einflechten.

Lucy hatte das Büchlein inzwischen widerwillig zurückgegeben, nachdem sie sich versichert hatte, dass es noch eine Weile für sie zum erneuten Ausleihen aufbewahrt werden würde. In der Bahn nach Borsdorf klangen meine und Raimunds Worte in ihrem Kopf nach. *Raue Wirklichkeit, die schmerzt. Vorübergehendes Glück in einer Wirklichkeit, die keine ist.* Sie dachte an mein Ei, fuhr in Gedanken immer wieder die Risse nach, durch die ich noch nicht durchbrechen konnte. Leere Risse, gefüllt nur von Luft, die die Schale bald auseinanderdrücken würde.

Sie sollte zerbrechen – anders als die Albertina, die durch eine gefüllte Dehnfuge zusammengehalten werden sollte. Die Schale musste zerbrechen, damit der ewige Kreislauf der Phantasie fortgesetzt werden konnte.

Lucy hatte sich entschieden, Marlyns Angebot anzunehmen. Sie hatte alles organisatorisch ausgearbeitet und sich das imaginäre Bild eines Monokels ausgemalt. Sie würde diese *Linse der Dankbarkeit* hervorholen, sobald sich schöne Erinnerungen aus vergangenen Zeiten einstellen würden. Lucy wusste, dass sie schnell würde handeln müssen, bevor das Tuch der Verzweiflung das Monokel unbrauchbar machen konnte.

19.

Marlyn nahm Lucys Entschluss mit ihrer schneidezahnlosen Freude entgegen und Lucy in den Arm. Lucy sah eine Welle der Dankbarkeit auf sich zukommen, ließ sich festhalten, zunächst noch verkrampft und widerwillig, wollte sich lösen, bevor die Welle sie erreichen konnte, doch sie war Lucy, und Lucy war nicht wasserscheu. Marlyn strich ihr über den Rücken. Lucy legte ihren Kopf auf die knochige Schulter der alten Frau, hielt den Atem an und wartete auf die Welle.

Da berührte das Wasser ihr Gesicht. Es klatschte nicht hart gegen sie, sondern hüllte sie ein.

Wie kann etwas so Kraftvolles wie eine Welle so warm und weich sein?

Endlich wagte sie es, auszuatmen, und spürte das Wasser auf ihren Wangen. Ihre Schultern zuckten im Wasser der warmen Welle. Marlyn fuhr ihr noch immer über den Rücken, dann löste sie sich von Lucy, legte ihre Hände auf Lucys Schultern und drückte einmal zu.

Sie sah Lucy in die Augen. »Danke.«

Lucy lächelte und tupfte sich das Gesicht mit dem Ärmel ihres Pullis ab.

»Ich kann jeden Freitagnachmittag und an jedem Sonntag kommen.«

Marlyn reichte ihr die Hand. Jetzt war es abgemacht. Sie deutete zum ersten Stock. »Albert hat immer noch sein eigenes Zimmer. Er ist gerade dort und malt.«

»Dr. Hoffmann malt?«

Marlyn führte Lucy zu einem Gemälde. »Er hat früher gemalt, noch vor dem Krieg. Schon als Kind. Das war sein letztes Werk. Er hat erst an meinem hundertsten Geburtstag wieder damit begonnen.«

Lucy neigte den Kopf zur Seite und betrachtete das Gemälde. Während ihre Augen es abscannten, fühlte sie, wie ihre Wangen heiß wurden, sie öffnete die Lippen. Sie führte eine Hand zu der Leinwand, wollte sie berühren, legte ihre Finger dann doch auf ihre Lippen. Wie ein Geist aus vergangenen Zeiten schwebte ein weißes Segelboot über der dunklen Tiefe eines ruhigen Ozeans. Es schien sich im Vakuum zwischen Wärme und Kälte aufzulösen, im Übergang zwischen einem golden schimmernden Ende und der stillen Kälte einer tiefblauen Nacht. An Bord stand ein Mann, der zurückblickte. Er schien zurückzuwollen, doch er konnte nicht, weil der Wind das Schiff in eine andere Richtung trieb.

Warum bin ich an Bord gegangen?

Lucy staunte, wie überzeugend die Sehnsucht in seinen Augen lag. Da war der Drang zu etwas hin, das unerreichbar war. Da war die Reue selbst auferlegter Gelähmtheit, die nur den Blick fortließ, aber nicht den Menschen.

»Ist es da?«, fragte Lucy.

»Das Segelboot? Ich denke, beides. Es ist da und nicht da.«

»Es gefällt mir«, sagte Lucy. »Warum hat er zu malen aufgehört?«

»Der Krieg. Die Schrecken. Er hat es nicht verkraftet. Er spricht nicht darüber, aber ich kann es in seinen Augen sehen. Ich bringe dich jetzt zu ihm, in Ordnung?«

Lucy nickte. Marlyn führte sie in den ersten Stock, klopfte an eine Tür und öffnete sie, ohne eine Antwort abzuwarten.

Albert saß vor dem Fenster und malte. Die Staffelei war so aufgestellt, dass das Gemälde von der Tür aus nicht einsehbar war, aber das Licht vom Fenster darauf fiel.

»Albert, Lucy ist da.«

Er sah auf, steckte den Pinsel in ein Glas und erhob sich. Er stellte sich neben die Staffelei und hielt seine Hände am Rücken zusammen.

Wie ein Schuljunge, der heimlich beim Rauchen erwischt worden ist.

Er hatte den Blick gesenkt und seine fülligen Lippen aufeinandergepresst, sodass sie einen Strich bildeten. Überall standen Leinwände gegen die Wände gelehnt, einige noch originalverpackt, andere schienen bemalt, standen jedoch mit den Rücken zum Raum.

»Guten Tag, Dr. Hoffmann.«

»Lucy möchte dich etwas fragen. Sie hat gesagt, es sei wichtig. Kann ich euch allein lassen?«

Dr. Hoffmann nickte. Marlyn verließ das Zimmer und schloss die Tür hinter sich.

»Stella Stellario«, sagte Lucy. Es gab keinen Grund, das Gespräch mit dem scheuen, alten Mann in die Länge zu ziehen. Mit Small Talk war sie bei Marlyns Geburtstagsfeier ohnehin nicht weitergekommen.

Mein guter Albert nickte, wandte sich von ihr ab, ging durch das Zimmer, tippte hie und da auf eine Leinwand, schüttelte wiederholt den Kopf, um schließlich gefunden zu haben, wonach er gesucht hatte. Er nahm eine Leinwand, drehte sie um und lehnte sie gegen die Wand, sodass das Gemälde sichtbar wurde.

Lucy kam näher und betrachtete das Bild. Auch hier dominierte der Kontrast zwischen Kälte und

Wärme. Es war Nacht. Aus dem Wasser eines tiefblauen Ozeans erhob sich feurig und majestätisch ein Phönix. Seine Flügel waren ausgebreitet, als würde er im nächsten Moment davonfliegen, den Kopf elegant zur Seite geneigt.

Lucy trat noch näher und kniff die Augen zusammen, nur, um im nächsten Moment zurückzuschrecken. Die Augen des Tieres bohrten sich klug und durchdringend bis in die Tiefen eines jeden Betrachters – und ich war ziemlich stolz auf diese Darstellung.

»Stellario Stella«, sagte Albert.

»Wann haben Sie den Phönix zum ersten Mal gesehen?«

Er antwortete nicht sofort, schien nachzudenken. »Als Kind. Oft, regelmäßig, bis –«

»Bis zum Krieg?«

Er nickte.

»Danach nicht mehr?«

»An Marlyns Geburtstag.«

»Warum können wir Stella Stellario sehen?«

Er zuckte mit den Schultern.

»Kann Marlyn das Tier sehen?«

Ein Kopfschütteln.

»Haben Sie *Die gefesselte Phantasie* von Ferdinand Raimund gelesen? Wenn ich es richtig verstanden habe, erscheint Stellario Stella als die poetische Phantasie Dichtern, um sie zu inspirieren. Bloß: Ich schreibe nicht. Schreiben Sie?«

Albert schüttelte den Kopf. »Stellario erschien auch Robert Schumann.«

»Dem Komponisten?«

»Stellario hat es mir damals erzählt. Weil Schumann sich seiner Musik oft durch die Poesie annäherte.«

»Nutzen Sie die Poesie für Ihre Malerei?«

Albert nahm seine Brille ab und sah Lucy nachdenklich an, wobei er ihr erstmalig direkt in die Augen schaute.

Lucy war davon wiederum derart fasziniert, dass sie dem Blick standhielt. Dr. Hoffmanns kleine Augen waren grünlich-blau, beinahe türkis wie das Wasser der Südsee. Um die Iris schimmerte ein bräunlich-goldener Ring. Auch ihr Inneres war mit kleinen Tupfern dieser Farbe gesprenkelt. »Ich erzähle Geschichten.«

Lucy nickte. »Sie sind talentiert. Ihre Gemälde sind wunderschön.«

Ich erzähle keine Geschichten.

Ein zaghaftes Lächeln deutete sich um Alberts Mundwinkel an. Lucy legte beide Hände auf die Brust, um das Ei zum Vorschein zu bringen, und ich begab mich erneut in ihre Hände.

Sie reichte mich Albert, ich spürte, wie seine Hände mich entgegennahmen.

»Können Sie es sehen?«

»Und fühlen«, bestätigte Albert.

Ich stieß mit meinem Schnabel durch die Schale.

»Schauen Sie«, flüsterte Lucy. »Er schlüpft.«

Ich wurde auf eine weiche Unterlage gebettet und pickte mit dem Schnabel ein immer größeres Loch in die Schale. Ich brach immer größere Stücke heraus – eine Heidenarbeit, wenn man so klein und schwach ist –, und schaute schließlich durch das Loch. Ich konnte noch nicht viel sehen. Ein trüber Schleier lag über meinen Augen. Ich zerstörte die Schale mehr und mehr und wand mich endlich aus dem Ei, lag verklebt und wenig elegant auf einem Kissen, ein ganz und gar unappetitlicher Anblick.

Lucy legte ihre Handflächen um mich und hob mich hoch. Sie streichelte mir über das Köpfchen, doch ich wusste, wie grässlich ich aussehen musste: ein dürrer, klebriger Winzling, ein instabiles Phantasiegerüst. Ich schüttelte mein Gefieder und sah sie aus meinen trüben Augen an wie durch eine weiße Gardine. Dann entfleuchte mir ein leises Fiepen, woraufhin Lucy mein Gefieder streichelte. Sie hob mich näher an ihr Gesicht und betrachtete mich.

Die silbrigen Fäden sind verschwunden, hörte ich ihre Gedanken nun.

»Was ist das?«, fragte Albert und deutete auf meinen Rücken.

Lucy strich sanft über die schwarze Feder und hob kurz die Schultern, dann legte sie mich behutsam zurück auf das Kissen. Mein Auftritt war geglückt, und ich konnte mich wieder unsichtbar machen.

»Fräulein –«, begann Albert.

»Lucy«, sagte sie und sah in seine Richtung.

»Lucy, wenn du mich jetzt entschuldigen würdest.«

Sie nickte und wandte sich dem Kissen zu, um mich aufzuheben. Doch dort, wo ich gesessen hatte, war lediglich eine Einbuchtung erkennbar – und selbst die stammte nicht tatsächlich von mir, dem klebrigen Winzling, sondern von ihren Händen.

Ich kletterte, für Lucy und Albert unsichtbar, auf Lucys Arm, an diesem empor, und setzte mich auf ihre Schulter. Lucy fühlte in sich hinein, spürte mich aber nicht.

»Dr. Hoffmann –«

»Albert.«

»Er ist verschwunden.«

Albert schüttelte den Kopf. »Phantastisch ist die Fülle des leeren Raums.«

Als Lucy an diesem Spätnachmittag die Einkäufe für die gesamte Woche erledigte, dachte sie wiederholt an Alberts Augen. Sie waren relativ klein in seinem speziellen Gesicht, funkelten dafür aber hell wie Reflexionen auf dem Wasser. Die dicke, spiegelnde Hornbrille verbarg dieses Strahlen, und seine restlichen, übergroßen Gesichtszüge zogen die Aufmerksamkeit auf sich. Und Marlyns Dankbarkeit.

Lucy fasste sich an ihr Herz und schämte sich für ihre Tränen. Als wäre sie aus einem Traum erwacht, schüttelte sie die Gedanken und Gefühle ab, atmete einmal tief durch und rief Rifkah an.

Noch bevor sie Rifkah begrüßte, fragte sie: »Was essen wir am Sonntag?«

»Ach, Schatz, sagst du denn nicht mal mehr ›Hallo‹?«

Lucy schloss die Augen. »Hallo. Was essen wir am Sonntag?«

»Letzte Woche hast du mir Paella versprochen.«

Sie seufzte und öffnete die Augen. »Wir haben einen *Film* geschaut, in dem es Paella gab.«

»Du hast es versprochen. Und keine Tiefkühl-Paella. Hol doch alles beim Fischhändler, ja?« Rifkahs Stimme klang süßlich, ein feiner Singsang mit einer bitteren Note.

»Das ist mir zu teuer.«

»Was hätte Papa nur dazu gesagt?!«, sagte Rifkah, und jetzt mischte sich Empörung in den bittersüßen Singsang, die Melodie ihrer Stimme war verzerrt.

Lucy schluckte. Und da spürte ich, wie Ludmilla sich in Lucys Innerem regte: Sie sah ihren Vater vor sich, wie er Fisch für eine Paella kleinschnitt. Zwischen seinen Augen diese Konzentrationsfalte, die sie so geliebt hatte. Er arbeitete derart behutsam, dass es schien, als bedankte er sich bei dem Fisch, der seinen Körper dem Hunger der Menschen zur Verfügung gestellt hatte.

Lucy schloss die Augen und fischte im Dunkeln nach der Linse der Dankbarkeit, wollte sie Ludmilla zuwerfen, aber zu spät, der Schleier hatte Ludmilla eingehüllt, und Lucy tobte:

Du kannst nicht jeden Sonntag ein Festmahl auftischen, nur weil Madam es so will. Und du bezahlst immer alles! Hör endlich auf, dich ausnutzen zu lassen!

»Du hast recht. Bis morgen.«

Genau, bis morgen. Morgen ist Freitag. Zwölf Jahre, Ludmilla, zwölf Jahre. Nach zwölf Jahren ist es an der Zeit, aufzustehen, damit Ludmilla nicht irgendwann blutend vor dem Altar liegt.

Nachdem Lucy zu Abend gegessen hatte, wählte sie die Nummer von Adrians Telefon am Krankenbett. Er nahm zwar ab, sagte aber nichts. Lucy schlug sich mit der flachen Hand gegen die Stirn.

Natürlich sagte er nichts.

»Hallo Adrian, hier ist Lucy.«

»Lu.«

»Dr. Schabeck hat gemeint, dass du morgen in die Reha kommst. Ich werde dich natürlich begleiten. Außerdem habe ich dir ein paar Sachen besorgt und ein Bankkonto eingerichtet. Ich werde dir auch noch ein Handy organisieren. Dann können wir uns schreiben.«

»Lu, hallo.« Adrian klang zwar angestrengt, doch nun lachte er.

Lucy lächelte. »Hallo, Adrian.«

»Hallo, Lu.«

»Bis morgen. Ich freue mich darauf, dich wiederzusehen.«

»Hallo, Lu.«

»Tschüss, Adrian.«

»Hallo, Lu.«

Lucy legte auf.

Hans-Adrian, zwei Personen in einer, die zu einer dritten geworden sind. Sie erinnert sich nicht mehr an ihre Einzelteile.

Sie dachte an die Dehnungsfuge und an die Albertina, als ihr der Tipp der freundlichen Bibliothekarin einfiel. *Galliergruppe Ludovisi.* Ludmilla gab die beiden Worte in die Suchmaschine ein und klickte auf *Bilder*.

Ein Mann erschien, der sein Schwert mit einer Hand gezogen hielt, während er mit der anderen eine Frau festhielt, die schlaff an seinem Arm hing und neben ihm kniete.

Lucy biss sich auf die Unterlippe, als sie entdeckte, dass der Mann sich das Schwert von oben in die Brust gerammt hatte, während sein Blick in die Ferne glitt. Er war nackt, die Frau bekleidet. Lucy nahm an, dass auch sie schwer verwundet war.

Ein ewiger Moment des Sterbens. Zwei Menschen, für immer gefangen zwischen Leben und Tod.

20.

Als Lucy in Adrians Zimmer trat, saß dieser bereits fertig bekleidet in seinem Rollstuhl und wartete.

»Hallo, Lu«, sagte er. Es klang flüssiger als am Telefon. In seinem Schoß lag sein Notizbuch, außerdem eine Mappe.

Lucy umarmte ihn. »Bereit?«

Adrian nickte, und plötzlich verjüngte sich sein Gesicht. Jetzt sah sie Hans vor sich, kurz nach dem Tod ihres Vaters. Seine Gesichtszüge weich und rund, die rauen Bartstoppel verschwunden. Sie war fünfzehn gewesen, Hans zehn und schon damals ihre Verantwortung, weil Rifkah zu sehr mit ihrer Trauer beschäftigt gewesen war.

Nun war er wieder da, saß vor ihr, Hans-Adrian, und Lucy hatte nicht nur die praktische, sondern auch die juristische Verantwortung übernommen.

Sie strich ihm über das Haar, dann hielt sie eine Sporttasche hoch. »Ich habe dir Kleidung besorgt, ein Handy und Toilettenartikel. Nachher richte ich dir das Handy ein, dann probieren wir es gleich aus. Es wird dir gefallen.«

»Hallo, Lu«, sagte Adrian erneut und lächelte.

»Gern geschehen«, sagte Lucy, trat hinter ihn

und schob ihn aus dem Zimmer. Für diesen Tag hatte sie Sonderurlaub bekommen, um Adrian in die Reha zu begleiten.

Nachdem sie sich von Dr. Schabeck verabschiedet hatten, saßen sie im Taxi, das sie zur Rehaklinik brachte. Lucy saß neben Adrian und hielt seine Hand.

In der Rehaklinik begleitete sie Adrian zum Erstgespräch mit der Ärztin, die einen Stundenplan vorlegte, der von acht bis drei Uhr mit verschiedenen Aktivitäten gefüllt war. Adrian würde Physiotherapie machen, die nach und nach durch medizinische Trainingstherapie ergänzt werden würde. Auch psychologische Gesprächstherapie und Logopädie standen auf dem Programm. Gleich heute erwarteten ihn Physiotherapie und Logopädie. Die Ärztin zeigte Adrian sein Zimmer, dann verabschiedete sie sich.

Adrians Zimmer war funktionell, aber nicht ungemütlich eingerichtet. Auf dem weißen Linoleumboden standen ein hölzernes Bett, ein Kleiderschrank und ein Schreibtisch mit Stuhl davor. Lucy zeigte Adrian die Kleidung, die sie ihm gekauft hatte, und verstaute sie sorgfältig im Kleiderschrank. Dann zog sie das Handy hervor, schaltete es ein und richtete es ein. Sie saß neben

Adrian, der wie gebannt zuschaute. Nach einer Weile reichte sie ihm das Telefon. »Hier. Ich schreib dir gleich mal, damit du meine Nummer hast.«

Adrian nahm das Handy entgegen. Als es anfing zu blinken und ein Klingelton ertönte, ließ er es versehentlich aus seiner Hand in seinen Schoß fallen.

Lucy lachte. »Entschuldige, ich hätte dir sagen sollen, dass es Geräusche macht, wenn es Nachrichten oder Anrufe bekommt. Du kannst das alles in den Einstellungen ändern.«

Ludmilla nahm das Handy, ein einfaches Modell, das sie selbst auch besaß, und zeigte Adrian, wie er Nachrichten lesen konnte. Sie hatte »Hallo, Adrian« geschrieben.

»Jetzt versuch du es mal«, forderte sie ihn auf.

Adrian tippte. Es dauerte ziemlich lang, aber schließlich schien er das Konzept verstanden zu haben.

»Jetzt musst du nur noch auf ›Senden‹ drücken.«

Sofort blinkte Adrians Nachricht auf. *Hallo Lu.*

Lucy sah auf die Uhr.

»Nachher zeige ich dir, wie man Gesichter schreiben kann. Jetzt müssen wir aber zu deiner ersten Therapiestunde.«

»Lu«, sagte Adrian und legte das Handy beiseite. Er nahm sein Notizbuch und begann, darin zu schreiben. »Danke für das Handy. Du würdest eine

Welt geben, um das Leben einer Mücke zu retten.«

Lucy sah Adrian stirnrunzelnd an.

Eine Welt für eine Mücke.

Sie legte ihre Hand auf seine.

»Aber du bist keine Mücke. Du bist mein Bruder.«

Als Lucy später an seiner Bettkante saß, fühlte sie sich zurückversetzt in die Vergangenheit. Sie war wieder 16 und Adrian elf, und sie kümmerte sich um ihn wie damals, nachdem ihr Vater gestorben war. Sie hatte das Gymnasium nach der zehnten Klasse abgebrochen und eine Lehre begonnen. Jeden Abend saß sie an seinem Bett und las ihm Geschichten vor, um sie beide aus der Realität zu entführen: *Die unendliche Geschichte, Harry Potter, Herr der Ringe.*

Lucy nahm Adrians Hand. »Soll ich dir noch etwas vorlesen?«

Er lächelte und nickte. Lucy holte *Pippi Langstrumpf* aus ihrer Handtasche und las ihm daraus vor. Er lauschte mit geschlossenen Augen und lachte zwischendurch leise. Kurz bevor er einschlief, murmelte er: »Danke, Lu.«

Lucy klappte das Buch zu und legte ihre Handfläche an seine Wange.

»Du bist mein Lichtpunkt«, flüsterte sie.

Lucy legte ihre Hand auf die Klinke und atmete tief durch. Adrians drei Worte hallten noch immer in ihr nach. *Hallo, danke, Lu.* Sie fühlten sich wie kostbare Juwelen an, die in ihr glitzerten. Es waren nur drei Worte, doch sie klangen wie Musik in ihren Ohren, weil es Adrians Worte waren.

Leise stieg sie die Treppe hinunter, das Glitzern in ihrem Inneren hielt an. Drei winzig kleine Lichtpunkte.

21.

Lucy saß spätabends in der Albertina und las weiter in *Die gefesselte Phantasie*. Sie hatte die verschiedenen Bilder, die sie von mir kannte, vor Augen: silberbunt, grün-schwarz, majestätisch in der Blüte meines ewigen Lebens. Klein, verklebt, nass mit großen blauen Augen.

Als die Zauberschwestern Vipria und Arrogantia mich gefangen nahmen und mir sogar die Flügel abschnitten, ließ Lucy das Büchlein sinken und fragte sich, ob das ewige Leben überhaupt eine Blüte hatte. Sie entschied, dass es einen ewigen Kreislauf geben musste, bestehend aus Hoch- und Tiefphasen, Ruheperioden und Inspiration.

Und wer inspiriert während der Ruhephasen die Poeten?

Ich hätte ihr gerne mitgeteilt, dass alles Teil des Prozesses war – dass ein wahrer Dichter sich von allen Phasen der Phantasie inspirieren lassen konnte, dass er manchmal auch ruhen musste, anderes tun musste, um die Inspirationsschale aufzufüllen. Dies war unvermeidlich. Ja, selbst mein kleines, neugeborenes, zerbrechliches Ich war Teil des Prozesses. Doch meine Stimme war noch nicht ausgereift genug, also saß ich schweigend auf ihrer Schulter, während Lucy ihren Gedanken nachhing, bis sie das Buch wieder aufnahm und es zu Ende las.

Nachdem die Zauberschwestern mir die Flügel abgeschnitten hatten, war Amphios Dichtkunst verloren, sosehr er sich auch anstrengte. Und da er nicht dichten konnte, würde Hermione ihn nicht heiraten. Alles schien verloren, doch als Jupiter mich von meinen Fesseln befreite, gelang es mir im allerletzten Moment, Amphio zu inspirieren.

Als dieser sein Gedicht aufsagte, lachte Lucy laut auf. Ich erinnerte mich an die Szene nach dem Gedicht, kurz bevor Hermione sich in Amphios Arme stürzt:

Alle (freudig). Heil dem Sohne des Königs von Athunt. Es lebe unser neuer Herrscher!
Vipria und **Arrogantia.** Verdammt!
Distichon. Das Gedicht hat eine Menge Fehler.

Lucy amüsierte sich darüber, dass Amphio gemeinsam mit mir ein weniger perfektes Gedicht zustande gebracht hatte als der nach allen Regeln der Kunst ausgebildete Hofpoet Distichon. Nichts gegen den guten, lieben Distichon, aber er hat wohl niemals verstanden, dass die Unendlichkeit des Kreises seine Perfektion komplettiert. Der Kreis der Poesie wird sich nie schließen, sondern für immer eine Nachkommastelle von der Vollständigkeit entfernt sein.

Am Ende rettete mein Herr Apollo alle und verlieh mir neue, vergoldete Flügel, bevor die Zauberschwestern alles verwüsten konnten.

Diese Flügel behielt ich bis zu meiner nächsten Verbrennung und ich habe sie mit Stolz getragen.

So hat es sich zugetragen. Ferdinand hat die Zauberschwestern beauftragt, mich einzusperren und mir die Flügel abschneiden zu lassen. Er hat mich am Inspirieren gehindert. Obwohl ich gezwungen war, meine Rolle zu spielen, war ich insgeheim erleichtert, dass ich nicht lügen musste. Ich war es bald leid, immer Lügen zu erzählen, und sehnte mich nach Wahrheit und Realität. Als Ludmilla in mein Leben trat und ich ihre Geschichte aufnahm, witterte ich meine Chance. Ich behielt sie lange und hütete sie wie einen Schatz – nun, Sie kennen diese Geschichte bereits.

Ich berichte sie so sachlich wie möglich, und bisher verläuft alles nach Plan. Lediglich bei meinen Auftritten gestatte ich mir, erquicklich zu fabulieren. Es ist anstrengend, eine Geschichte zu erzählen und eine Arbeit, der ich sonst nie nachgehe. Ich inspiriere, der Rest liegt in der Hand der Dichterinnen und Poeten: was aus meinen Ideen wird, wie und mit welcher Willensstärke sie umgesetzt werden. Sie dürfen bloß meine Gabe nicht zu geschlossenen Kreisen machen, denn dann verpufft sie wirkungslos.

Aber jetzt, hier und heute, musste ich selbstverschuldet die Knochenarbeit erledigen. Erniedrigend, quälend. Und diese Gedanken, die mich ablenken, immer und immer wieder.

Nun denn, zurück zu Lucy, die zwischenzeitlich die Bibliothek verlassen hatte und bereits beim Abendessen saß, als ihr Handy aufblinkte. Adrian.

Hallo Lu. Wo ist Pippis Mutter?

Hallo, Adrian. Sie lebt nicht mehr.

Und ihr Vater?

Alle glauben, dass er bei einem Sturm von seinem Schiff über Bord gegangen und ertrunken ist. Aber Pippi nicht. Sie glaubt, dass er irgendwo an Land gespült wurde und noch lebt.

Hat sie recht?

Verrate ich dir nicht. Sonst wäre es doch langweilig!

Unser Vater ist auch tot. Er war krank. Hast du gesagt.

Er hatte Krebs. Er ist gestorben, als du zehn warst. Ich war fünfzehn.

Wie war er?

Großartig. Er war Koch.

Ich möchte etwas essen.

Was denn?

Dobostorte.

Wie kommst du denn darauf?

Ich sah sie plötzlich in meinem Kopf. Ich habe sie schon oft gebacken. Stimmt's?

Lucy antwortete nicht sofort. Hans hatte nie gebacken, schon gar nicht Dobostorten. Sie wusste nicht mal, was das sein sollte. Sie dachte nach, dann tippte sie:

Eine Erinnerung?! Adrian! Das ist großartig!

Und unsere Mutter?

Lucy ließ das Handy sinken, schrak aber auf, als es plötzlich klingelte.

Wenn man vom Teu-

»Ich bin gleich da. Bist du zu Hause?«, fragte Lucy.

»... rein... rein... reinregen.«

»Bist du zu Hause?«

»Plass wos reinregen.«

»Wo regnet es rein?«

»Sssuuu...haus.«

»Du bist zu Hause, und es regnet rein?« Lucy fasste sich an den Kopf und presste ihren Daumen gegen eine Stelle hinter ihrem Ohr.

Rifkah antwortete nicht.

»Ich mache mich jetzt auf den Weg. Bis gleich.«

Hallo. Danke. Lu.

Lucy hielt sich an Adrians Worten fest, während sie im strömenden Regen auf dem Weg zu Rifkah war, und als sie sie versorgte, die Wohnung saubermachte und über Rifkah wachte. Die hatte vollkommen durchnässt unter dem offenen Wohnzimmerfenster gelegen. Der unaufhörliche Regen hatte auf sie herabgeprasselt, und einen winzigen Moment lang hatte Lucy gedacht, dass Rifkah vielleicht tot war. Sie hatte es nicht nur gedacht, sondern für den Bruchteil einer Sekunde gehofft. Entsetzt über die Brutalität ihrer Überlegungen eilte Lucy zu Rifkah und drehte sie behutsam auf die Seite, bevor sie hastig das offene Fenster schloss.

Als sie auf Rifkahs Sofa lag, antwortete sie Adrian:

Unsere Mutter ist weit weg, aber vielleicht kehrt sie irgendwann zurück. Dann wirst du sie treffen können. Schlaf gut, Adrian. Gute Nacht.

Sie erhielt keine Antwort mehr. Vermutlich schlief er bereits.

Lucy träumte in dieser kurzen Nacht von einer gigantischen Sonnenblume, die in Marlyns Garten wuchs und wunderschön blühte. Ein blasser Junge mit rundem Mondgesicht kam nachts in den Garten. Er schlich sich an, als führe er etwas im Schilde. Sein Gesicht war nur schemenhaft zu erkennen, denn es war, als läge ein dunkler Schatten darüber. Behände kletterte er an der Sonnenblume empor. Er nahm die Blütenblätter, legte sie um sein Gesicht und begann zu strahlen. Die ganze

Nacht lief er durch den Garten und spiegelte sich im Teich. Bevor der Morgen graute, setzte er der Sonnenblume die Blütenblätter wieder auf. Auf sein Gesicht legte sich erneut der Schatten, den niemand zu werfen schien. *Bis heute Abend*, flüsterte er.

Als Rifkah am nächsten Morgen zum Frühstückstisch getaumelt kam, stand Lucy bereits in der Tür.

»Bis Sonntag. Paella.« Ohne eine Reaktion abzuwarten, wandte sie sich ab und ging. Eine weitere Freitagnacht war überstanden.

Danke, Lu, hallo.

Ihr Handy vibrierte. Adrian hatte ihr geantwortet, und sie tauschten Nachrichten, bis sie zu Hause angekommen war:

Ist sie auch über Bord gegangen und irgendwo an Land gespült worden?

Sie hat sich selbst über Bord geworfen. Ich hoffe, sie findet eines Tages den Weg zurück.

Das hoffe ich auch. Ich möchte unsere Mutter gerne sehen.

Morgen beginne ich meinen neuen Nebenjob als Gärtnerin für eine ältere Dame. Kannst du mich begleiten? Ich hole dich um zehn Uhr ab. Einverstanden?

Heute sehen wir uns also nicht?

Tut mir leid, aber ich freue mich auf morgen!

Zu Hause holte sie ihren Wochenplan hervor und fügte »Adrian« bei »Marlyns Garten« am Sonntag an. Dafür strich sie ihn am Samstag.

Als Lucy nach der Dusche ihre Kleider in die Waschmaschine steckte, hielt sie inne. *Saponine.* Sie holte die Efeublätter aus ihrer Handtasche, die sie bei ihrem letzten Friedhofsbesuch gepflückt hatte. Nach einer kurzen Suche im Internet fand sie heraus, dass sie Efeublätter zerreißen und in einen Wäschebeutel stecken musste, um sie als Waschmittel für Buntwäsche ab 40 Grad zu verwenden. Sie entdeckte auch ein Rezept für eine Waschlösung aus den Blättern, die sie für Waschgänge unter 40 Grad verwenden konnte, weshalb sie beim nächsten Friedhofsbesuch weitere Efeublätter sammeln wollte.

Noch in ihren Bademantel gehüllt, fiel sie auf

ihr Sofa. Sie schleppte sich durch das Zimmer, ihre Augenlider fühlten sich schwer an, jeder Schritt war eine enorme Anstrengung. Sie war von Erschöpfung durchdrungen, jede Bewegung eine zähe Masse, die sie vorantreiben musste. Sie seufzte tief, als sie sich auf die Couch sinken ließ, ihr Körper hatte jegliche Energie verloren. Sie fühlte sich wie ein Roboter, denn was der konnte, konnte sie schon lange: funktionieren. Seit zwölf Jahren, um genau zu sein. Nein, seit über zwölf Jahren. Eigentlich seit fünfzehn Jahren.

Sie drehte sich zur Seite und legte ihre rechte Handfläche auf ihr Gesicht. Sie funktionierte bereits ihr halbes Leben lang. Sie hatte auf Hans aufgepasst, bis er verschwunden war, und jetzt, wo er wieder da war, machte sie dort weiter, wo sie am Tag seines Verschwindens aufgehört hatte. Sie sah ihn vor sich sitzen, dreizehn Jahre alt, am Frühstückstisch, Cerealien in sich hineinschaufelnd. Sein verschlafenes, undeutliches »Tschüss, Lu« begleitete sie seitdem bis in ihre Träume. Lucy hatte sich umgedreht und war zur Arbeit gegangen.

Tschüss, Lu. Seine letzten Worte. Dann war er verschwunden, ohne ein weiteres Wort, ohne jede Warnung, ohne etwas mitzunehmen. Er war einfach gegangen, und obwohl die Situation mit

Rifkah auch ihn belastet hatte, hatte es kein Anzeichen dafür gegeben, dass er gehen oder einfach verschwinden würde.

Lucy hatte im Auto gesessen, als sie die Nachricht bekommen hatte. Rifkah hatte sie angerufen, panisch. Hans sei nicht in der Schule gewesen, er sei unauffindbar.

Dann der Unfall.

Und dann erinnerte sich Lucy an nichts mehr.

Nicht an die Zeit im Krankenhaus, an das, was sie dort getan oder gedacht hatte. Rifkah hatte ihr erzählt, dass sie dort gewesen war, dass sie einen Unfall und deshalb die Narbe am Bein hatte, und dass sie Hans' Verschwinden nicht ertragen konnte, aber lernen musste, damit zu leben.

Sie wusste nicht, wie ihr das gelungen war. Alles, was sie wusste, war, dass sie eines Tages auf ihrem Schreibtisch aufgewacht war, aufgeschrieben hatte, was passiert war – und es akzeptiert hatte. Hans war fort und Lucy kümmerte sich von diesem Tag an um Rifkah. Sie schwor, immer für sie da zu sein, was auch geschehen mochte. Sie würde sie nicht im Stich lassen. Ihre Entschlossenheit war eisern, so kalt und unzerstörbar, dass sie unbesiegbar schien.

Sie erinnerte sich noch gut daran, aber das Wort

»Mama« kam ihr nicht mehr über die Lippen. Sie verstand, was es bedeutete, eine Mutter zu haben, aber das Gefühl dafür war verloren gegangen. Deshalb kümmerte sie sich mit aufrichtiger, entkoppelter Fürsorge um den Menschen, der sie geboren hatte, und sie akzeptierte mit stoischer Ruhe, dass ein neuer Grabstein neben dem Grab ihres Vaters stand. Ein leeres Grab für einen festen Ort der Trauer, so hatte Rifkah ihr diese Entscheidung verkauft.

Hallo, Lu.

Adrians erste Worte nach zwölf Jahren, und Lucy spürte, dass diese zwölf Jahre allmählich verblassten, als wäre die Zeit zwischen Hans' Verschwinden und dem Tag seiner Rückkehr aus dem Krankenhaus bedeutungslos.

Es, ihr Leben, alles ergab Sinn: Lucy kümmerte sich um Hans. Hans war gegangen. Hans war zurückgekehrt. Lucy würde sich weiter um Hans kümmern.

Tschüss, Lu. Hallo, Lu.

Sie würde einfach dort weitermachen, wo sie aufgehört hatte.

22.

Bist du der Herr Bruder?« Marlyn konnte ihre Freude nicht verbergen, während sie auf Adrian und Lucy zukam.

»Du kannst dir gar nicht vorstellen, wie sehr ich mich freue, dich kennenzulernen. Ich bin Marlyn.«

Adrian streckte ihr die Hand hin. »Hallo.«

Marlyn lachte, ließ Adrians Hand nicht los und betrachtete ihn von oben bis unten.

»Du hast ›Hallo‹ gesagt, das ist ja ganz wunderbar!«

Lucy hatte Adrians Rollstuhl rückwärts die kleine Treppe hochgezogen. Jetzt schob sie ihn ins Wohnzimmer. Auf seinem Schoß transportierte er eine Dobostorte, wusste aber noch nichts von seinem Glück. Lucy hatte sie noch am gestrigen Abend gebacken, um Adrian damit zu überraschen. Es war ein aufwendiges Rezept, und sie war bis spätabends beschäftigt gewesen: Sie hatte sechs Böden gebacken, fünf davon abwechselnd mit Schokoladencreme geschichtet und die Torte schließlich mit dem sechsten Boden verziert. Dazu hatte sie den Boden mit Karamell überzogen und ihn in sechzehn gleichgroße Dreiecke geschnitten. Die Dobostorte war ein wahres Kunstwerk, und Lucy fragte sich, warum sie noch nie davon gehört hatte. Noch mehr fragte sie sich, warum plötzlich das Bild dieser Torte in Adrians Kopf aufgetaucht war. Vielleicht hatte er in einer Konditorei gearbeitet? Die Dobostorte war ein typisches Gericht der ungarischen Küche. Hatte Adrian im südlichen und südöstlichen Europa gelebt?

»Er kann bereits drei Worte.« Lucy beugte sich zu ihm hinunter. »Stimmt's, Adrian?«

»Hallo, Lu. Danke.«

Marlyn klatschte in die Hände. Dann trat sie vor Lucy und Adrian und betrachtete die beiden. »Ihr seid ein ausgesprochen hübsches Geschwisterpaar.«

»Danke«, sagte Adrian und lächelte erst Marlyn an, dann drehte er sich im Rollstuhl zu Lucy um und lächelte auch sie an.

Lucy schmunzelte. »Ohne dich hätten Marlyn und ich uns nicht kennengelernt. Wir trafen uns im Wartezimmer, an dem Tag, als du den Unfall hattest.«

Adrian nickte.

»Kommt mit nach draußen, ihr Lieben. Wir haben noch einen weiteren Gast.«

Als Marlyn die Gardine zur Seite zog, blieb Lucy stehen. Auf der Bank, auf der Marlyn und Lucy am Dienstag gesessen hatten, saßen nun Otto und Dr. Senft, die sich angeregt unterhielten. Dr. Senft breitete die Arme in einer ausholenden Geste aus, als würde er Otto ein imaginäres Bild präsentieren. Dann fiel sein Blick auf Lucy, und er ließ seine Arme augenblicklich sinken, stützte sich lässig mit einer Hand auf seinem Bein ab und neigte den Kopf. Mit der anderen Hand hielt er drei Finger in die Höhe.

Man trifft sich immer dreimal.

»Ich wusste, dass es zu früh gewesen war«, rief er Lucy zu.

»Dass was zu früh gewesen war?«, fragte Lucy und kam mit Adrian näher.

»Ich hätte Ihnen meine Telefonnummer noch nicht geben dürfen. Wir hatten uns erst zweimal zufällig getroffen.«

Lucy zuckte mit den Schultern. »Der Zufall hat sich in seiner Halsstarrigkeit selbst benutzt, um zum dritten Mal auftauchen zu können.«

Dr. Senft hob eine Augenbraue. »Das müssen Sie mir später genauer erklären.«

Er stand auf und gab Lucy einen Kuss auf die Wange, bevor er Adrian die Hand reichte.

»Hallo, Adrian.«

»Hallo, du.«

Lucy fasste Adrian an den Schultern und drückte sie leicht. »Adrian, dein viertes Wort!«

»Hallo, du«, wiederholte Dr. Senft und stieß ihm sanft mit der Faust gegen die Schulter. »Schön, dich zu sehen.«

Otto hatte sich ebenfalls erhoben und begrüßte Lucy und Adrian.

»Kinder«, sagte Marlyn und klatschte erneut in die Hände, »ist das schön. Lucy, ich hoffe, du bist mir nicht böse, dass ich Dr. Senft –«

Dr. Senft räusperte sich. »Berti.«

»Richtig. Berti – das klingt noch so ungewohnt, Herr Doktor!«

»Du darfst auch Dr. Berti sagen, wenn es dir lieber ist.«

»Dr. Berti wird dir bei den schweren Arbeiten helfen«, setzte Marlyn an. »Es wird sicher einiges zu schleppen geben.«

Lucy furchte die Stirn, dachte kurz nach, dann nickte sie, nahm die Kuchentransportbox von Adrians Schoß und platzierte sie auf dem kleinen, runden Holztisch, der vor der Bank stand. »Ich habe noch etwas mitgebracht.«

»Hast du extra etwas für uns gebacken?«, fragte Marlyn. »Das wäre doch nicht nötig gewesen.« Sie grinste. »Aber wir freuen uns natürlich riesig!«

Lucy errötete, und abermals stieg dieses klumpige Gefühl in ihr hoch, das ihr beinahe die Tränen in die Augen trieb.

Marlyn ist nicht Rifkah.

Solche Gesten nahm Rifkah als Selbstverständlichkeit hin, und als Lucy den Deckel hob, erwartete sie aus Gewohnheit kritische Kommentare von Otto, Marlyn, Adrian und Dr. Senft über ihre Dobostorte. Stattdessen versammelten sie sich jedoch staunend um die Torte und ließen ihre Blicke zwischen Lucy und ihrem Kunstwerk hin- und herschweifen.

»Das ist die schönste Torte, die ich je gesehen habe«, stellte Otto fest.

Marlyn hatte beide Hände vor den Mund geschlagen, doch ihre Augen verrieten ein breites Grinsen.

Dr. Senft legte lächelnd einen Arm um Lucys Schultern und drückte sanft zu.

Adrian kam aus dem Staunen nicht mehr heraus, begann zu lachen und streckte beide Arme in die Luft, als hätte er gerade einen Sieg errungen.

»Dobostorte«, sagte Lucy und erklärte: »Sie soll Adrian helfen, sich zu erinnern. Er hatte gestern das Bild dieser Torte im Kopf, und ich dachte, ich backe sie für euch. Sie ist gar nicht schwer zu machen.«

Ich wusste, dass Lucy log, drückte aber ein Auge zu.

Lucy umarmte Adrian. »Ich weiß nicht, woher deine Erinnerung kommt. Wir haben sie noch nie gebacken. Du hast sie vermutlich in der Zeit kennengelernt, in der du verschollen warst.«

»Danke, Lu«, sagte er, dann schrieb er in sein Notizbuch: »Ich sehe die Torte vor mir, aber ich erinnere mich nicht an die Umstände. Ich weiß nur, dass es die leckerste Torte ist, die ich kenne.«

Marlyn legte einen Arm um Lucys Hüfte, den anderen um Adrians Schultern. »Lasst uns den Garten besichtigen. Danach werden wir sehen, ob das Probieren der Torte deinem Gedächtnis auf die Sprünge helfen kann.«

Die alte Dame führte Dr. Senft und Lucy durch den Garten. Die Beete waren von Gras und anderem Beikraut überwuchert, hie und da streckte eine Osterglocke ihren Kopf durch den Wirrwarr an Pflanzen. In einer Ecke des Gartens standen mehrere Obstbäume.

»Pflaume, Apfel, Birne, Kirsche«, zählte Marlyn auf. »Die brauchen dringend einen Rückschnitt. Alles, was senkrecht nach oben wächst, muss ab. Vielleicht muss die Pflaume auch gefällt werden, denn sie trägt seit Jahren keine Früchte.«

Zwischen Obst- und Gemüsegarten stand eine Himbeerhecke.

»Hier müssen die alten Stängel vom letzten Jahr

ab. Die langen könnt ihr kürzen, die sind zu hoch.« Marlyn war ganz in ihrem Element. Sie wies über den niedrigen Holzzaun des Gemüsegartens. »Hier wächst momentan nichts.«

»Marlyn, du beleidigst das Gras«, sagte Dr. Senft.

Marlyn nickte lachend. Dann sagte sie: »Lucy wird herausfinden, was der Garten hier haben will.« Sie drehte sich um und deutete in den Garten. »Der Rasen muss regelmäßig gemäht, der Teich gesäubert, die Blumenbeete bepflanzt werden. Und wenn euch die Muse küsst, dürft ihr auch gerne die Terrasse umgestalten. Es wird jede Menge zu tun geben.«

Wenn euch die Muse küsst.

»Welcher Teich?«, fragte Lucy.

Marlyn führte sie in die gegenüberliegende Ecke des Gartens. Hinter hochgewachsenen Büschen verbarg sich tatsächlich ein Gewässer, das grünlichbraun schimmerte, beinahe wie ein Moor.

»Ihr könnt den Teich vom Ufer aus ausheben«, sagte Marlyn. »Oder direkt hineingehen.«

Dr. Senft kniete sich an das Ufer und plätscherte mit der Hand im Wasser. Lucy betrachtete das dunkle Wasser. Es schien ein stumpfer Spiegel zu sein, der kein Bild zurückgab, sondern alles verschluckte. Einige Schilfhalme ragten aus dem

Teich, und kleine Pflanzen trieben als Klumpen auf der Wasseroberfläche wie grüne Wolken. Grüne Wolken am braunen Himmel.

»Fangen wir mit den Bäumen an?«, schlug Dr. Senft vor.

Lucy nickte.

»Wunderbar!«, sagte Marlyn. Auf ihrem Gesicht lag eine tiefe Zufriedenheit, die sich mit kindlicher Freude vermischte. Sie deutete auf einen kleinen Schuppen neben dem Haus: »Dort findet ihr Gartenwerkzeuge. Schaut alles durch, sortiert aus, was nichts mehr ist, und besorgt, was ihr braucht. Hebt die Quittungen auf. Oder lasst es mich wissen, und ich sorge dafür, dass alles direkt hierhergeliefert wird.« Sie hielt inne, schaute beide unverwandt an, bis Lucy die Augen niederschlug. »Ich danke euch von Herzen, Kinder.«

Lucy hob den Kopf und sah Dr. Senft grinsen.

Kinder.

»Ich bereite den Kaffee vor, wir essen in einer Viertelstunde. Ich kann deine Torte kaum erwarten, Lucy!«

Dr. Senft und Lucy blieben unschlüssig vor dem Schuppen stehen, dann sahen sie sich an und nickten einander zu, bevor sie das alte Gebäude betraten.

Im Schuppen war es dunkel und voller Spinnweben. Lucy schlug der Geruch nach Gummi entgegen, und tatsächlich, in einer Ecke lagerten alte Autoreifen. Der Geruch entführte sie in eine längst vergangene Zeit, zurück in ihre Kindheit, auf den Hof ihres Großvaters und in seinen Werkzeugschuppen hinein. Vertraute Gerüche hüllten sie ein, die sie immer wiedererkennen würde. Gerüche und bedeutsame Erinnerungen waren unauflöslich miteinander verwoben.

Dr. Senft war bereits in die Tiefen des dunklen Raums eingedrungen und kramte zwischen den Werkzeugen herum. Lucy machte die Tür weit auf und blockierte sie. Nun fiel mehr Licht in den Schuppen. Dr. Senft zog eine Holzleiter hervor. Er lehnte sie gegen die Wand und prüfte ihre Sprossen. »Die tut's noch.«

Lucy beobachtete ihn und kam nicht umhin, festzustellen, dass er ihr gefiel.

»Können Sie eine Astschere finden?«, fragte sie.

»Können Sie heute Abend mit mir Essen gehen?«, fragte er.

»Nein.«

Dr. Senft sah noch immer die Leiter an. »Sagen Sie ›Nein‹, weil Sie tatsächlich nicht können, oder weil Sie nicht wollen?«

»Ich kann tatsächlich nicht.«

»Aber Sie wollen?«

Lucy legte den Kopf schief. Ludmilla hätte sich niemals zu solchen Spielereien verleiten lassen, sondern grundsätzlich abgelehnt.

»Ich gehe jeden Dienstag essen«, sagte sie schließlich.

»Allein?«

»Allein. Aber wenn Sie wollen, nehme ich Sie ausnahmsweise mit.«

Endlich wandte er ihr sein Gesicht zu. »Ich habe eine Idee, wohin wir gehen könnten.«

Bevor Lucy nachfragen konnte, machte Dr. Senft einen imaginären Reißverschluss an seinem Mund zu. »Treffen Sie mich um halb fünf an der Uniklinik. Melden Sie sich, falls etwas dazwischenkommt.«

»Ich habe Ihre Telefonnummer verloren«, sagte Lucy.

»Geben Sie mir Ihre.«

»Gegen die Astschere.«

Dr. Senft zog sich in die Dunkelheit von Lucys Kindheit zurück. Nach einer Weile kehrte er mit einer kleinen Gartenschere zurück. Er hatte sich außerdem einen Bleistift hinter sein Ohr geklemmt.

»Genügt die?«, fragte er und hielt Lucy die Schere hin.

Lucy zuckte mit den Schultern, nahm sie ihm aus

der Hand, schulterte die Leiter und ging zu den Obstbäumen. Sie lehnte die Leiter gegen den Apfelbaum und kletterte hinauf. Ohne abzuwarten, begann sie, jene neuen Triebe abzuschneiden, die senkrecht nach oben wuchsen. Die Messer der Schere glitten durch das Holz der dünnen Zweige wie durch Butter. Bei den dickeren Zweigen musste Lucy stärker zudrücken, während die Schere für die dicksten Zweige unbrauchbar war.

Lucy drehte sich auf der Leiter um. »Wir brauchen eine Astschere.«

Dr. Senft nickte, holte einen Notizblock aus seiner hinteren Hosentasche, nahm den Bleistift vom Ohr und notierte. Danach blickte er auf und sah Lucy erwartungsvoll an.

»Was?«

»Und jetzt Ihre Telefonnummer.«

Lucy hielt die Gartenschere in die Luft und schüttelte den Kopf.

»Muss der Zufall sich erst wieder selbst benutzen?«

»Ich werde zum frühen Abendessen pünktlich erscheinen. Versprochen.«

»Ich hoffe, Ihr Versprechen wird nicht durch ungeahnte Zufälle und deren Halsstarrigkeit verhindert.« Dr. Senft schmunzelte. »Warm anziehen, okay?«

Sie sahen Adrian erwartungsvoll an, nachdem er sich die erste Gabel seines Tortenstücks in den Mund geschoben hatte. Er sah kauend von einem zum anderen, dann schüttelte er den Kopf und hob die Schultern.

Lucy legte eine Hand auf seine.

»Keine Sorge«, sagte sie und drückte zu. »Dass du dich an diese Torte überhaupt erinnert hast, ist schon ein großer Fortschritt.«

Vor sich sah sie den dreizehnjährigen Hans, wie er immer weiter ins südöstliche Europa trampte, verloren durch die Straßen Budapests stolperte, ungewaschen, seine Kleidung schmutzig, der Flaum erster Barthaare auf seiner Oberlippe, um ihn herum sprach man so fremd. Vielleicht hatte sich eine alte, einsame Dame, deren einziger Sohn verstorben war, seiner angenommen. Sie war selbst Deutsche und nach dem Tod ihres Sohnes von Deutschland weggegangen, um neu anzufangen. Sie hatte Hans von der Straße aufgelesen, ihn aufgepäppelt, ihm Dobostorten gebacken, konnte Hans' Flucht nur allzu gut nachvollziehen, wollte ihn nicht verraten, wollte ihn bei sich behalten, hatte ihn bei sich wohnen lassen, ihm Ungarisch beigebracht, ihm, als er älter war, einen Job als Reinigungskraft an der Uni besorgt, wo er fasziniert von den Tafelbildern war, wo sein Interesse für Tiere und Natur geweckt wurde, er hatte sich Bücher ausgeliehen, war in Kontakt mit den Professoren getreten, die seine Wissbegierde unterstützten, und irgendwann hatte die alte Dame ihm eine gefälschte deutsche Identität besorgt, Adrian Muhns war geboren, er durfte seinen Schulabschluss nachmachen, studieren, seinen Doktor anfangen. Dann ging es der alten Dame schlechter, sie war inzwischen sehr alt, und Adrian begann sie zu pflegen, mit derselben Hingabe, die diese ihm einst hatte zukommen lassen, er pflegte sie, bis sie starb, und dann ließ er alles hinter sich, Ungarn, die Uni, das Studium, er kam zurück nach Deutschland, nach Leipzig, auf den Südfriedhof …

»Lucy?« Dr. Senft fuchtelte mit einer Hand vor ihrem Gesicht herum. »Alles in Ordnung?«

Sie blinzelte, dann lächelte sie. »Ich habe nur über Adrians verlorene Jahre nachgedacht.«

Er sah sie fragend an, doch sie winkte ab. »Vielleicht erzählt er uns ja doch noch davon.«

Nach dem Kaffeetrinken schob Lucy Adrian an ein sonniges Plätzchen und legte ihm das Pippi-Langstrumpf-Buch in den Schoß.

»Stört es dich wirklich nicht, wenn ich ein bisschen im Garten arbeite und du solange hier wartest?«

Hans-Adrian schüttelte den Kopf, faltete die Hände und schloss die Augen. Lucy strich ihm über die Wange, hielt dann inne und horchte angestrengt in den Garten hinein, konnte aber nichts hören. Ebenso wenig drangen schmerzhafte Erinnerungen von früher an die Oberfläche. Sie arbeitete konzentriert im Garten und vertiefte sich vollkommen in ihre Arbeit, fühlte das Holz unter ihren Fingern, als sie die Zweige festhielt, spürte die kühle Erde, in der sie ihre Hände versenkte, um die Wurzeln des Unkrauts herauszuziehen.

Nach zwei Stunden schrak sie hoch. So lange hatte sie Adrian nicht allein lassen wollen. Sie hetzte durch den Garten und kam atemlos dort an, wo sie seinen Rollstuhl abgestellt hatte. Doch er war verschwunden.

Panisch blickte sie sich um, während sie nach ihm rief und den Garten abging, bis Marlyn zurückrief: »Lucy?«

Adrians Rollstuhl stand mitsamt Adrian wieder in der Sitzecke, und Marlyn und Otto unterhielten sich mit ihm. Er schien die Gesellschaft der beiden zu genießen, lachte und schrieb eifrig in sein schwarzes Notizbuch.

Lucy hielt inne. Das alles war harmonisch, zu harmonisch, wie sie fand. Sie wartete darauf, dass die Harmonie verschwinden, aufgebraucht sein würde, denn sie konnte unmöglich andauern, schon gar nicht, wenn sie, Lucy, im Begriff war, zu genießen und sich in den Moment fallen zu lassen wie in eine bauschige Wattewolke.

Sie sah abermals auf die Uhr, und die Wolke löste sich jäh in Luft auf, als sie die Harke ablegte und verkündete, dass sie losmüssten.

23.

»Wirst du es tun?«

Rifkah blickte auf und zog die Augenbrauen nach oben. »Was tun?«

Der Abend mit ihr und der teuren Paella war zunächst ruhig verlaufen. Lucy war in Gedanken noch in Marlyns Garten gewesen und die verschiedensten Gemüsesorten durchgegangen, die sie anpflanzen könnte, während sie die Tomaten und Paprika zerkaute. Ob ein Gewächshaus möglich oder es für Freilandtomaten warm genug war?

Sie dachte an Hans und eine seiner Fragen von früher. Er hatte sie nach ihrem Lieblingsgeruch gefragt, und sie hatte geantwortet: *vielleicht Holunderblüten*, woraufhin er seinen mit ihr teilte.

Tomaten im Gewächshaus.

Und hier hatte sich die Frage in Lucys Kopf geformt, deren Bestandteile schon längst in ihr geschlummert hatten. Sie waren an die Oberfläche geschossen, und Lucy konnte sie nicht zurückhalten. »Ihn für tot erklären lassen«, fuhr sie fort.

Rifkah ließ die Gabel sinken und neigte ihren Kopf von links nach rechts.

Links, rechts.

Unter dem Tisch presste Lucy ihre Handflächen

fest zusammen. »Warum denn eigentlich nicht?«, fragte sie weiter.

Rifkah blieb stumm, neigte nur weiter ihren Kopf von links nach rechts.

Lucy schloss die Augen. »Okay. Ich finde deine Entscheidung richtig.« Sie öffnete die Augen und schob sich eine Gabel Paella in den Mund. Es war fast zu schön, um wahr zu sein. »Vielleicht kommt er ja zurück. Man sollte die Hoffnung nie zu früh aufgeben.«

Rifkah hatte sich noch immer nicht geäußert, leerte stattdessen ihr Weinglas in einem Zug. Sie hielt ihr Alkoholniveau stets stabil hoch – mit Ausnahme der Freitage natürlich, an denen das Niveau instabil hoch war.

»Heute ist Sonntag, nicht Freitag«, mahnte Lucy.

»Es war das letzte.«

Lucy versuchte, ihre resignierte Ungläubigkeit zu verstecken.

Rifkah rieb sich über die Augen, in denen danach Tränen schwammen. »Ich werde einen Entzug machen.«

Lucy öffnete den Mund, brachte aber keinen Ton heraus. Die Ankündigung war nicht neu. Die Tränen schon.

»Ich war dir so lange eine Last, all die Jahre, in

denen du dich um mich gekümmert hast. Du hast deine alte Mutter jeden Freitag nach Hause gebracht oder zu Hause versorgt, hast dich um sie gekümmert, Wache gehalten, sie jeden Sonntag bekocht. Zwölf Jahre lang. Ich habe mich noch nie bei dir bedankt.«

Hinter Lucys Augenlidern knisterte und pulsierte der Schmerz. Sie hasste, dass Rifkahs Worte ihr Tränen in die Augen treiben wollten, denn sie fühlte kein Band zu dieser Frau, die behauptete ihre *Mutter* zu sein. Diese Einsicht traf sie deshalb umso härter. Es konnte nicht stimmen. Es konnte nicht wahr sein.

Langsam schüttelte sie den Kopf. »Du brauchst dich nicht bei mir zu bedanken. Ich habe es versprochen, und ich halte meine Versprechen.«

Im Gegensatz zu dir.

Rifkah lächelte unter Tränen, wie eine zuschnappende Falle legten sich ihre Finger um Lucys Hand. »Wie dein Papa, nicht wahr? So gutmütig, so edel, so rein. Du hast versprochen, immer für mich da zu sein. Aber du hast nicht versprochen, mich jede Woche zu bekochen und meine Sucht zu ertragen.«

Mit so viel Klarheit hatte Rifkah noch nie gesprochen. Lucy wand ihre schwitzige Hand unter Rifkahs.

»Ich verlange nicht von dir, dass du dein Versprechen brichst. Ich möchte den Entzug machen, weil ich weiß, dass du für mich da sein wirst. Du bist alles, was ich noch habe.« Sie legte ihre zweite Hand über ihre andere und Lucys, dann suchte sie Lucys Blick, und Lucy gewährte ihn, mit zusammengekniffenen Augen, ihren Oberkörper gegen die Rückenlehne des Stuhls gepresst.

»Ich mache den Entzug, weil ich weiß, dass du mich begleiten wirst. Lu, du musst bei mir sein, die ganze Zeit, sonst stehe ich das nicht durch, ich habe schon deinen Vater verloren und Hans ... Die Brücke ist nah, wenn du mir hilfst, kann ich sie überqueren.«

Lucy legte sich die freie Hand auf den Bauch. Irgendetwas stimmte nicht. »Ich glaube, der Fisch war nicht gut.«

»Liebes, willst du dich ein bisschen aufs Sofa legen?«

Lucy nickte und verbrachte in der Folge den restlichen Abend über der Kloschüssel, während Rifkah sie umsorgte, wie sie es noch nie getan hatte. Lucy hatte keine Kraft, dagegen anzukämpfen. Sie war im Begriff, alles zu verlieren, was sie sich in den letzten Tagen aufgebaut hatte. Sie hatte Freunde gefunden, Hans war zurück, ein interessanter Mann war in ihr Leben getreten. Sie klammerte sich daran fest, aber ihr Körper spülte alles aus ihr heraus. Die zaghaften, behaglichen Gefühle. Ehrliche Dankbarkeit. Die Freude über Adrians Fortschritte, das Kribbeln beim Geplänkel mit Dr. Senft. Und am Ende auch Lucy. Sie versuchte noch, sich am Rand der Toilettenschüssel festzuhalten, aber der Strudel wirbelte sie umher und zog sie mit sich fort.

Als Ludmilla schließlich auf dem Sofa lag, fühlte sie sich leer. Sie hörte Rifkahs raue Stimme, spürte deren Hand in ihren Händen.

»La, le, Lu, nur der Mann im Mond schaut zu …«

Am Montag ging Ludmilla nicht zur Arbeit, sondern übernachtete auf Rifkahs Sofa, und am nächsten Morgen frühstückten sie gemeinsam. Rifkah holte sämtlichen Alkohol hervor und schüttete ihn in die Toilette. Dorthin, wo Ludmillas behagliche Gefühle, Marlyns Dankbarkeit, die Freude an Adrians Fortschritten und das Kribbeln geflossen waren.

Dorthin, wo sie Lucy ertränkt hatte. Die Toilette, ein Friedhof.

Nachdem Ludmilla sich krankgemeldet hatte, vereinbarte sie einen Termin für Rifkah in der Suchtklinik. Sie würde ihre Mutter beim Entzug begleiten.

Danach schlenderte sie ziellos durch die Straßen Leipzigs, bis sie sich auf dem Südfriedhof wiederfand, die Schuhe auszog und barfuß auf der Wiese neben dem Weg ging. Dann und wann machte sie einen Bogen um die Gräber, und wenn sie sich unbeobachtet fühlte, setzte sie einen Fuß auf die Gräber. Vorsichtig, um keine Blumen zu zertreten.

Was sollte mit Adrian geschehen? Und Marlyns Garten? Dem Treffen mit Dr. Senft?

Dunkelheit umgab sie, als sie die Schwere ihres Versprechens spürte. Es drückte sie nach unten, bis sie glaubte, gebeugt zu gehen, obgleich ihre Wirbelsäule gestreckt war. Innerlich war sie gekrümmt, und sie schämte sich dafür, den Nachmittag mit Otto, Marlyn, Dr. Senft und Adrian genossen zu haben.

Alles Schöne trägt den Keim der Zerstörung bereits in sich.

Sie wusste nicht mehr, wo sie diese Worte gehört hatte. Der Keim war viel zu schnell aufgegangen, noch bevor sich das Schöne vollständig hatte entfalten können.

Ludmilla pflückte einige Efeublätter und setzte sich im Schneidersitz auf das Grab ihres Vaters.

Als zöge das weite Feld sich zusammen, die Kapitel

meines Lebens schließen sich. Dein Kapitel war viel zu früh zu Ende.

Sie schielte auf Hans' leeres Grab.

Dein Kapitel hat sich wieder geöffnet, es geht weiter, und ich möchte dabei sein, wenn es weitergeschrieben wird.

Spätnachmittags spazierte sie mit Adrian im Rollstuhl durch den Park der Rehaklinik. Adrian hatte sie mit zwei neuen Wörtern begrüßt. Eigentlich waren es vier, aber er hatte sie wie zwei ausgesprochen: »Wiegee?« und »Gehgu«. Das T schien ihm noch Probleme zu bereiten. Adrians Fortschritte waren beinahe mit jedem Atemzug erkennbar, und Ludmilla lächelte, während die Freude darüber sie von innen heraus erfüllte. Aus Adrians Körperhaltung schloss sie, dass auch er stolz auf sich und seine Genesung war: Er saß aufrecht, die Brust herausgereckt, das Kinn gehoben.

Ludmilla schob Adrian eine Weile schweigend durch den Park. Sie wusste nicht, wie sie ihm sagen sollte, dass sie ihn längere Zeit nicht würde besuchen können.

Ein Mann mit Hund näherte sich ihnen. Der Hund bellte Adrian an und Adrian kauerte sich in seinem Rollstuhl zusammen, während der Mann versuchte, seinen Hund zu beruhigen, sich entschuldigte und erklärte, dass sein Hund das sonst nie machte. Als er seinen Hund mit sich fortgezerrt hatte, ging Ludmilla neben Adrian in die Hocke. »Alles in Ordnung?«

Adrian nickte, aus seinem Gesicht war jedoch sämtliche Farbe gewichen, von seinem Stolz war nichts geblieben.

Sie strich ihm über die Schulter, und sie setzten ihren Spaziergang fort. Adrian zeigte auf das Gras neben dem Weg. Er drehte sich zu Ludmilla um, zeigte wieder auf das Gras, in dem kleine, weiße Blüten blühten. Er war ganz aufgeregt. Ludmilla schob ihn neben eine Bank, setzte sich und wartete, bis Adrian in sein Notizbuch geschrieben hatte.

Es war nur ein einziges Wort. Als Ludmilla es las, fiel ihr das Buch fast aus der Hand. Sie blickte Adrian an, dessen Wangen wieder gerötet waren, dann las sie das Wort erneut: Stellaria.

»Was bedeutet das?«, fragte sie.

Adrian zeigte auf die kleinen, weißen Blüten, nahm Ludmilla das Buch aus der Hand und schrieb weiter: »Das ist Vogelmiere oder Stellaria. Ihre Blüte sieht aus wie ein kleiner weißer Stern. Wusstest du, dass man sie essen kann?«

Ludmilla schüttelte den Kopf.

Stella Stellario. Stellaria.

»Du hast dich wieder an etwas erinnert.« Sie dachte an die Efeublätter in ihrer Handtasche, holte sie heraus und reichte sie Adrian. »Weißt du auch, was das ist?«

Ein leichtes Zucken lief durch seinen Nacken, als er den Kopf schüttelte.

»Das ist Efeu. Kurz bevor du vom Baum gestürzt bist, hast du mir erklärt, dass man daraus Waschmittel herstellen kann. Du schienst dich gut damit auszukennen.«

Adrian verzog den Mund und betrachtete ratlos die Efeublätter, strich darüber, drehte sie um, roch daran. Dann gab er sie Ludmilla zurück, die sie in ihre Handtasche steckte.

»Während deiner Abwesenheit hast du dich vermutlich mit Pflanzen beschäftigt.«

Er nickte und schrieb: »Ich liebe Pflanzen.«

»Das hast du schon immer getan«, sagte Ludmilla, lehnte sich an Adrian, dann löste sie ihren Kopf wieder von seiner Schulter. »Morgen gehe ich mit Dr. Senft aus. Ich bin etwas aufgeregt.«

»Wohin geht ihr?«, schrieb Adrian.

»Das wollte er mir nicht verraten. Kommst du hier gut zurecht?«

»Danke, Lu. Gehgu!«

Ludmilla atmete tief ein und wieder aus.

»Ich werde dich längere Zeit nicht besuchen können«, flüsterte sie und spürte, wie sich ihre Brust verengte. Ein schmerzhafter Knoten pulsierte in ihrer Kehle, ihre Hände zitterten.

»Wie lange?«, schrieb Adrian.

Sie nahm ihm mit fahrigen Händen den Stift aus der Hand, dann legte sie seine Hände in ihre.

Einatmen, ausatmen.

»Das weiß ich noch nicht. Ein paar Wochen, vielleicht Monate. Erinnerst du dich an unser Textgespräch? Wir hatten darüber gesprochen, dass unsere Mutter verloren gegangen ist. Ich glaube, sie möchte versuchen, zurückzukommen. Dafür braucht sie meine Hilfe. Ich muss sie eine Zeit lang begleiten.«

In Adrians Blick lag Traurigkeit, die er wegzublinzeln versuchte. Er presste die Lippen aufeinander und Ludmilla beobachtete, wie er mit sich rang.

Schließlich hob er die Schultern. »Gehgu!«

»Du bist sehr, sehr tapfer.« Ludmilla lächelte und strich ihm über die Wange.

»Wirst du mir schreiben?«, schrieb Adrian.

»Natürlich.«

»Du wirst sehen«, schrieb er weiter, »wenn du wieder kommst, ist aus mir ein normaler Mensch geworden. Dann kann ich laufen, sprechen. Ich werde dich sehr vermissen.«

»Vielleicht können wir bald telefonieren«, sagte Ludmilla. »Du machst schnelle Fortschritte.«

Adrian betrachtete sie, seufzte und schrieb: »Du bist auch sehr tapfer. Kümmerst dich um mich, hilfst unserer Mutter.« Er breitete die Arme aus und wartete ab.

Ludmilla ließ sich vorsichtig hineinfallen, und Adrian umschloss ihren Körper fest. Sie schmiegte ihre Wange an Adrians, während rund um sie Stille herrschte.

Es gibt nur uns und die Bank, dachte Ludmilla, lehnte sich an Adrians Brust und ließ ihren Kopf zwischen seinem Hals und seiner Schulter ruhen. Hier fühlte sie seinen Atem, roch seinen Duft.

Wir sind die weite Stille. Wir sind jenseits aller Gedanken, jenseits aller Gefühle, jenseits der Welt. Wir sind. Reine Schönheit, reine Wahrheit, unerschütterlich. Die weite Stille braucht keine Aufmerksamkeit, keine Kraft, keinen Kampf, keine Worte.

Ich war dabei, als sie Adrians Duft einatmete, seinen Atem auf ihrem Gesicht fühlte, spürte, wie sich sein Brustkorb hob und senkte, und dabei ihren Kopf bewegte.

Wir sind die weite Stille.

Wir sind.

24.

Als Ludmilla sich am nächsten Tag der Uniklinik näherte, stand Dr. Senft bereits davor. Er trug Jeans und ein schwarzes Shirt, darüber eine dicke Winterjacke und eine Sonnenbrille, obwohl die Sonne hinter der Wolkendecke nicht zu sehen war. In seiner Hand qualmte eine Zigarette, während er unter den anderen Arm eine braune Papiertüte geklemmt hatte.

»Wo waren Sie denn einkaufen?« Ludmilla lächelte ihn an.

»Das möchten Sie wohl gerne wissen.« Dr. Senft beugte sich zu ihr und gab ihr einen Kuss auf die linke Wange. »Bereit?«

Sie nickte und folgte ihm die Straßen entlang, bis er vor dem botanischen Garten haltmachte.

»Hier entlang.« Er führte sie direkt zum Schmetterlingshaus, während Ludmilla ihn wiederholt unauffällig anblickte. Sie wollte sein Profil in ihr Gehirn einbrennen, damit sie es hervorholen konnte, wenn die Zeit mit Rifkah zu schlimm werden würde.

»Waren Sie schon mal hier?«

Sie verneinte.

»Dann ist es an der Zeit!«

Dr. Senft löste zwei Eintrittskarten und durfte seine Tüte für die Zeit ihres Besuches hinter der Kasse verstauen. Ludmilla stand dicht hinter ihm, schloss die Augen und sog seinen Duft ein: eine weitere zukünftige Erinnerung. Er schien kein starkes Deo zu benutzen, sein Geruch war fast unauffällig, aber er war da, unverkennbar. Da war nichts Herbes oder Würziges, es war einfach nur –

In diesem Moment spürte sie, wie sich Stoff gegen ihre Nase presste, sie riss die Augen auf, stolperte rückwärts und wäre umgefallen, hätte Dr. Senft sich nicht rasch umgedreht und sie am Arm gepackt.

»Entschuldigung«, sagte er und ließ ihren Arm los. »Ich wusste nicht, dass Sie so dicht hinter mir stehen.«

Ludmilla strich ihren Mantel glatt, räusperte sich, sagte aber nichts.

Als sie eintraten, schlug ihr sofort die feuchtwarme Luft entgegen, in der sich tropische Pflanzen und Schmetterlinge wohlfühlten.

Sie blickte sich um, inhalierte tief. Überall wuchsen Bäume, Stauden und Blumen, die hier nicht heimisch waren.

»Wo sind die Schmetterlinge?«, fragte sie und schaute sich suchend um.

Dr. Senft nahm Ludmillas Hand und führte sie zwischen den Pflanzen hindurch bis zum Ende des Gangs, wo sich eine weitere Tür befand. Während er sie durch den Gang zog, betrachtete Ludmilla ihre Hand in seiner und nickte sich im Stillen zu. Ihr gefiel der Anblick. Als sie seine Berührung zu genießen begann, zog sie ihre Hand jedoch zurück.

Unser erstes und letztes Date.

Dr. Senft betrachtete erst seine Hand, dann Ludmillas. Er zog die Brauen zusammen und suchte Ludmillas Blick, die rasch die Augen niederschlug.

Er wandte sich ab, öffnete wortlos eine Tür und ließ Ludmilla zuerst hindurchgehen.

In diesem Teil des Gewächshauses war die Luft noch feuchter und wärmer. Ludmilla blieb beinahe der Atem weg, so schwer und stickig war es hier. Doch überall schwirrten Schmetterlinge aller Größen umher.

Einige tiefe Atemzüge später hatte sie sich an das Klima gewöhnt und knöpfte ihren Wintermantel auf, während ihr Blick auf zwei Schilder fiel. Eines hieß im Schmetterlingshaus willkommen und erklärte die biologischen Eigenarten der Schmetterlinge, während das andere den Generationszyklus Ei, Raupe, Puppe und Schmetterling darstellte.

›Die kleine Raupe Nimmersatt‹ für ältere Kinder und

Erwachsene, dachte Ludmilla. Direkt am Eingang stand eine Bananenstaude samt Bananen. Am Ende des Büschels, an dem sich die Bananen befanden, blühte eine lilafarbene Blüte. Die Bananen wuchsen von unten nach oben, was Ludmilla wunderte. Sie hatte gedacht, dass Bananen von oben nach unten wuchsen und herunterhingen, doch diese hier standen ab wie –

Ludmilla lief puterrot an, und auch ich musste mich in Gedanken räuspern und rasch abwenden, als sie einen unabsichtlichen Blick in Dr. Senfts Schritt warf. Schnell wedelte sie mit den Händen vor ihrem Gesicht und kommentierte die Temperatur. Ganz langsam ließ ich meinen Flügel, hinter dem ich mich verborgen hatte, wieder sinken. Ludmilla war mir ans Herz gewachsen, langweilig wurde es mit ihr jedenfalls nicht.

Das Licht fiel von allen Seiten durch das Gewächshaus, an den Seitenwänden lief das Wasser hinab, und als Ludmilla nach oben schaute, entdeckte sie Blätter, die wie große, grüne Fächer aussahen. Sie schienen zu leuchten, weil das Licht durch sie hindurchfiel. Es waren keine anderen Besucher anwesend, und es gab keine anderen Tiere außer der Schmetterlinge, deren beständiges, leises Flattern das einzige Geräusch war. Eine geschäftige

Stille, die Ludmilla an die Atmosphäre in der Albertina erinnerte. Statt der lautlosen Gedanken hörte sie hier beinahe lautlose Geschäftigkeit, und das Flattergeräusch kam ihr bekannt vor. Woher sie es kannte, wusste sie jedoch nicht. Besonders die großen blauen Schmetterlinge fielen ihr ins Auge. Immer wieder flogen sie zu den kleinen Tonschälchen, in denen aufgeschnittenes Obst lag. Sobald sie gelandet waren und begonnen hatten, mit ihren Rüsselchen den Saft der Früchte aufzusaugen, verbargen sie ihre Farbenpracht, indem sie die Flügel zuklappten. So saßen sie, anders schön, in Braun- und Orangetöne getaucht, und aßen.

»Wussten Sie, dass sich die Raupe in der Puppenphase fast vollständig auflöst?«, flüsterte Dr. Senft Ludmilla zu.

»Haben Sie sich das gerade angelesen?« Ludmilla deutete auf die Plakate am Eingang.

»Erwischt!«, sagte Dr. Senft und fuhr sich durchs Haar. »Aber das ist doch irre, oder? Es bleibt nur ein kleiner Teil des Raupengewebes bestehen, und die Beine, Flügel, Augen und so weiter bilden sich aus Zellhaufen – die heißen übrigens Imaginalscheiben«, fügte er in wissenschaftlichem Ton hinzu.

»Eins mit Sternchen«, sagte Ludmilla und widerstand dem Drang, ihm die Hand zu schütteln.

Stattdessen schenkte sie ihm ein zurückhaltendes Lächeln und ging weiter den Gang entlang, ihren Schritten und den sanften Flattergeräuschen der bunten Falter lauschend. Jäh wünschte sie sich Dr. Senfts Arme um sich und erschrak über diesen plötzlichen und sinnlosen Wunsch. Sie würde in nächster Zeit abtauchen, und ein Mann wie Dr. Senft hatte es nicht nötig, auf sie zu warten.

Obwohl ihr warm war, rieb sie ihre Hände aneinander und fröstelte. Der Gedanke an Dr. Senft mit einer anderen Frau brannte. Woher kam diese Schwäche bloß? Sie hatte ihren Vater verloren, ihr Bruder war verschwunden gewesen, sie konnte das verkraften, denn sie konnte alles verkraften. Zudem kannte sie Dr. Senft kaum. Eine oberflächliche Bekanntschaft war viel einfacher zu vergessen als der Tod oder ein verschwundenes Familienmitglied.

Das Flattergeräusch.

Sie sah sich um. Hans hatte Raupen von Brennnesseln abgesammelt und sie in einem Schuhkarton gehalten, den er täglich mit frischen Brennnesseln gefüllt hatte. Die Oberseite des Kartons hatte er mit Fliegengitter abgedeckt.

Damit die Baupen Luft kriegen.

Er hatte sie »Baupen« genannt. Eines Tages hatten sich die Raupen verpuppt und hingen direkt am Fliegengitter oder an den Brennnesseln. Ungefähr zwei Wochen später flatterten die Schmetterlinge im Karton. Das war Hans' Lieblingsmoment. Seine Augen leuchteten, als er das Fliegengitter entfernte und den Pfauenaugen dabei zusah, wie sie in alle Richtungen davonflatterten.

Ludmilla blieb so abrupt stehen, dass Dr. Senft in sie hineinlief.

»Hoppla«, sagte er und legte seine Hände auf Ludmillas Schultern.

Sie drehte sich zu ihm. »Brennnesseln.«

Dr. Senft ließ seine Hände sinken und sah sie fragend an. »Hab hier keine gesehen.«

»In Marlyns Garten. Wir brauchen Brennnesseln.«

Nach dem Besuch im Schmetterlingshaus schlenderten sie durch den botanischen Garten. Dr. Senft trug wieder seine unförmige Tüte auf dem Arm. Sie kamen an einer Skulptur von Carl von Linné vorbei. Jemand hatte ihm ein orange-weiß-gestreiftes Verkehrshütchen auf den Kopf gesetzt und jeweils ein weiteres links und rechts von ihm platziert. Carl von Linnés schmale Lippen waren zu einer Art Lächeln verzogen, das aussah, als würde er jeden Moment in Lachen ausbrechen. Ein unfreiwilliger Spaßvogel, der den Spaß aber gerne mitmachte und belustigt dreinschaute.

Ludmilla deutete auf ihn: »Er scheint es lustig zu finden. Sehen Sie, wie verschmitzt er aussieht?«

Dr. Senft lachte, dann schaute er auf und rief: »Hey, Rudi! Schon eine Frau mit Kind gefunden?«

Ein Mann im grünen Gärtneroverall und mit Rechen in der Hand schlurfte mit den Schuhen über den Asphalt. Ludmilla versteifte sich augenblicklich, kalte Schauer liefen ihren Rücken herab. Jedes Mal, wenn jemand die Füße nicht richtig hob, was besonders oft bei Jugendlichen der Fall war, wollte sie die Person bitten, korrekt zu gehen. Da Ludmilla ihren Gefühlen allerdings selten nachgab, hoffte sie mit zusammengekniffenem Mund, das Geräusch würde bald aufhören.

Der Mann bewegte sich roboterhaft, seine Haare waren graubraun und zu einer Art Topffrisur geschnitten. Dazu trug er einen Mittelscheitel. Er hob die Hand und rief über die Pflanzen hinweg: »Guten Tag, Berti«. Dann deutete er auf Ludmilla. »Nein, aber vielleicht is' die Dame noch frei?«

»Keine Kinder«, sagte Dr. Senft, und als Rudi nähergekommen war, schüttelte er dessen Hand und stellte Ludmilla und Rudi einander vor. »Rudi arbeitet seit zwölf Jahren hier. Und seit ich ihn kenne, sucht er eine Frau mit Kind, aber ohne Mann.«

»Keine Kinder«, wiederholte Ludmilla.

Seltsam sind die Wünsche der Menschen.

Sie lächelte entschuldigend. Rudi lachte, winkte ab und klopfte Dr. Senft auf die Schulter. »Macht ihr beide mal ein paar hübsche Kinder, und falls der gute Doktor Sie eines Tages sitzen lässt, komme' Se einfach zu mir.«

Herrje.

Ludmilla errötete und wandte sich ab.

Dr. Senft räusperte sich.

Giggelnd deutete Rudi auf die Skulptur. »Gut, oder? Das war ich.«

»Steht ihm ausgezeichnet«, sagte Dr. Senft. »Er hat ein richtiges Hutgesicht.«

»Ein Verkehrshutgesicht«, fügte Ludmilla hinzu, und Rudi giggelte wieder, wobei er so heftig einatmete, dass ihm zwischen den Lachern ein Quietschen entfuhr.

»Ein wahrer Pflanzenzauberer, dieser Herr von Linné«, sagte Rudi, nachdem er sich beruhigt hatte, und fuhr in hoher, aufgeregter Tonlage fort: »Nur, dass sein Spitzhut nich‘ schwarz war, sondern grün. Wussten Se, dass der kleine Carl Pflanzen so sehr liebte, dass seine Eltern ihm immer eine gaben, wenn er weinte? Sie schienen ihn zu beruhigen. Jetzt is' sein Hut orange-weiß gestreift. Er überwacht unser'n Garten.«

Sie schienen ihn zu beruhigen.

Ludmilla dachte an Hans und dessen Verbindung zur Natur, daran, wie sorgfältig er Tomaten erntete, in Gummistiefeln im Regen den Rasen düngte, und wie danach alles nach Hühnermist stank. Sie dachte daran, wie er Löcher in die Erde bohrte und Pflanzensamen hineinlegte, jeden Tag zu den Beeten lief und überprüfte, ob schon ein Keimling zu sehen war.

Die Bilder überrannten Ludmilla, immer schneller prasselten sie wie dicke Regentropfen auf sie ein. Hans im Apfelbaum, Hans beim Unkrautjäten, beim Erbsensortieren, Blumenpflücken, Umtopfen, Düngen. Sie schloss die Augen und taumelte, dann hörte sie ein Scheppern. Eine Hand packte sie am Arm, bereits das zweite Mal heute.

»Frau Muhns?«, fragte Dr. Senft. »Alles in Ordnung?«

Ludmilla schlug die Augen auf. Sie kniete und hing an Dr. Senfts Arm wie die Frau der Gallier-gruppe Ludovisi.

Rasch rappelte sie sich auf, klopfte sich den Dreck von den Kleidern, nickte heftig und setzte ein Lächeln auf. Sie musste gegen Carl von Linné gestoßen sein. Das Verkehrshütchen war ihm vom Kopf gefallen.

Sie verabschiedeten sich von Rudi. Dr. Senft und Ludmilla gingen eine Weile schweigend nebeneinanderher. Der Himmel war wolkenbehangen und grau, doch es regnete nicht. Dr. Senft sah angespannt aus. Wiederholt griff er sich mit der Hand ins Gesicht, blieb kurz stehen, ging weiter.

»Wollen sie nicht doch noch mal zu einem Check im Krankenhaus vorbeikommen?«, platzte er schließlich heraus.

»Mir geht es gut«, sagte Ludmilla. Sie entschied sich für die Wahrheit. Eine kleine Wahrheit in einer großen Lüge. »Was Rudi über Carl von Linné gesagt hat, hat mich an meinen Bruder erinnert. Er war als Kind immer sehr naturverbunden. Auf mich strömten plötzlich so viele Kindheitserinnerungen ein, dass mir kurz schummerig wurde. Obwohl er jetzt wieder da ist, bleibt ein Gefühl der Leere. Sein plötzliches Verschwinden ... Alle dachten, er sei tot, und jetzt ist er wieder da.« Sie hob die Schultern, um sie sogleich wieder fallen zu lassen. »Manchmal ist es einfach zu viel.«

Dr. Senft nickte, stellte die Tüte ab und trat näher an sie heran. Ohne sich zu rühren, sah er ihr in die Augen, dann, ganz langsam, hob er ihr Kinn mit seinem Zeigefinger an, und als sie sich nicht fortbewegte, legte er seine Arme um Ludmilla und drückte sie fest an sich.

Ludmilla hielt die Luft an. Ihr Herz pochte in einem Tempo, das nicht gesund sein konnte, und sie unterdrückte ein Zittern, bis sie sich, ganz zögerlich, auf die Umarmung einließ und ausatmete. Sie atmete Dr. Senfts dezenten Geruch ein, drückte ihr Gesicht an seine Brust. Langsam legte auch sie ihre Arme um ihn, doch dann schob sie sich abrupt von ihm weg.

»Danke«, sagte sie.

»Wofür?«

Für die Umarmung, dachte Ludmilla, sagte aber nichts. Sie war wie benommen von der Berührung, in ihrem Kopf summte es, in ihrer Nase noch immer sein Geruch. Stattdessen blickte sie die große Blutbuche an, unter der sie standen. Etliche Stahlseile führten von den dickeren Ästen der Buche zum Boden und waren dort verankert. Ludmilla trat näher an den Baumstamm heran, um das Schild zu lesen, das davor angebracht war:

Seit einiger Zeit ist die große alte Blutbuche, quasi die Königin unter den Bäumen des Botanischen Gartens, an Stahlseilen vor einem eventuellen Umstürzen gesichert.

Sie sah hinauf in die Krone des Baumes und war wieder bei Adrian und dessen Sturz. Sie sah ihn fallen und mit dem Hinterkopf auf den Grabstein ihres Vaters aufschlagen.

Und wenn ich es hätte verhindern können? Aber wie?

»Wow, die Blutbuche ist schon über 150 Jahre alt«, sagte Dr. Senft, der über Ludmillas Schulter spähte und ebenfalls das Schild las. Sie löste den Blick von der Baumkrone und ihren Erinnerungen, um den Text weiterzulesen:

Mittelfristig wird der nunmehr ca. 150-jährige Baum absterben. Eine rechtzeitige, vorsorgliche Fällung wäre ohne diese Sicherungsmaßnahmen schon im kommenden Winter unvermeidlich geworden. Allerdings soll der Vorgang des Absterbeprozesses in den nächsten Monaten und Jahren sichtbar bleiben und wissenschaftlich dokumentiert werden.

Der Vorgang des Absterbeprozesses.

Ludmilla dachte an die Galliergruppe Ludovisi. Der Moment des Sterbens war verewigt worden, und hier sollte er ebenfalls bestehen bleiben – wenngleich nicht ewig, sondern nur für ein paar Jahre.

»Hier ist der perfekte Platz«, sagte Dr. Senft nun, und Ludmilla folgte seinem Blick. Hinter der Blutbuche befand sich eine kleine, vom Weg aus kaum einsehbare Lichtung. Auf der Grasfläche standen vereinzelt noch ein paar Krokusse; die meisten waren bereits verblüht.

Dr. Senft trat mitten auf die Lichtung, holte eine von unten beschichtete Picknickdecke aus seiner Papiertüte und winkte Ludmilla damit zu. Sie ging zu ihm und achtete darauf, nicht auf die Krokusse zu treten. Dr. Senft hatte die Decke bereits dort platziert, wo keine Blumen wuchsen. Dann stellte er die Tüte ab und holte eine weiße, viereckige Tischdecke heraus, die er ausbreitete. Darauf drapierte er zwei Teller, zwei Gläser und zwei Tassen. Er zog außerdem zwei Messer, Gabeln und Löffel aus der Tüte.

Jetzt verstand Ludmilla, warum die Tüte derart riesig und unförmig gewesen war. Darin hatte Dr. Senft noch ein Brotkörbchen gefüllt mit Brötchen verstaut, ein Glas Erdbeermarmelade, eine Box mit Käse und Salami, Butter, eine Flasche Orangensaft und eine Thermoskanne mit Kaffee. Aus einer weiteren Box holte Dr. Senft Rührei und ein Schälchen Erdbeeren.

»Kein Frühstück ohne Ei und Obst«, sagte er.

»Wollen wir uns setzen?«

»Das war also die Überraschung? Frühstück am Abend?« Ludmilla ließ sich auf die Decke fallen.

Dr. Senft grinste.

»Hatten Sie heute Frühdienst?«

Er nickte und nahm sich ein Brötchen. »Wie geht es Adrian?«

»Er macht Fortschritte. Gestern konnte er schon ›Wie geht's‹ und ›Geht gut‹ sagen. Zumindest fast – bis auf das T.«

Dr. Senft lächelte. »Das freut mich. Er machte am Sonntag einen sehr gelösten Eindruck.«

»Wie gesagt: Er liebt Gärten und die Natur. Schon als Kind. Es tut ihm gut, dort zu sein.«

Dr. Senft bestrich sein Brötchen mit Marmelade.

»Sie schwimmen gerne gegen den Strom, oder?« Ludmilla biss sich auf die Unterlippe.

War das zu persönlich?

Dr. Senft legte kurz den Kopf in den Nacken. »Vielleicht bin ich ein Lachs. Früher bin ich nur mit dem Strom geschwommen.«

»Und jetzt ist allmählich Paarungszeit?«, fragte Ludmilla.

Herrgott!

Sie rieb sich die Stirn, aber Dr. Senft lachte laut auf. »Es gefällt mir eben, Dinge zu hinterfragen, die alle als Norm betrachten.« Er schaute ihr unverwandt in die Augen.

»Welche Dinge hinterfragen Sie zum Beispiel?«

»Könnten Sie Ihr Picknick bitte woanders genießen?«, fragte plötzlich eine Stimme, und Ludmilla und Dr. Senft schraken hoch. »Sie beschädigen die Geophyten.«

Ludmilla erspähte einen Mann mit Harke.

»Was sind Geophyten?«, fragte Dr. Senft.

Der Mann im grünen Gärtneroverall antwortete: »Mehrjährige Pflanzen, die ungünstige Lebensbedingungen überleben, weil sie unterirdische Organe haben. Steht in der Gartenordnung.«

»Das ist aber eine ausführliche Gartenordnung«, sagte Dr. Senft, und Ludmilla verkniff sich ein Lachen.

»Dass das Picknicken auf den Grasflächen verboten ist, meinte ich.«

»Sind Krokusse Geophyten?«

Der Mann stützte sich auf seine Harke und nickte. Dann zeigte er auf die Krokusse. »Sie sitzen ja darauf. Gehen Sie doch lieber in den Friedenspark oder auf die Bänke.«

Dr. Senft nickte. »Wissen Sie was? Das ist mal eine gute Idee!«

Im Friedenspark beobachtete Ludmilla ein kleines Mädchen, das auf der Wiese tanzte. Sein altrosafarbenes Kleid war derart lang, dass man die Füße kaum sah. Ludmilla wurde unruhig, konnte nicht mehr wegsehen. Sie versuchte, sich auf das Gespräch mit Dr. Senft zu konzentrieren, aber Angst und Sorge streckten ihre langen, dünnen Finger nach ihr aus, flüsterten ihr zu: *Das Mädchen wird in ihrer Ausgelassenheit über den Saum ihres Kleides stolpern und fallen.*

Ludmilla kannte das Mädchen nicht, sie schüttelte leicht den Kopf, versuchte, ihren Blick zwischen den Bäumen hin- und herschweifen zu lassen, aber immer wieder nahm sie die Bewegungen des Mädchens aus dem Augenwinkel wahr, und dann sah sie ihm erneut zu. Das Mädchen selbst schien keine Angst zu haben. Waghalsig drehte es sich im Kreis, sprang und lachte. Es war ein Vogel, schien über den Boden zu schweben. Sein rosafarbenes Federkleid wehte um das Kind herum. Der Stoff war matt, schien schwer und sperrig, das Mädchen tanzte trotzdem. Mühelos hob es die schweren Stofffalten in die Luft, als wären sie leicht wie Federn. Ludmilla bewunderte den Mut und die Stärke des Mädchens. Es tanzte mit schwerer, rosafarbener Ritterrüstung. Es tanzte, weil es so sehr tanzen wollte. Es tanzte mit der Schwere seiner Last und machte keine Anstalten, diese ablegen zu wollen.

Dr. Senft und Ludmilla fanden einen Platz in der Nähe des Mädchens und setzten ihr Abendfrühstück in der Dämmerung fort. Sie blieben nicht lange, da es kalt war.

Einige Bissen später begleitete Dr. Senft Ludmilla nach Hause.

»Sie haben meine Frage noch nicht beantwortet«, sagte Ludmilla.

Dr. Senft blieb stehen und betrachtete sie.

»Welche Dinge hinterfragen Sie sonst so?«

Er lächelte. »Sie können es wohl nicht lassen. Der Lachs und die Paarungszeit also ...«

Ludmilla errötete und gab ihm einen Klaps auf den Oberarm. Zum Glück war es inzwischen fast dunkel.

»Ich habe zum Beispiel keinen normalen Schlafrhythmus. Wer sagt eigentlich, dass man acht Stunden am Stück schlafen muss? Es ist sicher wegen meiner Schichtdienste, aber auch eine bewusste Entscheidung. Früher hatten die Menschen keinen monochromen Schlafrhythmus. Sie schliefen vier Stunden, dann waren sie zwei Stunden lang wach, danach schliefen sie wieder drei bis vier Stunden.

So kamen sie auch auf acht Stunden.«

»Das klingt anstrengend«, sagte Ludmilla. »Ich gehe jeden Abend um neun schlafen und stehe um fünf auf.«

»Na dann ab nach Hause«, sagte Dr. Senft lachend, sah auf die Uhr und beschleunigte seinen Gang so sehr, dass Ludmilla beinahe laufen musste.

»Sie sind also eine Frühaufsteherin?«, fragte Dr. Senft und normalisierte seinen Gang.

Ludmilla nickte.

»Keine Ahnung, wieso, aber irgendwie fesselt mich der Schlaf, und manchmal fühle ich mich richtig gefangen, wenn ich aufwache ...«

»Was haben Sie denn gegen Schlaf? Er dient doch ihrer Erholung, hält sie am Leben.«

»Am Leben? Kennen Sie seinen Bruder?«

»Den Bruder vom Schlaf?«

»Versuchen Sie es mal mit einem Genitiv.«

»Bruder des Schlafes?«

»Und jetzt altmodischer.«

Dr. Senft schüttelte den Kopf, schmunzelte aber. »Ich bin Arzt, kein Deutschlehrer.«

Ludmilla seufzte, und mit gespielter Empörung zitierte sie: »Komm, o Tod, du Schlafes Bruder / Komm führe mich nur fort / Löse meines Schiffleins Ruder / Bringe mich an sichern Port.«

»Musiklehrer bin ich zwar auch nicht, aber dass das Bach ist, ist für einen Leipziger obligatorisches Grundwissen.«

»Schon die zweite Eins mit Sternchen für heute.«

»Sie fürchten also, dass Schlafes Bruder sie nachts heimlich überfällt, während sie die Nacht selig mit seinem Bruder verbringen? Ich glaube, ein solcher Verrat wäre unter Brüdern unverzeihlich.«

»Soll schon vorgekommen sein. Vermutlich sind die beiden nicht die besten Freunde. Seine Familie kann man sich halt nicht aussuchen.«

»Nun, wenn ich morgens, mittags oder abends die Augen aufschlage«, sagte Dr. Senft, »fühle ich mich geborgen. Ich rolle mich in die wohlige Wärme meiner kleinen Höhle ein, die ich mir aus Bettdecke, Kissen und Matratze gebaut habe, ziehe die Decke bis zum Kinn und sperre die eisige Kälte aus, die mich umgibt, wenn ich aufstehe. Ich bin eine träge Masse und lasse mich gerne von den Fesseln des Schlafes festhalten.«

Als sie vor Ludmillas Wohnung standen, war es kurz nach sieben. Ludmilla hob ihren Blick von der Armbanduhr zu Dr. Senfts Gesicht. Seine spitzbübischen Züge waren milder geworden, und sie fragte sich, ob es am Licht der Straßenlaterne lag, das sein Gesicht weichzeichnete wie ein Papierwischer, der harte Kohlestriche sanfter machte. Er näherte sich ihrem Gesicht derart an, dass Ludmilla wieder seinen Geruch einatmete. Gleich darauf fühlte sie seine Hand auf ihrer Wange, während seine Lippen sanft ihre Haut berührten. Sie schloss die Augen, bis sich seine Lippen von ihrer Wange lösten.

Er hauchte ihr ein »Gute Nacht« ins Ohr, und vorsichtig schob sie seine Hand von ihrer Wange, ließ sie aber nicht los.

»Schlaf gut«, flüsterte sie zurück. »Danke fürs Nachhauselaufen.« Sie drückte seine Hand, dann ließ sie los.

»Bis Donnerstag«, sagte Dr. Senft und strich ihr eine Strähne aus dem Gesicht. »Mit Astschere.«

Ludmilla schüttelte den Kopf.

»Können Sie am Donnerstag nicht?«

Sie schüttelte abermals den Kopf. Etwas riss und zerrte an ihr, wenn sie daran dachte, dass sie Dr. Senft und Marlyn für lange Zeit nicht sehen würde. Ein starkes, schmerzendes Gefühl. Sollte sie ihn noch auf ein Glas Wein hineinbitten? Wohl kaum, denn sie hatte gar keinen Wein.

Wollen Sie vielleicht auf eine Tasse Tee mit reinkommen?

Immer und immer wieder wiederholte sie die

Worte in ihrem Kopf, ihre Lippen teilten sich schon, doch es ging nicht. So stand sie dort, die Augen starr auf Dr. Senft gerichtet, der auf eine Erklärung zu warten schien. Doch ihr Kopf war leer, keine Worte waren mehr darin. Ludmilla sah Dr. Senft schweigend an, seine Konturen weich, zu weich, fast bis ins Unkenntliche verwischt.

Er löste sich vor ihren Augen auf.

Als die Erklärung ausblieb, nickte er knapp und wandte sich zum Gehen. Mit zittrigen Fingern schloss sie die Haustür auf.

Ludmilla Nelsson. Lucy Muhns.

Ihr Namensschild riss sie aus ihrer Trance, sie wandte sich zu Dr. Senft um, bevor sie ins Haus trat. Er ging langsam in Richtung der nächsten Straßenbahnhaltestelle, blieb stehen, drehte sich noch einmal um und winkte ihr.

Sie winkte zurück.

25.

Ludmilla hatte alles in die Wege geleitet. Sie hatte der Reha Bescheid gegeben und nun Marlyn abgesagt. Diese hatte gelassen reagiert. In ihren Worten schwang die Akzeptanz der neuen Situation mit, und alles geschah vollkommen unaufgeregt, ohne Drama, Tränen oder Vorwürfe. Ganz tief drin – das spürte ich – hatte Ludmilla sich mehr Enttäuschung gewünscht, mehr Trauer darüber, dass sie sich doch nicht Marlyns Garten würde annehmen können. Aber Marlyn hatte reagiert, als wüsste sie, dass selbst dieser Nachteil irgendeinen Vorteil haben musste.

Nach dem Telefonat mit Marlyn verließ Ludmilla ihre Wohnung. Sie musste sich bewegen und spazierte zunächst in ihren gelben Turnschuhen, dann fiel sie allmählich in einen leichten Trab.

Laufen, laufen. Atmen, atmen.

Nicht schneller, nicht langsamer. Ludmilla versuchte, die Mitte zu finden, zu fließen. Eins zu werden mit der Straße. Sie war schon lange nicht mehr joggen gewesen. Ihre Füße federten vom Asphalt ab. Dann stoppte sie, atmete heftig.

Rauchen und joggen.

Die Luft duftete würzig nach Wildkräutern, die

auf Grasflecken zwischen den Häusern hervorschauten: Frauenmantel, Mädesüß, Schafgarbe, Brennnessel. Ludmilla joggte weiter. Ein milder Hauch wehte an ihrer Nase vorbei. Blumig, paradiesisch. Ein Geißblatt umarmte einen Ahornbaum, seine länglichen Blütenblätter reckten sich in alle Richtungen. An ihnen klebten kleine Fliegen. Jetzt, in den frühen Abendstunden, sendeten die Blüten ihren intensivsten Duft aus.

Durch Ludmillas Kopfhörer tönten die Klänge von Crowded House: *You can fight the sleep, but not the dream*. Der Traum kehrte zurück, immer wieder, flüsterte leise: *Erfüll mich!*

Noch nicht, hauchte Ludmilla zurück, *deine Zeit ist noch nicht gekommen*.

Sie hatte ihren Rhythmus gefunden, flog mit Leichtigkeit über den Asphalt.

Dann kam die Müllabfuhr. Sie war orange, wurde immer lauter, je näher sie kam. Während das Ungeheuer an Ludmilla vorüberzog, kam sie aus dem Rhythmus. *Stadtreinigung Leipzig, Alles im Lot.* Eine Gestankwolke hüllte sie ein. Es roch nach Verfall, und Ludmilla dachte an die Zweieinigkeit aus Verwesung und Tod. Inzwischen hatte Joni Mitchell angefangen, in ihr Ohr zu singen: *So many things I would have done, but clouds got in my way.*

Ludmilla lief schneller, wollte sich aus der Wolke befreien. Wo war die Würze, wo die Milde, wo der Rhythmus, wo die Stille? Sie lief zu schnell. Ihr Atem wurde unregelmäßig, sie wurde langsamer, bekam Seitenstechen, hatte den Fluss verloren, die Mitte war fort. *I've looked at life from both sides now, from win and lose and still somehow* – sie blieb stehen, und da spürte sie ihn: den brennenden Grund der Wut. Das Feuer stieg in ihr empor, bis es hinter ihren Lidern schwelte, bevor es heiß und salzig aus ihren Augen quoll.

Ich habe Angst, zu verpassen. Ich habe Angst, zu verlieren.

Ludmilla legte eine Hand an ihre Lippen.

Sie werden dich vergessen. Aus dem Leben, in den Müll. Ich habe Angst.

Sie fuhr sich über die Arme, zog die Jacke fester, ihre Lippen bebten.

Ich habe Angst davor, das alles zu verlieren. Freundschaft und Liebe. Die Menschen, die ich in mein Herz geschlossen habe.

Ein seltsames Gefühl, das sie so lange nicht mehr gefühlt, sich nicht gestattet hatte, weil sie ansonsten daran kaputtgegangen wäre, doch jetzt brodelte es aus den Tiefen ihres Unterbewusstseins hervor.

Die Gestankwolke war vorübergezogen, und

Ludmilla atmete tief ein. Verfall und Reichtum schienen sich gegenseitig ausgelöscht zu haben. Sie roch nichts, ihr Kopf war leer, ihr Herz ebenso. Sie tupfte sich die Wangen trocken und setzte sich langsam wieder in Bewegung. Wurde schneller.

Laufen, laufen.

Fließen. *I really don't know life at all.*

Der Müll wird verbrannt, vergraben oder recycelt.

26.

Später würde sich Ludmilla an die Zeit mit Rifkah nur schemenhaft erinnern. Einzelne Szenen bissen sich in ihrem Gedächtnis fest: die Anfangszeit, in der Ludmilla Rifkah die schwitzende Stirn abtupfte und die fahrige Hand hielt. Rifkahs Schweiß, der während des Entzugs anders als sonst roch: beißend wie das Fell eines nassen Hundes, der mal sein *w* und dann sein *sc* abbiss.

Schweiß, scheiß, heiß.

Da sie Rifkah bei einer stationären Entgiftung nicht hätte begleiten dürfen, entschieden sie sich für einen ambulanten Entzug. Rifkah gab tapfer nach, beharrte jedoch darauf, dass Ludmilla bei ihr einzog. Ludmilla war das einerlei, sie setzte einfach ihre Pflege fort – nur, dass sie nicht mehr zu Hause wohnte, Adrian durch Rifkah eintauschte und mit dem Herzen nicht länger dabei war. Sie nahm Pflegezeit in Anspruch, umsorgte Rifkah, begleitete sie zu sämtlichen Therapiestunden und versicherte ihr, nicht zu gehen, bevor Rifkah es nicht von sich aus vorschlug.

Doch dieser Vorschlag blieb aus, und auch ich hielt mich bedeckt und wartete auf den richtigen Moment, um mich Ludmilla wieder zu zeigen. Ich spürte, wie wenig empfänglich sie in dieser Zeit für mich war, ja, sie hatte mich beinahe vergessen.

Rifkah bekam nur sehr niedrig dosierte Medikamente zur Minderung der Entzugserscheinungen, um einer erneuten Abhängigkeit vorzubeugen. Einmal krampfte sie derart stark, dass Ludmilla den Rettungswagen rief. Kurz bevor sich Rifkahs Mund zu einem stummen, karpfenartigen O verfestigte, presste sie folgende Worte hervor: »Lu, hab dich geboren. Alles für dich getan. Das bissu mir schuldig.« Dabei verließen lange Speichelfäden ihren Mund, wobei sich Ludmilla später besonders an die Luftbläschen darauf erinnern würde. Ihre insgeheime Hoffnung, dass Rifkah ins Uniklinikum kommen würde, wurde nicht erfüllt. Dann war Ludmilla wieder erleichtert, denn der hoffnungsvolle Gedanke an Dr. Senft hatte ihr ein schlechtes Gewissen bereitet.

Rifkah war oft aggressiv und traurig. Schreianfälle lösten Weinanfälle ab. Sie schleuderte Ludmilla wieder den ominösen Satz an den Kopf, den sie schon oft gehört hatte – diesmal ohrenbetäubend laut, gefolgt von einem Glas Erdnussbutter aus dem Kühlschrank, dem Ludmilla gerade noch ausweichen konnte: »Machses dir so verdamp einfach, has einfach alles vergessen. Du feiger Nichtsnutz.«

Ludmilla wagte nicht nachzufragen.

Dann wiederum warf sich Rifkah in Ludmillas Arme und beteuerte, sie sei das Einzige und Wichtigste in ihrem Leben. Sie war dermaßen erschüttert über das zu Bruch gegangene Erdnussbutterglas, dass Ludmilla die Wohnung verließ, um ein neues Glas zu kaufen. Als sie zurückkehrte, putzte Rifkah seelenruhig die Wand, an der das Glas zerschellt war.

»Hallo Schatz, mir ist da ein Malheur passiert«, sagte sie schulterzuckend.

Zum ersten Mal hatte Ludmilla Angst vor ihr.

Dann das Gespräch über Opa Johann, der, jüdischer Abstammung, während des Zweiten Weltkriegs in Auschwitz gewesen war und überlebt hatte. Es war einer der ersten klaren Momente Rifkahs, und sie füllte ihn mit Erinnerungen an ihren Vater.

»Papa war froh zu leben, und gleichzeitig konnte er es nicht ertragen. Kannst du dir das vorstellen, Lu? Es hat ihn zerrissen: Die Dankbarkeit, der Hölle entflohen zu sein, und die Schuld, die er fühlte, weil er es geschafft hatte, seine Schwester jedoch nicht. Von der Hölle in die Hölle. ›Warum ich, Rifkah?‹, hat er mich manchmal gefragt. ›Weil du stark bist‹, habe ich geantwortet. Dann hat er den Kopf geschüttelt, sein Gesicht in den Händen vergraben. ›Ich wollte sie beschützen, aber ich habe versagt.‹ Dann hat er mich mit erstickender Fürsorge zugeschüttet und versucht, mir alles zu ermöglichen.« Jetzt vergrub Rifkah ihren Kopf in den Händen. Ihre Schultern zuckten nicht übertrieben theatralisch, sondern unkontrolliert und willenlos. »Und sieh, was aus mir geworden ist.«

Ludmilla legte eine Hand auf ihre Schulter. »Du bist auf dem richtigen Weg, Rifkah. Sieh nur, wie weit du schon gekommen bist. Du bist *auch* stark.« Rifkah legte eine Hand auf Ludmillas Hand, ohne ihr Gesicht aus dem Schutz ihrer anderen Hand zu entfernen. So saßen sie eine lange Weile, Mutter und Tochter, und das erste Mal seit langer Zeit nahm ich wahr, wie sich die silbrig-weiß schimmernden, faserigen Enden eines gerissenen Bandes sachte hin- und herwogen.

Ludmilla war mit Adrian in Kontakt geblieben, der ihr regelmäßig Fotos seiner Fortschritte schickte. Zunehmend konnten sie sogar Telefonate führen, die Rifkah jedoch laut schreiend unterbrach. Wenn Ludmilla sich heimlich auf die Toilette zurückzog, um ihn anzurufen, stand Rifkah vor der Tür und hämmerte dagegen.

Eines Tages räumte Ludmilla gerade die Küche auf, als Rifkah sie ins Badezimmer rief. Rifkah stand vor der Toilette und hielt Ludmillas Telefon über die Kloschüssel – die Augen weit aufgerissenen, die Lippen ein schmaler Strich. Bevor Ludmilla reagieren konnte, ließ Rifkah es hineinfallen und spülte.

»Wenn du dir ein Neues kaufst, spüle ich mich gleich hinterher«, sagte Rifkah, trat auf Ludmilla zu, die wie erstarrt stand, und strich ihr über die Wange. »*Ich* brauche dich, Lu.«

Dann sank sie vor der Kloschüssel in sich zusammen, Ludmilla hielt Rifkahs zuckenden Körper. Nach einer Weile richtete sich Rifkah auf und nahm Ludmillas Hand. »Für Notfälle darfst du mein Handy benutzen.«

»Danke«, sagte Ludmilla, und ihr war klar, dass sie beide auf Entzug waren: Rifkah vom Alkohol und Ludmilla von ihrem neuen Leben. Rifkah konnte nicht akzeptieren, dass Ludmilla sich eine Auszeit gönnte, ihre Aufmerksamkeit auf etwas Schönes richtete, während sie selbst litt.

Rifkah, du Traumtöterin.

27.

Endlich kam mein Tag. Als Ludmilla nach einem Einkauf über den Südfriedhof schlenderte, witterte ich meine Chance. Der Sommer hatte Leipzig mittlerweile fest im Griff, und sie ging barfuß durch das Kolumbarium. Eine ältere Frau mit grauen Haaren, zu einem Pferdeschwanz gebunden, saß auf einer Bank und betupfte immer wieder ihre Augenlider. Ludmilla blickte über die Rasenfläche und den kleinen See mit der sprudelnden Fontäne. Sie durchquerte das Kolumbarium einmal, drehte um und durchquerte es erneut, wie ein Wachhund, der die Seelen der Toten bewachte. Die ältere Frau hatte sich an eine Säule gelehnt und weinte heftiger. Ludmilla strich im Gehen mit ihrer Hand über die Wand, ähnlich wie über die Rücken von Büchern im Regal, und wandte ihr Gesicht der Sonne zu, die an diesem erbarmungslosen Tag Schweißtropfen auf ihre Stirn trieb. Sie fragte sich, ob die Sonne sich dem Mond überlegen fühlte, weil sie eigenständig strahlen konnte.

»Mit Verlaub, gnädigste Frau Ludmilla, tun Sie dem Mond da nicht unrecht?«

Ludmilla zuckte zusammen, doch gleich darauf verzog sie den Mund zu einem Lächeln. Sie hatte mich erkannt und blickte sich suchend um.

»Wo bist du?«, flüsterte sie, woraufhin die weinende Frau kurz innehielt und in Ludmillas Richtung sah.

Ich flog ihr vom See her entgegen und peilte die flache Mauer an, die das Kolumbarium umgab, doch ich verkalkulierte mich – wieder einmal –, landete zunächst darauf, wankte vor und zurück wie ein Stehaufmännchen, doch beim letzten Wanken stand ich nicht wieder auf, sondern fiel rückwärts von der Mauer und krächzte. Als ich aufsah, blickte ich in Ludmillas Gesicht. Sie stützte sich auf der Mauer ab und betrachtete mich.

Ich rappelte mich auf, schüttelte mich und erhob mich erneut in die Lüfte. Beim Schweben über der Mauer bremste ich rechtzeitig ab und ließ mich anmutig nach unten sinken – einen Flügel in die Seite gestemmt. Ich war noch immer jung, aber kraftvoll, wenngleich ein wenig tollpatschig.

Und ich konnte wieder sprechen. »Der Mond ist ein melancholischer Poet.«

»Woher weißt du das?«, flüsterte Ludmilla.

Die Frau hatte sich Ludmilla genähert und tippte sie an der Schulter an.

Ludmilla fuhr herum, doch die Frau nickte ihr mitleidsvoll zu, als verstünde sie genau, mit wem

Ludmilla sprach.

»Es ist tröstlich zu sehen, dass auch andere mit ihren verstorbenen Liebsten sprechen«, sagte sie mit tränenerstickter Stimme.

Ludmilla nickte stumm. Sie tat es tatsächlich, wenn sie ihren Vater besuchte. Die Frau wandte sich ab und spazierte davon.

»Ich kenne den Mond«, fuhr ich fort. »Welch krudelschöne Person! Ich habe einer Kinderbuchautorin einmal seinen Streit mit der Sonne gezeigt, den sie anschließend als Kinderbuch niedergeschrieben hat. Es ist immer wieder interessant, wie die Geschichten in diese Welt getragen werden. Wer sie wann und wie entdeckt.«

»Finden alle Geschichten irgendwo tatsächlich statt?« Ludmilla widerstand dem Drang, mir über den Kopf zu streicheln, ich konnte es sehen.

»Das ist äußerst kompliziert. Wenn etwas Magisches entsteht, ziehe ich die Bestandteile sowohl aus den Tiefen des Bewusstseins der Person als auch aus mir selbst.«

Sie rümpfte die Nase, und ich fuhr fort, es ihr zu erklären: »Italo Calvino hat es ganz trefflich zu analysieren versucht. In seinen *Lezioni americane* schreibt er im Aufsatz *Visibilità* darüber und stellt eine Verbindung zwischen dem Inneren und dem

Äußeren her, zwischen den verschiedenen Welten, die ineinandergreifen, damit Poesie entstehen kann. Ich kann von außen etwas einbringen, aber es wird nur ganz im Zusammenspiel mit dem Innenleben der Poetin oder des Poeten. Niemand schreibt gleich und dasselbe, selbst wenn ich dasselbe mehreren verschiedenen Menschen gäbe.«

»Heißt das, du inspirierst zwar, aber auch aus der Person selbst und ihren Erfahrungen heraus?«

Ich nickte. »Soll ich es dir zeigen?« Um Ludmillas Gedanken zu lauschen, hielt ich ganz still. Es ihr zeigen? Nach diesen drei Monaten mit Rifkah wäre sie mit mir überall hingegangen. Nicht, dass ich mir darauf etwas einbildete, aber doch, ja: Ich hatte den richtigen Moment gefunden.

»Nichts leichter als das«, sagte ich deshalb wie Frederik aus ›Piggeldy und Frederik‹. »Komm mit!«

Ich sprang von der Mauer und wuchs im Fall. Als ich neben Ludmilla auf dem Boden ankam, hatte ich die Größe eines stattlichen Pferdes erreicht. Ich senkte mein Haupt und bat Ludmilla, aufzusteigen. Sie schaute sich nach allen Seiten um, doch dann kletterte sie rasch auf meinen Rücken, und wir hoben ab.

Anfangs kreiste ich dicht über Leipzig, doch allmählich stieg ich höher, bis wir die ersten Wolken erreichten.

»Festhalten, Frau Ludmilla!«, rief ich und flog in Richtung Sonne. Sie schien hell, und ich konnte kaum etwas sehen, so sehr blendete sie mich, doch ich fühlte Ludmillas Hände. Sie klammerte sich fest an mich, was wiederum mir Orientierung und Halt verschaffte.

Dann kam der Sog, und das helle Sonnenlicht war verschwunden. Wir schwebten nun in Dunkelheit, und alles war anders, denn es war eine gemalte Dunkelheit. Ich landete auf einem Dach, in das ein Dachfenster eingelassen war, und bat Ludmilla, abzusteigen.

Sie stieg ab, und wir näherten uns dem Fenster, durch das wir nicht in das Innere eines Hauses, sondern in einen dunkelblauen Sternenhimmel mit schwarzen Streifen sehen konnten. Gelbe, einfach gezeichnete Sterne unterbrachen hie und da die schwarzen Linien, zwischen denen ein Halbmond hing. Er näherte sich langsam, während Wolken von den Seiten her erschienen. Der Mond mit einem Gesicht, einer Brille, Beinen und Armen, saß auf einer Wolke, schrieb in ein schwarzes Buch und weinte.

»Siehst du?«, wisperte ich. »Der Mond schreibt Gedichte.«

»Und er ist traurig.« Ludmillas Stimme war sehr leise. »Warum?«

»Sch«, machte ich und deutete durch das Fenster. »Sieh selbst!«

Das Buch, in das der Mond schrieb, kam näher an das Dachfenster heran. Es war, als schauten wir einen Film, in dem das Buch herangezoomt wurde – bloß sahen wir in keinen Bildschirm, sondern in eine Wirklichkeit.

»Wenn die Sonne scheint, sind sie fröhlich«, lasen wir in dem Buch des Mondes.

Ludmillas Blick folgte dem Stift des Mondes, der kalligrafisch und langsam einen Buchstaben nach dem anderen zeichnete:

»Wenn ich scheine, ist ihnen das unmöglich.
Getrieben von den leisen
Stunden möchten sie reisen
und denken, die Zeit sei vergangen,
zu spät, die Reise anzufangen.«

Jäh hörte der Mond auf zu schreiben und kritzelte mit ausladenden Bewegungen über das Geschriebene. Zwischen seinen Augen bildete sich eine tiefe Falte, er wurde immer energischer, bis er mit dem Stift schließlich schwarze Kleckse auf das

Buch schüttelte.

Dann schaute er zu uns. Seine metallischen Augen glänzten silbergrün, und ihre Kälte ließ mich erbeben. Ludmilla schien es ebenso zu ergehen, denn sie schüttelte sich und drückte sich dicht an mein Gefieder.

Der Mond riss die Augen auf und schleuderte das Buch samt Stift direkt zu uns. Es flog durch das Dachfenster und blieb neben uns liegen. Doch bevor wir es aufheben konnten, wurden wir abgelenkt.

Eine leise, zarte Mädchenstimme sang, wurde immer lauter; die Stimme schien sich zu nähern.

»Tageslicht und
Sternenlicht und
Mondlicht!
Alles Licht, das kommt von mir,
du, Mond, scheinst nicht,
farbloser Stein in meinem Revier!
Was willst du noch hier?
Ich bringe den Tag,
weil ich ihn mag!«

Ein fröhliches Sonnenmädchen erschien und vertrieb die Dunkelheit. Es trug ein rot-weiß geblümtes Kleid, rote, hochhackige Schuhe, und hatte leuchtende, gelbe Locken, von denen Funken sprühten.

Der Mond wurde blass und begann zu klagen: »Du kannst nicht dichten, du aufgeblasener Feuerball! Du glaubst, dass du über alles bestimmst, aber das ist nicht wahr!« Seine Stimme wurde leiser und leiser. »Ich bestimme über Ebbe und Flut!« Kaum hatte er das letzte Wort intoniert, war er verschwunden, und die Sonne tanzte vergnügt durch die Landschaft.

»Was ist das hier?«, fragte Ludmilla, erwartete jedoch keine Antwort.

Wir sahen eine Wiese, an deren Ausläufern Bäume wuchsen. Wir sahen einen kleinen See, hörten Vögel zwitschern, sahen Menschen feiern. Alles war eingehüllt in das zarte Summen und Singen der Sonne, die, engelsgleiche Töne aussendend, wie eine Ballerina durch die Welt tanzte.

»Ebbe und Flut, so ein Kleinkram«, lachte sie. »Ich halte Ordnung im gesamten Sonnensystem. Alles kreist um mich, der Mond kreist nur um die Erde. Und er hat nicht mal Haare.«

Dann tanzte sie außer Sichtweite, und mit ihr gingen der Tag und das Licht.

Von der anderen Seite näherte sich die Dunkelheit: Der Mond schob sich auf einer Wolke in das Bild. Nun war sein Gesicht kugelrund, voll. Er schaute hinab und sah sein Spiegelbild im Wasser des kleinen Sees, dann blickte er abermals zu uns. Die Falte zwischen seinen Augen war verschwunden, seine Augen waren groß und leer und traurig. In ihnen schimmerte das Wasser – Spiegelung des Gewässers oder Tränen des Mondes?

»Schaut«, sagte der Mond und wies auf den See. »Die Fische tanzen im Mondlicht. Sie tanzen in *meinem* Licht.« Das Bild der tanzenden Fische näherte sich dem Dachfenster, wir konnten sie deutlich sehen. Sie wogen sanft im Licht, als badeten sie darin. Eine feine Melodie begann zu spielen: die hohen, schwebenden Klänge aus Debussys *Suite Bergamasque*.

Dann, unversehens, ein Platschen und – Stille. Die Fische verteilten sich in alle Richtungen, den Mond durchzuckte es. Ein Mensch näherte sich dem Spiegelbild des Mondes.

»Er zerstört es! Er zerstört mein Licht!« Der Mond sah wieder zu uns, sein Blick flehend, als wollte er, dass wir etwas unternahmen. Seine Falte kehrte zurück, er schrie auf und stürzte sich von der Wolke hinab in den See, direkt auf sein zitterndes Spiegelbild und auf den Menschen, der dort badete.

Ludmilla verkrampfte sich.

Kurz bevor der Mondstein auf sein Spiegelbild fiel, näherte sich eine zweite Person, schwamm vor die erste und breitete ihre Arme aus. Dann krachte es. Der Mond umklammerte die beiden Menschen, und gemeinsam sanken sie nach unten.

Und dann nichts. Nur der starre, gemalte, dunkelblaue Sternenhimmel, wie zu Beginn der Geschichte.

Ludmillas Griff lockerte sich. »Und das soll ein Kinderbuch sein?« Sie hob eine Braue.

»Ein Stoff, aus dem eine Geschichte entstehen kann. Deine Anwesenheit hat ihn verändert.« Ich neigte mein Haupt. »Keine zwei Geschichten sind gleich, Frau Ludmilla.«

»Was war das für eine Melodie?«

»*Claire de Lune*«, sagte ich. »*Mondlicht*, von Debussy. Eigentlich nur der dritte Satz der *Suite Bergamasque*, aber er hat sich losgelöst und Karriere gemacht.«

»Mondlicht«, wiederholte Ludmilla. »Ich konnte es durch die Klänge sehen.«

»Eine der schönsten Melodien, die das diffuse Nachtlicht beschreibt, fließt durch Umkehrungen ohne festen Grundstein. Auch das Taktgefühl vergeht, da die Melodie am Taktanfang lückenhaft ist.

Ohne Basstöne spielt sich alles in den hohen Lagen des Klaviers ab. Debussy ließ sich übrigens von Paul Verlaine inspirieren.«

»Den du inspiriert hast?«

»Ja und nein.«

Ludmilla furchte die Stirn und sah mich abwartend an.

»Auch wenn ich es nicht persönlich war, bin ich doch Teil des Ganzen.«

Sie blickte hinab und auf das Buch, das der Mond zu uns geschleudert hatte. »Darf ich das mitnehmen?«

Ich nickte.

Ludmilla hob es auf und kletterte auf meinen Rücken. »Kam die Melodie von mir?«

Ich zögerte. »Vermutlich. Irgendwann hast du sie irgendwo gehört, und wir haben sie zusammen zum Teil der Geschichte gemacht, die gerade geschehen ist.«

»Ist die Geschichte wirklich geschehen?«

»Nichts geschieht wirklich, und doch alles.« Ich drehte mich zu ihr um und bestaunte sie, wie sie dort saß, Ludmilla Nelsson, auf ihrer schwarzen Feder. Heute war ich meinem Ziel ein großes Stück nähergekommen.

Ich hob ab, und wir flogen zurück durch die gleißende Helligkeit, bis wir wieder über Leipzig kreisten. Ich landete an derselben Stelle, an der ich losgeflogen war, und Ludmilla stieg ab. Ihre Hand ruhte auf ihrer Jacke, in deren Innentasche sich das Gedichtbuch des Mondes befand. Das harte Gefühl des Buchrückens gegen ihre Hand war für sie der Beweis, nicht verrückt zu sein.

Ich verbeugte mich und flog davon. Als ich mir sicher war, dass sie mich nicht mehr sehen konnte, kehrte ich heimlich an meinen Ort in Ludmilla zurück.

Sie ließ das Erlebte Revue passieren, untermalt von Debussys Melodie, richtete sich auf, da sah sie in ein Paar Augen, das sie durch eine dicke Hornbrille anstarrte.

»Dr. Hoffmann!« Ludmilla hob eine Hand an ihre Brust und winkte ihm, doch Albert blieb reglos stehen, einige Meter von ihr entfernt. Sein Blick drückte eine Mischung aus Unglauben, Freude über das Wiedersehen, Sehnsucht und Angst aus.

Galt die Wiedersehensfreude ihr oder mir, fragte sie sich, und ich kannte die Antwort.

Noch bevor sie auf ihn zugehen konnte, begann er, sich zu bewegen, erst langsam, dann immer schneller, er lief in die andere Richtung, wandte seine Augen allerdings nicht von Ludmilla ab, er rannte jetzt, Ludmilla hinterher.

»Albert!«, rief sie, und hypnotisiert von seinem Blick, nahm sie nichts anderes wahr, der stille Kopf auf dem rennenden Körper.

Dann lag er plötzlich auf dem Boden.

Ludmilla blieb stehen, sah sich um, versuchte zu begreifen, was passiert war.

Er war gegen eine Säule des Kolumbariums gelaufen, setzte sich auf, seine Brille hing nur noch an einem Ohr, eine Wunde an seinem Kopf blutete.

»Kein Rettungswagen«, keuchte er.

Ludmilla kniete sich hin und hielt ihn an den Schultern fest. »Was ist los?«

»Bring mich zu Marlyn, Ludmilla. Ich kann ohne Brille nicht gut sehen.«

Sie nickte, holte ein Taschentuch aus ihrer Handtasche und tupfte Alberts Gesicht ab. Dann nahm sie ein frisches und presste es auf die Wunde.

»Festhalten und drücken«, sagte sie und nahm ihm vorsichtig die kaputte Brille ab, die sie in ihre Handtasche legte.

Nachdem sie ihm beim Aufstehen geholfen hatte, stützte er sich auf Ludmilla und hielt ihre Hand fest.

Ludmilla rief ein Taxi und setzte sich neben Albert auf eine Mauer. »Alles in Ordnung, was war denn los?«

Albert fragte nur: »Wo warst du?«

»Ich musste eine Verwandte pflegen.«

»Mit Stellario.«

»Du hast ihn gesehen?«

»Was hat er dir gezeigt?«

»Hat er mit dir auch schon Ausflüge gemacht?«

Albert schwieg und presste das Taschentuch so stark auf seine Wunde, dass seine Hand zitterte.

Ludmilla legte ihre Hand vorsichtig auf seine. »Nicht ganz so fest. Es scheint schon weniger zu werden.« Sie seufzte. »Stellario hat mir eine Kindergeschichte über den traurigen Mond und die gehässige Sonne gezeigt.«

»Mir hat er die Uraufführung von Pachelbels *Canon a 3 Violini con Basso continuo* gezeigt. Zur Hochzeit von Johann Sebastian Bachs älterem Bruder Johann Christoph.«

»Stellario ist die poetische Phantasie. Wie kann er Vergangenes zeigen, das wirklich geschehen ist?«

»Phantasie und Vergangenheit.« Albert verzog den Mund, und Ludmilla fürchtete, dass er weinen würde, doch dann formten sich seine Lippen zu einem verschmitzten Lächeln, das von einem Wissen zeugte, das Ludmilla fehlte.

Da kam ihr ein Gedanke.

»Warum hast du mir damals auf dem Friedhof nicht geholfen?«, wollte sie wissen.

Albert sah sie fragend an.

»Mit Adrian.«

»Du hattest alles im Griff.« Er nahm Ludmillas Hand, und sie ließ es geschehen.

Das Taxi kam. Albert hielt noch immer Ludmillas Hand, als sie im Taxi saßen. Er weinte. Nein, er weinte nicht, denn er war vollkommen ruhig. Er tränte nur.

Phantasie und Vergangenheit, dachte Ludmilla, und sie dachte diese Worte immer und immer wieder, bis sie schließlich aus ihrem Mund kamen.

»Phantasie und Vergangenheit«, formte sie zunächst lautlos mit den Lippen.

»Phantasie und Vergangenheit«, flüsterte sie mehrmals.

»Phantasie und Vergangenheit«, sagte sie leise.

»Phantasie und Vergangenheit«, sagte sie lauter.

»So unterschiedlich wie ihre Anfangsbuchstaben, so gleich wie deren alliterierende Laute.« Albert drückte ihre Hand.

28.

Während Ludmilla Albert stützte und das Gartentor zu Marlyns Haus öffnete, hämmerte ihr Herz heftig.

Neue terrakottafarbene Bodenplatten in weißem Schotter führten vom Gartentor zum Haus. Die Wiese war frisch gemäht und der Vorgarten machte insgesamt einen aufgeräumten Eindruck. Ob Marlyn am Ende doch einen Gärtner beauftragt hatte?

Ludmilla klingelte, und Marlyn erschien hinter der Glastür. Sie riss sie auf und starrte von Ludmilla zu Albert, freudig überrascht und erschrocken zugleich.

»Lucy ... Du bist hier! Albert – was ist passiert?« Marlyn trat zur Seite, um die beiden einzulassen.

»Ein kleiner Unfall«, sagte Ludmilla und schob Albert durch die Eingangstür. »Er wollte nicht ins Krankenhaus, sondern zu dir. Eine Platzwunde am Kopf. Ich weiß nicht, ob sie genäht werden muss.«

Marlyn führte sie ins Wohnzimmer, Ludmilla brachte Albert zum Sofa.

»Lucy« – »Frau Muhns?« Die Worte kamen in Stereo, von zwei Seiten gleichzeitig: von der Treppe, die in den ersten Stock führte, und von der Terrassentür.

Erst ein Blick zur Terrassentür: Dr. Senft, der »Frau Muhns« gesagt hatte. Dann ein Blick zur Treppe: Adrian, der »Lucy« gesagt hatte.

Ludmilla sah von einem zum anderen. So viele Fragezeichen drängten sich in ihren Kopf, dass sie sich nicht bewegen konnte.

Schließlich wandte sie sich an Dr. Senft. »Albert ist verletzt.«

Sie drehte sich zu Adrian, der ihr auf Krücken entgegenkam. Plötzlich spürte sie einen Sog, der sie durch die Distanz der letzten Wochen, Monate, der vergangenen zwölf Jahre zog, sie fühlte das Vermissen aus zwölf Jahren und drei Monaten. Das Gefühl griff mit gierigen Fingern nach ihr und zog sie tiefer und tiefer. Zwölf Jahre und drei Monate Schmerz konzentriert in einem Moment, und ihr Körper brach entzwei.

Als sie wieder zu sich kam, sah sie fünf Gesichter über sich. Albert, der inzwischen einen Kopfverband trug, Adrian, der ihr über die Stirn streichelte, Marlyn, die ihre Hand hielt. Otto. Dr. Senft.

»Frau Muhns, noch mal lasse ich Sie ohne Bluttest nicht entwischen.«

Ludmilla setzte sich auf und hielt sich den Kopf.

»Du bist plötzlich umgekippt, kleiner Eisvogel«, sagte Marlyn.

Kleiner Eisvogel.

»Wir haben uns Sorgen gemacht«, sagte Adrian.

»Wie gut du sprechen kannst«, flüsterte Ludmilla und breitete die Arme aus. Sie umarmte Adrian lange und fest, umklammerte ihn, und dann begannen die Worte aus ihr herauszusprudeln: »... das Telefon ins Klo gespült, kein neues, warum bist du hier?«

»Ich freue mich so, dich zu sehen«, sagte Adrian in Ludmillas Haar. »Ich hab dich sehr vermisst.« Dann löste er sich aus der Umarmung und hielt sie auf Armlänge.

»Schau dir den Garten an!« Er war plötzlich sehr aufgeregt, wies zur Terrassentür. Die weißen Gardinen zeichneten das Licht weich. Es traf Adrians Augen und tauchte sie in ein warmes Blau, wie es der Himmel an heißen Sommertagen trug.

Behutsam nahm Adrian ihre Hand und führte sie auf die Terrasse, während er sich mit der anderen Hand auf eine seiner Krücken stützte. »Bereit?«

Adrian läuft. Er spricht viel flüssiger.

Sie versuchte zu begreifen, wie viel er geschafft hatte, seit sie den Kontakt verloren hatten.

Ludmilla nickte.

Er zog den Vorhang zur Seite. Auf der Terrasse lagen neue, sandfarbene Steinplatten, und die Terrasse war nicht mehr eckig, sondern rund. Eine flache Mauer schlängelte sich um ihre Kanten und rollte sich an einem Ende wie eine Schnecke ein. Davor und darauf standen terrakottafarbene, mit mediterranen Pflanzen bepfanzte Blumenkübel. Ludmilla erkannte einen kleinen Olivenbaum, einen Zitronenbaum und Lavendel. Und einen Strauch mit rosafarbenen Blüten. Adrian, der ihrem Blick gefolgt war, zeigte darauf. »Oleander. Wunderschön, aber giftig.«

Dann zeigte er auf den Roboterrasenmäher, der über den Rasen fuhr. »Das ist Berti.« Seine Stimme überschlug sich fast vor kindlicher Freude.

»Mein neuer Zweitjob«, sagte Dr. Senft.

»Unser Rasen war noch nie so schön«, warf Marlyn ein.

Die Obstbäume waren gestutzt und trugen unreife Früchte. Zwischen den Obstbäumen stand ein Tisch mit blau-weiß-karierter Tischdecke, darauf ein Weidenkörbchen mit Himbeeren darin. Eine Holzbank war um den Stamm des Apfelbaums gebaut worden. Die Himbeerhecke war übersät mit himbeerroten Tupfern.

Ludmilla trat weiter in den Garten hinein und stellte sich auf ihre Zehenspitzen, um einen Blick über den Zaun des Gemüsegartens zu werfen: Zuckererbsen, die in die Höhe rankten, die Blätter von Möhren und roter Bete, Frühlingszwiebeln und verschiedene Blumen, Ringelblumen, Kapuzinerkresse, Borretsch und Kamille. Die Blumenbeete an den Rändern des Gartens waren gepflegt und neu eingefasst worden. Und um den Teich standen Schilf, Mädesüß und andere Pflanzen, deren Namen Ludmilla nicht kannte. Auf dem Wasser blühten zwei Seerosen.

Sie spürte Adrians Hände im Rücken. »Probier doch mal eine Himbeere!«

»Ihr habt die Brennnesseln vergessen.« Ludmilla drehte sich zu ihm um.

»Welche Brennnesseln?«, fragte Marlyn.

»Die, die nicht da sind.«

»Adrian konnte den Garten wunderbar verstehen«, sagte Marlyn. »Das muss in der Familie liegen. Die Brennnesseln werden wir auf jeden Fall noch hinzufügen.« Sie trat an Ludmilla heran und legte einen Arm um sie.

Ludmilla wand sich aus der Umarmung, lächelte Marlyn entschuldigend an, drehte sich um, ging durch das Wohnzimmer in den Flur, durch die Haustür, durch den erneuerten Vorgarten, durch das Gartentor, sie lief, und jetzt rannte sie. Ihre Wangen glühten, die Sommerluft brannte in ihren Lungen, das warme Blau des Sommerhimmels drückte sie nach unten, bis sie nur noch gebückt und keuchend vorwärtskam.

Sie brauchen dich nicht mehr. Sie brauchen dich nicht mehr. Meine spezielle Gabe war nicht speziell. Berti, der Rasenmäher. Sie sind eine eingeschworene Gruppe.

Sie blieb stehen und lehnte sich gegen eine Mauer.

Wie dumm du doch warst!

Sie schämte sich dafür, sich für speziell gehalten zu haben. Wirklich geglaubt zu haben, eine Eigenschaft zu besitzen, die einzigartig war und anderen hilfreich sein konnte. Und dann fragte sie sich, warum Adrian eigentlich bei Marlyn gewesen war.

»Lucy!« Dr. Senft.

Ludmilla wandte sich ab und rannte weiter, doch Dr. Senft hatte sie mit seinem Fahrrad schnell eingeholt.

»Wie Sie sehen, laufe ich in die andere Richtung.« Ludmilla spuckte die Worte aus.

Dr. Senft sprang vom Fahrrad und stand jetzt vor ihr, beugte sich zu ihr und hielt ihre Schultern mit beiden Händen fest.

»Lassen Sie mich los oder ich schreie.«

Dr. Senft hob seine Hände in die Luft.

Ludmilla ging an ihm vorbei.

»Sie sollten froh darüber sein, dass ihr Bruder für Sie eingesprungen ist. Er hat Ihnen jede Menge Arbeit abgenommen«, rief Dr. Senft Ludmilla hinterher.

Sie blieb stehen, als der Gullydeckel auf der Straße zu ruckeln begann. Er hob langsam an und wurde zur Seite geschoben. Und dann sah Ludmilla sie: *Lucy*. Lucy, die in Rifkahs Toilette hinuntergespült worden war. Sie kletterte aus dem Kanalschacht, nass und schmutzig, ihr weißes Kleid klebte an ihrem Körper, die Haare im Gesicht, an ihren Füßen hingen schwere, schwarze Stiefel. Und dann marschierte sie los. Mit schweren, bestimmten Schritten ging sie an Ludmilla vorbei, schüttelte den Arm ab, mit dem Ludmilla sie zurückhalten wollte, und baute sich vor Dr. Senft auf.

»Während ihr den Sommer eures Lebens hattet, habe ich nach Scheiße riechenden Schweiß abgetupft, vollgepisste und -gekackte Hosen gewaschen, Kotze aufgewischt und Erdnussbutter von der Wand geschabt. Ich hab' Schimpftiraden über meine eigene Unbrauchbarkeit über mich ergehen lassen, gekocht, geputzt, zugehört und getröstet und ich –« Lucy hielt inne, als ihr Ludmilla eine Hand auf die Schulter legte, und es war Ludmilla, die den Satz beendete: »Ich wäre so gern dabei gewesen.«

Dr. Senft legte einen Arm um Ludmilla und den anderen um Lucy. Er schwieg, aber sein Schweigen war beruhigend. So standen sie da, bis er sein Fahrrad aufhob, Ludmilla vor sich auf die Fahrradstange setzte und aufstieg.

Lucy kletterte auf den Gepäckträger.

Dr. Senft radelte los, durch die Straßen Leipzigs, durch Parks und Wälder, und Ludmilla genoss den kühlen Fahrtwind, nahm zwischendurch einen Mann wahr, der sechs Hunde gleichzeitig spazieren führte. Dachte an Adrian, schloss die Augen, hielt sie lange geschlossen. Als sie sie wieder öffnete, lag der Cospudener See vor ihnen. Sie hatte eine vage Erinnerung an das große Tagebaurestloch, das ab 1993 geflutet worden war. Ludmilla war damals erst vier Jahre alt gewesen, und während sie heranwuchs, war der Wasserspiegel des Sees von Jahr zu Jahr gestiegen.

Dr. Senft parkte sein Fahrrad, schloss es ab und führte Ludmilla auf einen der Stege.

»Willkommen in meinem bescheidenen Heim.« Er zeigte auf eines der Segelboote.

»Sie wohnen auf einem Segelboot?«

Ludmilla nahm Lucy an der Hand. Gemeinsam gingen sie über den Steg.

Dr. Senft stieg auf sein Boot und half Ludmilla an Bord, die Lucy weiterhin an der anderen Hand festhielt. Sie stiegen in das Innere des Bootes.

»Setzen Sie sich. Ich hab noch Hühnersuppe im Kühlschrank. Die brauchen Sie jetzt.« Dr. Senft deutete auf die Eckbank.

Ludmilla und Lucy setzten sich, und Dr. Senft stellte den Topf mit der Hühnersuppe auf den Herd. Danach setzte er Teewasser auf.

»Ich wusste nicht, dass es so schlecht um Ihre Verwandte steht. Welche Verwandte ist es eigentlich?«

»Sie war früher meine Mutter.«

Dr. Senft hielt inne, dann fuhr er in seinen Bewegungen fort.

»Adrian stand eines Tages in seinem Rollstuhl vor Marlyns Haus. Von da an hat sich alles entwickelt. Er kam häufig zu Besuch, und irgendwann blieb er bei Marlyn.«

Ludmillas Mund klappte auf, doch sie schloss ihn rasch wieder. »Er ist bei ihr eingezogen?«

Dr. Senft nickte. »Er war verzweifelt, als er keinen Kontakt mehr zu Ihnen herstellen konnte. Wir haben immer wieder versucht, Sie zu erreichen, aber Ihr Telefon war aus – jetzt wissen wir ja, warum. Von Adrian wussten wir, dass Sie nicht zu Hause waren, sondern vorübergehend bei Ihrer Verwa- Ihrer Mutter wohnten. Nachdem die Reha in die ambulante Phase übergegangen war, bot Marlyn ihm an, einzuziehen.«

»Das war sehr nett von ihr«, sagte Ludmilla.

Dr. Senft goss den Tee auf und stellte die Kanne und zwei Tassen auf den Tisch. Dann rührte er die Hühnersuppe um, die bereits dampfte und ein angenehmes Aroma verbreitete. Sie fragte sich, wann das letzte Mal jemand etwas für sie gekocht hatte.

»Ihre Mutter und Sie ...«, setzte Dr. Senft fast beiläufig an, während er in dem Topf rührte. »Sie haben ein schwieriges Verhältnis?«

»Rifkah und ich haben eine Vereinbarung. Sie hat einen Alkoholentzug gemacht, und ich habe mich um sie gekümmert.«

Dr. Senft setzte sich wieder an den Tisch, goss zwei Tassen Tee ein und schob Ludmilla eine davon zu. Der Duft des Jasmintees vermischte sich mit jenem der Hühnersuppe.

Bevor Dr. Senft etwas sagen konnte, fragte Ludmilla: »Warum wohnen Sie auf einem Segelboot?«

Dr. Senft hob die Schultern und lehnte sich zurück. »Ich reise gern. Nach dem Studium war ich viel unterwegs und hab an unterschiedlichen Orten gearbeitet. Danach bin ich hier gelandet, aber man weiß ja nie.«

»Wo haben Sie gearbeitet?«

»Marokko, Madagaskar und Japan. In Japan hat es

mir besonders gut gefallen. Das werden Sie gleich schmecken, denn ich habe Sukiyaki gekocht.«

Er erhob sich wieder, deckte den Tisch und stellte den Suppentopf darauf, bevor er Ludmilla einige Kellen Suppe in ihren Teller schöpfte und sich selbst etwas nahm. Ludmilla nahm die Stäbchen in die Hand, die Dr. Senft ihr hingelegt hatte. »Können Sie damit umgehen?«

Sie dachte an die zahlreichen Besuche in asiatischen Restaurants und nickte.

Marokko, Madagaskar und Japan.

»Wie geht es Rifkah jetzt?«

Ludmilla gefiel, dass er sie ebenfalls Rifkah nannte.

»Ich glaube, sie ist über den Berg.«

»Was so viel heißt wie: Die richtige Arbeit beginnt erst jetzt.«

Ludmilla sah ihn fragend an.

»Eine Alkoholikerin wird immer eine Alkoholikerin sein – ob trocken oder nicht. Sie muss der Versuchung ständig widerstehen. Jeden Tag, jede Stunde, jede Minute. Geht sie zu den A.A.s?«

»Noch nicht.« Ludmilla schob sich Nudeln und Hühnchen in den Mund. »Die Suppe ist großartig.«

Lucy stieß Ludmilla einen Ellbogen in die Seite. »Jetzt frag schon«, zischte sie.

»Und Ihre Familie?«, fragte Ludmilla.

»Meine Mutter ist eine Schlampe.«

Beinahe spuckte sie die Suppe über den Tisch, räusperte sich. »Ihre Mutter und Sie ... haben ein schwieriges Verhältnis?«

Dr. Senft grinste, nickte, legte seinen Löffel auf den Teller und stand auf. »Offiziell wohne ich noch bei ihr, Sie wissen schon, fester Wohnsitz und so. Einmal wöchentlich hole ich dort meine Post ab.«

Er ging in den hinteren Teil der Kajüte und wühlte in einem der Schränke. Kurz darauf kehrte er mit einer Gitarre zurück. »Für Ihr leibliches Wohl wäre gesorgt. Jetzt kommt die Unterhaltung.«

Ludmilla sah aus dem Augenwinkel, wie Lucy den Kopf in den Nacken legte und schmunzelte.

»Was werden Sie singen?«, fragte Ludmilla.

»Sukiyaki.«

»Ich dachte, das hätten wir gegessen.«

»Stimmt genau«, sagte Dr. Senft und begann zu spielen und zu singen.

Lucy lehnte sich an Ludmilla und legte ihr die Arme um den Bauch. Ludmilla saß einige Sekunden lang kerzengerade da, doch langsam floss ihre Starre davon. Dr. Senfts Gitarrenklänge und seine ein wenig fremd klingende und doch vertraute Singstimme schmolzen ihren Widerstand. Ludmillas Körper wurde weich in Lucys Armen, und sie legte ihren Arm um Lucy. Ludmilla verstand die Worte nicht und wurde allein von der Melodie berührt. Schönes, das unwiederbringlich vergangen war, etwas Zartes, das mit Traurigkeit durchdrungen war, obwohl Ludmilla die Geschichte dahinter nicht kannte. Sie sehnte sich immer mehr danach, als die Melodie abfiel und sie sich wieder auf der Eckbank neben Lucy befand.

Dr. Senft pfiff die Melodie, danach sang er die Worte wieder.

Und dann flüsterte Lucy in Ludmillas Ohr: »Ich bin du. Du bist ich. Es ist an der Zeit.«

Sie nahm Lucys Kopf in ihre Hände und legte ihren Mund auf Ludmillas. Ludmilla spürte Lucys Lippen, ihre Zunge, ihren Atem. Sie schloss die Augen. Blut schoss in ihre Wangen, ihren Unterleib, ihre Brustwarzen richteten sich auf. Als sie die Augen wieder aufschlug, war Lucy verschwunden, und Ludmilla spürte noch nicht, was ich bereits sah.

»Sukiyaki ist das Gericht«, sagte Dr. Senft. »Das Lied heißt nur außerhalb Japans so, weil der Name leichter zu merken ist. Es hat nichts mit dem Lied zu tun.«

Ludmilla brauchte einige Sekunden, um sich von Lucys Kuss zu erholen. Ihr Körper pulsierte.

»Wie heißt das Lied *eigentlich?*«, fragte sie.

»Ue o muite arukou. *Ich schaue nach oben, während ich laufe.*«

Ludmilla beugte sich zu Dr. Senft und nahm ihm die Gitarre aus den Händen, legte sie neben sich auf die Bank und rückte näher an ihn heran. Sie stützte sich auf dem Tisch ab und legte ihr Gesicht in ihre Hände, dort, wo eben noch Lucys Hände gewesen waren.

»Und dann?«

»Damit die Tränen nicht fallen«, sagte Dr. Senft und legte eine Hand auf Ludmillas Wange, bevor er sie auf die andere Wange küsste.

Ludmilla fühlte seine Lippen auf ihren heißen Wangen. Sie schienen ihren Mund zu suchen, doch bevor sie diesen erreichten, drehte Ludmilla ihren Kopf zur Seite und rieb ihre Wange gegen Dr. Senfts Kieferpartie, die sich rau und wild gegen sie drückte.

»Ich bin Lucy«, hauchte Ludmilla in sein Ohr.

»Bertram. Berti«, sagte dieser. Er atmete durch den Mund, und Ludmilla spürte seinen warmen Atem an ihrer Wange, während er noch näher kam und mit beiden Händen über Ludmillas Rücken strich, bis er sie schließlich zwischen dem Polster der Bank und ihrem Gesäß vergrub.

Ludmilla spürte seinen Griff und drückte sich hinein in Dr. Senfts Hände, nur kurz zögerte sie, nur kurz hielt sie nach Lucy Ausschau, bevor sie diese in, bei, mit sich wahrnahm, mit all ihren Fasern, ihrem Sein, ihren Hoffnungen, ja, *sie* wollte genau das, jetzt, hier auf diesem Boot, *sie* entschied sich dafür und für alles Neue, das kommen mochte.

Dr. Senft hob Ludmilla hoch und trug sie durch die Küche, öffnete eine Tür am vorderen Ende und ging hindurch. Es roch nach Holz und in der Sonne getrockneter Wäsche. Er legte Ludmilla auf sein Bett und beugte sich über sie, küsste ihren Hals und fuhr mit einer Hand über ihr Gesicht und ihre Brust.

Ludmilla holte keuchend Luft, alles in ihr brannte, und selbst wenn sie das hätte löschen wollen, gab es nun kein Zurück mehr, die alte Ludmilla war fort und an ihre Stelle war eine Ludmilla getreten, die sie immer hätte sein sollen und sein können.

Und hier verabschiedete ich mich und nahm auf der Rehling Platz – dieser Moment gehörte allein Ludmilla und Dr. Senft.

Stunden später lag Ludmilla in Dr. Senfts Arm, ihre rechte Wange an seiner Brust, und wir lauschten seinem Herzschlag. Sein Atem hob und senkte

Ludmillas Ohr, doch sie fühlte sich in einer falschen Entspannung.

Vielleicht das Auge eines Sturms, dessen Anfang ich vergessen habe, dachte sie, während sie auf den Sturm wartete, darauf, dass ... Sie wusste nicht, worauf. Alles um sie war ruhig und friedlich. Sie selbst fühlte sich ruhig und friedlich. Holz, sonnengetrocknete Wäsche und Bertis Sperma, das auf ihrem Bauch getrocknet war. Und doch brodelte eine Unruhe in der Ruhe, ein Blubbern, das nicht sein sollte, aber Ludmilla war noch nicht bereit. Sie tauchte in die brodelnde Unruhe, suchte, bis sie auf dem Grund angekommen war. Sie erkannte einen Krater, aus dem Blasen stiegen, und zog den Korken einer Weinflasche aus ihrer Gedankentasche. Sie hielt ihn über den Krater und wartete, bis er sich soweit ausgedehnt hatte, bis der Krater vollständig verstopft war.

Jetzt war es ruhig. Nur der Druck unter dem Korken blieb.

29.

Ludmilla setzte sich auf. Es war dunkel, und sie stierte zu den digitalen Zahlen des Radioweckers. 04:51. Noch immer nackt, strich sie über ihren Bauch und ihre Brüste, um die Stellen zu erfühlen, auf denen Bertis Sperma einen dünnen, trockenen Film hinterlassen hatte.

Vorsichtig wandte sie sich um und betrachtete seine Silhouette, die sich hob und senkte. Ludmilla lächelte.

Wann er wohl aufwacht?

Sein unregelmäßiger Schlafrhythmus würde ihn sicher bald aus dem Bett drängen.

Rasch schälte sie sich aus der Bettdecke und setzte die Zehenspitzen auf den Fußboden. Sie fröstelte kurz, dann stand sie auf, suchte ihre Kleidung zusammen, schlich aus dem Schlafzimmer und schloss leise die Tür hinter sich. Sie suchte nach dem Lichtschalter, tastete sich an der Wand entlang, bis sie ihn fand.

Es gab noch eine weitere Tür, und sie hoffte, dass es das Bad war. Sie trat ein, benutzte die Toilette, wusch sich die Hände und zog sich BH, Jeans und Pullover über. Ihre Socken hatte sie nicht mehr gefunden, und ihr Slip war zu verklebt.

Danach ging sie in die Küche und setzte Teewasser auf. Sie fand eine Blechdose mit getrockneten Pfefferminzblättern, legte eine Handvoll davon in eine Tasse und stützte sich auf der winzigen Küchenzeile ab, während sie dem Wasserkocher zusah. Lautloser Dampf zog wie eine Wolke unter den Hängeschränken der Küchenzeile ab.

Sie goss kochendes Wasser in die Tasse und beobachtete, wie sich die trockenen Pfefferminzblätter entspannten und ihre grünen Pigmente ins Wasser abgaben.

Auch, wenn sie sie monate- oder jahrelang auf dem Trockenen liegen, bewahren sie ihre Frische und warten geduldig auf den Moment, in dem sie ihre Kraft wieder entfalten können.

Sie beugte sich über die dampfende Tasse, um den Duft einzuatmen, und fühlte sich wacher. Ludmilla legte beide Hände um die Tasse und genoss die Wärme. Dann griff sie nach ihrer Handtasche, holte Zettel und Stift hervor und zeichnete ein Herz darauf. Als sie den zweiten Bogen nach unten zog, um es zu vervollständigen, wurde ihr bewusst, dass sie ihr letztes Herz als Kind gezeichnet hatte.

Sie legte den Zettel auf den Tisch, zog ihre Jacke an und kletterte aus der Kajüte des Segelbootes.

Der Himmel war klar, und ein abnehmender Mond schien. Sie zuckte zusammen und tastete die Innentasche ihres Mantels ab, stellte die Tasse ab und stieg zurück in das Innere des Bootes, wo sie ihre Handtasche und anschließend den kleinen Wohnraum durchsuchte, aber das Gedichtbuch des Mondes war verschwunden.

Sie führte eine Hand an ihr Gesicht, rieb sich die Augen, dachte an unseren Ausflug zum Dachfenster, an Rifkah, Alberts Unfall, Marlyn, Hans, den Garten, Rifkah, Rifkah und immer wieder Rifkah. Selbst in Dr. Senfts Armen hatte sie kurz an Rifkah gedacht, doch ihr Verlangen war stark genug gewesen. Sie senkte den Blick, spürte, wie ihre Wangen heiß wurden, während sich ihr Körper verspannte, als versuchte sie, sich zu verstecken.

Sie schämte sich.

Da sah sie den Zettel, auf den sie das Herz gezeichnet hatte. Sie nahm ihn, zerknüllte ihn und warf ihn in den Müll, bevor Lucy in ihrem Inneren protestieren konnte. Vermutlich schlief sie sowieso noch.

Ludmilla verließ die Kajüte abermals, doch nun endgültig, und ging mit schnellen Schritten durch die Häusersiedlung, die direkt am See lag. Aus dem Augenwinkel nahm sie kleine Fachwerkhäuser und von Efeu umrankte Häuser wahr, *Efeu, Adrian,* dann passierte sie die Fahrradkirche, lief immer weiter, bis sie endlich ein S-Bahn-Schild sah und darauf zusteuerte.

Als sie Rifkahs Haus- und danach die Wohnungstür öffnete, rechnete sie mit dem Schlimmsten und schlich sich zu Rifkahs Bett. Rifkah lag darin und schlief.

Leise durchquerte Ludmilla die Wohnung, aber nichts war verändert worden, alles sah aus wie immer, auf dem Küchentisch standen eine Packung Knäckebrot und ein benutzter Teller.

Sie ging ins Badezimmer, stützte sich auf dem Waschbecken ab und betrachtete sich im Spiegel.

Siehst du? Es ist alles in Ordnung. Du hast das Richtige getan. Du darfst Spaß haben. Du darfst deinen Gefühlen nachgeben.

Es war Lucy, die in ihr sprach und jetzt flüsterte sie leise: »Gefühle?«

Sie nickte sich zu.

Ja, Gefühle. Deshalb hast du den Zettel weggeworfen und bist abgehauen, so schnell du konntest.

30.

Ludmilla hatte wieder zu arbeiten begonnen, wohnte aber weiterhin bei Rifkah. Frühmorgens verließ sie die Wohnung und kehrte erst so spät wie möglich zurück. Dass sie kein Handy mehr hatte, war nun eher Segen als Fluch, jetzt, wo sie sich wieder freier fühlte und Rifkah sie außerhalb der Wohnung nicht erreichen konnte.

Eine Woche, nachdem sie mit Dr. Senft geschlafen hatte, eilte Ludmilla nach der Arbeit zum Bahnhof, um zu Marlyn zu fahren. Sie hatte die alte Dame seit dem abrupten Fortgang nicht mehr besucht, sich nicht gemeldet, weder bei Marlyn noch bei Adrian. Jetzt hielt sie es kaum noch aus, außerdem musste sie wissen, ob sie das Gedichtbuch des Mondes bei Marlyn verloren hatte, und sie wollte Albert seine Brille zurückgeben, die sie seit seinem Unfall in der Handtasche getragen hatte.

Während sie lief, sortierte sie erneut ihre Gedanken.

Albert Hoffmann. Ludmilla Nelsson. Lucy. Hans. Adrian. Lucy, Hans, Adrian. Und Berti. Dr. Senft, Berti. Mein Vater ist vor 15 Jahren gestorben, als ich noch ein junges Mädchen war. Besonders wichtig sind: Hans-Adrian. Marlyn. Berti? Wichtig sind mir außerdem:

Stellario. Albert? Meine Ordnung. Die Vorhersehbarkeit des Tages. Und Rifkah?

Die Ereignisse hatten sie aus ihrer Rifkah-Routine gerissen. Der Ausflug mit mir, die gehässige Sonne, der melancholische Mond. Alberts Unfall, der fertiggestellte Garten. Lucys Rückkehr, ihr Kuss, die Nacht mit Dr. Senft.

Die Nacht mit Berti.

Ihr wurde abwechselnd heiß und kalt, wenn sie daran dachte, sie wollte ihn wiedersehen, ihn riechen, fühlen ... Ich sah die Bilder ihres Zusammenseins in ihr aufblitzen, legte instinktiv einen Flügel vor meine Augen, nein, diese Momente gehörten Ludmilla allein, ich respektierte dieses menschliche Wesen mit jeder Faser seines Seins. Ich spürte, wie sehr sie Dr. Senft vermisste, doch alles, was sie tun konnte, war: nichts. Das Feuer in ihr war von einer eisernen Wand umgeben. Je mehr sie sich nach ihm verzehrte, desto trauriger wurde sie, unfähig, ihn zu besuchen oder seine Telefonnummer ausfindig zu machen.

Sie spürte, wie sich salziges Wasser in ihren Augen sammelte. Wie Wasser in einer Schleuse stieg der Pegel langsam an, und sie blickte nach oben.

Damit die Tränen nicht fallen.

Ein Gedanke schob sich in ihren Kopf: *Hast du*

nicht unwahrscheinliches Glück gehabt, Ludmilla? Schon wieder war es Lucy, die sprach. *Dass du Marlyn und Berti kennengelernt hast? Menschen, die dein Bestes wollen?*

Ludmilla blieb stehen, noch immer sah sie nach oben.

Ja, Glück, dachte sie. *Glück, dass Hans wieder da ist und dass ich ihn gefunden habe.*

Ich spürte, wie ihr Herz schneller schlug und ihre Hände feucht wurden. Ein drängendes Gefühl überkam sie, als ob sie dieses Glück, das sie empfand, unbedingt festhalten wollte. Sie umklammerte ihre Arme und schloss die Augen, versuchte, das Gefühl in sich einzuschließen. Die Zeit schien wie eingefroren. Endlich blickte sie geradeaus, und da sah sie es: Es schwebte vor ihr in der Luft, ein schimmerndes, silbriges Wesen. Es war durchsichtig, ganz zart und weich und fließend sah es aus, wie ein großes Seepferdchen, das in der Luft schwamm und dabei so hell leuchtete, dass Ludmilla die Augen zusammenkneifen musste.

Die Tränen fielen.

Allmählich entfernte sich das Wesen von Ludmilla. Sie folgte ihm, aber es war zu schnell und entschwand durch die Schaufensterscheibe eines Ladens, in der Ludmilla ihr eigenes Spiegelbild und das strahlende Seepferdchen sah, das sich immer weiter vom Spiegel entfernte, und als sie sich umdrehte, war es nicht da, es war nur im Spiegel, und es wurde kleiner und kleiner – und dann war es fort.

Sie wischte sich die Tränen ab, atmete einmal tief ein und aus und trat in den Laden ein, in dem es nur so von bunter, farbenfroher Kleidung wimmelte. Alle Augen fühlte sie schon auf sich gerichtet und es schien, als ob jeder wusste, dass sie nicht hierhergehörte. Sie kam direkt von der Arbeit, trug schwarze Pumps, einen schwarzen, knielangen Bleistiftrock und eine weiße Bluse. Darüber einen grauen Blazer. Sie nahm all ihren Mut zusammen und ging durch die Reihen an Kleidung, während sie ihre Hand über die Stoffe gleiten ließ.

»Kann ich Ihnen helfen?«, fragte eine Stimme hinter Ludmilla. Sie drehte sich um und schaute in das freundliche Gesicht einer Dame, deren braune Augen von unzähligen Lachfalten umgeben waren. Ludmilla musterte sie von Kopf bis Fuß und die Dame tat dasselbe bei Ludmilla. Sie trug ein hellrosa-dunkelrosa geblümtes Kleid, dazu eine dunkelgrüne Strumpfhose und pinke Schuhe.

»Nein, danke«, sagte Ludmilla. »Ich suche nur etwas Farbiges.«

»Da sind Sie hier genau richtig«, sagte die Frau und ihre Augen lächelten Ludmilla an. »Bitte, schauen Sie sich ganz in Ruhe um. Grün steht Ihnen ausgezeichnet.« Sie deutete auf Ludmillas Haare. »Grün, die Farbe der Hoffnung, und Rot, die Farbe des Blutes, des Lebens, der Energie. Das ergibt zusammen ein hoffnungsvolles, energetisches Leben.« Damit ging sie zurück zu einer Kleiderstange, von der sie Kleider abnahm und an eine andere Stange hängte.

Ludmilla wandte sich wieder den Kleidern zu, die sie eben betrachtet hatte. Sie war tatsächlich in der grünen Ecke gelandet.

Grün und Rot. Ein hoffnungsvolles, energetisches Leben.

Eine hellgrüne Strickjacke mit dunkelgrünen, lilafarbenen und bräunlichen Blumen darauf gefiel ihr besonders gut. Weiße Perlmuttknöpfe schimmerten an der Knopfleiste. Ludmilla suchte sich ihre Größe heraus und ging zum Spiegel, der ihr eine biedere Frau präsentierte. Sie schürzte die Lippen, krauste die Nase, zog den Blazer aus und hängte ihn über eine Kleiderstange. Sie lockerte den Kragen und zog die grüne Blumenjacke über ihre weiße Bluse. Die untersten Knöpfe knöpfte sie zu und steckte die Strickjacke locker in den Rock. Dann löste sie ihren Dutt und ließ ihre

Haare über die Schultern fallen. Schließlich schlüpfte sie aus ihren schwarzen Pumps und ging nur in Strumpfhose zur Schuhabteilung, wobei sie bei jedem Schritt federte. Dort fand sie hellgrüne Riemenschuhe, die etwas heller als die Strickjacke waren, und dann stand sie wieder vor dem Spiegel, mit den grünen Riemenschuhen an den Füßen – die biedere Frau war verschwunden. Sie drehte sich lächelnd von links nach rechts.

Strickjacke und Schuhe behielt Ludmilla gleich an. Die Verkäuferin gab ihr eine farbenfrohe Tüte für den Blazer und die schwarzen Pumps mit, und um zweihundert Euro leichter verließ Ludmilla den Laden.

Marlyn empfing sie freudestrahlend und vergewisserte sich, dass es ihr gut ging. Ludmilla nickte und entschuldigte sich für ihren abrupten Aufbruch bei ihrem letzten Wiedersehen.

Marlyn winkte ab. »Hauptsache, es geht dir gut. Wir waren alle besorgt, als du so schnell gegangen bist. Aber du siehst heute wunderbar frisch aus. Deine Wangen leuchten, und die Kleidung steht dir ausgezeichnet.«

Ludmilla lächelte. »Es war wegen Rifkah. Tut mir wirklich leid. Ist Albert da? Ich habe seine

Brille. Wie geht es seinem Kopf?«

»Er ist oben. Komm doch nachher noch auf einen Tee zu mir runter, ja? Wir haben uns so lange nicht gesehen. Außerdem kommt Adrian bestimmt bald von der Reha zurück.«

Ludmilla versprach es, dann ging sie nach oben und klopfte an Alberts Tür.

»Lucy«, sagte Albert, trat zur Seite und deutete ihr, einzutreten. Er trug einen Verband und eine andere Brille.

Ludmilla holte die versehrte Brille aus ihrer Handtasche und überreichte sie ihm.

»Danke. Meine Ersatzbrille hat leider die falsche Stärke, auch wenn ich damit nicht vollkommen hilflos bin.«

»Geht es dir besser?«

Albert nickte und wies auf das kleine Sofa, das am Fenster stand. Ludmilla setzte sich und bemerkte ein schwarzes Buch, das auf dem kleinen Beistelltisch lag. Es war fleckig, vergilbt und verschmutzt, aber ansonsten identisch mit dem Gedichtbuch des Mondes, das ihr abhandengekommen war.

»Ich bin gleich zurück«, sagte Albert.

Sie nickte und griff nach dem Buch, als Albert das Zimmer verlassen hatte.

Es war kleiner und schwerer, als sie es in Erinnerung hatte. Sie strich über den Buchdeckel, dann öffnete sie es. Im nächsten Moment flog es durch das Zimmer, schlug gegen ein Bild an der Wand und fiel zu Boden. Erschrocken schaute Ludmilla auf und versuchte, zu begreifen, was passiert war.

»Das ist meins.«

Alberts Worte. Er stand hinter ihr, sein Gesicht hochrot, die Hand noch zum Schlag erhoben.

»Ich –«, begann Ludmilla, dann verstummte sie. Sie wusste nicht, was sie sagen sollte. Dass es das Gedichtbuch des Mondes war, das dieser durch ein Dachfenster geschleudert hatte, weil er unzufrieden mit seinem Dasein war? »Es muss mir aus der Jackentasche gefallen sein, als ich dich hergebracht hatte.«

Albert schüttelte den Kopf, dann verließ er das Zimmer erneut.

Ludmilla rührte sich nicht, sondern starrte auf das schwarze Buch, das aufgeschlagen und mit der Innenseite nach unten auf dem Boden lag. Sie betrachtete das Bild, gegen das das Buch eben geflogen war, und stand auf, um zu lesen, wie es betitelt war: *La fantasia è un posto dove ci piove dentro. Italo Calvino.* Auf dem dunklen Bild regnete es stark, im Zentrum stand ein kleines Mädchen mit einem roten Regenschirm.

Italo Calvino, dachte sie, und erinnerte sich vage an meine Worte über die Phantasie.

Albert kam zurück und stellte eine Kaffeekanne und zwei Tassen auf den Tisch.

»Was heißt das?«, fragte Ludmilla und deutete auf das Bild.

»Die Phantasie ist ein Ort, in den es hineinregnet.«

»Ein Ort, in den es hineinregnet?«, wiederholte Ludmilla und dachte an Rifkah, wie sie unter dem offenen Fenster gelegen hatte. Wie der Regen auf sie niedergeprasselt war.

Die Phantasie ist ein Ort, in den es hineinregnet.

»Es ist eine Abwandlung eines Verses von Dante aus dem *Purgatorio*, dem zweiten Teil der *Divina Commedia*.«

»Der *Göttlichen Komödie?*«

»Hast du sie gelesen?«, fragte Albert, fuhr allerdings fort, ohne eine Antwort abzuwarten. »Calvino hat den dantesken Vers aufgegriffen, abgeändert und zum Beginn seines Essays ...«

»... *Visibilitá* der *Lezioni Americane* gemacht«, vervollständigte Ludmilla seinen Satz und bemerkte Alberts erstaunten Gesichtsausdruck. »Stellario hat mir davon erzählt.«

Albert nickte. »Während Dante von einer Phantasie spricht, die von den Göttern kommt und die menschliche Vorstellungskraft übersteigt, verbindet Calvino die Endlichkeit des phantastischen Raums mit der Unendlichkeit, indem er den Raum nach oben hin öffnet, damit es hineinregnen kann.« Er trat an sein Bücherregal, fuhr mit den Fingern über die Buchrücken, während er murmelte: »Calvino, Calvino ... Ah, da ist es ja«. Er zog ein Buch aus dem Regal, blätterte darin, und nach einer Weile schien er gefunden zu haben, wonach er gesucht hatte.

»Hör dir das an, es ist wunderschön«, sagte er und räusperte sich. »*In jedem Fall können alle diese ›Realitäten‹ und ›Phantasien‹ nur durch das Schreiben Form annehmen, nur durch die Schrift, in der Äußerlichkeit und Innerlichkeit, Welt und ich, Erfahrung und Phantasie allesamt aus dem gleichen Wortmaterial zu bestehen scheinen; die vielgestaltigen Visionen der Augen und der Seele finden sich eingefaßt in gleichförmige Reihen von kleinen und großen Buchstaben, Punkten, Kommata, Gedankenstrichen. Seiten voll aneinandergereihter Zeichen, dicht an dicht wie Sandkörner, repräsentieren das farbige Schauspiel der Welt auf einer Fläche, die immer gleich und immer verschieden ist, wie die vom Wind durch die Wüste getriebenen Dünen.*«

Bevor Ludmilla das Gesagte verarbeiten konnte, fügte Albert an: »Lucy, es tut mir leid.«

Ludmilla war so damit beschäftigt, ihre mentalen Grenzen zu spüren und zu verfluchen, dass sie Alberts Entschuldigung zunächst nicht wahrnahm.

Du hast eben nicht studiert. Wie kannst du erwarten, dass du begreifst, was dir ein studierter Arzt von einem großen italienischen Literaten vorliest? Oder verstehen, was ein Italo Calvino über Phantasie schrieb? Du würdest niemals ein Werk wie Die Göttliche Komödie *verstehen. Nicht mal auf Deutsch.*

Sie blickte zu Boden, fuhr sich über die Augen, dann über die Ohren, die auf seltsame Art brannten, kitzelten, in denen es rauschte.

»Entschuldigung«, murmelte sie.

»Nein, Lucy«, sagte Albert, »*mir* tut es leid. Ich wollte nicht so schroff reagieren.« Er stellte Calvinos Buch zurück in das Regal.

»Warum hast du mir das Buch aus der Hand geschlagen?«

Albert deutete zum Sofa und schenkte Kaffee in beide Tassen. Eine reichte er Ludmilla, für sich selbst nahm er die andere.

»Weil es mir gehört«, sagte er, nachdem er sich gesetzt hatte.

»Es gehört eigentlich dem Mond.«

Er sah Ludmilla fragend an.

»Stellario und ich haben ihn besucht, wie du weißt. Er hat es aus dem Dachfenster geschleudert, und ich durfte es mitnehmen. Es muss mir aus der Jackentasche gefallen sein, als ich ohnmächtig geworden bin.«

Albert drehte sich zu dem Buch um. Dann stand er auf, hob es auf und setzte sich wieder.

»Es ist wirklich meins«, sagte er. »Sieh selbst.«

Er reichte Ludmilla das Buch. Sie schlug es auf und besah sich die erste Seite, auf der die schemenhafte Bleistiftskizze eines Soldaten, der auf dem Boden lag, zu sehen war. Um seinen Kopf befand sich eine rote Lache aus Blut. Die Zeichnung war schwarz-rot. Das Gesicht des Soldaten schaute Ludmilla an, obwohl es tot war. Darunter stand in undeutlicher Schrift: *Nummer eins. Sowjetischer Soldat. Getötet durch Kopfschuss.*

Ludmilla blätterte weiter durch das Buch, schaute in die Gesichter toter Männer, toter Kinder, toter Frauen, toter Babys. Das gesamte Buch war nur mit zwei Farben gefüllt: Schwarz und Rot. Unter jedem Bild hatte Albert Nummer, Nationalität, Geschlecht und Art der Tötung notiert. Ihr schauderte, während sie las, und immer wieder blickte sie zu Albert, der sich im Sessel zurückgelehnt und die Augen geschlossen hatte.

Sie blätterte zum letzten Eintrag, Nummer 193. Ein Selbstporträt Alberts. Mit verrutschter Brille, unnatürlich abstehenden Gliedmaßen und viel, viel Blut. *Nummer 193. Deutscher Soldat. Getötet durch das Töten.*

»Ich wollte die Wirklichkeit festhalten«, sagte Albert, immer noch mit geschlossenen Augen. »So, wie sie war, um sie dann vergessen zu können. Ich habe hier nichts mehr verloren. Ich habe nicht das Recht, ein Mensch zu sein, weil ich unmenschlich gehandelt habe. Der Krieg hat die letzten Reste der Menschlichkeit aus mir herausgekratzt wie ein Gärtner den Löwenzahn aus den Fugen seines gepflasterten Weges. Ich bin nur noch eine Ansammlung von Steinen ohne Grün. Die Wirklichkeit hat mich verschlungen, die Phantasie kann nicht mehr auf mich niederregnen. Ich weiß nicht, warum ich noch hier bin. Ich wollte nicht mehr leben, und ich will es nicht. Ich habe sie alle getötet. Kinder, Babys, Frauen, Männer. Besonders viele in Italien.« Seine Stimme war zittrig und tränenerstickt, und nun tränte er nicht, er weinte. Sein Körper schüttelte sich, während er versuchte, seine Abscheu vor sich selbst zu ersticken.

»Deshalb hast du dich mit der italienischen Kultur und Sprache befasst?«, fragte Ludmilla sanft.

Er nickte. »Nachdem Italien 1943 an der Seite der Alliierten wieder in den Krieg eingestiegen war, auch schon davor –« Er brach ab, die Tränen flossen, und er öffnete seinen Mund weit, schluchzte laut, und dann: ein Schrei. Er schrie aus voller Kehle, kippte vornüber aus dem Sessel, auf die Knie, im Fall warf er eine Kaffeetasse um, und Ludmilla sprang auf, unfähig, etwas zu tun, während sie beobachtete, wie der Kaffee über den Tisch lief und auf den Boden tropfte. Sie stierte auf den Kaffeefleck, der sich auf dem weißen Teppich ausbreitete. Wie Blut. Dann kniete sie neben Albert nieder, legte eine Hand um seine Hände, die er ineinander verschränkt hielt wie zum Gebet, und mit der anderen fuhr sie ihm über den Rücken.

»Sch, sch«, sagte sie und begann zu summen, summte das Erste, das ihr einfiel: *La, le, lu, nur der Mann im Mond schaut zu.*

Alberts Schrei ließ nach, war nur noch ein heiseres Krächzen, dann ein Stöhnen, und dann, langsam, bewegten sich seine Hände, und er legte sich auf den Boden, sein Kopf in Ludmillas Schoß, und er schloss die Augen.

Marlyn riss die Tür auf, blieb einen Moment stehen, dann setzte sie sich auf das Sofa. Sie warf einen Blick auf das Buch, nickte kurz. Ludmilla summte noch immer *La, le, lu* und dachte daran, dass sie diesen Menschen aus tiefster Seele verabscheuen sollte, diesen Menschen, der so viele Leben genommen hatte, diesen Menschen, der es zutiefst bereute, aber zu spät, diesen Menschen, der noch auf etwas wartete, und sie dachte: *Das könnte ich nicht, egal, was das Universum von mir verlangen würde, ich könnte nicht weiterleben.*

Sie dachte an Hans-Adrian, der seine Erinnerung verloren hatte, unfreiwillig, und an Albert, der seine Erinnerung nicht hatte verlieren können und dürfen, da er seine Taten nicht hätte bereuen können, und sie dachte sich: *Ich könnte das nicht, mit dieser Schuld leben, dieser unendlichen Schuld, die niemals verziehen werden kann.*

»Ich bin kein Mensch mehr, bin tot, aber darf noch nicht sterben.« Die Worte kamen immer langsamer aus Alberts Mund. »Eine Aufgabe erwartet mich noch.«

»Löwenzahn ist zäh«, flüsterte Ludmilla. »Er ist stark, und nur der kleinste Teil einer Wurzel reicht aus, um eine neue Pflanze zum Blühen zu bringen.«

Als Ludmilla später mit Rifkah zu Abend aß, starrte sie ins Leere, sah Alberts schreiendes Gesicht vor sich. Immer wieder ließ sie die Gabel sinken und hörte einfach auf zu kauen. Dann schüttelte sie kurz den Kopf, aber sie konnte Alberts Bilder nicht aus ihrem Kopf verbannen. Rifkah schielte immer wieder über den Tisch zu ihr hinüber, zwischenzeitlich teilten sich ihre Lippen kurz, als wolle sie etwas sagen, doch dann sah sie wieder auf ihren Teller und stach mit ihrer Gabel ins Spiegelei. Kein Vorwurf, weil Ludmilla so schweigsam war. Nicht mal ein vorwurfsvoller Blick.

Ludmilla traute dem neuen Frieden nicht. Rifkah hatte begonnen, zu den A.A.s zu gehen, war milder geworden, sauberer und gepflegter. Ludmilla wagte es nicht, ihren Auszug vorzuschlagen; sie wollte die neue Harmonie nicht zerstören.

Während Ludmilla im Eigelb ihres Spiegeleis herumstocherte, dachte sie daran, dass Albert ihr leidtat. Und dass sie ihn hasste, nein, sie verabscheute ihn. Jedenfalls sollte sie das tun, denn ganz sicher verabscheute sie sich, weil sie ihn nicht genug hassen konnte für die Grausamkeiten, die er getan hatte, und auch Mitleid für ihn empfand. Sie schob die Bilder, die er gezeichnet hatte, wieder und wieder aus ihrem Kopf, die toten Menschen, das Blut.

Und den Kaffee.

Und dann sah sie Albert wieder vor sich, sah seinen Kopf in ihrem Schoß, das Blut an seinem Kopf, aus dem Haare wuchsen, sein Kopf schrumpfte.

Ludmilla kniff die Augen mehrmals zusammen und schüttelte den Kopf.

»Wäre es nicht an der Zeit, uns einander vorzustellen, Liebes?«

»Wer, wem –« Sie blickte auf. »Was?«

Sie schüttelte die Bilder endgültig aus ihrem Kopf und blinzelte mehrmals, bis sie Rifkahs klare Augen vor sich sah. »Deine neuen Freunde. Ich möchte sie kennenlernen.«

Ludmilla dachte daran, wie Rifkah ihr Telefon ins Klo geworfen und runtergespült hatte.

Ich brauche dich, Lu.

Bei »ich« hatte sie auf sich gezeigt.

»Bitte, Lu. Ich hab dich lange genug von ihnen ferngehalten«, fügte sie hinzu, als hätte sie Ludmillas Gedanken gelesen.

Meine Freunde mit ihr teilen?

Sie zog die Brauen zusammen, biss sich auf die Unterlippe.

Sei nicht so egoistisch. Es sind nicht deine *Freunde. Du gehörst sowieso nur noch halb dazu.*

Sie wartete auf Lucys Reaktion, doch diese schwieg. Keine Widerworte? Das erstaunte und verletzte Ludmilla gleichermaßen. Lucy sollte sie trösten und sagen: *Hör auf, Ludmilla! Natürlich sind es deine Freunde, und du gehörst dazu! Du bist nicht egoistisch, es ist ein ganz normales Gefühl, Gutes nicht mit Personen teilen zu wollen, die einen schlecht behandeln.*

Doch Lucy schwieg nicht nur, sondern starrte sie trotzig an.

»Du hast recht«, sagte Ludmilla tonlos und nickte. »Du hast recht.«

Rifkah würde ihren Sohn wiedersehen.

31.

»Hoffentlich ist es dieses Mal kein Döner«, sagte Adrian, der inzwischen ohne Krücken gehen konnte und nur noch einen Gehstock benötigte.

Ludmilla und Adrian standen vor dem Panometer. Sie dachte an ihre erste, misslungene Überraschung und lächelte. »Es ist ganz bestimmt kein Döner.«

»Glück gehabt.«

»Weißt du, was Glück ist?«

»Ich glaube schon. Aber ich weiß nicht, wie ich es beschreiben soll.«

»Wann fühlst du dich glücklich?«

»Wenn meine Hände in der Erde stecken. Wenn ich den Duft von Kaffee rieche. Wenn ich eine Erdbeere esse.«

Ludmilla betrachtete Adrian, der ihr heute so unglaublich jung vorkam. Seine Worte hätten von einem Kind stammen können. Vielleicht nicht der Kaffee, aber die Hände in der Erde, im Dreck, der Geschmack von Erdbeeren. Sie sah Hans, wie er neben ihr am Beet kniete und behutsam eine Erdbeere nach der anderen in den Korb legte, und dann steckte er sich eine Erdbeere in den Mund und schaute verschmitzt zu Ludmilla auf. Sie streichelte ihm über den Kopf, und er lachte, seine Zähne rot von der saftigen Erdbeere.

»Du bist Hans im Glück.« Ludmilla wiederholte, was sie damals bei Hans gemacht hatte, und legte ihre Hand auf Adrians Hände. Er machte große Augen, woraufhin sie ihm das Märchen von Hans im Glück erzählte, der immer genau das bekam, was er gerade brauchte, und am Ende doch alles verlor.

»*Doch so glücklich wie du ist kein Mensch unter der Sonne, frei von aller Last*«, beendete sie das Märchen.

»Vielleicht hast du recht. Ich habe zwar meine Erinnerungen und mein Leben verloren, aber ich bin frei von aller Last. Vielleicht bin ich wirklich Hans im Glück. Oder Adrian im Glück.«

Ludmilla dachte an Albert, *Albert im Unglück*, und daran, welche Erinnerungen Adrian *wirklich* verloren hatte, ob es schlimme waren, ob es schöne waren?

Wer hat Hans verloren?

»Was ist Glück für dich? Wann ist Lucy im Glück?«

»Das ist einfach.« Ludmilla strich sich einige verirrte Strähnen aus dem Gesicht. »Glück ist ein durchsichtig schimmerndes, zart leuchtendes Seepferdchen. Zart und stark. Du kannst es nicht einfangen oder festhalten. Wenn du danach greifen möchtest, huscht es davon. Aber wenn du es ihm angenehm und wohnlich machst, kommt es vielleicht vorbei und bleibt eine Weile, und dann musst du es genießen, ohne es besitzen zu wollen.«

Während sie diese Worte sagte, fühlte sie die Abwesenheit des zarten Glücks, das im Spiegel des Schaufensters verschwunden war. Aber es war da gewesen, es war in ihr Leben getreten, und sie hatte es genossen.

Seine Abwesenheit ließ sie jäh frösteln. Sie befürchtete die Ankunft von etwas Dunklem, Gewaltigem. Ihr wurde bewusst: Sie durfte die brodelnden Löcher nicht für immer verstopfen. Ohne Rifkahs Alkoholsucht würden ihr ohnehin bald die sonderbaren Weinkorken ausgehen, die sich an jeden Vulkankrater anpassten.

Ludmilla spürte, dass etwas hinauswollte, und dass sie es bald nicht mehr würde aufhalten können.

Mein kleines Glück musste gehen, um nicht zerstört zu werden. Es hat sich in Sicherheit gebracht.

Ludmilla und Adrian betraten das Panometer und gingen in die Ausstellung *Carolas Garten. Eine Rückkehr ins Paradies.* Sie schlenderten händehaltend durch die schwarze Galerie. Dumpfe und laute Naturgeräusche drangen aus der Hauptausstellung zu ihnen hindurch, untermalt von musikalischen Klängen. Sie lasen davon, wie Menschen schon immer versuchten, in Gärten Erinnerungen zu erhalten, besonders jene an das verlorene Paradies.

Der die Welt durchwandernde Mensch bleibt ein hortulanus, *ein Gärtner.* Als sie diesen Satz las, drückte Ludmilla Adrians Hand. Er blickte sich immer noch staunend um, Hans, der ewige Gärtner, Adrian der ewige Gärtner.

Erinnerung an das verlorene Paradies, dachte Ludmilla, und sie sah wieder den kleinen Hans vor sich, diesmal im Apfelbaum sitzend und stolz kichernd, weil er es so weit nach oben geschafft hatte.

Dann sah sie Adrian von der Eiche fallen.

Sie lasen über Carola, die sich im Panometer um alles gekümmert hatte, immer für alle und alles da und trotz ihres Arbeitspensums stets freundlich und geduldig gewesen war.

»Wie du«, sagte Adrian und gab Ludmilla einen Kuss auf die Wange.

»Wenn ich gestorben bin, erstellst du mir dann auch so eine Ausstellung?«, scherzte Ludmilla.

»Ich werde deine Oase der Zufriedenheit finden«, sagte Adrian.

Ludmilla lächelte. »Dann musst du eine Ausstellung über dich selbst machen.«

Adrian betrachtete sie mit hochgezogenen Augenbrauen.

»Ich bin einfach so froh, dass du wieder da bist.«

Er drückte ihre Hand, dann fuhr er mit seinem Stock die letzten Zeilen des Texts nach, während er sie vorlas:

»*Der Garten ist die deutlichste Allegorie für die menschliche Seele. Es ist die tröstlichste Metapher für das menschliche Werden, Wachsen und Vergehen.*«

Er hielt inne, wandte sich Ludmilla zu. »Scheißig schön. Ich möchte auch über die Natur schreiben.« Plötzlich war er aufgeregt. »Danke, dass du mich hergebracht hast.«

»Freut mich, dass es dir hier gefällt. Aber ›scheißig schön‹?«

»Fiel mir so ein. Vielleicht eine Erinnerung?«

»An das scheißig schöne Paradies?«

Sie schauten sich an und lachten, bevor sie von Gemälde zu Gemälde, Skizze zu Skizze, Zeichnung zu Zeichnung weitergingen, kommentierten, staunten und scherzten. Als sie ein altes, mitten im Raum ausgestelltes Fenster, von dessen Rahmen weiße Farbe abblätterte, betrachteten, schreckte Adrian zurück und schaute Ludmilla mit großen Augen an. Das Fenster war auf einer Seite mit einem Dreieck aus toten Fliegen gefüllt. Es mussten Tausende sein.

»Sind die echt?«, fragte Adrian.

»Keine Ahnung. *Werden, wachsen und vergehen*«, sagte Ludmilla. »Diese sind vergangen.« Sie starrte auf das, was vor ihr lag, fasziniert und angeekelt zugleich, sie konnte den Anblick nicht loslassen, wollte ihn aber auch nicht länger ertragen. Ihr Magen zog sich zusammen, trotzdem konnte sie nicht anders, als hinzusehen, als wäre sie von einem Schauspiel gefesselt, obwohl sich hier nichts mehr tat. Sie war hin- und hergerissen zwischen Neugier und Abscheu, und als sie die Augen schloss, wusste sie, dass dieses Bild noch lange in ihr nachwirken würde. Am Ende umschritt sie das Kunstwerk mit zusammengekniffenen Augen und aus einigem Abstand.

»Ich würde es *Der Tod im Fenster* nennen. Es ist wie eine Ausstellung des Todes, Vergangenem in Vergehendem.« Sie zeigte auf den Fensterrahmen, und die Worte verließen ihren Mund, ohne dass sie darüber nachdenken konnte. »Schau, wie der weiße Lack vom Holz abblättert. Schwarzer Tod in weißem Rahmen, eine Vitrine dessen, das schon nicht mehr da ist. Altes und Totes ineinander verschlungen. Bald wird auch der Rahmen nur noch eine Erinnerung sein.«

»Wie der Komposthaufen«, sagte Adrian und deutete auf das Foto eines Komposthaufens. »Aber hier gibt es so viel Leben im Vergehen, so viele kleine Wesen, die aus der Erinnerung eine neue Wirklichkeit schaffen.«

»Aus alter Erinnerung wird neue Wirklichkeit«, sagte Ludmilla und nickte. Sie nahm ein Gefühl der Fremde wahr, etwas, das eine Distanz zwischen sie gebracht hatte. Was es gewesen war, konnte sie nicht sagen. Kein Fremdkörper, sondern etwas, das sich mit Adrian verband. Wie der dunkle Teig im Marmorkuchen, der sich mit dem hellen vermischte und ein Muster ergab.

Ludmilla schmiegte sich an Adrian, an seinen vertrauten und fremden Körper. Er legte seinen Arm um sie und stützte sich auf seinen Stock. So traten sie gemeinsam in den großen, runden Raum der Hauptausstellung ein und stiegen die Treppe des Panoramaturms empor.

Als sie oben angekommen waren, hielten sie sich noch immer umschlungen, während sie in alle Richtungen spähten und Ludmilla die surreale Atmosphäre des gigantischen Gartenpanoramas einsog, das sie summend und zwitschernd umgab. Ein Wirrwarr aus Naturgeräuschen und sanfter Musik.

Ludmilla fühlte sich so klein, wenn auch anders klein als in der Albertina. Ehrfürchtig klein, als sei es an der Zeit gewesen, dass die Natur sich vergrößerte, um ihr zu zeigen, wie allgegenwärtig sie war. Hier war alles erlaubt. Nichts passte und gehörte zusammen, alles passte und gehörte zusammen. Frostbehangene Grashalme neben einer frühsommerlichen Ringelblume in vollster Blüte, auf der sich eine Hummel tummelte, alles summte und zwitscherte, dann wurde es still. Und dunkel. Es raschelte in den Bäumen, der Uhu rief. Sanftes Mondlicht hatte dem golden-orangenen Herbstbaum eine silberne Hülle gegeben, die Fülle seiner Farben verschluckt.

Kühl und edel stand er dort, und eine sanfte Männerstimme ertönte aus den Lautsprechern: *»Geh aus, mein Herz, und suche Freud in dieser lieben Sommerzeit an deines Gottes Gaben; schau an der schönen Gärten Zier und siehe, wie sie mir und dir sich ausgeschmücket haben …«*

Erste Sonnenstrahlen brachten dem Herbstbaum seine Farben zurück. Pralle, rote Äpfel betupften den Baum daneben. Ein Apfel lag am Boden, schien gewachsen zu sein, ihn sah Ludmilla durch die Augen einer Fliege, gigantisch groß, die Perspektiven verschwammen. Dann wurde Ludmilla noch kleiner, kleiner als die Fliege, die plötzlich gigantisch wirkte, jeder Blumenstängel um sie ein Mammutbaum.

Und dieses Gefühl grenzenloser Freiheit!

Hier gab es keine Grenzen, nur die unendliche Fülle der Natur in all ihren Facetten, Perspektiven, Jahreszeiten; jedes Geschöpf, jeder Grashalm unendlich wertvoll.

»Gefällt es dir?«, fragte sie Adrian, doch auch er schien versunken in der Kunst, die ihn umgab. Sein Blick, sein ganzer Körper, wirkten wie ein Teil des Ganzen.

Er drückte Ludmilla fest an sich. Seine Wangen rot und feucht, Tränen suchten sich ihren Weg nach unten wie Wassertropfen an einer Fensterscheibe. Ludmilla legte ihre Arme um seinen Bauch und schmiegte ihren Kopf an seine Brust. Unter ihrem Ohr hörten wir sein Herz schlagen, es schlug kräftig und schnell, *dunk-dunk, dunk-dunk*. Sie schloss ihre Augen. Der Herzschlag gehörte zum Garten, zur Kunst, zur Welt, und der Garten, die Kunst, die Welt, gehörten zum Herzschlag. *Dunk-dunk, dunk-dunk*.

Und dann hörte es auf zu schlagen.

Ludmilla riss die Augen auf. Alles gehörte zusammen. Sie rang nach Luft, fühlte einen Sog in sich.

Wie ein schwarzes Loch zog er an ihr, riss sie fort von Adrian, der beinahe das Gleichgewicht verlor.

Ludmilla lief los. Sie rannte die Treppen hinunter, stieß mit Menschen und Gegenständen zusammen, mit Fenstern, mit überdimensional großen Insekten. Sie sprang von Blüte zu Blüte, hinein in den fauligen Apfel, der sie immer weiter nach unten zog und faulig und modrig roch, sodass Ludmilla übel wurde. Sie rannte weiter, drehte sich um, sah mich. Ich leuchtete orangerot im silbrigen Baum, es war wieder dunkel geworden, aber ich behielt meine Farben.

Ich flog los, direkt auf Ludmilla zu, ich wuchs und nahm sie mit, setzte sie auf meinen Rücken, trug sie fort in den Himmel, den grenzenlosen Himmel, in dem die Sonne auf- und unterging, in dem es gleichermaßen dunkel wie hell war, in dem es regnete, gewitterte und stürmte und ebenso windstill war, und wo die Sonne brannte und die Schneeflocken wie kleine Kristalle umherwirbelten.

Auf meinem Rücken hatte es Ludmilla sicher und warm, während wir dahinflogen und dem Sog des modrigen Apfels entkamen, dem Chaos der Jahreszeiten, der Perspektiven, dem Chaos des Seins. Und wir fanden Ruhe. Fließendes Mondlicht, *atme, Ludmilla Nelsson, atme.* Wir hörten die Männerstimme wieder, die das Gedicht aufsagte: *Geh aus, mein Herz,* dann ein anderes, wir hörten wieder *Claire de Lune.* Und ihr Lied vermischte sich mit dem Mondlicht, mit dem traurigen und schönen Mondlicht, das die Vögel in den Bäumen träumen und die Fontänen entrückt seufzen ließ …

Du bist noch nicht so weit, Lu. Du bist noch nicht so weit.

32.

Ludmilla trat aus Marlyns Haus auf die Terrasse und entdeckte Adrian, der in einem der Beete kniete und Unkraut jätete. Neben ihm stand ein Eimer, in den er eine Pflanze nach der anderen beförderte.

»Du bist ja schon richtig weit gekommen«, begrüßte sie ihn. Seit ihrem Ausflug ins Panometer, der mit ihrem erneuten Ohnmachtsanfall geendet hatte, waren ereignislose Tage vergangen, in denen Ludmilla versucht hatte, ihre Gedanken zu sortieren. Immer wieder hatte sie *Claire de Lune* angehört, über Debussy gelesen, außerdem Verlaines gleichnamiges Gedicht, und sie hatte noch weitere Gedichte über den Mond gefunden. Es schien unzählige zu geben, genau wie es unzählige Melodien über ihn gab.

Adrian hielt inne und wandte sich ihr zu. Ein warmes Lächeln lag auf seinem Gesicht, seine Wangen waren gerötet. Er trug ein kariertes Hemd, das er bis zu den Ellbogen hochgekrempelt hatte.

Ludmilla legte die Tüte mit dem Erdbeerkuchen, den sie mitgebracht hatte, auf den Weg, krabbelte neben Adrian ins Beet, nahm eine Harke und begann, den Löwenzahn aus der Erde zu ziehen. Sie spürte die Kühle der Erde unter ihren Händen und die saftigen Löwenzahnhalme zwischen ihren Fingern. Langsam drückte sie ihre Hände tiefer in die Erde, bis sie das Gefühl hatte, selbst im Erdreich zu versinken. Sie schloss die Augen, atmete tief durch und vergaß alles andere, während sie sich darauf konzentrierte, eins zu werden mit der Erde. Als sie ihre Augen wieder öffnete, fand sie Halt in Adrians Anblick. Sie fühlte sich ruhiger und gestärkt. Die Erde hatte ihr gezeigt, dass sie ein Teil von etwas Größerem war, und dass es Dinge gab, die sie nicht kontrollieren konnte – ebenso, wie es Dinge gab, die sie kontrollieren konnte. Sie hielt einen Moment inne und sah Adrian schweigend zu, der akribisch Gräser aus dem Boden zog und anschließend die freigelegte Staude betrachtete.

»Eine Lilie. Ich habe schon immer gern im Garten gearbeitet, stimmt's?«

Ludmilla seufzte. »Weißt du noch? Nach deinem Unfall hast du dich als *Niemand* bezeichnet. Doch du bist schon längst nicht mehr Niemand. Du bist Adrian, der *Hortulanus*.«

»Ich bin ein Gärtner. Es fühlt sich richtig an«, sagte er und nahm Ludmilla einen Löwenzahn aus der Hand, bevor sie diesen in den Eimer werfen konnte.

»Löwenzahn fasziniert mich. Er ist so widerstandsfähig, findet überall ein Zuhause, durchbricht Asphalt. Vielleicht bin ich wie ein Löwenzahn: Der Wind hat mich aus meinem Leben geweht. Dann hat jemand eine Straße auf mir gebaut, aber ich habe sie durchbrochen.« Er griff nach ihrer Hand. »Glaubst du, ich schaffe es bis zur Blüte?«

Und wieder war da diese seltsame Fremde, die von ihrem Bruder ausging. Ludmilla schlug die Augen nieder, dann sah sie wieder auf. Adrian wirkte verändert, und er war doch derselbe. Ludmilla konnte es sich nicht erklären.

»Ja«, sagte sie nur. Und: »Das hast du schön gesagt.« Sie wandte sich wieder dem Unkraut zu, als sich Adrians Hand ihrem Gesicht näherte. Schmutzig und voller Erde, aber Ludmilla sah in seinen Augen, dass er es nicht merkte. Er suchte ihren Blick und legte seine erdige Hand auf ihre Wange.

Wenn ich die Hände in der Erde versinken lasse, fühle ich mich auf dem Boden der Tatsachen.

Sie schloss die Augen, als Adrians Lippen auf ihre trafen. Sie verlor sich in dem erdigen Duft, der von seiner Hand ausging, in dem warmen Gefühl seiner Lippen, in der rauen Sanftheit, mit der seine Bartstoppeln die zarte Haut ihres Gesichts kratzten.

Berti.

Ludmilla schob Adrian zurück, der schwer atmete, aber ohne Widerstand von ihr abließ.

»Ich habe ein Gedicht über Löwenzahn geschrieben«, sagte er, ohne dem Kuss auch nur ein weiteres Wort zu widmen.

»Zeigst du es mir?« Ludmilla schluckte und rang sich ein Lächeln ab.

Sie setzte sich auf einen der Stühle auf der Terrasse vor dem Haus, während Adrian ins Haus ging, um das Gedicht zu holen und einen Kaffee zu kochen.

Sie waren allein in Marlyns Haus, da Otto einen Termin im Krankenhaus hatte, zu dem Marlyn ihn begleitete. Vermutlich scherzten sie gerade mit Dr. Senft.

Berti.

Ludmilla legte eine Hand auf ihr Herz, in dem es stach.

Was hast du getan?

Sie wischte mehrmals über ihr Herz, als könnte sie den Stich so wegwischen. Auch Albert war gerade außer Haus.

Ludmilla erhob sich, bückte sich nach der Tüte mit der Erdbeertorte und legte diese vor sich auf den Tisch.

Atmen. Ruhig atmen.

Sie überblickte den Garten. Adrians Händchen für Pflanzen schien ein natürlicher Teil seines Wesens zu sein, der ganz und gar im Einklang mit der Persönlichkeit ihres Bruders Hans stand.

Und der dunkle Teig?

Warum hatte sie sich von Adrian küssen lassen, ohne darüber nachzudenken, dass Adrian ihr Bruder war? Ob es ihm ähnlich ergangen war? Warum sonst hatte er sie geküsst – um dann, ohne auch nur ein Wort zu sagen, zum Thema Löwenzahn zurückzukehren?

Sie sah auf. Adrian kam aus dem Haus. Er trat rückwärts auf die Terrasse, während er mit seinem Rücken die Tür aufhielt. In den Händen trug er ein Tablett, auf dem zwei Teller, zwei Tassen und eine Kanne standen. Er schloss die Tür mit einem leichten Schubs seines Fußes.

Die Stimmung hatte sich neuerlich verändert, während Ludmilla und Adrian Kaffee tranken und Erdbeerkuchen aßen. Sie waren nun ganz und gar Geschwister, und Ludmilla spürte nichts mehr von der Fremde.

Dann las Adrian Ludmilla sein Gedicht vor:

Der Löwenzahn

Der Löwenzahn, er leuchtet hell
in sonnig gold'nen Glanz gehüllt
beeilt sich noch zu scheinen schnell
bevor sein Dasein ganz zerfällt

Im Sterben weiß und leicht wie Schnee
er seine Kinder schickt hinfort
auf schwebend ziellos' Odyssee
an einen unbekannten Ort

Fliegend sanft sich niederlassend
Flöckchen, Zähnchen, hast's gefunden
jetzt noch leicht und fein umfassend
bald schon der Erde stark verbunden

Zwei Gesichter hell und scheinend
kraftvoll überall zu Haus'
Überlebenskünstler ohnegleichen
reißt die böse Hand dich raus.

»Hast du das mit Absicht gemacht?«, fragte Ludmilla, als Adrian geendet hatte. »In der letzten Strophe hat die vorletzte Zeile zu viele Silben. Sie bricht das Reimschema.«

»Du hast recht!« Adrian sah auf das Papier.

»Lass es so. Es gefällt mir. Es macht diese Zeile zu etwas Besonderem. Der Löwenzahn setzt sich sogar über das Reimschema hinweg.«

»Ich hatte überlegt, das Gedicht offen zu Ende gehen zu lassen.«

Er nahm einen Stift und strich etwas auf dem Papier durch, dann schob er Ludmilla das Blatt wieder hin. Sie las die letzte Strophe:

Zwei Gesichter hell und scheinend
kraftvoll überall zu Haus'
Überlebenskünstler ohnegleichen –

»Das gefällt mir«, sagte Ludmilla, und es stimmte.

Adrians Wangen röteten sich, und je länger sie über das Gedicht sprachen, desto deutlicher spürte Ludmilla, wie der Abstand zurückkehrte. Da saß Adrian, ein fremder Mann, und Ludmillas Stimme klang höher als sonst, als sie fortsetzte: »So gibst du den Lesenden nicht mal die letzte Zeile und machst die vorletzte auch noch unregelmäßig. Es bleibt ein Gefühl der Unvollkommenheit zurück, aber trotzdem wirkt es sonderbar vollständig. Und der Gedankenstrich am Ende ...«

»... symbolisiert gleichzeitig die Erde, in der der Pappus einen neuen Lebenszyklus beginnt!«

»Pappus?«

»So nennt man die Schirmchen.«

Als Ludmilla antwortete, wurde ihre Stimme tiefer, und sie wischte sich das absurd flirtende Lächeln von den Lippen, erkannte Hans, ihren Bruder, und errötete. Sie sah wieder die Erdbeerszene vor sich. Hans sammelte die Beeren, auf seinem Gesicht lag eine funkelnde Zufriedenheit, rote Wangen mit goldenem Glanz, Erdbeerduft und Bienensummen. In der Ferne brummte ein Rasenmäher. »Die Antwort ist ja.«

»Die Antwort worauf?«

»Du hast schon immer gern im Garten gearbeitet«, sagte Ludmilla. Sie schüttelte den Kopf, sah zu Boden und fragte ohne fragende Intonation: »Was hast du nur in all den Jahren gemacht.«

»Ich war außerhalb der Welt.« Adrian presste die Lippen aufeinander.

Ludmilla schrak hoch. »Was hast du gesagt?«

»Ich war außerhalb der Welt.«

»Das hat sich Debussy gewünscht.«

»Debussy?«

»Ein französischer Komponist. Ich habe gelesen, dass er in einem Fragebogen auf die Frage *Wo möchten Sie leben?* geantwortet hatte: *Egal wo. Außerhalb der Welt*.«

»Vielleicht ist es schön, außerhalb der Welt zu wohnen, wenn man sich nach seiner Rückkehr daran erinnern kann.«

Ludmilla nickte und erhob sich. »Komm mit rein, wir schauen in Marlyns Plattensammlung nach, ob wir ihn finden.«

Sie gingen ins Wohnzimmer, und nach kurzer Suche hielt Ludmilla eine Schallplatte von Stanislaw Bunin in den Händen.

»Tatsächlich«, sagte sie und strich über die Hülle. »Debussy, *Suite Bergamasque*.«

Sie legte die Platte auf und setzte die Nadel vorsichtig ab. Schweigend lauschten sie der Musik, sie hörten die gesamte Suite. Adrian hatte die Hände auf die Knie gelegt und die Augen geschlossen.

Als die Nadel sich hob, fragte Ludmilla: »Kennst du es?«

»Weiß nicht, woher«, flüsterte er. »Aber sie erinnert mich an das Ende.«

Ludmilla legte ihre Arme um ihn.

»Die Musik beginnt da, wo das Wort unfähig ist, auszudrücken«, flüsterte sie, ihre Wange an Adrians Wange. »*Musik wird für das Unaussprechliche geschrieben. Ich möchte sie wirken lassen, als ob sie aus dem Schatten heraustäte und von Zeit zu Zeit wieder dahin zurückkehrte.*«

»Seine Worte?«
»Debussys.«

33.

Je näher der Tag rückte, umso unruhiger wurde Ludmilla. Sie wusste, dass es an diesem Tag passieren würde. Sie wusste, dass Adrian Rifkah kennenlernen würde, und sie wusste, dass Rifkah ihren seit zwölf Jahren verschollenen Sohn wiedertreffen würde. Sie hatte weder Adrian noch Rifkah vorgewarnt. Wie auch? Was hätte sie sagen sollen? »Rifkah, heute wirst du Hans wiedertreffen. Du weißt schon, deinen verschollenen Sohn.« Ihr waren die passenden Worte nicht eingefallen.

Und Adrian? Der seine Mutter vermutlich nicht mal erkennen würde? Sie presste zwei Finger zwischen ihre Augenbrauen. Nein, sie würde sich von Rifkahs ungläubiger Freude leiten lassen – jene, die sie selbst gefühlt hatte, als sie Adrian begegnet war. Und dann würden sie sich weinend umarmen, Mutter und Sohn, und vielleicht würden sie auch Ludmilla in ihre Umarmung einschließen. Eine bessere Überraschung würde sie den beiden nicht schenken können. Ihre Augen brannten, als sie sich die Szene ausmalte, und sie blickte verstohlen aus der Straßenbahn, in der sie gerade auf dem Weg nach Plagwitz unterwegs war, um Rifkah abzuholen.

Gemeinsam mit Marlyn hatte sie alles vorbereitet: Girlanden und Laternen aufgehängt und den Tisch auf der Terrasse dekoriert. Es war Marlyns Idee gewesen, ein kleines Gartenfest zu veranstalten.

Während sie einem Einradfahrer im City-Skatepark zusah, bewunderte sie dessen Balance und überlegte, dass das ganze Leben eine Balance war, aber auf nur einem Rad musste es ungemein schwieriger sein. Der Mann auf dem Einrad streckte einen Arm seitlich aus, während er sich mit der anderen Hand am Sattel festhielt. Er musste gleichzeitig steuern, balancieren und vorwärtskommen. Wie konnte man jedoch vorwärtskommen, wenn man gleichzeitig so sehr darauf konzentriert war, die Balance zu halten? Wie konnte man den Weg finden, wenn man ständig umzufallen drohte? Es war viel schwieriger, die Balance zu halten, ohne dabei voranzukommen, als sich dabei zu bewegen. Je schneller man fuhr, desto einfacher war es, die Balance zu halten.

Nicht selten bereiteten mir Ludmillas Überlegungen Kopfschmerzen, und ich versuchte, mich ein wenig mehr aus ihr herauszuschälen, denn vielleicht war das auch ihr Problem? Sie war so sehr damit beschäftigt, die Balance zu halten, ohne vorwärtszukommen, dass es ihre gesamte Konzentration forderte.

Der Mann fuhr über ein Hindernis und sprang dahinter hinunter, wobei er das Gleichgewicht verlor und sich vom Einrad abstieß. Danach stieg er wieder auf, drehte sich um sich selbst und fuhr in dieselbe Richtung zurück, umsteuerte das Hindernis, drehte sich wieder und machte einen erneuten Sprung. Abermals verlor er die Balance, doch beim dritten Mal schaffte er es.

Beim vierten Mal nicht.

Beim fünften Mal schon.

Den sechsten Sprung sahen wir nicht mehr, da die Straßenbahn weiterfuhr. Ludmilla wünschte ihm, dass er es schaffte: Balance halten, vorwärtskommen, steuern.

Heute würde sich auch für Ludmilla der Lauf der Dinge beschleunigen. Wichtige Begegnungen standen an: jene zwischen Rifkah und Adrian und jene zwischen Marlyn, Otto und Rifkah. Ob sie die Balance würde halten können? Ob die erhöhte Geschwindigkeit es leichter machen würde? Ob sie fallen, stürzen, liegen bleiben oder wieder aufstehen würde?

Rifkah erkannte Hans sofort. Ludmilla sah es an ihrem Blick, ihrer Körperhaltung, der Veränderung in Rifkahs Zügen. Sie hatte sich hübsch gemacht, trug ein rotes Sommerkleid. Wie in dem Video von früher, es war perfekt. Die beiden schüttelten sich die Hände. Adrian reagierte höflich und schien seine Mutter tatsächlich nicht wiederzuerkennen.

»Es freut mich, Sie kennenzulernen«, sagte er, während Rifkah ihn anstarrte. Sie hielt noch immer seine Hand, schaute Adrians Haare an, dann seine Augenbrauen, seine Augen. Sie scannte seinen Körper derart gründlich, dass Ludmilla sich fragte, warum Adrian es geschehen ließ, ohne sich aus ihrem untersuchenden Blick herauszuwinden. Wie lange sie so dastanden, Hand in Hand, vermochte Ludmilla nicht zu sagen.

Sie würde noch warten, bevor sie die Bombe platzen ließ. Sie musste erst Anlauf nehmen, dann würde es einfacher sein, die Balance zu halten. Noch wussten die beiden von nichts, auch wenn Rifkah es spürte, da war sich Ludmilla ganz sicher: Wie sie sein Gesicht inspizierte, ihre Augenbrauen hoben und senkten sich, ihre Augen verengten sich zu Schlitzen, ihr Blick drückte Hans förmlich aus Adrian heraus.

Ludmilla trat auf die Terrasse, auf der der Grill bereits qualmte. Dr. Senft setzte gerade den Grillrost ein, denn: Natürlich war er da. Er gehörte auf sonderbare Weise dazu. Als er Ludmilla sah, winkte er ihr, bevor er geradewegs auf sie zutrat, sie umarmte und seine Hände nach unten rutschen ließ.

Ludmilla ließ es geschehen und fühlte die scharfe Freude, Rifkah zeigen zu können, *wer* sie da begehrte, ja, *dass* sie jemand begehrte. Sie küsste Dr. Senft auf den Mund, vergaß sogar Adrian für einen kurzen Augenblick.

»Du warst schnell weg«, raunte Dr. Senft ihr ins Ohr und drückte sie erneut an sich. »Seitdem hast du dich nicht mehr gemeldet. Alles in Ordnung?«

»Tut mir leid«, sagte Ludmilla, und Dr. Senft wandte sich ab und bewegte die Kohlen mit der Grillzange.

»Wenn du da bist, bist du da«, sagte er, ohne sie anzuschauen. »Wenn nicht, dann nicht. Keine Rechtfertigungen, keine feste Sache. Ich wollte nur wissen, ob es dir gut geht.«

»Ach, wie schön!«, tönte es hinter ihnen. Marlyn stand in der Tür und hatte beide Hände ineinandergelegt. »Dass ihr euch gefunden habt!«

Hinter Marlyn traten Adrian und Rifkah aus der Tür.

»Den Garten haben wir so richtig auf Vordermann gebracht«, erklärte Adrian Rifkah mit einer ausladenden Handbewegung. »Dr. Berti und ich.

Soll ich Sie herumführen?«

Rifkah nickte, dann fiel ihr Blick auf Ludmilla und Dr. Senft. Ludmilla löste sich aus dessen Umarmung, nahm ihn an der Hand und führte ihn zu Rifkah, wo sie ihn als »Dr. Bertram Senft« vorstellte. Anschließend zeigte sie auf Rifkah und wandte sich an Dr. Senft: »Und das hier ist Rifkah.«

»Der Arzt! Donnerwetter.« Rifkahs Mund verzog sich zu einem Lächeln.

»Nein, Senft«, sagte dieser und reichte Rifkah die Hand. »Berti.«

»Ich bin Lus Mutter«, sagte Rifkah und trat näher an ihn heran. »Aber das hört sie nicht so gern«, fügte sie mit einem verschwörerischen Augenzwinkern an.

»Freut mich, Sie kennenzulernen, Rifkah.«

Rifkah stieß Ludmilla in die Seite. »Du hast ja gar nichts erzählt.«

Adrian hatte zu ihnen aufgeschlossen. »Möchten Sie sich jetzt den Garten anschauen?«, fragte er Rifkah, bevor Ludmilla ihr antworten konnte. Rifkah löste ihren Blick von Dr. Senft.

»Gerne, Herr Muhns. Wissen Sie, Sie erinnern mich an jemanden.«

Bevor Adrian antworten konnte, zog Ludmilla Rifkah mit sich fort, vorbei an den Blumenbeeten und der Wildblumenwiese bis zum eingezäunten Gemüsebeet, in dem bereits die Knollen der roten Bete aus dem Boden schauten. Die Karotten wuchsen in geraden Reihen, dazwischen Zwiebeln und Dill. Dahinter stand der Apfelbaum. Ludmilla wandte sich um. Adrian kam ihnen langsam hinterher.

»Das wäre ein Garten ganz nach dem Geschmack deines Vaters gewesen.« Rifkah drehte sich im Kreis.

»Was hätte er gekocht?«

»Er hätte Apfelkuchen gebacken. Und Apfelmus hergestellt.« Rifkah zeigte auf den Apfelbaum.

»Er hätte die rote Bete im Ofen gebacken«, sagte Ludmilla. »Mit frischem Dill.«

»Möhreneintopf mit Mettenden.«

»Flammkuchen.«

»Rüblikuchen.«

Adrian hatte zu ihnen aufgeschlossen.

»Weiter hinten ist noch mehr Gemüse.« Er zeigte auf ein Hochbeet. »Dort wachsen Gurken und Zucchini und im Gewächshaus Tomaten.«

»Caprese«, sagte Ludmilla, um das Spiel fortzusetzen.

»Gurkensalat.«

»Zucchininudeln.«

»Tomatensuppe.«

»Tomatensauce.«

»Gefüllte Zucchini mit Hackfleisch.«

»Gurken-Lachs-Pfanne an Wildreis«, sagte Adrian.

Ludmilla fuhr zusammen, auch Rifkah hielt inne. Sie starrten Adrian an.

»Du bist Vegetarier«, sagte Ludmilla. »Du isst keinen Fisch.«

»Aber ich war es nicht immer. Ich erinnere mich an den saftig-frischen Geschmack der Gurken, den halbkreisförmigen Reis auf dem Teller, der wie ein Mond aussah, nur dass er schwarze Striche hatte, und sie haben mich gestört. Einmal hab ich mich an einer Gräte verschluckt, sie setzte sich fest, wir mussten ins Krankenhaus, und sie haben das Ding rausgeholt. Stimmt's?« Jetzt lachte Adrian und begann, wie ein Kind zu hüpfen.

Rifkah stand regungslos da und fixierte ihn, bis sie sich aus ihrer Starre löste und sich ihm näherte. Als sie dicht vor ihm stand, streichelte sie ihm über den Arm und sagte: »Unmöglich.«

»Was ist unmöglich?«, fragte Adrian.

Ludmilla legte eine Hand auf Rifkahs Schulter, die andere auf Adrians Arm. Sie sah Rifkah eindringlich an. Der Moment war perfekt.

»Nein, Rifkah. Er *ist* es.«

Rifkah schüttelte langsam den Kopf, die Lippen fest aufeinandergepresst, während ihr Tränen über die Wangen liefen. Es war offensichtlich, dass sie ein Schluchzen unterdrücken wollte, doch es entkam ihr dennoch und stahl sich zwischen ihre unregelmäßigen, zittrigen Atemzüge.

»Er ist tot, Lu, er ist *tot*«, flüsterte sie.

»Wer ist tot?«, fragte Adrian. Er sah von Ludmilla zu Rifkah. »Warum weinen Sie?«

»*Sie* sind tot«, sagte Rifkah.

»Rifkah, sieh ihn dir an. Er *ist* es.« Ludmilla wandte sich an Adrian. »Adrian, das ist deine Mutter.«

Adrian weitete die Augen, dann ging er einen Schritt zurück. Er bewegte seinen Kopf sachte, als er versuchte, das Gehörte zu begreifen.

»Nein«, sagte er bestimmt. »Das ist *nicht* meine Mutter.« Er fasste sich an den Kopf. »Meine Eltern sind gestorben, als ich noch ein Kind war. Meine ältere Schwester hat mich aufgezogen.«

Ludmilla nickte. »*Ich* bin deine ältere Schwester.«

»Sie war älter als ich.« Adrian tat einen Schritt nach rechts, beugte sich nach rechts, dann schien er es sich anders zu überlegen und ging nach links. Er griff sich wieder an den Kopf, dann ging er zu Ludmilla und sah sie eindringlich an. Seine Augen waren dunkel und unergründlich, eine Angst lauerte in ihnen, die nur einem Unwissen entstammen konnte, das er nicht loszuwerden vermochte. Ein eingetrockneter Rotweinfleck auf einem weißen

Hemd. Er seufzte und schlug die Augen nieder. Dann hob er den Kopf, seufzte und sah Ludmilla an. »Viel älter. Sie hieß Anna. Ich habe Gebäck am Theater verkauft. Die Torte. Dobostorte.«

Ludmilla öffnete den Mund, blieb aber stumm. In ihrem Kopf – nur Leere.

»Er ist *tot*, begreif es endlich«, presste Rifkah heraus und ging ebenfalls auf Ludmilla zu, ergriff ihre Schultern und schüttelte sie. »Wie kannst du uns das antun? Mir und diesem armen Mann?«

Ludmilla wand sich unter Rifkahs Griff, bis sie die Hände ihrer Mutter abgeschüttelt hatte.

Rifkah deutete in Adrians Richtung, der wieder begonnen hatte, auf und ab zu gehen, dann legte sie eine Hand an Ludmillas Wange und sagte sehr leise: »Ich halte das nicht mehr aus, Ludmilla, und mir ist es scheißegal, was die Ärzte gesagt haben. Ich habe lange genug auf dich Rücksicht genommen, jawohl, *ich* habe auf *dich* Rücksicht genommen. Zwölf Jahre lang. Dein Bruder Hans ist *tot*, sein Grab ist auf dem Südfriedhof neben Papas, du besuchst es jede Woche. Ich hab dir von Anfang an kein Wort geglaubt, du hast es vergessen, so ein Blödsinn, nur weil du es nicht wahrhaben kannst.« Dann wiederholte sie drei Worte, und bei jedem Wort schüttelte sie Ludmilla heftig: »Hans – ist – tot.«

»Ludmilla?«, fragte Adrian und trat näher heran. »Ich dachte, du heißt Lucy?«

»Und soll ich dir noch etwas verraten?« Rifkah fasste wieder an Ludmillas Wange, nun aber nicht mehr sanft, sondern sie packte zu, hielt Ludmillas Haut zwischen Daumen und Zeigefinger fest, und stieß zwischen zusammengepressten Zähnen hervor: »*Du* bist schuld an seinem Tod – du elendes Stück Dreck.«

Ludmilla riss sich los, schubste Rifkah von sich, bekam nicht mehr mit, dass Rifkah nach hinten fiel und gerade noch von Adrian aufgefangen wurde.

Sie hieß Anna. Ich habe Gebäck am Theater verkauft. Du bist schuld an seinem Tod. Du elendes Stück Dreck. Lu, Lu, Lu, machst es dir so verdammt einfach, du, du, du. Nur der Mann im Mond schaut zu. Der Mond hat schwarze Striche.

Dr. Senft hatte es versucht, doch auch er konnte sie nicht aufhalten.

»Wenn ich da bin, bin ich da, wenn ich weg bin, bin ich weg. Jetzt bin ich weg«, hatte Ludmilla gesagt, und Lucy hatte sich noch einmal umgedreht und ihm ein »Hau ab!« entgegengeschleudert.

Bevor sie in ihre eigene Wohnung ging, kaufte Ludmilla sich zwei Flaschen Wodka. Nachdem die

Wohnungstür hinter ihr zugefallen war, ging Ludmilla nieder, direkt hinter der Tür, sie sank nicht zu Boden, sie rutschte am Türblatt entlang, wie in Zeitlupe, die Einkäufe vor sich, und sie schälte den Wodka aus der Tüte, das Gesicht verzogen, trockene Tränen in ihren zusammengepressten Augen, lautlose Schreie in ihrer Kehle, und dann trank sie, sie trank, bis sie sich nicht mehr spürte, niemanden mehr spürte, nichts mehr fühlen konnte, weder ihre brennende Wange noch ihre lodernde Scham, sie trank, bis es dunkel und wieder hell wurde, und dann –

Es klingelte, sie fiel in Arme, deren Körper sie nicht erkennen konnte, und dann wachte sie irgendwann wieder in ihrem Bett auf. Die Gardinen waren zugezogen, dünnes Licht schien durch die Lücken hindurch. Die Erde brach auf, und leuchtende Lavastreifen quollen zwischen dem harten Gestein empor. Ludmilla richtete sich auf. Sie fasste sich an den Kopf, dann an den Hals, krümmte sich vornüber. Ein stechender Schmerz durchzuckte ihren Kopf, sie sah Blitze, hörte Donnergrollen.

Etwas Kaltes berührte und umschloss schließlich ihre Stirn, es war nass und löschte das feurige Gewitter, das in ihrem Inneren tobte, und ich wusste: Ich musste sie erlösen. Bald. Sehr bald.

Ludmilla lehnte sich zurück. Jemand strich über ihr Haar.

»Ich dachte schon, ich verliere dich auch noch.« Rifkah.

Adrian.

»Wo ist er?«, krächzte Ludmilla.

»Sch, du brauchst jetzt Ruhe, Schatz.«

Ludmilla räusperte sich. »Wo ist Adrian?«

»Bei Marlyn. Du kannst zu ihm, wenn es dir besser geht.«

Ludmilla riss sich den nassen Waschlappen von der Stirn, hielt sich den Kopf, strampelte die Bettdecke von sich und setzte beide Füße auf den Boden.

Sie zitterte.

»Bitte, Rifkah, eine Kopfschmerztablette. Du weißt besser als jeder andere Mensch, wie sehr ich jetzt eine brauche.«

Rifkah stand wortlos auf und kehrte mit zwei Tabletten und einem Glas Wasser zurück. Ludmilla steckte sich die Tabletten in den Mund, doch das Glas zitterte so sehr in ihrer Hand, dass sie das Wasser verschüttete.

Wer bist du? Rifkah?

Rifkah half mit, und endlich gelangte etwas Flüssigkeit in Ludmillas Mund. Sie schluckte die Tabletten und ließ sich seitwärts auf ihr Kopfkissen sinken. Sie würde noch zehn bis zwanzig Minuten warten müssen. Es würde ihr schnell besser gehen.

Als sie abermals erwachte, waren die dunklen Vorhänge zurückgezogen, und weiches Licht fiel durch die weißen Gardinen. Ludmilla setzte sich auf. Ihr Kopf pochte noch, donnerte jedoch nicht mehr.

Eine träge Müdigkeit hing über ihr, ihre Augen waren verklebt.

Neuer Versuch.

Benommen stellte sie die Füße auf den Fußboden und richtete sich auf. Wie spät es wohl war? Sie rieb sich über die Augenlider und ging auf zittrigen Beinen ins Wohnzimmer. »Rifkah?«

Sie ging weiter ins Bad, um die Toilette zu benutzen. Ihre Wohnung war leer. Alles war aufgeräumt, so, wie es immer war. Ludmilla fragte sich, ob Rifkah wirklich hier gewesen oder ob es einfach ein ganz normaler Morgen war. Ein Morgen am Wochenende. Die letzten Tage waren verloren, sie erinnerte sich nicht daran, aber Rifkah musste hier gewesen sein. Sie hatte ihr doch ein Glas Wasser gegeben ... Tabletten ... Aspirin. Adrian.

Adrian.

Sie lief ins Schlafzimmer zurück, zerrte einige

Kleidungsstücke aus ihrem Kleiderschrank, zog sie halb an, lief zurück ins Bad, kämmte sich die Haare, roch an sich, zog die Kleider wieder aus, nahm eine Dusche, putzte sich die Zähne, kämmte sich die Haare, schminkte sich notdürftig, zog sich an und verließ ihre Wohnung.

Als sie in der Straßenbahn Richtung Hauptbahnhof saß, knurrte ihr Magen so laut, dass sich die Dame auf dem Sitz vor ihr umdrehte. Ludmilla zuckte entschuldigend mit den Schultern. Dann fragte sie: »Wie spät ist es? Und welcher Tag ist heute?«

Die Frau hob die Brauen, blickte dann jedoch auf ihr Handy. »12:38 Uhr. Heute ist Dienstag.«

Ludmilla erschrak, sah aus dem Fenster. Dienstagmittag bedeutete, dass sie auf der Arbeit sein sollte. Dass sie gestern dort hätte sein müssen. Doch was war gestern geschehen?

Adrian.

Adrian.

Adrian.

Mit zittrigen Händen und fahrigen Gesten kaufte sich Ludmilla am Hauptbahnhof ein belegtes Brötchen, ein Croissant und einen Kaffee. Wann sie wohl zuletzt gegessen hatte? Sie musste an sich halten, um sich nicht an den Magen zu fassen –

denn bereits der Geruch der Backwaren ließ sie innerlich aufstöhnen. Beim heiligen Kraken, sie war dermaßen hungrig! Sie lehnte sich gegen das Fenster und trank einen Schluck schwarzen, heißen Kaffee. Langsam kehrten ihre Kräfte zurück, die Erinnerung blieb jedoch fern.

Als Ludmilla die Straße zu Marlyns Haus erreichte, verfiel sie in einen beschwingten Schritt und freute sich darauf, Marlyn, Otto und Adrian wiederzutreffen. Doch ihre Freude gefror jäh, als Marlyn ihr öffnete.

Die alte Frau sah heute das erste Mal alt aus. Ihre Augen waren gerötet und aufgequollen, ihre Schultern hingen eingefallen an den Gelenken, ihr Rücken war gekrümmt, und sie trug erstmals, seit Ludmilla sie kannte, schwarze Kleidung. »Lucy, wie schön, dich zu sehen.« Es war eindeutig, wie viel Kraft das Lächeln kostete, das sie Ludmilla schenkte.

»Marlyn. Was ist passiert?«

»Bitte, komm rein. Ich wollte dich anrufen, aber dann fiel mir ein, dass du kein Handy hast. Dr. Berti hat dich besucht, aber deine Mu– Rifkah hat ihn weggeschickt und ihm gesagt, du bräuchtest Ruhe.« Marlyn sprach wie mechanisch, und auch ihre Gesten waren roboterhaft. Ludmilla folgte ihr ins Haus.

Er hat mich besucht?

Das hatte sie nicht erwartet, und sie schloss kurz die Augen, während sich ein sanftes Kribbeln in ihr ausbreitete, als sie realisierte, dass da jemand war, der sich nicht abschrecken ließ. Doch langsam wandelte sich das Kribbeln in unerklärliche Wut, unter die sich die Sorge um Marlyns untypisches Aussehen und Auftreten mischte.

Sie setzten sich an den Küchentisch.

»Tee?«, fragte Marlyn, während sie Ludmilla bereits eine Tasse einschenkte. Ludmilla nahm die Tasse dankend entgegen und führte sie an den Mund.

»Was ist passiert?«, fragte sie erneut.

»Adrian ist verschwunden, und Albert ist tot.«

Ludmilla rutschte die Teetasse aus der Hand, sie versuchte sie noch aufzufangen, zitterte jedoch so stark, dass sie danebengriff und die Tasse mit einem dumpfen Schlag auf die Tischdecke knallte. Heißer, grüner Tee spritzte in alle Richtungen. Die Tasse rollte vom Tisch und zerschellte auf den Fliesen.

Ludmilla sprang auf, auch Marlyn kam behände auf die Beine, um der heißen Flüssigkeit auszuweichen, und dann standen sie da und beobachteten, wie der Tee einen immer größer werdenden

Fleck auf der Tischdecke bildete, wie sich die Flüssigkeit ihren Weg bis zur Tischkante suchte und schließlich auf die Scherben tropfte.

»Entschuldigung«, sagte Ludmilla und rang um Atem.

Adrian ist verschwunden. Albert ist tot.

Sie drehte sich zu Marlyn und zog die heute so zerbrechlich wirkende alte Dame in eine Umarmung.

»Es tut mir so leid«, flüsterte Ludmilla in Marlyns Ohr, während sie Marlyns Knochen überdeutlich ertastete, unter Marlyns gepflegten Duft hatte sich der typische Geruch alter Leute geschummelt, nein, gewagt – und Ludmilla meinte mit ihrer Entschuldigung weder den Kaffee noch die Tischdecke noch Adrian oder Albert, sondern einfach alles, diese Situation, diese Phase, dass Marlyn diese Gefühle erleben musste, Ludmilla hätte sie ihr gern abgenommen, denn mit Trauer war sie erfahren, mit dieser Trauer, die unaufhörlich Fragen stellte, war sie sogar überaus erfahren.

Nach einer Weile setzten sie sich wieder an den Tisch. Marlyn zog ein Taschentuch hervor und führte es zu ihren Augen. Sie kommentierte weder die heruntergefallene Teetasse noch den Fleck auf der Tischdecke. Anschließend nahm sie einen tiefen Atemzug, dann ließ sie die Luft langsam wieder heraus.

Ludmilla wollte ein Kehrblech holen, doch Marlyn begann zu erzählen. Sie betupfte ihre Augen, dann hielt sie das Taschentuch in ihrer Faust, die sie beim Sprechen immer wieder öffnete und erneut um das Tuch schloss.

»Albert ist im Cospudener See ertrunken. Taucher suchten gestern in der Nähe seiner Kleidung nach ihm. Ein Metalleimer, in dem nachts etwas verbrannt worden war, stand neben den Kleidern. Keiner hat ihn gesehen. Ich wusste nicht mal, dass er verschwunden war. Die Polizei stand plötzlich vor unserer Tür. Mit den Mützen in der Hand statt auf dem Kopf.« Marlyn schloss den Mund und schüttelte den Kopf, während neue Tränen aus ihren Augen quollen.

Ludmilla beugte sich zu Marlyn und legte eine Hand auf deren Schulter.

Es darf nicht wahr sein.

»Sie sind dabei, den Metalleimer zu untersuchen. Die Polizisten haben gesagt, Alberts Körper sei zertrümmert. Seine Rippen fast alle gebrochen, sein Becken, Arme, Beine ...« Marlyn brach ab und blickte auf, direkt in Ludmillas Augen.

»Wieso?« Sie atmete heftig ein und aus, quälende, drängende Laute krochen aus ihrer Kehle.

Ludmilla legte beide Arme um Marlyn und streichelte ihren Rücken, ihre Knochen, ihre Schultern. Sie wusste nicht, wie sie das tun sollte, es tun *konnte*, aber sie tat es genauso, wie Marlyn es bei ihr getan hatte.

So saßen sie da, bis sich Marlyn langsam aus der Umarmung löste. Ihre Tränen liefen durch das Geflecht aus Faltentälern über ihre Wangen. Ludmilla tupfte mit dem Ärmel ihres Pullovers darüber.

Dann erzählte Marlyn weiter: »Sie können sich nicht erklären, woher die Trümmerbrüche kommen. Als wäre etwas Schweres auf seinen Körper gefallen, aber man hat nichts gefunden.« Sie schluckte. »Albert hat dir Teile seiner Geschichte erzählt, nicht wahr? Ich kenne ihn schon so lange ... Ich *kannte* ihn so lange«, verbesserte Marlyn sich. Mit dem durchnässten Taschentuch rieb sie über den Fleck auf der Tischdecke. Kleine Fetzen lösten sich, die sich zu runden Fusseln zusammenrollten und wie Schneebällchen auf der grüngetränkten Tischdecke liegen blieben.

»Ich war seine Babysitterin, als er noch ein Kind war. Schon damals war er sensibel, suchte in der Malerei und dem Zeichnen nach Trost. Dann kam der Krieg, seine Welt fiel auf den Boden und zersplitterte. Alles, was er kannte, wurde unwiederbringlich zerstört, und er mit ihm. Er erschuf sich eine neue Welt, aber sie war anders – und er selbst war es auch. Seitdem hat er kein einziges Bild mehr gemalt.« Marlyn wies ins Wohnzimmer, wo Alberts Gemälde über dem Sofa hing. »Das Segelboot war sein letztes Gemälde. Bis *du* in sein Leben getreten bist, Lucy. So wie in den letzten Wochen habe ich ihn nicht mehr malen sehen, seit er sich im Krieg umgebracht hatte. Er malte konzentriert und hingebungsvoll. Ich erinnere mich noch, wie er früher so gemalt hatte. Aber dann, nach dem Krieg, war er irgendwie tot, obwohl er körperlich noch lebte. Neuerdings schien er dann wie auferstanden. Ich konnte einen kurzen Moment lang das Leuchten seines jungen, in Millionen Teile zersprungenen Selbsts erkennen. Es war fast so, als hätten sich alle Teile auf magische Weise noch einmal zusammengefügt, bevor sie endgültig zertrümmert– « Marlyn krümmte den Rücken, ein unkontrolliertes Zucken erfasste sie, und Ludmilla nahm den sich schüttelnden Körper in ihre Arme. Nun fühlte es sich schon natürlicher an.

»Sein neuestes Bild hat er erst am Sonntag fertiggestellt«, keuchte Marlyn, den Kopf auf Ludmillas Schulter abgelegt.

»Zeigst du es mir?« Ludmilla schob Marlyn

vorsichtig von sich.

Marlyn nickte langsam, wischte sich mit beiden Händen über das Gesicht und erhob sich wortlos. Sie ging an der zerborstenen Teetasse vorbei, durch die Küche, das Wohnzimmer, den Flur, die Treppe hinauf, und öffnete die Tür zu Alberts Zimmer. Sie stoppte nicht, bat Ludmilla nicht, ihr zu folgen. Ludmilla folgte ihr dennoch.

Während sie die Treppe hinaufstieg, versuchte sie, das Gehörte zu begreifen. Albert war ertrunken, sein Körper zertrümmert. Adrian war verschwunden. Noch hatte Ludmilla es nicht gewagt, nach Adrian zu fragen, wenngleich die Sorge nach ihm sie innerlich zerriss. Sie wollte Marlyn der Reihe nach erzählen lassen.

Die Staffelei stand vor dem Fenster, das Gemälde war von der Tür aus nicht auszumachen. Marlyn nahm Ludmilla an der Hand und führte sie vor die Staffelei.

Es war eine Landschaft, die im Mondlicht lag. Der Vollmond stand gleißend über einem Gewässer, hinter ihm hatte die Dunkelheit die Wolken geschwärzt. Das Mondlicht floss in das grünliche Wasser und bildete einen leuchtenden Fluss, in dem jemand ein Silberbad nahm.

Ludmilla kniff die Augen zusammen, versuchte,

etwas oder jemanden zu erkennen, doch es war bloß eine schwarze Gestalt. Der Mond schien die Szene zu beobachten. Die Schatten zeichneten ein vages Gesicht.

»Ich sehe darin Blakelock und Brouwer. Ich höre Eichendorff, Debussy und Beethoven«, sagte Marlyn, doch ihre Worte waren für Ludmilla nur ein undefinierbares Hintergrundrauschen, zu vertieft war diese in die Szene, bis sie den weißen Malerkittel wahrnahm, der an der Staffelei hing.

Sie richtete sich auf, streckte die Hand aus, strich über den Stoff.

Diese Stelle hat Albert noch berührt, wann, gestern, vorgestern?

Er war über und über mit Flecken übersät, und dort, wo sie am intensivsten waren, fühlte sich der Stoff steif an.

Nur hier dürft ihr sein, dachte sie. *Nur hier auf dem Kittel. Sonst will euch keiner haben.*

Sie wollte ihre Hand zurückziehen, mit angehaltenem Atem, spürte einen Druck gegen ihren Brustkorb, das Gefühl des Verlassens und des Verlustes, Atemlosigkeit – da fühlte sie etwas Hartes in der Tasche des Malerkittels und griff danach.

Ein weißes Buch. Ludmilla betrachtete die blanke Vorder- und Rückseite, dann reichte sie es

Marlyn, die es stumm entgegennahm, es aufschlug und darin blätterte. Sie zeigte Ludmilla die letzte beschriebene Seite und gab ihr das Buch zurück.

Ein Selbstporträt von Albert im Malerkittel. Er hielt sein weißes Buch im Arm, um seine Mundwinkel die Andeutung eines Lächelns. Unter dem Bild stand: *Bild Nr. 193: Albert Hoffmann. Geboren, getötet und im silbrigen Glanz des Mondes erlöst.* Ludmilla strich über die Seite. Dann blätterte sie zurück.

Adrian. Er hatte eine grüne Latzhose an und einen Strohhut auf dem Kopf, in der Hand einen Löwenzahn. Seine Wurzel war lang, jedoch fehlte unten ein Stück. Die Zeichnung war betitelt mit: *Bild Nr. 192: Adrian Muhns. Dem Zorn des Mondes entrissen und entlassen in die wirkliche Phantasie.* Darunter eine kurze Notiz: *Canto notturno, Giacomo Leopardi. The moon is no door.*

Ludmilla erstarrte, dachte an Rifkahs Kalenderspruch und jene Nacht vor Marlyns hundertstem Geburtstag.

»Giacomo Leopardi«, sagte sie nachdenklich.

»*Es gibt nichts, was Bestand hat auf dieser Welt, als die Einbildungen.*«

Marlyn furchte die Stirn.

»Nichts«, wiederholte Ludmilla. »Nichts.«

Ludmilla blätterte weiter zurück. Auf jeder Seite das Porträt eines Menschen. Kinder, Frauen, Männer. *Bild Nr. 127: Elleonore, gerettet durch eine Bypass-OP. Bild Nr. 73: Lukas, gerettet durch eine Herztransplantation. Bild Nr. 8: Hannelore: Lebensrettende Herz-OP nach Sturz von Treppe.*

Albert hatte jedes Leben vermerkt, das er gerettet hatte.

»Er soll sie behalten«, sagte Marlyn. »Das Buch und den Malerkittel.«

»Er wusste, was passieren würde. Wie ist das möglich?«

Marlyn hob ihre knorrigen Schultern und ließ sie jäh wieder fallen. »Nicht alle Fragen dieser Welt lassen sich mit der Logik dieser Welt beantworten.«

»Wann ist die Beerdigung?«

»Nächste Woche.«

»Ich werde da sein.« Ludmilla betrachtete Alberts letztes Gemälde erneut.

Dem Zorn des Mondes entrissen und entlassen in die wirkliche Phantasie.

»Der Mond ist wütend. Der Mensch, der badet, verwischt den Lichtfluss, zerstört seine Reflexion.« Sie trat näher an die Staffelei heran. Der Mond wirkte argwöhnisch – so, wie sie ihn kennengelernt hatte. Doch da war nicht nur ein Gesicht, sondern auch der Umriss von jemandem, der in den Mond hineinzugehen schien. Wie durch einen Tunnel dem Licht entgegen. »Siehst du diese Gestalt?«

»Die badende?«

Ludmilla zog Marlyn sanft neben sich. »Schau dir den Mond an.«

Marlyn schürzte die Lippen. »Der Mond hat ein Gesicht.«

»Nicht nur das. Schau genauer hin.« Ludmilla umfuhr die Umrisse der Figur. »Ich weiß nicht, wer Blakelock oder Brouwer ist. Aber dort geht jemand ins Mondlicht.«

»Adriaen und Albert«, wisperte Marlyn und hob eine Hand an ihre Lippen. Als sie Ludmilla ansah, schimmerten ihre Augen.

»Was meinst du?«, flüsterte Ludmilla.

»Adriaen Brouwer und Ralph Albert Blakelock.«

34.

Marlyn überzeugte Ludmilla davon, eine Vermisstenanzeige für Adrian aufzugeben. Vermisst wurde Adrian Muhns, den vorher niemand vermisst zu haben schien. Doch jetzt war er erneut verschwunden – aus seinem neuen Leben, und endlich bekam er eine Vermisstenanzeige.

Adrians Verschwinden – Hans' erneutes Verschwinden – brannte unauslöschlich in Ludmillas Innerem. Die Ungewissheit, das ständige Grübeln, wo er sein könnte, machten sie leer, der Schmerz war da, ging nicht fort, kam weder in Wellen noch unerwartet, sondern war *immer* da.

Er ist verschwunden. Entlassen in die wirkliche Phantasie.

Immer wieder fragte sie sich und mich, was das war: *die wirkliche Phantasie.* Ein Raum zwischen Wirklichkeit und Phantasie, den man betrat, bevor man starb? Ein Übergangszimmer, in dem Realität und Phantasie kurzzeitig verschwammen, bevor alles verging?

Ludmilla verlangte mir eine Antwort ab, doch konnte ich ihr keine geben. Es hätte meine Glaubwürdigkeit geschmälert. Es schmerzte mich, Ludmilla derart leiden zu sehen, und ja, ich musste sie erlösen, aber das Wann war nun entscheidender denn je. Ihre unstillbare Sehnsucht nach Adrian füllte uns gleichermaßen aus, ich litt mit ihr, als wäre es meine eigene, und wo sie seit Jahren die Herrin meiner Gedanken war, regierte sie nun auch über meine Gefühle.

Immer wieder hörte sie Bunins Version der *Suite Bergamasque*, immer wieder vergrub sie ihr Gesicht in den Händen und weinte stundenlang. Sie suchte im Internet nach Leopardi und dem *Canto notturno,* nach jenen Worten, die Albert unter die Skizze von Adrian gesetzt hatte. Doch sie fand lediglich Seiten auf Italienisch – unverständlich für sie. Das Einzige, was sie verstand, war, dass es ein Gedicht oder ein Lied sein musste – und zwar ein ziemlich langes. Sie gab den Text in ein Übersetzungsprogramm ein, was sie kurzzeitig von der Leere ablenkte, die sie fühlte und die auch mich erfüllte. In dem Gedicht wandte das lyrische Ich sich scheinbar an den Mond, es sprach ihn direkt an, stellte ihm Fragen zu seinem Dasein.

Fragen, nichts als Fragen. Die Antworten bleiben aus.

Ludmilla tippte *The moon is no door* in die Suchmaschine ein, denn auch diese Worte hatten unter Alberts Skizze gestanden. Die Zeilen führten sie zu Sylvia Plaths Gedicht *The Moon and the Yew Tree* aus dem Jahr 1961. Und es erschütterte sie zutiefst.

Je häufiger sie die Zeilen las, umso mehr bewegte sich etwas in ihrem Inneren, Puzzleteile lagen herum und zuckten, als wollten sie aufstehen und sich zusammenfügen. Ludmilla schloss die Augen, ließ die Teile aufsteigen und sah zu, wie sie sich in der Luft zusammensetzten: Plath hatte den zornigen Mond beschrieben, den Ludmilla und die Kinderbuchautorin gesehen hatten.

Wir alle drei sehen und beschreiben den Mond auf unterschiedliche Weise, und doch ist da etwas, das gleich ist.

Das lyrische Ich in Plaths Gedicht lebte dort.

La, le, Lu, nur der Mann im Mond schaut zu.

Ludmilla legte eine Hand vor den Mund, ihre Gedanken rasten in alle Richtungen: zum Dachfenster, zu Rifkah, zu Plath, Albert, Adrian, Blakelock, Brouwer, Debussy. Der zornige, weiße Mond, der das Meer hinter sich herzieht. Der mütterliche Mond, der ganz und gar nicht milde und lieblich ist.

Sie presste ihre Zeigefinger gegen die Schläfen.

Der Mond, der große, runde, zornige, haarlose Mond.

Albert hatte sein Bild durch die Lyrik erschaffen, das Bild war geschehen, aber wo? War es *wirklich* geschehen? All das ergab keinen Sinn, war zu viel, zu unbegreifbar.

Die Puzzleteile fielen herunter. Sie verteilten

sich in alle Richtungen auf dem Grund von Ludmillas Bewusstsein. Einige entglitten durch dünne Risse in noch tiefere, unerreichbare Sphären.

Was Ludmilla fühlte, kannte ich hinreichend: Sie wollte verstehen, was nicht zu verstehen war. Gelingen konnte das nur dem, der aufhörte, verstehen zu wollen. Das Unbegreifbare würde erst begreifbar werden, wenn man es nicht mehr begreifen wollte. Für Menschenwesen würde dies für immer eine Vorstellung außerhalb des Möglichen bleiben.

Einige Tage vor Alberts Beerdigung stand Dr. Senft vor Ludmillas Tür.

»Darf ich kurz reinkommen?«

Ludmilla deutete ihm, einzutreten, und wies ihn an, auf dem Sofa Platz zu nehmen, während sie selbst einen Küchenstuhl an den Sofatisch rückte und sich auf der anderen Seite des Tischs niederließ. Sie schlug die Beine übereinander und sah ihn fragend an.

Dr. Senft legte seine Hände zunächst auf seine Oberschenkel, dann nahm er sie wieder herunter. Er schien nervös, lehnte sich schließlich zurück und legte einen Arm über die Sofalehne. »Wie geht es dir?«, fragte er.

Ludmilla zuckte mit den Achseln.

»Unpassende Frage, du hast recht«, sagte er, beugte sich wieder nach vorn und stützte sich mit einem Ellbogen auf den Knien ab, legte seine Stirn in die flache Hand.

»Warum bist du hier?«, fragte Ludmilla, als er nichts mehr sagte.

Jetzt setzte er sich aufrecht hin, ließ beide Hände in seinen Schoß fallen.

»Sollen wir gemeinsam einen Kranz geben?«

»Für Albert?«

Dr. Senft nickte und wirkte erleichtert, über praktische Dinge sprechen zu können. »Marlyn möchte gerne drei Farben: Lila, Weiß und Orange. Sie hat einen lila-weißen Kranz mit Otto ausgesucht. Wir könnten einen in Orange oder Orange-Weiß nehmen.«

»Nimm einen mit Gerbera. Orangefarbene Gerbera.«

»Ich kümmere mich darum.« Dr. Senft sprang auf.

Ludmilla blickte hoch. »War's das?«

Er musterte sie kurz, dann ging er aus dem Raum, und erst als er bereits im Türrahmen stand, drehte er sich nochmals um. »Ludmilla Nelsson.«

Ludmilla riss für eine Millisekunde die Augen auf, bevor sie versuchte, sich möglichst entspannt zu geben.

Das Klingelschild.

»Meine Mitbewohnerin. Arbeitet gerade.«

Dr. Senft presste die Lippen aufeinander und verabschiedete sich.

Zu Alberts Beerdigung kamen nur vier Personen: Marlyn, Otto, Dr. Senft und Ludmilla. Es war eine stille Zeremonie. Ludmilla betrachtete Alberts holzfarbenen Sarg, der mit kunstvollen Schnitzereien verziert war, atmete das Gemisch aus frischen Schnittblumen, altem Holz und Wachskerzen ein. Um den Sarg standen Vasen mit lilafarbenen, orangefarbenen und weißen Blumen in verschiedenen Größen. Zwei Kränze waren am Sarg angebracht: Marlyns und Ottos lila-weißer Kranz mit Präriezenzian, weißen Germini und Chrysanthemen, und Dr. Senfts und Ludmillas Kranz mit orangefarbenen Rosen, Gerbera und Chrysanthemen.

Orange-Lila-Weiß. Ludmilla sah die Farben, in ihrem Kopf stimmte sie Marlyn zu: Ja, es war eine gute Wahl gewesen. Marlyns zehnter Millimeter und das Weiß von Alberts Buch symbolisierten sein Streben nach der Balance zwischen Leben geben und nehmen, um die er bis zum letzten Atemzug gerungen hatte, während die Farbe Orange für Alberts wiedererlangte Schaffensfreude stand.

Dennoch fühlte sich Ludmilla wie betäubt, wo war die Trauer? Wieso war alles so dumpf, als nähme sie alles durch einen Vorhang hindurch wahr?

Marlyn trat an den Sarg heran, Otto hielt sie fest, sie legte ihren Kopf an seine Schulter. Dr. Senft und Ludmilla stellten sich neben sie.

»Sie haben ihn mit seinem fleckigen Malerkittel zugedeckt«, flüsterte Marlyn und legte eine Hand auf den Sarg. »Dafür habe ich gesorgt. Sie haben ihm außerdem das weiße Buch mitgegeben. Wollten den Sarg nicht offenlassen, wegen der Trümmer –« Sie brach ab. Ludmilla hob ihre Hand und legte sie auf Marlyns Schulter, als sie mich auf dem Sarg sitzen sah. Meine Tränen glitzerten wie flüssige Diamanten, die von der Sonne angestrahlt werden – das fand zumindest Ludmilla. Sie tropften auf den Sarg, und Ludmilla beobachtete, wie sie in das Holz sickerten, jede der Verzierungen durchdrangen, bis alles silbern glitzerte, und der Sarg erstrahlte und leuchtete derart hell, dass Ludmilla blinzeln musste.

Dann erlosch das Licht so plötzlich, als hätte man es ausgeschaltet.

Ich verschwand in Ludmilla, die meine kleine, tröstende Geste mit faszinierter Gleichgültigkeit hinnahm. Ein schwacher Versuch eines schwachen

Körpers, den eine schwarze Feder niederdrückte.

Während der Pfarrer nichts Neues aus Alberts Leben zu berichten hatte, weinte Ludmilla nicht, sondern hatte entschieden, auf Beerdigungen genug geweint zu haben. Ich spürte Ludmillas starken Willen, als sie dasaß und die Lippen in wilder Entschlossenheit aufeinanderpresste. Jene Erfahrung ließ sie in diesem Moment der Trauer so fern und abgekoppelt zurück, aber es war nicht nur das: Die Unbegreiflichkeit hatte sich um sie gelegt wie ein von Wasser durchtränktes, schweres Federkleid, sie konnte nicht verstehen, was geschehen war, und sie brachte nicht die Kraft auf, das Unbegreifliche aus ihren Federn zu schütteln.

Sie kam erst wieder im Hier an – und es ging tatsächlich ein Ruck durch sie hindurch –, als Dr. Senft aufstand und seine Gitarre ergriff. Er begann zu spielen und zu singen. Auf Italienisch und wunderschön.

Um Ludmilla herum schluchzte, näselte und schnäuzte es, und als sie aufsah, saßen Otto und Marlyn mit nassen Augen in stummes Erstaunen gehüllt. Ludmilla neigte ihren Kopf und betrachtete Marlyns Profil. Ihre Silhouette wurde von dem diffusen Licht, das durch die Glasmalereien der Kirchenfenster drang, weichgezeichnet. Der gleichzeitig frische wie reizende Duft nach Weihrauch und altem Gemäuer schien sich um Marlyn zu sammeln, und Ludmilla musste ihre rechte Hand mit der linken niederdrücken, um der alten Frau nicht über die Wange zu streichen. Sie holte Luft – und der nächste Atemzug trug sie fort von hier und hin zu einem ähnlichen Ort, an dem sie etliche Jahre zuvor gewesen war.

Nein!

Sie schnappte nach Luft, presste eine Hand auf ihren Bauch und drückte sie sich in den Magen, wobei sie sich leicht vornüber krümmte.

Nein.

Da spürte sie eine Hand auf ihrer Schulter, richtete sich wieder auf und sah in Marlyns verweinte Augen. Sie gab ihr mit einem schnellen Nicken zu verstehen, dass alles in Ordnung war und sie ihre Hand entfernen konnte. Schnell schaltete sie den Film aus ihrer Vergangenheit ab, der in ihrem Kopf angelaufen war, und richtete ihre Aufmerksamkeit wieder auf Albert. Er hatte nur wenig gesprochen, aber jeder hatte um seine Zuneigung Marlyn gegenüber gewusst, die mit jeder Silbe aus seinem Mund geflossen war. Marlyn musste sein Anker gewesen sein – immer. Ludmilla verstand, warum. Marlyn war einzigartig. Sie hatte so viel Wärme in sich. Nur wenige hatten den Grund dafür gekannt, dass Albert sich so intensiv mit der italienischen Sprache und Kultur beschäftigt hatte. Marlyn natürlich, aber auch sie, Ludmilla.

Dr. Senft sang das letzte Wort, spielte den schließenden Akkord: »... piccola.«

»Ich wusste nicht, dass du so gut singen kannst«, sagte Otto zu Dr. Senft. »Wie heißt das Lied, das du gesungen hast?«

Es war spät geworden. Marlyn, Ludmilla, Otto und Dr. Senft saßen in Decken gehüllt unter dem Vordach der Terrasse, starrten in den Garten und lauschten dem Nieselregen.

»Piccola anima. Kleine Seele«, sagte Dr. Senft.

»Wovon handelt es?«, fragte Ludmilla.

»Vom Glauben an die Liebe und davon, dass dieser Glaube erschüttert worden ist.«

Ludmilla antwortete nicht.

Glaube, Liebe, Erschütterung.

Gehörte das alles nicht untrennbar zusammen? Sie dachte an Adrian, der seine Vergangenheit unfreiwillig vergessen hatte und in eine neue Wirklichkeit geschleudert worden war. Woran hatte er noch glauben können? Sie betrachtete Dr. Senft, der die Wirklichkeit nur allzu gerne austrickste und infrage stellte, und sie dachte an Albert, der sich aufgrund seiner Vergangenheit nicht hatte verzeihen und die Wirklichkeit nicht hatte leben können.

Glaube, Liebe, Erschütterung.

Und dann sie: Ludmilla Nelsson. War sie das fehlende Puzzleteil in diesem Vierergespann, konnte aber das ganze Bild nicht sehen? Der frühe Tod ihres Vaters, Hans' Verschwinden, Rifkahs Alkoholsucht, Hans-Adrians Rückkehr und erneutes Verschwinden – all dies hatte sie nicht nur gezeichnet, sondern zu der Frau gemacht, die sie war. Doch sie hatte sich eine eigene Realität geschaffen, in der alles in Ordnung war. Für sie standen Vergangenheit und Gegenwart nicht in einem Spannungsverhältnis. Sie wusste zwar, sich verändert zu haben, seit sie Marlyn, Adrian, Otto, Dr. Senft und Albert kennengelernt hatte, aber diese Veränderung war unabhängig von der Vergangenheit passiert und hatte ausschließlich mit der Zukunft zu tun.

Adrians Verschwinden.

Seinetwegen hatte sich Ludmilla eine falsche Identität zugelegt. *Lucy Muhns.* Sie hatte sie angenommen, ausgespuckt und wieder aufgenommen. Doch jetzt gab es keinen Grund mehr, sie zu behalten. Adrian war verschwunden – und mit ihm sollten alle Kontakte verschwinden, die Lucy ihr beschert hatte. Ludmilla führte ein geordnetes Leben mit Rifkah und einer Arbeit, die sie glücklicherweise noch hatte. Lucy Muhns war überflüssig geworden.

Ja, so muss es sein.

Ludmilla handelte blitzschnell, packte Lucy, fesselte sie und steckte sie in einen Käfig.

Adrian ist fort, deine Existenz ist überflüssig. Du bist mir keine Hilfe mehr, du verteidigst mich nicht mehr, du hilfst mir nicht mehr.

»Weil du mich nicht mehr brauchst«, wisperte Lucy halberstickt und lugte zwischen den Gitterstäben hervor.

Ludmilla versuchte, ihre Ohren nach innen zu verschließen, doch es wurde überlaut in ihr, denn Lucy war niemand, der sich heimlich abfertigen ließ, niemand, der wortlos ging.

»Ich werde dich nicht retten, weil du nicht gerettet werden musst. Du bist nicht machtlos. Du kannst dir deine Antworten selbst geben. Nur glaubst du ihnen nicht, wenn sie nicht von mir stammen.« Lucy umklammerte die Gitterstäbe und schaute Ludmilla eindringlich an. »Natürlich sind es deine Freunde, und du gehörst dazu! Es ist normal, Gutes nicht mit denen teilen zu wollen, die einem Schlechtes antun. *Du* gehörst dazu, du bist *nicht* kaputt, und du musst nicht geheilt werden, denn deine Dunkelheit gehört zu dir. Wenn du mich lässt, werde ich mit dir hindurchgehen.«

Ludmilla griff suchend in die Dunkelheit hinein, die sie umgab. Ihr Herz war kalt und verschlossen, Lucys Worte drangen nicht durch. Blind tastete sie sich vorwärts, bis sie fand, wonach sie gesucht hatte.

Mit zittriger Hand fasste sie den Griff eines Schwertes, dann, stumm schreiend stach sie die Klinge durch die Gitterstäbe hindurch und zielte direkt auf Lucys Herz – und gleichsam ein wenig auf meines. O, wie sehr ich wünschte, ich hätte Lucy helfen können. Doch ich durfte mich nicht einmischen, wollte ich mein Ziel erreichen. Der beschwerliche Weg zur Wahrheit durfte nicht blockiert werden.

Ich ließ geschehen, was geschehen musste, und es zerriss mich. Ich sah Lucy mit durchbohrtem Herzen in ihrem Käfig liegen, hörte Ludmillas lautlosen Schrei, betrachtete und fühlte das Drama, das sich in ihr abspielte, während Dr. Senft und sie sich von Otto und Marlyn verabschiedeten.

Ludmilla umarmte Otto und dann Marlyn. Sie hielt die Umarmung lange. »Auf Wiedersehen, Marlyn.«

»Lucy, kleiner Eisvogel.«

Ludmilla sah und fühlte Marlyns Zuneigung. Gleichzeitig war da ein Widerstand gegen dieses Gefühl. Sie hätte Marlyn gerne gesagt, wie lieb sie sie in der kurzen Zeit ihrer Bekanntschaft gewonnen hatte, aber es gelang ihr nicht. Sosehr ihr Herz an dieser alten Frau hing, sie konnte ihre Zuneigung nicht ausdrücken. Die Worte formten sich in ihrem Kopf, fanden den Weg zu ihrem Mund jedoch nicht.

Dann schlug das Gefühl des Widerstands die ersten Flammen.

Du elendes Stück Dreck.

Sie umzingelten Marlyns Zuneigung, die sich wie eine warme Decke über ihr Innerstes gelegt hatte, und Ludmilla wusste nicht, wie sie das Feuer löschen konnte. Sie stand vor dem Inferno, betrachtete es.

Du bist wertlos.

Die Flammen näherten sich der Decke, deren Enden bereits Feuer fingen.

Du bist schuld. Keiner liebt dich wirklich.

Die Decke brannte lichterloh.

Denn du hast keine Zuneigung der Welt verdient.

Ein Häufchen Asche blieb zurück.

Als Ludmilla mit Dr. Senft am Bahnhof wartete, schielte sie heimlich zu ihm hinüber. So lange, bis er sich ihr schließlich zuwandte.

»Jetzt bin ich da«, sagte sie. »Willst du mit mir schlafen?«

35.

Übersetzt du mir das Lied?«, fragte Ludmilla, die neben Dr. Senft auf dessen Bett lag.

»Gefällt es dir?«

Sie nickte, drehte sich zur Seite, stützte ihren Kopf in ihre Handfläche und sah ihn erwartungsvoll an.

Er summte die Melodie, dann sang er:

»Kleine Seele,
die flieht,
als wäre sie ein Spatz,
zu Tode erschrocken.
Jemand ist für dich da,
wenn du genau hinschaust,
hast du ihn direkt vor dir.
Er flieht auch,
damit er nicht weglaufen muss.
Wenn du genau hinschaust,
stehe ich vor dir.
Wenn du leise sprichst,
höre ich dich laut.
Was ich von dir will,
wird nicht leicht zu erklären sein.
Ich weiß nicht mal, wo und warum du deine Worte

verloren hast,
aber wenn du gehst,
nimm meinen Blick mit dir.«

Ludmilla dachte an Albert, der seine Worte verloren hatte und ein brillanter Chirurg gewesen war, aber nur ungern mit seinen Patienten gesprochen hatte. Arbeiten, essen, schlafen – das war sein Leben gewesen.

»Es passt zu Albert«, sagte sie.

»Eigentlich hat er es selbst ausgewählt. Er hat es ständig gehört, als er an seinem letzten Bild gearbeitet hat.«

»Hast du es gesehen?«

»Die Mondlichtlandschaft? Ja.«

»Und die Personen?«

»Du meinst die Person? Ja. Er hatte es schon lange geplant.«

Ludmilla presste die Lippen zusammen, betrachtete Dr. Senft, fühlte sich plötzlich und vollständig leer. Sie wollte traurig sein, weil sie ihn vermissen würde, sie wollte den tiefen Schmerz des Abschieds fühlen – aber sie fühlte nichts.

Sie drehte sich wieder auf den Rücken, starrte an die Decke.

»Es waren seltsame Tage. Das Gemälde, das

weiße Buch, die Beerdigung, das Lied.«

»Welches Buch?«, fragte Dr. Senft. »Weißt du das?«

»Albert hat darin jeden festgehalten, dessen Leben er gerettet hat.« Sie drehte den Kopf, blickte in Dr. Senfts Augen.

»Er konnte sich sein Leben lang nicht verzeihen, oder?«

»Meinst du, es ist ihm am Ende gelungen?«

»Vielleicht. Aber dann war es vorbei. Ich wünschte, er hätte es früher geschafft.« Er wälzte sich in Richtung Nachttisch und griff nach einer Schachtel Zigaretten. Dabei verrutschte das Handtuch, das er um die Hüfte geschlungen hatte.

Er drehte sich wieder zu ihr um, eine Zigarette zwischen den Lippen und ein Feuerzeug in der Hand. Ludmilla krabbelte zu ihm und setzte sich rittlings auf ihn. Dann beugte sie sich zu ihm hinunter und küsste ihn neben die Zigarette. Als sie sich wieder aufrichtete, nahm sie ihm die Zigarette aus dem Mund und steckte sie in ihren eigenen.

»Besser spät als nie«, sagte sie mit der Zigarette zwischen ihren Lippen, nahm das Feuerzeug aus seiner Hand, zündete die Zigarette an, inhalierte tief und blies den Rauch aus. »Ich konnte Albert schwer einschätzen und verstehe, dass er sich selbst nie verzeihen konnte. Ich hätte so nicht weiterleben können. Mit dieser Schuld.«

Dr. Senft kniff seine Augen kaum merklich zusammen, schnalzte mit der Zunge, und Ludmilla erkannte in seiner Miene auch eine Prise Mitleid. Sie wollte diesen Blick nicht und drückte ihr Becken fest gegen seines, beugte sich abermals zu ihm und ließ ihn an der Zigarette ziehen, bevor sie seinen Hals küsste und sich an ihn drückte, bis er leise aufstöhnte, während er den Rauch ausblies.

Er umfasste Ludmilla, die die Zigarette in den Aschenbecher auf den Nachttisch legte und ihn dann küsste.

Seine mitleidsvollen Augen waren geschlossen, und jetzt konnte sie vergessen.

Albert und seine Taten.

Lucy.

Adrian.

Und für mich war es Zeit zu gehen.

Später lag Ludmilla in Dr. Senfts Armen und wünschte, seine körperliche Wärme auch in sich fühlen zu können. Doch dort brannte es bereits, und ihre Flammen würden seine Hitze verschlingen.

36.

Wusstest du, dass Herzog seine Schauspieler hypnotisiert hat?«, fragte Ludmilla, nachdem der Film *Herz aus Glas* zu Ende war.

»Deshalb sind sie alle so seltsam und nichts ergibt einen Sinn!«, rief Rifkah aus und nippte an ihrem Moskito. »Aber Hias war nicht hypnotisiert.« Rifkah machte einen stabilen Eindruck. An ihren freitäglichen Filmabenden tranken sie nun meistens Tee, doch manchmal mixten sie sich alkoholfreie Cocktails, so wie heute: aus Mojito wurde Moskito.

Du bist schuld an seinem Tod.

Immer wieder schlug dieser Satz in Ludmilla ein wie ein Stromstoß. Sechs Worte, Rifkahs Stimme. Doch wann und wo Rifkah sie gesagt hatte – ob sie sie gesagt hatte? –, wusste Ludmilla nicht, bloß: Sie hörte diese Worte neuerdings immer wieder. Eine Schallplatte, die hängen geblieben war. Vielleicht war jetzt der richtige Zeitpunkt, danach zu fragen? Rifkah war nüchtern und stabil, ging regelmäßig zu den A.A.s und war beeinflusst von der sonderbaren Stimmung, in die sie der Film versetzt hatte.

»Stimmt«, sagte Ludmilla. »Hias war nicht hypnotisiert. Er konnte klarsehen.« Dann räusperte sie sich, schaltete den Abspann aus und setzte sich aufrechter hin. Die plötzliche Stille irritierte sie. Würde sie es wagen, die Frage zu stellen, die in ihr brannte? Doch die Worte waren schon dabei, sich ihren Weg durch ihre trockene Kehle zu bahnen.

»Ich möchte auch klarsehen«, sagte Ludmilla und nippte an ihrem Moskito.

Rifkah drehte ihr das Gesicht zu, zog die Brauen zusammen, dann wandte sie sich wieder ab und starrte auf den schwarzen Bildschirm, als gäbe es dort noch immer etwas zu sehen.

Ludmilla atmete tief ein. Dann wieder aus. Sie deutete auf den Fernseher.

»Ich höre es nur immer wieder, aber ich sehe keine Bilder dazu. Da ist keine Geschichte, kein Zusammenhang. Ich starre einen Fernseher an, der zwar läuft, aber nichts zeigt. Nur zwischendurch flackert da dieser eine Satz auf ...«

»Welchen Satz hörst du denn?«, flüsterte Rifkah, rückte dichter an Ludmilla heran und legte zaghaft einen Arm um sie. Ludmilla ließ es geschehen und Rifkah strich ihr über den Rücken.

»*Du bist schuld an seinem Tod.*« So. Es war passiert. Jetzt war es ausgesprochen.

Rifkah hielt inne. »Wer hat dir denn so einen

Unsinn erzählt?«

»Du«, sagte Ludmilla und versuchte, Rifkahs Blick aufzufangen, doch deren Augen waren wieder auf den Fernseher gerichtet.

»Unmöglich, Schatz. Wie käme ich dazu, dir so eine Unterstellung zu machen?«

Ludmilla schob Rifkahs Hand fort und stand auf. Sie stellte sich direkt vor den Fernseher. »Ich kenne zwei tote Menschen: Papa und Albert. Du kanntest Albert nicht«, sagte Ludmilla, ging zu Rifkah, kniete sich hin und ergriff ihre Hände. »Bin ich schuld an Papas Tod?«

Rifkah riss die Augen auf, schüttelte Ludmillas Hände ab, griff nach der Fernbedienung. »Der Film hat dir wohl aufs Gemüt geschlagen. Vielleicht sollten wir noch etwas Lustiges schauen? Wie wäre es mit ›Tote tragen keine Karos‹?«

Ludmilla kniete unbeweglich. Der harte Boden drückte gegen ihre Kniescheiben, sie konzentrierte sich darauf, hielt sich an dem Gefühl fest, das ihr hier der einzige Halt sein konnte. Ihre Stimme war fest, klang tiefer als gewöhnlich: »Bin ich an Papas Tod schuld?«

»Lu, Liebes!« Rifkah sprang auf. »Natürlich bist du *nicht* an Papas Tod schuld! Papa war krank, er hatte Krebs, das weißt du doch! Du bist an keinem

Tod schuld! ›Pretty Woman‹?«

»Warum hast du es dann gesagt?«

Ludmilla blieb auf dem Boden, beobachtete Rifkah, die vor dem Fernseher auf und ab ging wie eine Raubkatze in ihrem zu kleinen Gehege.

»Wann soll ich das gesagt haben?«, zischte Rifkah.

Ja, wann, Ludmilla? Und warum sollte sie so etwas behaupten?

Ludmilla sackte in sich zusammen, lehnte sich gegen das Sofa, griff sich an die Wangen, die nass waren – woher kamen die Tränen? Sie schluchzte auf, hielt mit beiden Händen ihren Kopf fest. »Ich weiß es nicht mehr«, hauchte sie.

»Und wo?«, fragte Rifkah und ging neben Ludmilla in die Knie.

»Keine Ahnung. Ich bin mir sicher, dass du es gesagt hast.« Ludmilla wischte sich die Tränen aus dem Gesicht.

»Siehst du, Liebes, du verwechselst mal wieder Traum und Wirklichkeit«, sagte Rifkah und setzte sich neben Ludmilla.

Ludmilla hob ihren Kopf und wandte sich Rifkah zu. »Mal wieder?«

Rifkah fasste nach Ludmillas Arm. »Das ist dir schon öfter passiert, weißt du noch? Damals in der Klinik. Vielleicht stammt deine vermeintliche Erinnerung aus dieser Zeit.« Sie schmiegte sich eng an Ludmilla, die den Impuls unterdrückte, aufzuspringen, wegzulaufen, fort von hier, von Rifkah, diesem Gespräch, diesen Lügen, dieser Wahrheit.

»Mein Schatz«, fuhr Rifkah an Ludmilla gelehnt fort. »Du warst so hart zu dir, doch du bist an keinem Tod schuld. Weder an Papas noch an Alberts oder dem Tod von sonst irgendwem.«

»Adrian ist verschwunden.«

»Ich weiß, Lu, und es tut mir so leid für dich. Ich weiß, dass er wie ein Bruder für dich war.«

Genug!

Ludmilla schüttelte Rifkah ab, sprang auf und strauchelte.

»Er *ist* mein Bruder, Rifkah, und *dein* Sohn. Mit deiner furchtbaren Art hast du ihn ein zweites Mal vertrieben!«

Rifkah schaute kurz weg, fuhr sich durch die Haare, dann stand sie auf und wollte nach Ludmilla fassen, die jedoch einen Schritt zurücktrat. Rifkah ließ die Arme sinken. »Adrian hat gesagt, dass seine Eltern tot sind. Dass ihn seine ältere Schwester aufgezogen hat – die übrigens *Anna* hieß. Dass er Gebäck am Theater verkauft hat. Adrian ist *nicht* Hans, obwohl die Ähnlichkeit auch mich ... erstaunt hat.«

Ludmilla kniff die Augen zusammen, wippte vor und zurück. Das Atmen schmerzte, als wäre jedes Mikropartikel Staub, das in der Luft von Rifkahs Wohnung tanzte, ein Kieselstein, der ihren Rachen aufriss, ihre Bronchien blockierte – und sie schmeckte das Blut.

»Er ist es«, sagte sie tonlos. »Und du hast ihn ein zweites Mal vertrieben.«

37.

Als Ludmilla am nächsten Morgen aufwachte, war ihr Kopf sonderbar klar, obwohl das wahrlich an ein Wunder grenzte.

Ohne ein weiteres Wort zu verlieren, war Ludmilla gestern aufgebrochen, hatte sich eine Flasche Wodka gekauft und sich betrunken. Währenddessen hatte sie mich wiederholt angefleht, mich ihr zu zeigen. Doch das durfte ich nicht tun.

Sie hatte unter dem Esstisch gesessen, die Beine fest umschlungen, wippte langsam vor und zurück, fühlte Rifkahs Hände an ihren Schultern, die sie schüttelten. Hörte: *Hans ist tot.*

Ich setzte mich hinter Ludmilla, legte meine Flügel um sie und meinen Kopf an ihren Rücken. Ich war sehr schwach, und als sie später im Bett lag, benommen von Alkohol, Wut und Trauer, träge vom Schmerz und der Ungewissheit müde, hatte ich mich neben sie gelegt und sie mit meinem Flügel zugedeckt.

Es tat weh, eine wirkliche Geschichte zu erleben. Die Wirklichkeit auszuhalten, ohne sie verbessern zu können, schmerzte. Alles, was ich tun konnte und tat, war, mein Federkleid unsichtbar um die Geschehnisse zu legen, um Ludmilla ein wenig zu wärmen. Aber sie verbessern, das durfte ich nicht.

Ob es half, weiß ich nicht, jedenfalls verkürzte es den Weg zur Wahrheit ungemein, denn eine Idee hatte sich in Ludmillas Kopf geformt, Gestalt angenommen, sich festgesetzt und war heute noch immer da.

Nach ihrer Arbeit ging sie in den Baumarkt, und frühabends machte sie sich auf den Weg zum Friedhof. Sie musste vor neun Uhr dort sein, schlüpfte durch das Tor und ging zum Grab ihres Vaters und zum leeren Grab ihres Bruders.

Als sie vor den Gräbern stand, hob sie den Kopf und sah in den Baum hinein, von dem Adrian gefallen war.

Die Zeit zurückdrehen, besser auf ihn aufpassen – wie Ludmilla es auch betrachtete, es blieb dabei: Sie hatte versagt. Er war verschwunden.

Sie schlug die Augen nieder, stierte auf die Wiese, und jäh fiel ihr der Kuss ein.

Ein Kuss und ein Löwenzahn.

Sein Gedicht. Seine Fremdartigkeit, die niemals ganz fortgewesen war. Seine Augenbrauen.

Hans ist tot.

Ludmilla ließ ihre Hand in die Handtasche gleiten und umfasste den Griff der Schaufel, die sie im Baumarkt erworben hatte. Sie zog sie aus der

Tasche, legte die Tasche ab und kniete sich auf das Grab ihres Bruders, bevor sie mitten in die Blumen stach, tiefer grub, wusste, dass sie tief graben musste, nicht wusste, ob sie es in einer Nacht schaffen würde. Mit dieser kleinen Schaufel.

Der herbe, schwere, ganz eigene Geruch nasser Erde stieg ihr in die Nase. Doch sie wischte ihn weg wie den Schweiß, der ihr bald von den Schläfen tropfte und vom Nacken über ihren Rücken lief.

Die Strapazen der letzten Monate hatten sie auch körperlich Kraft gekostet, dennoch grub sie, bis sie nicht mehr konnte, dann stieg sie aus dem Erdloch, bedeckte es mit einer ebenso erworbenen Plane, befestigte alle Kanten mit Erde und legte die Blumen auf die Plane. Sie sanken ein wenig mehr ein als sonst, aber ihre Konstruktion hielt. Sofern es morgen nicht regnen würde.

Ludmilla wusch sich die Hände an derselben Wasserstelle, an der sie damals Adrians Blut abgewaschen hatte.

Von Blut zu Erde.

Sie verließ die Gräber, klopfte ihre Kleidung notdürftig ab und ging zum Ausgang. Dort kletterte sie über das Tor und fuhr mit dem Fahrrad nach Hause. Sie aß nichts, obwohl ihr Magen rumorte, zog sich aus, duschte, zog sich einen Schlafanzug an, trank drei Gläser Wodka und legte sich ins Bett. Sie schlief beinahe den gesamten Tag, doch was sollte sie auch sonst tun, immerhin war Wochenende, und sie musste ihre leeren Energiespeicher auffüllen.

Abends kniete sie wieder im Erdloch und grub weiter, wenngleich sie in der festen Erde langsamer vorankam als am Vorabend. Immer wieder zog sie Steine aus der Erde und nickte sich dann zu, natürlich waren es Steine, was sollte es auch sonst sein?

Am vierten Abend stieß ihre Schaufel wieder auf einen Stein, aber sie spürte sogleich, dass er von anderer Härte war. Das Schaufelblatt klang dumpfer, als es dagegen stieß, und Ludmilla legte die Schaufel zur Seite, grub mit den Fingern weiter, Erde sammelte sich unter ihren Nägeln, der Nagel ihres rechten Ringfingers brach, sie legte etwas frei, kein Stein, schloss die Augen –

Als sie den Knochen aus der Erde gezogen hatte, begann sie heftig zu zittern, und ich wusste: Jetzt war es so weit.

»Was willst du?« Ludmilla sah mich aus schwarzen, leeren Augen an.

»Es ist Zeit.«

»Wofür?«

»Für die Wahrheit.«

»Welche Wahrheit?«

»Deine Wahrheit. Jene, die du mir einst vermacht hast. Vor zwölf Jahren.«

»Verschwinde. Du kannst keine Wahrheiten aussprechen. Du bist zum Lügen verdammt.«

Ludmillas Worte trafen mich, ich wankte innerlich wie äußerlich, doch für ein Zurück war es zu spät. »Nein, Ludmilla, diesmal ist es anders. Ich besitze deine Wahrheit, weil du sie einst nicht ertragen hast. Jetzt hältst du den Beweis in deinen Händen. Du musst sie zurücknehmen.«

»Du lügst, Stellario. Hau ab!«

Ich drehte ihr meinen Rücken zu. »Nur du kannst sie entfernen. Nimm sie zurück.«

»*Hau ab*!« Ludmilla schrie die Worte aus Leibeskräften, und sie stoben in meine Richtung, plusterten mein Gefieder, setzten sich an der Außenfahne meiner Federn fest, drangen über die Innenfahne bis zu Schaft und Spule vor, verätzten Kiel und Äste.

Ich versuchte, Ludmilla mit dem Schnabel zu packen, sie mitzunehmen, doch es gelang mir nicht, denn ich war zu schwach und musste mich zurückziehen, und schon spürte ich den Luftstrom von Ludmillas Tür, die im Begriff war, sich mir zu verschließen. Bevor sie zufiel, hauchte ich Ludmilla meine letzten Worte durch den immer kleiner werdenden Spalt zu: »Hätte ich lügen wollen, hätte ich mich nicht als ich selbst präsentiert. Es wäre leichter gewesen, nicht die poetische Phantasie zu sein. Ich bin in deine Wirklichkeit eingetaucht, ich, so, wie ich bin. Dann wollte ich deine wahre Erinnerung wieder zurück in diese Wirklichkeit bringen, aus der sie gekommen war. Sie gehört hierher, Ludmilla, nicht in die Welt der Phantasie. Nimm sie zurück!«

Ob meine Worte sie noch erreichten? Ich weiß es nicht. Während Ludmilla im Grab ihres Bruders wütete, war ich auf dem Heimweg. Ich sah noch, wie sie zusammenbrach, den Knochen in der Hand.

Hier fiel Ludmillas Tür ins Schloss. Es war dunkel, und was sich dahinter abspielte, konnte ich weder sehen noch hören.

Innerlich ausgebrannt, verbrannte ich nun auch äußerlich und wurde aus meiner Asche wiedergeboren, immer und immer wieder, aber meiner Arbeit konnte ich nicht länger nachgehen. Der Krake ließ mich gewähren und sandte meine Geschwister aus. Wir sind immer genug, und dennoch ist Platz für jeden. Jeder habe diese Phasen, sagte der Krake und ertrug stoisch, dass einer seiner

Arme wieder abbrannte und neu wuchs. Das alles sei normal, wenn man unsterblich sei, sagte er, es sei unser Wesen. Die Phasen der Schwäche, der Verzweiflung: Sie gehörten dazu. Sterben jedoch könnten wir nicht, weshalb wir jede Periode überstehen würden, sei sie noch so schlimm.

Ich bin unsterblich, sagte ich mir immer wieder, glaubte allerdings nicht daran. Die Wahrheit ist: Ich wollte nicht mehr.

»Wenn die Phantasie sich zum Sterben entschließt, kann es dann nicht geschehen? Ein Tentakel mehr oder weniger – was macht das schon aus?«, fragte ich.

»Es liegt nicht an dir, über deine Existenz zu bestimmen«, sagte der Krake und forderte mich heraus: »Versuche es!«

Ich *wusste*, dass Wahrheiten der Wirklichkeit Phantasie töten konnten, weshalb ich mich niederlegte und liegen blieb.

Lange.

Ewig.

Doch nichts geschah.

Irgendwann ging ich in Flammen auf, und als ich im Ei war, rollte ich mich gegen einen Stein. Ich zerfloss, starb jedoch nicht, sondern lag dort als Flüssigkeitsansammlung, bis ich erneut verbrannte, um mich in jeder Phase meiner Entwicklung abermals gegen Steine zu werfen. Meine Schale zerschellte, ich lag hilflos, nackt und frierend, bis ich von Neuem verbrannte, das Feuer kam mittlerweile schneller und schneller.

Ich bin stark im Ei, dachte ich, und mir fielen Ramses II. und Benedict Wells ein.

So wand ich mich in meinem Versagen, unfähig zu sterben, unfähig zu leben, und ärgerte mich über meine Dummheit. Wie ein Kind hatte ich die Konsequenz meines Handelns nicht gesehen, sondern war derart erpicht gewesen, die Wahrheit und nichts als die Wahrheit zu erzählen, dass ich nicht bedacht hatte, dass meine reine Existenz dazu beitragen würde, die Wahrheit zu einer Lüge zu machen.

Mein Bestreben, Wahres in der Wirklichkeit zu erzählen, war fehlgeschlagen – und nun war mir bewusst, weshalb dies geschehen war. Ich gehörte nicht in die Wirklichkeit, dort war ich für jeden eine Lüge, ein Hirngespinst.

Wahrheiten hingegen gehörten nicht in die Phantasie, weshalb mir jene von Ludmilla übernommene Wahrheit solchen Schmerz bereitete.

Was war ich?

Phantasie.

Ich erfand – und exakt dies nannten sie in der Wirklichkeit *Lügen*. Ich war und blieb somit ein Lügner, doch im Reich der Phantasie, in meiner Welt: Sprach ich hier nicht Wahres?

Wochen, Monate, Jahre – was wusste ich schon? – später war es Ludmilla, die mich aus meiner Verwirrung holte, indem sie ihre Türe wieder öffnete. Ich hörte das Quietschen der verzierten Holztür, die von einem Rahmen aus vergoldetem Stuck umgeben war. Ich erblickte den schmalen Lichtstrahl, der breiter wurde und mir eine angenehme Wärme spendete, die aus dem Inneren ihres Zimmers kam. Als ich eintrat, saß sie, von einer sanften Helligkeit umgeben, in der Mitte des Raumes.

»Du bist zurück.« Sie lächelte mich an.

»Du hast mir die Tür geöffnet und mich gerufen«, sagte ich, als ich mich ihr gegenüber hinsetzte, unwissend, dass sie in Kürze Worte aussprechen würde, die mein Dasein für immer verändern sollten.

Sie reichte mir ihr Tagebuch, in dem sie die Vorkommnisse der letzten Zeit beschrieben hatte. Die Worte waren ohne meine Hilfe auf das Papier geflossen – so las sich der kurze Bericht auch. Er füllte lediglich wenige Seiten des Buches, war nackt und derart dünn, dass er beinahe unsichtbar war. Er fror und zitterte. Es war nicht das voluminöse, intuitive Ideengewirr, das noch geformt werden musste, sondern es war – wie soll ich es beschreiben? – es war nur Form, so rein und wirklich wie die Erinnerung, die sie in sich trug.

Ludmilla bat mich, ihrem Bericht Kleidung anzuziehen und ihm Kakao zu kochen, und bis heute weiß ich nicht, ob ich diesem Wunsch nachkommen soll oder nicht. Selbstverständlich: Die reine Wirklichkeit, entstanden in meiner Abwesenheit, soll ihren rechtmäßigen Platz in dieser Geschichte bekommen. Aber benötigt die Wahrheit auch mich, um begreifbar zu werden?

Vielleicht werde ich den Bericht irgendwann ankleiden und mit Kakao versorgen, aber vorerst – für diese, unsere Geschichte, die nicht nur eine Wahrheit, sondern die Wirklichkeit abbildet –, soll er bleiben, wie er entstanden ist.

Wir hatten uns getrennt, und wie wir uns getrennt hatten. Längst hatte ich gedacht, kein Teil Ludmillas mehr zu sein, doch ich hatte mich getäuscht, und ja, abermals war ich der Dumme gewesen: Wie sollte ich kein Teil von ihr sein, solange ich ihre Feder trug? Um Ihnen das begreiflich zu machen, muss ich an dieser Stelle an Ludmilla übergeben und mich für einen Moment zurückziehen.

38.

Hallo, Buch.

Du bist weiß, weil du nicht schwarz sein durftest.

Ich schreibe, weil ich muss.

Sie wollen, dass ich schreibe.

Sie haben mich im Grab gefunden. In Hans' Grab.

Diagnose: Hypothermie, Kachexie und Psychose.

Aber es ist in Ordnung.

Ich bin nicht verrückt.

Rifkah besucht mich jeden Tag.

Sie ist sehr lieb.

Ich esse regelmäßig. Sie kontrollieren, ob ich meinen Teller leer esse. Sie stellen die Uhr, weil ich nicht zu lange essen darf. Ich würde es sonst nur hinauszögern, sagen sie. Ich weiß nicht, was sie damit meinen. Ich esse, wenn es Essen gibt. Ich esse auf. Dann bin ich satt. Wenn es wieder Essen gibt, bin ich wieder hungrig. Dann esse ich wieder.

Kein Alkohol, keine Tabletten.

Deshalb wenig Schlaf.

Wenn ich nicht esse, reden sie mit mir.

Sie wollen wissen, was in mir vorgeht, aber ich sage nur: nichts. Weil es die Wahrheit ist.

Ich weiß, dass Hans tot ist.

Ich hielt seinen Knochen in meiner Hand.

Das wiederhole ich oft.

Ich wollte es nur kontrollieren.

Wer glaubt schon Behauptungen, ohne sie überprüft zu haben?

Wenn man sie nicht überprüfen kann, haben sie keinen Wert.

Der Knochen war sehr kalt.

Sie reden mit Rifkah.

Ob ich denn nicht wissen wolle, warum er gestorben ist?

Mein Kopf wippt dann von links nach rechts, von rechts nach links. Er tut es von selbst, und ich glaube ihm. Denn es ist meiner, und seinen Behauptungen muss ich trauen.

Ich wohne wieder zu Hause. Heute habe ich meine Schlaftabletten im Badezimmerschrank gefunden. Und dann dämmerte mir: Rifkah hat mir keine Aspirin gegeben, sondern Schlaftabletten. Ihretwegen bin ich wieder eingeschlafen. Ich war nicht da, als Adrian verschwunden ist. Ich konnte ihn nicht aufhalten, weil ich geschlafen habe.

Ich bin wütend. Ich glaube Rifkah nichts mehr. Ich kann ihr nicht vertrauen. All die Jahre. Mein

Telefon. Ihre Abhängigkeit, um mich zu vereinnahmen. Ihr Entzug, um mich zu vereinnahmen. Ihre Wahrheiten sind Lügen. Was ist mit Hans geschehen? Mein Kopf hat aufgehört, von links nach rechts zu wippen. Ihm fehlt etwas, aber Rifkah will es nicht sagen. Sie presst die Lippen zusammen und schaut weg. Sie sieht, dass ich leide. Sie will nicht, dass ich damit aufhöre.

Sein Knochen in meiner Hand.

Habe ich ihn umgebracht?

Heute hat mich Berti besucht.

Wenn du da bist, bist du da. Wenn nicht, dann nicht. Keine Rechtfertigungen, keine feste Sache.

Das hatte er damals gesagt.

Seine Worte hatten mich verletzt. Und doch hatten sie mir gefallen. Was sollte ich fühlen? Ich mochte die Unverbindlichkeit, und doch tat es tief in mir weh. Wenn du da bist, bist du da. Wenn nicht, dann nicht.

Wir haben das erste Mal darüber gesprochen.

Er hat mich in den Arm genommen und gesagt: Ich mag viel lieber, wenn du da bist, als wenn du nicht da bist.

Mir wurde sehr warm ums Herz.

Aber ich hatte Angst und habe geweint.

Ich will keine Lügen mehr.

Und dann kam alles heraus.

Lucy, Ludmilla, Hans, Adrian. Alles sprudelte aus mir heraus. Ich erzählte ihm alles, was passiert ist – seit dem Tag, an dem Adrian vom Baum gefallen war.

Berti hielt mich die ganze Zeit im Arm.

Das fand ich gut, denn so musste ich ihn beim Sprechen nicht anschauen.

Dann nahm er mein Gesicht in seine warmen Hände und gab mir einen Kuss auf die Stirn.

›Es freut mich, dich kennenzulernen, Ludmilla Nelsson‹, sagte er.

Wir haben Marlyn und Otto besucht.

Es gab viele Tränen.

›Ich wusste es von Anfang an‹, sagte Marlyn, nachdem ich ihr und Otto alles erzählt hatte. ›Du hast ihre Stärke.‹

›Und du hast ihre Villa Kunterbunt‹, sagte ich.

Es stimmt. Lucy ist tot, aber Pippi nicht. Ich musste nur mein Zuhause finden.

Ich ziehe zu Marlyn, damit ich nicht allein bin, wenn Stellario kommt. Ich wohne in Adrians Zimmer. Jetzt muss ich mich um mich selbst kümmern.

Jetzt bin ich dran.

Mein neuer Wochenplan:

Montag: Ludmilla
Dienstag: Ludmilla
Mittwoch: Ludmilla
Donnerstag: Ludmilla
Freitag: Ludmilla
Samstag: Ludmilla
Sonntag: Ludmilla

Ich habe mich in meinem ganzen Leben noch nie so egoistisch gefühlt, aber ich muss heilen. Ich möchte es.

Marlyn hat mir heute Adrians Notizbuch gegeben.

Ich habe darin geblättert und geweint. Ich habe unsere ersten Dialoge noch einmal gelesen, unser Kennenlernen.

Überraschung. Eine schöne Sache, mit der man nicht gerechnet hat.

Manchmal habe ich hineingeweint, dort wurde das Papier wellig, und die Tinte verlief, und dann habe ich es zugeschlagen und geweint. Ich mache ihn kaputt, auch wenn er schon längst weg ist.

Ich mache eine Therapie. Berti hat eine nette Psychologin gefunden. Wir sprechen viel.

Das Angebot ist da, mir die Wahrheit einfach zu sagen. Sie mir zu zeigen, die zahlreichen Beweise: Zeitungsartikel. Sterbeurkunde.

Konfrontationstherapie. Sie bietet es an, weil ich es jetzt selbst wissen will, doch ich lehne ab. Keine Bruchstücke mehr. Will endlich die ganze Wahrheit, und ich weiß, wer sie hat.

Ich: Nur Stellario kann sie mir zeigen.

Sie: Wer ist Stellario?

Ich: Die poetische Phantasie. Ich habe ihm die Erinnerung gegeben.

Ich sehe den überraschten Blick der netten Frau, und ich will es erklären. Natürlich hat sie den Phönix noch nie gesehen.

Ich: Weil es nicht wahr sein konnte. Nur Phantasie. Er wird wiederkommen, denn er muss es auch für sich tun. Weil er die Phantasie ist. Meine Wahrheit macht ihn kaputt. Albert hat ihn auch gesehen.

Sie: Wer ist Albert?

Ich: Er ist tot.

Ich weiß, dass mein Bruder tot ist, denke ich. *Aber ich weiß nicht, warum.*

Und wie.

Ich höre immer wieder *Claire de Lune*.

Sie: Wenn Stellario kommt, werden Sie dann bereit sein?

Ich nicke.

Ich lese in Adrians Notizbuch und finde eine Frage inmitten der leeren Seiten: Tauschen wir nur die Räume, wenn wir sterben?

Ich blättere weiter und lese Adrians Gedichte über den Löwenzahn. Und dann ein durchgestrichenes Gedicht, aber es ist noch lesbar:

Getrieben von den leisen
Stunden möchten sie reisen
und denken, die Zeit sei vergangen,
zu spät, die Reise anzufangen.

Ich beginne, täglich zu meditieren.

Ich beginne, gesund und mehr als das Nötigste zu essen.

Ich stärke mich und meinen Körper, damit ich die Tür wieder aufdrücken kann.

Ich rauche weniger.

Ich arbeite in Marlyns Garten.

Ich habe begonnen zu malen. In Alberts Zimmer. Es macht mir Spaß.

Jeden Tag drücke ich gegen die Tür.
Ich warte auf Stellario.
Seine Lügen sind Wahrheiten.

39.

Das ist er: ein zitternder, frierender Bericht, der in seiner Kürze so viel beinhaltet, das ich als Erzähler anders hätte erzählen können. Aber es sind Ludmillas eigene Worte, ihre Worte allein, entstanden hinter verschlossenen Türen.

Seine Lügen sind Wahrheiten.

Es sind diese Worte, die mein Dasein veränderten. Davor hatte Ludmilla gesagt: »Deine Lügen sind wahr. Du lügst Wahrheiten, und nur dir glaubt man sie, weil Menschen erkennen, dass die Lügen nur Kleider über einer frierenden, zitternden Wahrheit sind. Während die Wahrheit friert, packst du sie warm ein und gibst ihr warmen Kakao zu trinken. Dein Kakao ist aus echter Qualitätsschokolade gemacht.« Sie hatte gelächelt und ich daraufhin ihr Tagebuch entgegengenommen.

Danach erzählte ich ihr von meiner Zeit der Verzweiflung: »Mein Vater sagte mir, ich könne nicht sterben, doch ich glaubte ihm nicht. Ich war dem Tod nahe, aber er blieb unerreichbar. Ich bin ein Kreis, der sich nie ganz schließen kann. Es kommt immer noch eine weitere Zahl. Ich bin die Fülle des leeren Raums. Du sagtest, ich würde Wahrheiten lügen. Jetzt sehe ich, dass Wahrheiten nicht immer mit der Wirklichkeit verankert sein müssen. Wenn ich äußere Fakten erfinde, um innere Wahrheiten auszudrücken, lüge ich nicht.« Nachdem ich das gesagt hatte, spürte ich erstmals, dass die Feder leichter wurde.

Ein erhebendes Gefühl.

»Manche Wahrheiten liegen trotzdem in der Wirklichkeit«, sagte Ludmilla.

»Aber Wahrheiten der Wirklichkeit können die Phantasie nicht zerstören. Und ich werde sie behalten, Ludmilla, deine wirkliche Wahrheit, wenn du sie nicht zurückhaben möchtest. Ich werde dich nicht weiter bedrängen.«

»Stellario.« Ludmilla streichelte mein Gefieder. Ihre Hand war warm, ihre Berührung stetig und sicher. »Ich bin bereit.«

Ich erreichte mein Ziel, das bereits aufgelöst war – ein großes Nichts. Ich bestieg einen Berg, der verschwunden war, noch bevor ich seinen Gipfel erklommen hatte – und dennoch tat ich die letzten Schritte, fiel, breitete meine Flügel aus und genoss den Ausblick, den der verschwundene Berg freigegeben hatte. Ludmillas Hand lag noch immer auf meinem Rücken, und das Gewicht der schwarzen Feder ließ nach, doch ich spürte sie weiterhin.

»Mir ist noch etwas klar geworden«, sagte ich

und holte aus: »Ich wollte eine wahre Geschichte erzählen und kein Lügner sein. Jetzt weiß ich, dass ich niemals einer war, egal, ob ich in der Realität oder in meinem Reich fabuliere. Durch meine Anwesenheit habe ich vielleicht deine Wirklichkeit verändert. Vielleicht hast du durch mich Dinge gesehen oder gesagt, die nicht nur aus deinem eigenen, tiefen Raum kamen, sondern auch jene, die –«

»Von oben hineinregneten?«

»Ja, auch jene, die von oben hineinregneten.« Ich nickte. »Du hast es verstanden. Ich fürchte, ich kann die Unterschiede nicht spüren. Ich bin da, ich inspiriere, ob bewusst oder nicht, aber ich sehe nicht, woher ich die Inspiration nehme.«

Ludmilla betrachtete mich, dann nickte sie. Wir dachten an dieselben Ereignisse, und schweigend ließ ich mich auf die Knie sinken, damit Ludmilla aufsteigen konnte.

Ich rannte los, hob ab und flog durch das offene Fenster hinaus. Wir kreisten über Marlyns Haus und den Garten, dann stiegen wir höher, bis wir die Seen um Leipzig sahen. Ich flog direkt zum Cospudener See.

Ludmilla schlang ihre Arme um meinen Hals. Ich ging in den Sturzflug. Wir durchbrachen die

Wasseroberfläche und tauchten ein. Es war weder zu heiß noch zu kalt.

Ludmilla fühlte die Nässe und das Wasser, konnte aber atmen. Wir tauchten weiter und weiter nach unten, bis wir auf dem Grund ankamen.

Mehrere kleine Krater, die durch enorme Weinkorken blockiert waren, durchbrachen den Grund. Eine Mondlandschaft mit verstopften Minikratern.

»Du weißt, was du zu tun hast«, sagte ich, indem ich die Buchstaben aus meinem Schnabel stieß. Sie schwebten vor uns im Wasser.

Ludmilla stieg ab und stellte sich neben mich. Sie wankte, als sie versuchte, das Gleichgewicht zu halten. Dann sah sie mich noch einmal an.

»Du tust das Richtige«, sagte ich und nickte ihr zu. Die Worte legten sich unter *Du weißt, was du zu tun hast*.

Ludmilla setzte sich in Bewegung, taumelte durch das Wasser zum ersten Korken und zog daran.

Er rührte sich nicht.

Du brauchst einen Hebel, wisperte es um sie herum.

Ludmilla sah sich um und entdeckte den Käfig, in den sie Lucy gesperrt hatte. Den Käfig, in dem sie Lucy ermordet hatte.

Sie stieß sich vom Boden ab, schwamm durch das Wasser, öffnete die Käfigtür und betrachtete

Lucy, die dort immer noch in einer Lache aus frischem Blut lag, als sei sie eben erst erstochen worden. Das Schwert in ihrer Brust.

Ludmilla kniete sich nieder und streichelte Lucys Kopf.

Ihre heißen Tränen vermischten sich mit dem kühlen Wasser. »Ich muss allein durch die Dunkelheit gehen. Die Stärke, die du mir gegeben hast, werde ich für immer in mir tragen.«

Ludmilla stand auf und zog das Schwert aus Lucys Brust, die sich ruckartig anhob, als die scharfe Klinge ihren Körper verließ. Dann fiel sie zurück in die Blutlache, die sich zunächst vergrößerte und dann langsam auflöste. Lucys Körper und der Käfig wurden blasser, bis Ludmilla allein zurückblieb, das blutige Schwert in der Hand.

Sie schwamm zurück, klemmte das Schwert unter einen Korken und legte ihr ganzes Gewicht auf den Griff des Schwertes.

Nichts rührte sich.

Ludmilla blickte verzweifelt zu mir. Ich erwiderte ihren Blick stumm und sah, wie sie das Schwert wieder zwischen Kraterrand und Korken hervorzog, es in die Erde rammte und auf mich zutaumelte. Zärtlich streichelte sie über meinen Kopf, meinen Hals und meinen Rücken, bevor sie die schwarze Feder umfasste und daran zog. Ich beobachtete gebannt, wie behutsam sie vorging.

Dann kam der Schmerz. Körperloser, erstickender Schmerz.

Die Feder begann sich zu lösen, und schon bald musste Ludmilla nicht mehr stark daran ziehen. Die Feder glitt widerstandslos und heiß brennend aus meiner Haut.

Ich presste Luftblasen aus meinem Schnabel, schloss die Augen.

Als ich sie wieder öffnete, stand Ludmilla neben mir – in ihrer Hand die lange, schwarze Feder.

Ihre Feder.

Ich plusterte mein Gefieder, schüttelte mich, streckte ein Bein durch, die Wunde schmerzte und nässte. Dünne Fäden aus Blut verließen meinen Körper und vermengten sich mit dem Seewasser. Doch bald würde es aufhören zu bluten. Bald würde Ludmilla den dunklen, schwarzen Mantel ihrer Wahrheit um sich legen.

Ludmilla steckte die Feder in den nächsten Krater und löste den Korken mit einem kräftigen Druck auf die Spule. Die aufsteigenden Luftblasen, die sich wild und sprudelnd ihren Weg an die Oberfläche bahnten, faszinierten sie, während sie sich zum nächsten Loch begab und den Vorgang wiederholte. Als sich der zweite Korken löste, verlor Ludmilla das Gleichgewicht und stürzte. Auf dem Grund liegend, beobachtete sie, wie auch diese Luftblasen in die Höhe stiegen.

Derart ging sie weiter vor, bis das Wasser um sie herum so bewegt war, dass sie kaum noch vorwärtskam. Ludmilla befand sich inmitten eines brodelnden Kochtopfes, dessen Wasser jedoch nicht erhitzt war.

Plötzlich tauchten zwei Worte vor ihr auf, die wie tanzende Kreaturen im Wasser zappelten und so unruhig waren, dass sie kaum lesbar waren:

Lass los.

40.

Ludmilla ließ die Feder los, breitete die Arme aus, schloss die Augen und öffnete beide Hände. Sie sah nicht, wie die Feder zu Wasser wurde, schwarz und transparent, und wie sich diese Dunkelheit ausbreitete, bis alles um sie Finsternis war. Das Wasser rotierte um sie, bis sie abhob und inmitten der Luftblasen nach oben stieg. Als sie die Wasseroberfläche durchbrach, wirbelte sie umher und versuchte, sich inmitten des schwarz kochenden Wassers zu orientieren.

Vor ihr zeichnete sich ein Stück Land verschwommen ab. Sie kraulte los, obwohl sie gegen das unruhige Wasser kaum ankam – dennoch näherte sie sich Millimeter um Millimeter dem Land.

Ich war nicht länger in ihr, konnte sie aber – hier, in dieser Wirklichkeit – ganz genau verstehen: *Du könntest wieder abtauchen. Die Löcher wieder verstopfen.*

Ludmilla zog ihre Arme mit aller Kraft durch das Wasser.

Zu spät, zu spät.

Ihr Atem ging schnell, die Beine zerrte sie hinter sich her, das dunkle Wasser floss ihr in den Mund, immer wieder.

Bis sie sank.

Alle Kraft war aus ihrem Körper gewichen, widerstandslos gab sie der Schwäche nach, die sie nach unten zog, doch bald trafen ihre Knie auf körnigen und doch weichen Sand, sie rappelte sich auf und krabbelte weiter. Sie sah nichts, alles war schwarz, dann durchbrach ihr Kopf erneut die Wasseroberfläche.

Schwer atmend und mit zittrigen Händen schleppte sich Ludmilla auf den schwarzen Strand, ihre Ellbogen gaben nach, sie war sich selbst zu schwer, die Unterarme versanken im Sand, bis sie kurz liegen blieb, mit den Fingerkuppen über die abgerundeten Kiesel strich und den Strand ertastete, der unter ihr knirschte und sie in eine Umarmung zog. Sie rollte sich auf den Rücken, starrte in einen finsteren Himmel, hievte sich schließlich hoch. Das endlose Meer aus dunklem, brodelndem Wasser breitete sich hinter ihr aus, der Blick zurück raubte ihr den Atem. Die Wellen türmten sich auf, während die Brandung nicht nur ihre Beine, sondern ihre Seele mit ungeduldiger Kraft zu erfüllen schien.

Irgendwann wandte sie sich um. Vor ihr erstreckte sich eine Wiese, in deren Zentrum ein viereckiges Beet angelegt war, auf dem in Reihen kleine Pflanzen wuchsen.

Ludmilla stieß sich hoch, lief durch den dunklen, klebrigen Sand, der sie festhalten wollte, doch bevor er sie zu fassen bekam, trat sie auf die saftige Wiese, barfuß, und ein neuer Atem floss in sie, ließ sie leichter werden, beinahe schweben, sie erkannte die Erdbeerpflanzen, und sie erkannte den kleinen Jungen, der vor dem Beet kniete.

Hans pflückte Erdbeeren und bettete sie, eine nach der anderen, in ein Körbchen.

Während Ludmilla sich dem Beet näherte, spürte sie, dass sie kleiner wurde. Ihre Kleidung, schwarzgefärbt, trocknete im Gehen, veränderte ihre Farbe. Sie wurde jünger, und jäh wehte ein weißes Kleidchen um ihre Knie, ihr Gang leichtfüßig, sie drehte sich im Kreis. Alle Schwere fiel von ihr ab, die Last jener schlimmen Erlebnisse, die sie Jahre später prägen würden, existierte noch nicht. Die Welt war heil, Ludmilla ungebrochen, doch sie konnte den Kontrast nicht spüren.

Als Mädchen kniete sie sich neben ihren kleinen Bruder. Hans sah auf und steckte sich eine Erdbeere in den Mund. Er zerkaute sie und grinste seine große Schwester an. Seine Zähne waren rot von der Erdbeere.

Ludmilla war zehn Jahre alt und lächelte zurück,

hob ihre Hand und strich ihm über den Kopf, über sein dunkles, volles Haar, und sie wusste, dass sie ihn sehr, sehr lieb hatte. Dann stand sie auf und ging weiter über die Wiese.

Es begann zu regnen, sie blieb stehen, breitete die Arme aus, blickte in den Regen und drehte sich abermals im Kreis. Es war ein warmer Sommerregen, der nicht nur auf sie, sondern auch in sie hineinregnete.

»Du kriegst mich nie!«, rief es hinter ihr.

Hans rannte an ihr vorbei, und sie rannte ihm hinterher. Schon bald verlor sie ihn aus den Augen und spürte, wie sie wieder wuchs, wie der Saum ihres weißen Kleides sich um ihre Beine schmiegte und zu einer dunkelblauen Jeans wurde, während der obere Teil sich in ein weißes T-Shirt verwandelte. Sie fühlte einen Windhauch und hob den Blick.

Ich tauchte neben ihr auf.

»Spring auf«, rief ich ihr zu, verlangsamte meine Geschwindigkeit und flog tief über der Erde.

Sie ließ sich von mir forttragen, mein Rücken wurde zu einem Stuhl, um Ludmilla erschien ein Zimmer, dessen Mittelpunkt ein Bett bildete, in dem Ludmillas Vater lag. Er war sehr dünn, sein Kopf kahl, sein ganzer Körper haarlos, er hatte keine Augenbrauen und keine Wimpern. Ludmilla hielt seine Hand. Neben ihr saß Hans, der Ludmillas anderen Arm umklammerte. Rifkah saß auf der gegenüberliegenden Seite des Bettes und hielt die andere Hand ihres Mannes. Stumme Tränen drangen aus ihren Augen – ihr Blick so leer, dass sie unmöglich so viele Tränen hervorbringen konnten, dennoch taten sie es. Es roch steril und bittersüß.

Der Tod riecht bittersüß, dachte Ludmilla, die fünfzehn Jahre alt war und dem Piepen des EKG lauschte. Ein Piepen, ein Herzschlag. Ihr Vater war schon längst nicht mehr ansprechbar, bewegte aber seinen mageren Kopf hin und her, und wenn Ludmilla »Papa« sagte, öffnete er die Augen, doch da war nichts mehr, und dann krallte sich Hans fester an Ludmillas Arm und vergrub seinen Kopf in ihrer Ellenbeuge.

Ludmilla drückte ihn fest an sich, dann bat Hans, Ludmilla solle nicht mehr »Papa« sagen.

»Papa ist schon weg. Das ist nicht mehr Papa. Er ist schon gegangen.«

Ihr Vater öffnete den Mund ein letztes Mal, seine Augen weiteten sich, dann erklang der lange Ton.

41.

Ich fliege in den Himmel, es regnet nicht mehr, die Wolken teilen sich, und wir jagen direkt auf die Sonne zu. Ihr Licht blendet uns. Ich lande auf jenem Dach mit dem riesigen Dachfenster, durch das wir die Geschichte des traurigen Mondes betrachtet haben. Ohne uns zu bewegen, werden wir zum Fenster getragen und schauen hindurch.

Eine Straßenkreuzung.

Es ist dunkel, die Straßenlaternen leuchten schwach. Zuweilen fährt ein Auto vorbei. Auf der linken Seite der Kreuzung steht ein Lastwagen – halb auf und halb neben der Straße. Seine Lichter sind dunkel, er scheint verlassen.

»Jetzt musst du springen«, weise ich Ludmilla an.

»Kannst du mich nicht hinunterbringen?«, fragt sie, obwohl ihr die Antwort bekannt ist.

»Es wird nicht funktionieren, wenn du nicht selbst springst.«

Ludmilla fasst nach dem Fensterrahmen, ihre Fingerknöchel treten weiß hervor, das morsche Holz birst. Sie weiß und sie weiß nicht, was dort unten passieren wird.

Sie schließt die Augen.

»Du hast es fast geschafft«, sage ich.

»Kannst du mich schubsen?«

Ich lehne mich an Ludmilla und reibe meinen Kopf an ihrer Wange. Sie sieht zu, wie sich eine Träne in meinem Auge formt und ich meine Lider mit den langen, goldenen Wimpern langsam niederschlage. Die Träne tropft auf Ludmillas Wange und läuft ihren Hals hinab, bevor sie durch die Schlüsselbeinkuhle in ihren Körper sickert.

Ich schaue nach unten, wenn ich stehe, damit die Tränen fallen.

Sie springt.

Fällt.

Sie findet sich im Inneren eines Autos wieder, den Fahrersitz unter sich und das Gaspedal unter ihren Füßen. Ihre linke Hand umfasst das Lenkrad, die rechte liegt auf dem Schalthebel. Sie schaltet hoch.

Im Radio *Claire de Lune*.

Ich kann Auto fahren, und ich habe gerade den Führerschein gemacht. Ich bin achtzehn Jahre alt.

Hans sitzt neben seiner Schwester, die ihm einen Blick zuwirft.

Er ist ein hübscher Teenager geworden. Seine Haare hängen ihm zerzaust in die Stirn.

»Endlich ist es warm«, sagt er. »Dass die Heizung immer so lange braucht.«

»Das Auto ist eben nicht mehr das neueste«, tönt es von hinten. Rifkah sitzt in der Mitte der Rückbank.

Jetzt schnallt Hans sich ab, zieht sich die Jacke aus und möchte sich wieder anschnallen, als Rifkah schreit: »Lu, pass auf!«

Ein ohrenbetäubendes Krachen, das die Luft zerreißt und das Auto in eine Vollbremsung zwingt, zersplitterte Teile, die in alle Richtungen fliegen, begleitet von Schreien und Aufprallgeräuschen, das Fahrzeug wirbelt herum, bis es gegen einen harten Gegenstand kracht, Scherben überall, Schockstarre.

Was ist passiert?

Es riecht verbrannt und metallisch.

Lu schaut neben sich. Hans ist fort, und in der Windschutzscheibe klafft ein großes Loch.

Alle sind fort, denkt Lu, *alle sind gegangen.*

Sie dreht sich um. Rifkah ist da, und sie ist gerade nicht da.

Lu betätigt den Türgriff, doch die Tür klemmt. Sie schnallt sich ab und versucht erneut, die Tür zu öffnen, die keinen Zentimeter nachgibt. Ein scharfer Schmerz bohrt sich in ihren Schädel, sie schmeckt das Blut in ihrem Mund – ein metallischer Geschmack, der sich auf ihrer Zunge ausbreitet. Ihr linkes Bein ist eingeklemmt, aber sie kann es befreien. Die Hose ist gerissen, überall

Blut, Schmerzwellen brechen in ihren Körper ein.

Lu presst die Lippen zusammen, manövriert sich zur Beifahrertür, das schmerzende Bein wie ein unnötiges Anhängsel hinter sich herziehend. Sie öffnet die Beifahrertür, fällt auf den harten Asphalt, stemmt sich zitternd auf ein Knie und beide Hände und krabbelt auf drei Gliedmaßen zur Rücktür. Das schlaffe Bein schlurft über den Asphalt. Sie hievt sich auf das intakte Knie, das hart gegen den Asphalt drückt, und eine zitternde Hand, während sie versucht, die hintere Autotür zu öffnen.

Es gelingt ihr nicht.

Sie dreht den Kopf, ihr schwindelt.

Und dann sieht sie Hans, der neben der Straße im Gras liegt. Sie vergisst die hintere Autotür, wendet und krabbelt auf einem Knie und beiden Händen in seine Richtung. Das Schlurfen ihres verletzten Beines dröhnt ihr in den Ohren, während sie sich vorwärtskämpft. Wiederholt bricht sie zusammen – *Warum hilft uns niemand?* – bleibt kurz liegen, rafft sich wieder auf, um sich auf dem Bauch weiterzuziehen.

Es fühlt sich an wie eine Ewigkeit, bis sie endlich neben Hans liegt.

Seine Augen sind halb geöffnet, und überall ist

Blut. Lu hebt ihren zitternden Arm und will Hans' Haare aus seinem Gesicht streichen. Doch sie kleben fest.

Ich fühle sie nicht, nein, ich bin ihre Verzweiflung, als sie versucht, ihrem Bruder zu helfen und ihn zu trösten.

Sie kuschelt sich an ihn, so dicht sie kann, und legt ihren Arm um ihn.

»Ist dir kalt?«, flüstert sie.

Hans blinzelt einmal.

»Warum hast du denn deine Jacke ausgezogen?« Sie drückt ihn fest an sich.

»Lu«, sagt Hans, und dann sagt er nichts mehr.

Aber er lächelt.

Sein Blick wird leer.

Lu dreht ihren Kopf, schaut in das Scheinwerferlicht, und in dem Raum zwischen dem Licht und dem grauen Asphalt entsteht eine Beule, die Straße hebt sich und hebt sich immer weiter, bis der Asphalt aufplatzt und ein Stängel in die Höhe wächst. Blätter rollen sich auf, an denen sich allmählich kleine Zacken bilden. Die gelbe Sonne eines Löwenzahns erblüht, und sie strahlt heller als das Scheinwerferlicht und goldener als der wertvollste Schatz.

Jetzt schließt auch Lu ihre Augen, bis sich etwas

sanft in ihren Rücken drückt. Sie dreht sich um und erkennt mich.

Ludmilla versucht, sich aufzusetzen. Es dauert sehr lange. Sie sieht sich um. Wir sind auf dem Dach neben dem Dachfenster. Sie beugt sich darüber und blickt hindurch: Die Straße ist verschwunden, nur der See liegt vor uns, in dem sich der Vollmond spiegelt. Am Ufer steht ein Pudel und bellt laut. Im Wasser schwimmt eine Person, die sich vom Ufer entfernt, hin zum Spiegelbild des Mondes. Sie erreicht es, nimmt ein Mondscheinbad. Es ist dieselbe Szene, die ich Ludmilla damals gezeigt habe. Die Person versprüht im Mondschein silberne Tropfen, und wir lauschen *Claire de Lune.* Als der Mond sich auf den Badenden stürzen möchte, bricht die Musik ab, und eine zweite Person nähert sich der Mondspiegelung. Sie schiebt sich schützend vor die erste Person. Der Mond stürzt sich ins Wasser und reißt beide scheinbar mit sich in die Tiefe. Als sich das Wasser wieder beruhigt hat, sind die beiden Personen verschwunden, doch es tauchen die Umrisse einer Gestalt auf. Sie wandelt auf dem Mondweg im Wasser in Richtung Mond. Wie ein Geist schwebt sie vom Mondweg in den Mond, dreht sich um, winkt. Danach geht sie in den Mond hinein, wird kleiner und kleiner, ein schwarzes Reiskorn im weißen Mond, bis sie gänzlich verschwunden ist.

Das Ufer wird herangezoomt: zwei Kleiderhaufen, ein qualmender Metalleimer. Kein Pudel. Aus dem Rauch steigen Gestalten auf. Zunächst reglos in Todesstarre, dann befreien sie sich im Flimmern der Hitze. Körper aus Rauch, Gesichter entspannen, Augenlider schließen sich. Sie wachsen und lösen sich allmählich im endlosen Sternenhimmel auf.

Erleichtertes Seufzen, Laute der Freiheit.

Ludmilla greift durch das Dachfenster. Bevor sie versteht, was sie tut, hat sie einen der Kleiderstapel zu sich heraufgeholt. Langsam und mit schmerzverzerrtem Gesicht zieht sie sich bis auf die Unterwäsche aus, dann zieht sie das weiße T-Shirt und die Jeans an.

Eine schwarze Masse windet sich wie ein Wirbel aus dem Wasser empor, und Ludmilla breitet ihre Arme aus, um sie zu empfangen und ihr einen Platz in ihrem Inneren zuzuweisen. Langsam versinkt die Masse in ihr, bis Ludmilla so bewegungslos vor mir liegt wie damals auf dem Schreibtisch. Eine Hand ruht auf ihrem Herzen, ihre Augen halb geöffnet.

Ich lebe.

42.

Ludmilla steht barfuß auf dem Grab ihres Vaters. Herr von Ribbeck wollte einen Birnenbaum, und Ludmilla möchte ein Stück Rasen. Unter ihren Füßen fühlt sie die kurzen Grashalme der kleinen, viereckigen Rasenfläche, die mitten auf dem Grab thront. Sie macht einen großen Schritt, um nicht auf die Blumen zu treten, die um das Viereck blühen. Dann geht sie zum Grab ihres Bruders, auf dem die Hortensie inzwischen ihre Blüten verloren hat. Eine Pusteblume steht verloren daneben.

Ludmilla zieht die Brauen zusammen, beugt sich hinunter, pflückt sie ab und hält sie in die Luft, dann bläst sie gegen die Schirmchen, die sich sofort lösen und davonwirbeln.

Im Sterben weiß und leicht wie Schnee
er seine Kinder schickt hinfort
auf schwebend ziellos' Odyssee
an einen unbekannten Ort

Einige Schirmchen setzen sich auf Rifkahs Grab, auf dem noch die letzten Sommerblumen blühen. Am Rand hat sich eine Brennnessel dazwischengeschummelt.

Fliegend sanft sich niederlassend,
Flöckchen, Zähnchen, hast's gefunden,
jetzt noch leicht und fein umfassend,
bald schon der Erde stark verbunden.

Ludmilla lässt die Pusteblume fallen, zieht sich die gelben Turnschuhe wieder an und greift nach Bertis Hand. Und nach Marlyns.

Marlyn drückt zu. »Das Leben ist schön«, sagt sie, und: »Es ist immer Platz für weitere Geschichten.«

Eine kleine Bitte noch ...

Rezensionen sind für Autor*innen sehr wichtig. Sie helfen, unser Buch bekannter zu machen und geben uns ein wichtiges Feedback zu unserer Arbeit. Über eine kleine oder große Rezension auf der Plattform Ihrer Wahl würde ich mich daher sehr freuen und bedanke mich herzlich.

Ihre N.H. Weber

Danksagung

Danke an Sandra M. Schneider, Ira und Ulrike für euer großartiges Feedback in unserer Schreibgruppe! Unser Austausch ist unendlich wertvoll für mich gewesen.

Ein großes Dankeschön geht außerdem an meine Lektorin Claudia Sternat für die wunderbare, gründliche Arbeit, die meinem Text so gutgetan hat, und durch die ich so viel gelernt habe. Danke an meine Coverdesigernin Daniela für die hervorragende Umsetzung. Ich danke außerdem Sandra Andres für das Schlusskorrektorat, den Buchsatz - und die stets kompetente, wunderbare Betreuung im Veröffentlichungsprozess. Ich habe mich so gut aufgehoben gefühlt!

Danke an Carlo, dass du immer an mich und mein Projekt geglaubt hast – und für die chemischen Eigenschaften des Efeus!

Ich danke ganz besonders meiner Familie, dass ihr mich immer ermutigt und mir den Raum zum Schreiben gegeben habt – allen voran danke ich meinem Lebensgefährten für die zahlreichen Wiederholungen dieses Satzes: »Mama schreibt, komm, wir spielen was«, für konstruktive Gespräche zu jeder Tages- und Nachtzeit sowie unermüdliches Test- und Korrekturlesen. Stellario glaubt mir beinahe nicht, dass du nicht aus seiner Welt kommst. Ich liebe dich!

Und ich danke Ihnen – liebe Leser*innen!

Über die Autorin

N. H. Weber wurde in Frankfurt am Main geboren und lebt mit ihrer Familie in Skandinavien. Während sie nordische Sprachwissenschaft und Pädagogik in Frankfurt und verschiedenen Ländern Skandinaviens studierte, arbeitete sie im Buchhandel. »Ich verkaufte Wissen und Erlebnisse, keine Dinge«, fasst sie die Zeit in dem gemütlichen Student*innenbuchladen zusammen.
Später kamen die Tätigkeit als Webtexterin sowie einzelne Lehraufträge hinzu, bevor die zweifache Mutter begann, das Unterrichten zu ihrem Hauptberuf zu machen. Im Laufe der Jahre hat das Schreiben mehr und mehr Raum eingenommen.

Wahrheiten ist ihr erster Roman.

Mehr Informationen sowie regelmäßige Updates finden Sie auf www.nhweber.de

Quellenverzeichnis

Zitate:
Kalenderspruch, S. 69: »Das Gedankenbuch« von Giacomo Leopardi, übersetzt von Hanno Helbling, 1992, dtv Verlagsgesellschaft mbH & Co.
Zitat, S. 339: »Sechs Vorschläge für das nächste Jahrtausend« von Italo Calvino, übersetzt von Burkhart Kroeber, 2012, S. Fischer Verlage.
Zitat, S. 218: »Phantastisch ist [der Garten der Lüste und] die Fülle des leeren Raums.« von Wieland Schmid.

Lieder:
Zitat aus Lied, S. 289: »Weather with You«, Crowded House, Autoren: Neil Finn, Tim Finn, Label: Capitol Records, 1991/1992.
Zitat aus Lied, S. 289f: »Both Sides, Now«, Joni Mitchell, Autorin: Joni Mitchell, Produzenten: Joni Mitchell, Paul A. Rothchild, Label: Reprise Records, 1969.
Zitat aus Lied, S. 406: »Piccola Anima« (eigene Übersetzung), Ermal Meta feat. Elisa, Autor: Ermal Meta, Label: Mescal, 2017.

Teile der Geschichte rund um den zornigen Mond entlehnt und selbst übersetzt aus: Elin Grimstad, »Månen som ville lyse som ei sol«, 2012, Det Norske Samlaget.

Druck:
CPI Druckdienstleistungen GmbH
im Auftrag der
Zeitfracht GmbH
Ein Unternehmen der Zeitfracht - Gruppe
Ferdinand-Jühlke-Str. 7
99095 Erfurt